KB053955

국어과 선생님이 뽑은

세계 단편 소설

국어과 선생님이 뽑은
세계 단편 소설

어니스트 헤밍웨이 외 지음 | dskimp2000 엮음

book&book

서문

　책을 읽는 것은 내 영혼에 양식을 채우는 것과 같고, 세상의 모든 지식이 담겨 있는 책은 인생의 길잡이가 된다. 학창 시절에 읽은 책 한 권이 당신의 고귀한 인생을 바꿔놓듯이 독서는 여러 사람의 생각과 사상을 통해 간접경험을 하고 공감 능력을 키워준다. 책 읽기는 단순히 공부를 잘하고 지식을 쌓기 위해 하는 것이 아니라, 다른 사람의 생각을 읽고 그것을 내 것으로 만들어 성장의 발판을 만들어 가는 것이다. 그리고 책을 읽다 보면 미처 생각하지 못했던 지식과 지혜를 만나게 되고, 그로 인해 사고가 깊어지고 삶을 변화시켜 인생을 풍요롭게 한다.

　오늘날처럼 하루가 다르게 급변하는 세상에서는 그 어느 때보다도 책 읽기가 중요하다. 젊은 시절의 독서는 한 사람의 운명을 바꾸어 놓을 만한 힘을 지니고, 내가 살면서 경험하지 못했던 상황과 그 상황을 헤쳐나가는 데 많은 지혜가 담겨 있어 어려움을 헤쳐 나올 수 있게 도와준다. 그러나 책을 읽지 않는다고 해서 살아가는 데는 큰 지장을 초래하지는 않는다. 하지만 책에는 어떤 문제가 닥쳤을 때 올바른 시각과 풍부한 상상력과 창의성을 배우고 세상을 보는 눈과 문제를 해결하는 능력과 합리적인 사고를 길러준다.

　모든 배움의 시작은 책 읽기로부터 시작되고 지식과 지혜로 가득 찬 책은 교양과 사고를 키워주고 세상을 보는 시야를 넓게 해준다. 책을 읽으면 사고방식과 행동을 변화시키고 아이디어와 창의성을 길러준다. 책을 읽는 것만큼 근본적인 인성 교육은 없는 것이다. 다른 사람의 생각을 읽고 격조 높은 교양과 균형 잡힌 역사의식을 지니게 해주는 독서야말로 인문 정신과 새로운 세상을 체득하게 된다. 책은 시간과 공간의 한계를 넘어 세상을 넓고 새롭게 보는 통찰력과 수많은 스승을 만나게 해주는 지식의 보고(寶庫)이다.

'아는 것이 힘이다' 라는 말처럼 세상의 모든 경험은 쓸모없는 것이 아니다. 모든 경험은 다 의미가 있는 것이고 언젠가는 그 경험들이 값진 쓸모가 있기 마련이다. 이처럼 한 편의 책을 읽는 것은 시험이나 출세를 위한 것이 아니라 내가 경험하지 못한 세상을 조우하고, 각 시대의 고민이 무엇이었는지 파악하고, 일상에서 접하기 힘든 표현과 어휘를 배우고, 작품에 대한 단편적인 지식보다는 인생에 대한 안목과 자신의 삶을 훌륭하게 가꾸어갈 수 있도록 하는 최고의 방법이 될 수 있는 것이다. 그리고 청소년과 중고등학생들이 학교에서 배우는 교과서가 문학을 이해하는 데 중요한 역할을 하고 대학에까지 이어져 문학교육과 문학을 배우게 되는 밑거름이 되는 것이다.

흔히 고전이라고 하면 시대에 뒤떨어진 것이라고 가볍게 생각할 수도 있을 것이다. 그러나 온고지신(溫故知新)처럼 과거는 과거로서 의미가 있고 현재는 과거가 바탕이 되어 만들어진 창조물이므로 오늘날의 고전은 항상 새로움으로 인식되어야 한다. 우리 조상들의 생활과 당시의 시대상을 잘 반영하고 문학성 있는 작품을 배우고 학습하여 문제를 해결하는 힘을 기르고, 작중 인물의 사상과 감정을 이해하여 작품에 용해된 인간성 구현과 진솔한 삶의 가치관과 새로운 세상을 만들기 위해 꾸준히 독서를 해야 하겠다. 아침저녁 머리맡에 두고 한줄 한줄 우리의 선학들을 만나고 그것을 내 것으로 키워내는 능력을 기르기 위해 현행 교육과정에서도 중요하게 문학을 배우게 하는 까닭이다.

이에 교육과정 개편과 교과서 개정에 맞춰 청소년 및 중고등학생들의 논술시험과 대학 입시에 도움이 되었으면 하는 바람으로 세계 여러 나라의 생활과 당시의 시대적 배경과 사회상을 엿볼 수 있는 교과서에 수록된 세계 유명 작가들의 대표작품들로 이 책을 꾸며 보았다. 세계 단편 소설 40편을 수록하고 작품마다 작가 소개, 작품 정리, 줄거리를 실었으며, 한자나 어려운 단어는 괄호 안에 주석을 달아 원작의 표현과 내용을 쉽게 파악할 수 있도록 꾸미고 텍스트에 정확성을 기하기 위해 여러 판본을 참조하였다.

차 례

노인과 바다

- 어니스트 헤밍웨이 -

작가 소개

어니스트 헤밍웨이(Ernest Hemingway 1899~1961) 미국 소설가.

어니스트 헤밍웨이는 1899년 7월 21일 시카고 교외 오크 파크에서 출생하였다. 아버지는 외과 의사였는데 낚시와 사냥을 좋아하여 헤밍웨이도 어린 시절부터 아버지를 따라 낚시 또는 사냥 여행을 종종 하였다. 그의 어머니는 음악적 소질이 풍부하여 교회의 독창가수였을 뿐만 아니라 교회 일을 열심히 보는 교양 있는 여인이었다. 헤밍웨이는 아버지의 적극적인 삶의 방식과 어머니의 예술적 자질을 물려받아 자기의 독특한 문학세계를 이룰 수 있었다.

헤밍웨이는 18세 때 고등학교를 졸업하고 캔자스시티의 〈스타〉 지의 기자가 되었다. 7개월간의 짧은 기자 생활을 통하여 훗날 그의 문체를 형성하는데 많은 공부가 되었다. 이때 그는 불필요한 부정어와 형용사의 배척 등 간결한 문체 속에 박진감 넘치는 표현기법을 습득하였다.

1921년에 6살 연상인 해들리 리처드슨과 결혼하여 토론토에서 지내던 중 1922년에 종군기자로서 그리스, 터키 전쟁에 종군하기 위해 급히 소아시아로 갔다. 거기서 그는 후퇴하는 그리스군의 정황을 취재했고 비가 퍼붓는 진창 속을 달리는 병사와 마차에 짐을 싣고 피난하는 피난민들의 모습에서 강렬한 인상을 받는다. 이듬해 기자직을 그만둔 그는 본격적으로 창작에 몰두하기 시작해 파리로 옮겨 갔다. 1932년에는 그의 투우 열의 총결산이라 할 수 있는 《오후의 죽음》을 출판하였다. 1936년 7월에 스페인 내란이 일어나자 헤밍웨이는 스스로 앞장서서 정부군 '공화파' 의 지원 캠페인을 벌여 성금을 모아 스페인에 보냈다.

1923년 《3편의 단편과 10편의 시(詩)》를 시작으로, 1924년 단편집 《우리들의 시대에》, 1926년 《봄의 분류》, 《태양은 다시 떠오른다》, 1927년 《남자들만의 세계》, 《살인청부업자》, 1929년 《무기여 잘 있거라》, 1932년 《오후의 죽음》, 《승자는 허무하다》, 1936년 《킬리만자로의 눈》, 1940년 《누구를 위하여 종은 울리나》, 1950년 《강을 건너 숲속으로》, 1952년 《노인과 바다》, 1960년 《위험한 여름), 1964년 유작(遺作)《이동 축제일》등 다수의 작품을 발표한다. 1953년《노인과 바다》로 퓰리처상을 수상하고, 1954년 노벨문학상'을 받는다. 그 후 1961년 62세 때 아이다호의 자택에서 고혈압과 당뇨병으로 요양 중, 7월 2일 아침 엽총으로 생을 마감한다.

이 작품의 주인공은 노인이며 그를 따르는 소년과의 대화와 두 사람의 다정한 생활을 그린 것이 소설의 내용으로 전개되어 있다. 사회적인 제반 관계에서 전적으로 격리되어 있는 '바다'라는 장소에서 한 사람의 고독한 노인과 그를 따르고 있는 소년이 등장한다.

노인이 한 마리의 고기도 잡지 못하고 있는데 반하여, 소년은 세 마리의 꽤 웬만한 고기를 잡았으며, 소년은 그 노인이 텅 빈 배를 저으면서 귀항하는 것이 안타까워 어쩔 줄을 모른다. 노인의 작은 배의 돛대는 '영원한 패배'의 상징처럼 보이는 것이다. 이 노인의 출어(出漁)가 의미하고 있듯이 우리의 인생 그 자체가 이미 영원한 패배를 의미하고, 또 패배를 각오하면서 끝까지 생존해 보려는 어떤 힘을 내포하고 있다. 더욱이 패배의 운명 자체에 애정을 느끼며 그런 운명 속에 인간의 비애와 영광이 반반씩 표리를 이루고 있다.

우리는 이 작품을 통하여 노인의 소박한 마음가짐을 읽을 수 있다. 자연은 인간을 적대시한다기보다는 인간에게 은혜를 베풀고, 부드럽고, 말하자면 영원한 고향, 인간이 되돌아갈 수 있는 모체처럼 의식되어 있다. 헤밍웨이가 자기의 허무주의에서 오는 공백을 메워보겠다는 행동주의를 분명히 의식하게 되는 것이 '노인과 바다'를 통해서다. 이 작품에서는 어떠한 윤리적인 자기주장을 발견할 수 없다. '노인과 바다'라는 개체를 초월한 전체로서, '바다'를 다루고 '노인'을 포함하고, 또한 '노인'이 귀의(歸依)하는 고향으로서의 참모습을 구현시키려 하고 있다.

쿠바 아바나 해안에서 고기잡이를 하는 나이 든 어부 산티아고는 노련하고 지식이 해박한 어부지만 고기를 잡지 못해 어촌 사람들에게 '가장 운 없는 사람'으로 불린다. 처음 40일에는 소년과 함께 배를 타지만 40일 동안 고기를 잡지 못하자 소년은 어쩔 수 없이 부모님이 시키는 대로 그 배에서 내려 다른 배를 탄다.

그는 84일째 고기를 잡지 못하다가 85일째 먼바다에 도착해 마침내 청새치 한 마리를 잡는다. 그러나 청새치가 너무나 거대해 도리어 노인이 탄 돛단배를 끌고 가는 형국이 되어버린다. 이틀

동안 자기 몸으로 고물을 지탱한 채 청새치에게 끌려가던 노인은 도리어 청새치를 형제라고 부른다.

3일째에 남은 힘을 다해 지친 청새치를 작살로 잡은 노인은 드디어 싸움을 끝내고 물고기를 팔수 있으려니 기대한다. 그러나 이번에는 피 냄새를 맡은 상어들이 몰려온다. 노인은 몇 차례 싸움 끝에 간신히 상어를 물리치지만, 결국 항구로 돌아온 그의 곁에는 머리와 뼈만 앙상하게 남은 청새치의 잔해뿐이었다.

평소 노인을 존경하고 잘 따르며 늘 보살피는 소년은 노인이 무사하게 돌아온 것을 보고 안도의 눈물을 흘린다. 잠에서 깬 노인은 소년과 함께 고기잡이에 나서기로 약속하고, 다시 잠들었을 때 젊을 적 아프리카 해변에서 보았던 사자의 꿈을 꾼다.

핵심 정리

갈래 : 중편 소설

시점 : 전지적 작가 시점

배경 : 1950년대 멕시코 만류가 흐르는 바다

주제 : 고난에 맞서 싸우는 인간의 용기

노인과 바다

   그는 멕시코 만류에 조각배를 띄우고 혼자 고기잡이하는 노인이었다. 고기 한 마리 못 잡은 날이 84일 동안이나 계속됐다. 처음 40일은 한 소년이 같이 있었다. 그러나 한 마리도 못 잡는 날이 40일이나 계속되자 소년의 부모는, 노인은 이제 완전히 '살라오'가 되었다고 말했다. '살라오'라는 말은 스페인어로 최악의 사태를 뜻하는 말이다. 소년은 부모의 뜻대로 다른 배로 옮겨 탔고, 그 배는 고기잡이를 나가 첫 주에 굉장한 고기를 세 마리나 잡았다. 노인이 날마다 빈 배로 돌아오는 것을 보는 것이 소년에게는 무엇보다도 가슴이 아팠다. 그는 늘 노인을 마중 나가서 노인이 사린 낚싯줄과 갈고리와 작살이며, 돛대에 둘둘 말아 놓은 돛 등을 챙기는 것을 도와주었다. 돛은 밀가루 부대로 여기저기 기운 것이어서 그것을 말아 올리면 영원한 패배를 상징하는 깃발로밖에는 보이지 않았다.

   노인은 야위고 초췌하고 목덜미에는 깊은 주름살이 잡혀 있었다. 열대지방 바다가 반사하는 태양열 때문에 노인의 볼에는 피부암을 연상케 하는 갈색 기미가 생기고, 그것이 얼굴 양편 훨씬 아래까지 번져 있었다. 양손에는 군데군데 깊은 상처 자리가 보였다. 밧줄을 다루어 큰 고기를 잡을 때 생긴 것이지만, 어느 것도 새로운 상처는 아니었다. 물고기가 살지 않는 사막의 풍식처럼 오랜 세월을 거친 상처들이었다.

   그의 모든 것은 다 늙었으나, 다만 바다와 같은 빛깔인 두 눈만은 명랑하고 패배를 몰랐다.

   "산티아고 할아버지!" 소년은 조각배를 매어놓은 둑에 함께 올라가면서 말했다. "다시 할아버지와 함께 갈 수 있어요. 돈도 좀 벌었으니까요."

   지금까지 노인은 소년에게 고기잡이하는 방법을 가르쳐 왔다. 그리고 소년은 노인을 따랐다.

   "아니다." 하고 노인이 말했다. "네가 타는 배는 운이 트여 있어. 그냥 그 배에 있거라."

"그렇지만 할아버지는 87일 동안 한 마리도 못 잡았는데, 우린 3주일 동안 매일 큰 놈을 잡은 걸 기억하시죠?"

"그럼, 기억하고말고." 하고 노인이 말했다. "난 네가 내 솜씨를 의심해서 떠난 것이 아니란 걸 잘 알고 있어."

"아버지가 할아버지 곁을 떠나게 했어요. 전 아이니까 아버지 말을 따라야 해요."

"그래 알아." 하고 노인은 말했다. "당연한 거지."

"아버진 신념이 없어요."

"그래." 하고 노인이 말했다. "그렇지만 우리에겐 그 신념이 있지, 그렇지 않니?"

"그래요." 하고 소년이 말했다. "오늘 테라스에서 맥주를 사 드리고 싶어요. 선구는 나중에 나르죠?"

"좋아." 하고 노인이 말했다. "어부끼리 사양할 건 없지."

테라스에 자리를 잡자 어부들이 노인을 놀렸지만, 노인은 화내지 않았다. 그중 나이 든 어부들은 그를 보고 서글퍼했다. 그러나 그들은 그런 내색은 하지 않고 조류와 얼마나 깊이 밧줄을 내렸다든가, 연이은 좋은 날씨와 고기잡이를 갔다 경험한 여러 가지 일들을 점잖게 이야기했다. 그날 많은 수확을 올린 어부들이 벌써 들어와 마알린(marlin, 청새치)의 배를 갈라 두 장의 판자 위에 가득 늘어놓고 판자 양쪽에 두 사람씩 붙어 비틀거리며 어류 저장고로 운반해 갔다. 거기서 아바나의 어시장으로 실어 갈 냉동 화물차를 기다리는 것이다. 상어를 잡은 어부들은 그 상어들을 맞은편 해안에 있는 상어 공장으로 날랐다. 거기서 상어를 도르래와 밧줄로 달아 올려서 간을 빼내고, 지느러미를 자르고 껍질을 벗기고 살은 소금에 절이기 위해서 토막을 내는 것이다.

바람이 동쪽에서 불어오면 항구 건너로 상어 공장의 냄새가 풍겨왔다. 그런데 오늘은 바람이 북쪽으로 방향을 돌렸다가 이내 잠잠해져 냄새도 나는 듯 마는 듯했다. 그래서 오늘은 테라스가 즐겁고 유쾌했다.

"산티아고 할아버지." 하고 소년이 불렀다.

"응." 하고 노인이 대답했다. 그는 맥주잔을 손에 든 채 옛일을 회상하고 있었다.

"내일 쓰실 정어리를 좀 구해다 드릴까요?"

"괜찮아. 가서 야구나 하렴. 나는 아직 노를 저을 수 있고, 로겔리오가 어망을 던져 주니까."

"그래도 가고 싶어요. 같이 고기잡이를 못 하니까 뭐라도 도와드리고 싶은 거예요."

"넌 맥주를 사 주지 않았니." 하고 노인은 말했다. "너도 이젠 어른이다."

"맨 처음 저를 배에 태워 주신 게 몇 살 때였죠?"

"다섯 살 때였지. 고기를 잡아 올렸을 때 어찌나 펄떡거렸는지 하마터면 배를 박살 낼 뻔했지. 그때 까딱하다 너도 죽을 뻔했지. 기억나니?"

"네, 기억나요. 그놈의 꼬리가 어찌나 무섭게 날뛰던지 배의 가름 나무가 다 부러졌었지요. 할아버지는 나를 젖은 낚싯줄이 있는 이물 쪽에 던져 버렸죠. 배가 마구 흔들리고, 마치 나무를 팰 때처럼 고기를 몽둥이로 후려치니 들큼한 피 냄새가 물씬 났어요."

"정말로 기억하고 있는 거니. 아니면 내 얘기를 들어 알고 있는 거니?"

"우리가 처음 나갔을 때부터의 일은 모두 기억하고 있어요."

노인은 햇볕에 그을린 자신만만하고 사랑스러운 눈매로 소년을 바라보았다.

"네가 내 자식이라면 데리고 나가서 모험이라도 해 보겠다만." 하고 노인은 말했다. "그러나 너는 네 아버지와 어머니의 아들이고, 운 좋은 배를 타고 있으니까."

"정어리를 구해 올까요? 그리고 미끼도 네 개쯤 구해 올 수 있어요."

"오늘 미끼가 남아 있다. 소금에 절여서 궤짝에 넣어 두었지."

"네 개 싱싱한 걸로 구해 올게요."

"그러면 하나만." 하고 노인은 말했다. 그에게는 아직 희망과 자신감이 사라지진 않았다. 때마침 미풍이 불자 새로운 마음이 솟아나고 있었기 때문이다.

"두 개예요." 하고 소년은 말했다.

"좋아." 하고 노인이 동의했다. "훔친 건 아니겠지?"

"훔칠 수도 있었지만." 하고 소년이 말했다. "이건 산 거예요."

"고맙다." 하고 노인은 말했다. 그는 너무도 단순해서 자기가 언제 겸손
해졌나 하는 따위를 생각하지 않았다. 그러나 그는 자기가 겸손해진 걸 깨
달았고, 그것은 부끄러운 것이 아니고 참된 긍지를 조금도 손상하지 않았
음을 알고 있었다.

"조수가 이 상태라면 내일은 재수가 좋겠는걸." 하고 노인이 말했다.

"어디로 가실 거예요?"

"멀리 나갔다가 바람이 바뀌는 데에서 돌아와야겠다. 먼동이 트기 전에
나가 버릴 작정이다."

"저도 주인아저씨에게 멀리 나가자고 해 보겠어요." 하고 소년이 말했
다.

"그래야 할아버지가 굉장한 놈을 잡았을 때 모두 거들어 드릴 수 있죠."

"그 사람은 멀리까지 나가려 하지 않아."

"그래요." 하고 소년이 말했다. "그렇지만 전 새가 날아가는 거라든가 주
인이 보지 못한 것을 봤다고 해서 돌고래를 쫓아 멀리 나가게 할 거예요."

"그 사람 그렇게 눈이 나쁘냐?"

"네, 거의 장님인걸요."

"그것참 이상하군, 그 사람은 거북잡이는 한 일이 없는데. 거북잡이를 하
면 눈을 상하거든."

"그렇지만 할아버지는 머스키토 해안에서 몇 년씩이나 거북잡이를 하셨
어도 눈이 좋잖아요?"

"나야 이상한 늙은이니까."

"그렇지만 엄청나게 큰 고기가 걸렸다 해도 이겨 낼 힘을 가지고 계시나
요?"

"가지고 있지, 게다가 여러 가지 방법이 있거든."

"이제 선구를 집으로 날라요." 하고 소년이 말했다. "그래야 투망을 가지
고 정어리를 잡으러 가지요."

그들은 배에서 선구를 집어 들었다. 노인은 돛대를 어깨에 메고, 소년은
단단히 꼰 낚싯줄을 감아서 넣은 나무 궤짝과 갈고리와 창이 꽂힌 작살을
날랐다. 미끼통은 큰 고기를 배 위로 끌어 올렸을 때 고기의 힘을 빼는 데
쓰는 몽둥이와 함께 고물(배의 뒷부분)에 나란히 놓여 있었다.

아무도 노인의 것을 훔치진 않지만, 돛과 굵은 밧줄은 밤이슬을 맞히면 안 되므로 집으로 가져가는 것이다. 노인도 이 지방 사람들이 자기 물건을 훔쳐 가지는 않을 거로 생각하지만, 갈고리나 작살을 배에 놔두는 것은 공연히 훔칠 마음을 갖게 하는 거로 생각했다.

노인과 소년은 나란히 노인의 판잣집 쪽으로 걸어 올라가서 열린 문으로 들어갔다. 노인은 돛을 감은 돛대를 벽에 기대 놓고, 소년은 궤짝이랑 다른 선구를 그 옆에다 놓았다. 돛대는 거의 오두막집 방 한 칸 길이만 했다. 그 집은 구아노라는 종려나무의 튼튼한 껍질로 만든 것으로 침대와 책상과 의자가 각각 하나씩 있고, 숯불로 음식을 끓이는 장소가 흙바닥에 있었다. 섬유가 질긴 구아노의 잎을 여러 겹 포개어 반반하게 만든 갈색 벽에는 채색한 그림이 붙어 있었다. 한 장은 예수의 상이고 다른 한 장은 코브레의 성모마리아 상이었다. 이것은 아내의 유물이었다. 전에는 그 벽에 아내의 낡은 사진이 걸려 있었으나, 그것을 볼 때마다 너무 울적해져서 구석 선반 위에 빨아 놓은 내의 밑에 떼어 두었다.

"뭐 먹을 게 있나요?" 하고 소년이 물었다.

"노랑 쌀 한 그릇하고 생선이 있지. 너도 좀 먹을래?"

"아뇨, 전 집에 가서 먹죠. 불을 피워 드릴까요?"

"아냐, 괜찮아. 나중에 내가 피우지. 그냥 찬밥을 먹어도 되고."

"제가 투망을 가져가도 될까요?"

"물론, 되고말고."

그러나 노인에게는 투망은 없었고, 소년은 그것을 언제 팔아 버렸는지를 기억하고 있었다. 그러나 그들은 이런 거짓 대화를 매일 주고받았다. 노랑 쌀도 생선도 있지 않았고, 소년 또한 그것을 알고 있었다.

"85란 재수 있는 숫자야." 하고 노인이 말했다. "내가 천 파운드도 더 되는 큰 놈을 잡아 오는 것을 보고 싶지?"

"전 투망을 가지고 정어리를 잡으러 가겠어요. 할아버지는 문 앞에서 햇볕이나 쬐며 앉아 계시겠어요?"

"그래, 어제 신문이 있으니까 야구 기사나 읽어야겠다."

어제 신문이란 것도 역시 거짓말인지 모른다고 소년은 생각했다. 그러나 노인은 그것을 침대 밑에서 꺼내 가지고 왔다.

"보데가(스페인어로 작은 요릿집이라는 뜻)에서 페드리코가 준 거다."
하고 노인이 설명했다.

"정어리가 잡히면 돌아올게요. 할아버지 것과 내 것을 함께 얼음에 채웠다가 아침에 나누면 돼요. 돌아오면 야구 이야기를 들려주세요."

"양키스팀이 질 리가 없어."

"그래도 클리블랜드의 인디언스팀도 안심할 수 없어요."

"얘, 양키스팀을 믿어. 위대한 디마지오가 있잖니?"

"나는 디트로이트의 타이거스팀과 클리블랜드의 인디언스팀이 겁나요."

"얘, 정신 차려. 그러다간 신시내티의 레즈팀이나 시카고의 화이트삭스팀까지도 겁내겠다."

"잘 읽어 두셨다가 제가 돌아오거든 얘기해 주세요."

"그건 그렇고, 끝이 85인 복권을 한 장 살 수 없을까? 내일이 85일째 되는 날이거든."

"살 수 있죠." 하고 소년이 말했다. "그렇지만 할아버지의 위대한 기록인 87은 어때요?"

"그런 일은 두 번 다시 없을 거다. 85를 찾아낼 수 있겠니?"

"주문하면 돼요."

"그래, 한 장만. 2달러 50센트다. 누구에게 빌리지?"

"문제없어요. 2달러 50센트쯤은 언제라도 빌릴 수 있어요."

"나도 빌릴 수 있을 거야. 하지만 나는 빌리고 싶지 않다. 처음에 빌리면 다음엔 구걸하게 되지."

"할아버지, 몸을 따뜻하게 해 두어야 해요." 하고 소년이 말했다. "지금은 9월이라는 걸 아셔야 해요."

"그래, 9월은 커다란 고기가 걸리는 계절이지." 하고 노인이 말했다. "5월이라면 누구라도 어부가 될 수 있고."

"이제 정어리를 잡으러 가겠어요." 하고 소년이 말했다.

한참 후 소년이 돌아와 보니, 노인은 의자에 잠들어 있었고 해는 이미 져 있었다. 소년은 낡은 군용 담요를 침대에서 가져와 의자 등받이에 펼쳐 잠든 노인 어깨에 덮어 주었다. 노인의 어깨는 무척 늙어 보였지만 아직도 힘이 있는 이상한 어깨였다. 목덜미도 힘이 있어 보이고, 노인이 잠이 들어 앞으로 고개를 숙이고 있어도 주름살이 거의 뚜렷하게 보이지 않았다. 노인이 입고 있는 셔츠는 너무 여러 번 기워서 마치 저 돛과 같았고, 기운 조각이 햇볕에 바래서 여러 가지 빛깔로 퇴색해 있었다. 노인의 머리는 역시 늙었고, 눈을 감은 얼굴에는 생기가 없었다. 무릎 위에는 신문이 펼쳐져 저녁의 산들바람을 받아 펄럭였으나, 팔 무게가 그것을 누르고 있었다. 그리고 노인의 발은 맨발이었다.

소년은 그를 그대로 두었다. 그리고 다시 돌아왔을 때도 노인은 여전히 자고 있었다.

"할아버지, 그만 일어나세요."

소년은 자기의 손을 노인의 무릎에 얹으면서 말했다.

노인은 눈을 뜨지만, 먼 꿈나라에서 돌아오느라고 잠시 시간이 걸렸다. 조금 후에 그는 웃었다.

"뭘 가져왔니?"

"저녁이에요." 하고 소년이 말했다. "우리 이제 저녁 먹어요."

"난 그다지 배고픈 줄 모르겠는데."

"자아, 어서 드세요. 잡수시지 않으면 고기잡이를 못 해요."

"그래." 하고 노인은 일어나서 신문을 접고는 담요를 개려고 했다. "전에는 굶고서도 곧잘 했는데."

"담요로 몸을 덮으세요." 하고 소년이 말했다. "제가 살아 있는 동안에는 굶고 고기잡이하시게는 안 하겠어요."

"그래, 오래 살려무나. 몸조심하고." 하고 노인이 말했다. "먹을 게 뭐가 있지?"

"까만 콩하고 쌀밥, 바나나튀김, 그리고 스튜 조금하고요."

소년은 테라스에서 두 층으로 된 양은그릇에 담아 가지고 온 것이다. 호주머니 속에는 종이로 싼 나이프와 포크와 숟가락이 들어 있었다.

"누가 준 거니?"

"마틴이에요. 주인 말이에요."

"고맙다고 인사를 해야겠군."

"제가 인사해 두었어요. 할아버지는 인사 안 하셔도 돼요."

"큰 고기를 잡으면 뱃살을 줘야겠다." 하고 노인이 말했다. "이번뿐 아니고 여러 번 주었니?"

"네, 그럴 거예요."

"그럼 뱃살만으론 안 되지. 좀 더 나은 걸 주어야겠다. 우리에게 퍽 마음을 써 주는 사람이야."

"맥주도 두 병 줬어요."

"난 깡통 맥주가 제일 좋아."

"알아요. 하지만 이건 병맥주예요. 해튜 맥주예요. 병은 돌려줄 거예요."

"고맙다." 하고 노인이 말했다. "어디 먹어 볼까?"

"아까부터 잡수시라고 했잖아요." 소년이 상냥하게 말했다. "할아버지가 준비가 다 될 때까지 뚜껑을 열고 싶지 않던 거예요."

"이제 준비됐다." 하고 노인이 말했다. "단지 손을 좀 씻고 싶었을 뿐이야."

'손은 어디서 씻는담.' 하고 소년은 생각했다. '마을의 물을 공급하는 곳은 두 거리를 지나쳐가야 했다. 물을 길어 와야겠구나. 비누하고 수건도. 왜 내가 여기까지 생각이 미치지 못했을까? 셔츠와 재킷도 하나 있어야겠고, 겨울 준비로 신을 것이랑 담요도 몇 장 더 있어야겠다.'

"스튜가 맛있구나." 하고 노인이 말했다.

"야구 얘길 해 주세요." 하고 소년이 청했다.

"아메리칸 리그전에선 내가 말한 대로 역시 양키스팀이야." 노인은 즐거운 듯이 말했다.

"오늘은 졌는걸요." 하고 소년이 말했다.

"그건 문제도 안 돼. 위대한 디마지오가 실력을 발휘할 거야."

"그 팀엔 다른 선수들도 있잖아요."

"그야 물론이지. 하지만 그는 특별한 사람이야. 다른 리그에서 브루클린하고 필라델피아라면 난 브루클린 편을 들지. 그리고 보니 딕 시슬러가 낯익은 야구장에서 굉장한 볼을 날렸던 생각이 나는구나."

"그런 맹타는 좀처럼 없어요. 제가 본 중에서 가장 긴 볼을 쳤어요."

"그가 테라스에 곧잘 오곤 했었는데, 생각나니? 그를 고기잡이에 같이 데리고 가고 싶었는데 소심해서 말을 못 건넸지. 그래서 너보고 말해 보라니까, 너도 너무 소심해서 말을 못 했었지."

"그랬어요. 큰 실수였어요. 말을 걸었더라면 함께 가 주었을지도 모르는데. 그렇게 됐다면 평생 자랑거리가 되었겠죠."

"난 그 위대한 디마지오를 한번 고기잡이에 데리고 가고 싶어." 하고 노인이 말했다. "그의 아버지가 어부였다지. 아마 우리처럼 가난했을 테고. 우릴 이해할 거야."

"위대한 시슬러의 아버지는 가난해 보질 않았고, 저만할 때 벌써 큰 리그전에 나갔어요."

"내가 너만 한 나이였을 때 아프리카로 다니는 가로돛을 단 배에 선원으로 있었는데, 저녁때면 해변의 사자들을 보았지."

"알아요, 얘기해 주셨어요."

"아프리카 얘기를 할까, 야구 얘기를 할까?"

"야구 얘기가 좋아요." 하고 소년이 말했다. "존. J. 맥그로우 얘기를 해 주세요."

소년은 J를 호타라고 발음했다.

"그도 예전에는 이따금 테라스에 오곤 했지. 그런데 술만 먹으면 난폭해지고, 입이 거칠고 다루기 힘들었어. 야구뿐 아니고 경마도 열심이었지. 항상 호주머니 속에 말의 명단을 넣고 다니고, 전화에 자주 말의 이름을 대곤 했지."

"훌륭한 매니저였어요." 하고 소년이 말했다. "아버지는 그만한 사람도 없다고 하세요."

"그거야 그가 여기 잘 나타났으니까 그렇지." 하고 노인이 말했다. "만약 듀로처가 해마다 계속해서 왔었다면 네 아버진 그를 가장 훌륭한 감독이라고 말했을 거야."

"그럼, 누가 정말로 훌륭한 매니저예요? 류크? 마이크 곤잘레스?"

"둘 다 비슷하겠지."

"그리고 가장 훌륭한 어부는 할아버지예요."

"아냐, 난 더 훌륭한 어부를 알고 있다."

"천만에요." 하고 소년이 말했다. "고기 잘 잡는 어부도 많고, 훌륭한 어부도 있기는 했어요. 하지만 역시 할아버지뿐이에요."

"고맙다. 날 기쁘게 해 주는구나. 너무 엄청난 고기가 걸려서 우리 생각을 뒤엎어 버리지 않았으면 좋겠다."

"그런 고기가 있을 게 뭐예요. 할아버지 말씀대로 여전히 튼튼하시다면 그런 고긴 없을 거예요."

"생각만큼 그렇게 튼튼하지 않을지 모르지." 하고 노인이 말했다. "그러나 여러 가지 방법은 알고 있고, 신념이 있으니까."

"할아버지 이젠 주무셔야 내일 아침에 기운이 나죠. 이것들을 테라스에 돌려주겠어요."

"그래, 그럼 잘 자라. 아침에 깨우러 가마."

"네, 할아버지는 제 자명종이에요." 하고 소년이 말했다.

"나에겐 나이가 자명종이지." 하고 노인이 말했다.

"늙은이들은 왜 그렇게 일찍 일어날까? 좀 더 긴 하루를 갖고 싶어서일까?"

"전 모르겠어요." 하고 소년이 말했다. "제가 아는 건 아이들은 늦게까지 곤하게 잔다는 것뿐이에요."

"나도 그건 기억하지." 하고 노인이 말했다. "늦지 않도록 깨울게."

"전 주인이 깨워 주는 게 싫어요. 그때마다 내가 그보다 못난 것 같아서요."

"그래, 알겠다."

"할아버지, 안녕히 주무세요."

소년은 밖으로 나갔다. 그들은 식탁에 불을 켜지 않고 저녁을 먹었기 때문에 노인은 어둠 속에서 바지를 벗고 자리에 들었다. 바지를 말아 그 속에 신문을 끼워 넣어 베개 대신 베고, 담요로 몸을 감고 침대 스프링을 덮은 낡은 신문지 위에서 잠을 잤다.

노인은 곧 잠들고, 어렸을 적 소년이었을 때 본 아프리카의 황금빛 긴 모래밭과 너무도 하얗게 빛나 눈부신 해안, 그리고 높은 갑(岬)과 우뚝 솟은 거대한 갈색 산들이 꿈속에 나타났다. 요즈음 그는 밤마다 이 해안에서 살다시피 했고, 꿈속에서 파도 소리와 파도를 헤치고 노 저어 오는 토인(원주민)의 배를 보았다. 그는 자면서 갑판의 타르와 뱃밥 냄새를 맡았다. 그리고 아침이면 미풍에 실려 불어오는 아프리카 대륙의 냄새를 맡았다.

여느 때는 물에서 불어 오는 미풍 냄새를 맡고 눈을 뜨고 잠에서 깨어나

옷을 입고 소년을 깨우러 갔다. 그러나 오늘 밤은 미풍 냄새가 너무 빨리 와 꿈속에서도 너무 이르다는 것을 알고, 다시 꿈을 계속 꾸며 섬들의 흰 봉우리가 바다에 솟아 있는 것을 보고, 다음엔 카나리아 군도의 여러 항구와 선착장 꿈을 꾸었다.

그는 이제 폭풍우도, 여자도, 큰 사건도, 큰 고기도, 싸움도, 힘겨루기도, 죽은 아내도 꿈꾸지 않았다. 여기저기 여러 고장과 해변의 사자들 꿈만 꾸었다. 그들은 황혼 속에서 새끼 고양이처럼 놀았고, 그는 소년을 사랑하는 것처럼 그들을 사랑했다. 그러나 그는 결코 소년의 꿈은 꾸지 않았다. 문득 잠이 깨어 열린 창으로 달을 내다보고 바지를 펴서 입었다. 판잣집 바깥에서 오줌을 누고, 소년을 깨우러 길을 걸어 올라갔다. 새벽 한기에 몸이 떨렸다. 그러나 그는 떨고 있노라면 따뜻해진다는 것과 곧 바다로 노를 젓게 될 것을 알고 있었다.

소년이 사는 집은 문이 잠겨 있지 않아, 그는 문을 열고 맨발로 조용히 들어갔다. 소년은 첫째 방 침대에서 자고 있었는데, 희미해져 가는 달빛의 어스름 속에서 그를 뚜렷이 볼 수 있었다. 그는 소년의 한쪽 발을 살그머니 잡아 소년이 눈을 뜨고 자기 쪽을 돌아볼 때까지 쥐고 있었다. 노인이 고개를 끄덕끄덕하니 소년은 침대 옆 의자에서 바지를 집어 들고 침대에 걸터앉아서 입었다.

노인이 문밖으로 나오자 소년이 따라 나왔다.

소년은 졸렸다. 노인은 소년의 어깨에 팔을 얹으며 말했다.

"미안한데."

"천만에요." 하고 소년이 말했다. "어른이니까 그렇게 해 주셔야죠."

그들은 노인이 사는 판잣집으로 가는 길을 내려갔다. 맨발의 어부들이 자기 배의 돛대를 어깨에 메고 어둠 속에서 걸어가고 있었다.

노인의 집에 이르자 소년은 바구니에 든 낚싯줄과 작살과 갈고리를 들고, 노인은 돛을 감은 돛대를 어깨에 메었다.

"커피 드시겠어요?" 하고 소년이 물었다.

"이 선구를 배에 날라 놓고 나서 조금 마시자."

그들은 새벽에 어부들을 위해 일찍 여는 음식점으로 가서 연유통으로 커피를 마셨다.

"할아버지, 잘 주무셨어요?" 하고 소년이 물었다. 그는 아직도 졸린 듯했지만, 이제야 정신이 든 모양이다.

"잘 잤다, 마놀린." 하고 노인이 말했다. "오늘은 자신이 생긴다."

"저도 그래요." 하고 소년이 말했다. "그럼 할아버지 정어리하고 내 것하고, 할아버지의 싱싱한 미끼를 가져올게요. 주인아저씨는 손수 도구를 날라요. 아무도 시키려 하지 않아요."

"우리는 안 그렇지." 하고 노인이 말했다. "네가 다섯 살 때부터 나르게 했으니까."

"알고 있어요." 하고 소년이 말했다. "얼른 돌아올게요. 커피를 한 잔 더 드세요. 여기에선 외상이 통하니까요."

그는 맨발로 산호 바위 위를 걸어 미끼를 맡겨 둔 얼음집으로 걸어갔다.

노인은 천천히 커피를 마셨다. 이것으로 오늘 하루를 견뎌 내야 하므로 그것을 마셔 둬야 한다는 것을 알았다. 벌써 오래전부터 먹는 것이 귀찮아져서 점심밥은 가지고 나가지 않았다. 뱃머리에 있는 물 한 병이 그가 종일 필요로 하는 전부였다.

소년이 정어리와 신문지에 싼 미끼 두 뭉치를 갖고 돌아왔다. 그들은 발밑에 자갈 섞인 모래의 감촉을 느끼면서 조각배가 있는 데로 내려가 조각배를 끌어 물 가운데로 밀어 넣었다.

"행운을 빌어요, 할아버지."

"너도 행운을 빈다." 하고 노인이 대답했다.

그는 노를 잡아맨 밧줄을 노받이 말뚝에 매고, 노를 물속에 담가 몸을 앞으로 구부리며 어둠 속에서 항구를 벗어나 저어 나갔다. 해안의 다른 곳 배들도 바다로 나가고 있었는데 달은 이제 산 너머로 져서 배는 보이지 않지만, 노를 젓는 물소리는 들려왔다.

이따금 어느 배에선지 말소리가 들렸다. 그러나 대개의 고깃배는 노 젓는 소리만 들릴 뿐 조용했다. 항구 밖으로 나서자 각각 고기 떼를 찾을 수 있으리라고 생각되는 바다의 이곳저곳으로 방향을 돌려 흩어져 갔다. 노인은 멀리 나가 볼 생각이었으므로 물 냄새를 뒤로하고 대양의 맑은 이른 아침 냄새 속으로 노 저어 갔다. 어부들이 큰 우물이라고 부르는 곳까지 저어 갔을 때, 그는 해초의 인광을 물속에서 보았다. 이곳은 물의 깊이가 7백 길이나 되기 때문에 이렇게 부르는데, 조류가 그 바다 밑바닥의 급한 경사면에 부딪혀 생기는 소용돌이로 온갖 종류의 고기가 모여들었다. 새우와 미끼 고기가 떼 지어서 모여 있고, 가장 깊은 구멍에는 오징어 떼도 모이는데, 이것들은 밤이 되면 수면 가까이 떠올라 오가는 고기들에게 잡아먹혔다.

노인은 어둠 속에서도 아침이 다가오는 것을 느낄 수 있었고, 날치가 물을 차고 올라올 때 내는 소리와 그 빳빳이 세운 날개가 어두운 밤하늘을 가르며 쉿쉿 하는 소리를 노를 저으면서 들었다. 바다에서는 날치들이 제일 가는 친구여서, 그는 날치를 좋아했다. 그러나 새는 불쌍하다고 생각했다. 특히 조그맣고 약한 검은 제비갈매기처럼 항상 날아다니면서 먹이를 찾지만 거의 찾지 못하는 새들을 보면 더욱 그랬다. '파리새나 크고 억센 종류 말고는 우리보다도 더 고달픈 생활을 하는구나. 이 잔혹할 수 있는 바다에 어찌 바다제비같이 약하고 예쁜 새를 만들어 놨을까? 바다는 다정하고 대단히 아름답다. 하지만 잔혹해질 수도 있고 갑자기 그렇게도 되는데, 가냘프고 슬프디슬픈 약한 소리로 울고 물에 주둥이를 담그며 먹이를 찾아 헤매는 저 새들은 바다에 살기엔 너무도 연약하지 않을까.'

노인은 바다를 생각할 때 항상 '라 마르'라고 생각했는데, 그것은 이 지방 사람들이 바다를 사랑할 때 부르는 스페인어였다. 바다를 사랑하는 사람들도 때로 바다에 대해 욕설을 퍼붓지만, 그때도 역시 바다를 여성으로 취급해서 욕한다. 젊은 어부들 가운데 낚시찌 대신에 부표를 사용하고 상어의 간을 팔아 번 돈으로 모터보트를 사들인 사람들은 바다를 남성으로 하여 '엘 마르'라고 부른다. 그들은 바다를 투쟁 상대나, 일터나, 심지어 적인 것처럼 불렀다. 그러나 노인은 항상 바다를 여성이라고 생각했고, 큰 은혜를 베풀어 주거나 주지 않거나 하는 것으로 생각했다. 설령 바다가 거칠거나 화를 끼치는 일이 있다 해도 할 수 없는 일이거니 생각했다. 달이 여인에게 영향을 미치듯이 바다에도 미친다고 생각했다.

그는 꾸준히 노를 저어 갔다. 무리하게 속력을 내지도 않았고, 해면도 물굽이가 이따금 소용돌이치는 곳을 제외하고는 잔잔했기 때문에 전혀 힘이 들지 않았다. 3분의 1가량은 조류에 내맡겨 흘러와 날이 밝을 무렵에는 이 시간에 저어 나오려던 거리보다 훨씬 멀리 나와 있음을 알았다.

'나는 1주일 동안 깊은 샘을 찾아다녔지만 하나도 잡히지 않았지. 오늘은 칼고등어나 다랑어 떼가 모이는 데로 가서 줄을 내리면, 어쩌면 근처에 큰 놈이 있을지도 모르지.' 하고 그는 생각했다.

노인은 날이 밝기 전에 미끼를 꺼내고 물이 흐르는 대로 배를 맡겨 놓고 있었다. 첫 미끼는 마흔 길 되는 깊이에 넣었다. 두 번째 미끼는 일흔다섯 길, 셋째 미끼는 백 길과 백스물다섯 길 되는 푸른 물속에 넣었다. 낚싯바늘의 곧은 부분에 미끼 고기를 거꾸로 꿰어 단단히 묶어 꿰매었고, 낚시의 굽은 부분과 끝은 싱싱한 정어리로 싸여 있었다. 낚시로 두 눈을 꿰뚫어 걸린 정어리는 낚시에 반월형의 화환같이 돼 있었다. 큰 고기가 구수한 냄새와 맛을 느끼지 않을 부분은 낚시의 어느 곳에도 없었다.

소년이 준 두 마리의 싱싱한 다랑어 새끼는 제일 깊은 곳에 넣은 두 낚싯줄에 추처럼 매달았고, 다른 줄에는 전에 쓰던 크고 푸른빛의 방어와 누런빛의 수컷 연어를 달았다. 전에 쓰던 것이지만 아직 성하여 냄새를 풍겨 끌어들이기 위해 싱싱한 정어리와 함께 물속에 매단 것이다. 어떤 줄도 모두 큰 연필만큼 굵고 그 끝은 초록색 칠을 한 막대기에 매달려 있어, 고기가 미끼에 달려들기만 하면 막대기가 기울어지게 되어 있었다. 그리고 모두 마흔 길의 코일이 두 개씩 달려 있고, 이것을 다른 여분의 코일에 맬 수도 있어 필요하다면 고기는 삼백 길의 낚싯줄을 끌고 나갈 수 있었다.

지금 노인은 뱃전 너머로 세 개의 막대기가 기우는 것을 지켜보면서, 낚싯줄이 팽팽하게 아래위로 늘어져서 미끼가 적당한 깊이를 유지하도록 가만가만 노질했다. 이젠 날이 밝아와 금방이라도 해가 솟을 것 같았다.

바다 위로 어렴풋이 해가 떠오르자, 노인은 다른 배들을 볼 수 있었다. 해면을 기는 것처럼 얕게 해안을 배경으로 조류를 가로질러 흩어져 있었다. 해는 더 밝아지고 해면에 섬광을 깔더니, 조금 후에 완전히 모습을 드러내자 평평한 바다가 노인의 눈에 빛을 반사하여 눈이 부셨으므로 얼굴을 돌리고 노를 저었다. 그는 어두운 바다 밑으로 팽팽히 드리워져 있는 낚싯줄을 물속으로 지켜보았다. 그는 다른 누구보다도 팽팽하게 줄을 드리웠는데, 그래야만 언제나 어두운 바닷속 자기가 바라는 수심 깊은 곳에 어김없이 미끼를 놓았다가 그곳을 지나는 고기를 잡을 수 있는 것이다. 대부분 다른 어부들은 미끼를 조류에 내맡기고 있으므로, 백 길이라고 생각해도 실제로 육십 길 정도밖에 안 되는 것이다.

'그러나 나는 항상 정확히 드리워 놓거든.' 하고 그는 생각했다. '다만 재수가 없을 뿐이지. 그러나 누가 알아? 아마 오늘만큼은 하루하루가 새로운 날인걸. 재수가 있다면 더 좋기는 하지. 그러나 나는 정확을 기하겠어. 그래야 운이 다가오면 얼른 받아들일 수가 있을 거 아닌가.'

해가 떠오른 지 두 시간이 지나자 동쪽을 보아도 별로 눈이 아프지 않았다. 이제 배는 세 척밖에 눈에 보이지 않았고, 그것도 멀리 해변 가까운 쪽에 떠 있었다.

'일평생 아침 해가 내 눈을 상하게 했거든.' 하고 노인은 생각했다. '그러나 내 눈은 아직 끄떡없다. 저녁때 나는 아무렇지도 않게 해를 똑바로 바라볼 수가 있다. 저녁 햇빛이 더 강하다. 그러나 아침 해는 눈이 아프다.'

마침 그때 군함조(가마우지, 빠르고 멀리 나는 새) 한 마리가 길고 검은 날개를 펴고 그의 앞쪽 바다 상공을 돌고 있는 것이 보였다. 새는 뒤로 날개를 치며 급히 내려왔다가 다시 날아올라 하늘을 돌았다.

"무언가 봤구나." 하고 노인은 소리를 내며 말했다. "그저 찾고 있는 건 아닌데."

그는 새가 맴돌고 있는 곳을 향해 천천히, 꾸준히 배를 저어 갔다. 서두르지 않고 줄을 아래위로 팽팽히 드리운 채 저어 갔다. 그러나 그는 조류의 속도보다 약간 빠르게 저어 갔다. 정확히 낚시질하면서도 새를 표적 삼아 고기잡이하지 않을 때보다 빠르게 움직였다.

새는 더욱 하늘 높이 올라가 날개는 움직이지 않고 다시 빙빙 맴돌았다. 그러다 갑자기 새는 쏜살같이 해면으로 내려왔고, 그때 노인은 물 위로 날치가 튀어 올라 필사적으로 해면을 날아가는 것을 보았다.

"돌고래군." 하고 노인이 소리 내어 말했다. "큰돌고래야."

그는 노를 노받이에 걸고 이물 밑창에서 가는 낚싯줄을 꺼냈다. 그 줄에는 철사로 된 낚시걸이와 중간 크기의 낚시가 달려 있었다. 그는 정어리 한 마리를 미끼로 달아 줄을 뱃전 너머로 던지고 그 끝을 배의 고물 부분 고리에 단단히 비끄러맸다. 그런 다음 또 한 줄에 미끼를 달아 이물 구석에 둘둘 말아 놓았다. 그는 다시 노를 저으며 이제는 저 멀리에서 얕게 날며 먹이를 찾고 있는 날개가 긴 검은 새를 지켜보고 있었다.

그가 지켜보고 있자니 새는 날개를 비스듬히 기울이고 해면으로 날아내려 와 날치를 쫓아 맹렬하고 초조하게 날갯짓을 했다. 노인은 순간, 큰돌고 래가 달아나는 날치를 쫓느라고 해면이 약간 부풀어 오르는 것을 보았다. 돌고래는 날치가 나는 해면 밑을 전속력으로 가르면서 달려가고 있었다. 날치가 해면으로 떨어지면 그걸 받아먹으려는 거다. '큰돌고래 떼로구나.' 하고 그는 생각했다. 돌고래 떼는 넓게 퍼져 있었다. 날치는 살아날 가망이 별로 없다. 새도 헛수고를 할 뿐이다. 새에게 날치는 너무 크고 빨랐다. 그 는 날치가 몇 번씩이나 뛰어오르는 것과 새의 헛된 동작을 지켜보았다.

'저 돌고래 떼는 멀리 가 버렸군.' 하고 그는 생각했다. '그것들은 너무 빨리, 너무 멀리까지 달리고 있었다. 그러나 떼에서 뒤처진 놈을 잡을 수도 있겠지. 내 큰 고기가 근방에 있을지도 모른다. 틀림없이 내 큰 고기가 어 딘가에 있을 거다.'

이제 구름은 육지 위에 산처럼 뭉게뭉게 피어올라 있고, 해안은 연하고 푸른 산을 배경으로 한 긴 초록빛으로 보였다. 물은 이제 검푸르고 너무 짙 어 거의 보랏빛이었다. 물속을 들여다보니 짙푸른 물속에 체로 쳐낸 듯한 붉은 부유 생물이 떠 있고, 햇빛에 반사하여 이상한 빛이 무늬를 놓고 있었 다. 낚싯줄은 물속 안 보이는 곳에 있고, 부유 생물이 많으면 고기가 있음 을 뜻하므로 그는 만족했다. 태양이 높이 떠오른 지금 물속에는 이상한 빛 의 무늬가 보이는 것은 좋은 날씨가 되려는 징조다. 육지 위에 뜬, 구름의 형태로도 알 수 있었다. 그러나 새의 모습은 해면에서 이제 거의 보이지 않 을 만큼 날아갔다. 다만 배의 바로 옆에 햇빛에 바랜 누런 해초가 여기저기 떠 있으며, 보랏빛으로 반짝이며 아교질 부레와 똑같이 생긴 고깔해파리들 이 뱃전 가까이에 떠 있다. 그것들은 옆으로 뒤집혔다 다시 똑바로 뜨곤 했 다. 치명적인 독이 있는 보랏빛의 섬유상 세포가 물속에 1야드가량 한가한 듯 기다랗게 꼬리를 끌며 물거품을 이루고 떠 있었다.

"아구아말라(스페인어로 독한 물이라는 뜻)로군." 하고 노인이 중얼거렸 다. "갈보 년 같으니라고."

노를 가볍게 저으며 물속을 들여다보니 꼬리에 달린 섬유상의 세포와 똑 같은 색의 작은 고기들이 그사이를 헤엄쳐 다니고, 떠 있는 해초로 생긴 조 그만 그늘 밑에 무리 짓고 있었다. 그 고기들은 독에 면역이 되어 있었다. 그러나 사람은 그렇지 못해 보랏빛 끈끈한 섬유상의 세포가 낚싯줄에 눌어붙어 있을 때 고기잡이를 하면, 독이 있는 담쟁이덩굴이나 옻나무에서 오르는 것과 같은 물집이나 상처가 손이나 팔에 생긴다. 게다가 아구아말라 독은 회초리로 때린 자국만큼이나 당장 부풀어 올랐다.

무지갯빛의 거품은 아름다웠다. 그러나 이것은 바다를 속이는 물건이라, 큰 바다거북이 그것들을 먹는 것을 보면 정면으로 다가가 눈을 감고 목을 껍질 속에 감추고 섬유상 세포를 먹는 것이다. 노인은 바다거북이 이렇게 먹는 것을 보기 좋아했고, 폭풍 뒤에 해안으로 떠밀려온 것들을 뿔처럼 굳은 발뒤꿈치로 밟는 것도 좋아했다. 또 그때 '퍽퍽' 하며 터지는 소리도 좋아했다.

그는 푸른 거북과 대모 거북은 우아하고 속력이 있어 값이 많이 나가 좋아했으나, 크기만 하고 우둔한 붉은 거북에 대해서는 친밀감 섞인 경멸감을 가지고 있었다. 이놈은 누런빛 껍데기를 뒤집어쓰고 교미하는 모양이 이상하고, 눈을 감은 채 신나게 고깔해파리를 집어삼키는 것이다.

그는 여러 번 배를 타고 거북 잡기를 나갔지만, 거북에 대해서 신비스러운 생각은 갖지 않았다. 그는 모든 거북에 대해서, 심지어 길이가 조각배만 하고 무게가 1톤이나 나가는 거대한 거북에 대해서까지 미안한 생각이 들었다. 거북의 심장은 살을 갈라 버린 뒤에도 몇 시간 동안 뛰기 때문에, 거북에 대해서는 대개가 무자비하다. '그러나 나도 그런 심장을 가졌고, 내 손과 발도 거북과 비슷하다.' 하고 그는 생각했다. 그는 힘을 기르기 위해 거북의 흰 알을 먹었다. 9월과 10월에 정말로 큰 고기를 잡을 힘을 기르기 위해 5월 한 달 내내 그 알을 먹었다.

그는 또 여러 어부가 선구를 넣어 두는 판잣집의 드럼통에서 상어의 간유를 매일 한 잔씩 먹었다. 어부가 원하면 누구든 마실 수 있게 놔두었으나, 어부들은 대부분 그 맛을 싫어했다. 그러나 그것은 어부들이 매일 아침 일찍 일어나야 하는 괴로움에 비하면 아무것도 아니고, 감기나 유행성 독감에도 좋고 눈에도 좋은 약이었다.

문득 노인은 다시 새가 맴도는 것을 올려다보았다.

"고기를 찾았구나." 하고 그는 큰 소리로 말했다. 이제 해면을 박차고 날아오르는 날치도 없었고 미끼 고기들도 흩어져 있지 않았다. 그러나 노인이 눈여겨보니까 조그만 다랑어 한 마리가 뛰어올랐다가 머리를 거꾸로 하고 물속에서 떨어졌다. 비늘이 햇빛을 받아 은빛으로 빛났고, 그것이 떨어지자 다른 물고기가 연달아 뛰어올랐다가 사방으로 곤두박질하고 물을 휘젓고 미끼 고기를 따라 멀리 뛰었다. 미끼 고기 주변을 돌기도 하고 쫓아오기도 했다.

'너무 빠르게 가지만 않는다면 따라가겠는데.' 하고 노인은 생각하며 물거품을 하얗게 일으키는 다랑어 떼와 겁에 질려 해면으로 쫓겨 올라온 미끼 고기를 향해 내리 덮치는 새를 지켜보고 있었다.

"새가 큰 도움이 되거든." 하고 노인이 말했다. 그때 낚싯줄을 한번 감아서 발밑에 누르고 있던 배 뒤편의 줄이 팽팽하게 당겨졌다. 그는 노를 놓고 줄을 단단히 잡고 끌어당기기 시작하면서 물속의 조그만 다랑어가 부르르 떨며 잡아당기는 무게를 느꼈다. 당기는 데 따라 진동도 더해지고 물속으로 고기의 푸른 등을 볼 수 있었고, 뱃전으로 끌어올리기 전에 금빛으로 빛나는 배때기가 보였다. 힘을 주어서 홱 낚아채니 고기는 뱃전을 훌쩍 넘어서 배 위로 날아 들어왔다. 단단하고 총알처럼 생긴 다랑어는 햇빛을 받고 이물 바닥에 누워 커다랗고 멍청한 눈을 크게 뜨고는, 쭉 뻗은 날쌘 꼬리로 배 바닥 널빤지를 두드리며 자신의 생명을 재촉하고 있었다. 노인은 친절한 마음에서 그 머리를 때려 고물 쪽으로 내던졌다. 고기는 고물 끝 그늘에서 떨고 있었다.

"다랑어야." 하고 노인은 소리 내어 말했다. "훌륭한 미끼가 되겠군. 10파운드는 되겠는걸."

그는 도대체 언제쯤부터 소리 내어 중얼거리게 됐는지 생각나지 않았다. 예전에 혼자 있을 때면 곧잘 노래를 불렀고, 밤에도 스매그 선(고기를 산 채로 넣어 두는 통발을 갖춘 어선)이나 거북잡이 배에서도, 또 어선에서 당번이 돌아와 혼자 키를 잡을 때도 가끔 노래를 부르곤 했다. 아마 혼자 있을 때 소리를 내어 말하게 된 것은 소년이 배에서 떠나 버린 후인 것 같았다. 그러나 명확하게 생각나지는 않았다. 소년과 둘이 고기잡이할 때는 대개 서로 필요할 때만 말했다. 말을 주고받는 것은, 밤이 되어서거나 날씨가 나빠 배를 띄울 수 없을 때뿐이다. 바다에서는 쓸데없는 말을 하지 않는 것이 미덕으로 되어 있었고, 노인도 그것을 마땅하게 생각했고 그것을 존중했다. 그러나 지금 그는 자기 생각을 소리 내어 몇 번이고 말했다. 귀찮아할 사람이 없기 때문이다.

"누군가, 내가 소리 내어 중얼거리는 것을 들으면 미쳤다고 생각하겠지." 하고 그는 소리 내어 말했다. "하지만 미치지 않았으니 상관없어. 돈 있는 사람들은 배에서도 라디오를 틀고 이야기를 듣고 야구 방송을 듣거든."

'지금은 야구 생각을 할 때가 아니지.' 하고 그는 생각했다. '지금은 다만 한 가지만을 생각해야 해. 그걸 위해서 내가 태어난 걸 생각해야지. 저 다랑어 떼 주위에 큰 고기가 있을지도 모른다. 나는 아직 먹이를 먹고 있는 다랑어 떼의 낙오자를 잡아 올렸을 뿐이다. 그러나 그것들은 먼 곳에서 빠르게 달리고 있다. 오늘 해면에서 본 건 모두가 북동쪽을 향해 빠르게 달렸다. 그건 시간 탓일까? 아니면 내가 모르는 날씨의 무슨 징조일까?'

이제 초록빛 해안은 보이지 않고 다만 푸른 산의 봉우리가 마치 눈에 덮인 것처럼 하얗게 보였고, 다시 그 위로 우뚝 솟은 설산처럼 흰 구름이 떠 있었다. 바다는 퍽 어두운 빛깔이고, 광선이 물속의 프리즘을 이루고 있었다. 무수한 부유 생물의 떼들도 내리쬐는 햇빛 때문에 보이지 않고, 1마일 깊이의 물속으로 똑바로 늘어져 있는 낚싯줄 주변에는 푸른 물속 깊은 곳에 거대한 프리즘 현상이 보일 뿐이었다. 다랑어 떼는 다시 물러갔다. 어부들은 이 종류의 고기를 모두 다랑어라고 했고, 매매 할 때나 미끼 고기와 바꿀 때만 각각 명칭을 붙여 구별했다. 이제 햇볕은 뜨거워지고 노인은 그 열을 목덜미에 느꼈다. 노질하는 데 땀이 등골을 타고 흘러내렸다.

'배를 띄워 놓고 낚싯줄을 발끝에 감아 매두고 한잠 자도 고기가 물면 쉽게 깨어날 텐데.' 하고 생각했다. '아니다, 오늘은 85일째니까 무슨 일이 있어도 많이 잡아야지.'

바로 그때, 줄을 지켜보던 그는 물 위로 초록빛 막대기가 갑자기 확 기울었다 들려지는 것을 보았다.

"옳지." 하고 그는 중얼거렸다. "됐다." 그는 노가 배에 닿아 덜컹거리지 않도록 노를 노받이에 올려놓았다. 팔을 뻗어 오른손 엄지손가락과 집게손가락 사이로 살짝 줄을 들었다. 당겨지는 느낌도 무게도 느껴지지 않아 가볍게 들고 있었다. 그러자 또 확 당겨졌다. 이번에는 세게도 거칠게도 당기지 않고 눈치를 보는 정도였다. 그는 모든 사태를 확실히 알아차렸다. 지금

백 길 물속에서 마알린이 조그만 다랑어 주둥이에서 내민 갈고리에 방울처럼 매달린 정어리를 뜯어먹고 있는 것이었다.

노인은 가볍게 왼손으로 줄을 쥔 채 그것을 살그머니 막대기에서 벗겼다. 이제 고기에게 아무런 저항도 주지 않고 손가락 사이로 줄을 풀어낼 수 있었다.

'이렇게 멀리까지 나왔고, 9월이니까 보기 드물게 큰 놈일 것이다.' 하고 그는 생각했다. '먹어라, 잔뜩 먹어라. 제발, 많이 먹어라. 모두 싱싱한 놈들이다. 그런데도 너는 6백 피트나 되는 그 차고 어두운 물속에서 우물거리고 있다니! 그 어둠 속에서 또 한 바퀴 돌고 와서 먹어 보렴.'

그는 가볍고 조심스럽게 당기는 것을 느꼈고, 정어리 대가리를 낚시에서 떼어내기가 힘든지 세게 당기는 것이 느껴졌다. 그러나 곧 잠잠해졌다.

"자아." 하고 노인은 큰 소리로 말했다. "다시 한 바퀴 돌아. 그리고 냄새를 맡아 봐라! 근사하지? 이번에는 실컷 뜯어봐라, 다랑어도 있잖아. 단단하고, 차고, 맛있어. 사양할 것 없어. 자아, 많이 먹어."

그는 엄지손가락과 집게손가락 사이에 줄을 낀 채 줄을 지켜보고, 또 고기가 아래위로 헤엄칠 수도 있어 다른 줄에도 눈길을 보냈다. 그러자 그때 아까와 같이 고기가 줄을 가만가만 건드렸다.

"먹겠지!" 하고 노인은 큰 소리로 말했다. "하느님 제발 먹게 해 주십시오."

그러나 고기는 먹지 않았다. 가 버렸는지 아무 반응이 없었다.

"가 버릴 리가 없는데." 하고 그는 말했다. "절대로 가 버릴 리가 없어. 그저 한 바퀴 돌 뿐이야. 어쩌면 전에 한번 걸린 일이 있어 그것을 생각해 냈는지도 모르지."

그러자 줄에 가벼운 반응이 느껴지자 흐뭇했다.

"한 바퀴 돌고 왔을 뿐이야." 하고 그는 말했다. "이젠 틀림없이 먹겠지."

가볍게 끌리는 기분이 그를 만족케 했으나 갑자기 무언가 벅찰 만큼 억센 반응이 느껴졌다. 틀림없이 고기의 무게였다. 예비로 마련한 두 줄 중 하나가 계속 밑으로 풀려나가기 시작했다. 노인의 손가락 사이로 줄이 풀려 내려가도 엄지손가락과 집게손가락 끝에 저항은 거의 느껴지지 않았지만 큰 중량감은 확실히 느껴지고 있었다.

"무지무지한 놈이구나." 하고 그는 말했다. "이젠 미끼를 옆에 물고 달아나려고 하는구나."

'다시 한 바퀴 돌고 나선 먹을 테지.' 하고 그는 생각했다. 그러나 좋은 일을 미리 말해 버리면 그 일이 되지 않는 것을 알기 때문에 입 밖에 내지 않았다. 그는 고기가 엄청나게 큰 것이라는 것을 알고 있었고, 다랑어를 가로로 문 채 어두운 바닷속을 달리는 고기를 생각했다. 그때 그의 동작이 멈춘 것을 느꼈으나, 중량감은 아직 그대로 남아 있었다. 그러나 무게가 더해져서 줄을 더 풀어냈다. 엄지손가락과 집게손가락을 잠시 쥐었더니 무게가 더해지면서 똑바로 내려갔다.

"물었군." 하고 그가 말했다. "잘 먹게 해야지."

그는 손가락 사이로 줄이 풀려나가도록 하고 왼손을 뻗쳐 예비한 두 개의 줄의 한끝을 다른 두 줄의 예비한 줄 끝에다 붙들어 매었다. 준비는 이제 완전히 되었다. 지금 풀려나가고 있는 줄 외에 마흔 길 되는 줄 세 개를 갖게 되는 셈이다.

"좀 더 먹어라." 하고 그는 말했다. "아주 꿀꺽 삼켜라."

'낚시 끝이 네 심장에 박혀 죽이도록 꿀꺽 삼켜 봐라.' 하고 그는 생각했다. '사양 말고 떠올라서 내가 작살로 찌르게 말이다. 자아, 됐다. 준비됐겠지? 이제, 먹을 만큼 먹었겠지?'

"야아!" 그는 소리를 지르고 두 손으로 힘껏 줄을 당겨 1야드가량 감은 다음에 몸의 무게를 중심 삼아 양쪽 팔을 번갈아 흔들며 당기고, 또 당겼다.

그러나 그뿐이었다. 고기는 그냥 천천히 달아나고 노인은 한 치도 끌어당길 수 없었다. 줄은 튼튼하고 큰 고기를 잡기 위해 만들어진 것이라 어깨에 메었더니 줄이 팽팽하게 당겨지며 물방울이 튀었다. 그러고는 물속에서 철썩철썩하는 소리를 내기 시작했다. 그는 배의 가름 나무에 버티고 앉아 끄는 힘에 맞서 몸을 뒤로 젖혔다. 배가 북서쪽을 향해 천천히 움직이기 시작했다.

고기는 꾸준하게 배를 끌고 나가고, 그들은 고요한 바다 위를 천천히 미끄러져 갔다. 다른 미끼는 아직 물속에 있었으나 어떻게 할 도리가 없었다.

"그 애가 있었으면 좋았을걸." 하고 노인은 소리 내어 말했다. "나는 지금 고기에게 끌려가면서 줄을 당길 수도 있지만 고기가 줄을 끊고 달아날지도 모른다. 어쨌든 놓치지만 말고, 잡아당기면 줄을 더 풀어 줘야지. 그래도 옆으로만 가고 물속 깊이 내려가지 않는 게 얼마나 고마운가."

물속으로 들어가려 한다면 어떻게 한다? 갑자기 곤두박질치면서 죽으면 어떻게 할지 난 모르겠다. 하지만 방법이 있겠지, 방법은 내게도 많으니까.

그는 등에 건 낚싯줄이 물속으로 비스듬히 경사져 있는 것과 북서쪽을 향해 계속 끌려가는 배를 지켜보았다.

'이러다 죽어 버리겠지.' 하고 노인은 생각했다. '이대로 영원히 버틸 수는 없을 테니까.'

그러나 네 시간이 지나도 고기는 여전히 배를 끌면서 먼 바다로 나가고 있었고, 노인은 그대로 등에 줄을 건 채 버티고 있었다.

"놈이 걸린 게 정오쯤이었지." 하고 그는 말했다. "그런데 나는 아직 놈의 꼴을 구경도 못 했구나."

노인은 고기가 걸리기 전에 밀짚모자를 깊숙이 눌러썼더니 앞이마가 쓰렸다. 게다가 그는 목도 마르고 하여 무릎을 꿇고 줄이 갑자기 당겨지지 않도록 조심하면서 이물 쪽으로 가까이 기어가서 한 손을 뻗쳐 물병을 잡아당겼다. 뚜껑을 열고 조금 마셨다. 그러고는 이물에 몸을 기대고 쉬었다. 그는 배 바닥에 놓았던 돛대와 돛 위에 앉아서 견뎌내는 일밖에는 아무 생각도 하지 않으려고 했다.

문득 뒤돌아보니 육지는 보이지 않았다. '그건 문제 될 것 없어.' 하고 그는 생각했다. '언제나 아바나에서 비치는 밝은 빛으로 돌아올 수 있다. 아직 해가 지려면 두 시간은 남았고, 그때까지야 저놈도 올라와 줄 거다. 그때까지 올라오지 않으면 달이 뜰 때 함께 떠오르겠지. 그것도 안 되면 아침 해가 뜰 때 같이 떠오르겠지. 내 몸엔 쥐도 안 나고 기운도 있다. 입에 낚시를 문 것은 저놈이다. 그렇다고 해도 저처럼 당기니 대단한 놈이다. 놈은 낚싯바늘을 물고 입을 꼭 다물고 있음이 틀림없다. 한 번 봤으면 좋겠다. 내 상대가 도대체 어떻게 생긴 놈인지 알기 위해서도 꼭 한번 보고 싶다.'

별의 위치로 살펴보니 고기는 밤새도록 가는 길을 조금도 바꾸지 않았다. 해가 지고부터 추워서 노인의 등과 팔과 늙은 다리에 흘렀던 땀은 싸느랗게 식었다. 그는 낮 동안에 미끼 궤짝을 덮었던 부대를 햇볕에 널어 말렸었다. 해가 떨어지자 그것을 목에 비끄러매어 등에 늘어뜨리고 조심스레 어깨에 가로질러 걸쳐 메고 있는 낚싯줄 밑으로 밀어 넣었다. 부대가 어깨 덮개의 구실을 했고, 이물에 가슴 쪽을 기댈 수 있게 돼서 거의 편하게 되었다. 실제로는 견딜 수 없는 자세를 조금 면한 것에 지나지 않았으나, 그래도 퍽 편해진 것으로 여겨졌다.

'나도 그를 어쩔 수 없지만, 그도 나를 어쩔 수 없지.' 하고 그는 생각했다. 이 상태로 끌고 나가는 한 피차 어쩔 도리가 없지.'

노인은 중간에 한 번 일어서서 뱃전 너머로 오줌을 누고 별을 바라보고 진로를 확인했다. 그의 어깨에서 물속으로 곧게 뻗은 줄이 인광의 줄무늬처럼 뚜렷하게 보였다. 이제 그들은 더욱 천천히 움직이며 가고 있었고, 아바나의 훤한 불빛이 그다지 강하지 않은 것으로 보아 조류에 밀려 동쪽으로 밀려가고 있음을 알았다.

'만약 아바나의 불빛이 안 보인다면 더 동쪽으로 나가고 있음이 분명하다.' 하고 생각했다. '고기가 어김없이 제 코스를 간다면 아직 몇 시간은 더 불빛이 보일 것이다. 오늘 그랜드 리그전의 야구 시합은 어떻게 됐을까? 라디오로 들을 수 있다면 멋있을 텐데.' 그러다 그는 곧, '언제나 고기 생각만 해야지.' 하고 생각했다. '자기가 하는 일만을 생각해라, 쓸데없는 생각을 해선 안 돼.'

그러고는 소리를 내어 말했다.

"그 애가 있었다면 좋았을걸. 나를 도와도 주고, 이 구경도 하고."

'늙으면 혼자 있는 게 아니야.' 하고 그는 생각했다. '그러나 이건 어떻게 할 수 없는 일이다. 힘이 빠지지 않도록 다랑어가 상하기 전에 먹어 둬야 하는 걸 잊지 말아야지. 아무리 먹고 싶지 않아도 아침에는 꼭 먹어 둬야 하는 걸 잊지 말아야 해.' 하고 그는 자신에게 일러 주었다.

밤중에 돌고래 두 마리가 배 가까이에 나타나 뒤척이고 물을 내뿜고 하는 소리가 들렸다. 그는 수놈이 물을 뿜는 소리와 암놈의 한숨 쉬듯 물 뿜는 소리를 분간할 수 있었다.

"착한 것들이야." 하고 그가 말했다. "서로 장난치고 사랑을 하거든. 저놈들도 날치처럼 우린 서로 형제간이야."

그는 갑자기 낚시에 걸린 큰 고기가 불쌍해졌다.

'얼마나 근사하고 진귀하며, 얼마나 나이를 먹었을까.' 하고 생각했다. '이렇게 억센 놈과 부닥친 일도 없지만 이처럼 색다르게 구는 놈도 처음 봤다. 너무 영리해서 뛰지도 않는다. 뛰거나 맹렬하게 돌진해 가면 나를 꼼짝 못 하게 할 텐데. 아마 전에 여러 번 낚시에 걸린 적이 있어 이렇게 싸워야 한다는 것을 알고 있는 모양이다. 자기의 상대가 한 사람뿐이고, 게다가 늙은이라는 것도 알 턱이 없다. 어찌 되었건 굉장한 놈이고, 고기가 좋다면 시장에서 값이 얼마나 나갈 수 있을까? 수놈답게 미끼에 달려들고, 수놈답게 끌고 가고, 수놈답게 싸우는 데도 당황하는 기색이 없다. 저대로 무슨 계획이 있는지, 아니면 나처럼 필사적인지 알 길이 없다.'

그는 언젠가 마알린 한 쌍 중 암놈을 낚은 일이 생각났다. 미끼를 찾으면 수놈이 항상 암놈에게 먼저 먹게 한다. 그때 걸린 암컷은 이리저리 휘두르며 절망적인 투쟁을 했지만 기진맥진해 버렸고, 그동안 수놈은 암놈 곁을 떠나지 않고 낚싯줄을 넘어 다니기도 하고 해면을 맴돌았다. 너무 가까이 다가와서 그 꼬리가 큰 낫처럼 날카롭고, 모양이나 크기도 큰 낫과 흡사하여 낚싯줄을 끊어 버리지나 않나 하고 걱정했다. 노인은 암놈을 갈고리로 잡아 끌어당기고 몽둥이로 후려쳤다. 가장자리가 사포처럼 날카로운 주둥이를 붙잡고 정수리를 거울 뒷면과 같은 빛이 되도록 후려갈겨 소년의 도움으로 배 바닥으로 끌어 올리는 동안까지 수놈은 뱃전을 떠나지 않았다. 그리고 나서 노인이 낚싯줄을 챙기고 작살을 준비하는데, 자기 짝이 어디 있나 보려고 수놈이 배 옆 공중으로 높이 뛰어올랐다가 가슴지느러미의 연한 보랏빛 날개를 활짝 펴서 널찍한 줄무늬를 보이더니 물속 깊이 모습을 감췄다.

'아름다운 놈이었지. 마지막까지도 쫓아오더니만.' 하고 노인은 추억을 되새겼다. '그것이 고기잡이에서 만난 가장 슬픈 광경이었지. 소년도 슬퍼했고, 우리는 용서를 빌고 즉각 고기를 칼질해 버렸지.'

"그 애가 있었으면 좋을 텐데." 하고 노인은 소리 내어 말하고, 둥그스름한 뱃전에 몸을 기대고 어깨를 가로질러 메고 있는 낚싯줄을 통하여 자신이 선택한 곳을 향하여 꾸준히 달려가고 있는 큰 고기의 힘을 느꼈다.

'일단 내 계책에 걸려든 이상 무슨 선택이든 하지 않을 수 없을 테지.' 하고 노인은 생각했다. '놈의 선택은 덫이나 올가미나 계책이 미치지 못하는 저 깊고 어두운 바닷속으로 가 있자는 것이다. 그러나 내 선택은 모든 사람이 미치지 못하는 그곳까지 쫓아가는 것이다. 이 세상 사람들이 모두 미치지 못하는 곳까지 지금도 우리는 함께 있고 정오 때부터 함께 있지 않았냐. 그리고 아무도 너나 나를 도와줄 사람은 없었다.'

'아마 나는 어부가 되지 말 것을 그랬나 보다.' 하고 그는 생각했다. 그러나 나는 고기잡이를 위해 태어난 것이다. 날이 새면 꼭 다랑어 먹는 것을 잊지 말아야지.'

먼동이 트기 조금 전에 그의 뒤에 있는 낚시에 무엇인가 걸렸다. 막대기가 흔들리는 소리가 들리더니 줄이 뱃전 너머로 풀려나가고 있었다. 그는 어둠 속에서 선원용 나이프를 꺼내 뱃머리에 기대고 있는 왼쪽 어깨로 고기의 전 중량을 버티면서 줄을 뱃전에 대고 끊어 버렸다. 그리고 가까이에 있는 줄들도 잘라 버리고 예비한 줄의 끝과 끝을 어둠 속에서 단단히 비끄러맸다. 그는 줄을 한 손으로 솜씨 있게 다루고 매듭을 조이기 위하여 발로 줄을 눌렀다. 이제 그는 예비 낚싯줄이 여섯 개 생긴 셈이다. 지금 잘라 버린 데서 각각 두 줄, 고기가 물고 있는 줄이 두 줄. 그것들은 모두 이어져 있었다.

'날이 밝으면 남은 마흔 길짜리 줄을 있는 대로 잘라 내서 예비한 줄에 이어야겠다.' 하고 그는 생각했다. '결국 품질 좋은 이백 길의 카탈로니아 산(産) 줄과 낚시와 목줄을 잃게 되는구나. 그거야 다시 구할 수 있지. 그러나 내가 다른 고기를 잡느라고 내 소중한 수확물을 놓치고 만다면 무엇으로 대치할 것인가? 지금 막 낚시에 걸린 고기가 무엇인지 나는 모르고 있다. 마알린 이거나 아니면 황새치거나 상어였겠지. 손으로도 느껴 보지 않았다. 빨리 잘라 버리기에 급급해서.'

"그 애가 있었으면 좋았을걸." 하고 그는 소리 내어 말했다.

'그러나 내겐 소년이 곁에 있지 않아.' 하고 그는 생각했다. '어쨌든 어둡든 어둡지 않든 간에 마지막 줄이 있는 데로 가서 잘라 내고 예비한 줄을 두 줄 더 이어 두는 편이 좋겠다.'

그래서 노인은 곧바로 생각한 대로 했다. 어둠 속에서의 그 일은 여간 힘들지 않았다. 한 번은 고기가 꿈틀거리는 바람에, 그는 얼굴을 처박고 거꾸러져 눈 밑이 터지고 피가 조금 볼을 따라 흘렀다. 그러나 턱까지 내려오기도 전에 엉겨 말라붙었고, 그는 이물 쪽으로 기어가 기대앉아 몸을 쉬었다. 부대를 대고 줄이 어깨에 닿는 위치를 살짝 옮겨 어깨에 줄을 고정한 채 주의 깊게 고기가 당기는 것을 손으로 느끼고 손을 물에 담가서 나아가는 배의 속도를 쟀다.

'어째서 그렇게 꿈틀거렸을까.' 하고 그는 생각했다. '줄이 고기의 산더미 같은 등을 스쳤든 게 틀림없다. 그래도 내 등만큼 아프지는 않을걸. 그러나 제아무리 큰 놈이라도 이 배를 영원히 끌고 가지는 못하겠지. 이제 귀찮은 것은 다 치워져 버렸고 예비한 줄은 얼마든지 있다. 이 이상 바랄 것은 없다.'

"고기야." 하고 노인은 다정하게 말했다. "죽을 때까지 너하고 같이 있을 테다."

'물론, 그도 역시 나와 같이 있을 테지.' 하고 생각하며, 노인은 날이 밝기를 기다렸다. 아직 날이 밝기 전이라 추웠으므로 몸을 따뜻하게 하려고 뱃전에 몸을 기대고 문질렀다. '네가 할 수 있는 데까진 나도 할 수 있어.' 하고 그는 생각했다.

주위가 희끄무레하게 밝아 오자 줄은 물속으로 곧게 뻗어 내려갔다. 배는 변함없이 끌려가고, 해가 수평선으로 그 끝을 내밀었을 때 광선이 노인의 오른쪽 어깨에 비쳤다.

"북쪽으로 가고 있구나." 하고 노인이 말했다. '조류가 우리를 훨씬 동쪽으로 밀고 가겠지.' 하고 그는 생각했다. '고기가 조류를 따라가 주면 고맙겠다. 그것은 지쳤다는 증거니까.'

해가 더 높이 떴을 때, 노인은 고기가 지쳐 있지 않다는 것을 알았다. 다만 한 가지 유리한 징조가 보였다. 줄의 경사도로 고기가 얼마큼 위로 올라온 것을 알 수 있었다. 그렇다고 반드시 뛰어오른다고는 할 수 없지만, 그러나 가망은 있다.

"하느님, 제발 뛰어오르게 해 주십시오." 하고 노인은 말했다. "다룰 만한 줄은 얼마든지 있습니다."

'만약 내가 세게 당기면 아파서 뛰어오르겠지.' 하고 그는 생각했다. '이

젠 날이 밝았으니 뛰어오르게 해서 부레에 공기를 가득 넣고, 깊은 곳에서 죽지 않게 해야겠다.'

그는 좀 더 팽팽히 당기려 했으나, 고기가 걸렸을 때부터 이때까지 끊어질 만큼 팽팽하게 당겨져서 뒤로 젖히며 힘을 주니 아직도 반응이 강해 더 이상 세게 당길 수 없음을 알았다.

'갑자기 당겨선 안 되지.' 하고 그는 생각했다. '왈칵 당길 때마다 낚시에 걸려 있는 상처가 넓어져 뛰어올랐을 때 빠져 버릴지도 모른다. 어찌 됐든 해가 뜨니 기운이 나고 이제는 해를 똑바로 보지 않아도 된다.'

줄에는 누런 해초가 붙어 있었으나 노인은 끌고 가는 고기에게 더 힘들 뿐이라는 것을 알기 때문에 즐거웠다. 밤에 그렇게 많은 인광을 발하던 누런 해초였다.

"고기야." 하고 그는 말했다. "나는 너를 끔찍이 사랑하고 존경한다. 그러나 오늘 해지기 전에 너를 죽여 놓고 말 테다."

'아니, 그렇게 되기를 바란다.' 하고 그는 생각했다.

그때 작은 새가 배를 향해 북쪽에서 날아왔다. 휘파람새로 수면 위로 아주 낮게 날아왔다. 새가 무척 지쳐 있는 것을 노인은 알았다.

새는 배 뒤편에 날아와 앉아 쉬었다. 그러나 곧 날아올라서 노인의 머리 위를 빙빙 돌더니 더 편안한 낚싯줄 위에 앉았다.

"몇 살이지?" 하고 노인은 새에게 물었다. "이번 여행이 처음인가?" 그가 말을 할 때 새는 노인을 바라보았다. 새는 너무 지쳐서 줄을 살펴보지도 않고 앉았던 것인데, 가냘픈 발가락으로 줄을 꽉 잡고 흔들거렸다.

"튼튼한 줄이야." 하고 노인은 새에게 말했다. "아주 튼튼한 줄이야. 간밤엔 바람도 없었는데 그렇게 지쳐서야 하겠니? 새들의 장래란 도대체 무엇일까?"

'좀 있으면 매가 저것들을 맞으러 나타나겠지.' 하고 그는 생각했다. 그러나 그것을 새에게 말하지는 않았다. 알아듣지 못하는 새에게 말해 봐야 소용없고, 조금 있으면 매가 있음을 곧 알게 될 테니까.

"푹 쉬어라, 작은 새야." 하고 그는 말했다. "그리고 날아가서 사람이나, 다른 새나, 고기처럼 네 운수를 한번 시험해 보는 거다."

노인은 밤사이에 등이 뻣뻣해진 게 이젠 정말 아파 새에게 말을 거는 것으로 아픔을 잊으려 했다.

"네 마음에 든다면 여기 있으려무나, 새야." 하고 그는 말했다. "마침 바람도 불고 너를 데려다주고도 싶다만 지금은 돛을 달 수가 없어 미안하구나. 내 동행이 있어 그렇단다."

마침 그때 고기가 별안간 물속으로 잠겨 들며 요동을 쳐, 노인이 이물 쪽으로 고꾸라져 발에 힘을 주어 버티고 줄을 풀지 않았다면 그만 물속으로 끌려들어 갈 뻔했다.

줄이 당겨질 때 새는 날아가 버렸는데, 노인은 날아가는 것을 보지 못했다. 그는 오른손으로 조심스럽게 줄을 만지다가 손에서 피가 흐르는 것을 알았다.

"뭔지 모르지만 고기를 아프게 한 모양이군." 하고 소리 내어 말하고, 고기의 방향을 돌릴 수 있는지 가만히 줄을 당겨 보았다. 그러나 줄은 팽팽하게 당겨져 끊어질 지경이 되었으므로, 그는 줄을 단단히 쥔 채 버티어 보았다.

"고기야, 너도 이제 당기는 걸 느끼는구나." 하고 그는 말했다. "그렇지만 나도 마찬가지야."

새가 있어 주었으면 싶어 주위를 둘러봤으나 새는 날아가 버리고 없었다.

'오래 쉬지도 못하고 갔구나.' 하고 노인은 생각했다. '그러나 해안에 닿을 때까지는 그보다 더한 괴로움이 있게 되겠지. 고기가 그렇게 한 번 갑자기 끌어당긴다고 해서 다치다니 어찌 된 셈인가? 아주 멍청해진 모양이다. 아마 조그만 새를 바라보며 정신을 팔고 있었는지도 모른다. 자아, 내 일에 열중하고 힘이 빠지지 않게 다랑어를 먹어 둬야겠다.'

"그 애가 곁에 있고, 소금도 좀 있으면 좋으련만." 하고 노인이 소리 내어 말했다.

줄의 무게를 왼쪽 어깨로 옮기고 조심스럽게 무릎을 꿇고 바닷물에 손을 씻은 다음, 한동안 물속에 손을 담그고 피가 꼬리를 남기며 흐르는 것과 배가 나아가며 손에 부딪히는 물의 모양을 바라보았다.

"녀석의 속력이 줄었군." 하고 노인이 말했다.

노인은 좀 더 손을 소금물에 담가 두고 싶었으나, 또 고기가 몸부림을 칠까 봐서 발로 버티며 몸을 일으켜 햇빛에 손을 들어 보았다. 낚싯줄이 갑자기 풀려나가면서 껍질이 조금 벗겨진 것뿐이었다. 그러나 요긴하게 쓰이는 부분이었다. 일이 끝날 때까지는 손이 필요하다는 걸 알기 때문에 일이 시작되기도 전에 다치고 싶지 않았다.

"자, 그럼." 손이 마르자 그는 말했다. "다랑어 새끼를 먹어야겠다. 갈고리로 끌어다가 여기서 편히 먹어야지."

그는 허리를 구부려 고물 쪽에 던져두었던 다랑어를 낚싯줄에 닿지 않도록 잡아당겼다. 그리고 다시 왼쪽 어깨에 줄을 옮겨 메고 왼팔과 손에 힘을 주어 다랑어를 갈고리에서 떼어내고 갈고리는 제자리에 놓았다. 한쪽 무릎으로 고기를 누르고 등의 선을 따라 머리에서 꼬리까지 검붉은 살을 깊숙이 길게 잘랐다. 다음에 그 쐐기 모양의 살점을 바짝 등뼈로부터 배로 베어나갔다. 여섯 쪽을 잘라 뱃머리의 판자 위에 가지런히 놓고 칼에 묻은 피를 바지에다 닦고 꼬리뼈를 뱃전 너머로 내던졌다.

"한쪽을 다 먹진 못할 거 같은데." 하고 말하며, 한쪽을 칼로 동강을 냈다. 그는 아직도 줄이 세게 당겨지는 것을 느꼈고, 왼손에 쥐가 났다. 무거운 줄을 쥔 손이 빳빳하게 오그라들어 노인은 괴로운 표정으로 손을 바라보았다.

"어떻게 된 놈의 손이야?" 하고 그는 말했다. "쥐가 날 테면 나렴. 매 발톱처럼 오그라들어 봐라. 그래 봐야 별 소용없을 테니."

'자아,' 하고 그는 생각하면서 어두운 물속으로 비스듬히 내려간 줄을 보았다. '지금 먹자, 그래야 손이 펴질 것이다. 이건 손이 잘못된 것이 아니고 퍽 오랫동안 고기와 싸웠기 때문이다. 그래도 나는 마지막까지 싸워야지. 지금 다랑어를 먹어 두자.'

그는 한쪽을 집어 입에 넣고 천천히 씹었다. 그리 역하진 않았다. '잘 씹어서 알뜰히 피를 만들어야지.' 하고 그는 생각했다. "라임이나 레몬, 소금이라도 같이 먹으면 제법일 텐데.'

"좀 어때?" 그는 거의 빳빳하게 굳어 버린 송장같이 쥐가 난 손에다 물었다. "너를 위해서 좀 먹어 주마."

그는 잘라 먹은 나머지 쪽을 조심조심 씹어 먹고 껍질을 뱉었다.

"좀 효과가 있는 것 같은가? 얼른 알 수가 없단 말이야?"

그는 다른 한쪽을 집어 토막을 내지 않고 씹었다.

'싱싱하고 피가 많은 좋은 고기로군.' 하고 그는 생각했다.

"돌고래가 아니고 이것인 게 다행이지. 돌고래는 너무 달단 말이야. 이놈은 단맛은 없지만, 아직은 싱싱하거든."

'그렇다 해도 실질적인 생각 말고는 무엇이든 당치 않은 거야.' 하고 그는 생각했다. '소금이 있으면 좋으련만. 그런데 태양이 남은 고기를 썩히고 말릴지 모를 일이니, 배가 고프지 않더라도 다 먹어 두는 게 좋겠다. 물속의 고기는 조용하고 침착하다. 나도 먹을 만큼 다 먹고 만반의 준비를 해야 하겠지!'

"손아, 참는 거야." 하고 그는 말했다. "너를 위해 먹는 거야."

'고기에게도 뭘 좀 먹였으면.' 하고 그는 생각했다. '나하고는 형제간이니까. 그렇지만 나는 너를 죽여야 하고, 그러기 위해선 힘이 빠지면 안 된다.'

천천히 성실하게 쐐기 모양의 살 토막을 다 먹었다. 그는 허리를 쭉 펴고 바지에다 손을 닦았다.

"자아," 하고 그는 말했다. "손아, 그만 줄을 놓아라. 네가 그렇게 하고 쉴 동안 나는 오른팔만으로 고기를 다루겠다." 그는 왼손이 잡고 있던 무거운 줄에 왼발을 걸고 등으로 죄어 오는 압력에 몸을 젖히면서 버티었다.

"하느님, 제발 쥐가 멈추게 도와주십시오." 하고 그는 말했다.

"고기가 어쩔 작정인지 모르겠군요."

'그러나 고기는 조용히 자기 계획을 실행해 나가고 있다.' 하고 그는 생각했다. '그럼, 그의 계획은 무엇인가? 그리고 내 계획은? 너무도 큰 놈이니까 놈이 하는 데 따라 달라진다. 뛰어오르기만 하면 문제없이 해치우겠는데. 그런데 언제까지고 견디어 볼 배짱이다. 그러니 나도 언제까지나 버틸 테다.'

그는 바지에다 쥐 난 손을 비벼대서 손가락의 경련을 풀려고 했다. 그러나 손은 조금도 펴지질 않았다.

'아마 해가 뜨면 차차 펴지겠지.' 하고 그는 생각했다. '아마 싱싱한 다랑어가 소화되면 펴지겠지. 정 다급하면 어떻게 해서라도 펴 놓겠다. 하지만 지금은 억지로 펼 생각이 없다. 저절로 펴져서 정상 상태로 돌아가기를

기다리자. 밤에 여러 가지 줄을 풀고 메고 할 필요가 있을 때부터 너무 지나치게 손을 썼다.'

그는 바다를 둘러보고 새삼스럽게 자신의 외로움을 뼈저리게 느꼈다. 그러나 그는 깊고 어두운 물속의 프리즘을 볼 수 있었고, 눈앞에 뻗어나간 잔잔한 바다의 야릇한 물의 파동을 볼 수 있었다. 무역풍을 따라 구름이 피어오르고, 앞을 보니 한 떼의 물오리의 모습이 하늘에 뚜렷하게 새겨졌다가 흐트러지고 다시 바다 위를 날아가고 하여 바다에서 외로운 사람은 아무도 없다는 것을 알았다.

그는, 개중에 작은 배를 타고 육지가 안 보이는 곳까지 나가는 것을 무서워하는 사람이 있는데, 갑자기 날씨가 나빠지는 계절에는 그럴 법도 하다는 것을 알았다. 그러나 지금은 태풍의 계절이고, 태풍의 계절에 태풍이 일지 않는다면 그것은 일 년 중 가장 고기잡이에 좋은 시기이다.

태풍이 닥칠 때 바다에 나가 보게 되면 며칠 전부터 하늘에 그 조짐이 나타난다. '육지에서는 그 조짐을 볼 수가 없지, 무엇을 살펴야 할지 모르기 때문이야.' 하고 그는 생각했다. '육지에도 구름의 형태에 무언가 이상한 기미가 있을 게 틀림없지만. 그러나 지금은 태풍 같은 게 올 조짐은 없다.'

하늘을 보니 아이스크림 더미 같은 하얀 뭉게구름이 보이고, 더 높이에는 엷은 깃털 같은 구름이 높은 9월의 하늘에 떠 있었다.

"가벼운 브리사(스페인어로 미풍을 뜻함)로군." 하고 그는 말했다. "고기야, 너보다는 내게 훨씬 유리한 날씨다."

왼손은 아직도 쥐가 나 있었으나, 가만가만 쥐를 풀려고 했다.

'쥐는 성가신 거야.' 하고 노인은 생각했다. '자기 몸이 자신에게 항거하는 거다. 남 앞에서 프토마인(단백질의 분해로 생기는 독성(毒性) 물질) 중독으로 설사를 하거나 토하는 것은 창피한 일이다. 그러나 이 쥐는─그는 스페인어로 깔람브레(Calambre)라고 생각했는데─특히 혼자 있을 때는 스스로가 창피한 노릇이다.'

'만약 그 애가 있으면 앞 팔에서부터 주물러 풀어 줄 텐데.' 하고 노인은 생각했다. '그러나 풀어지겠지, 틀림없이.'

그때 그는 오른손을 당기는 줄의 변화를 느끼고 곧 줄의 경사도가 달라진 것을 보았다. 몸을 젖혀 줄을 당기고, 왼손을 세게 허벅지에 내리치니 얼마 안 지나서 줄이 서서히 위로 올라왔다.

"올라오는구나." 하고 그는 말했다. "어서 손 닿는 데까지 오너라. 제발 올라오너라."

줄은 천천히 꾸준히 올라왔고, 배 앞 해면이 부풀어 오르더니 고기의 모습이 보였다. 그러나 다 나오지 않은 듯 올라오면서 등 양쪽으로 물이 쏟아져 내렸다. 해를 받아 번쩍이는 머리와 등은 짙은 보랏빛이었고, 배에 있는 넓은 줄무늬가 연보랏빛으로 빛났다. 부리는 야구 방망이만큼 길고 쌍날 칼처럼 끝이 뾰족했는데 물 위로 겨우 전신을 드러내 보이더니 천천히 잠수부처럼 물속으로 잠겨 버렸다. 노인은 고기의 커다란 낫 날 같은 꼬리가 물속으로 들어가는 것과 줄이 빠른 속도로 풀려나가기 시작하는 걸 보았다.

"내 배보다 2피트나 길구나." 하고 노인은 말했다. 줄은 무서운 속도로, 그러나 일정하게 풀려나가는 것이 고기가 당황하고 있는 것은 아니었다. 노인은 줄이 끊기지 않도록 두 손으로 잡아당겼다. 적당히 당기면서 고기를 견제하지 않으면, 줄을 전부 끌어내고 나서 끊어 버리려는 것을 그는 알고 있었다.

'무섭게 큰 놈이니까 그에게 본때를 보여 줘야겠다.' 하고 그는 생각했다. '제힘을 함부로 쓰지 못하도록 다루고, 달리기만 하면 무엇이든 할 수 있다는 걸 알게 해선 안 된다. 내가 저놈이라면 모든 것을 다 걸고 어떻게 되든 해 볼 텐데. 그러나 고맙게도 고기는 저희를 죽이는 우리만큼 영리하진 못하다. 우리보다 고상하고 더 큰 능력이 있더라도 말이다.'

노인은 큰 고기를 많이 보아 왔다. 천 파운드 이상 되는 큰 고기도 많이 보았고, 그만한 놈을 두 마리 잡은 일도 있지만 혼자 잡은 것은 아니었다. 지금은 육지도 보이지 않는 데서 혼자, 이제껏 본 중에서 가장 크고, 이제껏 들어온 어느 것보다 더 큰 고기에 꼼짝없이 매달려 있고, 왼손은 여전히 매의 발톱처럼 굳은 채로였다.

'하지만 풀릴 테지.' 하고 그는 생각했다. '꼭 풀려서 오른손을 도와주겠지. 그래, 형제가 셋 있는데, 그건 고기와 내 두 손이니까 틀림없이 풀어질 거야. 쥐가 나는 건 곤란한 일이야.'

다시 고기는 속도를 늦추고 아까와 같은 속도로 끌고 갔다.

'아까 저놈은 왜 뛰어올랐을까.' 하고 노인은 생각했다. '마치 자기가 얼마나 큰지 보여 주기 위해 뛰어오른 것 같다. 어쨌든 알기는 알았다. 나도 내가 어떤 사람인가를 고기에게 보여 주고 싶다. 그러나 그때 내 쥐 난 왼손을 보겠지. 하지만 내가 실제보다 강한 인간이라는 걸 고기에게 알려 주자. 사실 그럴지도 모르니 말이다. 자기의 모든 걸 가지고 오직 내 의지와 지혜에만 맞서고 있는 저 고기가 한번 되어 보고 싶다.'

그는 뱃전에 몸을 기대 덮쳐 오는 고통을 견디고 있었고, 고기는 꾸준히 헤엄쳐 나가 배는 어두운 물 위를 헤치고 천천히 끌려갔다. 바람이 동쪽에서 불기 시작하면서 해면에 조금 파도가 일었고, 정오 때에야 왼손의 쥐가 나았다.

"고기야, 네게는 반갑지 않은 소식이다." 하고 그는 말하고, 등에 걸친 부대 위에서 줄을 옮겼다.

그는 침착했지만 괴로웠다. 그러나 그는 고통이라는 걸 인정하려 하지 않았다.

"나는 교인은 아니지만." 하고 그는 말했다. "그래도 이 고기를 잡게 해 달라고 '주님의 기도'와 '성모송'을 열 번 외우고, 만약 잡는다면 코브레로 순례 갈 것을 약속한다. 이건 약속이다."

그는 단조롭게 기도문을 외우기 시작했다. 너무 피로해서 이따금 기도문 구절이 생각나지 않을 때도 있었지만, 그럴 때는 빨리 외우면 저절로 나오곤 했다. '주님의 기도'보다 '성모송'이 외우기 쉽다고 그는 생각했다.

"은총이 가득하신 마리아여, 기뻐하소서. 주께서 함께 계시니 여인 중에 복되시며 태중의 아들 예수 또한 복되시도다. 천주의 성모마리아여, 이제 우리 죽을 때에 우리 죄인을 위하여 빌어주소서, 아멘." 그러고는 "거룩하신 마리아 님, 이 고기의 죽음을 위해 기도해 주십시오. 꽤 훌륭한 놈입니다." 하고 덧붙였다.

기도를 끝내고 나니 웬만큼 기운이 솟는 것 같았으나, 고통은 여전하고 어쩌면 더 심한 것 같기도 하여 그는 이물에 기대어 다시 기계적으로 왼손의 손가락을 놀리기 시작했다.

미풍이 불고 있었으나, 이제 햇볕이 뜨거웠다.

"짧은 줄에도 미끼를 달아서 배 뒤편에 드리워 놓는 것도 좋겠는데." 하고 그는 중얼댔다. "고기가 또 하룻밤 버틸 작정이라면 또 먹어 둬야 하겠고, 물도 이제 얼마 남지 않았는걸. 이 부근에서는 돌고래밖에 안 걸리겠군. 그래도 싱싱할 때 먹으면 그렇게 나쁘지는 않을 거야. 그야 밤중에 날치라도 배 위로 뛰어든다면 고맙겠지만. 그러나 날치를 유인할 불이 없으니 말이야. 날치는 날로 먹어도 맛이 그만이고 칼질을 안 해도 되거든. 이제 되도록 내 힘을 아껴야지. 제기랄, 저렇게 큰 놈일 줄은 몰랐어."

"그래도 죽이고야 말 테다." 하고 그는 말했다. "아무리 훌륭하고 멋진 놈이라도 말이다."

'옳지 않더라도 말이다.' 하고 그는 생각했다. '그리고 사람이 어떻게 일을 해치울 수 있으며, 얼마나 견딜 수 있나 보여 줘야겠다.'

"내가 좀 이상한 늙은이라고 그 애한테 말해 준 일이 있지." 하고 그는 말했다. "지금이야말로 그것을 증명할 때다."

지금까지 수도 없이 증명해 보였지만 아무런 의미도 없었다. 지금 다시 그 증명을 하려 하고 있다. 증명할 때마다 항상 처음 하는 것 같았고, 그때에는 과거에 대해서 생각하지 않았다.

'고기가 잤으면 좋겠는데. 그러면 나도 사자 꿈을 꾸며 잘 수 있을 텐데.' 하고 그는 생각했다. '이런 때 왜 사자만이 생각나는 것일까? 자아, 늙은이 생각하지 말게나.' 하고 그는 자신을 타일렀다. '이제 뱃전에 편히 몸을 기대고 아무 생각도 하지 말고 그만 쉬게나. 고기는 움직이고 있지만, 너는 되도록 움직이지 말아야 해.'

오후로 접어들었어도 배는 여전히 천천히, 그리고 꾸준히 움직여갔다. 그러나 이제는 동쪽에서 불어오는 미풍이 더욱 약해져서 노인은 잔잔한 바다를 미끄러지듯 나아갔고, 등에 파고드는 밧줄의 아픔도 웬만큼 수월하고 덜 아팠다.

오후에 다시 한번 줄이 오르기 시작했다. 그러나 고기는 조금 높게 헤엄치고 있을 뿐이었다. 해는 노인의 왼팔과 어깨, 그리고 등에 비치고 있었다. 그것으로 고기가 북동쪽으로 방향을 돌린 것을 알았다.

한 번 고기를 보았기 때문에 노인은 보랏빛 가슴지느러미를 날개처럼 활짝 펴고 꼬리를 빳빳이 세우고 어두운 물속을 가르면서 헤엄쳐 나가는 모습을 눈앞에 그려 볼 수 있었다.

'저렇게 깊은 데서 어느 정도 눈이 보이는 걸까.' 하고 그는 생각했다. '꽤 큰 눈이던데. 말은 훨씬 작은 눈으로도 어둠 속에서 잘 볼 수 있거든. 그보다 나도 옛날에는 어둠 속에서도 잘 보였었지. 그야 아주 깜깜할 때는 무리지만 그래도 고양이 눈만은 했어.'

햇볕이 따뜻한데다 꾸준히 손가락을 놀려서 왼손은 이제 쥐가 완전히 풀렸고, 그래서 왼손에 힘을 덜어 놓기 시작하고 등의 근육을 움츠리게 해서 줄이 닿아 아픈 곳을 풀었다.

"고기야, 네가 지치지 않았다면," 하고 그는 소리 내어 말했다. "정말 이상한 고기야."

그는 어지간히 지쳐 버렸고, 곧 밤이 되겠기에 그는 다른 생각을 하려고 했다. 그는 빅 리그전을 생각했다. 그걸 '그랑 리가스'라는 스페인어로 생각했다. 뉴욕 양키스팀과 디트로이트 타이거스팀과의 시합이 있는 것을 생각해 냈다.

'오늘이 이틀짼데, 시합 결과가 어떻게 됐는지 모르고 있군.' 하고 그는 생각했다. '그러나 자신을 가져야 한다. 발꿈치뼈를 다쳤는데도 최후까지 참고 승부를 겨룬 위대한 디마지오에 지지 않아야 한다. 뼈가 아픈 것을 뭐라고 하지?' 하고 그는 자신에게 물었다. '뼈에 고장이 난 것이지. 우리는 그런 병에 안 걸린다. 투계의 발톱을 뒤꿈치에 박은 것만큼이나 아플까? 내가 그 정도라면 못 견딜 것 같고, 투계처럼 눈이 한쪽이나 두 쪽 다 빠지면서까지 싸움을 계속하지는 못할 것 같다. 위대한 새나 짐승보다 사람은 그리 대수로운 게 못 된다. 그래도 나는 어두운 바닷속에 있는 저런 놈이 되고 싶다.'

"상어만 나오지 않으면." 하고 노인은 크게 말했다. "상어가 나오면 너나 나나 가엾은 꼴이 된다."

'위대한 디마지오가 지금 내가 이놈하고 맞서는 것만큼 저 고기와 겨룰 수 있을까?' 하고 그는 생각했다. '확실히 할 수 있을 것이고, 나보다 젊고 기운도 세니까 나보다 더 견디어 낼지도 모른다. 게다가 그의 아버지는 어부였거든. 그런데 발꿈치뼈를 다치면 그렇게 아픈 것일까?'

"알 게 뭐야!" 하고 큰 소리로 말했다. "난 발뒤꿈치를 아파 본 일이 없으니까."

해가 지자 그는 용기를 얻으려고 카사블랑카의 술집에서 시엔푸에고스에서 온 항구에서 제일 힘이 세다는 거인 흑인과 팔씨름하던 생각을 했다. 테이블에 분필로 표시한 선 위에 팔꿈치를 올려놓고 팔을 똑바로 세우고 상대편 손을 움켜잡은 채 하룻낮 하룻밤을 지냈다. 서로 모두 상대편의 손을 테이블로 넘어뜨리려고 기를 썼다. 많은 사람이 돈을 걸었고, 석유 불빛 아래서 들락날락했다. 그는 흑인의 팔과 손과 얼굴을 보았다. 처음 여덟 시간이 지나자 심판이 잠을 자도록 네 시간마다 심판을 바꿨다. 그도, 흑인도, 손톱 밑에서 피가 스며 나왔고 서로 상대편의 눈과 손과 팔에서 눈을 떼지 않았다. 돈을 건 사람들은 번갈아 들어왔다 나갔다 하고 벽 앞의 높은 의자에 걸터앉아 지켜보고 있었다. 판자로 된 벽은 파란 페인트가 칠해져 있었고, 등불은 벽에 사람들의 그림자를 크게 비쳤다. 불이 약한 바람에 흔들릴 때마다 흑인의 커다란 그림자가 흔들렸다.

승부는 밤새도록 결정 나지 않았고, 이리 기울었다가 또 저리 기울었다. 흑인에게 럼주를 마시게 하고 불붙인 담배를 물려주기도 했다. 흑인은 럼주를 마시고 굉장한 노력으로 한번은 노인의, 아니 산티아고 '엘 캄페온'(스페인어로 챔피언을 뜻함) 선수의 손을 거의 3인치가량 눕혔다. 그러나 노인은 갖은 힘을 다해 다시 본래 맞선 위치로 올렸다. 그때 그는 이 잘생기고 씨름꾼인 흑인을 이겨 낼 자신을 가졌다. 새벽녘에 내기를 건 사람들이 비긴 걸로 하자고 하고 심판도 고개를 갸우뚱했을 때, 그는 힘을 쥐어짜 내어 흑인의 손을 눕히고 끝내 테이블에 닿게 했다. 승부는 일요일 아침에 시작하여 월요일 아침에야 끝났다. 돈을 건 많은 사람은 그들 대부분이 설탕 부대를 나르러 선창에 나가거나, 아바나 석탄 회사에 일하러 나가야 하므로 무승부로 하자고 했다. 그렇지 않았다면 누구라도 끝까지 마치기를 원했을 것이다. 그러나 그는 모두가 일하러 가는 시간에 늦지 않게 결말을 내주었다.

그런 후 오랫동안 누구나 그를 장군이라고 불렀고 봄에 복수전이 있었다. 이번에는 크게 돈을 걸지 않았고, 제1회전에서 시엔푸에고스 태생 흑인의 기를 꺾어 놓았기 때문에 아주 쉽게 이길 수 있었다. 그 뒤에도 몇 번 겨룬 일이 있으나 그뿐, 그 이상 하지 않았다. 그러려고 마음만 먹으면 어떤 사람이건 이겨 낼 수 있다고 생각했고, 이런 시합이 고기잡이해야 하는 오른손에 해롭다고 생각했다. 그래서 왼손으로 몇 번 겨룬 일도 있었다. 그러나 왼손은 언제나 배반자였고, 생각하는 대로 움직이지 않아 그는 왼손을 믿지 않았다.

'햇볕이 손을 따뜻하게 해 주면 쥐가 안 나겠지.' 하고 그는 생각했다. '밤에 너무 차지지만 않는다면 두 번 다시 쥐가 나지는 않겠지. 그런데 오늘 밤에 어떤 일이 있을지 모르겠다.'

그때 비행기 한 대가 마이애미를 향해서 그의 머리 위를 날아갔고, 날치 떼가 비행기 그림자에 놀라 뛰어오르는 것을 바라보았다.

"저렇게 날치가 많이 있는 걸 보니 돌고래가 있겠군." 하고 그는 말하고, 어깨에 걸친 줄을 잡고 버텨 조금이라도 당길 수가 있나 보았다. 그러나 고기는 끄떡도 하지 않고 줄은 당장에라도 끊어질 것처럼 물방울을 튕기면서 부르르 떨었다. 그는 비행기가 보이지 않을 때까지 그 뒤를 눈으로 좇았다.

'비행기를 타면 이상할 것 같다.' 하고 그는 생각했다. '저렇게 높은 데서 보면 바다는 어떻게 보일까? 너무 높게 날지 않으면 고기가 보일지도 모른다. 한두 길쯤의 높이로 아주 천천히 날면서 고기를 내려다보고 싶다. 거북잡이 배를 타고 돛대 꼭대기의 가름대에서 내려다봤지만, 그 정도의 높이에서도 제법 잘 보였다. 거기에서 보면 돌고래는 더 진한 초록빛으로 보이고, 줄무늬와 보랏빛 얼룩도 보이고, 떼를 지어 헤엄쳐 다니는 고기를 전부 볼 수 있다. 어두운 조류 속에서 사는, 동작이 빠른 고기는 모두 등이 보랏빛이고 대개 보랏빛 줄무늬나 얼룩이 있는 것은 어째서일까. 돌고래는 실제로는 금빛이기 때문에 초록빛으로 보인다. 그러나 배가 고파서 잡아먹기 시작하면 마알린처럼 보랏빛의 줄무늬가 양쪽 배에 생긴다. 그것이 밖으로 나타나 보이는 건 성이 나설까? 아니면 빠르게 속력을 내기 위해서일까?'

날이 어두워지기 직전 배는 섬처럼 부풀어 오른 해초 곁을 지나갔다. 흔들흔들 일렁이는 모양이 마치 바다가 누런 담요 밑에 있는 무언가와 사랑의 동작을 하는 듯 보였다. 그때 짧은 줄에 돌고래가 물렸다. 처음 돌고래를 본 것은 마지막 햇빛을 받아 금빛으로 빛나면서 공중에서 사납게 몸을 틀며 펄떡거릴 때였다. 고기는 겁을 먹고 곡예사 모양 이리저리 펄떡여 노인은 고물 쪽에 다가가서 웅크리고 앉아 오른손에 큰 낚싯줄을 잡고, 왼손으로 돌고래의 줄을 당기기 시작했다. 조금씩 당겨서 그것을 왼발로 눌렀다. 고기가 고물 가까이 끌려와 절망적으로 몸부림을 치며 날뛰자, 노인은 고물 너머로 몸을 내밀고 보랏빛 얼룩이 있는 금빛으로 빛나는 고기를 들어 배 안으로 던졌다.

고기는 낚싯줄을 성급하게 자르려고 물어뜯느라 턱이 발작적으로 떨리고, 길고 펑퍼짐한 몸뚱이며 꼬리며 머리를 배 바닥에 부딪치며 요동치자 노인이 금빛으로 빛나는 머리를 몽둥이로 때렸더니 몸을 부르르 떨다가 조용해졌다.

노인은 낚시를 고기 입에서 빼고 다시 정어리 미끼를 달아서 바닷속에 던졌다. 그러고는 느릿느릿 이물로 돌아갔다. 왼손을 씻고 바지에 닦았다. 다음에 오른손의 큰 줄을 왼손에 옮겨 쥐고 오른손을 바닷물에 씻으면서 바닷물 속으로 져가는 태양과 비스듬한 큰 줄의 경사에 눈을 주었다.

"조금도 지치지 않았군." 하고 그는 말했다. 그러나 손에 와 닿는 물의 저항감을 살펴보니 느낄 수 있을 만큼 속력이 느려졌다.

"노를 두 개 고물에 매어 두자. 그렇게 하면 밤 동안에 고기 속력이 떨어지겠지." 하고 그는 말했다. "저놈은 오늘 밤은 끄떡없을 테고, 나도 그렇고."

'돌고래 피를 없애지 않으려면 조금 후에는 내장을 빼내 버려야겠다.' 하고 그는 생각했다. '좀 더 있으면 그 일을 할 수 있겠지. 그리고 노를 비끄러매어 견인차를 만들 수도 있다. 지금은 해 질 무렵이니까 고기를 조용히 놔두고 건드리지 않는 게 좋겠다. 어떤 고기든 해 질 무렵이 가장 다루기 힘들 테니까.'

그는 손을 바람에 말려 낚싯줄을 잡고 되도록 몸을 편한 자세로 하고 뱃전에 기댄 채 고기가 끄는 대로 있어, 줄을 잡는 것보다 조금 더 고기가 끌고 가기 힘들게 했다.

'하나씩 요령이 생기는구나.' 하고 그는 생각했다. '어쨌든 이런 방법을 쓰면 된다. 그리고 고기는 미끼에 물렸을 때부터 지금까지 아무것도 안 먹었고, 몸집이 크니까 많이 먹어야 산다는 것을 잊지 말자. 나는 다랑어를 한 마리 먹었다. 내일은 돌고래―그는 그것을 '도라도'라고 불렀다―를 먹을 것이다. 내장을 빼낼 때 좀 먹어야겠다. 다랑어보다야 좀 먹기 힘들겠

지. 하지만 그렇게 말한다면 세상에 수월한 일이 어디 있겠는가?'

"고기야, 좀 어때?" 하고 그는 소리 내어 물었다. "나는 아무렇지도 않다. 왼손도 낫고 먹을 것도 오늘 저녁하고 내일 점심까지 마련돼 있다. 배를 끌어 보려무나, 고기야."

사실은 아무렇지도 않은 게 아니었다. 줄이 닿는 등의 아픔을 그는 인정하려 하지 않았지만, 아프다는 한계를 넘어 일종의 무감각 상태가 되어 있었다. 그러나 '이보다 더한 일도 있었는데 뭘.' 하고 그는 생각했다. '손이 그저 슬쩍 벗겨졌을 정도고 왼손의 쥐도 풀렸다. 두 다리도 멀쩡하고. 게다가 식량 문제에 있어서 내가 그보다 유리하다.'

해가 지자 9월의 바다는 금방 어두워졌다. 그는 낡은 뱃전에 기대어 될 수 있는 대로 편하게 쉬었다. 첫 별이 나왔다. 이름을 몰랐지만 지금 보이는 별은 리겔 성(星)좌이다. 곧 별들이 모두 나와 더 많은 먼 친구들을 갖게 되리라는 것을 알았다.

"고기도 내 친구지만." 하고 그는 소리 내어 말했다. "이런 고기는 정말 본 일도 들은 적도 없다. 그러나 나는 꼭 죽일 테다. 별을 죽이지 않아도 되는 게 다행이란 말이야."

'날마다 달을 죽이려고 애쓰는 걸 상상해 보라.' 하고 그는 생각했다. '달은 달아나고 말 것이다. 그러나 날마다 태양을 죽이려고 한다면 어떻게 될까 상상해 보라. 우리는 행운을 가지고 태어난 것이다.'

아무것도 먹지 않은 그 큰 고기가 불쌍하게도 생각됐으나, 죽이겠다는 결심은 조금도 그 연민에 지지 않았다. 저놈 한 마리로 몇 사람이 배를 채울 수 있을까? 그러나 그들이 저걸 먹을 만한 자격이 있나? 아니다, 없다. 저 행동하는 방식이라든가 당당한 위엄으로 봐서 저것을 먹을 자격이 있는 사람은 아무도 없다.

'이런 건 잘 모르겠다.' 하고 그는 생각했다. '그저 태양이나 달이나 별을 죽이지 않아도 좋다는 것은 다행한 일이다. 바다에 살면서 우리 형제들을 죽이는 것으로 충분하다.'

'자아, 이젠 항력에 대해서 따져 봐야지.' 하고 그는 생각했다. '거기엔 결점도 있고 장점도 있다. 놈이 달아나려고 애를 쓰고, 노로 만든 견인차가 제자리에 놓여 있어 배가 무거워지면 줄이 너무 많이 풀려 놈을 놓치게 될

지도 모른다. 배가 가벼우면 서로의 고통을 오래 끄는 셈이 되지만 놈은 이제까지 내지 않던 굉장한 속력을 내니까 그쪽이 내게는 안전한 셈이 된다. 어찌 되었든 돌고래를 상하기 전에 내장을 빼내 기운을 차리게 먹어 둬야겠다. 고물 쪽으로 가서 일하기 전에 한 시간만 더 쉬고 고기가 지치지 않고 버티고 있는지 살펴보고 결정해야겠다. 그동안 고기가 어떻게 행동할 것인지 어떤 변화가 생길 것인지 먼저 살펴봐야겠다. 노를 비끄러맨 것은 잘한 일이지만 이제는 무엇보다도 안전을 우선으로 다뤄야겠다. 놈은 아직도 팔팔하다. 낚시가 입 한쪽에 걸려 입을 꼭 다물고 있는 것을 보았다. 하기야 놈에겐 낚시에 걸린 것쯤은 아무것도 아닐 거야. 중요한 건 배가 고프다는 것, 그리고 자기도 모를 그 무엇과 싸우고 있다는 것이겠지. 여보게 늙은이, 지금은 쉬고 다음의 준비가 될 때까지 고기가 일하도록 하는 게 좋겠네.'

그는 두 시간가량 휴식을 취했다. 달이 뜨는 것이 늦었기 때문에 시간을 알아낼 방법이 없었다. 게다가 그는 실제로 몸을 쉰 것은 아니었다. 여전히 고기의 끄는 힘을 어깨로 버티고 있었다. 그러나 그는 왼손으로 뱃전을 잡고 고기의 무게를 배 전체로써 감당하려 했다.

'줄을 고정해 놔도 무방하다면 문제없겠는데.' 하고 그는 생각했다. '그러나 한번 몸부림치기만 하면 줄은 단번에 끊어진다. 고기가 당기는 것을 내 몸으로 조절해서 언제라도 두 손으로 줄을 풀어낼 수 있도록 해야겠다.'

"그러나 늙은이, 너는 어제부터 아직 한잠도 안 잤어." 하고 그는 소리 내어 말했다. "반나절과 하룻밤, 그리고 또 하루가 지나도록 못 잤단 말이야. 고기가 조용히 있는 동안 조금이라도 잠잘 궁리를 해야겠는데. 잠을 자 두지 않으면 머리가 어지러울 거야."

'그러나 내 정신은 너무 말짱하다.' 하고 그는 생각했다. '너무나 맑다. 내 형제간인 별처럼 맑다. 하지만 역시 자야 하겠다. 별도 자고, 달이나 해도 자고, 파도가 일지 않고 바람이 없는 날은 바다도 잔다. 자는 걸 잊어선 안 돼. 낚싯줄에 대해서는 간단하고도 확실한 방도를 찾아내고 억지로라도 자도록 해야겠다. 자아, 고물로 가서 돌고래를 요리해라. 자야 한다면 노를 고물에 매어 두는 것은 위험한 일이다.'

'나는 자지 않아도 견딜 수 있어.' 하고 그는 혼잣말로 중얼거렸다. '그

러나 그것은 너무 위험한 일이다.'

그는 고기에게 충격을 주지 않도록 조심하면서 손과 무릎으로 기어서 배 뒤편으로 옮겨가기 시작했다. 어쩌면 자기도 반은 자고 있는지도 모른다고 생각했다.

'그러나 고기를 쉽게 하고 싶지는 않다. 너는 죽을 때까지 배를 끌어야 한다.'

노인은 고물 쪽으로 돌아가서 어깨너머로 왼손으로 줄을 잡고 오른손으로 칼을 칼집에서 뺐다. 어느새 별이 가득 반짝여서 돌고래가 똑똑히 보였으므로 돌고래의 머리에 칼날을 박아 고물 밑창에서 끌어냈다. 고기를 발로 누르고 꽁무니에서 아래턱 끝까지 빠른 솜씨로 배를 갈랐다. 칼을 놓고 오른손으로 내장을 깨끗이 빼 버리고 아가미도 말짱하게 뜯어냈다. 손에 만져지는 밥통이 묵직하고 미끈미끈하기에 갈라 보았다. 그 속에서 날치가 두 마리 나왔다. 아직 싱싱하고 살이 단단하기에 날치를 돌고래 곁에 나란히 놓고, 돌고래의 내장과 아가미를 뱃전 너머로 던져 버렸다. 그것들은 인광의 꼬리를 남기고 물속으로 가라앉았다. 별빛에 비치는 돌고래는 싸늘하게 빛나고 비늘의 빛깔은 희끄무레했다. 노인은 오른발로 고기 머리를 누르고 한쪽 껍질을 벗겼다. 다시 그것을 뒤집어 놓고 또 한쪽 껍질을 벗기고 머리에서 꼬리까지 살을 저몄다.

그는 고기 뼈를 뱃전 너머로 던지고 물에 소용돌이가 생기는지 바라보았다. 그러나 엷게 빛나며 천천히 가라앉는 것이 보일 뿐이었다.

그는 몸을 돌리고 돌고래의 고깃점 사이에 날치를 두 마리 끼워 놓고, 칼을 집어넣고 천천히 이물로 기어 돌아갔다. 줄의 무게 때문에 등이 꾸부정했다. 오른손에는 고기를 들고 있었다. 이물로 돌아와서 나무판자 위에 고깃점을 놓고 그 옆에 날치를 놓았다. 그런 다음에 어깨에 멘 줄의 위치를 바꾸고 뱃전을 잡고 있던 왼손으로 줄을 단단히 잡았다. 그리고 뱃전에 몸을 내밀고 날치를 씻으면서 손에 느끼는 물의 속도에 주의를 기울였다. 돌고래의 껍질을 벗기느라 손에도 인광이 있었다. 그는 거기에 닿는 물결을 가만히 보고 있었다. 물결이 한결 약해졌다. 뱃전의 바깥 판자에 손을 비벼 대니 인광의 가루 같은 것이 떨어져서 수면에 떠 뒤쪽으로 천천히 흘러갔다.

"고기가 지쳤거나 쉬는 건지도 모르지." 하고 노인은 말했다. "자아, 나도 돌고래 고기나 먹고 좀 쉬고 잠도 좀 자게 하자."

점점 추워지는 별빛 밤하늘 밑에서 그는 돌고래 고깃점 반을 먹고, 다시 날치 한 마리의 배를 가르고 내장과 머리는 버리고 다 먹었다.

"잘 요리해서 먹으면 돌고래란 놈은 참 맛이 있는 고기인데." 하고 그는 말했다. "날로 먹으면 형편없단 말이야, 다시는 소금이든 라임이든 갖지 않곤 배를 타지 말아야지."

'조금만 머리를 썼더라면 이물의 판자에다 바닷물을 튕겨서 소금을 만들었을 텐데.' 하고 그는 생각했다. '하지만 그걸 하느라고 거의 해질 때까지 돌고래를 못 잡았을 거다. 하지만 준비가 모자랐어. 그러나 고기는 잘 씹어 먹었고, 별로 구역질도 나지 않는군.'

동쪽 하늘이 흐리기 시작하면서 그가 알고 있는 별이 하나둘씩 사라졌다. 마치 구름의 크나큰 골짜기 속으로 배를 타고 들어가려는 것 같았고 바람도 매우 잦아졌다.

"삼사일 뒤엔 날씨가 나빠지겠는걸." 하고 그는 말했다. "그러나 오늘 밤이나 내일은 아무렇지 않아. 자아, 늙은이, 고기가 가만히 차분하게 있는 동안 조금 자도록 하지."

그는 오른손으로 줄을 단단히 잡고 그 위에 허벅지를 얹고 몸 전체의 무게로 이물에 기대었다. 그리고 어깨의 줄을 조금 낮추어서 왼손에 걸고 팽팽하게 줄을 당겼다.

'내 오른손은 줄이 팽팽하게 조여있는 동안 놓치지 않을 것이다.' 하고 그는 생각했다. '잠드는 동안에 줄이 늦추어지면 줄이 풀려나가면서 왼손에 전달될 테니 나를 깨울 것이다. 허벅지 밑의 오른손이 힘들지만, 오른손은 힘든 일에 익숙해 있다. 나는 20분이나 30분만 자도 좋다.'

그는 오른손에 온몸의 무게를 걸고 낚싯줄에 몸을 앞으로 웅크리고 잠이 들었다.

사자 꿈은 꾸지 않았으나, 8마일에서 10마일까지 해면을 덮고 있는 돌고래의 꿈을 꾸었다. 마침 교미기였는데, 공중 높이 뛰어올랐다가는 모두 뛰어오를 때 나왔던 구멍으로 다시 들어가 버리는 광경이었다.

그는 또 마을의 자기 침대에서 누워 자는 꿈을 꾸었는데, 추운 북풍이 불어서 몹시 춥고 베개 대신 오른팔을 베고 있었기 때문에 오른팔이 저렸다.

그다음에는 길게 뻗친 노란 해안선을 꿈꾸고, 미처 어둡지 않은 어둑어둑한 해안으로 앞장선 사자가 내려오고 다른 사자들이 따라 내려오는 것을 보았다. 그는 황혼 녘의 해안에 닻을 내린 뱃머리에 턱을 괴고 바다 앞쪽으로 부는 미풍을 받으며 더 많은 사자가 나오려나 하고 지켜보면서 흐뭇하게 즐기고 있었다.

달이 뜬 지도 오래되었으나 그는 계속해서 잠을 잤다. 고기는 여전히 낚싯줄을 끌고 가고 있었고, 배는 구름의 터널 속으로 끌려들어 갔다.

그때 갑자기 오른손 주먹이 세게 끌려 얼굴을 치면서 오른손 손바닥에 불이 붙듯 줄이 다급하게 풀려나갔다. 왼손은 아무렇지도 않았으나, 그는 되도록 오른손에 힘을 모으고 줄이 풀리는 것을 견제했다. 그러나 줄은 무서운 속도로 풀려나갔다. 드디어 왼손도 줄을 찾아내서 줄을 등에 대고 버티자, 이번엔 등과 왼손이 화끈 달아올랐다. 왼손에 힘을 주려고 했으나 마음대로 되지 않았다. 예비 낚싯줄을 돌아보니 순조롭게 풀려나가고 있었다. 바로 그때 고기가 굉장한 소리를 내면서 뛰어올랐다가 무겁게 떨어졌다. 그러더니 연거푸 뛰어오르고 줄은 여전히 빠른 속도로 풀려나가면서도 배는 빨리 끌려갔다. 노인은 줄을 팽팽하게 당겨 놨다가 풀려나가면 또 팽팽하게 해 놓곤 했다. 그는 지금 이물에 바싹 끌려가 당겨진 채 얼굴은 돌고래 고깃점 위에 처박혀 있었으며, 조금도 꼼짝할 수 없었다.

'이게 바로 기다렸던 거야.' 하고 그는 생각했다. '이제 그것을 받아들여야지. 낚싯줄값을 받아야지. 낚싯줄값을 치르게 해야지.'

그는 고기가 뛰어오르는 것을 보지 못하고 그저 바다가 갈라지는 소리와 떨어지면서 무겁게 철썩하는 소리만을 들었을 뿐이었다. 줄의 속도가 손바닥을 몹시 상하게 했지만, 으레 예측할 수 있었던 일이었기 때문에 그는 살이 굳어 버린 부분만 줄이 닿도록 하고 손바닥이나 손가락을 다치지 않도록 했다.

'그 애가 있었으면 줄을 적셔 줄 텐데.' 하고 그는 생각했다. '그래 그 애만 있었다면. 그 애만 있었다면.'

줄은 연이어 풀려나가고 있으나 점차 속도가 줄어들었다. 그는 고기가 한 치라도 끄는 데 힘이 들도록 했다. 이제 그는 돌고래 고깃점에 처박혔던 얼굴을 살며시 들었다. 그러고는 무릎을 세우고 일어섰다. 그는 여전히 줄을 풀고는 있었지만 조금씩 천천히 풀었다. 보이지 않는 낚싯줄이 있는 곳을 발로 더듬어 갔다. 아직도 줄은 많이 남아 있었다. 이제는 고기가 물속으로 풀려나간 줄을 끌지 않으면 안 된다.

'그렇지.' 하고 그는 생각했다. '게다가 여남은 번이나 뛰어올라서 등뼈를 따라 있는 바람 주머니를 공기로 채웠으니까 끌어당길 수 없을 만큼 깊은 곳에서 죽어 버리진 않겠지. 이제 곧 빙글빙글 돌기 시작할 테니까, 그때 내가 좀 고기를 다뤄야지. 그런데 왜 갑자기 뛰어올랐을까? 배가 고파서 견딜 수 없게 돼버렸나, 아니면 어두워서 뭔가에 놀란 것일까? 아마 갑자기 두려움을 느꼈는지도 모른다. 하지만 그만큼 침착하고 억센 고기였고, 겁이 없고 자신만만한듯했는데 참 이상한 노릇이군.'

"여보게 늙은이, 자네나 겁 없이 자신을 갖게나." 하고 그는 소리 내어 말했다. "고기는 내 손에 쥐고 있지만 당겨지지 않는군. 그러나 곧 돌기 시작할 테지."

노인은 이제 왼손과 어깨로 고기를 다루면서 엎드려서 오른손으로 물을 떠서 얼굴에 붙은 돌고래 살을 씻어 떼어냈다. 그대로 놔두면 구역질이 날지도 몰랐다. 지금 기운을 잃는 것이 무엇보다도 두렵기 때문이었다. 그는 얼굴을 씻고 다시 오른손을 뱃전 너머로 내밀어 씻었다. 손은 그대로 소금물 속에 넣고 해뜨기 전 훤하게 동트는 것을 바라보았다.

'거의 동쪽으로 머리를 두고 있구나. 그건 지쳐서 조류를 따라 흐르고 있다는 증거다. 곧 빙글빙글 돌지 않을 수 없겠지. 일은 그때부터 시작이다.'

오른손을 오랫동안 충분히 물에 담갔다고 판단하자, 그는 물에서 손을 꺼내 살펴보았다.

"그만하면 됐어." 하고 그는 말했다. "남자라면 그만한 고통쯤은 그리 대수로운 건 아니니까."

그는 낚싯줄이 새 상처를 건드리지 않도록 조심해서 줄을 잡고 몸의 무게를 오른쪽으로 옮겨 반대쪽 뱃전 너머로 왼손을 내밀었다.

"이번에는 하찮은 짓을 하느라고 다친 건 아니다." 하고 그는 왼손에 말했다. "하지만 한때는 네가 어디로 갔는지 알 수 없었을 때가 있었어."

'나는 왜 두 손을 튼튼하게 타고나지 못했을까?' 하고 그는 생각했다.

'왼손을 잘 쓰지 않은 게 잘못이었던 거다. 배울 기회가 많았다는 것을 하느님도 아시겠지만. 어쨌든 밤새도록 잘해주었고, 한 번밖에 쥐가 오르지 않았어. 또 쥐가 오르면 낚싯줄에 잘리도록 내버려 둘 테다.'

그렇게 생각하면서도 그는 좀 머리가 맑지 않다고 느끼고 돌고래를 좀 더 먹어야겠다고 생각했다.

'아니 안 먹을 테다.' 하고 혼잣말을 했다. '구역질이 나서 힘이 빠지는 것보다는 어지러운 편이 훨씬 낫다. 그리고 얼굴을 고깃점에 처박고 있었으니 지금 다시 먹는다고 해도 구역질이 나서 견딜 수 없을 것이 뻔하다. 상할 때까지 비상용으로 놔두자. 그러나 이제 영양분을 섭취해서 기운을 얻기에는 너무 늦었다. 넌 바보로구나. 날치를 한 마리 먹어야겠다.'

날치는 잘 씻겨 언제 먹어도 좋게, 거기 놓여 있었다. 그는 그것을 왼손으로 집어 뼈째 조심스레 씹어서 꼬리까지 다 먹었다.

'날치는 다른 어떤 고기보다도 영양분이 많아.' 하고 그는 생각했다. '지금의 내게 필요한 양분만큼은 말이다. 자아, 이제 내가 할 수 있는 일은 다 했다. 이제 고기를 회전하게 하고 전투를 개시하게 하라.'

그가 바다로 나와서 세 번째 태양이 솟아오를 때, 고기는 둥그런 원을 그리며 돌기 시작했다.

그는 줄의 경사도를 보고 고기가 돌기 시작한 것을 알았다. 아직 좀 이르다고 생각했다. 줄이 좀 늦추어졌음을 느꼈으므로 오른손으로 살그머니 당기기 시작했다. 여전히 줄은 팽팽했으나, 곧 끊어질 것같이 생각된 순간 늦추어지면서 끌려들기 시작했다. 그는 어깨와 목에서 줄을 벗기고 천천히, 그리고 꾸준히 당겼다. 그는 두 손을 젓는 듯 움직이며, 가능한 한 몸통과 다리로 줄을 당기려고 했다. 그의 늙은 다리와 어깨는 줄 당기는 동작의 중심이 되어 계속 일을 했다.

"매우 크게 도는데." 하고 그는 말했다. "하지만 틀림없이 돌고 있어."

그러나 더 이상 줄은 끌려오지 않았다. 그는 줄에서 물방울이 아침 햇빛을 받아 빛나면서 떨어지는 것을 보았다. 그러다 그때 갑자기 줄이 풀려나가기 시작하자 무릎을 꿇고 줄이 어두운 바닷속으로 끌려 나가는 것을 아까운 듯이 풀어 주었다.

"회전하는 원의 먼 끝을 도는 중이다." 하고 그는 말했다. '될 수 있는 대로 당겨 주자.' 하고 그는 생각했다. '그러면 돌아가는 거리가 매번 줄어들 것이다. 아마 한 시간쯤 있으면 고기를 볼 수 있을 것이다. 그러면 그에게 그의 운명을 가르쳐 주고, 죽여야 한다.'

그러나 고기는 여전히 천천히 돌고, 노인은 땀으로 젖고 두 시간 후에는 뼛속까지 피로했다. 그러나 도는 원거리가 훨씬 줄어들고, 줄의 경사도로 보아 고기가 헤엄을 치면서도 해면으로 떠올라오는 것을 알았다.

한 시간쯤 전부터 눈앞에 검은 반점이 보이기 시작했고, 땀이 흘러서 눈과 눈 위의 상처와 앞이마의 상처를 쓰라리게 했다. 그는 검은 반점쯤은 두려워하지 않았다. 그가 힘들여 줄을 당길 때면 으레 생기는 현상이었다. 그러나 두 번 가볍게 현기증이 나고 눈앞이 아찔했는데, 그것이 걱정스러웠다.

"이런 고기를 못 잡고 죽어 버릴 수야 없지." 하고 그는 말했다. "이제 곧 저 멋진 비늘이 보일 거다. 하느님, 그저 견딜 수 있게 해 주십시오. '주님의 기도'와 '성모송'을 백 번 외우겠습니다. 그러나 지금은 못 외우겠습니다."

'외운 걸로 해 두자.' 하고 그는 생각했다. '나중에 외울 테니까.'

바로 그때 두 손으로 움켜쥐고 있던 줄이 느닷없이 억센 힘으로 왈칵 당겨졌다. 날카롭고 무거웠다.

'창날 같은 부리로 철삿줄 끝을 치고 있는 거야.' 하고 그는 생각했다. '한 번은 꼭 그렇게 될 일이다. 그럴 수밖에 없는 일이다. 그러나 그렇게 되면 뛰어오를지도 모르니 좀 더 돌아 주었으면 좋겠다. 아까는 공기도 필요해서 뛰어올랐다. 그러나 그럴 때마다 아가리의 상처가 넓어져서 낚시가 빠져나갈지도 모른다.'

"뛰지 마라, 고기야." 하고 그는 말했다. "뛰면 못 써."

고기는 그 뒤에도 여러 번 낚싯줄을 쳤는데, 흔들릴 때마다 노인은 줄을 조금씩 풀어 주었다.

'고기의 고통을 어떻게든지 이 정도에서 막아 줘야겠다.' 하고 그는 생각했다. '내 고통 따위는 문제도 안 된다. 내 고통은 참을 수가 있다. 그러나 고기의 고통이 놈을 성나게 할지 모른다.'

조금 있으니까 고기는 낚싯줄에 부딪히지 않고 다시 완만한 원을 그리며 돌기 시작했다. 노인은 줄곧 조금씩 줄을 당겨 갔다. 그러나 또 현기증을 느꼈다. 그는 왼손으로 바닷물을 떠서 머리를 적셨다. 그리고 목덜미를 물로 축이고 비볐다.

"쥐는 안 난다." 하고 그는 말했다. "이제 올라올 때가 되었다. 나는 끝까지 견딜 수 있어. 견뎌야 한다. 그건 말할 필요도 없다." 그는 뱃머리에 무릎을 꿇고 잠깐 쉬었다가 가까이 오면 다시 싸워야겠다고 마음먹었다.

뱃머리에 앉아 쉬면서 줄을 당기지 않고 고기를 멋대로 한 바퀴 돌게 내버려 두고 싶은 생각이 간절했다. 그러나 줄이 당겨진 상태로 보아 고기가 배 쪽으로 오려고 방향을 바꾼 것을 알자, 노인은 일어서서 몸체를 회전축으로 삼아 베를 짜는 동작으로 내보냈던 줄을 모두 거둬들였다.

'이렇게 피곤하긴 처음인걸.' 하고 그는 생각했다. '이제 무역풍이 불고 있구나. 저놈을 잡기에 유리한 바람이지. 절실히 필요한 바람이지.'

"고기가 다음 회전을 하려고 하거든 그때 좀 쉬자." 하고 그는 중얼거렸다. "기분도 훨씬 좋아졌어. 두서너 번만 더 돌고 나면 끌어들일 수 있겠지."

그는 밀짚모자를 머리 뒤통수에 얹고 뱃머리에 몸을 나직하게 숙이고 앉아 고기의 회전을 느끼며 줄을 끌어들였다.

'고기야, 너는 지금도 일하고 있구나.' 하고 그는 생각했다. '되돌아왔을 때 기회를 봐서 잡아 볼까?'

제법 파도가 일었다. 그러나 좋은 날씨에 부는 바람이었고, 집에 돌아가는 데 필요한 바람이었다.

"뱃머리를 남서쪽으로 돌리면 되는 거야." 하고 그는 말했다. "바다에서 길을 잃는 일은 없지. 쿠바는 아주 긴 섬이니까."

그는 고기가 세 번째 원을 그리기 시작했을 때 고기를 보았다.

처음에 배 밑으로 지나가는 시꺼먼 그림자를 보았는데, 그렇게 길 수가 있을까? 의심이 날 정도로 지나가는 데 오래 걸렸다.

"아냐." 하고 그는 말했다. "그렇게 클 리가 있나!"

그러나 실제로 고기는 배에서 30야드가량 떨어진 수면 위로 떠올랐는데, 노인은 물 위로 나온 꼬리를 보았다. 연보랏빛 꼬리는 낮의 날보다 더 높고 짙푸른 색 물 위에 아주 우뚝하게 나와 있었다. 그 꼬리가 뒤로 비스듬히 기울고 있었고, 고기가 바로 수면 밑을 헤엄치고 있었기 때문에 노인은 그 거대한 몸체와 그것을 둘러싸고 있는 보랏빛 줄무늬를 볼 수 있었다. 등지느러미는 아래로 늘어져 있고, 거대한 가슴지느러미는 양쪽으로 활짝 벌려져 있었다.

이번 회전에서 노인은 고기의 눈과 두 마리의 회색 빨판상어가 나란히 곁붙어 헤엄쳐 다니는 것을 봤다. 어떨 때는 큰 고기 몸에 달라붙기도 하고 떨어지기도 했고, 어떨 때는 쫓기도 하고 큰 고기의 뒤를 따라 헤엄쳤다. 두 마리 다 3피트가량의 길이였지만 마치 뱀장어처럼 온몸을 맹렬하게 움직였다.

노인은 땀을 흘리고 있었는데 태양열 때문만은 아니었다. 고기가 되돌아올 때마다 그는 줄을 잡아당겼으며, 이제 두 바퀴만 돌면 작살을 꽂아 넣을 수 있으리라 확신했다.

'좀 더 바싹, 가까이 끌어와야겠다.' 하고 그는 생각했다. '머리를 찔러서는 안 된다. 심장을 찔러야 한다.'

"자, 늙은이, 침착하고 담대하라." 하고 그는 말했다.

다음번 회전에서 고기는 등을 수면에 내놓았으나 배와의 거리가 너무 멀었다. 다음 회전 때도 역시 너무 멀었으나, 몸을 훨씬 두드러지게 물 위로 드러내어 조금만 더 줄을 당기면 고기를 배와 나란히 하게 할 수 있다고 확신했다. 작살은 벌써 준비해 두었고, 거기에 매인 가는 줄은 둥근 바구니 속에 들어 있었다. 그 줄 끝은 이물의 말뚝에 단단히 매 두었다.

고기는 둥근 원을 그리면서 조용히 가까이 다가왔는데 그것은 아름답게 보였고, 커다란 꼬리만이 움직였다. 노인은 갖은 힘을 다해 꼬리를 바싹 끌어당겼다. 잠시 고기는 배를 보이면서 뒤뚱거렸으나, 곧 자세를 바로잡고 또다시 돌기 시작했다.

"내가 고기를 움직였구나." 하고 노인은 말했다. "결국 움직이고 말았구나."

그는 또 한 번 현기증을 느꼈으나, 있는 힘을 다해 큰 고기를 끌어당겼다.

'내가 그놈을 움직였다.' 하고 그는 생각했다. '이번에야말로 끝장을 낼 수 있을 것이다. 손아, 줄을 당겨라. 다리야, 좀 더 버티어라. 머리야, 나를

위해 마지막까지 견디고, 견뎌다오. 정신을 잃은 일은 없다. 이번에야말로 꼭 해치울 테다.'

고기가 배 가까이 오기도 전에 온 힘을 다해서 당기기 시작했으나, 고기는 조금 뒤뚱거렸을 뿐 몸을 다시 세우고 헤엄쳐 나갔다.

"고기야." 하고 노인은 말했다. "너는 결국 죽어야 할 운명인 거야. 너는 나마저 죽일 작정이냐?"

'하지만, 그렇게는 안 되지.' 하고 그는 생각했다. 입안이 너무 말라 목소리도 나오지 않았고, 이젠 물병을 당겨 입을 축일 수도 없었다. '이번에야말로 뱃전하고 나란히 되게 해야 한다. 그렇게 여러 번 돌기만 하면 내가 견디지 못한다. 아니다, 견딜 수 있을 것이다.' 하고 혼잣말을 했다. '아니, 나는 영원토록 건재하다.'

다음 회전에서 그는 고기를 거의 수중에 넣을 뻔했으나, 고기는 다시 몸을 곧추세우고 천천히 헤엄쳐 나갔다.

'네가 나를 죽이는구나, 고기야.' 하고 노인은 생각했다. '과연 네게는 그럴 권리가 있지. 나는 일찍이 너처럼 위대하고, 아름답고, 침착하고, 위엄 있는 놈을 보지 못했다. 자아, 죽여라. 누가 누구를 죽이든 그게 무슨 상관이란 말이냐.'

'이제는 머리가 혼란해지는구나.' 하고 그는 생각했다. '머리를 식혀야겠다. 머리를 식히고 어떻게 하면 인간답게 고통을 견딜 수 있나 봐야겠다. 안 그러면 저 고기처럼이라도.'

"머리야, 정신 차려라." 그는 자신도 알아들을 수 없을 만한 가냘픈 목소리로 말했다. "정신 차리라니까."

고기는 다시 두 바퀴를 맴돌았으나 마찬가지였다.

'모르겠구나.' 하고 노인은 생각했다. 그는 그럴 때마다 의식을 잃고 기절할 것 같았다. '정말 모르겠는데. 그러나 다시 한번 해 보자.'

그는 다시 한번 해 보았지만, 고기가 뒤뚱거렸을 때 자신도 정신이 아득해지는 것을 느꼈다. 고기는 자세를 바로 하고는 커다란 꼬리를 물 위로 내놓고 유유히 헤엄쳐 가 버렸다.

'한 번만 더.' 하고 노인은 다짐했다. 그러나 손은 부풀어 맥이 빠졌고, 현기증이 나서 자꾸만 주위가 가물가물하니 잘 보이지 않았다. 한 번 더 해

보려고 했으나 역시 마찬가지였다. '그래.' 하고 그는 생각했다. '힘을 주려고 하기도 전에 의식이 몽롱해지는 게 기절할 것 같다. 그러나 다시 한번 해 보자.'

그는 남은 마지막 힘과 모든 고통과 먼 옛날에 가졌던 긍지를 통틀어 고기의 마지막 고통과 맞섰다.

고기는 그에게로 유유히 헤엄치며 다가와 주둥이가 거의 뱃전에 닿을 듯했다.

고기의 몸체는 어마어마하게 길고 두껍고 넓고, 보랏빛의 줄을 두른 한없이 큰 덩어리가 물속에서 배 옆을 지나가려 했다.

노인은 줄을 놓고 한 발로 딛고 서서 할 수 있는 한 작살을 높이 쳐들어 있는 힘을 다해, 아니 그 이상의 힘을 내어 사람의 가슴 높이만큼 물 위로 솟아오른 커다란 가슴지느러미 바로 뒤를 겨누고 옆구리를 찔렀다. 작살이 살 속에 파고드는 반응을 느꼈다. 그는 덮치는 것처럼 하여 힘껏 깊숙이 던져 넣었다. 그러자 고기가 몸속에 죽음을 지닌 채 생기를 불어넣는 듯 물 위로 높이 뛰어오르며 그 거대한 길이와 넓이를, 그 힘과 아름다움을 아낌없이 드러냈다.

그것은 배 안에 서 있는 노인의 머리보다도 높이 공중에 매달린 것처럼 보였다. 그러고는 철썩 떨어져 물을 사방으로 튀기며 노인과 배에 물보라를 덮어씌웠다.

노인은 정신이 나갈 것 같고 메스꺼워서 잘 보이지 않았다. 그래도 그는 작살의 줄을 그 벗겨진 두 손으로 조절하여 풀어 놓았다. 가까스로 눈앞이 보였을 때, 고기가 물 위로 은빛 배를 드러내 놓고 뒤집혀 있는 것을 보았다. 작살 자루가 고기 어깨에 삐죽이 찔려 있고, 바다는 심장이 뿜어내는 피로 붉게 물들고 있었다. 피가 처음에는 깊이가 1마일을 넘는 바다의 푸른 물에 고기 떼가 밀려드는 듯 시꺼멓게 보였으나 곧 구름처럼 퍼져나갔다. 고기는 은빛 배를 보이고 조용히 물결에 둥둥 떠 있었다.

노인은 가물거리는 눈으로 유심히 바라보았다. 그리고 작살줄을 이물 말뚝에 두 번 감아 놓고 머리를 두 손으로 감쌌다.

"정신을 차려야지." 그는 뱃머리에 기대면서 중얼거렸다. "나는 지친 늙은이다. 하지만 나는 내 형제인 고기를 죽였고 이제부터 잡일을 해야 한다."

　'이젠 고기를 뱃전에 붙들어 매기 위해서 올가미와 밧줄을 준비해야지.' 하고 그는 생각했다. '비록 사람이 둘이 있어 고기를 배에 싣고, 물이 들어오면 퍼낸다고 하더라도 도저히 이 배는 고기를 못 당한다. 모든 준비를 하고 나서 고기를 끌어당겨서 배에 붙들어 매고 돛을 올려 집으로 돌아가야 한다.'

　고기를 뱃전으로 끌어당겨 아가미에서 입으로 줄을 꿰어서 머리를 이물에 붙들어 맬 작정이었다.

　'이 눈으로 좀 더 보고 만지고 확인해 보고 싶다.' 하고 그는 생각했다. '고기는 나의 재산이다. 그러나 내가 만져 보고 싶다는 것은 그래서가 아니다. 나는 고기 심장을 만져 본 것 같다. 작살을 두 번째 찔러 넣었을 때 말이다. 이제는 끌어당겨서 꼬리와 배에 올가미를 걸어 배에 단단히 비끄러매야겠다.'

　"늙은이, 슬슬 일을 시작하지." 하고 물을 한 모금 마셨다. "싸움이 끝났으니 해야 할 일이 잔뜩 남았잖아."

　그는 하늘을 우러러보고 고기를 바라다보았다. 그는 해를 조심스럽게 보았다.

　'정오가 지난 지 얼마 안 됐군.' 하고 그는 생각했다. '게다가 무역풍이 불고 있다. 이제 낚싯줄은 아무래도 좋다. 집에 돌아가서 그 애와 함께 다시 풀어 이어 놓자.'

　"이리 오너라, 고기야." 하고 그는 말했다. 그러나 고기는 오지 않았다. 벌렁 나자빠진 채로 둥실 바다에 떠 있어, 노인은 배를 고기 곁으로 저어 나가 머리를 이물에 매면서도 그 크기가 믿어지지 않았다. 그는 작살줄을 말뚝에서 풀어 아가미로 넣어서 턱 쪽으로 꿰고, 창날처럼 뾰족한 주둥이를 한 번 감고 다른 쪽 아가미를 꿰어 다시 한번 주둥이를 감아 양 끝을 매어서 뱃머리의 말뚝에 단단히 비끄러맸다. 그러고 줄을 잘라서 올가미를 만든 다음 꼬리를 매러 고물 쪽으로 갔다. 고기 색은 본래의 보랏빛 섞인 은빛이 거의 은빛으로 변했고, 줄무늬는 꼬리와 같이 엷은 보랏빛이었다. 그 줄무늬 넓이가 손으로 한 뼘 정도만 했고, 눈은 잠망경이나 행렬에 끼인 성자의 눈처럼 무표정했다.

"그렇게 하지 않고서는 고기를 죽일 수 없었지." 하고 노인은 말했다.

'물을 마시고 난 후로는 퍽 기운을 차린 것 같아 이제 정신을 잃는 일도 없을 것이다. 머리도 또렷해졌고, 이 정도라면 천오백 파운드 이상은 될 걸.' 하고 그는 생각했다. '어쩌면 더 나갈지도 몰라. 3분의 2를 고기로 만들어서 1파운드에 30센트씩 받는다면?'

"연필이 없어 안 되겠구나." 하고 그는 말했다. "머리가 별로 맑지 못한 모양이지. 하지만 오늘의 내게는 위대한 디마지오라 해도 머리를 숙일 거다. 발뒤꿈치는 아프지 않았지만, 손과 등의 상처는 퍽 심했거든."

'발뒤꿈치의 부상이란 어떤 것일까?' 하고 그는 생각했다. '앓아보지 않아 모르지만 아마 우리에게도 그런 병이 있는지 알 수 없지.'

그는 고기를 이물과 고물, 그리고 중간에 꽉 비끄러맸다. 엄청나게 커서 또 한 척의 배를 서로 이어 놓은 것 같았다. 그는 줄을 한 가닥 끊어 고기의 아래턱을 주둥이에 동여매서 입이 벌어지지 않도록 하여 배가 빨리 나갈 수 있게 했다. 그것이 끝나자 돛대를 세우고 갈고리와 가름대, 그리고 조각조각 기운 돛을 달아 배는 나가기 시작했다. 그는 고물 쪽에 반쯤 드러누워 이물을 남서로 향하게 했다.

나침반이 없더라도 그는 남서쪽이 어딘지 알 수 있었다. 무역풍의 감촉과 돛이 서로 끌고 가는 것만이 필요했다. 가는 낚싯줄에 가짜 미끼를 달아서 먹을 것을 찾아보는 게 좋겠고, 목을 축이기 위해 뭘 좀 마셔야겠다. 그러나 가짜 미끼 바늘은 보이지 않았고, 정어리도 모두 상해 버렸다. 하는 수 없이 그는 누런 해초가 한 조각 지나갈 때 갈고리로 건져서 배 안으로 흔들어 댔더니 그 속에 있던 새우가 배 바닥에 떨어졌다. 제법 여남은 마리나 되었는데, 뛰는 벌레처럼 팔딱팔딱 뛰었다. 노인은 그것을 잡아 엄지손가락과 집게손가락으로 새우 머리를 떼고 껍질과 꼬리까지 잘 씹어 먹었다. 잘기는 했지만, 맛이 좋고 영양분이 있다는 것을 알고 있었다.

병 속에는 아직 두어 모금의 물이 남아 있었는데, 새우를 먹고 나서 그 물을 반쯤 마셨다. 배는 큰 고기를 매달고도 꽤 잘 달렸고, 그는 팔 밑에 있는 키의 손잡이로 방향을 잡았다. 그는 고기의 모습을 볼 수 있었는데, 손을 펴 보고 뒤편에 기대고 있는 등의 아픔을 느끼고서야 이것이 꿈이 아니고 정말로 일어난 일인 것을 알았다. 싸움이 막바지에 이르러 정신이 가물거렸을 때, 아마 꿈을 꾸고 있는 것이 아닐까 하고 생각했다. 그러다가 고기가 물속에서 뛰어올라 떨어지기 전에 공중에 걸려 있는 걸 보았을 때 어처구니없는 기적이 생겼다고 했고, 그 광경이 아무래도 믿어지지 않았다. 그때는 눈이 잘 보이지 않았지만 이젠 전처럼 잘 보였다.

지금 그는 고기의 실체를 확인한 것과 손과 등의 아픔으로 꿈이 아닌 것을 알았다.

'손의 상처는 곧 아물 거다.' 하고 그는 생각했다. '피는 깨끗이 닦아 냈고 짠물이 낫게 해 줄 거다. 여기같이 깊은 바닷물은 정말 잘 듣는 약이니까. 내가 해야 할 일은 오로지 정신을 똑바로 차릴 일이다. 손이 할 일은 이미 끝났고, 우리는 무사히 항구로 돌아가고 있다. 고기는 입을 꽉 다물고 꼬리를 꼿꼿이 세웠다 내렸다 하며, 우리는 형제간처럼 나란히 항구로 돌아가고 있다.'

그러자 그의 머리가 좀 흐려져서 그는 고기가 그를 끌고 가는 건지, 그가 고기를 끌고 가는 건지 어리둥절했다.

'내가 고기를 끌고 가는 것이라면 아무 문제도 없다. 고기가 저 모든 위엄을 모두 잃은 채 배 속에 누워 있다면 역시 아무 문제도 없다. 그러나 고기와 배는 지금 나란히 묶여 바다 위를 헤쳐나가고 있다. 고기가 나를 끌고 간다고 한다면 그렇게 하라지.' 하고 그는 생각했다. '내 꾀가 그보다는 낫다는 것뿐이고, 고기는 내게 아무런 적의도 갖고 있지 않으니까.'

항해는 순조로웠다. 노인은 두 손을 바닷물에 담그고 정신을 차리려고 애썼다. 하늘 높이 뭉게구름과 많은 엷은 새털구름이 든 것을 보고서 밤새도록 계속해서 미풍이 불 것을 알았다. 노인은 꿈이 아님을 확인하기 위해 고기를 눈여겨 바라보았다.

맨 처음 상어의 습격을 받은 것은 그로부터 한 시간 후였다.

상어는 우연히 나타난 게 아니었다. 저 검은 피가 구름처럼 엉겨 1마일이나 깊게 바닷속으로 퍼질 때 피 냄새를 맡은 상어가 수면을 박차고 물 위로 솟구쳐 올라왔다. 그것은 무서울 만큼 빠르게, 아무런 거리낌도 없이 푸른 물을 가르고 솟아올랐다가 햇살을 받고, 다시 물속으로 들어가서 냄새를 찾아 배와 고기의 뒤를 추적하는 것이다.

상어는 때때로 냄새를 잃어버리곤 했다. 그러나 다시 냄새를 찾아내든가, 지나간 흔적을 찾아내서 재빠르고 세차게 뒤따랐다. 마코 상어로, 상당히 덩치가 크고 빨리 헤엄칠 수 있게 생겼다. 주둥이 말고는 나무랄 데 없는 아름다운 몸이었다. 등은 황새치처럼 푸르고, 배는 은빛이었고 껍질이 미끈하고 아름다웠다. 빨리 헤엄쳐 갈 때는 단단히 다문 주둥이 말고는 황새치처럼 생겼다. 높은 등지느러미는 까딱도 하지 않고 칼날처럼 해면 바로 밑 물속을 가르며 헤엄쳐 갔다. 두 겹으로 된 주둥이 안쪽은 이빨이 여덟 줄로 안을 향하고 있는 피라미드형의 보통 상어의 이빨과는 달랐다. 꽉 물면 사람 손가락을 매 발톱처럼 오므렸을 때와 비슷했다. 거의 노인의 손가락만 하고 양쪽이 면도날같이 날카로웠다. 바닷속의 어떤 고기든 잡아먹을 수 있게 생겼고, 빠르기로나 억세기로나 완전한 무장으로나 당해 낼 적이 없었다. 지금은 더욱 신선한 피 냄새를 따라 속력을 내면서 푸른 지느러미가 물을 갈랐다.

노인은 놈이 달려오는 것을 보자, 아무 두려운 것도 없고 그 자신이 노리는 것은 꼭 해치우는 상어라는 것을 알았다. 노인은 상어가 다가오는 것을 지켜보면서 작살을 집어 들어 밧줄을 비끄러맸으나, 이미 고기를 비끄러매느라고 잘라 버렸기 때문에 밧줄이 짧았다.

노인의 머리는 이제 맑고 상쾌해져서 그는 단단한 결의가 넘쳐 있었지만, 희망을 품지는 않았다. 좋은 일이란 오래가지 않는 법이라고 그는 생각했다. 상어가 가까이 다가오는 것을 지켜보면서 큰 고기를 한번 힐끗 보았다.

'꿈이었던 거나 마찬가지지.' 하고 그는 생각했다. '상어가 달려드는 것을 막을 수는 없지만, 어떻게 해 보는 수밖에 없겠지. '덴투소'(스페인어로 뾰족한 이빨이라는 뜻. 마코 상어를 지칭)란 놈. 이 망할 놈의 자식아.'

상어는 날쌔게 고물 쪽으로 다가와서 고기에 덤벼들었는데, 그때 노인은 그 벌린 입과 이상한 두 눈과 이빨이 둔한 소리를 내며 큰 고기의 꼬리 부분을 물어뜯는 것을 보았다. 상어는 머리를 물 위로 쑥 내밀고 등까지 드러내자 노인은 그 머리의 두 눈을 잇는 선과 코에서 등으로 뻗은 선이 교차하는 한 지점에 작살을 꽂았을 때, 큰 고기의 살과 껍질이 뜯기는 소리를 들었다. 사실 그런 선 따위가 상어 머리에 있는 건 아니었다. 삐죽하게 날카로운 퍼런 머리와 커다란 눈과 짤각거리며 뭐든 먹어 치우는 불쑥 나온 주둥이가 있을 뿐이다. 그러나 그 지점이 상어 골이 있는 위치였고 노인은 그곳을 찔렀다. 피가 묻어 진득거리는 손으로 작살을 꽂고 전력을 다해서 눌러 쑤셨다. 희망은 없었으나 결의와 철저한 적의를 품고서 내리찍었다.

상어는 한 바퀴 돌았고 그 눈에 벌써 살아 있지 않은 것을 노인은 알았으나, 상어는 한 바퀴 더 뒹굴고 밧줄로 제 몸을 두 번이나 감았다. 상어는 자기 죽음을 인정하지 않았다. 벌렁 뒤집혀서 꼬리로 물을 철썩이고 주둥이를 짤각거리면서 쾌속정처럼 물결을 헤치며 몸부림쳤다. 꼬리로 내려치는 물 위로 하얗게 물방울이 튀었고, 밧줄이 당겨지면서 부르르 떨고 줄이 끊어져 나갈 때는 몸뚱이의 4분의 3쯤은 물 위로 나와 있었다.

상어는 잠시 수면에 조용히 떠 있었다. 노인은 그것을 지켜보았다. 그리고 천천히 가라앉았다.

"약 40파운드는 뜯어먹었군." 하고 노인은 큰 소리로 말했다.

'게다가 내 작살이랑 줄까지 모두 가져가 버렸지.' 하고 그는 생각했다. '그런데 내 고기에서 또 피가 흐르니 다른 상어들이 몰려오겠지.'

이 이상 병신이 되어버린 고기가 보고 싶지 않았다. 고기가 물어 뜯겼을 때 꼭 자기가 물어뜯기는 것 같았다.

'그러나 나는 내 고기에 달려든 상어를 죽였다.' 하고 그는 생각했다. '그렇게 큰 덴투소는 처음이었다. 지금까지 큰 놈을 많이 보아 왔지만 말이다.'

'좋은 일은 오래가지 않는 법이지.' 하고 그는 생각했다. '이젠 그것이 한낱 꿈이었으면 싶다. 내가 저 고기를 잡은 것이 아니고, 이 순간에 침대에 누워 신문을 보고 있는 거라면 얼마나 좋을까.'

"그러나 사람은 지려고 태어난 건 아니야." 하고 그는 말했다. "사람은 죽임을 당하지만 지지는 않는다."

'그래도 내가 고기를 죽게 한 건 잘못이야.' 하고 그는 생각했다. '이제부터 궂은일이 생길 텐데 작살마저도 없다. 덴투소란 놈은 아주 잔인하고 힘이 세고 영리하단 말이야. 하지만 내가 저보다 더 영리하지. 아니 안 그럴지도 몰라. 아마 내 무기가 저보다 나았다는 것뿐일 것이다.'

"늙은이, 더 생각하지 마." 하고 그는 크게 말했다. "이대로 나가다가 상어가 오면 그때 볼일이야."

'그러나 생각하지 않을 수 없다. 남은 것이라곤 그것밖에 없으니. 그것하고 야구뿐이야. 위대한 디마지오는 내가 상어의 골통을 찌른 솜씨를 인정할까? 그거야 자랑할 만한 것은 못되지.' 하고 그는 생각했다. '그런 일은 누구라도 할 수 있지. 하지만 내 손이 발뒤꿈치가 아픈 만큼 불리한 조건을 가진 것을 알겠지? 그야 알 수 없지. 내가 발뒤꿈치를 다친 것은 헤엄치다 오리를 밟아서 물렸을 때 종아리가 마비되어서 참을 수 없는 고통을 당할 때뿐이었으니까.'

"늙은이, 좀 더 유쾌한 일을 생각하지." 하고 그는 말했다. "이제 시시각각으로 집이 가까워지고 있어. 게다가 40파운드나 가벼워져서 그만큼 가볍게 달릴 수 있지."

그러나 배가 조류 한가운데에 도달하면 어떻게 되리라는 것을 공식처럼 잘 알고 있었다. 그러나 지금은 어쩔 수가 없었다.

"아냐, 방법은 있어." 하고 그는 큰 소리로 말했다. "노 손잡이에 칼을 잡아매야지."

그래서 그는 겨드랑이에 키 손잡이를 끼고 돛 아랫자락을 밟고 그 일을 했다.

"자아," 하고 그는 말했다. "난 역시 늙은이야. 그래도 전혀 무방비 상태는 아냐."

바람이 이제 다시 불어 배는 잘 달렸다. 그는 고기의 앞부분만을 보고 있었고, 그러자니 약간의 희망이 되살아났다.

'희망을 버리다니 어리석은 짓이야.' 하고 그는 생각했다. '게다가 그건 죄가 된다고 믿어. 죄에 대해선 생각하지 말자. 지금은 죄 아니라도 그 밖의 문젯거리가 얼마든지 있다. 게다가 나는 죄에 대해 아무것도 모른다. 나는 그게 뭔지 잘 모르고, 그걸 믿고 있다고 확언할 수도 없다. 고기를 죽이는 것은 아마 죄가 되겠지. 내가 살기 위해서, 또 많은 사람을 먹이기 위해서라도 죄일 테지. 하지만 그렇다면 모든 게 죄가 된다. 죄에 대해서는 생각하지 말자. 그런 것을 생각하기엔 때가 너무 늦었고, 돈을 받고 하는 사람들도 있으니까 그런 생각은 그런 사람들 보고 하라지 뭐. 고기가 고기로 태어난 것처럼 너는 어부로 태어난 것이다. 성 베드로도 위대한 디마지오의 아버지처럼 어부였거든.'

그러나 그는 자신이 관련된 모든 일에 관해서 생각하는 것을 좋아했다. 게다가 읽을 책도 없고 라디오도 없고 해서 여러 가지 많은 생각을 했고, 계속해서 죄에 대해 생각했다. '고기를 죽인 것은 단지 살기 위해서도 식량으로 팔기 위해서도 아니다. 긍지를 위해서, 그리고 어부이기 때문에 죽인 것이다. 네가 살았을 때도 사랑했지만 그 후도 사랑했다. 만약 그것을 사랑한다면 죽였다 해도 죄가 되지 않는다. 아니, 죄보다도 더한 것일까?'

"자아, 늙은이. 생각이 너무 지나쳐." 하고 그는 소리 내어 말했다.

'그러나 너는 덴투소를 죽이는 걸 즐겨 했다.' 하고 그는 생각했다. '그 놈도 너처럼 산고기를 먹고 사는 동물이야. 다른 상어처럼 썩은 고기라도 먹고 이리저리 헤엄쳐 다니는 게걸스러운 동물은 아니야. 아름답고 당당하고 두려움을 모르는 고기야.'

"나는 정당방위로 자신을 지키기 위해 죽인 거야." 하고 그는 소리 내어 말했다. "게다가 단번에 죽였지."

'게다가 모든 동물은 어떤 식으로든 다른 모든 동물을 죽이는 거야.' 하고 그는 생각했다. '고기잡이가 나를 살게 해 주는 것과 마찬가지로 그것이 나를 죽인다. 아니 그 애가 내 생계를 도와주고 있지. 너무 자신을 속여선 안 돼.'

그는 뱃전으로 몸을 내밀고 아까 상어가 물어뜯은 살점을 한 점 떼었다. 그것을 씹으면서 고기의 질과 좋은 맛을 음미했다. 소고기처럼 살이 단단하고 물기가 많았으나 붉지는 않았다. 힘줄이 전혀 없었고, 시장에 내놓으면 최고의 값에 팔리리란 걸 알았다. 그러나 물에서 피 냄새를 지워 버릴 도리가 없는 한, 최악의 사태가 닥쳐오고 있다는 사실을 노인은 알고 있었다.

미풍은 변함없이 불었다. 약간 북동쪽으로 바뀌는 듯했으나 절대로 잦아들지 않으리란 것을 노인은 알고 있었다. 노인은 앞쪽을 내다보았으나 돛이나 선체나 배에서 오르는 연기조차도 보이지 않았다. 다만 이물 주위로 뛰어 날아가는 날치와 군데군데 해초의 누런 무더기가 보일 뿐이었다. 심지어 새의 그림자조차 보이지 않았다.

고물 쪽에 기대앉아 몸에 힘을 붙이려고 마알린의 고기를 씹어 먹으면서 두 시간가량 지났을 때, 그는 두 마리의 상어 중 선두의 놈이 다가오고 있는 것을 보았다.

"아잇!" 하고 그는 큰 소리로 외쳤다. 뭐라 형용할 수도, 다른 말로 옮길 수도 없는, 못이 자기 손바닥을 뚫고 판자에 박힐 때 사람이 저도 모르게 지르는 것 같은 그런 소리였다. "갈라노(스페인어로 우아하다는 뜻. 상어의 일종)로구나!" 하고 그는 소리 질렀다. 그는 첫 번째 상어 뒤에 바짝 뒤따르는 상어를 보았고, 세모꼴의 갈색 지느러미와 물결을 쓸 듯이 하는 동작으로 귀상어라는 것을 알았다. 그들은 피 냄새를 맡고 흥분하고, 너무 배가 고파 냄새를 쫓다가 놓치곤 하였다. 그러다 다시 피 냄새를 맡으면서 줄곧 다가오고 있었다.

노인은 돛을 가름 나무에 붙들어 매고 키의 손잡이로 노를 잡고 손의 통증이 마음대로 되어 주지 않으므로 되도록 살짝 들어 올렸다. 그러고는 가볍게 손을 폈다 쥐었다 했다. 힘껏 노를 쥐고 끝까지 버틸 생각으로 상어가 다가오는 것을 지켜보았다. 넓고 평평한 삽처럼 뾰족한 머리와 끝이 하얗고 넓은 가슴지느러미가 보였다. 이건 아주 고약한 상어로 지독한 냄새를 풍기며, 산 고기든 죽은 고기든 먹어버리고 배가 고프면 노든 키든 뭐든지 물어뜯었다. 거북이 해변에서 잠이 들었을 때 그 다리나 발을 잘라 먹는 것도 이것이었다. 배만 고프면 이놈들은 사람한테서 피 냄새나 생선 비린내가 나지 않아도 물속에서 사람을 공격하는 것이다.

"아잇!" 하고 그는 말했다. "갈라노야, 오너라, 갈라노야."

마침내 그들이 왔다. 그러나 마코 상어처럼 오진 않았다. 한 놈은 배 밑으로 돌아들어 가 보이지 않게 고기를 물어뜯고 떠받고 하는 것을 배가 흔들리는 것으로 느꼈다. 또 한 놈은 길게 째진 누런 눈으로 노인을 바라보다가 반원형 주둥이를 크게 벌리고 잽싸게 고기에게 덤벼들어 먼저 뜯긴 자리를 물어뜯었다. 상어의 갈색 머리 정수리와 골이 등뼈와 이어지는 후면의 선이 뚜렷이 보였다. 노인은 칼이 달린 노로 그 교차점을 찌르고 그것을 뽑아 다시 고양이 같은 노란 눈을 찔렀다. 상어는 물고 있던 고기를 놓고 떨어져 나갔지만, 죽으면서도 물어뜯은 고기를 삼켰다.

배는 다른 한 놈의 상어가 배 밑에서 고기를 뜯는 바람에 여전히 흔들리고 있었다. 노인은 돛 줄을 풀어 배가 옆으로 돌아서 상어가 물 밖으로 드러나도록 했다. 그는 상어를 보자 뱃전에서 몸을 내밀고 찔렀다. 그러나 살을 찔렀기 때문에 상어의 딱딱한 살 껍질은 뚫지 못했다. 너무 힘껏 찌르는 바람에 손뿐만이 아니라 어깨까지 아팠다. 그러나 상어는 머리를 물 위로 내밀었다. 노인은 상어의 코가 물 밖으로 나와 고기를 물어뜯을 때 그 평평한 정수리 한복판을 정면으로 찔렀다. 그는 다시 그것을 잡아 빼서 같은 곳을 찔렀다. 그래도 상어는 갈고리 같은 주둥이로 고기에 매달렸다. 노인은 왼쪽 눈을 찔렀다. 그래도 상어는 여전히 매달렸다.

"그래도?" 하면서 노인은 척추골과 두 골 사이를 찔렀다. 이쯤 되자 손쉽게 연골이 쪼개지는 것을 손에 느꼈다. 노인은 노를 뽑아 들어 상어 주둥이를 벌리려, 그 사이에 칼날을 넣었다. 칼날을 비틀자 상어가 물었던 것을 놓으며 나가떨어졌다.

"가라, 갈라노야. 바다 밑 깊은 곳에 가라앉아라. 가서 네 동무나, 아니면 네 엄마나 만나 봐라." 하고 그는 말했다.

노인은 칼날을 닦고 노를 놓았다. 돛에 줄을 매어 바람을 안게 하고 해안으로 배를 몰았다.

"4분의 1쯤이나, 그것도 제일 맛있는 데를 떼어 나갔군." 하고 그는 소리 내어 말했다. "이것이 다 꿈이고 이 고기를 잡지 않았다면 좋았을걸. 네게는 참 안 됐다, 고기야. 애당초 잡은 것이 잘못이었어."

그는 말을 멈추었고, 이제는 고기를 볼 마음조차 없었다. 피를 흘리고 찢긴 고기는 마치 거울 뒷면의 은빛처럼 빛나고 커다란 줄무늬도 아직 선명하게 보였다.

"이렇게 멀리까지 나오지 말 걸 그랬구나, 고기야." 하고 그는 말했다. "너나 나를 위해서도 말이다. 참 미안하게 됐다, 고기야."

'자아,' 하고 그는 중얼거렸다. '칼을 잡아맨 자리를 잘 보고 어디 끊어지지 않았는지 봐야겠다. 아직도 자꾸 밀려올 테니까. 손도 제대로 움직일 수 있게 해 둬야지.'

"칼을 갈게 숫돌이 있으면 좋겠는데." 하고 노인은 노 끝을 다시 잘 잡아매면서 말했다. "숫돌을 가져왔으면 좋았을걸."

'가지고 올 물건도 많은데.' 하고 그는 생각했다. '그러나 안 가지고 왔어. 늙은이야, 지금은 안 가지고 온 걸 생각할 때가 아니야. 있는 것으로 할 수 있는 일을 생각해.'

"자넨 참 여러 가지 좋은 충고를 해 주는군." 하고 그는 큰 소리로 말했다. "이젠 그것에도 싫증 났어." 그는 겨드랑이에 키를 끼고 배가 앞으로 나가는 대로 손을 물에 담그고 있었다.

"마지막 놈이 무척 많이 뜯어먹었군." 하고 그는 말했다. 그는 물어뜯긴 고기의 아래쪽을 생각하고 싶지 않았다. 상어가 배 밑에서 떠받을 때마다 살을 뜯겼을 테니 이제는 흐른 피가 바다에 신작로처럼 넓은 길을 만들어 놓아 모든 상어의 길잡이가 되었다는 것을 알고 있었다.

'이 고기 한 마리면 한 사람이 온 겨우내 먹고 살 수가 있었는데.' 하고 그는 생각했다. '그런 생각은 하지 마라. 가만히 쉬고 남은 고기를 지키도록 손을 잘 풀어 둬라. 내 손에서 나는 피 냄새쯤은 바다에 가득 퍼져 있는 피 냄새에 비하면 아무것도 아니지 않는가? 또 별로 피가 많이 나는 것도 아니다. 문제 삼을 만한 상처가 아니다. 피를 흘렸으니 왼손에 다시 쥐가 오르지도 않겠지.'

'이제 나는 무엇을 생각할 수 있나.' 하고 그는 생각했다. '생각할 것이 아무것도 없다. 아무 생각 말고 다음 차례를 기다리기만 하면 된다. 이게 정말 꿈이었으면 좋겠는데. 그러나 알게 뭐람. 모두 잘된 일인지도 모른다.'

다음에 온 것은 귀상어 한 마리였다. 만일 돼지가 사람의 머리가 들어갈 만큼 큰 입을 가지고 있다면, 아마 저런 식으로 여물통에 달려들 것이다. 노인은 상어가 고기를 물게 내버려 뒀다가 노에 매여진 칼로 골통을 찔렀다. 그러나 상어가 몸을 뒤틀며 젖혔기 때문에 칼을 빼앗겼다.

노인은 마음을 안정시키고 키를 잡았다. 그는 상어가 천천히, 처음에는 몸체 그대로 크기였다가 점점 작아지고 끝내는 아주 조그마해지며 물속으로 가라앉는 것조차 보지 않았다. 그러한 광경은 언제나 흡족한 기분을 안겨 주었다. 그러나 지금은 그것조차도 보지 않았다.

"아직 갈고리가 있다." 하고 그는 말했다. "그러나 아무짝에도 소용없어. 노 두 개와 손잡이와 짤막한 몽둥이가 있지."

'상어란 놈이 나를 녹초로 만들었구나.' 하고 그는 생각했다. '너무 늙어서 상어를 몽둥이로 때려죽일 만한 힘은 없다. 하지만 노와 몽둥이와 키 손잡이가 있는 한 끝까지 싸워 줄 테다.'

그는 두 손을 짠 물에 담그려고 물속에 넣었다. 벌써 오후라 바다와 하늘 외에는 아무것도 보이지 않았다. 아까보다 바람이 많아져서 이제 곧 육지가 보이길 바랐다.

"늙은이, 넌 몹시 지쳐 있어." 하고 그는 말했다. "아주 속속들이 지쳐 있어."

다시 상어 떼가 덤벼든 것은 바로 해지기 전이었다. 그는 고기가 바다에 남기며 온 넓은 냄새의 흔적을 따라오는 갈색 지느러미들을 보았다. 그들은 냄새를 쫓아오지도 않고 나란히 헤엄치며 곧장 배를 향해 덤벼들었다.

그는 노를 고정하고 돛줄을 단단히 잡아매 놓고서 고물에 놓여 있는 몽둥이를 집어 들었다. 그것은 부러진 노를 2피트 반 길이로 자른 노의 손잡이였다. 손잡이가 있으므로 한 손으로 써야 편리했다. 그는 그것을 오른손에 움켜쥐고 손목 관절을 주무르며 상어가 다가오는 것을 지켜보고 있었다. 둘 다 갈라노였다.

'앞선 놈이 고기를 물게 놔뒀다가 콧등이나 정수리를 똑바로 후려갈겨야지.' 하고 그는 생각했다.

두 마리는 나란히 붙어 다가왔는데, 가까운 쪽 상어가 입을 크게 벌리고 고기의 은빛 옆구리를 물어뜯는 것을 보자 몽둥이를 높이 쳐들었다가 힘껏 상어의 넓적한 머리를 향해 내리쳤다. 단단한 고무 같은 강한 탄력을 느꼈으나, 동시에 뼈가 맞은 딱딱한 느낌도 느꼈다. 그는 또 한 번 콧등에 호된 타격을 주었다. 상어는 물고 있던 고기에서 미끄러져 떨어졌다.

또 한 마리는 보이다 안 보이다 했는데, 주둥이를 크게 벌리고는 덤벼들었다. 노인은 고기를 떠받치며 상어가 입을 다물었을 때 입언저리로 허연 살점이 삐져나온 것을 보았다. 그가 몽둥이를 휘둘러 내리치자 상어는 그를 바라보더니 살점을 뜯어냈다. 노인은 다시 상어가 살점을 삼키려고 물러났을 때 몽둥이로 후려쳤으나 단단한 탄력을 느꼈을 뿐이었다.

"오너라, 갈라노야." 하고 노인은 말했다. "또 덤벼라."

상어는 쏜살같이 덤벼들었고, 노인은 주둥이를 다물었을 때 내리쳤다. 몽둥이를 최대한 높이 치켜올려 있는 힘을 다해 후려갈겼다. 상어의 뒤 골통 뼈에 맞았다. 그리고 상어가 천천히 살점을 물어갈 때 또 한 번 같은 곳을 내리쳤다.

노인은 다시 올까 지켜봤으나 둘 다 나타나지 않았다. 이윽고 한 마리가 해면을 헤엄치고 있었고, 또 한 마리는 그림자마저도 보이지 않았다.

'그 정도로 죽지는 않을 거야.' 하고 노인은 생각했다. '젊었을 때라면 문제없이 죽였을 텐데. 하지만 호된 상처를 입혀 놨으니 별로 기분이 좋진 않을 거야. 두 손으로 몽둥이를 잡고 때렸다면 처음 놈만은 죽일 수 있었는데. 이렇게 늙었더라도 말이야.'

그는 고기 쪽을 볼 생각이 나지 않았다. 거의 반이나 뜯긴 것을 알고 있었다. 그가 상어 떼와 싸우는 동안 해는 졌다.

"곧 어두워질 테지." 하고 그는 말했다. "그럼, 아바나의 불빛이 보일 테지. 동쪽으로 너무 가 있었다면 다른 해안의 불빛이 보일 테고."

'이제 그리 멀지 않을 거야.' 하고 그는 생각했다. '아무도 나 때문에 근심하지 않으면 좋겠는데. 물론 그 애만은 걱정하겠지. 그렇지만 틀림없이 나를 믿고 있을 거야. 늙은 어부들도 대개 걱정하겠지. 다른 사람들도 모두 걱정하고 있겠지. 나는 우애 있는 마을에 살고 있으니까.'

고기가 너무 형편없는 꼴이 돼버려서 고기에게 말을 붙일 용기도 없었다. 문득 어떤 생각이 떠올랐다.

"반밖에 없어." 하고 그는 말했다. "너는 이제 반이 되고 말았어. 멀리까지 나온 게 잘못이다. 내가 우리 둘 다 망쳐 버렸구나. 그렇지만 우리 둘은 상어를 굉장히 많이 죽였지. 너는 몇 마리나 죽였지? 그 뾰족한 주둥이를 그냥 달고 있는 건 아니었겠지."

그는 만약 이 고기가 마음대로 헤엄쳐 다닐 수 있다면 상어를 상대로 어떻게 싸우려나, 하는 생각을 하는 게 즐거웠다.

'주둥이를 맨 줄을 끊어 버릴 걸 그랬구나.' 하고 그는 생각했다. '그렇지만 도끼도 없고 칼도 없다. 그러나 그런 게 있어 노 손잡이에다 매달 수 있었더라면 얼마나 훌륭한 무기가 되었겠는가. 그러면 너하고 힘을 합해 싸울 수 있었을 텐데. 밤중에 달려들면 어쩔 작정인가? 어떻게 하면 되겠는가?'

"싸우는 거다." 하고 그는 말했다. "죽을 때까지 싸워 줄 테다."

그러나 날은 이미 어둡고 아무런 불빛도 보이지 않고 저녁노을도 없고, 바람과 꾸준하게 달리는 배의 확실한 속력을 느낄 뿐이었다. 그는 아마 자기가 벌써 죽어 있는지도 모른다고 생각했다. 두 손을 맞쥐고 손바닥의 감촉을 더듬었다. 손바닥은 살아 있었다. 그는 두 손을 오므렸다 폈다 함으로써 살아 있는 고통을 느꼈다. 그는 고물에 기대보고 틀림없이 죽지 않은 것을 알았다. 어깨도 그것을 가르쳐 주었다.

'만약 고기를 잡기만 하면 기도를 많이 하겠다고 약속했는데.' 하고 그는 생각했다. '그러나 너무 지쳐 버려서 지금은 할 수가 없구나. 부대로 어깨를 덮는 게 좋겠다.'

그는 고물에서 키를 잡고 하늘에 흰한 불빛이 보일 것만을 기다렸다.

'아직 고기는 반이 남았다.' 하고 그는 생각했다. '앞 반동강이라도 가지고 돌아갈 행운을 아직 가졌는지도 모르겠다. 조금은 행운이 있는 거겠지.'

"아니야." 하고 그는 말했다. "너는 너무 바다 멀리 나갔을 때 이미 행운을 깨뜨려 버렸어."

"어리석은 생각 마라." 하고 그는 크게 말했다. "정신 똑바로 차리고 키를 잡아. 아직 행운이 많이 남아 있는지도 몰라. 행운을 파는 데가 있다면 조금이라도 사 왔으면 좋겠다."

'그러나 뭐로 사 온단 말인가?' 하고 자신에게 물었다. '저 잃어버린 작살과 부러진 칼과 쓸모없는 이 손으로 살 수 있나?'

"살 수 있을지도 모르지." 하고 그는 말했다. "그것을 위해 바다에서 84일이나 헤매지 않았나. 그리고 막 손에 넣을 뻔도 했지."

'쓸데없는 생각은 하지 말아야 해.' 하고 그는 생각했다. '행운이란 여러 가지 형태로 나타나는데 어떻게 그걸 알 수가 있나? 그러나 어떤 형태를 하고 있든지 간에 조금만 갖고 바라는 값을 치러 주겠다. 환한 불빛이 보였으면 좋겠는데. 바라는 게 너무 많아. 그러나 지금 가장 절실하게 바라는 게 그것이다.'

그는 키를 좀 더 잡기 편한 자세를 취했다. 아픔을 느끼기 때문에 죽지 않았음을 확인했다. 밤 10시가 되었으리라고 생각될 무렵 그는 도시의 불빛이 하늘에 흰하게 반영돼 비치는 것을 보았다. 처음에는 너무 희미하므로 달이 뜨기 전에 하늘이 흰한 것처럼 겨우 알아볼 정도였다. 그러다가 이제는 세게 부는 바람 때문에 파도가 이는 바다 너머로 줄곧 불빛이 보였다. 그는 키를 그 방향으로 돌려 이제 곧 이 조류의 어귀에 부딪히게 되겠다고 생각했다.

'이젠 끝났다.' 하고 그는 생각했다. '상어 떼가 또 올지도 모르지만 이렇게 캄캄한 속에서 무기도 없이 뭘 할 수가 있겠는가?'

그의 몸도 굳어 버리고 쓰라렸으며, 긴장됐던 근육이 차가운 밤공기 때문에 아팠다.

'이 이상 싸우지 않아도 되면 좋겠다.' 하고 그는 생각했다. '제발 다시 싸우지 않게 됐으면 좋겠다.'

그러나 한밤중에 그는 싸웠고, 이번에는 싸움이 소용없다는 것을 알았다. 상어는 떼를 지어 와 지느러미가 해면에 그리는 선과 고기를 물어뜯을 때의 인광이 보일 뿐이었다. 그는 그 머리를 휘둘러 쳤고, 상어가 살점을 물어뜯는 소리가 들렸다. 배 밑에서 물고 늘어질 때는 배가 흔들렸다. 그는 그저 육감과 소리만으로 필사적으로 몽둥이를 휘둘렀으나 무엇인가가 몽둥이를 채어가 버리고 말았다.

그는 키에서 손잡이를 떼어내 두 손으로 움켜쥐고 닥치는 대로 마구 휘둘러 댔다. 그러나 상어 떼는 이번에는 이물 쪽으로 몰려와서 번갈아 가며 때로는 한꺼번에 덤벼들어 뜯었고, 그것이 다시 덤벼들려고 돌 때마다 물어뜯긴 살점이 물속에서 허옇게 빛났다.

그러던 중 한 마리가 고기의 머리로 달려드는 걸 보고 모든 것이 끝났다는 것을 알았다. 그는 좀처럼 뜯기지 않는 고기의 질긴 머리에 턱을 붙이고 있는 상어의 정수리를 겨누어 손잡이를 휘둘렀다. 한 번, 또 한 번, 몇 번이고 후려쳤다. 키 손잡이가 부러지는 소리가 들리자 그는 부러진 나무 끝으로 찔렀다. 부러진 끝이 예리하게 파고드는 것을 느꼈다. 그것이 뾰족함을 알자 다시 깊게 찔렀다. 상어는 물었던 고기를 놓고 뒹굴며 물러났다. 그것이 몰려드는 상어의 마지막 떼였다. 더 뜯을 곳이 남아 있지 않기 때문이었다.

노인은 거의 숨을 쉴 수가 없었고, 입안에 이상한 맛을 느꼈다. 구리 같은 맛이 나고 달아서 일순 겁이 났으나 그것도 곧 없어졌다. 그는 바다에 침을 뱉고 말했다.

"이거나 먹어라, 갈라노야. 그리고 사람을 죽인 꿈이라도 꾸어라."

그는 이제 완전히 구제할 방법이 없을 만큼 녹초가 돼버린 것을 알고 고물 쪽으로 기어가서 떨어져 나간 키 손잡이의 부러진 끝을 키 구멍에 집어 넣어 방향만은 잡을 수 있도록 했다. 그는 부대를 펴서 어깨에 두르고 배의 방향을 잡았다. 이제 배는 가볍게 바다를 달렸다. 아무런 생각도 아무런 느낌도 없었다. 그는 모든 것을 초월했고 될 수 있는 대로 잘, 그리고 요령 있게 다루어 항구로 돌아가는 일만이 남았다. 밤에 다시 상어 떼가 식탁에서 음식 찌꺼기를 주워 먹으려는 사람처럼 남은 고기 잔해에 덤벼들었다. 노인은 아예 무관심했고, 키질 외의 모든 것에 무관심했다. 배가 옆에 달린 무거운 짐이 없으니까 가볍고 순조롭게 해상을 미끄러져 나간다는 감이 들었을 뿐이었다.

'배는 무사하다.' 하고 그는 생각했다. '배는 키 손잡이 외에는 온전했고 부서지지 않았다. 키쯤은 쉽게 갈아 끼울 수 있다.'

배가 조류 안으로 들어간 것을 느끼자, 해안을 따라 늘어서 있는 마을의 불빛이 보였다. 그는 지금 있는 위치를 알았다. 이제 돌아가는 것은 별문제가 아니라는 것을 알았다.

'뭐니 뭐니 해도 바람은 내 친구야.' 하고 그는 생각했다. 그리고는, '물론 때에 따라서 말이지.' 하고 단서를 붙였다. '바다, 그곳에는 우리의 친구도 있고 적도 있다. 그리고 침대, 침대는 내 친구야. 침대만이. 침대란 위대한 거야. 피곤하게 시달렸을 때는 참으로 편하거든. 그것이 얼마나 편한 것인지 전혀 몰랐단 말이야. 그런데 뭐가 너를 이렇게 피곤하게 했는가?'

"그런 것은 없어." 하고 그는 소리 내어 말했다. "너무 멀리 나갔던 거야."

그가 조그만 항구로 돌아왔을 때 테라스의 등불은 꺼져 있었고, 모두 잠든 것을 알았다. 바람은 점점 더 세게 붙어서 이제는 강풍이 되었다. 그러나 항구는 잠잠했고, 그는 바위 밑 좁은 자갈밭에 배를 댔다. 아무도 도와주는 사람은 없었다. 될 수 있는 대로 배를 뭍에 바싹대었다. 그러고는 배에서 내려 배를 바위에 비끄러맸다.

그는 돛대를 내리고 돛을 감아 묶었다. 그러고는 돛대를 어깨에 메고 언덕길을 올라가기 시작했다. 그때야 비로소 그는 자신이 얼마나 지쳤는가를 알았다. 잠깐 발을 멈추고 뒤를 돌아보았다. 고기의 커다란 꼬리가 가로등 불빛의 반사로 뒤편에 빳빳이 서 있는 것이 보였다. 노출된 등뼈의 뚜렷한 선과 뾰족한 주둥이를 가진 머리의 검은 덩어리가 보이고, 그 사이는 아무 것도 없었다.

그는 다시 기어오르기 시작했고, 다 올라갔을 때 그만 넘어져서 돛대를 어깨에 멘 채 한동안 쓰러져 있었다. 어떻게든지 일어나려고 했다. 그러나 아무리 해도 몸이 움직여지지 않아 겨우 반신을 일으키고 돛대를 어깨에 멘 채 길을 바라보았다. 길 저쪽에 고양이가 한 마리 지나갔다. 노인은 그 것을 물끄러미 바라보았다. 그러고는 망연히 길바닥으로 시선을 옮겼다.

마침내 그는 돛대를 내려놓고 일어섰다. 다시 돛대를 추켜올려 어깨에 얹고 길을 올라가기 시작했다. 판잣집에 닿을 때까지 다섯 번이나 앉아 쉬어야 했다.

판잣집에 들어가자 그는 돛대를 벽에 세웠다. 어둠 속에서 물병을 찾아 한 모금 마셨다. 그러고는 침대에 쓰러졌다. 담요를 끌어당겨 어깨와 등과 다리를 덮고 두 팔을 밖으로 뻗고 손바닥을 위로 젖힌 채 신문지에 얼굴을 묻고 잠이 들었다.

아침에 소년이 판자문을 열고 들여다보았을 때, 그는 여전히 잠들어 있었다. 바람이 심해져서 그날은 배가 나가지 못했기 때문에 소년은 늦게까지 자고 일상 하던 대로 오늘도 판잣집에 와 본 것이다. 소년은 노인의 숨결에 귀를 기울이고 그의 두 손을 보고 울기 시작했다. 그는 커피를 가지고 올 양으로 조심스레 밖으로 나와 길을 내려가면서도 계속 울었다.

어부들은 배 주위에 모여서 배 곁에 비끄러맨 것을 구경하고, 그중 한 사람은 바지를 걷어 올리고 물속으로 들어가서 그 잔해의 길이를 재었다.

소년은 거기로 내려가지 않았다. 이미 가 보았기 때문이다. 어부 한 사람이 소년 대신 배의 뒷정리를 돌봐 주고 있었다.

"할아버지는 어떻든?" 하고 한 어부가 소리쳤다.

"주무세요!" 하고 소년은 소리 질러 대답했다. 울고 있는 것을 어부들이 보아도 그는 아무렇게도 생각지 않았다. "그대로 주무시게 아무도 깨우지 마세요."

"코에서 꼬리까지 18피트나 되는데." 하고 고기를 재고 있던 어부가 소리쳤다.

"그렇게 될 거예요." 하고 소년이 말했다.

그는 테라스로 가서 커피 한 깡통을 달라고 했다.

"뜨겁게 해서 우유와 설탕을 듬뿍 넣어 주세요."

"뭐 더 줄 거 없니?"

"아뇨. 나중에 잡수실 만한 것을 알아볼게요."

"매우 큰 고기더구나." 하고 주인이 말했다. "그런 고기는 생전 처음 봤어. 네가 어제 잡은 두 마리도 좋았는데."

"제 고기 따위는 아무래도 좋아요." 하고 소년은 말하고 다시 울음을 터뜨렸다.

"너도 뭐 마시지 않겠니?"

"싫어요." 하고 소년이 말했다. "모두 산티아고 할아버지를 귀찮게 해서 깨우지 않도록 해 주세요. 곧 돌아오겠어요."

"할아버지께 참 안 되셨다고 전해 주렴."

"고맙습니다." 하고 소년은 말했다.

소년은 뜨거운 커피가 든 깡통을 들고 노인의 판잣집으로 들어가 그가 깨어날 때까지 그 곁에 앉아 기다렸다. 노인이 한 번 잠에서 깨려는 것 같았다. 그러나 다시 깊은 잠 속으로 빠졌다.

소년은 길 건너에서 장작을 얻어다가 커피를 뜨겁게 데웠다.

드디어 노인은 잠에서 깨어났다.

"일어나지 마세요." 하고 소년이 말했다. "이걸 마시세요." 그는 컵에 커피를 조금 따라 주었다.

노인은 그것을 받아서 마셨다.

"놈들한테 졌어, 마놀린." 하고 노인이 말했다. "정말 놈들한테 졌어."

"할아버지는 지신 게 아니에요. 고기한테 지신 게 아니에요."

"그렇지, 정말 그래. 진 건 나중이었어."

"페드리코가 배랑 선구랑 돌보고 있어요. 머리는 어떻게 할까요?"

"페드리코에게 잘라서 고기 덫에다 쓰라고 하지."

"그 창날 부리는요?"

"갖고 싶거든 네가 가지렴."

"저 갖고 싶어요." 하고 소년이 말했다. "이제 다른 일들에 관한 의논을 해야겠어요."

"모두 나를 찾았니?"

"그럼요. 해안 경비선이랑 비행기까지 동원됐었어요."

"바다는 너무 넓고 배는 너무 작으니까 찾기가 힘들지." 하고 노인이 말했다.

순간 노인은 자기 자신과 바다를 상대로만 지껄이다가 말 상대가 있는 게 얼마나 즐거운지를 비로소 알았다.

"네가 여간 아쉽지 않았다." 하고 그는 말했다. "넌 뭘 잡았니?"

"첫날 한 마리 잡고요. 둘째 날 한 마리, 셋째 날 두 마리 잡았어요."

"잘했구나."

"이제 둘이 함께 나가서 잡아요."

"아냐, 내게는 운이 없어. 이젠 운이 다했나 보다."

"운이란 게 어디 있어요." 하고 소년은 말했다. "행운은 제가 가지고 갈게요."

"집에서 뭐라고 안 그럴까?"

"상관없어요. 전 어제 두 마리 잡았어요. 그래도 아직 배울 게 많으니까 이제부터는 저랑 함께 나가요."

"잘 드는 창을 하나 구해서 고기잡이에 나갈 때 언제든지 가지고 가야겠어. 창날은 낡은 포드 자동차 스프링 조각으로 만들면 될 거야. 구아나바코아에 가서 갈아 오면 되고. 끝을 뾰족하게 갈아야 하지만 잘 부러지지 않게 달구어야 해. 내 칼은 부러졌단다."

"칼도 구하고 스프링도 갈아서 오지요. 이 태풍이 며칠이나 갈까요?"

"사흘쯤이겠지, 좀 더 계속될지도 모르지만."

"준비는 제가 다 해 놓겠어요." 하고 소년이 말했다. "할아버지는 손이나 낫도록 하세요."

"그걸 낫게 하는 걸 알지. 그런데 밤에 뭔지 이상한 걸 토했는데, 가슴속의 뭔가가 갈라진 것 같은 기분이 들더구나."

"그것도 고쳐야죠." 하고 소년이 말했다. "누워 계세요, 할아버지. 깨끗한 셔츠를 갖다 드릴게요. 뭐 잡수실 것 하고요."

"내가 없는 동안의 신문이 있거든 아무거나 갖다주렴." 하고 노인이 말했다.

"빨리 낫지 않으면 안 돼요. 전 할아버지에게 배울 것도 많고, 뭐든 다 가르쳐 주셔야 하니까 빨리 나으셔야 해요. 무척 고생 많이 하셨죠?"

"많이 했지." 하고 노인은 말했다.

"그럼 잡수실 것하고 신문을 가져오겠어요." 하고 소년이 말했다. "푹 쉬세요, 할아버지. 손에 바를 약도 가져올게요."

"페드리코에게 고기 머리를 준다는 걸 잊지 마라."

"안 잊어요. 잘 기억하고 있겠어요."

소년은 문밖으로 나와 닳아빠진 산호초 길을 걸어가면서 또 울고 있었다.

그날 오후 테라스에서 관광객들의 파티가 있었는데, 빈 맥주 깡통과 죽은 꼬치어(魚)가 흩어진 사이로 바다를 내려다보고 있던 한 부인이 문득 커다란 꼬리를 단 거대하고 기다란 뼈를 보았다.

항구의 어귀에서 동풍이 큰 파도를 줄곧 밀어 보냈는데, 물결과 함께 떠올랐다가 크게 흔들리는 꼬리를 본 것이다.

"저게 뭐예요?" 하고 부인은 웨이터에게 물으면서, 쓰레기처럼 물결에 실려 나가기를 기다리는 한낱 쓰레기에 불과한 큰 고기의 뼈를 손가락으로 가리켰다.

"티뷰론입니다." 하고 웨이터가 대답했다. "상어의 일종이죠."

웨이터는 여기서 일어났던 일을 설명하려고 했다.

"상어가 저토록 아름답고 멋지게 생긴 꼬리를 달고 있는 줄은 몰랐네."

"나도 몰랐어." 하고 부인의 동행인 남자가 말했다.

길을 올라간 곳의 판잣집에서는 노인이 다시 잠들어 있었다. 여전히 엎드린 채였다. 소년이 곁에 앉아서 그를 지켜보고 있었고, 노인은 사자 꿈을 꾸고 있었다.

살인자

- 어니스트 헤밍웨이 -

작품 정리

헤밍웨이 초기 작품으로 간결한 문체가 특징이다. 아무런 설명도 없이 날카롭고 빛나는 상징들이 있을 뿐이다.

죽이거나 죽음을 당하는 데 대한 어떠한 설명도 없이 비정한 폭력과 비리가 몰고 오는 허무와 절망을 그리며 이를 지켜보는 닉이 느끼는 공포와 전율을 설명 없이 담담하게 표현하였다. 주인공들이 삶의 고통과 비극 그리고 허무를 경험하고 그에 대한 인식을 갖게는 되지만 이러한 허무나 적대적인 환경에서 벗어나기 위한 행동을 취하지 않으며 단지 도피하려고만 한다. 닉은 앤더슨을 통해 폭력과 악의 세계에 대해 무기력하고 절망, 체념을 하는 인간의 모습에 환멸을 느끼게 되는 것이다. 닉이 도시를 떠나겠다는 것은 그러한 세계로부터 완전한 이탈을 시도한다는 뜻이다.

작품 줄거리

식당에 두 명의 살인 청부업자가 나타난다. 식당에서 일하는 조지, 그리고 주방에서 음식을 만드는 검둥이 샘을 닉과 함께 인질로 잡아 두고, 그들은 전직 권투선수인 앤더슨이 식당에 나타나기만 하면 죽일 준비를 하고 있다. 오래 기다려도 그가 나타나지 않자 인질들을 두고는 떠나가 버린다.

그들이 떠난 후 조지는 닉을 시켜 앤더슨에게 이 사실을 알려주게 하며, 닉은 사안의 중요성을 느끼고 앤더슨을 찾아가나 뜻밖에도 앤더슨은 벽을 향하여 침대에 누운 채 초연하게 이 사실을 받아들이며 도주나 방어의 어떤 경고도 받아들이지 않는다. 이런 앤더슨의 무기력하고 절망적인 태도에 닉은 놀라지 않을 수 없었다. 전직 권투 선수이고 누워 있는 침대가 작을 정도로 큰 체격을 가진 그가 꼼짝도 않고 죽음만을 기다린다는 사실은 닉을 충격에 빠지게 한 것이다. 앤더슨의 무기력한 반응과 도시에서 발생하는 폭력 등에 너무나 불쾌감을 느낀 닉은 이 도시를 떠날 결심을 한다.

핵심 정리

갈래 : 성장 소설
시점 : 전지적 관찰자 시점
배경 : 시골의 한가한 간이식당
주제 : 폭력과 악의 절망하는 삶의 비극

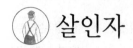# 살인자

헨리 식당의 문이 열리자 두 명의 사나이가 들어선다. 그들은 카운터 앞에 앉았다.

"무엇을 드릴까요?"

조지가 그들에게 물었다.

"글쎄."

그중 하나가 대답하며 옆 친구에게 물었다.

"이봐, 앨. 자네는 뭘 먹겠나?"

"글쎄, 뭘 먹을까?"

식당 밖은 날이 저물어 어슬어슬해져 있었다. 창밖 가로등에는 불이 켜졌다.

카운터 저편 끝에 있던 닉 애덤즈는 그들을 지켜보고 있었다. 닉은 이들이 들어오기 전까지 조지하고 한창 지껄이고 있던 참이었다.

카운터에 앉은 두 사나이는 메뉴판을 들여다보았다.

"애플 소스와 감자를 곁들인 돼지 등심 스테이크 하나 주지."

첫째 사나이가 주문을 했다.

"아직 준비가 안 되었습니다만……."

조지가 설명했다.

"그건 저녁 식사 메뉴입니다. 저녁 6시에는 드릴 수 있지요."

조지는 고개를 돌려 카운터 뒷벽에 걸려 있는 시계를 쳐다보았다.

"지금은 5시입니다."

"저건 5시 20분 아냐?"

둘째 사나이가 물었다.

"20분 더 빠르답니다."

"제기랄, 그따위 고물 시계는 없애 버려!"

첫째 사나이가 조지에게 물었다.

"그래, 너의 식당에는 무슨 음식이 되는데?"

"각종 샌드위치는 다 있습니다."

조지는 대답했다.

"햄에그 샌드위치, 베이컨에그 샌드위치, 리버베이컨 샌드위치, 그렇지 않으면 스테이크 샌드위치, 뭐든 손님 맘대로 주문하시죠."

"그러면 치킨 크로켓에 그린 피와 크림소스에 감자 곁들인 것을 줘."

"그것도 저녁 메뉴입니다."

"우리가 주문하는 건 모조리 저녁 식사란 말이지, 응? 이 자식아! 너희 식당은 언제나 이런 식이야?"

"햄에그 샌드위치는 드릴 수 있어요. 그리고 베이컨에그 샌드위치, 리버……."

"그럼, 햄에그나 줘."

앨이라는 사나이가 말했다.

그는 중산모에 검정 외투를 입고 있었는데 외투에는 단추가 쭉 달려 있었다. 실크 머플러를 두르고 장갑을 끼고 있었다. 작고 핏기 없는 얼굴에 꼭 다문 입술은 아무지게 보였다.

"나는 베이컨에그를 줘."

다른 사나이가 말했다. 얼굴은 서로 달랐지만 몸집은 앨과 비슷하였다. 쌍둥이처럼 똑같은 차림을 하고 둘 다 꽉 끼는 외투를 입고 있었으며 팔꿈치를 카운터에 고이고 몸을 앞으로 숙이고 앉아 있었다.

"마실 것 뭐 없나?"

앨이 물었다.

"실버 비어에 비이버 그리고 진저엘이 있죠."

조지가 대답했다.

"한잔할 것 없냐 말이야!"

"방금 말씀드린 그런 것들이 있지요."

"대단한 마을인데? 대체 이 동네 이름이 뭐야?"

또 다른 작자가 비꼬며 물었다.

"서미트라고 합니다."

"어이, 들어 본 일 있나?"

앨이 옆 친구에게 물었다.

"없는걸."

그자가 대답했다.

"여기선 밤에 뭘 하나?"

앨이 조지에게 묻는데 옆 친구가 조지 대신 대답하였다.

"뭐, 저녁을 먹겠지. 다들 몰려와서 굉장한 저녁 식사를 한단 말이지."

"그렇죠."

조지가 대꾸했다.

"그래, 그 말이 맞단 말이지?"

앨이 조지에게 물었다.

"그렇고말고요."

"너 꽤 똑똑한 녀석이로군!"

"아무렴요."

조지가 맞장구치며 주문한 요리를 가지러 갔다.

"똑똑하긴 뭘. 그래, 저 녀석이 똑똑하단 말인가, 앨?"

작달막한 다른 한 패가 말했다.

"저 녀석은 멍청이야."

앨은 그렇게 말하더니 닉에게로 얼굴을 돌렸다.

"네 이름은 뭐지?"

"애덤즈요."

"똑똑한 녀석이 여기 또 하나 있군."

앨이 말했다.

"이봐, 맥스. 요 녀석도 똘똘인데."

"이 동네는 맨 똘똘이 판이로군."

맥스라는 자가 말했다.

조지는 카운터 위에 접시 둘을 가져다 놓았다. 하나는 햄에그 샌드위치이고 다른 하나는 베이컨에그 샌드위치였다. 그는 감자 프라이를 담은 작은 접시 둘을 그 옆에 놓고 주방으로 난 샛문을 닫았다.

"어느 것이 손님 거죠?"

조지는 앨에게 물었다.

"이 자식, 그것도 몰라?"

"햄에그였지요?"

"과연 똑똑한 놈이군."

맥스가 말했다. 그는 몸을 앞으로 비스듬히 숙이고는 햄에그 샌드위치를 들었다. 조지는 둘 다 장갑을 낀 채 먹는 그들의 모습을 지켜보았다.

"야, 뭘 그렇게 쳐다보는 거야?"

맥스가 조지를 흘겨보았다.

"보긴 뭘 봐요?"

"거짓말 마! 너, 나를 보고 있었잖아. 안 그래?"

"맥스, 그 녀석이 일부러 그랬겠나?"

앨이 그렇게 말하자 조지가 웃었다.

"야, 웃긴 왜 웃어? 웃지 말란 말이야. 알았나?"

맥스는 조지에게 호통을 쳤다.

"네, 잘 알았습니다."

조지가 대답했다.

"그래, 이 녀석이 잘 알았다네. 잘 알았다니 착하기도 하지."

맥스가 앨에게로 얼굴을 돌렸다.

"아니, 대충 대답하는 거야."

앨이 말했다. 그들은 식사를 계속했다.

"카운터 저 끝에 있는 놈, 이름이 뭐라고 했지?"

앨이 맥스에게 물었다.

"야, 똘똘아. 네 친구하고 카운터 저쪽으로 돌아가!"

맥스가 닉을 부르며 말했다.

"어떻게 할 작정인데요?"

"아무 작정 없어."

"똘똘아, 말을 듣는 게 좋을 거야."

앨이 거들었다.

닉은 카운터 뒤로 돌아들어 갔다.

"아니, 도대체 어떻게 할 셈이오?"

조지가 물었다.

"네놈은 조용히 해! 주방에는 또 누가 있나?"

앨이 말했다.

"검둥이요."

조지가 대답했다.

"검둥이라니?"

"요리사 검둥이 말이오."

"그 검둥이보고 이리 오라고 해."

"어떻게 하려고요?"

"나오라고 하라니까!"

"아니, 도대체 여길 어디로 알고 이러는 거요?"

"어딘지 정도는 우리도 잘 알고 있어, 제기랄!"

맥스라는 자가 말했다.

"그래, 우리가 그렇게 바보로 보이나?"

"이봐, 실없는 소리 그만하게. 왜 이따위 애들하고 이러니저러니 시비하는 거야?"

앨이 맥스를 나무라며 조지에게 말했다.

"그 검둥이놈 이리 나오라고 해."

"아니, 그 검둥이를 어떻게 하시겠다는 거요?"

"뭘 어떻게 한단 말이야? 생각해 봐, 똑똑아. 우리가 검둥이를 어떻게 하겠는가 말이다."

조지는 주방으로 통하는 샛문을 열고 샘, 하고 불렀다.

"잠깐만 이리로 나와."

주방문이 열리고 검둥이가 나왔다.

"무슨 일이야?"

그가 물었다. 카운터 앞에 앉은 두 사나이가 그를 힐끔 쳐다보았다.

"아무것도 아냐, 검둥아. 너 바로 거기 좀 서 있어!"

앨이 말했다.

검둥이 샘은 앞치마를 두른 채 카운터에 앉아 있는 두 사나이를 바라보며 "네, 네." 하고 대답했다.

앨은 의자에서 내려서며 맥스에게 말했다.

"나는 검둥이와 똘똘이를 데리고 주방에서 기다리겠어."

그가 다시 말했다.

"검둥이, 자넨 주방으로 다시 들어가게. 똘똘아, 너도 같이 가자."

그 작달막한 작자는 닉과 요리사인 샘 뒤를 따라 주방 안으로 들어갔다. 그들이 들어가자 문이 닫혔다.

맥스라는 자는 카운터를 사이에 두고 조지와 마주 앉았다. 그는 조지를 본 체도 안 하고 카운터 뒤에 걸려 있는 거울을 바라보았다.

"그래, 똘똘아."

맥스는 거울을 들여다보면서 입을 열었다.

"왜 무슨 말 좀 하지 그래?"

"대체 어떻게 할 셈이오?"

조지가 묻자 맥스가 안을 향해 소리쳤다.

"이봐, 앨! 똘똘이가 말이야, 어떻게 할 셈인지 좀 알고 싶다네!"

"왜 알려 주지 그래?"

앨의 목소리가 주방에서 들려 왔다.

"무슨 판이 벌어질 것 같은가?"

"모르겠소."

"자네는 어떻게 생각하는가 말이야."

맥스는 지껄이면서도 내내 거울에서 눈을 떼지 않았다.

"말하고 싶지 않소."

"이봐, 앨. 똘똘이란 놈 어떻게 생각하는지 말하지 않겠다는군."

"알고 있어, 여기도 다 들려."

앨이 주방에서 말했다.

"카운터 저쪽으로 좀 더 비켜서! 맥스, 자네는 왼편으로 좀 물러앉게."

그는 마치 단체 사진의 위치를 바로잡는 사진사처럼 지시하였다.

"자, 말해 봐, 똘똘아. 앞으로 무슨 일이 일어날 것 같은가?"

맥스가 물었다.

조지는 아무 대답도 하지 않았다.

"그럼 내가 말해 주지."

맥스가 말했다.

"우린 어떤 스웨덴 놈 하나를 해치우려고 하는 거야. 자네도 올 앤더슨이란 몸집 큰 스웨덴 놈 알지?"

"압니다."

"그놈이 저녁에 식사하러 여기로 오지?"

"가끔 오죠."

"6시면 오겠지?"

"온다면 그 시간에 오죠."

"우린 다 알고 왔어."

맥스는 말했다.

"우리 다른 얘기나 하자. 자네 영화 보러 가나?"

"가끔 한 번씩 가죠."

"좀 더 자주 가 봐야겠는 걸. 자네같이 똑똑한 놈에게 영화는 큰 도움이 되지."

"그런데 올 앤더슨을 무슨 이유로 해치려는 거죠? 그 사람이 손님들에게 무슨 해라도 입혔나요?"

"해를 입히려고 해도 그럴 기회가 있었어야지. 우린 서로 얼굴 본 적도 없는걸."

"그러니 우린 이제 얼굴을 한 번 보게 된다, 그런 말씀이야."

앨이 주방에서 덧붙였다.

"얼굴도 모르는 그를 왜 죽이려는 거죠?"

조지가 물었다.

"친구 부탁 때문에 그놈을 없애려는 거야. 순전히 그것 때문이지."

"입 닥쳐!"

주방의 앨이 소리쳤다.

"자네 주둥이는 너무 가벼워."

"우리 똘똘이 심심찮게 해주어야지. 안 그래, 똘똘이?"

"어쨌든 입이 가벼워."

앨이 말했다.

"검둥이하고 이 똘똘이는 저희끼리 심심하지 않을 거야. 두 놈을 꽁꽁 묶어서 한 쌍의 사이좋은 수도원 계집애들처럼 해 놓았거든."

"자네 유대 수도원에 가 있었군. 그래, 자네가 있었던 곳은 기껏 그런 곳이었겠지."

조지가 시계를 쳐다보자 맥스는 말했다.

"만일 손님이 들어오면 요리사가 쉰다고 말해. 그래도 손님이 짓궂게 들어오면 네가 주방에 들어가서 직접 요리를 만들어 드리겠다고 말하란 말이다."

"알았어요."

조지는 말했다.

"그다음에는 우리를 어떻게 할 작정이죠?"

"그때 가봐야 알지. 지금으로서는 도저히 알 수 없는 일이야."

맥스는 말했다.

조지는 시계를 쳐다보았다. 6시 15분이었다. 식당 문이 열리며 전차 운전수가 들어왔다.

"이봐, 조지. 저녁 좀 먹을 수 있지?"

"샘이 어디 갔는데요. 반 시간 있어야 돌아옵니다만."

조지가 말했다.

"그럼, 저 뒤쪽으로 가 볼까."

운전수는 그렇게 말하고 밖으로 나갔다. 조지는 시계를 쳐다보았다. 6시 20분이었다.

"잘했어, 잘했어. 그렇게 하는 거야."

맥스가 말했다.

"자네야말로 진짜 신사로군."

"우물쭈물하면 제 모가지가 날아갈 걸 알고 있으니 그랬겠지."

앨이 주방에서 던진 말이었다.

"아냐. 그래서 그런 게 아냐. 우리 똘똘이는 근사한 녀석이야. 마음에 드는군."

6시 55분이 되자 조지가 말했다.

"오늘은 안 오는 모양이군요."

식당에는 운전수 외에도 두 사람이 더 다녀갔다. 한 손님은 가지고 간다고 해서 조지가 직접 주방에 들어가 햄에그 샌드위치를 만들어 주었다.

주방에 들어가 보니 앨이 있었는데 그는 모자를 뒤로 젖혀 쓰고 총신을 짧게 자른 산탄총 총구를 문턱에 기대놓고 주방 문 옆 의자에 앉아 있었다. 닉과 요리사 샘은 등을 맞대고 묶인 채 한쪽 구석에 쓰러져 있었는데 입에는 수건으로 재갈을 물렸다.

조지는 샌드위치를 만들어서 포장지에 싼 것을 봉지에 넣어 가지고 나왔다. 손님은 값을 치르고 곧 나갔다.

"우리 똘똘이는 못 하는 일이 없군."

맥스는 이어서 말했다.

"요리도 잘하니 자네 마누라 될 여자는 팔자가 늘어지겠군그래."

조지가 말했다.

"그건 그렇고 기다리는 올 앤더슨은 안 올 것 같은데요."

"10분만 더 기다려 보지."

맥스는 말했다.

맥스는 거울과 시계를 지켜보고 있었다. 시계가 7시를 가리키고 뒤이어 7시 15분을 가리켰다.

"이봐, 앨. 그만 가는 게 낫겠어. 그자는 안 올 모양이야."

맥스가 앨에게 말했다.

"5분만 더 기다려 보자고."

앨이 주방에서 말했다.

그 5분을 기다리는 동안 손님이 한 명 들어왔다. 조지는 요리사가 앓아누웠다고 둘러댔다.

"그러면 왜 다른 요리사를 쓰지 않는 거야?"

하고 투덜거리며 손님은 나갔다.

"이만 가자구, 앨."

맥스가 말했다.

"이 똘똘이 둘하고 검둥이는 어떻게 한다지?"

앨이 난감해했다.

"그 녀석들은 걱정 없어."

"그럴까?"

"그렇고말고. 오늘 일은 이미 끝난걸."

"난 기분이 좀 꺼림칙한 걸. 자네 입이 너무 가벼워서 말이야."

앨이 말했다.

"뭘 그까짓 심심풀이 좀 한 것을 가지고……, 안 그래?"

맥스는 말했다.

"하여튼 자넨 입이 너무 가벼워."

앨이 말하며 주방에서 나왔다. 짧게 자른 산탄총 총신이 꼭 낀 외투 허리 밑에 약간 불룩 튀어나와 있었다. 그는 장갑 낀 손으로 외투를 가다듬었다.

"잘 있게, 똘똘이. 재수가 좋은 줄 알라고."

그는 조지에게 말했다.

"그래, 운이 좋으니 꼭 경마를 해봐."

그들 둘은 밖으로 나갔다. 조지는 그들이 가로등 아래를 지나 거리를 건너가는 것을 창 너머로 바라보고 있었다. 꼭 낀 외투에 중산모를 쓴 모습이 흡사 극단의 희극 배우처럼 보였다.

조지는 주방 문을 열고 안쪽 주방으로 들어가서 닉과 샘을 풀어 주었다.

"다시는 이런 꼴 당하기 싫어."

요리사 샘이 투덜댔다.

"끔찍하군."

닉은 일어섰다. 수건으로 입을 틀어막힌 것은 난생처음이었다.

"뭘, 이까짓 것쯤 가지고."

조지는 허세를 부리며 목에 힘을 주었다.

"그놈들은 올 앤더슨을 죽이려고 왔던 거야. 식사하러 들어오면 쏘려고 했지."

조지가 말했다.

"올 앤더슨을?"

"그렇다니까."

요리사는 엄지손가락으로 양 입가를 쓰다듬었다.

"놈들은 다 갔나?"

그가 물었다.

"그래, 다 갔어."

조지가 대답했다.

"기분 나쁜데. 정말 기분 잡쳤어!"

요리사 샘이 투덜댔다.

"이봐, 닉. 올 앤더슨한테 가보는 게 어때?"

조지가 닉에게 말했다.

"그래, 그게 좋겠어."

닉이 대답했다.

"이런 일엔 끼어들지 않는 거야. 덤벼들지 말고 물러나 있는 게 좋을 걸."

요리사 샘이 말했다.

"가기 싫으면 그만둬도 돼."

조지가 닉에게 다시 말했다.

"괜히 이런 일에 말려들어 갔다 험한 꼴 보지 말고 모르는 척하란 말이야."

요리사 샘의 말이었다.

"그래도 내가 잠깐 가서 보고 올게. 그의 집이 어디지?"

닉이 조지에게 물었다.

"허쉬네 하숙집이야."

조지가 대답했다.

"그럼 다녀올게."

밖으로 나가자 가로등은 잎사귀 하나 없는 앙상한 나뭇가지 사이로 비치고 있었다.

닉은 전찻 길을 따라 올라가다 다음 가로등이 있는 데서 옆 골목으로 접어들었다. 거기서 세 번째 집이 허쉬네 하숙집이었다. 닉은 두어 계단 올라가서 벨을 눌렀다. 어떤 부인이 나왔다.

"올 앤더슨 씨 계신가요?"

"만나려고요?"

"계신다면 좀."

닉은 그 부인을 따라 계단을 올라가서 안쪽 복도 끝까지 갔다. 부인이 문을 노크했다.

"누구요?"

"앤더슨 씨, 손님이 오셨어요."

부인이 말했다.

"닉 애덤즈입니다."

"들어와."

닉은 문을 열고 안으로 들어갔다. 올 앤더슨은 옷을 입은 채 침대에 누워 있었다. 그는 한때 중량급 프로 권투 선수였으며 키가 너무 커서 누워 있는 침대가 짧아 보였다. 그는 베개 둘을 겹쳐서 베고 있었다.

그는 닉을 쳐다보지도 않고 물었다.

"무슨 일로 왔지?"

"제가 아까 헨리 식당에 있었는데요."

하고 닉이 말하기 시작했다.

"어떤 작자 둘이 들어오더니 말이에요, 저와 요리사를 묶어 놓고선 아저씨를 없애 버리러 왔다고 지껄여대지 않겠어요?"

막상 말을 꺼내놓고 보니 어쩐지 실없는 소리같이 들렸다. 올 앤더슨은 아무 대꾸도 하지 않았다.

"그자들은 우리를 주방에다 처넣었지요."

닉은 말을 계속했다.

"아저씨가 저녁 먹으러 들어오기를 기다렸다 쏠 속셈이었지요."

올 앤더슨은 벽만 바라볼 뿐 아무런 말도 하지 않았다.

"조지도 일단 아저씨께 알려 드리는 것이 좋겠다고 생각해서 이렇게 왔지요."

"그 일에 대해선 나로서도 어쩔 도리가 없구나."

올 앤더슨이 말했다.

"그 작자들 인상을 말씀드릴까요?"

"그까짓 것 알고 싶지 않아."

올 앤더슨은 여전히 벽을 바라보고 말했다.

"일부러 와서 알려줘 고맙네."

"천만에요."

닉은 침대에 누워 있는 그 몸집 큰 사나이를 바라보았다.

"제가 가서 경찰에 신고할까요?"

"그만둬. 그래 봤자 아무 소용 없어."

올 앤더슨은 말했다.

"제가 뭐 도와드릴 일 없을까요?"

"아무것도, 별도리 없어."

"단순히 협박 한번 해 보는 건 아닐까요?"

"아니, 협박이 아냐."

올 앤더슨은 아예 벽을 향해 돌아누웠다.

"이제는 밖에 나갈 마음이 나지 않는군. 온종일 틀어박혀 여기 누워 있었더니."

하고 그는 벽을 향한 채 말을 이었다.

"이 마을을 빠져나갈 수는 없을까요?"

"아니."

올 앤더슨은 말했다.

"이젠 도망 다니는 그따위 짓은 그만두기로 했네."

그는 여전히 벽을 바라보고 있었다.

"이젠 어쩔 도리가 없어."

"어떻게 해결할 방도가 없을까요?"

"안 돼, 내가 잘못한 걸."

그는 나직이 말했다.

"손쓸 도리가 없어. 시간이 좀 더 지나면 나가 볼 생각이 날지도 모르지."

"그럼, 저는 조지에게 돌아가겠어요."

닉이 말했다.

"잘 가게. 이렇게 와 주어서 고맙네."

올 앤더슨은 말했다. 닉 쪽을 바라보지도 않은 채였다.

닉은 밖으로 나왔다. 문을 닫고 나오면서 옷을 입은 채 침대에 누워 벽만 보고 있는 올 앤더슨의 모습을 다시 한번 바라보았다.

"글쎄, 저 양반은 온종일 침대에만 누워 있다니까요."

아래층에서 부인이 말했다.

"어디 편찮으신 모양인지, 오늘같이 좋은 날씨엔 밖에 나가 산보라도 하셔야죠, 라고 말씀드렸더니 그럴 기분이 나지 않는다고 말하지 않겠어요?"

"나가기를 싫어하더군요."

닉이 말했다.

"그렇게 편찮으시니 안됐지 뭐예요."

부인이 말했다.

"참 말할 수 없이 좋은 분이신데. 알고 있겠지만 전에는 권투 선수였다우."

"알고 있어요."

"얼굴이나 보면 알까 전혀 권투 선수같이 보이지 않는걸요. 점잖기 이를 데 없는 분이지."

부인은 말했다. 그들은 거리로 나 있는 문 안쪽에 서서 얘기를 주고받고 있었다.

"그럼, 이만 가보겠습니다. 허쉬 부인."

닉이 작별 인사를 했다.

"난 허쉬 부인이 아녜요. 이 집 주인이 허쉬 부인이고 나는 관리인일 뿐이에요. 나는 미시즈 벨이라우."

부인이 말했다.

"그렇군요. 그럼 안녕히 계세요, 미시즈 벨."

닉이 다시 인사를 했다.

"잘 가요."

부인이 인사를 했다.

닉은 어두컴컴한 길을 걸어 가로등이 있는 모퉁이까지 돌아 헨리 식당으로 돌아왔다. 조지는 카운터 안쪽에 있었다.

"올을 만나 보았나?"

"응. 그런데 방에 처박혀 꼼짝도 안 하던걸."

닉의 목소리를 듣고 주방에서 요리사가 문을 열었다.

"그 이야기라면 듣기도 싫다."

이렇게 말하고는 문을 닫아 버렸다.

"올에게 식당에서 일어난 일들을 말했겠지?"

조지가 물었다.

"하구말구. 말하니까 이미 알고 있던데."

"그래, 어떻게 하겠다든?"

"도리가 없다는 거야."

"그러면 그놈들 손에 죽을 게 뻔할 텐데."

"그렇겠지."

"틀림없이 올 아저씨가 시카고에서 무슨 사건에 끼어들었을 거야."

"내 생각도 그래."

닉이 말했다.

"큰일 났는 걸."

"무서운 일이야."

닉이 말했다.

둘은 그만 입을 다물어 버렸다.

조지는 팔을 뻗쳐 행주를 집어 들고 카운터를 닦았다.

"아저씨가 무슨 일을 저질렀을까?"

잠시 후에 닉이 입을 열고 조지에게 물었다.

"누굴 배신했던 모양이지, 그들 사이에서는 그런 짓을 하면 죽이기로 되어 있으니."

"나는 이곳을 떠나겠어."

닉이 말했다.

"그래, 좋은 생각이야."

조지는 말했다.

"죽는다는 걸 뻔히 알면서도 방 안에 처박혀서 그들을 기다리고 있는 그분을 생각하니 도저히 견딜 수가 없어. 너무나 몸서리쳐지는 일이야."

"그건 그렇지만 거기 대해선 더 이상 생각 안 하는 게 좋아."

조지가 말했다.

인디언 부락

- 어니스트 헤밍웨이 -

작품 정리

　　인디언 부락은 1925년 미국에서 출간된《우리 시대에(In Our Time)》에 수록된 작품으로, 헤밍웨이가 어린 시절 의사던 아버지가 왕진 갈 때 따라다니며 보고 경험했던 기억을 모티브로 한 작품이다. 이 작품은 한 소년이 인간의 탄생과 죽음을 목격하고 그 고통스러운 경험을 통해 인생의 무거운 문제인 삶과 죽음에 관한 의문을 품고 왜 사람들이 자살하는지, 그리고 죽음이 힘든지를 묻고 자신은 절대 자살하지 않으리라 다짐하는 한 소년의 내적 성장 과정을 뛰어나게 묘사한 작품이다.

작품 줄거리

　　소년 닉은 조지 삼촌과 의사인 아버지와 함께 보트를 타고 안개 낀 추운 호수를 뚫고 인디언 부락으로 간다. 이틀 동안 진통을 겪고 있는 인디언 산모를 돕기 위해 가는 것이다. 어느 오두막 안에 출산을 앞둔 인디언 산모가 2층 침대 아래에서 신음을 내고 있었다. 2층 침대 위에는 다리를 다친 남편이 담배를 피우고 있었다. 아버지는 수술 도구가 없어 물을 끓여 기구를 소독하고 마취제도 없이 메스 대신 잭나이프로 산모를 수술한다. 산모가 비명을 지르는 사이 아이가 태어나고, 산모의 절개 부위를 낚싯줄로 봉합한다. 그때 2층 침대에서 수술받는 아내의 고통과 비명을 들어야 했던 남편이 면도날로 자신의 목을 그어 자살한다. 그 광경을 본 닉은 사람들이 왜 자살하는지, 죽음이 힘든지를 묻고 자신은 절대 자살하지 않으리라 다짐한다.

핵심 정리

갈래 : 단편 소설

배경 : 새벽에서 이른 아침까지 인디언 부락

시점 : 전지적 작가 시점

주제 : 인간의 삶과 죽음의 본질에 대한 통찰

🧑 인디언 부락

호수 기슭에 작은 보트 두 척이 끌어올려져 있었다. 인디언 두 사람이 보트에서 기다리고 있었다. 닉과 아버지가 보트로 올라타자 인디언 두 명이 배를 밀었다. 그중 한 사람이 올라타 노를 저으며 출발했다. 조지 삼촌이 다른 보트에 올라타고, 또 한 인디언이 그 보트를 밀고 올라타 노를 젓기 시작했다.

두 척의 보트는 어둠을 헤치며 앞으로 나아갔다. 닉의 귓가에 다른 보트의 노 젓는 소리가 꽤 먼 앞쪽 안개 속에서 들려 왔다. 인디언은 빠르게 힘껏 노를 저었다. 닉은 아버지의 품에 기대고 안겨 있었다. 호수는 추웠다. 닉과 아버지가 탄 보트의 인디언은 열심히 노를 젓고 있지만, 조지 삼촌이 탄 보트가 줄곧 앞에서 안개를 헤치고 나아가고 있었다.

"아버지, 지금 어디 가는 거예요?"

닉이 물었다.

"응, 저 건너 인디언 부락에 가는 거야. 인디언 여자가 위중한 병에 걸려 몹시 아프단다."

아버지가 대답했다.

"아, 그렇군요."

닉이 대꾸했다.

얼마 지나지 않아 보트가 호숫가 인근에 도착했다. 조지 삼촌이 탄 보트는 이미 호수 기슭에 끌어올려져 있었다. 먼저 도착한 인디언이 와서 닉이 탔던 보트를 함께 호숫가 위쪽으로 끌어 올렸다. 조지 삼촌이 어둠 속에서 엽궐련(잎담배, 시가)을 피우고 있었다. 조지 삼촌은 인디언 두 명에게 엽궐련을 주었다.

그들은 손전등을 든 인디언의 뒤를 따라 호숫가를 출발하고, 밤이슬이 젖은 풀밭을 지나 숲속으로 들어갔다. 얼마쯤 숲으로 들어가자 언덕 깊숙이 뻗은 목재 운반용 도로가 펼쳐져 있었다. 도로 양쪽의 나무들이 벌목되어서 도로변 숲길이 훨씬 훤했다. 젊은 인디언이 손전등을 끄고 그 길을 한참 걸어갔다. 길게 굽은 길을 지나는데, 개가 뛰어나와 컹컹 짖어댄다. 저만치 앞에 오두막집의 불빛이 보였다. 나무껍질을 벗기며 사는 인디언들이 사는 마을이었다. 그때 여러 마리의 개들이 우리 앞으로 달려왔다. 앞서던 인디언이 개들을 막고 쫓았다. 한 오두막집에 노파가 호롱불을 들고 서 있었다.

닉과 아버지는 삼촌과 함께 오두막집 안으로 들어갔다. 나무로 된 2층 침대의 아래 칸에 젊은 인디언 여자가 누워 있었는데, 덮고 있는 이불이 봉긋했다. 여자는 얼굴을 옆쪽으로 돌리고 있었다. 여자는 신음과 심한 비명을 질렀다. 남자들은 산모가 지르는 비명을 듣지 않으려고 길가 어둠 속에 앉아 담배를 피우고 있었다. 여자는 아기를 낳으려고 꼬박 이틀째 진통을 하고 있었다. 여자 곁에는 부락의 늙은 여자들이 모두 모여 그녀의 출산을 돕는 중이었다. 침대 위 칸에는 여자의 남편이 누워 있었다. 남편도 사흘 전에 도끼에 다리를 다쳐 누워 있었다. 그는 파이프로 담배를 연신 피우고 있었다. 방에서는 악취가 진동했다.

"이 여자는 지금 아기를 낳으려고 하는 거다. 닉."

아버지가 출산을 돌봐주는 여자에게 물을 끓여오라고 말을 하고 닉에게 말을 했다.

"예 알아요."

"네가 뭘 알아. 이 여자가 지금 소리를 지르고 고통을 느끼는 걸 진통이라고 한다. 아기는 세상에 나오고 싶고, 엄마도 아기를 낳고 싶어 한다. 엄마의 온몸 근육이 지금 아기를 내보내려고 힘을 쓰고 있는 거다. 그래서 지금 여자가 소리를 지르는 거야."

"예."

그때 여자가 다시 진통이 왔는지 비명을 지른다.

"아버지 빨리 약을 줘서 여자가 울지 않도록 할 수 없나요?"

"마취약을 가져오지 않았단다. 하지만 여자가 내는 이 정도 비명은 아무것도 아니다. 아빠 귀에는 아무것도 아니기 때문이란다."

침대 위 칸에 남편은 벽 쪽을 향해 돌아누웠다. 부엌에 있던 여자가 와서 아버지에게 물이 다 끓었다는 시늉을 했다. 아버지는 부엌으로 들어가서 끓는 주전자의 물을 대야에 반쯤 따랐다. 그리고 남아 있는 물에 손수건에 싼 물건 중에서 몇 개를 꺼내 넣었다.

"이걸 소독해야 한다."

아버지는 이렇게 말하고, 가져온 비누로 대야에 두 손을 담그고 씻기 시작했다. 닉은 아버지가 손을 여기저기 꼼꼼히 씻는 것을 물끄러미 바라보고 있었다. 아버지는 하던 말을 이어 나갔다.

"닉. 아기는 머리서부터 나오게 돼 있단다. 하지만 그렇지 않을 때도 있어. 만약 그렇지 않으면 골치가 아프단다. 어쩌면 이 여자도 수술해야 할지도 모르겠다. 곧, 알 수 있을 거다."

아버지는 꼼꼼히 손을 씻고 방으로 들어가 여자를 진찰하기 시작했다.

"덮고 있는 이불을 치워 줘, 조지. 내 손은 아무것도 만지지 않는 게 좋으니까?"

수술이 시작되자, 조지 삼촌과 세 명의 인디언이 여자를 움직이지 못하도록 양쪽에서 붙잡았다. 그때 여자가 조지 삼촌의 팔을 물었다. 삼촌은

"에이, 이 빌어먹을."

하고 비명을 질렀다. 조지 삼촌과 같은 보트를 타고 온 젊은 인디언이 삼촌을 보고 싱긋 웃는다. 닉은 아버지 옆에서 대야를 들고 조용히 있었다. 수술은 한참이나 걸렸다.

아버지는 아기의 엉덩이를 찰싹찰싹 때리며 숨을 쉬게 한 다음 노파에게 건네준다.

"사내아이구나, 닉."

아버지가 말했다.

"그래 수술을 도운 기분이 어떻니?"

"아무렇지 않은걸요, 괜찮았어요."

닉은 아버지가 하는 것을 보지 않으려고 얼굴을 옆으로 돌리고 말을 했다.

"자, 이제 끝났구나."

아버지가 이렇게 말하고는 뭔가를 대야에다 넣는다. 닉은 이때도 안 보고 있었다.

"나는 지금부터 몇 바늘 꿰매야 하니, 너는 보든 안 보든 너 하고 싶은 대

로 해라. 이제부터 수술한 상처를 꿰매야 하니까."

닉은 쳐다보지 않았다. 이미 호기심이 사라졌기 때문이다.

아버지가 수술을 마치고 일어섰다. 조지 삼촌과 세 명의 인디언도 함께 일어선다. 조지 삼촌은 자기 팔의 여자에게 물린 상처를 보고 있었다. 젊은 인디언은 아까의 일이 생각난 듯 피식 웃었다.

"소독약을 발라 줄게, 조지."

아버지가 말했다. 그리고 아버지는 인디언 여자를 살펴보았다. 여자는 고통이 진정되었는지 조용히 눈을 감고 있었다. 얼굴에는 백지장같이 핏기가 없었다. 여자는 자신의 아기가 어떻게 되었는지 아무것도 모르는 거 같았다.

"아침에 다시 오자"

아버지가 일어서며 말했다.

"한낮까지 센트 이그네스(미시간 호와 휴런 호 사이에 있는 도시)에서 간호사가 올 거야, 우리에게 필요한 것을 모두 가지고 말이야."

아버지는 격양된 큰 소리로 말을 했다. 마치 시합이 끝난 뒤에 탈의실에 들어선 야구 선수처럼 수다스러워져 있었다.

"조지, 이건 의학지에 실을 만한 일이야. 잭나이프로 제왕절개를 하고, 9피트 길이의 가느다란 낚싯줄로 꿰맸으니 말이야."

"참 대단하십니다."

조지 삼촌은 벽에 기대어 팔을 쳐다보며 말했다.

"자랑스러운 아기 아빠의 얼굴이나 한번 보고 갈까. 이런 때 가장 고통을 심하게 겪는 건 아버지도 마찬가지거든. 하지만 용케도 잘 참아 내더군."

아버지는 인디언 남편의 얼굴에서 담요를 걷었다. 그러자 축축한 것이 손에 묻었다. 한 손에 호롱불을 들고 아래 칸 침대 모서리에 올라서서 들여다보고 있었다. 인디언은 얼굴을 벽 쪽으로 돌린 채 꼼짝하지 않고 누워 있었다. 목이 이쪽 귀에서 저쪽 귀까지 베어져 있었다. 흘러나온 피가 침대의 푹 꺼진 곳에 가득 고여 있었다. 인디언의 머리는 왼쪽 팔 위에 얹혀 있었다. 시퍼렇게 선 면도날이 위로 향한 채 담요 속에 있었다.

"빨리 닉을 밖으로 데리고 나가게, 조지."

아버지가 황급히 말했다. 그렇지만 이미 그럴 필요가 없었다. 닉은 아버지가 한 손에 호롱불을 들고 침대 위의 인디언 남자의 머리를 일으켜 세울 때 부엌 입구에서 똑똑히 보고 있었기 때문이다.

"내가 잘못했구나, 닉. 너를 이곳에 데려오는 게 아니었는데."

수술이 끝난 뒤 좋았던 기분이 가셔버린 아버지가 말했다.

"너 몹시 놀랐겠구나, 얼마나 놀랐니!"

"아버지, 아기를 낳는 것이 언제나 저렇게 힘든가요?"

"아니다, 저런 경우는 예외의 일이란다."

"그런데 그 인디언은 왜 자살했을까요? 아버지."

"잘 모르겠구나, 닉. 아마 참을 수가 없었던 모양이지."

"그러면 자살하는 남자는 많은가요?"

"아니, 그렇게 많지는 않다, 닉."

"그러면 여자는 많이 있나요?"

"아니, 좀처럼 없지."

"전혀 자살하지 않나요?"

"아니, 그렇지 않고 더러는 한단다."

"아버지……!"

"응, 왜."

"아저씨는 왜 오지 않나요?"

"아니다, 곧 올 거다."

"아버지, 죽는 건 괴로운가요?"

"아니, 비교적 편할 거다. 경우마다 다르겠지만."

그들은 보트가 있는 호숫가로 돌아왔다. 두 사람은 보트에 올라탔다. 닉이 고물에 앉자 아버지는 이물에 앉아 노를 젓기 시작했다. 해가 언덕 너머에서 막 떠오르고 있을 때 농어 한 마리가 수면 위로 뛰어올라 둥그런 파문이 퍼졌다. 닉은 물속에 손을 담가 보았다. 새벽의 차가운 한기 속에서도 물은 따스했다. 닉은 이른 아침 아버지가 젓는 보트의 고물에 앉아, 자신은 절대로 자살하지 않겠다고 생각을 한다.

마지막 잎새

- 오 헨리 -

작가 소개

오 헨리(O. Henry 1862~1910) 미국 소설가.

본명은 윌리엄 시드니 포터(William Sydney Porter). 오 헨리라는 필명은 1886년부터 쓰기 시작했다고 한다.

그는 1862년 노스캐롤라이나주 그린즈버러에서 포터 부부의 셋째 아들로 태어났다. 어머니 메리는 서른 살의 젊은 나이에 헨리가 세 살일 때 폐병으로 세상을 떠났다.

어머니의 사후, 아버지가 가정을 돌보지 않아 집안 형편이 극도로 나빠지자 온 가족이 숙부의 집에서 더부살이를 하였으며 숙모 에바 라이너가 자신의 집에 차린 사숙에서 전형적인 초등교육을 받았고 숙부 클라크가 경영하는 약국에서 일하면서 전기나 소설, 수필 등을 탐독하여 훗날 작가로서의 자질을 키웠다.

1887년 25세에 17세의 소녀 에이솔 에스티즈 로치와 결혼했다. 1891년 오스틴 은행에 근무하는 한편, 그 무렵부터 문필생활을 하면서 주간신문 〈롤링스톤〉을 발간하였으나 적자만 내다가 1895년에 폐간되었다. 1896년 전에 근무하였던 은행에서 공금횡령 혐의로 고발당하자 그는 온두라스로 도주한다. 당시의 은행 장부가 매우 엉성하여 감사 때 장부의 숫자가 맞지 않자 출납계원이었던 헨리에게 덮어씌웠다는 얘기도 있고, 공금을 신문 발행의 적자를 메우는 데 썼다는 말도 있다. 방랑하던 중에 아내가 위독하다는 소식을 듣고, 1898년 귀국해 자수를 하여 5년 형을 선고받았다. 교도소 복역 중 그곳 체험을 소재로 단편소설을 쓰기 시작했다. 오 헨리라는 필명으로 1899년 〈마그레이즈〉지에 첫 작품을 게재하였다. 이로 인해 모범수로 형기가 단축되어 1901년 출옥한 뒤 곧 뉴욕으로 가서 작가 생활을 시작, 1903년 〈뉴욕월드〉지에 단편을 기고하면서 인기를 모았다. 중앙아메리카에서의 견문을 바탕으로 한 《양배추와 임금님》, 뉴욕 서민생활의 애환을 그린 《4백만》 등 다수의 작품집을 발표한다. 줄거리 전개의 교묘함과 의외의 결말로 끝나는 특유의 작품세계를 보여준다. 1910년 6월 5일, 과로와 간경화, 당뇨병 등으로 뉴욕 종합병원에서 사망했다.

　　마지막 잎새는 오 헨리가 1905년에 발표한 단편으로 병을 앓고 있는 존시와 그녀의 친구 수, 그리고 베어먼 할아버지의 따뜻한 인간애를 보여 준다. 병에 걸려 죽음만 기다리는 젊은 여자를 위해 비바람이 몰아치는 밤에 담쟁이 잎을 벽에 그리고 그날 밤의 과로로 병이 들어 죽는 무명 화가를 통해 삶의 가치를 회복하는 모습과, 가난한 예술가의 애환을 보여주는 오 헨리의 대표적인 작품으로 죽음을 두려워하지 않고 사랑을 실천한 한 예술가의 숭고한 예술혼이 빛을 발하며 또한 어떠한 시련이 닥치더라도 굳센 의지만 있다면 충분히 이겨낼 수 있다는 것을 작가는 이 작품을 통해 암시하고 있다.

　　수와 존시는 3층 벽돌집 꼭대기에 공동 화실을 갖고 함께 살아가는 가난한 화가 지망생들이다. 11월에 들어서면서 폐렴으로 앓고 있는 존시는 살려는 의지를 보이지 않은 채 창밖의 잎만 세고 있었다. 의사는 그녀가 생의 의욕이 없으므로 나을 가망성이 없다고 한다. 삶에 대해 소극적이고 회의적이던 존시는 건너편 집 벽에 붙은 담쟁이 잎의 수와 자기 생명을 결부시켜, 담쟁이 잎들이 다 떨어지면 자신도 죽을 거라는 말을 한다. 담쟁이 잎이 하나만 남게 되자 친구 수는 불안해진다. 지하층에서는 40년 동안 그림을 그렸지만 아직 걸작을 그려보지 못한 베어만이라는 노화가가 살고 있었다. 어느 비바람이 몰아치던 밤, 존시는 마지막 한 잎 남은 담쟁이 잎이 떨어졌을 것이라며 체념한다. 하지만 다음 날 아침 존시가 창문을 열어보니 밤새도록 세찬 비와 사나운 바람에도 불구하고 담벽에 담쟁이 잎새 하나가 그대로 붙어 있는 것을 보고 삶의 의욕을 되찾는다. 노화가가 존시를 살리기 위해 비바람 몰아치는 밤중에 담쟁이 잎을 담벽에다 그려 놓은 것이다. 그는 급성폐렴에 걸려 숨을 거두고 마는데 그의 구두와 옷이 축축히 젖어 있고 사다리 옆에 붓 몇 자루와 물감을 탄 팔레트가 있었다.

갈래 : 단편 소설
시점 : 3인칭 전지적 작가 시점
배경 : 미국 뉴욕 그리니치 빌리지
주제 : 이웃을 위한 따뜻한 마음과 희생정신

마지막 잎새

워싱턴 스퀘어 서쪽에 있는 작은 구역은 여러 갈래의 길이 복잡하게 얽혀서 '플레이스' 라는 골목길로 나뉘어 있었습니다. 이 '플레이스' 는 구불구불한 곡선으로 되어 있어 어떤 길은 본래의 길과 교차하기도 하였습니다.

그것을 보고 어떤 화가가 기발한 생각을 해냈습니다. 그림물감과 종이, 캔버스값 따위를 받으러 온 수금원이 이 골목으로 들어왔다가 한 푼도 받지 못한 채 오던 길로 되돌아가야 한다면 어떻게 될까?

이 고풍스럽고 색다른 그리니치빌리지에 화가들이 하나둘씩 모여들어 십팔 세기풍의 셋방과 네덜란드식 다락방을 찾아다니기 시작했습니다. 그들은 6번가에서 백랍제 컵과 탁상용 난로를 사 들고 들어오기 시작했고 마침내 이곳에 '예술가 마을'이 생기게 되었습니다.

수와 존시의 아틀리에는 벽돌로 지은 나지막한 3층 건물 꼭대기에 있었습니다. '존시' 란 조엔너의 애칭이었습니다. 수는 메인주에서 태어났고 존시는 캘리포니아주에서 태어났습니다. 두 사람은 8번가의 식당 '델모니코' 에 식사를 하러 갔다가 알게 되어 예술이나 꽃상추 샐러드를 좋아하는 것, 혹은 옷차림이나 취미가 비슷한 것을 알게 되어 아틀리에를 함께 쓰기로 했습니다. 그것이 지난 5월의 일이었습니다.

찬 바람이 불기 시작하는 십일월이 되자 '폐렴' 이라는 무서운 침입자가 이 예술가 마을을 돌아다니면서 사람들을 괴롭히기 시작했습니다. 지구 반대쪽에서도 이 무법자가 활개를 치고 다니며 닥치는 대로 수십 명의 목숨을 앗아갔다고 합니다. 하지만 이 비좁고 낡은 '플레이스'의 미로에서는 그의 발걸음 역시 빠르지 못했습니다.

폐렴은 기사도 정신을 가진 신사라고 할 만한 놈이 아니었습니다. 캘리포니아의 미풍 속에 살아왔던 작고 여린 아가씨들은 피투성이가 된 손과 거친 숨결만 노리는 이 늙은 악한이 공격할 만한 사냥감이 아니었습니다. 그럼에도 불구하고 존시는 불행하게도 폐렴에 걸리고 말았습니다. 그녀는 꼼짝없이 쇠침대 위에 누워 네덜란드풍으로 장식된 작은 창문 너머로 이웃 벽돌집의 황량한 벽만을 바라보는 신세가 되고 말았습니다.

그러던 어느 날 아침, 짙은 회색 눈썹을 가진 의사가 수를 복도로 불러냈습니다.

"저 아가씨가 회복될 가능성은……. 글쎄, 아마 열에 하나라고 할 수 있을까요."

그는 체온계를 흔들며 암울한 목소리로 말했습니다.

"그 가능성도 환자의 살려는 의지가 어느 정도냐에 달려 있어요. 저렇게 제 발로 장의사에게 가려고만 한다면 약도 아무 소용이 없습니다. 내가 보기에 저 아가씨는 병이 낫지 않을 거라고 생각하는 것 같아요. 무슨 걱정거리라도 있는 건가요?"

"저 애는 늘 나폴리를 그리고 싶어 했어요."

수가 작은 목소리로 대답했습니다.

"그림을 그린다고요? 어리석군요! 그보다 더 심각한 무슨 걱정거리가 있는 게 아닐까요? 이를테면 남자 문제라든가."

"남자라고요?"

수는 어이가 없다는 듯 큰 소리로 말했습니다.

"남자한테 그럴 가치가……. 아닙니다, 선생님. 그런 사람은 없습니다."

"그렇겠지요. 그럼 그게 바로 약점이로군요."

의사는 계속 말을 이었습니다.

"그러면 내 최선을 다해 의술로 할 수 있는 일을 해보겠습니다. 하지만 환자가 자기 장례식 행렬에 따르는 자동차 수를 상상하기 시작하면 약효는 반으로 줄어드는 법입니다. 만일 저 환자가 친구에게 이번 겨울에 유행할 외투가 어떤 것이냐고 물을 정도가 된다면 가능성은 열에 하나가 아니라 다섯에 하나가 된다고 확신할 수 있습니다."

의사가 돌아가자 수는 작업실로 돌아가서 휴지가 흠뻑 젖도록 울었습니다. 그리고 나서 언제 그랬냐는 듯이 화판을 들고 기분 좋은 표정으로 휘파람을 불면서 존시의 방으로 들어갔습니다.

존시는 침대에 누운 채 꼼짝도 하지 않고 창문 쪽을 바라보고 있었습니다. 수는 그녀가 잠이 든 줄 알고 휘파람을 그쳤습니다. 그리고 화판을 엎어놓고 잡지의 삽화로 쓸 펜화를 그리기 시작했습니다. 젊은 작가가 잡지에 소설을 쓰면서 경력을 쌓듯 젊은 화가 역시 예술의 길을 닦기 위해 잡지의 삽화를 그려야 했던 것입니다.

수는 마술 쇼를 할 때 입는 멋진 승마 바지에 외눈 안경을 쓴 주인공 카우보이를 그리고 있었습니다. 그때 문득 낮은 목소리가 몇 번 반복되는 것을 들었습니다.

수는 급히 존시 곁으로 다가갔습니다. 존시는 눈을 크게 뜨고 창밖을 내다보며 숫자를 거꾸로 세고 있었습니다.

"열둘."

그리고 나서 조금 있다가 '열하나', 그리고는 '열', '아홉', 그리고 거의 동시에 '여덟', '일곱'.

수는 걱정스러운 눈으로 창밖을 내다보았습니다. 무엇을 세고 있는 것일까. 창밖에 펼쳐진 풍경은 쓸쓸한 마당과 높이가 이십 피트쯤 되는 벽돌집의 황량한 벽뿐이었습니다. 그리고 그 벽에는 울퉁불퉁한 뿌리를 가진 오래된 담쟁이덩굴 한 그루가 중간쯤까지 기어 올라와 있었습니다. 덩굴의 잎사귀는 싸늘한 가을바람에 떨어져 나가고 앙상한 가지만이 차가운 벽에 달라붙어 있었습니다.

"존시, 무얼 보고 있는 거니?"

수가 존시의 손을 잡으며 물었습니다.

"여섯."

존시는 속삭이듯이 말했습니다.

"떨어지는 게 점점 빨라져. 사흘 전엔 백 개쯤 남아 있었지. 세느라고 머리가 아플 정도였어. 하지만 이젠 간단해. 어머, 또 하나가 떨어졌네. 이제 다섯이 남아 있을 뿐이야."

"다섯이라고? 그게 뭐야? 나한테도 가르쳐줘."

"담쟁이덩굴에 남아 있는 잎사귀 말이야. 마지막 한 잎이 떨어지면 나도 떠나게 될 거야. 사흘 전부터 그 사실을 알고 있었어. 선생님도 그렇게 말씀하셨지?"

"아니야, 그런 바보 같은 소리는 들어보지도 못했어."

수는 호들갑스럽게 웃으며 말했습니다.

"담쟁이덩굴의 마른 잎사귀하고 네가 낫는 것하고 무슨 상관이 있니. 전엔 저 담쟁이덩굴이 마음에 든다고 했잖아. 넌 참 못됐구나. 너무 바보 같은 말만 하잖아. 선생님이 오늘 아침에 말씀하셨어. 네 병이 나을 수 있는 가능성은……. 어머, 선생님이 뭐라고 하셨더라. 그새 잊었네. 아, 맞아. 나을 가능성은 하나에 열이래. 뉴욕에서 전차를 타거나 공사 중인 빌딩 곁을 지나가도 그 정도 위험은 늘 있게 마련이라는 거야. 수프 좀 마셔보겠니? 그리고 나 그림 좀 그리게 해줘. 그림을 팔아야 아파서 누워 있는 아기한테 포도주를 사주고, 또 먹고 싶은 돼지고기도 살 수 있잖아."

"이젠 포도주 같은 건 살 필요 없어."

존시는 창밖에 시선을 둔 채 말했습니다.

"저것 봐, 또 떨어졌어. 아냐, 수프는 먹지 않을래. 이제 남아 있는 건 네 잎뿐이야. 어두워지기 전에 마지막 잎새가 지는 걸 보고 싶어. 그러면 나도 떠날 거야."

"존시!"

수는 존시 위로 몸을 숙이며 말했습니다.

"내가 그림을 다 그릴 때까지만이라도 눈을 감고 창밖을 보지 않겠다고 약속해줘. 내일까지 그림을 넘겨줘야 한단 말이야. 그래서 햇빛이 필요해. 그렇지 않으면 커튼을 내려버렸을 거야."

"옆방에서 그리면 안 되겠니?"

존시는 냉정하게 말했습니다.

"네 곁에 있고 싶어서 그래."

수가 목소리를 높이며 말했습니다.

"그뿐이 아니야. 저런 말라비틀어진 담쟁이덩굴 잎이나 멍하니 바라보고 있는 바보 같은 짓을 못 하게 하려고 그래."

"그럼, 다 그리면 알려줘."

존시는 눈을 감은 채 조각상처럼 핏기 없는 얼굴로 가만히 누워 있었습니다.

"마지막 잎새가 떨어지는 걸 보고 싶어. 기다리다 지쳤어. 생각하는 것도 지쳤어. 난 모든 것에 대한 집착을 버리고 저 불쌍하고 지친 담쟁이덩굴 잎새처럼 조용히 지고 싶어."

"존시, 그만 잠이나 자두렴."

수가 말했습니다.

"아래층에 사는 베어먼 씨에게 세상을 등지고 동굴에 사는 노인의 모델이 되어 달라고 해야겠어. 금방 돌아올 테니 내가 돌아올 때까지 움직이면 안 돼."

베어먼 노인은 충계 아래 지하실에 사는 화가였습니다. 예순 살이 넘었으며, 미켈란젤로가 조각한 모세와 같은 수염을 기르고 있었습니다. 그는 예술가로서는 낙오자였습니다. 사십 년 동안 붓을 놓지 않으면서도 예술의 여신 뮤즈의 옷자락에도 손이 미치지 못했습니다.

입버릇처럼 걸작을 그린다고 말하면서도 아직 시작도 하지 못한 채 지난 수년 동안 상업용이나 광고용 그림만을 서툰 솜씨로 가끔 그릴 뿐이었습니다. 가끔가다 전문 모델을 채용하지 못하는 예술가 마을의 젊은 화가들에게 모델이 되어주고 몇 푼씩 돈을 받아 연명하고 있었습니다. 그리고 늘 술에 취해 있으면서도 언젠가는 걸작을 그리겠다고 떠벌리곤 했습니다.

그는 몸집은 작았지만 성격이 거세 나약한 사람을 만나면 무척 경멸하며 멸시했습니다. 그리고 위층 아틀리에에 사는 두 젊은 화가를 지키는 감시인 역할을 자처하고 있었습니다.

어두컴컴한 지하실의 움막 같은 방에서는 노간주나무 열매 냄새가 물씬 풍겼습니다. 한쪽 구석에는 이젤이 세워져 있었는데, 거기에는 이십오 년 동안이나 걸작의 첫 붓질을 기다리며 아무것도 그려져 있지 않은 횅한 캔버스가 얹혀 있었습니다.

수는 노인에게 존시의 괴상한 망상을 말해 주며, 나뭇잎처럼 가볍고 여린 그녀가 세상에 대한 애착을 버린다면 정말로 마른 나뭇잎처럼 지고 말지도 모른다고 말했습니다.

그러자 베어먼 노인은 핏발이 선 눈에 눈물을 글썽이며 존시의 어리석은 공상을 비웃었습니다.

"뭐라고?"

그는 강한 독일어 억양을 숨기지 않고 소리쳤습니다.

"다 썩은 담쟁이덩굴 잎사귀가 떨어져도 그 애가 죽지는 않아. 그리고 네가 말하는 세상을 등진 어리석은 사람의 모델 같은 건 해줄 수 없어. 너는 왜 존시가 그런 어리석은 생각을 하게 내버려 두는 거냐? 아, 가여운 존시!"

"병이 깊어져서 마음이 무척 약해졌어요."

수가 말했습니다.

"그리고 고열 때문에 머리가 이상해졌는지 엉뚱한 공상만 해요. 하지만 괜찮아질 거예요. 베어먼 할아버지, 모델이 되고 싶지 않으면 안 해도 상관없어요. 하지만 할아버지도 너무 말만 앞세워요."

"너도 어쩔 수 없는 여자애로구나."

베어먼이 소리쳤습니다.

"누가 모델이 되지 않겠다고 했어? 어리석은 말은 그만두고 함께 가자. 삼십 분 전에 이미 모델이 되어주겠다고 말하려던 참이야. 그리고 이곳은 존시 같은 착한 아가씨가 병들어 누워 있을 곳이 아니야. 이제 내가 걸작을 그려줘야겠어. 그 후에 우리 함께 어디론가 이사를 하는 거야. 그렇지! 암 그렇게 해야지."

위층에 올라가 보니 존시는 잠들어 있었습니다. 수는 커튼을 창문 아래까지 내리고 베어먼에게 옆방으로 가자고 손짓을 했습니다. 그런 다음 두 사람은 창 너머로 조용히 담쟁이덩굴을 바라보다가 한순간 서로 말없이 얼굴을 마주 보았습니다.

차가운 진눈깨비가 쉬지 않고 내리고 있었습니다. 베어먼 노인은 낡아빠진 푸른 셔츠를 입고 바위 대신 엎어놓은 큰 냄비 위에 앉아, 동굴 속에 사는 세상을 등진 사람의 모델이 되어 주었습니다.

이튿날 아침, 수가 한 시간쯤 자고 나서 깨어 보니 존시는 생기 없는 눈을 둥그렇게 뜨고 창문에 드리운 푸른색 커튼을 물끄러미 바라보고 있었습니다.

"커튼을 올려줘. 창밖을 보고 싶어."

존시가 속삭이는 듯한 목소리로 말했습니다.

수는 어쩔 수 없이 그녀가 시키는 대로 했습니다.

그런데 이게 어찌 된 영문일까요. 밤새 세찬 비바람이 미친 듯이 휘몰아쳤는데도 벽 위에는 담쟁이덩굴 잎새 하나가 아직도 남아 있는 것이었습니다. 그것은 담쟁이덩굴에 남아 있는 마지막 잎새였습니다. 잎자루 부위는 아직도 짙은 초록빛이었지만 톱니 모양의 가장자리는 노랗게 말라버린 잎새 하나가 이십 피트나 되는 높다란 벽에 보란 듯이 매달려 있었습니다.

"마지막 잎새야."

존시가 말했습니다.

"밤사이에 틀림없이 떨어져 버릴 줄 알았는데. 저렇게 바람이 부는데도……. 하지만 오늘은 떨어지겠지. 그러면 나도 죽을 거야."

"존시, 그게 무슨 소리야!"

수는 지친 얼굴을 베개로 감싸며 말했습니다.

"네 일을 생각하지 않는다면 나를 좀 생각해줘. 나는 어떻게 하라고 그러는 거니?"

하지만 존시는 아무 대답도 하지 않았습니다.

멀리 여행을 떠날 결심을 하고 있는 영혼만큼 고독한 것은 없습니다. 죽음에 대한 환상이 점점 더 그녀의 마음을 붙잡을수록 그녀는 친구뿐만 아니라 이 땅에 매어두고 있던 끈을 하나하나 놓아버리려 했습니다.

그렇게 그날은 지나갔습니다. 하지만 저녁이 되어도 잎사귀 하나가 벽 위의 담쟁이덩굴에 매달려 있는 것이 분명하게 보였습니다. 이윽고 밤이 깊어지자 차가운 북풍이 다시 불기 시작했습니다. 세찬 비가 창문을 두드리며 나지막한 네덜란드풍의 차양을 따라 빗방울을 떨어뜨리고 있었습니다.

다음 날 아침이 밝자마자 존시는 커튼부터 올려달라고 말했습니다.

그러나 담쟁이덩굴 잎새는 아직 그대로 매달려 있었습니다. 존시는 오랫동안 그것을 바라보았습니다. 그러다가 수를 불렀습니다. 닭고기 수프를 끓이던 수는 존시에게 다가왔습니다.

"수, 난 나쁜 애였어. 저 마지막 잎새가 어떤 보이지 않는 힘에 의해 지금까지도 남아 있는 건, 내가 얼마나 많은 죄를 지었는지 가르쳐 주려는 거야. 죽으려고 하는 건 크나큰 죄악이야. 이제 수프를 먹어야겠어. 그리고 포도주를 탄 우유도. 아니 그보다 먼저 손거울 좀 갖다줄래? 그리고 등 밑에 베개를 몇 개 넣어주지 않겠니? 몸을 일으켜서 네가 요리하는 걸 보고 싶어."

그리고 한 시간쯤 지난 뒤 그녀가 다시 말했습니다.

"수, 언젠가는 나폴리를 꼭 그려보고 싶어."

오후에 의사가 왔습니다. 수는 의사와 함께 복도로 나갔습니다.

"이제 희망은 반반입니다."

의사는 수의 가냘픈 손을 잡고 웃으며 말했습니다.

"간호만 잘하면 곧 회복할 수 있을 테니 걱정하지 않아도 되겠어요. 그건 그렇고, 아래층에도 환자가 생겼어요. 베어먼이라고 하는 화가인가 봐요. 역시 폐렴입니다. 나이도 많고 몸도 약한데 급성이라 가망이 없답니다. 편하게 해주려고 오늘 입원시키기로 했어요."

이튿날 의사가 다시 와서 수에게 말했습니다.

"이제 위기는 벗어났습니다. 아가씨가 이긴 겁니다. 나머지는 영양 보충과 간병, 그것만 남았어요."

그날 오후, 존시는 침대에 앉아 짙은 푸른색 털실로 숄을 짜면서 흐뭇해하고 있었습니다. 그때 수가 다가와서 그녀를 살며시 껴안았습니다.

"존시, 너한테 할 얘기가 있어."

수가 말했습니다.

"베어먼 할아버지가 오늘 병원에서 폐렴으로 돌아가셨어. 겨우 이틀 앓은 것뿐인데 말이야. 아침에 관리인이 지하실 방에서 고통스러워하는 할아버지를 발견했을 때는 도저히 손쓸 방법이 없었나 봐. 구두와 옷이 땀으로 온통 젖어 있었고 몸은 얼음장처럼 차가웠대.

그렇게 북풍이 거센 밤에 어딜 갔었는지 옆 건물 아래에서 아직 불이 켜진 램프와 사닥다리 옆에 흩어져 있는 붓 몇 자루가 발견되었대.

저기를 좀 봐, 창문 밖의 마지막 담쟁이덩굴 잎새를. 바람이 부는데도 움직이지 않는 게 이상하다고 생각되지 않아?

존시, 저것은 베어먼 할아버지 최후의 걸작이야. 마지막 잎새가 지던 날밤, 할아버지가 그것을 벽에다 그린 거지."

크리스마스 선물

- 오 헨리 -

작품 정리

　오 헨리의 대표작으로 꼽히는 이 작품은 빈틈없는 구성과 독특한 문체, 위트와 유머, 그리고 극적인 반전이 돋보인다. 크리스마스 선물을 살 여유조차 없는 가난한 살림이지만 이 작품에서 나오는 두 사람은 자신에게 가장 소중한 보물을 희생해도 아깝지 않을 만큼 서로를 깊이 사랑하고 있다. 가난이 전혀 구차하거나 비극적으로 느껴지지 않는 작품으로 두 주인공은 인간에게 있어서 진정한 행복은 서로 사랑하는 것임을 제시한다.

　크리스마스 때 선물을 주고받는 것은 누구나 하는 흔한 일이지만, 선물을 주고받은 사람들 중에 행복한 사람은 선물 속에 담긴 진정한 사랑 때문이다. 당장은 쓸모없는 선물이 되었지만 그 선물을 통해 서로에 대한 진실한 사랑을 확인하게 된 두 사람은 행복한 크리스마스의 주인공이 될 수 있었다.

작품 줄거리

　델러와 짐은 1주일에 8달러짜리 셋방에 사는 가난한 신혼부부이다. 두 사람은 가난하지만 서로를 깊이 사랑한다. 크리스마스가 다가오자 아내 델러는 남편 짐의 선물을 마련하기 위해 자신의 머리카락을 잘라 판다. 그녀의 길고 아름다운 머리카락은 할아버지 때부터 물려받은 짐의 금시계와 함께 자랑스럽게 여기는 보물이었다.

　델러가 준비한 선물은 시곗줄이었다. 짐은 시곗줄이 없어 가죽 끈을 매고 다니면서 남들 앞에서는 부끄러워 마음 놓고 시계를 꺼내 보지 못한다. 그날 저녁에 짐은 짧아진 아내의 머리를 보고 깜짝 놀란다. 그는 아내에게 줄 크리스마스 선물로 머리에 꽂는 빗을 사왔는데 그 빗으로 장식할 머리카락이 없어졌기 때문이었다. 델러는 시곗줄을 내놓으며 그것을 사기위해 머리카락을 팔았노라고 하면서 머리카락은 금방 자랄 거라고 짐을 위로한다. 그러자 짐은 델러의 빗을 사기위해 금시계를 팔았다는 고백을 하면서 선물은 당분간 잘 간직해두자고 한다.

갈래 : 단편 소설
시점 : 전지적 작가 시점
배경 : 1800년대 미국의 한 작은 도시
주제 : 부부간의 진실한 사랑

크리스마스 선물

1달러 팔십칠 센트뿐이었습니다. 게다가 그중 육십 센트는 1센트짜리 동전이었습니다. 건어물이나 채소, 고기 등을 살 때마다 구두쇠처럼 값을 깎다가 가게 주인들의 잔소리를 들어가며 한 닢 두 닢 모은 동전이었습니다. 델러는 그것을 몇 번이나 다시 세어보았습니다. 1달러 팔십칠 센트. 내일이 벌써 크리스마스였습니다.

그렇지만 델러는 작고 낡은 소파에 엎드려 소리 내어 우는 수밖에 달리 방법이 없었습니다. 그렇게 울면서 인생이란 '흐느낌'과 '훌쩍임', 그리고 '미소'가 반복되는 것이고, 특히 눈물을 흘릴 때가 더 많다는 것을 깨달았습니다.

한참 울고 난 델러는 방 안을 둘러보았습니다. 일주일에 8달러의 집세를 내는 가구가 딸린 아파트. 한눈에 보기에도 심하게 낡았으며, 부랑자들을 잡으러 쳐들어오는 경찰들을 피하기 위해 아파트라는 이름을 붙인 게 틀림없었습니다.

편지 한번 온 적이 없는 우편함과 아무리 눌러도 소리가 날 것 같지 않은 초인종이 있는 아파트 현관. 거기에는 또 '제임스 딜링검 영'이라는 명패가 붙어 있습니다. 그 '딜링검'이라는 명패도 그가 일주일에 삼십 달러를 받던 좋은 시절에는 바람이 불어도 흔들리지 않았지만, 수입이 주당 이십 달러로 줄어든 지금은 'D'자 한 자로 줄여버릴까 생각하는 것처럼 흐릿하게 보였습니다.

하지만 그 제임스 딜링검 영 씨는 2층의 자기 집에 돌아오면 '짐'으로 불리고, 이미 델러라는 이름으로 소개한 제임스 딜링검 영 부인에게 언제나 따뜻한 환대를 받았습니다. 정말 멋진 일이 아닐 수 없습니다.

델러는 눈물을 닦고 분첩으로 얼굴을 두드리며, 창가에 서서 뒷마당의 담장 위로 잿빛 고양이가 기어가는 것을 물끄러미 바라보았습니다.

내일이 크리스마스인데 짐에게 줄 선물을 살 돈이 겨우 1달러 팔십칠 센트밖에 없다니. 몇 개월 동안 1센트도 헛되이 쓰지 않고 아끼고 또 아껴 왔는데도 형편이 그런 것입니다. 일주일에 이십 달러로는 어쩔 도리가 없었습니다. 지출이 수입보다 더 많았으니 어쩔 수 없는 노릇입니다. 지출이란 늘 그런 법입니다.

짐에게 줄 선물을 사려는데 1달러 팔십칠 센트밖에 없다니……. 델러는 짐에게 뭔가 멋진 선물을 주려고 이런저런 계획을 하면서 몇 시간 동안 행복한 공상에 잠겨 있었습니다. 뭔가 흔치 않은 멋지고 훌륭한 것, 짐에게 조금이라도 걸맞은 것을 생각하면서.

방 안의 창문과 창문 사이에는 벽걸이 거울이 있었습니다. 일주일에 8달러짜리 아파트에서 흔히 볼 수 있는 그런 거울이었습니다. 많이 여위고 몸놀림이 재빠른 사람이라면 그 거울에 비친 자기 모습의 조각들을 맞추어 어떻게든 정확한 자기의 전신을 볼 수 있을 것입니다. 여기저기 깨지고 금이 간 거울이기 때문입니다. 델러는 날씬해서 그런 기술에 능숙했습니다.

그녀는 문득 창문에서 몸을 돌려 거울 앞에 섰습니다. 눈은 반짝이고 있었지만 얼굴은 이십 초도 안 되어 창백해졌습니다. 재빨리 머리를 풀어 길게 늘어뜨려 보았습니다.

제임스 딜링검 부부에겐 무척 자랑스럽게 여기는 것이 두 가지 있었습니다. 할아버지 것이기도 하고 아버지 것이기도 했던 짐의 금시계와 델러의 긴 머리카락이었습니다. 만일 시바의 여왕이 골목길 저쪽 아파트에 살고 있다가 어느 날 델러가 머리카락을 말리기 위해 창밖으로 늘어뜨린 것을 본다면, 아마 여왕의 보석과 보물들의 가치는 단숨에 떨어지고 말 것입니다.

또 만일 솔로몬 왕이 재물을 이 아파트 지하실에 쌓아두고 이곳 관리인으로 일하고 있다 하더라도, 짐이 그 앞을 지날 때마다 금시계를 꺼내 본다면 왕은 부러운 나머지 자신의 턱수염을 쥐어뜯을 것입니다.

델러의 아름답게 빛나는 머리카락은 갈색의 폭포처럼 물결치면서 어깨에 드리워져 있었습니다. 그것은 무릎 아래까지 닿아 마치 기다란 외투 같았습니다. 그러다 델러는 초조해하며 서둘러 머리카락을 틀어 올렸습니다. 그 순간 그녀는 풀이 죽고 말았습니다. 멍하니 서 있는 동안 다 낡아빠진 매트 위로 한 방울 두 방울 눈물이 떨어졌습니다.

델러는 천천히 낡은 재킷과 갈색 모자를 몸에 걸친 뒤 문을 열고 밖으로 나갔습니다. 아직도 두 눈에는 눈물이 글썽거리고 있었습니다.

거리로 나온 델러는 '마담 소프로니 가발 전문점'이라는 간판이 걸려 있는 곳에서 걸음을 멈추었습니다. 그러고는 단숨에 계단을 뛰어올랐습니다. 그다음 헐떡이는 숨을 가라앉히며 마음을 진정시키려 애썼습니다. 가게를 지키는 주인 여자는 몸집이 크고 피부가 너무 흰데다 차가운 인상이어서 아무리 보아도 '소프로니'라는 이름이 어울리지 않았습니다.

"내…… 머리카락을 사지 않겠어요?"

델러가 더듬거리면서 입을 열었습니다.

"사고 말고요. 모자를 벗고 머리 모양을 잠깐 보여주세요."

주인 여자가 흔쾌히 대답했습니다.

갈색의 폭포가 잔물결을 일으키며 흘러내렸습니다.

"이십 달러 드리죠."

익숙한 손놀림으로 머리카락을 틀어 올리면서 주인 여자가 말했습니다.

"좋아요. 돈을 주세요."

델러는 돈을 받아쥐고는 서둘러 밖으로 나왔습니다.

그로부터 두 시간 후, 시간은 장밋빛 날개를 타고 사뿐히 날아갔습니다. 아니, 이런 엉터리 비유 따위는 아무래도 좋습니다. 그녀는 이 가게 저 가게로 짐에게 줄 선물을 찾아다녔습니다.

그리고 마침내 그것을 찾아냈습니다. 그것은 정말로 짐을 위해 만들어진 것 같았습니다. 다른 어느 가게에도 이런 것은 없었습니다. 가게란 가게는 다 샅샅이 뒤진 결과였습니다. 그것은 산뜻하고 고상한 디자인의 플라티나 시곗줄이었습니다. 고급품이 다 그렇듯이 야한 장식 따위가 있었지만 품질만으로 그 값어치는 충분해 보였습니다.

그 '금시계'에 달아도 결코 천박스럽지 않을 물건이었습니다. 그것을 보는 순간 델러는 이것이야말로 바로 짐의 것이라고 생각했습니다. 그것은 정말 짐에게 썩 잘 어울리는 시곗줄이었습니다. 중후함과 가치, 이것은 짐과 시곗줄에 어울리는 표현이었습니다. 델러는 그것을 이십일 달러를 주고 산 뒤 팔십칠 센트를 남겨 가지고 서둘러 집으로 돌아왔습니다.

금시계에 이 시곗줄을 달면 짐은 누구 앞에서나 뽐내며 시계를 볼 수 있을 것입니다. 시계는 훌륭했지만 시곗줄이 가죽으로 된 것이어서 짐은 시계를 몰래 들여다보곤 했던 것입니다.

집에 오니 흥분이 어느 정도 가라앉았습니다. 그리고 그녀는 사랑을 위해 아낌없이 잘라버린 머리를 매만지기 시작했습니다. 하지만 그건 보통 일이 아니었습니다. 정말 엄청난 일이 아닐 수 없었습니다.

사십 분쯤 지나자 델러의 머리는 가지런하게 다듬어진 짧고 예쁜 고수머리로 바뀌어 마치 학교에 다니는 학생 같았습니다. 그녀는 거울에 비친 자기 모습을 찬찬히 들여다보았습니다.

"짐은."

델러는 혼자 중얼거렸습니다.

"나를 보자마자 죽이려 들지는 않더라도 틀림없이 코니아일랜드의 코러스걸 같다고 할 거야. 하지만 어쩔 수 없어. 단돈 1달러 팔십칠 센트로 무얼 살 수 있겠어?"

7시, 커피가 다 끓었습니다. 그리고 금방이라도 고기 요리를 만들 수 있게 프라이팬을 뜨겁게 달구어놓았습니다.

짐은 집에 늦게 돌아오는 경우가 없었습니다. 델러는 시곗줄을 둘로 접어서 손에 쥐고 짐이 늘 들어오는 문 앞 테이블 끝에 앉았습니다. 이윽고 아래층에서 층계를 밟고 올라오는 발소리가 들렸습니다. 한순간 델러의 얼굴이 창백해졌습니다. 그녀는 요즘 아무 일도 아닌 일에 짧게 기도하는 버릇이 생겼습니다. 지금도 조용히 중얼거렸습니다.

"하느님, 짐이 저를 전과 다름없이 예쁘게 생각하도록 해 주세요."

문이 열리고 짐이 들어왔습니다. 그는 수척한 얼굴에 매우 진지한 표정이었습니다. 가엾게도 아직 스물두 살밖에 되지 않았는데 가장이라는 무거운 짐을 지고 있다니! 짐의 외투는 낡아서 새로 맞추어야 하고 장갑도 없었습니다.

짐은 문 안쪽에 멈춰 서서 메추라기 냄새를 맡은 사냥개처럼 꼼짝도 하지 않았습니다. 그는 델러를 뚫어지게 바라보며 서 있었습니다. 그의 눈에는 델러로서는 도저히 이해할 수 없는 표정이 서려 있었습니다.

그 표정에 그녀는 두려움을 느꼈습니다. 그것은 분노도, 놀라움도, 비난도, 공포도 아니었습니다. 델러가 각오하고 있던 그 어떤 반응도 아니었습니다. 짐은 기묘한 표정을 지은 채 델러를 바라보고 있을 뿐이었습니다.

델러가 먼저 비틀거리듯이 짐 곁으로 다가갔습니다.

"짐!"

그녀는 외쳤습니다.

"저를 그런 눈으로 보지 마세요. 당신한테 줄 크리스마스 선물도 준비하지 못하다니, 그런 일은 도저히 생각할 수도 없어서 머리카락을 팔았어요. 머리카락은 무척 빨리 자라요. '메리 크리스마스!'라고 말해줘요. 당신을 위해 얼마나 멋진 선물을 준비했는지 모를 거예요."

"머리카락을 잘라 버렸다고?"

짐은 아무리 생각해도 이 상황을 이해할 수 없다는 듯이 겨우 입을 열었습니다.

"네, 잘라서 팔았어요."

델러가 대답했습니다.

"그래도 전과 다름없이 저를 사랑해 주실 거죠? 머리카락이 없어도 저는 역시 저예요, 그렇죠?"

짐은 두리번거리듯 방 안을 둘러보았습니다.

"당신 머리카락은 이제 없어져 버렸군."

그는 얼이 빠진 사람처럼 말했습니다.

"찾을 필요 없어요."

델러가 말했습니다.

"팔아 버렸어요. 팔아서 이젠 없어요. 오늘 밤은 크리스마스이브니까 다정하게 대해 주세요. 당신을 위해서 판 거예요. 제 머리카락은 틀림없이 하느님이 세어주셨다고 믿어요(마태복음 10장 30절)."

그녀가 다정하게 말을 이었습니다.

"하지만 제가 당신을 사랑하는 것은 아무도 헤아릴 수 없어요. 고기 요리를 불에 얹을까요, 짐?"

그러자 짐은 제정신이 드는 것 같았습니다. 그리고 사랑스런 델러를 꼭 껴안았습니다.

여기서 잠깐 이 이야기에서 벗어나 별로 중요하지는 않지만 다른 일을 하나 신중하게 생각해 보기로 합시다. 일주일에 8달러와 1년에 백만 달러는 어떤 차이가 있을까요? 유명한 수학자나 현자에게 물어본다 해도 정확한 답은 얻을 수 없을 것입니다. 저 동방의 현자들은 값진 선물을 가지고 찾아왔지만, 그 선물 안에도 올바른 대답은 없었습니다. 이 이해하기 어려운 말들은 나중에 알게 될 것입니다.

짐은 외투 호주머니에서 작은 상자를 꺼내 테이블 위에 놓았습니다.

"오해하지 마, 델러."

그가 말했습니다.

"머리카락을 잘랐다고 해서 내가 아내를 사랑하지 않는다고 생각해? 그렇지만 이 상자를 열어보면 내가 왜 잠시 머뭇거렸는지 알게 될 거야."

델러의 하얀 손가락이 재빠르게 끈을 풀고 상자를 열었습니다. 그리고 곧이어 환성이 터져 나왔습니다. 하지만 그다음 순간, 환성이 통곡으로 바뀌어 짐은 온 힘을 다해 아내를 달래야만 했습니다. 거기에는 빗이 한 벌 들어 있었습니다. 델러가 브로드웨이의 진열장에서 본 뒤 그렇게 갖고 싶어하던 바로 그 머리빗이었습니다.

가장자리에 보석이 박힌 빗은, 지금은 잘라내고 없는 그녀의 아름다운 머리칼에 더없이 잘 어울리는 색깔이었습니다. 값이 비싸다는 것을 알고 있었기에 아무리 원해도 가질 수 있으리라고는 꿈에도 생각지 못하고 동경만 하던 빗이었습니다. 그런데 그것이 지금 델러의 것이 되었습니다.

그녀는 그것을 가슴에 꼭 안고 눈물을 글썽거리며 동시에 웃으면서 말했습니다.

"제 머리는 아주 빨리 자라요, 짐."

델러는 새끼 고양이처럼 벌떡 일어서면서 외쳤습니다.

"그래요, 정말 그래요!"

짐은 그녀가 줄 선물을 아직 보지 못했습니다. 델러가 그의 눈앞에서 손바닥을 펴 선물을 보여주었습니다. 산뜻하고 고상하게 디자인된 시곗줄이 델러의 뜨거운 열정과 어울려 눈부시게 빛나고 있었습니다.

"어때요, 멋지죠, 짐? 거리를 온통 다 뒤져서 찾아냈어요. 이제부터는 시계를 하루에 백 번도 더 보고 싶을 거예요. 당신 시계 좀 꺼내 보세요. 얼마나 잘 어울리는지 보고 싶어요."

그러나 짐은 침대 위에 벌렁 드러누워 팔베개를 하면서 웃었습니다.

"델러."

그가 말했습니다.

"우리가 주고받은 크리스마스 선물은 당분간 잘 보관해둡시다. 지금 당장 쓰기에는 너무 고급이야. 당신 빗을 사느라 돈이 필요해서 시계를 팔아버렸어. 자, 고기 요리를 불에 올려놓아야지."

다 아는 것처럼 동방의 현자들은 현명한 사람들이었습니다. 구유 속의 아기에게 선물을 가지고 온 사람들, 그들은 참으로 현명한 사람들이었습니다. 그 현자들이 크리스마스에 선물을 한다는 생각을 해냈던 것입니다. 현명한 사람들이었기에 그 선물도 물론 현명한 것이었습니다. 아마 중복될 경우에는 다른 것과 바꿀 수 있는 특전이 있었을 것입니다.

그런데 여기서 나는 자신들이 제일 소중하게 여기는 보물을 서로를 위해 가장 현명하지 못한 방법으로 팔아버린, 유치하고 평범하기 짝이 없는 두 사람의 이야기를 했습니다.

마지막으로 현대에 사는 현명한 사람들에게 한마디 해두고 싶습니다. 이 두 사람은 어떤 사람들보다도 현명한 사람들이라고. 선물을 주고받는 사람들 중에서 이 두 사람과 같은 사람들이 있다면, 그들이야말로 현명한 사람입니다. 어디에 있든 그들이 바로 동방의 현자임에 틀림없습니다.

20년 후

- 오 헨리 -

작품 정리

이십 년 후에 다시 만나기로 약속한 두 친구의 만남을 소재로 하는 오 헨리의 작품이다. 두 친구는 약속대로 만나기는 하지만 한 친구는 지명 수배를 받는 범죄자 신분이고, 또 다른 한 친구는 경관으로서 범죄자가 된 친구를 차마 체포할 수 없어 다른 경관을 보내서 체포를 한다는 내용이다.

경관과 지명 수배자라는 엇갈린 운명의 두 친구의 관계를 담담하고 간결한 문체로 표현하였다. 우정과 현실사이에 선 두 친구의 감정이 직접적으로 드러나지는 않지만 키 큰 사나이가 전해주는 편지와 그 편지를 읽는 보브의 모습을 통해, 경관으로서 친구를 체포할 수 없었기에 자신을 밝힐 수 없었던 친구의 마음과, 서부에서 성공한 이유를 밝힐 수 없었던 수배자 친구의 심정이 매우 선명하게 나타난다.

작품 줄거리

두 친구 보브와 지미는 이십 년 후에 만나기로 약속한다. 이십 년이 지난 후 밤 열시 무렵, 만나기로 한 장소에 보브가 먼저 와 기다리고 있다. 이때 한 경관이 그에게 다가온다. 그는 경관에게 자신의 가장 친한 친구인 지미에 대해 이야기한다. 그와 함께 자신이 지금 기다리고 있는 장소에서 이십 년 후 어떠한 일이 있어도 꼭 만나기로 약속했다고 말한다. 경관은 가고 보브는 그 자리에서 계속 친구를 기다리고 있다. 잠시 후 약속시간이 조금 지나자 지미가 와 결국 두 사람은 만났다. 그러나 환한 불빛 아래에서 보니 그는 지미가 아님을 보브가 알게 된다. 보브는 시카고에서 지명 수배를 받고 있던 중이었으며 그는 보브를 잡으러 온 경관이었다. 그 경관은 보브에게 지미가 쓴 편지를 건네주었는데, 그 편지에는 처음에 보브에게 말을 걸었던 경관이 지미 자신이었다는 것, 보브가 지명 수배자라는 사실을 알았지만 자기 손으로 친구를 연행할 수 없어서 다른 경관을 대신 보냈다는 것이 적혀 있었다.

갈래 : 단편 소설
시점 : 3인칭 전지적 작가 시점
배경 : 20세기 초반 뉴욕 뒷골목
주제 : 친구와의 우정과 정의

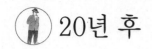# 20년 후

순찰 경관이 건들거리며 거리를 걸어갔다. 그렇게 건들거리는 것은 습관적인 것이지 남들에게 과시하기 위한 것은 아니었다. 그는 자신의 모습이 남들에게 어떻게 보이는지 상관하지 않았다.

튼튼한 체격으로 어깨를 약간 흔들면서 걷는 이 경관은 경찰봉을 교묘한 동작으로 솜씨 있게 빙빙 돌리면서, 집집마다 문단속이 잘 되었는지 살피기도 하고 가끔 조용해진 거리에 경계하는 시선을 던지기도 했다. 그 모습은 치안 수호자의 본보기였다.

시간은 이제 겨우 밤 10시가 못 되었지만 차가운 바람이 비를 뿌리며 부는 굳은 날씨 때문에 길을 오가는 사람의 모습은 거의 찾아볼 수 없었다.

이 일대는 아침에 일찍 문을 열고 밤에도 일찍 집에 돌아가는 지역이었다. 가끔 담뱃가게나 철야 영업을 하는 간이식당에서 불빛이 비치는 때도 있지만 대부분은 사무실 출입문이라 문을 닫은 지 꽤 되었다.

어느 거리의 중간쯤에 이르렀을 때 경관은 갑자기 걸음을 늦추었다. 불이 꺼진 철물점 출입문 앞에 불을 붙이지 않은 시거를 문 한 사나이가 서 있었던 것이다.

경관이 다가가자 그 사나이는 당황해하며 말하였다.

"아무 일도 아닙니다. 경관 나리."

그는 경관을 안심시키려는 듯이 말했다.

"친구를 기다리는 중이니까요. 이십 년 전의 약속이었습니다. 이렇게 말하면 좀 이상하게 들리겠지만 꾸며 낸 말이 아니라는 걸 확인하고 싶으시다면 말씀드리겠습니다. 꽤 오래전의 일입니다만 지금 이 가게가 들어서기 전에는 레스토랑이 있었습니다. '빅조브래디' 라는 레스토랑이었지요."

"그 가게는 5년 전까지도 있었는데 그 뒤에 헐리고 말았지요."

경관이 말했다.

출입문 앞에 서 있던 사나이는 성냥을 그어 시거에 불을 붙였다. 그 불빛으로 모난 턱의 창백한 얼굴과 날카로운 눈매, 그리고 오른쪽 눈썹 가까이에 난 작은 흉터가 보였다. 넥타이핀에는 큼지막한 다이아몬드가 박혀 있었다.

"이십 년 전의 오늘 밤."

사나이는 말하기 시작했다.

"나는 지미 웰스와 '빅조브래디'에서 함께 식사를 했습니다. 지미는 나하고 제일 친한 친구이자 세상에서 제일 좋은 녀석이었어요. 지미하고 난 뉴욕에서 마치 형제처럼 자랐었습니다. 나는 열여덟 살이었고 지미는 스무 살이었죠.

나는 다음 날 크게 성공할 야망을 갖고 서부로 떠나기로 되어 있었습니다. 지미는 도무지 뉴욕을 떠나려 하지 않았습니다. 그 녀석은 사람이 살 수 있는 곳이란 이곳밖에 없는 줄 알고 있었으니까요.

그래서 우린 그날 밤에 같이 식사를 하며 약속했습니다. 비록 어떤 처지에 놓여 있건 아무리 먼 곳에서 오게 되더라도 이십 년 뒤에 꼭 이 레스토랑에서 다시 만나기로요. 이십 년이 지나 어떤 사람이 되어 있을지는 모르지만 어쨌든 우리들의 운명도 정해졌을 것이고 재산도 어느 정도 모았을 것으로 생각했던 것입니다."

"그거 꽤 재미있는 얘기로군요."

하며 경관은 이어서 말했다.

"그렇지만 다시 만날 때까지의 시간이 너무 긴 것 같군요. 당신이 서부로 떠난 뒤 그 친구한테서 소식은 없었나요?"

"있었습니다. 얼마 동안은 편지를 주고받았었죠."

사나이는 말했다.

"그런데 한 해 두 해 지나는 동안 서로 소식이 끊어지고 말았습니다. 서부란 엄청나게 큰 곳인 데다가 난 언제나 바쁘게 이리저리 뛰어다녔지요. 그렇더라도 지미가 살아만 있다면 틀림없이 날 만나러 이리 올 겁니다. 그 친구는 어떤 경우에도 거짓말을 하지 않는 의리 있는 사나이였으니까요. 그 친구가 약속을 잊을 리는 없습니다. 난 오늘 이곳에 오기 위해 천 마일이나 떨어진 먼 곳에서 달려왔지만 옛 친구인 그 녀석이 와 주기만 한다면 그만한 보람은 있습니다."

기다리고 있던 사나이는 화려한 회중시계를 꺼냈다. 그 뚜껑에는 자잘한 다이아몬드가 수도 없이 박혀 있었다.

"10시 3분 전이군요."

사나이는 말했다.

"우리가 그날이 레스토랑 앞에서 헤어진 것은 정각 10시였습니다."

"서부에 가서는 일이 잘되었나요?"

경관이 물었다.

"물론이죠! 지미가 나의 절반만이라도 잘 되었다면 좋겠는데. 그 녀석은 좋은 녀석임에는 틀림없지만 순진하고 착실한 사람입니다. 난 남의 재산까지도 들어 먹으려는 잠시도 마음을 놓을 수 없는 패거리들하고 힘을 겨루며 살아왔습니다. 뉴욕은 틀에 박힌 생활을 하는 것뿐이지만 사람을 면도날처럼 날카롭게 만들려면 역시 서부로 가야 합니다."

경관은 경찰봉을 빙글빙글 돌리면서 두세 걸음 발길을 옮겼다.

"자, 나는 이제 가보겠소. 당신 친구가 꼭 왔으면 좋겠는데, 약속 시간까지만 기다릴 건가요?"

"아니, 그렇지 않습니다."

상대방은 다시 말했다.

"적어도 삼십 분쯤은 기다려 주겠습니다. 지미가 어디서든 살아 있다면 그때까지는 올 테니까요. 안녕히 가십시오. 경관 나리."

"행운을 빕니다."

경관은 집집마다 문단속을 살피며 순회 구역을 걸어갔다.

거리에는 차가운 이슬비가 내리고 가끔 변덕스러운 바람이 세차게 불어오고 있었다. 그의 곁을 지나가던 몇몇 통행인은 외투 깃을 세우고 호주머니에 두 손을 찌른 채 우울한 표정을 하고 종종걸음으로 걸어갔다.

철물점 출입문 앞에는 청년 시절에 친구와 맺은 어리석고 믿기 힘든 약속을 지키기 위해 1천 마일이나 먼 곳에서 찾아온 사나이가 시거를 피우면서 기다리고 있었다.

그렇게 이십 분쯤을 기다리고 있었다. 그때 외투의 깃을 귀 언저리까지 세운 키가 큰 사나이가 거리 저쪽에서 잰걸음으로 건너왔다. 그는 기다리고 있는 사나이에게 곧바로 다가왔다.

"보브인가?"

그는 의심스러운 듯이 소리쳤다.

"자네는 웰스 아냐?"

출입문 앞에 서 있던 사나이가 외쳤다.

"이 친구, 놀라운 걸!"

방금 온 사나이는 상대방의 손을 덥석 잡으며 외쳤다.

"보브가 틀림없구나! 자네가 살아 있다면 반드시 오리라고 믿었지. 정말 반갑다. 이십 년은 긴 세월이라 우리가 마지막으로 함께 식사했던 그 레스토랑은 없어져 버렸다네. 그 가게가 남아 있었더라면 좋았을걸. 그래, 서부는 어땠나?"

"멋진 곳이지, 원하는 건 무엇이나 손에 넣을 수 있었으니까. 그보다 자넨 많이 달라졌군. 지미, 자네가 나보다 키가 2, 3인치나 더 커질 줄은 생각하지 못했는데……."

"난 스물이 지나고도 키가 좀 더 컸거든."

"뉴욕에선 잘 지내고 있었나, 지미?"

"그저 그렇지 뭐. 난 시청의 한 부서에서 일하고 있어. 자, 가자. 보브. 내가 잘 아는 곳에 가서 지난 이야기나 천천히 하지."

두 사나이는 서로 팔짱을 끼고 거리로 나섰다. 서부에서 온 사나이는 자신의 성공담을 늘어놓으며 지금까지 살아 온 이야기를 열심히 하기 시작했다. 상대방은 외투 깃으로 얼굴을 푹 감싼 채 흥미진진한 표정으로 이야기를 듣고 있었다.

길모퉁이에 전등을 환하게 밝힌 약국이 있었다. 그 밝은 빛 속으로 들어서자 두 사람은 동시에 서로의 얼굴을 쳐다보았다.

서부에서 온 사나이는 발걸음을 멈추더니 갑자기 팔짱 꼈던 팔을 풀었다.

그는 내뱉듯이 말했다.

"당신은 지미 웰스가 아니군! 이십 년은 긴 세월이기는 하지만 사람의 코를 매부리코에서 들창코로 바꾸어 놓을 만큼 길지는 않아."

"때로는 선한 사람이 악한 사람으로 변하는 일도 있겠지."

키가 큰 사나이가 이어서 말했다.

"너는 이미 십 분 전부터 체포된 거야. 실키 보브. 시카고 경찰에서 네가 이 도시에 나타날 거라 예상하고 수사 의뢰를 부탁하는 전보를 쳐 왔다. 점잖게 따라오겠지? 그게 네 신상에 좋을 것이다. 그런데 너한테 편지를 전해 달라는 부탁을 받았다. 순찰계 웰스 순경이 보낸 거다. 여기서 읽어 봐라."

서부에서 온 사나이는 받아 든 작은 쪽지를 펼쳤다. 읽기 시작했을 때는 아무렇지도 않던 그의 손이 다 읽을 무렵에는 약간 떨고 있었다.

보브, 나는 우리가 약속했던 시간에 그곳에 갔었네. 자네가 시거에 불을 붙이려고 성냥을 그었을 때 나는 시카고 경찰에서 수배 중인 사나이의 얼굴이라는 걸 알았다네. 하지만 내 손으로 친구에게 수갑을 채울 수는 없었지. 그래서 일단 경찰서로 돌아와 사복형사에게 그 일을 대신 부탁한 것이라네.

지미가.

경관과 찬송가

- 오 헨리 -

작품 정리

　　다른 작품들에서와 같이 가난하고 힘없는 서민들이 가지고 있는 따뜻한 인간미와 위트와 유머가 넘치는 풍자를 강조하는 오 헨리의 작품 경향에서 벗어나지 않으면서도 사회가 가지고 있는 부조리한 측면을 고발하고 비판의식이 돋보이는 작품이다.

　　소피가 교회 앞에서 감동어린 찬송가를 듣고는 부랑자 생활을 청산하고 감옥에 가겠다는 희망을 접고 인간답게 살아보고자 결심하는 순간에 경관에게 붙들려 감옥에 가게 되는 이 부조리함이 인생의 아이러니를 느끼게 한다. 경관의 눈앞에서 범죄를 저질러도 방관하기도 하고, 희망에 차 새 삶을 꿈꾸는 순간에 시민을 구속할 수도 있다는 모순된 양상을 통해 사회와 제도의 모순을 고발하고 있다.

작품 줄거리

　　부랑자 소피는 겨울이 다가오자 여느 때와 같이 월동 준비에 들어간다. 그의 월동 준비란 다른 사람들처럼 모피코트를 사거나 외국행 여객선의 티켓을 사는 것이 아닌, 석 달 동안 따뜻한 침대와 식사를 제공해줄 교도소에 들어가는 것. 가벼운 구류를 살기 위해 그는 상점의 유리창 깨기, 통행 방해하기, 무전취식, 소지품 훔치기, 경찰 코앞에서 지나가는 여인 희롱하기 등 온갖 노력을 하지만 체포되지 않는다. 저녁 무렵 지친 그는 어느 골목길의 교회에서 파이프 오르간으로 연주되고 있는 찬송가 소리를 우연히 듣게 된다. 하루 동안 일어난 여러 가지 일들로 피곤에 지친 그의 영혼은 지나간 생애를 돌아보고 눈물을 흘리며 회개한다. 내일부터 땀 흘려 일하며 보람된 삶을 살기로 결심함과 동시에 지나가던 경관이 그를 의심하여 체포하고 다음 날 법정에서 3개월 징역형을 받는다.

핵심 정리

갈래 : 단편 소설

시점 : 1인칭 전지적 작가 시점

배경 : 뉴욕 메디슨 스퀘어 공원의 벤치

주제 : 사회의 부조리와 서민들의 따뜻한 인간미

경관과 찬송가

메디슨 스퀘어의 늘 찾는 벤치에 앉아 소피는 불안한 듯 몸을 들썩거리고 있었다. 날카로운 기러기 울음소리가 밤하늘의 적막을 깨고, 바다표범 모피 외투가 없는 여인들이 남편들에게 갑자기 상냥해지며, 소피가 공원 벤치에 앉아 안절부절하면 이제 겨울이 멀지 않았음을 알 수 있는 것이다.

가랑잎 하나가 소피의 무릎 위에 떨어졌다. 그것은 잭 프로스트 씨(서리를 뜻함)의 명함이다. 잭은 메디슨 스퀘어의 단골들에게 친절하여 해마다 이곳을 찾아 어김없이 겨울을 예고해 준다. 네거리의 한 모퉁이에서 잭은 '지붕이 없는 저택'인 메디슨 스퀘어의 문지기 북풍에게 명함을 건넨다.

덕분에 그 저택에 사는 사람들도 겨울 준비를 하게 된다. 하루하루 다가오는 겨울에 대비하여 월동 대책위원회의 위원이 되어야 한다고 소피는 깨달았다. 그래서 늘 찾는 벤치에 앉아 안절부절했던 것이다.

소피가 원하는 월동 대책은 사치스러운 것이 아니었다. 지중해의 유람선을 타고 싶다든가, 베수비어스 만에서 뱃놀이를 하고 싶은 생각은 추호도 없었다. 섬(뉴욕 이스트리버의 교도소가 있는 작은 섬)에서 생활할 수 있는 석 달, 이것이 그의 염원이었다. 바람의 신이나 경찰을 피해 다닐 걱정도 없고, 식사와 잠자리와 마음에 맞는 친구가 보장된 그곳에서의 석 달이 소피에게는 더없이 바람직한 것이었다.

지난 몇 년 동안은 후한 대접을 받았던 블랙웰스 섬이 소피의 겨우살이 집이었다. 겨울이 오면 소피보다는 행복한 뉴욕 시민들이 으레 팜비치나 리비에라로 가는 표를 사듯이 소피도 예년처럼 섬에 틀어박히기 위해 조촐한 준비를 하는 것이었다. 바로 지금 그때가 온 것이다.

어젯밤에는 일요신문을 석 장이나 웃옷 밑에 깔고 발목에도 두르고 무릎도 덮고 잤지만, 그렇게 해서는 오래된 공원의 분수 옆 벤치 위에서 추위를 이겨낼 수가 없었다. 바로 그때 '섬'이 소피의 마음속에 아련히 떠올랐다.

그는 이 동네 식객들을 위해 자선이라는 이름으로 마련된 시설을 경멸하고 있었다. 소피의 경험으로는 법률 쪽이 박애보다도 훨씬 친절했다.

시가 운영하는 시설이나 자선단체 시설은 수도 없이 많았다. 원하면 그
곳의 보살핌과 간이생활에 맞는 숙박소나 음식을 얻을 수도 있었다. 그러
나 소피처럼 자존심이 강한 사람에게는 자선이 마음에 들지 않았다.

비록 돈을 내지 않는다 하더라도 자선사업의 혜택을 받으려면 그때마다
정신적 굴욕이라는 대가를 치러야 한다. 시저에게 브루투스가 따랐듯이 자
선의 잠자리에는 목욕을 해야 한다는 세금이 따르게 마련이고 한 조각의
빵을 얻으려면 사사로운 일까지 조사를 받아야 하는 대가를 치러야만 한
다. 규칙에 따라 움직여야 하는 것은 같지만 신사의 사사로운 일에 부당한
간섭을 하지 않는 법률의 신세를 지는 게 차라리 낫다.

섬에 들어가기로 결심하자 소피는 재빨리 그 소망을 이루기 위해 움직였
다. 그러기 위해서는 방법이 얼마든지 있다.

가장 유쾌한 방법으로는 어느 호화로운 레스토랑에서 값비싼 식사를 하
는 것이었다. 식사를 하고 나서 한 푼도 없다고 조용히 버티다가 반항하지
않고 순순히 경관의 손에 넘겨지는 것이다. 나머지는 친절한 판사가 모든
일을 처리해 줄 것이다.

소피는 벤치에서 일어나 어슬렁거리며 공원에서 나가 브로드웨이와 5번
가가 마주치는 바다처럼 넓은 아스팔트를 걸어갔다.

브로드웨이 거리의 북쪽으로 가서 눈부시게 휘황한 레스토랑 앞에서 멈
췄다. 이곳은 밤마다 최고급 포도주와 비단옷과 세련된 사람들이 모여드는
곳이다.

소피는 조끼의 단추가 채워진 윗부분은 자신이 있었다. 면도도 했겠다,
웃옷도 깨끗했으며, 깔끔하게 맨 검은 넥타이는 추수감사절에 전도사 부인
에게서 받은 것이었다. 이 레스토랑의 식탁에 의심받지 않고 앉을 수만 있
다면 그는 성공하는 것이다. 식탁 위로 나타나는 모습이라면 웨이터가 의
심하지 않을 것이다.

우선 청둥오리 통구이가 알맞지 않을까 소피는 생각했다. 거기에다 백포
도주 한 병과 캐멈벨 치즈, 식후에 마실 커피 한 잔과 시거 한 개비 −시거
값은 1달러면 충분할 것이다.− 다 합쳐도 레스토랑 카운터가 호되게 보복

할 만큼 비싸지는 않다. 그래도 이만한 식사라면 그를 배부르게 하고 행복한 기분으로 겨울 피난처로 떠날 수 있게 해줄 것이다.

그러나 레스토랑 문 안으로 한 발을 들여놓자마자 웨이터의 시선이 그의 허름한 바지와 다 닳아빠진 구두 위에 멎었다. 억세고 날랜 손이 기다렸다는 듯이 그의 몸을 홱 돌려서 말 한마디 없이 눈 깜짝할 사이에 거리로 내쫓아, 하마터면 먹고 달아날 뻔한 청둥오리의 불명예스러운 운명을 구했던 것이다.

소피는 브로드웨이에서 옆길로 빠져 걸었다. 동경하던 섬으로 갈 수 있는 방법은 식도락의 길이 아니었던 모양이다. 교도소에 들어갈 수 있는 다른 방법을 찾아내야 한다.

6번가 모퉁이에 유리창 안쪽으로 화려한 조명 아래 솜씨 있게 진열된 상품 때문에 쇼윈도가 한결 돋보이는 가게가 있었다. 소피는 돌을 하나 주워 들어 그 유리창을 향해 내던졌다. 잠시 후에 경관을 앞세우고 많은 사람들이 길모퉁이를 돌아 달려왔다. 소피는 두 손을 호주머니에 찔러 넣고 꼼짝도 하지 않은 채 서 있었다. 그러다 경관의 노란 단추가 보이자 싱긋이 웃었다.

"이런 짓을 한 놈이 누구야!"

경관이 흥분해서 소리쳤다.

"내가 바로 그놈이라고 생각하지 않나요?"

빈정대는 한편으로 행운을 잡은 사람답게 소피는 상냥하게 대답했다.

경관은 아무런 실마리도 되지 않는다는 듯이 소피의 말을 무시해 버렸다. 유리창을 깬 놈이 법률 대리인인 자신과 이야기하기 위해 그 자리에 남아 있을 리가 없다. 그런 녀석은 재빨리 도망치는 법이다. 경관은 반 블록쯤 앞에서 전차를 타기 위해 달려가는 한 사나이를 목격했다. 경찰봉을 빼어든 그는 그 사나이를 뒤쫓았다.

소피는 또 실패하자 울적한 마음으로 천천히 걷기 시작했다. 길 건너에 허름해 보이는 레스토랑이 하나 있었다. 식욕은 왕성하나 주머니 사정이 넉넉하지 못한 사람에게는 안성맞춤인 가게였다.

소피는 웨이터의 관심을 끌고도 남을 구두와 숨길 수 없는 낡은 바지차림으로 이 가게에 거침없이 들어갔다. 식탁에 앉아 비프스테이크와 큼직한 핫케이크와 도넛과 파이를 단숨에 먹어 치웠다. 그런 다음 웨이터에게, 자신은 돈하고는 인연이 없어서 돈이라곤 한 푼도 없는 사람이라고 털어놓았다.

"자, 어서 경관을 불러오시지."

소피는 다시 재촉했다.

"신사를 기다리게 하지 말라고."

"너 따위 녀석한텐 경관이 필요 없어!"

웨이터는 버터케이크처럼 끈적거리는 목소리로 맨해튼 칵테일에 든 버찌 같은 눈을 하고 말했다.

"이봐, 손 좀 빌리세."

두 웨이터에게 양쪽 귀를 잡아끌려 길바닥에 무참히 내쫓겼다. 소피는 마치 목공의 접는 자를 펴듯이 관절을 하나씩 펴면서 일어나 옷에 묻은 흙을 털었다.

잡혀 들어가는 일이 장밋빛 꿈처럼 여겨졌다. 섬은 너무 멀리에 있는 것 같았다.

두 집 건너편 약국 앞에 서 있던 경관은 소피를 비웃으며 길을 걸어갔다.

거리를 다섯 블록쯤 걸어가니 붙잡혀가는 것을 자청할 용기가 다시 솟아났다. 이번에는 어이없게도 그가 식은 죽 먹기라며 우습게 생각했던 일이 운 좋게 눈앞에 나타난 것이다.

얌전하고 산뜻한 옷차림의 젊은 여자가 쇼윈도 앞에 서서 면도용 컵과 잉크스탠드 따위의 진열품을 눈을 반짝이면서 들여다보고 있었다. 게다가 그 유리창에서 조금 떨어진 곳에는 무섭게 생긴 몸집 큰 경관이 소화전에 기대어 서 있었다. 비열하고 천박한 건달 노릇을 하려는 것이 소피의 이번 계획이었다.

고상하고 우아한 희생자의 모습과 고지식해 보이는 경관을 눈앞에 두고, 그는 이제 곧 아늑하고 조그마한 섬에서 겨울을 나도록 보장해 줄 행운의 경관이 자신의 팔을 잡아끌 거라고 확신했다.

소피는 전도사 부인에게서 받은 넥타이를 매만지고 자꾸 기어들어 가는 커프스를 양복 소매 밖으로 끌어내고 모자도 옆으로 삐딱하게 쓰고서 젊은 여자 쪽으로 천천히 다가갔다. 추파를 던지면서 갑자기 헛기침을 하기도 하고 에헴 하며 거들먹거리다가 또 싱긋 웃어 보이면서 건달들이 으레 쓰는 뻔뻔스럽고 상투적인 비열한 수법을 넉살 좋게 해냈다.

경관이 이쪽을 빤히 바라보고 있는 것을 곁눈질로 알 수 있었다. 젊은 여자는 두세 걸음 비켜서더니 다시 면도용 컵을 열심히 바라보았다. 소피는 그 여자 곁으로 대담하게 다가가 모자를 들어 보이며 말을 걸었다.

"이봐, 버델리어! 우리 집에 놀러 가지 않겠어?"

경관은 아직도 이쪽을 바라보고 있었다. 희롱당하고 있는 이 젊은 여자가 손가락으로 슬쩍 신호만 하면 소피는 피할 수도 없이 섬의 피난처로 가게 되는 것이다. 벌써 경찰서의 따뜻한 온기가 느껴지는 것 같았다. 그런데 젊은 여자는 그를 돌아보더니 도리어 한 손을 내밀어 소피의 옷소매를 잡는 것이다.

"가겠어, 마이크."

그녀는 반갑다는 듯이 말했다.

"맥주를 한잔 산다면 함께 가지 뭐. 내가 먼저 말하고 싶었는데 경관이 저기서 지켜보고 있지 않겠어?"

떡갈나무에 휘감긴 담쟁이덩굴 같은 젊은 여자를 데리고 소피는 실망감을 감추지 못한 채 경관 곁을 지나갔다. 아무래도 체포당할 운명이 아닌 모양이다. 다음 길모퉁이에 이르자 그는 여자를 뿌리치고 달아났다.

밤이 되면 더욱 밝아지는 거리와 함께, 들뜬 기분과 가벼운 사랑의 맹세와 명랑한 노래와 음악이 들리는 곳까지 오자 그는 걸음을 멈췄다. 모피로 감싼 여자들과 외투를 입은 남자들이 겨울의 냉기 속을 활발하게 오가고 있었다.

문득 자신이 무서운 마술에 걸려 체포 결핍증이 되어 버린 게 아닌가 하는 불안이 소피를 엄습했다. 그렇게 생각하자 당혹감을 감출 수가 없었다. 눈부시게 화려한 극장 앞을 거들먹거리며 왔다 갔다 하고 있는 경관과 마주치자 그는 '치안방해'라는 마지막 지푸라기나마 붙잡으려고 했다.

사람들이 붐비는 길 한복판에서 그는 주정뱅이처럼 얼빠진 소리를 고래고래 내지르기 시작했다. 춤을 추고 아우성치고 날뛰고 온갖 방법을 동원해서 소란을 피웠다. 경관은 경찰봉을 빙글빙글 돌리며 소피를 등지고 시민들에게 말했다.

"예일 대학생입니다. 하트퍼드 대학을 이겨서 축하한다고 소란을 피우는 거니까 시끄럽긴 하지만 특별히 해를 입히진 않습니다. 내버려 두라는 명령을 받았습니다."

참담한 심정으로 소피는 아무 소용없게 된 소란을 그만두고 말았다.

경관들은 나를 체포하지 않으려는 걸까? 섬은 도저히 갈 수 없는 이상향과 같은 느낌이 들었다. 차가운 바람이 불어오자 그는 얇은 웃옷 단추를 끌어당겨 잠갔다.

그때 담뱃가게 앞에서 잘 차려입은 사나이가 옷에 매달린 라이터로 시거에 불을 붙이고 있는 모습이 그의 눈에 들어왔다. 문 안쪽에는 그 사나이의 비단 우산이 세워져 있었다. 소피는 가게 안으로 들어가 그 우산을 집어들고 천천히 나왔다. 시거에 불을 붙이던 사나이가 허둥지둥 쫓아 나왔다.

"이봐! 그건 내 우산이야."

하며 큰 소리로 사납게 말했다.

"허허, 그런가요?"

좀도둑질을 한 데다가 창피까지 당하자 소피는 그를 비웃었다.

"그럼, 왜 경관을 부르지 않지? 내가 훔친 거야, 당신 우산을 말이야. 왜 경관을 부르지 않느냐고? 저 모퉁이에 경관이 서 있지 않아?"

우산 주인은 발걸음을 늦추었다. 소피도 그랬다. 운이 또다시 달아나 버릴 것 같은 예감이 들었던 것이다. 경관은 두 사람을 이상한 눈으로 보고 있었다.

"변명거리도 안 되지만······."

우산 주인이 말했다.

"그러니까······, 저, 이런 실수는 흔히 있는 일이라서······. 나는······, 만일 그게 당신 우산이라면 용서하시기 바랍니다. 실은 오늘 아침 무렵에 어느 레스토랑에서 주운 것인데 만일 당신 우산이라면 저, 용서를······."

"물론 내 것이지."

소피는 심술궂게 말했다.

우산의 주인은 물러가 버렸다. 경관은 야회복 외투를 입은 키가 큰 금발

부인에게 달려가 두 블록 앞에서 다가오는 전차 앞으로 길을 건너는 것을 도와주고 있었다.

소피는 도로공사로 파헤쳐 놓은 거리의 동쪽으로 걸어갔다. 그는 화가 치밀어 올라 우산을 공사 중인 구덩이 속에 내던졌다. 경찰봉을 든 남자들은 그에게 투덜투덜 욕을 했다. 이쪽은 붙잡혀가려고 기를 쓰는데, 저쪽은 그가 무슨 짓을 해도 죄가 되지 않는 왕이라도 되는 것처럼 여겨지는 모양이다.

마침내 소피는 거리의 불빛도 소음도 거의 끊긴 동쪽의 큰길에 이르렀다. 거기서 메디슨 스퀘어 쪽으로 발길을 돌렸다. 귀소본능은 비록 그곳이 공원의 벤치일지라도 여전히 사라지지 않았다.

이상하리만큼 조용한 길모퉁이에서 소피는 멈췄다. 그곳에 좀 특이하고 불규칙한 박공지붕이 있어 고풍스럽게 보이는 교회가 있었다. 진보랏빛 스테인드글라스 창 너머로 등불이 가물가물 반짝인다. 아마 오르간 연주자가 다음 일요일의 찬송가를 연습하고 있는 게 틀림없다.

아름다운 음악 소리가 소피의 귀에 흘러 들어가 그의 마음을 사로잡았다. 그는 소용돌이무늬의 교회 철책에 다가가 꼼짝도 않고 기대서서 그 연주를 들었다.

달은 중천에 떠서 밝게 빛나고 자동차도 보행자도 거의 없었다. 참새가 처마 밑에서 졸린 듯 짹짹거렸다. 잠시 동안 주위는 교회가 있는 시골 풍경을 연상케 했다. 오르간이 연주하는 찬송가는 소피를 추억 속으로 빠져들게 했다.

그의 지나간 삶 속에 어머니, 장미, 야심, 친구, 더럽혀지지 않은 순결한 마음 등이 아직 남아 있던 시절에 자주 들어서 귀에 익은 찬송가였다.

감수성이 예민해 있던 그의 감정과 고풍스러운 교회의 감화력이 하나로 합쳐져 소피의 영혼에 놀라운 변화를 가져다주었다. 그가 빠져 있던 깊은 수렁과 자신의 존재를 형성하고 있던 타락한 나날들, 야비한 욕망, 죽음과 같이 덧없는 희망, 쓸모없는 재능, 저속한 동기 따위를 조심스럽게 주마등처럼 되돌아보았다.

그러자 금세 그의 마음은 이 새로운 기분에 감응하여 떨고 있었다. 강렬한 삶의 충동이 당장 그를 절망적인 운명과 싸우게 했다.

나를 수렁에서 끌어내자! 다시 한번 성실한 사람이 되자! 나에게 달라붙어 따라다니는 악과 싸워 이기자! 아직도 늦지 않다. 나는 아직도 젊다. 지난날의 진지했던 꿈을 다시 되살려 흔들리지 말고 그것을 추구하자. 엄숙하고 아름다운 오르간 연주가 그의 마음에 혁명을 일으킨 것이었다. 내일은 번화가에 나가 일자리를 찾아보자. 전에 모피 수입상이 운전기사가 되면 어떻겠냐고 권한 적이 있었다. 내일 그 사람을 만나 일을 부탁해 보자. 나도 떳떳한 사람이 되자! 나도…….

그때 문득 누군가의 손이 그의 팔을 붙잡는 것을 느꼈다. 돌아보니 틀림없는 경관이었다.

"이런 데서 무얼 하고 있는 거야?"

경관이 물었다.

"아무것도……."

소피는 대답했다.

"어쨌든 함께 가자."

이튿날 아침, 경범재판소에서 치안판사가 언도했다.

"금고 3개월!"

시인과 농부

- 오 헨리 -

작품 정리

전원생활을 하던 시인이 쓴 시는 혹평을 하면서 도시에서만 살아 온 소설가가 상상만으로 쓴 전원시는 칭찬을 하는 등 편집자의 순수하지 못한 뒤틀린 시각을 신랄하게 비판하고 시골 농부 이야기를 통해 편집자를 풍자하는 작품이다. 시골 사람의 순진함에 대한 도시 사람들의 비꼬인 판단과 사기성을 암시하면서, 시인이 시골인 농장에서 일을 하며 살아야 할지 시를 쓰며 살아야 하는지를 이 작품을 읽는 독자들의 상상력에 맡기며 작가는 결말을 맺지 않는다.

작품 줄거리

시인이 전원생활을 하면서 느낀 감정을 쓴 시 한 편을 평가해달라고 출판사를 찾아간다. 편집자는 너무 기교를 부려 전원시로는 안 맞는다고 되돌려준다. 그러자 시인과 그의 친구들은 일부러 전원생활을 전혀 모르는 소설가 친구에게 전원시를 쓰게 하여 편집자에게 보낸다. 그는 대자연과 인간의 조화로운 풍경을 잘 표현한 작품이라고 칭찬을 한다.

그 사건을 풍자하기 위해 한 편의 다른 이야기가 중간에 삽입된다. 한 시골 농부가 할머니의 농장을 판 돈을 가지고 도시에 올라와 투자할 곳을 찾고 있었다. 그런데 한 노련한 사기꾼이 그처럼 어수룩하고 촌뜨기 같은 인상으로는 사기에 걸려들지 않을 거라고 말해준다. 시골 농부는 영문도 모른 채 사람들이 자신을 멀리하는 건 촌스러운 옷차림 때문이라고 생각하고, 모자와 양복과 구두를 새로 장만해 입고 나서자마자 사기꾼에게 걸려든다는 일화이다.

핵심 정리

갈래 : 단편 소설

배경 : 뉴욕의 어느 출판사 사무실

시점 : 1인칭 전지적 작가 시점

주제 : 시골 사람을 비판하는 이기적인 시각

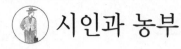# 시인과 농부

　오랜 세월, 자연을 벗 삼고 살아온 나의 시인 친구가 며칠 전에 시 한 편을 써서 어느 편집자를 찾아갔다.
　그것은 전원의 순수한 숨결과 작은 새의 지저귀는 소리와 경쾌한 시냇물이 넘쳐흐르는 듯하여 살아있는 전원시라고 할 만한 시였다.
　시인은 군침 도는 비프스테이크를 연상하면서 결과가 어찌 되었는지 다시 편집자를 찾아갔다가 이런 평과 함께 시 원고를 되돌려 받았다.
　"너무 기교적입니다."
　동료 몇 사람이 모여 더체스 카운티의 값싼 포도주와 스파게티를 먹으면서 이 편집자의 태도에 크게 분개했다.
　그래서 그 편집자를 한번 골탕 먹이자는 것이 거기서 얻은 결론이었다.
　우리 친구 중에 코넌트라는 사람이 있었다. 소설가로 꽤 알려진 사람이었는데 그는 이제까지 아스팔트만을 걸었으며 전원풍경이라고는 차멀미에 시달리면서 급행열차 창문 밖으로 내다본 것이 전부였다. 이런 코넌트가 전원시 한 편을 쓰고 그 시에 〈암사슴과 개울〉이라는 이름을 붙였다.
　그 시는 목녀 신 아마릴리스와 함께 걸어 본 것은 고작해야 꽃집의 창문 앞뿐이며, 작은 새 이야기는 레스토랑의 웨이터에게 딱 한 번밖에 한 적이 없는 그런 부류의 시인이라면 전원시를 이렇게 쓸 수도 있다는 좋은 본보기였다. 이 시에 코넌트가 서명하고 우리는 그것을 그 편집자에게 보냈다.
　그런데 이 일은 앞으로 할 이야기와는 관계가 없다.

　이튿날 아침, 편집자가 그 시의 첫 행을 읽기 시작할 무렵, 한 남자가 웨스트 쇼어페리 보트에서 내려 천천히 사십이 번가로 걸어가고 있었다.
　이 외지인은 밝고 푸른 눈과 쳐진 입술과 브레이니 씨의 희곡에 등장하는 고아 —후에 백작가의 딸로 밝혀졌지만— 와 똑같은 머리 빛깔을 한 젊은 사나이였다. 코르덴바지를 입고 짧아진 소매에다 등 한가운데에 단추가 달린 저고리를 입고 있었는데 그 바지 아래로 한쪽 발목이 비죽이 나와 있었다.

그의 밀짚모자는 전에 당나귀에게 씌웠던 것을 벗겨 온 것이 아닌지 의심될 만큼 귀를 내놓았던 구멍이라도 찾고 싶은 그런 우스꽝스러운 모자였다.

손에 든 여행 가방도 그 꼴을 묘사하기가 정말 어려웠다. 아무리 구식 보스턴 사람이라도 그런 가방에 도시락이나 법률 서류를 넣고 사무실에 출근하지는 않을 것이다.

게다가 한쪽 귀 언저리의 머리카락에는 촌놈의 상징이고 에덴동산의 흔적이기도 한 건초 부스러기가 천하의 게으름뱅이라도 얼굴을 붉히지 않을 수 없게 달라붙어 있었다.

거리의 군중들이 재미있다는 듯이 웃으면서 그의 곁을 지나갔다. 그들은 방금 올라온 이 시골뜨기가 인도의 가장자리에 서서 목을 길게 빼고 고층빌딩을 올려다보는 모습을 보았다. 이런 장면은 흔히 있는 일이기 때문에 그들은 웃음을 그치고 눈길을 돌리고 말았다. 오직 두세 사람만이 케케묵은 여행 가방을 힐끗 쳐다보면서 이 사람이 코니아일랜드의 유인 광고나 껌 광고를 보려고 그러는 것으로 생각할 뿐이었으며 다른 사람들은 그를 아예 무시했다.

신문팔이 소년들마저도 그가 자동차나 전차를 피하기 위해 서커스의 피에로처럼 이리저리 피해 다니는 모습을 보고 저런 꼴은 이제 지겹다는 듯한 표정을 지었다.

8번가에서 순진한 시골 사람들만 골라서 낚는 '사기꾼 해리'가 코밑수염을 물들여 마음씨 좋은 사람처럼 보이도록 눈을 반짝이며 있다가 그를 발견했다. 해리는 자신이 아주 우수한 배우라고 여기지만 이렇게까지 연기를 멋지게 해내는 배우를 보면 정말 당해내지 못하겠다고 생각했다.

그는 보석 가게 쇼윈도 앞에서 입을 떡 벌리고 서 있는 시골뜨기에게 다가가서 고개를 설레설레 내저었다.

"이거 봐, 자네 좀 너무하지 않아?"

그는 비난하는 투로 말했다.

"2인치도 넘게 길잖아! 자네가 뭘 노리고 있는지 모르겠지만 소도구가 좀 지나쳐. 이봐, 그 건초 말이야. 알겠어? 프록터 극단의 순회 연주도 지금은 그런 수법으로는 안 통해."

"무슨 말을 하시는 거요. 난 한마디도 알아들을 수가 없는데요."

순박한 사나이는 말했다.

"난 서커스 같은 곳을 찾고 있는 게 아니라오. 건초 베는 일도 끝났기 때문에 이 도시를 구경하려고 알스터 군에서 온 걸요. 대단하군요! 포기푸시가 굉장한 도시인 줄 알았었는데 이쯤 되면 그 다섯 배는 되겠어요."

"알고 있어."

'사기꾼 해리'는 눈썹을 치켜올리면서 말했다.

"난 쓸데없는 참견을 할 생각은 조금도 없으니 변명할 것 없어. 그저 너무 촌스럽게 굴어서 충고를 했을 뿐이야. 무얼 노리는지 모르지만 썩 잘하는군. 그쯤 해 두고 한잔 걸치는 게 어때?"

"맥주 한 잔쯤 마신다고 뭐 어쩌려고."

상대방은 승낙했다.

두 사람은 빈틈없어 보이는 얼굴과 간사한 눈매를 한 사나이들이 드나드는 술집에 들어가 자리에 앉았다.

"이거 당신을 만나서 여간 다행이 아닙니다."

'건초' 씨가 계속해서 말했다.

"어때요. 세븐업(트럼프 놀이의 일종)을 한판 치지 않겠소? 트럼프는 여기 가져왔지."

하며 그는 지난 세기의 유물 같은 여행 가방에서 트럼프를 꺼냈다.

그것은 저녁 식사 때 먹은 베이컨 기름이 배어있고 옥수수밭 진흙이 묻어 있는, 난생처음 보는 트럼프였다.

'사기꾼 해리'는 무심코 큰 소리로 웃더니 곧 그쳤다.

"난 그만두는 게 좋겠어, 친구."

그는 딱 잘라 말했다.

"난 네 분장에는 조금도 반대하지 않아. 그렇지만 너는 역시 도가 지나쳤어. 이스라엘의 루벤 족들도 칠십구 년 이후로 그런 꼬락서니로는 나타나지 않아. 그런 옷차림으로는 브룩클린에서 싸구려 시계 하나 낚아채기도 어렵다고."

"그래? 자넨 내가 돈이 없는 줄로 아는 모양인데 그런 걱정은 하지 않아도 돼."

머리에 건초가 붙은 이 젊은이는 자신 있는 표정으로 말했다. 그는 찻잔만한 크기로 꼭꼭 말아 놓은 돈뭉치를 꺼내어 테이블 위에 놓았다.

"할머니 농장에서 내 몫으로 받은 거야."

그는 설명했다.

"이 돈은 모두 구백오십 달러야. 도시에 와서 뭐 잘 될 만한 장사는 없는지 찾아보려고 해."

'사기꾼 해리'는 그 돈뭉치를 집어 들었다. 그리고 웃고 있는 눈에 거의 존경에 가까운 빛을 띠며 가만히 그것을 바라보았다.

"난 전에 이보다 솜씨가 더 서툰 지폐를 본 적은 있었지."

그는 경고하듯이 말했다.

"그런데 옷이 그래서야 잘 해낼 수 있을까. 가벼운 가죽구두를 신고 까만 신사복에다 띠를 두른 맥고모자를 쓰고, 피츠버그 주식이나 철도 열차별 운임 얘기를 마구 지껄여댈 수 있어야 하고 아침 식사에 셰리주를 마실 정도가 아니면 그 사기는 도저히 성공하기 어려울걸."

'건초' 씨가 트집잡힌 돈을 집어넣고 나가 버리자 수상쩍은 눈초리로 옆에서 지켜보던 두세 사람이 '사기꾼 해리'에게 물었다.

"그 녀석 자금줄은 뭐야?"

"위조지폐야."

해리가 대답했다.

"아니면 제롬파 패거리인지도 모르지. 혹은 정말로 새로 장사를 시작하려는 신참내기가 아닐까? 하지만 너무나 시골뜨기로 가장했단 말이야. 아마 저 지폐는 설마……, 아니, 그렇다면 혹시 진짜? 농담이 아니었나? 저게 진짜 지폐라니……; 그럴 리가 없어!"

머리에 건초를 붙이고 다니는 젊은이는 어슬렁어슬렁 거리를 걸어가고 있었다. 또 갈증을 느꼈는지 그는 골목길에 있는 어두컴컴한 술집으로 기어 들어가 맥주를 주문했다.

험상궂게 생긴 몇 사람이 죽치고 앉아 있었다. 그의 모습을 힐끗 쳐다보더니 그들의 눈이 반짝 빛났다. 그렇지만 지나치게 촌뜨기 냄새가 풍기자 그들은 심드렁한 표정으로 바뀌었다.

'건초' 씨는 여행 가방을 카운터 쪽에 내던졌다.

"주인 양반, 이걸 잠시 맡겨 둡시다."

그는 질이 나쁜 싸구려 시거 끝을 질근질근 씹으면서 말했다.

"잠깐 이 근처를 돌아보고 오겠소. 가방을 잘 맡아 줘요. 그 안에 구백오십 달러가 들어 있어요. 내 꼬락서니로 보아 그렇게 믿어지지 않겠지만."

어디선가 축음기에서 행진곡이 들려오기 시작했다. 그 소리를 듣더니 '건초' 씨는 양복 뒤의 단추를 만지작거리면서 그쪽으로 달려 나갔다.

"어때, 마이크. 우리가 나눠 가져 버릴까?"

카운터 앞에 죽치고 앉아 있던 사내들이 서로 눈짓을 하면서 말했다.

"장난치지 마!"

바텐더는 여행 가방을 구석 쪽으로 걷어차면서 말했다.

"너희들은 내가 저런 사기에 걸려들 줄로 알아? 저 녀석이 진짜 얼간이가 아니라는 건 다 알 텐데. 아마 맥아더 사기꾼들하고 한 패일 거야. 촌뜨기로 행세하고 있지만 뻔한 연극이지. 로드아일랜드 프로피덴스까지 마차를 공짜로 태워다 준다고 해도 요즘엔 저런 꼬락서니를 한 녀석은 어디서도 찾아볼 수 없다고. 가방 속에 있는 구백오십 달러란 아마 아홉 시 오십분에 멎어 버린 구십팔 센트짜리 싸구려 시계를 말하는 걸 거야."

'건초' 씨는 에디슨의 발명품인 축음기를 실컷 감상하고 나더니 가방을 찾으러 돌아갔다. 술집에서 나와 브로드웨이를 헤매고 다니면서 그 열정적인 파란 눈으로 동네 풍경을 익혔다. 그러나 여전히 브로드웨이는 쌀쌀맞은 눈길과 차가운 미소로 그를 따돌렸다.

그는 이 도시가 눈감아 줘야 할 만큼 시대에 뒤떨어진 '장난꾸러기' 였다. 그는 농촌이나 간이 연극무대에서도 좀처럼 보기 힘든 이상야릇하고 비현실적이며 너무 시골뜨기로 과장되어, 보는 사람들에게 따분함과 의구심만을 품게 만들었다. 게다가 머리에 붙은 건초 부스러기가 너무 진실하고 순박하여 목장의 향기를 물씬 풍기고 매우 전원적이었으므로 어떤 호두껍데기 마술쟁이도 그의 모습을 보면 콩을 치우고 테이블을 접어버렸을 것이다.

'건초' 씨는 돌층계 위에 앉아 가방에서 노란 돈다발을 꺼냈다. 겉을 싼 이십 달러짜리 지폐를 풀더니 신문팔이 소년을 손짓해 불렀다.

"이봐, 친구."

그는 말했다.

"어디 가서 이걸 좀 바꿔다 주지 않겠니? 잔돈이 떨어져 버렸구나. 바꿔 오면 5센트 주지."

신문팔이의 먼지투성이가 된 얼굴이 일그러졌다.

"함부로 장난치지 말라고요! 당신이나 가서 그 이상한 돈을 바꿔 보라고 요. 그거 입고 있는 옷은 농사지을 때 입는 작업복이잖아. 그런 위조지폐는 내버리는 게 어때요?"

길모퉁이에는 눈매가 날카롭게 생긴 도박장의 호객꾼이 서성거리고 있었다. 그 사나이는 '건초' 씨를 보더니 갑자기 냉정하고 도의적인 표정으로 바뀌었다.

"잠깐 물어봅시다."

시골뜨기가 그에게 말을 걸었다.

"이 동네에 트럼프로 하는 키노(도박의 일종)를 재미있게 하는 곳이 있다고 들었는데요. 돈은 이 가방 속에 구백오십 달러가 들어 있소. 나는 알스터에서 도시 구경을 왔는데 십 달러쯤 가지고 한판 할 만한 곳 어디 없소? 한판 승부를 내서 좋은 가게나 하나 사고 싶은데."

호객꾼은 못마땅한 표정으로 자기 왼손 집게손가락을 한참 물끄러미 바라보았다.

"형씨, 그만두시지."

그는 낮은 목소리로 나무라듯이 말했다.

"형씨를 그런 웃기는 꼬락서니로 그냥 석방하다니 경찰도 머리가 좀 이상해진 모양이로군. 토니 파스터 같은 차림으로는 길거리 도박꾼한테 가도 붙여 주지 않을걸. 요전에 무대에 올랐던 '죽음의 골짜기에서 온 스카티 씨'의 엘리자베스 왕조식 무대의상이나 촌스러운 소도구들도 형씨를 만난다면 금방 외면해 버릴 거야. 자, 썩 물러가는 게 좋아! 돈을 먹어 치우고 이렇게 우물쭈물하다간 경찰 호송차를 타게 될 수도 있는 무서운 곳이라는 것을 모르는 모양이군."

　금방 기교를 간파당해 버리는 듯한 이 대도시에서 또다시 거절을 당한 '건초' 씨는 인도 가장자리에 앉아 스스로 묻고 대답하며 지혜를 짜냈다.
　"그러니까 이런 옷차림으로는."
　그는 중얼거렸다.
　"이 옷차림 때문이다! 다들 나 같은 시골뜨기와는 어울리려고 하지 않는 거야. 알스터에선 아무도 이 모자를 보고 웃는 사람이 없었는데, 뉴욕에서 사람들의 상대가 되려면 그 친구들하고 같은 옷차림을 해야 되겠어."
　그래서 그는 곧 상가로 달려갔다. 콧소리 나는 뉴욕 말투로 손을 비비면서 손님에게 아부하는 점원이, 먹다 남은 옥수수를 넣어 불룩해진 그의 호주머니 위를 기꺼이 줄자로 쟀다. 그리고 잠시 후에는 가게 배달원이 그가 묵고 있는 롱에이커의 등불에 비친 브로드웨이의 호텔로 잇따라 물건 꾸러미와 상자를 날라 왔다.
　그날 밤 아홉 시, 결코 알스터 지방의 시골에서 살던 사람이 아니라고 해도 믿을 한 사나이가 인도로 내려섰다.
　그는 반짝반짝 빛나는 가죽구두를 신고 유행하는 최신형 모자를 썼다. 잿빛 바지에는 단정하게 주름이 잡혀 있었다. 화려하고 파란 실크 손수건이 고상한 영국식 양복 가슴 호주머니에서 살짝 내다보였다. 넥타이는 옷가게의 쇼윈도에 장식해 둔 것과 똑같은 것이었다. 이발소에서 깔끔하게 다듬은 금발에 건초 부스러기 따위는 어디에도 없었다.
　잠시 그는 오늘 밤의 즐거운 계획을 짜고 있는 산책하는 사람처럼 유연한 모습으로 서 있었다. 그러더니 백만장자와 같은 침착하고 고상한 걸음걸이로 도시의 밝고 화려한 거리 쪽으로 걸어갔다.
　그러나 잠시 그가 발길을 멈추었을 때, 이 도시에서 가장 빈틈없고 날카로운 눈매에 알스터에서 온 그가 걸려들고 말았다. 잿빛 눈의 뚱뚱한 남자가 눈썹을 치켜올려 신호를 보내자 호텔 앞에 늘어지게 앉아 있던 사내들 가운데에서 두 사람이 일어나 나왔다.
　"저렇게 군침 도는 시골뜨기는 반년 만에 처음이야. 자, 가자!"
　잿빛 눈의 사나이가 말했다.

한 사나이가 서부 사십칠 번가 파출소로 달려가 피해 상황을 신고한 것은 두 시간 후인 열한 시 반이었다.

"구백오십 달러였습니다!"

그는 헐떡이면서 말했다.

"할머니 농장의 내 몫 전부였어요."

내근 경찰은 그 사람이 알스터 지방 메뚜기 골짜기 마을의 제이베스 불턴 씨임을 확인하고 나서 이번에는 기막힌 솜씨로 사기를 친 신사들의 인상착의를 묻기 시작했다.

코넌트가 편집자를 골탕 먹이기 위해 쓴 시의 운명이 궁금하여 그 편집자를 찾아갔을 때, 그는 하마터면 안내자의 머리를 밟고 넘어갈 정도로 정중한 영접을 받으며 로댕과 JB 브라운의 작품이 장식된 편집자의 사무실로 안내되었다.

"〈암사슴과 개울〉의 첫 행을 읽었을 때."

편집자는 말했다.

"나는 한눈에 그것이 대자연과 인간의 마음이 어우러진 작품임을 알았습니다! 마지막 행의 기교 역시 그 진실함은 내 눈을 속일 수가 없었습니다. 평범한 비유를 쓰는 것은 숲이나 들에서 자란 자유로운 자연인이 최신 유행하는 옷을 입고 브로드웨이를 걷고 있는 것과 같았습니다. 그 옷차림 아래에서 진실한 한 인간이 얼굴을 내밀고 있는 듯했습니다!"

"고맙습니다."

코넌트는 말했다.

"수표는 평소처럼 목요일에 보내주시겠지요?"

이 이야기의 교훈이 좀 복잡해진 것 같다. '농장에 머물러야 할지' 아니면 '시를 써야 할지' 그 선택을 독자 여러분에게 맡기고자 한다.

검은 고양이

- 에드거 앨런 포 -

에드거 앨런 포(Edgar Allen Poe 1809~1849) 미국의 시인, 소설가, 비평가.

포는 1809년 1월 19일 미국 매사추세츠주 보스턴에서 태어났다. 포의 아버지는 법률을 공부하였지만 연극에 매료되어 배우로 노스캐롤라이나 찰스턴에서 첫 무대에 서고 엘리자베스 홉킨스와 결혼한다. 1810년 행방을 감춘 남편 대신 생계를 위해 과로하던 포의 어머니는 24세의 젊은 나이에 죽는다. 포는 존 앨런(포의 대부로 추정) 부부에게 맡겨져 1815년 영국으로 건너갔다가 1820년 7월에 미국 뉴욕으로 돌아온 뒤 버지니아 대학 등에서 공부했다. 1830년 육군사관학교에 입대했으나 양부와의 불화로 1년 만에 퇴교당한다.

1827년 처녀시집 〈태멀레인과 그 밖의 시들〉을 출판했다. 1833년 10월 〈병 속의 편지〉가 콘테스트에서 최우수상을 받았다. 26세의 나이로 당시 13세의 어린 버지니아와 결혼한다. 그는 〈서던 리터러리 메신저〉 편집장이 되고 최초의 추리소설인 《모르그가의 살인사건》을 그 잡지에 발표한다. 1845년 〈뉴욕 미러〉지에 시집 〈갈가마귀〉와 〈이야기〉 선집을 내면서 작가로서의 명성을 얻기 시작한다. 아내 버지니아가 24세의 젊은 나이로 죽자 1848년 7세 연상의 사라 헬렌 휘트먼 부인에게 청혼하지만 부인 가족의 반대로 무산된다. 그 후 알콜 중독과 가난에 시달리다 1849년 40세의 나이로 삶을 마감하였다.

대표작으로는 《윌리엄 윌슨》《어셔 가의 몰락》《붉은 죽음의 가면》《마리 로제의 수수께끼》《황금 벌레》《검은 고양이》《고자질하는 심장》《함정과 추》와 《애너벨리》라는 유명한 시가 있다.

이 작품은 플루토(지옥의 왕)라는 이름의 검은 고양이를 통해 거칠어져 가는 인간의 병적 심리를 가진 주인공이 양심의 괴로움과 공포와 함께 죽음에 이르는 과정을 묘사한 글이다. 암시에 의해 전락해 가는 병적 심리와 양심의 가책을 섞어 공포와 충격을 느끼게 하는 작품으로서 공포와 광기로 물든 이 글에는 독창적이고 환상적, 상징성, 초월성 등 현대소설의 갖추어야 할 모든 미덕을 갖고 있는 작품으로 포우의 대표적인 공포소설이다.

작품 줄거리

나와 아내는 많은 애완동물들을 길렀는데 그중에서 나는 플루토라고 이름 붙인 고양이를 가장 귀여워했다. 몇 년이 지나 나는 알코올 중독이 되어가면서 동물들을 학대하고 아내에게도 폭언을 퍼부었다. 어느 날 술을 마시고 집에 들어가자 고양이가 나를 피하는 느낌을 받고는 칼로 고양이의 한쪽 눈을 도려낸다. 이후에도 여전히 나는 술에 빠져 살았으며 결국 고양이를 나무에 목매달았다. 그날 밤 집에 불이 났는데 목을 매단 고양이가 내 방을 향해 던져졌다.

여러 달 동안 나는 그 고양이를 대신할 만한 놈을 찾았는데 술집에서 가슴에 흰 털이 있는 검은 고양이를 발견하여 데려온다. 그 녀석도 플루토처럼 눈 하나가 없다는 것을 알게 되면서 나는 고양이에 대해 곧 싫증을 느끼기 시작했다. 나는 갈수록 광란의 발작을 일으켰으며 아내는 불평 한마디 없이 받아 주었다. 지하실로 아내와 같이 들어가는데 고양이가 발에 걸려 가파른 층계에서 거꾸로 떨어질 뻔해 화가 난 나는 고양이를 도끼로 내려치려 했지만 아내의 머리가 막는 바람에 고양이를 죽이지는 못했다. 대신 아내가 그 도끼에 맞아 죽은 것이다. 나는 시체를 지하실 벽 속에 집어넣고 흙을 다시 발랐다. 나흘 뒤 집을 수색하러 온 경관들에게 나는 태연했지만 벽 속에서 나는 고양이의 울음소리를 듣고 벽을 헐게 되었다. 죽은 아내의 머리 위에 고양이가 앉아 있었던 것이다.

핵심 정리

갈래 : 공포 소설
시점 : 전지적 작가 시점
배경 : 어느 저택의 지하실
주제 : 인간의 내면과 심리의 변화

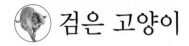 # 검은 고양이

이제부터 펜을 들어 기록하려는 매우 끔찍하지만 있는 그대로의 이야기에 대하여 나는 다른 사람들이 믿어주기를 기대하지도 않을뿐더러 믿어달라고 간청하지도 않는다. 직접 겪은 나의 감각기관마저도 그것을 부인하고 싶은데, 다른 사람들에게 믿어달라는 것은 참으로 미친 짓일 것이다. 나는 아직 미친 것도 아니고 꿈을 꾸고 있는 것도 분명 아니다. 그러나 나는 내일이면 이 세상을 떠날 처지다. 그래서 오늘은 내 마음의 무거운 짐을 모두 내려놓고자 한다. 이 글을 쓰는 목적은 평범한 가정에서 일어난 놀라운 사건을 솔직하고 간결하게 지루한 설명은 생략하고 세상 사람들 앞에 털어놓고 싶어서다.

결국 이 사건은 나에게 공포와 번민을 주고, 나를 파멸시켜 버렸다. 아직 나는 그 이유를 설명하고 싶지는 않다. 그 사건은 나에겐 다만 공포감을 주었을 뿐이지만, 다른 사람들에게는 공포감보다는 오히려 기이한 느낌을 줄지도 모른다.

이성적으로만 본다면 내가 이제부터 두려운 마음으로 자세히 털어놓고자 하는 이야기의 전말은 극히 당연하고 평범한 인과관계의 연속으로밖에 생각되지 않아, 나의 환상이 평범하게 여겨질지도 모르겠다.

어렸을 때부터 나는 온순하고 인정이 많은 성격이었다. 이런 성격의 유약한 특성은 친구들의 놀림거리가 될 만큼 심했다. 유별나게 동물들을 좋아하는 나를 위해 부모님은 여러 가지 동물들을 사다 주시곤 했다. 나는 대부분의 시간을 이 동물들과 더불어 보냈으며, 그들에게 먹을 것을 주거나 머리를 쓰다듬어 줄 때가 내게는 가장 즐거운 시간이었다.

이러한 취미는 자라면서 더욱 깊어졌고 내가 성인이 되어서도 중요한 오락의 하나가 되었다. 주인에게 충실하고 영리한 개에게 애정을 느껴본 사람들에게는 동물들로부터 나오는 만족감이 어떤 것인지 또 얼마나 강렬한 것인지 구구하게 설명할 필요는 없을 것이다.

사람의 변변치 못한 우정과 경박함에 신물이 난 사람들은 동물의 비이기적이고 희생적인 사랑에 마음의 감동을 받곤 한다.

나는 일찍 결혼했는데 다행히 아내의 성격도 나와 비슷했다. 내가 동물을 좋아하는 것을 보고 아내는 기회만 있으면 귀여운 동물들을 사들였다. 그 수가 늘어 새, 금붕어, 개, 토끼, 작은 원숭이, 그리고 고양이에까지 이르렀다.

고양이는 굉장히 크고 아름다우며 전신이 까맣고 놀랄 만큼 영리한 녀석이었다. 무슨 얘기 끝에 그 녀석이 영리하다는 얘기가 나오면 적잖이 미신을 믿고 있던 아내는,

"검은 고양이는 변신한 마녀래요!"

하며 옛 전설을 이야기하곤 하였다. 이 말은 아내가 늘 그런 데에 관심을 가졌다고 하는 건 아니다. 다만 그런 생각이 언뜻 떠오르니까 말할 뿐이지 특별한 이유가 있어서 그런 것은 아니었다.

플루토(지옥의 왕) ─이것이 고양이의 이름이었다.─ 는 마음에 드는 놀이 상대였다. 나만이 음식을 주었으며 집안 어디서든 늘 내 뒤를 졸졸 따라다녔다. 내가 외출할 때에는 거리로 따라오지 못하게 하기 위해 여간 힘들이지 않으면 안 되었다. 이처럼 나와 고양이는 수년 동안 친밀하게 지냈다.

그런데 고백하기 부끄러운 일이지만 그동안 내 기질과 성격은 폭음의 결과로 극도로 악화되었다. 내 성격은 날이 갈수록 침울해졌고 아무렇지도 않은 일에도 공연히 발끈하며 다른 사람의 감정 같은 것은 염두에도 두지 않게 되었다. 아내에게 욕설까지 퍼붓고 마침내는 손찌검까지 하게 되었다.

물론 귀여워하던 동물들에게도 나의 이런 변화가 영향을 미치지 않을 리 없었다. 나는 그들을 본 척도 하지 않았을뿐더러 학대까지 했다.

그러나 플루토에 대해서는 다소나마 애정이 남아 있어서, 토끼나 원숭이, 개들이 우연하게 또는 반가워하며 내 곁에 왔을 때처럼 학대하지는 않았다. 하지만 알코올 중독에 빠진 내 병은 점점 악화되고 막바지에 이르러서는 괜히 조그만 일에도 발끈하며 마침내 플루토에게까지 손을 휘두르게 되었다.

어느 날 밤의 일이다. 늘 다니던 거리의 술집에서 곤드레만드레가 되어 집에 돌아오니 고양이가 내 눈치를 보고 피하는 것 같았다. 나는 고양이를

붙잡았다. 그랬더니 깜짝 놀란 고양이는 이빨로 내 손을 물어 가벼운 상처를 냈다.

순간 나는 악마와 같은 분노의 화신이 되어 나 자신을 잊어버렸다. 선천적 영혼까지도 대변에 사라져 버리고 악마라도 감당하지 못할 술에 중독된 피폐함이 몸의 구석구석까지 확 퍼졌다. 나는 조끼 주머니에서 칼을 꺼내 불쌍한 고양이의 목을 붙잡고 한쪽 눈을 태연히 도려냈다! 이 잔인무도한 폭행을 기록하려니 얼굴이 붉어지고 화끈거리며 온몸이 떨린다.

아침에 잠에서 깨어 이성을 되찾았을 때 –전날 밤 폭음의 여독이 잠과 함께 사라져버렸을 때– 내가 저지른 범죄에 대하여 공포와 참회가 뒤섞인 복잡한 감정을 억누를 수 없었다.

그러나 그것도 미약하고 일시적인 감정에 지나지 않았고 내 마음의 근본을 흔들 만한 것은 아니었다. 나는 여전히 폭음으로 날을 보내고 곧 그 행동에 대한 기억도 술에 파묻어 버렸다. 이러는 동안에 점차 고양이는 회복되어 갔다. 도려낸 눈의 형상은 흉측한 꼴이었지만 이제는 별로 고통을 받는 것 같지도 않았다.

고양이는 전과 다름없이 집 안을 이리저리 돌아다녔지만 내가 가까이 가면 당연히 극도로 무서워하며 도망질치는 것이었다. 전에 그렇게 나를 따르던 동물이 이렇게 변한 태도에 처음에는 비애도 느꼈다. 그래도 원래의 선한 마음이 남아 있었으나 이 감정마저 곧 분노로 바뀌어 마침내는 나를 건질 수 없는 파멸의 구렁텅이에까지 몰아넣으려는 듯한 짓궂은 감정이 치솟아올랐다.

이러한 감정에 대해서 철학에서는 아직까지 아무런 해석도 없었다. 그러나 이것은 인간 본성의 원시적 충동 –인간성을 지배하는 불가분적 힘 혹은 감정의 일종– 이라고 나는 확신한다. 해서는 안 된다는 이유를 알고 있기 때문에 오히려 몇 번이고 죄악과 어리석음을 범하고 있는 것이 아닐까? 우리들은 최선의 판단에 거스르면서까지 법률을 알고 있는 까닭으로 오히려 그것을 범하고 싶은 경향이 있는 것이 아닐까?

거듭 말하지만, 이 짓궂은 감정이 기어이 최후의 파멸을 초래하고야 만 것이다. 아무 죄도 없는 고양이에게 계속 위해를 가하여 결국은 고양이를 죽이게까지 나를 충동질함으로써 마음속에 번민을 주고, 내 본성을 유린하면서도 악을 위해 악을 범하려는 수많은 영혼의 욕망을 낳았다.

어느 날 아침, 태연자약하게 나는 고양이의 목을 매 나뭇가지에다 걸었다. 눈물을 흘리면서 마음 한구석에 이루 헤아릴 수 없는 후회를 하면서 목을 매단 것이었다. 고양이가 나를 사랑하고 있었던 것을 알고 또 이렇게 하는 것이 죄악을 범하는 것임을 알기 때문에, 나의 불멸의 영혼을—만약 그런 것이 있을 수 있다면— 자비로우신 신의 무한한 은총을 가지고도 구해낼 수 없는 심연 속에 빠뜨릴 최악의 죄악이라는 것을 알았기 때문에, 나는 고양이의 목을 나뭇가지에 매단 것이었다.

참혹한 행위를 저지른 그날 밤, 불이야! 하는 소리에 나는 잠을 깼다. 내 침대 커튼에 불이 붙어 타올랐고 집은 온통 불길에 휩싸였다. 아내와 하녀, 그리고 나는 가까스로 이 화염 속을 빠져나왔다. 철저히 다 타버려 모든 재산이 단숨에 날아가 버렸으므로 나는 절망의 늪 속에서 헤매지 않으면 안될 신세가 되어 버렸다.

나는 이 재난과 나의 광포했던 행위 사이의 연관성을 찾아보려 할 만큼 마음 약한 위인은 아니다. 그러나 일련의 사실들을 자세히 고백하는 이 마당에 비록 일부분일망정 소홀히 넘기고 싶은 마음은 없다.

화재 다음날, 나는 불에 탄 집에 가보았다. 담은 한쪽만 남은 채 모두 무너졌는데, 집 한복판의 내 침대 머리 쪽에 있던, 그리 두껍지 않은 칸막이 방의 벽 쪽만 남아 있었다. 아마 최근에 새로 회를 발라서 불에 강했으려니 하고 생각했다. 그런데 많은 사람들이 모여들어 이 벽의 한 곳을 열심히 뚫어져라 바라보고 있었다.

"이상한 걸!", "신기한데!", 이런 말들이 들려와 가까이 가보았더니 흰 벽에 얇은 조각처럼 굉장히 큰 고양이 형상이 나타나 있었다. 그 윤곽이 놀라울 만큼 똑같았는데 고양이 목의 밧줄까지 흡사하였다.

맨 처음에 이 유령 —그렇게밖에 볼 수 없었다.— 을 보았을 때의 나의 놀라움과 공포는 극에 달했다. 그러나 이내 생각을 다시 하여 공포에서 벗어날 수 있었다.

'불이야!' 하는 소리에 사람들이 마당에 잔뜩 모여들었을 때 나를 깨울 작정으로 누군가 그 고양이의 사체를 열린 창을 통하여 내 방 안으로 던진 것임이 틀림없었다. '다른 쪽 벽돌이 무너지는 바람에 고양이는 새로 바른 벽에 박혀 벽의 석회분과 화염과 시체에서 발산되는 암모니아가 혼합되어 이와 같은 화상이 되었을 거야' 하고 나는 생각했다.

내가 지금 자세히 설명한 이 놀라운 일에 대하여 나의 이성에 대해서는 이렇게 쉽게 설득하긴 했지만 나의 양심은 그것을 용납하지 않았고, 역시 그 사건은 나에게 심각한 영향을 주지 않을 수 없었다.

그 후 여러 달 동안 고양이의 환영이 나를 떠나지 않았으며 후회 아닌 후회를 하는 모호한 감정이 내 마음 한구석에 싹트기 시작했다. 고양이가 없어진 것을 섭섭히 여기고 그때 뻔질나게 드나들던 삼류 주점 같은 데서도 혹시 같은 종류나 다소 닮은 고양이가 있지 않을까 해서 주위를 둘러보기도 하였다.

어느 날 밤, 그 술집에서 멍하게 앉아 있는데 방 안의 가구처럼 자리를 차지한 진과 럼주 술통 위에 쭈그리고 앉아 있는 시커먼 것이 눈에 띄었다. 아까부터 그 술통 위를 바라보고 있었는데, 더 빨리 눈에 띄지 않았다는 것은 매우 이상한 일이었다.

뭔가 싶어 나는 가까이 가서 만져보았다. 그것은 검은 고양이였다. 아주 큰 녀석으로 바로 플루토만 한 크기의 몸집에 한 군데만 빼고는 플루토와 똑같았다. 플루토는 전신이 검은색이었으나 이놈은 가슴 전체가 희미하나마 큰 백색 반점으로 덮여 있었다. 손을 대니까 곧 일어나 골골거리며 내 손에 몸을 비비며 아는 척해주니 기뻐하는 듯했다. 이거야말로 내가 찾던 고양이였다.

주인에게 그 고양이를 사겠노라고 말했더니 주인은 자기 것이 아니라 어디서 왔는지도 모르며 전에 본 일조차 없다는 것이었다. 나는 고양이를 쓰다듬어 주다가 집에 돌아오려고 자리에서 일어섰다. 그런데 내가 일어서니까 고양이도 나를 쫓아올 기미를 보여 그냥 쫓아오게 내버려 두었다. 집에 오는 도중에도 여러 번 허리를 굽혀 머리를 쓰다듬어 주었다.

집으로 돌아오자 고양이는 금방 길이 들고 아내도 역시 귀여워했다. 그러나 나는 금방 싫증을 느끼게 되었다. 이것은 참으로 뜻밖의 일이었으나 어쩐 일인지 고양이가 나를 잘 따르는 것이 오히려 불쾌하고 성가시게 했다.

이 불쾌감과 혐오감은 점차 극도의 증오로 변해버렸다. 나는 고양이를 피했다. 일종의 수치스러움과 전에 저지른 참혹한 행위의 기억 때문이었다. 그 후 여러 주일 동안은 고양이를 때리지도 않고 별로 학대하지도 않았다. 그러나 나는 점점 고양이에 대해 이루 말할 수 없는 증오감을 느끼게 되어 마치 전염병 환자를 피하듯이 고양이를 슬슬 피하게 되었다.

고양이를 집에 데리고 온 다음 날 아침에 알게 된 사실이지만 이 고양이도 플루토처럼 한쪽 눈이 멀어 있었다는 것도 틀림없이 고양이에 대한 증오감이 커진 한 이유였다. 그러나 앞에서도 얘기했지만, 매우 인정이 많은 내 아내는 이 때문에 한층 더 고양이를 측은히 여기는 것이었다. 그리고 이런 성격이야말로 전에 나의 특성이었던 동시에 가장 단순하고 순수한 즐거움의 원천이었던 것이다.

그런데 내가 고양이를 미워하면 미워할수록 그와 반대로 고양이는 나를 더욱더 따르는 것이었다. 독자들은 이해할 수 없을 정도로 이 고양이는 성가시게 내 뒤를 쫓아다녔다. 내가 어디에 있든지 간에 으레 쫓아와서 내 의자 밑에 앉거나, 무릎 위에 뛰어올라 지긋지긋하게 핥거나 또는 내 몸에다 비벼대는 것이었다. 내가 일어나서 걸어가려고 하면 어느새 다리 사이로 기어들어 와 하마터면 넘어질 뻔하게 하거나, 그렇지 않으면 길고 뾰족한 손톱으로 옷에 매달려 가슴까지 기어 올라왔다.

이럴 때에는 당장 때려죽이고 싶었는데, 전에 범한 죄악이 머릿속에 떠오르기도 했지만 솔직히 고백하면 고양이가 까닭 없이 무서워져 감히 손을 대지 못했던 것이다. 이 공포감은 확실히 육체적 위해의 공포는 아니었지만 이렇다 하게 설명하기도 힘든 것이었다. 실은 중죄수의 감방에서 고백하기가 좀 부끄러운 일이지만 고양이가 나에게 가져다준 그 공포감이라는 것은 아주 보잘것없는 망상으로 말미암아 생겨난 것이다.

이 고양이와 전에 내가 죽인 고양이의 단 하나 다른 점은 가슴에 있는 흰 반점이라는 것은 앞에서도 얘기했었다.

"이 흰 점이 좀 이상해요!"

하고 내 아내는 여러 번 내 주의를 환기시켰다. 이 반점은 크기는 했지만 처음에는 아주 희미했었다. 그러던 것이 거의 눈에 띄지 않게 서서히 진해져 −나의 이성은 오랫동안 그것을 망상이라고 부정하려 애썼지만− 마침내 분명한 윤곽이 나타났다. 그것은 무어라고 부르기에도 몸서리가 쳐지는 형상이었고, 그것 때문에 무엇보다도 그 괴물이 미웠고, 무서웠고, 할 수만 있다면 없애버리고 싶었던 것이다. 그것은 등골이 오싹해지도록 무서운 교수대의 형상, 아! 그것은 공포와 죄악, 고통과 죽음의 슬프고도 무서운 형구인 밧줄의 형상이었다.

나는 이제 인간의 처참함 이상의 처참한 상태로 추락해 버렸다. 일개 짐승이 -내가 죽여 버린 보잘것없는 짐승이- 전능하신 하느님의 모습을 따라 만들어진 인간인 내게 이와 같은 참으려야 참을 수 없는 고통을 주리라고는! 아, 괴롭다! 낮이고 밤이고 간에 나에겐 휴식의 기쁨이라고는 전혀 없었다.

낮이면 고양이는 한시도 내 곁을 떠나지 않았고, 밤이면 또 밤대로 시시각각 말할 수 없는 공포의 꿈에 시달리다 벌떡 일어나면, 내 얼굴에는 고양이의 뜨거운 입김이 훅훅 끼쳐왔으며 내 힘으로는 꼼짝도 할 수 없는 악몽의 화신이 천근 같은 무게로 가슴을 짓누르고 있는 것이었다!

이러한 고통의 압박으로 손톱만큼이나마 나에게 남아 있던 '선(善)'의 자취는 아예 꼬리를 감춰버렸다. 흉악한 생각 -가장 어둡고 사악한 생각- 이 나의 유일한 친구가 되었다. 나의 무뚝뚝한 성질은 점점 변해서 모든 사물과 사람들을 미워하게까지 되었다. 시시각각 억제하기 힘든 폭발적인 분노에 나는 맹목적으로 내 몸을 내맡기게 되었는데, 아무 불평도 없이 그 고통을 달게 참는 희생자는 불쌍하게도 언제나 내 아내였다.

우리들은 가난해져서 어쩔 수 없이 낡은 고옥에서 살고 있었는데, 어느 날 집안일로 아내는 나를 따라 지하실에 들어왔다. 고양이도 가파른 계단을 쫓아 내려와 하마터면 내가 굴러떨어질 뻔하자 나의 노여움은 극도에 달했다.

나는 격분에 휩싸여 여태까지 참고 있던 어린애 같은 두려움도 잊어버리고 도끼를 들어 고양이를 향해 내리치려 했다. 물론 내 마음대로 되었다면 고양이는 그 자리에서 죽어버렸을 것이나 아내의 제지로 뜻대로 되지 않았다. 아내의 방해로 나는 악마도 못 당할 만큼 분노에 휩싸여 아내의 손을 뿌리치며 대신 그 도끼를 아내의 머리에다 내리박았던 것이다. 아내는 비명도 못 지르고 그 자리에 푹 고꾸라졌다.

이 무서운 살해 후 나는 시체를 감출 방법을 곰곰이 생각했다. 낮이든 밤이든 간에 이웃 사람의 눈에 띄지 않게 시체를 밖으로 끌어낼 수 없다는 것은 뻔한 일이었기에, 여러 가지 계획을 머리에 떠올렸다.

한번은 시체를 잘게 토막 내 불에 태워버리려고도 생각했다. 다음에는 지하실 마루 밑에 구멍을 파고 그 밑에 파묻어 버릴까도 생각해 보았다. 또는 마당 우물에 던져버릴까, 상자에 집어넣어 상품처럼 포장해서 인부를 시켜 밖으로 지고 나가게 할까 하는 생각도 했지만, 결국 그 어느 것보다도 그럴듯한 계획이 떠올랐다. 중세의 사제들이 그들이 죽인 희생자를 벽에 틀어박고 발라버렸다는 방법을 쓰겠다고 결심했다.

이런 목적으로는 지하실이야말로 안성맞춤이었다. 사면의 벽은 아무렇게나 쌓아 올린 채 마무리도 제대로 하지 않은 채 최근에 석회로 슬쩍 한 번 발라두었는데 지하실 안의 습기로 인해 아직 마르지 않았다. 더욱이 벽 한쪽은 장식용 연통과 난로를 꾸며 놓기 위해 툭 튀어나와 있었다.

나는 이 벽이라면 틀림없이 벽돌을 떼어낸 다음 시체를 그 속에 틀어박고 담을 먼저대로 감쪽같이 해놓을 수 있으리라고 생각했다.

이 계획은 빈틈이 없었다. 쇠꼬챙이로 쉽게 벽돌을 떼어 시체를 안쪽 벽에 기대 세우고 그대로 버텨놓은 다음 별로 힘들이지 않고 벽돌을 전과 같이 쌓아 올릴 수 있었다. 그다음에는 몰타르와 모래를 사다가 조심스레 전과 다름없이 벽돌과 벽돌 사이를 골고루 발랐다. 일이 끝났을 때 나는 자! 이젠 되었다 하고 안도의 한숨을 내쉬었다. 벽은 조금도 손을 댄 것처럼 보이지 않았다. 마루에 떨어진 부스러기들을 하나도 남김없이 주웠다.

나는 득의양양하여 주위를 휘휘 둘러보며 혼자 중얼거렸다.

"흥, 이 정도면 헛수고는 아니군."

다음으로 할 일은 이와 같은 불행의 원인을 만들어 낸 그놈의 고양이를 찾는 것이었다. 고양이가 눈에 띄기만 했다면 그놈의 운명은 두말할 것도 없었겠지만, 이번의 참혹한 사건에 질겁하여 슬며시 사라져 내가 이런 기분으로 있는 동안 내 앞에서 자취를 감추었다. 미운 고양이가 없어져서 마음이 홀가분해진 그 통쾌함이란 말로 표현하는 것은 고사하고 상상조차 하기 힘든 것이었다.

고양이가 그날 밤새도록 모습을 나타내지 않아서 고양이를 집에 데리고 온 이후 적어도 이날 밤만은 살인죄라는 무거운 짐이 내 영혼을 짓누르고 있었음에도 불구하고 나는 푹 잘 수가 있었다.

이틀이 지나고 사흘이 지나도 고양이는 나타나지 않았다. 나는 더욱 홀가분한 몸이 되어 안도감을 느꼈다. 괴물은 내가 무서워 영원히 이 집으로부터 도망친 것이다! 고양이는 더 이상 나타날 리 없다! 나의 행복은 더할 나위 없었다.

내가 범한 그 무서운 죄도 나를 별로 괴롭히지 않았다. 몇 차례 취조가 있었지만 문제없이 대답할 수 있었고, 한 번의 가택 수색까지 있었지만 물론 아무것도 발견되지 않았다. 이제부터 나의 행복은 확정적이라고 낙관했다.

이 사건이 있었던 후 나흘째 되는 날 뜻밖에도 한 무리의 경찰들이 들이닥쳐 또 한 번 세밀히 가택 조사를 시작했다. 시체를 감춘 곳이야 제아무리 날뛰어도 찾아낼 리 만무하다고 확신했기 때문에 나는 조금도 당황하지 않았다. 경찰들은 수색 중에 나에게 동참할 것을 명령하고 집 안 구석구석까지 샅샅이 조사했다. 서너 번이나 지하실로 내려갔지만 나는 조금도 당황하지 않았을뿐더러 심장의 고동은 역시 평온하게 잠을 자는 사람처럼 태연자약하게 뛰고 있었다. 나는 팔짱을 끼고 이리저리 유유히 활보했다.

경찰들이 완전히 의심을 풀고 떠나려 하자 나는 기쁨을 억제할 수 없었다. 나는 승리의 표시로 다만 한 마디라도 내뱉어 나의 무죄를 그들에게 한층 더 확실하게 인식시키고 싶은 욕망이 끓어올랐다.

"여러분!"

경찰들이 계단을 올라갈 때 나는 참지 못하고 입을 열었다.

"당신들의 의심이 풀려 무엇보다 기쁩니다. 여러분들의 건강을 빌며 경의를 표합니다. 그런데 여러분, 이 집은요, 이 집은 말이죠, 그 구조가 아주 잘 되어 있답니다. (아무거나 마구 얘기하고 싶은 격렬한 욕망에 휩싸여 무엇을 얘기하고 있는지조차 나도 몰랐다.) 특별히 잘 지어진 집이라 할 수 있겠죠. 이 벽돌은 말이죠, 아주 견고하게 쌓여 있답니다."

하며 말을 멈추고는 공연히 미치광이처럼 내가 들고 있던 막대기로 아내의 시체가 들어 있는 바로 그 부분을 힘껏 내리쳤다.

그러자 오, 하느님. 악마의 독이빨로부터 나를 구해주소서! 막대기가 부딪치는 소리의 울림이 채 멎기도 전에 무덤 속에서 울리는 듯한 소리가 들려왔다!

처음에는 약한 어린애의 울음소리처럼 간간이 이어지던 것이 갑자기 높고 지속적인, 아주 괴이하고도 잔인한 비명으로 변했다. 그것은 지옥에 떨어진 수난자의 입과 그에게 형벌을 주고 기뻐 날뛰는 악마들의 입으로부터 동시에 흘러나오는, 지옥으로부터의 고함소리며 공포와 승리가 뒤섞인 울부짖음이었다.

내 기분을 얘기한다는 것은 어리석은 일이다. 정신이 아뜩해져서 비틀거리며 쓰러질 것 같았다.

계단 위로 올라가던 경찰들은 그 순간 깜짝 놀라 잠시 우두커니 서 있더니 곧바로 열두 개의 단단한 손들이 달려들어 벽을 허물기 시작했다. 벽이 한꺼번에 떨어져 내리자 이미 대부분 썩고 핏덩이가 말라붙은 시체가 여러 사람들 눈앞에 우뚝 나타났다.

그리고 시체의 머리 위에는 시뻘건 큰 입을 벌리고 불길 같은 한쪽 눈을 크게 뜨고 있는 그 무서운 고양이가 앉아 있었다.

나에게 살인을 하게 한 것이나, 비명소리를 내어 나를 교수대로 끌려가게 한 그 모든 것이 이 고양이의 간계였다. 나는 그 괴물도 시체와 함께 벽 속에 틀어박고 발라버렸던 것이다.

어셔 가의 몰락

- 에드거 앨런 포 -

작품 정리

　포는 이 작품에서 시종일관 독자에게 침울감과 공포감을 안겨준다. 로드릭 어셔의 친구인 화자가 멀리서 저택을 바라본 장면은 집 주위에 무겁게 깔려 있는 음울한 분위기로 공포감을 주며 이 이야기가 비극적이 되리라는 것을 느끼게 한다. 늪에 떠오르는 어셔가의 그림자는 심리적 압박과 함께 불길한 파멸을 암시한다. 이런 공포 효과와 짜임새 있는 구성은 늪과 썩은 나무들과 어셔가의 낡은 저택, 음악이나 그림, 메델라인이 지하실관에서 나올 때 로드릭에게 읽어주었던 책 등 모든 것이 독자의 심리적 상태를 공포로 몰아가는데 충분한 역할을 한다.

작품 줄거리

　로드릭 어셔 남매와 어셔가에 얽힌 이야기이다. 이들은 한 번도 어셔가를 나가본 적이 없어 어셔가와 한 몸 같은 존재를 의미한다. 어셔는 쌍둥이 여동생 메델라인의 병으로 힘들어 하다가 그의 어릴 적 친구인 나를 불러 의지를 하고자 한다.

　괴기스러운 어셔가를 방문한 나는 어셔의 정신적인 불안을 안정시켜주기 위해 많은 노력을 한다. 그러나 메델라인의 병세는 악화되고 곧 쓰러져 죽게 된다. 어셔는 나와 함께 저택의 지하실에 동생을 가매장한다. 하지만 비가 몰아치는 어느 날 죽은 줄로만 알았던 그의 여동생이 관을 부수고 창백한 얼굴로 지하실에서 나와 어셔에게 안겨 쓰러져 죽는다. 이에 공포에 질린 어셔도 함께 죽고 마는데, 두려움에 사로잡혀 도망치는 내 뒤로 어셔가도 함께 몰락하여 늪 속으로 빠져든다.

핵심 정리

갈래 : 공포 소설

배경 : 19세기 후반 어셔가의 오래된 저택

시점 : 1인칭 전지적 작가 시점

주제 : 어셔 남매의 비극적 운명과 가문의 몰락

어셔 가의 몰락

그의 마음은 걸어둔 비파, 대기만 해도 둥둥 울리네.
—드 베랑제—

그해 가을, 하늘에는 구름이 무겁게 내리덮여 흐리고 어두웠다. 소리 없이 고요한 어느 날 나는 하루 종일 황량한 시골길을 말을 달려 어둠의 장막이 내리기 시작할 무렵에야 겨우 음침한 어셔 가의 저택이 보이는 곳에 도착했다.

왜 그랬는지 모르지만 그 저택을 한번 바라본 순간 견딜 수 없는 침울한 기분이 마음속에 스며들었다. 그 이유는 예전에 봤던 시적이고 평화스러운 느낌으로도 이 황량하고 음침한 기운이 조금도 사라지지 않았기 때문이다. 나는 눈앞에 전개되는 경치를 —달랑 한 채의 저택과 보잘것없는 집안, 황폐한 담과 멍하니 크게 뜬 눈과 같은 창, 몇 가닥의 사초 더미와 죽은 나무의 흰 가지들을— 말할 수 없는 침울한 기분으로 바라보았다.

그때의 내 기분은 마치 마약중독자의 약 기운이 사라져 달콤한 꿈에서 깨어나 현실로 돌아올 때에 갖게 되는 비통한 타락의 느낌 혹은 덮여 있던 장막이 순식간에 떨어져 내릴 때에 드는 느낌으로 이 세상의 어떤 감정에도 비할 수 없는 것이었다.

마음이 얼음장처럼 싸늘해지고 기운이 쭉 빠지고 속이 메스꺼워지는 것 같았다. 그것은 강렬한 상상력을 발휘하더라도 도저히 밝은 마음으로 돌릴 수 없는 견딜 수 없는 적막감이었다.

'웬일일까?' 하고 나는 숨을 돌리며 생각했다. 어셔 저택을 바라보고 있는 나의 마음을 이토록 어지럽히는 것은 대체 무엇일까? 그것은 아무리 해도 풀 수 없는 수수께끼였으며, 그걸 생각하는 동안 무수히 몰려드는 어두운 환상들을 쫓아낼 수가 없었다. 확실히 그 안에는 극히 단순한 자연 물상들이 엉켜서 우리들을 괴롭히는데, 이 힘의 본질을 분석하는 것은 도저히 할 수 없다는 불만족스러운 결론에 도달하지 않을 수 없었다.

하나하나의 경치를 그림이라고 여기고 그림을 좀 다르게 배열해 보면 음침한 인상을 어느 정도 누그러뜨리거나 아주 없앨 수도 있으리라고 생각해 보았다.

저택 옆에는 수면이 잔잔하지만 시커멓게 빛나서 무시무시해 보이는 늪이 있었는데, 나는 늪의 한쪽 절벽으로 말을 몰아 올라가서 늪을 내려다보기로 하였다. 그렇지만 회색 사초 더미와 괴기스러운 나무의 흰 가지들과 멍하니 크게 뜬 눈과 같은 시커먼 창들이 재구성되어 물 위에 거꾸로 비치는 저택의 모습은 더욱더 몸서리쳐지게 무서웠다.

나는 이처럼 음산한 저택에 몇 주일을 머물 예정으로 온 것이다. 이 저택 주인인 로드릭 어셔는 나의 어렸을 때 친구였지만 헤어진 뒤로는 오랫동안 한 번도 만난 적이 없었다. 그랬던 것이 먼 시골에서 떨어져 살고 있는 나에게 어셔가 한 통의 편지를 보내왔는데 그 사연이 너무 심각하여 직접 와보는 것 외에는 별다른 방법이 없을 것 같았다.

그의 편지에는 신경이 예민해져 있는 정신 상태가 여실히 드러나 있었다. 몸이 극도로 쇠약해졌으며 정신적 불안이 그를 괴롭혀 견딜 수 없다는 사실과, 그가 가장 사랑하며 그에게는 하나밖에 없는 친구인 나를 만나 위로의 말을 들음으로써 얼마만큼이라도 병고를 줄이고 싶다고 했다.

편지에 씌어 있는 이런 사연과 그 밖의 여러 가지 상황, 또는 그의 열성어린 간청이 나에게 망설일 틈을 주지 않았다. 나는 정말 기이한 초청이라고 생각하면서도 바로 응한 것이다.

우리들이 어렸을 때야 친한 사이였지만 나는 이 친구에 대해서 아는 것은 별로 없었다. 그가 워낙 말수가 적은 편이었기 때문이었다.

그의 집안의 내력은 오랜 옛날부터 유별나게 예민한 특성으로 유명했는데 그 기질 덕분에 대대로 우수한 예술가를 배출하였다. 최근에 와서는 일면 관대하면서도 겸허한 자선사업을 하는 한편 음악에 있어서는 정통적이고 알기 쉬운 계음보다도 복잡한 음에 대한 새로운 열정으로 예민한 기질이 표현되고 있다는 것을 알고 있었다.

나는 또 어셔 가가 꽤 오랜 가문임에도 불구하고 어느 시대를 막론하고 한 번도 방계를 내놓지 못했다는 것, 다시 말해 사소한 일시적인 변천은 있었지만 오랜 세월을 가문 전체가 직계로만 이어져 온다는 특기할 만한 사실도 알고 있었다.

저택의 특징이 세상에 알려져 있는 어셔 가 가족들의 특징과 완전히 일치한다는 것을 연구해 보며 또는 몇 세기의 긴 세월이 지나는 동안에 전 세대가 후 세대에게 끼쳤을 영향을 추측해 보면서 나는 이렇게 생각했다. 이 집이 방계가 없다는 결점과 아울러 집안사람의 이름과 상속 재산이 대대로 부자간에 전해진다는 사실, 이름을 그대로 물려받아서 어셔 가라는 기묘하고도 애매한 명칭 속에 일가의 본래 명칭을 혼동해 버린 것이 아닌가 하는 생각도 들었다.

어리석게 늪 속을 들여다본 바람에 저택을 처음에 보았을 때 느낀 기괴한 인상을 더욱 강하게만 했을 뿐이라는 것은 이미 말했다. 물론 나의 미신이 −미신이라고 부르지 못할 이유가 어디 있겠는가.− 강해졌다는 자각이 도리어 나의 확신을 더욱더 강하게 했다는 것만은 사실이다. 오랜 경험을 통해 알고 있는 것이지만 공포의 감정은 이처럼 모순된 경로를 밟는 것이다.

내가 늪 속에 거꾸로 비친 저택의 그림자로부터 눈을 들어 실제의 저택을 쳐다보았을 때 내 마음속에 이상한 공상이 −사실 싱거운 공상이었으나 단지 그때 나를 괴롭혔던 감각의 위력을 표시하기 위해 기록함에 불과하다.− 선뜻 머리에 떠오른 것도 어쩌면 이런 이유에서였는지도 모르겠다.

내 마음대로 이리저리 연구해 본 결과, 하늘의 대기와는 아주 딴판인 썩은 나무나 흰 벽들, 혹은 고요한 늪으로부터 증발된 수증기와 희미하고 완만하여 겨우 알아볼 수 있는 우중충한 빛깔의 독기 어린 증기로 이루어진 특유 공기가 저택과 그 주변을 떠돌고 있다고 믿게 되었다.

악몽 같은 망상을 내 마음속으로부터 쫓아내려고 나는 더욱 자세히 저택을 살펴봤다. 여러 세기를 지내온 건물은 이미 퇴락하여 상당히 오래된 저택이라는 것이 제일 뚜렷한 특징이었다. 저택 외부 전체가 온통 곰팡이로 덮여 섬세하게 뒤얽힌 거미줄처럼 지붕 끝에 축 늘어져 있었다. 그러나 그 정도로는 심하게 황폐되었다고 할 수도 없었다.

주춧돌이 허물어져 있지는 않았지만 보수를 한 부분과 퍼석퍼석하여 금방이라도 바스러질 것 같은 주춧돌 사이에는 큰 부조화가 있는 것처럼 보였다. 이것은 쓰지 않은 채 오랫동안 바깥 공기를 쐬지 못하고 땅굴 속에서 썩어버린 낡은 세목공(細木工)의 겉모양만 번드르르한 외관을 보는 것 같았다.

이처럼 모든 것이 황폐해졌지만 저택이 무너질 것 같지는 않았다. 하지만 더욱 주의하여 바싹 들여다보니 눈에 띌까 말까 한 균열이 건물 앞쪽 지붕으로부터 담까지 꾸불꾸불 내려와 음침한 늪 속으로 사라져 버린 것이 눈에 띄었다.

이런 것들을 보면서 나는 포석이 깔린 길을 지나 저택으로 말을 몰았다. 기다리고 있던 하인에게 말을 맡기고 고딕풍의 현관 아치문 안으로 들어갔다. 그리고 거기서부터 발소리를 죽이며 걷는 하인은 아무 말 없이 어두침침하고 복잡한 복도를 지나 주인의 서재로 나를 안내했다.

가는 도중에 눈에 띈 여러 물건들은 내가 이미 느꼈던 그 적막감을 한층 더 강하게 해주었다. 천장의 조각 장식이나 벽에 걸려 있는 어두침침한 벽걸이, 마루의 시커먼 흑단, 발을 옮길 때마다 덜컥덜컥 울려 환영을 보는 것 같은 문장(紋章)을 새긴 전리품의 갑옷 등 어렸을 때 보아 내 눈에 충분히 익숙했던 물건들이 새삼스레 기이한 환상을 불러일으키는 데는 더욱 놀라지 않을 수 없었다.

계단에서 나는 이 집 주치의를 만났다. 그의 얼굴에는 경험에서 오는 교활함과 당황의 표정이 뒤섞여 있었다. 그는 서둘러 나에게 인사를 하고는 지나쳐 갔다.

잠시 후에 하인은 방문을 열고 나를 그의 주인 앞으로 안내했다.

내가 들어간 방은 상당히 넓었고 천장도 높았다. 창문들은 길고 좁으며 뾰족했는데 마루로부터 너무 높이 있어 창문틀에도 손이 닿을 수 없을 정도였다. 진홍빛의 석양이 격자창으로부터 흘러들어와 그나마 주위의 물건들을 알아볼 수 있었다. 그러나 아무리 눈을 크게 뜨고 보아도 방에서 먼 구석과 반원형의 완자무늬로 장식한 천장의 구석 쪽은 어둠에 휩싸여 잘 보이지 않았다.

벽에는 칙칙한 벽걸이가 걸려 있고 가구는 좀 많은 편이었는데 한결같이 우중충하고 낡아빠지고 장식들은 떨어져 나가 이 방에 활기를 주지 못했다. 이것들을 바라보자 나는 슬픈 마음이 솟구쳤다. 엄숙하고 쓸쓸하면서 어찌할 바를 모르는 침울한 기분이 방 안에 떠돌며 가구들에까지 깊숙이 스며들어 있었다.

내가 방 안으로 들어가자 어셔는 다리를 쭉 뻗고 누워 있던 소파에서 벌떡 일어나 나를 진심으로 반가이 맞아주었다. 처음에는 억지로 만들어 낸 진심 ―인생의 권태를 느낀 사람들이 흔히 만들어 내는 가면― 에서 나온 것이 아닌가 싶었지만 그의 눈을 바라본 순간 나는 그것이 진심에서 우러나온 것임을 알았다.

우리들은 자리에 앉았다. 그가 잠시 말이 없는 동안 나는 연민과 동시에 두려움을 느끼면서 그를 바라보았다. 로드릭 어셔처럼 이렇게 단시일 내에 무서운 모습으로 변해 버린 사람도 드물 것이다. 지금 내 눈앞에 앉아 있는 이 창백한 남자가 오랜 옛날 소년 시절의 나의 친구였다고는 도저히 믿어지지 않았다.

그러나 그의 얼굴의 특징은 조금도 변한 데가 없었다. 누런 얼굴빛, 크고도 부드러우며 유난히 번쩍이는 두 눈과 약간 얇고 창백하지만 아름다운 곡선을 그리고 있는 입술, 우아한 헤브루형이면서도 콧구멍이 넓은 코와 거미줄처럼 부드럽고 가는 머리칼 등이 귀밑 뼈 위쪽이 남달리 넓게 생긴 것과 함께 쉽사리 잊혀지지 않는 특이한 인상을 주고 있었다.

이런 특이한 용모에다가 외모에 나타난 극심한 표정의 변화가 누구와 이야기하고 있는지 의심할 만큼 나를 당황하게 했다. 소름 끼칠 만큼 창백한 피부색이며 이상한 광채를 발하는 눈이 무엇보다도 나를 놀라게 하는 동시에 공포감마저 주었다. 비단결 같은 머리카락 역시 제멋대로 자라나서 비단 조각이 얼굴 주위에 두둥실 떠 있는 형상이었다. 나는 이 기괴한 얼굴을 보통 사람 같다고는 도저히 생각할 수 없었다.

나는 친구의 태도에 앞뒤가 맞지 않는 모순이 있는 것을 금방 알아챘다. 그리고 이것은 곧 습관적 경련인 극도의 신경 흥분을 억제하려는 미약한 노력에서 나온 것임을 알았다. 이와 같은 것들은 그의 편지나 소년 시절에 대한 기억, 그의 특유한 체질이나 기질로 미루어 이미 각오하고 있었던 것이었다.

그의 태도는 쾌활하다가도 갑자기 침울해지며 만사가 다 귀찮을 때에는 부들부들 떨리는 어쩔 줄 모르는 목소리가 되었다. 그러다 갑자기 곤드레만드레가 된 주정꾼이나 처치 곤란한 마약중독자가 극도로 흥분했을 때 버럭 지르는 급작스러우면서도 공허한 목소리에서 침울하면서도 침착하게 조절된 후음(喉音)으로 변했다.

이러한 목소리로 그는 나를 부른 목적과 나를 만나고 싶어 하는 그의 열망 또는 내가 그에게 해줄 거라고 기대하고 있는 위로에 대해 대충 말한 다음 그의 병의 본질로 화제를 돌려 상당히 오랫동안 이야기했다.

그의 말에 의하면 그의 병은 유전적이며 치료 방법이 전혀 없어 단념하고 있다는 것이었다. 그러더니 간단한 신경 계통의 병에 불과하니 곧 나을 것이라고 그 말이 떨어지기가 무섭게 덧붙이는 것이었다. 이 병세는 많은 부자연스러운 감각으로 나타나 그의 말투와 말하는 태도에도 적잖은 영향을 미쳤는지, 그가 이야기하고 있는 동안에도 나의 흥미를 끌기도 하고 당황하게도 만들었다.

그는 병적인 신경과민으로 대단한 고통을 받고 있었다. 음식물은 아주 깨끗한 것이라야만 했고 옷도 일정한 색이 아니면 안 되었다. 꽃의 향기는 어떤 것이든 간에 숨이 막힌다는 것이었고 약한 빛이라 할지라도 눈이 아프다고 했다. 그리고 현악기 외의 소리는 공포심을 불러일으킨다고 하였다.

그가 일종의 변태적인 공포에 시달리고 있다는 걸 나는 알게 되었다.

"나는 이처럼 통탄할 만큼 우스운 병으로 죽지 않으면 안 될 것이네. 다른 아무런 이유도 없이 나는 이 꼴로 죽어버릴걸. 내가 무서워하는 것은 미래에 일어날 사건이 아니고 그 결과일세. 비록 사소한 사건이라 할지라도 그것이 내 영혼에 이렇게 참을 수 없는 공포를 일으킨다는 것을 생각하면 소름이 끼치네. 나는 위험 같은 것은 두렵지 않아. 다만 공포를 일으키는 절대적 영향을 무서워하는 것일세. 기진맥진하여 공포의 무시무시한 환영과 싸우면서 생명도 영혼도 모두 내버려야 할 시기가 곧 닥쳐올 것만 같아."

그는 이렇게 말했다.

나는 이 밖에 때때로 튀어나오는 한 토막 한 토막의 애매한 암시로부터 그의 정신상태의 또 다른 기이한 특징을 발견했다.

여러 해 동안 한 걸음도 문밖에 나가보지 않은 저택에 관한 그의 말들이 너무 미심쩍기 때문에 여기서 설명하기에는 퍽 힘이 들지만, 실제로 있을 수 없는 강력한 힘의 영향에 대한 말이었다. 대대로 살아온 그의 저택의 형체와 집의 특징이 그곳에서 오래 사는 동안에 그의 영혼에 끼친 영향—회색 벽과 지붕의 작은 탑 또는 이것들이 내려다보고 있는 어두침침한 수면의 늪이 결국 예민한 그의 정신에 미친 영향에 대해 그는 기이한 망상의 미신적 포로가 되어 있었던 것이었다.

그는 주저하면서 이런 번민을 준 우울증의 대부분은 그의 유일한 친구이며 세상에서 단 하나밖에 없는 육친인 누이동생의 오랜 병과 그녀의 죽음이 확실히 눈앞에 닥쳐왔다는 현실에 기인한 것이라고 고백했다.

"누이동생이 죽어버리면 내가, 절망적이고 허약한 내가 유서 깊은 어셔가의 최후의 생존자가 되는 것이라네."

하며 그는 결코 잊을 수 없는 비통한 어조로 말했다.

그가 이렇게 말하고 있을 때 그의 누이동생인 레이디 메델라인이 내가 있는 것도 모르는지 조용히 걸어오더니 방 저쪽으로 사라져갔다. 나는 공포로 뒤섞인 극도의 두려움으로 그녀를 주시했다. 그러나 왜 그렇게 놀라고 두려움마저 느꼈는지는 나도 알 수가 없었다. 저쪽으로 멀어지는 발소리를 마음속으로 쫓고 있는 동안 나는 머리가 쭈뼛해짐을 느꼈다.

마침내 그 여자의 모습이 문 뒤로 사라져 버리자 나는 얼른 어셔의 표정을 살폈다. 그러나 그는 얼굴을 두 손에 파묻고 있었으며 다만 빼빼 마른 손가락이 그 전보다 훨씬 더 창백해진 것과 손가락들 사이로 뜨거운 눈물이 뚝뚝 떨어지는 것밖에는 볼 수가 없었다.

이 메델라인의 오랜 병에 대해선 능숙한 의사들도 혀를 찼다. 고질로 되어버린 무감각증과 신체의 점진적인 쇠약, 짧은 순간이지만 자주 발생하는 몸의 부분적인 경직 현상 등이 그녀의 이상 증세였다. 여태까지 그녀는 자기의 병고를 꾹 참고 침대에 누우려고 하지 않았는데 내가 도착한 그날 밤, 어셔가 몹시 흥분하며 나에게 말한 바에 의하면 끝내 무서운 병마의 힘에 쓰러지고 말았다는 것이었다. 그러므로 그때 저녁 무렵에 한번 본 것이 최후로서 적어도 그녀가 살아 있는 동안에 다시는 그녀를 보지 못할 것만 같았다.

그 후 며칠 동안은 나도 어서도 그녀의 이름을 입 밖에 내지 않았다. 그 동안 나는 열심히 이 친구의 우울증을 위로해 주려고 애를 썼다. 우리들은 같이 그림도 그리고 책도 읽었다. 혹은 그가 즉흥적으로 연주하는 격렬한 기타 소리에 꿈을 꾸듯 귀를 기울였다.

이렇게 두 사람의 관계가 갈수록 친밀해짐에 따라 그는 자기의 마음을 보다 허물없이 털어놓게 되었지만 그러면 그럴수록 그의 마음을 즐겁게 해 주려는 나의 노력이 허사임을 더욱 비통하게 깨닫지 않을 수 없었다. 왜냐하면 그의 마음으로부터 암흑이 마치 선천적으로 타고난 확고한 본질과도 같이 우울하게 끊임없이 뻗어 나왔기 때문이다.

어셔 가의 주인과 단둘이 이렇게 보낸 음울한 시간들의 기억은 내 머릿속에서 영원히 사라지지 않을 것이다. 하지만 그와 내가 무슨 연구 또는 무슨 일에 몰두하고 있었는지, 그가 나에게 무엇을 당부했는지 그런 것들은 아무리 해도 도무지 정확하게 표현할 수가 없을 것 같다.

흥분되어 극도로 본성을 잃은 예술적 상상력만이 인광과 같은 푸른빛을 던지고 있었다. 그가 만든 몇 편의 즉흥적 만가(輓歌)는 언제까지나 내 귓전에 쨍쨍 울릴 것이다. 특히 무엇보다도 포 베버(독일의 작곡가)의 마지막 왈츠의 격렬한 음조에 그가 부연한 기묘한 전곡(顚曲)과 변곡(變曲)이 가슴 아프게 지금까지도 내 마음속에 남아 있다.

치밀한 공상에서 비롯되어 조금씩 색을 칠함에 따라 더한층 몽롱한 느낌이 드는 그의 그림은 보면 볼수록 더욱 괴기스러웠다. 그의 그림은 아직도 내 눈앞에 뚜렷하게 아른거리지만 도저히 뭐라고 표현할 수는 없다. 극도의 단순성과 그의 의도가 노골적으로 표현되어 있어 보는 사람의 주의를 끌며 위압감을 느끼게 했다. 만약 하나의 사상을 그림에 표현한 사람이 있다면 그는 바로 이 로드릭 어셔이리라.

적어도 그때는 이 우울증 환자가 캔버스 위에 그리려고 애쓴 순수한 추상화에서 프젤리(스웨덴의 화가)의 그 타오르는 듯하면서도 구체적인 환상화를 보았을 때에도 느껴지지 않았던 참을 수 없는 극심한 공포가 느껴졌다.

어셔의 환상적 그림들 중에 그다지 강하게 추상적 기법이 나타나 있지 않아 흐릿하게나마 말로 표현할 수 있는 것이 하나 있었다.

그것은 한 장의 소품이었는데 그림에는 평평하고 아무 변화도 장식도 없는 긴 벽들이 있는 무한히 긴 장방형의 천정인지 혹은 굴의 내부가 그려져 있었다. 의도적으로 굴을 지면보다 훨씬 얕은 곳에 있는 것처럼 보이게 했다. 넓은 내부 어느 곳에도 문이 없고 햇불 또는 인공적인 빛은 그려져 있지 않았지만 넘칠 듯한 강렬한 광선이 화폭에 충만하여 화면 전체를 무섭고 이상한 광휘 속에 똑똑히 드러나게 하고 있었다.

어셔의 청신경의 병적 상태는 현악기를 제외한 다른 악기는 참을 수 없도록 그를 괴롭혔다. 이처럼 제한된 한계 내의 곡으로만 그가 기타를 연주했다는 것은 놀라운 일이었는데 흥에 겨워 즉흥적으로 작곡해 내는 능력이야말로 더욱 놀라운 것이었다. 그의 환상적인 작곡이며 또는 가끔 기타를 치며 운율적 즉흥시를 읊은 가사는 최고의 예술적 경지에 도달했을 순간에나 볼 수 있는 강렬한 정신적 통일과 집중의 소산이라고 아니할 수 없다.

이런 즉흥시의 한 구절을 나는 지금도 욀 수가 있다. 그가 읊은 즉흥시에 내가 더욱 강렬한 인상을 받았던 이유는 그 시의 의미의 밑바닥에 깔린 신비로움 속에서 그의 옥좌 위에 고고한 이성이 비틀거린다는 것을 처음으로 완벽하게 자각한 듯한 느낌이 들었기 때문이다.

그가 읊은 〈유령구〉라는 시는 정확하지는 않으나 대략 다음과 같은 것이었다.

푸른빛 짙은 계곡에
천사들이 깃들여 살던
아름답고 웅장한 궁전이
빛나는 궁전이 우뚝 솟아 있도다.
사상의 제국에
그 궁전은 솟아 있도다.
천사도 이렇게 아름다운 궁전에는
임해본 적 없으리라!
노랗게 빛나는 황금빛 깃발들이

지붕 위에 휘날렸도다.
(이는 모두 아주 먼 옛날 옛적)
그리운 그날
엄숙하고 창백한 보루를 스쳐
솔솔 부는 부드러운 바람이
향기로운 깃을 타고 살며시 스쳤노라.

행복의 골짜기를 헤매는 방랑의 무리들
빛나는 두 개의 창으로부터
은은히 들리는 비파소리에 따라
춤추며 옥좌를 돌고 도는
신들을 보네.
옥좌에는 남빛 옷 입은 천자(天子)!
그럴듯한 위엄을 띠고
나라의 상제가 임하도다.

아름다운 궁전의 문은
진주와 루비 빛으로 비치고
그 문으로 흐르고 흘러
또 영원히 반짝인다.
산울림의 무리가 뛰어 들어오도다.
세상에 드문 아름다운 소리로
임의 크신 공덕을 찬미함을
유일의 의무로 삼고.

악마들은 슬픔의 옷을 입고
상제의 옥좌를 부수었도다!
아! 슬프도다. 상제를 다시는 보지 못하리.
궁터에 떠도는
빨갛게 피어오르는 영광도

이제는 무덤 속에 묻힌 옛날의
남은 추억의 한 줄기.

골짜기를 지나는 여행자의 무리들
이제는 다만
붉은빛이 비치는 창으로부터
미친 듯이 터져 나오는 음악 소리에 맞춰
희미하게 흔들리는 커다란 그림자를 볼 뿐
무서운 급류와도 같이
창백한 문을 지나
괴물의 무리들이 끊임없이 몰려 나와
큰 소리로 웃지만
더 이상 미소는 볼 수 없구나.

지금도 머릿속에 똑똑히 기억하지만 이 시가 준 암시는 나에게 많은 생각을 일으키게 하였고 어셔가 가지고 있는 견해까지 확실히 알 수 있게 되었다. 그런 견해를 가진 사람이 그 이외에도 더러 있었기에 신기하다기보다도 그가 너무 집착하고 있었기 때문에 언급하는 것으로서 모든 식물이 감각을 가지고 있다는 견해였다. 이 생각에 더욱 깊이 빠져들게 되어 그의 무질서한 공상 속에서 마침내, 어떤 조건하에서는 무기체에까지 감각이 뻗친다는 것이었다.

내가 그의 확신의 전부와 열성을 표현할 수는 없으나, 전에도 잠깐 암시했던 그 미신은 선조로부터 대대로 내려온 이 저택의 잿빛 돌담과 무슨 관계가 있는 듯싶었다. 그런 것에도 감각이 있다는 증거는 주춧돌이 배열된 양식에 있다고 그는 상상했다.

돌이나 그것들을 덮고 있는 수많은 곰팡이며, 또는 돌담 근처에 서 있는 죽은 나무들의 배열된 순서, 특히 이들이 오랫동안 무너지지 않고 그대로 버티고 있다는 것과 그 자태가 늪의 고요한 물 위에 거꾸로 비치고 있다는 사실로써 알 수 있다는 것이었다.

감각이 있다는 증거로는 물과 벽 주변에 있는 대기가 저절로 천천히 그리고 분명하게 굳어지는 것으로도 알 수 있다고 그는 말했다. ―이 말을 듣고 나는 황당했다.― 수 세기 동안 그 저택의 운명을 좌우하고 또 자기를 이런 인물로 만들어 버린 것은 그 암울하고 무서운 대기의 결과라고 그는 덧붙였다. 이러한 그의 견해는 해석이 불가하므로 나 역시 설명은 할 수가 없다.

여러 해 동안 이 환자의 정신생활의 대부분을 지배해 온 서적은 물론 이런 환상적 생활에 알맞은 것들뿐이었다. 그레세(프랑스 시인)의 〈베르베르와 샤트류즈〉, 마키아벨리의 〈벨프골〉, 스웨던보그(스웨덴 신학자이며 철학자)의 〈천국과 지옥〉, 홀베르그(덴마크 극작가)의 〈니콜라스 클림의 지하여행〉, 로버트 플루드(영국 의사이며 신학자), 장 댕다지네(16세기 독일의 신부), 드 라 샹부르 등의 〈손금법〉, 티크(독일 시인이며 작가)의 〈창공의 여행〉, 캄파넬라의 〈태양의 도시〉를 우리들은 함께 탐독했다. 도미니크회 신부 에이메릭 드 지론(스페인 종교 재판관)의 〈종교 재판법〉의 소형 8절판도 우리의 애독서 중 하나였으며, 폼포니우스 멜라(서기 43년경 로마 지리학자)의 작품 가운데 고대 그리스의 사타(그리스 신화의 상반신은 사람, 하반신은 양의 다리를 가진 사신)에 관한 글은 어셔가 몇 시간이고 꿈꾸듯이 취해 탐독하는 것이었다. 그중에서도 그가 가장 심취해서 탐독한 서적은 4절 고딕 서체 판의 진서(珍書) 〈메인스 교회 성가대에 의한 사자(死者)에게 드리는 철야기도〉라는 책이었다. 나는 이 서적에 기록된 광포한 종교 의식과 그것이 이 우울증 환자에게 끼칠 영향을 심각하게 고려하지 않을 수 없었다.

그러던 어느 날 밤 그는 갑자기 누이동생 메델라인이 죽었다는 것을 내게 알려왔다. 그는 정식으로 매장하기 전 약 2주일 동안은 시체를 아래층에 있는 지하실에 가매장할 작정이라고 말했다. 그가 이런 특이한 방법을 취할 수밖에 없는 현실적인 이유들은 내가 뭐라고 간섭할 수 있는 성질의 것이 아니었다. 고인의 병의 이상한 증세와 의사들이 주제넘게 사인을 꼬치꼬치 캐묻는 것, 그리고 멀리 있는 가족 묘지가 황폐해진 것 때문에 이렇게 결정한 것이라고 어셔는 말했던 것이다.

그리고 나 역시 이 저택에 온 첫날 본 그녀의 불길한 용모를 기억해 봤을 때 조금도 해될 것이 없고 부자연스러울 게 없는 이 방법에 대해 반대하고 싶은 마음이 없었던 것도 사실이었다.

어셔의 부탁으로 나는 가매장 준비를 도와주었다. 시체를 관에 넣은 다음 둘이서 관을 메고 가매장할 지하실로 갔다. 그곳은 오랫동안 닫혀 있었던 탓으로 손에 든 횃불이 숨이 막힐 듯한 공기에 맥을 못 추어 도무지 주위를 분간할 수가 없었다. 우리가 관을 내려놓은 지하실은 좁고 축축하고 햇빛 한 줄기 들어올 틈조차 없는 곳으로서, 내가 침실로 사용하는 방 바로 아래의 꽤 깊은 곳에 있었다.

먼 옛날 봉건시대에는 분명히 지하 감옥으로 사용했을 테고 그 후에는 화약이라든가 또는 불이 붙기 쉬운 인화 물질의 저장소로 사용되었던 듯싶었다. 마루의 한쪽과 우리들이 들어온 아치문의 안쪽이 동판으로 빈틈없이 싸여 있었고 큰 철문도 마찬가지로 동판에 싸여 있었는데 그 철문은 무척 크고 무거운 돌쩌귀 위에서 움직일 때마다 삐걱삐걱 소리를 냈다.

급작스러운 죽음을 슬퍼하며 누이동생의 관을 어두컴컴하고 음침한 지하실 안에 있던 제대 위에 올려놓고 우리들은 못 박지 않은 관 뚜껑을 한쪽만 살짝 열어 고인의 얼굴을 들여다보았다. 그때 난 처음으로 두 남매의 얼굴이 너무도 꼭 닮은 데 놀랐다. 내 마음을 짐작했던지 어셔도 뭐라고 중얼거렸는데, 나는 그의 말에서 그들이 쌍둥이였으며 그들 사이에는 어떤 교감이 늘 존재했었음을 알았다.

꽃 같은 나이에 그녀의 생명을 빼앗아 가 버린 병의 경직 현상에서 으레 볼 수 있는 증세로, 가슴과 얼굴에 아직도 희미한 붉은 반점이 남아있었고 입술에는 죽은 사람이라고 보기에는 너무나 무섭고 끔찍한 미소가 떠돌았다. 우리들은 무서워서 차분히 시체를 내려다볼 수는 없었다. 우리는 뚜껑을 맞추어 못을 박은 뒤 철문을 꼭 닫고 지하실에서 나와 지하실과 별로 다를 바 없는 음침한 위층 방으로 돌아왔다.

며칠간을 슬픔 속에서 보내고 나더니 어셔의 신경병 증세에는 현저하게 더욱 악화되었다. 그의 평상시의 태도는 사라져 버리고 여태까지 하던 일도 등한히 생각하거나 잊어버렸다. 그는 걷잡을 수 없이 바쁘게 아무 볼 일도 없이 괜히 이 방 저 방으로 비틀거리며 돌아다녔다.

창백한 얼굴은 한층 더 무섭게 창백해지고 눈은 썩은 생선처럼 전혀 윤기가 없었다. 지금까지의 목쉰 소리가 아닌 극도의 공포에 떠는 듯한 목소리로 변했다. 걷잡을 수 없이 흔들리는 그의 마음은 무엇인가 숨기고 싶은 비밀과 맹렬히 싸우고 있으며 그것을 고백하기에 필요한 용기를 찾고 있는 것이 아닌가 하고 나는 가끔 생각했다.

또 어떤 때에는 미치광이가 환상에 쫓긴다고밖에는 생각할 수 없는 그러한 행동도 했다. 그는 아무 소리도 들리지 않는데도 환청이라도 들리는 것처럼 귀를 기울이고 허공을 멍하니 바라보고 있었다. 이런 어셔의 행동은 나에게 공포감을 주었으며 마침내는 나에게까지 그 기분이 전염되었다. 어셔 자신의 환상적이면서도 뿌리 깊은 미신의 무서운 영향이 점점 나에게로 엄습해오는 것을 느꼈다.

내가 이런 느낌을 특히 강하게 받은 것은 메델라인을 지하실에 가매장한 후 7, 8일째 되던 날 밤늦게 잠자리에 들어갔을 때였다. 밤이 깊어가는데도 잠이 오지 않아 나를 지배하고 있는 신경과민증을 이성으로써 극복해 보려고 애를 쓰고 있었다.

내가 예민해진 대부분의 이유는 방 안의 음침한 가구나 불어닥치는 바람을 맞아 창문에서 흔들리는 커튼이나, 침대 머리맡에서 바스락바스락 거리는 칙칙하게 퇴색한 벽걸이의 정체 모를 분위기에서 온 것이라고 억지로 믿어보려고 노력했다. 그러나 그건 헛수고였다.

억누를 수 없는 전율이 전신에 퍼져 결국에는 까닭 모를 공포의 악마가 내 심장을 꽉 눌렀다. 헐떡거리며 애써 이 공포를 박차버리려고 베개에서 몸을 일으켰다. 본능적인 느낌 외에는 아무런 이유도 없이 방 안의 어둠 속을 뚫어져라 바라보면서, 폭풍우가 그친 뒤에도 한참 동안을 들려오는 정체 모를 얕고 가느다란 소리에 귀를 기울였다.

참을 수 없는 격렬한 공포의 감정에 사로잡혀서 더 이상 잠이 올 것 같지도 않았기 때문에 나는 옷을 걸치고 방 안을 이리저리 서성이며 이 처참한 상태로부터 벗어나려고 기를 썼다.

그렇게 안절부절하며 두서너 번 왔다 갔다 했을 때 계단을 올라오는 가벼운 발소리가 얼핏 들려왔다. 곧 어셔의 발소리임을 알 수 있었다. 잠시 후에 그는 내 방문을 두드리며 한 손에 램프를 들고 들어왔다. 그의 두 눈에는 이글이글 타오르는 광기의 빛이 떠돌았고 몸짓 하나하나에서는 확실히 히스테리의 발작을 억지로 참고 있는 듯한 기미가 보였다.

그런 그의 모습마저 두려웠지만 그래도 그때까지 나 혼자 참고 있던 공포감보다는 나을 것 같았으므로 그가 온 것이 구원처럼 여겨져 그를 기쁘게 맞아들이기까지 했다.

잠시 그는 주위를 둘러보더니 갑자기 이렇게 말했다.

"그래, 자네는 그것을 보지 못했나? 그것을 못 보았어? 그럼 가만히 있게. 내가 보여주지."

그리고 조심해서 램프 등을 가려놓은 다음 창문 쪽으로 달려가 창문 하나를 활짝 열어젖혔다.

창문을 통해 확 몰아닥친 폭풍은 두 사람을 거의 날려 보낼 듯했다. 폭풍은 온 하늘을 뒤흔들고 있었지만 그날은 두려움과 아름다움이 뒤섞인 이상한 밤이었다. 회오리바람의 눈은 확실히 이 저택 부근에 세력을 집중시키고 있었다. 바람은 시시각각 맹렬한 기세로 방향을 바꿨고 지붕 위의 작은 탑을 누를 듯이 얕게 내리덮은 빽빽한 구름들이 사방에서 서로 맹렬한 속도로 몰려와 부딪치고 있었다. 구름들은 멀리 달아나거나 흩어지지도 않고 저택 주변에 머물러 있었다. 그렇다고 해서 달이나 별이 떠 있는 것도 아니고 또 천둥이 치거나 번개가 번쩍이는 것도 아니었다. 그러나 우리들을 둘러싸고 있는 온갖 것들은 물론, 바람에 흔들리는 수증기의 커다란 덩어리의 전체가 저택을 둘러싸고 떠도는 희미한 기체들로 반사되어 빛나고 있었다.

"안 돼, 이런 것을 봐선 안 돼! 자네를 괴롭히는 이런 모습은 어디서든지 흔히 볼 수 있는 전기 현상에 불과한 거야! 창문을 닫게. 찬 바람은 자네 몸에 해로울 걸세. 여기 자네가 좋아하는 소설이 있네. 자! 내가 읽어줄 테니까 듣고 있게. 그러면 이 무서운 밤이 금방 지나갈 거야."

창문으로부터 억지로 어셔를 끌어다 의자에 앉히며 말했다.

내가 손에 든 한 권의 고서(古書)는 런슬럿 캐닝 경이 쓴 〈어지러운 회합〉이었다. 내가 그것을 어셔가 좋아하는 소설이라고 말한 것은 사실 진심이 아니었다. 왜냐하면 이 책의 조잡하고도 상상력이 결여된 이야기에는 그의 고상한 영혼에 감흥을 줄 만한 것이라고는 아무것도 없었기 때문이다.

하지만 눈앞에 있던 것이라곤 이 책뿐이었으므로 혹시나 이 우울증 환자의 흥분이 내가 읽어 주는 싱거운 이야기로라도 좀 가라앉지나 않을까 하고 막연히 기대했다. 이렇게 좀 색다른 것이 어떤 때에는 정신 이상자의 마음을 안정시킬 수도 있었기 때문이었다.

내가 책을 읽기 시작하자 긴장하면서 하나하나 빼놓지 않고 귀담아듣는 그의 태도로 미루어 보아 내 계획이 일단은 성공했다고 안심해도 좋았던 것이다.

나는 이 소설의 주인공 에델렛이 은둔자의 집에 들어가기 위해 그가 찾아온 뜻을 공손히 전했으나 받아주지 않아 결국에는 폭력으로 침입하려는 그 유명한 구절에 이르렀다.

"…… 천성이 용맹스러운 에델렛, 들이킨 술기운으로 완고하고도 짓궂은 자와 더 이상 담판해도 소용없다는 것을 깨닫고 있었다. 때마침 빗방울이 뚝뚝 떨어져 폭풍우가 일어날 기세가 보이자 선뜻 쇠메를 들어 문 널빤지를 몇 번 후려치니 순식간에 장갑 낀 손이 들어갈 만한 구멍이 생겼다. 구멍에 손을 틀어넣고 닥치는 대로 잡아채며 꺾고 문지르니 바싹 마른 널판지들이 깨지는 소리가 사방에 진동하여 방방곡곡에까지 미쳤다……."

이 구절까지 읽었을 때 나는 깜짝 놀라 읽기를 멈췄다. 왜냐하면 흥분된 공상이 나를 속인 것으로 추측은 했지만, 그때 나는 집 안의 깊숙한 곳으로부터 런슬럿 경이 그렇게 자세하게 묘사한 그 깨지는 듯한 소리가 희미하게 들려오는 것만 같았기 때문이었다. 물론 내가 이렇게 생각한 것은 우연의 일치에 불과한 것이었다. 왜냐하면 창문들이 덜컹거리는 소리며 또는 아직까지도 계속해서 불어오는 폭풍의 요란한 소리 외에는 내 마음을 산란하게 할 만한 것은 아무것도 없었기 때문이다. 나는 읽기를 계속했다.

"…… 그러나 용사 에델렛이 문 안으로 들어가 보니 흉악한 은둔자는 꽁무니도 보이지 않아 버럭 화를 내면서 한편으로는 깜짝 놀랐다. 은둔자가 있어야 할 그 자리에 은둔자는 없고 비늘이 번쩍거리고 불타는 혀를 가진 어마어마하게 거대한 용 한 마리가 쭈그리고 앉아 은 마루가 깔린 황금 궁전 앞을 경호하고 있었다. 벽에는 찬란한 놋쇠 방패가 걸려 있고 그 속에 쓰여 있기를,

여기 들어온 자는 정복자일지어다.

용을 죽이는 자는 이 방패를 가질지어다.

그것을 본 에델렛이 쇠메를 들고 용의 머리를 내리치니 용은 그 앞에 푹 거꾸러져 독기를 내뿜으며 통곡하였다. 그 음침하고 고통스러운 소리는 고막을 찢을 듯하여 장사 에델렛도 이 소리엔 그만 두 손으로 귀를 막았다. 참으로 이런 소리는 전대미문이라 하겠으니……"

여기서 나는 별안간 다시 한번 깜짝 놀라 읽기를 그쳤다. 어디서 들려오는지는 알 수 없으나 먼 곳에서 낮게 들려오는, 그러나 날카롭고 길게 이어지는 애원하는 듯한 소리, 이 소설에서 묘사한 용의 기괴한 통곡 소리가 이런 것이 아니었을까 상상하던 것과 조금도 다름없는 소리를 이번에는 확실히 들었기 때문이다.

나는 두 번째의 기괴한 우연의 일치에 놀라 극도의 공포를 느꼈지만, 어셔의 과민한 신경을 자극시켜서는 안 되겠기에 꾹 참으면서 마음을 가라앉혔다. 어셔도 이 무서운 소리를 들었는지는 확실히 알 수 없었다. 하지만 최후의 몇 분 동안 그의 태도에 이상한 변화가 나타난 것만은 분명했다.

처음에는 나와 마주 앉아 있던 그가 점점 의자를 돌려 나중에는 방문 쪽을 향해 앉게 되었고 그 때문에 그가 무어라고 중얼거리느라 입술이 부들부들 떠는 것이 보이기는 했지만, 그의 옆 모습밖에는 볼 수가 없었다. 그는 머리를 푹 숙이고 있었으나 얼핏 그가 눈을 크게 부릅뜨고 있는 점으로 미루어 보아 자고 있는 것이 아니라는 것만은 알 수 있었다. 그는 조용히 그러나 쉴 새 없이 일정하게 몸을 좌우로 흔들고 있었다. 그의 이런 모습을 흘끔 살펴본 후에 나는 다시 책을 읽어나갔다.

"…… 이제 무서운 용의 격노를 모면한 용사 에델렛, 그 놋쇠 방패에 씌어 있는 마력을 없애버릴 생각으로 눈앞에 있는 용의 사체를 한쪽으로 치워 놓은 뒤에 배에다 힘을 주고 용감하게 은 마룻바닥을 쿵쿵 울리며 방패가 걸린 벽 쪽으로 달려드니, 그가 가까이 오기도 전에 놋쇠 방패는 쿵 하는 무서운 소리를 내며 용사의 발 근처 마루 위로 떨어졌다……"

라는 구절이 내 입술 사이로 흘러나오자마자 바로 그때, 놋쇠 방패가 실제로 은 마룻바닥에 무겁게 떨어진 것처럼 뚜렷하고도 무거운 금속성의 둔탁한 소리가 내 귀에 들려왔다. 나는 너무 놀라 의자에서 벌떡 일어났다.

어셔는 변함없이 몸을 좌우로 흔들고 있었다. 나는 그가 앉아 있는 의자로 달려갔다. 그의 두 눈은 앞을 뚫어지게 바라보고 있었고 얼굴에는 딱딱하고 엄숙한 빛이 떠돌고 있었다. 내가 그의 어깨에 손을 얹자 그는 전신을 부들부들 떨며 미소를 지었다. 그는 나의 존재를 잊은 듯 들리지도 않는 낮은 목소리로 뭐라고 빠르게 중얼거렸다.

그에게로 가까이 허리를 굽히고서야 겨우 그의 입에서 나오는 끔찍한 말들을 알아들을 수가 있었다.

"저 소리가 안 들려? 아냐, 들리지……. 아직까지도 들리는걸. 오랫동안……, 오랫동안. 몇 분씩, 몇 시간씩, 여러 날 그 소리가 들렸어. 하지만 나는 감히 입 밖에 내지 못했네. 이 비참하고 못난 놈을 불쌍히 여겨주게! 나는 감히 입 밖에 내지 못한 거야! 우리는 누이동생을 생매장해 버렸단 말일세! 내 감각이 예민한 것은 자네도 잘 알지 않나? 알고 있었나? 그 텅 빈 지하실에서 누이동생이 관을 빠져나오려고 꿈틀거리는 희미한 소리가 들려왔네. 며칠 전에 벌써 그 소리를 들었지……. 그러면서도 나는, 나는 감히 말을 하지 못한 거야!

그런데 이제, 오늘 밤에는 에델렛이라니……. 하! 하! 은둔자의 집 문이 부서지는 소리, 용이 죽는소리, 방패가 쨍! 울리며 떨어지는 소리라니! 아니, 그것은 누이동생의 관이 열리는 소리, 그리고 지하실 철문의 돌쩌귀가 삐걱거리는 소리, 굴속의 동판 깐 마룻바닥에서 그 애가 나오려고 기를 쓰는 소리였다네!

아! 어디로 도망쳐야 할까? 그 애가 곧 이리 오지나 않을까? 내 성급한 행위를 책망하러 달려오는 것이 아닐까? 계단을 올라오는 그 애의 발소리가 들리지 않나? 그 애 심장이 무겁고도 무섭게 뛰는 소리가 들리지 않느냐고! 응, 이 미친놈아!"

여기까지 말하고 그는 갑자기 벌떡 일어나 죽을힘을 다해 한마디 한마디 버럭버럭 소리를 질렀다.

"이 미친놈아! 누이동생이 바로 문밖에 와 서 있어!"

어셔의 초인적 외침의 기세에 주문의 힘이라도 들어 있는지 그가 가리킨 크고 낡은 문이 서서히 열리다가 불어닥친 폭풍으로 인해 무거운 흑단의 한쪽 문이 갑자기 확 열어젖혀졌다.

바로 그때, 문밖에는 수의를 입은, 키가 크고 호리호리한 메델라인이 서 있었다. 흰 옷에는 붉은 피가 묻어 있었고 몸 군데군데에는 격렬한 몸부림의 흔적이 역력히 보였다. 잠시 그녀는 문 앞에서 부들부들 떨며 서 있다가 비틀거리며 안으로 들어와 나지막한 신음소리와 함께 방 안에 있는 오빠에게로 픽 쓰러졌다. 그는 단말마의 격렬한 고통으로 마룻바닥에 넘어지자 그만 숨을 거두고 말았다. 그가 예견했던 바와 같이 어셔는 공포에 대한 희생물이 되고 만 것이다.

나는 너무 두려워 그 방으로부터, 그리고 그 저택으로부터 도망쳤다. 오래된 포석이 깔린 길을 달리고 있을 때 폭풍은 분노를 일으키듯이 휘몰아쳤다.

그때 갑자기 한 줄기 이상한 빛이 길 위를 비췄다. 내 뒤에는 다만 황량한 저택과 저택의 그림자 말고는 아무것도 없었기 때문에 어디서 이런 빛이 흘러나왔나 하여 뒤돌아보았다. 그것은 천천히 저물어가고 있는, 피가 흐르듯이 새빨갛고 둥그런 만월의 빛이었다. 붉은 달빛은 이 저택에 방문했을 때 보았던, 그전에는 보일까말까 했던 벽이 갈라진 틈 사이로 음산하게 비치고 있었다.

우두커니 서서 바라보고 있으려니 그 갈라진 벽의 균열은 점점 넓어지고…… 거대한 회오리바람이 강하게 한 번 몰아치더니 내 눈앞에 갑자기 붉은 달이 둥그렇게 나타났다. 그와 동시에 저택의 거대한 벽들이 무너져 내리며 산산조각으로 쏟아지는 것을 보았을 때 나는 현기증이 일어났다.

거센 파도 소리처럼 격렬한 외침 소리가 한참이나 들리더니 내 발치에 있는 깊고 어두침침한 늪이 어셔 저택의 파편을 아무 말 없이 음울하게 삼켜버리고는 곧 수면을 닫았다.

도둑맞은 편지

- 에드거 앨런 포 -

작품 정리

살인 등 폭력도 없고 오로지 편지를 숨긴 자와 찾는 자의 치열한 두뇌싸움만 있는 이 대결은 상상력이 뛰어난 D장관과 추리력과 함께 상대방의 마음을 읽을 수 있는 뒤팽의 자존심의 대결로까지 이어진다. 심리적 맹점을 이용한 이 작품은 훗날 코난 도일의 홈즈 시리즈 중 첫 번째 단편인 〈보헤미아의 추문〉에 영향을 주기도 했다.

작품 줄거리

왕궁에서 권력을 좌우하는 편지가 사라진다. 훔쳐간 범인이 누구인지는 알고 있지만 공개적으로 수사할 수가 없어 사건을 해결하기가 힘이 든다. 비밀리에 편지를 찾기 위해 G경감과 경찰이 수색에 나서지만 결국 찾을 수가 없어 뒤팽에게 조언을 구한다.

G경감이나 보통 사람들의 논리력보다 시인으로서 상상력이 풍부한 D장관이 숨긴 편지를 찾아내려면 상대방의 마음속을 읽고 그의 상상력을 파헤쳐보아야만 한다는 뒤팽의 추리력과 활약으로 편지를 되찾게 된다는 내용이다.

핵심 정리

갈래 : 추리 소설

시점 : 1인칭 전지적 작가 시점

배경 : 1800년대 파리 생제르맹 뒤팽의 저택

주제 : 자신만 아는 인간의 심리

도둑맞은 편지

지나친 연구는 오히려 지혜에 방해가 된다.
―세네카―

18××년. 바람 부는 어느 가을날 어둠이 막 깔리는 저녁 무렵이었다. 나는 파리 교외의 생제르맹의 뒤노 가 3층 33호에 있는 친구 C.오귀스트 뒤팽의 조그마한 서재에서 그와 함께 명상과 해포석(海泡石) 파이프의 여유를 누리고 있었다.

적어도 우리들은 한 시간이나 깊은 침묵 속에 잠겨 있었다. 누가 밖에서 보았다면 방 안의 공기를 무겁게 짓누르는 자욱한 담배 연기의 소용돌이에 휩싸여 정신을 놓고 있는 것처럼 보였을 것이다.

그러나 나는 뒤팽과 화제를 나누었던 어떤 문제를 마음속으로 되새기고 있었다. 그것은 모르그 가 사건과 마리 로제 살해 사건의 이면에 얽힌 비밀이었다. 그러므로 방문이 활짝 열리며 우리들이 잘 아는 파리 경시총감 G 씨가 들어왔을 때는 무슨 우연의 일치가 아닌가 하는 생각이 들었다.

우리들은 그를 반가이 맞아들였다. 그는 야비한 면도 있었지만 대신에 유쾌한 사람인데다가 수년간은 그를 만나지 못했기 때문이었다. 그때까지 우리들은 석양 속에 그냥 있었으므로 뒤팽이 램프에 불을 켜려고 일어섰는데, G가 상당히 골치 아픈 사건에 대하여 내 친구의 의견을 들으러 왔다는 말을 듣자 불을 켜지 않고 다시 앉아 버렸다.

"숙고해야 할 문제라면 어둠 속에서 생각하는 것이 더 나을 테니까."
하고 뒤팽이 말했다.

"또 당신의 묘한 버릇이 나왔군요."

총감은 무엇이든 자기가 이해할 수 없는 것은 모두 '묘한데!' 라고 해버리는 습관이 있었다. 묘한 것투성이 속에 살아온 사람이었다.

"그런가요?"

뒤팽은 그에게 담배를 권하고 안락의자를 그쪽으로 밀어 주며 대답했다.

"그런데 그 골치 아프다는 사건은 대체 어떤 것입니까? 또 살인 사건은 아니겠죠?"

하고 내가 물었다.

"아뇨, 이번에는 좀 다릅니다. 사실 아주 간단한 사건이므로 우리들만으로도 충분히 해결할 수 있을 것이라고는 확신합니다만, 사건이 너무 묘해서 뒤팽 씨도 그 사건의 전말을 알고 싶어 할 것 같아서요."

"간단하고도 묘하다?"

뒤팽이 말했다.

"그렇습니다. 그런데 반드시 그렇다고만은 할 수 없죠. 사건이 너무도 간단해서 손댈 길이 없단 말이죠. 그래서 아주 골치가 아프단 말입니다."

"그렇다면 사건이 너무 간단하기 때문에 도리어 당신들이 실수를 했다는 말이군요."

"그럴지도 모르죠."

총감은 껄껄거리며 아주 유쾌하다는 듯이 대답했다.

"어떤 면으로는 그 미스터리가 지나치게 단순하더군요."

뒤팽이 말했다.

"아니, 그런 새로운 학설도 있나요?"

"좀 지나치게 단순명료하다는 말이죠."

"하하, 뒤팽 씨한테는 여전히 못 당하겠군요."

총감은 아주 재미있다는 듯이 웃음을 터뜨렸다.

"그런데 그 사건이라는 것은 어떤 겁니까?"

내가 다시 물었다.

의자 깊숙이 앉은 다음 총감은 담배를 진지하고 심각하게 한 모금 길게 들이마시면서 대답했다.

"간단히 얘기하겠습니다. 그 전에 부탁해 둘 것은 이 사건을 절대 비밀로 해달라는 겁니다. 만일 내가 누구에게든지 발설했다는 것이 알려지면 아마 나는 현직을 떠나야 할 것이오."

"얘기해 보시지요."

"아니면 그만두거나……."

이건 뒤팽이 한 말이었다.

"그러면 시작하겠습니다. 어느 고위층 부서로부터 궁중에서 아주 중요한 문서가 없어졌다는 정보를 비밀리에 들었습니다. 그런데 그것을 훔친 사람은 알고 있습니다. 그것은 의심할 여지가 없습니다. 훔치는 현장을 직접 보았으니까요. 그리고 그것이 아직까지 그 사람의 손에 있다는 것도 알고 있습니다."

"그것을 어떻게 아십니까?"

뒤팽이 물었다.

"그 문서의 성질로 봐서 그것이 그자의 손으로부터 다른 사람의 손으로 넘어가면, 다시 말해서 그의 계획대로 어딘가에 사용했다면 당장 발생할 결과가 나타나지 않는 것으로 미루어보아 확실히 그렇다고 추측할 수밖에 없습니다."

"무슨 말씀인지 이해하기 어렵군요. 좀 더 자세히……."

내가 또 말참견을 했다.

"그럼 좀 더 얘기를 하자면, 그 문서는 그걸 가지고 있는 자에게 권력을 즉, 힘이 있는 어떤 부서에 대해 강력한 권력을 행사할 수 있습니다."

총감은 외교적 말투를 쓰기 좋아했다.

"아직도 무슨 말인지 모르겠군요."

뒤팽이 말했다.

"아직 모르겠다고요? 제삼자에게 그 문서가 폭로되면 이름을 밝힐 수 없는 극히 신분이 높은 분의 명예에 치명상이 됩니다. 즉, 문서를 훔친 자가 그분에 대해 권세를 부리게 된다는 말입니다."

"그렇지만 권세를 부릴 수 있으려면, 문서를 잃어버린 사람이 훔친 녀석을 알고 있다는 것을 훔친 자 또한 알고 있어야 되지 않겠습니까? 그렇지 않고서야 어떻게 감히……."

내가 또 끼어들었다.

총감이 말을 이었다.

"그 도둑은 신사다운 일이든 아니든 간에 무슨 일이든 서슴지 않고 행하는 D장관이랍니다. 훔친 방법도 대담하지만 교묘하게도 훔쳤지요.

문제의 문서는—솔직히 얘기하면 한 장의 편지는 궁중의 귀부인이 내실에 혼자 있을 때 받았습니다. 그 편지를 읽고 있는데 마침 상대 권력의 고위층 인사가 들어 왔습니다. 숨겨야 하는 편지를 급한 바람에 책상 위에 둔 채로 겉봉이 위로 나오고 알맹이는 재빨리 가려서 다행히 편지는 발각되지 않았습니다.

바로 그때 D장관이 들어왔습니다. 그의 살쾡이 같은 예리한 눈은 귀부인의 얼굴에 떠오른 당황한 기색을 살펴 잽싸게 책상 위의 편지에 적힌 주소의 필적을 알아보았으며 편지에 비밀이 숨겨져 있음을 대뜸 알아챈 것입니다.

여느 때와 다름없이 사무를 처리한 다음, 그는 문제의 편지와 다소 비슷한 자신의 편지를 꺼내어 펴들고 읽는 척하다가 귀부인의 편지 옆에 바짝 대놓았답니다. 다시 십오 분가량 공무에 관한 얘기를 하더니 나갈 때 슬쩍 귀부인의 편지를 들고 나가버렸습니다.

물론 편지의 주인인 그분은 그것을 보고 있었지만, 앞에 바로 제삼자인 고위층 인사가 있었으므로 D장관의 행위를 저지할 수가 없었습니다. 장관은 아무 소용이 없는 자기의 편지를 귀부인의 책상 위에 놓은 채 유유히 나가버린 것입니다."

"자, 이젠 자네가 말한 권세를 휘두르기에 필요한 여러 조건들이 모두 나왔군. 도둑맞은 분이 훔친 녀석을 알고 있다는 것을 훔친 당사자 또한 알고 있으니까."

뒤팽이 나에게 말했다.

"그렇죠. 이렇게 얻어진 권세는 지난 수개월 동안 매우 위험할 정도로 정치상의 목적에 사용되고 있었습니다. 도난 당한 분은 어떻게 해서든지 그 편지를 되찾아야 했지만, 문제는 공공연하게 처리할 수가 없어 절망 끝에 결국 나에게 일임했습니다."

"당신보다 총명한 경찰은 찾을 수도 상상할 수도 없었겠지요."

뒤팽은 자욱한 담배 연기 속에 파묻혀 말했다.

"비행기 태우지 마시오. 아마 그랬는지도 모르지요."

"총감 말씀과 같이 편지가 지금까지 장관 수중에 있는 것은 확실합니다. 편지를 없애버리는 것보다는 조용히 가지고 있는 편이 유리할 테니까요. 편지를 어떻게든 써버리면 권세가 없어질 판이 아닙니까?"

하고 내가 말하자 G가 동의했다.

"맞습니다. 나도 그 확신하에 일을 해 나갔습니다. 내가 제일 먼저 한 일은 D장관의 저택을 철저히 수색하는 것이었습니다. 당연히 장관에게 들키지 않고 수색을 해야 하는 것이 제일 큰 문제가 되었죠. 우리의 계획이 그의 의심을 사게 된다면 위험해질 수 있을 테니까 특히 조심하라는 경고를 받았습니다."

"그런 수색쯤이야 총감에겐 누워서 떡 먹기겠죠. 파리 경찰은 이런 일에 있어선 많은 경험이 있지 않습니까?"

하고 내가 말했다.

"네, 그야 그렇죠. 그래서 나는 걱정도 하지 않았습니다. 더군다나 장관의 습관은 우리가 저택을 수사하기에 더욱 편했습니다. 장관은 가끔 집을 비우더군요. 그리고 몇 명 안 되는 하인들은 주인 방에서 멀리 떨어진 방에서 자는 데다가 대부분이 나폴리 사람들이었으므로 웬만큼만 술을 먹으면 그만 곯아떨어지더군요.

아시다시피 나는 파리의 어떤 방이든지, 어떤 서랍이든지 열 수 있는 만능 열쇠를 가지고 있습니다. 그 열쇠로 지난 3개월 동안 내가 직접 D장관의 집을 수색하지 않은 날이라곤 하룻밤도 없었습니다. 내 명예와도 관계되는 일이고 밝히기는 뭐하지만 보수도 막대합니다. 그래서 편지가 숨겨져 있을 만한 곳은 빼놓지 않고 샅샅이 수색했다고 생각합니다만 훔친 자가 나보다도 훨씬 지능적인 것을 알고 나는 수색을 단념했습니다."

"그렇지만 이럴 수도 있지 않을까요?"

하고 내가 의견을 내었다.

"물론 그 편지가 아직까지 장관의 손안에 있다 하더라도 집 밖에 감춰뒀는지도 모르지 않습니까?"

뒤팽이 나의 말에 이의를 제기했다.

"그건 거의 불가능할걸. 왕궁의 현재의 특수한 사태, 특히 D장관이 관련되어 있는 음모의 사태로 미루어 보아 편지를 금방 꺼낼 수 있도록 준비해 두는 것이 편지를 가지고 있는 것 못지않게 중요하단 말일세."

"금방 꺼낼 수 있도록 준비해 두다니?"

하고 내가 물었다.

"말하자면 비상사태에 찢어버리기 쉽게라든지."

"옳아, 그렇다면 편지는 확실히 집 안에 있겠군. 장관이 몸에 지니고 다니지는 않을 테니까."

"네, 그렇습니다. 두 번이나 강도인 척하고 내 손으로 직접 몸을 뒤져 보았습니다."

총감이 말했다.

"그런 성가신 일은 안 해도 좋았을 걸 그랬군요. D도 바보는 아닐 테니 그쯤이야 당연히 예상하고 있었겠죠."

뒤팽이 말했다.

"아주 바보는 아니죠. 그러나 D장관은 시인입니다. 나는 시인과 바보를 이웃사촌으로 생각하고 있지요."

총감이 말했다.

"그렇죠. 나도 서툰 시 나부랭이를 지어본 적이 있기는 하지만요."

뒤팽은 해포석 파이프를 심각하게 한 모금 빨며 말했다.

"수색했던 방법을 좀 자세히 말씀해 주실 수 없을까요?"

하고 내가 총감에게 말했다.

"네, 나는 이런 일에는 많은 경험을 가지고 있기 때문에 시간을 들여서 샅샅이 찾아보았습니다. 우선 방마다 가구를 조사하고 서랍은 모두 열어보았습니다.

아시다시피 능숙한 형사에게 비밀 서랍이란 있을 수 없으니까요. 이렇게 꼼꼼한 수색에 있어서 우리들의 눈을 속일 수 있는 비밀 서랍이 있다고 생각한다면 그야말로 얼간이죠. 사실은 극히 명백한 겁니다. 어떤 서랍장이든 간에 해당하는 용적이 있습니다. 그러나 우리들은 세밀한 자를 가지고 있으므로 1라인(0.2센티미터)의 오십 분의 1이라 할지라도 우리들의 눈을 속일 순 없죠.

옷장 다음엔 의자를 조사해 봤습니다. 그리고 쿠션 등은 우리들이 사용하는 가늘고 긴 바늘로 샅샅이 찔러보았습니다. 책상 윗면까지 뜯어 보았는걸요."

"그건 왜요?"

"간혹 책상이나 그런 비슷한 가구의 뚜껑을 뜯어 그런 곳에 물건을 감추는 예가 얼마든지 있으니까요. 또는 가구의 다리에 구멍을 뚫고 그 속에 물건을 넣은 다음 감쪽같이 뚜껑을 덮는 경우도 있습니다. 침대 다리도 이런 목적으로 가끔 사용된답니다."

"그렇지만 빈 구멍은 두들겨 보면 알지 않습니까?"

하고 내가 물었다.

"천만에요. 물건을 넣은 다음 가장자리에 솜을 잔뜩 틀어박으면 그만 아닙니까? 그뿐만 아니라 우리들은 조금이라도 소리를 내면 안 되었으니까요."

"그러나 말씀하신 그런 방법으로 감췄을 듯한 가구를 하나도 빼놓지 않고 낱낱이 뜯어 조각조각으로 분해할 수야 없었겠지요? 편지 한 장쯤이야 얼마나 되겠어요. 돌돌 말면 큰 뜨개질바늘만 한 굵기밖에 안 돼요. 그까짓 거야 의자 다리 사이에라도 틀어넣을 수 있지 않습니까? 그렇다고 해서 의자를 전부 뜯어보지는 않으셨겠지요?"

"그야 그렇죠. 그보다 더 교묘한 방법으로 조사했습니다. 집 안의 모든 의자 다리와 모든 가구의 틈을 도수가 높은 확대경으로 조사했습니다. 만일 최근에 뜯어본 흔적만 있었다면 당장 눈에 띄지 않을 리가 있겠어요? 예를 들면 톱밥 하나라도 사과만큼 크게 보이니까요. 아교 붙인 곳이 좀 떨어져 있다든가 틈이 조금이라도 뒤틀려 있었다면 대번에 눈이 갈 것이 아닙니까?"

"물론 화장대도 보셨겠지요? 판자와 유리 사이도요? 그리고 커튼과 융단은 물론이고 침대와 침구도 조사해 보셨겠죠?"

"그야 물론이죠. 이렇게 모든 가구를 철저히 조사한 다음에는 집 자체를 조사했습니다. 집의 전체 면적을 여러 부분으로 나누고 바로 옆에 붙은 두 채의 집도 포함해서 빠뜨리지 않도록 번호를 붙여 온 집안을 지난번과 같이 1제곱인치씩 확대경으로 조사해 보았습니다."

"옆에 붙은 두 채의 집까지도요! 참으로 대단한 수고를 하셨군요."

"네, 그랬죠. 워낙 보수가 막대하다 보니."

"집 주위의 정원도 보셨겠죠?"

"정원은 전부 벽돌이 깔려 있었습니다. 그래서 별로 힘들지 않았죠. 벽돌 사이의 이끼를 조사해 보았는데, 별로 수상한 곳이 없었습니다."

"물론 D장관의 문서들과 서재의 책들도 모두 조사해 보셨고요?"

"물론이죠. 모든 상자와 소포도 열어보았고 책도 보통 경찰들이 하듯이 다만 흔들어 보는 것으로 그치지 않고 일일이 책장을 넘겨보았습니다. 책 표지도 낱낱이 부피를 재보고 일일이 확대경으로 철저히 조사했습니다. 최근에 제본했다면 그것이 눈에 띄지 않았을 리가 있겠습니까? 서점으로부터 배달된 몇 권의 책은 위로부터 바늘을 넣어서 세밀히 찔러 보았습니다."

"융단 아래 마룻바닥도 조사하셨습니까?"

"물론이죠. 융단을 전부 들어내어 확대경으로 마루 판자 사이를 조사했습니다."

"벽지는요?"

"네, 조사하고말고요."

"지하실도 살펴보셨습니까?"

"했습니다."

"그렇다면 무슨 착오가 있군요. 그 편지는 당신이 상상하듯이 집안에는 없는 것 같습니다."

"아마 그런가 봅니다."

총감도 맥없이 동의했다.

"그러니 뒤팽 씨. 어떡하면 좋겠소. 무슨 좋은 의견이 없소?"

"다시 한번 철저히 집 안을 조사해 보는 것밖에는."

"전혀 소용없는 일이죠. 아무래도 집안에 그 편지가 없다는 건 확실합니다."

"그렇다면 내게 더 이상 좋은 의견은 없는데요. 물론 당신은 편지의 모양은 잘 아시겠죠?"

하고 뒤팽이 물었다.

"그럼요!"

하며 총감은 수첩을 꺼내 잃어버린 편지의 내용과 특히 외형에 관해서 더욱 자세히 설명하기 시작했다. 설명이 끝나자 그는 곧 갔는데 나는 그때처럼 낙심한 그의 얼굴을 본 적이 없었다.

그 후 한 달쯤 지나 그가 다시 우리를 찾아왔는데, 우리들은 전과 다름없이 자욱한 담배 연기 속에 명상에 잠겨 있었다. 그는 우리와 함께 의자에 앉아 파이프를 들고 이런저런 얘기를 하기 시작했다. 마침내 궁금해진 내가 물었다.

"그런데 G씨, 도둑맞은 그 편지는 어찌 되었습니까? 결국 장관을 이길 수 없어 체념해 버렸습니까?"

"그 작자요? 에잇! 지긋지긋한 녀석 같으니. 뒤팽 씨의 말대로 더욱 철저히 재조사해 보았습니다만 예상한 대로 헛수고였습니다."

"편지를 찾으면 제공한다던 보수는 얼마라고 하셨죠?"

뒤팽이 물었다.

"그야 막대하죠. 두둑한 보수입니다. 얼마라고 확실히 말은 못 하지만 누구든지 나에게 그 편지를 찾아준다면 오만 프랑의 내 개인 수표를 서슴지 않고 내놓겠다는 것만은 이 자리에서 분명히 얘기해 두겠습니다. 그 편지의 중요성은 날이 갈수록 더해져 보수가 두 배로 뛰었습니다. 하지만 세 배가 된다 하더라도 난 더 이상 편지를 찾을 수가 없습니다."

"하지만 G씨, 난 당신이 이 사건에 최선을 다했다고는 여겨지지 않는데요. 좀 더 노력할 수 있지 않을까요?"

뒤팽이 해포석 파이프를 빨면서 느릿느릿 말했다.

"어떻게, 무슨 방법으로 말이오?"

"글쎄요. (담배를 뻑뻑 빨며) 당신은 이 사건에서 다른 사람의 충고를 들었더라면 좋았을 겁니다. 애버니디(영국의 외과의사)의 얘기를 아십니까?"

"모릅니다. 애버니디고 도깨비고 다 모릅니다."

"도깨비고 뭐고 그야 당신 마음대로이기는 하죠. 옛날 어느 구두쇠 부자가 의사 애버니디를 찾아와서는 둘이서 마주 앉아 일상적인 얘기를 주고받았습니다. 그러다 구두쇠가 공짜로 진찰을 받을 속셈으로, 가령 이런 환자의 병세는 이러이러한 것으로 생각하는데 선생님 같으면 무슨 약을 쓰라고 하시겠습니까? 하는 식으로 자기 병세를 은근슬쩍 의사에게 물어봤습니다. 그랬더니 '무엇을 쓰냐고요? 그야 물론 의사의 충고를 써야지요.' 하고 애버니디가 대답했답니다."

"하지만 나는 가리지 않고 다른 사람의 충고도 듣고 보답도 하겠습니다. 이 사건을 해결해 주는 사람에게는 누구에게라도 틀림없이 오만 프랑을 제공하겠습니다."

총감은 약간 불안한 얼굴로 말했다.

"그렇다면"

하고 뒤팽은 서랍을 열어 수표책을 꺼내놓으며 말했다.

"방금 말한 금액의 수표를 써 주시오. 수표에 서명만 해주면 당장 그 편지를 드리겠소."

나는 깜짝 놀랐다. 총감 역시 마치 벼락을 맞은 사람처럼 한마디 말도 없이 꼼짝도 않고, 믿을 수 없다는 듯 입을 벌린 채 튀어나올 듯한 눈으로 뒤팽을 쳐다보고 있었다.

이윽고 정신이 돌아왔는지 펜을 들고 몇 번이나 머뭇머뭇하면서 수표책을 멍청히 내려다보더니, 오만 프랑의 수표에 서명한 다음 책상 너머 뒤팽에게로 돌려주었다. 뒤팽은 수표를 확인한 다음 지갑에 집어넣더니 책상 서랍을 열어 문제의 편지를 꺼내 총감에게 주었다.

총감은 기뻐서 어쩔 줄 몰라 그것을 꼭 움켜쥔 다음 떨리는 손으로 급히 펴서 편지의 내용을 읽더니, 비틀거리며 문 쪽으로 달려가 인사 한마디 없이 나가버렸다. 뒤팽이 수표에 서명해 달라고 말한 때부터 그는 줄곧 아무 말도 못했던 것이다.

총감이 허둥지둥 가버리자 뒤팽은 궁금해하는 나에게 자세한 설명을 해주었다.

"파리의 경찰은 그 방면에 있어선 아주 유능하지. 끈기도 있고 교묘하면서 교활하고 직무상 필요한 지식은 충분히 가지고 있다네. 그래서 총감이 D장관의 집 안을 조사한 수색 방법을 얘기했을 때에는 그가 노력한 범위 내에서는 최선을 다했으려니 하고 전적으로 그의 말을 믿었네."

"그가 노력한 범위 내에서는 말이지?"

"그렇지. 그가 사용한 방법은 최상의 것일 뿐 아니라 절대적으로 안전하게 실행되었을 테니 편지가 그들의 수색 범위 내에 감춰져만 있었다면 반드시 눈에 띄었을 것일세."

나는 별생각 없이 웃고 있었으나 뒤팽은 진심으로 얘기하고 있는 것 같았다.

"채택된 방법도 훌륭했고 실행도 빈틈이 없었단 말일세. 하지만 옥의 티는 그런 방법이 상대자에게는 적합하지 않았다는 점일세. 총감이 자랑하는 아주 교묘한 수단이라는 게 실상은 프로크루스테스(그리스 신화에 나오는 강도로서 붙잡은 나그네의 몸이 자기 침대보다 크면 잘라버리고, 짧으면 침대 길이에 맞추어 몸을 길게 늘였다.)의 침대와 같은 것으로 그는 그 침대에 자신의 계획을 억지로 두들겨 맞추었던 것이지. 그는 당면한 사건에 대하여 지나치게 가볍게 생각하거나 혹은 지나치게 깊이 생각하여 항상 실패한단 말일세.

이런 점에 있어선 어린아이가 그보다 훨씬 더 영리하단 말이야. 나는 여덟 살 가량 된 어떤 아이를 알고 있는데 그 애는 '홀짝 놀이'에서 너무도 잘 알아맞혀 늘 이겼다네. 작은 돌멩이로 하는 간단한 놀이로 여러 개의 돌을 한 손에 쥐고 '홀수냐? 짝수냐?' 하고 물어서 맞히면 맞힌 애가 따게 되고 틀리면 물었던 애가 따게 되는 거라네.

방금 내가 얘기한 그 아이는 친구들의 돌을 몽땅 딴 거야. 물론 그 아이에게는 잘 맞힐 수 있는 원칙이 있었다네. 그것은 단순히 상대방의 머릿속을 잘 관찰하여 추측한 것에 지나지 않았네.

가령 상대가 아주 멍청하다고 치세. 그 아이가 손을 들며 '홀수냐? 짝수냐?' 했을 때 이 아이가 '홀수다' 해서 그만 지게 되었다고 하세. 그러나 다음번에는 이기지. 왜냐하면 이 아이는,

'이 바보가 첫 번째에는 짝수로 이겼으니까 이 아이의 머리 정도라면 두 번째는 기껏해야 홀수를 쥘 것이다. 그러니 이번에는 홀수를 불러봐야지.'라며 '홀수!'를 불러 이긴단 말일세.

상대가 그보다 좀 나은 아이라면 이 아이는 이런 식으로 추리하겠지.

'이 녀석은 내가 처음에 홀수라고 해서 틀렸으니까 두 번째는 짝수에서 홀수로 바꿔볼까 하다가 너무 단순하다고 생각해서 결국 조금 전과 똑같이 짝수로 할 것이다. 그렇다면 짝수다.' 하며 또 이긴단 말이지.

자, 이 아이의 이런 식의 추리 방법을 다른 아이들은 요행수로 단정해 버리는데, 그게 정말 요행일까? 이것이 아이들 간에 재수가 좋다는 말을 듣는 그 아이의 추리법이야. 자, 이 아이의 논법을 분석하면 무엇이겠나?"

"그야 추리자의 지적 능력과 상대자의 지적 능력의 일치에 불과한 거 아니겠나?"

"바로 그 걸세! 그래서 내가, 너는 어떻게 해서 그렇게 잘 알아맞혀 이길 수 있었느냐고 그 아이에게 물어보았더니 이렇게 대답하더군.

'상대가 누구든지 얼마나 영리할까 또는 바보일까, 선량한지 불량한지, 혹은 지금 무슨 생각을 하고 있을까 알고 싶을 때에는 내 얼굴의 표정을 그 아이의 표정에 가능한 한 비슷하게 만들어요. 그다음에는 표정에 따라오는 나의 마음에 어떤 생각이나 어떤 감정이 떠오르나 기다리면 되는 거죠.'

이 어린아이의 대답에는 라 로쉬푸코(프랑스 윤리학자), 라 브뤼에르(프랑스 윤리학자), 마키아벨리(이탈리아 정치가), 캄파넬라(이탈리아의 신부, 철학자. 나폴리 독립운동가) 등에서 엿보인 허위의 심각성보다 더 깊은 논리가 있는 것일세."

"결국 자네의 말은 추리자의 사고력과 상대자의 사고력의 일치는 상대방의 사고 능력을 확실히 추측하고 있느냐 없느냐에 달려 있다는 것이군."

"그것의 실제적 가치는 바로 거기에 달려 있는 거지. 총감과 그 부하들이 여러 번 실패한 것은 우선 이 일치가 없었던 것과, 두 번째의 원인은 상대방의 사고력을 오산한 것, 아니 전혀 계산하지 않은 데에 있네.

그들은 자기네들의 재주만 믿고 자신들이 감출만한 방법으로만 물건을 찾으려고 했지. 그것은 보통 사람들도 갖고 있는 재주일 뿐이야. 하지만 특별한 범인의 교활함이 그들의 재주보다 뛰어날 때에는 말할 것도 없이 범인에게 진다는 말일세.

상대방의 지능이 그들의 지능 이상인 경우에는 반드시 넘어가고, 또 이하일 때에도 질 수 있다네. 그들은 수색의 원칙에 있어 임기응변이 없더군. 비상사태이거나 보수가 막대하다면 원칙에서 좀 벗어나 보려고도 하지 않고 고작 한다는 짓이 그들의 상투적인 수단을 확장하거나 반복하는 정도였지.

예를 들면 G의 경우에도 수색의 원칙에 무슨 변화가 있었나? 구멍을 파보거나 송곳으로 쑤셔보거나, 두드려보거나 확대경으로 자세히 살펴보거나 집안을 평방인치로 나누어 번호를 매긴 것이 무슨 소용이란 말인가? 그따위 것들은 총감이 오랜 재직 중에 습득한 보통 사람의 지능을 토대로 한 수색 방법 중 몇 개 원칙을 확대하여 응용한 것이 아니고 무엇인가?

그는 사람들이 다 반드시 의자 다리에 구멍을 파고 편지를 감추지는 않는다 하더라도, 당연히 사람의 눈에 띄지 않는 구멍이나 틈에 편지를 감출 것이라고 짐작한 것이 아니겠나?

자네는 어떨 것 같나? 이렇게 눈에 띄지 않는 구석에다 감춘다는 것은 보통의 지능을 가진 사람들이 흔히 하는 짓일세. 물건을 감출 때 이런 식으로 힘들게 감춰진 물건은 금방 추측되기 쉽고 실제로도 추측되는 것이라네. 그러므로 그것을 발견해 내는 것도 수색자의 예민한 통찰력에 있는 게 아니라 단지 주의력과 열성과 결단 때문일세.

그러므로 사건이 위중한 것이나 보수가 굉장할 때라도 총감의 수색 방법이 조금도 변함이 없었다는 것일세. 다행히 도둑맞은 편지가 총감의 수색 범위 내에 있었더라면 즉, 상대방의 은닉 원칙이 총감의 수색 원칙에 포함되어 있었다면 편지의 발견은 의심할 여지도 없었을 테지만 불행하게도 총감은 그에게 철두철미 지고 말았단 말일세.

G의 실패의 원인은 D장관이 시인이었기 때문에 그를 바보라고 단정해 버린 데에 있는 거야. '모든 시인은 바보다.' 라고 총감은 단정하고 이 전제로부터 추론을 내려 판단이 개념을 끌어내지 못하는 오류를 범한 것일세."

"그런데 정말 장관이 시인이었나? 그의 형제가 모두 학계에 이름을 날리고 있다는 것은 알지. 장관도 미분학에 대한 훌륭한 저술도 있어 수학자인 것은 확실하지만 시인은 아닐 걸세."

"아니, 그건 자네의 오해야. 난 장관을 잘 알고 있는데 그는 시인 겸 수학자로서 추리를 잘하지. 수학자뿐이었다면 그렇게 추리를 잘할 수 없었을 거고 아마 총감의 수사에 걸려들었을 걸세."

"여보게, 그렇다면 세상의 여느 의견과 모순이 아닌가. 자네는 수 세기 동안 내려오는 정설을 무시하는 건 아니겠지. 수학적 추리 방법은 오랫동안 최상의 추리력으로 인정되어 오지 않았나?"

"단언할 수 있는 것은"

뒤팽은 샹포르(프랑스 문학가)의 말을 인용하여 대답했다.

"모든 세속적 관념 또는 세속적 관례는 대다수가 대중의 의견에 적용되는 것으로 한마디로 어리석은 일일세. 수학자들은 자네가 말한 통속적인 오류를 보급하는 데 전력을 다해온 셈이지. 그것이 진리로서 보급되어 왔다고 해도 오류는 역시 오류거든. 예를 들면 그들은 이런 곳에 쓰기에는 좀 어울리지 않는 '분석'이라는 말을 대수에 교묘하게 적용하고 있거든. 이 특수한 기만은 프랑스인이 장본인이지.

하지만 만일 용어에 중요성이 있다면 즉, 용어가 그 적용으로부터 가치를 유도한다면 라틴어의 Ambitus가 영어의 Ambition(야망)을 의미하고, religio가 religion(종교)을, 또한 homines honesti가 영어의 honorable men(훌륭한 사람)을 의미하는 것처럼 analysis(분석)가 algebra(대수)를 유도해내지."

"자네는 파리의 대수 학자들에게 선전포고를 하는 것인가?"

"나는 추상적 논리 이외의 특수한 형식에서 발달한 추리의 효력 또는 가치에 항의하는 것일세. 수학적 연구에서 유도된 이론을 나는 반대하네. 수학은 형식과 수량의 과학이고, 수학적 추리라는 것은 형식과 수량에 관한 관찰에 적용된 논리에 지나지 않은 것일세. 그런데도 순수 대수학의 진리가 추상적 혹은 보편적인 진리라고 가정한 것이 큰 오류일세. 그리고 이 오류가 놀랄 만큼 일반적으로 통용되고 있다는 것에 대해선 정말 심각하게 생각하지 않을 수 없네.

수학의 공리가 보편적 진리의 공리는 아닐세. 형식과 수량의 관계에 대하여 진리인 것이 윤리학에선 큰 오류로 되는 경우가 많거든. 윤리학에 있어서 부분의 집합이 전체와 같다는 것은 대개 진리가 아닐세.

화학에 있어서도 공리는 소용이 없네. 동기를 고려할 때도 그렇지. 왜냐하면 각기 일정한 가치를 가진 두 개의 동기는 그것을 합치더라도 반드시 개개의 가치의 합과 같은 가치를 가진 것이라고는 할 수 없으니까 말일세. 관계의 범위 안에서만 진리인 수학적 진리는 이 밖에도 얼마든지 있네. 그러나 수학자들은 습관상 그들의 진리가 절대적으로 보편적 적용을 가지고 있는 것처럼 주장하고, 세상 사람들도 그와 같이 생각하고 있는 것일세.

브라이언트(영국 고고학자)가 그의 해박한 저서 〈신화학(神話學)〉에서 '이교도의 우화를 믿지 않으면서도 우리들은 으레 그 사실을 잊어버리고 그것을 실화처럼 인정하고 그런 우화로부터 추론한다.'라고 한 말은 똑같은 오류의 근원을 지적한 말일세. 대수 학자들의 경우는 이교도의 우화를 믿고 있으며 그들의 추론은 기억상실이기보다 설명할 수 없는 두뇌의 혼란스러움에서 나오고 있는 걸세.

요컨대 나는 등근(等根) 이외의 것으로 신용할 수 있는 수학자, 혹은 x

^{2}+px가 무조건 q와 같다는 것을 슬그머니 자기의 신조로 삼지 않는 수학자를 아직까지 만난 적이 없네. 시험 삼아 수학자의 한 사람에게 x^2+px가 q와 같지 않을 수 있다고 말해 보게. 그것을 이해시켰다 해도 곧 도망치지 않으면 큰일이 날 걸세. 틀림없이 자네를 때려눕히려고 할 테니까."

내가 그의 얘기를 듣고 웃었더니 뒤팽은 말을 이었다.

"내 얘기의 취지는 만일 D장관이 수학자에 불과했더라면 총감은 이 수표를 나에게 줄 필요는 없었을 걸세. 그러나 나는 그가 수학자인 동시에 시인인 것을 알았네. 나는 그의 환경의 여러 가지를 고려하여 내 잣대를 그의 능력에 맞추었던 것일세.

나는 그를 아첨꾼이며 또 대담한 음모가로 알고 있었지. 이런 사람은 경찰의 상투적인 수단을 잘 알고 있었을 것이고, 강도로 위장한 경찰이 밤길에 잠복해 있을 것을 예상하지 못했을 리가 없네. 그리고 결과는 그가 예측한 대로 모두 들어맞았단 말이야. 물론 가택 수색도 당할 거라 예상하여 가끔 밤에 집을 비워둔 것을 총감은 호기라고 좋아했지만, 사실은 경찰에게 충분한 수색의 기회를 주어서 편지가 집안에 없다는 확신을 -G는 결국 넘어갔네만- 주기 위한 모략에 지나지 않았네.

은닉된 물품 수색에 관한 경찰의 상투적 방법에 관해 내가 힘들여 자세히 설명한 것쯤이야 분명히 장관의 머리에도 떠올랐을 거야. 그래서 보통의 은닉 방식을 피했을 것이네. 그의 집안의 아무리 복잡하고도 눈에 띄지 않는 곳이라도 총감의 눈과 바늘이나 송곳과 확대경을 피할 수 없을 거라는 것을 생각 못 할 만큼 바보는 아니라고 나는 확신했던 거지.

결국 나는 그가 '어수룩한' 방법을 취할 거라는 걸 간파했네. 의식적으로 그런 방법을 선택하지 않더라도 말일세. 우리들이 총감을 만난 날 말일세. 너무 단순한 사건이라서 오히려 그를 괴롭힌 것인지도 모르겠다고 말했을 때 총감이 배를 잡고 웃어댄 것을 자네는 기억하고 있겠지."

"그랬지, 생각나네. 참 유쾌하게 웃었지. 나는 총감의 웃음보가 터진 줄 알았네."

"물질계에는 비 물질계와 유사한 것이 얼마든지 있거든. 그러므로 은유와 비유는 논쟁을 강하게 하고 문장을 아름답게 하려고 만들어진다는 수사학상의 독단이 다소 진리의 색채를 띠게 되는 것일세.

예를 들면 관성의 법칙은 물리학이나 형이상학에 있어서 동일한 것같이 생각되네. 물리학에 있어서 큰 물체는 작은 물체보다도 움직이기가 힘이 들고 그에 따르는 운동량은 이 힘에 정비례하는 것인데, 이 사실은 형이상학에 있어서 보다 더 큰 지적 능력은 열등한 지적 능력보다도 동작에 있어서 더 강하고 불변하며 효과적이지만, 처음 움직일 때는 좀처럼 움직이지 않고 주저하게 되는 것과 마찬가지일세.

자넨 거리의 상점에 걸려 있는 간판 중에서 어떤 것이 눈에 가장 잘 띌 것인지 생각해 본 적이 있나?"

"그런 건 생각해 본 적 없는데."

"지도를 펼쳐 놓고 하는 지명 찾기라는 게임이 있네. 한쪽이 어떤 지명을 부르면서 상대편에게 찾으라고 하는 거야. 도시나 강, 혹은 나라 등 아무튼 지도 표면상의 어떤 지명이라도 상관없네. 게임에 서툰 풋내기는 괜히 깨알만한 지명으로 상대편을 곯리려고 하지만 게임에 익숙한 사람은 큰 글자로 지도에 가득 펼쳐진 이름을 선택하는 거야. 이렇게 너무 큰 글자로 쓴 지도의 지명이나 거리의 간판과 광고들이 도리어 사람들의 눈에 띄지 않는 것이라네.

이렇게 못 보고 지나치는 물리적 착각은 지적 능력도 있는 사람이 오히려 너무 명백한 것에 생각이 미치지 못하여 그대로 지나쳐 버리는 정신상의 부주의와 흡사한 것일세. 그러나 이것은 총감의 상대가 총감보다 지적 능력이 이상이었든가 또는 이하였을 수도 있지. 총감은 장관이 편지를 어떤 사람에게 들키지 않도록 세상 사람들의 바로 코밑에다 감춰둘 거라고는 꿈에도 생각지 못한 것일세.

그래서 나는 D장관의 대담하고도 당돌하면서 영리한 두뇌의 교묘함을 염두에 두고, 상투적인 수색 방법으로는 찾을 수 없다는 총감 자신이 제공한 결정적인 정보를 생각하였다네. 나는 장관이 편지를 언제든지 손닿는 곳에 두어야 하며 감추기 위해 애를 쓴 흔적을 남기지 않으려는 영리하고도 지혜로운 방법을 채택한 것을 알았지.

나는 이 같은 생각으로 맑게 갠 어느 날 아침에 푸른 안경을 쓰고 장관 댁을 방문했다네. 장관은 마침 집에 있었네. 여전히 하품이나 하며 피곤해하고 무료해서 견딜 수 없다는 듯한 태도더군. 세상에 이 작자처럼 정력가는 없을 거야. 아무도 보는 사람이 없을 때에 그렇단 말일세.

나는 장관 못지않게 눈이 나빠져서 안경을 쓰지 않으면 안 되었다고 불평하며 주인의 얘기에 귀를 기울이고 있는 척 안경으로 주의를 돌려놓고 방 안을 둘러보았네.

나는 장관의 큰 책상을 특히 주의했지. 그 위에는 여러 통의 편지와 문서, 두서너 개의 악기와 몇 권의 책이 어지럽게 놓여 있더군. 한동안 유심히 살펴보았지만 특별히 의심할 만한 것이라곤 아무것도 없었지.

방 안을 휘휘 둘러보다 마침내 나의 시선은 벽난로 한복판 아래에 있는 조그마한 구리 집게로부터 지저분한 파란 리본이 매달려 있고 금속으로 장식되어 겉만 번드르르한 마분지 편지꽂이에 멈췄네. 서너 칸으로 나뉘어 있는 이 편지꽂이에는 몇 장의 명함과 함께 한 통의 편지가 들어 있더군. 이 편지는 아주 더럽게 구겨져 있었는데 처음에는 버릴 것으로 찢어버리려다가 그냥 꽂아둔 것처럼 가운데가 둘로 찢어져 있었네. 그 편지에는 크고 시커먼 봉인이 있었고 뚜렷하게 D라는 기호가 있었으며, 가느다란 여자 필적으로 D장관에게 보낸 것이었네. 그것은 편지꽂이 제일 위 칸에 아무렇게나 꽂아둔 듯이 꽂혀 있었네.

나는 이거야말로 찾고 있던 편지가 틀림없구나 했지. 물론 이 편지는 총감이 우리들에게 자세히 설명한 것과는 판이하게 달랐네. 이 편지의 봉인은 크고 시커먼 D라는 기호였네. 총감이 말한 편지는 작고 빨간 봉인에 S 집안의 공작 문장이 있다고 하지 않았나? 또 총감이 말한 편지의 주소는 어느 왕족이라고 했는데 이 편지의 주소는 여자 필적으로 쓰여 있었어. 다만 편지의 크기만 일치하더군. 이렇게 극단적으로 다른 점과 함께, 손때가 묻어 더럽고 찢어진 편지의 상태가 D의 빈틈없는 일상생활 모습과는 모순되어 보이더군. 게다가 보는 사람으로 하여금 하찮게 보이려는 의도라든가, 편지가 모든 방문자의 눈에 띌 수 있는 곳에 아무렇게나 놓여 있는 점들이 내가 내린 결론과 완전히 일치하는 것이었지. 이런 사실들은 편지를 찾을 목적으로 온 내가 충분히 의심할 만하더군.

나는 가능한 오랫동안 시간을 끌면서 그의 관심을 끌고 감동시킬 만한 논제를 끌어내어 장관과 열심히 토론하는 척하며 편지로부터 일순간도 주의를 놓치지 않았네. 대화 도중 틈틈이 살펴보면서 나는 편지의 겉모습과 편지꽂이에 꽂혀 있는 모양을 머릿속에 깊이 새겨 넣었지.

그러다가 미심쩍은 점을 발견하고는 나의 조그마한 의혹마저 깨끗이 사라졌다네. 편지 모서리를 유심히 살펴보니 필요 이상으로 구겨져 있었단 말이야. 딱딱한 종이가 한 번 접혀져 그 위를 집게로 누른 다음 그 꺾인 곳과 반대쪽으로 다시 꺾을 때 나타나는 갈라진 선이 있었네. 이것만으로도 충분했지. 편지가 장갑처럼 뒤집혀져 주소가 고쳐지고 다시 봉인을 한 것이 확실했네.

나는 장관에게 작별 인사를 하고 일부러 금제 담뱃갑을 책상 위에 놔둔채 집으로 돌아왔네.

다음 날 아침에 나는 담뱃갑을 찾는다는 핑계로 장관 댁을 방문하여 전날에 우리들이 했던 토론을 계속 이어서 했지.

이때 창문 아래에서 권총 소리 같은 탕! 하는 소리가 들려오고 연이어 놀란 사람들의 비명소리가 들려왔네. 깜짝 놀란 장관은 창 쪽으로 달려가 창문을 열고 밖을 내다보았네.

그 순간 나는 편지꽂이 있는 곳으로 급히 다가가 그 편지를 꺼내 호주머니에 넣은 다음 외관상으로는 똑같은 가짜 편지를 대신 놓아두었네. 그것은 D기호를 흉내 내어 빵으로 만든 봉인으로 집에서 미리 만들어 가지고 간 것일세.

거리의 소동은 총을 가진 사내의 미친 짓 때문에 일어난 것이었지. 부인들과 아이들에게 발포했지만 탄알이 없는 공포탄을 쏜 것이 밝혀져 미친 사람이나 주정꾼으로 취급하여 금방 석방되었다네. 나는 찾던 편지를 손안에 넣자 장관을 따라 창 옆으로 가 서 있었지. 주정꾼이 사라지자 장관은 자기 자리로 돌아오고 나도 인사를 한 후 그 집을 나왔네. 짐작했겠지만 주정꾼의 소동은 내가 시킨 것이었다네.”

“그런데 말일세. 왜 가짜 편지 같은 걸 그곳에 넣어두었나? 자네가 처음 방문했을 때 찾았으니 그냥 빼 오지 않고.”

“아니지. D장관은 물불을 가리지 않는 대담한 자거든. 또 그의 집에는 그를 위해 생명을 내던질 하인들도 여럿 있는데 어디 될 말인가? 만일 자네 말대로 했다 잘못 걸렸다간 괜히 뼈도 못 추리고 파리 시민들이 내 소식을 알지도 못하게? 그러나 이런 문제 외에도 나에겐 다른 이유가 있었지.

내가 정치적 편견을 가진 것은 자네도 잘 알고 있지 않나? 이 사건에 있어서 나는 귀부인의 당원으로 활동한 걸세. 수개월 동안 장관은 그 귀부인을 자기 세력하에 굴복시키고 있었는데, 이번에는 그가 귀부인에게 굴복당할 차례지. 편지가 그의 손에서 사라졌다는 것을 아직 모르고 있으니까 그는 여전히 제멋대로 행동할 것이 아닌가? 그러다가 곧 정치적인 파멸을 초래할 것이란 말일세.

파멸로 떨어지는 꼬락서니야말로 절벽을 굴러떨어지는 것 같고 숨 막힐 지경일 것일세. '지옥으로 떨어지기는 쉽다'고 했지만 카탈라니(이탈리아 성악가)가 성악에 관해서 얘기한 대로 고음으로 올라가는 것보다 저음으로 떨어지는 것이 더 어렵다고 하더군.

이번 경우에 나는 추락하는 자에게 아무런 동정도 하기 싫다네. 조금의 연민도 느끼지 않아. 그는 무서운 괴물에 파렴치한 천재야. 그래도 총감의 말을 흉내 낸다면, 장관이 어떤 귀부인한테 코가 납작하게 된 후에 당황하여 부랴부랴 내가 바꿔 넣은 가짜 편지를 읽게 되면 그 위인은 무슨 생각을 할까 그 꼬락서니를 보고 싶기는 하군."

"그럼 자네는 그 속에 무엇을 써넣었단 말인가?"

"그냥 백지만 넣기도 좀 뭐하잖아. D장관을 모욕하는 것 같기도 하고. D는 언젠가 한 번 빈에서 나를 몹시 애먹인 적이 있었어. 나는 그때 불쾌한 것을 꾹 참으며 언젠가는 이 일을 설욕하겠노라고 마음먹었지. 그의 뛰어난 지략보다 한걸음 앞선 녀석이 누군지 궁금해할 텐데 단서를 남기지 않는 것도 안 된 일이지 않나. 그도 내 필적을 알고 있으니 백지 가운데에 다음과 같은 글을 써넣었네.

이러한 무참한 계획은
아트레에게는 적당치 않을지 몰라도
티에스트에게는 어울릴 것이다.

이 글은 크레비용의 〈아트레와 티에스트〉(그리스 신화의 복수극) 1절이라네."

큰 바위 얼굴

- 너새니얼 호손 -

작가 소개

너새니얼 호손(Nathaniel Hawthorne 1804~1864) 미국 소설가.

매사추세츠주 세일럼에서 선장의 아들로 태어났다. 엄격한 청교도 가정에서 성장하였으며, 1825년 보든 대학교를 졸업 후 1828년 최초의 소설《팬쇼》를 자비 출판하였으나 호응을 못 받자 전량 회수해 폐기한다. 1837년 단편집《트와이스 톨드 테일스》를 발표하고, 1839년 보스턴 세관에 근무하면서 창작활동에 전념한다.

1842년 S. 피보디와 결혼하고, 그 후 1850년 대표작이 된《주홍글씨》를 발표한다. 17세기 청교도 식민지 보스턴에서 일어난 간통사건을 다룬 내용으로 청교도의 엄격함을 묘사하고 긴밀한 구성과 상징적 기법을 통해 도덕적 죄악에 빠진 인간의 내면을 세밀하게 묘사해 19세기의 대표적 미국소설 작가로서의 명성을 얻는다. 1851년 청교도를 선조로 가진 호손의 4대조에 대한 전설을 바탕으로 한《일곱 박공의 집》을 발표하였다. 1853년 영국의 리버풀 영사로 4년간 근무한 후 이탈리아를 여행한다. 그때의 경험과 자기중심에 사로잡힌 사람들의 내면생활을 비판한《블라이드데일 로맨스》를 발표한다. 1860년 귀국한 뒤《우리들의 고향》을 마지막으로 발표하고 1864년 여행 중에 60세의 일기로 영원히 잠든다.

그 외 작품으로는《대리석의 목신상》《반점》《큰 바위 얼굴》《두번 들려준 이야기》《낡은 저택의 이끼》《눈 인형》등이 있다.

작품 정리

너새니얼 호손이 만년에 쓴 단편소설로 '큰 바위 얼굴' 이라는 소재를 통해 여러 인간상을 보여주면서 이상적인 인간을 추구한 작품이다. 중학교 국어 교과서에 실릴 정도로 우리에게 친숙한 작품으로 구성도 평이하게 특별한 반전보다는 잔잔하게 이야기를 서술해 가는 방식이다.

진정으로 현명하고 선한 인간의 가치는 세속적인 힘이나 경제적 부와 무력 또는 권력에 있는 것이 아니라 순박하고 겸허한 자세로 끊임없는 자기 탐구를 거쳐 얻어진 말과 사상과 실생활의 일치에 있다는 것을 보여준다.

교훈적이고 풍자적인 내용을 담았으며 진정한 인간성이란 그 사람의 삶의 과정을 통해 이루어지는 것을 말하고자 했다.

작품 줄거리

남북전쟁 직후 어니스트란 소년은 어머니로부터 바위 언덕에 새겨진 큰 바위 얼굴을 닮은 아이가 태어나 훌륭한 인물이 될 것이라는 전설을 듣는다. 어니스트는 커서 그런 사람을 만나보았으면 하는 희망을 가지고, 자신도 어떻게 살아야 큰 바위 얼굴처럼 될까 생각하면서 진실하고 겸손하게 살아간다. 세월이 흐르는 동안 돈 많은 부자, 전쟁 영웅이 된 장군, 말을 잘하는 정치인, 글을 잘 쓰는 시인들을 만났으나 큰 바위 얼굴처럼 훌륭한 사람으로 보이지 않았다.

그러던 어느 날 어니스트의 설교를 듣던 시인이 어니스트가 바로 '큰 바위 얼굴'이라고 소리친다. 하지만 할 말을 다 마친 어니스트는 집으로 돌아가면서 자기보다 더 현명하고 훌륭한 사람이 큰 바위 얼굴과 같은 모습을 가지고 나타나기를 마음속으로 바란다.

핵심 정리

갈래 : 단편 소설
시점 : 전지적 작가 시점
배경 : 미국 남북전쟁 후 높은 산에 둘러싸인 계곡 마을
주제 : 이상적인 삶과 인간성의 회복

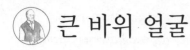

큰 바위 얼굴

어느 날 오후 해 질 무렵, 어머니와 어린 아들은 자기네 오막살이집 문 앞에 앉아서 큰 바위 얼굴에 관해 이야기를 하고 있었다. 그 큰 바위 얼굴은 여러 마일이나 떨어져 있었지만 그들이 눈을 들기만 하면 햇빛에 비치어 그 모습이 뚜렷하게 보였다.

대체 큰 바위 얼굴이란 무엇일까?

높은 산들에 둘러싸인 분지가 하나 있었다. 그곳은 넓은 골짜기로서 많은 사람이 살고 있었다. 그곳에 사는 순박한 사람들 중에는 가파른 산허리의 빽빽한 수풀에 둘러싸인 곳에 통나무집을 짓고 사는 사람들도 있고, 골짜기로 내리뻗은 비탈이나 평탄한 지면의 기름진 땅에 농사를 지으며 안락하게 사는 사람들도 있었다. 또 한 곳에는 인구가 조밀하게 모여서 마을을 이루고 사는 곳도 있었고, 높은 산악 지대로부터 떨어져 내리는 격류를 이용하여 기계를 돌리는 방직 공장도 있었다.

아무튼 이 골짜기에는 살고 있는 주민들도 많았고 살림살이 모양도 여러 가지였으며 그중에는 위대한 자연 현상에 대하여 유달리 감동하는 사람들도 없지 않았으나 그들에게 한 가지 공통된 점은 큰 바위 얼굴에 대한 일종의 친밀감을 가지고 있다는 것이었다.

그렇게 모든 사람이 우러러보는 큰 바위 얼굴은 깎아지른 듯한 절벽 위에 몇 개의 바위로 이루어진 것으로 장엄한 대자연이 유희적 기분으로 만든 작품 같았다. 그 바위들을 적당한 거리에서 바라보면 잘 어우러져 확실히 사람의 얼굴처럼 보이는 것이었다. 마치 거대한 거인이나 타이탄이 절벽 위에 자기 자신의 얼굴을 조각한 것같이 보였다. 넓은 아치형의 이마는 높이가 삼십여 미터나 되고 기름한 콧날에 넓은 입술 —만약에 우람한 그 입술이 말을 한다면 천둥소리처럼 골짜기의 이 끝에서 저 끝에까지 울릴 것 같았다.

아주 가까이에서 보면 그 거대한 얼굴의 윤곽은 없어지고, 무겁고 큰 바위들이 폐허에 질서 없이 포개진 것으로만 보일 것이다. 그러나 차차 뒤로 물러서면서 보면 그 신기한 형상을 알아볼 수 있게 점점 드러나고, 거리가 멀어질수록 더욱더 사람의 얼굴과 같아져 그 본래의 거룩한 모습을 볼 수 있게 된다. 그리고 구름과 안개에 싸여 희미해질 만큼 멀어지면 큰 바위 얼굴은 정말 살아 있는 것같이 보이는 것이었다.

이곳 아이들이 큰 바위 얼굴을 쳐다보며 자라나는 것은 큰 행운이었다. 왜냐하면 그 얼굴은 생김생김이 숭고하고 웅장하면서도 표정은 다정스러워 온 인류를 포용하고도 남을 것 같은 애정이 느껴지기 때문이었다. 그저 그것을 바라보는 것만으로도 큰 교육이 되었다. 또한 이 골짜기의 토지가 기름진 것은 구름을 찬란하게 꾸미고 햇빛 속에 정다움을 펼치면서 언제나 이 골짜기를 내려다보고 있는 자비스러운 큰 바위 얼굴 덕분이라고 사람들은 믿고 있었다.

처음에 이야기를 시작한 것과 같이 어머니와 어린 소년은 오막살이집 문 앞에 앉아서 큰 바위 얼굴을 쳐다보며 그에 대한 이야기를 하고 있었다. 그 아이의 이름은 어니스트였다.

"어머니!"

하고 아이는 말하였다. 그때 타이탄과 같은 큰 바위 얼굴이 아이에게 미소를 보내는 것만 같았다.

"저 큰 바위 얼굴이 말을 할 수 있었으면 좋겠어요. 저렇게 다정해 보이니까 목소리도 매우 좋겠지요? 만약 내가 저런 얼굴을 가진 사람을 만난다면 나는 정말 그분을 진정으로 사랑할 거예요."

"만약에 옛날 예언이 실현된다면 우리는 언젠가 저것과 똑같은 얼굴을 가진 사람을 볼 수 있을 거란다."

"어떤 예언인데요, 어머니? 어서 얘기해 주세요."

어니스트는 어머니에게 물었다. 어머니는 어니스트보다 더 어렸을 때 그녀의 어머니에게서 들은 이야기를 아이에게 해 주었다.

그것은 매우 오래전부터 전해 내려오는 이야기로서 지나간 일에 대한 것이 아니라 장차 일어날 일에 대한 이야기였다. 옛날에 이 골짜기에 살고 있던 아메리칸 인디언들 역시 그들의 조상들로부터 그 예언을 들어왔다고 한다. 또 그 조상들이 믿음을 가지고 말하는 것에 따르면 그 이야기의 시작은 산골짜기를 흐르는 시내가 종알거리고 나무 끝을 스치는 바람이 속삭여 주었다는 것이다.

그 예언이란 장차 언제고 이 분지 근처에 한 아이가 태어나 고귀하고 위대한 인물이 될 운명을 타고날 것이며 그 아이는 어른이 되어감에 따라 얼굴이 큰 바위 얼굴을 닮아 갈 거라는 것이다.

열렬한 희망과 변하지 않는 확신을 가지고 아직도 많은 늙은이들과 어린이들이 이 오래된 예언을 믿고 있었다. 그러나 아무리 기다려도 그런 얼굴을 가진 사람을 만나지 못한 많은 사람들은 이 예언을 그저 허황된 이야기라고 단정했다. 어쨌든 예언이 말하는 위대한 인물은 아직 나타나지 않았던 것이다.

"어머니! 어머니!"

어니스트는 손뼉을 치며 외쳤다.

"내가 커서 꼭 그런 사람을 만나 보았으면……."

그의 어머니는 애정이 많고 생각이 깊은 부인이어서 아들의 큰 희망을 깨뜨리지 않는 것이 현명한 일이라고 생각했다. 그래서 어머니는 아들에게 말하였다.

"너는 아마 그런 사람을 만날 것이다."

그 뒤로도 어니스트는 어머니께서 해 주신 이야기를 늘 잊지 않았다. 그가 큰 바위 얼굴을 쳐다볼 때마다 어머니에게서 들은 이야기가 마음속에 떠오르는 것이었다. 그는 그가 태어난 그 오막살이집에서 어린 시절을 지내는 동안 늘 어머니 말씀에 순종하였고, 어머니께서 하시는 일들을 그의 조그마한 손과 사랑하는 마음으로 도와 드렸다. 이리하여 가끔 명상을 하는 이 행복한 어린아이는 점점 더 온화하고 겸손한 소년이 되었다.

밭에서 일을 하기 때문에 햇볕에 검게 그을렸지만 유명한 학교에서 교육을 받은 소년들보다 더 총명한 빛이 그의 얼굴에 떠올랐다. 어니스트에게 선생님이 있었다면 그것은 바로 저 큰 바위 얼굴이었다.

어니스트는 하루의 일이 끝나면 몇 시간이고 그 바위를 바라보는 것이었다. 그러다가 마침내는 큰 바위 얼굴이 자신을 알아보고 어니스트의 눈길에 가득 담긴 존경에 대하여 자신을 격려하는 친절한 미소를 보내 준다고 믿기 시작하였다. 물론 큰 바위 얼굴이 어니스트에게만 더 친절하게 보일 리는 없겠지만 그렇다고 어린 어니스트의 생각을 덮어놓고 틀렸다고만 할 수는 없었다. 사실 믿음이 깊고 순수한 그의 맑은 마음은 다른 사람들이 보지 못하는 것을 볼 수 있었던 것이다. 이 때문에 모든 사람이 다 누릴 수 있는 큰 바위 얼굴의 사랑이 특별히 자신만의 사랑이 될 수 있다고 느꼈다.

바로 이 무렵 옛날부터 전해 오던 예언대로 마침내 큰 바위 얼굴처럼 생긴 위인이 나타났다는 소문이 이 분지 일대에 파다하게 퍼졌다.

여러 해 전에 한 젊은 사람이 이 골짜기를 떠나 먼 항구로 가서 사업을 시작하여 돈을 많이 벌었다. 그의 이름은 ―그의 본명인지 혹은 그가 사업에 성공한 데서 온 별명인지는 모르나― 개더골드라고 했다. 빈틈없고 민활한데다가 하늘이 주신 비상한 재능, 즉 세상 사람들이 '재수'라고 부르는 행운을 타고난 그는 대단한 거상이 되었던 것이다.

그의 재산을 계산하는 데만도 많은 시간이 걸릴 만큼 큰 부자가 되었을 때 그는 고향을 생각하게 되었다. 그리고 자신이 태어난 고향에 돌아가서 여생을 마치겠다고 결심한 그는, 자신 같은 백만장자가 살기에 적당한 저택을 짓기 위해 능숙한 목수를 먼저 고향으로 내려보냈다.

먼저 말한 바와 같이 이 골짜기에는 벌써 개더골드야말로 지금까지 오래 기다렸던 예언의 인물이요, 그의 얼굴은 틀림없이 큰 바위 얼굴 그대로라는 소문이 돌았다. 그의 아버지가 여태까지 살았던 초라한 농가를 허물고 마치 요술의 힘으로 꾸민 듯한 굉장한 저택이 들어서는 것을 본 사람들은, 그 소문이 거짓 없는 사실일 거라고 모두 다 믿게 되었다.

어니스트는 예언의 인물이 드디어 나타났다는 사실만으로도 마음이 몹시 설레었다. 그의 어린 마음은 막대한 재산을 가진 개더골드가 큰 바위 얼굴의 너그럽고 자비로운 미소처럼 모든 사람들에게 자선을 베풀어 줄 것이라고 믿었다.

그는 여느 때처럼 자신에게 친절한 미소를 보내줄 거라고 상상하며 큰 바위 얼굴을 바라보고 있었다. 그때 꾸불꾸불한 길을 따라 빠른 속도로 달려오는 마차 바퀴 소리가 들렸다.

"야! 오신다."

개더골드가 도착하는 광경을 보려고 모인 많은 사람들이 외쳤다.

"위대한 개더골드 씨가 오셨다!"

네 마리의 말이 끄는 마차가 속력을 내어 길모퉁이를 달렸다. 마차의 창밖으로 조그마한 늙은이의 얼굴이 보였다. 그의 피부는 자신의 마이더스의 손으로 빚은 것처럼 누른빛이었다. 이마는 좁았고 작고 매서운 눈가에는 수많은 잔주름이 잡혔으며 얇은 입술은 꼭 다물려 더욱더 얇아 보였다.

"큰 바위 얼굴과 똑같다!"

사람들은 큰 소리로 외쳤다.

"옛날의 예언은 정말이었어. 드디어 위인이 오셨다!"

사람들이 그를 보고 예언의 얼굴과 똑같다고 말할 때 어니스트는 정말 어리둥절하였다. 길가에는 때마침 먼 지역에서 방랑해 온 늙은 거지와 어린 거지들이 있었다. 이 불쌍한 거지들은 마차가 지나갈 때에 손을 내밀고 슬픈 목소리로 애걸을 하였다. 누런 손이 –이것이야말로 재물을 긁어모은 바로 그 손이– 마차 밖으로 나오더니 동전 몇 닢을 땅 위에 떨어뜨렸다. 그걸 보면 이 위인을 개더골드라고 부르게 된 것도 그럴듯하나 스캐터코퍼(동전을 뿌리는 사람)라 불러도 잘 어울릴 것 같았다. 그럼에도 불구하고 사람들은 굳은 확신을 가지고 큰 바위 얼굴과 똑같다며 열렬한 함성을 보냈다.

그렇지만 어니스트는 실망하면서 주름살투성이의 영악하고 탐욕이 가득 찬 그 얼굴에서 고개를 돌리고 말았다. 그리고 산허리를 쳐다보았다. 거기에는 맑고 빛나는 얼굴이 몰려드는 안개에 싸여 막 지려는 햇빛을 받고 있었다. 그런 모습은 그의 마음을 한없이 편안하게 하였다. 그의 후덕한 입술은 어니스트에게 이런 말을 하는 것 같았다.

"그 사람은 온다. 걱정하지 마라. 그 사람은 꼭 온다!"

세월은 흘러갔다. 어니스트도 이제는 소년이 아니다. 그는 젊은이가 되었다. 그는 그 골짜기에 사는 다른 사람들의 주의를 끄는 일이 별로 없었다. 그도 그럴 것이 그의 일상생활에는 유달리 뚜렷한 점이 없었던 것이다.

그가 남과 다른 점이 있다면 하루의 일을 마치고 혼자 떨어져서 큰 바위 얼굴을 쳐다보며 명상을 하는 것이었다. 그것은 다른 사람들이 보기에는 참으로 바보 같은 짓이었다. 그렇지만 어니스트는 부지런하고 친절하며 자기가 할 일을 어김없이 하는 성실한 사람이었으므로 아무도 그러는 그를 비난하지는 않았다.

큰 바위 얼굴이 그에게는 훌륭한 선생님이라는 것과, 큰 바위 얼굴에 나타난 고고함이 이 젊은이의 가슴을 다른 사람의 그것보다 더 넓고 깊은 인간애로 가득 채운다는 것을 사람들은 알 수 없었다. 큰 바위 얼굴을 바라봄으로써 책에서 배우는 것보다 더 많은 지혜를 얻고 다른 사람의 부끄러운 모습을 경계할 수 있었으며, 그리하여 현재의 상태보다 더 나은 상태로 발전하고 있음을 다른 사람들은 알지 못했다.

어니스트 또한 들 가운데에서 또는 화롯가에서 그리고 혼자 깊이 명상하는 곳에서 그렇게 자연스럽게 떠오르는 사상과 감정이 사람들과의 교류에서 일어나는 것보다 더 품격이 높은 것임을 몰랐다.

그의 어머니께서 처음으로 오래된 예언을 일러주시던 때와 다름없이 순박한 그는, 골짜기를 내려다보고 있는 큰 바위 얼굴을 바라보며 그것과 똑같이 생긴 살아있는 인간의 얼굴이 좀처럼 나타나지 않는 것이 궁금하였다.

이러는 동안에 개더골드는 죽어 땅속에 묻혔다. 이상한 일은 그의 육체요 영혼이었던 재산은 그의 생전에 이미 사라져 버리고, 우글쭈글하고 누런 살갗으로 덮인 산송장 같은 몰골만이 남더라는 것이었다. 그의 황금이 녹아 스러지면서부터 누구나 다 인정하는 것은, 이 거덜 난 상인의 천한 생김새와 산 위에 있는 장엄한 얼굴 사이에 서로 닮은 점이라고는 아무것도 없었다는 점이었다. 사람들은 그가 살아있을 때에도 존경하는 마음이 사라져버렸지만 죽은 뒤에는 그를 까맣게 잊어버리고 말았다.

그런데 이 골짜기의 태생으로 여러 해 전에 군대에 들어가 수없는 격전을 치르고 지금은 유명한 장군이 된 사람이 있었다. 본명은 무엇인지 잘 모르나 군대나 전쟁터에서는 올드 블러드 앤드 선더(피와 천둥의 노인)라는 별명으로 알려져 있었다. 이 백전의 용사도 이제는 노령과 상처로 몸이 약해지고, 요란한 군대 생활과 오랫동안 귓속에 울려오던 북소리며 나팔 소리에 그만 싫증이 나서 고향에 돌아가 편안하게 살고 싶다는 희망을 발표하였다.

그로 인해 골짜기의 흥분은 이루 형언할 수 없었다. 많은 사람들이 전에는 몇 해를 두고 한 번도 거들떠보지 않던 큰 바위 얼굴을 다시금 쳐다보았다. 올드 블러드 앤드 선더 장군이 어떻게 생겼는지 알고 싶었던 것이다.

장군을 맞이하는 큰 잔치가 벌어지는 날, 어니스트는 일을 마치고 골짜기 사람들과 함께 숲속의 향연이 마련되어 있는 곳으로 갔다.

어니스트는 발돋움을 하여 이 유명한 큰 손님을 먼빛으로라도 보려 하였다. 그러나 많은 축사와 연설과 장군의 입에서 흘러나오는 답사를 한 마디도 빠뜨리지 않으려고 많은 사람들이 식탁 주위에 몰려들었고, 따라온 호위병은 직책을 다하기 위해 총검으로 사람들을 마구 밀어냈다.

원래 성품이 부드러운 어니스트는 뒤로 밀려 그의 얼굴을 볼 수가 없었다. 그는 스스로를 위로하기 위해 큰 바위 얼굴이 있는 쪽을 바라보았다. 그는 언제나처럼 진실해 보이고 오랜 시간 마음속에 품고 있던 친구를 대하듯 다정하게 미소를 띠고 그를 마주 보는 것이었다.

이때 이 영웅의 용모와 멀리 산허리 위에 있는 큰 바위 얼굴을 비교해 보는 여러 사람들의 말이 들려왔다.

"판에 박은 듯이 똑같은 얼굴이다!"

한 사람이 기뻐 날뛰면서 외쳤다.

"영락없구나! 바로 그 얼굴이야!"

또 다른 사람이 맞장구를 쳤다.

"닮다마다! 저건 바로 올드 블러드 앤드 선더가 커다란 거울 속에 비친 것 같은 걸."

하고 셋째 사람이 외쳤다.

"아무렴, 그렇고말고! 장군이야말로 고금을 통하여 가장 위대한 인물이거든."

그러고는 이 세 사람이 함께 소리 높여 외치자 그것이 군중에게 전파처럼 퍼져서 수천의 입으로부터 큰 함성을 일으키고 그 함성은 수 마일을 울려 퍼져, 큰 바위 얼굴이 천둥 같은 소리로 고함을 지른 것이 아닌가 하고 의심할 정도였다.

"장군이다! 장군이다!"

마침내 사람들의 함성 소리가 작아졌다.

"쉿, 조용히! 장군이 연설을 하신다."

그 말대로 식사가 끝나고 그의 건강을 위한 축배를 올린 후 장군은 박수
갈채 속에 감사의 뜻을 표하기 위하여 일어섰다. 어니스트는 그제서야 그
를 보았다. 그의 머리 위로는 월계수가 얽힌 푸른 나뭇가지가 아치를 이루
고, 그의 이마에 그늘을 드리우듯 깃발은 축 늘어져 있었다. 게다가 마침
숲이 트인 곳으로 큰 바위 얼굴도 볼 수 있었다.

그렇다면 이들 사이에 사람들이 증언한 바대로 유사한 점이 있었던 것일
까? 어니스트는 그것을 찾아낼 수가 없었다. 어니스트는 수없는 격전과 갖
은 풍상에 찌든 장군의 얼굴을 유심히 바라보았다. 그 얼굴에는 정력이 넘
쳐 흐르고 강철 같은 의지가 드러나 보였다. 하지만 깊은 지혜와 다사로운
자애심은 찾아볼 수가 없었다. 큰 바위 얼굴은 준엄한 표정을 하고 있다 하
더라도 한편으로는 더 온화한 빛으로 그 표정을 녹여내고 있었다.

"예언의 인물이 아니다."

하고 말하며 어니스트는 군중 사이를 빠져나가 홀로 한숨을 내쉬었다.

"아직도 더 기다려야 하는 것인가?"

또다시 평온한 가운데 여러 해가 흘렀다. 어니스트는 아직도 자기가 태
어난 골짜기에서 살고 있었다. 그도 이제는 중년의 나이가 되었다. 그리고
미미하지만 차차 사람들 사이에도 알려지게 되었다. 그는 지금도 예전처럼
생계를 위해 일을 하면서 여전히 순박한 마음을 지닌 사람이었다. 그러나
그는 그동안 많은 일을 생각하고 또 느꼈다. 생애의 가장 좋은 시절을 인류
를 위해 훌륭한 일을 해 보겠다는 신념으로 살았다.

어느덧 자기도 모르는 사이에 그는 일종의 전도사 역할을 하고 있었다.
그의 맑고 높은 순수한 사상은 그의 덕행으로 나타나기도 하였으며 설교로
도 흘러나왔다. 그가 토해내는 진리는 듣는 사람들로 하여금 깊은 감명을
안겨 주었다. 그로 인해 새로운 생활을 할 수 있는 계기를 만들고는 했던
것이다.

그의 이야기를 듣는 사람들은 바로 자기네의 이웃이요 친근한 벗인 어니
스트가 평범한 사람이 아니라고는 전혀 생각하지 않았다. 더구나 어니스트
자신은 꿈에도 그런 생각을 해 본 적이 없었다. 그럼에도 아직까지 그 누구
도 말하지 못했던 숭고한 사상이 마치 시냇물의 속삭임처럼 그의 입에서

술술 흘러나오는 것이었다.

어느 정도 시간이 흘러 냉정을 되찾고 나자 사람들은 올드 블러드 앤드 선더 장군의 험상궂은 인상과 산 위에 있는 자비로운 얼굴과는 비슷한 점이 없다는 것을 알게 되었다. 그러자 이번에는 한 저명한 정치가의 넓은 어깨 위에 큰 바위 얼굴과 똑같은 얼굴이 나타났다는 소식이 들려오고, 신문에는 그것을 확인하는 많은 기사가 실렸다.

이 정치가는 개더골드 씨나 올드 불러드 앤드 선더 씨와 마찬가지로 이 골짜기에서 태어났으나 일찍이 이 고장을 떠나 법률과 정치에 종사하였다. 부자의 재산과 장군의 칼 대신에 그는 오직 하나의 혀를 가졌을 뿐이었으나 그것은 앞의 두 가지를 합친 것보다 더 강력한 것이었다. 그의 언변은 놀랄 만큼 유창하여 그가 무엇을 말하든 간에 청중들은 그의 말을 믿지 않을 수 없게 되어, 그른 것도 옳게 보고 정당한 것도 잘못되었다고 여기게 되었다. 그도 그럴 것이 만일 그가 마음을 먹기만 하면 오로지 숨결만으로도 자욱한 안개를 일으켜 대자연의 햇빛을 무색하게 할 수도 있었던 것이다. 그 언변은 때로는 천둥과도 같이 우르르 울리기도 하며 때로는 한없이 달콤한 음악처럼 사람들의 귀에 속삭이기도 하였다. 사나운 질풍처럼 휘몰아치는가 하면 평화스러운 노래이기도 했다.

물론 사실은 아니지만 그는 혀 속에 심장을 지니고 있는 듯하였다. 실로 놀라운 사람이었다. 그의 혀로 하여금 상상할 수 있는 모든 성공을 거두었다. 그의 혀가 말하는 소리는 각 주의 정부와 여러 군주들에게까지 알려지게 되고 그의 목소리는 방방곡곡에 울려 퍼졌으며 온 세계에 그의 명성을 떨치게 되었다.

마침내 그의 설득력 있는 웅변은 국민으로 하여금 그를 대통령으로 선출하도록 하고야 말았다. 이보다 앞서 그의 이름이 세상에 알려지기 시작했을 때 그의 숭배자들은 그와 큰 바위 얼굴과의 사이에 비슷한 모습을 찾아내었다. 이런 사실들이 알려지면서 이 신사는 올드 스토니 피즈(늙은 바위 얼굴)라는 이름으로 전국에 알려지게 되었다.

친구들이 그를 대통령으로 추대하려고 온갖 노력을 다하고 있을 때, 그는 자기 고향인 이 골짜기를 방문하기 위해 길을 나섰다. 기마행렬은 주 경계선에서 그를 맞으려고 출발하였다. 사람들은 일을 멈추고 길가에 모여 그가 지나가는 것을 보려고 하였다. 사람들 속에는 어니스트도 있었다.

말굽 소리도 요란하게 기마행렬이 달려왔다. 먼지가 어찌나 많이 일어나는지 어니스트는 그의 얼굴을 볼 수가 없었다. 악대가 연주하는 감격적인 음악의 우렁찬 반향이 골짜기에 메아리쳐 골짜기 구석마다 이 저명한 손님을 환영하는 소리로 가득 찼다. 그러나 역시 가장 웅대한 광경은 멀리 솟은 절벽이 음악을 메아리로 되울리는 것이었다.

사람들은 모자를 벗어 위로 던지며 소리를 질러댔다. 그 뜨거운 열기가 사람들의 마음에서 마음으로 통하였으며 어니스트의 가슴에도 뜨거운 것이 솟구쳤다. 그도 모자를 위로 던지며 큰 소리로,

"영웅 만세! 올드 스토니 피즈 만세!"

하고 외쳤다. 그러나 아직 그 사람을 보지는 못하였다.

"왔다!"

어니스트 가까이 서 있던 사람들이 외쳤다.

"저기, 저기, 올드 스토니 피즈를 봐라. 그리고 저 산 위의 얼굴을 보라. 마치 쌍둥이 같지 않으냐?"

이같이 화려한 행렬 한가운데에 네 마리의 흰 말이 끄는 뚜껑 없는 사륜마차가 도착하였다. 그 마차 안에는 모자를 벗어든 유명한 정치가 올드 스토니 피즈가 앉아 있었다.

"어때? 대단하지!"

어니스트의 옆 사람이 그에게 말했다.

큰 바위 얼굴은 이제야 제 모습을 만났다. 솔직히 말하여 마차에서 고개를 끄덕거리며 미소를 띠고 있는 모습을 처음으로 보았을 때, 어니스트는 산 위에 있는 얼굴과 흡사하다고 생각하였다. 훤하게 벗어진 넓은 이마며 그 밖의 얼굴 형상이 참으로 당당하고 힘차게 보여, 마치 타이탄과 경쟁하려는 모습 같았다.

그러나 그 정치가의 얼굴에는, 산 중턱의 얼굴을 빛나게 하며 그 육중한 화강석 물체를 영혼이 깃들어 보이게 하는 장엄함이나 위풍당당함, 신과 같은 위대한 사랑의 표정은 찾아볼 길이 없었다. 원래부터 없었거나 그렇지 않으면 있던 것이 사라져 버린 것 같았다. 이 놀랄 만한 품성을 지닌 정

치가의 눈가에는 지치고 침울한 빛이 서려 있는 것이었다.

어니스트의 옆에 있던 사람은 팔꿈치로 그를 쿡쿡 찌르면서 대답을 재촉하였다.

"어때? 어떤 것 같아? 이 사람이야말로 저 산 중턱의 노인과 똑같지 않나?"

"아니오!"

어니스트는 무뚝뚝하게 대답했다.

"아니, 조금도 닮지 않았소."

"그래? 그렇다면 저 큰 바위 얼굴에게 미안한데."

옆 사람은 이렇게 말하면서도 올드 스토니 피즈를 위하여 다시 환호성을 올렸다.

어니스트는 아주 낙심해서 우울하게 그곳을 떠났다. 예언을 실현시킬 수 있으리라 믿었던 사람이 그렇게 할 마음이 없는 것처럼 보여 슬펐던 것이다.

세월은 덧없이 지나가고 이제는 어니스트의 머리에도 하얀 서리가 내렸다. 이마에는 점잖은 주름살이 생기고 두 뺨에도 고랑이 파였다. 그는 정말 늙은이가 되었다. 하지만 헛되이 나이만 먹은 것은 아니었다. 그의 머릿속에는 무성한 백발보다 더 많은 지혜가 깃들고, 이마와 뺨의 주름살 역시 인생행로에서 겪은 시련을 통해 얻은 슬기가 간직되어 있는 것이었다. 어니스트는 이미 이름 없는 존재가 아니었다. 수많은 사람들이 평생을 쫓아다니는 명예가, 찾지도 않고 구하지도 않는 그에게 다가왔다. 그의 이름은 그가 살고 있는 산골짜기를 넘어 세상에 널리 알려지게 되었던 것이다.

어니스트가 이렇게 나이 들어가고 있을 무렵, 자비로우신 하느님의 섭리로 새로운 시인 한 사람이 세상에 나타났다.

그도 역시 이 골짜기에서 태어난 사람이었다. 그러나 이 고장을 멀리 떠나 일생의 대부분을 소란스러운 도시 속에서 살면서 꿈결 같은 아름다운 음률을 그곳에 쏟아 놓고 있었다. 그는 또 장엄한 송가로 그 큰 바위 얼굴을 찬양한 적도 있었다. 큰 바위 얼굴의 웅대한 입으로 읊어도 부끄럽지 않을 만큼 위대한 시였다. 이를테면 이 천재 시인의 훌륭한 재능은 하늘로부터 물려받아 타고난 것이라고도 할 수 있었다.

그가 산을 읊으면 모든 사람들은 그 산허리에 한층 더 장엄함이 깃들고 산꼭대기에는 영광이 드러나는 것을 볼 수 있었다. 그가 아름다운 호수를 노래하면 하늘은 호수에 미소를 던져 영원한 빛을 비춰주려 하는 듯하였다. 망망대해를 읊으면 깊고도 넓은 거대한 바다가 시인의 노래에 감격하여 약동하는 듯이 보였다.

이 시인의 행복이 가득 찬 눈으로 온 세상을 축복하니 세상은 과거와는 달리 더 훌륭한 모습을 갖게 되었다. 조물주는 자기가 손수 창조한 세계의 마지막 완성을 위해 최상의 솜씨를 가진 그를 내려 보냈던 것이다. 그 시인이 와서 해석을 하고 조물주의 창조를 찬양할 때까지는 천지 창조는 완성된 것이 아닌 것 같았다.

이 시인의 시집은 마침내 어니스트의 손에까지 들어가게 되었다. 그는 하루의 일과가 끝난 뒤에 자기 집 문 앞에 놓인 긴 의자에 앉아 그 시들을 읽었다. 그 의자는 오랜 세월 동안 그가 큰 바위 얼굴을 바라보며 명상에 잠겼던 곳이었다. 그리고 지금 자기의 영혼에 강력한 충격을 주는 그 시들을 읽으면서 그는 눈을 들어 인자하게 자기를 내려다보는 그 얼굴을 바라보았다.

"오, 장엄한 벗이여!"

그는 큰 바위 얼굴을 보고 중얼거렸다.

"이 사람이야말로 그대를 닮을 자격이 있는 사람이 아닙니까?"

그 얼굴은 미소를 짓는 것 같았으나 아무 대답이 없었다.

한편 이 시인은 멀리 떨어져 있었어도 어니스트의 명성을 익히 듣고 있었다. 뿐만 아니라 그의 인격을 흠모하여 학교에서 배우지 않고 스스로 터득한 지혜와 그의 고아한 순수성이 생활과 일치되고 있는 이 사람을 몹시 만나고 싶었다. 그래서 어느 여름날 아침에 기차를 타고 어니스트의 집에서 과히 멀지 않은 곳에서 내렸다. 전에 개더골드의 저택이었던 호텔이 바로 옆에 있었지만 그는 여행 가방을 든 채 어니스트의 집을 찾아와 거기서 하룻밤을 묵게 해달라고 청할 생각이었다.

문 앞에 가까이 가자 점잖은 노인이 책을 한 손에 들고 읽고 있었다. 노인은 책갈피에 손가락을 끼운 채 큰 바위 얼굴을 쳐다보고 또 책을 들여다보고 하는 것이었다.

"안녕하십니까? 지나가는 나그네입니다. 하룻밤 묵을 수 있겠습니까?"
하고 시인은 말을 건넸다.

"네, 그렇게 하시지요."
그는 웃으면서 말을 이었다.

"큰 바위 얼굴이 저렇게 다정한 얼굴로 손님을 맞이하는 것을 본 일이 없는데요."

시인은 어니스트 옆에 앉아 이야기를 주고받았다. 시인은 전에도 가장 재치 있고 지혜롭다는 사람들과 이야기를 나눠 본 일이 있었으나, 어니스트처럼 자유자재로 사상과 감정이 우러나오고 소박한 말로써 위대한 진리를 매우 알기 쉽게 설명하는 사람을 대한 적이 없었다.

또한 시인의 이야기에 귀를 기울이던 어니스트는 큰 바위 얼굴도 함께 몸을 앞으로 내밀고 시인의 말에 귀를 기울이는 것처럼 보였다. 그는 진지하게 다시 한번 시인의 빛나는 눈을 들여다보았다.

"손님께서는 비범한 재주를 가지셨으니 대체 뉘십니까?"
하고 어니스트는 물었다. 시인은 어니스트가 읽고 있던 책을 가리키며 대답하였다.

"노인께서는 이 책을 읽으셨지요? 그러면 저를 아실 것입니다. 제가 바로 이 책을 지은 사람입니다."

어니스트는 그 말을 듣고 더욱 시인의 모습을 살폈다. 그리고 큰 바위 얼굴을 쳐다보더니 이상하다는 표정으로 다시 한번 손님을 쳐다보았다. 그러다 이내 그의 얼굴에는 실망의 빛이 떠올랐다. 그는 머리를 흔들며 한숨을 내쉬었다.

"왜 그렇게 슬퍼하십니까?"
하고 시인은 물어보았다.

"저는 일생 동안 예언이 실현되기를 기다리고 있었습니다. 제가 이 시를 읽으면서 이 시를 쓴 분이야말로 예언을 실현시켜 줄 분이 아닐까 생각했었습니다."
하고 대답하였다. 시인은 얼굴에 약간 미소를 띠면서 말하였다.

"노인께서는 저에게서 저 큰 바위 얼굴과 흡사한 점을 찾기를 원하셨다는 말씀이지요? 그런데 지금 보니 개터골드나 올드 블러드 앤드 선더나 올드 스토니 피즈와 마찬가지로, 저에게도 실망을 했단 말씀이지요? 그렇습니다. 저는 그 정도밖에 안 됩니다. 저 역시 앞서 나타난 세 사람들과 같이 당신에게 또 하나의 실망을 더 하여 드렸을 뿐입니다. 정말로 부끄럽고 슬픈 이야기입니다마는 저는 저기 있는 인자하고 장엄하게 생긴 얼굴에 비할 가치가 없는 인간입니다."

"왜요? 여기 시에 담긴 생각이 신성하지 않단 말씀입니까?"

하고 어니스트는 시집을 가리키며 물었다.

"그 시에는 신의 뜻을 전하는 바도 있습니다. 하늘나라의 노래의 먼 반향쯤은 들릴 것입니다. 하지만 친애하는 어니스트 씨! 나의 생활은 나의 사상과 일치되지 못하였습니다. 나 역시 큰 꿈을 가졌었죠. 그러나 그것들은 다만 꿈으로 그치고, 나는 보잘것없고 천박한 현실을 택하였으며 실제로 그렇게 살아왔습니다. 좀 더 솔직하게 말씀드리면 나의 작품들에서 말하는 자연이나 또는 인생 속에서 그 존재를 확실하게 드러내는 장엄함이라든지 아름다움, 지고지순한 선이라든지에 대하여 나 스스로 신념을 가지지 못하는 일도 있었습니다. 그러니 순수한 아름다움과 진실을 찾으려는 당신의 눈으로 어떻게 내게 저 큰 바위 얼굴을 찾을 수가 있겠습니까?"

하고 시인은 슬프게 대답하였다. 그의 두 눈에는 눈물이 어리어 있었다. 어니스트의 눈에도 눈물이 괴었다.

저녁 해가 질 무렵이 되자, 어니스트는 오래전부터 해 온 일상대로 야외에서 동네 사람들에게 설교를 하기로 되어 있어 자리에서 일어섰다. 그와 시인은 이야기를 주고받으며 팔짱을 끼고 사람들이 기다리는 곳으로 걸어갔다.

그곳은 나지막한 언덕에 둘러싸인 구석진 곳이었다. 뒤에는 회색 절벽이 솟아 있고 앞으로는 무성한 담쟁이덩굴들이 울퉁불퉁한 벼랑으로부터 줄기줄기 뻗어 내려와, 험상궂은 바위들을 비단 휘장처럼 뒤덮고 있었다. 그 공터보다 약간 높게 푸른 나무로 둘러싸인 아늑한 곳이 있었는데 한 사람이 들어갈 수 있을 정도의 공간이었다.

어니스트는 자연이 만들어준 이 연단에 올라가 따뜻하고 다정한 웃음을 띠며 사람들을 둘러보았다. 설 사람은 서고 앉을 사람은 앉고 기댈 사람은 기대며 저마다 편한 자세로 모여 있었다.

서산으로 기울어져 가는 해는 그들의 모습을 비춰 주었으며 고목이 울창하고 어두운 숲에도 석양의 따뜻한 빛을 던져 주고 있었다. 멀리 산허리에서는 큰 바위 얼굴이 언제나 변함없이 장엄하면서도 인자한 모습으로 사람들을 내려다보고 있었다.

어니스트는 자기의 마음속에 있는 생각들을 청중에게 이야기하기 시작하였다. 그의 말은 자신의 사상과 일치되어 있었으므로 힘이 있었으며 그 사상은 자기의 일상생활과 조화되어 있었으므로 말에 깊이가 있었다. 이 설교자가 하는 말은 단순한 음성이 아니요 생명의 부르짖음이었다. 그 말 속에는 선한 행위와 거룩한 사랑으로 된 그의 일생이 녹아 있었던 것이다. 마치 아름답고 순결한 진주가 그의 소중한 생명수 속에 녹아 들어간 것처럼.

그의 이야기에 귀를 기울이고 있던 시인은 어니스트의 인간애와 품격이 자기가 쓴 어떤 시보다 더 고아한 시라고 생각했다. 그는 눈물 어린 눈으로 그 존엄한 사람을 우러러보았다. 온화하고 다정하고 사려 깊은 얼굴에 백발이 흩날리는 모습, 그것이야말로 예언자와 성자다운 모습이라고 시인은 생각하였다.

저 멀리 서쪽으로 기우는 태양의 황금빛 속에 큰 바위 얼굴이 뚜렷이 보였다. 그 주변을 둘러싼 흰 구름은 어니스트의 이마를 덮고 있는 백발 같았다. 그 광대하고 자비로운 모습은 온 세상을 감싸 안는 듯하였다. 그 순간 어니스트의 얼굴은 그가 말하고자 했던 사상과 일치되어 자애롭고 장엄한 표정을 지었다.

시인은 참을 수 없는 충동으로 팔을 높이 들고 외쳤다.

"보시오! 모두 보시오! 어니스트 씨야말로 큰 바위 얼굴과 똑같습니다."

사람들은 어니스트를 쳐다보았다. 그리고 현명한 시인의 말이 사실임을 알았다. 예언은 실현되었던 것이다.

그렇지만 설교를 다 마친 어니스트는 시인의 팔을 잡고 천천히 집으로 돌아가면서, 아직도 자기보다 더 지혜롭고 선한 사람이 큰 바위 얼굴 같은 모습으로 곧 나타나기를 마음속으로 바라는 것이었다.

어린 왕자

- 앙투안 드 생텍쥐페리 -

앙투안 드 생텍쥐페리(Antoine de Saint-Exupery 1900~1944) 프랑스 소설가.

생텍쥐페리는 1900년 프랑스 리옹의 몰락한 귀족 가문에서 다섯 남매 중 셋째 아들로 태어났다. 귀족의 후손이었던 그는 아버지를 일찍 여의었으나 어머니의 사랑을 받으며 자랐다. 1919년 19세 때 해군사관학교 입학시험에 실패하고 다음 해 파리미술학교 건축과에 들어갔다. 1921년 공군에 입대하여 조종사 자격증을 취득하고 소위로 임관된다. 1922년 6월에 중위로 전역하고 1926년부터 항공사에 취직하여 프랑스와 아프리카를 잇는 항공 우편 업무를 담당했다. 1939년 9월 제2차 세계 대전이 일어나자 다시 종군하여 군용기 조종사가 된다. 1944년 7월 마지막 정찰 임무를 위해 출격하여 코르시카 해상을 비행하던 중 행방불명되어 돌아오지 않았다. 그는 조종사로 일하면서 틈틈이 글을 써서 발표했다. 작품으로는 《어린 왕자》《남방 우편기》《야간 비행》《인간의 대지》《성채》《전시 조종사》 등이 있으며, 《야간 비행》으로 페미나 상을, 《인간의 대지》로 아카데미 프랑세즈 소설 대상을 수상했다. 그가 직접 그린 삽화가 함께 수록된 《어린 왕자》는 전 세계에서 가장 많이 읽히는 책 중 하나로 불멸의 고전으로 자리 잡았다.

이 작품은 생텍쥐페리가 프랑스의 패전 후 미국에 건너가 1943년에 발표한 '나'와 어린 왕자가 등장해 대화를 나누는 이야기다.

어느 날 비행기 고장으로 사막에 불시착하게 된 '나'에게 어린 왕자가 찾아와 양 한 마리를 그려달라고 한다. '나'는 어린 왕자와의 이야기를 통해 어린 왕자가 여섯별을 거쳐 지구에 왔다는 것과 그동안 어린 왕자가 보고 경험한 것 등을 알게 된다. 그리고 그 과정에서 어른이 되면서 잊었던 여러 가지 것들을 떠올리게 된다. 어린 왕자가 지구에 온 지 1년 되는 날 어린 왕자는 자기 별로 돌아가고 싶어 한다. 그러나 그날 밤 어린 왕자는 모래 위에 쓰러지고, 그 뒤 '나'는 그의 모습을 보지 못한다.

이 작품은 동화의 형식을 취해 어른들이 잊고 있는 것들을 깨우치고 부조리한 세계를 비판한다. 어린 왕자라는 연약하고 순진한 어린이를 통해 책임감과 의무감, 따뜻한 인간애가 넘치는 휴머니즘, 그리고 가장 중요한 것은 눈으로는 보이지 않고 마음으로 보아야 하며, 길들인 것에 대해서는 책임을 져야 한다고 이야기한다.

작품 줄거리

'나'는 화가가 되는 게 꿈이었다. 그러나 어린 시절에 코끼리를 잡아먹은 보아 뱀을 그렸지만 아무도 그것을 못 알아보는 바람에 결국 화가를 포기하고 비행기 조종사가 된다.

그러던 어느 날 '나'는 사하라사막에 불시착했다. 비행기를 고치기 위해 땀을 흘리고 있는데 어떤 소년이 나타났다. 그는 자신이 사는 작은 별에 사랑하는 장미를 남겨 두고 세상을 보기 위해 먼 나라에서 여행을 온 왕자라고 한다. 어린 왕자는 나에게 뜬금없이 양을 그려달라고 한다. '나'는 꿈이 화가가 아니라서 못 그려 준다고 하자 한번 하기로 한 것은 끝까지 하는 어린 왕자의 고집에 할 수 없이 여러 마리의 양을 그렸는데 다 아니라고 한다. 그래서 그냥 상자 안에 있는 양 그림을 그렸는데 어린 왕자가 만족한다.

그는 지구까지 오는 동안 온 행성을 다스린다던 임금이 있는 별, 가로등을 관리하는 점등인의 별, 잘난척하는 사람의 별, 술고래의 별, 장사꾼의 별, 지리학자의 별들을 만나고 지리학자의 추천으로 지구로 왔다고 한다. 지구에서 어린 왕자는 장미꽃을 보게 되고 자기가 키우던 꽃이 장미임을 그리고 유일한 존재가 아님을 깨닫고 눈물을 흘린다. 그때 여우를 만나고 길들이는 것에 대해서와 4시에 만나게 되면 3시부터 설렌다는 여우의 이야기를 듣는다. 여우와의 대화를 통해 다시금 장미꽃에 대한 책임을 느끼고 노란 뱀을 만난 이후 어린 왕자는 고향으로 돌아간다.

핵심 정리

갈래 : 동화 소설
시점 : 1인칭 관찰자 시점
배경 : 사막
주제 : 관계의 소중함과 어른들의 메마른 삶에 대한 비판

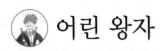 어린 왕자

레옹 베르트에게

이 책을 한 어른에게 바치는 데 대해 어린이들에게 용서를 바란다. 내게는 용서받을 만한 이유가 있다. 그것은 그 어른이 이 세상에서 나와 가장 친한 친구이기 때문이며, 또 그 어른은 무엇이든지 이해할 수가 있어서 어린이들을 위한 책까지도 이해할 수 있기 때문이다. 또 다른 이유는, 그 어른은 지금 프랑스에서 살고 있는데 그곳에서 굶주림과 추위에 떨고 있기 때문이다. 그 어른은 위로를 받아야 할 처지에 놓여 있다. 그 모든 이유가 그래도 부족하다면, 나는 이 책을 어린아이였을 때의 그에게 바치고자 한다. 어른은 예전엔 다 어린아이였다(그러나 그것을 기억하는 어른은 별로 없다). 그래서 나는 이 '헌사'를 이렇게 다시 고쳐 쓰려 한다.

어린 소년이었을 때의 레옹 베르트에게

1

나는 여섯 살 때 원시림에 관한 《모험담》이라는 책에서 놀라운 그림을 본 적이 있다. 그것은 맹수를 삼키는 보아뱀 그림이었다. 위의 그림은 그것을 옮긴 것이다.

그 책에는 이렇게 쓰여 있었다.

"보아뱀은 먹이를 씹지 않고 통째로 삼킨다. 그리고는 먹이가 소화될 때까지 여섯 달 동안 꼼짝도 하지 않고 잠을 잔다."

그래서 나는 밀림 속의 모험에 대해 곰곰이 생각해 보았다. 그리고는 크레용으로 내 생애 최초의 그림을 그렸다. 나의 그림 제1호는 다음과 같다.

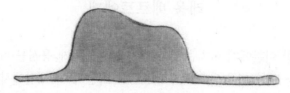

나는 내 걸작을 어른들에게 보여 주면서 내 그림이 무섭지 않느냐고 물어 보았다. 그림을 본 어른들은 이렇게 대답했다.

"모자가 왜 무섭다는 거지?"

내가 그린 것은 모자가 아니었다. 그것은 코끼리를 삼킨 보아뱀이었다. 그래서 나는 어른들이 알아볼 수 있도록 보아뱀의 속을 그렸다. 어른들에게는 언제나 설명을 해 주어야 한다. 아래에 있는 것이 나의 그림 제2호다.

어른들은 나에게 속이 보이거나 보이지 않는 보아뱀 그림은 집어치우고 차라리 지리나 역사, 산수, 그리고 문법에 관심을 가지라고 충고했다. 그래서 나는 여섯 살 때, 화가라는 멋진 직업을 포기했다. 나의 그림 제1호와 제2호의 실패로 낙심했기 때문이다.

어른들은 혼자서는 아무것도 이해하지 못한다. 어른들에게 매번 설명하는 것은 아이들에게는 아주 힘든 일이다. 나는 다른 직업을 선택해야만 했다. 그래서 비행기 조종하는 법을 배웠고, 세계 곳곳을 날아다녔다. 지리를 공부해 둔 것은 정말로 나에게 많은 도움이 되었다. 나는 얼핏 보고도 중국과 애리조나를 구분할 수 있었다. 밤에 길을 잃었을 때 지리에 대한 지식은 정말로 도움이 된다.

나는 살아오는 동안에 진지하게 사는 사람들을 무수히 많이 만났다. 또 오랫동안 어른들과 함께 살면서 그들을 아주 가까이서 지켜보았다. 그렇다고 해서 내 생각이 크게 바뀐 것은 아니다. 좀 현명해 보이는 사람을 만나면 나는 늘 지니고 다니는 그림 제1호로 그 사람을 시험해 보았다. 나는 정말로 그 사람이 이해력을 지닌 사람인지 알고 싶었다. 그러나 그들은 항상 이렇게 말했다.

"모자로군요."

그러면 나는 보아뱀 이야기도 원시림 이야기도 별 이야기도 하지 않았다. 나는 그가 알아들을 수 있는 카드놀이나 골프, 정치 그리고 넥타이 같은 것에 대해서 이야기했다. 그러면 어른들은 사리 분별 있는 젊은이를 알게 되었다고 몹시 만족스러워했다.

2

그래서 나는 진심으로 마음을 터놓고 이야기 나눌 사람 하나 없이 혼자서 지냈다. 6년 전 사하라 사막에서 비행기 사고를 당하기 전까지는 그랬다. 비행기 엔진의 어떤 부분이 고장이 났는데, 정비사도 승객도 없었기 때문에 나 혼자서 그 어려운 수리를 해야만 했다. 내게는 생사가 달린 중요한 문제였다. 마실 물이 겨우 일주일 치밖에 남아 있지 않았다.

첫날 밤, 나는 사람들이 살고 있는 곳에서 수천 마일 떨어진 사막에서 잠이 들었다. 나는 드넓은 바다 한가운데서 표류하는 뗏목에 매달린 조난자보다 더 고립되어 있었다. 그러니 해 뜰 무렵 작고 이상한 목소리가 나를 깨웠을 때 내가 얼마나 놀랐을지 상상해 보라. 그 목소리는 이렇게 말했다.

"저…… 나한테 양 한 마리만 그려 줘!"

"뭐라고?"

"양 한 마리만 그려 줘."

나는 마치 벼락이라도 맞은 것처럼 벌떡 일어났다. 나는 눈을 비비고 주위를 둘러보았다. 그랬더니 아주 이상하게 생긴 아이가 나를 진지하게 바라보고 있었다. 뒷장에 있는 그림은 훗날 내가 그린 그의 초상화 가운데 가장 잘 그린 것이다.

물론 내 그림은 그 아이의 실제 모습만큼 멋있지 않다. 그러나 이것은 내

잘못이 아니다. 나는 여섯 살 때 어른들 때문에 화가라는 직업을 포기했고, 속이 보이는 보아뱀과 속이 보이지 않는 보아뱀 외에는 그림을 그려 본 적이 없기 때문이다.

어쨌든 나는 놀라서 휘둥그레진 눈으로 그 아이를 보았다. 여러분은 내가 사람이 사는 지역에서 수천 마일 떨어진 곳에 있었다는 사실을 잊지 말아야 한다. 그러나 그 아이는 길을 잃은 것 같지도 않았고 피곤함이나 배고픔이나 목마름이나 두려움으로 죽을 지경이 된 것 같지도 않았다.

사람이 사는 곳에서 수천 마일 떨어진 사막 한가운데서 길을 잃은 아이 모습이 전혀 아니었다. 마침내 나는 말문을 열고 그 아이에게 물었다.

"그런데 넌 여기서 대체 뭘 하고 있니?"

그러자 그는 아주 중요한 일인 것처럼 천천히 같은 말을 되풀이했다.

"부탁이야, 나에게 양 한 마리만 그려 줘……."

신비한 일에 압도당하면, 누구도 감히 거부하지 못하게 된다. 사람이 사는 곳에서 수천 마일이나 떨어져 죽을 위험에 처해 있는 내게는 아주 터무니없는 일이었지만, 나는 주머니에서 종이 한 장과 만년필을 꺼냈다. 그때 내가 공부한 것이라고는 지리와 역사, 수학과 문법뿐이라는 사실이 생각났고, (기분이 좀 언짢아져서) 그 아이에게 그림을 그릴 줄 모른다고 말했다. 그러자 그가 대답했다.

"상관없어. 나에게 양 한 마리만 그려 줘."

나는 한 번도 양을 그려 본 적이 없기 때문에 내가 그릴 수 있는 단 두 가지 그림 가운데서 하나를 그려 주었다. 그것은 속이 보이지 않는 보아뱀 그림이었다. 그런데 나는 그 아이의 말을 듣고 깜짝 놀랐다.

"아니, 아니야. 보아뱀 배 속에 있는 코끼리는 싫어. 보아뱀은 위험해. 그리고 코끼리는 너무 거추장스러워. 내가 사는 곳은 아주 작아. 나는 양이 필요해. 나에게 양 한 마리만 그려 줘."

그래서 나는 양을 그렸다.

그는 그림을 자세히 들여다보더니 말했다.

"아니야! 이 양은 벌써 병이 들었어. 다른 양으로 그려 줘."

나는 다시 그렸다.

내 친구는 너그러운 태도로 부드럽게 웃었다.

"봐, 이것은 양이 아니라 염소야. 뿔이 나 있는걸."

나는 다시 그림을 그렸다. 그러나 이번에도 역시 그 아이는 마음에 들어하지 않았다.

"이 양은 너무 늙었어. 나는 오래 살 수 있는 양을 갖고 싶어."

서둘러 엔진을 분해해야 했기 때문에 조급해진 나는 그 아이에게 그림을 던져 주며 말했다.

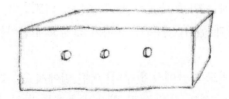

"이것은 상자야. 네가 원하는 양은 이 안에 들어 있어."

그런데 놀랍게도 이 어린 심판관의 얼굴이 환하게 밝아졌다.

"바로 이게 내가 원하던 거야! 이 양은 풀을 많이 먹을까?"

"왜?"

"내가 사는 곳은 아주 작거든……."

"거기 있는 것만으로도 충분할 거야. 내가 준 건 아주 작은 양이니까."

그는 고개를 숙여 그림을 들여다보았다.

"그렇게 작지도 않은데……. 이것 좀 봐! 양이 잠들었어……."

이렇게 해서 나는 어린 왕자를 알게 되었다.

3

어린 왕자가 어디에서 왔는지 알게 되기까지는 오랜 시간이 걸렸다. 어린 왕자는 내게 여러 가지를 물어보면서도 내 질문에는 전혀 귀를 기울이는 것 같지 않았다. 단지 그가 한두 마디씩 하는 말들을 통해 차츰차츰 그 아이에 대해 알게 되었다. 내 비행기를 처음 보았을 때(내 비행기는 그리지 않겠다. 내가 그리기에 그것은 너무 복잡하다) 그 아이는 내게 이렇게 물었다.

"이 물건은 뭐야?"

"이건 물건이 아니야. 하늘을 나는 비행기야, 내 비행기."

나는 어린 왕자에게 내가 날아다닌다는 사실을 자랑스럽게 말했다. 그러자 어린 왕자가 소리쳤다.

"뭐? 그럼 아저씨가 하늘에서 떨어졌다는 거야?"

"그래."

나는 겸손하게 말했다.

"야! 정말 이상하다……."

그리고 어린 왕자는 아주 즐거운 듯이 웃음을 터뜨렸다. 그런데 그 웃음이 나를 몹시 화나게 했다. 나는 내 불행이 진지하게 받아들여지기를 바랐다.

"그렇다면 아저씨도 하늘에서 왔구나! 어떤 별에서 왔는데?"

그 순간 나는 수수께끼 같은 어린 왕자의 존재를 밝혀 줄 한 줄기 빛이 비치는 것을 느끼고 그에게 불쑥 물었다.

"그럼 너는 어느 별에서 왔니?"

그러나 어린 왕자는 내 질문에 대답하지 않았다. 대신 내 비행기를 보면서 천천히 머리를 끄덕였다.

"하긴 저걸 타고서는 그렇게 먼 데서 올 수는 없었겠네."

그는 한참 동안 깊은 생각에 잠기더니 주머니에서 내가 그려 준 양 그림을 꺼내서는 오랫동안 바라보았다.

다른 별에 대한 알 듯 말 듯 한 이야기에 내가 얼마나 호기심을 느꼈을지 여러분은 상상이 갈 것이다. 그래서 나는 좀 더 알아보려고 애를 썼다.

"얘야, 너는 어디에서 왔니? 네가 사는 곳은 어디니? 그 양을 어디로 데리고 갈 거니?"

그는 생각에 잠긴 듯 한동안 말이 없더니 대답했다.

"잘 됐어. 아저씨가 준 상자를 밤에는 양 집으로 쓸 수 있겠어."

"그렇고말고. 그리고 네가 말을 잘 들으면, 낮에 양을 묶어 놓을 끈도 그려 줄게. 말뚝도 주고."

이런 제안에 어린 왕자는 기분이 상한 듯 말했다.

"양을 묶어 놓는다고? 정말 이상한 생각이네!"

"양을 묶어 놓지 않으면 아무 데로나 가다가 길을 잃어버릴지도 모르잖아."

그러자 내 친구는 또다시 웃음을 터트렸다.

"도대체 양이 어디로 간다는 거야?"

"어디든지, 앞으로 곧장……."

어린 왕자는 진지한 표정으로 말했다.

"괜찮아, 내가 사는 곳은 아주 작으니까!"

그리고는 조금 우울한 목소리로 덧붙였다.

"앞으로 가 봐야 그렇게 멀리 가지는 못해."

4

이렇게 해서 나는 아주 중요한 두 번째 사실을 알게 되었다. 그것은 어린 왕자가 사는 별이 집 한 채보다 약간 클까 말까 하다는 것이다. 그렇다고 해서 나는 그다지 놀라진 않았다. 지구, 목성, 화성, 금성처럼 사람들이 이름을 붙인 커다란 행성 이외에도 너무 작아서 망원경으로도 잘 보이지 않는 별들이 수백 개나 있다는 사실을 이미 잘 알고 있었기 때문이다.

천문학자들은 이렇게 작은 별을 발견하면 이름 대신 번호를 붙인다. 예를 들면 '소행성 3215'라는 식으로 말이다. 나는 어린 왕자가 소행성 B612에서 왔다고 생각하는데, 여기에는 그럴 만한 이유가 있다. 이 소행성은 1909년 터키의 한 천문학자가 망원경으로 딱 한 번 확인했을 뿐이다. 그는 국제 천문학회에서 자신이 발견한 행성을 소개했다. 그러나 그가 입고 있던 옷 때문에 아무도 그의 말을 믿으려 하지 않았다. 어른들이란 늘 이런 식이다.

그런데 그때 터키의 한 독재자가 국민 모두에게 양복을 입도록 명령을 내리고, 이 명령을 따르지 않는 사람은 사형에 처하겠노라고 말했다. 이 덕분에 소행성 B612가 널리 알려질 수 있었다. 1920년에 그 천문학자는 아주 멋있는 양복을 입고 다시 그 별에 대해 설명했고, 이번에는 모든 사람들이 그의 말을 믿었다.

내가 소행성 B612에 대하여 이렇게 자세하게 이야기하고 번호까지 말하는 것은 어른들 때문이다. 어른들은 숫자를 좋아한다. 새로운 친구 이야기를 할 때면, 어른들은 결코 중요한 것을 물어보지 않는다.

"그 아이 목소리는 어때? 그 아이가 좋아하는 놀이는 뭐지? 그 아이는 나비 채집을 하니?"

어른들은 절대로 이렇게 물어보지 않는다.

"그 아이는 몇 살이니? 형제는 몇 명이지? 몸무게는 얼마나 나가니? 아버지 수입은 얼마나 되지?"

어른들은 이렇게 묻는다. 그리고 어른들은 이런 질문에 대한 답만으로 그 아이를 안다고 생각한다.

만일 여러분이 어른들에게 "장밋빛 벽돌로 만들었는데, 창가에 제라늄 화분이 놓여 있고, 또 지붕 위에서 비둘기가 날아가는 아름다운 집을 보았어요"라고 말하면 어른들은 그 집이 어떤 집인지 떠올리지 못한다. 어른들에게는 "10만 프랑짜리 집을 보았어요"라고 말해야 한다. 그래야 어른들은 "정말 멋진 집이구나!" 하고 소리친다.

여러분이 "어린 왕자는 매력적이고 멋지게 웃을 줄 알고 양 한 마리를 가지고 싶어 했어요. 이게 어린 왕자가 존재한다는 증거예요. 누군가 양을 가지고 싶어 한다면 그것은 그가 존재한다는 것을 증명하는 거예요"라고 말하면 어른들은 어깨를 으쓱하고는 여러분을 어린아이 취급할 것이다!

그러나 "어린 왕자가 살던 곳은 소행성 B612예요"라고 말하면 어른들은 알았다는 듯이 고개를 끄덕이고 더 이상 귀찮게 질문하지 않을 것이다. 어른들이란 그렇다. 그러나 어른들을 탓해서는 안 된다. 아이들은 어른들을 이해해야 한다.

인생을 이해하는 우리들은 숫자 같은 것을 중요하게 여기지 않는다! 나는 이 이야기를 옛날이야기처럼 시작하고 싶었다. 이렇게 말이다.

"옛날에 자기보다 조금 더 클까 말까 한 별에 살고 있는 어린 왕자가 있었습니다. 그는 친구가 필요했습니다."

인생을 이해하는 사람들에게는 이것이 훨씬 더 진실되게 느껴질 것이다. 나는 사람들이 이 책을 가볍게 읽는 것을 원치 않는다. 어린 왕자와의 추억을 이야기하려니 깊은 슬픔이 느껴진다. 내 친구가 양을 데리고 떠난 지 벌써 6년이 지났다.

내가 여기에서 그에 관한 이야기를 하는 것은 그를 잊지 않기 위해서다. 친구를 잊는다는 것은 슬픈 일이다. 누구나 다 친구가 있는 것은 아니다. 그를 잊는다면 나도 숫자 이외에는 관심이 없는 어른들처럼 될 것이다. 내가 다시 그림물감 한 통과 크레용을 산 것은 이런 이유 때문이다. 여섯 살 때 속이 보이지 않는 보아뱀과 속이 보이는 보아뱀 이외에는 그림을 그려 본 적이 없는 내가 이 나이에 다시 그림을 그린다는 것은 정말 힘든 일이다.

물론 그의 모습과 가장 가까운 초상화를 그려 보도록 노력하겠다. 그러나 반드시 성공한다고 확신할 수는 없다. 어떤 그림은 괜찮은데 어떤 그림은 전혀 닮지 않았다. 키도 조금씩 틀리다. 어떤 그림에서는 너무 크고 어떤 그림에서는 너무 작다. 어린 왕자가 입고 있던 옷 색깔도 자신이 없다. 나는 이리저리 기억을 더듬어 그런대로 색을 칠했다. 물론 중요한 몇몇 부분에서 틀릴 수도 있다. 그러나 그건 여러분이 용서해 주어야 한다. 내 친구는 한 번도 설명한 적이 없기 때문이다.

그는 내가 자신과 비슷하다고 생각했을지도 모른다. 그러나 불행하게도 나는 상자 안에 있는 양을 볼 줄 모른다. 어쩌면 나도 조금은 어른들을 닮았는지 모른다. 이제 나도 나이를 먹은 모양이다.

5

나는 어린 왕자가 살던 별과, 별을 떠나게 된 사연과, 그 후의 여행에 대해 날마다 조금씩 알게 되었다. 어린 왕자가 무심코 하는 말들을 통해 문득 이해하게 된 것이다. 그렇게 해서 어린 왕자를 만난 지 사흘째 되던 날 바오밥나무의 비극에 대해서도 알게 되었다. 이 이야기를 알게 된 것 역시 양 덕분이었다. 어린 왕자는 아주 의아스럽다는 듯이 갑자기 내게 물었다.

"양이 작은 나무를 먹는다는 게 정말이야?"

"그럼, 정말이지."

"야! 잘 됐다."

양들이 작은 나무를 먹는다는 것이 왜 그렇게 중요한 일인지 나는 이해할 수 없었다. 그런데 어린 왕자는 또 이렇게 물었다.

"그러면 바오밥나무도 먹겠네?"

나는 어린 왕자에게 바오밥나무는 작은 나무가 아니라 성당만큼이나 큰 나무고 한 떼의 코끼리를 몰고 간다 해도 바오밥나무 한 그루도 다 먹어 치우지 못할 것이라고 일러 주었다. 한 떼의 코끼리라는 말에 어린 왕자는 웃으며 말했다.

"그럼 한 떼의 코끼리를 포개 놓아야겠네……."

그런데 어린 왕자는 똑똑하게도 이렇게 말했다.

"바오밥나무도 다 크기 전에는 작은 나무겠지?"

"물론이지! 그런데 너는 왜 양이 바오밥나무를 먹었으면 하는 거야?"

어린 왕자는 너무나 뻔한 것을 묻는다는 듯이 대답했다.

"아이! 이제 그만해!"

나는 혼자서 그것을 이해하기 위해 상당히 고민해야 했다.

어린 왕자가 사는 별에는 다른 별과 마찬가지로 좋은 풀과 나쁜 풀이 있었다. 따라서 좋은 풀의 좋은 씨앗과 나쁜 풀의 나쁜 씨앗이 있었던 것이다. 그러나 씨앗은 눈에 보이지 않는다.

씨앗들은 잠에서 깨어나고 싶을 때까지 땅속 깊은 곳에서 잠자고 있기 때문이다. 그리고 때가 되면 기지개를 켜고 수줍은 듯이 태양을 향해 아름답고 여린 새싹을 내민다. 그것이 순무나 장미 싹이라면 그냥 자라도록 내

버려두어도 된다.

그러나 나쁜 식물의 싹이라면, 눈에 띄는 즉시 뽑아 버려야 한다. 어린 왕자의 별에는 무서운 씨앗이 있었다. 그것이 바로 바오밥나무의 씨앗이다. 그 별의 땅속은 바오밥나무 씨앗투성이였다. 바오밥나무는 조금만 늦게 손을 써도 영영 없애 버릴 수 없다. 바오밥나무는 별 전체를 뒤덮고 뿌리를 내려 별에 구멍을 낸다. 별이 너무 작기 때문에 바오밥나무가 너무 많으면 별은 산산조각이 나고 말 것이다. 어린 왕자는 나중에 이렇게 말했다.

"그건 규율의 문제야. 아침에 몸단장을 하고 나면 별도 정성스럽게 가꾸어야 해. 바오밥나무는 어렸을 때는 장미와 아주 비슷해서 뽑아 버릴 수가 없어. 어느 정도 자라서 구별할 수 있게 되면 계속 뽑아 주어야 해. 그것은 상당히 귀찮은 일이긴 하지만 어려운 일은 아니야."

어느 날 어린 왕자는 내가 살고 있는 지구의 아이들 머릿속에 새겨질 만큼 아름다운 그림을 그려 보라고 했다.

"아이들이 언젠가 여행을 할 때 그 그림이 도움이 될 거야. 이따금 할 일을 뒤로 미루는 건 별문제 없을 수도 있어. 하지만 바오밥나무의 경우에는 언제나 큰 재난이 일어나고 말아. 나는 게으름뱅이가 살고 있는 어떤 별을 알고 있어. 그 사람은 작은 나무 세 그루를 그냥 내버려 두었다가……."

나는 어린 왕자가 가르쳐 주는 대로 게으름뱅이가 사는 별을 그렸다. 나는 도덕군자처럼 말하는 것을 좋아하지 않는다. 그러나 바오밥나무가 위험하다는 것을 사람들이 거의 모르고 길을 잘못 들어 소행성에 도달하면 그 사람이 겪게 될 위험이 너무나 크기 때문에 난생처음 견해를 드러내지 않는 내 태도를 바꾸어 이렇게 말하려고 한다.

"얘들아! 바오밥나무를 조심해라!"

내가 이 그림을 이토록 정성껏 그린 것은 나처럼 아무것도 모른 채 오랫동안 위험에 처해 있는 내 친구들에게 그 위험을 알려 주기 위해서다. 내가 주는 교훈은 이런 노력을 기울일 만한 값어치가 있을 것이다.

여러분은 이런 생각이 들지도 모른다. 왜 이 책에 있는 다른 그림들은 바오밥나무처럼 웅장하지 않을까? 그 대답은 간단하다. 다른 그림들도 그렇게 그리려고 했지만 뜻대로 되지 않았다. 바오밥나무를 그릴 때에는 절박한 심정에 사로잡혀 그린 것이다.

6

아! 어린 왕자! 나는 이렇게 너의 쓸쓸한 삶을 조금씩 알게 되었어. 오랫동안 너의 유일한 위안거리라고는 해 질 녘의 평온함뿐이었지.

나흘째 되는 날 아침, 나는 그 새로운 사실을 알게 되었어. 너는 나에게 이렇게 말했지.

"나는 해 질 무렵을 좋아해. 해 지는 걸 보러 가……."

"하지만 기다려야 해."

"무엇을 기다려?"

"해가 지기를 기다려야지."

처음에 넌 깜짝 놀란 표정이었지만 곧 웃으며 말했어.

"난 아직도 내 별에 있는 것 같아!"

실제로 그럴 수 있다. 모두들 알고 있듯이 미국이 정오일 때 프랑스에서는 해가 진다. 프랑스로 단숨에 달려갈 수 있다면 해 지는 것을 볼 수 있을 것이다. 그러나 불행하게도 프랑스는 너무 멀리 떨어져 있다. 하지만 네가 사는 작은 별에서는 의자를 몇 발짝 당겨놓기만 하면 되니까 넌 보고 싶을 때마다 해 지는 것을 볼 수 있었겠지.

"어느 날 나는 해 지는 것을 마흔세 번이나 보았어!"

그리고 잠시 후에 너는 이렇게 덧붙였어.

"몹시 슬플 때는 해 지는 것이 보고 싶어져."

"그럼 마흔세 번이나 해 지는 것을 본 날, 너는 몹시 슬펐구나?"

그러나 어린 왕자는 아무 대답도 하지 않았다.

7

닷새째 되는 날, 역시 양 덕분에 나는 어린 왕자에 대한 비밀을 하나 더 알게 되었다. 어린 왕자는 어떤 문제에 대해 오랫동안 깊이 생각한 듯이 불쑥 나에게 이렇게 물었다.

"양이 작은 나무를 먹는다면 꽃도 먹어?"

"양은 눈에 띄는 건 무엇이든 다 먹어."

"가시가 있는 꽃도?"

"그럼. 가시가 있는 꽃도 먹지."

"그럼, 가시는 왜 있는 거야?"

그건 나도 모르는 것이었다. 그때 나는 너무 조여진 엔진의 나사를 푸느라 정신이 없었다. 비행기 고장이 아주 심각한 것 같아서 몹시 걱정스러웠고, 마실 물도 거의 바닥이 나서 최악의 상태에 놓일까 봐 두려웠다.

"가시는 어디에 쓰이는 거야?"

어린 왕자는 한번 질문을 하면 절대로 포기하는 법이 없었다. 나는 잘 풀리지 않는 나사 때문에 신경이 날카로워져서 아무렇게나 대답했다.

"가시는 아무 데도 쓸모가 없어. 꽃들이 괜히 심술을 부리는 거야!"

"아!"

어린 왕자는 잠시 말없이 있다가 화가 난 듯 나에게 이렇게 쏘아붙였다.

"아저씨 말을 믿을 수 없어! 꽃들은 연약해. 또 순진하고. 꽃들은 할 수 있는 한 자신들을 보호하려고 해. 꽃들은 가시를 무서운 무기라고 생각해."

나는 아무 대답도 하지 않았다. 그 순간 나는 '이 나사가 이렇게 말썽을 부리면 망치로 두들겨 튀어나오게 해야지'라고 생각하고 있었다. 그런데 어린 왕자가 또다시 내 생각을 방해했다.

"그러니까 아저씨가 생각하기에 꽃들은······."

"그만해! 아무 생각 없어! 그냥 아무렇게나 대답했을 뿐이야. 나는 지금 아주 중요한 일을 하고 있단 말이야!"

어린 왕자는 깜짝 놀라 나를 쳐다보았다.

"중요한 일이라고?"

어린 왕자는 온통 더러운 기름으로 범벅이 된 손에 망치를 들고 아주 흉측하게 생긴 물체 위에 엎드려 있는 나를 바라보았다.

"아저씨도 어른들처럼 말하는구나!"

그 말에 나는 조금 부끄러웠다. 그런데 어린 왕자는 매정하게 이렇게 덧붙였다.

"아저씨는 모든 것을 혼동하고 있어. 모두 뒤죽박죽으로 만들고 있다고!"

어린 왕자는 정말로 화가 나 있었다. 온통 금빛인 그의 머리칼이 바람에 흩날렸다.

"나는 얼굴이 시뻘건 신사가 살고 있는 별을 알고 있어. 그는 꽃향기를 맡아 본 적도 없어. 별을 바라본 적도 없고 누군가를 사랑해 본 적도 없어. 계산 말고는 다른 건 해 본 적이 없어. 그리고는 하루 종일 아저씨처럼 '나는 중요한 일을 하는 사람이야! 나는 중요한 일을 하는 사람이야!' 라는 말만 되풀이하면서 잘난 체해. 하지만 그건 사람이 아니야. 그건 버섯이야!"

"뭐라고?"

"버섯이라니까!"

어린 왕자는 화가 나서 얼굴이 새하얗게 질려 있었다.

"수백만 년 전부터 꽃들은 가시를 만들어 왔어. 양들도 수백만 년 전부터 꽃들을 먹어 왔고. 그런데 왜 꽃들이 아무 쓸모도 없는 가시를 만들기 위해 그토록 애를 쓰는지 알려고 하는 게 중요한 일이 아니라는 거야? 양과 꽃들의 전쟁은 중요하지 않단 말이야? 뚱뚱하고 얼굴이 시뻘건 신사가 하는 계산보다 중요한 일이 아니라는 거야? 그리고 이 세상 어디에도 없고 오직 내 별에만 있는, 이 세상에 단 한 송이밖에 없는 꽃을 어느 날 아침에 작은 양이 무심코 단숨에 먹어 버릴 수 있다는 게 왜 중요하지 않다는 거지?"

어린 왕자는 얼굴이 새빨개진 채 말을 이어 갔다.

"만약 누군가 수백만 개나 되는 많은 별들 중에서 단 한 송이밖에 없는 꽃을 사랑하는 사람이 있다면, 그 사람은 그 별들을 바라보는 것만으로도 행복할 수 있어. '내 꽃이 저기 어딘가에 있겠지……' 라고 생각하면서 말야. 하지만 양이 그 꽃을 먹어 버린다면 갑자기 모든 별이 사라지는 거나 같은 거야. 그런데도 그것이 중요한 일이 아니라는 거야?"

어린 왕자는 더 이상 말을 잇지 못했다. 그는 갑자기 흐느껴 울기 시작했다. 어둠이 내려와 있었다. 나는 연장들을 내려놓았다. 망치도 나사도 목마름이나 죽음도 정말로 중요하지 않았다. 어떤 별, 어떤 행성, 바로 나의 행성인 지구 위에 위로해 주어야 할 어린 왕자가 있었다. 나는 그를 감싸안고는 달래 주었다.

"네가 사랑하는 꽃은 이제 위험하지 않아……. 내가 네 양에게 부리망을 그려 줄게……. 그리고 네 꽃에게는 울타리를 그려 줄게……."

무슨 말을 해야 할지 알 수 없었다. 내 자신이 아주 서툴게 느껴졌다. 어떻게 그를 달래고 그와 다시 마음을 나눌 수 있을지 알 수 없었다. 눈물의 나라는 그처럼 신비로운 것이다.

8

나는 곧 그 꽃에 대해 더 많은 것을 알게 되었다. 어린 왕자의 별에는 전부터 꽃잎이 한 장밖에 없는 아주 소박한 꽃들이 있었다. 그 꽃들은 자리를 차지하지도, 누구에게 방해가 되지도 않았다. 그 꽃들은 어느 날 아침 풀 속에 피어났다가 저녁이면 사라졌다.

그런데 어느 날 어디에서 날아왔는지 모르는 씨앗에서 싹이 텄다. 어린 왕자는 다른 싹들과 다른 그 싹을 아주 가까이서 살펴보았다. 어쩌면 새로운 종류의 바오밥나무인지도 모를 일이었다. 그러나 이 작은 나무는 더 이상 자라지 않고 꽃을 피울 준비를 했다. 커다란 꽃망울이 맺히는 것을 지켜본 어린 왕자는 곧 어떤 기적이 일어나리라는 것을 예감했다. 그러나 그 꽃은 자신의 초록색 방에 숨어 계속 아름다움을 가꾸고 있었다. 꽃은 정성 들여 자신의 색깔을 고르고 있었다. 꽃은 천천히 옷을 입고 꽃잎을 하나하나 가다듬었다. 그 꽃은 개양귀비꽃처럼 구겨진 모습으로 세상에 나오고 싶지 않았다. 자신의 아름다움이 가장 빛을 발할 때 모습을 드러내고 싶었다. 아! 정말 멋진 꽃이었다! 그렇게 그 꽃의 비밀스러운 몸단장은 며칠이고 계속되었다.

그리고 어느 날 아침, 해가 막 떠오를 무렵, 그 꽃은 마침내 모습을 드러냈다. 그리고 그렇게 꼼꼼하게 몸치장을 했으면서도 그 꽃은 하품을 하며 이렇게 말했다.

"아! 전 이제 방금 잠에서 깨어났어요. 미안해요, 머리도 아직 엉망이고……."

그 순간 어린 왕자는 감탄하지 않을 수 없었다.

"당신은 정말 아름답군요!"

"그렇죠? 저는 해님과 함께 태어났어요……."

꽃이 부드럽게 대답했다.

어린 왕자는 그 꽃이 그다지 겸손하지 않다는 것을 알 수 있었다. 하지만 그 꽃은 정말 마음을 설레게 했다!

그때 꽃이 말했다.

"아침 식사 시간이 된 것 같네요. 제가 무엇을 원하는지 생각해 주시면 좋겠어요."

어린 왕자는 어쩔 줄 몰라 하며 시원한 물이 담긴 물뿌리개를 찾아 꽃에 물을 뿌려 주었다.

이렇게 그 꽃은 만나는 순간부터 까다로운 허영심으로 어린 왕자를 힘들게 했다.

어느 날은 자신이 가지고 있는 네 개의 가시에 대해 이야기하면서 어린 왕자에게 이렇게 말했다.

"호랑이들이 발톱을 세우고 덤벼들 수도 있어요!"

어린 왕자가 반박했다.

"내 별에 호랑이는 없어요. 게다가 호랑이는 풀을 먹지 않는걸요."

"나는 풀이 아니에요."

꽃이 부드럽게 말했다.

"미안해요……."

"난 호랑이는 조금도 무섭지 않지만 바람은 무서워요. 바람막이를 가지고 있나요?"

'바람이 무섭다니……. 식물치고는 안된 일이야. 이 꽃은 정말 까다로운 걸…….'

어린 왕자는 속으로 생각했다.

"저녁에는 유리 덮개를 덮어 주세요. 당신 별은 너무 추워요. 시설도 좋지 않구요. 전에 내가 살던 곳은……."

그러나 꽃은 말을 잇지 못했다. 그 꽃은 씨앗의 형태로 왔기 때문에 다른 세상에 대해 알 리가 없었다. 너무나 뻔한 거짓말을 하려다 들킨 것이 부끄러워진 꽃은 어린 왕자를 탓하기 위해 기침을 두세 번 했다.

"바람막이는요?"

"찾아보려던 참인데 당신이 말을 해서……."

그러자 꽃은 더 심하게 기침을 해서 어쨌든 어린 왕자가 미안한 마음을 갖도록 만들었다.

어린 왕자는 꽃을 사랑했지만, 시간이 지나면서 꽃을 의심하게 되었다. 어린 왕자는 꽃이 아무렇지도 않게 한 말을 진지하게 받아들여 몹시 슬퍼졌다.

어느 날 어린 왕자는 나에게 속마음을 털어놓았다.

"꽃이 하는 말에 귀 기울이지 말았어야 해. 절대로 꽃이 하는 말을 귀담아 들으면 안 돼. 꽃은 바라보고 향기만 맡으면 돼. 내 꽃은 내 별을 향기롭게 해 주었어. 그러나 나는 그것을 즐길 줄 몰랐어. 그 발톱 이야기에 그렇게 언짢아할 것이 아니라 연민을 느꼈어야 해……."

어린 왕자는 계속해서 속마음을 털어놓았다.

"나는 그때 아무것도 알지 못했어! 꽃이 하는 말이 아니라 행동을 보고 판단해야 했는데. 그 꽃은 나를 향기롭게 하고 나를 환하게 만들었어. 결코 도망치지 말았어야 해! 그 어설픈 속임수 뒤에 애정이 숨어 있다는 것을 알아차렸어야 해. 꽃들은 그토록 모순적이야! 하지만 난 너무 어려서 그 꽃을 사랑할 줄 몰랐어."

9

나는 어린 왕자가 철새들의 이동을 이용해서 자신의 별을 떠나왔으리라고 생각한다. 떠나는 날 아침, 어린 왕자는 자신의 별을 잘 정돈해 놓았다. 그는 정성스럽게 활화산을 청소했다. 어린 왕자가 사는 별에는 두 개의 활화산이 있다. 이 활화산들은 아침 식사를 데우는 데 아주 유용하게 사용되었다. 휴화산도 하나 있었다. 그러나 어린 왕자의 말처럼 '어떻게 될지 알 수 없는 일'이었다. 그래서 어린 왕자는 휴화산도 똑같이 청소했다. 청소만 잘하면 화산들은 폭발하지 않고 조용히 규칙적으로 불을 뿜는다. 화산 폭발은 굴뚝에서 나오는 연기와 같다. 물론 지구에서는 우리들이 너무 작아서 화산을 청소할 수 없다. 그래서 우리는 화산 때문에 상당한 어려움을 겪는 것이다.

어린 왕자는 좀 서글픈 마음으로 막 돋아난 바오밥나무 싹도 뽑았다. 어린 왕자는 다시는 돌아오지 못할 것이라고 생각했다. 그에게 익숙한 모든 일들이 그날 아침에는 유난히 소중하게 여겨졌다. 마지막으로 꽃에 물을 주고 유리 덮개를 덮어 주려는 순간 어린 왕자는 울음이 나올 것 같았다.

"잘 있어."

어린 왕자가 꽃에게 작별 인사를 했다.

그러나 꽃은 아무 말도 하지 않았다.

"잘 있어."

어린 왕자가 다시 말했다.

꽃은 기침을 했다. 하지만 그것은 감기 때문이 아니었다.

"내가 어리석었어요."

마침내 꽃이 말했다.

"나를 용서해 주세요. 그리고 행복하세요……."

어린 왕자는 꽃이 나무라지 않는 것에 놀랐다. 그는 유리 덮개를 든 채 멍하니 서 있었다. 어린 왕자는 이렇게 조용하고 다정한 태도를 이해할 수 없었다.

"그래요, 나는 당신을 사랑해요."

꽃이 말했다.

"당신은 그것을 알아차리지 못했어요. 내 잘못이에요. 그건 아무래도 괜찮아요. 하지만 당신도 나만큼이나 바보였어요. 부디 행복하세요. 유리 덮개는 그냥 두세요. 더 이상 필요하지 않아요."

"하지만 바람이……."

"감기가 그렇게 심한 건 아니에요. 시원한 밤공기는 내게 더 좋을 거예요. 나는 꽃이니까."

"하지만 짐승들이……."

"나비와 친구가 되고 싶다면 애벌레 두세 마리쯤은 참아야 해요. 나비는 정말 아름다워요. 나비가 아니라면 누가 나를 찾아오겠어요? 당신은 먼 곳으로 갈 테고. 커다란 짐승도 무섭지 않아요. 나한테는 가시가 있으니까."

그러면서 꽃은 천진난만하게 네 개의 가시를 보여 주었다. 그리고는 이렇게 덧붙였다.

"이렇게 꾸물거리지 마세요, 화가 나니까. 떠나기로 마음먹었으면 어서 가세요."

꽃은 어린 왕자에게 우는 모습을 보이고 싶지 않았다. 그토록 자존심이 강한 꽃이었다.

10

어린 왕자가 살던 별은 소행성 325, 326, 327, 328, 329, 330과 이웃하고 있었다. 그래서 어린 왕자는 일자리도 구하고 견문도 넓히기 위해 그 별들을 방문하기로 했다.

첫 번째 별에는 왕이 살고 있었다. 그 왕은 자줏빛 천과 흰 담비 가죽으로 만든 옷을 입고 단순하지만 위엄 있어 보이는 옥좌에 앉아 있었다.

"오! 신하가 하나 오는구나!"

왕은 어린 왕자를 보자 이렇게 소리쳤다.

"나를 한 번도 본 적이 없는데 어떻게 알아볼 수 있을까!"

왕에게는 세상이 아주 단순하다는 것을 어린 왕자는 몰랐다. 왕에게는 모든 사람이 신하였던 것이다.

"짐이 그대를 좀 더 잘 볼 수 있도록 가까이 다가오너라."

누군가에게 왕 노릇을 하게 되자 무척 뿌듯해진 왕이 말했다.

어린 왕자는 앉을 곳을 찾았으나 별은 온통 화려한 담비 가죽 망토로 뒤덮여 있었다. 그래서 어린 왕자는 그대로 서 있었다. 그러고는 너무 피곤해서 하품을 했다.

"왕 앞에서 하품을 하는 것은 예의에 어긋나는 일이니라. 그대에게 하품하는 것을 금하노라."

왕이 말했다.

"하품을 참을 수가 없어요. 오랫동안 여행을 하느라 잠을 자지 못했거든요."

어린 왕자가 당황해서 대답했다.

"그러면 짐은 그대에게 하품할 것을 명하노라. 하품하는 사람을 본 지도 여러 해가 되었구나. 하품은 짐에게 신기한 구경거리니라. 자! 다시 하품을 해 보아라, 명령이다."

왕이 말했다.

"그렇게 말씀하시니까 겁이 나서…… 더 이상 하품이 나오지 않는걸요."

어린 왕자는 얼굴이 빨개진 채 말했다.

"어험! 어험! 그러면 짐은…… 짐은 그대에게 명한다. 어떤 때는 하품을 하고 어떤 때는……."

왕은 말을 얼버무렸는데 기분이 상한 것 같았다.

왕은 무엇보다도 자신의 권위가 존중되기를 원했다. 불복종은 참을 수 없었다. 그는 절대 군주였다. 그러나 왕은 매우 선량한 사람이기 때문에 이치에 맞지 않는 명령은 내리지 않았다.

"짐이 만일 한 신하에게 물새로 변하라고 명령을 내렸는데 그 신하가 명령을 따르지 않았다면 그것은 신하의 잘못이 아니라 내 잘못이니라."

왕은 평소에 이렇게 말하곤 했다.

"앉아도 될까요?"

어린 왕자가 머뭇거리며 물었다.

"그대에게 앉을 것을 명하노라."

흰 담비 망토 자락을 근엄하게 걷어 올리면서 왕이 말했다.

그러나 어린 왕자는 궁금했다. 그 별은 아주 작았다. 왕은 도대체 무엇을 다스리는 것일까?

"폐하, 여쭙고 싶은 것이 있습니다."

어린 왕자가 말했다.

"그대에게 명하노니 질문을 하거라."

왕이 서둘러 대답했다.

"폐하, 폐하는 무엇을 다스리시나요?"

"모든 것을."

왕은 아주 간단하게 대답했다.

"모든 것이라니요?"

왕은 점잖게 자신의 소행성과 다른 행성
들 그리고 별들을 가리켰다.

"저것을 전부요?"

어린 왕자가 물었다.

"저 모든 것을……."

왕이 대답했다.

그는 이 별의 군주일 뿐만 아니라 전 우주의 군주이기도 했던 것이다.

"그러면 저 별들도 폐하에게 복종하나요?"

"물론이니라. 별들은 즉시 명령에 따르느니라. 짐은 명령에 따르지 않는
것을 허용하지 않느니라."

어린 왕자는 그런 막강한 권력에 놀라움을 금치 못했다. 만일 어린 왕자
도 그런 권력을 가지고 있다면 의자를 옮길 필요 없이 하루에 마흔네 번,
아니 일흔두 번, 아니 백 번, 이백 번이라도 해 지는 것을 볼 수 있었을 것
이다! 버려두고 온 자신의 작은 별이 떠올라서 조금 슬퍼진 어린 왕자는 용
기를 내어 왕에게 간청했다.

"저는 해 지는 것이 보고 싶어요. 제 소원을 들어주세요. 해가 지라고 명
령을 내려 주세요……."

"내가 한 신하에게 나비처럼 이 꽃에서 저 꽃으로 날아다니라고 명령하
거나 혹은 비극 한 편을 쓰라고 하거나 혹은 물새로 변하라고 명령을 내렸
는데도 불구하고 그가 명령에 따르지 않는다면 그의 잘못이겠느냐 아니면
짐의 잘못이겠느냐?"

"폐하의 잘못입니다."

어린 왕자가 단호하게 대답했다.

"맞도다. 누구에게나 그 사람이 할 수 있는 것을 요구해야 한다. 권위는 무엇보다도 이성에 근거해야 하느니라. 만일 그대가 그대의 백성들에게 바다에 빠지라고 명령한다면 그들은 봉기를 일으킬 것이다. 짐이 내리는 명령은 온당한 것이기 때문에 복종을 요구할 권한이 있느니라."

왕이 말했다.

"그러면 해 지는 것을 보게 해 달라고 한 것은요?"

한번 한 질문은 절대로 잊어버리지 않는 어린 왕자가 물었다.

"그대는 해 지는 것을 보게 될 것이니라. 짐이 명령을 내리겠노라. 그러나 짐이 다스리는 방식에 따라 조건이 갖추어지기를 기다릴 것이로다."

"언제 그렇게 되나요?"

어린 왕자가 물었다.

그러자 왕이 커다란 달력을 들추며 대답했다.

"에헴! 에헴! 그것은…… 오늘 저녁…… 일곱 시 사십 분경이 될 것이니라! 그러면 그대는 짐의 명령이 얼마나 충실하게 이행되는지 보게 될 것이로다."

어린 왕자는 하품을 했다. 해 지는 것을 보지 못해서 서운했다. 그는 벌써 지루해졌다.

"여기선 더 이상 할 일이 없어요. 이제 떠나겠어요."

어린 왕자가 왕에게 말했다.

"떠나지 마라."

신하가 생겨서 아주 뿌듯했던 왕이 말했다.

"떠나지 마라, 짐은 그대를 대신에 임명하노라!"

"무슨 대신이요?"

"흠…… 법무 대신!"

"하지만 재판할 사람이 한 사람도 없는데요!"

"그것은 모르는 일이로다! 짐은 아직까지 왕국을 돌아본 적이 없느니라. 짐은 너무 늙었고, 마차를 놓을 자리도 없는 데다 걷는 일도 피곤한 일이로다."

왕이 어린 왕자에게 말했다.

"아! 제가 벌써 둘러보았어요. 저쪽에도 아무도 없어요."

어린 왕자가 몸을 돌려 별의 저쪽 편을 힐끗 보고 나서 말했다.

"그러면 너 자신을 심판해 보거라. 그것이 가장 어려운 일이로다. 다른 사람을 심판하는 것보다 자신을 심판하는 것이 더 어려운 일이다. 그대가 자신을 잘 심판할 수 있다면 그대는 참으로 지혜로운 사람이로다."

왕이 어린 왕자에게 말했다.

"저는 어디서든 저 자신을 심판할 수 있어요. 반드시 여기서 살아야 할 필요는 없어요."

어린 왕자는 말했다.

"에헴! 에헴! 짐의 별 어딘가에 늙은 쥐 한 마리가 있는 것 같다. 밤마다 쥐 소리가 들리노라. 그대는 그 늙은 쥐를 심판할 수 있을 것이다. 그리고 이따금 그 쥐를 사형에 처해야 할 것이다. 따라서 쥐의 목숨은 그대의 판결에 달렸도다. 그러나 그때마다 특별 사면을 내려서 그 쥐를 살려 주어야 하니라, 쥐는 한 마리밖에 없기 때문이로다."

왕이 말했다.

"저는…… 사형 선고 내리는 걸 좋아하지 않아요. 이제 떠나야겠어요."

어린 왕자가 왕에게 말했다.

"안 된다."

왕이 말했다.

어린 왕자는 떠날 채비를 끝냈지만 늙은 군주를 슬프게 하고 싶지 않았다. 그래서 이렇게 말했다.

"폐하의 명령에 복종하기를 원하신다면 저에게 이치에 맞는 명령을 내려 주셔야 해요. 이를테면, 즉시 떠나라고 명령하는 것처럼요. 지금이 가장 좋은 때인 것 같은데요……."

왕이 아무 대답도 하지 않았기 때문에 어린 왕자는 잠시 주저하다가 곧 한숨을 쉬며 떠났다.

"그대를 짐의 대사로 임명하노라."

왕이 황급히 외쳤다. 왕은 아주 위엄이 넘치는 모습이었다.

'어른들은 참 이상해.'

여행을 하면서 어린 왕자는 이렇게 생각했다.

11

두 번째 별에는 허영심 많은 사람이 살고 있었다.

"오! 오! 나를 숭배하는 사람이 찾아오는군!"

어린 왕자를 보자마자 허영심 많은 사람이 멀리서부터 소리쳤다.

허영심이 많은 사람들은 다른 모든 사람들이 자신을 숭배한다고 생각한다.

"안녕하세요? 아저씨는 이상한 모자를 쓰셨네요."

어린 왕자가 말했다.

"이것은 인사를 하기 위해서야. 사람들이 나에게 박수갈채를 보내면 인사를 해야 하거든. 그런데 불행하게도 여기를 지나가는 사람이 아무도 없어."

허영심 많은 사람이 말했다.

"아, 그래요?"

어린 왕자는 무슨 말인지 이해하지 못한 채 말했다.

"자, 이렇게 두 손을 마주쳐 봐."

허영심 많은 사람이 가르쳐 주었다. 어린 왕자가 두 손을 마주쳤다. 그러자 허영심 많은 사람은 점잖게 모자를 벗어들고 인사를 했다.

'왕이 사는 별을 방문했을 때보다 훨씬 재미있는데.'

어린 왕자는 마음속으로 생각했다. 그리고는 다시 박수를 치기 시작했다. 허영심 많은 사람은 모자를 들어 올려 인사를 했다.

5분쯤 박수를 치고 나니, 어린 왕자는 이 단조로운 놀이에 싫증이 났다.

"어떻게 해야 그 모자를 내리나요?"

어린 왕자가 물었다.

그러나 허영심 많은 사람은 그 말을 듣지 않았다. 허영심 많은 사람들은 칭찬하는 말밖에 듣지 않는다.

"너는 정말로 나를 숭배하니?"

그가 어린 왕자에게 물었다.

"숭배한다는 것이 무슨 뜻인데요?"

"숭배한다는 것은 내가 이 별에서 가장 잘생기고 가장 옷을 잘 입고 가장 부자고 가장 똑똑하다는 것을 인정하는 거지."

"하지만 이 별에는 아저씨밖에 없잖아요!"

"나를 기쁘게 해다오. 그냥 나를 숭배해 주렴!"

어린 왕자는 어깨를 약간 으쓱거리며 말했다.

"난 아저씨를 숭배해요. 하지만 그것이 아저씨에게 무슨 소용이 있어요?"

그리고 어린 왕자는 그 별을 떠났다.

'어른들은 참 이상해.'

여행을 하면서 어린 왕자는 이렇게 생각했다.

12

다음 별에는 술꾼이 살고 있었다. 이 별에서는 아주 잠깐 머물렀을 뿐인데 어린 왕자는 아주 우울해졌다.

"거기에서 무엇을 하고 있나요?"

술꾼을 보고 어린 왕자가 말했다. 그는 빈 술병과 새 병을 한 무더기씩 앞에 쌓아 놓고 말없이 앉아 있었다.

"술을 마시고 있지."

술꾼이 침울한 표정으로 대답했다.

"왜 술을 마셔요?"

어린 왕자가 물었다.

"잊기 위해서야."

술꾼이 말했다.

"무엇을 잊어요?"

어린 왕자는 측은한 생각이 들어서 물었다.

"부끄러움을 잊기 위해서야."

술꾼이 고개를 떨구며 고백했다.

"무엇이 부끄러운데요?"

그를 도와주고 싶어서 어린 왕자가 물었다.

"술을 마시는 것이 부끄러워!"

말을 마친 술꾼은 입을 꼭 다물어 버렸다.

어린 왕자는 당황해서 그 별을 떠났다.

'어른들은 참 이상해.'

여행을 하면서 어린 왕자는 이렇게 생각했다.

13

네 번째 별은 사업가가 사는 별이었다. 그 사람은 너무 바빠서 어린 왕자가 왔는데도 고개조차 들지 않았다.

"안녕하세요? 담뱃불이 꺼졌군요."

어린 왕자가 말했다.

"셋 더하기 둘은 다섯. 다섯 더하기 일곱은 열둘, 열둘에다 셋은 열다섯. 안녕? 열다섯에 일곱은 스물둘. 스물둘에다 여섯이면 스물여덟, 다시 불붙일 시간도 없구나. 스물여섯에 다섯은 서른하나. 휴우! 그러니까 5억 162만 2731이구나."

"무엇이 5억인데요?"

"응? 너 아직도 거기 있니? 5억 100만……. 이런, 잊어버렸군. 난 이렇게 일이 많단다! 나는 중요한 일을 하는 사람이야. 난 말이야, 쓸데없는 이야기로 시간을 낭비하지 않아. 둘에 다섯은 일곱……."

"무엇이 5억인데요?"

한번 질문을 하면 절대로 포기하지 않는 어린 왕자가 다시 물었다. 사업가가 고개를 들었다.

"내가 이 별에서 54년 동안 살면서 방해를 받은 적은 세 번밖에 없었어. 첫 번째는 22년 전인데, 어디서 날아왔는지 모를 풍뎅이 한 마리가 떨어졌지. 그놈이 어찌나 요란한 소리를 내던지 덧셈이 네 군데나 틀렸지. 두 번째는 11년 전인데 신경통 때문이었어. 난 운동 부족이야. 산책할 시간이 없으니까. 나는 중요한 사람이야. 세 번째는…… 바로 지금이야. 그러니까 뭐라고 했더라. 5억 100만…….”

“무엇이 5억 100만이라는 거예요?”

사업가는 조용해지기는 틀렸다는 것을 깨달았다.

“이따금 하늘에서 볼 수 있는 조그만 것들 말이야.”

“파리들이요?”

“아니, 반짝반짝 빛나는 작은 것들 말이야.”

“꿀벌들이요?”

“아니야, 금빛으로 반짝이는 조그만 것들 말이야. 게으름뱅이들은 그것을 쳐다보며 멍하니 몽상에 잠기지. 그러나 난 중요한 일을 하는 사람이야. 쓸데없는 몽상에 잠길 시간이 없단다.”

“아! 별들이요?”

“그래, 별들 말이야.”

“그러면 아저씨는 5억 개의 별을 가지고 무엇을 하는 거예요?”

“5억 162만 2,731개야. 나는 중요한 일을 하는 사람이야, 나는 정확해.”

“그런데 그 별들로 무엇을 하는데요?”

“무엇을 하느냐고?”

“예.”

“아무것도 안 해. 그것들을 소유하는 거지.”

“아저씨가 그 별들을 소유하고 있다고요?”

“그래.”

“하지만 내가 어떤 왕을 만난 적이 있는데, 그 왕이…….”

“왕들은 소유하지 않아. 그들은 ‘다스리는’ 거지. 소유하는 것과 다스리는 것은 명백히 다른 거야.”

“별을 소유하는 게 아저씨에게 무슨 소용이 있어요?”

“부자가 되는데 필요하지.”

“부자가 되는 건 무슨 소용이 있어요?”

“다른 별을 발견하면 그것을 살 수 있지.”

‘이 사람도 그 술꾼과 비슷한 얘기를 하는구나’ 하고 어린 왕자는 속으로 생각했다.

그럼에도 불구하고 어린 왕자는 계속 질문을 했다.

"어떻게 별들을 소유할 수 있어요?"

"저 별들이 누구 것이지?"

사업가가 언짢은 듯이 되물었다.

"글쎄요, 누구의 것도 아니지요."

"그러니까 그것들은 내 거야. 내가 맨 처음 그 생각을 했으니까 말이야."

"그것으로 다 되는 거예요?"

"물론이지, 만일 네가 주인 없는 다이아몬드를 발견했다면 그것은 네 거야. 아무도 소유하지 않은 섬 하나를 네가 보았다면 그것 역시 네 섬이야. 어떤 아이디어를 네가 맨 처음 떠올렸다면 넌 특허를 낼 수 있어. 그 생각은 네 것이니까. 마찬가지로 나보다 먼저 별을 갖겠다고 생각한 사람이 하나도 없으니까 내가 그 별을 갖는 거야."

"그렇군요. 그런데 별들을 가지고 무엇을 하나요?"

어린 왕자가 물었다.

"그걸 관리하지. 별들을 세고 또 세는 거야. 어려운 일이지. 난 중요한 일을 하는 사람이야!"

사업가가 말했다. 어린 왕자는 아직도 이해할 수 없었다.

"나는 머플러가 있으면 그것을 목에 감고 다닐 수가 있어요. 나는 꽃이 있으면 그것을 꺾어서 가지고 다닐 수가 있어요. 그러나 아저씨는 별을 딸 수도 없잖아요!"

"없지. 그러나 은행에 맡겨둘 수는 있어."

"그게 무슨 뜻이에요?"

"작은 종이에 내가 가진 별들의 숫자를 적어서 서랍에 넣고 열쇠로 잠근다는 뜻이야"

"그게 다예요?"

"그래, 그게 다야."

'재밌는 일이네. 시적이기도 하고. 그렇지만 중요한 일은 아니야.'

어린 왕자는 이렇게 생각했다.

어린 왕자는 중요한 일이라는 것에 대해 어른들과는 아주 다른 생각을 가지고 있었다. 어린 왕자는 다시 말했다.

"난 날마다 물을 줘야 하는 꽃 한 송이를 가지고 있어요. 화산도 세 개 있는데, 매주 청소를 해 줘야 해요. 휴화산도 똑같이 청소해야 해요, 언제 어떻게 될지 모르니까요. 내가 그것들을 소유하는 건 화산이나 꽃에게 도움이 돼요. 하지만 아저씨가 하는 일은 별한테 하나도 도움이 되지 않잖아요."

사업가는 무슨 말을 하려고 했지만 대답할 말을 찾지 못했다. 어린 왕자는 그 별을 떠났다.

'어른들은 참 이상해.'

여행을 하면서 어린 왕자는 이렇게 생각했다.

14

다섯 번째 별은 무척 흥미로운 별이었다. 그 별은 어린 왕자가 본 별들 중에서 제일 작은 별이었다. 그 별에는 가로등 하나와 가로등 지기가 겨우 서 있을 만한 자리밖에 없었다. 하늘 어딘가에, 집도 없고 사람도 살지 않는 별 위에 가로등과 가로등 지기가 무슨 소용이 있는지, 어린 왕자는 이해할 수 없었다. 그렇지만 어린 왕자는 이렇게 생각했다.

'이 사람도 어리석은 사람일지 몰라. 하지만 왕이나 허영심에 가득 찬 사람이나 사업가나 술꾼보다는 덜 어리석겠지. 적어도 이 사람이 하는 일은 의미가 있는 일이야. 그가 가로등에 불을 켜는 건 별 한 개나 꽃 한 송이를 탄생시키는 것과 같으니까. 그가 가로등을 끄면 꽃이나 별을 잠들게 하는 거고. 아주 아름다운 일이야. 정말 아름답고 유익한 일이야.'

어린 왕자는 별에 도착하자 가로등 지기에게 공손히 인사를 했다.

"안녕하세요? 방금 왜 가로등을 껐어요?"

"명령이야, 안녕?"

가로등 지기가 대답했다.

"명령이 뭔데요?"

"가로등을 끄라는 거야. 잘 자거라."

그러고 나서 그는 다시 불을 켰다.

"그럼 왜 방금 불을 켰어요?"

"명령이야."

가로등 지기가 대답했다.

"무슨 말인지 모르겠어요."

어린 왕자가 말했다.

"이해하고 말 것도 없어. 명령은 그냥 명령인 거야. 잘 잤니?"

그는 다시 가로등을 껐다. 그러고는 붉은 바둑판무늬가 있는 손수건으로 이마의 땀을 닦았다.

"나는 너무 힘든 일을 하고 있어. 이전에는 문제가 없었지. 아침에 불을 끄고 저녁에 불을 켰으니까. 낮에는 쉴 시간도 있었고 밤에는 잠잘 시간도 있었고."

"그럼 그 뒤로 명령이 바뀌었나요?"

"명령이 바뀐 건 아니야. 비극은 바로 그거야! 별은 해마다 점점 빨리 도는데 명령이 바뀌지 않는다는 거!"

가로등 지기가 말했다.

"그래서요?"

어린 왕자가 물었다.

"그래서 지금은 별이 1분에 한 바퀴씩 도니까 나는 단 1초도 쉴 시간이 없는 거야. 1분마다 한 번씩 가로등을 켰다 껐다 해야만 해!"

"정말 신기하군요! 아저씨별은 하루가 1분이라니!"

"전혀 신기한 일이 아니란다. 우리가 함께 이야기를 나누는 동안 벌써 한 달이 흘렀단다."

가로등 지기가 말했다.

"한 달이라고요?"

"그래, 삼십 분이니까 삼십 일이지! 잘 자거라."

그리고 그는 다시 가로등에 불을 켰다.

어린 왕자는 그를 바라보았다. 그는 이토록 명령에 충실한 가로등 지기가 좋아졌다. 어린 왕자는 의자를 끌어당겨 해 지는 것을 지켜보던 옛날이 떠올랐다. 어린 왕자는 자신의 친구인 가로등 지기를 도와주고 싶었다.

"저…… 아저씨가 쉬고 싶을 때 쉴 수 있는 방법을 알고 있어요."

"나야 항상 쉬고 싶지."

가로등 지기가 말했다.

사람이란 일 하면서도 게으름을 피울 수 있다. 어린 왕자는 계속 말했다.

"아저씨별은 아주 작아서 세 걸음이면 한 바퀴를 돌 수 있어요. 아저씨가 계속 환한 대낮을 유지하려면 그만큼 천천히 걷기만 하면 돼요. 아저씨가 쉬고 싶으면 걸으세요. 그럼 아저씨가 원하는 만큼 낮이 길어질 거예요."

"그건 내게 별 도움이 되질 않아. 내가 평생 하고 싶은 건 잠을 자는 거거든."

가로등 지기가 말했다.

"할 수 없군요."

어린 왕자가 말했다.

"어쩔 수 없지. 잘 잤니?"

가로등 지기는 이렇게 말하고 나서 다시 가로등을 껐다.

'저 사람은 다른 모든 사람들, 왕이나 허영심 많은 사람이나 술꾼이나 사업가 같은 사람들에게 무시당할 거야. 하지만 내가 보기에 우스꽝스럽지 않은 사람은 저 사람뿐이야. 아마도 자기 자신만이 아닌 다른 일에 전념하고 있기 때문일 거야.' 어린 왕자는 더 먼 여행을 떠나며 이렇게 생각했다.

그리고 아쉬운 마음에 한숨을 내쉬며 또 이렇게 생각했다.

'내가 친구로 삼을 수 있는 사람은 저 사람뿐이었는데, 하지만 저 아저씨별은 정말 너무 작아. 두 사람이 있을 자리가 없으니……'

어린 왕자가 축복받은 그 별을 잊지 못하는 것은 스물네 시간 동안 1440번이나 해가 지기 때문이었다! 어린 왕자는 차마 이 사실을 털어놓지 못했다.

15

여섯 번째 별은 먼젓번 별보다 열 배나 더 큰 별이었다. 그 별에는 굉장히 두꺼운 책을 쓰는 한 노신사가 살고 있었다.

"오! 탐험가가 왔군!"

그는 어린 왕자를 보자 이렇게 외쳤다.

어린 왕자는 책상 위에 앉아 가쁜 숨을 쉬었다. 어린 왕자는 아주 길고 먼 여행을 마친 것이다!

"너는 어디에서 왔지?"

노신사가 그에게 물었다.

"그 두꺼운 책은 뭐예요? 여기서 뭘 하고 계신 거예요?"

어린 왕자가 물었다.

"나는 지리학자란다."

노신사가 말했다.

"지리학자가 뭔데요?"

"그것은 바다가 어디에 있고, 강이 어디에 있고, 도시가 어디에 있고, 산이 어디에 있고, 사막이 어디에 있는지를 아는 사람이지."

"그것참 재밌네요. 이제야 제대로 된 직업을 가진 분을 만났군요!"

어린 왕자는 이렇게 말하고 지리학자의 별을 슬쩍 둘러보았다. 그는 이처럼 멋진 별을 본 적이 없었다.

"할아버지의 별은 참 아름다워요. 이 별에는 큰 바다도 있나요?"

"잘 모르겠구나."

지리학자가 말했다.

"그래요?"

어린 왕자는 실망했다.

"그럼 산은요?"

"잘 모르겠구나."

지리학자가 말했다.

"그럼 도시와 강과 사막은요?"

"그것도 잘 모르겠구나."

지리학자가 말했다.

"그렇지만 할아버지는 지리학자잖아요!"

"그래 맞아. 하지만 나는 탐험가가 아니야. 이 별에는 단 한 명의 탐험가도 없어. 지리학자는 도시나 강이나 산, 바다나 대양과 사막을 세러 다니지 않아. 지리학자는 굉장히 중요한 사람이기 때문에 한가롭게 돌아다닐 수가 없어. 지리학자는 결코 서재를 떠나지 않아. 서재에서 탐험가를 맞아들이지. 지리학자는 그들에게 질문을 하고 그들의 여행담을 기록하는 거야. 그러다가 탐험가들 가운데 어떤 한 사람의 이야기가 흥미 있으면, 지리학자는 그 탐험가의 품행을 조사하지."

"왜요?"

"탐험가가 거짓말을 하면 지리책이 엉터리로 쓰이니까. 술을 너무 많이 마시는 탐험가도 마찬가지야."

"그건 왜요?"

어린 왕자가 물었다.

"술꾼에게는 모든 것이 두 개로 보이거든. 그렇게 되면 지리학자는 산이 하나밖에 없는 곳에 두 개라고 쓰게 되지."

"품행이 좋지 않은 탐험가가 될 만한 사람을 한 명 알고 있어요."

어린 왕자가 말했다.

"그럴 수 있지. 그래서 탐험가의 품행이 좋다고 생각되면 우리는 그가 발견한 것들을 조사하지."

"직접 가서 보나요?"

"아니, 그것은 너무나 복잡해. 그 대신 탐험가에게 증거물을 달라고 요구하지. 예를 들어, 그 탐험가가 커다란 산을 발견했다고 하면 우리는 그에게 그 산의 커다란 돌을 가져오라고 하지."

지리학자는 갑자기 감격하며 말했다.

"그런데 너는, 멀리서 왔구나! 넌 탐험가로구나! 네 별에 대해 말해다오!"

그러더니 지리학자는 노트를 펴고 연필을 깎았다. 우선 연필로 탐험가의 이야기를 적고 탐험가가 증거물을 가져오면 다시 잉크로 적는다.

"자, 시작할까?"

지리학자가 말했다.

"글쎄요! 내 별은 그다지 흥미로운 곳이 아니에요. 아주 작거든요. 화산이 세 개 있는데, 활화산이 두 개, 휴화산이 한 개 있어요. 하지만 어떻게 될지는 몰라요."

어린 왕자가 말했다.

"어떻게 될지 모른다."

지리학자가 말했다.

"꽃도 하나 있어요."

"우리는 꽃 따위는 기록하지 않아."

지리학자가 말했다.

"왜요? 얼마나 예쁜 꽃인데!"

"꽃은 일시적인 존재이기 때문이야."

"'일시적인 존재'라는 게 무슨 뜻이에요?"

"지리책은 모든 책 중에서 가장 중요한 책이야. 지리책은 결코 시대에 뒤떨어져서는 안 돼. 산의 위치가 바뀌는 것은 아주 드문 일이야. 드넓은 바닷물이 말라 버리는 것도 아주 드문 일이고. 우리는 이렇게 영원한 것들을 기록하지."

지리학자가 말했다.

"하지만 휴화산이 다시 깨어날 수도 있잖아요? 그런데 '일시적인 존재' 라는 게 무슨 뜻이에요?"

어린 왕자가 지리학자의 말을 막으며 물었다.

"휴화산이건 활화산이건 우리에게는 똑같은 거야. 우리에게 중요한 것은 산이야. 산은 변하지 않으니까."

지리학자가 말했다.

"그런데 '일시적인 존재'라는 게 무슨 뜻이냐니까요?"

한번 질문을 하면 절대로 포기하지 않는 어린 왕자가 다시 물었다.

"그것은 '머지않아 사라질 위험에 놓여 있다'라는 뜻이야."

"내 꽃이 머지않아 사라질 위험에 놓여 있다고요?"

"물론이지."

'내 꽃은 일시적인 존재구나. 내 꽃은 이 세상에서 자신을 보호하기 위해 네 개의 가시밖에 가진 것이 없는데. 그런 꽃을 내 별에 혼자 남겨 두고 왔다니!'

이 순간 어린 왕자는 처음으로 별을 떠나온 것을 후회했다. 그러나 어린 왕자는 다시 용기를 내어 물었다.

"어느 별에 가 보는 것이 좋을까요?"

"지구라는 별에 가 봐. 그 별은 좋은 별이라고 하니까……."

지리학자가 대답했다.

그래서 어린 왕자는 자기 꽃을 생각하며 길을 떠났다.

16

그래서 일곱 번째로 찾은 별이 지구였다. 지구는 평범한 별이 아니었다! 이곳에는 111명의 왕(물론 흑인 왕까지 포함해서)과 7,000명의 지리학자, 90만 명의 사업가, 750만 명의 술꾼이, 3억 1,100만 명의 허영심 많은 사람들까지 대략 20억 정도의 어른들이 살고 있었다.

전기가 발명되기 전까지 6대주 전체를 합해서 46만 2511명이나 되는 가로등 지기가 있었다는 이야기를 하면 여러분은 지구가 얼마나 큰 별인지 상상이 갈 것이다.

좀 멀리서 바라보면 그것은 정말 눈부신 광경이다. 그들이 무리 지어 움직이는 모습은 오페라 발레단처럼 질서 정연했다. 뉴질랜드와 오스트레일리아의 가로등 지기가 첫 번째로 등장했다. 그들은 가로등의 불을 켜고 나서 잠을 자러 갔다. 그다음에는 중국과 시베리아의 가로등 지기들이 춤을 추며 들어왔다. 이들 역시 무대 뒤로 사라지면 러시아와 인도의 가로등 지기 차례였다. 이어서 아프리카와 유럽, 남아메리카와 북아메리카의 가로등 지기가 차례로 등장했다. 그들은 무대에 들어서는 순서를 한 번도 틀리지 않았다. 그것은 정말로 멋진 광경이었다.

북극에 한 명뿐인 가로등 지기와 남극에 한 명뿐인 가로등 지기만이 한가롭고 태평하게 살고 있었다. 그들은 1년에 두 번 일을 했다.

17

재미있게 말하려다 보면, 약간 진실에서 벗어날 수도 있다. 여러분에게 가로등 지기 이야기를 할 때 나는 그다지 정직하지 못했다. 이로 인해 지구를 잘 모르는 사람들에게 지구에 대해 잘못된 생각을 심어 줄 수도 있다. 지구에서 사람들이 차지하는 부분은 아주 작다. 지구에 사는 20억의 사람들이 어떤 모임을 하듯이 약간씩 붙어서 있다면 사방 20마일 넓이의 광장에 충분히 들어갈 수 있을 것이다. 태평양의 아주 작은 섬 하나에 사람들을 빽빽이 몰아넣을 수도 있을 것이다.

물론 어른들은 이런 말을 믿지 않을 것이다. 어른들은 자신들이 굉장히 넓은 영역을 차지하고 있다고 생각한다. 그들은 자신들이 바오밥나무처럼 중요하다고 생각한다. 그러니까 여러분이 그들에게 계산 좀 해 보라고 조언해 주어야 한다. 어른들은 숫자를 좋아하니까 기뻐할 것이다. 그렇지만 여러분은 그 지겨운 일에 시간을 낭비할 필요는 없다. 그것은 쓸데없는 짓이다. 내 말을 믿어도 된다.

어린 왕자는 지구에 도착했을 때 아무도 보이지 않아 몹시 놀랐다. 혹시 별을 잘못 찾아온 것이 아닌가 두려워지기 시작했다. 그때 달빛 같은 고리가 모래 속에서 움직였다.

"안녕!"

어린 왕자는 혹시나 해서 인사를 했다.

"안녕!"

뱀이 대답했다.

"내가 어느 별에 도착한 거니?"

어린 왕자가 물었다.

"지구야. 이곳은 아프리카고."

뱀이 말했다.

"그렇구나……. 그러면 지구에는 사람이 살지 않니?"

"여기는 사막이야. 사막에는 사람이 살지 않아. 지구는 넓단다."

뱀이 말했다.

어린 왕자는 바위 위에 앉아 고개를 들어 하늘을 바라보았다.

"하늘에서 별들이 빛나는 건 언젠가는 저마다 자기 별을 다시 찾을 수 있게 하려고 하기 때문이야. 내 별을 봐. 바로 우리 위에 있어. 하지만 아주 먼 곳에 있지!"

어린 왕자가 말했다.

"아름다운 별이구나. 여기에는 뭐 하러 왔니?"

뱀이 말했다.

"꽃하고 문제가 생겼거든."

어린 왕자가 말했다.

"그렇구나!"

그리고 그들은 말이 없었다.

"사람들은 어디에 있니? 사막은 좀 쓸쓸하구나……."

마침내 어린 왕자가 입을 열었다.

"사람들이 사는 곳도 쓸쓸하기는 마찬가지야."

어린 왕자는 한참 동안 뱀을 바라보았다.

"넌 참 이상하게 생겼구나. 손가락처럼 가느다랗고……."

마침내 어린 왕자가 말했다.

"하지만 난 왕의 손가락보다도 더 강하단다."

뱀이 말했다.

어린 왕자는 미소를 지었다.

"넌 그렇게 세 보이지 않는걸. 발도 없고, 여행도 할 수 없잖아……."

"하지만 난 배보다도 멀리 너를 데려갈 수 있어."

뱀은 마치 금팔찌처럼 어린 왕자의 발목을 휘감았다.

"내가 건드리면, 그 사람은 자기가 태어난 땅으로 다시 돌아가게 돼. 그렇지만 너는 순수하고 또 다른 별에서 왔으니까……."

어린 왕자는 아무 대답도 하지 않았다.

"가여워 보이는구나. 이 바위투성이 지구에서 지내기에 너는 너무 연약해. 만일 네 별이 몹시 그리워지면 내가 널 도와 줄 수 있을 거야, 정말이야."

뱀이 어린 왕자에게 말했다.

"그래, 잘 알았어. 그런데 넌 왜 줄곧 수수께끼 같은 말만 하니?"

어린 왕자가 물었다.

"나는 그것을 모두 풀 수 있어."

그리고 그들은 말이 없었다.

18

어린 왕자는 사막을 가로질러 갔지만 오직 꽃 한 송이만을 만났을 뿐이다. 꽃잎이 세 개밖에 없는 보잘것없는 꽃이었다.

"안녕."

어린 왕자가 인사했다.

"안녕."

꽃도 인사를 했다.

"사람들은 어디에 있니?"

어린 왕자가 예의 바르게 물었다. 꽃은 언젠가 상인들이 지나가는 것을 본 적이 있었다.

"사람들 말이니? 예닐곱 명쯤 있는 것 같아. 여러 해 전에 그들을 보았거든. 하지만 그들이 어디에 있는지는 몰라. 바람이 그들을 데리고 갔나 봐. 그들은 뿌리가 없어. 그래서 그들의 삶은 무척 고달파."

"잘 있어."

어린 왕자가 작별 인사를 했다.

"잘 가."

꽃도 작별 인사를 했다.

19

어린 왕자는 높은 산에 올랐다. 어린 왕자가 지금까지 알고 있던 산이라고는 무릎 정도밖에 되지 않는 화산 세 개가 전부였다. 그는 휴화산을 의자로 사용하곤 했다.

'이렇게 높은 산에서라면 이 별 전체와 모든 사람들을 한눈에 볼 수 있을 거야⋯⋯.'

그러나 그는 바늘처럼 뾰족한 바위 꼭대기 외에는 아무것도 볼 수 없었다.

"안녕."

어린 왕자는 혹시나 해서 인사를 했다.

"안녕⋯⋯ 안녕⋯⋯ 안녕⋯⋯."

메아리가 대답했다.

"너희들은 누구니?"

"너희들은 누구니⋯⋯ 너희들은 누구니⋯⋯ 너희들은⋯⋯."

"내 친구가 되어 줘, 난 혼자야."

"난 혼자야⋯⋯ 난 혼자야⋯⋯ 난 혼자야⋯⋯."

어린 왕자는 생각했다.

'정말 이상한 별이야! 온통 메마르고 뾰족하고 험하니 말이야. 게다가 사람들은 상상력이 없어. 남이 한 말만 따라 하고. 내가 사는 별에는 꽃 한 송이가 있는데, 그 꽃은 언제나 먼저 말을 걸어왔는데…….'

20

모래와 바위와 눈 속을 헤치며 한참을 걸은 후에 어린 왕자는 드디어 길 하나를 발견했다. 길은 사람들이 살고 있는 곳으로 나 있었다.

"안녕."

어린 왕자가 인사를 건넸다.

그것은 장미가 활짝 피어 있는 정원이었다.

"안녕."

장미꽃들이 인사를 했다.

어린 왕자는 꽃들을 바라보았다. 그 꽃들은 모두 어린 왕자의 꽃과 무척이나 닮았다.

"너희들은 누구니?"

깜짝 놀란 어린 왕자가 물어보았다.

"우리는 장미꽃이야."

장미꽃들이 대답했다.

"아! 그렇구나."

갑자기 어린 왕자는 몹시 슬퍼졌다. 어린 왕자가 사는 별에 있는 꽃은 그에게 이 세상에서 자기와 같은 꽃은 어디에도 없다고 말했다. 그런데 이 정원에만 똑같이 닮은 꽃이 오천 송이나 있다니!

'내 꽃이 이것을 보면 몹시 자존심 상할 거야……. 심하게 기침을 하면서 창피함에서 벗어나려고 죽는시늉을 할 거야. 그러면 나는 돌봐 주는 척해야겠지. 그렇지 않으면 내게 죄책감을 느끼게 하려고 정말로 죽을지도 모르니까…….'

어린 왕자는 또 이런 생각도 했다.

'이 세상에 하나밖에 없는 꽃을 가져서 난 부자라고 생각했어. 그런데 내가 가진 건 이렇게 평범한 장미꽃 한 송이었던 거야. 꽃 한 송이랑 무릎까지밖에 오지 않는 화산 세 개, 게다가 그중에 하나는 영영 불이 꺼졌는지도 몰라. 이것을 가지고 어떻게 훌륭한 왕자가 되겠어?'

어린 왕자는 풀밭에 엎드려 울었다.

21

여우가 나타난 것은 바로 그때였다.

"안녕."

여우가 인사를 했다.

"안녕."

어린 왕자가 예의 바르게 대답하고 돌아보았지만 아무것도 보이지 않았다.

"여기야, 사과나무 아래……."

조금 전의 목소리가 말했다.

"너는 누구니? 정말 예쁘구나."

어린 왕자가 말했다.

"난 여우야."

여우가 말했다.

"나랑 같이 놀자. 나는 너무 슬퍼……."

어린 왕자가 여우에게 말했다.

"나는 너하고 놀 수가 없어. 나는 길들여지지 않았거든."

여우가 말했다.

"그렇구나! 미안해."

어린 왕자가 말했다. 그러나 어린 왕자는 곰곰이 생각한 끝에 다시 물었다.

"그런데 '길들인다'라는 게 무슨 뜻이니?"

"너는 이곳에 사는 아이가 아니구나. 너는 무엇을 찾고 있니?"

여우가 말했다.

"나는 사람들을 찾고 있어. 그런데 '길들인다'라는 게 무슨 뜻인데?"

어린 왕자가 물었다.

"사람들은 총을 가지고 있어. 그 총으로 사냥을 하지. 그래서 아주 위험해! 그들은 닭도 키워. 그것이 사람들의 유일한 낙이야. 너는 닭을 찾고 있니?"

"아니, 난 친구들을 찾고 있어. '길들인다'라는 것이 무슨 뜻이야?"

어린 왕자가 물었다.

"그건 너무 많이 잊힌 말인데, '관계를 맺는다'라는 뜻이야."

여우가 말했다.

"관계를 맺는다고?"

"그래. 너는 내게 수많은 다른 소년들과 다를 바 없는 한 소년에 지나지 않아. 나는 네가 필요하지 않아. 너 역시 내가 필요하지 않지. 나는 너에게 수많은 다른 여우들과 똑같은 한 마리 여우에 불과하니까. 하지만 네가 나를 길들인다면 우리는 서로를 필요로 하게 될 거야. 너는 나에게 세상에서 단 하나뿐인 존재가 되는 거고 또 나는 너에게 세상에 단 하나밖에 없는 존재가 되는 거고……."

여우가 말했다.

"무슨 말인지 알겠어. 내겐 꽃 한 송이가 있는데, 그 꽃이 나를 길들인 것 같아……."

어린 왕자가 말했다.

"그럴 수 있지. 지구에서는 온갖 일들이 일어나니까……."

여우가 말했다.

"아! 지구에서 일어난 일이 아니야."

어린 왕자가 말했다.

여우는 몹시 궁금해하는 것 같았다.

"그러면 다른 별에서야?"

"그래."

"그 별에도 사냥꾼이 있니?"

"없어."

"흥미로운 별이구나! 그러면 닭은?"

"없어."

"완전한 건 아무것도 없구나."

여우는 한숨을 내쉬었다.

그러나 여우는 하던 이야기로 되돌아갔다.

"내 생활은 단조로워. 나는 닭을 쫓고, 사람들은 나를 쫓지. 닭들은 모두 비슷하고, 사람들도 모두 비슷해. 그래서 나는 좀 권태로워. 하지만 네가 나를 길들인다면 내 생활은 햇살을 비춘 것처럼 밝아질 거야. 나는 다른 모든 발자국 소리와 다른 네 발자국 소리를 알게 될 거야. 다른 발자국 소리는 나를 땅속에 숨게 하지만, 네 발자국 소리는 음악 소리처럼 나를 굴 밖으로 불러낼 거야. 그리고 저기를 봐! 밀밭이 보이니? 나는 빵을 먹지 않아. 밀은 나한테 아무 소용이 없어. 밀밭을 보아도 아무 생각이 나질 않아! 그건 슬픈 일이야! 그러나 너는 황금빛 머리칼을 가졌어. 그래서 네가 날 길들인다면 정말 놀라운 일이 생길 거야! 황금빛 밀은 너를 기억하게 할 거야. 그래서 밀밭을 스치는 바람 소리까지 사랑하게 될 거고."

여우는 말없이 오랫동안 어린 왕자를 바라보았다.

"제발, 날 길들여 주렴!"

여우가 말했다.

"나도 정말 그러고 싶어. 하지만 난 시간이 별로 없어. 나는 친구들을 찾아야 하고 알아야 할 것도 많아."

어린 왕자가 말했다.

"누구나 자기가 길들인 것밖에는 알 수 없어. 사람들은 이제 무엇을 알 만한 시간조차 없어. 그들은 상점에서 이미 만들어져 있는 것을 사면 돼. 하지만 친구를 파는 상점은 없기 때문에 사람들은 친구가 없는 거야. 네가 친구를 가지고 싶다면 나를 길들이면 돼!"

여우가 말했다.

"너를 길들이려면 어떻게 해야 하지?"

어린 왕자가 물었다.

"아주 참을성이 많아야 해. 우선 너는 나와 좀 떨어져서 그렇게 풀밭에 앉아 있는 거야. 나는 곁눈질로 너를 볼 거야. 너는 아무 말도 하지 마. 말은 오해를 낳기도 하니까. 하지만 넌 날마다 조금씩 더 가까이 앉을 수 있을 거야."

여우가 말했다.

그다음 날 어린 왕자는 다시 왔다.

"언제나 같은 시간에 오는 것이 더 좋을 거야. 가령 네가 오후 네 시에 온다면 나는 세 시부터 행복해질 거야. 네가 올 시간이 가까워질수록 나는 더 행복해지겠지. 네 시가 되면 나는 들뜨고 설레겠지. 나는 행복의 소중함을 알게 될 거야! 하지만 네가 아무 때나 온다면 언제 마음의 준비를 해야 할지 난 알 수 없을 거야……. 그래서 의식(儀式)이 필요해."

여우가 말했다.

"의식이 뭐야?"

어린 왕자가 물었다.

"그것도 너무 잊힌 말이지. 그것은 어떤 날을 다른 날과 다르게, 어떤 시간을 다른 시간과 다르게 만드는 거야. 이를테면 나를 사냥하는 사냥꾼들에게도 의식이 있지. 그들은 목요일이면 마을 처녀들과 춤을 춰. 그래서 목요일은 아주 신나는 날이지! 나는 포도밭까지 산책을 나가. 만일 사냥꾼들이 아무 때나 춤을 춘다면 모든 날이 다 똑같을 거야. 그러면 나는 휴일이 없어지겠지."

여우가 말했다.

그래서 어린 왕자는 여우를 길들였다. 그리고 어린 왕자가 떠날 시간이 가까워지자 여우가 말했다.

"아! 눈물이 나올 것 같아."

"네 잘못이야. 나는 네 마음을 아프게 하고 싶지 않았어. 그런데 내가 너를 길들이기를 원했잖아……."

어린 왕자가 말했다.

"물론, 그랬지."

여우가 말했다.

"그런데 넌 지금 울려고 하잖아!"

어린 왕자가 말했다.

"정말 그래."

여우가 말했다.

"그러니까 네가 얻은 건 하나도 없잖아!"

"그렇지 않아. 밀밭의 색깔이 있잖아."

여우가 말했다. 그리고는 덧붙였다.

"장미꽃들을 보러 가렴. 너는 네 꽃이 이 세상에 단 하나뿐이라는 걸 알게 될 거야. 그리고 나에게 작별 인사를 하러 와. 그러면 너에게 비밀 한 가지를 선물로 줄게."

어린 왕자는 다시 장미꽃들을 보러 갔다.

"너희들은 내 장미꽃과 조금도 닮지 않았어. 너희들은 나에게 아직 아무것도 아니야. 아무도 너희들을 길들이지 않았고, 너희들도 누군가를 길들이지 않았어. 내 여우가 꼭 너희들 같았지. 내 여우는 다른 수많은 여우들과 다를 바 없는 한 마리 여우에 불과했어. 하지만 내가 그 여우를 친구로 만들었고 그 여우는 이제 이 세상에 단 하나뿐인 여우가 되었어."

그러자 장미꽃들은 어쩔 줄 몰라 했다.

어린 왕자는 계속 이어 말했다.

"너희들은 아름다워. 그러나 너희들은 아무 의미도 없는 존재야. 아무도 너희들을 위해 죽을 수는 없으니까. 물론 나의 장미꽃도 지나가는 사람들에게는 너희들과 똑같은 꽃으로 보일 거야. 하지만 내게는 그 한 송이가 너희 모두보다 더 소중해. 내가 물을 준 꽃이니까. 내가 유리 덮개를 덮어 주고 바람막이로 바람을 막아 준 꽃이니까. 내가 벌레를 잡아 준 꽃이니까(나비가 되라고 두세 마리를 남겨 둔 것 말고는). 내가 불평을 들어 주고 잘난척하는 걸 들어 주고 때로는 아무 말도 하지 않는 것까지 다 들어 준 꽃이기 때문이야. 그건 내 장미꽃이야."

그리고 어린 왕자는 여우에게 다시 갔다.

"잘 있어"

어린 왕자가 작별 인사를 했다.

"잘 가, 내 비밀은 이거야. 그것은 아주 단순해. 마음으로 보아야만 잘 보인다는 거야. 중요한 것은 눈에 보이지 않아."

"중요한 것은 눈에 보이지 않아."

어린 왕자는 이 말을 기억하려고 되뇌었다.

"네 장미꽃을 그토록 소중하게 만든 것은 그 장미꽃을 위해 네가 보낸 시간이야."

"내 장미꽃을 위해 내가 보낸 시간이야."

어린 왕자는 이 말을 기억하려고 되뇌었다.

"사람들은 이 진리를 잊어버렸어. 하지만 너는 그것을 잊으면 안 돼. 너는 네가 길들인 것에 대해 언제나 책임을 져야 해. 너는 네 장미꽃에 대한 책임이 있어……."

여우가 말했다.

"내 장미꽃에 대한 책임이 있어……."

어린 왕자는 이 말을 기억하려고 다시 한번 말했다.

22

"안녕하세요?"

어린 왕자가 인사를 했다.

"안녕."

철도원도 인사를 했다.

"여기서 뭘 하세요?"

어린 왕자가 물었다.

"나는 손님들을 1,000명씩 나누고 있어. 그리고 그들을 싣고 가는 기차를 어떤 때는 오른쪽으로, 어떤 때는 왼쪽으로 보내지."

철도원이 말했다.

그때 불을 밝힌 급행열차 한 대가 천둥 치듯 우르릉거리며 철도원의 사무실을 뒤흔들었다.

"저 사람들은 무척 바쁘네요. 무엇을 찾고 있는 거예요?"

어린 왕자가 물었다.

"그건 기관사도 모른단다."

그러자 이번에는 반대편에서 불을 밝힌 두 번째 급행열차가 우르릉거리면서 달려왔다.

"그들이 벌써 되돌아오는 건가요?"

어린 왕자가 물었다.

"아니, 같은 사람들이 아니란다. 서로의 위치를 바꾸는 거야."

철도원이 말했다.

"그들은 자기들이 있던 곳이 마음에 들지 않나 보지요?"

"자기가 있는 곳에 만족하는 사람은 아무도 없단다."

그때 불을 밝힌 세 번째 급행열차가 우르릉거리며 달려왔다.

"저 사람들은 조금 전에 지나간 승객들을 쫓아가는 건가요?"

"그들은 아무것도 쫓아가지 않아. 그 안에서 잠을 자거나 하품을 하지. 아이들만이 유리창에 코를 대고 바깥을 바라볼 뿐이야."

"아이들만이 자신들이 무엇을 찾는지 알고 있어요. 그들은 헝겊 인형을 가지고 놀면서 시간을 보내기 때문에 인형은 그들에게 아주 중요한 존재가 되지요. 그래서 인형을 뺏기면 아이들은 울음을 터뜨리는 거예요."

어린 왕자가 말했다.

"아이들은 운이 좋구나."

철도원이 말했다.

23

"안녕."

어린 왕자가 인사를 했다.

"안녕."

상인이 말했다.

그는 갈증을 해소하는 알약을 팔고 있었다. 일주일에 한 알만 먹으면 갈증을 느끼지 않는다고 했다.

"왜 이런 것을 팔아요?"

어린 왕자가 물었다.

"시간을 많이 절약할 수 있으니까. 전문가가 계산을 했는데 일주일에 53분이나 절약할 수 있단다."

상인이 말했다.

"그러면 그 53분으로 무엇을 하는데요?"

"자기가 하고 싶은 일을 하지……."

'내게 마음대로 쓸 수 있는 53분이 있다면 샘을 향해 천천히 걸어갈 텐

데……'

어린 왕자는 이렇게 생각했다.

24

비행기 고장으로 사막에 불시착한 지 여드레째 되는 날, 나는 마지막 남은 물 한 방울을 마시면서 상인 이야기를 들었다.

나는 어린 왕자에게 말했다.

"아! 너의 추억은 정말 아름답구나. 하지만 난 아직 내 비행기를 고치지 못했어. 이제 마실 물도 없고. 나도 샘을 향해 천천히 걸어갈 수 있다면 정말 행복할 텐데!"

"내 친구 여우는……."

어린 왕자가 내게 말했다.

"꼬마 신사야. 지금은 여우 이야기를 할 때가 아니란다."

"왜?"

"목이 말라 죽을지도 모르니까……."

어린 왕자는 내 말을 이해하지 못하고 이렇게 말했다.

"설령 죽는다 해도 친구가 있다는 건 좋은 일이야. 나는 말이야, 여우를 친구로 갖게 돼서 정말 기뻐."

'이 아이는 위험이 무언지 몰라. 배고픔도 갈증도 느끼지 않으니까. 그에게는 약간의 햇빛만으로도 충분하니까…….'

그러나 어린 왕자는 나를 바라보더니 내 생각에 대답하듯 말했다.

"나도 목이 말라……. 우물을 찾으러 가자."

나는 피곤하다는 몸짓을 했다. 이 광활한 사막에서 무턱대고 물을 찾는다는 것은 무모한 일이었다. 그렇지만 우리는 걷기 시작했다.

몇 시간 동안 말없이 걷는 동안에 어둠이 내리고 별이 빛나기 시작했다. 나는 갈증 때문에 미열이 나서 꿈을 꾸듯이 별들을 바라보았다. 어린 왕자의 말이 내 기억 속에서 춤추고 있었다.

"너도 목이 마르니?"

내가 어린 왕자에게 물었다.

그러나 어린 왕자는 내 질문에는 대답하지 않고 그저 이렇게만 말했다.

"물은 마음에도 좋을 거야……."

나는 어린 왕자의 말을 이해하지 못했지만 아무 말도 하지 않았다. 어린 왕자에게 물어봐도 소용이 없다는 걸 잘 알기 때문이었다.

어린 왕자는 피곤했는지 앉았다. 나도 그의 곁에 앉았다. 한동안 말이 없더니 그가 다시 말했다.

"별이 아름다운 건 보이지 않는 꽃 한 송이 때문이야."

나는 '그래'라고 대답하고 아무 말 없이 달빛 아래 펼쳐진 모래 언덕을 바라보았다.

"사막은 아름다워."

어린 왕자가 다시 말했다.

그것은 사실이었다. 나는 언제나 사막을 좋아했다. 모래 언덕 위에 앉아 있으면 아무것도 보이지 않고 아무 소리도 들리지 않는다. 그러나 무언가 고요함 속에 빛나는 것이 있다.

"사막이 아름다운 건 어딘가에 우물을 감추고 있기 때문이야……."

어린 왕자가 말했다.

나는 문득 모래 언덕의 신비로움이 무엇인지를 깨닫고는 깜짝 놀랐다. 나는 어렸을 때 아주 오래된 집에서 살았다. 그런데 그 집엔 보물이 묻혀 있다는 얘기가 전해 내려왔다. 물론 그 보물을 발견한 사람은 없었다. 아마도 그것을 찾으려는 사람도 없었을 것이다. 그러나 그 이야기 덕분에 그 집은 아주 매력적으로 보였다. 그 집은 깊숙한 곳에 비밀을 감추고 있었던 것이다.

"그래, 눈에 보이지 않는 것들이 집이나 별이나 사막을 아름답게 만들지!"

나는 어린 왕자에게 말했다.

"아저씨가 내 여우하고 같은 생각이어서 기뻐."

어린 왕자가 말했다.

어린 왕자가 잠이 들었기 때문에 나는 그를 안고 다시 길을 걸었다. 나는 가슴이 뭉클해졌다. 아주 부서지기 쉬운 보물을 안고 가는 것 같았다. 이 지구상에 이보다 더 연약한 존재는 없다는 생각이 들었다. 나는 달빛 아래에서 그의 창백한 이마와 잠긴 눈, 바람에 흩날리는 머리카락을 보며 생각했다.

'내가 지금 보고 있는 것은 껍데기에 지나지 않아. 가장 중요한 것은 보이지 않으니까……'

반쯤 열린 그의 입술에 어렴풋한 미소가 떠오르는 것을 보고 나는 또 다시 생각했다.

'잠든 어린 왕자가 나를 이토록 감동하게 하는 것은 한 송이 꽃에 대한 그의 변함없는 마음 때문이야. 잠든 순간에도 등불처럼 그의 마음속에서 빛나는 한 송이 장미꽃 때문이야……'

그러자 나는 그가 더욱 연약한 존재라는 생각이 들었다.

'등불을 잘 지켜야 해. 한 줄기 바람에도 꺼질 수 있으니까……'

그렇게 걷다가 마침내 동틀 무렵에 나는 우물을 발견했다.

25

"사람들은 급행열차를 타고 떠나지만 자신들이 무엇을 찾는지 모르고 있어. 그래서 불안해하면서 제자리에서 맴도는 거야."

그리고 어린 왕자는 이렇게 덧붙였다.

"그럴 필요가 없는데……"

우리가 찾은 우물은 사하라 사막의 다른 우물들과 달랐다. 사하라 사막의 우물들은 단순히 모래 속에 움푹 파인 구멍 같은 것이었다. 우리가 찾은 우물은 마을의 우물과 흡사했다. 그러나 그곳에 마을이 있을 리 없었다. 나는 꿈을 꾸고 있는 것 같았다.

"이상한 일이야. 모든 것이 다 있어. 도르래랑 두레박이랑 밧줄이랑……"

내가 어린 왕자에게 말했다.

어린 왕자는 웃으며 밧줄을 잡고 도르래를 잡아당겼다. 그러자 오랫동안 움직이지 않던 낡은 바람개비가 삐걱거리듯 도르래가 소리를 냈다.

"아저씨, 들어 봐. 우리가 우물을 깨웠더니 우물이 노래를 부르고 있어."

어린 왕자가 내게 말했다.

나는 어린 왕자를 힘들게 하고 싶지 않아서 이렇게 말했다.

"내가 할게. 너한테는 너무 무거워."

나는 천천히 두레박을 우물 가장자리까지 끌어 올렸다. 그리고 그것을 우물 위에 올려놓았다. 내 귓가에는 도르래의 노래가 계속되었고 출렁이는 물속에서는 햇살이 일렁이고 있었다.

"이 물을 마시고 싶어. 물 좀 줘⋯⋯."

어린 왕자가 말했다.

그제서야 나는 어린 왕자가 무엇을 찾고 있었는지 깨달았다.

나는 두레박을 들어 어린 왕자의 입에 갖다 대었다. 어린 왕자는 눈을 감고 마셨다. 물은 달콤했다. 그 물은 보통 물과는 다른 것이었다. 그 물은 별빛 아래를 걸어와서 도르래의 노래를 들으며 내 팔에 힘을 주고 얻은 것이다. 그 물은 선물처럼 마음을 기쁘게 해 주었다.

내가 어린아이였을 때 받은 크리스마스 선물이 환하게 빛났던 것도 크리스마스 트리의 불빛, 자정 미사의 음악, 다정한 미소들이 있었기 때문이다.

"아저씨네 별에 사는 사람들은 정원에서 장미를 5,000송이나 가꿔. 그런데도 그들은 거기에서 자기들이 원하는 것을 찾지 못해."

어린 왕자가 말했다.

"그래, 그들은 찾지 못해⋯⋯."

내가 대답했다.

"그렇지만 장미꽃 한 송이나 물 한 모금에서도 원하는 것을 찾을 수 있는데⋯⋯."

"물론이지."

내 말에 어린 왕자가 덧붙였다.

"하지만 눈으로는 보지 못해. 마음으로 찾아야 해."

나는 물을 마셨다. 그리고 크게 숨을 쉬었다. 해가 뜰 무렵이면 사막은 황금빛을 띤다. 나는 이 황금빛에서도 행복감을 느꼈다. 무엇 때문에 나는 괴로워했을까?

"아저씨, 약속을 지켜 줘."

어린 왕자가 다시 내 옆에 앉으면서 부드럽게 말했다.

"무슨 약속?"

"알잖아, 내 양에게 부리망을 씌워 준다고……. 난 그 꽃에 대한 책임이 있어!"

나는 주머니에서 대충 그려 놓은 그림들을 꺼냈다. 어린 왕자는 그림들을 보더니 웃으며 말했다.

"아저씨가 그린 바오밥나무는 약간 양배추 같아."

"이런!"

나는 내가 그린 바오밥나무가 아주 잘 그려졌다고 생각했는데!

"아저씨가 그린 여우는…… 귀가 약간 뿔 같고…… 음…… 너무 길어!"

그리고 어린 왕자는 다시 웃었다.

"얘야, 넌 너무하구나. 나는 속이 보이는 보아뱀하고 속이 보이지 않는 보아뱀밖에는 그릴 줄 몰랐단 말이야."

"아니야! 괜찮아. 아이들은 알아보니까."

그래서 나는 부리망 하나를 연필로 그렸다. 그리고 그것을 어린 왕자에게 주었을 때 가슴이 메었다.

"난 네가 무슨 생각을 하는지 모르겠어."

그러나 어린 왕자는 아무 대꾸도 하지 않고 이렇게 말했다.

"내가 지구 위에 떨어진 지…… 내일이면 일 년이 돼."

그리고 잠시 말이 없더니 다시 이렇게 말했다.

"바로 이 근처에 떨어졌어."

어린 왕자는 얼굴이 빨개졌다.

나는 또다시 까닭 모를 묘한 슬픔을 느꼈다. 그러면서도 한 가닥 의문이 떠올랐다.

"그러면 일주일 전 내가 너를 만나던 그날 아침에 사람들이 사는 곳에서 수천 마일이나 떨어진 이곳을 너 혼자서 걷고 있었던 건 무턱대고 그런 것이 아니었구나. 네가 떨어졌던 곳으로 돌아가고 있었니?"

어린 왕자는 다시 얼굴이 빨개졌다.

그래서 나는 주저하면서 덧붙였다.

"일 년이 다 되어서 돌아가는 거야?"

어린 왕자는 또다시 얼굴이 빨개졌다. 그는 묻는 말에 절대로 대답하지 않았다. 그러나 얼굴이 빨개지면 '그렇다'라는 뜻이 아닐까?

"아! 나는 두려워."

내가 어린 왕자에게 말했다.

그러나 어린 왕자는 이렇게 말했다.

"아저씨는 이제 일을 해. 아저씨 기계가 있는 곳으로 돌아가. 나는 여기서 아저씨를 기다릴게. 내일 저녁에 다시 와……."

하지만 나는 마음이 놓이지 않았다. 여우가 생각났다. 누구나 길들여지면 조금은 울게 마련이다.

26

우물 옆에는 오래되어 무너진 돌담이 있었다. 다음 날 저녁, 일을 마치고 돌아오던 나는 그 위에 어린 왕자가 다리를 늘어뜨린 채 걸터앉아 있는 것을 보았다. 그리고 어린 왕자가 말하는 소리를 들었다.

"그러면 너는 생각나지 않는다는 거야? 이 자리는 아니야!"

틀림없이 그 말에 대답하는 다른 소리가 있었다. 어린 왕자가 이렇게 대꾸했기 때문이다.

"그래! 그래! 날짜는 맞아. 그러나 장소는 여기가 아니야."

나는 돌담을 향해 걸어갔다. 아무도 보이지 않았고 아무 소리도 들리지 않았다. 그런데 어린 왕자는 또 다시 대꾸를 했다.

"맞아. 너는 내 발자취가 사막 어디에서 시작하는지 알 거야. 너는 거기서 날 기다리면 돼. 오늘 밤 거기로 갈 거야."

나는 담에서 20미터쯤 떨어져 있었는데 여전히 아무것도 보이지 않았다.

어린 왕자는 잠시 가만히 있다가 다시 말했다.

"네가 가지고 있는 독은 좋은 거니? 나를 오랫동안 아프게 하지 않을 거지?"

나는 가슴이 미어지는 듯해 걸음을 멈추었다. 그러나 여전히 무슨 영문인지 몰랐다.

"이제 가 봐……. 나는 내려가야겠어!"

어린 왕자가 말했다.

그때서야 나는 담 밑을 내려다보고 너무 놀라 펄쩍 뛰었다! 거기에는 순식간에 사람을 죽일 수 있는 노란 뱀 한 마리가 어린 왕자를 향해 머리를 쳐들고 있었다. 나는 권총을 꺼내려고 주머니를 더듬으면서 황급히 달려갔다. 그러나 내 발소리에 노란 뱀은 잦아드는 분수의 물처럼 천천히 모래 속으로 미끄러져 내려갔다. 그리고 별로 서두르지도 않고 가벼운 쇳소리를 내며 돌 틈 사이로 사라졌다.

나는 눈처럼 창백한 나의 어린 왕자를 두 팔로 안았다.

"어떻게 된 일이니? 이제는 뱀하고 이야기를 하고!"

나는 어린 왕자가 항상 두르고 있던 목도리를 풀어 주었다. 나는 어린 왕자의 관자놀이를 적셔 주고 물을 먹였다. 이제는 더 이상 아무것도 물어볼 수가 없었다. 어린 왕자는 나를 진지하게 바라보더니 두 팔로 내 목을 끌어안았다. 나는 그의 심장이 총에 맞아 죽어 가는 새처럼 팔딱이는 것을 느꼈다. 어린 왕자는 나에게 이렇게 말했다.

"아저씨가 고장 난 엔진을 고쳐서 기뻐. 아저씨는 집에 갈 수 있을 거야……."

"어떻게 알았지?"

나는 도저히 고칠 수 없을 것 같던 비행기를 성공적으로 수리했다는 소식을 그에게 알려 주려고 왔던 것이다!

어린 왕자는 아무런 대답도 하지 않고 이렇게 덧붙였다.

"나도 오늘 내 별로 돌아갈 거야."

그러면서 슬픈 목소리로 말했다.

"훨씬 더 멀고…… 훨씬 더 어려워……."

나는 무언가 심상찮은 일이 일어나고 있다는 것을 느꼈다. 나는 그를 어린아이 안듯이 두 팔로 꼭 끌어안았다. 어린 왕자는 심연 속으로 빠져들어 가는 것 같았지만 그를 구하기 위해 내가 할 수 있는 것은 아무것도 없었다.

어린 왕자는 진지한 눈빛으로 아득히 먼 곳을 바라보았다.

"나는 아저씨가 준 양을 가지고 있어. 그리고 양을 넣어 둘 상자와 부리망도 있고……."

그리고 어린 왕자는 쓸쓸하게 웃었다.

나는 한참을 기다렸다. 그리고 어린 왕자가 조금씩 기운을 되찾는 것을 느꼈다.

"얘야, 무서웠지?"

틀림없이 어린 왕자는 무서웠을 것이다. 그러나 그는 부드럽게 웃으며 말했다.

"오늘 밤엔 훨씬 더 무서울 거야……."

이제 돌이킬 수 없다는 생각에 또다시 온몸이 얼어붙는 것 같았다. 그리고 어린 왕자의 웃음소리를 다시는 들을 수 없을 거라는 생각에 견딜 수가 없었다. 어린 왕자의 웃음은 나에게 사막의 샘과 같은 것이었다.

"얘야, 네 웃음소리를 다시 듣고 싶구나."

그러나 어린 왕자는 내게 말했다.

"오늘 밤이 일 년이 되는 날이야. 지난해에 내가 떨어졌던 바로 그 자리 위에 내 별이 나타날 거야……."

"얘야, 네가 나쁜 꿈을 꾼 것이 아닐까? 뱀이니 약속 장소니 별이니 하는 이야기들은……."

그러나 어린 왕자는 내 물음에 대답하지 않고 이렇게 말했다.

"중요한 것은 눈에 보이지 않아."

"그래 맞아……."

"꽃도 마찬가지야. 아저씨가 어떤 별에 있는 꽃 한 송이를 사랑한다면 밤에 하늘을 바라보는 것이 즐거울 거야. 모든 별에 다 꽃이 피어 있으니까."

"그래 맞아……."

"물도 마찬가지야. 아저씨가 나에게 마시라고 준 물은 마치 음악 같았어. 도르래랑 밧줄 때문에 말이야. 아저씨도 생각날 거야, 그 물은 정말 맛있었어."

"그래 맞아……."

"아저씨도 밤에 별을 쳐다보겠지. 내 별은 너무 작아서 어디쯤 있는지 아저씨한테 가르쳐 줄 수가 없어. 하지만 그편이 더 잘된 일이야. 아저씨에게는 내 별이 여러 별 가운데 하나가 될 거야. 그러니까 아저씨는 어느 별을 바라보아도 다 좋아할 거야. 그 별들은 다 아저씨 친구가 되겠지. 아저씨에게…… 선물을 하나 줄게."

어린 왕자는 다시 웃었다.

"아! 얘야, 나는 네 웃음소리가 좋아!"

"그게 바로 내 선물이야. 물도 마찬가지야⋯⋯."

"무슨 말이야?"

"사람들은 저마다 서로 다른 별을 가지고 있어. 여행을 하는 사람들에게
별은 길잡이가 돼. 어떤 사람들에게는 그 별이 작은 빛에 지나지 않아. 학
자들에게 별은 연구 대상이야. 내가 만난 사업가에게 별은 금이었어. 그러
나 그 별들은 말이 없어. 아저씨는 그 누구와도 다른 아저씨만의 별을 갖게
되는 거야⋯⋯."

"무슨 말이야?"

"아저씨가 밤하늘을 바라보면 나는 그 별들 가운데 어딘가에 살고 있을
테니까, 그 별들 어딘가에서 웃고 있을 거야. 그러면 아저씨에게는 마치 모
든 별들이 웃고 있는 것처럼 여겨질 거야. 아저씨는 웃을 줄 아는 별을 갖
게 되는 거야!"

그리고 어린 왕자는 다시 웃었다.

"그리고 아저씨의 슬픔이 누그러지면(언제나 슬픔은 누그러지니까) 나를
알게 된 것이 기쁠 거야. 아저씨는 항상 내 친구로 남아 있을 거고 아저씨
는 나와 함께 웃고 싶겠지. 그러면 가끔 이렇게 창문을 열고 하늘을 봐. 그
럼 즐거워질 거야. 아저씨 친구들은 아저씨가 하늘을 쳐다보며 웃는 걸 보
고 깜짝 놀랄 거야. 그러면 아저씨는 친구들에게 이렇게 말하는 거지. '그
래, 별들은 항상 내가 웃도록 만들어!' 그러면 친구들은 아저씨 정신이 이
상하다고 생각할지도 몰라. 내가 아저씨한테 너무 심한 짓을 한 것 같은
데⋯⋯."

그리고 어린 왕자는 다시 웃었다.

"그것은 내가 아저씨에게 별들 대신에 웃을 수 있는 조그만 방울을 한 아
름 준 것과 마찬가지야⋯⋯."

어린 왕자는 또다시 웃었다. 그러나 어린 왕자는 곧바로 진지해졌다.

"오늘 밤은⋯⋯ 알지? 오지 마."

"나는 네 곁을 떠나지 않을 거야."

"나는 아픈 것처럼 보일 거야⋯⋯. 어쩌면 죽은 것처럼 보일지도 몰라.

그러니까 보러 오지 마. 그럴 필요 없어…….”

“나는 네 곁을 떠나지 않을 거야.”

그러나 어린 왕자는 걱정스러운 눈치였다.

“내가 이런 말을 하는 것은…… 뱀 때문이기도 해. 뱀이 아저씨를 물면 안 되니까. 뱀은 심술쟁이야. 장난삼아 물 수도 있어.”

“나는 네 곁을 떠나지 않을 거야.”

그러나 어린 왕자는 곧 안심하는 듯했다.

“맞아, 뱀이 두 번째 물 때는 독이 없다고 했으니까…….”

그날 밤 나는 어린 왕자가 떠나는 것을 보지 못했다. 어린 왕자는 소리 없이 떠났다. 내가 뒤쫓아가서 어린 왕자를 다시 만났을 때 그는 빠르게 걷고 있었다.

어린 왕자는 내게 이렇게 말할 뿐이었다.

“아! 아저씨, 거기에 있었구나…….”

그리고 어린 왕자는 내 손을 잡았다. 그러나 그는 여전히 걱정하는 눈치였다.

“아저씨는 잘못한 거야, 무척 괴로울 거야. 나는 죽은 것처럼 보일 거야. 그러나 정말 그런 건 아니야.”

나는 아무 말도 하지 않았다.

“아저씨도 알지? 그곳은 너무 멀어. 내 몸까지 가지고 갈 수가 없어. 너무 무겁거든.”

나는 아무 말도 하지 않았다.

“그러나 몸은 버려진 낡은 껍데기 같은 거야. 낡은 껍데기 때문에 슬플 건 없잖아.”

나는 아무 말도 하지 않았다.

어린 왕자는 조금 풀이 죽은 듯했다. 그러나 그는 다시 한번 애써 나를 설득하려고 했다.

“정말 좋을 거야. 나도 별들을 바라볼 거니까. 모든 별들은 녹슨 도르래가 달려 있는 우물이 되겠지. 모든 별들은 내게 마실 물을 부어 줄 거고…….”

나는 아무 말도 하지 않았다.

"정말 재미있을 거야. 아저씨는 방울을 5억 개나 갖게 되고 나는 샘을 5억 개나 갖게 되는 셈이니까……."

그리고 어린 왕자는 말이 없었다. 그는 울고 있었다.

"여기야. 나 혼자 가게 해 줘."

그리고 어린 왕자는 무서웠는지 주저앉았다.

어린 왕자가 다시 말했다.

"알지? 내 꽃말이야……. 나는 그 꽃에 대한 책임이 있어. 그리고 그 꽃은 너무 연약해! 그 꽃은 너무 순진하고, 그 꽃은 세상과 맞서 자신을 지키기 위해 가진 것이라고는 고작 네 개의 가시뿐이야."

나는 더 이상 서 있을 수가 없어서 주저앉았다. 어린 왕자가 말했다.

"자, 이게 전부야……."

어린 왕자는 여전히 좀 망설이더니 몸을 일으켰다. 그는 한 발자국을 내디뎠다. 나는 그 자리에서 꼼짝할 수가 없었다.

어린 왕자의 발목 근처에서 한 줄기 노란빛이 반짝일 뿐이었다. 어린 왕자는 한순간 움직이지 않고 가만히 서 있었다. 그는 울지도 않았다. 나무가 쓰러지듯이 어린 왕자는 천천히 쓰러졌다. 모래 둔덕이라 소리조차 나지 않았다.

27

이제 벌써 6년이 지났다……. 나는 아직까지 단 한 번도 이 이야기를 다른 사람에게 한 적이 없다. 나를 다시 만난 친구들은 살아서 돌아온 나를 보고 몹시 기뻐했다. 나는 슬펐지만 그들에게는 이렇게 말했다.

"피곤해서 그래……."

이제는 슬픔이 다소 가라앉았다. 그렇지만 슬픔이 완전히 가라앉은 것은 아니다. 나는 어린 왕자가 자기 별로 돌아갔다는 것을 잘 알고 있다. 해 뜰 무렵 어린 왕자의 몸은 어디에서도 찾을 수 없었기 때문이다.

어린 왕자의 몸은 그토록 가벼웠다. 그래서 나는 밤이면 별들이 이야기하는 것을 즐겨 듣는다. 별들은 5억 개의 작은 방울과도 같으니까…….

그러나 한 가지 걱정스러운 일이 있다. 어린 왕자에게 그려 준 부리망에 그만 깜박 잊고 가죽끈을 달아 주지 않은 것이다! 어린 왕자는 그것을 양에게 씌워 줄 수 없을 것이다. 그래서 나는 이렇게 생각하곤 한다.

'그의 별에 무슨 일이 생긴 것은 아닐까? 어쩌면 양이 꽃을 먹어버렸는지도 몰라…….'

때로는 이렇게 생각한다.

'그럴 리가 없어! 어린 왕자가 밤마다 꽃을 유리 덮개로 덮어서 보호해 주고 양도 잘 보살필 거야.'

그러면 나는 행복해지고 모든 별들은 다정하게 웃어 준다.

때로는 이렇게도 생각한다.

'어쩌다 방심할 수도 있어. 그러면 끝장이야! 어느 날 저녁 유리 덮개 덮는 것을 잊어버리거나, 아니면 양이 밤중에 소리 없이 나간다면…….'

그러면 작은 방울들은 모두 눈물로 변하겠지!

이 점이 커다란 수수께끼다. 나와 마찬가지로 어린 왕자를 사랑하는 여러분에게도 우리가 알지 못하는 어디선가 우리가 보지 못한 양이 장미 한 송이를 먹었느냐 안 먹었느냐에 따라 세상이 온통 달라진다.

하늘을 보라. 그리고 양이 그 꽃을 먹었는지 먹지 않았는지 생각해 보라. 그러면 여러분은 그것에 따라 모든 것이 얼마나 달라지는지 알게 될 것이다.

그러나 어른들은 이것이 얼마나 중요한 일인지 결코 이해하지 못한다!

나에게 이 그림은 세상에서 가장 아름다우면서도 가장 슬픈 풍경이다. 이것은 앞에서 나온 그림과 같은 풍경이다. 그러나 여러분이 확실히 기억할 수 있도록 다시 한번 그린 것이다. 어린 왕자가 지구에 나타났다가 사라진 곳이 바로 여기다.

　이 풍경을 잘 보아 두었다가 언젠가 아프리카 사막을 여행하게 되면 이곳을 꼭 알아볼 수 있기를 바란다. 그리고 이곳을 지나게 되거든 서두르지 말고 그 별 아래서 잠시 기다려 보기를 부탁한다. 만일 한 아이가 여러분에게 다가와 웃는다면, 그 아이가 황금빛 머리칼을 지녔다면, 그리고 묻는 말에 대답을 하지 않는다면, 여러분은 그 아이가 누구인지 알 것이다. 그러면 나에게 친절을 베풀어 주기 바란다! 내가 이처럼 슬퍼하도록 내버려 두지 말고 어린 왕자가 다시 돌아왔다고 나에게 빨리 편지를 보내 주길…….

목걸이
- 기 드 모파상 -

작가 소개

기 드 모파상(Guy De Maupassant 1850~1893) 프랑스 소설가.

프랑스 노르망디의 미로메닐에서 출생한 모파상은 12세 때 아버지와 떨어져 어머니 밑에서 문학적 감화를 받으면서 자랐다. 어머니의 친구인 G. 플로베르에게 문학을 지도받았을 뿐만 아니라 플로베르의 소개로 E. 졸라를 알게 되었고, 또 파리 교외에 있는 졸라의 저택에 자주 모여 문학을 논하던 당시의 젊은 문학가들과 사귀었다.

1880년에는 모파상을 포함한 여섯 명의 젊은 작가들이 쓴, 프로이센-프랑스 전쟁에서 취재한 단편집《메당 야화》를 졸라가 주관하여 간행했는데, 모파상은 여기에 단편《비곗덩어리》를 실었다. 이 작품은 날카로운 인간 관찰과 짜임새 등에서 어느 작품보다도 뛰어나 사람들의 주목을 받았다.

그 후《테리에 집》《피피양》등의 단편집을 내어 문단에서의 지위를 굳혔다. 1883년에는 장편 소설《여자의 일생》을 발표했다. 불과 10년간의 문단 생활에서 단편 소설 약 300편, 기행문 3권, 시집 1권, 희곡 몇 편 외에《벨 아미》《피에르와 장》《죽음처럼 강하다》《우리들의 마음》등의 장편 소설을 썼다.

그는 러시아 태생의 여류 화가 마리 바시키르체프 등 연인이 여러 명 있으며, 장편《벨 아미》의 성공으로 요트를 사서 '벨 아미'라고 명명한 후 이탈리아 등지를 여행한다. 그즈음 안질과 불면에 시달리면서 갑작스런 발작을 일으키곤 했다. 1892년, 42세 되던 해 페이퍼 나이프로 자살을 기도했다가 미수에 그치자 파리로 돌아와 1년 후 파리 교외의 정신 병원에서 43세의 나이로 일생을 마쳤다.

빚을 갚기 위해 궂은일을 해야만 하는 르와젤 부인의 환경은 젊고 아름다웠던 그녀를 거칠고 투박한 여인의 모습만 남게 하였다. 한 번의 부주의로 인해 젊음을 송두리째 빼앗긴 여인의 삶의 과정을 그리고 있다.

이 작품은 허영심과 끝없는 욕망 때문에 고통의 삶을 살아가게 된 여인의 이야기를 통해 인간의 어리석음과 거짓됨을 폭로하고 있다. 특히 서두의 허영심과 자기과시욕이 강한 르와젤 부인의 성격묘사는 나중에 그녀가 겪을 수밖에 없는 고난에 찬 삶을 강조하며 목걸이가 가짜라는 사실은 허황되고 거짓된 삶을 상징한다. 허영심에 가득 찬 르와젤 부인의 삶을 통해 우연과 운명이 한 인간의 삶을 얼마나 허무하게 만드는가를 잘 보여주는 작품이다.

르와젤 부인은 아름답고 매력적인 용모를 가졌지만 운명의 실수로 가난한 집에 태어났다고 생각하는 처녀였다. 어느 가난한 문부성의 하급 관리와 결혼을 한 그녀는 남보다 뛰어난 미모와 매력을 지니고 있었음에도 불구하고 귀족들과 같은 호화스러운 생활을 하지 못하는 자신의 처지에 항상 비관해 왔다. 어느 날 남편이 초대장 하나를 들고 왔다. 르와젤 부인은 파티에 입을 드레스를 사려고 남편의 비상금까지 쓰고, 친구에게 다이아몬드 목걸이를 빌려 파티에 참석한다. 파티를 마치고 집에 돌아왔을 때 그녀가 한 목걸이가 보이지 않자 남편과 아내는 거리로 나가 목걸이를 찾았으나 어디에서도 찾을 수가 없다. 부부는 많은 돈을 빌려 똑같은 목걸이를 사서 친구에게 돌려준 후, 다락방으로 이사를 하고 비참하고 궁핍한 생활을 한 십 년 후에야 비로소 빚을 갚게 된다.

십 년이란 세월이 흐른 어느 날 르와젤 부인은 우연히 산책길에서 목걸이를 빌려줬던 친구를 만나 목걸이 때문에 고생한 이야기를 하였는데, 그것은 오백 프랑밖에 되지 않는 가짜였음을 알게 된다.

갈래 : 단편 소설
시점 : 전지적 작가 시점
배경 : 19세기 말 프랑스 파리
주제 : 어리석은 욕망과 허영심으로 인한 고통의 삶

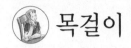 목걸이

　운명의 장난이라고나 할까. 그녀는 매우 아름답고 매력이 넘쳤지만 가난한 관리의 집에 태어난 평범한 처녀들 중의 하나였다.

　그녀에겐 지참금도 없었고 부유하고 지위 있는 남자의 청혼을 받아 결혼하게 될 길도 전혀 없었으며, 따라서 아무런 희망도 가질 수가 없었다.

　그녀는 하는 수 없이 문부성에 근무하는 보잘것없는 한 관리와 결혼을 하였으며, 계절에 따라 옷도 해 입지 못하고 소박하게 살았다. 그 때문에 그녀는 세상에서 버림을 받은 듯 불행했다.

　하기야 여자들에게는 계급이나 혈통보다도 미모와 매력과 애교가 그들의 출신 가문을 대신하기도 한다. 고상한 기품과 우아한 취미, 민첩한 자질 등이 그들의 계급을 이루며 평민의 딸들로 하여금 귀족의 딸들과 어깨를 겨루게 하기도 하는 것이다.

　그녀는 자신이야말로 이 세상의 모든 쾌락과 사치를 누리기 위해 태어난 것이라고 생각했기 때문에 마음속으로 늘 불만을 가지고 있었다.

　누추한 집, 장식도 없는 휑한 벽, 낡아 빠진 의자, 빛이 바랜 커튼을 봐도 마음이 아팠다. 자신의 신분과 비슷한 다른 여자들 같으면 알지도 못할 이런 것 때문에 가슴이 쓰리고 마음이 상했다.

　그녀의 검소한 살림을 맡아 하는 하녀인 브르타뉴 태생의 소녀를 봐도 열중했던 꿈이 다시 되살아나는 것이었다.

　그녀는 동양식 벽걸이가 걸려 있고 높은 청동 촛대에 불이 켜진 조용한 응접실, 그리고 난방기의 후끈한 온기에 졸음이 와서 큰 안락의자에 잠들어 있을 짧은 바지 차림의 뚱뚱한 두 명의 하인을 상상해 보는 것이었다.

　그런가 하면 비단으로 벽을 장식한 살롱, 값진 골동품들이 놓인 우아한 가구들, 모든 여성들의 선망의 대상이 되는 사교계의 인기 있는 남성들과 친한 친구들이 모여 오후 다섯 시의 담화를 즐기도록 꾸민 향기롭고 아담한 밀실을 마음속으로 그려보는 것이었다.

저녁 식사 때 사흘째 빨지 않은 식탁보를 덮은 둥근 식탁에 앉아 맞은 편의 남편이 수프 그릇 뚜껑을 열며 "아, 훌륭한 수프야! 나에겐 이게 최고야."라고 기쁜 목소리로 외칠 때면, 호화롭게 차린 만찬과 번쩍이는 은그릇들, 신선들이 노니는 숲속에 기이한 새들과 고대의 인간들을 수놓은 벽걸이, 으리으리한 그릇에 담겨 나오는 진귀한 음식들, 잉어의 붉은 살이나 들꿩의 날개를 먹으며 은근한 미소를 띠고 정담을 속삭이는 남녀들의 모습이 그녀의 눈앞에 떠올랐다.

그녀에게는 값비싼 옷도 보석도 전혀 없었다. 그런데 그녀가 좋아하는 것은 이런 것들뿐이었다. 자신은 그것들을 위해 태어났다고 생각했으며 그만큼 그녀는 쾌락과 선망을 동경했고 남성들을 매혹시켜 구애를 받고 싶어 했다.

그녀에게는 수도원 동창인 돈 많은 친구가 있었다. 이제는 그 친구를 찾아보려고도 하지 않았는데 그 친구를 만나는 것은 매우 가슴 아픈 일이었기 때문이었다. 그 친구를 만나고 온 후에는 며칠을 두고 슬픔과 뉘우침과 절망과 비관으로 눈물을 흘리는 것이었다.

그러던 어느 날 저녁, 남편이 큰 봉투를 하나 들고 희색이 만면하여 돌아왔다.

"자, 당신에게 주려고 가져온 거야."

그녀는 급히 겉봉을 뜯었다. 그 안에는 초대장이 한 장 들어 있었다.

'문교부 장관 조르즈 랑포노 부처는 1월 18일 월요일 저녁 장관 관저에서 파티를 개최하오니 르와젤 부처께서는 참석하시기 바랍니다.'

그런데 남편이 기대했던 것처럼 그녀는 기뻐하기는커녕 오히려 기분을 상한 듯 초대장을 식탁 위에 내던지며 중얼거렸다.

"그러니 날 보고 어쩌란 말예요?"

"아니, 여보! 나는 당신이 퍽 기뻐할 줄 알았는데……. 당신이 요즘에는 외출한 적도 없으니 참 좋은 기회잖아! 이 초대장을 얻는 데 여간 힘들었던 게 아니라오. 서로 얻으려고 다투었는데 하급 직원들에게는 몇 장 주지도 않았지. 그날 파티에 가면 고관들을 모두 볼 수 있을 거야."

그녀는 새침한 눈초리로 남편을 쳐다보고 있더니 참을 수 없다는 듯이 소리쳤다.

"그래, 당신은 나더러 무엇을 몸에 걸치고 가라는 거예요?"

남편은 미처 거기까지는 생각하지 못했었다. 그는 풀이 죽어 중얼거렸다.

"아니 왜, 극장에 갈 때 입는 옷이 있지 않소. 내가 보기에는 좋아 보이던데……."

그는 놀라고 어이가 없어 더 이상 말을 잇지 못했다. 아내가 울고 있었던 것이다. 두 줄기 굵은 눈물방울이 눈가에서 입 끝으로 천천히 흘러내리고 있었다.

그는 더듬더듬 물었다.

"왜 그러지? 응? 왜 그래?"

그녀는 간신히 슬픔을 가라앉힌 뒤 눈물에 젖은 볼을 씻으며 조용한 목소리로 대답했다.

"아무것도 아니에요. 난 그저 입고 갈 옷이 없으니 파티에는 갈 수 없다는 것뿐이에요. 이 초대장은 나보다 옷이 많은 부인이 있는 당신 친구 분들에게 주세요."

남편은 마음이 언짢아져서 이렇게 되물었다.

"여보, 마틸드. 적당한 옷 한 벌 사는 데 얼마나 들까? 가끔 입을 수도 있고 아주 비싸지 않은 것으로 말이야."

그녀는 잠시 생각에 잠겼다. 값을 계산해 보기도 하면서 얼마 정도나 요구해야 이 검소한 관리가 놀라 비명을 지르지 않고, 또 어느 정도 말해야 거절을 하지 않을까 생각해 보기도 했다. 망설이다가 마침내 이렇게 대답했다.

"확실히는 모르겠어요. 하지만 사백 프랑이면 되지 않을까 생각해요."

그러자 남편의 얼굴이 약간 창백해졌다. 왜냐하면 그는 엽총을 사기 위해 꼭 사백 프랑을 예금해 두었던 것이 있었는데, 다가오는 여름에는 일요일마다 종달새 사냥을 갈 수 있으리라고 기대했던 것이다.

그러나 그는 기꺼이 말했다.

"그러면 사백 프랑을 줄 테니 좋은 옷을 사도록 해봐요."

파티 날이 점점 다가올수록 르와젤 부인의 표정은 불안하고 걱정스러운 듯했다. 옷은 준비가 되어 있었다. 어느 날 저녁에 남편이 물었다.

"왜 그러오? 요새 며칠 동안 당신 안색이 흐리니?"

그녀가 대답했다.

"보석도, 패물도, 몸에 붙일 것이라고는 아무것도 없으니 내가 딱해서 그래요. 꼴이 얼마나 궁상맞아 보이겠어요? 차라리 파티에 가지 않는 게 낫겠어요."

그러자 남편이 달랬다.

"생화를 달고 가면 될 것 아니오. 요즘은 그것이 아주 멋있어 보이던데. 십 프랑만 주면 예쁜 장미꽃 두세 송이는 살 수 있을 거야."

그녀는 그 말에 수긍하지 않았다.

"싫어요. 돈 많은 여자들 틈에서 가난해 보이는 것처럼 치욕스러운 일이 또 어디 있겠어요?"

그러다 갑자기 남편이 외쳤다.

"당신도 참 바보야! 아, 당신 친구 포레스티에 부인을 찾아가서 보석을 좀 빌려 달라고 하구려. 그만한 것쯤 부탁할 수 있는 처지가 아니오?"

그러자 그녀는 기뻐서 소리쳤다.

"아! 참, 그래요. 미처 그 생각을 못 했군요."

다음날 그녀는 친구를 찾아가서 딱한 사정을 이야기했다.

포레스티에 부인은 거울이 달린 장식장 앞으로 가더니 큰 상자 하나를 열어 보이며 르와젤 부인에게 말했다.

"자, 골라 봐."

그녀는 먼저 몇 개의 반지를 보았다. 다음에는 진주 목걸이를, 다음에는 베니스산 십자가, 정교한 솜씨로 만든 금과 보석의 패물들을 보았다. 그녀는 거울 앞에서 보석들을 몸에 걸어 보면서 벗어 놓지도 돌려주지도 못하고 망설일 뿐 마음을 정하지 못하고 있었다. 그녀는 친구에게 물었다.

"다른 것 없어?"

"응, 또 있으니까 골라 봐. 어느 것이 네 마음에 들지 알 수가 있어야지."

검은 공단 상자 속에 눈부신 다이아몬드 목걸이가 들어 있는 것이 언뜻 그녀의 눈에 띄었다. 그녀의 가슴은 걷잡을 수 없이 뛰기 시작했다. 그것을 쥐는 그녀의 손은 떨리고 있었다. 그녀는 그것을 목에 걸고 자기의 모습에 스스로 황홀해하고 있었다.

그리고 난처한 듯 망설이면서 부탁하였다.

"이것 좀 빌려 줄 수 있겠니? 다른 건 필요 없어."

"응, 좋아. 그렇게 해."

그녀는 친구의 목을 얼싸안으며 격렬하게 볼에 입을 맞추고는 목걸이를 들고 총총히 집으로 돌아왔다.

파티 날이 되었다. 그날 르와젤 부인은 파티에서 대단했다. 그녀는 누구보다도 아름다웠고 우아하고 맵시 있었으며 기쁨에 도취되어 시종일관 웃고 있었다. 모든 남성들이 그녀를 우러러보았고 이름을 물었으며 소개 받기를 원했다. 모든 관리들이 그녀와 춤을 추고 싶어 했으며 장관도 그녀를 유심히 바라보았다.

그녀는 흥분에 도취해 춤을 추었다. 자신의 아름다움에 의기양양해져 자신의 성공의 영광과 모든 사람의 존경과 찬미와 깨어난 욕망 등, 여자의 마음을 완전무결한 승리감으로 채워 주는 행복의 절정에서 다른 것은 생각해 볼 겨를조차 없었다.

그녀는 새벽 네 시쯤 되어서야 무도회에서 나왔다. 남편은 자정부터 다른 세 명의 친구들과 함께 작은 응접실에서 잠이 들어 있었다. 이들의 부인네들이 마음껏 쾌락을 맛보고 있는 동안……

남편은 돌아갈 때 추울까 봐 아내가 평소에 입던 소박한 옷을 아내의 어깨에 걸쳐 주었는데 화려한 야회복과는 너무나 대조적인 초라한 옷이었다. 이것을 알고 있는 그녀는 값진 모피로 몸을 감싼 다른 여자들의 눈에 뜨이지 않으려고 얼른 몸을 피했다.

르와젤은 그녀를 붙들었다.

"잠깐만 기다려요. 밖에 나가면 감기 들 거야. 내가 나가서 마차를 불러올게."

그러나 그녀는 남편의 말을 듣지 않고 급히 층계를 뛰어 내려갔다. 그들이 밖으로 나왔을 때 이미 마차는 한 대도 보이지 않았다. 그들은 멀리 지나가는 마차를 소리쳐 불렀으나 그곳까지 오는 마차는 없었다.

그들은 낙담하여 추위에 몸을 떨며 센강 쪽으로 걸어갔다. 마침내 그들은 밤에나 다니는 낡은 마차 한 대를 발견했다. 파리에서는 차마 그 초라한 꼴을 보이기가 부끄럽다는 듯이 낮에는 볼 수 없는 그런 마차였다.

마차는 마르티르 거리에 있는 그들의 집 문 앞에 다다랐다. 그들은 쓸쓸하게 층계를 올라갔다. 그녀에게는 모든 것이 끝난 것이었다. 남편은 열 시까지 직장에 출근해야 한다는 것만을 생각하고 있었다.

그녀는 화려한 자신의 모습을 다시 한번 보려고 거울 앞으로 가서 어깨 위에 걸쳤던 웃옷을 벗었다. 그러다 갑자기 그녀가 비명을 질렀다. 목에 걸었던 목걸이가 사라졌던 것이다.

옷을 벗고 있던 남편이 놀라며 물었다.

"왜 그래?"

그녀는 남편을 향해 돌아서며 얼빠진 듯 이렇게 말했다.

"저……, 저……. 목걸이가 없어졌어요!"

남편은 소스라쳐 놀라며 벌떡 일어섰다.

"아니, 뭐라고? 그럴 리가 있나!"

그들은 옷 갈피 속, 외투 자락, 호주머니 속을 샅샅이 뒤져 보았다. 그러나 목걸이는 보이지 않았다.

남편이 물었다.

"무도회에서 나올 때까지 있었던 것은 확실하오?"

"그럼요! 장관 댁 현관에서도 만져보았어요."

"길에 떨어뜨렸다면 소리가 났을 텐데. 틀림없이 마차 안에 떨어뜨렸을 거야."

"네, 그런 것 같아요. 마차 번호를 기억하세요?"

"모르겠어. 당신도 번호를 보지 않았소?"

"네."

그들은 낙담하며 서로 마주 보았다. 결국 르와젤은 옷을 다시 입었다.

"혹시 눈에 띌지도 모르니 우리가 왔던 길을 다시 가 봐야겠어."

그는 밖으로 나갔다. 그녀는 야회복을 입은 채, 눕지도 못하고 불을 피울 생각조차 못 한 채 망연히 의자에 주저앉아 있었다.

남편은 아침 일곱 시경에야 돌아왔다. 그는 아무것도 찾지 못했다.

그는 다시 경시청으로, 현상을 걸기 위해 신문사로, 마차 회사로 뛰어다녔다. 희망을 걸 만한 곳은 모조리 찾아가 보았다.

아내는 이 무서운 재난 앞에 거의 실신 상태에 빠진 채 온종일 남편을 기다리고 있었다.

르와젤은 저녁 무렵에야 볼이 푹 꺼지고 파리해진 얼굴을 하고 돌아왔다. 그는 아무것도 알아내지 못했다.

"여보, 당신 친구에게 편지를 써야겠소. 목걸이 고리가 망가져서 수선시켰다고. 그러면 그것을 돌려주는데 시간의 여유가 생길 것 아니오?"

그녀는 남편이 부르는 대로 편지를 받아썼다.

일주일이 지나자 그들은 모든 희망을 잃었다.

며칠 만에 5년이나 늙어버린 것 같은 르와젤은 결국 단안을 내렸다.

"똑같은 보석을 사서 돌려주는 수밖에 도리가 없겠어."

그들은 목걸이가 들어 있던 상자를 들고 상자 안쪽에 적혀 있는 상점을 찾아갔다. 보석상은 장부를 들춰 보았다.

"이 목걸이는 저희가 판 것이 아닙니다. 상자만 제공해 드린 것 같군요."

그래서 그들은 똑같은 목걸이를 찾기 위해 기억을 더듬어 가며 이 상점, 저 상점으로 돌아다녔다. 두 사람 다 슬픔과 근심으로 병자처럼 보였다.

그들은 팔레 르와얄의 어느 상점에서 찾고 있던 것과 꼭 같아 보이는 다이아몬드 목걸이를 찾아냈다. 값은 사만 프랑이었으나 삼만 육천 프랑까지 해주겠다는 것이었다.

그들은 보석상에게 사흘간은 다른 사람에게 팔지 말아 달라고 사정했다. 그리고 다행히 이달 말일까지 잃었던 것을 되찾게 된다면 상점에서 팔았던 것은 삼만 사천 프랑으로 되사준다는 조건으로 계약을 했다.

르와젤은 아버지에게서 물려받은 일만 팔천 프랑의 유산을 제외한 나머지는 빚을 내기로 했다.

그는 사흘 동안 이 사람에게서 천 프랑 저 사람에게서 오백 프랑, 이곳에서 오 루이 저곳에서 삼 루이, 닥치는 대로 빚을 얻었다. 그는 증서를 쓰고 전 재산을 저당 잡히고 고리대금은 물론 어떤 종류의 대금업자와도 거래를 했다. 그는 돈을 얻기 위해 인생의 모든 것을 걸었으며, 이행할 수 있을지 자신도 없으면서 서약서에 함부로 도장을 찍었다.

그는 장차 닥쳐올 불행에 대한 걱정과 머지않아 엄습해 올 비참한 어두운 그림자, 앞으로 겪게 될 물질적인 결핍과 정신적인 고통에 대한 상상으로 몸을 떨며, 새 목걸이를 사기 위해 보석상의 카운터 위에 삼만 육천 프랑을 내놓았다.

르와젤 부인이 목걸이를 가지고 포레스티에 부인을 찾아갔을 때 부인은 불쾌한 표정으로 말했다.

"좀 빨리 갖다주지 않고, 내가 쓸 일이 생기면 어쩌려고."

그러면서도 그 여자는 상자 뚜껑을 열어 보지도 않았다. 그녀는 친구가 상자를 열어 볼까 봐 조마조마했다. 목걸이가 바뀐 것을 알게 된다면 친구는 어떻게 생각할까? 뭐라고 말할까? 자신을 도둑으로 생각하지는 않을까?

르와젤 부인은 가난한 사람들의 생활이 얼마나 비참한 것인지 알았다. 그래서 그녀는 곧 비장한 결심을 했다. 저 무서운 빚을 갚아야만 했다. 그녀는 어떻게 해서든지 이 빚을 갚을 심산이었다. 그들은 하녀도 내보내고 집도 팔아 지붕 밑 다락방을 새로 얻었다.

그녀는 집안일이 얼마나 힘든 일이며 부엌일이 얼마나 귀찮은 것인지를 알게 되었다. 그녀의 손과 장밋빛 손톱은 기름 낀 접시나 냄비 바닥을 닦느라 거칠어졌다. 그녀는 세탁도 했다. 더러운 옷이나 내의, 걸레를 빨아서 줄에 널었다. 매일 아침 그녀는 쓰레기를 들고 거리까지 내려갔다. 그리고 물을 길어 나르기 위해 층계를 오르내리며 숨을 몰아쉬었다. 그녀는 빈민굴의 부인네 차림으로 바구니를 팔에 끼고 채소 가게나 식료품 가게나 푸줏간을 드나들며 값을 깎으려다 욕을 먹어가면서 비참하게 한푼 한푼을 절약했다.

그들은 매달 어음을 지불하고도 또 다른 어음들은 계속 연기해야 했다.

남편도 눈코 뜰 새 없이 일했다. 밤에는 상인들의 서류작성을 대신해 주고 돈을 벌었다.

이런 생활이 십 년 동안이나 계속되었으며 십 년 후에야 가까스로 모든 빚을 다 갚았다. 고리대금의 이자와 쌓이고 쌓인 이자의 이자까지도 모두

다 갚은 것이다.

르와젤 부인은 이제 다 늙어버렸다. 그녀는 드세고 완강하고 거칠며 가난한 억척 주부가 되었다. 머리는 아무렇게나 빗어 넘기고 치마는 비뚤어진 채 걸쳐 입고 손은 부르텄다. 물을 첨벙거리며 마룻바닥을 닦고 거친 음성으로 떠들었다.

그러나 남편이 출근하고 나면 이따금 그녀는 창가에 앉아 지난날의 그 파티, 자신이 그처럼 아름답고 환대를 받던 그 무도회를 회상해 보는 것이었다.

그 목걸이를 잃지 않았더라면 어떻게 되었을까? 누가 알 것인가? 인생이란 참 이상스럽고 무상한 거야! 사소한 일이 파멸을 가져오기도 하고 구원을 베풀기도 하는구나!

어느 일요일, 그녀는 일주일의 노고를 풀기 위해 샹젤리제를 한 바퀴 돌아보려고 나갔다가 문득 어린애를 데리고 산보하는 한 부인을 발견했다. 변함없이 젊고 아름다우며 매력 있는 포레스티에 부인이었다. 르와젤 부인은 가슴이 두근거렸다. 가서 말을 할까? 그렇지! 빚을 다 갚은 마당에 그녀에게 모두 이야기하자. 못할 이유가 무엇인가?

그녀는 포레스티에 부인에게 가까이 다가갔다.

"참 오랜만이야, 잔느!"

포레스티에 부인은 그녀를 알아보지 못하고, 초라한 여자가 이토록 자신을 정답게 부르는 것에 깜짝 놀라 중얼거렸다.

"그런데……, 저는 잘 모르겠군요. 사람을 잘못 본 게 아닌가요?"

"나, 마틸드 르와젤이야."

친구는 소리를 질렀다.

"아니, 가엾어라. 마틸드……. 어떻게 이렇게 변했어?"

"응, 참 고생 많이 했지. 우리가 마지막으로 만났던 후로……. 그 극심한 고생살이가 다 너의 목걸이 때문이었어!"

"내 목걸이 때문이었다고? 아니, 왜?"

"내가 문교부 장관 댁 무도회에 가려고 너에게 빌렸던 그 다이아몬드 목걸이 생각나니?"

"응, 그런데?"

"내가 그때 그것을 잃어버렸던 거야."

"뭐라고? 왜, 나한테 돌려줬잖아?"

"내가 돌려준 것은 똑같이 보이지만 새로 산 다른 거였어. 목걸이 값을 갚느라고 꼬박 십 년이 걸렸지. 여유가 없던 우리에게 그게 어떤 시련이었으리라는 것은 너도 짐작할 거야……. 그러나 이제는 다 해결되었어. 내 마음이 후련해."

포레스티에 부인은 발걸음을 멈추었다.

"그럼 내 것 대신에 다른 다이아몬드 목걸이를 사 왔단 말이야?"

"그래. 아직까지 그걸 몰랐었구나. 하긴 모양이 아주 똑같았으니까."

그녀는 순박하고 자랑스러운 기쁨의 미소를 지었다.

포레스티에 부인은 매우 안타까워하며 친구의 두 손을 붙잡았다.

"아! 가엾은 마틸드. 내 목걸이는 가짜였는데! 기껏해야 오백 프랑밖에 나가지 않는……."

비곗덩어리

- 기 드 모파상 -

작품 정리

모파상이 비곗덩어리에서 보여주려고 했던 것은 교양 있는 사람이나 그 당시 높은 지위에 있던 귀족과 돈 많은 사람들조차도 얼마나 이기적이고 비인간적인지 적나라하게 보여주는 작품이다. 백작부부, 포도주 도매상 부부, 공화주의자, 수녀, 매춘부 등 각계각층의 인물들이 모여 배고픔과 적진에서 생과 사의 고통을 벗어나고자 타인의 희생을 당연히 받아들이는 사람들의 이기적이고 냉혹한 모습을 섬뜩하고 차갑게 묘사한다. 적진에서 빨리 벗어나고픈 부르주아 계급의 사람들의 요청으로 죽기보다 싫은 적장의 하룻밤 노리개로 자신을 희생하였으나 결국 매춘부라는 하찮은 직업을 가진 밑바닥 인생으로 취급당한다. 이 작품은 권력자, 부르주아 계급, 심지어 종교인들의 애국심이나 사상이 사회 밑바닥에 사는 보잘 것 없는 직업을 가진 사람보다 더 못하다는 통렬한 비판을 가한다.

작품 줄거리

프러시아 군대에 점령된 프랑스 루앙시의 유력자 몇 명이 은밀하게 르아브르를 탈출하려고 통행 허가증을 입수한다. 승객은 포도주 장사로 한 밑천 모은 르아조 부부, 도의원으로 면업계의 거물인 카레 라마동 부부, 노르망디 굴지의 명문 위베르 드 브레빌 백작 부부 —이 부르주아 사회의 축소판 같은 일행에다 공화주의의 두목 코르뉘데와 수녀 두 사람, 그리고 한 젊은 매춘부가 자리를 함께 하였다. '불 드 쉬이프'(비곗덩어리)라는 별명으로 불리는 뚱뚱한 이 매춘부는 매끄러운 살결과 검고 아름다운 눈을 가지고 있었다. 일행은 토오트 시에 잠깐 머물게 됐으나, 이 젊은 매춘부에게 눈독을 들인 프러시아 장교가 그와 하룻밤 잠자리를 함께 하지 않으면 일행의 통행을 허가하지 않겠다고 말한다. 그녀는 프러시아군이 주둔하고 있는 루앙시에는 더 있을 수가 없어 탈출한 애국자였기 때문에 그 요청에 응할 수가 없었다. 몇날 며칠을 여관에서 갇혀 지내던 일행은 불 드 쉬이프의 마음을 돌리기 위해 자기 몸을 버려 나라를 지킨 여자들의 이야기를 해 주었다. 결국 그녀는 프러시아 장교와 잠자리를 함께 하는 것을 허락했다.

　일행들은 다음날 일찍 출발을 기다리면서 누구 하나 그녀를 보려 하지도 않고 말을 걸지도 않는다. 서둘러 출발하느라 도시락을 준비할 여유가 없었던 그녀에게 도시락을 나누어 주려는 사람도 없었다. 은혜를 모르는 사람들의 냉대에 비참해진 불 드 쉬이프는 어두워져 캄캄해진 마차 안에서 분함을 이기지 못해 쉼 없이 눈물을 흘린다. 지켜보던 코르뉘데는 그들의 양심이 아플 정도로 줄기차게 프랑스 국가를 불러댄다.

핵심 정리

갈래 : 단편 소설
시점 : 3인칭 전지적 작가 시점
배경 : 프러시아 군대에 점령된 프랑스 루앙시
주제 : 이기적이고 모순된 인간의 이중성

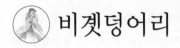# 비곗덩어리

며칠을 두고 패주해 가는 군대의 한 떼가 차례차례 이 거리를 지나갔다. 그것은 이미 군대가 아니라 산산이 흩어진 오합지졸에 지나지 않았다. 어느 군인이고 할 것 없이 덥수룩한 수염이 자랄 대로 자라고 군복은 찢어지고 깃발도 대열도 없이 기진맥진한 걸음으로 걷고 있었다. 모두 지쳐서 녹초가 되어 생각할 힘도 결심할 힘도 없이 다만 타성으로 걷고 있는데 불과했으며, 발걸음을 멈추기만 하면 당장 쓰러질 것처럼 보였다.

그중에서도 징발을 당한 사람들이 눈에 띄었다. 온건한 삶들, 편안하게 연금으로 살던 사람들이 총의 무게에 등을 구부리고 있다. 그리고 청년 유격대들, 민첩하고 재빨리 행동하지만 물새의 퍼덕임 소리에도 쉽사리 놀라는 패들로 용감하게 출격하지만 도망치는 것도 재빠르다. 이 패들에 섞여 몇 명인가의 붉은 바지 군인들이 보였다. 큰 전투에서 지고 쫓겨 온 사단의 패잔병들이다. 우울한 얼굴을 한 포병이 이런 잡다한 보병들과 같이 줄지어 가고 있었다. 이따금 무거운 발을 이끌고 한결 발걸음이 가벼운 보병들을 뒤쫓아 가느라고 고생하는 기병들의 철모가 번쩍거렸다.

다음에는 '패전의 복수자'니 '무덤의 시민'이니 '죽음을 나누는 자'니 하는 씩씩한 부대 이름을 붙인 의용군들이 산적 같은 모습으로 지나갔다. 그들의 대장은, 원래는 포목상이나 고물 장수들이었다. 그들이 기름 장수 또는 비누 장수들이었으며 군인이 된 것은 우연한 기회에 불과했고 장교로 임명된 것은 돈이 많다거나 수염이 긴 때문이었다. 무기와 견장과 휘장 등으로 몸을 휘감고 쨍쨍 울리는 목소리로 지껄이며 작전 계획을 논하고, 빈 사상태에 빠진 프랑스를 자신들만의 힘으로 구해 보이겠다는 듯이 큰소리를 치고 있으나 때로는 자기 부하를 겁내기도 한다. 아무튼 극악무도한 무리들이라 가끔 당치도 않은 만용을 떨치기도 하면서 약탈과 방탕을 일삼고 있었다.

이윽고 프러시아군이 부근의 숲속을 조심스럽게 정찰하다가 엉뚱하게 자기네 편의 보초병을 쏘기도 하고 덤불 밑에서 토끼 새끼라도 움직일라치면 허둥지둥 전투태세를 취하기도 했지만 지금은 저마다 집으로 돌아가 있었다. 국민군의 무기와 군복이며 얼마 전까지 삼십 리 사방 국도에 있는 이 정표의 돌을 놀라게 하던 모든 살육 도구는 홀연히 자취를 감추고 말았다.

프랑스군의 맨 뒤에 처진 병사가 마침내 센강을 다 건넜다. 생 스베르와 부우르 아샤아르를 거쳐 풍 오드메르로 나가기 위해서이다. 맨 나중에 걸어오는 장군은 절망에 빠졌으며 이렇게 지쳐버린 부대로는 아무런 전략도 세울 수 없었다. 늘 이기던 싸움밖에 모르던 국민 그리고 전설적인 용맹에도 불구하고 지금은 참담한 패배를 맛본 국민군의 분열 가운데 그 자신은 넋을 잃고 두 부관에게 부축을 받으면서 터벅터벅 걸어가는 것이었다.

그리고 깊은 정적과 공포를 숨긴 침묵이 거리에 감돌았다. 거세당한 많은 배불뚝이 시민들은 불안한 심정으로 승리자의 입성을 기다리고 있었다. 고기를 굽는 쇠꼬챙이나 커다란 식칼을 무기로 취급당하지나 않을까 염려하면서.

시민들의 일상은 정지된 것 같았다. 가게마다 문을 닫았고 거리는 조용했다. 이따금 누군가가 이 침묵에 겁을 먹고 빠른 걸음으로 처마 밑을 달려간다. 기다리는 시간의 불안이 오히려 적의 도래를 바라는 것이었다.

프랑스군이 철수한 이튿날 오후, 어디서 나타났는지 너덧 명의 프러시아 기병이 허공을 날듯이 거리를 가로질러 갔다. 그런 다음 조금 있다가 새까맣게 많은 무리들이 쌩트 카트린느 언덕을 내려오나 싶더니 다른 두 갈래의 침입군의 물결이 다른느탈과 브와기욤 가도를 밀어닥쳤다. 세 전위 부대는 같은 시각에 시청 광장에서 만났다. 그리고 부근의 거리라는 거리는 전부 메우며 경직되고 질서정연한 발걸음으로 도로를 울리면서 도이치군이 당당하게 대열을 이끌고 도착했다.

귀에 낯설은, 목구멍에 걸린 듯한 소리로 외치는 구령이 죽은 듯이 잠잠한 거리에 치솟아 올랐다. 승리에 기세등등한 이 사나이들을, '전쟁의 권리'에 의한 거리의 지배자를, 재산과 생명의 지배자를, 닫힌 덧문 뒤에 숨어있는 수많은 눈들이 몰래 엿보고 있었다.

시민들은 컴컴한 방 안에서 어떤 지혜나 힘으로도 막을 수 없는 큰 홍수

나 지진이 주는 두려움 속에서 떨고 있는 것이었다. 대개 이런 느낌은 정연하던 질서가 뒤집힐 때마다 안정감이 소실되면서 인간의 법칙과 자연의 법칙에 의해 보호되고 있던 모든 것이 무지하고 잔인한 폭력의 손아귀에 잡힐 때마다 되풀이되어 나타난다.

집이 무너져 사람들이 밑에 깔려 죽게 되는 지진, 물에 빠진 농부를 소의 시체와 지붕에서 떨어져 나온 들보와 함께 떠내려 보내는 홍수, 대항하는 사람을 살육하고 남은 사람들을 포로로 끌고 가면서 칼의 이름 아래 약탈하고 대포를 쏘아 대며 신에게 감사하는 승리의 군대. 이것들은 다 같이 무서운 재앙이며 영원한 정의에 대한 신앙을 뒤집어엎고 사람이 가르치는 하늘의 가호와 인간 이성에 대한 신뢰를 의심스럽게 한다.

적군은 대여섯 명씩 한 그룹이 되어 집집마다 문을 두드려 집 안으로 들어갔다. 침입에 따른 점령이다. 승리자에게 아첨을 해야 하는 의무가 피정복자에게 부과된 것이다.

얼마간의 시간이 흐르자 처음의 공포는 사라지고 낯설지만 새로운 평온이 찾아왔다. 대부분의 집에서는 프러시아 장교가 가족들의 식탁에서 함께 식사를 했다. 때로는 교양 있는 사람도 있어서 예의상 프랑스를 딱하게 여기며 본의 아니게 이 전쟁에 참여한 데 대한 것을 화제로 삼았다. 사람들은 그런 마음씨에 감사했다. 그리고 언젠가는 이 장교를 의지해야 할지도 모른다. 이 사람을 잘 대접하면 숙박을 할당받은 병사들의 수를 줄여 줄지도 모른다. 게다가 그들 마음대로 살리고 죽일 수도 있는 권리를 가진 사람의 마음을 상하게 할 필요가 있을까? 그런 짓을 하는 것은 용기라기보다 만용이라는 것이다. ─만용이라는 것은 이미 이곳 루앙 시민들이 감추고 싶은 과거였다. 과거에 이 거리에서 영웅적인 방어전으로 이름을 떨쳤던 것과 같은 무모한 만용은 이제 볼 수가 없다.─ 마침내 사람들은 이런 식으로 스스로를 타이르고 있었다. ─프랑스적 우아함에서 끌어낸 마지막 수단이기는 하지만─ 공식 장소에서 친절하게 하지 않는다면 집 안에서 정중히 대하는 것쯤 무방하겠지. 그래서 밖에서는 모르는 척하면서도 집 안에서는 밤마다 난로를 쬐면서 도이치군과 기꺼이 이야기를 나누게 되었다.

거리도 조금씩 평상시로 돌아가고 있었다. 프랑스 사람들은 아직까지 외출하지 않았지만 프러시아군은 거리에 우글우글했다. 그리고 그들의 큰 살육 도구를 이것 보라는 듯이 도로 위로 끌고 다니는 푸른 옷차림의 경기병 장교들도, 작년에 같은 카페에서 술을 마시던 프랑스 기병 장교에게 했던 것처럼 일반 시민들을 그다지 심하게 경멸하는 것 같지는 않았다.

그렇다고는 하지만 무엇인지 모를 미묘한 분위기가 감돌고 있었다. 무언가 알 수 없는 것, 견딜 수 없는 이질적인 분위기, 주위 가득히 퍼지는 수상한 냄새가 감돌고 있었다. 점령의 냄새가 집집마다 채우고 광장을 채우고 음식 맛을 변하게 하며, 고향을 떠나 멀리 객지에 있는 듯한 느낌을 주고 위험한 야만족들 틈에 있는 듯한 인상을 주었다.

정복군은 많은 돈을 요구했다. 부자 상인들은 요구할 때마다 주었다. 그러나 노르망디의 큰 상인들은 부유하면 할수록 자신들이 희생을 치르는 것이 고통이 되었으며 그들의 재산이 정복군 손에 넘어가는 것이 괴로워졌다.

그러는 동안 강물을 따라 하류 쪽으로 이삼십 리쯤 되는 곳의 크르와세, 디에프달르, 혹은 비에사르 근처에서 뱃사공이나 어부들이 도이치군의 시체를 끌어올리는 일이 종종 있었다. 단도에 찔렸든가 발길질에 채여 죽은 사람, 돌에 머리가 깨진 사람도 있었고, 혹은 다리 위에서 떠밀려 떨어져 죽은 군복차림이 물에 불은 사람도 있었다. 강물 바닥의 진흙은 이런 은밀하고 야만적이며 더구나 당연한 복수와 아무도 모르는 영웅적 행동들 그리고 대낮의 전투보다 위험하고 영예의 반향도 없는 무언의 공격들을 조용히 파묻어 버렸다.

대개 외국인에 대한 증오는 언제나 하나의 이념 때문에 목숨을 걸며 앞뒤 가리지 않는 무리들에게 무기를 제공하기 때문이다.

요컨대 침입군은 엄격한 규율 아래 거리를 정복했다고는 하지만, 여기서는 승전의 진군 중에 범했다는 소문난 잔학 행위를 전혀 하지 않았기 때문에 시민들은 차츰 대담해졌다. 더불어 고장 상인들의 마음속에 장사기질이 또다시 서서히 머리를 쳐들기 시작했다.

그중에는 프랑스군이 지키고 있는 르아브르와 큰 거래를 추진 중인 상인도 있었다. 그는 디에프까지 육로로 가서 거기서 배를 타고 르아브르 항구까지 가야 했었다.

그는 친하게 된 도이치 장교한테 부탁하여 사령관에게서 출발 허가증을 얻었다. 이 여행을 위해 한 대의 커다란 사두마차가 마련되고 열 명의 손님이 좌석을 신청했다. 어느 화요일, 몰려드는 사람들을 피하여 새벽이 되기 전에 떠나기로 결정되었다.

겨울이 되어 얼마 전부터 땅은 꽁꽁 얼어붙어 있었다. 어제 월요일 오후 세 시쯤에 북쪽에서 커다란 먹구름이 움직인다 싶더니 눈이 내리기 시작하여 저녁부터 밤까지 쉴 새 없이 계속 내렸다.

새벽 네 시 반이 되자 손님들은 노르망디 호텔 안마당에 모였다. 거기서 마차를 타기로 되어 있었던 것이다.

사람들은 아직 잠이 깨지 않아 무릎 덮개를 뒤집어쓰고 추위에 오들오들 떨고 있었다. 어두워서 서로의 얼굴도 구별할 수가 없었으며 두터운 겨울 옷을 여러 겹으로 껴입었으므로 사람들은 기다란 옷을 입은 뚱뚱한 사제와 흡사한 모습들이었다.

기다리는 동안 두 사람이 먼저 인사를 나누고 거기에 다른 한 사람도 다가가서 대화가 시작되었다.

"아내를 데려갑니다."

하고 한 사람이 먼저 말하자,

"나도 그렇습니다."

"나 역시 그래요."

맨 먼저 말한 사람이 다시 말했다.

"우리는 이곳 루앙으로는 돌아오지 않을 겁니다. 프러시아군이 르아브르까지 접근해 온다면 영국으로 건너가겠소."

사람들은 대부분 비슷한 계획을 세우고 있었다. 비슷한 현실을 가진 사람들이었으니까.

그런데 마부가 좀처럼 마차에 말을 매지 않았다. 이따금 마부의 손에 들린 조그만 등불이 컴컴한 이쪽 문에서 나왔다가 금방 다른 문으로 빨려 들어간다. 말이 땅바닥을 찼지만 짚이 깔려 있기 때문에 가벼운 소리밖에 나지 않는다. 말에게 말을 걸거나 욕지거리하는 남자의 목소리가 마구간 안에서 들려온다. 약한 방울 소리가 말안장을 얹고 있다는 기척을 알렸다. 그 소리는 연속된 밝은 음색으로 말의 발걸음에 따라 주위의 공기를 흔들어 놓았다. 이따금 멎는가 하면 땅을 밟는 둔한 소리와 함께 또 짤랑짤랑 소리를 낸다.

마굿간 문이 닫혀 소리가 뚝 끊어졌다. 손님들은 추위에 얼어 입을 다물고 몸을 꼿꼿이 하고 서 있었다.

흰 장막처럼 끝없이 내리는 눈이 땅에 떨어지면서 반짝반짝 빛이 났다. 형체를 지닌 모든 것이 흰 눈에 감싸였다. 괴괴한 겨울이라는 옷 밑에 파묻힌 거리의 거대한 침묵 속에 쏟아지는 눈의 막연하고 형언키 어려운 작은 움직임에 스치는 소리밖에 들리지 않았다. 그것은 소리라기보다 느낌이었으며 공간을 채우고 온 세상을 덮을 정도로 가벼운 분자의 뒤섞임이다.

마부가 등불을 들고 다시 나타났다. 마지못해 끌려오는 가엾은 말의 고삐를 잡고 있었다. 그는 말을 마차 채에 매고 멍에 줄을 걸고는 한참 동안 주변을 돌며 마구를 조사했다. 등불을 들고 있기 때문에 한쪽 손밖에 쓸 수 없는 채였다.

마부가 두 번째 말을 끌고 오려다 손님들이 눈을 하얗게 뒤집어쓰고 그 자리에 꼼짝도 않고 서 있는 것을 보자 말을 걸었다.

"왜 마차에 타지 않으시오? 하다못해 눈이라도 피할 수 있을 텐데."

손님들은 미처 생각도 하지 못했는데 그 말을 듣고 보니 과연 그렇다 싶어 얼른 마차를 탔다. 세 사람의 남자들은 저마다 아내를 안쪽에 앉히고 뒤따라 올랐다. 그런 다음 흐릿하여 잘 보이지는 않았지만 이미 마차에 타고 있던 사람들과 인사도 주고받지 않고 남은 자리에 앉았다.

마차 바닥에는 짚이 깔려 있어 그 속에 발을 묻도록 되어 있었다. 안쪽에 앉은 부인들은 작은 놋 난로의 석탄에 불을 붙이고는 이미 오래전부터 알고 있었던 난로의 이점에 대해 한참 동안 늘어놓는다.

가까스로 마차에 말을 매는 작업이 끝났다. 짐이 무겁다는 이유로 네 필이 아니라 여섯 필의 말이 매어졌다. 밖에서 마부가 외치는 소리가 들렸다.

"여러분, 다들 타셨소?"

마차 안에서 대답했다.

"아, 다 탔소."

마차는 출발했다.

말들은 잔걸음으로 천천히 나아갔다. 마차 바퀴가 눈 속에 파묻히며 굴러갔다. 마차는 둔중한 소리를 내며 삐걱거렸다. 말은 콧김을 무럭무럭 내뿜고 있었다.

마부의 기다란 채찍이 쉴 새 없이 허공으로 날아 가느다란 뱀처럼 얽혔다가 다시 뻗었다. 그리고 불룩하게 솟아오른 말의 엉덩이를 별안간 후려갈기면 그 엉덩이는 왈칵 힘을 주어 불룩해진다.

어느새 사방이 차츰 훤해지기 시작했다. 루앙의 토박이 한 사람이 솜송이 같다고 했던 가벼운 눈송이는 이미 멎어 있었다. 뿌연 햇빛이 무겁게 드리워진 어두운 구름 사이로 새어 나와 들판의 흰 빛을 더욱 눈부시게 만들었다. 들판에는 이따금 상고대(눈처럼 된 서리)를 뒤집어쓴 키가 큰 나무들이 줄을 이어 나타났고 가끔은 흰 눈을 뒤집어쓴 지붕이 보였다.

마차 안의 사람들은 그제야 이 뿌연 새벽빛으로 서로의 얼굴을 신기한 듯이 바라보았다.

맨 안쪽의 제일 좋은 자리에는 그랑풍 거리의 포도주 도매상인 르와조 부부가 마주 앉아 졸고 있었다.

르와조는 전에는 점원이었는데 도매상 주인이 사업에 실패한 틈에 그의 가게를 사서 한밑천 잡은 인물이다. 시골 소매업자들에게 아주 몹쓸 놈이라고 악평이 나 있었다. 술책에 능하며 장난을 즐기는 전형적인 노르망디 본토박이라는 평판을 들었으며 속임수가 능하다는 소문은 이미 자자하였다.

어느 날 밤 지사 관저의 파티에서 그 지방의 유명한 우화 시인에다 노래 작가이며 날카로운 풍자자인 투르넬 씨가 부인들이 조는 모습을 보고 '르와조 볼르새가 난다(르와조가 훔친다는 뜻이 있음)' 놀이를 하자고 제안했더니, 이 말이 파티에 온 손님들 사이에 퍼져 한 달 동안 이 지방의 모든 사람들을 웃겼을 정도였다.

그뿐만 아니라 르와조는 온갖 종류의 나쁜 장난으로 유명했으며 악의 없는 농담 또는 악의 있는 농담을 하는 것이 자랑이었다. 누구나 그의 말을 한 다음에는 이렇게 덧붙이지 않을 수가 없었다.

"정말 재미있는 녀석이야."

르와조는 키가 매우 작고 배가 풍선처럼 튀어나온 데다 희끗희끗한 구레나룻으로 둘러싸인 붉은 얼굴이 배 위에 얹혀 있는 모습이었다.

그의 마누라는 키가 크고 뚱뚱하며 날쌔고 목소리도 컸으며 결단력이 빨라, 남편이 일을 하는 어수선한 가게에 질서를 유지하고 있었다.

르와조와 그의 부인 곁에는 그들보다 상류 계급에 속하는 카레 라마동 씨가 르와조보다 위엄 있는 태도로 앉아 있었다. 훌륭한 인물로서 면 업계의 유명 인사인 데다 세 개의 방직공장을 갖고 있으며 레종 도뇌에르 훈장까지 받았던 도의원이었다. 그는 제정 시대에 호의적 야당 우두머리로 지내 왔다. 그것은 오로지 자신의 표현에 따른다면 예의 바르게 공격한 주장의 가치를 높이 평가한 것에 지나지 않았다.

카레 라마동 부인은 남편보다 훨씬 나이가 젊었으며, 루앙의 주둔군에 파견되어 오는 상류층 출신의 장교들에게 위안이 되는 여인이었다. 그녀가 남편과 마주 앉은 모습은 정말로 귀엽고 아름다웠으나 털옷에 파묻힌 채 안타까운 눈으로 한심스러운 마차 안을 둘러보고 있었다.

그 옆자리의 위베르 드 브레빌 백작 부부는 노르망디 제일가는 유서 깊은 가문의 주인이었다. 백작은 풍채가 훌륭한 노귀족으로서 몸치장에 신경을 쓰는 앙리 4세와 닮은 점을 한층 돋보이게 하려고 애쓰고 있었다. 이 집안으로서는 영광스럽기 그지없는 어떤 전설에 의하면, 앙리 4세가 브레빌 집안의 한 부인을 임신케 하였는데 이 일로 남편은 백작의 칭호를 받았으며 지방 총독에 임명되었다고 한다.

카레 라마동 씨와 도의회 동료인 위베르 백작은 오를레앙 왕당파를 대표하고 있었다. 낭트의 보잘것없는 선주의 딸과 백작과의 결혼은 지금껏 수수께끼에 싸여 있는 채이다. 그러나 백작 부인은 훌륭한 귀족 풍습을 몸에 익혔으며 누구보다도 손님 접대가 능숙했고, 그뿐만 아니라 루이 필립 왕자의 사랑을 받은 일까지 있었다는 것으로 밝혀져 온 나라의 귀족들이 그녀를 극진하게 대했다. 부인의 살롱은 이 지방에서는 첫손에 꼽혔고 고유의 예의범절이 남아 있는 유일한 곳으로 그 살롱에 출입하기는 몹시 까다로웠다. 브레빌 집안의 재산은 전부 부동산으로만 되어 있으며 연 수입은 오십만 프랑에 이른다고들 했다.

이들 여섯 명의 인물이 마차의 맨 안쪽에 앉아 있었다. 수입이 있어 안온

하고 행복하며 권력 사회와 종교를 가지고 온후한 도덕심의 성실한 사람들을 대표하고 있었다.

우연히 부인들은 같은 쪽에 앉았는데 백작 부인의 옆자리에는 두 명의 수녀가 앉아 있었다. '파테르'와 '아베'를 입속으로 외면서 기다란 묵주를 만지작거리고 있었다. 한 늙은 수녀는 얼굴 가득히 산탄을 맞은 것처럼 곰보 자국이 있었다. 또 한 사람은 젊었지만 얼른 보기에 병든 사람 같았으며, 순교자나 견신자처럼 열렬한 신앙에 사로잡힌 가슴 위에 예쁜 얼굴을 숙이고 있었다.

이 두 수녀와 마주 앉은 한 남자와 한 여자가 사람들의 주목을 받고 있었다.

남자는 잘 알려진 인물로 공화주의자인 코르뉘데라 하며 사회의 명사들이 두려워하는 존재였다. 이십 년 전부터 그는 그 검붉은 위대한 수염을 공화주의적 카페의 맥주잔에다 줄곧 적셔왔다. 과자 가게를 했던 아버지에게서 물려받은 상당한 재산을 동지나 친구들과 함께 마셔 버리고, 이토록 엄청난 혁명적 소비로 충분히 받을 자격이 있는 지위를 얻기 위해 공화국의 도래를 기다리고 있었던 것이다.

9월 4일의 사건 때 아마 누군가의 나쁜 장난이었겠지만, 그는 지사로 임명된 줄 알고 있었다. 그러나 관리들이 그를 지사로 인정하지 않았기 때문에 그는 어쩔 수 없이 물러나고 말았다. 그는 매우 친절하고 남의 일에도 발 벗고 나서는 성미였으며 방어진을 조직하는 데 있어서는 비길 데 없는 열성으로 몰두해 왔다. 들판에 구덩이를 파놓고 근방에 있는 숲의 어린 나무들을 베어 길목마다 덫을 놓게 하고서 적이 접근해 오면 자신이 해 놓은 준비에 만족해하며 재빨리 시내로 철수하고는 했다. 르아브르는 새로운 방어 진지가 필요하게 될 것이므로 그곳에 가면 일하는 보람이 있을 것이라고 생각하였다.

그런데 다른 한 여자는 소위 매춘부로서 젊은 나이에 일찍 뚱뚱해져 '불드 쉬이프(비곗덩어리)'라는 별명이 붙어 있었다. 키가 작은데다 몸 어디나 뭉실뭉실 비곗살이 찌고 포동포동한 손가락들은 마디마다 잘록하게 맺혀 있어서 소시지를 묵주처럼 매달아 놓은 것 같았다. 그렇지만 윤이 나며 탄력 있는 피부와 옷 안에서 큼직하게 부풀어 있는 근사한 유방이 남자들의 구미를 당기며 인기가 대단했다. 그만큼 그녀의 싱싱한 자태는 보는 사람의 눈을 즐겁게 했다. 얼굴은 빨간 사과나 금방 피어오른 모란 꽃봉오리 같았다. 눈동자는 까맣게 빛나면서 반짝이고 가지런한 이와 조그맣게 오므린 매혹적인 입술이 키스를 기다리는 듯 젖어 있었다. 그 밖에도 셀 수 없을 정도로 많은 여러 가지 매력을 갖고 있다는 소문이었다.

그녀가 누구라는 것을 알게 되자 숙녀들 사이에서 작은 속삭임이 들려왔다. 그 속삭임 중간에 '매춘부'라느니 '사회의 수치'라는 말이 꽤 크게 들렸으므로 그녀는 얼굴을 들어 도전적이고 대담한 시선을 주위에 보냈으므로 곧 어색한 침묵이 흐르고 르와조를 뺀 다른 사람들은 눈을 내리깔고 말았다. 르와조만은 호기심 어린 태도로 그녀를 살피고 있었다.

세 사람의 부인들끼리 끊어졌던 대화가 다시 계속되었다. 이 매춘부의 출현으로 갑자기 그녀들을 친밀하게 하여 친한 친구처럼 만들었던 것이다. 파렴치한 매춘부를 앞에 놓고 정숙한 부인들의 위엄으로 뭉쳐야 한다는 생각이 그녀들에게 들었다. 대부분 합법적인 사랑은 자유분방한 사람들의 사랑을 언제나 경멸의 눈으로 바라보는 것이니까.

세 남자들 역시 코르뉘데에 대하여 보수당의 편견으로 적대시하며, 가난뱅이를 모욕하는 투로 돈에 대한 이야기를 했다.

위베르 백작은 프러시아 군대로 말미암아 입은 손해와 도둑맞은 가축과 수확을 망쳐 손실이 있었지만 기껏해야 일 년 치의 타격에 지나지 않는다고 천만장자와 같은 태연한 어조로 말하는 것이었다.

카레 라마동 씨는 면 업계에서 사업이 잘되지 않았으므로 조심스레 영국에 육십만 프랑을 송금해 두었다. 만일의 경우에 대한 대비를 잊지 않았던 것이다.

르와조는 창고에 남아 있던 포도주를 몽땅 프랑스군의 병참부에 팔아 치울 거래를 해두었기 때문에, 국가는 자신에게 막대한 빚을 지고 있으며 르아브르에 가기만 하면 이 돈을 받을 수 있다는 것이었다. 바지 호주머니에 손을 넣어 금화 소리를 짤랑대는 패들은 돈을 가질 수 있는 비밀결사대에 소속해 있는 것처럼 으스대었다.

마차의 속도가 하도 느려서 오전 열 시가 되었는데도 겨우 사 마일밖에 달리지 못했다. 마차가 고갯길을 올라가기 위해 남자들은 세 번이나 마차에서 내렸다. 사람들은 슬슬 걱정이 되기 시작했다. 토오트에서 점심 식사를 할 예정이었는데 이러다가는 밤이 되기 전에 도착하기는 다 틀렸기 때문이었다. 모두 길가에 음식점이라도 없나 하고 살피고 있는데 엎친 데 덮친 격으로 마차가 눈더미에 파묻혀 끌어내는 데 두 시간이나 걸렸다.

시장기가 심해져서 정신을 차릴 수가 없었으나 싸구려 음식점이나 선술집 하나 없었다. 프러시아군의 접근과 굶주린 프랑스군이 지나가는 바람에 장사치들은 모두 겁을 먹고 문을 닫아 버린 것이었다.

남자들은 먹을 것을 구하려고 길가에 있는 농가들을 들어가 보았으나 빵한 조각 얻을 수 없었다. 닥치는 대로 가져가는 굶주린 병사들에게 빼앗길까 두려워 농부들이 먹을 것을 모조리 숨겨 버렸기 때문이었다.

오후 두 시쯤 되자 르와조는 위 속에 커다란 구멍이 뚫린 것 같다고 말했다. 누구나 다 벌써부터 그와 같은 괴로움을 맛보고 있었던 것이다. 무엇이라도 먹고 싶은 극심한 욕망이 시시각각으로 더해 와 그것에만 정신이 팔려 말을 꺼내는 사람조차 없었다.

이따금 누군가가 하품을 했다. 그러자 곧 다른 사람이 그 뒤를 따랐다. 저마다 번갈아 가며 그의 성격이나 처세술, 그의 사회적 지위에 따라 염치 없는 소리를 내며 혹은 얌전하게 입을 벌리고 김을 토하는 허허로운 구멍 앞으로 얼른 손을 가져갔다.

불 드 쉬이프는 네댓 번 스커트 자락 근처에서 무엇을 찾는 것처럼 몸을 굽혔다. 잠시 망설이다가 옆 사람들을 쳐다보고는 조용히 몸을 일으킨다. 일행들은 얼굴이 창백하게 질려 있었다. 르와조가 작은 햄 조각이 있다면 천 프랑을 내도 아깝지 않겠다고 말하자 아내는 당치도 않은 말을 한다고 말하려다가 그대로 입을 다물고 말았다. 돈을 낭비한다는 말만 들어도 이 여자는 질색이라 그런 말은 농담으로조차 통하지 않았다.

"사실 나도 과히 기분이 좋지 않은데…… 어떻게 먹을 것을 가져올 생각을 못했을까?"
하고 백작이 말했다. 저마다 똑같은 것을 후회하고 있는 것이었다.

그러나 코르뉘데는 럼주를 채운 수통을 갖고 있었다. 그는 그것을 사람들에게 권했으나 쌀쌀맞게 거절했다. 르와조만 한 모금 마시고 수통을 돌려주면서 인사를 했다.

"좌우간 술이란 좋은 거로군요. 몸이 더워지고 시장기를 잊게 해주니까요."

술기운이 돌자 그는 기분이 들떠, 노래에 나오는 것처럼 작은 배 안에서 제일 살찐 손님을 잡아먹는 것이 어떠냐고 말했다. 불 드 쉬이프를 간접적으로 놀리는 이 농담은 교양 있는 사람들의 기분을 상하게 하여 아무도 맞장구를 치는 사람이 없었다. 코르뉘데만이 빙그레 웃었다. 두 수녀는 입속으로 중얼거리던 기도를 그치고 커다란 소매 속에 두 손을 쑤셔넣고는 꼼짝도 않고 완강히 눈을 내리깔고 있었다. 하늘이 보낸 이 시련을 하늘에 도로 바치고 있는 것이 틀림없었다.

오후 세 시쯤 되어 마을 하나 없이 아득하고 끝없는 평야 한가운데에 이르렀을 때, 불 드 쉬이프는 문득 몸을 굽혀 의자 밑에서 하얀 보자기를 씌운 커다란 바구니를 꺼냈다.

먼저 조그만 사기 접시와 얄팍한 은잔, 그리고 커다란 사발을 꺼냈다. 사발 안에는 통닭 두 마리가 잘게 칼질 되어 젤리로 재어져 있었다. 그 밖에도 바구니 안에는 포장해서 넣은 맛있는 음식들, 파이, 과자, 과일 등 음식점 신세를 지지 않고도 사흘간의 여행은 충분히 할 수 있을 정도로 많은 음식들이 눈에 띄었다. 네댓 병의 길쭉한 술병이 음식물 봉지 사이로 삐죽이 내다보이고 있었다. 여자는 통닭 날갯죽지 하나를 집어 들고 노르망디에서 레장스라고 불리는 작은 빵을 곁들여 먹기 시작했다.

모든 시선이 여자 쪽으로 쏠렸다. 주위에 금방 음식 냄새가 퍼졌다. 손님들은 콧구멍을 큼직하게 벌름거리고 입에는 군침이 고였으며 귀밑 언저리가 턱이 아플 정도로 당겨졌다. 창부에 대한 부인들의 경멸 섞인 시선은 광포하리만큼 날카로웠다. 죽여 버리든가, 아니면 술잔이고 바구니고 음식물이고 간에 한꺼번에 몽땅 눈 속에 내던져 버리고 싶은 심정이었다.

그러나 르와조는 통닭이 담긴 사발을 뚫어지게 바라보았다.

"허 참, 이거 용하시군요. 우리들보다 용의주도하셨소. 만사에 조심성 있는 분들이 있지요."

여자는 르와조 쪽으로 고개를 돌렸다.

"좀 드시지 않겠어요? 아침부터 굶는다는 건 못 견딜 노릇이에요."

그는 허리를 굽실거렸다.

"이거 솔직히 말해서 사양할 수가 없군요. 이젠 도저히 더 참을 수가 없는 걸. 전시에는 전시답게 해야지요. 그렇지요, 부인?"

그렇게 말하고 주위를 빙 둘러본 다음 덧붙였다.

"이런 판국에 친절하게 권해주는 사람이 있다는 건 정말 고마운 일이지요."

그가 바지를 더럽히지 않도록 신문지를 펴놓고 호주머니 속에 늘 지니고 있던 칼을 꺼내 칼끝으로 젤리가 번지르르 흐르는 닭 다리 하나를 꽂아 들고 아주 흡족한 듯이 뜯어먹기 시작하자 누군가 신음하는 듯한 큰 한숨 소리를 흘렸다.

불 드 쉬이프는 겸손하고 상냥한 목소리로 수녀들에게도 함께 먹기를 권했다. 수녀들은 둘 다 즉석에서 받아들이고는 여전히 눈을 내리깐 채 고맙다는 인사를 중얼거리고는 얼른 먹기 시작했다. 코르뉘데도 역시 옆자리 여자의 권유를 거절하지 않았다. 그리고 수녀들과 함께 옆자리에 신문지를 펴고 즉석 식탁을 만들었다.

쉴 새 없이 입이 우물거린다. 맹렬한 기세로 음식을 입에 집어넣고 씹어서는 꿀꺽 삼킨다. 르와조는 한쪽 구석에서 부지런히 먹으면서 나직한 목소리로 아내에게도 먹으라고 권했다. 아내는 한참 동안 거부하였으나 창자 속에서 경련이 일어나자 굴복하고 말았다. 남편은 정중한 말씨를 쓰려고 애를 쓰면서 '매혹적인 행동자'에게 제 아내에게도 한 조각 나누어 줄 수 없겠느냐고 물었다. 여자는 애교 있는 미소와 함께,

"좋아요."

하면서 사발을 내밀었다.

보르도 포도주의 첫 번째 병마개를 뽑았을 때 좀 난처한 일이 생겼다. 공교롭게도 잔이 하나밖에 없었던 것이다. 잔을 잘 닦아서 돌리기로 했다. 코르뉘데만은 여자에 대한 예의인지 그녀의 입술이 닿은 자리에 그의 입술을 갖다 댔다.

음식을 먹고 있는 사람들에게 둘러싸여 음식에서 나는 맛있는 냄새에 숨이 막힌 브레빌 백작 부부와 카레 라마동 씨 부부는 탕탈의 이름을 남길 그 꺼림칙한 괴로움에 시달렸다. 갑자기 공장 주인의 젊은 부인이 한숨을 크

게 내쉬었으므로 사람들이 모두 돌아보았다. 얼굴은 밖에 내린 눈처럼 창백해졌고 눈을 감은 채 고개가 푹 수그러졌다. 정신을 잃었던 것이다. 남편은 당황해서 사람들의 도움을 청했다. 사람들은 모두 어찌할 바를 몰랐으나 그 순간 나이 든 수녀가 환자의 머리를 받치고 불 드 쉬이프의 잔을 입술 사이로 들이밀어 포도주 몇 방울을 먹였다. 미인으로 소문난 부인은 곧 몸을 움직이고 눈을 뜨더니 미소를 지으며 이젠 괜찮다고 다 죽어 가는 목소리로 말했다. 그러나 수녀는 재발하지 않도록 포도주 한 잔을 가득히 따라서 억지로 마시게 한 다음 이렇게 덧붙였다.

"시장해서 그래요. 별다른 건 없어요."

그러자 불 드 쉬이프는 얼굴이 붉어져 굶고 있는 네 명의 환자를 보며 말을 더듬거렸다.

"저, 어른들도, 부인들도 같이 드시면 좋겠는데……."

그녀는 실례가 될까 봐 어려워하며 입을 다물었다. 르와조가 나서서 말했다.

"뭘, 이런 판국에는 다들 형제간이나 다름없지요. 서로 돕는 것이 당연하죠. 자, 부인들, 사양 마시고 호의를 받으십시오. 상관있나요? 오늘 밤에 묵을 곳도 있을지 없을지 알게 뭡니까? 이렇게 가다가 내일 오전까지 토오트에 도착하기는 다 틀렸어요."

그래도 그들은 주저하며 감히 '그럽시다.' 하고 나서는 사람이 없었다.

그러나 백작이 문제를 해결했다. 겁을 먹고 있는 창부 쪽으로 돌아앉아 귀족다운 거만한 태도를 보이면서 이렇게 말했다.

"고맙게 받겠소, 부인."

첫발을 떼기가 어려웠을 뿐, 일단 뤼비콩 강을 건너니 누구나 체면이고 뭐고 없었다. 바구니는 거의 바닥이 나고 말았다. 그렇지만 아직도 간으로 만든 파이, 종달새 파이, 소 혀를 찐 것, 크라산느의 배, 퐁 레베크의 향료 빵, 작은 과자, 식초에 담근 오이와 양파가 가득히 들어 있는 단지가 남아 있었다. 부인들이 대부분 그렇듯이 불 드 쉬이프도 날것을 좋아했던 것이었다.

여자에게서 음식을 얻어먹으면서 말을 건네지 않을 수는 없었다. 그래서 이런 이야기 저런 이야기들을 나눴다. 처음에는 사양했으나 여자가 의외로 얌전했으므로 좀 더 경계심을 풀게 되었다. 처세술이 능란한 브레빌 부인과 카레 라마동 부인은 예의를 벗어나지 않을 정도로 싹싹하게 행동했다. 특히 백작 부인은 어느 누구와 접촉해도 흠잡을 데 없이 퍽 지체 높은 귀부인이 발휘하는 원만하고 너그러운 태도를 발휘했다. 그러나 체구가 큰 르와조 부인은 헌병 같은 근성을 가진 사람이라 도무지 그녀와 어울리려 하지 않고 말도 제대로 나누지 않으면서 왕성한 식욕으로 열심히 먹고 있었다.

대화는 자연히 전쟁에 대한 것으로 돌아갔다. 프러시아군의 잔학성과 프랑스군의 용감한 활약이 화제가 되었으며 경험담이 시작되었다. 불 드 쉬이프는 진정을 담고 창부들의 격분함을 표명할 경우에 보이는 열띤 말투로 루앙을 떠나오게 된 사연을 이야기했다.

"처음에는 그냥 남아 있을 생각이었지요. 먹을 것도 잔뜩 준비되어 있었고 정처 없이 무작정 시내를 빠져나가는 것보다는 병정 몇 명을 먹이는 편이 낫겠다고 생각했어요. 그런데 막상 그 프러시아 군인들이 거리로 밀어닥치자 정말 어쩔 수가 없더군요. 저도 모르게 울컥해서 온종일 분에 못 이겨 울었답니다. 제가 남자라면 그대로 두었겠습니까! 뾰족한 철모를 쓴 살찐 돼지 같은 놈들이 거리를 오가는 것을 창문으로 내다보며 노려보았지요. 우리 집 하녀가 제 손을 꼭 잡고 있었답니다. 놈들의 등에 제가 방 안의 물건이라도 던질 기세였으니까요. 몇 놈이 묵으려고 우리 집에도 들어왔어요. 저는 다짜고짜 맨 먼저 들어선 놈의 목을 겨누고 덤벼들었지요. 놈들이라고 해서 목 졸라 죽이는 것이 다른 사람보다 더 힘들 거야 없지 않겠어요? 누군가 제 머리채를 잡아당기지 않았더라면 틀림없이 그놈을 죽이고 말았을 거예요. 이 일 때문에 저는 숨어야만 했어요. 그러다 마침 기회가 있어서 이렇게 나오게 되었답니다."

여자는 일행들에게서 크게 칭찬을 받았다. 그만한 용기마저 없었던 그들의 눈에는 존경할 만한 여자로 비쳤던 것이다.

코르뉘데는 여자의 말을 들으면서 호인답게 찬동을 하며 그녀에게 호의를 보내는 미소를 띠고 있었다. 마치 사제가 신을 찬양하는 독실한 신자의 말을 듣고 있는 것처럼. 대개 법의를 걸친 인간이 종교를 전매하듯이 수염을 길게 기른 이 공화주의자는 애국심을 전매할 작정인 것이다. 그가 이야기할 차례가 돌아오자 점잖은 어조로 매일 나붙는 포고문에서 따온 과장된 문구를 늘어놓으며 말을 시작했다. 나중에는 당당한 연설조가 되어 호들갑스럽게 바댕게의 방탕자(나폴레옹 3세의 별명)를 규탄했다.

그러자 불 드 쉬이프가 갑자기 화를 냈다. 보나파르트 편이었던 것이다. 버찌처럼 새빨개진 얼굴로 분개한 나머지 더듬거리면서,

"그분의 위치에 서서 당신네들이 어떻게 하는가를 보고 싶군요. 아마 훌륭하게 하시겠지요! 그분을 배반한 건 바로 당신네들이 아닙니까? 당신네들 같은 불한당들이 나라를 다스렸다면 프랑스에 남아 있을 사람이 하나라도 있을 줄 아세요?"

코르뉘데는 얼굴색 하나 바꾸지 않고 거만하고 경멸적인 미소를 머금고 있었는데 난폭한 말이 금방이라도 튀어나올 듯한 기세였다. 그 순간 백작이 끼어들어 진지한 의견은 모두 존중해야 한다는 말로 위엄 있게 타일러 격분한 창부를 무난히 진정시켰다. 그러지 않았다면 더욱 심한 언쟁이 벌어졌으리라는 것은 뻔한 일이었다.

그러나 백작 부인과 면 업계 공장의 부인은 공화국에 대해서 상류 사회의 인사들이 지니고 있는 불합리한 증오와 동시에 전제 정부에 대해 모든 여성들이 느끼고 있는 호감을 마음속에 지니고 있었으므로 자기네들과 시각이 비슷하고 위엄에 충만한 이 창부에게 숙녀들답지 않게 끌리고 있음을 알았다.

바구니는 곧 비게 되었다. 열 명이나 덤벼들었으니 먹어 치우는 데 금방이었다. 바구니가 좀 더 크지 못했던 것을 아쉬워하는 심정이었다. 세상 이야기가 한동안 계속되었지만 음식을 다 먹고 나서부터는 약간 열이 식어 버렸다.

해가 지고 조금씩 어둠이 짙어졌다. 위에 음식이 들어가자 추위는 더욱 심하게 느껴져 불 드 쉬이프는 살이 쪘으면서도 오들오들 떨기 시작했다. 그러자 브레빌 백작 부인이 아침부터 몇 차례 숯을 갈아 넣은 발 난로를 쬐라고 내주었다. 불 드 쉬이프는 발이 얼어붙을 참이라 사양치 않았다. 카레 라마동 부인과 르와조 부인도 그녀들의 것을 수녀들에게 빌려주었다.

마부는 벌써 작은 초롱에 불을 켰다. 초롱은 마차 채에 매어진 땀투성이

말 엉덩이에서 무럭무럭 오르는 김을 비추고 길 양쪽의 눈을 비추었다. 움직이는 빛의 반사로 눈이 자꾸 뒤로 미끄러져 가는 것처럼 보였다.

마차 안은 이제 캄캄해져 아무것도 분간할 수가 없어졌다. 그런데 불 드 쉬이프와 코르뉘데 사이에 무언지 움직이는 기척이 났다. 어둠 속을 응시하고 있던 르와조는 수염을 기른 이 사나이가 소리 나지 않는 기막힌 따귀라도 맞은 듯이 풀쩍 물러나는 것을 본 듯싶었다.

멀리서 점점이 작은 등불이 나타났다. 토오트이다. 말에게 귀리를 먹이고 숨을 돌리게 하느라 네 차례 쉬었던 두 시간을 합쳐 열세 시간이나 걸린 셈이었다. 마차는 마을로 들어가서 휴게소라는 간판이 나붙은 여관 앞에 멎었다.

드디어 마차 문이 열렸다! 그런데 귀에 익은 소리가 그들을 섬뜩하게 했다. 칼이 땅바닥에 부딪는 소리가 아닌가? 그렇게 생각할 겨를도 없이 도이치인 목소리가 무어라고 외쳤다.

마차는 멈췄지만 아무도 내리려 하지 않았다. 내리기만 하면 죽음을 각오해야 하는 것처럼……. 그러자 마부가 초롱을 들고 나타났다. 마차 안으로 환히 흘러 들어온 초롱 불빛이 겁을 먹고 당황한 일행들의 얼굴을 비추었다. 입을 헤벌리고 놀라움과 두려움 때문에 눈을 크게 뜨고 있었다.

마부 곁에 한 도이치 장교가 온몸에 불빛을 받으며 서 있었다. 몹시 마른 금발 머리의 후리후리한 이 젊은 장교는 코르셋을 입은 처녀처럼 꽉 조이는 군복을 입고 초를 먹인 납작한 모자를 비스듬히 쓰고 있었다. 이 모자 때문에 그는 영국의 호텔 보이처럼 보였다. 곧고 긴 수염 털로 이루어진 그의 코밑수염은 얼굴과 어울리지 않았으며, 양쪽으로 쭉 가늘게 뻗어 가다가 마지막에는 단 한 오라기의 금빛 털만 길게 남았다. 그 끝은 너무 가늘어서 잘 보이지도 않았다. 수염이 볼을 당기며 입가를 무겁게 짓누르는 것처럼 보였으며 입술 위에 밑으로 처진 한 줄기의 주름살을 그어 놓고 있었다.

그는 알자스 사투리의 프랑스 말로,

"여러분, 내리십시오!"

하고 무뚝뚝한 어조로 여행자들에게 내리기를 재촉했다.

두 수녀가 맨 먼저 복종에 익숙한 동정녀의 순종으로써 명령에 따랐다. 잇달아 백작 부부가 내리고 공장 주인과 그의 아내가 뒤따라 내렸다. 르와 조는 몸집이 큰 아내를 떠밀며 나왔다. 그리고 땅에 발을 내려놓으면서 예의라기보다는 조심성스럽게 장교에게,

　"안녕하십니까?"

하고 말을 걸었다. 장교는 자못 전능한 사나이처럼 건방지게 흘끔 돌아보았을 뿐 대답은 하지 않았다.

　불 드 쉬이프와 코르뉘데는 출입구 가까이에 있었는데도 불구하고 맨 나중에 내렸다. 적을 앞에 두고 거만하게 앙연한 태도를 취했던 것이다. 뚱뚱한 불 드 쉬이프는 되도록 자신을 억제하고 냉정하려 했다. 공화주의자는 검붉은 턱수염을 약간 떨리는 손으로 줄곧 훑고 있었다. 이런 상황에서라도 다소나마 나라를 대표한다는 마음가짐으로 두 사람은 위엄을 유지하려 애쓰고 있었다. 그들의 무기력함을 다 같이 분개하고는 있었지만, 불 드 쉬이프는 주위의 숙녀들보다 한층 더 의연한 태도를 보이려 했고, 코르뉘데 쪽은 의젓하게 모범을 보여야 한다고 생각하면서도 그의 태도는 적군의 도로를 파괴했었던 항전의 연속이라고 여기고 있었다.

　그들은 여관의 널찍한 식당으로 들어갔다. 도이치 장교는 여행자의 성명, 인상과 직업이 기재되어 있고 군사령관의 서명이 있는 출발 허가증에 기재된 조항과 본인을 대조해 보면서 오랫동안 그들을 조사했다.

　그러고 나서는,

　"좋소."

하고 무뚝뚝하게 한마디하고는 어디론지 나가버렸다.

　그제야 그들은 안도의 한숨을 내쉬었다. 일행들은 배가 고파서 저녁 식사를 주문하였다. 식사 준비를 하는 데 삼십 분이 걸린다는 말을 듣고 두 하녀가 저녁을 차리는 동안에 그들이 하룻밤 묵을 방을 보러 갔다. 방들은 번호 -100·화장실- 가 표시된 유리문이 달린 복도에 나란히 붙어 있었다.

　드디어 식탁에 막 앉으려는 참인데 여관 주인이 나타났다. 그는 전에 말 장수를 했던 사나이로, 뚱뚱한 천식 환자라 노상 쌕쌕거리고 목소리가 쉬

었으며 목구멍에서는 가래 끓는 소리가 났다. 그는 아버지에게서 포랑비(산 미치광이)라는 묘한 이름을 물려받았다.

여관 주인이 일행들에게 물었다.

"엘리자베스 루세 씨라는 분이 계십니까?"

불 드 쉬이프가 찔끔하여 돌아보았다.

"저예요."

"프러시아 장교가 급히 할 말이 있답니다."

"저한테요?"

"네, 당신이 엘리자베스 루세 씨라면."

여자는 당황하여 머뭇거리더니 딱 잘라 선언하듯이 말했다.

"그가 불렀어도 난 가지 않겠어요!"

주위에 웅성거림이 일어났다. 제각기 이 명령에 대한 이유를 찾으며 논의가 벌어졌다. 백작이 다가왔다.

"그래서는 안 됩니다. 부인, 아시겠습니까? 당신이 명령을 거역함으로써 비단 당신뿐만 아니라 동행한 다른 사람들까지 크게 곤란을 받을지도 모르니까요. 강한 자에게 항거해서는 안 됩니다. 잠시 얼굴을 보이는 것뿐이라면 아무런 위험도 없을 겁니다. 아마 수속 절차에 빠진 것이라도 있었겠지요."

그들은 백작과 합세해서 그녀를 달래고 타일러서 드디어 설복하게 만들었다. 여자의 무모한 행동을 보아 어떤 말썽이 일어날지 두려웠기 때문이다.

여자는 결국 이렇게 말했다.

"그렇다면 여러분들을 위해서 가겠습니다. 그럼 되는 거죠?"

백작 부인은 여자의 손을 잡았다.

"정말 고마워요."

여자는 나갔다. 그들은 함께 식사를 하려고 여자가 돌아오기를 기다렸다.

사납고 성 잘 내는 이 창부 대신에 자신이 불리지 못한 것을 부인들은 속상해하면서, 자기 차례가 와서 불릴 경우에 비위 맞출 말들을 마음속으로 준비하고 있었다.

그런데 십 분쯤 지나자 여자가 흥분하여 새빨간 얼굴을 하고 기가 막힌다는 듯이 씩씩거리며 나타났다.

"망할 녀석! 망할 녀석!"

하고 욕지거리를 되풀이하고 있었다.

그들은 영문을 알고 싶어 했지만 여자는 한마디도 하지 않았다. 백작이 끈덕지게 묻자 여자는 발칵 성을 냈다.

"아니에요. 당신네하고 관계있는 일이 아녜요. 말씀드릴 수 없어요."

모두 다 함께 양배추 냄새가 풍기는 우묵한 수프 냄비를 가운데 놓고 둘러앉았다. 간담이 서늘해지는 사건이 있었는데도 불구하고 저녁 식사는 즐거웠다. 르와조 부부와 수녀들은 돈을 아끼느라고 사과주를 시켰는데 사과주가 고급품이었다. 다른 사람들은 포도주를 청했다. 코르뉘데는 역시 맥주를 시켰다.

그는 병마개를 뽑아서 맥주에 거품을 일게 하고 컵을 기울이면서 찬찬히 바라본다. 컵을 쳐들고 램프에 비춰보면서 그 빛깔을 곰곰이 감상한다. 그런 일을 하는 데에 있어 이 사나이는 독특한 방법을 가지고 있었다. 맥주 컵을 기울일 때 그의 수염은 그가 좋아하는 맥주와 비슷한 색깔을 하고 있었는데 애정어린 감동에 떨리는 것처럼 보였다. 눈은 잠시도 맥주 컵에서 떼지 않고 비스듬히 응시하고 있었다.

그의 태도는 오로지 맥주를 마시기 위해 태어나 유일한 직책을 수행하고 있는 것 같았다. 그의 전 인생을 차지하고 있는 두 가지의 커다란 정열 즉, 맥주와 혁명, 이 두 가지 사이의 연결고리를 말하자면 친화력을 마음에 채우고 있다고 밖에 생각할 수 없었다. 필시 그는 한쪽을 생각하지 않고서는 다른 한쪽을 맛볼 수 없을 것이다.

포랑비 부부는 테이블 끝에서 식사를 하고 있었다. 고장 난 기관차처럼 헐떡거리는 포랑비는 먹으면서 말을 하려면 가슴이 답답해져 조용히 있었지만 그의 아내는 연신 지껄여댔다. 그녀는 프러시아군이 들이닥쳤을 때의 상황을 죄다 이야기했다. 그들이 한 것, 그들이 말한 것을 증오를 가득 담고 이야기 하였는데 그것은 첫째로 손님들이 생겨 돈을 벌었기 때문이며 다음에는 두 아들을 군대에 징발당했기 때문이었다. 게다가 지체 높은 부인과 이야기하는 것이 너무 기뻐서 백작 부인에게 유난히 말을 많이 했다. 그러고는 목소리를 낮추어 온갖 기묘한 말들을 늘어놓았다.

백작은 가끔 부인의 맞장구를 제지하였다.

"잠자코 있는 게 좋아, 그런 말은."

그러나 여관 주인의 아내는 막무가내로 계속하는 것이었다.

"그렇답니다, 부인. 그놈들은 감자하고 돼지고기밖에 먹을 줄 몰라요. 지저분하기 이를 데 없고요. 부인 앞에서 이런 말씀 드리긴 뭣하지만 그저 아무 데나 대소변을 본다니까요. 그놈들이 몇 시간이고 연거푸 훈련하는 것은 볼 만하지요. 모두 다 들판으로 나가서는 앞으로 갔다 뒤로 갔다, 이리 돌고 저리 도는 꼬락서니란 우스꽝스럽지요. 하다못해 밭이라도 갈고 제 나라로 돌아가서 집이라도 고친다면 오죽이나 좋겠어요! 정말이지 부인, 군인이란 아무짝에도 쓸모가 없는 것이랍니다. 고작해야 사람 죽이는 짓을 가르치기 위해 가난한 농민들이 군대를 먹여 살려야 한단 말씀이에요!

저 같은 건 교육도 받지 못한 노파지만 아침부터 저녁까지 훈련한답시고 걷기만 하다 심신을 지치게 하는 그들을 볼 때마다 이런 생각을 한답니다. 사람들에게 소용될 많은 발명을 하는 사람들도 있는데 한편으로는 사람들에게 재앙이 되기 위해 그토록 애를 써야 하느냐고요! 정말이지 프러시아 사람이건, 영국 사람이건, 폴란드 사람이건, 프랑스 사람이건, 사람을 죽이다니 당치도 않은 일 아니겠습니까? 나쁜 짓을 한 놈에게 보복을 하는 것도 나쁜 짓입니다. 보복을 하면 죄가 되니까요. 그런데 총으로 우리네 자식들을 짐승처럼 쏘아 죽여도 괜찮은 일인가요? 제일 많이 죽인 놈이 훈장을 받고 있지 않습니까! 그런 일이 있을 수 있을까요? 네, 그렇지 않습니까? 저는 절대 이해가 가지 않아요!"

여관 안주인이 열변을 토하자, 코르뉘데가 목소리를 높였다.

"전쟁은 평화로운 이웃 나라를 공격할 경우에는 야만 행위입니다. 그렇지만 조국을 지킬 경우에는 성스러운 의무랍니다."

안주인은 고개를 끄덕이며 말했다.

"옳아요. 자신을 지킨다는 것은 별문제겠죠. 차라리 자기네들 멋대로 나쁜 짓을 하는 온 세계의 왕들을 전부 죽여버리는 것이 어떨까요?"

코르뉘데의 눈이 빛나며 말하였다.

"장하오, 그렇게 나와야지!"

카레 라마동 씨는 깊은 생각에 잠겼다. 명성이 혁혁한 장군들을 열렬히 숭배했던 그였으나 이 시골 여자의 의식이 그에게 좋은 아이디어를 떠오르게 했다. 만약 완성을 보는 데 몇 백 년이 걸리는 대대적인 공사에 무위도식하는 자들의 비생산적으로 방치되어 있는 힘 즉, 헛되이 놀리고 있는 군인들의 인력을 사용한다면 한 나라에 얼마만 한 번영을 가져올 수 있을까 하고 생각했던 것이다.

문득 르와조가 자리에서 일어나 여관 주인한테로 가더니 작은 소리로 소곤거렸다. 뚱뚱보 주인은 웃다가 쿨룩거리면서 연방 가래를 뱉었다. 그의 불룩한 배는 르와조가 농담을 할 때마다 즐거운 듯이 물결쳤다. 여관 주인은 봄 무렵에 프러시아군이 철수하면 르와조 가게에서 여섯 통의 보르도 포도주를 살 계약을 했다.

그들은 여행길에 모두 녹초가 되어 지쳤으므로 저녁 식사가 끝나자마자 잠자리에 들어갔다.

그런데 여러 가지 사태를 면밀히 관찰하고 있던 르와조는 아내를 먼저 재우고 열쇠 구멍에 귀를 대보기도 하고 눈을 대기도 하며, 말하자면 '복도의 비밀'을 알아내려고 애를 썼다.

과연 한 시간가량 지나자 옷자락 스치는 소리가 나서 그는 얼른 복도를 엿보았다. 불 드 쉬이프의 모습이 보였다. 하얀 레이스로 가장자리를 꾸민 파란 캐시미어 잠옷을 입어 더욱 뚱뚱해 보였다. 한 손에 촛대를 들고 아까 그 번호가 붙은 화장실 쪽으로 가는 것이었다. 이윽고 옆방 문이 삐죽이 열렸다. 여자가 이삼 분 후에 돌아오자 멜빵을 걸친 코르뉘데가 여자의 뒤를 쫓았다. 그들은 작은 목소리로 이야기를 나누더니 걸음을 멈추었다. 남자가 그녀의 방 안으로 들어가려는 것을 불 드 쉬이프가 한사코 막고 있는 것 같았다. 르와조의 귀에까지 그들의 말이 들리지 않았지만 나중에는 그들의 언성이 높아졌으므로 두세 마디 알아들을 수가 있었다. 코르뉘데가 무언가 조르고 있는 것이었다.

"이봐요, 정말 바보로군. 당신으로서는 별일이 아니잖아."

여자는 화가 나서 대꾸했다.

"안 돼요. 이런 짓도 못 할 때가 있는 법이에요. 그리고 이런 데서 그런 짓을 하다간 창피당해요."

아마 코르뉘데에겐 납득이 가지 않는 모양이다. 그 이유는 대관절 무엇 때문이냐고 물었다. 그 말을 듣자 여자는 발끈하여 더 거칠어진 소리로 쏘아 붙였다.

"왜냐고요? 왜 그런지 그 이유도 모르시겠다는 말예요? 프러시아인이 한 지붕 밑에 있는데, 어쩌면 옆방에 있을지도 모른단 말이에요!"

그는 입을 다물었다. 적이 가까이 있는 곳에서는 일시적이나마 애무를 용인하지 않으려는 이 창부의 애국적 수치심이 추락하려는 그의 위엄을 되살려 놓았을 것이다. 코르뉘데는 여자에게 키스만 하고 발소리를 죽여 그의 방으로 돌아갔다.

몹시 흥분된 르와조는 열쇠 구멍에서 물러나 방 안에서 덩실덩실 춤을 한바탕 추고 나서, 나이트캡을 쓰고 그 아래 과히 매력적이지 않은 몸을 눕히고 있는 아내의 담요를 들치고 키스를 퍼부어서 깨우고 말았다.

"나를 사랑하지?"

하고 속삭이면서.

잠시 후에는 온 집 안이 조용해졌다. 그러자 곧 지하실에서인지 혹은 다락에서인지 분간하기 어려운 방향에서 세차고 단조롭고 규칙적인 울림소리가 들리기 시작했다. 압력을 받은 주전자가 들썩이는 듯한 둔하고 여운이 긴소리였다. 포랑비 씨가 잠을 자며 내는 숨소리였던 것이었다.

이튿날은 여덟 시에 떠나기로 했기 때문에 일행은 일찌감치 식당으로 모였다. 그러나 말도 마부도 없이 지붕 위에 눈이 쌓인 마차만이 마당 한 가운데 쓸쓸히 놓여 있었다. 마구간으로, 사료 창고로 마부를 찾아다녔으나 허사였다. 그래서 남자들은 온 마을 안을 찾아보기로 하고 밖으로 나갔다.

언덕 막바지에 교회가 있는 곳으로 나갔더니 광장 양편에는 나직한 집들이 늘어섰고 그곳에는 프러시아 군인들의 모습이 보였다. 처음에 눈에 뜨인 프러시아 병정은 이발소 가게 바닥을 씻어내고 있었다. 온 얼굴이 수염 투성이인 병정은 울고 있는 애기를 무릎 위에 올려놓고 달래며 어르고 있었다. 남편들을 전쟁 중의 군대에 징발당한 뚱뚱한 시골 여자들은 몸짓 손짓으로 이 유순한 정복자들에게 여러 가지 일들을 시키고 있었다. 장작을 패거나 수프를 만들거나 커피를 빻는 일을 하였으며 그들 중 하나는 집 안 주인의 속옷까지 빨아 줄 정도이다. 안주인이라는 사람은 팔다리를 전혀 쓰지 못하는 할머니였다.

백작은 이 광경을 보고 깜짝 놀라 때마침 사제관에서 나온 교회의 심부름꾼에게 물어보았다. 신심 깊은 늙은 심부름꾼은 이렇게 대답했다.

"아니, 저 사람들은 나쁜 사람들이 아닙니다. 말을 들으니 프러시아 사람들이 아니라고들 하더군요. 어딘지는 모르지만 더 먼 데서 왔대요. 고향에 처자를 남겨 놓고 왔다는군요. 그러니 전쟁 같은 것이 즐거울 리가 없지요. 암, 그렇고 말구요! 필경 이 군인들을 위해 울고 있는 사람도 있을 겁니다. 우리도 그렇지만 저 사람들 역시 전쟁 덕분에 무척 비참하게 됐겠지요. 여기는 지금으로 봐선 아직 그렇게까지 심하지 않지요. 저 사람들은 나쁜 짓을 하지 않고 자신의 고향 집에 있는 것처럼 일을 도와준답니다. 네, 그렇지요. 가난한 사람끼리 서로 도와야 하지 않겠어요? 전쟁을 벌이는 것은 높은 양반들이 하는 짓이니까요."

코르뉘데는 정복자와 피정복자 사이에 서로 묵인되어 있는 협조하는 모습을 보고 화를 내며 여관에 처박혀 있는 편이 낫겠다면서 되돌아갔다. 르와조가 언제나처럼 농담을 했다.

"인구가 줄었으니 빈자리를 채우고 있는 거요."

카레 라마동 씨는 점잖게 말했다.

"속죄를 하고 있는 셈이죠."

마부를 찾으러 한참을 돌아다니다가 마침내 이 마을의 술집에서 연락병 장교와 사이좋게 식탁에 마주 앉아 있는 그를 찾아냈다.

백작이 힐난하듯이 마부에게 물었다.

"아침 여덟 시에 말을 마차에 매어 두라고 하지 않았던가?"

"절대로 마차에 말을 매지 말라는 지시가 있었습니다."

"누가 그따위 지시를 했나?"

"예! 프러시아 대장 장교이지요."

"어째서?"

"모르겠습니다. 가서 물어보십시오. 말을 매지 말라기에 저는 안 했을 뿐이지요."

"대장이 자네한테 직접 지시했나?"

"아니오. 대장님의 명령이라면서 여관 주인이 전달하더군요."

"언제 그랬지?"

"어젯밤에 제가 자려고 할 때였어요."

세 남자들은 몹시 불안해하면서 돌아왔다.

포랑비 씨를 만나려고 했으나 하녀가 대답하기를, 주인은 천식 때문에 열 시 전에는 절대로 일어나지 않는다고 하였다. 불이나 나면 모를까, 그 이전에 깨우는 것은 금하고 있다는 것이었다.

장교를 만나려고 했으나 같은 집에 유숙하고 있다고는 하지만 이거야말로 절대로 불가능한 일이었다. 군무 이외의 용건으로 그에게 말할 수 있는 사람은 포랑비만이 허락되어 있는 일이었다. 결국 포랑비의 잠이 깨기를 기다리는 수밖에 없었다. 여자들은 방으로 돌아가서 이것저것 자질구레한 일로 시간을 보냈다.

코르뉘데는 불이 활활 타고 있는 부엌의 높은 벽난로 앞에 자리를 잡고 있었다. 그는 그곳으로 마당에 있는 작은 테이블과 맥주를 가져오게 하고 파이프를 꺼냈다. 공화주의자들은 코르뉘데를 존경하는 것만큼이나 이 파이프를 존경하고 있었다. 마치 이 파이프가 코르뉘데에게 봉사함으로써 조국에 봉사하기라도 하는 듯이 말이다. 담뱃진이 밴 이 해포석 파이프는 주인의 이처럼 까맣게 물들어 있었지만 좋은 냄새와 구부러진 모양, 반지르르한 윤택으로 손에 익어 주인의 일부가 되어 있었다. 그는 벽난로의 타는 불길을 바라보기도 하고 컵 위에 수북이 올라와 있는 맥주 거품을 보기도 하면서 조용히 있었다. 마실 때마다 마르고 기다란 손가락으로 기름때 엉긴 긴 머리카락을 만족스레 긁어 올리는 한편 거품이 묻은 수염을 혀로 빠는 것이었다.

르와조는 좀 걸어서 저린 발을 낫게 하겠다는 핑계로 이 고장의 소매상들에게 포도주를 팔러 다녔다. 백작과 공장 주인은 정치 이야기를 시작했다. 그들은 프랑스의 장래를 낙관했다. 한 사람은 오를레앙 군주의 복귀를 믿고 있었고 다른 한 사람은 아무도 알지 못하는 구세주, 모든 것이 절망에 빠졌을 때 나타날 영웅을 믿었다. 이 구원자가 뒤 게크랭 같은 사람일지 또는 잔 다르크 같은 사람일지, 아, 황태자가 그렇게 어리석지만 않다면! 코르뉘데는 그 말을 옆에서 들으면서 운명을 아는 사나이처럼 빙그레 웃었다. 그의 파이프 담배 냄새가 온 방을 가득히 채웠다.

시계가 열 시를 치자 포랑비 씨가 나타났다. 그는 곧 질문 세례를 받았다. 하지만 주인은 똑같은 말을 두세 번 되풀이할 수밖에 없었다.

"장교가 나한테 말했지요. '포랑비 씨, 내일 저 손님들의 마차에 말을 매지 못하게 하시오. 내 명령 없이는 떠나지 못하게 할 작정이오. 알았소?' 라고 말이죠."

그들은 장교를 만나려고 했다. 백작이 자신의 명함을 장교에게 보냈다. 카레 라마동 씨가 거기다 자신의 이름과 칭호를 모조리 덧붙여 썼다. 프러시아 장교는 점심 식사 후 한 시경에 면담을 허락한다는 회답을 보내왔다.

방에 들어가 있던 부인네들도 다시 나왔기 때문에 불안하기는 했지만 그래도 조금씩 식사를 했다. 불 드 쉬이프는 어딘가 불편한 듯 마음이 몹시 어지러운 것 같았다.

커피를 마시고 나자 연락병이 신사들을 부르러 왔다. 르와조도 그들과 같이 가기로 했으며 이 진정에 한층 무게를 더하기 위해 코르뉘데도 같이 가려고 했으나 그는 도이치인과는 어떤 일이 있더라도 단연코 관계를 갖지 않을 작정이라고 분연히 말했다. 그리고 맥주를 또 한 잔 시켜 놓고 난롯가로 돌아가 버렸다.

세 사람은 이 여관에서 제일 좋은 2층 장교의 방으로 안내되었다. 그들을 대면한 장교는 안락의자에 기다랗게 앉아서 다리를 난로 위에 올려놓고 사기 파이프로 담배를 피우고 있었다. 화려한 빛깔의 실내복을 걸치고 있었는데 아마 취미가 저속한 부자가 버리고 간 집에서 가져왔을 것이다. 그는 일어나지도 않았으며 인사도 없었고 그들 쪽을 쳐다보지도 않았다. 전쟁에서 이긴 군대에서 흔히 볼 수 있는 거만한 행동의 표본을 유감없이 보여 주고 있는 셈이었다.

한참 후에야 그가 물었다.

"무슨 일로 왔소?"

백작이 입을 열었다.

"저희는 출발해야 하겠는데요."

"안 됩니다."

"그 이유를 알려 줄 수 있겠습니까?"

"떠나보내고 싶지 않기 때문이오."

"말대꾸 같아 죄송합니다만 저희가 디에프까지 가는 출발 허가증을 귀하의 사령관이 발행하셨습니다. 이렇게 엄한 처분을 받을 일은 없다고 생각하는데요."

"떠나보내고 싶지 않기 때문이오. 그것뿐이오. 물러들 가시오."

세 사람은 허리를 굽히고 물러 나왔다.

오후는 비참했다. 도이치 장교의 변덕이 아무래도 이해가 가지 않았다. 해괴한 상상이 차례차례 그들의 머리를 어지럽혔다. 그들은 식탁에 모여 일어나지도 않을 것 같은 일들을 상상하면서 끝없는 논의를 거듭했다. 어쩌면 인질로 묶어둘 작정인지도 모른다. 하지만 무슨 이유로? 아니면 포로로 데려가려는 것일까? 혹은 막대한 액수의 석방금을 요구하려는 것일까? 여기까지 생각이 미치자 그들은 도망을 치고 싶을 지경이 되었다. 돈이 많은 사람들이 누구보다도 가장 두려워했다. 목숨을 건지기 위해서 이 건방진 군인들의 손에 황금이 가득 찬 돈 자루를 쥐여 주지 않을 수 없는 자신들의 꼴이 벌써부터 눈에 선했다. 그들은 그럴듯한 거짓말을 꾸며내느라 머리를 짰다. 재산을 숨기고 지독한 가난뱅이로 행세하려면 어떻게 하면 좋을까 고심했다. 르와조는 시계 줄을 풀어 호주머니 안에 감추었다. 해가 지자 걱정은 더욱 깊어질 뿐이었다.

램프에 불이 켜졌지만 저녁 식사까지는 아직도 두 시간이나 남아 있었기에 르와조 부인이 트럼프 놀이를 하자고 했다. 기분 전환이 될지도 몰라 모두 찬성했다. 코르뉘데까지도 예의를 지켜 파이프의 불을 꺼버리고 게임에 한몫 끼었다.

백작이 카드를 쳐서 돌렸다. 불 드 쉬이프가 단번에 으뜸 패를 잡아 버렸다. 잠시 후 게임의 재미는 그들의 머리를 괴롭히던 불안을 진정시켜 주었다. 코르뉘데는 르와조 부부가 속임수를 쓰는 것을 눈치채고 있었다.

식탁에 앉으려는 참에 포랑비 씨가 나타나 목에 담이 걸리는 목소리로 말했다.

"엘리자베스 루세 씨가 아직도 생각이 달라지지 않았는지 프러시아 장교님이 물어보라고 합니다."

불 드 쉬이프는 새파랗게 질려서 우뚝 일어섰다. 그리고 별안간 얼굴이 새빨개지더니 격분한 나머지 숨이 막혀 입도 떼지 못하고 있었다. 그래도 가까스로 외치듯이 말했다.

"그놈에게 이렇게 말해 주세요. 그 더러운, 돼먹지 못한 부랑자 프러시아 놈에게 이렇게 말해 주세요. 싫다고요!"

뚱뚱한 여관 주인은 나갔다. 그러자 일행들은 불 드 쉬이프를 둘러싸고 지난번에 프러시아 장교를 만났을 때 무슨 일이 있었는지 말해 달라고 졸랐다. 처음에는 완강히 거절했지만 마침내 분노에 못 이겨 부르짖었다.

"그놈이 무엇을 원했느냐고요? 그놈이 무엇을 바랐느냐고요? 나하고 함께 자자는 거예요!"

이 노골적인 말에 불쾌해하는 사람은 없었다. 다만 그들의 격분은 극심했다. 코르뉘데는 맥주 컵을 테이블 위에 거칠게 놓다가 깨고 말았다. 이 비열한 군인에 대한 비난의 아우성이, 분노의 거친 숨결이, 그녀에게 요구한 희생을 저마다 요구당하기라도 한 것처럼 저항을 위한 단결이 은연중에 불타올랐다. 백작은 이놈들의 하는 짓이 옛날의 야만족과 똑같다고 내뱉듯이 말했다. 부인들은 불 드 쉬이프에게 강한 동정의 뜻을 표명했다. 식사 때만 나타나는 수녀들은 얼굴을 숙이고 한마디도 하지 않았다.

분노가 어느 정도 가라앉자 그래도 식사만은 했다. 하지만 모두 말없이 생각에 잠겨 있었다.

부인들은 일찍 방으로 물러갔다. 남자들은 담배를 피우면서 트럼프판을 벌여 포랑비 씨를 초대했다. 장교가 완강하게 출발을 허락하지 않는 데 대해서 어떤 수단을 써야 좋을지 그에게 은근슬쩍 물어볼 셈이었다. 그러나 그는 트럼프에만 정신이 팔려 남의 말은 듣지도 않고 아무 대답도 해주지 않았다. 줄곧,

"자, 게임이나 합시다. 여러분, 게임이나 합시다."

하고 되풀이할 뿐이었다. 게임에만 정신이 팔려 가래를 뱉는 것마저 잊고 있었다. 그래서 가끔 그의 가슴 속에서는 걸걸 끓는 소리가 울려 나왔다. 아무튼 이 사나이의 씩씩거리는 폐는 낮고 깊숙한 소리에서 시작되어 어린 수탉이 억지로 소리를 지르느라고 짜내는 날카롭고 목쉰 소리로 되기까지

천식의 모든 음계를 다 보여주는 것 같았다.

졸려서 못 견디게 된 마누라가 부르러 와도 그는 이층으로 올라가기를 거절했다. 마누라는 혼자 올라갔다. 마누라는 언제나 해님과 함께 일어나는 아침형이었고, 주인은 친구들과 함께 기꺼이 밤을 새우려 드는 올빼미형이기 때문이었다. 남편은,

"내가 먹을 레 드 플르(달걀을 탄 우유)나 불에 올려놓아요."

하고 외치고는 또다시 게임을 시작했다. 이 사나이에게서 아무것도 알아낼 수 없다는 것을 알게 되자 사람들은 잘 시간이 되었다며 제각기 잠자리로 돌아가 버렸다.

이튿날도 역시 다들 일찍 일어났다. 막연한 희망으로 더욱 강렬해진 떠나고 싶다는 욕망과, 이 지긋지긋한 여관에서 또 하루를 지내야 할지도 모른다는 두려움이 뒤섞인 그런 마음으로.

아! 말들은 여전히 마구간에 있었으나 마부는 보이지 않았다. 사람들은 하릴없이 마차 주위를 어정거렸다.

점심 식사는 처량했다. 불 드 쉬이프에 대해 약간의 싸늘한 공기가 떠돌았다. 하룻밤 자면 좋은 지혜가 떠오른다. 하지만 그 밤이 그들의 생각을 조금 바꾸었던 것이었다. 지금은 이 여자가 지난밤에 몰래 프러시아 장교를 만나 아침에 일어났을 때 마차 탈 손님들에게 깜짝 놀랄 만한 뉴스를 가져다 주지 않는 데 대해 원망에 가까운 감정을 느끼는 것이었다. 참으로 간단한 일이 아닌가? 게다가 아무도 모를 텐데. 일행들이 난처해하는 것이 딱해 보여서 할 수 없이 왔노라고 장교에게 말한다면 자신의 체면도 살릴 수 있을 것이다. 이 여자에겐 아무 일도 아니지 않은가!

그러나 누구 하나 그런 생각을 입 밖에 내어 말하는 사람은 없었다.

오후에는 어쩔 수 없이 지루해졌으므로 백작은 마을 언저리로 산책이나 해보자고 제안했다. 난롯가에 앉아 있는 편이 더 낫다는 코르뉘데와 교회나 사제의 집에서 시간을 보내는 수녀들을 빼고 이 작은 그룹은 따뜻한 옷으로 몸을 잘 감싸고 산책을 떠났다.

시간이 갈수록 극심해져 가는 추위가 코와 귀를 에는 듯했고 발이 시려워 걸음을 옮겨 놓기가 고통스러웠다. 허허벌판이 보이는 데까지 이르자 흰 눈에 덮인 그곳이 너무나 무섭고 기분 나쁘게 보여 일행은 마음이 얼어

붙고 가슴이 조여들어 일찌감치 돌아서고 말았다.

돌아오는 길에는 네 명의 부인이 앞장을 서고 남자 셋은 좀 떨어져서 뒤를 따랐다.

사태를 충분히 인식하고 있는 르와조는 불쑥, 저 '화냥년'이 언제까지나 우리들을 이런 곳에 붙들어 둘 작정인가 하고 말을 꺼냈다. 어느 때나 여성들에게 친절한 백작은, 한 여성에게 그와 같은 괴로운 희생을 강요할 수는 없다, 희생은 본인이 자진해서 하는 것이어야만 한다고 말했다. 그러자 카레 라마동 씨는 만일 프랑스군이 그들이 예측한 것처럼 디에프 쪽에서 반격해 온다면 양 군대의 충돌은 이곳 토오트에서 일어날 것이라고 지적했다. 이 말을 듣고 두 사람은 갑자기 걱정되기 시작했다.

"걸어서 도망치는 것이 어떨까요?"

하고 르와조가 말해 보았다. 백작은 어깨를 으쓱해 보이며,

"당치도 않은 소리! 이 눈 속에 여자들을 데리고? 게다가 달아나 본들 곧 추격당하여 틀림없이 십 분도 못 되어 붙잡힐 겁니다. 포로가 되면 끌려와서 군인 놈들에게 무슨 짓을 당할지 몰라요."

그것은 틀림없는 사실일 것이다. 그들은 그만 입을 다물어 버렸다.

부인들은 옷차림에 관해 이야기를 하였으나 불 드 쉬이프와는 어쩐지 서먹해서 잘 어울리지 않는 것 같았다.

길의 반대편에서 문제의 그 장교가 나타났다. 끝없이 펼쳐진 흰 눈의 경치를 배경으로 키가 크고 호리호리한 군복 차림이 뚜렷이 보이고 있었다. 공들여 닦은 장화를 조금이라도 더럽히지 않으려는 듯 어정쩡한 걸음으로 무릎을 벌리며 걸어오고 있었다.

그는 여자들 곁을 지나면서 머리를 숙여 인사했지만 남자들에게는 멸시하는 듯한 눈길을 던졌을 뿐이었다. 하기야 남자들 쪽에서도 모자를 벗지 않을 정도의 위엄은 있었다. 그러나 르와조만은 모자에 약간 손을 대려는 몸짓을 했다.

불 드 쉬이프는 귀밑까지 새빨개져 있었다. 세 명의 부인은 염치없는 취급을 받은 창부와 함께 있는 장면을 이 군인한테 보인 것에 심한 굴욕감을 느끼게 되었다. 그래서 이 장교에 대해 화제를 삼게 되었는데 그의 태도며 생김새의 품평이 시작되었다. 많은 장교들을 알고 있으며 훌륭한 식별가로

서 남자들을 판단하는 카레 라마동 부인은 이 장교가 제법 그럴듯하다고
했다. 프랑스 사람이 아닌 것이 유감스럽다고까지 말했다. 프랑스 사람이
었다면 훌륭한 미남 경기병 장교로서 틀림없이 많은 프랑스 여자들이 반했
을 것이라고 말하는 것이었다.

산책을 마치고 막상 여관에 돌아오니 무엇을 해야 할지 몰랐다. 하찮은
일에도 가시 돋친 말이 오고가는 형편이었으며 저녁 식사는 침묵 속에서
일찍 끝났다. 저마다 각자의 방으로 돌아가 잠자리로 들어갔다. 하다못해
시간을 때우기 위해 잠이라도 자야겠다는 것이었다.

다음 날 아침에는 모두들 기다림에 지친 얼굴로 가슴속의 화를 누르며
식당으로 내려왔다. 부인들은 불 드 쉬이프에게 말 한마디 건네지 않았다.

교회 종소리가 들려 왔다. 세례식이 있다는 것이다. 불 드 쉬이프에게는
이브토의 시골 농가에서 기르고 있는 자신의 아이가 있었다. 일 년에 한 번
도 만나지 못하고 만나려고 한 적도 없었다. 그러나 오늘 세례를 받는 남의
어린아이 때문에 자기 자식에 대한 급작스럽고 강한 애정을 불러일으켰다.
그녀는 세례식에 가지 않고서는 견딜 수 없는 마음이 되었다.

이 여자가 나가고 나자 그들은 얼굴을 마주 보며 의자를 가까이했다. 결
국 무엇이든 결정해야 한다는 것을 그들 모두 느끼고 있었기 때문이었다.
르와조가 묘안을 내놓았다. 불 드 쉬이프만 붙잡아 두고 다른 사람들은 떠
나게 해달라고 장교에게 요청해 보자는 의견이었다.

포랑비 씨가 다시 심부름을 맡았다. 그러나 그는 올라가자마자 곧 내려
왔다. 인간의 비열한 본성을 잘 알고 있는 도이치 장교가 매정하게 주인을
쫓아내고 말았던 것이었다. 그의 욕망이 채워지지 않는 한 이 사람들을 모
두 붙잡아 둘 작정이라는 것이다.

결국 르와조 부인의 천덕스러운 성미가 터져 나와 두 부인에게 말하였
다.

"늙어 죽을 때까지 이런 데서 살 수야 없잖아요? 영업이니까요, 그 여자
가 남자들을 상대로 해서 그런 짓을 하는 것이 말이죠. 이 남자는 좋고 저
남자는 싫다고 할 권리는 없다고 생각하는데요. 네, 그렇지 않습니까? 루
앙에서는 닥치는 대로 손님을 받았답니다. 마부들까지도 손님으로 갔단 말

이에요. 정말이에요, 도청의 마부가 바로 그렇단 말씀이에요. 저는 잘 알고 있어요. 우리 집에 포도주를 사러 오는 사람이니까요. 그런데 우리들을 궁지에서 빼내 줘야 하는 이 마당에 점잔을 빼고 있단 말이에요, 그 갈보 년이…….

나는 그 장교가 퍽 점잖다고 생각해요. 아마 오랫동안 여자가 아쉬웠던 게죠. 더구나 우리는 여자가 셋이나 있지 않습니까? 보통은 틀림없이 우리를 희생시켰을 거예요. 그런데 어떻습니까? 그렇게 하지 않고 그 계집으로 만족하겠다는 것이니까요. 숙녀들에겐 사양을 하고 있는 거예요. 생각 좀 해보세요. 뭐든지 할 수 있는 사람이에요. '나의 뜻이다.' 하면 그만이죠. 병사들을 시켜서 완력으로 우리를 겁탈할 수도 있지 않아요?"

듣고 있던 다른 두 부인이 몸서리를 쳤다. 아름다운 카레 라마동 부인의 눈이 반짝 빛나더니 얼굴빛이 약간 창백해졌다. 마치 그 장교에게 완력으로 붙잡히기나 한 것처럼.

조금 떨어진 곳에서 의논하고 있던 남자들이 가까이 다가왔다. 격한 르와조는 '그 얄미운 계집'의 손발을 묶어서 적에게 내주자고 말했다. 하지만 어쨌든 여러 대에 걸쳐 대사직을 지내 온 가문 출신이며 외교관 소질이 있는 백작은 술책을 쓰는 것에 찬성하는 편이었다.

"그 여자가 각오를 하도록 만들어야 되겠지요."

그가 말했다.

부인들은 가까이 다가앉아 목소리를 낮추고 저마다 자신들의 의견을 내놓았다. 그야말로 예의 바른 의논이었다. 특히 이 부인들은 지극히 음탕한 말을 슬쩍 돌리면서 교묘하고 매력적인 표현을 찾아냈다. 이 자리에 관계없는 사람이 들으면 무슨 말을 하는지 통 몰랐을 것이다. 사교계의 여성들은 누구나 갑옷 대신 자기의 몸을 감싸고 있는 수치의 엷은 베일로 겉모습을 가리기 때문이다. 그녀들은 이 음란한 모험에 마음이 들떠 물고기가 물을 만난 듯이 정신없이 열을 올리고 있었다. 먹성 좋은 요리사가 군침을 삼키면서 남의 식사를 차리듯이 장교와 그 여자의 정사에 관한 이야기를 주무르는 것이다.

저절로 명랑한 기분으로 되돌아왔다. 그만큼 이 음모가 기막히게 재미있는 것으로 여겨졌던 것이다. 백작까지도 다소 지나칠 정도로 농담을 했으나 모두가 미소를 지으며 능숙하게 받아들였다. 르와조는 르와조대로 한층 더 노골적이고 음란한 말을 했지만 아무도 기분을 상하지는 않았다. 이 사나이의 아내에 의해 난폭하게 진술되었던 것이 그들의 마음을 지배하였다. '그 여자의 직업이 그런 직업인 이상 이 남자는 좋고 저 남자는 싫다는 법은 없지 않겠어요?' 하였던 것이다. 우아한 카레 라마동 부인은 자신이 불 드 쉬이프라면 다른 남자들보다는 오히려 그 매력적인 장교를 택하겠다는 생각까지도 하고 있는 모양이었다.

그들은 마치 요새라도 공략할 것처럼 오랜 시간을 들여 포위진을 갖추었다. 저마다 자기가 연출할 역할, 들고 나설 논법, 실행해야 할 작전 행동에 대해 합의를 보았다. 이 살아 있는 성채로 하여금 적군에게 항복하고 적을 맞아들이게끔 하기 위한 공격의 계획과 사용해야 할 계략, 기습의 절차가 결정되었다.

그동안 코르뉘데만은 혼자 떨어져 있어 이 모의에 전혀 가담하지 않고 있었다. 음모를 꾸미는 데에 온통 주의를 빼앗겨 열중되어 있었기 때문에 불 드 쉬이프가 들어오는 것도 모를 정도였다. 백작이 나직한 소리로 '쉿!' 했으므로 그들은 비로소 눈을 들었는데 그 여자가 바로 옆에 와 있지 않은가! 그들은 황급히 입을 다물었다. 야릇한 어색함 때문에 말을 꺼낼 수가 없었다.

다른 사람들보다도 능수능란하여 사교적인 백작 부인이 불 드 쉬이프에게 물었다.

"재미있었나요, 세례식은?"

아직도 세례식의 감동이 채 가시지 않은 뚱뚱한 창부는 세례식에 온 사람들의 얼굴이며 그들의 태도와 교회의 생김새까지 자세히 이야기하고 이렇게 덧붙였다.

"가끔 기도를 한다는 것은 정말 기분이 좋군요."

그러나 부인들은 점심때까지 이 창부의 신뢰와 순종을 증대시키기 위해 그저 이 여자에게 친절하게 행동하는 것으로 그쳤다.

점심 식탁에 앉자마자 곧 그들의 행동은 개시되었다. 처음에는 희생에 관한 막연한 대화였다. 옛날에 있었던 많은 희생의 전례들을 인용했다. 쥬디스와 오로페르느 그리고 아무런 연관도 없는 류크레스와 섹스튜스의 이름이 튀어나오고, 그리고 적장들을 모조리 자신의 침소로 끌어들여 노예처럼 무릎을 꿇게 한 클레오파트라의 이름이 나왔다. 그리고 이처럼 무지한 귀족이나 백만장자들의 상상 속에 우러나온 황당무계한 이야기가 전개되었다. 로마의 여성들이 카르로 가서 한니발을 그녀들의 품속에 잠들게 했으며 한니발뿐만 아니라 부하 장수들과 용병들까지 잠들게 했다는 것이었다. 승리에 도취된 적을 막아내고 자신의 육체를 전장으로 하여 지배의 수단으로 삼고 무기로 삼았던 부인들, 영웅적인 애무로 흉악하고 가증스러운 남자들을 정복하여 복수와 헌신을 위해 정조를 희생시킨 여성들이 모두 인용되었다.

애매하지만 영국의 어느 명문가 부인에 대한 말도 나왔다. 일부러 무서운 전염병에 걸려 이것을 나폴레옹에게 옮겨 주려 했으나 운명의 밀회 순간에 나폴레옹이 갑자기 불능에 빠져 기적적으로 죽음을 모면한 이야기였다.

이것들을 예의와 절도에 벗어나지 않는 조심스러운 태도로 이야기 했으나 경계심을 자극하기 위해 이따금 의식적으로 열변을 토했다.

이 세상에서 여자가 해야 할 유일한 역할은 끊임없이 자기 몸을 희생하는 일이며 거친 병사들의 일시적인 욕정에 언제라도 몸을 내맡기는 일뿐이고 결국에는 그렇게 할 수밖에 없다는 듯한 말투였다.

두 수녀는 깊은 생각에 잠겨 아무것도 듣고 있는 것 같지 않았다. 불 드 쉬이프는 한마디도 말을 하지 않았다.

그날 오후 내내 사람들은 불 드 쉬이프의 생각할 시간을 주기 위해 내버려두었다. 그러나 지금까지 불러왔던 것처럼 '마담'이라고 부르지 않고 '마드므와젤'이라고 불렀다. 왜 그랬는지는 아무도 모른다. 다만 이 여자가 억지로 기어오른 존경의 위치를 한 단계 끌어내려 그녀의 수치스러운 신분을 일깨워주고자 하는 의도 같았다.

수프가 나왔을 때 포랑비 씨가 와서 전날에 하던 말을 되풀이했다.

"엘리자베스 루세 씨의 생각이 달라지지 않았는지 프러시아 장교가 물어보라고 합니다."

불 드 쉬이프는 "싫어요."라고 무뚝뚝하게 대답했다.

그러나 저녁 식사 때에는 공동 작전이 약화되었다. 르와조가 섣부른 말을 해버린 것이었다. 제각기 새로운 전략을 찾아내려고 지혜를 짜보았으나 통 찾아내지 못했다. 이때 문득 백작 부인이 깊이 생각해서 한 말이기는 하겠지만, 종교에 대해 경의를 바치고 싶다는 막연한 기분에 성자들의 위대한 행적에 대해 나이 많은 수녀에게 물었다. 많은 성자들은 우리들의 눈으로 볼 때 죄악과 같은 행위를 범하고 있다. 그러나 교회는 신의 영광을 위해, 혹은 이웃의 행복을 위한 악행은 아무런 문제 없이 용서하고 있다는 유력한 논거였으므로 백작 부인은 이것을 이용했다.

묵계를 알고 있었는지, 아니면 법의를 입은 자의 베일을 덮은 아첨에서였던지, 아니면 단순하고 행복한 무지나 구원을 바라는 어리석은 결과인지 아무튼 나이 먹은 수녀는 이 사람들의 음모에 강력한 뒷받침이 되어 주었다.

무뚝뚝한 줄만 알았더니 사실은 대담하고 수다스럽고 억센 기질이라는 것을 알았다. 모든 일을 일일이 양심에 비추어 종교의 가르침대로 결정하므로 괴로워하는 일이 없으며 그녀의 믿음은 철석같이 굳었고 그 신앙은 주저할 줄 몰랐으며 양심은 조그만큼의 불안도 몰랐다. 아브라함의 희생을 당연한 일이라고 생각하고 있었다. 자신이라면 지극히 높은 곳의 명령만 있다면 아버지건 어머니건 즉석에서 죽일 수도 있다는 것이다. 그녀의 의견에 의하면 뜻하는 바만 훌륭하면 주님이 기뻐하지 않는 일은 하나도 없다는 것이었다.

백작 부인은 뜻밖의 공범자의 성스러운 권위를 능숙하게 이용하여 '목적은 수단을 정당화한다'라는 도덕률의 해설적 설교를 한 차례 하게 했다.

백작 부인은 이렇게 묻는 것이었다.

"그렇다면 수녀님의 생각으로는 천주님은 모든 수단을 받아 주신다, 동기만 진실하다면 어떤 일이고 용납해 주신다는 것인가요?"

"누가 그것을 의심할 수 있을까요, 부인? 그 자체는 비난받을 행위일지라도 그것을 행하게 한 이유에 따라서는 칭찬할 만한 것으로도 된답니다."

그녀들은 이렇게 신의 뜻을 통찰하고 신의 심판을 예측하며, 사실인즉 신과는 아무런 관계도 없는 일에 대해 신을 결부시켜 이야기를 계속해나갔다.

토론은 가능한 노골적인 것을 피하고 교묘하고 신중히 행해졌다. 그러나 두건을 쓴 성스러운 수녀의 말 한마디 한마디가 창부의 분연한 저항에 탄환이 되어 돌아왔다.

그러다 이야기는 약간 방향을 바꿔 묵주를 늘어뜨린 이 여인은 그녀가 속해 있는 종파의 수도원이나 수도원장에 대한 일, 그녀 자신과 옆자리에 앉아 있는 사랑스러운 수녀 쌩 니세포르에 대한 이야기를 했다.

이 두 수녀는 천연두에 걸려 입원해 있는 수백 명의 병사를 간호하기 위해 르아브르로 불려 간다는 것이었다. 그녀는 이 불쌍한 병사들의 병상을 자세히 설명했다. 프러시아 장교의 변덕으로 이렇게 붙들려 있는 동안에 그녀들의 손으로 구해낼 수 있는 수많은 프랑스 병사가 죽어 가고 있을지도 모른다! 병사들을 간호하는 것이 이 수녀의 임무였다. 크리미아, 이탈리아, 오스트리아에도 종군했었다. 종군 이야기가 나오자 그녀는 자신이 그 용감한 종군 수녀의 한 사람임을 밝혔다. 전장을 달리기 위해 태어난 듯한 종군 수녀, 싸움의 혼란 속에서 부상병들을 거두고 규율 없는 떼거리 군인들을 그들의 대장보다도 더 능숙하게 말 한마디로 다룬다. 그러한 참된 싸움터의 수녀의 수없는 구멍이 패여 만신창이가 된 얼굴은 전쟁이 가져온 황폐함을 상징하고 있었다.

이 수녀의 말이 끝나자 좌중에서는 아무도 입을 여는 사람이 없었다. 그만큼 훌륭한 설교에 감명을 받았던 것이다.

저녁 식사가 끝나자 사람들은 서둘러 각자의 방으로 올라갔다. 다음날은 모두 상당히 늦게야 내려왔다.

점심 식사는 퍽 조용했다. 그 전날 뿌린 씨가 싹이 터서 열매를 맺을 시간을 주자는 것이었다.

오후가 되자 백작 부인이 산책을 하자고 했다. 그러자 미리 계획했던 대로 백작은 불 드 쉬프의 팔을 잡고 단둘만이 다른 사람들보다 약간 뒤처져서 걸었다.

백작은 허물없는 아버지 같은, 그러나 약간 상대를 낮추어 보며 성실한 신사가 창부를 대하는 말투로 그녀를 "여봐요."라고 불렀다. 그는 사회적 지위와 함께 두말할 나위 없이 명예스러운 위치에서 상대를 다루며 곧 문제의 핵심으로 들어가 이렇게 말하였다.

"그럼 뭔가요, 당신은 지금까지의 생애에서 몇 번이고 있었을 텐데, 남자를 기쁘게 해주는 것에 동의하는 것은 싫고, 그보다도 우리를 여기다 붙잡아 두는 편이 좋다는 말인가요? 당신이나 우리나 프러시아군이 지기라도 한다면 거기에 잇달아 폭행이 일어날지도 모르고, 모든 책임을 뒤집어써야 할 텐데."

불 드 쉬이프는 아무 대답도 하지 않았다.

백작은 감언이설로 꼬이고 도리에 호소하고 감정에 호소했다. 필요에 따라서는 은근히 비위를 맞추기도 하고 인사치레도 하며 요컨대 친절하게 행동하고는 있었지만 끝까지 '백작나리'로 남는 술수는 알고 있었다. 그녀가 그들에게 해줄 수 있는 희생의 의미를 강조하고 그들이 감사하게 여길 것이라고 말해 주었다. 그런 다음 갑자기 명랑하고 친숙한 척,

"그런데 말이오. 그 장교 녀석은 자기 나라에서는 좀처럼 볼 수 없는 예쁜 여자를 맛봤다고 자랑할 것 아니오. 응, 어때?"

불 드 쉬이프는 아무런 말도 없이 그들을 따라갔다.

여관에 돌아가자 여자는 곧장 그녀의 방으로 올라가서 두 번 다시 나타나지 않았다. 다른 사람들의 불안은 절정에 이르렀다. 그녀는 어떻게 할 셈일까? 만약 계속 거절한다면 어떤 난처한 일이 생길지도 모른다!

저녁 시간을 알리는 종이 울렸다. 사람들이 모여 앉아 초조하게 여자를 기다리는데 포랑비 씨가 들어왔다. 루세 양은 몸이 불편하니 먼저 식사를 시작해 달라는 것이었다. 그들은 귀를 쫑긋했다. 백작은 주인 곁으로 다가가서 작은 소리로 물었다.

"말을 들었소?"

"예."

예의상 백작은 일행들에게 아무 말 없이 그저 고개를 끄덕여 신호를 했을 뿐이었다. 곧 안도의 한숨이 그들의 가슴에서 토해지고 기쁜 안색이 나타났다. 르와조가 외쳤다.

"만만세! 이 여관에 샴페인이 있다면 한턱낼 텐데!"

주인이 즉시 네 개의 샴페인 병을 두 손에 안고 들어오자 르와조 부인은 질색했다. 사람들은 별안간 수다스러워지고 떠들썩해졌다. 음란한 기쁨이 사람들의 가슴을 채우고 있었다. 백작은 카레 라마동 부인의 아름다움이

눈에 뜨이고 공장 주인은 줄곧 백작 부인의 비위를 맞추었다. 대화는 활기를 띠고 유쾌했으며 기지에 넘쳐 있었다.

그런데 르와조가 갑자기 걱정스러운 얼굴이 되더니 두 팔을 들면서 "조용히!" 하고 외쳤다. 모두들 입을 꽉 다물었다. 깜짝 놀라 금세 겁에 질리면서. 그러자 르와조는 두 손으로 "쉿!"하고 사람들을 말리는 시늉을 한 다음 귀를 기울이고 천정을 쳐다보았다. 한 번 더 귀를 기울이더니 평소의 목소리로 돌아와서 말했다.

"걱정할 것 없습니다. 만사 순조롭습니다."

사람들이 처음에는 그 뜻을 이해하지 못하다가 이윽고 은밀한 미소의 그림자가 스쳐 갔다.

십오 분쯤 지나자 그는 또다시 아까와 같은 익살을 부렸다. 초저녁 동안 몇 번이고 그 짓을 되풀이했다. 이층에 있는 누군가를 부르는 듯한 시늉을 하기도 하고 장사꾼을 방불케 하는 충고하는 시늉을 해 보이는 것이었다. 슬픈 듯한 태도로, "허 참, 불쌍하게시리!" 하고 한숨을 쉬는가 하면 이번에는 격분한 듯이, "제기랄, 프러시아 놈의 불한당 같으니!"라고 중얼거린다. 그리고 잊을 만하면 목소리를 떨면서 몇 번이고, "이제 그만 둬! 그만 해!"라고 했다. 그리고 혼잣말처럼,

"한 번 더 그 여자의 얼굴을 볼 수 있으면 좋겠는데. 망할 녀석, 제발 부탁이니 죽이지나 말아다오!"
라고 덧붙였다.

상스러운 농담이었지만 다 함께 듣고 좋아했으며 아무도 불쾌해하지는 않았다. 그들의 주위에 서서히 퍼지는 분위기는 음란한 상상으로 넘쳤다. 식사 후에는 부인들까지도 조심스레 재치 있는 풍자를 하게 되었다. 그들의 눈은 빛나고 있었다. 술도 많이 마신 뒤였다. 떠들어댔다고는 하나 백작은 역시 위엄 있고 당당한 태도를 잃지 않으며, 북극 지방에서 마침내 남쪽으로 향하는 항로가 열리는 것을 본 난파선 승무원들의 기쁨에 비길 만하다고 퍽 재미나는 비유를 했다.

르와조는 신바람이 나서 샴페인 잔을 한 손에 들고 일어나,

"우리들의 해방을 축하하며, 건배!"
하며 외쳤다. 그들 모두가 일어나서 그에게 갈채를 보냈다. 두 수녀들까지

다른 부인들이 권하는 대로 한 번도 맛본 일이 없는 거품이 이는 샴페인에 입술을 댔다. 레몬 소다수와 비슷하긴 하지만 그보다 훨씬 더 맛이 좋다고 했다.

르와조가 그 자리의 분위기를 살피면서 말했다.

"피아노가 없다니 유감스럽군. 커드릴 무도곡 한 곡쯤은 치고 싶은데."

코르뉘데는 그때까지도 말 한마디 하지 않았다. 손가락 하나 꼼짝하지 않았다. 그뿐이 아니라 무척 진지한 생각에 잠겨 있는 것처럼 보였다. 그리고 이따금 화난 듯한 손짓으로 긴 수염을 더욱 길게 늘어뜨리려는 듯이 훑었다. 마침내 밤이 되어 사람들이 잠자리에 들어가려고 하는데 르와조가 비틀거리면서 다짜고짜 코르뉘데의 아랫배를 치며 꼬부라진 혀로 이렇게 말했다.

"오늘 저녁에는 재미가 없으신 모양이군요. 어떻게 된 일입니까, 동지여. 아무 말도 없으시니 어찌 된 일인가요?"

코르뉘데는 갑자기 얼굴을 번쩍 들더니 순간 빛나는 무서운 눈초리로 좌중을 노려보았다.

"여러분, 이 말은 꼭 해 두어야겠는데, 여러분은 치욕적인 행위를 했단 말이오!"

그는 일어나서 문 쪽으로 가더니 다시 한번,

"치욕적인 짓을 말이오!"

라고 되풀이하고는 나가 버렸다.

좌중은 처음에는 냉수를 끼얹힌 심정이었다. 르와조도 어리둥절하여 멍하니 서 있다 곧 정신을 차리자 갑자기 요절할 지경으로 웃어 젖히면서 되풀이했다.

"손에 닿지 않는 포도는 시지. 그렇지, 손에 닿지 않은 포도는 시단 말이야!(여우가 따먹을 수 없는 포도를 덜 익어 못 먹겠다고 투덜대는 이솝 우화)"

사람들이 무슨 뜻인지 궁금해했기 때문에 그는 그날 밤에 있었던 복도의 비밀을 말해 주었다. 그러자 사람들은 한바탕 신이 나서 떠들었다. 부인들은 미친 듯이 재잘거렸다. 백작과 카레 라마동 씨는 너무 웃어서 눈물을 다 흘렸다. 도저히 믿을 수 없다는 것이었다.

"뭐라고요! 정말입니까? 그 선생이⋯⋯."

"내 눈으로 봤다니까요."

"그래, 여자가 거절했다고요⋯⋯."

"프러시아 장교가 옆에 있다면서 말이죠."

"설마?"

"정말이오, 맹세코."

백작은 숨도 쉴 수가 없었다. 공장 주인은 두 손으로 옆구리를 누르며 웃어댔다. 르와조는 여전히 말을 이었다.

"그러니, 아시겠지요? 오늘 밤은 기분이 좋지 않은 거죠. 정말 기분이 좋을 턱이 없지."

세 사람은 또 웃어 젖혔다. 기침이 날 지경으로 웃어대 숨이 막혀 콜록거렸다.

그러고 나서 모두 침실로 물러갔다.

천성이 쐐기풀 같은 르와조 부인은 남편과 잠자리에 들어가면서 새침데기 카레 라마동 부인이 저녁내 겉으로 웃고는 있었지만 억지로 웃는 웃음이었다고 주장했다.

"그 여자는 말이에요. 군복만 입고 있으면 프랑스 군인이건 프러시아 군인이건 상관없다는 말이에요. 한심하지 않아요, 네?"

밤새도록 복도의 어둠 속에서 무슨 진통 같은 소리가 났다. 숨소리 같기도 하고, 맨발로 살금살금 걷는 소리 같기도 하고, 어렴풋이 삐걱대는 소리 같기도 한 분간하기 어려운 소리가 들려왔다. 확실히 사람들은 늦게야 잠이 들었다. 가느다란 불빛이 밤이 깊도록 문 사이로 새어 나오므로⋯⋯. 게다가 샴페인은 잠을 방해한다고 한다.

이튿날은 겨울의 밝은 태양이 흰 눈을 눈부시게 비추고 있었다. 드디어 말이 매어진 마차가 문 앞에서 대기하고 있었다. 한 무리의 흰 비둘기들이 두터운 날개에 싸여 가슴을 불룩하게 하고 한가운데 까만 점이 있는 장밋빛 눈을 반짝이며 여섯 필의 말 다리 사이로 이리저리 의젓하게 돌아다니면서 김나는 말똥을 파헤치며 먹이를 찾는 중이었다.

마부는 양털 옷을 입고 마부석에 앉아 담뱃대를 빨고 있었다. 손님들은 상쾌한 얼굴로 남은 여행을 위한 음식물을 부랴부랴 챙겨 넣고 있었다.

이젠 불 드 쉬이프를 기다릴 뿐이었다. 그녀가 나타났다. 약간 마음이 어지러워 부끄러워하는 것처럼 보였다. 조심스럽게 그들 쪽으로 걸어왔으나 그들은 일제히 얼굴을 돌려 버렸다. 마치 그녀를 보지 못한 것처럼. 백작은 위엄 있게 아내의 팔을 당겨 불결한 것과의 접촉을 피하게 했다.

뚱뚱한 창부는 어이가 없어서 걸음을 멈추었다. 그러나 있는 용기를 다하여 공장 주인의 아내에게 다가서며 얌전하게 속삭이듯이 말했다.

"안녕하세요, 부인."

상대방은 머리만을 약간 숙여 거만한 답례의 표시를 보였을 뿐 상처받은 정절에 대한 노여움의 시선을 던졌다. 다른 사람들도 바쁜 척하며 이 창부에게서 멀리 떨어지려고 했다. 마치 이 여자가 스커트 속에 병균이라도 묻혀 오기나 한 것처럼……. 이윽고 그들은 말없이 마차에 앉았다.

아무도 그녀를 못 본 체했으며 생전 만나본 적도 없는 얼굴을 했다. 르와조 부인은 멀찌감치 떨어져 얄미운 듯이 여자를 보면서 남편에게 작은 소리로 말했다.

"저년 곁이 아니어서 다행이에요."

육중한 마차가 움직이기 시작하여 여행은 다시 시작되었다.

처음에는 아무도 말을 하지 않았다. 불 드 쉬이프도 내리깐 눈을 들려고 하지 않았다. 그와 동시에 이 여자는 자리를 같이 하고 있는 이 인간들에 대한 노여움과, 이들이 선(善)을 가장하고 자기를 궁지로 몰아넣은 것과, 프러시아 놈의 애무에 몸을 더럽히고 자신의 뜻을 굽히고 말았던 것에 굴욕을 느끼고 있었다.

잠시 후에 백작 부인이 카레 라마동 부인 쪽으로 돌아앉아 이 어색한 침묵을 깨뜨렸다.

"부인은 데트렐 부인을 아시지요?"

"네, 친구예요."

"정말 좋은 분이지요!"

"아주 멋있는 분이에요! 정말 훌륭한 성품에다 교양이 있고 완벽한 예술가라 황홀할 만큼 노래도 잘 부르고 전문가 뺨칠 만큼 그림도 잘 그린답니다."

공장 주인은 백작을 상대로 이야기했다. 마차 유리창이 덜커덩거리는 가운데 이따금 이런 말이 튀어나왔다. "배당─기한─기한부."

잘 닦지도 않은 식당 테이블에서 오 년이나 굴러다녀 기름때가 덕지덕지 묻은 여관집 트럼프를 훔쳐 온 르와조는 아내와 베지그 놀이를 하기 시작했다.

수녀들은 허리띠에 늘이고 있던 묵주를 집어 들고 둘이 함께 십자를 그었다. 별안간 입술이 맹렬하게 움직이기 시작하더니 그것이 차츰 빨라져서 마치 기도드리는 경쟁이나 하듯이 뜻도 모를 중얼거리는 소리가 급속도로 빨라졌다. 이따금 두 사람은 십자가에 입을 맞추고는 새로이 십자를 긋고 빠르고 연속적인 중얼거림을 다시 시작했다.

코르뉘데는 꼼짝도 하지 않고 깊은 생각에 잠겨 있었다.

세 시간쯤 마차가 달리고 나자 르와조가 트럼프를 긁어모으며 말했다.

"배가 고프군."

그러자 그의 아내가 끈으로 묶은 꾸러미를 풀어 송아지 냉육 한 점을 꺼냈다. 솜씨 좋게 얄팍하게 잘라서 둘이 함께 먹기 시작했다.

"우리도 먹을까요?"

백작 부인이 말했다. 백작이 동의하자 두 부부를 위해 준비한 식료품 꾸러미를 풀었다. 토끼고기 파이가 안에 들어있다는 표시로, 사기로 만든 토끼 모양 뚜껑이 있는 길쭉한 항아리 속에 가공된 고기가 담겨 있었다. 갈색 고기 사이로 돼지비계의 하얀 빛깔이 섞여 있었고 잘게 저민 다른 고기도 있었다. 먹음직한 그뤼이예르 치즈의 네모진 토막이 신문지에 싸여 있었는데 번지르르한 그 표면에 '잡보'라는 글씨가 찍혀 있었다.

두 수녀는 부추 냄새를 풍기는 동그란 소시지를 펴놓았다.

코르뉘데는 헐렁한 외투 호주머니에 두 손을 찔러 넣더니 한쪽에서는 삶은 달걀을 네 개, 다른 한쪽에서는 빵을 꺼냈다. 달걀 껍질을 까서 발밑 짚 속에다 던져 넣고는 움쑥움쑥 먹기 시작했다. 밝은 빛깔의 노른자 부스러기를 수염 위에 흘려 마치 별들처럼 보였다.

불 드 쉬이프는 허둥지둥 일어나 왔기 때문에 아무런 준비도 하지 못했다. 그녀는 분노에 숨이 막히고 화가 치밀어서 태연하게 먹고 있는 이들을 노려보았다. 처음에는 미칠 듯한 노여움이 온몸을 경련시켰다. 입술까지 밀려 나온 욕설을 퍼붓고 그들이 한 행위를 비난하려고 입을 열었다. 그러나 말을 할 수가 없었다. 하도 분해서 목이 막혔던 것이다.

아무도 그녀 쪽을 보려고도 않고 생각해 주려고도 않는다. 그녀는 점잔을 빼는 뻔뻔스러운 무리의 경멸 어린 시선 속에 싸여있다는 것을 알았다. 처음에는 그녀를 희생으로 제공하고, 그리고 나서 더러운 쓸데없는 물건처럼 내던져버린 놈들. 그녀는 이들이 굶주린 떼거리처럼 처먹어 버린 맛있는 음식들이 그득히 담겨 있던 자신의 커다란 바구니를 생각했다. 젤리를 친 반지르르한 두 마리의 닭, 파이, 배, 네 병의 보르도주가 생각났다.

팽팽한 실이 끊어지듯이 노여움이 스러지자 그녀는 곧 울음이 터질 것만 같았다. 그녀는 애를 써서 몸을 꼿꼿이 하여 필사적으로 울음을 삼켰다. 그러나 눈물이 솟아 나와 눈시울에서 멎더니 곧 커다란 눈물 두 방울이 조용히 볼을 타고 흘러내렸다. 잇달아 바위 사이에서 새어 나오는 물방울처럼 눈물이 흘러내려 부푼 가슴 위에 규칙적으로 떨어졌다. 그녀는 눈을 크게 뜨고 창백한 얼굴로 남이 보지 않기를 바라면서 똑바로 앉아 있었다.

백작 부인이 그것을 알아차리고 눈짓으로 남편에게 알렸다.

백작은 어깨를 으쓱해 보였다.

'할 수 없지, 내 잘못이 아니야.'

라고 하는 것처럼.

르와조 부인은 승리에 찬 무언의 미소를 띠고,

"창피해서 우는 거야."

라고 중얼거렸다.

두 수녀는 남은 소시지를 종이에 싸고 다시 기도하기 시작했다.

삶은 달걀을 다 먹고 난 코르뉘데가 맞은편 의자에까지 그 긴 다리를 뻗치고 몸을 뒤로 젖힌 후 팔짱을 꼈다. 그리고 무슨 재미있는 희극이라도 생각난 듯이 빙그레 웃고는 라마르세예즈(프랑스의 국가)를 휘파람으로 불기 시작했다.

일행들은 얼굴이 흐려졌다. 이 민중의 노래가 그들의 양심에 걸렸던 것이다. 그들은 신경질적이 되고 짜증이 나서 풍금 소리를 들은 개처럼 금방이라도 짖어댈 것만 같았다. 그것을 눈치채자 코르뉘데는 더욱 계속하였다. 때로는 휘파람이 아니라 가사까지 흥얼거렸다.

성스러운 조국의 사랑이여,
이끌어 떠받자 우리의 팔을,
자유, 그리운 자유여!
그대 전사들과 함께 싸우라.

눈이 다져졌기 때문에 마차는 빨리 달렸다.

디에프에 닿을 때까지의 길고 음산한 여행 내내 울퉁불퉁한 길에 흔들리면서, 날이 저물어 가는 석양 속에서, 이윽고 마차 안의 짙은 어둠 속에서 코르뉘데는 잔인한 집념을 발휘해 그 단조로운 복수의 휘파람을 계속해서 불었다. 사람들의 마음속은 진저리가 나고 양심에 꺼려지면서도 처음부터 끝까지 노래를 듣게 되어, 한 음절마다 저절로 떠오르는 노래 가사를 마음 깊이 되새기게 되었다.

불 드 쉬이프는 여전히 울고 있었다.

이따금 억누를 수 없는 거센 흐느낌이 어둠 속에서 노래와 노래 사이로 새어 나오는 것이었다.

테리에 집

- 기 드 모파상 -

작품 정리

부둣가에 있는 술집 테리에 집의 다섯 명의 여종업원들이 마담 조카딸의 첫영성체에 참여하기 위해 가게 문을 닫고 동생이 사는 시골에 다녀오는 이야기다. 기차 안에서 농부의 오리에게 술집의 여종업원들이 직업적인 욕구로 키스를 하는 행동이나, 교회의 의식에 참석한 로자가 어렸을 적 순수했던 자신을 회상하며 우는 모습이나, 신부가 진심으로 귀부인들의 첫영성체 예식에 사의를 표하는 것을 날카롭고 풍자적으로 표현하였다.

사회적으로 지탄받을 매춘부라는 직업을 가진 여성들이 첫영성체 예식에서 그처럼 순수하고 구원받을 영혼으로 대비시키고 마지막에 그런 영혼과 정반대로 술과 웃음을 팔며 매춘부라는 직업에 충실한 모습을 그리고 있다. 다른 작품도 그렇지만 특히 이 작품은 모파상 특유의 간결하면서도 섬세하게 묘사한 작중 인물의 특징이 잘 나타나 있다.

작품 줄거리

한적한 부둣가 뒷골목에 테리에 집이라는 술집이 있다. 이 집에는 마음씨 좋은 마담과 다섯 명의 여종업원이 1층과 2층으로 나뉘어 술과 웃음을 팔고 있다. 매일 밤 열한 시경쯤이면 단골손님인 읍내의 청년들과 명사들이 모여든다. 어느 날 마담의 조카가 첫영성체를 받기로 되어 있어 대모로서 참석을 해야 했다. 여종업원들만 남기고 가면 서로 반목할 것 같아 다섯 명의 종업원들을 다 데리고 가면서 집 한쪽 벽에다 첫영성체 참여로 임시 휴업이라는 메모를 붙이고 떠난다. 매일 밤 또는 토요일 밤이면 이 집을 찾아와 마음껏 마시고 즐기던 사람들은 어리둥절하여 시가지를 배회한다.

첫영성체에 참석한 성당 안의 사람들은 이들의 화려한 차림새만 보고 귀한 신분으로 짐작한다. 미사가 진행되는 중에 로자라는 종업원이 자기의 첫영성체의 기억을 회상하며 눈물을 흘리자 다른 사람들도 함께 울어 성당 안은 눈물바다가 된다. 이를 본 늙은 신부님은 신의 은총과 성령이 넘친 예식이 되었다고 감격하며 그녀들에게 감사해 한다. 첫영성체 의식을 끝내고 이들이 돌아와 다시 영업을 시작하자 기다렸던 단골손님들이 들이닥치고 여종업원들은 더욱 활기차게 술과 웃음을 팔며 밤새 파티를 연다.

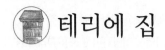# 테리에 집

1

매일 밤 열한 시경이 되면, 사람들은 카페에라도 가는 것처럼 슬쩍 그곳에 간다.

거기서 만나는 사람들은 여섯 사람이나 여덟 사람, 언제나 같은 얼굴들이다. 그것도 무슨 도락가 따위가 아니라 읍내의 명사나 또는 청년들이었다. 그들은 샤르트르주를 마시면서 여인들을 희롱하거나 그들이 늘 얼굴을 대하는 마담과 꽤 진지한 이야기를 나누기도 한다.

그런 다음에 집에 가기 위해 밤 열두 시 전에는 자리에서 일어선다. 젊은 패들은 그 뒤로도 자리를 지키고 있었다.

그곳은 황색 페인트칠을 하여 보잘것없고 깔끔하지 못한 집으로 생 테티에느 사원 뒤 거리 모퉁이에 자리 잡고 있었다. 창밖으로는 한창 짐을 내리고 있는 배들이 가득한 선창이 보였다. '저수지'라 불리는 큰 염전도 보이고, 건너편에는 성모 마리아 언덕과 잿빛을 띤 낡은 교회도 보였다.

마담이란 여인은 루르 현의 꽤 이름 있는 농가 출신이지만, 마치 부인용 모자 기술자나 디자이너라도 되는 것처럼 지금의 장사를 매우 수월하게 인수받았다. 매춘부라는 것을 천하고 수치스럽게 생각하는 도회지에서의 끈질긴 편견도 이 노르망디의 시골구석에서는 존재하지 않는다. 농부들은 "아주 좋은 장사지." 하고 말한다. 농부들은 자신의 아들을 도회지로 내보내어 색싯집을 경영시킨다. 마치 여학교 기숙사의 감독이라도 시키는 듯한 마음으로 말이다.

이 집은 전의 주인이었던 숙부로부터 유산으로 받은 것이었다. 무슈와 마담은 지금까지 브로토 근처에서 하숙집을 경영하고 있었는데 페캉에 있는 이 장사가 유리해 보이자 재빨리 하숙집을 청산하고 경영자가 없어 기울어지려는 사업을 일으켜 보려고 달려왔던 것이다.

부부가 모두 좋은 사람들이었으므로 고용인이나 주변 사람들로부터 곧 호감을 사게 되었다.

그러나 그로부터 이 년 후에 무슈는 뇌출혈로 쓰러져 그대로 숨을 거두고 말았다. 새로운 사업이 그에게 운동 부족과 게으른 습관을 길러 주어 어느새 지나치게 뚱뚱해졌기 때문이었다.

마담은 과부가 되었지만 가게에 놀러 오는 손님 누구와도 친하게 지내도 절대 아무나와 놀아나지 않는다는 소문이 있었다. 한집에서 침식을 같이 하는 여자들까지도 무엇 하나 이상한 낌새를 느낄 수 없었다.

마담은 좋은 몸집에 살이 적당하게 찐, 매우 애교가 많고 사교성이 있는 여인이었다. 언제나 집 안에 틀어박혀 햇볕을 거의 쬐지 않았으므로 안색이 창백하긴 하지만 니스라도 칠한 듯이 피부가 매끈하게 빛나고 있었다. 가발을 사용하여 곱슬곱슬한 엷은 머리칼이 뺨으로 흘러내린 모습은 그녀의 성숙한 자태와는 어울리지 않게 마치 숫처녀 같은 인상을 주고 있었다. 언제나 변함없이 명랑하고 보기에도 싹싹한 모습에다 농담을 좋아하면서도 어딘지 모르게 새로운 장사에도 흔들리지 않는 그녀만의 조심스러운 품성이 있었다.

손님들의 거친 언동이 지금도 그녀의 마음을 약간 상하게 하지 않을 수는 없었다. 가끔 못되게 자란 젊은 패들이 자신이 운영하고 있는 집을 노골적인 이름으로 부르거나 하면 벌떡 일어나 화를 내는 그녀였다. 요컨대 그녀는 고상한 영혼의 소유자였던 것이다. 그래서 그녀가 부리고 있는 여인들을 친구처럼 대하고도 있지만 그녀가 입버릇처럼 말하는 것은, '저 애들과 똑같이 생각한다면 곤란한데요.' 였다.

하지만 주말에는 가끔 그녀가 데리고 있는 여인들과 마차를 전세 내어 소풍을 나가는 일도 있었다. 베르몽 계곡을 흐르고 있는 개울가의 잔디 위에서 즐거운 하루를 보내는 것이었다. 그것은 어린애들 같은 장난으로 조롱 속에 갇힌 새들의 환희였다. 잔디 위에 앉아 햄이나 소시지를 먹고 사과주를 마신다. 그리고 해가 저물면 집으로 돌아온다. 몸은 기분 좋을 정도로 지치고 마음은 부드러운 감동으로 넘친다. 그래서 마차 안에서는 서로 다투어 마담에게 키스하려고 한다. 그것은 그녀가 점잖고 친절하고 마음씨 고운 어머니 같은 느낌을 주기 때문이었다.

그녀의 집에는 두 개의 입구가 있는데 거리 모퉁이 쪽의 입구는 밤에 하층 계급 사람이나 뱃사람들을 상대로 술을 파는 카페였다. 그리고 이 집의 장사를 맡고 있는 여인들 중 두 사람이 카페의 손님들을 맡고 있었다.

그리고 프레더릭이라는 심부름꾼이 있었다. 황소처럼 고집이 세고 수염은 아직 자라지 않은 갈색 피부의 몸집이 작은 청년이었지만 그녀들은 손님 목에 양팔을 감고 그 청년의 무릎 위에 몸을 누인 채 연거푸 손님에게 술을 권하는 것이었다.

다른 세 여인은 -합해서 다섯 사람밖에는 없었다.- 일종의 귀족 계급을 맡고 있으며 원칙적으로는 이층 손님에게 전속되어 있었다. 하지만 아래층에서 필요할 때나 이층에 손님이 없을 때에는 꼭 그렇지만도 않았다.

그 고장의 소위 귀족들이 모이게 마련인 이 주피터 축제일 동안에는 이 집에도 푸른 벽지로 단장한 곳에 레다가 백조를 안고 잠들어 있는 그림을 걸었다. 이 방까지 오려면 둥근 계단을 올라오기만 하면 그만이었다. 즉, 이 계단은 큰길에서 보기에는 어설프고 보잘것없는 문으로 통해 있었다.

그리고 이 격자문 위에는 작은 등불이 밤새도록 켜져 있었다. 지금도 어떤 거리에 가보면 오목하게 들어간 벽면에 안치되어 있는 성모 마리아상 밑에 켜져 있는 바로 그런 등불인 것이다.

집은 낡고 습기에 차 있어서 어디에서나 곰팡이 냄새가 났다. 가끔 복도에서 오드 콜로뉴 향수 냄새가 나는 경우도 있었다. 그런가 하면 아래층의 반쯤 열린 문으로부터는 마치 벼락이라도 떨어져 집 안을 폭발시킬 듯한 사나이들의 천박하고 큰 목소리가 이층 손님들의 신경을 건드리지 않을 수 없었다.

마담은 이층 손님들과는 친구 사이처럼 지내는 터였으므로 자리를 뜨지 않고 그들이 알려 주는 거리의 소문을 즐겁게 듣고 있었다. 사실 그녀와의 진지한 대화는 세 여인의 철없는 수다와 비교할 때 청량제와 같은 것이었고, 또한 이들 올챙이배를 한 귀족 패들이 나누는 음담패설은 일종의 휴식과 같은 느낌을 주었다. 그것은 어차피 매일 밤 매음 상대에게 와서 리쾨르 한 잔만을 마시는 구두쇠면서 우쭐대는 패거리들이니까 말이다.

이층의 세 여인이란 페르낭드, 라파엘, 그리고 '왈가닥' 이라는 별명의 로자였다.

여인들의 숫자가 적었으므로 그녀들은 여자라는 타입의 본보기처럼 제각각 훈련되어 있었다. 그렇기 때문에 어떤 손님이건 자신이 이상형으로 삼고 있는 여인이나 적어도 이상형에 가까운 여인을 그곳에서 발견할 수 있게 끔 되어 있었다.

페르낭드는 '금발의 미녀'를 대표하고 있었다. 몸집이 매우 크고 약간 뚱뚱하고 피부의 탄력이 없는 시골 출신의 처녀로서 얼굴의 주근깨는 아무리 손을 써도 없어지지 않았다. 금발이 엷어서 빛깔이 없는 듯한 머리칼은 끝이 갈라져 볼품없이 헝클어져 삼베 실 같은 꼴이지만 그것이 제법 머리통을 덮고 있었다.

라파엘은 마르세이유 출신으로 이 항구 저 항구를 떠돌아다니던 여인으로서 '유대 미인'이라 불리며 없어서는 안 될 역할을 담당하고 있었다. 깡마른 여인으로 툭 불거진 광대뼈에는 연지를 바르고 쇠골 기름으로 윤을 낸 새까만 머리칼은 귀밑에서 갈고리 모양을 이루고 있었다. 눈은 틀림없이 아름다웠을 거라 생각하지만 안타깝게도 오른쪽 눈동자에 약간의 배태가 끼어 있었다. 활처럼 굽은 코는 모가 난 턱 위에 매부리코로 늘어졌다. 입을 열면 새로 만들어 넣은 두 개의 의치가 다른 거무튀튀한 이들과 너무나 뚜렷한 대조를 이루고 있었다.

'왈가닥' 로자는 둥글둥글하게 살이 쪄서 배만 보이는 몸에 난쟁이 다리가 붙어 있는 모습이었다. 아침부터 밤까지 쉰 목소리로 색정적이거나 감상적인 노래를 부른다. 그러다가는 정신없이 이야기를 지껄이기도 한다. 그녀가 지껄이는 것을 그치는 것은 음식을 먹기 위해서이며 음식 먹는 것을 그치는 것은 지껄이기 위해서인 것이다. 뚱뚱한 몸집에 다리는 짧으면서도 마치 다람쥐처럼 재빠르게 뛰어다닌다. 거기에다 쉴 새 없이 폭발하는 웃음소리는 마치 금속성의 폭음 같다. 이층에서나 지붕 밑 방에서나 카페 안에서나 때와 장소를 가리지 않고 우습지도 않은 일로 폭발한다.

아래층에 있는 두 여인은, '능구렁이'란 별명을 지닌 루이즈와 약간 발을 절어 '그네'라는 별명으로 불리는 플로라이다. 루이즈는 '자유의 여신' 처럼 언제나 삼색 띠를 두르고 있었다. 플로라는 스페인 여인처럼 머리에 동전으로 꾸민 장식을 달고 있는 것까지는 좋았지만 절룩거리며 걸을 때마다 빨간 머리에서 동전이 짤랑짤랑 소리를 내며 춤추는 꼴이 가관이었다. 아무리 보아도 두 여인은 축제일에 모처럼 모양을 낸 부엌데기처럼 어딜 가나 흔히 볼 수 있는 촌스러운 여인이다. 그 이상으로 밉지도 않아 어디로 보나 객주 집 하녀이다. 그래서 부둣가에서는 그녀들을 '두 대의 펌프'라고 부른다나.

여하튼 서로 질투는 하고 있지만 결코 폭발한 적이 없는 평화가 이 다섯 명의 여인 사이에 깔려 있었다. 그도 그럴 것이 마담의 현명한 회유책과 언제나 변함없는 명랑함 덕분인 것이다.

이런 종류의 집은 보통 작은 마을에 단 한 채밖에 없으므로 언제나 꽤 흥청대고 있었다. 마담은 이 집에 어울리도록 치장하는 데에도 신경을 쓰고 있었고 또한 그녀는 그녀대로 누구에게나 호감이 가게 친절히 대했다. 그녀가 인심이 후하다는 것은 유명한 일이어서 사람들은 존경심을 가지고 그녀를 대했다. 단골손님들은 그녀를 위해서 돈을 쓰는 듯했고 손님이 그녀에게 특별한 우정이라도 나타낼 수 있게 되면 아주 우쭐해지고 좋아하는 터였다. 그러므로 그들이 사업상 만나야 할 일이라도 생기면 으레 이렇게 말하는 것이었다.

"그럼, 오늘 저녁 거기서."

요컨대 테리에 집은 이 고장의 휴게실 같은 곳이었으며 매일의 회합에 어느 한 사람도 빠지는 일은 거의 없었다.

그런데 오월도 다 가는 어느 날 저녁, 옛 읍장이며 목재상을 경영하는 푸우랑 씨가 그날의 맨 처음 손님으로 찾아왔으나 테리에 집 문이 닫혀있는 것을 발견했다. 창문 앞에도 늘 켜져 있던 등불이 보이지 않았다. 게다가 부스럭거리는 소리 하나 나지 않았고 사람이 살지 않은 집처럼 고요하다. 그는 문을 두들겨보았다. 처음에는 똑똑, 다음에는 좀 더 힘을 주어 쾅쾅 두들겼다. 하지만 아무런 대답이 없었다. 그는 할 수 없이 어슬렁어슬렁 거리로 나와 시장까지 왔다가 역시 그곳에 가려는 무역 중개업자인 뒤베르 씨와 마주쳤다. 두 사람은 함께 되돌아가 보았지만 역시 마찬가지였다. 그런데 갑자기 와아! 하는 함성이 바로 옆에서 일어났다. 집을 한 바퀴 돌아가 보니 한패의 영국 뱃사람들이 주먹으로 카페 쪽의 닫혀 있는 덧문을 부서져라 두들기고 있는 것이었다.

두 신사는 남의 일에 말려들지 않으려고 재빨리 그곳을 빠져 도망치려는데,

　"여보시오! 여보시오!"

하는 부르는 소리에 발을 멈추었다.

　뒤돌아보니 건어물상을 경영하는 투르느보 씨가 두 사람의 모습을 보고 불렀던 것이다. 두 사람이 일의 자초지종을 말하자 건어물상 주인도 놀라 어쩔 줄을 몰라 했다. 그도 그럴 것이 그에게는 아내와 아이들이 있고 더구나 아내의 감시가 심해서 토요일밖에는 올 수가 없기 때문이었다. 경찰 친구인 볼드 박사로부터 그녀들이 정기 검진을 한다는 말을 들은 그는, 위생 경찰이 나타나는 토요일만은 안전한 날로 여기고 있었던 것이다. 그런데 바로 오늘 밤 허탕을 치면 앞으로 일주일을 더 기다리지 않으면 안 되는 것이었다.

　세 사나이는 기분 전환을 위해 방파제까지 천천히 가보기로 하였는데 가는 도중에 은행가의 아들이며 테리에 집의 단골손님인 필립 군과 세무관 팡페스 씨를 만났다. 그래서 그들은 유대인 거리를 거쳐 되돌아가 마지막 시도를 해보기로 했다. 그런데 돌아가서 보니 화난 뱃사람들이 테리에 집을 둘러싸고 돌을 던지고 소리를 지르고 있었다. 그래서 다섯 사람의 이층 손님들은 그곳을 벗어나 하릴없이 거리를 어슬렁거리기 시작했다.

　그러다가 그들은 보험 대리점을 경영하는 뒤퓌 씨와 재판소의 판사인 바아스 씨를 만났다. 그로 인해 긴 산책이 시작된 셈인데 맨 먼저 방파제로 나왔다. 그들은 방파제 둑 위에 나란히 앉아 거품을 뿜는 파도를 바라보았다. 파도가 부딪쳐 부서지는 바다의 단조로운 외침 소리는 방파제 둑을 따라 밤의 어둠 속을 끝없이 울려 퍼지게 한다.

　이들 산책자들이 한없이 깊은 생각에 잠겨있는 것을 보고 투르느보 씨가 말을 뱉었다.

　"아주 따분한데."

　"나도 그래."

하고 팡페스 씨도 응답했다.

　언덕 밑을 지나는 '숲 그림자' 라고 불리는 길을 따라 저수지의 나무다리를 건너고, 철로 옆을 지나 다시 광장에 나왔을 때였다. 갑자기 세무관인

팡페스 씨와 건어물상을 하는 투르느보 씨 사이에 심한 말다툼이 오가기 시작했다. 그것은 하찮은 식용 버섯에 관한 이야기를 하다 한 사람이 그 버섯인가 뭔가 하는 것을 이 근방에서 보았다고 큰소리쳤기 때문이었다.

아마 서로가 기분이 울적하여 신경이 날카로워져 있었으므로 다른 사람들이 말리지 않았더라면 어떤 일이 벌어졌을지 모를 일이었다. 팡페스 씨는 불같이 화를 내고 돌아가 버렸다. 그러자 이번에는 전 읍장인 푸우랑 씨와 보험 대리점을 하는 뒤퓌 씨 사이에 세무관의 봉급과 부수입에 관한 일로 입씨름이 시작되었다. 양쪽 모두가 한창 욕지거리를 하고 있는데 와아 하는 큰 함성이 일어나며 문 닫힌 테리에 집 앞에서 기다리다 지쳐 버린 뱃사람들의 패거리가 광장으로 쏟아져 나왔다. 그들은 두 사람씩 팔짱을 껴 긴 행렬을 이루고 소리를 지르며 걸어가는 것이었다.

신사들은 남의 집 대문 앞에 몸을 숨겼다. 소란스러운 무리들은 교회 쪽으로 사라져 버렸다. 그 뒤로도 오랫동안 폭풍이 물러가듯 소음은 조금씩 들려오다가 얼마 후에야 조용해졌다.

푸우랑 씨와 뒤퓌 씨는 으르렁대고 있었으므로 서로 인사도 하지 않은 채 각각 제 갈 곳으로 가버렸다.

나머지 네 사람은 다시 걷기 시작했지만 발걸음은 자연히 테리에 집 쪽으로 향했다. 건물은 아까와 마찬가지로 문이 닫힌 채 아무런 대답도 없었다. 조용하고 고집이 센 주정꾼만이 남아서 카페 문을 퉁퉁 두들기다가 단념하고는 이번에는 낮은 목소리로 심부름꾼인 프레더릭을 불렀다. 아무 대답이 없음을 확인하자 체념한 듯 돌계단 위에 주저앉아 어떻게 하나 두고 보자는 심산이었다.

신사들이 물러가려고 하는데 조금 전에 보았던 시끄러운 뱃사람들의 무리가 다시 나타났다. 프랑스 뱃사람들은 〈라마르세예즈〉를, 영국 뱃사람들은 〈루르 브리타니아〉를 고래고래 소리 지르며 불렀다. 한 무리가 문이 닫힌 집의 벽을 향해 돌진하자 이번에는 맹수와 같은 다른 무리들이 부두 쪽으로 밀어붙여 두 나라 뱃사람들 사이에 전쟁이 터졌던 것이다. 그 싸움으로 영국인 한 사람의 팔이 부러지고 프랑스인 한 사람은 코가 깨졌다.

그 와중에도 조금 전의 그 주정뱅이는 그대로 돌계단 위에 앉은 채, 이번에는 마음이 언짢아진 어린애나 술에 취한 사람들처럼 훌쩍훌쩍 울고 있었다.

마침내 신사들은 돌아갔다.

이 어지럽던 거리는 다시 조금씩 적막을 되찾았다. 이곳저곳에서 가끔씩 사람들 소리가 들렸지만 그 소리마저 곧 멀리 사라져버렸다.

그런데 단 한 사람, 그때까지도 어슬렁어슬렁 걸어 다니는 사나이가 있었다. 건어물상을 하는 투르느보 씨로서는 다음 토요일까지 기다리기가 안타깝기 때문이었다. 그래서 무슨 재미있는 일이라도 생기지나 않을까 하고 막연히 기다리고 있는 것이었다. 그러면서 그는 경찰을 원망하였다. 경찰은 이런 종류의 공익 건물을 단속하고 보호하면서 이렇게 제멋대로 폐쇄하다니 돼먹지 않은 일이라고 항의하고 싶어졌다.

그는 다시 한번 되돌아가 벽을 만져보거나 하면서 폐쇄한 까닭을 찾아보려고 했다. 그런데 차양 밑에 무엇인가가 써 붙어 있었다. 급히 성냥불을 그어 보니 서투른 큰 글씨로 이렇게 씌어져 있었다.

'첫영성체를 위해 쉬게 됨을 양해해 주십시오.'라고.

아까의 그 주정꾼은 이 무정한 문간에 다리를 길게 뻗고 자기 집 안방인 양 잠들어 있었다.

그다음 날에도 단골손님들은 서로 약속이나 한 듯이 무슨 구실을 만들건 차례로 이 집 앞을 지나갔다. 체면을 차리기 위해서인지 겨드랑이에 서류 뭉치 따위를 끼고 다녔다. 그리고 슬쩍 옆 눈으로 다음과 같은 묘한 종이쪽지를 읽는 것이었다.

'첫영성체를 위해 쉬게 됨을 양해해 주십시오.'

2

마담에게는 남동생이 하나 있었는데 고향인 루르 현의 비르빌에서 목수 노릇을 하고 있었다. 마담이 이 브로토에서 하숙집을 경영하고 있을 때, 남동생의 딸의 대모가 되어 콩스탕스 리베라고 이름을 지어준 일이 있었다. 리베란 그녀 생가의 이름이었다. 동생은 누님이 경기가 좋다는 것을 알고 있었으므로 그녀에게 꼬박꼬박 편지를 보냈지만 두 사람 다 장사에 매어 있는 몸이고 멀리 떨어져 살고 있었기 때문에 얼굴을 맞대는 일은 별로 없었다.

그런데 딸이 열두 살이 되어 올해에는 첫영성체가 행하여지므로, 그는 누님과 만날 수 있는 이번 기회를 놓치지 않고 편지를 보내 누님이 의식에 참석하리라는 것을 예정에 넣었다고 했던 것이다. 나이 많은 양친은 모두 세상을 떠났고 대모인 그녀의 조카딸에 관한 의식이었으므로 거절할 수가 없어 참석하겠다고 승낙했었다.

동생인 조제프의 속셈은 누님에게 친절을 베풀어 놓으면 자식이 없는 누님이 나중에는 동생의 딸, 즉 누님의 조카딸에게 유언장을 써서 유산을 받게 될는지도 모른다는 것이었다.

누님이 하는 장사가 그에게 마음의 부담을 주는 일은 절대로 없었다. 고향 사람들은 아무도 모르고 있었기 때문이다. 가끔 그녀의 소식을 듣는다 하더라도 '테리에 부인은 페캉에서 꽤 잘살고 있다.'는 것뿐이었다.

페캉에서 비르빌까지는 적어도 이백 리는 족히 된다. 시골 사람들에게 육지의 이백 리는 도회지 사람들에 있어서 큰 바다만큼이나 가기가 어려운 곳이다. 또한 약 오백 가구밖에 되지 않는 벌판 한가운데 파묻힌 듯이 다른 시의 시골 마을에 관한 것은 페캉 사람들이 마음 쓸 일도 없었던 것이다. 요컨대 사람들은 아무것도 모르는 것이다.

그런데 첫영성체가 가까워짐에 따라 마담에게는 한 가지 곤란한 일이 있었다. 마담을 대신해 줄 여인이 없었고 게다가 설사 단 하루라도 남에게 집을 맡길 수는 없었기 때문이다. 그녀가 집을 비우면 이층 여인들과 아래층 여인들의 보이지 않던 반목은 반드시 폭발할 것이고, 또 프레더릭은 모레까지 휴가를 주어 버렸다.

이러한 사정을 전해 들은 동생은 군소리 없이 승낙하고 여인들을 그의 집에 하룻밤 재워 주기로 했다. 그리하여 토요일 아침 오전 여덟 시발 급행 열차는 마담과 그 일행들을 이등 열차에 태우고 출발했던 것이다.

부우즈빌까지는 객차에 손님이 없었으므로 그녀들은 까치들처럼 계속 종알댔다.

그런데 부우즈빌 역에서 한 부부가 탔다. 사내 쪽은 나이 많은 농부로서 푸른 작업복을 입고 있었는데 작업복의 깃은 비비 꼬여 있고 헐렁헐렁한 소매는 희고 가느다란 수가 놓인 손목 근처에서 좁혀졌다. 머리에 얹혀 있는 구식의 실크 모자는 햇빛에 바래어 털이 곤두서고 있는 듯이 보였다. 한쪽 손에는 녹색의 아주 긴 우산을 들고 또 한 손에는 세 마리의 오리가 놀란 얼굴을 내밀고 있는 큰 바구니를 들었다. 아내는 촌스러운 화장을 하고 긴장하여 코가 곡괭이처럼 뾰족해져 마치 암탉과 같은 얼굴을 하고 있었다. 남편과 마주 앉아 있었지만 석고상처럼 꼼짝도 하지 않고 있었다. 아마도 도회 사람들 틈에 끼어 기가 질린 모양이었다.

사실 기차 안은 눈부실 만큼 찬란한 색채가 범람하였다. 마담은 머리끝부터 발끝까지 파란색의 비단옷에 새빨간 색의 눈부실 정도로 번쩍번쩍 빛나는 프랑스 캐시미어의 숄을 걸치고 있었다. 페르낭드는 체크무늬의 드레스 밑에서 괴로운 숨을 쉬고 있었다. 동료들에게 부탁하여 코르셋을 너무 힘껏 조였기 때문에 축 늘어졌던 젖가슴이 마치 두 개의 둥근 지붕처럼 부풀어 올라 옷 안에서 물결처럼 쉬지 않고 움직였다. 왈가닥 로자는 아랫단에 큰 무늬의 장식이 있는 분홍빛 스커트를 입고 있어서 살이 너무 찐 어린애나 지나치게 살찐 난쟁이처럼 보였다. 그리고 '두 대의 펌프'는 낡은 커튼을 잘라서 만든 것 같은 이상한 무늬의 옷을 입고 있었다. 설사 그것이 커튼이라 하더라도 왕정복고 시대까지 거슬러 올라가야 볼 수 있을 것 같은 나뭇가지와 나뭇잎의 무늬가 있는 케케묵은 것이었다.

열차 안에 다른 사람들이 끼어들게 되자 여인들은 갑자기 엄숙한 얼굴을 하고 그럴듯하게 보이려고 고상한 이야기를 하기 시작했다.

기차가 보르베크에 도착하자 갈색의 구레나룻을 기른 한 신사가 올라탔다. 반지를 몇 개씩이나 끼고 금팔찌까지 낀 사나이가 열차 안에 들어오자마자 머리 위 선반에 짐을 여러 개 올려놓았다. 얼른 보기에도 익살꾼인 듯한 사람 좋은 사나이였다. 그 사나이는 그녀들에게 간단한 인사를 한 다음 빙긋이 웃으며 장난스럽게 물었다.

"부인들께서는 주둔지를 바꾸시는 모양이군요?"

이 질문은 그녀들을 어쩔 줄 모르게 만들어 버렸다. 마담은 겨우 마음을 가라앉히고 부대의 명예를 회복하기 위해 퉁명스럽게 대답했다.

"말씀을 삼가해 주십시오!"

사나이는 변명을 했다.

"이것 참, 실례했습니다. 수도원이라고 말하려던 것이 그만."

상대방이 이렇게 나오자 마담은 뭐라고 대답해 줄까 하다가 이 사과의 말로 충분하다고 여겼는지 흥, 하고 입을 다물어 버렸다.

신사는 왈가닥 로자와 농부 사이에 앉아 있었는데 이번에는 고개를 돌려 농부의 바구니 속에서 얼굴을 내밀고 있는 세 마리 오리에게 윙크하기 시작했다. 그러는 사이에 자신이 좌중의 인기를 독차지하고 있다는 것을 알게 되자, 오리의 부리 밑을 간질이며 익살스러운 말을 해서 사람들을 웃기려 했다.

"우리는 조그만 연못에 굿바이 하고 왔죠! 꽥꽥, 꽥! 조그만 꼬챙이와 친하기 위해 꽥, 꽥, 꽥"

가엾은 오리들은 이 사나이의 손길을 피하려고 목을 이리저리 돌리고 바구니로 된 감옥에서 빠져나오려고 몸부림을 치다가 결국에는 갑자기 세 마리가 한꺼번에 외쳐댔다.

"꽥, 꽥, 꽥! 꽥, 꽥, 꽥!"

와아, 하고 여인들 사이에서 웃음이 터졌다. 그녀들은 몸을 구부리고 제가 먼저 오리를 보려고 야단들이었다. 오리에게 정신이 팔려 넋을 잃고 말았던 것이다. 신사는 이때를 놓칠세라 애교와 위트, 그리고 익살에 더욱 박차를 가하는 것이었다.

로자도 거기에 끼어들었다. 그래서 옆에 앉은 신사의 정강이 너머로 몸을 구부리며 세 마리의 오리 코끝에 키스했다. 이것을 계기로 너 나 할 것 없이 어느 여인이나 오리를 무릎 위에 올려놓고 흔들어 주거나 꼬집거나 했다.

농부 부부는 그들의 오리 이상으로 혼이 빠져 버려 넋 나간 사람들처럼 눈만 끔벅일 뿐 움직이려고도 하지 않았다. 주름살투성이의 두 부부의 얼굴은 웃지도 놀라지도 않는 듯한 표정이었다.

이 신사는 실은 행상인으로서 농담으로 부인들에게 바지걸이를 선사하겠다고 말하고는 짐짝을 하나 내려서 펼쳤다. 하지만 그 속에는 양말대님이 가득 들어 있었다.

파랑, 분홍, 빨강, 보라, 주황, 자주 등 갖가지 빛깔의 양말대님으로 금빛 큐피드가 둘이 껴안고 있는 모습으로 만들어져 있었다. 여인들은 자기도 모르게 환성을 질렀지만, 곧 여인들이 화장품이나 장신구 등을 고를 때 취해지는 그럴싸한 태도로 돌아가 그 견본들을 조심스럽게 살펴보기 시작했다. 그녀들은 눈짓이나 귀엣말로 의논하기도 하고 몸짓으로 대답하였다. 주황색의 양말대님이 마담에게는 안성맞춤이었다.

신사는 여인들이 물건을 실컷 구경하기를 기다리고 있다가,

"자, 그럼 여러분. 어디 한번 신어 봅시다."

하고 말하자마자 갑자기 여인들 사이에서 어머나! 하는 폭풍과 같은 외침이 있었다. 그리고 강간이라도 당하는 것처럼 자기도 모르게 다리를 오므리고 스커트를 꼭 여미었다. 사나이는 아무렇지도 않은 듯이 기다렸다가 잠시 후 천천히 말했다.

"필요하지 않으시다면 짐을 챙기겠습니다."

하더니 이번에는 여인들을 꾀는 듯이 말하였다.

"신어 본 분에게는 좋아하시는 것으로 한 켤레 드리겠습니다만."

그러나 그녀들은 조금도 탐나지 않는다는 듯이 조금 전과는 백팔십 도로 달라진 태도였다. 하지만 '두 대의 펌프'들은 매우 가엾게 보여 사나이는 두 사람에게 다시 한번 기회를 주어 보았다. 특히 '그네'라는 별명의 플로라는 갖고 싶어 죽겠다는 속마음이 여실히 드러나 있었다. 사나이는 그녀에게 말을 건넸다.

"자아, 한번 신어 봐요. 그렇지, 이 연보랏빛이 너에겐 어울릴 거야."

그러자 그녀는 결심한 듯이 스커트를 걷어올려 한쪽 다리를 내밀었다. 소를 치는 여인처럼 튼튼한 다리에 헐렁헐렁한 양말을 신고 있었다. 사나이는 몸을 구부려 양말대님을 우선 그녀의 무릎 밑에 넣은 다음에 무릎 위까지 쭉 올렸다. 그러고는 그녀를 슬쩍 간질이자 플로라는 그 꼴에 몸을 뒤틀며 킥킥, 하고 웃음소리를 냈다. 양쪽 다 끼는 것을 끝내자 사나이는 연보랏빛 대님 한 켤레를 그녀에게 준 다음에 다시 물었다.

"자아, 이번에는 누구 차례인가요?"

여인들은 일제히 외쳤다.

"내 차례예요! 내 차례!"

사나이는 왈가닥 로자부터 시작했다. 로자는 복사뼈도 보이지 않는 호박처럼 살찐 다리를 걷어 올려 보였다. 라파엘의 말처럼 정말로 소시지 다리였다. 다음 차례였던 페르낭드는 그 무게 있는 다리가 행상인을 감동시켰

는지 칭찬을 받았다. '유대 미인'의 말라깽이 다리는 좋은 평을 받지 못했다. '능구렁이'인 루이즈는 장난으로 마담의 머리 위에 그녀의 스커트를 둘러 씌웠다. 그래서 마담은 짓궂은 장난을 못 하게 잔소리하지 않으면 안 되었다. 마지막으로 마담이 다리를 내밀었다. 윤기 있으면서도 튼튼한 노르망디 여인 특유의 아름다운 다리였다. 이른바 견문이 넓은 이 행상인도 감탄하지 않을 수 없었는지 아름다운 이 종아리를 보고 모자를 벗고는 프랑스 기사처럼 경례하는 것이었다.

노부부는 이 열차 안의 모습들에 놀라 어안이 벙벙하여 한 눈으로 곁눈질만 하고 있었다. 그 모습이 병아리를 닮아 갈색 구레나룻 선생은 일어서자마자 두 사람의 코끝에서 '꼬끼오 꼬꼬!' 하고 놀려대었다. 이것이 또 여러 사람을 몹시 웃겼다.

노부부는 모트빌에서 내렸다. 바구니와 오리와 우산을 무슨 보물단지처럼 끝까지 챙겨 들고 있었다. 가면서 아내는 남편을 향해 말했다.

"저것들은 매춘부들이에요. 아마 일당들이 파리로 진출하는 모양이에요."

그 재미있는 행상인도 실컷 놀고 난 다음에 루앙에 도착하자 아무 일도 없었다는 듯이 내려 버렸다. 마담은 적당한 기회에 무례함이 지나친 그에게 한마디 해주려던 참이었다. 마담은 어쩔 수 없이 여인들을 향하여 훈시조로 말했다.

"상대방을 살피지도 않고 말을 걸었다가는 어떻게 되는지, 우리에게 아주 좋은 본보기였다."

오아세르에서 열차를 바꿔 타고 그다음 역에 내리자 조제프 리베 씨가 마중 나와 있었다. 흰 말이 끄는 큰 이륜마차가 의자를 가득 싣고 대기하고 있었다.

세 여인은 안쪽의 의자 위에 앉고 라파엘과 마담, 마담의 남동생은 앞쪽 의자에 앉았다. 로자는 좌석이 없어 덩치가 큰 페르낭드의 무릎 위에 앉았다. 이렇게 일행은 출발하였지만 마차가 움직이기 시작하자 말의 불규칙한 걸음이 마차를 심하게 흔들어 의자는 퉁겨지고 손님들은 꼭두각시 인형처럼 공중에 뜨거나 좌우로 비틀거렸다. 그때마다 이상한 표정을 지으며 비명을 지르지만 그 소리마저 심한 덜거덕 소리에 지워져 버리고 말았다. 그녀들은 짐짝 옆에 던져지고 모자는 등에 매달리거나 콧등에서 대롱거리거나 어깨 위에 떨어지거나 하는 데도 흰 말은 아랑곳없이 달리고 있었다. 쥐꼬리처럼 털이 없는 보잘것없는 꼬리로 가끔 자신의 엉덩이를 두들기면서 목을 앞으로 길게 빼고 꼬리를 세운 채 달린다.

조제프 리베는 한쪽 발을 마차 손잡이에 걸치고 다른 쪽 다리는 구부려 무릎을 올려 말고삐를 쥐었다. 그리고 목으로는 병아리를 부르는 어미 닭 같은 소리를 계속 내고 있었는데, 그 소리를 들은 흰 말은 귀를 쫑긋 세우고 걸음을 빨리하였다.

길 양쪽에는 푸른 밭이 펼쳐져 있었다. 군데군데 한창 꽃핀 장다리가 물결을 이루어 노랑 냅킨을 펼치고 있는 듯했다. 그곳에서 강렬한 향기가 풍겨 오고 있었다. 아마 멀리서부터 바람에 실려 왔는지 가슴에 스며드는 달콤한 냄새였다. 이미 꽤 자란 보리 포기 사이에는 도깨비부채꽃이 하늘색의 귀여운 모습을 보이고 있었다. 여인들은 그 꽃들을 꺾고 싶었지만 리베 씨는 마차를 멈춰 주지 않았다. 때로는 온통 피를 흘리는 듯이 붉은 양귀비꽃이 가득 피어 있는 곳을 지났다. 이들의 갖가지 꽃으로 아름답게 채색된 들판 속을, 그보다도 더 화려한 꽃다발을 싣고 있는 이륜마차가 흰 말의 경쾌하고 빠른 걸음에 흔들리며 달린다. 농가의 큰 나무 그늘에 숨는가 하면 무성한 나뭇잎 사이로 모습을 나타내거나 하며 빨갛고 파란 색이 군데군데 박혀 있는 노랑과 초록색의 농작물 속을 달리면서 이 여인들을 가득 실은 화려한 마차는 햇빛을 받으며 멀어져 가고 있었다.

일행이 동생의 집 문 앞에 왔을 때는 오후 한 시가 되었다. 그녀들은 지칠 대로 지친 데다 배 속이 비어 얼굴이 창백했다. 집을 나선 후 먹은 것이 아무것도 없었기 때문이다.

리베의 아내는 달려 나와 한 사람씩 마차에서 내려놓고는 발이 땅에 닿기도 전에 키스하려고 했다. 그중에서도 시누이에게는 키스 공세를 퍼부으며 손을 놓으려고도 하지 않았다. 그들은 동생이 일하는 방에서 식사를 했다. 내일의 연회를 위해 작업대 등이 정리되어 있었다.

맛있는 오믈렛과 고급 사과주를 넣은 돼지고기구이로 배를 채우자 그들은 겨우 마음이 놓였다. 리베는 건배를 하려고 아까부터 술잔을 손에 들고 있는데, 그의 아내는 잔심부름을 하거나 요리를 만들거나 접시를 나르거나 치우거나 하면서 한 사람 한 사람의 귀에 입을 대고는 "맘껏 드세요." 하고 속삭였다.

벽에 세워 놓은 널빤지와 구석에 쓸어 모아놓은 대팻밥에서는 대패질을 한 목재 냄새, 목공의 독특한 냄새와 폐까지 스며드는 듯한 송진 냄새가 풍기고 있었다.

그들은 주인공인 여자애를 보고 싶었지만 교회에 나가고 없어 저녁때가 되어야 돌아온다는 것이었다.

그래서 그들은 마을 주변을 한 바퀴 돌기로 했다.

보잘것없는 작은 마을이었지만 마을 가운데에는 큰 길이 꿰뚫려 있었다. 이 큰길 양쪽에 늘어선 열 채쯤 되는 집이 상가의 전부였다. 정육점, 식품점, 목수 집, 커피집, 구둣방, 빵집 등이었다.

교회는 이 큰길에서 떨어진 작은 묘지에 둘러싸여 있었는데 문 앞에 있는 네 개의 큰 보리수가 교회 전체를 뒤덮고 있었다. 교회는 특별한 양식이 없는 규석 벽돌로 지은 건물로 옥상에는 슬레이트 지붕을 한 종루가 있었다. 교회 뒤로는 다시 들판이 펼쳐져 있고 드문드문 서 있는 나무 그늘 사이에는 농가가 숨어 있었다.

리베는 괜스레 점잔을 빼며 작업복을 입었으면서도 누이와 팔짱을 끼고 걸으며 아주 위엄 있게 구는 것이었다. 그리고 그의 아내는 라파엘의 금실로 수놓은 드레스에 열중하여 라파엘과 페르낭드 사이에 끼어들었다. 뚱뚱보 로자는 그 뒤를 뒤뚱뒤뚱 따라갔다. 지친 데다 절룩거리는 그네 플로라나 능구렁이 루이즈도 뒤따르고 있었다.

마을 사람들이 대문 앞에 나타나고 아이들은 놀이를 멈췄다. 커튼 사이로는 사라사 모자를 쓴 머리가 내다보고 있었다. 눈이 거의 보이지 않아 지팡이를 든 노파는 귀하신 분들의 행차인가 싶어 공손하게 머리를 숙였다. 마을 사람들은 이들 도회지의 아름다운 부인들을 언제까지나 바라보는 것이었다. 저 숙녀들은 조제프 리베 딸의 첫영성체를 위해 멀리서 찾아온 손님들인 것이다. 이러한 존경심이 목수 집에 쏟아졌다.

교회 앞을 지나자 어린이들의 노랫소리가 들려 왔다. 고개를 들고 어린 목소리로 목청껏 부르는 성가였다. 마담은 그 천사들을 방해해서는 안 된다는 생각에 다른 여인들이 안에 들어가는 것을 허락하지 않았다.

들판을 한 바퀴 돌면서 마을 사람들의 소유지나 논밭의 수확고나 가축의 생산 등의 설명이 한 차례 끝나자, 조제프 리베는 가축의 무리가 아닌 여인의 무리를 이끌고 집으로 돌아왔다.

집이 좁았기 때문에 어느 방에나 여러 명씩 자게 되었다. 리베는 아내와 누님과 함께 자기로 했다. 그 옆방에는 페르낭드와 라파엘이 자기로 했으며 루이즈와 플로라는 부엌 바닥 위에 새털 이불을 깔고 자면 된다. 로자는 계단 위의 어둡고 작은 방을 독차지하고 그 바로 앞 좁은 중간 방에는 내일 세례받을 소녀가 자도록 되어 있었다.

소녀가 집에 돌아오자 소녀의 머리 위에 키스가 비처럼 쏟아졌다. 어느 여인이나 소녀를 껴안고 싶어 안달이 났다. 그것은 애정을 쏟고 싶다는 욕구로 아양을 떨어야 하는 직업적인 습관에 질렸기 때문이었다. 그녀들이 아침에 기차에서 오리에게 키스한 것도 그런 욕구의 발산이었을 것이다. 그녀들은 소녀를 자기의 무릎에 앉히고는 부드러운 금발을 만지거나 또는 자연스럽고 강렬하게 일어나는 애정으로 자신도 모르게 꼭 껴안거나 하는 것이었다. 이미 온몸에 믿음이 스며든 소녀는 죄의 사함을 받았기 때문에 바깥세상의 더러움이 붙지 않는 몸이라도 되는 것처럼 숨을 죽인 채 여인들이 하는 대로 얌전하게 있을 뿐이었다.

이날은 누구에게나 고달팠던 하루였으므로 저녁 식사를 끝내자마자 곧 잠자리에 들어갔다. 전원의 한없이 고요한 분위기는 거의 종교적인 느낌마저 지니며 이 작은 마을을 감싸고 있었다. 적막함이 몸에 스며들며 높은 하늘까지 퍼질 고요함이었다.

오랫동안 색싯집의 시끌벅적한 밤에만 익숙해 왔던 여인들은 이 잠들어 있는 전원의 조용한 휴식에 감동하지 않을 수 없었다. 그녀들은 오히려 몸이 오싹해졌다. 흔들리는 불안한 영혼에서 오는 쓸쓸함의 전율이었던 것이다.

그녀들은 두 사람씩 이불 속에 들어가자 서로들 껴안았다. 그것은 대지의 깊고 고요한 잠이 자신들에게 밀어닥쳐 오는 것을 막으려고 하는 것 같았다. 더욱이 왈가닥 로자는 어두운 방에 혼자만 있을 뿐만 아니라 홀로 자는 일은 드물었기 때문에 말할 수 없는 허전한 마음으로 불안해하는 것이었다. 몇 번이나 뒤척이면서 잠을 못 이루고 안타까워하고 있는데 머리맡의 문 너머에서 훌쩍훌쩍 어린애 우는 소리가 들려왔다. 깜짝 놀라 소녀의 이름을 살짝 불러 보았다. 그러자 들릴락 말락 한 소리로 띄엄띄엄 대답하는 소리가 들렸다. 언제나 엄마 방에서 함께 자다가 이런 좁은 방에서 혼자 자자니 무서웠던 모양이다.

로자는 기뻐서 어쩔 줄 몰라 하며 남의 눈에 띄지 않게 슬쩍 소녀를 데리러 갔다. 그리고 자신의 따뜻한 이불 속에 눕히고는 가슴에 꼭 껴안고 달콤한 말과 몸짓으로 애정을 표시하는 것이었다. 그러는 사이에 자신의 마음도 차분해져 어느 틈에 잠들어 버렸다. 이렇게 성체를 받을 소녀는 자신의 뺨을 창녀의 젖가슴에 대고 잠이 들었던 것이다.

안제라스의 시각인 다섯 시가 되어 교회의 작은 종이 울리자 보통 때 같으면 해가 중천에 뜰 때까지 내리 자던 습관의 이 여인들을 깨웠다. 마을 사람들은 벌써부터 일어나 아낙네들은 건강한 목소리로 떠들어대면서 이 문에서 저 문으로 바쁜 듯이 오가고 있다. 풀을 먹여 마분지처럼 뻣뻣한 모슬린 옷을 소중하게 나른다. 그런가 하면 이번에는 엄청나게 큰 양초를 들고 간다. 한가운데를 장식이 있는 비단실로 묶고 손에 쥐는 곳이 가는 양초이다. 이미 높이 뜬 태양은 감청색 하늘에 빛나고 있었지만 지평선 근방이 아련한 장밋빛으로 물들어 있는 것은 새벽노을의 희미한 여운인가. 암탉들은 집 앞을 산책하고 있고, 볏 달린 수탉들이 부르는 노랫소리를 다른 수탉들이 받아서 되풀이한다.

이륜마차가 차례로 마을로 달려와서는 집집마다 문 앞에 몸집이 큰 노르망디 여인을 내려놓는다. 그녀들은 미리 약속이나 한 듯이 소박한 옷을 입고 숄을 가슴 위에서 마주치게 하여 삼백 년은 된 듯한 은브로치로 채웠다. 남자들은 푸른 작업복을 겉에 걸치고 그 안에는 새로 지은 프록코트나 낡은 녹색 연미복을 입고 있는 것까지는 좋았지만 연미복의 두 가닥 꼬리가 작업복 사이로 삐죽 나와 있었다.

말을 마구간에 맨 뒤에 큰길 양쪽에는 시골의 교통수단인 마차들이 두 줄로 나란히 서 있다. 이륜 짐마차, 말 한 필이 끄는 이륜마차, 가벼운 이륜마차, 의자가 달린 마차 등 갖가지 모습의 마차가 엎드리거나 궁둥이를 땅에 댄 채 하늘을 쳐다보거나 했다.

목수의 집은 벌집을 쑤셔 놓은 것처럼 분주했다. 여인들은 속치마에 드로어즈 차림으로 색이 바래고 갈라지는 엷은 머리카락을 등에 늘어뜨린 채 소녀의 옷시중을 드느라 정신이 없었다.

테리에의 여주인이 부대의 활동을 지휘하고 있는 동안에 소녀는 단 위에 세워져 몸을 꼼짝도 못 하고 있었다. 여인들은 소녀를 세수시키고 머리를 빗기고, 리본을 매주고 옷을 입혔다. 핀을 사용하여 옷의 주름을 고치거나 넓은 허리를 줄여주거나 화장을 고쳐 주며 예쁘게 치장시킨다. 겨우 치장이 끝나자 이 작은 수행자를 의자에 앉히고는 움직이면 안 된다고 일러 준다. 그리고 이 떠들썩한 부인 부대는 이번에는 자신들의 치장을 하기 시작했다.

작은 교회에서는 또다시 종을 치기 시작했다. 이 연약한 종소리는 하늘로 퍼지며 사라져 버린다. 그것은 푸른 하늘에 흡수되어 버리는 나약한 인간의 목소리 같았다.

그러자 첫영성체를 받을 어린이들은 자기 집을 나와 마을의 건물 쪽으로 급히 가는 것이었다. 즉, 두 개의 학교와 마을 사무소 건물로서 마을에서 가장 구석에 있었다. 그리고 하느님의 집인 교회는 또 다른 반대쪽 구석에 있었다.

성장을 한 부모들은 꽤히 수줍은 태도로 평소의 농사일로 구부정해진 몸을 거북하게 움직이며 어린아이의 뒤를 따라갔다. 소녀들은 크림을 연상시키는 새하얀 비단 구름 속에 파묻혀 있었다. 사내아이들은 카페의 신참 종업원 같은 모습으로 머리는 포마드로 찰싹 붙이고 검은 바지를 구겨지지 않게 하려고 두 다리를 벌린 채 걷고 있었다.

가능한 많은 수의 친척들이 어린아이의 뒤를 따르면 그만큼 그 집안의 명예가 되는 것이었다. 그러므로 목수 집의 승리는 완벽했다. 테리에 부대가 여주인을 선두로 하여 콩스탕스의 뒤를 따랐던 것이다. 아버지는 그의 누님에게 팔을 빌려주고, 어머니는 라파엘과 나란히 걷고, 페르낭드는 로자와, 그리고 두 대의 펌프는 사이좋게 뒤따랐다. 이렇게 테리에 부대는 마치 훌륭한 예복을 갖춘 참모부처럼 위풍당당하게 행렬을 이루었던 것이다. 그 행렬이 마을에 준 영향력은 정말 엄청났다.

교회에 도착하자 소녀들은 코르네트 수녀 앞에 정렬하고 소년들은 상당히 미남인 수사 앞에 모였다. 사내아이들이 앞장서서 마차가 양쪽에 늘어져 있는 큰길 사이를 두 줄로 행진하자 역시 같은 순서로 소녀들이 뒤를 따랐다. 그리고 마을 사람들은 도회에서 온 그 부인들에게 경의를 표하며 앞에 나서기를 사양하였으므로 그들이 소녀들의 바로 뒤를 따랐다. 그들이 오른쪽에 세 명, 왼쪽에 세 명씩 서서 행렬을 빛낸 모습은 정말로 불꽃의 화려한 장면을 연상케 했다.

그녀들이 교회에 들어가는 모습은 마을 사람들을 감탄시켰다. 서로 먼저 보려고 밀고 당기는 소동까지 벌였다. 그리고 성가 대원의 금실로 수놓은 비단 법의보다도 더 아름답게 꾸민 부인들을 보자 깜짝 놀라면서 작은 목소리로 소곤대는 신자들도 있었다. 촌장은 자신의 좌석을 양보했다. 그리하여 오른쪽 첫째 줄에는 테리에 집의 여주인과 그녀의 올케 그리고 페르낭드와 라파엘이 촌장 자리에 앉고 왈가닥 로자와 두 대의 펌프는 목수와 나란히 두 번째 줄에 앉았다.

성가가 불리는 동안은 어린이들이 경건하게 무릎을 꿇고 있었다. 사내아이들과 소녀들은 양쪽에 나뉘어져 있었는데 그들의 손에 들고 있는 긴 양초는 기울어진 창과 같았다.

악보대 앞에 세 성가대원이 나란히 서서 낭랑한 목소리로 노래하고 있었다. 그들은 라틴어의 음절을 듣기 좋게 하기 위해 아멘의 아~를 한없이 길게 뽑고 있었다. 여기에 박차를 가해 관악기가 그 나름대로의 독특한 단조로운 음을 역시 길게 불어 대면 그 음을 받아 다른 악기가 입을 벌리고 큰 소리로 불어대었다. 그러면 한 어린이의 날카로운 목소리가 거기에 응답하고, 사각모자를 쓰고 좌석에 앉아 있던 수사가 일어서서는 빠른 말로 기도문을 외고 다시 앉는다. 그 사이사이에 세 성가대원은 그들 앞의 악보대 위에 펼쳐놓은 두터운 악보를 바라보면서 계속 찬송가를 부른다.

얼마가 지나자 엄숙한 침묵이 시작되었다. 사람들은 일제히 무릎을 꿇었다. 신부가 나타난 것이다. 은빛 머리의 나이가 많은 그 신부는 보기만 해도 엄숙하게 왼손에 들고 있는 성배에 몸을 구부린 듯이 서 있었다. 그 앞에 붉은 옷을 입은 두 사람의 미사 수사가 앞장서 갔다. 그 뒤로는 큰 구두를 신은 성가대원들이 나타나 성가를 부르며 양쪽에 정렬했다.

침묵이 흐르는 사이에 종이 울렸다. 미사가 시작되었다. 나이 많은 신부는 금칠을 한 제대 앞을 조용하게 돌아 무릎을 꿇고 떨리는 음성으로 준비 기도문을 외운다. 늙은 신부가 입을 다물자 성가대원들과 관악기가 동시에 소리를 냈다. 그러자 참석한 사람들도 따라 노래를 부른다. 미사에 어울리는 낮고 경건한 목소리였다.

갑자기 '키리에 에레이 손(주여, 저희를 불쌍히 여기소서)' 기도가 모든 가슴과 마음에서 일어나 창공을 향하여 힘차게 울려 퍼졌다. 이 소리의 진동으로 교회 건물이 흔들렸는지 거기에 응답하는 듯이 낡은 천정에서 작은 먼지나 썩은 나무 조각들이 떨어져 내렸다. 슬레이트 지붕에 내리쬐는 태양은 이 보잘것없는 교회를 용광로처럼 뜨겁게 달구고 있었다. 그리고 깊은 감동과 함께 불안한 기대, 알 수 없는 신비스러움이 어린이들의 가슴을 조이고 어버이들의 목을 매이게 하였다.

신부는 잠깐 앉아 있다가 천천히 일어나 다시 제단에 올라가서 모자를 벗은 은발인 채로 늙은 몸을 떨며 하느님 말씀이 적힌 성경을 봉독하였다. 신부가 신자들 쪽을 향해 서서 손을 뻗쳐,

"형제들아, 기도하라."

라고 말하자 신자들은 일제히 기도했다. 늙은 신부는 깊은 뜻의 정성어린 기도문을 낮은 목소리로 중얼거렸다. 종소리는 쉴 새 없이 울리고 있었다. 어른들은 엎드려 머리 숙이며 하느님의 이름을 찬양했고 어린이들은 엄숙한 종교의식에 불안하여 정신을 잃을 정도였다.

바로 그때였다. 두 손으로 머리를 묻고 있던 로자는 갑자기 그녀의 어머니와, 그녀가 태어난 마을의 교회와, 자신의 성체 배수식 때의 일들을 연상했다. 새하얀 드레스에 파묻힌 어렸을 때의 자기 모습이 생각나 그 시절을 그리워하며 그녀는 울기 시작했다. 처음에는 남들 모르게 흐느꼈다. 그러나 눈물이 아롱지고 그사이 갖가지 추억들이 되살아나 감동은 점점 깊어지고 목이 메어 급기야 엎드려 흐느껴 울기 시작했다. 손수건을 꺼내어 눈물과 콧물을 닦으며 울음소리를 내지 않으려 애썼지만 허사였다.

옆자리에 앉은 루이즈나 플로라도 엎드린 채 역시 먼 옛날 추억들이 기억 속에 되살아나 가슴이 벅차올라 빗방울 같은 눈물을 흘리며 로자와 마찬가지로 울었다.

더구나 눈물이란 것은 전염하기 쉬운 것이어서 이번에는 마담까지도 눈시울이 젖어오는 것을 느꼈다. 그래서 그녀의 올케 쪽을 힐끗 쳐다보자 옆에 앉은 사람들은 모두가 울고 있다는 것을 알았다.

신부는 의식을 행하고 있었다. 어린이들은 경건한 분위기에 휩싸여 돌바닥에 엎드린 채 아무 생각도 하지 않고 있었다.

교회 안의 이곳저곳에서 격렬한 감동의 신비로움에 사로잡혔는지 아내나 어머니나 자매들, 무릎을 꿇은 아름다운 부인네들이 어깨를 들먹이며 흐느껴 우는 모습을 보자, 남자들까지도 전기에라도 통한 듯 체크무늬가 있는 손수건에 눈물을 닦고 미어지는 가슴을 왼손으로 지그시 누르는 것이었다.

불길이 마른 들판을 휩쓸어 버리는 것처럼 로자와 그 동료들의 눈물은 예배를 보는 다른 사람들을 사로잡고 말았다. 남자나 여자나 또는 노인이나 젊은이들도 흐느끼고 있었다. 그리고 초인적인 그 무엇인가가 예를 들면 하늘에서 내려오는 영혼, 눈에 보이지 않는 전지전능한 성령이 그들의 머리 위를 날고 있는 듯이 생각되었다.

그때 교회의 성가가 울려 퍼지는 사이에 무엇을 두드리는 듯한 작은 소리가 들려왔다. 수녀가 기도 책을 두드려 세례 의식의 시작 신호를 보내고 있는 것이었다. 그러자 어린이들은 성스러운 흥분에 가슴이 뛰면서 제대 쪽으로 가까이 갔다.

어린이들이 일렬로 무릎을 꿇고 있었다. 나이 많은 신부는 금칠을 한 은쟁반을 한 손에 들고, 어린이들 앞을 지나며 그리스도의 육체며 이 세상의 속죄의 제물인 성스러운 빵을 두 손가락으로 집어 한 사람씩 주었다. 어린이들은 두려워하며 경련을 일으킬 듯한 찡그린 얼굴로 입을 벌렸다. 감은 눈에 얼굴은 새파랗게 질리고 몸을 떨어 턱 아래에 드리운 기다란 가운이 흐르는 물처럼 흔들거렸다.

그때 교회 안에서는 일종의 감격이 일어났다. 그것은 가슴 벅찬 군중의 웅성거림과 소리를 죽인 흐느낌의 폭풍이 마치 숲속의 나무를 휩쓸어 버리는 돌풍처럼 지나갔던 것이다. 신부는 감동하여 몸을 떨며 나무토막처럼 서 있었다. 성찬을 손에 든 채 움직이지도 못하고 다만 마음속으로 거듭 찬양하였다.

'이것이 성령인 것이다. 신과 성령이 이들 사이에 내려와 모습을 나타내고 계신 것이다. 그의 음성에 응답하여 무릎을 꿇고 있는 그의 아들들과 딸들 위에 내려와 계심이다.'

그 뒤로는 감격으로 인하여 적당한 말이 떠오르지 않아 영혼에서 우러나오는 기도를 하늘에 바치는 것이었다. 나이 많은 신부는 세례 의식을 끝내자 미사 중의 가슴 벅찬 감동으로 당장에라도 힘없이 주저앉을 것 같았다. 거기다가 자신이 주님의 보혈을 입에 댔을 때는 말할 수 없는 깊은 신앙을 체험하고 있었다.

교회 안에 있던 사람들은 차츰 마음이 안정되어 갔다. 흰 성의를 걸친 성가대원들은 보기에도 엄숙하게 상체를 뒤로 젖힌 채 매끄럽고 아름다운 목소리로 노래 부르기 시작했다. 관악기도 흐느껴 울었는지 목이 쉰 소리처럼 들렸다.

그러자 신부가 두 손을 들어 노래를 중단시키고 행복한 희열에 젖어 있는 세례자들의 행렬을 헤치며 신자들에게 다가왔다.

그들은 의자에 앉아서 체면 불고하고 소리를 내어 힘껏 코를 푸는 것이었다. 그러다 다가온 신부의 모습을 보고는 모두 정숙해졌으므로 신부는 극히 낮고 조심스러운 음성으로 말하기 시작했다.

"친애하는 형제자매 여러분! 나는 충심으로 여러분들께 감사를 드리는 바입니다. 방금 전에 여러분들께서는 나의 생애에 있어 가장 큰 기쁨을 주셨습니다. 하느님이 나의 부름 소리에 응답하여 우리들 위에 내려오신 것을 나는 분명히 느꼈습니다. 하느님이 강림하셔서 눈물을 흘리게 하셨습니다. 나는 우리 교단에서 가장 나이가 많은 사제이지만 동시에 가장 행복한 사제라 말할 수 있습니다. 기적은 방금 우리들 마음속에서 이루어진 것입니다. 위대하고 숭고하고 진실한 기적인 것입니다. 예수 그리스도가 처음으로 이 어린 육체에 머무르려고 하고 있는 사이에, 성령은 하늘나라의 새가 되고 하느님의 입김이 되어서 바람에 날리는 갈대처럼 엎드려 있는 여러분들 위에 내려와 영혼을 감싸고 사로잡았던 것입니다."

이어서 목수네 집 여자 손님들이 있는 두 번째 줄을 향해 약간 음성을 높여 말하였다.

"친애하는 여러분, 특히 당신들께 감사합니다. 여러분은 먼 곳에서 일부러 와 주셨습니다. 보기에도 믿음이 깊고 경건한 신앙은 우리들에게 참으로 좋은 본보기가 되었습니다. 여러분은 우리의 교구를 교화시켜 주셨습니다. 여러분들의 감동은 사람들의 마음을 따스하게 해주셨습니다. 여러분들이 와 주시지 않았더라면 아마 오늘처럼 귀중한 날도 이렇게 참되고 신의 은총과 성령이 넘친 예식이 되지 못하였을 것입니다. 주님을 우리들 백성 위에 맞이하기 위해서는 때로는 단 한 사람의 선택된 신자만으로도 충분할 수가 있는 것입니다."

신부는 감사의 말을 하다 목이 메고 말았다. 잠시 후 덧붙여서,

"여러분에게 하느님의 은총이 내리시기를, 아멘."

그리고 의식을 마무리하기 위해 다시 제단에 올라갔다.

첫영성체가 끝나자 사람들은 한시바삐 밖으로 나가려고 했다. 세례받은 어린이들까지도 웅성거리고 있었다. 오랫동안 긴장하고 있었으므로 모두들 지쳤던 것이다. 무엇보다도 배가 고팠다. 그리고 부모들 역시 식사 준비가 걱정이 되는지 마지막 성경 낭독을 기다리지도 않고 한 사람씩 집으로 돌아가기 시작했다.

나가는 문은 매우 혼잡했다. 노르망디 사투리가 여기저기서 울리고 떠들썩했다. 마을 사람들은 교회 문 앞에 양쪽으로 갈라서서 어린이들이 모습을 나타내면 가족들은 자신의 아이를 찾아 돌진하는 것이었다.

콩스탕스는 집안의 여인들에게 붙잡혀 키스를 했다. 특히 로자는 콩스탕스를 껴안은 채 놓을 줄을 몰랐다. 겨우 놓아주었다고 생각했는데 금방 다시 손을 잡아 테리에 집 여주인도 뒤질세라 조카의 한쪽 손을 얼른 잡았다. 라파엘과 페르낭드는 소녀의 긴 모슬린 드레스가 땅에 끌리지 않도록 높이 들어 올려 주었다. 루이즈와 플로라는 리베의 아내와 행렬의 맨 뒤를 따라오고 있었다. 소녀는 마치 하느님이 그녀의 몸에 내려앉으신 양 엄숙한 의장대의 호위를 받으며 걸었다.

연회는 목수 집의 작업장에서 하기로 했으므로 잔치 음식은 횡목으로 받친 긴 널빤지 위에 준비되어 있었다.

큰길 쪽으로 열려 있는 창문으로는 마을의 즐거운 웃음소리가 들려왔다. 어느 집에서나 한창 잔치를 벌이고 있었다. 어느 창문으로는 나들이옷을

입은 세례자의 모습이 보였다. 흥겹게 먹고 마시며 즐거운 잔칫집의 웃음
소리가 흘러나온다. 농부들은 셔츠만 걸친 채 사과주를 큰 잔에 넘치게 따
라서는 쭉 들이켰다.

어느 집이나 윗자리에 앉은 두 어린이의 모습을 볼 수 있었다. 이 집에서
는 여자애가 둘인가 하면 저 집에서는 사내애가 둘, 이런 식으로 두 명의
어린이가 집안의 중심이 되어 다 함께 식사를 했다.

가끔 오후의 햇볕을 받으며 타박타박 늙은 말이 끄는 마차가 마을을 지
나갔다. 작업복을 입은 마부는 창문 너머 식탁 위에 탐스럽게 쌓인 음식들
을 보고는 부러운 눈초리를 던진다.

목수 집에서는 교회에서의 감동의 여운인지 흥겨움 속에서도 조심스러
워하는 느낌이 있었다. 리베만 신이 나서 지나치게 마셔댔다.

테리에 집 여주인은 연신 시계만 들여다보고 있었다. 이틀이나 계속해서
휴업하지 않으려면 세 시 오십오 분 기차를 타고 저녁 무렵까지는 페캉에
도착하지 않으면 안 되었기 때문이다.

목수는 누님의 일정을 늦추어 이튿날까지 일행들을 붙잡아 두려고 온갖
노력을 다하였다. 그런데 마담은 계획을 취소하기는커녕 유산 문제나 장사
이야기에 관해서는 농담 한마디 하지 않는 것이었다.

커피를 다 마시자, 그녀는 여인들에게 일러 떠날 준비를 시켰다. 그리고
동생 쪽을 향하여,

"자아, 그럼 너는 곧 마차 준비를 해줘."

하고 자신도 떠날 준비를 하기 위해 일어섰다.

그녀가 이층에서 내려오자 이번에는 올케가 딸아이에 대해 의논하려고
기다리고 있었다. 오랫동안 이야기를 나누었지만 별로 뾰족한 수는 나오
지 않았다. 이 시골 아낙네는 일부러 가엾게 보여 그녀의 동정을 사보려
고 했으나 조카딸을 무릎 위에 앉혀 놓고 올케의 긴 연설을 듣고 있던 테
리에 집 주인은 무엇 하나 확실하게 약속하는 일 없이 다만 막연하게 말
하였다.

"이 아이에 대해서는 나도 생각해 보겠어. 앞으로 시간도 있고 또 만날
날도 있을 테니까."

하는 식의 대답을 할 뿐이었다.

그런데 마차는 보이지 않고 테리에 집의 여인들도 내려오려고 하지 않았다. 뿐만 아니라 이층에서는 시끄러운 웃음소리와 손뼉을 치는 소리, 거기에 외침 소리에 버둥대는 소리마저 들려오는 것이었다. 그래서 목수의 아내가 마차 준비가 되었는지 알아보러 밖에 나간 사이에 마담은 참을 수가 없어 이층으로 올라가 보았다.

리베는 술에 취해 고주망태가 되어 흐트러진 옷차림으로 로자를 덮치려고 했지만 맘대로 되지 않고, 로자는 로자대로 그런 모습을 보면서 허리가 끊어질 듯이 웃음을 터뜨리고 있었다. 라파엘과 페르낭드는 몸을 비틀며 웃어대면서 양쪽에서 사나이에게 충동질을 하고 있었다. 그리고 사나이가 취한 일거수일투족에 까르르까르르하면서 성원을 보내는 것이었다.

'두 대의 펌프'는 사나이의 팔을 잡고 그를 진정시키려 하고 있었다. 그녀들은 모처럼 아침의 성스러운 의식이 끝난 후에 이런 장면을 보게 되어 분개하고 있었다. 사나이는 흥분해서 상기된 얼굴로 자신을 뜯어말리는 두 여인을 맹렬하게 뿌리치며 온 힘을 다하여 로자의 스커트 자락을 걷어올리려 하였다.

"이봐, 내 말 안 들을래?"

하고 짓궂게 말한다. 이때 아래층에서 올라온 마담이 분통이 터져 동생의 어깨를 움켜쥐고 사정없이 떼어 놓았으므로 사나이는 그대로 굴러 벽에 부딪치고 말았다.

잠시 후, 사나이가 뜰에서 머리에 찬물을 뒤집어쓰는 소리가 들려왔다. 그리고 이륜마차에 다시 모습을 나타냈을 때에는 조금 전의 일은 씻은 듯이 잊은 태도였다.

그녀들은 어제와 마찬가지로 출발했다. 보잘것없던 흰 말도 어제처럼 힘차게 춤추는 듯이 달리기 시작했다.

따가운 태양 빛을 받자 식사 중에는 고개를 숙이고 있던 그녀들의 장난기가 슬슬 머리를 들기 시작했다. 이제는 이 덜컹거리는 마차가 흔들리는 것조차 재미있고 옆자리의 의자를 밀치는 등 아무렇지도 않은 사소한 일로도 허리가 끊어질 듯이 웃는 것이었다. 아무래도 리베가 집에서 한 짓이 생각나 우스워 못 견디겠는 모양이다.

현기증이 날 정도로 강한 햇빛이 들판 가득히 넘쳐흘렀다. 마차 바퀴가 두 줄기의 흙먼지를 일으키면 먼지는 마차가 지나간 후에도 큰길 위를 감돌고 있었다.

음악을 좋아하는 페르낭드가 로자에게 노래를 시켰다. 그러자 로자는 〈무우동의 뚱뚱보 신부〉라는 노래를 흥겹게 부르기 시작했다. 하지만 마담이 노래를 그치게 했다. 이런 날에 그런 노래는 온당하지 않다는 것이었다. 그녀는 덧붙여 말했다.

"그런 것보다는 좀 더 고상한 노래를 부르는 게 좋지 않을까?"

그래서 로자는 잠시 생각한 후에 걸쭉한 목소리로 〈우리 집 할머니〉를 노래 부르기 시작했다.

우리 집 할머니, 생신날 밤에
곤드레만드레 술에 취하여
머리를 흔들며 말하기를
옛날엔 이래 봬도 날렸었지
팔에는 탐스럽게 살이 오르고
다리도 쭉 곧아 보기 좋았지
하지만 그것은 옛날이야기
모두가 지난날의 꿈이었다네

그러자 이번에는 마담의 선창으로 여인들이 일제히 합창했다.

팔에는 탐스럽게 살이 오르고
다리도 쭉 곧아 보기 좋았지
하지만 그것은 옛날이야기
모두가 지난날의 꿈이었다네

"참 멋진 노래군!"
하고 리베도 흥겨운 듯이 노래했다. 그러자 로자가 뒤를 이어받아 노래했다.

바람둥이 아줌마니 그럴 수밖에
그도 그럴 테지요. 열다섯부터
절로 알게 된 연정 때문에
밤잠도 제대로 못 잤다니까.

사람들이 소리 맞춰 후렴을 노래했다. 리베가 한쪽 발로 마차 채와 말고삐에 장단을 맞춰 흰 말에 채찍질을 하면, 말은 말대로 흥겨운 리듬에 맞춰 경쾌하게 달리는 것이었다. 그러다 너무 빨리 달려 여인들은 마차 안에서 뒹굴게 되었다. 그녀들은 미친 듯이 깔깔대면서 다시 일어나 노래는 계속되었다. 불타는 석양의 하늘 아래 잘 익은 농작물로 가득 찬 들판을 가로질러 흰 말의 힘찬 발걸음에 흔들리면서 노랫소리는 즐겁게 불리어진다. 흰 말도 이제는 노랫소리가 흥겨워진 듯 후렴이 불릴 때마다 신나게 달려 사람들을 즐겁게 했다.

길가 군데군데에서는 석공이 허리를 펴고 먼지막이 보안경 너머로 흥겹게 노래하는 이륜마차가 먼지를 일으키며 달려가는 뒷모습을 바라보았다.

그들이 역 앞에서 마차를 내리자 목수는 차분한 음성으로 누님에게 말했다.

"돌아가시겠다니, 좀 더 재미있게 놀 수 있었는데……."

마담은 그럴듯하게 대답하였다.

"모든 일에는 때라는 게 있어."

그때 별안간 리베의 머릿속에 멋진 생각이 떠올랐다.

"물론이죠. 내달에는 페캉으로 찾아뵙게 될 겁니다."

하고는 번들번들한 눈초리로 로자를 바라보았다.

"사람은 자기 일에 성실해야지. 오는 것은 좋지만 엉뚱한 짓은 안 하는 게 좋을걸."

마담은 이 한마디로 동생의 입을 다물게 하였다.

그는 대답할 말을 잃었으나 기적 소리가 들려오자 급히 그녀들에게 키스하기 시작했다. 로자 차례가 되어 그녀의 입술에 키스하려고 했지만 그녀의 입술은 우스운 표정으로 굳게 닫힌 채 재빨리 고개를 돌려 상대방을 당황하게 만들었다. 여인을 두 팔로 붙들고 있으면서도 그는 결국 목적을 달성할 수 없었다. 그도 그럴 것이 오른손에 들고 있는 큰 말채찍이 방해가 되었으며, 그녀에게 키스하려고 애쓰느라 로자의 등 뒤에서 정신없이 말채찍을 휘두르고 있었던 것이다.

"루앙으로 가시는 분은 차를 타기 바랍니다."
하는 역무원의 외침 소리가 들렸다. 그녀들은 열차에 올라탔다.

기적 소리가 길게 울리자 칙칙폭폭 하는 기관차 소리와 함께 기차 바퀴도 조금씩 움직이기 시작했다.

리베는 역 구내로부터 나와 개찰구에 서서 다시 한번 로자의 모습을 보려고 했다. 그는 손님들을 실은 기차가 자기 앞으로 통과할 때 채찍을 울리며 목청껏 노래를 부르기 시작했다.

팔에는 탐스럽게 살이 오르고
다리도 쭉 곧아 보기 좋았지
하지만 그것은 옛날이야기
모두가 지난날의 꿈이었다네

열차 안의 흰 손수건이 나풀거리며 멀어져 가는 것을 멍하니 바라보는 것이었다.

3

그녀들은 기차가 목적지에 도착할 때까지 잠이 들었다. 충족된 양심의 평화스러운 잠이었다. 그녀들이 실컷 잠을 자고 기분을 새롭게 한 후, 이제부터 매일 밤 열심히 일하기 위해 테리에 집에 돌아왔을 때 마담은 지친 듯이 한마디 하였다.

"인간이란 어쩔 수 없어. 이젠 장사도 하고 싶지 않아."

그녀들은 급히 저녁 식사를 끝내고 언제나와 같이 전투복인 화려한 드레스를 갖춰 입고 단골 손님들을 기다렸다. 현관 앞 작은 램프에도 불이 켜졌다. 이 마리아의 등불은 어린 양들이 다시 우리 안으로 돌아왔다고 지나가는 사람들에게 알리고 있는 셈이었다.

누가 어떤 식으로 전했는지 이 읍에 금세 소식이 퍼졌다. 은행가의 아들인 필립은 친절하게도 집 안에 틀어박혀 있는 투르느보 씨에게 교묘한 방법으로 그녀들이 돌아왔다는 것을 알려 주었다.

마침 건어물상 주인은 으레 하던 습관대로 월요일에 만찬회를 열어 친지들을 초대하여 커피를 마시고 있을 때였다. 어떤 사나이가 편지를 가지고 나타났다. 투르느보 씨는 놀란 듯 봉투를 뜯자마자 얼굴이 새파래졌다. 거기에는 연필로 이런 글귀가 쓰여 있었다.

"대구를 가득 실은 배가 입항했음. 장사하기에는 절호의 기회. 즉시 나오시길."

그는 주머니를 뒤져 편지를 갖고 온 사람에게 재빨리 이십 센트의 팁을 주고는 귀밑까지 붉어진 얼굴로,

"여보, 급히 좀 다녀와야겠소."

하며 간단하고 수수께끼 같은 쪽지를 아내에게 보여 주었다. 그리고 벨을 울려 하녀가 나타나자,

"자, 외투하고 모자 좀 가져와."

하고 서두르는 것이었다.

거리로 나오자 그는 휘파람 소리를 내며 달렸다. 길은 평소보다 갑절이나 멀게 느껴졌다. 그만큼 그는 마음이 급했던 것이다.

테리에 집은 마치 잔칫집 같았다. 아래층은 선창에서 일하는 패들로 고막이 터질 듯 떠들어대고 있었다. 루이즈와 플로라는 누구에게나 친절하게 대하며 여기서 한잔, 저기서 한잔 마셔 참으로 '두 대의 펌프'라는 별명에 걸맞게 마셔대고 있었다. 이미 두 명의 손님에게 예약이 된 터라 그대로 마셔대다가는 밤의 사업에 지장이 있지 않을까 염려가 될 정도였다.

이층의 모임은 아홉 시 무렵에 이미 만원이었다. 예전부터 마담에게 플라토닉한 연정으로 가슴을 태우고 있던 상업 재판소의 판사 바아스 씨는 구석에서 마담과 소곤거리고 있었다. 그리고 무엇인가 서로 마음이 통하는지 두 사람 모두 기쁜 듯이 싱글거렸다.

전 읍장인 푸우랑 씨는 로자를 그의 무릎 위에 올려놓고 있었다. 로자는 무릎 위에서 그를 마주 보고 앉아 이 사람 좋은 아저씨의 흰 수염 속에 두 손을 넣고 까불어댔다. 그의 검은 아사 바지 위에 비스듬히 말려 올라간 샛

노란 비단 스커트 사이로 여인의 새하얀 허벅지가 엿보였다. 그리고 빨간 스타킹에는 여행길에서 행상인에게 산 연보랏빛 양말대님이 끼어져 있었다.

덩치가 큰 페르낭드는 소파 위에 누운 채 두 다리를 세무관 팡페스 씨의 배 위에 올려놓고 몸은 필립 청년의 가슴에 기대어, 오른팔로는 상대방의 목을 감고 왼손으로는 담배를 피우고 있었다.

라파엘은 보험 대리점을 경영하는 뒤퓌 씨와 교섭 중인 모양이다. 그리고 그녀와의 회담은 다음과 같은 말로 끝맺었다.

"여보, 물론 오케이예요. 오늘 저녁 같은 때는 오히려 이쪽에서 부탁하고 싶을 정도인 걸요."

하고 재빨리 몸을 일으켜 춤을 추며 살롱을 한 바퀴 돌면서 말했다.

"오늘 밤에는 여러분이 원하는 대로랍니다."

이때 문이 요란하게 열리더니 문 앞에 투르느보 씨가 나타났다. 사람들은 열광적인 환성을 지르며, "투르느보 만세!"를 외쳤다. 때마침 혼자서 춤을 추며 살롱 안을 돌고 있던 라파엘이 비틀거리다 그의 가슴에 쓰러졌다. 투르느보 씨는 기회는 이때다! 하는 생각에 여인을 힘껏 껴안고 다짜고짜 안아 올렸다. 그는 만장의 갈채를 받으며 곧바로 여인을 안은 채로 살롱을 가로질러 침실 계단 쪽으로 사라져버렸다.

아까부터 전 읍장의 마음을 들뜨게 만드는 로자는 그에게 쉴 새 없이 키스를 퍼부으며 양쪽 구레나룻을 끌어당겨 머리를 세우는 장난을 하다가 바로 그때 투르느보 씨가 하는 모습을 보았다.

"자아, 빨리 우리도 저렇게 해요."

하고 속삭이자 영감도 엉덩이를 일으켰다. 조끼를 고쳐 입고는 비상금이 들어 있는 포켓을 여러 번 만져 보면서 여인의 뒤를 따라갔다.

페르낭드와 마담의 파트너들만이 남겨지자 필립이 외쳤다.

"내가 샴페인을 내죠! 마담 테리에, 세 병만 가져오게 해요."

그러자 페르낭드는 청년에게 매달리며 귓전에 속삭였다.

"우리들 춤 좀 추게 해줘요. 네? 어서요."

청년이 일어나 한쪽 구석에서 잠자고 있던 고물 에피네트 앞에 앉아 애련한 왈츠 곡을 연주하기 시작했다. 덩치 큰 페르낭드는 세무관과 짝이 되고 마담은 바아스 씨 팔에 안겼다. 두 쌍의 남녀는 서로 쉴 새 없이 키스를 나누며 춤을 추었다. 바아스 씨는 예전에 사교계 출입도 많이 해본 솜씨여서 춤도 멋지게 추었다. 마담은 황홀한 표정으로, "위(그래요)"라고 눈으로 대답하며 상대방을 지켜보고 있었다. 그것은 말 이상으로 조심스럽고 달콤한 "위"였다.

프레더릭이 샴페인을 가지고 왔다. 첫 번째 병마개가 열리자 필립은 커드릴 춤곡을 연주했다.

네 사람은 점잖고 예의 바르게 고개를 숙여 인사를 나누면서 매우 멋진 자태로 세련되게 춤을 추었다.

춤이 끝나자 사람들은 샴페인을 마시기 시작했다. 그때 투르느보 씨가 나타났다. 매우 만족스럽고 기분이 가벼워져 밝은 얼굴로 외쳤다.

"이유는 모르겠지만 하여튼 오늘의 라파엘은 만점이야!"

이어서 누군가가 내민 술잔을 단숨에 들이키면서 말했다.

"음, 오래 살고 볼 일이야."

필립은 재빨리 흥겨운 폴카를 연주하기 시작했다. 투르느보 씨는 '유대 미인'과 짝을 이뤄 상대방의 발이 마루에 닿지 못할 정도로 쉴 새 없이 공중에 치켜올리며 춤을 췄다. 팡페스 씨와 바아스 씨는 조금 전의 춤 상대를 찾아 또다시 춤을 추었다. 이따금 춤을 멈추고는 탐스럽게 거품이 이는 샴페인을 마셨다. 춤은 그칠 줄을 모르는데 문이 반쯤 열리고 로자가 촛불을 들고 나타났다. 머리는 풀어 헤치고 슬리퍼를 신은 발에 속치마 바람으로 빨갛게 상기된 얼굴이었다.

"나도 춤추겠어요!"

그녀가 소리치자 라파엘이 물었다.

"손님은 어떻게 했니?"

로자는 뱉듯이 말했다.

"그이 말이야? 벌써 꿈나라로 갔지. 금세 곯아떨어졌지 뭐야."

로자는 소파에 멍하니 앉아 있는 뒤퓌 씨를 붙들고는 폴카를 추기 시작했다.

샴페인 병은 벌써 비어 있었다.

"내가 한 병 사지."

투르느보 씨가 호기를 보이자,

"나도 사지!"

하고 뒤퓌 씨도 소리쳤다. 그러자 박수갈채가 터졌다.

이쯤 되니 이제부터는 정식 무도회가 되었다. 가끔 아래층 카페의 루이즈와 플로라까지 급히 빠져나와서는, 아래층의 손님들이 화내는 것도 아랑곳하지 않고 한바탕 신나게 춤을 추고는 아쉬워하며 아래층으로 재빨리 뛰어 내려가는 것이었다.

한밤중이 되어도 춤은 계속되었다. 가끔 여인 중의 하나가 사라져 버린다. 그것도 모르고 춤 상대를 찾다 보면 사나이 중의 한 사람도 없어진 것을 문득 깨닫는다.

"당신 둘이서 도대체 어디 갔다 오는 거요?"

하고 마침 팡페스 씨가 페르망드와 함께 나타나는 것을 보고 필립이 놀림조로 묻자 세무관이 대답했다.

"잠깐 푸우랑 씨의 잠자는 얼굴을 보고 왔지."

이 말은 살롱에서 굉장한 인기를 끌었다. 그다음부터는 너도나도 하면서 여인들 중 누군가를 데리고 푸우랑 씨의 잠자는 얼굴을 보러 가는 것이었다.

오늘 밤에는 여인들이 신기할 정도로 솔직했다. 마담은 한쪽 구석에서 바아스 씨와 시간 가는 줄 모르고 밀담을 나누고 있었다. 아무래도 기왕에 결정된 일의 마무리 교섭을 하고 있는 모양이었다. 그녀는 가만히 눈을 감고 생각에 잠겼다.

새벽 한 시가 되자 아내가 있는 투르느보 씨와 팡페스 씨는 집에 가겠다면서 계산서를 청구했다. 그런데 계산서에는 샴페인값뿐이었으며, 그것도 보통 때는 한 병에 십 프랑 하던 것이 육 프랑으로 할인되어 있었다. 두 사람이 마담의 호의에 놀란 표정을 짓자 마담은 밝은 표정으로 대답하는 것이었다.

"매일 파티가 있는 것은 아니니까요."

두 친구

- 기 드 모파상 -

작품 정리

　　이 작품은 평범한 일상 속에서 여가시간을 이용하여 낚시를 하는 행위에서 행복을 느끼며 살아가는 보통 시민들에게 전쟁은 이러한 작은 행복마저 허용하지 않는다는 것을 말해 준다. 단순하고 일상적인 한 사건이 전쟁으로 인해 소시민의 삶을 얼마나 비참하게 파괴시키는지 잘 보여 주며 폭력의 정체에 대해 새로운 깨달음을 얻게 하는 작품이다. 변명이 불가능한 상황, 인간이 인간을 대하는 방식의 냉혹함, 그물망에 들어 있던 물고기의 운명과 인간의 운명을 대조하며 사소한 말 한마디로 사람의 운명을 좌우하는 프러시아 장교는 전쟁이 갖는 비정성과 비극성을 부각시킨다.

작품 줄거리

　　보불 전쟁으로 포위되어 있는 파리를 거닐던 시계상 모리소는 평화스럽던 시절에 낚시터에서 만나 친구 사이로 지내던 소바즈를 만난다. 둘은 침울한 세태를 한탄하며 예전에 한가로이 낚시를 즐기던 시절을 그리워한다. 술을 한잔 하자던 그들은 많은 술을 마시게 된다. 소바즈는 술김에, 프러시아에게 점령된 강가로 낚시를 하러 가자고 하고 모리소는 그에 동의한다. 소바즈가 잘 아는 대령에게 통행증을 얻은 후 두 사람은 불안한 마음으로 조심조심 강가로 가서 예전처럼 즐거이 낚시를 한다. 이상하게도 물고기가 잘 잡히는 가운데 그들은 정치와 전쟁 이야기를 나눈다. 그렇지만 결국 프러시아군에게 체포되고 프러시아 장교는 그들을 스파이로 단정하여 암호를 말하라고 한다. 영문을 모르는 둘은 모른다고 대답하자 프러시아 장교의 명령으로 총살시켜 강물에 버려지고 프러시아 장교는 아무 일도 없었다는 듯이 이들이 잡은 물고기를 요리하라고 명령한다.

핵심 정리

갈래 : 단편 소설　　　　　　　　　　　시점 : 전지적 작가 시점
배경 : 프러시아에 점령된 프랑스 교외의 강가　　주제 : 전쟁으로 생긴 비극과 인간의 허망한 삶

두 친구

파리는 포위되어 사람들은 기아에 허덕이고 있었다. 지붕 위의 참새도 눈에 띄게 줄고 하수구의 쥐도 사라졌다. 사람들은 먹을 수 있는 것이면 무엇이든지 잡아먹었다.

1월의 맑게 갠 어느 날 아침, 시계방을 하고 있었지만 시국이 시국인 만큼 일거리가 없어져 버린 모리소가 바지에 두 손을 깊숙이 집어넣고 배고픔을 참으면서 변두리 동네의 거리를 시큰둥한 표정으로 흔들흔들 걸었다. 그러다가 같은 부류인 듯한 남자와 딱 마주치자 발걸음을 멈추었다. 어디서 본 듯한 얼굴이라고 생각했는데 역시 그랬다. 소바즈 씨라고, 강에서 알게 된 사람이었다.

전쟁 전까지 모리소는 일요일이면 아직 이른 새벽부터 낚싯대를 한 손에 들고 깡통을 어깨에 걸치고 집을 나서곤 했었다. 아르장퇴이유 행 기차를 타고 콜롱브에서 내리면 걸어서 마랑트 섬까지 간다. 꿈에도 잊지 못할 이곳에 닿자마자 곧 낚시를 시작하여 밤이 될 때까지 물고기를 낚는 것이다.

그때 매주 일요일마다 강가의 낚시터에서 포동포동 살이 찌고 작달막하면서도 소탈한 남자를 만났었는데 그 사람이 바로 소바즈 씨였다. 그는 노트르담 드 로레트 거리에 조그마한 잡화상을 하고 있었는데 대단한 낚시광이었다. 그들은 나란히 낚싯줄을 드리우고 물 위에 발을 흔들거리면서 한나절을 같이 보내는 일이 가끔 있었다.

어떤 때에는 둘 다 말 한마디 나누지 않는 날도 있었다. 그러나 어쨌든 취미가 같고 생각하는 것도 비슷했으므로 아무 말 하지 않아도 둘의 마음은 잘 통했다. 이렇게 해서 둘은 사이가 좋아졌던 것이다.

봄이 되어 아침 열 시경에는 따뜻한 태양이 물과 함께 흐르는 저 아련한 아지랑이를 조용한 수면위에 맴돌게 하고 이들 두 낚시꾼의 등에 봄볕이 기분 좋게 퍼부어 주면 모리소는 생각난 듯이 옆자리의 일행에게 말을 건넨다.

"어떻소, 기분이 정말 좋군요."

하면 소바즈 씨도 맞장구를 친다.

"더할 나위 없죠."

그것만으로도 둘은 충분히 서로 이해하고 마음을 주고받을 수가 있었던 것이다.

또 가을은 가을대로 저녁 해 질 무렵 붉은 노을을 비추어 수면은 진홍색 구름의 모습을 담아 강을 붉게 물들인다. 노을은 지평선을 불처럼 타오르게 하고 두 친구도 불길처럼 새빨갛게 된다. 또 겨울이 다가옴을 두려워하는 짙은 갈색의 나무들마저 금빛으로 물들어 버린다.

그럴 때면 소바즈 씨는 사뭇 기쁜 듯이 모리소에게 말을 건다.

"참으로 좋은 경치군요."

하면 모리소도 멋진 장면에 눈을 떼지 못하고 감탄하면서 대답한다.

"정말로 이런 기분은 시내에 있는 놈들은 알 수가 없지요."

이러한 두 사람이 길에서 우연히 만나 서로 상대편 얼굴을 알아차리자 힘껏 손을 잡았다. 전쟁으로 변해 버린 세태 속에서 다시 만날 수 있어서 무척 반가웠던 것이다. 소바즈 씨는 한숨을 한 번 내쉬고 중얼거렸다.

"어허, 참. 요즘은 아무 생각도 할 수 없게 되었군요."

모리소도 몹시 어두운 얼굴로 내뱉듯이 말했다.

"게다가 날씨까지 좋지 않으니 어쩐 일입니까. 어쨌든 오늘은 올해 들어 처음 보는 좋은 날씨로군요."

과연 하늘은 파랗고 맑은 빛에 차 있었다.

둘은 깊은 생각에 잠기면서 어깨를 나란히 하고 걷기 시작했다. 모리소가 말을 꺼냈다.

"예전에 낚시를 할 때가 정말 좋았지요!"

소바즈 씨가 물었다.

"언제나 또 할 수 있을까요?"

그들은 자그마한 카페로 들어가서 압생트를 한 잔씩 마셨다. 그러고 나서 다시 거리를 어슬렁거리기 시작했다.

모리소가 멈춰 섰다.

"한 잔 더 어때요?"

소바즈 씨도 찬성했다.

"좋습니다."

그들은 다른 술집으로 또 들어갔다.

그곳을 나왔을 때에는 두 사람 모두 아주 좋은 기분이 되어 휘청거리며 걸었다. 따뜻한 날씨였다. 산들바람이 쓰다듬는 것처럼 얼굴을 간질였다. 부드러운 바람을 쐐 더욱 얼큰히 취해 기분이 좋아진 소바즈 씨가 걸음을 멈추었다.

"한번 나가 볼까요?"

"어디에 말입니까?"

"낚시하러 말이죠."

"그렇지만 어디에서 말입니까?"

"어디라니, 그때 그 섬이지요. 프랑스군의 전초가 콜롱브 근처에 나가 있어요. 내가 뒤물랭 대령을 알고 있으니 문제없이 통과시켜 줄 겁니다."

모리소도 낚시를 할 수 있다는 말에 더 이상 참을 수가 없었다.

"좋소. 가십시다."

둘은 낚시도구를 가져오기로 하고 헤어졌다.

한 시간 뒤에 그들은 나란히 국도를 걷고 있었다. 조금 후에 대령의 숙사로 되어 있는 별장에 닿았다. 대령은 두 사람의 부탁을 듣고 빙긋 웃으며 그 들뜬 마음을 실망시키지 않았다. 그들은 통행 허가증을 받고 또 걷기 시작했다.

이윽고 전초선을 넘어 지금은 사람이 한 명도 없는 콜롱브의 거리를 지나 센강 쪽의 작은 포도밭 근처로 나왔다. 그럭저럭 열한 시였다.

눈앞에 아르장퇴이유의 마을이 죽은 듯이 가로놓여 있었다. 오르즈몽이나 싸느와의 고원과 넓은 평야는 저 멀리까지 허허벌판이었고 눈에 보이는 것은 쓸쓸한 벚나무 숲과 잿빛의 땅뿐이다.

소바즈 씨는 언덕의 꼭대기를 가리키면서 낮게 중얼거렸다.

"프러시아 군은 저 높은 곳에 있습니다."

그리고 나자 이 황량한 들판을 앞에 놓고 말할 수 없는 불안이 두 친구를 움츠러들게 했다.

프러시아 병사! 둘은 아직 그 모습을 직접 눈으로 보지는 못했으나 몇 달 전부터 파리를 포위하면서 약탈하고 학살하고 굶주리게 하여 프랑스를 조금씩 파괴해 가고 있었다. 눈에 보이지 않는 강력한 그들을 느끼고 있었던 것이다. 또 두 사람이 저 미지의 승리한 군대에 대하여 품고 있는 증오감에는 일종의 미신적인 공포가 덧붙어 있었다.

모리소는 머뭇거리며 말했다.

"놈들과 불시에 마주치기라도 하면 어떻게 하지요?"

소바즈 씨는 이런 때에도 파리 사람다운 장난기를 섞어 대답한다.

"생선구이라도 만들어 줍시다."

하지만 지평선 일대를 덮고 있는 기분 나쁜 침묵에 기가 죽어 단박에 들판 가운데로 들어서지는 못하고 있었다.

드디어 소바즈 씨가 결심했다.

"자아, 나갑시다! 그런데 조심하시오."

두 사람은 포도밭으로 내려갔다. 몸을 굽히고 배로 기어가면서 풀숲이 있으면 그 속에 숨어서 눈을 굴리고 귀를 기울이면서 조심스럽게 내려갔다.

그 앞에는 풀도 나지 않아 몸을 숨길 수도 없는 작은 평지가 있어서 강가에 다다르려면 그곳을 가로질러야만 했다. 그들은 마구 뛰기 시작했다. 겨우 강가에 닿자마자 얼른 마른 갈대 속에 웅크리고 앉았다.

모리소는 근처에 사람의 발소리라도 나지 않나 땅바닥에 귀를 대어 보았다. 아무것도 들리지 않는다. 확실히 그들 두 사람뿐이었다.

겨우 가슴을 쓸어내리고 강가에서 낚시를 시작했다.

눈앞에는 지금 아무도 없는 마랑트 섬이 있었는데 저편 강가에서는 둘의 모습이 보이지 않을 것이다. 작은 섬에 있던 식당 건물은 문이 닫혀 있어 몇 년 전부터 빈집이 된 것처럼 보였다.

소바즈 씨가 먼저 모래무지를 낚아 올렸다. 다음에는 모리소가 물고기를 낚아챘다. 이렇게 두 사람은 은빛의 작은 물고기가 줄 끝에서 팔딱팔딱 뛰고 있는 낚싯대를 쉴 새 없이 들어 올릴 수 있었다. 사실 거짓말처럼 물고기가 많이 잡혔다.

낚은 물고기를 발밑의 물에 반쯤 담겨 있는 그물바구니에 솜씨 좋게 넣을 때면, 말할 수 없는 기쁨이 온몸에 배어 퍼지는 것이었다. 그것은 아마 오랜 시간 동안 금지되어 온 도박이나 놀이를 하게 되었을 때 느끼는 그런 기쁨과 같을 것이다.

따뜻한 태양이 두 사람에게 따사로움을 전해주고 있었다. 이제 그들은 아무것도 들리지 않고 세상일 같은 것은 잊어버리고 그저 물고기만을 낚고 있었다.

그런데 별안간 땅 밑바닥에서 울리는 둔탁한 음향이 지면을 진동시켰다. 대포가 터지기 시작한 것이다.

모리소는 뒤를 돌아보았다. 둑 너머 저 멀리 왼편에 발레리앙 산의 커다란 윤곽이 보였으며 그 산의 꼭대기에는 지금 막 토해낸 화약 연기가 하얀 깃털 장식처럼 덮여 있었다.

금세 두 번째의 화약 연기가 요새의 꼭대기에서 올랐구나 하는데 잠시 후에 또 폭음이 울렸다. 그로부터 연달아 폭음이 일고 산은 쉴 새 없이 죽음의 숨결을 내쉬며 우윳빛 연무를 토해냈다. 그러면 그것은 조용한 하늘로 천천히 떠올라 산 위에 한 뭉치의 구름을 형성하는 것이었다.

소바즈 씨는 어깨를 으쓱하며 말하였다.

"또 시작했군 그래."

모리소는 낚시찌가 까딱거리며 움직이는 것을 초조한 마음으로 바라보고 있었는데 갑자기 화가 치밀었다. 이렇게 전쟁이나 하고 있는 저 미친 사람들에 대한 선량한 인간의 노여움이었다. 그는 중얼거렸다.

"이렇게 서로 죽이기 내기를 하다니 참으로 어리석지 않소!"

소바즈 씨도 대답했다.

"짐승 그 이상이지요."

마침 그때 모리소는 잉어를 낚아 올리며 큰 소리로 말했다.

"요컨대 정부가 존재하는 한 전쟁은 끊이지 않을 겁니다."

소바즈 씨는 그 말을 가로막았다.

"공화국이었더라면 전쟁은 하지 않았을 텐데……."

이번에는 모리소가 가로채어 말했다.

"임금님이 다스릴 때에는 외국과 전쟁이고, 공화국일 때에는 국내 전쟁이지요."

이리하여 둘은 정치적으로 큰 사건이나 큰 문제를 단순하고 온화한 인간의 부드러운 토론으로서 여유 있게 자신의 의견을 얘기하며, 결국 인간은 언제가 되더라도 자유로워지지는 않을 것이라는 의견의 일치를 보았다.

그러는 사이에도 발레리앙 산은 포탄으로 쉴 새 없이 울리면서 프랑스의 집들을 파괴하고 많은 생명을 없애 존재를 유린하고, 수많은 꿈과 기쁨, 기대와 동경과 행복에 종지부를 찍고 아득히 먼 고향에 있는 아내의 마음에, 딸의 마음에, 어머니의 마음에 평생토록 아물 수 없는 상처를 입히고 있는 것이었다.

"이것이 산다는 것이지요."

하고 소바즈 씨가 말을 던졌다.

"이것이 죽음이라는 것이지요, 라고 말하고 싶은걸요."

라고 모리소는 웃으면서 대꾸했다.

그러나 그 순간 그들은 깜짝 놀라 온몸이 굳어져 버렸다. 방금 그들의 등 뒤로 누군가가 지나간 것을 확실히 느꼈기 때문이다. 슬그머니 눈을 돌려 뒤를 보니 등 너머 바로 곁에 네 사람의 남자가 버티고 서 있는 것이었다. 농부의 옷차림에 납작한 군모를 쓰고 무장한 수염투성이의 거한이 두 사람들 향해 총 끝으로 겨냥을 하고 있었다.

두 사람의 낚싯대는 둘의 손에서 떨어져 강 아래로 흘러 내려갔다.

두 사람은 곧 그들에게 붙들려 조그만 배에 처넣어져 섬으로 끌려갔다. 그들이 빈집이라고 생각했던 아까의 식당 건물 뒤에는 이십 명가량의 프러시아 병사들이 있었던 것이다.

수염투성이의 거한이 의자를 거꾸로 하여 말을 타듯이 앉아 커다란 사기 파이프를 빨아대면서 잡혀 온 두 사람에게 세련된 프랑스어로 물었다.

"어떠시오, 여러분. 많이 잡았습니까?"

그러자 병사 하나가 물고기가 가득 들어 있는 바구니를 가지고 와서 수염투성이 장교 발밑에 놓았다. 프러시아 장교는 씩 웃었다.

"호, 이것 참 대단하군그래. 헌데 그건 그렇고, 내가 말하는 것을 잘 듣기 바란다. 겁낼 것은 없다. 내 생각이 맞다면 너희들 둘은 이쪽을 염탐하려고 온 스파이다. 너희들의 계획을 교묘하게 속이려고 낚시질을 하는 척할 뿐이다. 그래서 나는 너희들을 잡아 총살을 시켜야 하는 것이다. 너희들이 내 손안에 들어온 것은 대단히 가엾은 일이나 지금은 전쟁 중이니 어쩔 수 없다.

그런데 말이다. 너희들은 전초선을 빠져나왔으니만큼 분명 돌아갈 때의 암호를 알고 왔을 것이다. 그 암호를 나에게 가르쳐주면 너희들을 용서하겠다."

두 친구는 나란히 선 채 얼굴은 새파랗게 질리고 손을 부들부들 떨면서 입을 다물고 있었다.

장교는 다시 말했다.

"너희들이 암호를 말했다는 것은 아무도 모른다. 너희들은 아무렇지도 않게 돌아갈 수 있는 거다. 이 비밀은 너희들이 돌아가는 것과 동시에 없어지는 것이다. 만약 너희들이 거부하면 이 자리에서 사형이다. 어느 쪽인지 결정해라."

둘은 아무 말 없이 꿈쩍도 하지 않았다.

프러시아 장교는 냉정하게 한 손으로 강을 가리키면서 다시 말했다.

"잘 생각해라. 5분 뒤에 너희들은 저 강 속에 있을 거다. 5분 뒤다! 너희들에게 가족들도 있을 것 아닌가?"

발레리앙 산은 여전히 흔들리고 있었다.

두 사람의 낚시꾼은 입을 다문 채 버티고 서 있었다. 프러시아 장교는 자기네 나라말로 무엇인가 명령을 내렸다. 이어서 그가 걸터앉아 있는 의자를 약간 뒤로 빼고 두 사람의 포로와 멀리 떨어졌다.

잠시 후 열두 명의 병사가 두 사람과 이십 보쯤 떨어진 곳에 정렬하여 '세워 총'을 하였다.

장교가 또다시 말했다.

"1분간의 여유를 준다. 그 이상은 단 1초도 더 기다리지 않겠다."

그는 갑자기 의자에서 일어나 두 프랑스인 옆으로 다가오더니 모리소의 팔을 잡고 조금 떨어진 곳으로 끌고 가 목소리를 낮추고 속삭였다.

"자아, 빨리! 암호가 뭐냐? 너희 한 패에게 눈치채일 걱정은 안 해도 된다. 가엾어서 용서받은 것으로 해두자."

모리소는 아무런 대답도 하지 않았다.

그러자 프러시아 장교는 이번에는 소바즈 씨를 끌고 가서 똑같은 제안을 했다.

소바즈 씨도 대답하지 않았다.

그들은 다시 나란히 세워졌다.

장교는 명령을 내리고 병사들은 총을 들어 올렸다.

그때 문득 모리소의 시선은 모래무지가 들어 있는 바구니 위에 멈췄다. 두세 걸음 떨어진 곳의 풀밭 위에 내던져져 있었는데 쌓여 있는 물고기들이 아직 살아 움직이며 한 줄기의 햇빛이 부딪쳐 반짝거리고 있었다.

그는 왠지 정신이 멍해져 왔다. 참고 있었으나 눈물이 나와서 견딜 수가 없었다.

그는 친구에게 마지막 인사를 하였다.

"소바즈 씨, 잘 가시오."

소바즈 씨도 말했다.

"모리소 씨, 잘 가시오."

그들은 손과 손을 서로 굳게 잡았으나 머리끝부터 발끝까지 온몸이 떨려 왔다.

장교가 고함을 쳤다.

"쏴라!"

열두 발의 총성이 동시에 울렸다.

소바즈 씨는 털썩 엎어져 쓰러졌다. 모리소는 키가 컸으므로 비틀거리며 한 바퀴를 굴러 친구의 몸 위에 부딪히며 벌렁 나자빠졌다. 가슴께를 맞아 피가 펑펑 뿜어져 나왔다.

프러시아 장교가 또 무언가를 명령했다.

병사들은 사방으로 흩어졌다가 곧 밧줄과 돌을 가지고 와서 그것을 두 시체의 발목에 묶은 다음 강가로 옮겨 갔다.

발레리앙 산은 여전히 대포로 흔들리고 있었고 대포에서 뿜은 연기가 구름을 만들었다.

두 병사가 모리소의 머리와 발을 잡고 들어 올렸다. 그리고 다른 두 병사도 소바즈 씨를 들어 올렸다. 두 개의 시체가 힘껏 휘둘리다가 멀리 내던져져 곡선을 그리면서 강물로 떨어졌는데 발에 매단 돌의 무게 때문에 다리부터 강 속으로 가라앉았다.

강물이 튀어 올라 거품이 일고 수면이 흐트러졌으나 얼마 안 가서 고요해졌다. 잠시 후에는 작은 물결이 강가에까지 밀려 나왔다. 피가 수면 위로 조금 떠올랐다.

장교는 여전히 상쾌한 기분으로 중얼거렸다.

"자아, 이제는 물고기들에게 맡겨 두지."

그리고 숙사 쪽으로 돌아갔다.

그때 문득 풀 위에 뒹굴고 있는 모래무지가 담긴 바구니가 눈에 띄었다. 그는 그것을 집어 올려서 바구니 안을 들여다보고는 저도 모르게 벙글 웃었다.

그는 "빌헬름!" 하고 소리쳤다.

하얀 앞치마를 두른 한 병사가 뛰어나왔다. 프러시아 장교는 총살된 두 낚시꾼이 잡은 물고기들을 그 병사에게 주면서 명령했다.

"빨리 이 물고기를 구워 주게나. 아직 싱싱할 때 구이를 하면 더욱 맛이 좋을 거야."

그는 다시 파이프를 피우기 시작했다.

쥘르 삼촌

- 기 드 모파상 -

작품 정리

일요일마다 정장을 하고 해변으로 산책을 가는 조제프의 아버지와 어머니는 가난과 생활고에
찌든 사람들이다. 산책을 가는 이유도 누이들을 돈이 많은 사람들에게 선을 보이기 위해서이며,
미국에서 성공했다는 쥘르 삼촌의 편지를 보이고서야 결혼이 성사되었다. 가족여행에서 우연히
쥘르를 보게 된 아버지는 절망에 빠져 황급히 그를 피한다. 10여 년간 쥘르 동생이 사업에 성공하
여 자신들을 가난에서 구원해 주기를 기다리고 있었는데 모든 희망이 사라진 것이다. 행실이 나
쁜 동생이었지만 오로지 돈만을 바라고서 그를 기다렸던 것이다. 작가는 가난한 사람들의 사상이
얼마나 비굴해질 수 있는지, 타인의 도움만 바라고 있는지를 잘 서술하였으며 그들의 희망을 통
쾌하게 꺾음으로써 결말을 맺는다.

작품 줄거리

조제프의 집안은 가난한 집안이었으며 그의 어머니는 궁색스러운 살림에 고통을 느끼고 있었
다. 그래도 조제프의 아버지와 어머니, 그리고 누이 둘은 일요일마다 정장을 하고 선창을 한 바퀴
산책을 하고는 했다. 그곳에 도착하는 커다란 배를 보면서 아버지는 그 배에 쥘르 삼촌이 타고 있
기를 기대했다. 예전에 쥘르 삼촌은 집안의 문제아였다. 그는 조제프의 아버지 몫의 유산을 축내
고는 그 당시 흔히 하듯 뉴욕으로 가는 상선을 타고 미국으로 건너갔다. 그리고 얼마 후 그가 미
국에서 돈을 벌어 성공했다는 소식을 전해 듣는다. 이후 조제프의 가족들은 모두 쥘르 삼촌이 돌
아와 자신들을 가난으로부터 구원해 주기를 기대했다. 조제프의 가족들은 작은 누이의 결혼으로
제르제섬 여행을 가게 된다. 조제프의 아버지는 선상에서 굴 껍질을 까는 늙은 노인을 보고 동생
쥘르와 비슷하다고 생각한다. 그 배의 선장에게 확인해 본 결과 그가 쥘르임을 알게 되고 충격을

받은 조제프의 가족들은 그가 자신들을 알아볼까봐 서둘러 그 자리를 피한다. 그 이후 조제프는 쾰르 삼촌을 두 번 다시 보지 못했다.

핵심 정리

갈래 : 단편 소설
시점 : 1인칭 전지적 작가 시점
배경 : 19세기 프랑스 르 아브르
주제 : 따뜻한 인간애와 인간의 고귀함

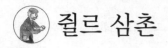# 쥘르 삼촌

아쉴르 베누빌르 씨에게

허연 턱수염을 늘어뜨린 늙은 거지가 우리에게 구걸을 했다. 친구인 조제프 다브랑쉬는 그에게 5프랑짜리 은화를 던져 주었다. 내가 놀라니까 그는 이렇게 말했다.

"저 거지를 보니 새삼스레 생각나는 일이 있네. 그때의 기억을 지울 수가 없군그래. 그 이야기를 지금 해 주겠네."

우리 집은 르아브르에 있었는데 부유하지는 못했어. 겨우겨우 살아가고 있었다는 이 한마디로 우리의 형편을 알 수 있을 거야. 아버지는 부지런하게 일하고 늦게까지 관청에 남아 일했지만 수입은 많지 않았지. 나에게는 누님이 둘 있었어.

어머니는 가난한 살림을 무척 괴로워하셨다네. 가끔 아버지에게 가시 돋친 말을 던지기도 하고 은근히 한심하다는 듯 비난을 했었지. 그럴 때의 딱한 아버지의 모습을 보면 난 정말 가슴이 미어지는 것 같았어. 한 손으로 이마를 만지면서 나오지도 않은 땀을 닦는 척하시는 거야. 그러면서 아무 대답도 하지 못하는 것을 볼 때마다 난 무력한 아버지의 고뇌를 역력히 느꼈지.

집 안에서는 모든 것을 절약했고 만찬의 초대에 응한 적은 한 번도 없었다네. 답례로 상대방을 초대해야 하니 말이야. 식료품도 도맷값으로 깎아서 샀어. 누나들은 옷을 손수 지어 입었으며 1미터에 십오 상팀 하는 레이스 깎아달라고 오랫동안 실랑이를 했었지. 우리가 먹는 평소의 식사는 버터를 넣고 끓인 수프와 소스로 양념한 쇠고기뿐이었어. 이거라면 몸에도 좋고 원기를 돋우는 데는 확실한 모양이더군. 하지만 나는 가끔 다른 음식을 먹어 보고 싶었지. 단추를 잃어버리거나 바지를 찢거나 하면 나는 내가 한심해지도록 지독한 야단을 맞았었네.

그래도 우리 가족은 일요일마다 정장을 차려입고 바닷가를 한 바퀴 산책하는 것이 습관이었다네. 아버지는 프록코트에 실크 모자를 쓰고 장갑을 끼고는, 축젯날의 배처럼 화려하게 차려입은 어머니에게 팔짱을 끼게 하였지. 누나들은 언제나 먼저 채비를 하고 출발하기를 기다렸어.

하지만 막상 떠나려 할 때면 언제나 아버지의 프록코트에 눈에 뜨이지 않던 얼룩이 발견되어 급히 헝겊 조각에 벤젠을 묻혀 그것을 지워야 했지. 아버지는 실크 모자를 쓴 채 윗도리를 벗고 얼룩을 닦아내기를 기다렸고 어머니는 때가 묻지 않도록 장갑을 벗어 놓고 근시 안경을 쓰고는 얼룩을 지우기 위해 조급히 서둘렀지.

그리고 다 같이 위엄 있게 걸어 나갔어. 누나들은 둘이서 팔짱을 끼고 앞장서 걸었다네. 혼기에 찬 나이라 사람들에게 선을 보이기 위해 거리를 돌아다니는 셈이었지. 나는 언제나 어머니 왼쪽에 붙어서 걸었다네. 오른쪽에는 아버지가 있었기 때문에 말이야.

이 일요일에 산책할 때의 부모님들의 점잔 빼는 모습을, 딱딱하게 굳은 표정과 어색한 걸음걸이를 나는 역력히 기억하고 있네. 부모님들은 상체를 똑바로 세우고 다리를 뻣뻣하게 하며 엄숙하게 걷는 거야. 중대한 사건이 두 사람의 걷는 자세에 달려있기라도 하는 것처럼 말일세.

그리고 매주 일요일, 가 보지도 못한 먼 나라에서 오는 배가 항구로 들어오는 것을 보면서 아버지는 언제나 판에 박은 듯이 똑같은 말씀을 하셨지.

"저 배를 봐! 쥘르가 저 배에 타고 있다면 정말 멋진 일일 텐데!"

한때 쥘르 삼촌은 온 집안의 귀찮은 대상이었기도 했지만 이때는 우리 가족들의 유일한 희망이었던 거야. 쥘르 삼촌에 대한 이야기는 어릴 때부터 늘 듣고 있었지. 초면이라도 단번에 알아볼 수 있을 것 같더군. 그만큼 쥘르 삼촌은 나에게 익숙해져 있었네. 쥘르 삼촌에 대한 일만은 모두 다 소곤소곤 낮은 목소리로 이야기하지만 말이야.

아마 쥘르 삼촌의 좋지 못한 행실이 있었던 모양이야. 말하자면 얼마간의 돈을 썼던 거지. 이것은 가난한 사람들에 있어서는 확실히 죄악이었으니까. 돈 많은 부자들이 볼 때는 난봉꾼이 사람답지 않은 짓을 한 것에 불

과하겠지만 성실한 생활을 하던 우리처럼 가난한 사람들에게는 부모의 재
산을 축내게 하는 자식이란 악한이며 불량배며 못된 놈이 되는 거지! 나쁜
짓을 한 사람은 같더라도 분명히 구별되었다네. 결과만이 행위의 중대성을
결정하는 것이니까.

요컨대 쥘르 삼촌은 우리 아버지가 기대했던 유산을 상당히 축냈던 것이
지. 삼촌의 몫은 마지막 한 푼까지 다 쓰고 난 뒤에 말이야.

그 당시에 누구나 그랬던 것처럼 삼촌은 르아브르에서 뉴욕으로 가는 배
를 타고 아메리카로 떠났네.

그곳에 가자마자 쥘르 삼촌은 무슨 사업인지는 모르지만 장사꾼이 되었
어. 그리고 얼마 안 되어 우리에게 편지를 보내왔던 거야. 돈도 약간 벌었
으니 언젠가는 아버지에게 끼친 폐를 갚을 수 있을 것이라는 편지였네.

이 편지는 온 집안에 깊은 감동을 불러일으켰네. 흔히 말하는 서푼의 값
어치도 없는 사내인 쥘르가 편지 한 장으로 갑자기 훌륭한 사람이 되었다
네. 성실하고 믿음직한 사나이, 다브랑쉬 가문을 더럽히지 않은 사람, 다브
랑쉬를 일컫는 다른 가족들과 마찬가지로 나무랄 데 없는 사람이 되었던
것일세.

게다가 잘 알고 지내던 한 선장은 쥘르 삼촌이 큰 가게를 빌려 대대적인
사업을 하고 있다는 소식을 우리에게 전해주었었네.

2년 후에 온 두 번째의 편지에는 이렇게 씌어 있었지.

"필립 형님, 저의 건강에 대해서는 염려하지 마시라고 이 편지를 드립니
다. 건강은 아주 좋습니다. 사업도 잘 되어 가고 있습니다. 내일은 남아메
리카를 향해 긴 여행을 떠납니다. 어쩌면 몇 년 동안 소식을 전해 드리지
못할지도 모르겠습니다. 편지를 못 드리더라도 걱정하지 마십시오. 한밑천
잡으면 르아브르로 돌아가겠습니다. 그것이 먼 미래가 되지 않기를 바라고
있습니다. 그때 함께 행복하게 살아 봅시다……."

이 편지는 집안 가족들의 복음서가 되었지. 가족들은 툭하면 편지를 꺼
내 읽었고 찾아오는 사람 누구에게나 그것을 꺼내 보이는 거야.

정말로 그 후 십 년 동안 쥘르 삼촌은 아무런 소식을 전해주지 않았네.

그런데 아버지의 희망은 시간이 갈수록 점점 더 커져 갔었지. 어머니도 가끔 이런 말씀을 하셨어.

"쥘르 삼촌만 돌아온다면 우리들의 생활도 변할 거야. 뭐니 뭐니 해도 역경을 이겨낼 수 있는 사람이니까!"

이런 이유로 매주 일요일마다 수평선 쪽에서 크고 검은 기선이 뱀 같은 연기를 하늘에 뿜으며 오는 것을 바라보며 아버지는 언제나 똑같은 말을 되풀이하는 것이었어.

"저 배를 봐! 쥘르가 저 배에 타고 있다면 정말 멋진 일일 텐데!"

그러면 그들은 정말로 쥘르 삼촌이 손수건을 흔들며,

"필립 형님!"

하고 외치는 모습이 금방이라도 눈에 보일 듯한 느낌이 들었겠지.

분명히 쥘르 삼촌이 돌아온다는 가정하에 가족들은 여러 가지 계획을 짜고 있었지. 삼촌의 돈으로 앵그빌 근처에 조그만 별장을 한 채 살 계획을 세웠던 거야. 이 별장에 대해 아버지가 미리 매매 교섭을 착수하지 않았다고는 단언할 수가 없네.

큰누나가 그때 스물여덟 살이었고 작은 누나가 스물여섯 살이었는데 아직도 결혼을 하지 않아 그것이 집안의 큰 두통거리였지.

그런데 마침내 작은 누나에게 구혼자가 나타났네. 돈은 없지만 근면하고 정직한 사람이었지. 그가 집에 찾아왔을 때 어쩌다 한 번 보여준 쥘르 삼촌의 편지가 그 청년의 망설임을 끝내고 결혼 결심을 하게 된 것이라고 나는 지금도 확신하네.

집에서는 쾌히 청혼을 받아들였고 결혼식이 끝나면 가족이 모두 제르제 섬으로 간단한 여행을 하기로 결정을 보았지.

제르제는 가난한 사람들에게도 부담스럽지 않고 과히 멀지 않은 이상적인 여행지였어. 정기선으로 바다를 건너 외국 땅을 밟을 수 있었으니까 말일세. 이 작은 섬은 영국의 영토였으므로 우리 프랑스인들은 누구든 두 시간만 배를 타고 가면 이웃 나라 국민을 그 나라 땅에서 관찰할 기회를 얻을 수 있었지. 간결하게 말하는 사람들의 말을 빌린다면, 썩 좋지 못한 것이기는 하지만 영국기로 뒤덮여 있는 이 섬의 풍속과 습관을 관찰할 수가 있다는 거였어.

이 제르제 여행이 우리 가족들의 중대 관심사가 되었지. 유일한 기대이며 한시도 잊을 수 없는 꿈이 되었어.

드디어 출발하는 날이 왔네. 마치 어제 일처럼 생생하고 그 광경이 눈에 선하게 떠오르는군. 그랑빌 부두에서 벌써 연기를 내뿜고 있는 기선, 서두르며 허둥지둥 우리들의 여행 가방을 싣는 것을 감독하는 아버지, 시집을 가지 못한 큰 누나의 팔을 잡고 우울한 얼굴을 하고 있는 어머니. 큰누나는 작은누나가 결혼을 한 후 혼자 남은 병아리처럼 불안해했지. 그리고 우리들 뒤에는 신혼부부가 서 있었어. 두 사람은 언제나 뒤로 처지기 때문에 내가 이따금 뒤를 돌아보아야만 했어.

기적이 울리고 우리는 벌써 배를 타고 있었지. 배는 부두를 떠나 녹색 대리석 테이블 같은 평평한 바다 위로 미끄러져 갔네. 우리는 해안이 멀어져 가는 것을 보면서 기분 좋은 자랑스러움이 샘솟았지. 좀처럼 여행을 해보지 못한 사람들이 그러듯이 말이야.

아버지는 프록코트를 입은 아랫배를 내밀고 있었네. 그날 아침에도 꼼꼼히 얼룩을 지운 옷을 입고 말일세. 언제나처럼 외출을 할 때면 벤젠 냄새를 물씬 풍기고 있었지. 그 냄새를 맡으면 아, 일요일이구나! 하고 생각하게 하는 그 냄새를 말일세.

아버지는 배 안에서 고상한 두 명의 귀부인에게 두 신사가 굴을 사주고 있는 광경을 보았다네. 지저분한 몰골을 한 늙은 선원이 재빠른 솜씨로 칼로 굴 껍질을 까서 신사에게 주면 신사는 그것을 귀부인에게 내미는 것이었지. 부인들은 고급 손수건에 굴 껍데기를 올려놓고 드레스를 더럽히지 않으려고 입을 앞으로 내밀어 희한하게 굴을 쪽쪽 빨아먹고는 껍데기를 바다에 내던지는 것이었어.

아버지는 아마도 움직이는 배 위에서 굴을 먹는다는 색다른 행위에 유혹을 느꼈던 모양이야. 이것 참 멋지고도 고상한 취미라고 생각한 거지. 어머니와 누나한테 와서 묻더군.

"어때, 굴을 좀 사줄까?"

어머니는 돈을 써야 하니 주저하셨지. 하지만 누나들은 즉석에서 찬성했어. 어머니는 난처해하며 말했어.

"나는 배탈이 날까 봐 겁이 나서 그래요. 애들이나 사주세요. 하지만 너무 많이는 안 돼요. 탈이 날지도 모르니까요."

그리고 나를 돌아보며 덧붙였지.

"조제프에게는 필요 없어요. 사내아이의 응석을 다 받아 주면 안 되니까요."

나는 그런 차별대우를 불만스럽게 여기면서 어머니 곁에 남았지. 나는 아버지의 모습을 눈으로만 쫓았다네. 아버지는 의기양양하게 두 딸과 사위를 데리고 낡은 옷차림의 늙은 선원 쪽으로 안내하더군.

두 귀부인은 떠난 뒤였지. 아버지는 누나들에게 굴의 국물을 흘리지 않고 먹으려면 어떻게 해야 한다는 것을 설명하고 있더군. 그뿐이 아니라 손수 보여 주려고 굴 하나를 집어 들어 그 귀부인들의 흉내를 내려는 순간 그만 프록코트에 국물을 엎지르고 말았지. 나는 어머니가 투덜대는 소리를 들었다네.

"저것 봐! 가만히 있으면 좋으련만."

그런데 아버지가 갑자기 무엇 때문인지 불안해하는 것처럼 보였는데 대여섯 걸음 물러서서 굴 까는 선원을 찬찬히 바라보다가 돌연 우리들 있는 곳으로 돌아왔다네. 안색이 매우 좋지 않았고 뭐라고 말할 수 없는 낯빛으로 어머니에게 작은 목소리로 말했네.

"저 굴 껍데기 까는 사내가 이상하게 쥘르와 비슷하단 말이야."

어머니는 깜짝 놀라 묻더군.

"쥘르라니, 어떤 쥘르요?"

아버지는 말을 이었어.

"그야……, 동생 말이야……. 아메리카에서 크게 성공했다는 것을 모른다면 쥘르가 틀림없다고 믿겠는걸."

어머니는 어찌할 바를 몰라 더듬거리며 이렇게 말했지.

"바보로군요! 쥘르가 아닌 것을 잘 알면서 어째서 그런 바보 같은 소리를 하시죠?"

그러나 아버지는 여전히 이렇게 말했다네.

"아무튼 클라리스, 당신도 가서 한번 보구려. 당신이 직접 가서 보고 확인해 주구려."

어머니는 일어나 딸들 있는 곳으로 갔네. 나도 그 사람을 바라보았지. 초라한 늙은이로 주름투성이더군. 그는 하고 있는 일에서 눈을 떼지 않고 있었네.

어머니가 다시 돌아왔네. 어머니가 떨고 있는 것을 나는 알 수가 있었지. 어머니는 재빠르게 말했어.

"틀림없이 쉴르예요. 선장에게 가서 자세히 알아보세요. 무엇보다 쓸데없는 소리는 하지 않도록 하세요. 이번에 또 저 망나니가 기어들어 온다면 그야말로 큰일이니까요!"

아버지는 선장을 만나러 갔네. 나는 아버지의 뒤를 쫓아갔지. 나는 이상한 감동에 가슴이 설레었어.

선장은 여위고 키가 큰 신사로, 구레나룻을 길게 기르고 있었는데 마치 인도로 향하는 우편선을 지휘하기나 하는 듯이 점잖은 몸짓으로 배다리 위를 거닐고 있더군.

아버지는 의젓하게 선장에게 다가가 인사를 하면서 선장이 하는 일들에 대해 질문을 했다네. 그리고 다음 질문으로는,

"제르제의 번성이 옛날에는 어땠습니까? 인구수는 얼마나 됩니까? 산물은 무엇이며 풍속이나 습관은 어떻습니까?"

하고 묻는 것이 마치 아메리카 합중국이라도 화제를 삼는 것처럼 거창한 질문들이었다네.

그리고 우리가 타고 있는 '특급호'에 관한 이야기를 꺼내더니 화제가 승무원들에게로 돌아갔네. 마지막에 아버지는 흥분한 목소리로 이렇게 물었지.

"저기 늙은 선원 중에 굴 까는 사람이 있더군요. 그 노인의 자세한 내막을 좀 아십니까?"

이런 대화에 슬슬 짜증이 난 선장은 쌀쌀맞은 말투로 대답하더군.

"지난해 아메리카에서 만난 프랑스 태생의 늙은 부랑자요. 내가 고향으로 데려다준 거죠. 르아브르에 친척이 있는 모양인데 그곳에는 돌아가고 싶어 하지 않더군요. 빚이 있다면서……. 쥘르라는 이름이지요, 쥘르 다르

망쉬인가 다르방쉬인가 아무튼 그와 비슷한 이름이죠. 한때는 저 노인도 경기가 좋았던 모양인데 지금은 보십시오. 저 꼴이랍니다."

얼굴이 창백해진 아버지는 눈까지 충혈이 되어 목이라도 조이는 듯한 소리로 간신히 말했네.

"아, 네! 옳지……, 그야 그렇겠죠……. 선장님, 이거 감사합니다."

하더니 아버지는 부랴부랴 다른 쪽으로 가버렸지. 선장은 어이가 없어 멀어져 가는 아버지를 바라보고만 있었네.

아버지는 어머니 곁으로 돌아왔으나 그 얼굴 표정이 너무나 질려 있었기 때문에 어머니는 아버지에게 당부했다네.

"좀 앉으세요. 사람들이 무슨 일인지 눈치채겠어요."

아버지는 더듬거리면서 의자에 쓰러지듯이 앉았지.

"그 녀석이었어. 틀림없는 그 녀석이었어!"

그리고 어머니에게 물었어.

"이제 어떡하지?"

어머니는 힐난하듯이 대답했지.

"빨리 애들을 데려와야 해요. 조제프는 모든 걸 알고 있으니 저 애를 보내서 불러오도록 해요. 사위가 눈치채지 못하도록 각별히 조심해야 돼요."

아버지는 넋 빠진 얼굴을 하고 중얼거렸다.

"이게 무슨 파국이람……."

어머니는 날카롭게 소리 지르며 아버지에게 말했네.

"나는 진작부터 그럴 줄 알고 있었어요! 다시 우리에게 무거운 짐이 될 거라고 말이죠! 그따위 도둑놈이 무슨 일을 할 수 있으려고. 다브랑쉬 집안 사람들이 무엇이라도 제대로 할 것이라고 기대를 하다니, 나 정말……."

그러자 아버지는 이마에 손을 갖다 대더군. 어머니에게 비난을 받으면 하던 그 몸짓으로 말일세.

어머니는 다시 덧붙였어.

"조제프에게 돈을 줘서 굴값을 치르게 해요. 저 거지가 우리를 알아채면 끝장 아니에요? 배에서 꼴 좋은 웃음거리가 되겠네요. 저 반대편으로 갑시다. 저 작자가 가까이 오지 못하도록 해야죠!"

아버지와 어머니는 나에게 5프랑짜리 은화 하나를 주고는 다른 쪽으로 가버렸다네.

　누나들은 무슨 일인지 영문을 모르고 아버지를 기다리고 있었네. 나는 어머니가 뱃멀미를 좀 하신다고 둘러대고 굴 까는 늙은 선원에게 물어 보았어.
　"얼마입니까, 할아버지?"
　나는 삼촌이라 부르고 싶었지.
　노인은 대답했어.
　"2프랑 오십입니다."
　내가 5프랑짜리 은화를 주니까 노인은 거슬러 주었네.
　나는 노인의 손을 바라보았지. 쭈글쭈글하고 거칠어진 뱃사람의 손이었어. 그리고 노인의 얼굴을 바라보았어. 운명에 학대받은 슬픔에 지치고 늙어 빠진 얼굴을. 마음속으로는 이렇게 부르짖었지.
　'이 사람이 쥘르 삼촌이다! 아버지의 동생인 나의 삼촌이다!'
　나는 팁으로 십 수를 주었네. 노인은 나에게 인사하더군.
　"도련님, 고맙습니다!"
　그것은 적선을 바라는 거렁뱅이의 말투였어. 아마 아메리카에서도 거지 노릇을 했는지 모르지, 나는 그렇게 생각했다네.
　누나들은 내가 선심 쓰는 것을 보고 어이없어했지.
　내가 2프랑을 아버지에게 돌려드리자 어머니가 깜짝 놀라며 묻더군.
　"3프랑이나 되더냐? 그럴 리가 없는데!"
　나는 힘을 주어 분명한 소리로 말해 주었다네.
　"십 수를 팁으로 주었어요."
　어머니는 깜짝 놀라며 나를 노려보았네.
　"어리석은 녀석! 그따위 거지에게 팁을 십 수나 주다니……."
　어머니는 사위 쪽을 가리키는 아버지의 시선을 보자 그만 입을 다물었네.
　그리고 모두들 아무도 말이 없었지.
　전방의 수평선에 보랏빛 그림자가 바다에서 솟아오르는 것처럼 보이더군. 제르제 섬이었지.

부두에 가까워지자 쥘르 삼촌을 다시 한번 보고 싶은 견딜 수 없는 심정이 내 가슴에 치밀어 올랐네. 가까이 가서 무엇으로든 다정한 위로를 해주고 싶었지.

하지만 굴을 먹을 손님이 없어서인지 쥘르 삼촌의 모습은 보이지 않더군.

아마 그 가엾은 사람의 숙소인 불결한 배 밑창으로 내려갔을 걸세.

나중에 우리 가족은 삼촌과 마주치지 않기 위해서 다른 배로 돌아왔지. 그래도 어머니는 불안해하며 근심으로 꽉 차 있었네.

나는 그 후로 두 번 다시 쥘르 삼촌을 본 적이 없네!

이런 이유로 내가 거지에게 5프랑짜리 은전을 주는 장면을 앞으로도 가끔 볼 걸세.

별

- 알퐁스 도데 -

작가 소개

알퐁스 도데(Alphonse Daudet 1840~1897) 프랑스 소설가, 극작가.

도데는 1840년 프로방스의 님에서 견직물 제조업자의 아들로 태어났다. 1849년 아버지 사업이 어려워져 공장을 팔고 리옹으로 이사를 온 후 리옹의 고등중학교에 들어갔으나, 1857년 아버지의 사업이 망하는 바람에 도데는 대학 진학을 포기하고 알레스에 있는 중학교 사환으로 일했는데 6개월 만에 해고된다. 불행한 그때의 경험이 자전적 소설인 《꼬마 철학자》의 소재가 된다.

1857년 형 에르네스트가 있는 파리로 가서 문학에 전념하며, 시집 《연인들》을 발표해 문단에 데뷔한다. 1860년 당시의 입법의회 의장 모르니 공작에게 재능을 인정받아 비서가 된다. 그 후 보헤미안 문단과 사교계 문인들과 교류를 시작하고, 이를 계기로 남프랑스의 시인 미스트라르를 비롯하여 플로베르, 에밀 졸라, E.공쿠르, 투르게네프 등과 친교를 맺었으며 1867년 1월에 작가인 쥘리아 알라르와 결혼한다. 레옹과 뤼시앵이라는 두 아들과 에드메라는 딸 하나를 낳고 아내 쥘리아와 파리에서 행복한 삶을 산다. 이후 친교를 맺은 문인들과 더불어 자연주의의 일파에 속했으나, 선천적으로 섬세한 시인 기질 때문에 시정(詩情)이 넘치는 유연한 문체로 불행한 사람들에 대한 연민과 고향 프로방스 지방에 대한 애착을 주제로 한 소설들을 발표하여 성공을 거두었으며 그 후 인상주의적인 작품으로 부귀와 명성을 누렸다.

작품으로는 《풍차 방앗간 소식》《프티 쇼즈》《쾌활한 타르타랭》《월요이야기》《젊은 프로몽과 형 리슬레르》《자크》《나바브》《뉘마 루메스탕》《전도사》《사포》《알프스의 타르타랭》《불후(不朽)의 사람》《타라스콩 항구》 외 여러 소설들과, 수필집 《파리의 30년》《한 문학자의 추억》이 있으며 희곡집 《아를의 여인》은 유명한 음악가인 비제가 작곡을 해 더 유명해졌다.

작품 정리

별 속의 사랑은 은은하다. 어떤 강력함이나 열정은 없지만 그 어떤 사랑보다 깊고도 넓다. 고요한 목장에서의 일상과 밤하늘에 대한 아름다운 표현, 목동의 설레는 감정과 아가씨의 순수한 행동 등이 잘 어우러진 작품이다. 아가씨에 대한 목동의 순수함이 한편의 아름다운 풍경화를 보는 듯하다.

이 작품은 도데 특유의 젊은 날의 청순한 사랑을 그리며 별 이야기를 통하여 한 목동의 젊은 날의 순수한 사랑의 감정을 간접적으로 표현하는 기법이 돋보인다.

작품 줄거리

나는 뤼브롱산에서 양을 돌보며 사는 양치기소년이다. 그곳은 사람들의 인적이 뜸해서 양 떼들과 검둥이 사냥개와 시간을 보내며 지낸다. 두 주일에 한번 씩 미아로와 노라드 아주머니가 보름치의 양식을 실어다 준다. 그들이 올 때마다 마을의 소식 중에서 무엇보다도 주인집 딸인 스테파네트의 얘기를 기다린다.

그러던 어느 일요일, 양식이 오기를 기다리던 소년은 뜻밖에도 스테파네트 아가씨가 양식을 싣고 목장에 오자 놀란다. 미아로와 노라드 아주머니가 사정이 있어 오지 못하고 아가씨가 대신 온 것이다. 아가씨는 많은 것들을 묻기도 하고 즐거운 시간을 함께 보낸 후에 마을로 내려간다. 그런데 산을 내려가던 도중 소나기로 소르그 강에 물이 불어 마을로 돌아가지 못하고 목장으로 돌아온다. 아가씨의 아름다운 모습은 온데간데없고 물에 흠뻑 젖어서 불을 지펴 옷을 말려준다. 날이 저물어 소년과 아가씨는 언덕에 앉아 하늘의 별들을 보며 많은 얘기를 한다. 그러다 아가씨가 소년의 어깨에 기대어 잠이 들자 목동은 별을 보며 생각한다. '이 별들 중에서 가장 예쁘고, 아름다운 별은 내 어깨에 기대어 잠자고 있는 아가씨' 라고 생각한다.

핵심 정리

갈래 : 단편 소설
시점 : 1인칭 전지적 작가 시점
배경 : 프로방스 뤼브롱 산의 어느 일요일
주제 : 젊은 남녀의 청순한 사랑

별

아름다운 뤼브롱 산에서 양치기를 하던 그 시절, 나는 몇 주 동안이나 아무도 만나지 못한 채 혼자 지냈다. 내 곁을 지켜 주는 것은 오로지 라브리라는 개와 양 떼뿐이었다. 가끔 약초를 캐러 가는 몽 드뤼르의 수도사가 목장을 지나갔고 피에몽 산의 숯 굽는 사람이 시꺼먼 얼굴로 지나칠 때도 있었다.

그러나 그들은 세상을 등지고 살아온 탓인지 늘 조용했으며 사람들과 대화하는 데 별 흥미를 느끼지 않는 모양이었다. 그들은 산 아랫마을이나 도시의 화젯거리에 대해 관심조차 없었다.

꼬마 미아로의 쾌활한 얼굴이나 늙은 노라드 아주머니의 얼굴을 보는 것이 큰 기쁨이었다. 그러므로 보름마다 식량을 실어다 주는 주인집 나귀의 방울 소리가 들릴 때면 기뻐서 어쩔 줄 몰랐다. 나는 그들에게 아랫마을에서 일어난 이야기들을 전해 들었다. 그들은 누가 세례를 받았다느니, 누가 결혼을 했다느니 하는 등의 소식을 전해 주었던 것이다. 그러나 무엇보다 내가 궁금해하는 건, 근방에서 가장 아름다운 주인집 딸 스테파네트 아가씨의 소식이었다.

나는 아가씨에 대한 관심을 겉으로 드러내지 않으면서 그녀의 안부를 묻기도 했다. 요즘도 파티나 야유회에 자주 가는지, 또 여전히 낯선 젊은이들이 찾아와 아가씨에게 환심을 사려고 드는지 물어보았다. 그런 것들이 보잘것없는 목동인 나와 무슨 상관이냐고 누군가 묻는다면 나는 이렇게 대답할 것이다. 내 나이도 이제 스무 살이 되었고, 스테파네트 아가씨는 지금까지 내가 본 사람 중에서 가장 아름다운 사람이라고.

어느 일요일, 도착해야 할 보름치 식량이 아주 늦게 도착한 일이 있었다. 아침나절만 해도 '아마 특별 미사가 있나 보다.' 하고 생각했다. 그런데 오후가 되자 갑자기 소나기가 쏟아지기 시작했다. 그리고 3시쯤에 나뭇잎에서 떨어지는 물방울 소리와 소나기로 넘쳐흐르는 골짜기의 물소리에 섞여 나귀의 방울 소리가 들려왔다. 마치 부활절에 울리는 종소리처럼 명랑하고 경쾌했다.

그런데 나귀를 몰고 온 것은 꼬마 미아로도, 노라드 아주머니도 아니었다. 그것은 다름 아닌 스테파네트 아가씨였다.

보름치 식량 자루 사이에 반듯하게 앉아 이쪽을 향해 다가오는 스테파네트 아가씨는 산의 깨끗한 공기와 소나기가 온 뒤의 상쾌함 때문인지 볼이 발그레 물들어 있었다.

꼬마 미아로는 병이 나서 앓아누웠고, 노라드 아주머니는 휴가를 얻어 자식들이 있는 집으로 갔다는 것이다. 아름다운 스테파네트 아가씨는 나귀에서 내리면서 자초지종을 말해주었다. 중간에 길을 잘못 드는 바람에 늦었다는 이야기도 덧붙였다.

그러나 꽃 모양 리본과 화려한 레이스가 달린 스커트를 입은 아가씨를 보니, 숲속에서 길을 헤맸다기보다는 무도회에서 춤을 추느라 늦은 사람처럼 보였다.

아, 귀여운 아가씨! 아가씨의 모습은 아무리 바라보아도 싫증이 나지 않았다. 나는 이제껏 한 번도 이렇게 가까이에서 아가씨를 본 적이 없었다. 겨울이 되면 산에 눈이 내리기 전에 양 떼를 몰고 아랫마을로 내려간다. 그때 저녁을 먹기 위해 농장으로 돌아가는데 방으로 급히 들어가는 아가씨를 가끔 본 적은 있다. 하인들에게 좀처럼 말을 건네지 않는 아가씨에게서 약간 거만한 태도가 느껴지기도 했다.

그런 그녀가 지금 내게 온 것이다. 오직 나만을 위해서 말이다. 어떻게 가슴이 울렁거리지 않을 수 있겠는가? 스테파네트 아가씨는 자루에서 식량을 꺼낸 후 사방을 둘러보았다. 화려한 나들이옷을 살짝 치켜들고는 오두막 안으로 들어가서 양의 털가죽을 깔아 놓은 잠자리와 벽에 걸린 외투와 지팡이, 화승총 등을 신기한 듯 쳐다보았다.

"그러니까 여기가 네 방이란 말이지? 여기서 혼자 밥도 먹고 잠도 잔다는 말이야? 얼마나 외로울까. 그래 도대체 무슨 생각을 하면서 지내고, 무슨 꿈을 꾸면서 잠이 드니?"

'아가씨, 바로 아가씨 생각을 하면서 보내요……'

나는 그렇게 대답하고 싶었다. 그것은 거짓이 아니니까. 그러나 가슴이 두근거리고 얼굴이 빨개져서 한마디도 할 수 없었다. 아가씨 역시 내 마음을 눈치챘을지도 모른다. 그래서인지 심술꾸러기 아가씨는 짓궂게도 나를 더욱 난처하게 만들며 즐거워했다.

"그래, 가끔 마음씨 고운 여자 친구가 놀러 오니? 그 아가씨는 아마도 황금 염소 아니면 산봉우리를 뛰어다니는 산의 요정이 분명해."

그러나 머리를 뒤로 젖히며 예쁜 미소를 짓는 그녀 자신이 나타났다가는 눈 깜짝할 사이에 사라지는 요정 같았다.

"잘 있어, 목동아."

"안녕히 가세요, 아가씨."

아가씨는 빈 바구니를 나귀에 싣고 떠났다. 그녀가 산기슭 오솔길로 사라진 뒤에도 나귀 발굽이 돌멩이를 톡톡 차는 소리 하나하나가 내 심장 위에 떨어지는 것처럼 느껴졌다. 저녁이 되어 계곡에 어둠이 깔리기 시작하고, 양 떼가 울타리 안으로 돌아가려고 음매 소리를 내며 서로 몸을 부대끼고 있을 때, 언덕 아래서 누군가가 나를 부르는 소리가 들려왔다.

잠시 뒤 놀랍게도 스테파네트 아가씨가 나타났다. 명랑했던 표정의 아가씨는 옷이 흠뻑 젖은 채 추위와 무서움에 와들와들 떨고 있었다. 산을 내려간 아가씨는 소나기로 물이 불어 있는 소르그 강을 건너려다 하마터면 물에 빠질 뻔한 것 같았다.

난처한 일이 아닐 수 없었다. 무엇보다 이미 어두운 밤이라 농장으로 돌아가는 것은 불가능했다. 지름길이 있기는 하지만 아가씨 혼자서는 도저히 찾아갈 수 없을 테고, 나도 양 떼 곁을 떠날 수 없었기 때문이다.

아가씨는 난처한 표정을 지었다. 산 위에서 밤을 지내면 가족이 걱정할 게 틀림없기 때문에 아가씨는 몹시 걱정했다. 나는 아가씨를 안심시키려고 애썼다.

"아가씨, 7월의 밤은 짧아요. 조금만 참으면 아침이 돼요."

나는 아가씨가 몸과 옷을 말릴 수 있도록 서둘러 불을 피웠다. 그런 다음 우유와 치즈를 아가씨 앞에 내놓았지만 불을 쬐려고도, 음식을 먹으려고도 하지 않았다. 그녀의 두 눈에선 어느새 커다란 눈물방울이 흘러내렸고 그것을 보는 나도 그만 울고 싶었다.

그러는 사이 어느덧 밤이 찾아왔다. 산 위에는 어둠이 뿌옇게 어른거렸고, 서쪽 하늘에만 햇빛이 조금 남아 있을 뿐이었다. 나는 아가씨를 오두막 안으로 데리고 들어갔다. 그러고는 새 짚단 위에 깨끗한 털가죽을 깔아 놓고 편히 쉬라는 인사를 한 뒤 밖으로 나와 문 앞에 앉았다.

아무리 애틋한 사랑의 불길이 내 피를 끓어오르게 해도 나쁜 생각은 조금도 하지 않았다. 오두막 안의 한쪽 구석에 조용히 잠들어 있는 아가씨를 신기한 듯 바라보고 있는 양 떼 바로 곁에서, 주인집 아가씨가 내 보호를 받으며 마음 놓고 쉬고 있다는 생각을 하니 무척이나 흐뭇했다. 하늘이 이렇게 곱고, 별이 이처럼 찬란하게 보인 적은 지금까지 한 번도 없었다.

바로 그 순간 문이 불쑥 열리더니 아름다운 스테파네트 아가씨가 걸어 나왔다. 아마도 아가씨는 낯선 곳에서 잠을 이룰 수가 없는 모양이었다. 양 떼가 끊임없이 움직이면서 지푸라기를 부스럭거렸고, 꿈을 꾸면서 매 하고 울어 댔으니까.

그러자 차라리 모닥불 곁에 있는 편이 낫겠다고 생각한 것이다. 나는 이 불 대신 내가 덮고 있던 양의 털가죽을 아가씨 어깨에 덮어 주었다. 그리고 우리는 말없이 나란히 앉아 있었다. 한 번이라도 밖에서 밤을 새운 적이 있다면 우리가 함께하는 이 시간이 얼마나 행복한지 알 것이다. 고독과 정적 속에서 깨어나는 그 세계를……

그 세계에서 샘물은 더욱 맑게 노래하고, 연못 위에는 작은 불꽃들이 반짝거리며 춤을 추고 산의 요정들이 이 산에서 저 산으로 뛰어다닌다. 허공에서는 바람 소리가 들려오고 귀 기울이지 않으면 잘 들리지 않는 소리들도 들린다. 마치 나뭇가지가 자라고 샘물이 솟아나는 소리를 듣는 듯하다.

낮은 살아 있는 생명의 세상이지만 밤은 사물들의 세상이다. 그런 세계에 익숙지 않으면 밤은 무섭게만 느껴질 것이다. 아가씨는 바스락거리는 소리만 들려도 몸을 파르르 떨며 내게 바싹 다가앉았다. 한번은 아래쪽 연못에서 구슬픈 노랫소리가 물결을 타고 우리 쪽으로 울려왔다. '그 소리가 뭘까' 하고 생각하는 순간, 아름다운 별똥별 하나가 머리 위를 미끄러지듯 스쳐 갔다.

"저게 뭐야?"

스테파네트 아가씨가 나직한 목소리로 물었다.

"천국으로 가는 영혼입니다."

나는 성호를 그으며 대답했다.

그러자 아가씨도 나를 따라 성호를 그었다. 그리고 잠깐 하늘을 바라보고는 내게 다시 물었다.

"너희 같은 목동들은 요술쟁이라던데 정말인가 봐?"

"요술쟁이라니요, 아가씨. 하지만 우리는 별과 가까이 살고 있기 때문에 산 아랫마을에 사는 사람들보다는 별에 대해 많이 알고 있지요."

아가씨는 한 손으로 턱을 괴고는 마치 하늘의 꼬마 양치기처럼 양의 털가죽을 몸에 두른 채 하늘을 바라보았다.

"어머나, 많기도 해라! 어쩌면 저렇게 아름다울까! 이렇게 많은 별은 본적이 없어. 너는 저 별들의 이름을 아니?"

"알고말고요. 자, 보세요! 우리 머리 위에 있는 것이 성 야곱의 길 은하수예요. 은하수는 프랑스에서 스페인까지 곧장 뻗어 있어요. 샤를마뉴 대제가 사라센과 싸웠을 때, 용감한 대제에게 길을 가르쳐 주기 위해 그려 놓은 것입니다. 그 옆에 있는 것은 '영혼의 수레'라고 부르는 큰곰자리예요. 그 앞에 있는 세 개의 별은 수레를 끄는 '세 마리의 짐승'이고, 그 세 번째 별 옆의 아주 작은 별이 마부랍니다. 그 주위에 흩어져 있는 별들이 보이지요? 저것들이 바로 하느님이 하늘에 두고 싶지 않은 영혼들이에요. 좀 더 아래쪽에 있는 별은 '쇠스랑' 또는 '삼왕성'이라고 부르지요. 다른 말로 오리온이라고 하는 것입니다. 우리 양치기들에게는 시계 구실을 하는 별입니다. 저 별만 보아도 지금 자정이 지났다는 것을 알 수 있답니다.

조금 더 아래 남쪽으로 반짝이는 것이 '장 드 밀랑(시리우스)'이랍니다. 하늘의 횃불이라고 할 수 있지요. 이 별에 대해 양치기들은 이런 얘기를 합니다. 어느 날 장 드 밀랑이 '삼왕성'이랑 '병아리 상자(묘성)'와 친구 별의 결혼식에 초대를 받았답니다. 병아리 상자가 제일 먼저 출발했지요. 저것 좀 보세요. 삼왕성은 그보다 낮은 곳을 가로질러 가서 그 별을 따라잡았습니다. 그러나 게으름뱅이 장 드 밀랑은 늦잠을 자느라고 제일 늦게 왔지요. 화가 난 장 드 밀랑은 앞의 별들을 멈추게 하려고 지팡이를 던졌답니다. 그래서 삼왕성을 장 드 밀랑의 지팡이라고도 부르지요.

하지만 모든 별 가운데 가장 아름다운 별은 바로 우리의 별이랍니다. 새벽에 양 떼를 몰고 나갈 때도 떠 있고 저녁에 양 떼를 몰고 돌아올 때도 늘 우리를 비춰 주니까요. 우리는 그 별을 '마글론'이라고 부르지요. 아름다운 '마글론'은 '피에르 드 프로방스', 즉 토성을 따라가서 7년에 한 번씩 피에르와 결혼한답니다."

"뭐라고, 별들도 결혼을 한다고?"

"물론이죠, 아가씨."

내가 결혼이 어떤 것인지 설명하려는 순간 무엇인가 싱그럽고 보드라운 것이 살며시 내 어깨에 와 닿는 것이 느껴졌다. 그것은 리본과 레이스로 장식된 곱슬곱슬한 아가씨의 머리였다. 머리를 어깨에 기댄 채 잠이 든 아가씨……

아가씨는 하늘이 밝아 오고 별이 그 빛을 잃을 때까지 꼼짝도 않고 그대로 있었다. 그녀의 잠든 모습을 바라보는 나는 가슴이 설레지 않을 수 없었다. 하지만 이 맑고 거룩한 밤의 보호를 받으며 잠든 아가씨의 모습을 가만히 지켜보는 것 외에 다른 생각을 할 수 없었다. 우리 주위에는 양 떼같이 많은 별들이 제 길을 계속 가고 있었다. 나는 이 별들 가운데 가장 가냘프고, 빛나는 별 하나가 길을 잃고 내 어깨에 잠들어 있는 것이라고 생각했다.

마지막 수업

- 알퐁스 도데 -

작품 정리

나라를 잃고 모국어를 빼앗긴 피점령국의 슬픔과 고통을 절제 있는 언어로 표현한 작품이며 도데가 보불 전쟁 후 나라와 이웃, 국가를 사랑하는 일이 무엇인가를 생각하게 하는 단편집이다. 세밀한 묘사와 더불어 상상력과 시적인 정감이 느껴지는 이 글을 통해 근대 프랑스의 한 단면을 엿볼 수 있다.

작품 줄거리

프란츠는 다른 날과 같이 학교에 지각하게 돼 서둘러 들판을 가로질러 학교로 갔다. 오늘은 지겨운 수학 분수를 외우라고 한 날이다. 아직 외우지도 못하고 지각까지 한 나는 선생님께 꾸중을 들을 것이 두려워 살그머니 교실로 들어갔다. 다른 때라면 왁자지껄 하는 교실이지만 오늘은 조용하다. 평소에 지각을 하면 화를 내시던 아멜 선생님은 오늘따라 이상하게 화를 안내신다. 선생님은 평소와 달리 정장 차림을 하고 교단에 서 계셨다. 독일의 지배를 받게 된 프랑스 알자스 지방은 더 이상 프랑스 말을 못 배우게 되자, 프랑스어로 배우는 마지막 수업을 보기 위해, 마을 사람들이 학교에 오고, 선생님은 이 시간이 마지막 프랑스어 수업 시간이라고 말씀하신다. 프란츠는 지금까지 열심히 공부하지 못한 것이 부끄럽고, 자기의 모국어인 프랑스어를 다시는 배울 수 없게 된 것을 후회한다. 수업이 끝나려고 할 무렵 프러시아 군의 나팔 소리가 울렸다. 그러자 선생님은 '여러분, 나, 나는……' 하고 말을 잇지 못하신다. 그리고 수업이 다 끝나자 선생님은 흑판 쪽으로 돌아서더니 '프랑스 만세!' 라고 쓰고는 오늘이 마지막수업이라고 하신다.

핵심 정리

갈래 : 단편 소설

배경 : 전쟁 중인 프랑스 알자스 지방의 학교

시점 : 1인칭 전지적 작가 시점

주제 : 나라와 모국어를 빼앗긴 슬픔과 고통

마지막 수업

그날 아침, 나는 학교에 아주 많이 늦었다. 그래서 꾸중을 들을까 봐 무척 겁이 났다. 게다가 아멜 선생님이 분사에 대해 물어보겠다고 말씀하셨는데, 나는 분사에 대해 아무것도 몰랐다. 순간 나는 '수업을 빼먹고 산으로 놀러 갈까' 하는 생각이 들었다.

날씨는 맑고 따뜻했다. 산에서는 티티새가 지저귀고, 제재소 뒤에 펼쳐진 리페르 벌판에서는 프러시아 병사들이 훈련하는 소리가 들려왔다. 이런 것들이 모두 분사의 규칙보다 더 내 마음을 끌어당겼다. 그러나 용케도 나는 그 유혹들을 뿌리치고 학교를 향해 달려갔다.

면사무소 앞에 다다르자 게시판 앞에 사람들이 웅성거리며 모여 있었다. 2년 전부터 패전이라든가 징발령 또는 포고령 등 모든 언짢은 소식들이 바로 그곳을 통해 전해졌다. 머릿속에 불현듯 이런 생각이 스쳤다.

'또 무슨 일이 일어난 것일까?'

내가 면사무소 앞 광장을 지나가려 하자, 견습공과 함께 그곳에서 게시판을 읽고 있던 대장장이 와슈트가 나에게 소리를 질렀다.

"얘! 꼬마야, 그렇게 서두를 것 없다. 오늘은 학교에 지각할 염려는 없으니까!"

나는 그가 놀린다고 생각하고는 숨을 헐떡이며 학교 운동장으로 뛰어들어갔다. 여느 때 같으면 수업이 시작될 때까지 책상 부딪치는 소리, 교과서를 외우는 소리, 큰 자로 테이블을 두드리며 조용히 하라고 외치는 선생님의 목소리가 왁자지껄하게 들려왔을 것이다.

나는 그 떠들썩한 틈을 타서 선생님 몰래 슬쩍 자리에 가서 앉을 생각이었다. 그런데 그날은 이상하게도 마치 일요일 아침처럼 조용했다. 열린 창너머로 벌써 제자리에 얌전히 앉아 있는 친구들과 팔 밑에 쇠 자를 끼고 왔다 갔다 하는 아멜 선생님이 보였다.

나는 별수 없이 문을 열고 그 정적 속으로 들어가야 했다. 내가 얼마나 부끄럽고 두려웠는지 짐작이 갈 것이다.

그런데 이상한 일이었다. 아멜 선생님은 화도 내지 않고 나를 쳐다보시며 아주 부드럽게 말씀하셨다.

"프란츠, 어서 네 자리로 가거라. 너를 빼놓고 수업을 시작할 뻔했구나."

나는 영문도 모른 채 얼른 내 자리로 갔다. 자리에 앉자 두려움이 사라졌다. 그제야 우리 선생님의 모습이 여느 때와 다르다는 것을 알아챘다. 선생님은 학교에 손님이 오거나 졸업식 때만 입으시는 초록색 프록코트에 가늘게 주름 잡힌 레이스 장식을 가슴에 달고, 수놓은 검은 비단 모자를 쓰고 계셨던 것이다. 뿐만 아니라 교실 전체에 알 수 없는 고요와 엄숙함이 감돌고 있었다.

그중에서도 특히 나를 놀라게 한 것은, 언제나 비어 있던 교실 뒤편 의자에 마을 사람들이 조용히 앉아 있는 것이었다. 모자를 쓴 오젤 영감님, 예전 읍장과 집배원 아저씨, 그리고 또 다른 마을 사람들이 앉아 있었다. 그들의 표정은 모두 슬퍼 보였다. 오젤 영감님은 커다란 안경을 쓴 채 무릎 위에 올려놓은 닳아빠진 문법책을 들여다보고 있었다.

이러한 낯선 분위기에 놀라고 있는 사이에 아멜 선생님이 교단으로 올라가서 조금 전 내게 말한 것처럼 부드럽고 엄숙한 목소리로 말씀하셨다.

"여러분, 오늘이 내가 여러분을 가르치는 마지막 수업 시간입니다. 알자스와 로렌 지방의 학교에서는 독일어만 가르치라는 지시가 내려왔습니다. 내일은 새로운 선생님이 오실 겁니다. 그러니 오늘은 여러분과 내게 마지막 프랑스어 수업입니다. 아무쪼록 열심히 들어주기 바랍니다."

그 말에 나는 몹시 당황했다. 맙소사! 면사무소 앞 게시판에 붙어 있던 게 이 내용이었구나!

나의 마지막 프랑스어 수업. 그러나 나는 아직도 프랑스어를 제대로 쓸 줄 몰랐다. 그래, 이제 영원히 프랑스어를 배울 수 없구나! 나는 그동안 시간을 헛되이 보낸 것과 새 둥지를 찾아 돌아다니던 일, 자르 강에서 썰매를 타느라 수업을 빼먹은 일 등을 떠올리며 얼마나 후회했는지 모른다. 조금 전까지만 해도 그렇게 따분하고 지겹게 느껴지던 문법책과 역사책 등이 이제는 헤어지기 섭섭한 오랜 친구처럼 정겹게 느껴졌다. 아멜 선생님에 대해서도 마찬가지였다. 이제 선생님이 떠나시면 다시는 뵙지 못한다는 생각이 들자 벌 받은 일과 자로 얻어맞은 일도 까맣게 잊었다.

가여운 선생님! 이 마지막 수업을 위해 선생님은 예복을 입고 오셨던 것이다. 그제야 마을 노인들이 교실 뒤쪽에 앉아 있는 이유를 알 수 있었다. 그들 역시 이 학교에 자주 오지 못한 것을 후회하는 듯했다. 또한 사십 년 동안 꾸준히 프랑스어를 가르친 선생님에게 경의를 표하고, 이제 사라져 가는 조국에 대해 의무를 다하려는 것 같았다.

그런 생각에 잠겨 있을 때 내 이름을 부르는 소리가 들렸다. 내가 외워야 할 차례였던 것이다. 그 유명한 분사 규칙을 크고 분명하게, 하나도 틀리지 않고 처음부터 끝까지 외울 수 있다면 얼마나 좋을까!

그러나 나는 첫마디부터 꽉 막힌 채 고개를 들지 못하고 몸을 흔들며 서 있었다. 그러자 아멜 선생님의 말씀이 들려왔다.

"프란츠야, 너를 꾸짖지는 않겠다. 너는 이미 충분히 벌을 받은 셈이다. 그래서 이렇게 된 거지. 우리는 늘 이렇게 생각했지. '시간은 충분해. 내일 배우면 돼.'라고. 그런데 그 결과는 네가 보는 것과 같다. 아! 언제나 교육을 내일로 미루어 온 것이 우리의 커다란 불행이었다. 이제 그들은 우리에게 이렇게 말할 것이다. '뭐요? 당신네 말을 읽고 쓸 줄도 모르면서 프랑스 사람이라고 할 수 있어요?' 프란츠야, 이런 결과가 온 것이 모두 네 탓은 아니란다. 우리 모두 반성해야 할 일이지. 부모님들도 너희를 교육시키는 데 열의가 부족했어. 몇 푼 더 벌기 위해 밭이나 공장으로 보내려 했으니까. 내 자신은 나무랄 데가 없다고 할 수 있을까? 공부시키는 대신 화단에 물 주는 일을 시키지 않았던가! 송어 낚시를 가고 싶으면 서슴지 않고 너희들의 결석을 허락하지 않았던가!"

이어 아멜 선생님은 프랑스어에 대해 이런저런 말씀을 하셨다. 프랑스어는 이 세상에서 가장 아름다운 언어이며 가장 분명하고 훌륭한 언어라는 것, 한 민족이 노예로 전락했을 때라도 그 언어만 지키고 있으면 감옥의 열쇠를 쥐고 있는 것과 마찬가지라고……

그리고 선생님은 문법책을 들고 우리가 배워야 할 부분을 읽으셨다. 나는 나의 이해력에 놀라지 않을 수 없었다. 선생님의 말씀이 그렇게 쉬울 수가 없었다. 하긴 그처럼 정신 차리고 귀를 기울여 본 적이 없었고 선생님 또한 그처럼 정성스럽게 설명하신 적이 없었다. 선생님은 마치 떠나시기 전에 자신이 가지고 있는 모든 지식을 우리에게 가르쳐 주시려는 듯했다.

문법 시간이 끝나고 글쓰기 시간이 되었다. 그날 아멜 선생님은 새로운 교본을 만들어 오셨는데, 거기에는 아름다운 글씨체로 '프랑스, 알자스, 프랑스, 알자스'라고 쓰여 있었다. 그것은 우리의 책상 위에 매달려 마치 깃발처럼 교실 가득히 휘날렸다. 그때 모두들 얼마나 열중하고 얼마나 조용했는지, 오직 종이 위에 펜이 움직이는 소리만 들렸다.

중간에 풍뎅이 몇 마리가 들어와 한참 동안 윙윙거렸지만 누구 하나 거기에 신경을 쓰는 사람이 없었다. 어린 꼬마들도 글자 한 획 한 획을 긋는 데 열중했다. 학교 지붕 위에서는 '구구' 하는 비둘기의 울음소리가 들려왔다. 그 소리를 들으며 나는 이런 생각을 했다.

'저들은 비둘기에게까지 독일어로 노래하라고 강요하지 않을까?'

가끔 책에서 눈을 떼고 고개를 들었을 때 아멜 선생님은 교단 위에서 꼼짝하지 않고 주위에 있는 물건들을 눈여겨보고 계셨다. 마치 학교 전체를 눈 속에 담아 가려는 것처럼 보였다.

생각해 보면 그럴 만도 했다. 지난 사십 년 동안 그는 한결같이 교실 전경과 교정이 보이는 바로 저 자리에 서 계셨으니까. 다만 의자와 책상이 오랜 세월 속에 닳고 닳아서 번질거리고 교정의 호두나무들이 크게 자랐으며, 선생님이 손수 심은 호프 나무가 이제는 창과 지붕까지 가려 주는 것이 달라졌을 뿐이었다.

그 모든 것과 헤어져야 한다는 것이 선생님에게는 얼마나 가슴 아픈 일이었을까? 그리고 그의 누이동생이 위층 방에서 짐을 싸는 소리를 듣는 것이 얼마나 큰 슬픔이었을까? 내일이면 이들은 영원히 이 고장을 떠나야 한다. 그러나 선생님은 끝까지 수업을 하셨다.

글쓰기 다음에는 역사 공부를 했다. 이어서 어린 학생들이 목소리를 맞추어 발음 연습을 했다. 교실 뒤에서는 오젤 영감님이 안경을 끼고 〈아베세 독본〉을 두 손에 든 채 꼬마들과 같이 한 자 한 자 더듬더듬 읽고 있었다. 그 역시 글을 읽는 일에 열중했는데 격한 감정 때문인지 음성이 떨렸다. 그가 글을 읽는 소리는 여간 우습지 않아서 우리는 웃어야 할지 울어야 할지 모를 정도였다. 아! 나는 이 마지막 수업을 영원히 잊지 못할 것이다.

그때 갑자기 교회에서 정오를 알리는 시계 소리가 들려왔다. 그리고 삼종 기도를 알리는 종소리가 들렸다. 그와 동시에 훈련에서 돌아오는 프러시아 병사들의 나팔 소리가 창 밑에서 울렸다. 그러자 아멜 선생님은 창백한 얼굴로 교단에 섰다. 선생님의 키가 그렇게 커 보인 것도 그때가 처음이었다.

"여러분."

선생님이 입을 열었다.

"여러…… 나, 나는……."

그는 말문이 막혀 더 이상 말을 잇지 못했다. 대신 그는 칠판 쪽으로 돌아서서 분필 한 조각을 집어 들고, 있는 힘을 다해 최대한 크게 썼다.

"프랑스 만세!"

그런 다음 벽에 머리를 기댄 채 꼼짝하지 않고 서 있었다. 그런 뒤 그는 말없이 우리에게 손짓을 했다.

"이제 다 끝났다……. 모두 돌아가거라."

산문으로 쓴 환상시

- 알퐁스 도데 -

〈왕자의 죽음〉에서 작가는 재물과 권력, 명예를 모두 갖춘 왕자의 죽음을 통해 인생의 진정한 가치는 무엇이며 행복은 어디에서 찾을 수 있는가를 묻는다. 그러나 목사는 무력한 죽음 앞에 그런 것들은 아무런 가치가 없다고 일깨워 준다.

〈들판의 군수님〉에서는 주민들 앞에서 멋진 연설을 하기 위해 숲속에 들어가지만 새들의 노래 소리, 동물들의 행복한 세계에 빠져 읽고 쓰는 일을 까맣게 잊고 노래하며 시 쓰는 일에 몰두한다. 이 작품은 어떻게 사는 것이 진정한 행복인가를 말해준다.

이 두 편의 에피소드는 삶과 죽음을 함께 제시하고 죽음 앞의 무력함과 자연 속에서의 예술 본능의 강렬함을 보여주면서 인생의 가치나 행복이란 무엇인가에 대해 다시 생각하게 한다.

산문으로 쓴 환상시는 〈왕자의 죽음〉과 〈들판의 군수님〉이라는 두 개의 에피소드로 구성되어 있다

첫째 편 〈왕자의 죽음〉은 어린 왕자가 병이 들어 죽게 되자 온 나라 안이 시름에 빠지고 술렁이고 있었다. 왕자의 죽음이 다가오자 성안 사람들이 불안해하고 왕과 왕비는 비통의 눈물을 흘린다. 왕자는 울고 있는 왕비에게 자신은 권력과 재력이 있어 죽지 않고 죽음이 다가오지 못하게 막을 수 있다고 한다. 이에 왕비가 왕자의 주변에 근위대를 배치해 죽음에 대비한다. 왕자는 친구에게 돈을 주어 대신 죽게 할 수 없는지 신부에게 묻는다. 그러나 죽음은 아무도 대신할 수 없고 결국은 피할 수 없는 것을 안 왕자는 죽음을 받아들이고 천국에 가서도 왕자의 신분에 맞게 대해 줄 거라 믿고 왕자의 옷을 입고 천국에 들어가서 천사들에게 뽐내고 싶다고 한다. 하지만 죽음에는 왕자의 권위 따위는 아무 소용이 없다는 것을 알고 흐느껴

운다.

　두 번째 편 〈들판의 군수님〉은 순시 중이던 군수님이 멋진 연설을 하기 위해 숲속으로 들어간다. 군수님은 주민들 앞에서 할 연설문을 준비하고 있다. 더운 마차 안에서 밖을 내다본 군수님은 참나무 숲이 눈에 띄자 잠시 쉬고 싶어진다. 수행원들에게 숲속에서 연설문을 써 올 테니 기다리고 있으라고 말하고 숲에 들어가 열심히 연설문을 준비한다. 하지만 군수님은 숲의 오랑캐꽃 향기와 새들의 노래에 넋을 잃고 팔꿈치를 괴고 풀 위에 누운 채 군민 여러분 따위는 될 대로 되라고 포기한다.

핵심 정리

갈래 : 단편 소설
시점 : 전지적 작가 시점
배경 : 프로방스의 궁전과 숲 속
주제 : 삶과 죽음의 무력함에 대한 인간의 가치

산문으로 쓴 환상시

오늘 아침 문을 열어 보니 풍차 간 주위는 온통 새하얀 서리로 덮여 있었습니다. 풀잎은 유리 조각처럼 반짝이며 바스락거렸고 언덕 전체가 추위에 떨고 있는 것 같았습니다. 하룻밤 사이에 사랑스런 프로방스가 북극처럼 변해 버렸습니다.

맑게 갠 하늘 위엔 하인리히 하이네의 나라에서 온 황새들이 커다란 삼각형을 이루며 카마르그 쪽으로 '추워… 추워…' 하고 외치며 날아가고 있었습니다. 나는 흰 서리가 꽃술처럼 덮인 소나무들과 수정꽃이 핀 라벤더 숲속에서 다소 독일풍인 두 편의 환상시를 썼습니다.

왕자의 죽음

어린 왕자가 병이 들어 죽게 되었습니다. 나라의 모든 교회에서는 왕자의 회복을 빌며 낮이나 밤이나 성체를 모셔 놓고, 커다란 초에 불을 밝혔습니다. 고색창연한 거리는 고요하고 쓸쓸했으며 교회의 종소리도 들리지 않았고, 마차들도 소리를 죽이며 다녔습니다. 주민들은 궁금해서, 근엄한 태도로 궁정 안에서 이야기를 하고 있는 금줄 장식의 제복을 입은 뚱뚱보 근위병들을 창살 틈으로 바라보았습니다.

성안이 온통 술렁이고 있었습니다. 시종들과 청지기들이 종종걸음으로 대리석 층계를 오르내립니다. 비단옷을 입은 신하들이 이리저리 몰려다니며 새로운 소식을 알아내려고 수군거립니다. 넓은 계단 위에서는 시녀들이 수를 놓은 고운 손수건으로 눈물을 닦으면서 서로 이야기를 건넵니다.

오렌지 온실 안에서 가운을 입은 의사들의 회의가 거듭됩니다. 유리창 너머로 그들의 긴 검정 소매가 움직이고, 길게 늘인 가발이 점잖게 흔들거리는 모습이 보입니다. 사부와 시종은 문 앞에서 서성대며 시의의 발표를 기다리는데 요리사들이 그들 곁을 인사도 없이 지나갑니다. 시종은 이교도처럼 험한 소리를 해대고, 사부는 호라스의 시를 읊습니다. 그러는 동안 마구간 쪽에서는 구슬픈 말 울음소리가 길게 들려옵니다. 그것은 마부들이 잊고 여물을 주지 않아 텅 빈 구유 앞에서 슬프게 울부짖고 있는 왕자의 밤색 말이었습니다.

그런데 왕은 어디에 있는 걸까요? 왕은 성 끝에 있는 방 안에 홀로 들어앉아 있었습니다. 군주는 남에게 눈물을 보이는 것을 꺼려합니다. 그러나 왕비는 다릅니다. 왕비는 어린 왕자의 머리맡에 앉아 고운 얼굴이 눈물에 젖은 채 모든 사람들이 보는 앞에서 큰 소리로 흐느껴 울고 있습니다.

레이스가 달린 침대에는 어린 왕자가 침대보보다 더 창백한 얼굴로 눈을 감은 채 누워 있습니다. 잠들어 있는 듯하였지만 자고 있는 것은 아니었습니다. 왕자는 울고 있는 어머니를 향해 몸을 돌리더니 이렇게 말했습니다.

"어머니, 왜 울고 계셔요? 제가 정말 죽을 거라고 생각하세요?"

왕비는 대답을 하려고 하였지만 목이 메어 말이 나오질 않습니다.

"어머니, 제발 울지 마세요. 제가 왕자라는 것을 잊으셨군요. 왕자는 이렇게 죽지 않아요."

왕비는 더욱더 흐느껴 웁니다. 그래서 왕자도 두려워졌습니다.

"그만두세요! 전 죽기 싫어요. 죽음이 절대로 가까이 오지 못하도록 막을 수 있을 거예요. 지금 당장 아주 힘센 근위병 사십 명을 불러 침대 주위를 지키게 해 주세요. 그리고 창 밑에는 대포 백 문을 배치해서 도화선에 불을 붙일 준비를 하고 밤이나 낮이나 지키라고 하세요. 그래도 죽음이 가까이 오면 제가 호통을 칠 거예요!"

왕자의 마음을 편하게 해 주려고 왕비는 손짓으로 명령을 내립니다. 즉시 궁정 창밖으로 커다란 대포가 굴러오는 소리가 들리고 창을 든 장대한 사십 명의 근위병들이 몰려와 방 안에 둘러섭니다. 이들은 수염이 하얗게 센 노병들입니다. 왕자는 그들을 보자 손뼉을 치며 좋아합니다. 그리고 그들 중에서 자기가 알고 있는 한 노병을 불렀습니다.

"로렝! 로렝!"

그가 침대 앞으로 한 걸음 나섭니다.

"로렝, 난 그대가 정말 좋아. 그대의 장검을 좀 보여 줘. 죽음이 나를 잡으려고 하면 죽여 버려야 하겠지?"

로렝이 대답합니다.

"그렇습니다, 전하!"

노병의 거무죽죽한 뺨 위로 굵은 눈물이 두 줄 흘러내립니다.

이때 궁정 신부가 왕자 곁으로 가까이 오더니 십자가를 보이며 낮은 목소리로 오랫동안 이야기를 합니다. 어린 왕자는 매우 놀란 얼굴로 이야기를 듣고 있다가 갑자기 신부의 말을 가로막습니다.

"신부님의 말씀은 잘 알겠어요. 그러면 친구 베포 녀석에게 돈을 많이 주고 나 대신 죽게 할 수는 없을까요?"

신부는 낮은 목소리로 이야기를 계속합니다. 어린 왕자는 더욱더 놀란 얼굴을 합니다.

신부가 이야기를 다 끝내자, 어린 왕자는 한숨을 쉬며 이렇게 말했습니다.

"신부님의 말씀은 모두가 나를 슬프게 하는 것뿐이군요. 하지만 저 하늘 위 별들의 낙원에 가도 나는 역시 왕자일 거라니 안심이 되요. 하느님은 나의 친척이니 나를 신분에 맞게 대해 주시겠죠?"

그리고는 어머니 쪽으로 몸을 돌리며 왕자는 이렇게 덧붙여 말합니다.

"제 가장 고운 옷들, 흰 담비 가죽 저고리와 비로드 무도화를 가져오라고 하세요! 왕자의 옷을 입고 천국에 들어가서 천사들에게 뽐내고 싶어요."

신부가 세 번째로 어린 왕자를 향해 몸을 숙이고 낮은 목소리로 오랫동안 이야기를 합니다. 이야기를 하는 도중 왕자는 화를 내며 이렇게 말합니다.

"그럼 왕자란 것도 아무것도 아니군요!"

그리고는 더 이상 듣기 싫다는 듯 벽을 향해 돌아눕더니 흐느껴 우는 것이었습니다.

들판의 군수님

마부가 끄는 마차를 타고 시종들을 거느린 군수님이 위엄을 갖추고 콩브

오 페(요정의 계곡)에서 열리는 전람회에 가고 있었습니다. 이날을 위해 군수님은 수를 놓은 화려한 상의에 작은 예식 모자를 쓰고 은줄 달린 딱 붙는 바지를 입었으며, 진주로 손잡이를 장식한 칼을 찼습니다. 군수님은 무릎 위에 놓인 커다란 가죽 가방을 걱정스레 내려다보았습니다. 그 이유는 잠시 후 콩브 오 페의 주민들 앞에서 낭독해야 할 연설문 때문이었습니다.

"내빈 및 친애하는 군민 여러분……."

비단실 같은 노란 수염을 비틀면서 '내빈 및 친애하는 군민 여러분'이라는 구절을 되풀이해도 그다음 할 말이 떠오르지 않았습니다.

마차 안이 너무 뜨거워서인가 봅니다. 멀리 뻗어나간 콩브 오 페로 가는 길에는 한낮의 햇볕 아래 희뿌연 먼지가 일고 있었습니다. 대기는 불을 지핀듯했고, 길가의 느릅나무들은 온통 먼지를 뒤집어썼으며 매미들은 나무에 붙어 울어댔습니다. 문득 군수님은 저편 산기슭에서 자신을 부르는 듯한 푸른 참나무 숲을 보았습니다.

그 숲은 마치 이렇게 유혹하는 것 같았습니다.

"군수님. 이리로 오세요. 연설문을 제대로 쓰시려면 이곳 나무 그늘이 훨씬 좋을 겁니다."

군수님은 이 유혹에 넘어가 마차에서 뛰어내리고는 시종들에게 참나무 숲속에서 연설문을 써 가지고 올 것이니 기다리고 있으라고 말했습니다.

푸른 참나무 숲속에는 온갖 새들이 노래하고 오랑캐꽃들이 피어 있었으며, 부드러운 풀밭 아래로는 맑은 시냇물이 흐르고 있었습니다. 그런데 화려한 바지에 가죽 가방을 든 군수님을 본 새들은 겁이 나서 노래를 그쳤고 졸졸 흐르던 시냇물도 소리를 죽였으며, 오랑캐꽃들도 모두 풀 속으로 숨어 버렸습니다. 지금까지 이 숲속에 군수님이 온 적은 한 번도 없었습니다. 그래서 숲속의 온갖 것들은 은줄 달린 화려한 바지를 입고 걸어오고 있는 저 사람이 누굴까 서로에게 물어보는 것이었습니다. 그런 자그마한 속삭임들이 나무 그늘에서 들려왔습니다. 그동안 군수님은 숲속의 고요함과 시원함에 매료되어 옷자락을 걷어붙이고 모자를 풀밭 위에 던져 놓고는 작은 참나무 아래 앉았습니다. 그러고는 가죽 가방을 무릎 위에 놓고 그것을 열더니 커다란 종이 한 장을 꺼냈습니다.

"화가인가 보다!"

휘파람새가 말했습니다.

"아니야. 은줄 달린 바지를 보니 화가는 아니야. 아마도 왕자일걸."

피리새가 말했습니다. 그때 군청 정원에서 살았던 경험이 있는 늙은 나이팅게일이 다른 새들의 말을 가로채며 말했습니다.

"화가도 아니고 왕자도 아니야. 나는 알지. 저분은 바로 군수님이야!"

"군수님? 군수님이래!"

작은 숲이 온통 수군대는 소리로 가득 찼습니다.

"그런데 머리는 왜 저렇게 벗겨졌지?"

커다란 벼슬이 달린 종달새가 말했습니다.

오랑캐꽃이 물었습니다.

"나쁜 사람이라서 그런 건가요?"

늙은 나이팅게일이 대답했습니다.

"아니. 그런 건 절대 아니야."

나이팅게일의 말에 안심한 새들은 다시 노래하고, 샘물도 다시 흐르고, 오랑캐꽃도 다시 향기를 풍겼습니다. 마치 군수님이 그곳에 있다는 사실엔 개의치 않는다는 듯이. 군수님은 이러한 가벼운 소란 속에서도 아무것도 모른 채 전람회 신의 가호를 기원하며 펜을 들고는 엄숙한 목소리로 연설문을 읽기 시작했습니다.

"내빈 및 친애하는 군민 여러분……"

하고 군수님이 엄숙하게 말문을 열자 웃음소리가 터져 나왔습니다. 군수님은 이상한 느낌이 들어 말을 멈추고 뒤를 돌아다보았지만 보이는 것이라곤 커다란 딱따구리 한 마리뿐이었습니다. 딱따구리는 군수님이 벗어 놓은 모자 위에 앉아서 그를 바라보며 웃고 있었습니다. 군수님은 어깨를 으쓱거리고 나서 계속 읽으려고 했습니다.

그러자 딱따구리가 잽싸게 끼어들며 이렇게 소리치는 것이었습니다.

"소용없어요!"

"뭐? 소용없다고?"

군수님은 얼굴이 벌게져서 소리를 쳤습니다. 그리고 팔을 휘둘러 건방진 새를 쫓아 버리고 나서 더욱 목소리를 가다듬고 연설을 시작했습니다.

"내빈 및 친애하는 군민 여러분……"

하고 똑같은 서두가 시작되자 사랑스런 오랑캐꽃들이 군수님에게 고개를 내밀며 조그만 목소리로 말을 걸었습니다.

"군수님, 우리에게서 좋은 향기가 나지요?"

이어서 풀밭 밑으로 샘물이 맑은소리로 졸졸 흐르고, 머리 위 나뭇가지에서는 휘파람새들이 함께 몰려와 경쾌하게 울어댑니다. 작은 숲 전체가 서로 짜기라도 한 듯이 군수님의 연설문 작성을 방해하는 것이었습니다.

군수님은 오랑캐꽃 향기와 새들의 노랫소리에 넋을 잃지 않으려 버텼지만 소용이 없었습니다. 그는 팔꿈치를 괴고 풀 위에 누운 채 화려한 상의의 단추를 풀며 두어 번 중얼거렸습니다.

"내빈 및 친애하는 군민 여러분……" "내빈 및 친애하는 군민 여러분……" "내빈 및 친애……"

그리고는 군민 여러분 따위는 될 대로 되라고 포기해 버렸습니다. 전람회를 관장하는 관리라는 생각도 자취를 감추었습니다.

한 시간쯤 지나자 시종들은 군수님이 걱정이 되어 숲속으로 들어왔습니다. 그리고 그들은 숲속에서 벌어진 광경에 놀라 멈춰 섰습니다. 군수님은 마치 집시처럼 가슴을 풀어 헤치고 풀 위에 누워 있었습니다. 그는 오랑캐꽃을 씹으며 시 짓기에 골몰해 있는 것이었습니다.

코르니유 영감의 비밀

- 알퐁스 도데 -

기계화된 증기제분소에 맞서 풍차방앗간을 지키기 위해 노력하는 코르니유 영감의 이야기를 통해 문명의 이기에 밀려 점점 설자리를 잃어가는 전통에 대해 다시 생각하는 계기를 갖게 한다. 또한 거짓으로 풍차를 돌리는 코르니유 영감의 비밀을 알아채고 마지막 자존심을 살려주기 위해 그의 풍차방앗간에 밀을 보내는 마을 사람들의 따뜻한 인간애를 느끼게 된다.

바람을 이용한 풍차를 돌려 방아를 찧던 코르니유 영감네 마을에 증기제분공장이 들어섰다. 그날 이후 마을 사람들은 코르니유 영감네 방앗간에 발길을 끊고 새로 생긴 증기제분공장에서 밀을 빻았다. 풍차방앗간은 하나둘 씩 문을 닫지만 코르니유 영감네 풍차방앗간만은 언덕 위에 당당하게 버티고 서서 계속 돌고 있었다.

코르니유 영감은 예순 해 동안 밀가루 속에서 살았고 자신의 일을 열심히 해 왔던 것이다. 마침내 코르니유 영감의 풍차방앗간의 애절한 애착은 마을 사람들의 따뜻한 발길을 다시 잇게 하였다.

갈래 : 단편 소설

시점 : 1인칭 전지적 작가 시점

배경 : 프로방스의 한 풍차 방앗간

주제 : 따뜻한 인간애와 전통을 지키는 장인 정신

코르니유 영감의 비밀

가끔 나를 찾아와 밤새 피리를 불던 프랑세 마마이라고 하는 할아버지가 있었다. 어느 날 밤 그는 저녁 늦게 포도주를 마시며 마을에서 일어났던 슬픈 이야기를 해 주었다. 지금부터 이십 년 전, 지금 내가 살고 있는 이 풍차 방앗간에서 있었던 일이다. 내가 눈물을 흘리면서 들은 할아버지의 이야기를 이제 여러분에게 전해주고 싶다.

여러분은 지금 향기가 그윽한 포도주 항아리 앞에 앉아 피리 부는 한 노인이 이야기를 듣고 있다고 상상해 보기 바란다.

옛날 이 고장은 지금처럼 사람이 없는 삭막한 곳은 아니었답니다. 제분업이 한창 활기를 띨 때에는 인근 백 리 안에 있는 농사꾼들이 밀을 빻으려고 모두 이곳으로 왔답니다. 마을 주위에는 언덕마다 풍차가 서 있었습니다. 사방을 둘러봐도 눈에 띄는 것이라곤 온통 솔밭 위로 거센 바람에 돌고 도는 풍차의 날개와 자루를 가득 싣고 언덕길을 오르내리는, 작은 노새들의 행렬뿐이었습니다. 언덕 위에서는 한 주일 내내 채찍질하는 소리, 풍차 날개의 천이 펄럭이는 소리, 방앗간의 일꾼들이 노새를 모는 소리 등 듣기에도 기분 좋은 소리들이 들려왔습니다.

일요일이면 우리는 무리를 지어 방앗간으로 몰려갔습니다. 방앗간 주인은 우리에게 뮈스카(청포도 품종의 와인)를 내주었지요. 레이스가 달린 솔을 두르고 금 십자가를 목에 건 아낙네들은 마치 여왕처럼 아름다웠습니다. 나는 항상 피리를 가지고 다녔지요. 사람들은 캄캄한 밤이 될 때까지 프랑돌(프로방스 지방의 춤)을 추었습니다. 풍찻간이야말로 우리 고장의 기쁨이고 재산이었습니다.

그런데 불행히도 도시 사람들은 타라스콩 마을에 증기 제분 공장을 세울 생각을 했습니다. 마침내 마을 사람들은 이 제분 공장에서 밀을 가져갈 수 있었습니다. 그러자 불쌍한 풍찻간은 할 일이 없어졌지요. 처음 한동안은 그들과 맞서 보려 했지만 결국 증기에는 이길 수 없어 풍찻간은 하나둘 문을 닫기 시작했습니다. 이제는 귀여운 노새들도 볼 수 없었고……. 결국 아름다운 방앗간 아낙네들은 금 십자가를 팔 수밖에 없었어요. 뮈스카도 마실 수 없고, 프랑돌도 이젠 마지막입니다. 바람이 아무리 불어도 풍차의 날개는 움직이지 않았습니다.

어느 날 면에서 나와 쓰러져 가는 풍찻간을 헐고 그 자리에 포도나무와 올리브나무를 심었습니다. 이렇게 하나둘 쓰러져 가는데도 단 하나의 풍차만은 당당하게 버티고 서서, 증기 제분 공장들과 같이 언덕 위에서 기세등등하게 돌고 있었습니다. 바로 코르니유 영감의 풍찻간이었습니다. 우리는 지금 이 풍찻간에서 이야기하며 밤을 새우고 있는 것이지요.

코르니유 영감은 육십 년을 밀가루 속에서 살아왔고, 또 자기 일에 열심인 늙은 방앗간 주인이었습니다. 제분 공장이 들어서자 할아버지는 넋이 나간 사람 같았습니다. 그는 일주일 동안 동네를 뛰어다니면서 사람들을 모아 놓고 고래고래 소리를 지르면서 떠들어댔습니다.

'저 녀석들이 제분 공장의 밀가루로 프로방스 지방 사람들을 독살하려 한다.'

"저 녀석들한테 가지 말아요. 저놈들은 빵을 만드는 데 악마가 생각해 낸 증기를 사용하고 있어."

이렇듯 헤아릴 수 없이 많은 말을 생각해 내면서 풍차를 선전했지만 아무도 그의 말에 귀를 기울이지 않았습니다.

화가 치민 노인은 자기의 풍찻간에 틀어박혀 혼자 지냈습니다. 그가 그렇게 사랑하던 손녀딸 비베트조차도 곁에 못 오게 했습니다. 하지만 얼마 전까지만 해도 사람들에게 존경을 받았던 코르니유 할아버지가 지금은 거지처럼 맨발에 구멍 뚫린 모자를 쓰고 누더기 옷을 입고 이리저리 거리를 쏘다니는 것을 본 사람들은 몹시 못마땅하게 생각했습니다.

사실 일요일마다 할아버지가 미사에 참여하는 것을 볼 때면 우리 늙은이들은 부끄럽기 짝이 없었습니다. 코르니유도 그것을 잘 알고 있었으므로, 이젠 교회의 임원석에 앉으려 하지 않았습니다. 그는 언제나 성당 안 성수반 곁의 가난한 사람들과 함께 있었습니다.

코르니유 영감의 생활에는 무엇인가 이상한 점이 있었습니다. 벌써 오래

전부터 동네에서는 아무도 그의 방앗간에 밀을 갖고 가는 사람이 없는데도 풍차의 날개는 전과 다름없이 계속 돌았습니다. 마을 사람들은 종종 저녁에 길에서 커다란 밀가루 포대를 잔뜩 실은 노새를 몰고 가는 영감을 만났습니다.

"안녕하세요, 영감님! 방앗간은 어떻습니까?"

마을 사람들은 부러 큰 소리로 말을 걸었습니다.

"그래, 여전하지. 고맙게도 일거리는 끊이지 않는다네."

노인은 쾌활한 목소리로 대답했습니다. 그때 어떤 사람은 도대체 어디서 그렇게 많은 일감이 오느냐고 묻습니다. 그러면 영감은 입술에다 손가락을 갖다 대고는 엄숙하게 대답했습니다.

"쉿! 이건 수출에 관계된 것이라네."

그리고 더는 말을 하지 않았습니다. 손녀인 비베트조차도 그 안에 들어가 볼 수가 없었지요. 그 앞을 지나다 보면 문은 언제나 잠겨 있었고, 커다란 풍차의 날개가 끊임없이 돌고 있었습니다.

늙은 노새는 앞뜰에서 풀을 먹고 있었고 바싹 마른 고양이는 창문 옆에서 햇볕을 쬐며 짓궂은 눈초리로 쳐다보았습니다. 이 모든 것이 수상쩍은 냄새를 풍기고 있었으며 마을에는 이런저런 소문이 떠돌았습니다. 사람들은 저마다의 추측으로 코르니유 영감의 비밀을 이야기했지만, 대체로 떠도는 소문은 영감의 방앗간에는 밀가루 자루보다 은전 자루가 훨씬 더 많다는 것이었습니다.

드디어 모든 것이 밝혀지게 되었습니다. 그 내용은 이랬습니다.

어느 날 내 피리 소리에 맞추어 젊은이들이 춤을 추고 있을 때, 나는 큰아들 녀석과 비베트가 서로 사랑하는 사이라는 것을 알았습니다. 코르니유 집안은 우리 마을에서는 명문 집안이었고, 게다가 비베트라는 귀여운 어린 참새가 집안을 뛰어다니는 것을 보는 것 또한 나에게는 즐거운 일이었기 때문에 화를 내지는 않았습니다. 다만 둘이 함께 있는 일이 잦았으므로 무슨 일이 일어나지 않을까 은근히 걱정되어 하루라도 빨리 이 일을 매듭짓고 싶었습니다.

그래서 이 일에 관해 비베트의 할아버지와 의논을 하려고 그의 풍찻간으로 갔습니다. 그런데 코르니 영감은 풍찻간 문을 열어 주지 않았습니다. 나는 내가 온 이유를 열쇠 구멍을 통해 간신히 설명했습니다. 영감은 말이 채 끝나기 전에 나에게 돌아가 피리나 불라고 고래고래 소리를 질러댔습니다. 그러고는 그렇게 서둘러 아들을 결혼시키고 싶거든 제분 공장에 가서 처녀들을 골라 보라는 것이었습니다. 이런 악담을 듣고 내가 얼마나 화가 났겠는지 생각해 보십시오. 그러나 나는 점잖게 꾹 참았습니다. 그리고 이 미친 늙은이를 맷돌 곁에 남겨 두고 집으로 돌아와 아이들에게 자세한 이야기를 해 주었습니다. 아이들은 그것을 믿으려 하지 않았습니다. 그들은 할아버지에게 다시 이야기하겠으니 제발 자기들이 풍찻간에 찾아가게 해 달라고 애원했습니다. 나는 그것을 거절할 수가 없었습니다.

두 아이는 풍찻간으로 갔습니다. 그들이 언덕 위에 올라갔을 때 마침 코르니유 영감이 막 외출하고 난 뒤였습니다. 문은 이중으로 잠겨 있었지만 노인은 외출할 때, 사다리를 밖에 내버려 두고 갔습니다. 그러자 아이들은 그 유명한 풍찻간 안에 무엇이 있는지 창문으로 들어가 엿보고 싶은 호기심이 생겼습니다. 신기한 일이었습니다! 맷돌이 있는 방은 텅 비어 있었습니다. 자루는 물론 밀 낟알 하나 없었습니다. 심지어 벽에도 거미줄에도 밀가루 흔적은 없었습니다. 풍찻간에서 풍기는 참밀의 구수한 냄새조차 나지 않았습니다. 맷돌은 먼지로 뒤덮였고, 그 위에서 바싹 마른 큰 고양이가 잠을 자고 있었습니다. 아래층에 있는 방도 역시 비참하고 쓸쓸했습니다. 낡은 침대 하나와 누더기나 다름없는 옷 몇 가지, 층계 위에 놓인 빵 한 조각, 그리고 방 한구석에 있는 구멍 뚫린 자루에서는 석고와 벽토가 새어 나왔습니다.

이것이 바로 코르니유 영감의 비밀이었습니다! 풍찻간의 체면을 세우고 사람들에게 그곳에서 밀가루를 빻고 있다고 믿게 하려고 노인이 저녁마다 싣고 다니던 자루들은 바로 벽토(壁土)였습니다.

가엾은 풍찻간! 불쌍한 코르니유 영감님! 벌써 오래전에 제분 공장은 이 노인과 이 풍찻간에서 마지막 단골손님을 빼앗아 갔던 것입니다. 풍차의 날개는 여전히 돌고 있었지만 맷돌은 헛돌고 있었던 것입니다. 아이들은 돌아와 눈물을 흘리며 그들이 본 것을 나에게 자세히 말해 주었습니다. 나도 아이들의 말을 듣고는 가슴이 미어지듯 아팠습니다.

나는 집집마다 뛰어다니며 그 이야기를 했습니다. 그리고 지금 곧 집에 있는 참밀을 모두 코르니유 영감의 풍찻간으로 가져가자고 마을 사람들을 설득했습니다. 말이 떨어지기가 무섭게 마을 사람들은 길을 나섰습니다.

우리의 밀 ─그것이야말로 진짜 밀─ 을 실은 노새의 행렬이 열을 지어 언덕 위로 올라갔습니다.

풍찻간은 활짝 열려 있었습니다. 문 앞에는 코르니유 영감이 부서진 벽토 자루 위에 앉아 두 손으로 머리를 감싸 쥐고 울고 있었습니다. 그는 집에 돌아오자 자기가 없는 동안 누가 집 안에 들어와 그의 비밀을 알아냈다는 것을 깨달았던 것입니다.

"불쌍한 코르니유, 이젠 죽을 수밖에 없구나! 풍찻간의 명예가 땅에 떨어지고 말았어!"

그는 탄식했습니다. 그러고는 풍차의 이름을 부르며 마치 사람에게 말을 걸듯이 흐느껴 울었습니다. 이때 노새의 행렬이 언덕 위의 풍찻간 앞마당에 도착했습니다. 그리고 우리는 방앗간이 한창이던 시절에 했던 것처럼 다음과 같이 큰 소리로 외쳤습니다.

"어이! 풍찻간, 방아를 부탁하네. 여보시오, 코르니유 영감님!"

이리하여 밀가루 포대가 문 앞에 쌓이고 아름다운 황금빛 낟알이 주위에 흩어졌습니다. 코르니유 영감은 두 눈을 크게 떴습니다. 그리고 쭈글쭈글한 두 손바닥으로 밀을 퍼 올리며 웃기도 하고 울기도 하면서 말했습니다.

"이건 밀이야. 좋은 밀! 하느님, 똑똑히 볼 수 있게 해 주십시오."

그러고 나서 우리들을 향해 말했습니다.

"아! 난 당신들이 나에게 다시 돌아오리란 걸 잘 알고 있었소. 제분 공장 녀석들은 모두 도둑놈들이오."

우리는 영감을 헹가래 치며 마을로 모셔 가려 했습니다.

"아니야, 젊은이들. 무엇보다 먼저 내 풍차에 먹을 걸 줘야 해. 생각해 보게. 꽤 오랫동안 녀석들에게 밥을 주지 못했거든!"

그 불쌍한 노인이 밀가루 자루를 열기도 하고 맷돌을 돌려 보기도 하고, 이곳저곳으로 뛰어 돌아다니기도 하는 것을 보고 우리는 모두 눈물을 흘렸습니다. 그러는 동안 밀 낟알은 빠지고, 뽀얀 밀가루가 천장으로 솟아올랐습니다. 우리는 정말 좋은 일을 했던 것이지요.

그리고 어느 날 아침, 코르니유 영감은 세상을 떠났습니다. 이제 우리 마을의 마지막 풍차 날개는 이번에야말로 영원히 멈춰 버리고 만 것입니다. 코르니유 영감이 죽자 그의 뒤를 이은 사람은 아무도 없었습니다. 세상 모든 일이 그렇듯이 어떤 것이나 모두 끝이 있는 법이니까요. 그리고 론 강의 나룻배나 프로방스 지방의 최고 재판소, 그리고 커다란 꽃을 단 재킷의 시대가 지나갔듯이 풍차의 시대도 지나갔다고 생각할 수밖에 없었습니다.

스갱 씨의 산양

- 알퐁스 도데 -

작품 정리

위험한 줄 알면서도 넓은 산과 들의 유혹을 이기지 못해 집을 뛰쳐나간 산양의 모습은 우리 인간의 마음속에 있는 자유로움에 대한 갈망이다. 그 자유를 위해 목숨을 걸고 싸우는 용기 있는 블랑케트라는 산양을 통해 강렬한 의지가 나타난다. 주어지는 대로 살아가는 산양이 아니라 자기 자신을 위해 살아가려는 의지의 산양이다. 그러나 자유에 대한 갈망이 지나치면 작품에서와 같이 결국 쓰러질 수도 있다. 그렇다고 현실에만 안주해서도 안 되며 현실과 이상의 적당한 경계선을 찾는 것이 과제일 것이다.

작품 줄거리

신문사의 기자가 궁색하게 사는 시인 친구에게 보내는 편지로 스갱씨의 산양 이야기를 들려준다. 스갱씨가 키우는 산양들은 우리의 밧줄을 끊고 산으로 달아나 늑대에게 잡아먹히고 만다. 여섯 마리의 산양을 잃고 이번에는 아주 어린 산양을 사서 열심히 보살폈다. 하지만 어린 산양 블랑케트는 자라면서 울타리 너머의 자유를 동경하기 시작했다. 스갱씨가 줄을 길게 늘려 좀더 자유롭게 해주어도 산에는 무서운 늑대가 있어서 산양을 잡아먹는다고 말해도 블랑케트는 그저 자유롭게 떠나고 싶어했다. 결국 스갱씨의 안락한 집을 떠나 자유로운 산에서 겪는 모험은 그저 황홀하기만 했다. 그러다가 밤이 되어 늑대가 나타나자 블랑케트는 새벽까지 최선을 다해 싸우지만 결국 피투성이가 되어 쓰러지고 만다는 내용이다. 그 기자는 편지 말미에 두 번이나 반복해서 말한다. 아침이 되자 산양은 늑대에게 잡아먹혔다는 것을.

핵심 정리

갈래 : 단편 소설

시점 : 1인칭 전지적 작가 시점

배경 : 프로방스 스갱 씨의 목장

주제 : 자유를 위해 목숨 걸고 싸우는 용기

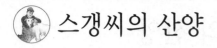 스갱씨의 산양

파리의 서정 시인 피에르 그랭구아르 군에게

자네의 신세는 언제나 마찬가지일 것일세, 가여운 그랭구아르 군! 파리의 일류 신문 기자 자리를 자네에게 준다고 했다던데, 그것을 굳이 거절하다니. 그래 자네 모습을 보게, 이 가여운 친구야! 그 구멍 뚫린 웃옷, 다 해진 바지, 굶주림을 호소하는 듯한 얼굴을 좀 보게. 아름답다는 시에만 몰두하고 있기 때문이 아닌가! 십 년이라는 세월을 보낸 결과라네. 그래도 자넨 부끄럽지 않단 말인가?

그러니 신문 기자가 되게, 이 바보 같은 친구야! 그러면 좋은 식당에서 식사를 할 수 있는 돈이 생길 것이고, 연극도 볼 수 있을 것이며, 또 아름다운 깃털이 달린 새 모자도 살 수 있다네. 싫다고? 원하지 않는다고? 그래서 언제까지 제멋대로 자유롭게 살고 싶단 말이지? 그럼 '스갱 씨의 산양' 이야기를 해 줄 테니 한번 들어 보게. 자유롭게 살려고 하다가 결국 어떻게 되는지 알게 될 걸세.

스갱 씨는 지금껏 산양을 키워 재미를 본 일이 없었다. 그는 항상 같은 방법으로 자기의 산양을 잃어버렸다. 산양들은 끈을 끊고서 산으로 도망갔다. 그리고 산속에서 늑대에게 잡아먹혔다. 주인의 사랑이나 늑대에 대한 공포도 결국 산양들을 붙들어 놓을 수는 없었다. 이 산양들은 모두 탁 트인 곳과 자유를 원하는 독립심 강한 염소들이었다.

산양의 성질을 전혀 이해하지 못한 마음씨 착한 스갱 씨는 깜짝 놀라 말했다.

"이젠 끝이야, 산양들은 내 집이 싫은 모양이야. 이제부터는 산양을 기르지 않겠어."

그러나 그는 용기를 잃지 않았다. 그리고 똑같은 방법으로 산양 여섯 마리를 잃은 후 그는 일곱 번째 산양을 샀다. 이번에는 곁에 오래 두기 위해 아주 어린 것으로 골랐다.

아! 그랭구아르 군, 스갱 씨의 어린 산양은 얼마나 예쁜지! 두 눈은 부드럽고 턱수염이 나고, 까만 발톱은 반짝반짝하고, 뿔에는 줄무늬가 있고, 희고 긴 털이 전신을 덮고 있는 참 예쁜 놈이었네! 에스멜란다의 새끼염소 못지않게 귀여웠지. 게다가 주인도 잘 따르고 성격도 온순해서 젖을 짤 때도 움직이지 않고 가만히 있었지. 참 정이 가는 산양이었어.

스갱 씨는 산양이 자유롭게 돌아다닐 수 있도록 집 뒤에 있는 울타리에 매어 놓았다. 그러고는 혹시라도 불편하지나 않을까 하고 자주 살펴보았다. 산양은 대단히 만족해서 스갱 씨가 기뻐 어쩔 줄 모를 정도로 맛있게 풀을 뜯어 먹었다. 불쌍한 스갱 씨는 생각했다.

'드디어 내 집을 좋아하는 놈이 생겼구나!'

그러나 그것은 오해였다. 그의 산양은 어느덧 싫증이 난 것이다. 어느 날 산양은 산을 바라보며 생각했다.

'저 산꼭대기에서 살면 얼마나 좋을까! 목을 조이는 끈도 없이 마음껏 뛰어놀면 얼마나 즐거울까. 울안에서 풀을 뜯어 먹는 것은 당나귀나 소한테는 좋을지 모르지만 산양에게는 넓은 들판이 필요해.'

그때부터 산양은 울안에 있는 풀이 맛이 없었다. 산양은 이곳이 싫어졌다. 산양은 점점 말라 갔고 젖도 잘 나오지 않았다. 하루 종일 긴 끈을 당기며 산 쪽으로 머리를 돌려 콧구멍을 벌름거리며 슬프게 '매' 하고 울어댔다. 스갱 씨는 산양에게 무슨 일이 일어나고 있다는 것은 알아챘지만, 왜 그런지는 깨닫지 못했다.

어느 날 산양이 스갱 씨에게 말했다.

"아저씨, 저를 산으로 보내 주세요. 여기에 계속 있으면 죽을 것 같아요. 그러니 저를 산으로 보내 주세요."

"네 녀석도 역시!"

스갱 씨는 실망해서 소리를 질렀다. 그 바람에 스갱 씨는 들고 있던 양동이를 떨어뜨렸다. 그리고 산양과 같이 풀 위에 앉아 이야기했다.

"어찌 된 거냐, 블랑케트. 날 떠나고 싶은 것이냐?"

블랑케트가 대답했다.

"네, 스갱 씨."

"끈이 너무 짧아서 그러니? 그럼 끈을 더 길게 해 줄까?"

"그런 건 아무래도 상관없어요."

"그럼 무엇이 필요하니?"

"저 산으로 가고 싶어요, 스갱 씨."

"오, 불쌍한 녀석. 산속엔 늑대가 있다는 걸 모르니? 늑대를 만나면 어떻게 하려고 그러니?"

"뿔로 받겠어요."

"늑대는 너의 뿔 같은 건 무서워하지 않는단다. 그놈은 네 뿔 따위는 겁내지 않아. 그리고 너보다 훨씬 크고 힘센 어미 산양들까지 잡아먹었어. 작년에 여기에 있던 불쌍한 르노드 잘 알지? 르노드는 힘이 아주 세고, 수놈같이 사나웠고, 밤새도록 늑대와 싸웠지만 아침이 되자 결국 늑대한테 잡아먹히고 말았어."

"불쌍한 르노드……. 그래도 괜찮아요, 스갱 씨. 제발 보내주세요."

"맙소사. 내 산양들은 도대체 어떻게 된 셈일까? 늑대한테 희생될 놈이 또 한 마리 생겼구나! 그러나 안 되지. 네가 뭐라고 해도 난 너를 구할 거야. 네가 끈을 끊으면 큰일이니 우리 속에 가두어야겠다. 넌 언제까지나 그곳에 있어야 해."

그리고 나서 스갱 씨는 산양을 어두운 우리 속에 가두고 문을 이중으로 닫았다. 그러나 그는 창문 닫는 것을 깜박 잊었다. 그가 돌아서 나가자마자 산양은 곧 도망쳤다.

자넨 웃겠지, 그랭구아르 군? 하지만 그 웃음이 얼마나 계속될지 두고 볼 일이라네.

어린 산양이 산에 다다르자 산 전체가 황홀해 보였다. 여러 해 묵은 전나무들도 지금까지 그렇게 예뻐 보인 적이 없었다. 산양은 마치 어린 여왕과도 같이 환대를 받았다. 밤나무들은 나뭇가지로 산양을 쓰다듬기 위해 땅에까지 닿도록 몸을 굽혔다. 황금빛의 금작화는 산양이 지나가는 길가에 꽃을 피우고 아름다운 향기를 뿜었다. 산 전체가 블랑케트를 환영했다.

상상이 되지? 그랭구아르 군. 그 어린 산양이 얼마나 기뻐했는지를 말일세! 이젠 울타리도 없고 말뚝도 없고, 마음껏 뛰어다니고, 풀을 뜯어 먹어도 아무도 방해하지 않을 테니……

풀도 얼마나 무성하게 자라나 있는지 뿔을 다 덮을 정도였다. 그리고 꽃이 크고 푸른 풍령초, 꽃받침이 긴 진홍빛의 디기탈리스, 향이 강한 야생의 꽃들이 숲 도처에 활짝 피어 있었다. 숲의 아름다움에 취한 어린 산양은 그 속에서 뒹굴다가 갑자기 벌떡 일어서서 기운차게 달리기 시작했다. 머리를 앞으로 내밀고 덤불 속과 회양목 숲을 지나기도 하고, 산꼭대기에 또는 계곡 구석진 곳에, 높은 곳 낮은 곳 할 것 없이 여기저기 뛰어다녔다.
얼마나 뛰어다녔는지 마치 산중에는 스갱 씨의 산양이 열 마리도 넘는 것 같았다. 어린 산양은 아무것도 두렵지 않았다. 산양은 언덕 밑에 있는 스갱 씨의 집을 발견했다. 그것을 보니 눈물이 날 정도로 웃음이 났다. 그리고 산양은 잠깐 동안 생각했다.
'내가 어떻게 저런 작은 집에서 살았을까?'
불쌍한 스갱 씨! 이렇게 높은 곳에 앉아 있는 자신을 보고 어린 산양은 자신이 이 세상 누구 못지않게 위대하다는 생각이 들었다. 아무튼 그날은 스갱 씨의 산양에게는 몹시도 즐거운 하루였다. 정오 때쯤 어린 산양은 포도를 맛있게 먹고 있는 영양 떼를 만났다. 영양들은 친절하게도 어린 산양에게 가장 좋은 포도를 내주었다. 그뿐만 아니라 까만 털이 난 어린 영양 한 마리가 운 좋게 블랑케트의 마음에 들었다. 두 애인은 한두 시간 동안 숲속을 방황했다.
갑자기 바람이 선선해졌다. 산은 보랏빛으로 변했다. 어느새 저녁이 되었다. 어린 산양은 놀라 걸음을 멈추었다. 저 밑에 보이는 들판은 짙은 안개 속에 묻혀 있었다. 스갱 씨의 밭은 안개 속에 가려져 보이지 않았고, 조그마한 집은 약간의 연기가 나는 지붕만 조금 보였을 뿐이었다.
집으로 몰고 가는 양 떼의 방울 소리가 들렸다. 그러자 어린 산양의 마음이 몹시 쓸쓸해졌다. 보금자리로 돌아가던 큰 매 한 마리가 날개로 어린 산양을 스치고 지나갔다. 산양은 몹시 놀라 몸을 부르르 떨었다.

산속에서 짐승의 울음소리가 들려왔다.

"우! 우!"

어린 산양은 곰과 늑대를 연상했다. 하루 종일 정신없이 지내느라 늑대를 미처 생각하지 못했다. 그때 저 멀리 산골짜기에서 나팔 소리가 났다. 그것은 마음이 착한 스갱 씨가 마지막으로 부는 나팔 소리였다.

"우! 우!"

늑대가 울었다.

"되돌아와! 돌아와!"

나팔이 외쳤다. 블랑케트는 돌아가고 싶었다. 그러나 말뚝과 자기를 잡아 맨 끈과 밭을 둘러싼 울타리를 생각하니, 이젠 더는 그런 생활을 할 수 없을 것 같았다. 어느덧 나팔 소리가 그쳤다. 어린 산양은 자기 뒤에서 나뭇잎 소리가 나는 것을 들었다. 돌아다보니 어둠 속에 짧고 곤두선 두 귀와 반짝이는 두 눈이 보였다. 늑대였다. 커다란 늑대는 꼼짝도 않고 뒷발로 앉아 산양을 쳐다보며 입맛을 다셨다.

"하하! 스갱 씨의 어린 산양이로군."

늑대는 빨갛고 큰 혓바닥으로 길게 늘어진 입술을 핥았다. 블랑케트는 어지러웠다. 순간 밤새도록 싸우다가 아침에 드디어 잡아먹혔다는 르노드의 이야기가 생각났다.

스갱 씨의 산양은 머리를 숙이고 뿔을 앞으로 내밀어 늑대를 공격했다. 늑대는 숨을 들이켜기 위해 열 번 이상이나 후퇴하지 않을 수 없었다. 잠깐 동안 휴전할 때에도 산양은 재빨리 자기가 좋아하는 약간의 풀을 뜯어 입에 가득 물고는 다시 싸움을 시작했다.

이런 싸움이 밤새도록 계속되었다. 때때로 스갱 씨의 산양은 맑은 하늘에서 반짝이는 별들을 바라보며 생각했다.

'날이 샐 때까지 견딜 수만 있다면……'

별이 하나둘 사라졌다. 블랑케트는 더 용감하게 뿔로 받고, 늑대는 더욱더 심하게 물어뜯었다. 희미한 빛 한줄기가 지평선에 나타났다. 닭 우는 소리가 산골짜기 밑에 있는 밭에서 들려왔다. 살기 위해 날이 새기만 기다리고 있던 산양은 아름다운 흰 털을 붉은 피로 물들이며 땅바닥에 쓰러졌다. 그러자 늑대는 어린 산양에게 덤벼들어 물어뜯었다.

그럼 잘 있게 그랭구아르 군! 자네에게 들려준 이 이야기는 내가 생각해 낸 것이 아니라네. 만일 자네가 언젠가 프로방스 지방에 오게 된다면 이 지방의 농민들은 자네에게 스갱 씨의 산양에 대해 종종 이야기할 것일세. 밤새도록 늑대와 싸우다가 아침이 되어 늑대에게 잡아먹힌 스갱 씨의 산양 이야기를 말일세. 내 말 잘 알았나? 그랭구아르 군. 밤새도록 늑대와 싸운 스갱 씨의 염소는 아침이 되어 늑대에게 잡아먹혔다네.

가난한 사람들

- 빅토르 위고 -

작가 소개

빅토르 위고(Victor Hugo 1802~1885) 프랑스 시인, 소설가, 극작가.

빅토르 마리 위고는 1802년 2월 26일 프랑스 브장송에서 태어났다. 나폴레옹 군대의 장군인 조제프 레오폴드 위고와 낭트 태생의 왕당파 여성 소피 트레뷔셰의 셋째 아들로 태어나 유럽 각지를 옮겨 다니며 성장했다. 부모의 불화로 별거중인 어머니와 함께 파리로 옮겨 교육을 받았다. 어릴 적부터 고전문학에 뛰어난 재능을 보였고, 1819년 평론지 〈르 콩세르바퇴르 리테레르〉를 창간하고, 1822년 첫 시집《송가와 다른 시들》을 발표하고 그해 10월 아델 푸셰와 결혼한다. 1831년 스콧풍의 장편역사소설《노트르담의 꼽추》를 발표해 소설가로서 명성을 얻고 성공한다. 1841년 아카데미 프랑세즈 회원으로 뽑히고 1845년 상원 의원으로 선출되면서 문학적 업적을 널리 인정받는다. 1848년 2월 혁명 때 공화정 의원에 선출된다. 그 후 나폴레옹이 제정수립을 위한 쿠데타를 일으키자 이를 반대하다가 국외로 추방되어 20년에 걸친 망명생활을 한다. 망명생활 동안 그는 아내와 자식들을 차례로 잃지만 식지 않는 창작열로 대작《레 미제라블》을 발표해 세계적인 명성을 얻는다. 1870년 프로이센·프랑스전쟁의 패전으로 제정이 붕괴되자 68세 때 파리로 귀국한다. 귀국 후 1871년의 보통선거에서 국회의원에 당선되었다. 1878년 가벼운 뇌출혈을 일으킨 이후 1885년 5월 22일 83세의 일기로 생을 마감한다.

대표작으로는《작은 나폴레옹》《징벌시집》《정관시집》《여러 세기의 전설》《거리와 숲의 노래》《바다에서 일하는 사람들》《웃는 사나이》《할아버지 노릇》《지상의 연민》《당나귀》《정신의 사방바람》《토르케마다》등 여러 작품의 시와 소설들이 있다.

이 작품에는 인물들 간의 갈등이 없다. 위고의 인간의 삶을 바라보는 긍정적 시선과 인간 중심의 사고 때문이다. 여기서의 갈등 구조는 가난이다. 더없이 착한 인물들이 가난이라는 환경 때문에 고통을 받는 것이다. 하지만 이 작품의 인물들은 결코 가난에 굴복하지 않는다. 자신의 자식들이 다섯이나 되지만 죽은 과부의 아이 둘을 기꺼이 떠맡는다. 힘든 여건 속에서도 다른 사람들에게 사랑을 베풀며 살아가는 아름다운 부부는 가난보다 더 강한 것은 인간에 대한 사랑임을 보여준다.

인간을 인간답게 살 수 없게 하는 환경과 가난에 대한 문제 제기를 하며, 위고의 인간에 대한 긍정적인 시각과 낙천적인 휴머니즘이 극명하게 드러남과 동시에 인간의 선한 본성을 통해 세상의 희망을 그려나가고 있다.

작품 줄거리

폭풍우가 몰아치는 날에도 험한 바다에 고기를 잡으러 가야 하는 가난한 어부에게는 아내 쟈니, 그리고 어린 아이들이 다섯이나 있다. 가난한 살림을 걱정하며 남편을 기다리던 쟈니는 비바람이 더욱 거세지자 남편을 마중 나간다. 하지만 혼자서 돌아오던 길에 해변의 오두막에 사는 과부의 집에 들렀다가 어린아이들 둘만 남기고 죽은 과부를 발견하고는 그 집에서 무언가를 들고 집으로 돌아온다.

잠시 후 집에 돌아온 남편은 과부가 세상을 떠났다는 얘기를 듣고 당장 불쌍한 아이들을 데려오라고 말하자 쟈니는 머뭇거리다 침대 속을 들추어 데려온 아이들을 남편에게 보여준다.

핵심 정리

갈래 : 단편 소설
시점 : 프랑스 어느 한적한 바닷가 마을
배경 : 3인칭 전지적 작가 시점
주제 : 사랑을 베풀며 살아가는 인간의 선한 본성

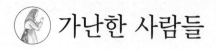

가난한 사람들

　폭풍우가 사정없이 휘몰아치는 어두운 밤이었다.

　가난한 어부의 오두막집 안에서 쟈니는 난로 옆에 앉아 누더기 조각으로 낡은 돛을 깁고 있었다.

　밖은 여전히 사나운 바람이 기승을 부리며 억수 같은 빗줄기가 유리창을 사정없이 때리고 있었다. 성난 파도가 바닷가 암벽에 부딪쳐 철썩, 철썩, 쏴……, 하고 파도 부서지는 소리가 요란하게 들려왔다. 그 거칠고 무서운 파도 소리를 듣기가 쟈니는 몹시 괴로웠다.

　밖은 여전히 춥고 어두운데 ―몸서리쳐지는 폭풍우는 계속되고 있었다.

　다행히 가난한 어부의 작은 집 안은 더없이 포근하고 아늑했다. 마른 장작들이 바지직바지직 소리를 내며 난로 안에서 활활 타고 있었다. 집 안은 비록 맨바닥이었지만 먼지 하나 없이 깨끗하게 잘 정돈되어 있었다. 방 한쪽 찬장에는 희고 깨끗한 접시와 그릇들이 가지런히 놓여 있었다.

　또 다른 쪽으로는 흰 시트가 깔린 낡은 침대가 있었는데 아무도 잔 흔적이 없이 잘 정돈된 채였다. 그리고 낡은 카펫이 깔린 바닥에서는 바깥의 휘몰아치는 폭풍우 소리는 아랑곳없이, 다섯 명이나 되는 어부의 아이들이 쌔근거리며 꿈길을 헤매고 있었다.

　돛을 깁고 있는 쟈니의 남편은 지금 고기를 잡으러 배를 타고 바다에 나가 있다.

　이처럼 춥고 비바람이 몰아치는 사나운 날씨에 바다로 나가는 것은 매우 위험한 일이었다. 그렇지만 목구멍이 포도청이라는 말처럼 누가 먹을 것을 거저 가져다줄 리는 없지 않은가? 그냥 앉아 있다가 아이들을 굶길 수는 없는 일이었다.

　쟈니는 바느질을 하면서도 마음은 항상 바다에 나가 있었다.

　더구나 오늘 밤처럼 거세게 비바람이 몰아치는 날이면 한시라도 마음을 놓을 수가 없었다. 거친 폭풍우를 뚫고 애처롭게 우는 갈매기 소리가 간간이 들려왔다.

쟈니는 마음이 불안하고 불길한 예감마저 들었다. 폭풍우에 배가 난파당하는 무서운 상상까지 머릿속에 떠올랐다. 배는 암초에 걸려 박살이 나고 물에 빠진 사람들은 저마다 살려달라고 아우성치고……

"아아, 끔찍해!"

하고 쟈니는 몸을 웅크렸다.

그때 낡은 괘종시계가 목쉰 소리로 땡, 땡……. 하고 시간을 알려 주었다.

철부지 어린 것들은 아무것도 모른 채 단잠에 빠져 있었다.

쟈니는 살아가는 일이란 결코 쉬운 일이 아니라는 생각이 들었다.

남편은 추위와 비바람을 무릅쓰고 바다에 나가 시시각각 다가오는 위험 속에 자신의 몸을 맡기고 있다. 그리고 그녀 역시 이른 새벽부터 밤늦게까지 쉴 새 없이 이렇게 일을 하고 있다. 그렇지만 한편 다시 생각해 보면 부지런히 일한다는 것은 얼마나 가치 있고 보람된 일인가!

그녀의 어린아이들은 신발도 없이 언제나 맨발로 뛰어다녔으며 검은 빵은 그나마 훌륭한 음식이었다. 검은 빵이라도 날마다 배부르게 먹을 수만 있다면 얼마나 좋을까. 다행히 바닷가에 사는 덕분으로 생선은 가끔 얻어 먹을 수 있었지만.

어떻든 간에 아이들이 별 탈 없이 그저 건강하게 자라주는 것만으로도 하느님께 감사할 뿐이었다.

쟈니는 두 눈을 감고 마음속으로 기도했다.

"하느님! 그이는 지금 어디에 있을까요. 부디 그이를 지켜 주세요."

그러나 비바람 소리는 점점 더 기승을 부릴 뿐이었다.

잠자리에 들기는 아직 이른 시간이었다. 기다리다 못한 쟈니는 외투를 걸치고 램프를 켜 든 채 밖으로 나갔다. 혹시 남편이 돌아오고 있는지 바다가 조금 잔잔해지기라도 했는지 등댓불이 꺼져 있지는 않는지를 보기 위해서였다.

밖은 여전히 춥고 심한 폭풍우가 휘몰아치고 있었다.

쟈니의 발길은 아랫마을로 옮겨졌다. 동네 어귀의 해변에 인접한 낡은 오두막집 앞에까지 걸어 내려갔다.

벽은 허물어지고 앙상한 기둥에 매달린 낡은 문짝 하나가 보였다. 그 문짝은 바람이 휘몰아칠 때마다 삐걱삐걱 소리를 내고 있었다.

오늘따라 사나운 바람은 이 오두막집을 한입에 삼키기라도 하려는 듯 세차게 몰아치고 있었다. 문짝은 쉬지 않고 삐걱거리고 지붕을 덮은 낡은 판자들은 마치 살려달라고 애걸하듯 흔들거렸다.

쟈니는 잠시 발을 멈추고 찌그러진 창문으로 집 안을 들여다보았다. 빈 집처럼 캄캄하고 적막했다. 쟈니는 한참을 머뭇거리며 생각했다.

'가엾은 사람! 저 불쌍한 여자를 진작 돌봐줬어야 하는 건데 내가 깜박 잊고 있었어. 남편은 아무도 돌봐줄 사람이 없는 외로운 저 여자를 항상 걱정했는데……'

쟈니가 문을 두드렸다. 안에는 아무런 인기척도 없었다. 쟈니는 다시 머뭇거렸다.

'가엾어라! 어린 것들도 돌봐줘야 할 텐데 자신마저 앓아누웠으니! 저 여자는 무슨 팔자가 저렇게 사나워서 아이를 임신한 채 과부가 됐을까? 어린 것들은 저이만 바라보고 살 텐데……. 너무 가여워!'

쟈니는 여러 차례 노크를 해봤지만 안에서는 여전히 인기척이 없었다.

"안에 계세요? 왜 대답이 없어요?"

하고 쟈니는 소리쳐 보았다.

"주무시거든 그냥 갈게요."

하며 돌아서려고 했다.

온몸이 비에 젖은 쟈니는 몸이 떨려왔다. 그만 발길을 돌리려고 막 발을 내딛으려는 순간, 쟈니의 외투를 날려버릴 듯 거센 바람이 사납게 몰아쳤다. 자신도 모르게 그녀의 몸이 문에 부딪히며 문이 활짝 열렸다.

얼떨결에 쟈니는 집 안으로 들어섰다. 그녀의 손에 든 램프 불이 캄캄한 집 안을 환하게 비춰주고 있었다. 말이 집이지 안은 바깥보다 더욱 썰렁한 냉기가 감돌았다. 천장의 여기저기서 빗물이 새어 흘러내리고 있었다.

문을 등진 벽 가장자리에는 지저분한 지푸라기 더미가 보였는데 그 위에 죽은 과부의 시체가 놓여 있었다. 머리를 뒤로 젖히고 입을 벌린 싸늘하고 푸르죽죽한 얼굴 모습에는 절망과 고뇌가 꽁꽁 얼어붙은 채였다. 더욱이 죽기 전에 무엇인가를 붙잡으려는 것처럼 쭉 뻗은 여인의 푸르스름한 손은 누워 있는 지푸라기 침대 아래로 맥없이 축 처져 있었다.

그런데 죽은 여자의 시체 발치에는 때에 절은 포대기 안에 아기들이 누워 있었다.

얼굴은 핼쑥하고 야위었어도 금발의 곱슬머리에 예쁜 얼굴을 하고 미간을 찌푸린 채 두 아이가 서로 얼굴을 마주 대고 잠들어 있었다. 시시각각 죽음의 그림자가 다가오는 줄도 모르고 사나운 폭풍우를 까마득히 잊은 채 아기들은 편안하게 자고 있었던 것이다.

어머니는 마지막 순간까지 어린것들의 발부리를 큼직한 헌 이불로 감싸 주고 자신의 옷을 어린 것들 위에 덮어주었던 모양이었다. 참으로 죽음보다도 강한 어머니의 사랑이었다.

한 아기는 고사리 같은 뽀얀 손으로 뺨을 고이고 있었고 다른 한 아기는 형의 목에 귀여운 자기 얼굴을 기대었다. 아기의 숨소리는 꺼질 듯이 조용하고 가냘픈 것이었지만 이 세상의 어느 누구도 이들의 포근한 잠을 깨우지 못할 만큼 깊고 달콤한 잠을 자고 있는 것처럼 보였다.

밖은 거센 비바람이 점점 더 거칠게 몰아치고 있었다.

천장을 타고 흘러내리던 빗줄기 한 방울이 죽은 여인의 뺨에 뚝 떨어졌다. 그것은 램프 불에 반짝이며 마치 눈물처럼 흐르고 있었다.

그 모습을 보던 쟈니는 갑자기 외투 자락 속에 뭔가를 훔쳐 들고 도망치듯 그 집을 뛰쳐나왔다. 누군가가 뒤에서 자기를 뒤쫓아 오는 것 같아 심장이 걷잡을 수 없이 뛰었다. 그녀는 죽은 사람 집에서 뭔가를 훔쳐 온 것이 아닐까?

집으로 돌아오자마자 쟈니는 외투 속에 싸 들고 온 것을 침대 위에 놓고 재빨리 시트로 덮어버렸다. 그리고 정신없이 끌어당긴 의자에 주저앉고 말았다. 그녀는 침대 끝에 이마를 대고 엎드렸다. 그녀의 얼굴은 몹시 창백해지고 흥분에 들떠 있었다.

조금 전에 그녀가 한 짓을 되새기며 자신을 저주하고 있었다. 그녀는 실성한 사람처럼 중얼거렸다.

"그이, 그이가 뭐라고 할까? 도대체 무슨 짓을 한 거지? 아이 뒤치다꺼리에 지친 내가……, 아, 흑흑……. 난 나는, 바보야, 바보……. 혹시 그이가 왔나? 아, 아직 안 왔어. 차라리 그이가 와서 나를 실컷 때려 주기라도 한다면! 난 큰일을 저질렀어. 아아, 내가!"

그때 문밖에서 인기척이 나는 것 같았다. 쟈니는 몸을 벌벌 떨며 의자에서 일어나 밖을 살펴보았다.

"아, 그이가 아니군! 하느님! 제가 왜 이런 짓을 했을까요? 이런 짓을 저지르고서야 어떻게 지쳐 돌아오는 남편의 얼굴을 바로 대할 수 있을까요?"

쟈니는 말없이 한동안 침대 옆에 앉아 있었다. 온갖 상념과 고뇌에 가슴을 조이며 그녀는 멍하니 앉아 있었다.

비가 멎었다. 이윽고 먼동이 트기 시작했다. 그러나 바람은 여전히 세차게 불고 바다는 성난 듯이 외치고 있었다.

갑자기 문밖에서 소리가 났다.

이윽고 문이 열리면서 축축하고 차가운 바람 한 줄기가 안으로 흘러들어왔다. 그와 동시에 키가 크고 햇볕에 그을려 건장해 보이는 어부가 물에 젖고 갈기갈기 찢어진 그물을 질질 끌며 오두막집 안으로 들어섰다.

"쟈니, 나 왔어!"

그는 반가운 듯이 말했다.

"오, 당신이군요!"

쟈니는 대답했지만 똑바로 일어서지도 못한 채 앉아서 고개를 푹 숙이고 말았다.

"정말 무서운 밤이었어! 날씨 한번 정말 사납더군."

"정말 그랬어요. 고기는 많이 잡은 건가요?"

"고기가 다 뭐야. 아주 망쳤어. 멀쩡한 그물만 다 찢고 돌아왔지. 글쎄 내 머리털 나고 처음 보는 무서운 폭풍우였어. 뭐랄까 꼭 미친 악마 같았지! 배가 공처럼 이리저리 흔들리고, 돛을 단 밧줄이 금방 끊어지고……, 이렇게 살아온 것만도 천만다행이지! 그렇지? 그런데 당신은 혼자서 뭘 하고 있는 거야?"

어부는 피곤한 듯 그물을 끌고 방 안에 들어와 난로 옆에 앉았다.

"글쎄, 그저 이렇게……."

쟈니는 새파랗게 질린 채 남편을 멍하니 쳐다보았다.

"바느질하고 있지요……. 간밤에 비바람 소리가 얼마나 무섭든지…….
정말 혼자 있기가 무서울 정도였어요. 내내 당신 걱정만 했지요."

"그랬을 거야, 정말 지독한 날씨였어. 그런데 간밤에는 별일 없었지?"
남편은 걱정스럽게 말을 건넸다.

그녀는 한동안 말을 잃고 멍하니 앉아 있다가 마침내 큰 죄라도 고백하
듯이 겁을 집어먹고 더듬더듬 말하기 시작했다.

"시몬 아주머니가 죽었어요. 언제 죽었는지는 몰라요. 모르긴 해도……,
당신이 그 집에 다녀온 엊그제쯤 이후일 거예요. 죽을 때 몹시 고통스러웠
나 봐요. 어린 것들을 생각하면 가슴이 찢어졌겠지요. 더구나 젖먹이 둘을
남겨놓고 죽었으니……. 큰아이는 기어 다니기라도 하지만 작은 아이는 아
직 말도 못 하는걸요."

쟈니는 입을 다물었다. 남편은 쟈니의 말을 들으면서 두 눈을 껌벅이며
숙연한 표정을 지었다. 정직하고 순박한 그의 얼굴은 점점 굳어 갔다.

"정말 안됐군! 앞으로가 걱정인데……."

그는 못내 안쓰럽다는 듯이 목덜미를 손으로 만지며 말했다.

"그러니 어쩌지? 아기들이라도 당신이 데려와야 하지 않을까? 잠이 깨
면 엄마를 찾을 텐데……. 여보, 어서 가서 어린 것들부터 데려오지."

하지만 쟈니는 말뚝에 매인 사람처럼 좀처럼 일어서려고 하지 않았다.

"여보, 빨리 가야지! 왜, 당신 싫어? 아이들을 데려오는 게 마음 내키지
않는단 말이야? 자, 어서. 정말 당신답지 않군!"

그제야 쟈니는 몸을 일으켰다. 그리고 아무 말 없이 그녀의 남편을 침대
곁으로 끌고 가서 덮어놓은 시트 자락을 조용히 걷어 보였다.

시트 속에는 죽은 이웃 과부의 아이들이 얼굴을 맞댄 채 깊은 잠에 빠져
평화스러운 꿈에 젖어 있었다.

행복한 왕자

- 오스카 와일드 -

작가 소개

**오스카 와일드(Oscar Fingal O'Flahertie Wills Wilde 1854~1900)
아일랜드 시인, 극작가.**

오스카 와일드는 1854년 10월 16일 아일랜드 더블린의 웨스트랜드 21번가에서 앵글로계 아일랜드인 의사인 윌리엄 와일드 경과 작가인 어머니 제인 프랜시스카 엘지의 아들로 태어났다.

9살 때까지 집에서 교육을 받았으며 1864년 포토라 왕립 학교에 입학하고 1871년에 졸업했다. 1871년 더블린의 트리니티 칼리지에 입학하고 고전 문학을 공부한 후 1874년부터 1878년까지 옥스퍼드 대학 모들린 칼리지를 수학했다. 1882년에 미국으로 강연 여행을 떠나 희곡을 쓰고 뉴욕에서 상연을 하였다. 1895년 동성애 사건으로 2년간 노동금고형 처분을 받고 추방되어 프랑스 파리로 나온다. 그 후 건강이 나빠지고 경제난과 뇌수막염에 걸려 1900년 46세의 나이로 사망하였다.

작품으로는 소설《도리언 그레이의 초상》과 희곡《윈더미어 부인의 부채》《시시한 여자》《이상적 남편》과 산문《행복한 왕자와 다른 이야기》《오스카 와일드의 편지》《캔터빌의 유령》《욕심쟁이 거인》등 다수의 작품을 남겼다.

작품 정리

마을 광장의 높은 탑 위에 서 있는 금과 보석으로 치장한 행복한 왕자의 동상이 있었다. 왕자는 생전에 왕궁에서 부유하게 살아서 세상 밖이 어떻게 돌아가는지 모르고 죽었는데, 동상이 되어 높은 곳에 서자 비로소 세상에 가난하고 불쌍한 사람들이 많은지 알고 눈물을 흘린다.

갈대를 사랑하다 따뜻한 나라로 돌아가는 시기를 놓친 제비가 우연히 행복한 왕자와 이야기를 하게 되고, 왕자는 제비에게 부탁해 가난하고 어려운 사람에게 자신의 몸에 장식된 금과 보석, 심지어 사파이어로 만든 자신의 눈까지 떼어 나누어 준다. 이러한 자신의 몸을 희생하는 왕자에 감화된 제비가 추운 겨울 왕자의 곁을 지키다 죽는다는 이야기다.

작품 줄거리

어느 왕국에 행복한 왕자의 동상이 서 있었다. 높이 솟은 기둥에 두 눈에는 사파이어가 박혀있고, 온몸은 순금으로 칼자루에는 루비가 빛나고 있었다.

강가에서 갈대와의 사랑에 빠져 친구들과 헤어져 뒤늦게 따뜻한 나라로 가려던 제비가 왕자의 동상 위에서 하룻밤 잠을 청하다가 왕자의 눈물을 맞게 된다.

왕자는 왕궁에서는 행복했지만 죽고 나서 동상이 되어 높은 곳에 있다 보니 도시의 온갖 슬프고 추한 것을 모두 보게 된다고 말하고, 제비에게 도시의 뒷골목에 사는 가난하고 어려운 사람들에게 자신을 대신해 도와달라고 부탁한다. 제비는 고민하다 왕자를 돕기로 하고 칼에 박힌 루비를 뽑아 아픈 아이에게 가져다주고, 가난한 작가 청년과 어린 성냥팔이 소녀에게 두 눈에 박혀있던 사파이어를 가져다준다. 그리고 몸을 감싸던 금 조각을 모두 떼어 내 가난한 사람들에게 나누어 주었다.

고운 마음에 감동한 제비는 겨울이 다가와도 이집트로 가는 것을 포기하고 장님이 된 왕자 곁에 남아 추운 겨울 행복한 왕자의 동상 발 옆에 떨어져 죽는다.

핵심 정리

갈래 : 단편 소설
배경 : 행복한 왕자의 동상이 있는 어느 도시
시점 : 전지적 작가 시점
주제 : 가난한 사람을 위해 베푸는 왕자의 사랑과 제비의 희생정신

행복한 왕자

도시를 한눈에 내려다볼 수 있는 높은 기둥 위에 행복한 왕자의 동상이 우뚝 서 있었다. 왕자의 동상은 온몸이 순금으로 만든 금박이 입혀져 있었고, 두 눈에는 반짝이는 사파이어가, 손에 쥔 칼자루에는 크고 붉은 루비가 박혀 빛나고 있었다.

사람들은 왕자의 동상을 볼 때마다 탄성을 지르고 감탄했다.

"왕자의 동상이 닭 모양의 바람개비 풍향계처럼 아름답구나."

예술적인 안목을 자랑하고 싶은 한 시의원이 이렇게 말했다. 그러고는 자신을 현실적이지 못하다고 사람들이 생각할까 두려워 "물론 그렇게 쓸모가 있지는 않지만." 하고 덧붙여 말했다.

무엇이든 사 달라고 졸라 대는 어린아이에게 엄마는 동상을 가리키며 말했다.

"너는 왜 저 행복한 왕자를 닮지 않니? 행복한 왕자는 결코 조르고 떼를 쓰지 않는단다."

절망과 실의에 빠진 사람도 이 동상을 바라보며 중얼거렸다,

"그래 이 세상에 행복한 사람이 하나라도 있다고 생각하는 것은 좋은 일이야."

주홍빛 외투에 하얀 앞치마를 두른 고아원의 아이들이 성당에서 나오면서 동상을 보고는 "행복한 왕자님은 천사 같아요." 하고 말했다.

"너희들이 그걸 어떻게 아니? 천사를 본 적이 없을 텐데?"

수학 선생님이 아이들에게 물었다.

"꿈속에서 천사님을 봤어요." 아이들이 대답했다. 그러자 수학 선생님은 얼굴을 찡그리며 싸늘한 표정을 지었다. 선생님은 아이들이 꾸는 꿈을 믿지 않고 인정하지 않았기 때문이었다.

그러던 어느 날 밤 작은 제비 한 마리가 그 도시로 날아왔다. 친구들은 모두 이미 6주일 전에 이집트로 날아가 버렸다. 하지만 이 제비는 아름다

운 갈대와 사랑에 빠져 그곳에 혼자 남게 되었던 것이다.

지난 봄날 제비는 커다란 노란 나방을 쫓아 강으로 날아가다 갈대의 날씬한 몸매에 반해 말을 붙였다.

"그대를 사랑해도 될까요?" 성미가 급한 제비가 물었다. 그러자 갈대는 머리를 숙이며 인사했다. 제비는 갈대의 주위를 빙빙 돌고 잔잔한 강의 수면을 자신의 날개로 은빛 물결을 일으켰다. 제비는 여름 내내 그렇게 갈대 곁을 떠나지 않고 사랑을 속삭였다.

"참 어리석은 집착이야. 갈대는 친척들은 많고 돈은 한 푼도 없는데 말이야." 다른 제비들이 수군대며 재잘거렸다. 실제로 그 강에는 갈대들이 무성했다. 그러던 사이 가을이 오자 친구들은 모두 날아가 버렸다.

친구들이 모두 떠나고 혼자 남아 외로워진 제비는 갈대와의 애정이 차츰 식기 시작했다.

"그녀는 말이 너무 없고 늘 저렇게 바람하고만 시시덕거리고 있는 걸 보니 바람둥이가 틀림없나 봐!"

아닌 게 아니라 갈대는 바람이 불 때마다 멋지게 머리를 숙여 인사를 했기 때문에 제비가 이렇게 생각하는 것도 무리는 아니었다. 제비가 계속 중얼거렸다.

"그녀가 가정적이라는 건 인정해, 하지만 나는 여행을 좋아하니까 내 아내가 될 여자도 당연히 여행을 좋아했으면 하는데."

이렇게 생각한 제비가 더는 못 참고 갈대에게 물었다.

"나와 함께 떠나지 않을래요?"

하지만 갈대는 고개를 저었다. 지금 사는 집이 마음에 들었기 때문에 떠날 수가 없었다.

"지금껏 나를 가지고 놀았군요. 나는 그만 피라미드가 있는 곳으로 가야겠어요. 잘 있어요!" 제비는 그렇게 소리치며 갈대 곁을 떠났다.

제비는 온종일 날아서 밤이 될 무렵이 되어서 도시에 도착했다.

"오늘 밤은 어디서 묵어야 좋을까? 시내에 묵을 만한 데가 있으면 좋을 텐데."

그때 높은 곳에 우뚝 솟은 기둥이 보였다.

"그래, 저기에서 하룻밤 묵으면 되겠다. 공기가 맑고 상쾌하니 정말 좋은 자리로군!"

제비는 행복한 왕자의 두 발 사이에 내려앉았다.

"황금으로 된 침실에서 자게 생겼구나."

제비는 주위를 둘러보며 잠자리에 들 채비를 하며 중얼거렸다. 그때 제비가 머리를 날개 속으로 막 넣으려던 순간, 커다란 물방울이 머리 위로 툭 떨어졌다.

"거참, 이상한 일도 다 있네! 하늘에 구름 한 점 없고 별들도 반짝 빛나고 있는데 빗방울이 떨어지다니, 북유럽 날씨는 정말 변덕스럽다니까. 갈대도 비를 좋아했지. 자기밖에 모르는 이기적인 여자이긴 했지만."

그때 다시 물방울이 떨어졌다.

"비도 피하지 못하는데 황금 동상이 무슨 소용이 있겠니, 다른 괜찮은 굴뚝이라도 찾아보는 게 더 낫겠다." 제비가 다른 곳으로 떠나려고 날개를 펼치려는데 세 번째 물방울이 뚝 떨어졌다. 제비는 고개를 들어 동상 위를 올려다보았다. 그때 제비가 본 것은 무엇인지……. 뭘 보았는지?

행복한 왕자의 두 눈에는 눈물이 가득 고여있고, 눈물이 황금으로 된 뺨을 타고 흘러내리고 있었다. 달빛을 받은 왕자의 얼굴을 바라보던 제비의 마음은 왕자가 무척 측은하고 안쓰러웠다.

"당신은 누구세요?"

제비가 물었다.

"나는 행복한 왕자란다."

제비가 다시 물었다.

"그런데 왜 울고 계시는 거예요? 왕자님 때문에 제 몸이 흠뻑 젖었잖아요."

"나도 살아 있을 때, 인간의 심장을 가지고 있었을 때 나는 진짜 눈물이 무엇인지 몰랐단다. 아무런 걱정 없는 궁전에 살았거든. 그곳은 슬픔이 파고들 자리가 없었지. 낮이면 친구들과 정원에서 놀고, 밤이면 넓은 홀에서 춤을 추었어. 정원은 아주 높은 벽이 둘러싸고 있었고, 그 너머엔 무엇이 있는지 전혀 생각해 본 적이 없었어. 내 주위에 있는 모든 것이 다 아름다웠거든. 신하들은 나를 행복한 왕자라고 불렀어. 즐겁게 사는 게 행복이라면 나는 정말 행복했어. 그렇게 행복하게 살다 죽었지. 그 뒤에 내가 죽고 나니 사람들이 나를 이렇게 높은 곳에 세워 놓았어. 그래서 나는 이 도시에서 벌어지는 추악하고 꼴사나운 일들을 다 내려다보게 되었지. 지금 내 심장은 납으로 되어 있지만 이렇게 눈물을 흘리지 않을 도리가 없구나."

행복한 왕자가 대답했다.

"뭐야, 그럼 왕자님 동상이 다 황금으로 되어 있는 게 아니었어?" 제비는 혼잣말로 중얼거리고 그런 생각을 말하는 것은 예의가 아니었기 때문에 꺼내진 않았다.

왕자는 낮게 노래하듯이 말을 이었다.

"저 멀리 좁은 골목길에 가난한 집이 한 채 있어, 창문이 열려 있는데 식탁에 한 여인이 앉아 있구나. 얼굴은 야위고 손은 온통 상처투성이에 바늘에 찔려 붉은 피가 맺혀 있단다. 그 여인은 재봉 일을 하는 재봉사지.

이번 궁정 연회에서 왕비의 가장 예쁜 시녀가 입을 공단 드레스 위에 시계초 무늬의 수를 수놓고 있지. 그런데 방 한구석에 어린 아들이 열이 심해서 침대에 끙끙 앓아누워 있구나. 아이가 몸에 열이 많이 나서 오렌지를 먹고 싶어 하지만 엄마는 강에서 길어 온 물밖에는 아이에게 줄 게 없어. 그래서 아이가 계속 울고 있구나. 제비야, 제비야, 귀여운 제비야. 이 칼자루에서 루비를 뽑아 저 여인에게 가져다주지 않으련? 내 발이 받침대에 붙어 있어서 꼼짝할 수가 없단다."

제비가 대꾸했다.

"이집트에서 친구들이 기다리고 있어요. 지금 친구들은 나일강을 이리저리 날아다니며 활짝 핀 연꽃들과 얘기를 하고 있을 거예요. 그러다 밤이 되면 대왕의 무덤에 들어가 잠을 자겠죠. 대왕님은 멋지게 색칠된 관 속에 누워있지요. 왕의 온몸은 노란 삼베를 둘렀고 방부제인 향신료가 뿌려져 미라가 돼 있지요. 목에는 연녹색의 비취 목걸이가 걸려 있고, 양손은 마치시든 나뭇잎과 같아요."

"제비야, 제비야, 귀여운 제비야. 하룻밤만 나와 함께 지내며 내 심부름을 해 줄 수 없겠니? 지금 저 아이가 목이 마르고, 엄마는 무척 애가 타고 슬퍼하고 있구나."

행복한 왕자가 다시 부탁했다.

"저는 아이들을 좋아하지 않아요. 지난여름 강가에서 지낼 때 일인데. 버릇없는 방앗간 집의 사내 아들 둘이 제게 계속 돌을 던져댔어요. 우리 제비들은 아주 날쌔서 그런 돌에는 맞지는 않았지요. 게다가 저는 날쌔기로 이름난 집안 출신이거든요. 어쨌든 그 아이들의 행동은 무척 무례했었지요."

제비가 고개를 저으며 대답했지만, 행복한 왕자의 표정이 너무 슬퍼 보였기 때문에 마음이 불편한 제비는 이렇게 말했다.

"여기는 몹시 추워요. 하지만 하룻밤만 왕자님과 같이 지내면서 심부름을 해 드릴게요."

"고맙다. 귀여운 제비야."

왕자가 말했다. 그래서 제비는 왕자가 쥐고 있는 칼에서 루비를 뽑아 입에 물고 도시의 지붕 위로 날아갔다. 하얀 대리석에 천사들이 새겨져 있는 대성당 탑을 지나고, 궁전에는 흥겨운 음악 소리와 사람들이 춤을 추고 있었다. 또 아름다운 아가씨가 발코니에서 연인과 함께 이야기하고 있었다.

"별이 참으로 아름답습니다. 사랑이 지닌 힘은 정말로 위대하군요!"

청년이 아가씨에게 말했다.

"이번 궁정 연회에 맞춰서 드레스가 완성되었으면 좋겠어요. 그 옷에 시계초 무늬를 수놓으라고 주문했거든요. 하지만 요즘 재봉사들은 너무 게을러요."

아가씨가 청년에게 대꾸했다.

제비는 강을 건널 때 돛대에 걸린 불빛들을 보았다. 유대인 거리를 지날 때는 늙은 유대인들이 물건값을 흥정하며 구리 저울에 돈을 달아서 나누고 있는 것도 보았다. 그리고 가난한 집에 도착한 제비는 방 안을 들여다보았다. 아이는 심한 열 때문에, 이리저리 뒤척이고 지친 어머니는 잠이 들어 있었다. 제비는 살며시 방 안으로 날아 들어와 상위에 엎드려 곤히 잠든 어머니 옆에 있는 골무에다 루비를 내려놓았다. 그리고 나서는 조용히 침대 주위를 날면서 날개로 아이의 이마에다 부채질해 주었다.

"아이, 시원해라. 열이 좀 내린 거 같네."

아이는 이렇게 말하고 달콤한 잠 속으로 빠져든다.

제비는 행복한 왕자에게로 돌아와 자신이 한 일을 말했다.

"참 이상해요. 날씨가 이렇게 추운데 나는 지금 몸이 무척 따뜻한 느낌이 드네요." 하고 덧붙여 말을 했다.

"그건 네가 좋은 일을 했기 때문이란다."

왕자가 말을 했다. 제비는 왕자의 말을 생각하다가 곧 잠이 들었다. 생각한다는 것은 늘 제비를 졸리게 했기 때문이다.

날이 밝자 제비는 강으로 날아가 목욕을 했다.

"거참 기이한 일이군, 한겨울에 제비라니!"

다리를 지나던 조류학 교수가 제비를 보고 말했다. 그리고 교수는 지역 신문에 이 현상에 대한 긴 글을 기고했다. 그 글은 사람들에게 화제가 되었지만 이해할 수 없는 말들로 가득했다.

"오늘 밤 이집트로 가야지."

제비는 잔뜩 기대에 부풀어 말했다. 제비는 거리의 모든 기념탑을 구경하고 교회의 뾰족한 첨탑 꼭대기에서 한참을 앉아 있었다. 제비가 어디를 가나 참새들이 짹짹거리며 "정말 품위 있는 손님이야!" 하고 속삭였다. 그래서 제비는 기분이 우쭐해져서 기분이 좋았다.

달이 떠오르자 제비는 행복한 왕자에게 돌아와서 큰 소리로 말했다.

"왕자님 이집트에 뭐 전할 말씀이라도 있으세요? 저는 지금 떠날 거랍니다."

그러자 왕자가 말했다.

"제비야, 제비야, 작은 제비야. 하룻밤만 더 나와 지내지 않겠니?"

그러자 제비가 말했다.

"친구들이 저를 이집트에서 기다리고 있어요. 내일이면 친구들은 나일강 두 번째 폭포까지 날아갈 거예요. 거기에는 하마가 갈대숲 사이에 누워있고 거대한 화강암 위에는 멤논(그리스 신화 속 에디오피아 왕) 신이 앉아 있지요. 멤논 신은 밤새 별들을 바라보다가 샛별이 반짝이면 기쁜 듯이 탄성을 지르고는 이내 잠잠하지요. 한낮이 되면 금빛 사자들이 물을 마시러 내려오는데 두 눈은 푸른 에메랄드같이 빛나고 포효 소리는 폭포 소리보다 더 우렁차지요."

왕자가 다시 제비에게 말했다.

"제비야, 제비야, 작은 제비야. 이 도시를 지나 저 건너편 어느 다락방에 한 청년이 책상에 기대어 있구나. 책상 위에는 가득 쌓인 종잇장이 흩어져 있고, 옆에 시든 제비꽃 한 다발이 컵에 꽂혀 있구나. 청년은 갈색 곱슬머리에, 입술은 석류처럼 붉고, 큰 눈은 마치 꿈을 꾸는 듯하구나. 그는 극장 연출가에게 넘겨줄 희곡을 끝내려고 하는데, 너무 추워서 더 이상 쓰지 못하고 있단다. 벽난로에 땔감이 없어 불을 피우지 못하고, 또 너무 오래 굶주려서 쓰러질 것 같구나."

"그렇다면 하룻밤만 더 왕자님하고 여기 있겠어요."

착한 마음씨를 가진 제비가 왕자의 말을 듣고 말했다.

"루비를 그에게 가져다줄까요?"

"아니, 이제 루비는 없단다. 남은 것은 내 두 눈에 박힌 보석뿐이란다. 내 눈은 수천 년 전에 인도에서 들여온 아주 귀한 사파이어란다. 한쪽 눈을 빼서 청년에게 갖다주렴. 이 사파이어를 보석상에 팔아서 땔감을 사면 대본을 끝낼 수 있을 거다."

"왕자님. 저는 그렇게는 못 하겠어요."

제비는 흐느끼며 말했다.

"제비야, 제비야, 작은 제비야. 어서 내가 시키는 대로 해 주렴."

왕자가 재촉하며 말했다.

그래서 제비는 어쩔 수 없이 왕자의 한쪽 눈을 뽑아 물고서 청년의 다락방으로 날아갔다. 낡은 지붕에 구멍이 나 있어서 방으로 들어가기가 쉬웠다. 제비는 구멍을 지나 방으로 쏜살같이 날아 들어갔다. 청년은 양손을 얼굴에 파묻고 있어서 날개를 퍼덕이는 소리를 듣지 못했다. 그러다 문득 고개를 쳐든 청년은 시든 제비꽃 위에 아름다운 사파이어가 놓여 있는 것을 보고 깜짝 놀란다.

"사람들이 이제 내 글의 가치를 인정하기 시작했구나. 내 작품을 좋아하는 누군가가 몰래 놓고 갔을 거야. 이제 대본을 끝낼 수 있겠구나!"

청년은 너무 기뻐 힘껏 소리쳤다.

다음 날 제비는 항구로 날아가 큰 돛대 위에 앉아서 선원들이 배 밑에 있는 창고에서 커다란 상자들을 밧줄로 묶어 올리는 것을 보았다. 상자를 올릴 때마다 선원들은 "영차, 영차, 어기영차!" 하고 외쳤다.

"나도 이제 이집트에 간다!" 하고 소리쳤지만 아무도 개의치 않았다. 달이 뜨자 제비는 다시 행복한 왕자한테 날아왔다.

"작별 인사를 하러 왔어요."

제비가 소리쳤다.

"제비야, 제비야, 작은 제비야. 나와 하룻밤만 더 있어 주지 않겠니?"

왕자가 또 부탁했다.

"겨울이에요. 이제 곧 여기도 차가운 눈이 내리겠지요. 이집트에는 햇볕이 푸른 종려나무를 내리쬐고 있고, 악어는 진흙탕에서 이리저리 뒹굴 테고요. 내 친구들은 바알베크의 신전에다 둥지를 틀었을 테고, 분홍 비둘기와 흰 비둘기는 그걸 구경하고 친구와 구구거리며 노래할 거예요. 왕자님, 저는 이제 떠나야 합니다. 하지만 왕자님을 절대로 잊지 않겠어요. 그리고 내년 봄에는 왕자님의 한쪽 눈과 칼자루에 보석 두 개를 채워 넣을게요. 장미꽃보다 더 붉고, 바다보다도 더 푸른 사파이어를 말이에요." 하고 제비가 말했다.

"저 아래 광장에는 작은 성냥팔이 소녀가 서 있는데 방금 성냥을 도랑에 모두 빠뜨려서 성냥이 모두 못 쓰게 되었단다. 소녀는 집에 돈을 가져가지 못하면 아버지한테 매를 맞기 때문에 소녀가 울고 있구나. 소녀는 구두도, 양말도 신고 있지 않고 머리에는 아무것도 쓰지 않았구나. 그러니 제비야 내 나머지 눈 한 개를 뽑아서 저 소녀에게 가져다주렴, 그래야 소녀가 아버지에게 맞지 않을 거야." 하고 왕자가 말했다.

"그러면 하룻밤 더 왕자님과 머물게요. 하지만 왕자님의 눈을 또 뽑을 수는 없어요. 그러면 왕자님은 장님이 되실 테니까요?" 하고 제비가 대답했다.

"제비야, 제비야, 작은 제비야. 내가 시키는 대로 해 주려무나."

왕자는 제비에게 부탁했다.

그래서 하는 수 없이 제비는 나머지 눈을 뽑아 광장으로 쏜살같이 날아갔다. 그리고 성냥팔이 소녀 쪽으로 스치면서 소녀의 손바닥 위에 보석을 살짝 떨어뜨려 놓았다.

"어머, 무척 예쁜 유리알이네!" 소녀는 이렇게 외치고 기뻐 웃으며 집으로 달려갔다.

제비는 왕자에게로 돌아와 말했다.

"이제 왕자님은 아무것도 볼 수가 없군요. 그러니 제가 언제까지나 왕자님 곁에 있겠어요." 하고 제비가 말했다.

"안 돼, 제비야. 이제 너는 이집트로 가야지."

불쌍한 왕자가 대답했다.

"저는 왕자님과 늘 함께 있겠어요."

제비가 말하며 왕자의 발 옆에서 잠을 잤다.

다음 날 제비는 종일 왕자의 어깨에 앉아 자기가 낯선 땅에서 본 것을 얘기해 주었다. 나일강 둑에 길게 줄지어 늘어서서 부리로 붕어를 잡아먹는 따오기 이야기, 오랫동안 사막에 사는 세상일을 모르는 것이 없는 스핑크스 이야기, 낙타 옆에서 천천히 걸어가는 상인이 손에 호박(琥珀) 목걸이를 쥐고 있고, 흑단같이 새까만 달의 왕이 커다란 수정을 숭배하고, 스무 명의 사제가 야자나무에 사는 커다란 푸른 뱀에게 꿀과 과자를 바치고, 크고 넓은 나뭇잎을 타고 거대한 호수를 헤치며 나비들과 늘 전쟁을 벌이는 난쟁이들의 이야기를 들려줬다.

"사랑스러운 작은 제비야, 너는 내게 신기한 얘기를 많이 해 주었지만, 이 세상에서 제일 신기한 얘기는 사람들이 고통을 겪는 이야기란다. 비참과 고통보다 더 위대하고 신기한 것은 없단다. 작은 제비야, 이 도시를 날아다니면서 그것을 보고 와서 내게 이야기해 주지 않겠니."

왕자가 말하자 제비는 도시 구석구석을 날아다녔다. 제비는 부자들이 아름다운 집에서 흥겹게 보내는 동안 거지들이 그 집 대문 앞에 앉아 구걸하는 것을 보았다. 또 어두운 골목길에는 창백한 얼굴의 굶주린 아이들이 캄캄한 거리를 힘없이 바라보고 있었다. 아치 모양의 다리 밑에는 어린 소년 둘이 서로 팔을 부둥켜안고 누워있었다.

"배가 너무 고파."

아이들이 말했다.

"너희들 여기에서 자면 안 돼!" 하고 경비원이 소리치자 아이들은 다리 밑을 나와 빗속을 헤매고 다녔다. 제비는 왕자에게 돌아와 도시에서 본 것들을 이야기했다.

"내 몸은 순금으로 덮여 있단다. 금을 한 조각, 한 조각 떼어 내어 가난한 사람들에게 나누어 주렴, 사람들은 항상 금만 있으면 행복하다고 생각하거든." 왕자가 말했다.

제비는 왕자의 몸에서 금을 한 장씩 떼어 냈다. 그러자 행복한 왕자는 흐릿하고 우중충한 잿빛으로 변했다. 제비는 떼어 낸 금을 가난한 사람들에게 나누어주었다. 길거리에 있는 창백한 어린아이들의 뺨에는 홍조가 돌고 즐겁게 웃으며 놀이를 하였다.

"우리도 이제는 밥을 먹을 수 있게 되었어!" 하며 아이들은 소리쳤다.

그때 도시에 서리가 내리고 이어서 눈이 내렸다. 거리는 온통 은빛으로 환하게 빛났다. 처마 끝마다 수정으로 만든 칼처럼 기다란 고드름이 매달렸고, 사람들은 털옷을 입고 돌아다녔다. 작은 소년들은 빨간 모자를 쓰고 얼음판 위에서 스케이트를 탔다.

점점 더 날이 추워졌지만 불쌍한 작은 제비는 왕자 곁을 떠나지 않았다. 왕자를 너무 사랑했기 때문이다. 제비는 빵 가게 문 앞에 떨어진 빵부스러기를 주인 모르게 주워 먹으며 살았다. 그리고 몸을 따뜻하게 하려고 날개를 파닥거렸다. 결국에는 자신도 죽을 거라는 것을 제비는 알고 있었다. 그리고 제비는 이제 기껏해야 왕자의 어깨 위로 꼭 한 번 날아오를 힘밖에 남아 있지 않았다.

"사랑하는 왕자님, 안녕히 계세요. 왕자님의 손에다 입을 맞춰도 될까요?"

제비가 힘없는 목소리로 말했다.

"작은 제비야, 이제 이집트로 간다니 기쁘구나. 너는 여기 너무 오래 머물러 있었어. 내 사랑하는 제비야, 이제 내 입술에 입을 맞춰다오."

왕자가 말했다.

"저는 이집트로 가는 게 아니에요. 죽음의 집으로 간답니다. 죽음은 잠의 형제니까요."

제비는 행복한 왕자의 입술에 겨우 입을 맞추고는 발 옆에 툭 떨어져 죽었다.

그 순간, 왕자의 몸속에서 무엇이 쩍하고 깨지는 듯한 소리가 동상 안에서 들렸다. 그 소리는 납으로 된 왕자의 심장이 두 조각으로 쪼개지는 소리였다. 그날은 정말 무섭고 모질게 추운 날이었다.

다음 날 시장은 아침 일찍 시의원들과 함께 광장을 걷고 있었다. 동상이 서 있는 곳을 지나다 동상을 올려 보았다.

"아니, 왜 행복한 왕자가 저렇게 흉측해 보이지?"

시장이 말하자 항상 시장의 말에 동조하는 시의원들도 맞장구를 쳤다.
"정말 흉측하군요!"
그들은 동상을 조사해 보려고 기둥으로 올라갔다.
"칼자루에 박혀있던 루비도 빠지고, 눈에 박혀있던 사파이어도 없어지고, 온몸의 금도 다 벗겨졌군. 이제 거지와 다를 바가 없군요!" 하고 시장이 말했다.
"거지보다 나을 게 없습니다." 하고 시의원들이 말을 했다.
"아니, 동상 발 옆에 새가 한 마리 죽어 있군!
시장이 계속 말을 했다.
"새가 여기서 죽으면 안 된다는 성명을 발표해야겠군."
그러자 서기가 시장의 그 말을 기록했다.
그래서 사람들은 행복한 왕자의 동상을 끌어 내렸다.
"아름답지도 않은 행복한 왕자의 동상은 더 이상 필요가 없지요." 하고 대학의 미술 교수가 말했다.
그래서 그들은 왕자의 동상을 용광로에 넣어 녹이고, 시장은 동상을 녹인 쇠로 무엇을 할지 의논하려고 시의원들과 회의를 했다.
"왕자의 동상 말고 다른 동상을 세워야겠는데, 내 동상이면 어떻겠소." 하고 시장이 말했다.
"아니요, 내 동상을 만들어야죠." 하고 시의원들도 저마다 자기 동상을 만들어야 한다고 논쟁을 벌이다 싸움이 벌어졌다. 아무튼 지금까지도 싸움은 계속되고 있다고 한다.
"거참 희한한 일이군! 이 부서진 납의 심장은 용광로 속에서도 녹지를 않는군, 그냥 갖다 버려야겠어." 용광로를 관리하는 사람이 말했다.
그래서 사람들은 죽은 제비가 버려진 쓰레기 더미에다 그 심장을 내다 버렸다.
그때 하느님이 천사를 불러 시켰다.
"저 도시에 가서 가장 귀중한 것 두 개만 가져오너라."
그러자 천사는 납으로 된 심장과 죽은 제비를 하느님에게 가지고 왔다. 그러자 하느님이 말했다.
"오, 그래 잘 찾아왔구나, 이제 이 작은 새는 내 천국에서 영원히 노래를

부를 것이며, 행복한 왕자는 내 황금의 도시에서 영원히 나를 찬양하도록
할 것이로다."

사람은 무엇으로 사는가

- 레프 톨스토이 -

레프 톨스토이(Lev Nikolaevich Tolstoy 1828~1910) 러시아 소설가

톨스토이는 1828년 남러시아 야스나야 폴랴나에서 명문 백작가의 넷째 아들로 태어났으나 어려서 부모를 잃고 친척집에서 자랐다. 16세 때 카잔대학에 입학하였지만 1847년 대학교육에 회의를 느껴 학교를 중퇴한다. 그 후 새로운 농업 경영과 농노 계몽을 위해 고향으로 돌아와 영지 내 농민생활의 개선을 위해 노력하였으나 실패로 끝났다. 3년간 방탕한 생활을 하다 군인인 형을 따라 카프카스로 가서 군에 입대를 한다. 《유년 시대》《습격》《삼림벌채》《세바스토폴 이야기》 등은 군 복무 중에 씌어졌는데 사실주의 수법의 여러 작품들이 문단의 주목을 받는다. 1855년 군에서 제대할 무렵에는 청년작가로서의 지위를 확고히 굳힌다. 1861년 2월의 농노해방령 포고에 강한 불신을 품고 농지조정원이 되어 농민들의 권익을 옹호하며 자연에 바탕을 둔 농민교육에 힘을 쏟는다. 1862년 결혼한 후 작품 집필에 전념하여 《코사크》《전쟁과 평화》《안나 카레니나》 등 대작을 발표하여 작가로서의 명성을 누린다. 이때부터 삶에 대한 회의에 시달리며 정신적 위기를 겪는다. 원시 기독교 사상에 몰두하여 사유재산 제도와 러시아 정교를 비판하며, 술 담배를 끊고 손수 밭일을 하면서 빈민 구제 활동을 한다. 1899년 발표한 《부활》에 러시아 정교를 모독하는 표현이 들어 있다는 이유로 종무원에서 파문을 당한다. 사유재산과 저작권 포기 문제로 시작된 아내와의 불화로 고민하던 중 주치의 마코비츠키와 함께 가출한다. 1910년 11월 20일 랴잔 야스타포보 역장의 관사에서 폐렴으로 생을 마감한다.

주요 작품으로는 《유년 시대》《소년 시대》《청년 시대》《세바스토폴 이야기》《카자흐 사람들》《전쟁과 평화》《안나 카레니나》《참회록》《이반 일리치의 죽음》《어둠의 힘》《크로이체르 소나타》《신의 나라는 당신 안에 있다》《예술이란 무엇인가》《부활》 등이 있다.

톨스토이의 〈사람은 무엇으로 사는가〉는 러시아 지방에서 전해오던 민담 등을 소재로 하여 민중을 사랑하는 마음을 표현해 낸 기독교적인 작품이다.

가난한 구두수선공과 천사를 연결하여 '사람의 마음속에는 무엇이 있는가', '사람에게 허락되지 않는 것은 무엇인가', '사람은 무엇으로 사는가' 등 세 가지의 질문을 던짐으로써 인간은 자신만을 위해서 사는 것이 아니라 타인과 더불어 사랑을 공유하면서 살아야 한다는 하느님의 진리를 일깨워주는 작품이다. 작품 속에 들어 있는 톨스토이의 도덕적이고 종교적 인간관을 느끼게 하며 민담을 통해서 작가의 철학을 드러내고 있는 한편의 훌륭한 이야기이다.

작품 줄거리

천사 미하일이 어떤 여인의 영혼을 거두어 오라는 하나님의 명령에 불응했다가 알몸으로 지상으로 쫓겨난다. 하나님께서는 미하일이 세 가지 깨달음을 얻어야만 다시 하늘에 부름을 받을 것이라고 말한다. 추운 겨울에 벌거벗은 채로 길가에 버려진 미하일은 아무도 자신을 구해주지 않을 것이라고 생각하고 절망한다. 그러나 그 길을 지나던 세몬이 자신의 옷을 벗어서 입혀주고 구두를 신겨준다. 세몬의 집에 도착하자, 내일 아침 먹을거리가 없는데도 자신을 보살펴주는 세몬의 아내 마트료나의 얼굴에서 '사람의 마음속에는 무엇이 있는지 알게 될 것이다'를 깨닫는다. 세몬의 구두 만드는 일을 도우며 그의 가족들과 함께 살던 미하일은, 키가 크고 몸집이 큰 신사 손님에게서 손님은 1년 동안 끄떡없는 장화를 주문받았다. 미하일은 신사가 주문한 장화는 만들지 않고 죽은 사람이 신는 슬리퍼를 만들었다. 집으로 돌아가던 신사가 갑자기 죽자 정작 그 남자에게 필요했던 것은 관 속에서 신을 슬리퍼였던 것이다. 미하일은 사람에게는 자기에게 무엇이 필요한 것인지를 아는 지혜가 없다는 것을 깨닫게 되었다. '사람에게 허락되지 않은 것은 무엇인가'라는 하나님의 두 번째 말씀의 뜻을 알게 된다. 세몬의 집에 한 부인이 쌍둥이를 데리고 신발을 맞추러 온다. 그 쌍둥이의 어머니는 아이들을 낳자마자 죽었는데 자신의 어린 아들을 잃은 이웃집의 착한 여자의 보살핌으로 건강하게 잘 자라고 있었다. 쌍둥이는 어머니를 잃었지만 다른 사람의 사랑에 의해 잘 자란다. 어머니가 죽으면 쌍둥이는 어떻게 살까하는 걱정 때문에 미하일은 하나님의 명령을 거역했었다. 하지만 쌍둥이가 잘 사는 것은 미하일이나 아이 어머니 때문이 아니라 착한 이웃집 여자의 사랑 때문이었다. '사람은 무엇으로 사는가'라는 하나님의 세 번째 물음에 해답을 얻은 순간 미하일의 등에 날개가 돋더니 다시 천사가 되어 하늘로 올라간다.

핵심 정리

갈래 : 단편 소설   시점 : 전지적 작가 시점
배경 : 19세기 말 러시아의 어느 농가   주제 : 사람은 사랑으로 산다는 것의 깨달음

사람은 무엇으로 사는가

1

한 구두장이가 아내와 자식을 데리고 어느 농가에 세 들어 살고 있었다. 집도 땅도 없이 구두를 만들고 고치는 것으로 생계를 꾸려가고 있었다. 빵값은 비싸고 품삯은 헐하여 버는 것은 모조리 먹는 데 들어갔다. 구두장이는 아내와 번갈아 입는 모피 외투를 한 벌 가지고 있었는데 그것마저도 다 낡아 누더기가 되었다. 그래서 이미 2년 전부터 새 모피 외투를 만들 양가죽을 사야겠다고 벼르고 있었다.

가을이 되자 구두장이는 약간의 여유가 생겼다. 3루블의 지폐가 아내의 지갑 속에 들어 있었고, 또 마을 농부들에게 받아야 할 외상값이 5루블 이십 코페이카나 되었다.

그래서 구두장이는 아침 일찍부터 양가죽을 사기 위해 마을에 갈 채비를 했다. 그는 아침 식사를 마치자 아내의 면내의를 껴입고 그 위에 낡은 모피 외투를 걸친 다음 3루블의 지폐를 호주머니에 넣고 나뭇가지를 하나 꺾어 지팡이 삼아 집을 나섰다. 외상값 5루블을 받아 3루블을 보태서 양가죽을 살 생각이었다.

구두장이는 마을에 당도하여 한 농부의 집을 찾아갔는데 주인이 없었다. 그의 아내는 일주일 안으로 주인 편에 돈을 보내겠다고 하며 돈을 갚지 않았다. 또 다른 농부에게로 갔으나 그는 돈이 한 푼도 없다고 딱 잘라 말하고 장화를 고친 값으로 이십 코페이카만 주었다. 어쩔 수 없이 구두장이는 양가죽을 외상으로 사려고 했으나 가죽 장수는 외상을 주려고 하지 않았다.

"돈을 가지고 와요. 그러면 마음에 드는 걸로 줄 테니까. 외상값 받아내는 게 얼마나 힘이 드는지 원."

이렇게 구두장이는 겨우 구두 수선비 이십 코페이카를 받고, 어느 농부에게서 낡은 털 장화를 수선하는 일만 맡아 돌아오게 되었다.

구두장이는 속이 상해서 이십 코페이카를 털어 보드카를 마셔버린 다음 양가죽도 사지 못한 채 집을 향해 걷고 있었다. 아침에는 좀 추운 것 같았는데 한잔 마시자 몸이 후끈거렸다. 그는 한 손으로는 지팡이로 울퉁불퉁 언 땅을 두드리고 한 손으로는 털 장화를 휘두르면서 중얼거렸다.

"젠장, 모피 외투 같은 거 입지 않아도 견딜 만하군. 작은 병으로 하나 마셨는데 온몸의 피가 달음박질치는구먼. 모피 외투 따윈 필요 없을 정도야. 아암, 아무렇지도 않아. 모피 외투 따윈 없어도 살 수 있어. 그런 건 한평생 필요 없어. 헌데 마누라가 가만있지 않을 거야. 그게 마음에 걸려.

나는 죽어라 일하는데 그자들은 날 우습게 본단 말이야. 가만있자, 이번에도 돈을 내놓지 않으면 모자를 잡아 벗기고 말 테다. 암, 그렇게 하구 말고.

정말 이게 뭔 짓들이야? 이십 코페이카로 대체 뭘 하라고? 술이나 마실 밖에 없잖은가 말이야. 당신들이 어렵다고 하지만 그래, 난 어렵지 않은 줄 알아? 당신들은 집도 있고 소도 있고 말도 있지만 나는 알몸뚱이야. 당신들은 당신들이 만든 빵을 먹지만 나는 사서 먹어야 한다고. 아무리 몸부림을 쳐보아야 일주일에 빵값만도 3루블은 치러야 해. 집에 돌아가면 빵도 없을 테니 또 1루블 반은 써야 해. 그러니까 당신들도 내 돈을 갚으란 말이야."

이윽고 구두장이는 길모퉁이의 교회 근처까지 왔다. 교회 뒤에 무엇인가 허연 것이 보였다. 구두장이는 찬찬히 보았지만 이미 날이 어두워 무엇인지 알아볼 수가 없었다.

'저기에 저런 돌 같은 건 없었는데, 혹시 짐승인가? 그런데 짐승 같지도 않아. 머리는 사람 같은데 사람치곤 너무 희군. 그리고 사람이 저런 데 있을 리가 없지.'

좀 더 다가갔다. 물체가 똑똑히 보였다. 그런데 이게 웬일인가! 사람은 사람인데 살았는지 죽었는지 알몸으로 교회 벽에 기대어 앉은 채 꼼짝도 하지 않았다. 구두장이는 무서운 생각이 들었다.

'누가 사람을 죽이고 옷을 벗겨 여기 내버린 모양인데. 너무 가까이 다가갔다가는 나중에 무슨 변을 당할지 몰라.'

그래서 구두장이는 그냥 지나쳐 갔다. 교회 모퉁이를 돌았다. 사나이의 모습은 보이지 않게 되었다. 구두장이는 모퉁이 너머로 고개를 내밀고 살펴보았다. 사나이는 벽에서 떨어져 움직이기 시작했다. 어쩐지 이쪽을 보고 있는 것 같았다. 구두장이는 더럭 겁이 나서 이렇게 생각했다.

'가까이 가 볼까, 그냥 갈까? 혹시 갔다가 무슨 봉변이라도 당하면 큰일이지. 저놈이 누군지 어떻게 알아. 좋은 일을 하고서 이런 데 왔을 리는 없겠고 가까이 가기가 무섭게 덤벼들어 날 목 졸라 죽일지도 몰라. 그렇게 되면 꼼짝없이 당할 수밖에. 설령 목 졸라 죽이지 않더라도 험한 꼴을 당할 건 뻔해. 저 벌거숭이를 어쩐다? 내가 입고 있는 것을 홀랑 벗어 줄 수도 없고. 에이, 그냥 지나쳐 가자, 제기랄!'

그렇게 생각하면서 구두장이는 걸음을 재촉했다. 교회 건물을 거의 다 지나자 양심이 고개를 쳐들었다. 구두장이는 한길 복판에서 발을 멈추고 혼잣말을 했다.

"도대체 너는 뭘 하는 거냐, 세몬?"

"사람이 재난을 만나 죽어가고 있는데 너는 겁을 집어먹고 슬쩍 도망치려 하고 있다. 네가 뭐 큰 부자라도 되느냐? 가진 물건을 빼앗길까 봐 겁이 나냐? 세몬, 그건 옳지 않은 일이다!"

결국 세몬은 사나이에게로 되돌아갔다.

2

세몬은 그에게로 다가가 자세히 살펴보았다. 아직 젊은 사나이여서 힘도 있을 듯하고 몸에 얻어맞은 흔적도 없었다. 다만 추위로 몸이 꽁꽁 얼어 말을 듣지 않는 모양이었다. 벽에 기대앉은 채 세몬 쪽을 보려고도 하지 않았다. 쇠약해질 대로 쇠약해져 눈을 뜰 수도 없는 것 같았다.

세몬이 다가가자 사나이는 그제야 정신이 든 듯 고개를 돌리고 눈을 떠 세몬을 바라보았다. 사나이의 눈빛이 세몬의 가슴을 파고들었다. 그래서 털 장화를 땅바닥에 내동댕이치고 허리띠를 끌러 그 위에 놓고는 외투를 벗었다.

"이러고 있으면 큰일 나오! 자아, 이걸 입어요! 자!"

세몬은 사나이를 부축하여 일으켰다. 사나이는 일어섰다. 자세히 보니 깨끗한 몸에 손도 발도 거칠지 않았고 기품 있고 잘생긴 얼굴이었다. 세몬은 그의 어깨에 외투를 걸치고 입혀주려 했으나 팔이 소매 속으로 잘 들어가지 않았다. 세몬은 두 팔을 끼워 주고 옷자락을 잡아당겨 앞을 여민 후 허리띠를 매주었다. 헌 모자도 벗어 벌거숭이 사나이에게 씌워주려고 했으나 숱 없는 머리가 썰렁했다.

'나는 민머리지만 이 사람은 긴 고수머리가 덥수룩이 자라 있잖아.'

이렇게 생각하곤 도로 모자를 썼다.

'그보다도 이 젊은이에게 신을 신겨 줘야겠군.'

구두장이는 사나이를 앉히고 털 장화를 신겼다.

"이제 됐네. 자, 이번엔 좀 움직여서 언 몸을 녹여야지. 자네 걸을 수 있겠나?"

사나이는 멀거니 서서 감격한 듯한 표정으로 세몬의 얼굴을 바라보고 있었으나 말은 하지 않았다.

"왜 대답을 하지 않나? 이런 데서 겨울을 날 셈인가? 집으로 돌아가야지. 자, 여기 지팡이가 있으니까 몸이 말을 듣지 않거든 이걸 짚게. 자, 자, 걸어요, 걸어!"

그러자 사나이는 걷기 시작했다. 뒤처지지도 않고 잘 걸었다.

두 사람이 나란히 걷게 되자 세몬이 물었다.

"자네, 대체 어디서 왔나?"

"저는 이 고장 사람이 아닙니다."

"이 고장 사람이면 내가 알지. 그래, 왜 이런 데까지 왔나? 교회 근처까지 말이야."

"그건 말씀드릴 수 없습니다."

"틀림없이 어떤 나쁜 놈들이 이런 짓을 했겠지?"

"아무도 저를 혼내지 않았습니다. 저는 신의 벌을 받았지요."

"그야 만사가 신의 뜻인 것은 맞는 말이네. 그렇더라도 어디 좀 들어가 쉬어야 할 텐데. 자네 어디로 갈 건가?"

"저는 갈 곳이 없습니다. 어디든 마찬가지입니다."

세몬은 조금 놀랐다. 불한당 같지도 않고 말씨도 공손한데 자신의 신상에 대해서는 이야기를 하려고 하지 않았다. 그야 물론 세상에는 말 못 할 일이 많기도 하지.

그는 사나이에게 말했다.

"어때, 우리 집에 가는 게? 몸을 녹일 수는 있으니까."

세몬은 집을 향해 걸었다. 낯선 사나이도 머뭇거리지 않고 나란히 따라 걸었다. 찬바람이 세몬의 옷 속으로 파고들었다. 술이 차차 깨면서 추위를 느꼈다. 세몬은 코를 훌쩍거리며 몸에 걸친 아내의 내의 앞섶을 여미고 걸으면서 생각했다. 아니 이건 도대체 어떻게 된 일이야. 모피 외투를 마련하러 갔다가 입고 있던 외투마저 벗어 주고 벌거숭이 사나이까지 거느리게 됐으니…… 이거 마트료나가 야단일 텐데!

마트료나를 생각하자 세몬의 마음이 우울해졌다. 그러나 옆의 낯선 사나이를 쳐다보고 교회 뒤에서 이 사나이가 자기를 쳐다보았던 눈빛을 떠올리자 마음이 따뜻해졌다.

3

세몬의 아내는 일찌감치 일을 마쳤다. 장작을 쪼개고 물을 긷고 아이들과 같이 저녁 식사도 마친 다음 생각에 잠겼다. 빵 굽는 일을 오늘 할까, 내일로 미룰까. 아직 빵은 큰 것이 한 조각 남아 있었다.

'세몬이 점심을 먹고 온다면 저녁은 그리 많이 먹지 않겠지. 그럼 내일 빵은 이것으로 충분한데.'

마트료나는 빵 조각을 만지작거리며 생각했다.

'오늘은 빵을 굽지 말아야겠다. 밀가루도 얼마 남지 않았으니 이걸로 금요일까지 버텨야지.'

마트료나는 빵을 치우고 테이블 옆에 앉아 남편의 옷을 깁기 시작했다. 바느질을 하면서 마트료나는 남편이 어떤 양가죽을 사 올지 궁금했다.

'모피 장수에게 속아 넘어가지는 않았을까. 워낙 사람이 좋기만 하니 알 수 없어. 남은 조금도 속이지 못하지만 어린 아이한테도 속아 넘어가는 사람이니 말이야. 8루블이면 적은 돈도 아니고, 그 정도면 좋은 모피 외투를 만들 수 있겠지. 지난겨울에도 모피 외투가 없어서 얼마나 고생을 했어! 물 길러 강에 갈 수가 있나, 들을 갈 수 있나. 지금도 그렇지, 옷이란 옷은 모조리 입고 나가 버리니까 난 걸칠 것도 없잖아. 그리 일찍 떠나진 않았어도 이제 올 때가 됐는데……. 아니, 이 양반이 또 술타령을 하고 있는 것 아니야?'

마트료나가 이런저런 생각을 하고 있는데 현관 계단이 삐거덕거리면서 누가 들어오는 소리가 났다. 마트료나가 옷감에 바늘을 꽂고 문 쪽으로 나갔다. 그런데 두 사나이가 들어오는 것이 아닌가. 세몬 옆에는 낯선 사나이가 맨발에 털 장화를 신고 모자도 없이 서 있었다.

마트료나는 남편이 술을 마셨다는 것을 대번에 알았다. 그러면 그렇지. 남편은 외투도 입지 않고 내의 바람인데다 손에는 아무것도 들지 않고 말없이 서 있었다. 마트료나는 화가 치밀어 올랐다.

'그 돈으로 몽땅 마셔 버린 게 틀림없어. 알지도 못하는 건달하고 퍼마시고 한술 더 떠 집까지 끌고 왔군.'

마트료나는 두 사람을 앞세우고 뒤를 따라 들어가다 생판 모르는 젊고 빼빼 마른 사나이가 입고 있는 외투가 바로 자기네 것임을 알았다. 외투 밑에는 내의도 입지 않았는지 맨살이 드러나 보였다. 집 안으로 들어온 젊은 사나이는 그냥 그 자리에 선 채 움직이지도 않고 눈도 쳐들지 않았다. 그래서 마트료나는 필경 무슨 잘못을 저질러서 겁을 먹고 있구나 생각했다.

마트료나는 얼굴을 찌푸리고 페치카 쪽으로 가 서서 두 사람의 거동을 살폈다. 세몬은 모자를 벗고 태연하게 의자에 앉았다.

"여보, 마트료나. 식사 준비를 해야지."

마트료나는 입속으로 중얼거릴 뿐 페치카 옆에 선 채 꼼짝도 하지 않고 두 사람을 번갈아 쳐다보며 고개를 갸웃거렸다. 세몬은 아내가 화난 것을 보고 하는 수 없다는 듯이 낯선 사나이의 손을 잡아 앉혔다.

"자, 앉게. 저녁을 먹어야지. 여보, 아무것도 준비하지 않았소?"

마트료나가 화가 나서 대답했다.

"왜 안 해요? 하긴 했지만 당신을 위해서가 아니에요. 보아하니 당신은 염치마저 홀랑 마셔 버린 모양이군요. 모피 외투를 마련하러 간다더니 입고 간 외투마저 이런 건달에게 벗어주고 집까지 데려와요? 당신네들 주정뱅이에게 줄 저녁은 없어요."

"마트료나, 사정도 모르면서 함부로 말하면 안 돼요. 먼저 어떻게 된 일인지 물어보아야지."

"그런 건 알 필요도 없어요. 그래, 돈은 어디 있어요? 말해 봐요!"

세몬은 호주머니를 뒤적거리며 돈을 꺼냈다.

"여기 돈 있잖아. 트리포노프는 외상값을 주지 않더군, 내일은 꼭 주겠다고 약속하긴 했지만."

마트료나는 더욱더 화가 치밀었다. 모피도 사지 않고 단 하나밖에 없는 외투를 낯선 벌거숭이 사나이에게 입혀 집으로 끌고 와서 큰소리만 치다니.

마트료나는 테이블 위의 돈을 집어 지갑 속에 챙겨 넣으며 말했다.

"저녁은 없어요. 벌거숭이와 술주정뱅이야 어떻게 되든 말든……."

"여보, 마트료나. 말 좀 삼가해요. 내 말 좀 들으라니까……."

"당신 같은 주정뱅이에게 내가 무슨 말을 들어야 한다는 거예요. 처음부터 당신 같은 술꾼하고 결혼하는 게 아니었는데……, 어머니가 주신 피륙도 당신이 술값으로 없앴죠. 흥, 모피 사러 간다더니 그것마저 다 마시고 오고."

세몬은 아내에게 자기가 마신 술값은 이십 코페이카뿐이라는 것과 이 사나이를 데리고 온 사연도 설명하려고 했지만, 마트료나는 좀처럼 들으려 하지 않았다. 어디서 그렇게 많은 말이 쏟아져 나오는지 한 번에 두 마디씩 내뱉으니 세몬이 끼어들 틈이 없었다. 십 년도 더 지난 옛날 일까지 들추어 내면서 마트료나는 마구 욕설을 퍼붓고 세몬에게로 달려가 그의 옷소매를 부여잡고 흔들었다.

"내 옷 내놔요. 하나밖에 없는 옷을 뺏어 입고 염치도 좋지. 빨리 이리 벗어 놔요. 못난 인간 같으니! 차라리 죽어버리기나 하지!"

세몬이 아내의 면내의를 벗으려 하는데 아내가 한쪽 소매를 와락 잡아당기는 바람에 솔기가 부드득 뜯어져 나갔다. 마트료나는 그것을 빼앗아 입고 문가로 달려가 그대로 밖으로 나가 버리려다가 발을 멈췄다. 화가 치밀기는 하지만 이 사나이가 누구인지는 알아야겠다고 생각했던 것이다.

4

마트료나가 돌아서서 말했다.

"온전한 사람이라면 저렇게 벌거숭이 꼴을 하고 있을 리가 없어요. 내의도 입고 있지 않잖아요. 당신도 나쁜 짓을 하지 않았다면 어디서 저 사람을 끌고 왔는지 왜 말을 못 하는 거예요?"

"내가 말하겠다고 했잖소? 집으로 돌아오는 길에 이 사람이 교회 담 밑에 알몸으로 거의 얼어붙은 채 기대앉아 있었단 말이오. 글쎄, 여름도 다 갔는데 벌거숭이가 되어 떨고 있었소. 마침 하늘이 도와서 내가 그리로 지나갔기에 망정이지 그렇지 않았으면 이 사람은 얼어 죽고 말았을 거요. 살다 보면 언제 무슨 일을 당할지 누가 알겠소? 그래 외투를 입혀 데리고 왔지. 마트료나, 당신도 좀 마음을 가라앉히고 이 사람 처지를 한번 생각해 보구려."

마트료나는 다시 욕설을 퍼부으려고 하다가 문득 낯선 사나이를 쳐다보는 순간 말이 막혔다. 사나이는 죽은 듯이 의자 끝에 걸터앉은 채 꼼짝도 하지 않았다. 두 손을 무릎 위에 올려놓고 목을 가슴팍까지 떨어뜨리고서 눈을 감고 마치 목을 졸리기라도 하는 듯 얼굴을 일그러뜨리고 있었다. 마트료나가 입을 다물고 있자 세몬은 이렇게 말했다.

"마트료나, 당신 마음속엔 하느님이 없소?"

이 말을 듣고 마트료나는 다시 한번 낯선 사나이를 쳐다보았다. 그러자 이상하게도 분노가 가라앉기 시작했다. 그녀는 문 앞에서 발길을 돌려 난로 한쪽 구석으로 가서 저녁 준비를 하기 시작했다. 잔을 탁자 위에 놓고 크바이스(러시아 사람들의 음료로 귀리와 엿기름으로 만든 맥주의 일종)를 따른 다음 남은 빵을 잘라 내놓았다. 그리고 나이프와 스푼을 놓으면서 말했다.

"식사하세요."

세몬은 낯선 사나이를 식탁으로 데리고 갔다.

"앉게, 젊은이."

세몬은 빵을 잘게 자르고 같이 먹기 시작했다. 마트료나는 테이블 한쪽 끝에 앉아서 턱을 괸 채 낯선 젊은이를 바라보았다. 그녀는 이 젊은이가 가 없은 생각이 들어 돌보아주고 싶은 마음마저 생겼다.

그러자 낯선 사나이는 표정이 밝아지더니 찌푸렸던 눈썹을 펴고 마트료나 쪽으로 눈길을 돌려 싱긋 웃었다.

식사가 끝나자 마트료나는 테이블을 치우고 사나이에게 물었다.

"도대체 당신 어디 사는 사람이죠?"

"저는 이 고장 사람이 아닙니다."

"그런데 왜 거기에 있었죠?"

"그건 말할 수 없습니다."

"강도라도 만났나요?"

"아닙니다. 저는 하느님의 벌을 받았습니다."

"그래서 벌거숭이가 되어 자고 있었단 말예요?"

"네. 알몸뚱이로 자다가 얼어 죽을 뻔했던 겁니다. 그것을 주인께서 보시고 가엾게 생각하여 입고 있던 외투를 벗어 제게 입히고 집으로 같이 가자고 했던 거죠. 또 여기 오니까 아주머니가 저를 불쌍히 여기셔서 먹고 마시게 해주셨습니다. 두 분께 신의 은총이 내리실 겁니다!"

마트료나는 일어서서 금방 기워 놓았던 세몬의 낡은 내의를 가져다가 낯선 사나이에게 건네주었다. 그리고 속바지도 찾아내서 주었다.

"자, 이걸 입고 마음에 드는 자리에 누워서 자도록 해요. 침대 위든 페치카 옆이든."

낯선 사나이는 외투를 벗고 내의를 입은 다음 침대 위에 몸을 뉘었다.

마트료나는 등불을 들고 외투를 집어 들고 남편 곁으로 가서 누웠다. 외투 자락을 덮고 누웠으나 낯선 사나이의 일이 머릿속에서 떠나지 않아 쉽게 잠을 이룰 수 없었다.

그 사나이가 조금 남았던 빵을 다 먹어버려 내일 먹을 빵이 없다는 것과 내의와 속바지를 주어 버린 것을 생각하니 아까운 생각이 들기도 했지만 젊은이의 싱긋 웃던 모습을 떠올리니 마음이 밝아지는 것 같았다.

오래도록 마트료나는 잠을 이루지 못했다. 세몬도 역시 잠들지 못하고 연신 외투 자락을 잡아당기곤 했다.

"남은 빵을 다 먹어버렸는데 반죽을 해두지도 않았으니 내일은 어떻게 한담. 이웃 마라냐네 가서 좀 꾸어 달랠까요?"

"그렇게 하지……. 산 입에 거미줄이야 치려고."

마트료나는 한참 동안 가만히 누워 생각에 잠겼다.

"그런데 나쁜 사람은 아닌 것 같은데 왜 자기에 대한 이야기를 하지 않을까요?"

"아마 말 못 할 사정이 있겠지."

"세몬!"

"응?"

"우리 같은 사람도 남을 도와주는데 왜 남들은 아무도 우리를 도와주지 않는지 몰라요."

세몬은 뭐라고 대답해야 좋을지 몰랐다.

"글쎄, 아무러면 어때."

라고 말하고는 돌아누워 그대로 잠들고 말았다.

5

이튿날 아침, 세몬은 일찍 잠이 깨었다. 이이들이 일어나기 전에 마트료나는 이웃집에 빵을 꾸러 갔다. 어제의 그 낯선 사나이는 낡은 내의와 바지를 입은 채 의자에 앉아 천정을 바라보고 있었다. 얼굴은 어제보다 훨씬 밝아 보였다.

"어때, 젊은이. 뱃속에선 빵을 원하고 알몸뚱이는 옷을 원하니 벌이를 해야 하지 않겠나? 자네 무슨 일을 할 줄 아나?"

"저는 아무것도 할 줄 모릅니다."

세몬은 깜짝 놀랐지만 이렇게 말했다.

"할 마음만 있으면 되는 거야. 사람은 뭐든지 배워서 익히면 돼."

"예, 모두 일하는데 저도 해야지요."

"자네 이름은 뭐지?"

"미하일입니다."

"이봐 미하일, 자네는 자신에 대한 이야기를 하고 싶지 않은 모양인데 그건 아무래도 좋아. 굳이 듣고 싶은 것도 아니니까. 하지만 밥벌이는 해야 해. 내가 시키는 일을 해 준다면 우리 집에서 살아도 좋아."

"고맙습니다. 열심히 배우고 익히겠습니다. 뭐든지 가르쳐 주십시오."

세몬은 실을 집어 손가락에 감고 꼬기 시작했다.

"그다지 어려운 건 아냐. 자, 보라고……."

미하일은 그것을 자세히 들여다보더니 금방 따라 했다. 세몬이 이번에는 꼰 실 찌는 법을 가르쳤는데 미하일은 그 일도 여간 잘하지 않았다. 세몬이 꿰매는 일을 해보이자 이것도 미하일은 금방 배웠다.

미하일은 세몬이 어떤 일을 가르치면 마치 여태껏 그 일을 해 온 것처럼 능숙하게 따라 했다. 허리를 펼 틈도 없이 부지런히 일만 하고 식사는 조금밖에 하지 않았다. 한가할 때는 잠자코 하늘만 쳐다보고 밖으로 나가지도 않았다. 농담을 하거나 웃는 일도 없었다.

미하일이 웃는 모습을 보인 것은 처음 그가 왔던 날 마트료나가 저녁 식사를 차려 주었을 때뿐이었다.

6

하루하루가 지나가고 일주일, 또 일주일이 지나 1년이라는 세월이 흘렀다. 미하일은 여전히 세몬이 집에 살면서 일했는데 세몬의 보조공으로 미하일만큼 모양 좋고 튼튼한 구두를 짓는 사람은 없다고 소문이 자자하였다. 이웃 마을에서까지 주문이 밀려들어 세몬의 수입은 점점 늘어갔다.

그러던 어느 겨울날이었다. 세몬이 미하일과 마주 앉아서 일을 하고 있는데 방울을 잔뜩 단 삼두마차 소리가 요란하게 들려왔다. 창문으로 내다보니 그 마차가 바로 세몬의 가게 앞에 서는 것이었다. 젊은 사람이 마부석에서 뛰어내려 마차 문을 열어주자 안에서 모피 외투를 입은 신사가 나왔다. 그는 세몬의 가게로 들어오기 위해 입구 층계를 올라왔다.

마트료나는 뛰어나가 문을 활짝 열었다. 신사는 몸을 굽히고 안으로 들어와 허리를 쭉 폈는데, 머리는 거의 천정에 닿을 정도로 키가 컸고, 몸집은 방을 꽉 채울 것처럼 건장했다.

세몬은 일어나 인사하면서 신사의 큰 몸집을 보고 벌린 입이 다물어지지 않았다. 이런 사람은 이제껏 본 일이 없었다. 세몬도 살집이 없는 편이고 미하일도 야윈 편이며 마트료나는 마른 나뭇가지처럼 말랐는데 이 신사는 다른 나라에서 왔는지 얼굴은 불그스름하니 윤이 나고 목은 황소처럼 굵어서 마치 몸뚱이 전체가 무쇠로 된 것 같았다.

신사는 숨을 크게 한번 내쉬더니 외투를 벗고 의자에 앉아 말했다.

"이 구두 가게 주인이 누군가?"

세몬이 나서며 말했다.

"제가 주인입니다, 손님."

그러자 신사는 자기가 데리고 온 젊은 하인에게 큰 소리로 말했다.

"그걸 이리 가져와!"

하인이 달려가더니 무슨 꾸러미를 하나 가지고 왔다. 신사는 꾸러미를 받아 테이블 위에 놓더니 말했다.

"풀어라."

하인이 보퉁이를 풀어놓자 신사는 거기서 나온 가죽을 가리키며 세몬에게 물었다.

"이봐, 주인. 이 가죽이 무슨 가죽인지 알겠나?"

"네, 압니다. 손님."

"이봐, 이게 무슨 가죽인지 정말 안단 말인가?"

세몬은 가죽을 만져보고 나서 대답했다.

"네, 썩 좋은 가죽이군요."

"썩 좋은 가죽이라고? 멍청하기는. 자네가 이런 가죽을 구경이나 했겠어? 이건 독일산이야. 이십 루블이나 주고 산 거라고."

세몬은 겁먹은 표정으로 대답했다.

"저 같은 사람이 어찌 구경이나 했겠습니까."

"그야 당연하지. 어디 이 가죽으로 내 발에 꼭 맞는 구두를 만들 수 있겠나?"

"예, 만들 수 있지요. 손님."

신사는 느닷없이 소리 질렀다.

"만들 수 있다고? 하지만 어느 분의 구두를 만드는지, 어떤 가죽으로 만드는지를 명심해야 해. 나는 1년을 신어도 찢어지지 않고 모양이 변치 않는 구두를 원해. 그렇게 만들 수 있으면 일을 맡고 가죽을 재단하게. 하지만 안 될 것 같으면 손도 대지 말아. 미리 말해 두지만 만약 구두가 1년도 안 돼 찢어지거나 모양이 변하거나 하면 자네를 감옥에 처넣어 버릴 거야. 만일 1년이 넘도록 모양이 변하지도 않고 찢어지지도 않으면 삯으로 십 루블을 주겠다."

세몬은 겁이 더럭 나서 대답을 못하고 미하일을 돌아다보았다.

그리고는 팔꿈치로 미하일을 쿡 찌르면서 작은 목소리로 물었다.

"이봐, 어떻게 하지?"

미하일은 일을 맡으라는 듯이 고개를 약간 끄덕였다.

세몬은 미하일의 고갯짓을 보고 1년 동안 모양이 일그러지지도 찢어지지도 않을 구두 제작을 맡게 되었다.

신사는 하인에게 왼쪽 구두를 벗기게 하고 다리를 쭉 폈다.

"치수를 재게!"

세몬은 오십 센티미터 길이의 종이를 잘라 붙여 자리에 펴고, 무릎을 꿇고서 신사의 양말을 더럽힐세라 앞치마에 손을 잘 닦은 다음 치수를 재기 시작했다. 바닥을 재고 발등 높이를 재고 종아리를 잴 차례가 되었는데 종이 양 끝이 마주 닿지 않았다. 신사의 종아리가 통나무만큼이나 굵었던 것이다.

"정신 차려서 해. 종아리가 꽉 끼게 하면 안 돼."

세몬은 다시 종이를 덧붙였다. 신사는 의젓하게 앉아 양말 속의 발가락을 꼼지락거리면서 주위를 둘러보고 있다가 미하일을 보더니,

"저건 누구야?"

하고 물었다.

"저희 직공인데 솜씨가 아주 좋습니다. 그가 구두를 만들 겁니다."

"똑똑히 알아 둬. 1년간은 끄떡없게 만들어야 한다."

신사는 이렇게 미하일에게 말했다. 세몬도 미하일을 돌아다보았다. 그런데 미하일은 신사의 얼굴은 보지 않고 그 뒤의 구석을 응시하고 있었다. 마치 그곳에 누가 있어 누구인지 알아보려고 하는 듯한 표정이었다. 물끄러미 응시하고 있던 미하일은 갑자기 싱긋 웃더니 얼굴이 밝아졌다.

"넌 뭘 싱글거리고 있는 거야? 멍청한 놈. 정신 차려서 기한 내에 만들어

낼 생각이나 하지 않고."

그러자 미하일이 말했다.

"네, 그렇게 하겠습니다."

"좋아, 좋아."

신사는 구두를 신고 모피 외투를 걸치고는 문 쪽으로 걸음을 옮겼다. 그런데 허리 굽히는 것을 잊었기 때문에 이마를 문에 세게 부딪히고 말았다.

신사는 욕설을 퍼붓고 이마를 문지르며 마차를 타고 가버렸다.

신사가 나가자 세몬이 말했다.

"정말 대단한 분이야. 큰 망치로 맞아도 끄떡없을 것 같은데. 좀 전에 방이 흔들리도록 이마를 부딪쳤는데도 별로 아프지도 않은가 봐."

그러자 마트료나도 말했다.

"저렇게 부유한 생활을 하는데 체격인들 왜 좋지 않겠수? 저런 튼튼한 사람에게는 저승사자도 감히 접근하지 못하겠수."

7

세몬은 미하일에게 말했다.

"일을 맡긴 했지만 이거 까딱 잘못하는 날엔 감옥살이야. 가죽도 비싼데다, 손님 성깔도 대단하니 절대 실수하면 안 되는데…… . 자, 자네는 눈도 밝고 솜씨도 나보다 나으니 이 치수 본으로 재단을 하게. 나는 겉가죽을 꿰맬 테니까."

미하일은 세몬이 시키는 대로 신사의 가죽을 탁자 위에 펼쳐 놓고 가위를 들어 재단하기 시작했다.

그런데 마트료나는 미하일의 옆에서 그가 재단하는 것을 보고 깜짝 놀랐다. 마트료나도 이제 구두 만드는 일에는 익숙한 터인데 가만히 보니 미하일은 구두 모양과는 전혀 다르게 재단을 하고 있는 것이 아닌가?

마트료나는 주의를 줄까 하다가 말았다. 아마도 내가 그 손님의 구두를 어떻게 만들라는 것인지 잘 듣지 못했는지도 몰라. 미하일이 더 잘 알고 있을 테니 참견하지 말아야지.

미하일은 가죽 재단을 마치고 실을 바늘에 꿰어 꿰매기 시작했는데, 그것은 구두를 꿰매는 두 겹 실이 아니라 슬리퍼를 꿰매는 한 겹 실이 아닌가?

그것을 보고 마트료나는 또 매우 놀랐지만 역시 참견하지 않았다. 미하일은 열심히 꿰매고 있었다. 점심때가 되어 세몬이 자리에서 일어나 보니, 미하일은 신사의 가죽으로 슬리퍼를 만들어 놓았다. 세몬은 너무 놀라 앗, 하고 크게 소리를 질렀다.

'이게 뭐야? 미하일은 1년 동안이나 한 번도 실수한 적이 없는데 하필이면 지금 이런 잘못을 저지르다니. 손님은 굽이 있는 구두를 주문했는데 미하일은 평평한 슬리퍼를 만들어 버렸으니……, 손님에겐 뭐라고 변명을 한단 말인가? 이런 가죽은 구하려야 구할 수도 없을 텐데…….'

세몬은 미하일에게 말했다.

"아니, 여보게. 이 무슨 짓인가? 나를 죽일 작정인가? 손님은 구두를 주문했는데 자넨 도대체 뭘 만든 건가?"

세몬이 기가 막혀 미하일을 야단치고 있는데 바깥문의 쇠고리를 덜컹거리며 누군가가 타고 온 말을 비끄러매고 있었다. 나가 보니 뜻밖에 그 신사의 하인이 온 것이었다.

"안녕하십니까?"

"어서 와요. 무슨 볼일이라도?"

"구두 때문에 마님의 심부름을 왔지요."

"구두 때문에요?"

"구두인지 뭔지, 하여간 이제 필요 없게 되었어요. 나리는 돌아가셨으니까요."

"아니, 뭐라고요?"

"여기서 저택으로 돌아가시다가 마차 안에서 돌아가셨어요. 마차가 저택에 도착하여, 내리는 걸 도와드리려고 보니까 나리가 짐짝처럼 뒹굴고 있지 않겠습니까. 이미 돌아가신 거예요. 간신히 마차에서 끌어 내렸지요. 그래서 마님께서 저를 보내면서 '아까 나리가 주문하신 구두는 이제 필요 없게 되었으니 그 가죽으로 죽은 사람에게 신기는 슬리퍼를 만들어 오라.'고 말씀하셨습니다. 그래서 이렇게 왔지요."

미하일은 테이블 위에서 마름질하고 남은 가죽을 둘둘 말아 묶고 다 된 슬리퍼를 꺼내어 탁탁 소리 내어 털고는 앞치마로 곱게 닦아 하인에게 건네주었다. 그는 슬리퍼를 받고는 인사하고 돌아갔다.

8

다시 1년이 지나고 2년이 지나, 미하일이 세몬의 집에 온 지 6년이 되었다. 여전히 처음처럼 아무 데도 가지 않고 한마디도 쓸데없는 말은 하지 않았다. 그동안 싱긋 웃은 적은 단 두 번뿐, 한 번은 처음 마트료나가 저녁 식사 준비를 했을 때이고, 또 한 번은 구두를 맞추러 온 부자 신사를 보았을 때였다.

세몬은 자기 제자가 대견해서 견딜 수가 없었다. 이제는 어디서 왔는지 더 이상 묻지도 않았고 다만 미하일이 나가면 어쩌나 하는 걱정만을 하게 되었다.

하루는 온 식구가 모여 앉아 있었는데, 마트료나는 난로에 냄비를 올려놓고 있었고 아이들은 의자 사이를 뛰어다니며 창밖을 내다보고 있었다. 세몬은 창가에서 구두를 꿰매고 있었고 미하일은 다른 창가에서 굽을 박고 있었다.

그때 세몬의 아들이 의자를 타고 미하일 곁으로 다가오더니 그의 어깨를 흔들면서 창밖을 가리키며 말했다.

"미하일 아저씨, 저것 좀 봐요. 어떤 아주머니가 여자애 둘을 데리고 우리 집 쪽으로 와요. 여자애 하나는 절름발이네?"

아이의 말이 떨어지자마자 미하일은 하던 일을 멈추고 창밖으로 고개를 돌려 물끄러미 바라보았다.

세몬은 미하일을 보고 무척 놀랐다. 이제까지 미하일이 밖을 내다본다든지 딴청을 하는 일은 한 번도 없었는데 지금은 창에 얼굴을 붙이고 무언가를 응시하고 있었기 때문이다.

그래서 세몬도 일을 멈추고 창밖을 내다보니 무척 깨끗한 옷차림을 한 부인이 자기 집 쪽으로 걸어오고 있었다. 부인은 모피 외투를 입고 긴 목도리를 목에 두른 두 여자아이의 손을 잡고 있었다. 여자아이들은 얼굴이 서로 닮아 누가 누군지 모를 정도였다. 그런데 한 아이는 다리를 가볍게 절며 걷고 있었다.

부인은 바깥 층계를 올라와 입구로 들어와서 문을 열더니 먼저 두 여자아이를 안으로 들여보내고 자기도 방 안으로 들어섰다.

"안녕하세요!"

"어서 오십시오. 무슨 볼일이신지?"

부인은 테이블 옆에 앉았다.

두 여자아이는 부인의 무릎에 안기듯이 기대어 떨어지려고 하지 않았다.

"저어, 이 아이들이 봄에 신을 구두를 맞출까 해서요."

"아, 그렇습니까? 우리는 그런 작은 구두를 만들어 본 적은 없지만, 뭐 할 수 있습니다. 가장자리 장식이 달린 거로 할까요, 안에 천을 대서 접는 것으로 할까요? 여기 있는 미하일은 솜씨가 여간 좋지 않습니다."

세몬이 미하일을 돌아다보니 그는 우두커니 앉아 두 여자아이에게서 눈길을 떼지 않고 있었다.

세몬은 그런 그의 모습이 몹시 놀라웠다. 하긴 두 아이가 모두 귀엽고 예뻤다. 눈동자가 까맣고 뺨이 통통하고 발그레하며 입고 있는 모피 외투와 목에 두른 목도리도 고급스러웠다. 그렇더라도 무슨 이유로 미하일이 저렇게 눈길을 쏟고 있는지 이해가 되지 않았다. 마치 두 여자아이를 알고 있기라도 한 듯했다.

세몬은 의아하게 여기면서도 여인에게로 돌아앉아 값을 흥정했다. 가격을 정하고 치수를 재려 하자 부인은 절름발이 아이를 안아 올려 무릎에 앉혔다.

"어렵겠지만 이 아이로 두 아이의 치수를 재 주세요. 불편한 발 쪽은 한 짝만 하고 이쪽 발에 맞춰서 세 짝을 지어 주세요. 두 아이의 발 치수가 아주 똑같아요. 쌍둥이거든요."

세몬은 치수를 재면서 절름발이 아이를 가리키며 물었다.

"이 아이는 어쩌다가 이렇게 됐습니까? 이렇게 귀여운 아이가……, 날 때부터 그랬나요?"

부인이 대답했다.

"아니에요, 이 애 어머니가 실수로⋯⋯."

그때 마트료나가 끼어들었다. 어디에 사는 누구의 아이인지 알고 싶었던 것이다.

"그럼, 부인께선 이 아이들의 친엄마가 아니신가요?"

"나는 친엄마도 아니고 친척도 아니지만 그냥 맡아서 기르고 있어요."

"친엄마도 아니신데 정말 귀하게 키우시는군요."

"어떻게 귀하지 않겠어요? 이 두 아이 모두 내 젖으로 키웠어요. 내 아이도 있었지만 하느님께서 데려가셨지요. 그 애도 이 아이들만큼 불쌍한 마음은 들지 않았는데⋯⋯."

"그러면 대관절 누구의 아이들인가요?"

9

부인은 그 사연을 들려주었다.

"벌써 6년 전의 일이지요. 이 아이들은 태어난 지 일주일도 못 되어 천애 고아가 되어 버린 거예요. 아버지는 아이들이 태어나기 사흘 전에 죽고, 어머니는 아기를 낳고 하루도 못 살고 세상을 떠났지요. 이 아이들의 부모와는 이웃 간이었어요.

이 애들의 아버지는 혼자 숲에서 일하고 있었는데, 어느 날 커다란 나무가 쓰러지면서 허리를 세게 맞아 쓰러진 거예요. 집에까지 간신히 옮겨다 놓았지만 곧 저세상으로 가 버렸지요. 그리고 그의 부인이 며칠 후에 쌍둥이를 낳았어요. 이 아이들이 바로 그 애들이지요.

가난한데다 일가친척도 없고 돌보아줄 만한 사람 하나 없이 그야말로 외톨이여서 홀로 해산을 하고 홀로 죽어간 거죠. 내가 그 이튿날 아침에 궁금해서 그 집에 들어가 보았더니 가엾게도 벌써 숨이 끊어져 있었어요. 게다가 숨이 넘어가는 순간 이 아이에게 쓰러지면서 한쪽 다리가 눌렸던 거예요.

마을 사람들이 모여 시체를 목욕시키고 수의를 입히고 관을 짜고 해서 장례식을 마쳤지요. 다들 좋은 사람들이거든요. 그런데 갓난아이 둘만 남앗으니 정말로 큰일이지 뭡니까. 거기 모인 여자 중에 젖먹이를 가진 사람은 나뿐이었어요. 낳은 지 겨우 8주밖에 안 되는 첫아들에게 젖을 주고 있었죠. 그래서 내가 임시로 두 아이를 맡기로 했지요. 마을 사람들이 모여 이 아기들에 대해 여러 가지로 의논을 한 끝에 저에게 부탁을 하더군요. '마리아 아줌마가 이 아기들을 당분간 맡아 주지 않겠어요? 그동안 우리가 곧 다른 방법을 찾을 테니까요.'

저는 처음에 다리가 온전한 아이에게만 젖을 빨렸습니다. 절름발이 애에게는 젖을 물릴 생각도 안 했죠. 도저히 살지 못하리라고 생각했기 때문이었어요. 그러다가 어느 날 갑자기 어떻게나 측은한 생각이 드는지 그 후로는 꼭 같이 젖을 물려주기 시작했지요. 그래서 내 아이와 두 여자아이, 즉 세 아이에게 동시에 젖을 먹였던 겁니다. 그나마 제가 젊어 기운도 있고 먹성도 좋았으니 망정이죠. 두 아이에게 젖을 물리고 있으면 다음 애가 기다리고 있어서, 한 아이가 젖꼭지를 놓는 대로 기다리던 애에게 젖을 주곤 했지요.

그런데 하느님의 뜻인지 이 두 아이는 잘 자라났는데 내가 낳은 애는 두 살 되던 해에 그만 죽고 말았죠. 살림살이는 차차로 나아지고 급료도 넉넉해서 유복한 살림을 꾸려가기는 하지만 아기가 생기지 않는군요.

정말 이 두 아이가 없었더라면 쓸쓸해서 어떻게 살아가겠어요! 제가 이 아이들을 귀여워하는 것은 당연하지요. 이 두 아이들은 제게 있어서 촛불과도 같답니다."

부인이 한 손으로 절름발이 아이를 끌어당기며 한 손으로 뺨에 흐르는 눈물을 닦았다.

마트료나도 길게 한숨지으며 말하였다.

"부모 없이는 살아갈 수 있지만 하느님 없이는 살아가지 못한다고 하더니 정말로 그런가 봐요!"

세 사람이 이런 이야기를 주고받고 있는데 갑자기 미하일이 앉아 있는 구석에서 섬광이 비쳐와 온 방 안이 환하게 밝아졌다. 모두가 놀라 그쪽을 돌아다보니 미하일은 두 손을 무릎 위에 얹고 위를 바라보며 싱긋 웃고 있었다.

10

부인이 두 여자아이를 데리고 돌아가자 미하일은 의자에서 일어나 일감을 테이블 위에 올려놓고 앞치마를 벗어 내려놓으며 주인 내외에게 허리를 굽혀 인사했다.

"안녕히 계십시오, 주인아저씨. 아주머님. 하느님께서 저를 용서해 주셨습니다. 당신들도 부디 저를 용서해 주십시오."

주인 내외가 바라보니 미하일에게서 후광이 비치고 있었다. 세몬도 일어나 미하일에게 머리 숙여 인사를 하였다.

"미하일, 나도 자네가 보통 인간이 아니고 이제 자네를 붙잡을 수도 없으며 물어보아서도 안 된다는 것을 아네. 허나 꼭 한 가지 알고 싶은 것이 있네. 자네를 데리고 집으로 돌아왔을 때 자네는 몹시 침울한 얼굴을 하고 있다가 아내가 저녁상을 차리자 싱긋 웃으며 밝은 표정을 지었지. 그리고 부자 손님이 구두를 주문했을 때도 자네는 웃으면서 표정이 밝아졌었네. 지금 또 부인이 아이들을 데리고 왔을 때 세 번째로 빙그레 웃었네. 그리고 몸에서는 후광이 환하게 비쳤지. 미하일, 어떻게 자네 몸에서 그런 빛이 나는지, 그리고 왜 세 번을 빙그레 웃었는지 그 까닭을 좀 말해 주게나."

미하일이 대답했다.

"제 몸에서 빛이 나는 것은 다름이 아니라, 하느님의 벌을 받고 있는 중이었는데 이제 용서를 받았기 때문입니다. 또 제가 세 번 빙긋 웃은 것은 하느님의 세 가지 말씀의 진리를 알아냈기 때문입니다. 한 가지 말씀은 아주머니가 저를 가엾다고 생각하셨을 때 알았고, 또 한 가지 말씀은 부자 손님이 구두를 주문했을 때 알게 되었습니다. 그리고 방금 두 여자아이를 보았을 때 마지막 세 번째 말씀을 알게 되어 또다시 웃은 것입니다."

이 말을 듣고 세몬이 다시 물었다.

"그러면 왜 하느님께서 자네에게 벌을 내리셨는지 그리고 자네가 깨달은 하느님의 세 가지 말씀이란 대체 무엇인지 말해줄 수 있겠나?"

그러자 미하일은 대답했다.

"제가 벌을 받은 것은 하느님의 말씀을 거역했기 때문입니다. 저는 천사였지요. 어느 날 하느님은 한 여자에게서 영혼을 거두어 오라고 명령하셨습니다.

제가 인간 세계에 내려와 보니 그 여인은 몹시 쇠약한 몸으로 누워 있었습니다. 쌍둥이 딸을 낳았던 것입니다. 갓난아기들은 어머니 곁에서 꼬무락거리고 있었으나 어머니는 젖을 줄 기운도 없었습니다. 여인은 제 모습을 발견하자 하느님이 부르러 보내신 줄 짐작하고 매우 슬프게 흐느끼며 애원했습니다.

'아아, 천사님! 제 남편은 숲에서 나무에 깔려 죽어 불과 며칠 전에 장례식을 치렀습니다. 제게는 형제자매도 친척도 이 갓난애들을 거두어 줄 사람도 없습니다. 제발 제 영혼을 가져가지 마시고 이 아이들을 제 손으로 키우게 해주세요! 아이들은 부모 없이는 살지 못합니다!'

저는 그녀가 하는 말을 듣고 한 아이를 안아 어머니의 젖을 물려주고 다른 한 아이를 어머니의 팔에 안겨 준 다음 하늘나라로 돌아갔습니다. 그리고 하느님께 말씀드렸지요.

'저는 여인의 영혼을 거둬 올 수가 없었습니다. 남편은 나무에 깔려 죽고 여인은 방금 쌍둥이를 낳아 제발 자기 영혼을 거두어 가지 말아 달라고 애원했습니다. 제발 자기 손으로 아이들을 키우게 해달라고, 어린아이는 부모 없이는 살지 못한다는 것이었습니다. 그래서 저는 여인의 영혼을 거둬오지 못했습니다.'

그러자 하느님께서는 이렇게 말씀하셨습니다.

'다시 내려가 여인의 영혼을 거두어라. 그러면 세 가지 말의 뜻을 알게 되리라. 즉 인간의 마음속에는 무엇이 있는가, 인간에게 허락되지 않은 것은 무엇인가, 사람은 무엇으로 사는가를. 네가 그것을 깨닫게 되면 하늘나라로 돌아올 수 있으리라.'

그래서 저는 다시 지상으로 내려와 여인의 영혼을 거두고 말았습니다.

두 아기는 어머니의 품에서 떨어져 있었으나 시신이 침대 위에서 쓰러지는 바람에 한 아이를 덮쳐 한쪽 다리를 못 쓰게 된 것입니다.

저는 그 마을을 떠나 하늘로 날아올라 가 여인의 영혼을 하느님께 바치려고 하자 갑자기 거센 바람이 휘몰아치면서 제 두 날개를 부러뜨렸습니다. 그래서 그 여자의 영혼만 하느님께로 가고 저는 지상에 떨어져 쓰러져 있었던 것입니다."

11

그제야 세묜과 마트료나는 자신들을 먹이고 입혔던 사람이 누구인지, 자기들과 같이 살면서 일해 온 사람이 누구인지를 알고 두려움과 기쁨으로 눈물을 흘렸다.

천사가 말을 이었다.

"저는 홀로 알몸인 채 들판에 버려졌습니다. 저는 인간의 부자유라는 것도, 추위도 배고픔도 모르고 있었는데 그런 제가 갑자기 인간이 되어 버린 것입니다. 배고픔도 극한에 달했고 몸도 얼어붙어 어찌해야 좋을지 몰랐습니다.

문득 들 한가운데 하느님을 모시는 교회가 눈에 띄어 몸을 의탁하려고 그곳으로 갔으나 문이 잠겨 있어 안으로 들어갈 수가 없었습니다. 저는 바람을 피하려고 교회 뒤로 돌아가 땅바닥에 앉았습니다. 날이 저물면서 배고픔은 더욱 심해지고 몸은 얼대로 얼어, 저는 완전히 탈진해 버렸습니다.

그때 문득 어떤 사람이 털 장화를 들고 걸어오면서 혼잣말을 하는 소리가 귀에 들려 왔습니다. 저는 인간이 되고 나서 처음으로 언젠가는 죽을 인간의 얼굴을 보았습니다. 저는 그 얼굴이 무서워 급히 돌아앉았습니다. 그런데 그 남자의 말을 가만히 들어보니, 이 추운 겨울에 몸을 감쌀 옷을 어떻게 마련해야 할 것인지, 어떻게 처자식을 먹여 살려야 할 것인지를 걱정하는 것이었습니다. 그래서 저는 생각했습니다.

'나는 추위와 배고픔으로 거의 죽어가고 있다. 마침 저기 사람이 오고 있지만 그는 어떻게 모피 외투를 마련하나, 어떻게 살아가나, 그것만을 걱정하고 있다. 그러니 이 사람은 나를 도와줄 수 없을 것이다.'

그는 저를 발견하자 얼굴을 찌푸리고 더욱 무서운 몰골로 터덜터덜 제 곁을 지나갔습니다. 그나마 한 줄기 희망도 사라져 버린 느낌이었는데 갑자기 사나이가 되돌아오는 발소리가 들렸습니다. 다시 그 얼굴을 쳐다보았을 때는 방금 지나간 그 사람이 아니구나 하고 생각했을 정도였습니다.

조금 전의 그 얼굴에는 죽음의 기운이 서려 있었는데 이제는 생기가 돌고 하느님의 모습이 어리어 있었습니다. 그 남자는 제 곁에 다가와서 그의 옷을 입혀 주고 저를 자기 집으로 데려갔습니다.

집에 들어가니 한 여자가 말을 늘어놓기 시작했는데 그녀는 아까의 남자보다 더 무서웠습니다. 그 입에서는 죽음의 입김이 뿜어져 나와 저는 그 독기 때문에 숨을 쉴 수도 없었습니다. 여자는 저를 추운 집 밖으로 몰아내려고 했습니다. 만약 그대로 저를 내쫓았더라면 그녀는 죽고 말았을 것입니다. 저는 그것을 알 수 있었지요.

그때 남편이 갑자기 하느님 얘기를 꺼내자 여자는 곧 태도가 누그러졌습니다. 여자가 저녁 식사를 권하면서 저를 흘끔 쳐다보았을 때 그녀의 얼굴에는 죽음의 그림자가 이미 자취도 없이 사라지고 생기가 넘쳐 있었습니다. 저는 그녀의 얼굴에서도 하느님의 모습을 보았습니다.

그때 저는 '인간의 마음속에 무엇이 있는지 그것을 알게 되리라.'라고 하신 하느님의 첫 번째 말씀을 생각해 냈습니다. 나는 인간의 마음속에 있는 것은 사랑이라는 것을 깨달았습니다. 하느님께서 약속하신 일을 이렇게 내게 보여 주시는구나 생각하니 너무 기뻐서 그만 싱긋 웃고 말았습니다.

그러나 아직도 그 전부를 알 수는 없었습니다. 인간에게 허락되지 않은 것은 무엇인가, 사람은 무엇으로 사는가라는 것이었습니다.

당신들과 같이 살면서 1년이 지났습니다. 그러던 어느 날 한 부자가 찾아와서 1년 동안 닳지도, 찢어지지도, 일그러지지도 않을 장화를 만들어 달라고 했습니다. 제가 문득 그를 쳐다보았더니 뜻밖에도 그의 등 뒤에 나의 동료였던 죽음의 천사가 서 있는 것을 보았습니다. 저 이외에는 아무도 그 천사를 보지 못했지만 말이죠. 그리고 채 날이 저물기도 전에 그의 영혼이 그에게서 떠나버릴 것을 알았습니다. 저는 생각했습니다. '이 사나이는 1년 신어도 끄떡없는 구두를 만들라고 하지만 자기가 오늘 저녁 안으로 죽을 것은 모른다.'

그래서 '인간에게 허락되지 않은 것은 무엇인가?'라는 하느님의 두 번째 말씀을 생각해 냈습니다. 인간의 마음속에 무엇이 있는가는 이미 알아냈습니다. 그리고 이번에는 인간에게 허락되지 않은 것이 무엇인지도 알아낸 것입니다. 그것은 자신에게 진정으로 무엇이 필요한가를 아는 지혜입니다. 그래서 저는 두 번째로 싱긋 웃었습니다. 친구였던 천사를 만난 것도 기뻤고 하느님께서 두 번째의 말씀을 깨닫게 해 주신 것도 기뻤기 때문입니다.

그렇지만 아직도 전부는 깨닫지 못했습니다. 저는 그때까지도 사람은 무엇으로 사는지를 깨닫지 못했던 것입니다. 그래서 저는 언제까지라도 여기 머물면서 하느님께서 마지막 말씀을 계시해 주시기를 기다렸습니다.

6년째 되는 오늘, 쌍둥이 여자아이를 키우는 부인이 아이들을 데리고 찾아온 것을 보고 저는 그 아이들이 부모 없이도 무사히 잘 자라고 있다는 것을 알았습니다. 저는 생각했습니다.

'여인이 아이들을 봐서 살려 달라고 부탁했을 때 나는 그 말을 듣고 아이들은 부모 없이 살아갈 수 없을 거라고 생각했는데 다른 사람의 품 안에서 이렇게 잘 자라고 있지 않은가.'

그리고 저는 그 부인이 다른 사람의 아이를 가엾게 여겨 눈물을 흘릴 때 거기서 살아 계신 하느님의 모습을 발견했고, 비로소 사람은 무엇으로 사는가를 깨달았습니다. 하느님께서 마지막 깨달음을 주시어 저를 용서하셨다는 것을 알았기에 세 번째로 싱긋 웃었던 것입니다."

12

말을 마치자 천사의 몸은 빛으로 둘러싸여 눈을 똑바로 뜨고 쳐다볼 수조차 없게 되었다. 그때 천사가 웅장한 목소리로 이야기하기 시작했다. 그것은 그가 스스로 말하는 것이 아니라 하늘에서 울려오는 목소리 같았다.

"나는 깨달았다. 모든 사람은 자신만을 살피는 마음으로 사는 것이 아니라 사랑으로써 살아가는 것이다.

어머니는 자기 아이들의 생명을 위해서 무엇이 필요한가를 아는 지혜가 허락되지 않았었다. 또 부자는 자기에게 무엇이 필요한지 알지 못했다. 저녁때까지 무엇이 필요한지, 산 자가 신는 구두인지, 죽은 자에게 신기는 슬리퍼인지, 그것을 아는 것은 누구에게도 허락되지 않았다.

내가 인간이 되어 무사히 살아갈 수 있었던 것은, 내가 여러 가지의 일을 걱정했기 때문이 아니라 지나가던 사람과 그 아내에게 사랑이 있어 나를 불쌍하게 여기고 나를 사랑해 주었기 때문이다. 고아들이 잘 자라고 있는 것은 많은 사람이 두 아이의 생계를 걱정해 주었기 때문이 아니라, 타인인 한 여인에게 아이들을 사랑하는 마음이 있었기 때문이다.

모든 인간이 살아가고 있는 것도 각자가 자기 일을 걱정하고 있기 때문이 아니라 그들 마음속에 사랑이 있기 때문이다.

나는 전부터 하느님께서 인간에게 생명을 내려주시고 모두가 잘 살아가도록 바라신다는 것을 알았지만 이번에는 한 가지 일을 더 깨달았다.

그것은 다름이 아니라, 하느님께서는 인간이 흩어져 사는 것을 원하지 않으신다는 것이다. 그렇기 때문에 인간 각자에게 무엇이 필요한지를 다 알려주지 않으신다는 것이다. 인간이 서로 모여 살기를 원하시기 때문에 우리에게 자신과 모든 사람을 위해서 무엇이 필요한가를 일깨워 주시는 것이다.

이제야말로 나는 깨달았다. 자기 일만을 걱정함으로써 살아갈 수 있다고 생각하는 것은 인간들의 생각일 뿐, 진실로 인간은 사랑의 힘으로만 살아가는 것이다. 사랑 안에 사는 사람은 하느님 안에 살고 있고 하느님은 그 사람 안에 계시다. 왜냐하면 하느님은 사랑이시기 때문이다."

그렇게 말하고 천사는 하느님께 찬송을 드렸다. 그러자 그 목소리로 인하여 집이 울리는 것 같았다. 그리고는 천정이 두 쪽으로 갈라지면서 땅에서 하늘까지 불기둥이 뻗쳤다. 세몬 내외도 아이들도 모두 땅바닥에 엎드렸다. 마하일의 등에서 날개가 활짝 펼쳐지더니 하늘로 날아올라 갔다.

세몬이 문득 정신을 차렸을 때에는 집은 예전대로였고 집안에는 세몬의 가족 외엔 아무도 보이지 않았다.

바보 이반

- 레프 톨스토이 -

작품 정리

　이 작품은 자기의 주어진 현실을 만족하며 열심히 농사를 짓고 살면 성공과 행복한 삶을 살 수 있다는 교훈을 일러준다. 또한 서로 이해하고 용서하며 한없이 베풀라는 의미를 강조하고 있다.

　또한 생활의 현대적인 조건들, 경제력, 권력, 힘 등을 비웃으며 특권층을 비판하였으며 공정한 사회체계에 대한 이상향이 수립되어야 한다는 작가의 확신이 깃들어 있다. 톨스토이의 인생관, 사회관, 종교관, 도덕관 등 그의 모든 사상이 명확히 드러난 작품이다.

작품 줄거리

　어느 마을에 부자 농부가 세 아들과 딸 하나랑 살고 있었다. 첫째 세몬은 군인이 되어 늘 집에 없었고 둘째 타라스는 배가 뚱뚱했으며, 이반은 바보였고 말라냐는 태어날 때부터 말을 하지 못했다. 큰 아들과 둘째 아들은 돈만 밝히는 사람들이지만 이반 덕분에 평화롭게 지낼 수 있었다. 잘 사는 모습을 시기하던 악마들이 이반과 형제들을 각각 한 명 씩 맡아 요술로 불행에 빠트린다. 그러나 이반을 맡은 악마는 이반에게 들켜 사람의 병을 고치는 약초를 주고 풀려난다. 두 형제를 불행하게 만든 악마들이 이반을 함께 공격하지만 둘 다 이반에게 지자 돈과 군사를 만드는 요술을 가르쳐 주고 풀려난다. 그 요술을 형들에게 가르쳐 주고 이반은 공주님의 병을 고쳐 주고 결혼을 해 왕이 된다. 이 사실을 안 대장 악마가 이반의 형들을 망하게 하고 이반의 백성들을 못살게 한다. 그러나 이반의 성실함과 부지런함을 닮은 이반의 백성들에게는 악마의 모든 계획이 실패한다.

핵심 정리

갈래 : 단편 소설　　　　　　　　　시점 : 3인칭 전지적 작가 시점

배경 : 옛날 어느 나라의 부자 농가　　주제 : 거짓 없는 진실과 주어진 삶에 만족

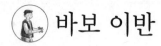

바보 이반

자신의 길을 걷는 사람은 영웅이다.
자기가 할 수 있는 일을 하면서
사는 사람은 누구나 영웅이다.
비록 어리석고 재빠르지 못하다 해도,
입으로만 살고 헌신할 생각조차 못 해도,
다른 사람들보다 무엇인가 부족해도,
자신의 길을 걷는 사람은 영웅이다.

1

옛날 어느 나라에 부자 농부가 아들 셋, 딸 하나와 함께 살고 있었다. 큰
아들 세몬은 군인이었고, 배불뚝이 타라스는 둘째, 바보 이반은 셋째 아들
이었으며, 막내딸 말라냐는 벙어리였다. 큰아들 세몬은 왕을 모시고 전쟁
터에 나갔고, 배불뚝이 타라스는 성안의 상인에게 장사하는 방법을 배우러
갔다. 그리고 바보 이반은 누이동생과 함께 집에서 열심히 일했다.

세몬은 높은 벼슬과 많은 땅을 얻고 귀족의 딸과 결혼했다. 월급도 많고
땅도 많았지만 언제나 돈에 쪼들렸다. 왜냐하면 남편은 열심히 돈을 벌었
지만 사치가 심한 아내는 돈이 들어오기가 무섭게 다 써 버렸기 때문이다.
그래서 세몬은 도지세를 받으러 소작인들을 찾아갔다. 그러나 관리인은 이
렇게 말했다.

"도지세가 들어오지 않습니다. 그래서 가축도 농기구도 살 수 없습니다.
말이나 소도 없는 처지입니다. 그런 것이 있어야 농사도 짓고 그래야 돈이
들어오는데 말입니다."

그 말을 듣고 세몬은 아버지를 찾아갔다.

"아버지, 아버지께서는 재산이 많으면서도 저에게는 주시지 않았습니다. 가축과 농기구를 살 수 있도록 저에게 아버지 소유로 된 토지를 3분의 1만 주십시오."

그러자 아버지가 말했다.

"너는 살아오면서 지금까지 우리를 위해 무엇을 했느냐? 그런데도 땅을 3분의 1이나 달란 말이냐? 그러면 저 가련한 이반과 네 누이동생이 좋아하지 않을 것이다."

그러자 세몬이 말했다.

"이반은 바보가 아닙니까? 또 말라냐는 귀머거리에다 벙어리입니다. 그런 애들에게 무엇이 필요하겠어요?"

이 말을 듣고 아버지가 말했다.

"그러면 이반의 얘기를 한번 들어 보자. 뭐라고 말하는지."

하지만 이반은 뜻밖의 말을 했다.

"그런 부탁이라면 들어주세요, 아버지."

세몬은 3분의 1의 땅을 얻어 다시 왕에게 충성하기 위해 떠났다.

한편 배불뚝이 타라스도 장사를 해서 돈을 많이 모아 상인의 딸과 결혼했다. 그러나 타라스 역시 불만이 많았다. 그래서 아버지에게 찾아와 이렇게 말했다.

"저에게도 땅을 주십시오."

그러나 아버지는 타라스에게도 땅을 주고 싶지 않았다.

"너는 가족을 위해 아무것도 한 일이 없다. 집에 있는 것은 모두 이반이 벌어들인 것이다. 나는 그 애하고 네 누이동생을 서운하게 하고 싶지 않다."

그러자 타라스가 말했다.

"저런 바보 녀석에게 무엇이 필요합니까? 이반은 장가도 갈 수 없을 겁니다. 누가 바보에게 시집을 오겠습니까? 또 벙어리인 말라냐도 마찬가지죠. 말라냐에게 필요한 것은 아무것도 없습니다. 이반, 네 생각도 그렇지 않니? 집에 있는 곡식의 절반만 나에게 다오. 그리고 나는 농기구 같은 것은 필요 없다. 가축 중에서 회색 말이나 한 마리 가지면 돼. 저 말은 농사 짓는 데 필요한 것도 아니니까."

이반은 형의 말을 듣고는 조용히 웃으며 승낙했다.

"좋을 대로 하세요. 나야 또 잡아 오면 되니까요."

이렇게 해서 타라스도 제 몫을 가져갔다. 타라스는 곡식과 말을 시장으로 실어 갔다. 그러나 이반은 이전과 다름없이 늙고 뼈가 앙상하게 드러난 암말 한 마리로 농사를 지으면서 가족을 봉양했다.

2

도깨비 두목은 이들 형제가 재산을 나누어 갖는데도 싸움 한 번 하지 않고 사이좋게 헤어진 것을 보고 기분이 매우 상했다. 그래서 부하 도깨비 셋을 불렀다.

"자, 봐라. 저 인간 세상에 세 형제가 살고 있지 않느냐? 세몬이란 군인과 배불뚝이 타라스, 그리고 바보 이반 말이다. 저 녀석들이 서로 싸워야 하는데 오히려 사이좋게 지낸단 말이야. 특히 저 바보 이반이란 놈은 어찌나 마음이 착한지 내 일을 엉망진창으로 만들지 뭐냐? 이제부터 너희 셋은 저 세 녀석에게 달라붙어 무슨 방법을 써서라도 서로 헐뜯고 싸움을 하도록 만들어라. 어떠냐, 자신 있느냐?"

"네, 자신 있습니다!"

"그래, 어떻게 할 셈이냐?"

"네, 제 생각에는 이런 방법이 좋을 것 같습니다. 저 녀석들을 아무것도 먹을 것이 없는 가난뱅이가 되게 한 후 세 녀석을 한군데 모여 살게 하는 것입니다. 그러면 녀석들은 분명히 싸움을 하게 될 것입니다."

"그거 좋은 생각이다. 그러면 즉시 떠나거라. 그리고 녀석들의 사이를 갈라놓기 전에는 절대로 돌아올 생각도 하지 마라. 만일 실패하면 네놈들의 가죽을 벗길 것이다."

세 도깨비는 숲속으로 들어가 어떻게 할 것인지를 의논하기 시작했다. 하지만 서로 쉬운 일을 맡겠다고 싸우는 바람에 시간이 오래 걸렸다. 그러다가 겨우 제비뽑기를 해서 누가 누구를 맡을 것인지 결정했다. 그리고 자기 일이 일찍 끝나면 다른 동료를 도와주기로 했다.

도깨비들은 제비뽑기를 하고 나서 언제 다시 이곳에서 만날 것인지를 정하고 일을 끝마치면 누구를 도우러 가야 하는지 의논했다. 그렇게 도깨비 셋은 저마다 자기가 맡은 일을 다할 것을 다짐하고 헤어졌다.

마침내 약속한 날이 되자 세 도깨비는 다시 숲에 모였다. 그리고 자기가 맡은 일을 어떻게 처리했는지 얘기하기 시작했다. 먼저 세몬에게 갔다 온 첫째 도깨비가 말했다.

"내가 맡은 일은 아주 잘됐어. 세몬이란 녀석은 내일 자기 아버지를 찾아갈 거야."

"왜?"

두 도깨비가 물었다.

"먼저 세몬에게 쓸데없는 용기를 잔뜩 불어넣어 주었지. 그랬더니 녀석은 자기 왕에게 전 세계를 정복하겠다고 큰소리쳤지. 그러자 왕은 세몬을 대장으로 임명하고 인도를 정복하라고 명령했어. 그의 군사들이 모두 정복하러 가겠다고 모였어. 그런데 바로 그날 밤 내가 세몬이 이끄는 군대의 화약을 전부 물에 적셔 놓고 인도 왕에게로 달려가 짚으로 허수아비 군사를 많이 만들어 놓게 했지. 세몬의 군사들은 사방에서 밀려드는 인도의 허수아비 군사들을 보고는 잔뜩 겁을 먹고 얼어 버렸지. 세몬이 '사격!' 하고 공격 명령을 내렸지만 대포나 총이 나가지 않았거든. 세몬의 군사들은 완전히 사기가 떨어져 도망쳐 버렸어. 마치 양 떼처럼 말이지. 그때 기회를 놓칠세라 인도 왕이 그들을 모조리 무찔렀지. 그렇게 세몬이 패해서 돌아오자 왕은 세몬의 땅을 몰수하고 사형을 집행하라고 명령했어. 내가 할 일은 이제 한 가지만 남았지. 세몬을 탈옥시켜 집으로 도망치게 하는 일뿐이야. 내가 맡은 일은 내일 끝나니까 너희 중에서 누가 내 도움이 필요한지 말해 봐."

타라스를 공략하러 갔다 돌아온 도깨비도 자기가 한 일에 대해 말했다.

"나는 도움 같은 거 필요 없어. 내 일도 아주 잘되어 가고 있으니까. 타라스란 녀석도 이제 일주일 이상은 버티지 못할 거야."

도깨비는 말을 이었다.

"나는 먼저 그놈을 욕심쟁이가 되게 했지. 그랬더니 녀석은 남의 재산까지 탐내고 닥치는 대로 물건을 사들였어. 그것도 모자라 지금은 빚까지 내서 사들이는 형편이지. 그런데 너무 사들였기 때문에 어떻게 처리해야 할지를 몰라 쩔쩔매고 있어. 일주일 후에는 그동안 사들인 물건의 외상값과 빌린 돈을 지급해야 할 텐데, 나는 그 녀석의 물건들을 전부 불에 태워 버릴 작정이야. 그러면 그 녀석은 분명 빚을 못 갚고 자기 아버지에게로 달려갈 거야."

이제 마지막으로 이반에게 갔다 온 셋째 도깨비 차례가 되었다.

"네가 맡은 일은 어떻게 됐지?"

셋째 도깨비는 불만스러운 표정으로 말을 꺼냈다.

"사실 내 일은 잘 풀리지 않았어. 나는 먼저 그 녀석을 배탈이 나게 할 생각으로 놈의 밥그릇에 침을 뱉었지. 그러고는 밭으로 가서 땅을 돌처럼 딱딱하게 만들었어. 그렇게 하면 녀석도 밭을 갈지 못하리라 생각했지. 그런데 아, 그 바보 같은 녀석은 그 정도엔 신경도 쓰지 않고 묵묵히 쟁기질을 하는 거야. 배탈이 나 끙끙 앓으면서도 말이야.

그래서 나는 그 녀석의 쟁기를 부숴 놓았지. 그랬더니 집에 가서 새 쟁기를 가져와 갈아 끼우고는 다시 갈기 시작하는 거야. 그래서 나는 땅속으로 들어가 쟁기를 움직이지 못하게 붙들어 보려고 안간힘을 썼지만 불가능했어. 그 녀석이 있는 힘껏 누르는 데다 쟁기가 예리해서 내 손만 상처를 입었어.

결국 녀석은 밭을 거의 다 갈고 이제 얼마 남지 않았지 뭐야. 그러니 친구들! 나를 좀 도와줘. 만일 우리가 그 녀석을 막지 못하면 우리가 꾸민 일은 전부 헛수고가 되고 말 거야. 그 바보 녀석이 농사를 계속 짓는 한 그 녀석들은 어려움을 당하지 않을 거야. 결국 그 바보가 두 형을 도와줄 테니까 말이야."

그러자 세몬을 맡고 있는 도깨비가 다음 날 도우러 가겠다고 약속했다. 도깨비들은 그렇게 결정하고 일단 헤어졌다.

3

이반이 밭을 거의 갈아서 남아 있는 밭은 별로 없었다. 그는 남은 밭을 마저 다 갈아 버리려고 말을 타고 밭에 도착했다. 말고삐를 잡아당겨 쟁기로 밭을 갈기 시작할 때였다. 그런데 무슨 일인지 쟁기가 앞으로 나가지 않았다. 도깨비가 두 발로 쟁기 끝에 매달려 쟁기를 움직이지 못하게 잡아당기고 있었기 때문이었다.

"이상하네. 이곳에 걸릴 만한 게 없는데. 아마 나무뿌리겠지?"

이반은 땅속에 손을 넣어 보았다. 그러자 무엇인가 부드러운 것이 손에 닿았다. 이반은 그것을 움켜쥐고 끌어냈다. 그것은 나무뿌리 같은 검은 형체였는데 자세히 살펴보니 살아 있는 도깨비였다.

"아니, 이 빌어먹을 놈!"

이반은 도깨비를 집어 들어 땅에다 내리치려고 했다. 그러자 도깨비가 발버둥을 치면서 말했다.

"제발 살려 주세요. 그 대신 뭐든 시키는 대로 하겠습니다."

"뭘 해 주겠다는 거냐?"

"뭐든 말씀만 하십시오."

이반은 잠시 머리를 긁적이며 생각에 잠겼다.

"지금 배가 몹시 아픈데 낫게 할 수 있겠느냐?"

"그럼요, 낫게 해 드리지요."

도깨비는 땅 위에 몸을 웅크리고 손으로 이리저리 뒤져 가며 무엇인가를 찾더니 가지가 셋인 조그만 풀뿌리를 뽑아 이반에게 주었다.

"여기 있습니다. 이 뿌리 하나만 드시면 어떠한 병이라도 다 나을 수 있습니다."

이반은 뿌리 하나를 먹었다. 그러자 신통하게도 배 아픈 게 금방 나았다. 도깨비는 다시 애원했다.

"이제는 제발 놓아주십시오. 땅속으로 들어가 다시는 나오지 않겠습니다."

"그럼, 잘 가거라!"

이반의 말이 떨어지기도 전에 도깨비는 물속에 던진 돌멩이처럼 어느새 땅속으로 사라졌다. 그리고 그 자리엔 구멍 하나만 남아 있었다. 이반은 남은 풀뿌리를 모자 속에 집어넣고 나머지 땅을 갈기 시작했다. 이어 나머지 이랑을 갈고 쟁기를 챙겨 집으로 돌아왔다.

말을 매 놓고 집 안으로 들어가니 세몬이 그의 아내와 저녁 식사를 하고 있었다. 논과 밭을 빼앗긴 두 사람은 간신히 감옥에서 도망쳐 나와 아버지 신세를 지려고 달려온 것이다. 세몬은 이반이 들어오는 것을 보고 이렇게 말했다.

"너에게 신세를 좀 져야겠다. 새로운 일자리가 생길 때까지만 나와 집사람이 여기 있게 해 다오."

"네, 그렇게 하세요. 아무 걱정 마시고 내 집이다 생각하세요."

이반은 기분 좋게 대답했다.

그러나 이반이 자리에 막 앉자 세몬의 아내는 이반에게서 땀 냄새가 난다며 인상을 찌푸렸다. 그녀가 남편에게 말했다.

"저는 고약한 냄새가 나는 농부와 함께 식사를 하는 게 싫어요."

그러자 세몬이 말했다.

"집사람이 너에게서 나는 냄새가 싫다고 하니 미안하지만 문간에서 먹었으면 좋겠다."

"그렇게 하세요. 안 그래도 곧바로 밤일을 하러 나가려고 했어요. 말에게 먹이도 줘야 하고……."

이반은 빵과 옷을 들고 밤일을 하기 위해 밖으로 나왔다.

4

세몬을 맡았던 도깨비는 그날 밤 일을 마치고 약속을 지키기 위해 이반을 맡은 도깨비를 찾아왔다. 하지만 밤늦도록 한참을 찾아다녀도 셋째 도깨비의 모습이 보이지 않았다. 그저 밭 가운데 구멍이 하나 뚫려 있을 뿐이었다.

"셋째에게 무슨 나쁜 일이 생긴 게 틀림없어. 그렇다면 내가 대신 할 수밖에. 밭을 다 갈았으니 이번에는 풀밭으로 가서 그 바보를 고생시켜야지."

도깨비는 목장으로 달려가 이반의 목초지에 큰물이 들게 했다. 그래서 땅은 온통 흙탕물투성이가 되었다. 그것도 모르고 이반은 밤새도록 가축을 지킨 후 새벽녘에 큰 낫을 들고 풀을 베러 나갔다.

이반은 초지에 도착하자마자 풀을 베기 시작했다. 그런데 여느 때와는 달리 한두 번만 낫질을 해도 날이 무뎌져 일을 할 수가 없었다. 이반은 여러 방법을 써 보았지만 허사였다.

"안 되겠어. 집에 가서 숫돌을 가져와야지. 간 김에 빵도 가져와야지. 일주일이 걸리더라도 이 풀을 다 베기 전에는 여기를 떠나지 않을 거야."

도깨비는 그 말을 듣고 곰곰이 생각했다.

"제기랄, 이 녀석은 정말 멍청하군! 이래선 안 되겠는걸. 다른 수를 써야겠다."

이반은 다시 돌아와 낫을 갈고 풀을 베기 시작했다. 그 사이 도깨비는 풀 속으로 숨어들어 낫 등에 달라붙은 뒤 날 끝을 땅속에 처박기 시작했다. 결국 이반은 힘이 들어 기진맥진해졌다. 그래도 거의 다 베고 이제 물이 고인 늪지만 남았다. 도깨비는 늪 속으로 숨어들어 가 이렇게 생각했다.

'내 손이 잘리더라도 절대로 베지 못하게 할 거야.'

이반은 늪지대로 갔다. 풀이 그렇게 억세 보이지는 않는데 어쩐 일인지 낫이 말을 듣지 않았다. 이반은 화가 나서 있는 힘을 다해 낫질을 해댔다. 그러자 도깨비는 도저히 배겨날 수가 없었다. 이젠 낫을 피하기조차 힘들었다. 정말 이러다간 끝장날 것 같았다. 그래서 도깨비는 풀 속으로 숨었지만 이반이 낫을 힘껏 휘두르는 바람에 도깨비의 꼬리가 절반이나 잘렸다.

풀을 다 벤 이반은 누이동생에게 그것을 긁어모으라고 말하고 이번에는 보리를 베러 갔다.

그가 갈고랑이 낫을 가지고 보리밭에 도착했을 때는 꼬리를 잘린 도깨비가 이미 보리를 마구 짓밟아 놓은 뒤였다. 갈고랑이 낫으로는 도저히 벨 수가 없을 것 같았다. 그래서 이반은 집으로 돌아가 다른 낫을 가지고 와 베기 시작하여 결국 모두 베었다.

"자, 이번에는 귀리를 베러 가야지."

꼬리를 잘린 도깨비는 그 말을 듣고 생각했다.

'이번에야말로 진짜 골탕을 먹여야지. 어디 내일 아침에 두고 보자!'

다음 날 아침 도깨비는 귀리밭으로 달려가 보았다. 그런데 이게 웬일인가! 귀리는 벌써 다 베어져 있었다. 귀리 낟알이 떨어지는 것을 피하기 위해 이반이 밤새 다 베어 놓은 것이다. 도깨비는 약이 바짝 올랐다.

"저 바보 녀석이 내 꼬리를 자르더니 또 나를 괴롭히는군. 전쟁에서도 이처럼 힘든 적은 없었는데 저 바보 녀석은 밤에도 잠을 자지 않으니 별도리가 없군. 그렇다면 보리 더미에 숨어 들어가 모두 썩혀 버려야지."

도깨비는 보릿단 속에 숨어 들어가 썩히기 시작했다. 그런데 보릿단을 썩히기 위해 따뜻하게 하는 사이 자기도 모르게 잠이 들어 버렸다.

한편 이반은 암말에 수레를 채우고 누이동생과 같이 보릿단을 나르러 왔다. 그리고 보릿단을 짐수레에 싣기 시작했다. 이반은 두어 단가량 던져 올리고 꾹꾹 눌렀다. 그러자 도깨비의 등이 눌려 버렸다. 감촉이 이상하다고 생각한 이반이 단을 치켜들어 보니 꼬리가 잘린 도깨비가 손끝에 매달려 바둥거리고 있었다.

"아니, 이것 봐라. 이런 못된 것이 있나. 다시는 안 나온다더니 또 나왔구나?"

"저는 아닙니다. 지난번에는 제 친구였어요. 저는 당신의 형인 세몬에게 붙어 있던 도깨비입니다."

"그래, 네가 어떤 놈이건 상관없다. 똑같은 꼴로 만들어 주겠다."

이반이 도깨비를 땅바닥에 내리치려고 하는데 도깨비가 애원하며 말했다.

"제발 용서해 주십시오. 다시는 나타나지 않겠습니다. 놓아주신다면 당신이 바라는 것은 무엇이든 해 드리겠습니다."

"그렇게 하지. 그런데 너는 무엇을 할 수 있느냐?"

"원하신다면 어떤 것으로도 군사를 만들 수 있습니다."

"그까짓 게 내게 무슨 소용이 있겠나?"

"아니지요. 군인은 당신이 하라는 대로 무엇이든 해드릴 것입니다."

"노래도 부를 수 있단 말이냐?"

"물론이지요."

"좋아, 어디 한번 해 보아라."

그러자 도깨비가 이렇게 말했다.

"이 보릿단을 한 단 들어 땅 위에 세워 놓고 흔들면서 이렇게 말하기만 하면 됩니다. 명령이다. 너희는 지금부터 보리가 아니다. 보릿단 수만큼 군인이 되어라."

이반은 도깨비가 시키는 대로 보릿단을 땅바닥에 세워 놓고 흔들면서 명령을 내렸다. 그러자 보릿단이 점점 흩어져 나팔을 불고 북을 치는 군사가 되었다. 이반은 너무나 신기하고 재미있어 큰 소리로 웃었다.

"네 녀석은 보통 재주꾼이 아니구나! 여자애들이 이 광경을 보면 좋아하겠는걸."

"그럼 이제 저를 놓아주세요."

"아니야, 낟알도 털지 않은 보릿단으로 군인을 만들면 곡식이 줄어드니 이 군인들을 다시 보릿단으로 되돌려 놓는 방법을 알려 줘야지."

그러자 도깨비가 말했다.

"그건 이렇게 하면 됩니다. 군인의 수만큼 보릿단이 되어라. 명령이다."

이반이 그대로 말하니까 다시 보릿단이 되었다. 도깨비는 다시 애원했다.

"이제는 저를 놓아주세요."

"좋아, 놓아주지."

이반은 도깨비를 땅바닥에 내려놓고 풀어 주었다.

"잘 가거라."

이반의 말이 채 끝나기도 전에 도깨비는 물속에 던진 돌처럼 눈 깜짝할 사이에 땅속으로 들어가 버렸다. 그곳에도 역시 구멍이 하나 남아 있을 뿐이었다.

저녁이 되자 이반은 집으로 돌아왔다. 집에는 둘째 형인 타라스가 아내와 함께 저녁을 먹고 있었다. 배불뚝이 타라스는 빚을 갚지 못하자 남몰래 도망쳐 아버지에게 온 것이다.

그는 이반을 보자마자 사정을 했다.

"이반, 내가 다시 장사를 시작할 때까지 집사람하고 나를 좀 먹여다오."

"그렇게 하세요."

이반은 웃으며 겉옷을 벗고 식탁에 앉았다. 그러자 타라스의 아내가 말했다.

"나는 몸에서 고약한 냄새가 나는 이반과는 같이 밥을 먹을 수가 없어요."

그러자 타라스가 말했다.

"이반아, 너에게서 냄새가 많이 나는구나. 저기 문간에서 먹어라."

"네, 그렇게 하죠."

이반이 대답했다. 그러고는 빵을 가지고 밖으로 나갔다.

"그러지 않아도 밤일 나갈 시간이 되었어요. 말에게 먹이도 주어야 하고요."

5

둘째 도깨비는 그날 밤 일이 끝나자 약속한 대로 친구를 도와 이반을 골탕 먹이려고 타라스가 있는 곳에서 이반이 있는 곳으로 달려왔다. 그리고 밭에 나가 여기저기 친구를 찾아보았지만 찾을 수가 없었다. 다만 늪에서 잘려 나간 동료의 꼬리만 발견했을 뿐이었다. 그리고 보리를 베어 낸 자리에서 또 하나의 구멍을 발견했다.

"이건 아무래도 친구들에게 좋지 않은 일이 있었다는 증거야. 그렇다면 내가 그들을 대신해서 그 바보 녀석을 혼내 줘야지."

도깨비는 이반을 찾으러 탈곡장으로 갔다. 그러나 이반은 벌써 밭일을 마치고 숲속에서 나무를 베고 있었다. 집에 와 있는 두 형제가 같이 사는 것에 싫증을 느끼자 따로 살 집을 지을 나무를 해 오라고 이반에게 말한 것이다.

도깨비는 나무에 기어 올라가서 이반이 나무 베는 것을 방해하기 시작했다. 이반은 나무가 쓰러질 때 가지에 걸리지 않도록 나무 밑동을 잘라 넘어지게 했다. 그러나 이상하게도 매번 다른 방향으로 나무가 쓰러져 나뭇가지에 걸리고 말았다. 이반은 할 수 없이 지렛대를 만들어 방향을 틀어가며 겨우 나무를 쓰러뜨렸다.

이반은 계속 나무를 베었다. 역시 나무는 다른 방향으로 쓰러졌다. 이반은 몹시 지쳐 가까스로 나무를 쓰러뜨렸다. 그리고 세 번째 나무를 베었다. 그것도 마찬가지였다. 이반은 한 오십 그루쯤은 벨 수 있을 것이라고 생각했지만 의외로 힘이 들어 열 그루도 베기 전에 날이 어두워졌다. 이반은 몹시 지쳤다.

그의 몸에서는 마치 안개처럼 김이 모락모락 피어올랐다. 그래도 그는 쉬지 않고 일을 했다. 또 한 그루를 베고 나자 몸에서 힘이 빠지고 등이 쑤시기 시작했다. 그래서 도끼를 나무에 박아 놓고 주저앉아 조금 쉬기로 했다. 도깨비는 이반이 지쳐서 잠잠해진 것을 보고 기뻐서 날뛰었다.

"그러면 그렇지. 이제는 지쳤군. 나도 좀 쉬어 볼까."

도깨비는 나뭇가지에 걸터앉아 내심 기뻐하고 있었다. 그런데 이반은 곧바로 일어나 도끼를 들고 반대쪽으로 나무를 내리쳤다. 그러자 나무는 별안간 우지직 소리를 내면서 쓰러졌다. 도깨비는 너무 갑작스러운 일이라 미처 피할 겨를도 없이 나뭇가지 사이에 손이 끼고 말았다. 그것을 보고 이반은 또 한 번 놀랐다.

"아니, 이 고약한 놈이 다시 나타났네!"

"저는 아닙니다. 저는 당신의 형님 타라스에게 붙어 있던 도깨비입니다."

"필요 없어. 네가 어디 있었건 마찬가지야."

이반은 도끼를 번쩍 치켜들어 도깨비의 등을 내리치려고 했다. 그러자 도깨비가 빌며 애원했다.

"제발 내리치지 마십시오. 원하시는 것은 무엇이든 해드리겠습니다."

"너는 무엇을 할 수 있지?"

"나는 당신이 원하는 만큼 돈을 만들어 드릴 수 있습니다."

"그럼, 어디 한번 만들어 보아라."

그러자 도깨비는 이반에게 이렇게 말했다.

"이 떡갈나무 잎을 들고 두 손으로 문지르십시오. 그러면 금화가 땅바닥에 떨어질 것입니다."

이반은 나뭇잎을 들고 문지르기 시작했다. 그랬더니 과연 누런 금화가 잔뜩 쏟아졌다.

"그것참 재미있는데. 아이들하고 놀기에 안성맞춤인걸."

"그러면 이제 저를 놓아주시는 거죠?"

"좋아, 놓아주지!"

이반은 지렛대를 들고 도깨비를 나무 사이에서 빼내 주었다.

"잘 가거라."

이번에도 이반의 말이 떨어지자마자 도깨비는 돌이 물에 던져지기라도 한 것처럼 눈 깜짝할 사이에 땅속으로 숨어 버렸다. 그리고 거기엔 구멍 하나가 뚫렸다.

6

형제들은 집을 지어 따로따로 살게 되었다. 그러던 어느 날, 이반은 밭일을 다 마치고 맥주를 만들어 형들을 초대했다. 그러나 형들은 이반의 초대를 무시했다.

"우리는 농부들의 음식을 먹어 본 일이 없다."

그들은 그렇게 말하고 참석하지 않았다.

할 수 없이 이반은 마을 사람들을 불러 잔치를 베풀었다. 그리고 술이 거나하게 취하자 춤판이 벌어진 공터로 나갔다. 이반은 춤판으로 다가가 여자들에게 자기를 칭찬해 달라고 부탁했다.

"칭찬을 해 주면 나는 여러분이 지금까지 한 번도 구경한 적이 없는 것을 보여 주겠습니다."

여자들은 모두 미소를 지으며 그를 칭찬해 주었다. 그러고는 이반에게 말했다.

"이제 저희에게 보여 주셔야죠."

"알았어요. 곧 보여 줄게요."

이반은 씨앗 상자를 가지고 숲 쪽으로 뛰어갔다. 여자들은 그 광경을 보고 '어머나, 저 바보 좀 봐!' 하고 비웃었다. 그리고 그의 일은 곧 잊어버렸다. 그런데 이반이 무엇인가를 가득 채운 상자를 들고 다시 돌아왔다.

"나누어 줄까요?"

"그게 뭐예요? 어서 나눠 주세요."

이반은 금화를 한 주먹 쥐어 여자들에게 던졌다. 금화가 여자들 앞에 떨어지자 갑자기 소란스러워졌다. 여자들은 서로 금화를 차지하려고 몰려들었고 농부들도 앞을 다투어 몰려왔다.

춤판은 서로 금화를 잡으려고 아우성치는 난장판이 되었다. 어떤 노인은 하마터면 깔릴 뻔했다. 이반은 이 광경을 보고 계속 웃어댔다.

"서로 싸우지 말아요. 더 가져다줄 테니까."

그는 다시 금화를 뿌리기 시작했다. 수많은 사람들이 계속해서 떼를 지어 몰려왔다. 이반은 상자에 있는 것을 모두 뿌렸다. 모인 사람들은 더 달라고 난리였다. 그러자 이반이 말했다.

"이제는 없어요. 다음에 또 줄게요. 자, 이제 춤을 출까요. 좋은 노래를 불러 봐요."

그러자 여자들이 춤을 추며 노래를 부르기 시작했다.

"여러분의 노래는 재미없어요."

이반이 그렇게 말하자 여자들이 물어보았다.

"그럼 어떤 게 재미있어요?"

"내가 정말 재미있는 걸 보여 주지요."

이반은 헛간으로 가서 보릿단을 하나 들고 낟알을 턴 후 그것을 세워 놓고 흔들면서 말했다.

"명령이다. 보릿단 수만큼 군사가 되어라."

그러자 짚단이 흩어지면서 군사가 되더니 북을 치며 나팔을 불었다. 이반은 군사들에게 노래를 부르라고 명령하고 그들과 함께 큰길로 행진을 했다. 사람들은 눈이 휘둥그레졌다.

이반은 누구도 자기를 따라와서는 안 된다고 당부하고는 그들을 다시 헛간으로 데리고 가 원래대로 짚단이 되게 한 뒤 건초 더미 위에 던졌다. 그리고 집에 돌아와 잠자리에 들었다.

7

다음 날 아침 맏형인 세몬이 어제 있었던 일을 알고 이반을 찾아왔다.

"모두 얘기해라. 너는 도대체 그 군사들을 어디서 데려와서 어디로 데려갔지?"

"그것을 알아서 뭐 해요?"

"무얼 하냐고? 군사만 있으면 뭐든지 할 수 있어. 한 나라를 얻을 수도 있어."

그 말을 듣고 이반은 깜짝 놀랐다.

"그럼 왜 빨리 말씀하시지 않으셨어요? 알았어요. 원하시는 대로 만들어 드리죠. 마침 누이동생과 둘이서 보릿단을 많이 마련해 두었으니까요."

이반은 맏형을 헛간으로 데리고 가서 이렇게 말했다.

"군사는 원하는 대로 만들어 드릴게요. 하지만 군사들을 데리고 여길 떠나야 합니다. 그렇지 않으면 그 군사들을 먹여 살리느라고 온 마을의 양식이 하루에 다 없어지니까요."

세몬은 군사를 다 데리고 가겠다고 약속했다. 이반은 군사들을 만들어 내기 시작했다. 보릿단을 탈곡장에서 내리치자 1개 중대의 군사가 나타났다. 다시 한번 내리치면 또 1개 중대가 되었다. 이리하여 그는 온 들판이 가득 채워질 만큼 수많은 군사를 만들어냈다.

"어때요? 이제 됐나요?"

세몬은 매우 기뻐 어쩔 줄 몰라 하며 말했다.

"됐어, 이제 그만 해. 고맙다, 이반."

"아닙니다. 만일 더 필요하시다면 언제든지 말씀만 하세요. 얼마든지 만들어 드릴게요. 요즘은 보릿단이 많이 있으니까요."

그렇게 해서 세몬은 군대를 통솔하여 행렬을 갖추게 하고 싸움터로 나갔다. 세몬이 떠나자 이번에는 배불뚝이 타라스가 찾아왔다. 그도 어제의 사건을 알고 있었던 것이다. 그는 이반에게 부탁했다.

"숨기지 말고 말해라. 그 금화를 어디서 가져왔지? 만일 나에게 마음대로 쓸 수 있는 돈이 있다면 나는 그걸로 온 세상의 돈을 다 가질 수 있단다."

이반은 깜짝 놀랐다.

"그래요? 진작 말씀하시지 않고요. 형님이 원하시는 대로 만들어 드리겠습니다."

형은 매우 기뻐했다.

"나는 씨앗 상자로 세 상자만 채우면 된다."

"그렇게 하죠. 숲속으로 가시죠. 말을 준비해 가야겠어요. 운반하기가 힘들 테니까요."

두 형제는 숲으로 갔다. 그리고 이반은 떡갈나무에서 잎을 따 문지르기 시작했다. 그러자 금화가 툭툭 떨어져 수북하게 쌓였다.

"이만하면 됐나요?"

타라스는 기뻐서 어쩔 줄을 몰랐다.

"그래, 충분하다. 고맙다, 이반."

"아닙니다. 더 필요하시면 언제든지 오세요. 얼마든지 만들어 드릴게요. 나뭇잎은 많이 있으니까요."

그렇게 해서 배불뚝이 타라스는 말에다 금화를 가득 싣고 장사를 하러 떠났다.

이렇게 하여 두 형은 떠났다. 세몬은 전쟁터로 나갔고 타라스는 장사를 시작했다. 그리고 세몬은 나라를 정복했고 배불뚝이 타라스는 엄청난 재산을 모았다.

어느 날, 이들 두 형제가 한자리에 모였다. 그리고 그동안 일어난 일을 숨김없이 털어놓았다. 세몬은 어디서 군대를 얻었는지 또 타라스는 어디서 장사 밑천을 마련했는지에 대해 얘기했다.

세몬이 동생에게 말했다.

"나는 나라를 얻어 잘 지내고 있지만 돈이 부족해. 군사를 먹여 살릴 돈 말이야."

그러자 배불뚝이 타라스가 말했다.

"나는 돈은 모았는데 그것을 지켜 줄 사람이 한 명도 없습니다."

두 형제는 다시 이반을 찾아왔다. 이반의 집에 도착하자 세몬은 이렇게 말했다.

"이반, 아무래도 군사가 좀 모자란다. 그러니 군사를 더 만들어 주었으면 좋겠다. 조금이라도."

이반은 고개를 내저었다.

"안 됩니다. 형님에게 더 이상 군사를 만들어 드리지 않겠습니다."

"왜 그러는 거야. 지난번에는 필요하면 언제든지 만들어 주겠다고 말했잖아?"

"그랬죠. 그렇지만 이제는 더 이상 만들어 드리지 않겠습니다."

"도대체 왜 그래, 이 바보 녀석아!"

"왜냐하면 형님의 군사가 살인을 했기 때문입니다. 얼마 전 내가 길가의 밭을 갈고 있는데 한 부인이 그 길로 관을 메고 가면서 통곡을 했어요. 그래서 누가 죽었느냐고 물어보았죠. 그랬더니 그 부인이 이렇게 말했어요. '세몬의 군사들이 전쟁에서 내 남편을 죽였습니다.' 라고 말이에요. 군대란 노래만 하는 것으로 알았는데 사람을 죽였어요. 그래서 나는 이제 더 이상 군사를 만들지 않기로 결심했어요."

이렇게 말하면서 이반은 더 이상 군사를 만들지 않았다.

한편 배불뚝이 타라스도 이반에게 찾아와 금화를 더 만들어 달라고 사정했다. 그러자 이반은 고개를 저으며 안 된다고 말했다.

"이제 더 이상 금화를 만들지 않겠습니다."

"왜? 너는 얼마든지 만들어 주겠다고 말했잖아?"

"약속은 했었죠. 하지만 이제는 더 만들지 않겠어요."

이반은 단호히 거절했다.

"이 바보야! 어째서 만들지 않겠다는 거야?"

"왜냐하면 형님의 금화가 미하일로프에게서 암소를 빼앗아 갔기 때문이죠."

"어떻게 빼앗겼다는 거냐?"

"미하일로프에게 암소 한 마리가 있었고 어린아이들은 그 우유를 마셨어요. 그런데 얼마 전에 그 아이들이 찾아와 우유를 달라고 계속 졸라대는 거예요. 그래서 그 아이들에게 물어보았죠.

'너희 암소는 어떻게 했니?' 그랬더니 끌려갔다는 거예요. 누가 끌고 갔는지 물었더니 타라스의 관리인이 찾아와 엄마에게 금화 세 개를 주고 암소를 가져갔다고 했어요. 그래서 먹을 우유가 없어진 거죠. 나는 형님이 금화를 장난감으로 삼고 있는 줄 알았는데 어린아이들에게서 암소를 빼앗아 가 버렸어요. 그러니 이젠 절대로 형님에게 금화를 만들어 드리지 않겠습니다."

이반은 좀처럼 자기 고집을 꺾지 않고 더 이상 금화를 만들어 주지 않았다. 그래서 두 형은 헛수고만 하고 집으로 돌아갔다. 두 형은 돌아가는 길에 어떤 방법으로 서로 도울 것인지에 대해서 의논했다.

세몬이 먼저 말을 꺼냈다.

"이러면 어떨까? 네가 나에게 군사들을 먹여 살릴 돈을 주고 나는 너에게 군대 절반을 보내는 거야. 네 재산을 지키도록 말이야."

그러자 타라스도 동의했다. 그렇게 해서 두 형제는 재산을 나누어 가진 뒤 둘 다 왕이 되고 부자가 되었다.

8

형들과는 상관없이 이반은 줄곧 자기 집에서 부모를 모시고 벙어리 누이동생과 함께 들에서 일을 하며 살았다.

그러던 어느 날, 이반네 집의 늙은 개가 병이 들어 죽어가고 있었다. 가엾게 생각한 이반은 누이에게서 빵을 받아 모자 속에 넣어 두었다가 개에게 주었다.

그런데 모자에 구멍이 뚫려 빵과 함께 조그만 뿌리 하나가 땅에 떨어졌다. 늙은 개는 빵과 함께 그 뿌리를 먹었다. 그러더니 갑자기 뛰어오르며 장난을 치기도 하고 힘차게 짖어대면서 꼬리를 흔들었다. 병이 깨끗이 나은 것이다.

그 광경을 보고 부모는 깜짝 놀랐다.

"무엇으로 개를 고쳤느냐?"

그러자 이반이 말했다.

"저는 어떤 병이든 고칠 수 있는 풀뿌리를 두 개 가지고 있었는데 개가 그중 하나를 먹었어요."

그 무렵 나라에는 큰 걱정거리 하나가 있었다. 왕의 딸이 병이 들자 왕은 방방곡곡에 방을 붙여 누구든지 공주의 병을 고치는 자에게는 큰 상을 내릴 것이며, 만일 미혼자라면 공주와 결혼을 시키겠다고 했다. 물론 이반이 사는 마을에도 방이 붙었다.

그것을 안 부모가 이반을 불러 놓고 말했다.

"너도 공주에 대해 들었겠지? 너는 모든 병을 고친다는 풀뿌리를 갖고 있다고 했는데 그렇다면 네가 가서 공주님의 병을 고쳐 보지 않겠니? 그러면 너는 한평생 부귀영화를 누리게 될 것이다."

"그럼 부모님 말씀대로 하죠."

이반은 곧 떠날 준비를 했다. 부모가 외출복을 입혀 주자 이반은 현관으로 나갔다. 그런데 현관 앞에 손이 굽은 여자 거지가 서 있었다.

"당신은 어떤 병이든 다 고칠 수 있다고 들었는데 내 손도 좀 고쳐 주세요. 이대로는 신발도 신지 못해요."

"고쳐 드릴게요."

이반은 풀뿌리를 꺼내 여자 거지에게 주었다. 여자 거지는 그것을 받아 먹자마자 병이 나아 즉시 손을 쓸 수 있게 되었다. 하지만 부모는 이반이 한 개밖에 없는 풀뿌리를 여자 거지에게 주어버리자 노발대발하며 욕을 퍼붓기 시작했다. 공주의 병을 고칠 수 없게 되었기 때문이었다.

"이 얼빠진 놈아! 그래 거지 따위는 가엾게 여기고 공주는 가엾게 여기지 않느냐?"

그 말을 들으니 이반은 공주도 가엾게 생각되었다. 그래서 그는 말에 수레를 채우고 급히 짚을 싣고 떠나려고 했다.

"도대체 어디로 가려는 거냐! 이 바보 녀석아!"

"공주님의 병을 고쳐 드리려고 떠나는 거죠."

"하지만 공주님의 병을 고쳐 드릴 풀뿌리가 없지 않느냐?"

"걱정할 것 없어요."

그리고 이반이 말을 몰아 성문 앞에 내려서자마자 공주의 병은 금세 나았다. 왕은 크게 기뻐하며 이반을 불러들여 훌륭한 옷을 입히라고 명령했다.

"지금부터 그대는 내 사위로다."

"네, 황공합니다."

그리하여 이반은 공주와 결혼했다. 얼마 후 왕이 죽자 이반은 그 자리를 물려받아 왕이 되었다. 이렇게 하여 세 형제는 모두 왕이 되었다.

9

세 형제는 각자 자신의 나라를 다스리며 잘 살았다. 큰형 세몬은 풍요롭게 살고 있었다. 그는 짚으로 만든 군사를 밑바탕으로 진짜 군사들을 모아 군대를 만들었다. 전국에 명령을 내려 집집마다 한 명씩 건장한 남자들을 모아 군대를 만든 것이다. 세몬은 모집한 군사들을 잘 훈련시켰다. 그리고 누구든지 그에게 대항하거나 복종하지 않는 자가 있으면 군사들을 보내 혼내 주었다. 사람들은 그를 두려워했다.

그의 생활은 정말로 호화로웠다. 그가 생각하는 것, 그의 눈에 띄는 것은 무엇이든 그의 소유가 되었다. 군대만 동원하면 군사들은 그가 원하는 것은 무엇이나 탈취하고 끌어왔다.

한편 타라스의 생활도 호화롭기 그지없었다. 그는 이반에게서 얻은 돈을 낭비하지 않고 그것을 밑천으로 큰 재산을 모았다. 그리고 그 역시 자기 나라에 그럴듯한 법을 만들어 놓고 백성에게서 교묘히 돈을 거두어들였다. 그는 인두세, 주세, 결혼세, 장례세, 통행세, 거마세를 비롯해 심지어는 신발세, 양말세, 의류세까지 뜯어냈다. 그러자 그에게는 없는 것이 없게 되었다. 돈이 없는 백성에게서 소, 돼지, 닭 등을 빼앗았고, 그것도 없는 사람은 노역으로 세금을 대신하도록 했다.

바보 이반의 생활도 나쁘지는 않았다. 왕의 장례가 끝나자 그는 왕의 옷을 벗어 왕비의 옷장에 넣어 두었다. 그리고 그전처럼 농부 옷으로 갈아입고 일을 했다.

"도무지 따분해서 못 견디겠어. 배에 자꾸 살만 찌니까 마음대로 먹지도 못하고 잠을 잘 수도 없어."

그래서 이반은 부모와 벙어리인 누이를 불러와 옛날처럼 일을 시작했다. 그러자 사람들이 이렇게 말했다.

"당신은 왕이 아니십니까?"

"상관없어. 왕도 먹어야 하니까!"

그때 신하들이 이렇게 말했다.

"국고가 비어 관리들에게 급료를 줄 수 없습니다."

이반이 대답했다.

"걱정할 것 없소. 돈이 없으면 주지 않으면 그만이잖소."

신하들이 대답했다.

"그러면 아무도 일을 하지 않을 것입니다."

"그러면 마음대로 하라고 하시오. 일을 안 해도 좋소. 결국은 일을 하게 될 테니까. 모두 거름이나 가져오도록 하시오. 그자들은 거름을 많이 만들어 놓았을 거요."

그러던 어느 날, 사람들이 이반에게 재판을 해 달라고 찾아왔다. 그 중 한 사람이 말했다.

"이놈이 돈을 훔쳐 갔습니다."

그러자 이반이 말했다.

"아, 그래? 좋아, 좋아! 이 자는 돈이 필요했던 거야."

그러자 이반이 바보라는 것을 모두 알게 되었다. 왕비가 그에게 말했다.

"모두 당신을 바보라고 말하고 있습니다."

"걱정하지 말아요."

이반의 아내는 생각하고 또 생각했다. 그러나 그녀 역시 바보였다.

"제가 어떻게 남편을 거역할 수 있겠습니까? 바늘 가는 대로 실이 따라가야지요."

이렇게 말하고 그녀도 왕비 옷을 벗어 옷장 속에 넣어 두고 벙어리 시누이에게 농사일을 배우고, 남편을 도왔다.

그렇게 되자 똑똑한 사람들은 모두 떠나 버리고 남은 사람은 바보들뿐이었다. 돈이란 것은 어느 누구에게도 없었다. 모두 스스로 일을 해서 먹고 살았고 더불어 이웃 사람들과 서로 도우며 살았다.

10

도깨비 두목은 부하 도깨비들에게서 세 형제를 파멸시켰다는 소식이 오기를 학수고대하고 있었다. 그러나 아무런 소식도 없었다. 그래서 어떻게 된 일인지 알아보기 위해 직접 나서서 이곳저곳을 찾아다녔다. 그러나 찾아낸 것은 세 개의 구멍뿐이었다.

"음, 아무래도 실패한 모양이군. 그렇다면 내가 직접 해치울 수밖에 없지."

그는 세 형제를 찾으러 갔으나 이미 옛날에 살던 곳에는 없었다. 결국 그는 세 형제를 각기 다른 곳에서 찾아냈다. 셋은 모두 왕이 되어 나라를 다스리고 있었다.

도깨비 도목은 혼잣말로 중얼거렸다.

'결과가 이러니 내가 직접 나서야겠군.'

그는 우선 세몬의 나라로 갔다. 그리고 도깨비 모습이 아니라 장군으로 위장하여 세몬 왕을 찾아갔다.

"사람들의 말에 의하면 세몬 왕께서는 훌륭한 군인이었다고 들었습니다. 저는 군사와 전쟁에 대해 아는 바가 없지만 전하께 충성을 다하고자 합니다."

그러자 세몬 왕은 그에게 여러 가지를 물어본 후 훌륭한 인물이라고 여겨 신하로 삼기로 했다.

장군으로 기용된 도깨비는 강력한 군대를 만드는 방법을 세몬 왕에게 제시했다.

"첫째, 아주 많은 군사를 모집해야 합니다. 왜냐하면 이 나라에는 편안하게 지내려는 백성이 너무 많습니다. 젊은 사람들은 누구를 막론하고 모두 징집하셔야 합니다. 그들은 당신을 위해 싸울 것입니다. 둘째, 최신식 소총과 대포를 만들어야 합니다. 한 번에 백 알의 총알이 나가는 소총을 만들겠습니다. 그리고 무엇이나 태워 버리는 무서운 성능의 대포도 만들겠습니다. 이 대포는 사람은 물론 성도 무너뜨리고 태워 버릴 것입니다."

세몬 왕은 새로 기용한 장군의 제안을 받아들였다. 그는 젊은이는 모두 군대에 징집할 것을 명령하고 또 공장을 세워 최신식 소총과 대포를 만들어 이웃 나라에 선전포고를 했다. 싸움이 시작되자마자 세몬 왕은 적군을 향해 총포를 퍼부으라고 명령하여 단번에 쳐부수고 절반을 불태워 버렸다. 이웃 나라 왕은 곧 항복하고 나라를 바쳤다. 그러자 세몬은 매우 기뻐하며 자신 있게 말했다.

"이번에는 인도를 정복해야지."

하지만 세몬의 소문을 들은 인도 왕은 그의 전술 전략을 완전히 파악하고 그것을 이용해 새로운 계략을 짜냈다. 게다가 그는 소총과 대포 만드는 법도 알아냈다.

마침내 세몬은 인도 왕에게 싸움을 걸었다. 그러나 예리한 낫도 영원히 예리한 것은 아니었다. 인도 왕은 세몬의 군대가 사정권 안까지 들어오지 못하게 하고 여자 병사들에게 하늘을 날게 하여 적군의 머리 위에서 폭탄을 퍼부었다. 여자 병사들은 마치 진딧물에다 약을 뿌리는 것처럼 세몬의 군대에 폭탄을 퍼부었고, 혼비백산한 세몬의 군대는 뿔뿔이 흩어졌다. 결국 세몬 왕은 인도 왕에게 나라를 빼앗겼다.

도깨비 두목은 세몬을 해치우고 이번에는 타라스 왕에게 찾아갔다. 그는 상인으로 변장하여 타라스의 나라에서 자리를 잡고, 많은 사람에게 선심을 쓰면서 돈을 물 쓰듯 쓰기 시작했다. 이 상인은 모든 물건을 비싼 값으로 사 주었기 때문에 백성은 모두 그를 찾아왔다. 이리하여 백성의 형편이 좋아졌고, 돈 사정이 좋아지니 세금도 제때 잘 걷혔다. 그러자 타라스 왕은 매우 기뻐했다.

"참 고마운 상인이군. 내 나라는 점점 많은 돈이 생겨나고 살기가 더욱 좋아지고 있구나."

타라스 왕은 자기를 위해 새 궁전을 짓기 시작했다. 목재며 돌을 나르는 등 새 궁전 짓는 일에 종사하는 모든 백성에게는 많은 품삯을 주겠다고 말했다. 타라스 왕은 그 정도면 전처럼 백성이 일하러 몰려올 거라고 생각했다.

그런데 목재와 돌은 모두 그 상인에게 실려 가고 일꾼들도 모조리 그에게 몰려갔다. 타라스는 할 수 없이 품삯을 대폭 올렸지만 상인은 그것보다 더 많은 돈을 주어 타라스 왕을 곤경에 빠뜨렸다.

궁전은 착공만 하고 완성을 하지 못하고 있었다. 타라스 왕은 정원을 만들 계획도 갖고 있었다. 가을이 되자 타라스 왕은 백성에게 정원을 만들라고 명령했다. 그러나 아무도 오지 않았다. 백성들은 상인의 연못을 파러 몰려갔던 것이다.

겨울이 왔다. 타라스 왕은 신하에게 새로운 모피 코트를 만들 검은담비 가죽을 사 오라고 명령했다. 그러나 신하는 빈손으로 돌아와 이렇게 말했다.

"담비는 없습니다. 상인이 모조리 사 버렸기 때문입니다. 그자는 비싼 값을 주고 산 담비 가죽으로 방석을 만들었다고 합니다."

그다음 타라스 왕은 종마를 사야겠다고 생각했다. 그래서 신하에게 종마를 사 오라고 했다. 하지만 이번에도 신하는 빈손으로 돌아와 이렇게 말했다.

"좋은 말은 그 상인이 다 사 버렸습니다. 그 말들은 상인의 연못에 물을 실어 나르고 있습니다."

이렇듯 모든 사람이 왕을 외면한 채 상인의 일만 거들어 주었다. 그리고 상인에게서 받은 돈으로 세금을 냈다.

왕은 세금을 엄청나게 모을 수 있었다. 너무 많은 세금 때문에 주체할 수 없을 지경에 이르렀다. 게다가 돈은 많아도 당장 생활하는 데 불편을 느끼기 시작했다. 이제 왕은 다른 계획을 모두 접고 살 궁리를 해야 했다.

그러나 결국 모든 생활은 엉망이 되고 말았다. 요리사, 하인, 마부, 여종 모두 상인에게 가 버린 것이다. 마침내 곡식마저 부족하게 되었다. 시장으로 사람을 보내 식량을 구하려고 했지만 모든 물건은 상인이 다 사들여 아무것도 살 수가 없었다. 왕은 그저 세금만 거둬들일 뿐 다른 것은 아무것도 구할 수 없었다.

그러자 왕은 화가 나서 상인을 나라 밖으로 내쫓았으나 상인은 나라 밖으로 나가지 않고 국경에 자리를 잡은 채 똑같은 짓을 계속했다. 모두 돈 때문에 왕을 배반하고 상인에게 몰려갔다. 왕의 사정은 매우 심각했다. 며칠째 음식을 먹지 못했고 심지어 상인이 왕비를 돈으로 사려 한다는 소문까지 나돌았다. 상황이 이렇게 되자 타라스는 거의 미칠 지경이 되었다.

그러던 어느 날 세몬이 타라스를 찾아와 말했다.

"날 좀 도와다오. 내가 인도 왕에게 패해서 도망자 신세가 됐구나."

배불뚝이 타라스도 뱃가죽이 등에 붙을 지경이었다.

"저도 지금 이틀째 아무것도 먹지 못하고 있어요."

11

도깨비 두목은 두 형제를 곤경에 몰아넣고 이번에는 이반을 찾아갔다. 도깨비는 장군으로 변장하고 이반에게 군대를 만들 것을 권했다.

"왕께서 군대가 없다는 것은 매우 위험한 일입니다. 위신에도 맞지 않지요. 명령만 내리신다면 제가 백성 중에서 군사를 뽑아 훌륭한 군대를 만들겠습니다."

그 말을 듣고 이반이 대답했다.

"맞는 말이오. 그렇게 하시오. 그리고 군사들이 노래를 잘 부르도록 가르치시오. 나는 노래를 잘 부르는 군사를 좋아하니까."

도깨비 두목은 이반의 나라를 돌아다니며 지원병을 모집하기 시작했다. 군사가 되는 백성은 비싼 술과 빨간 모자를 준다고 선전했다. 그러자 바보들이 비웃으며 말했다.

"술은 우리한테도 얼마든지 있어요. 우리 손으로 직접 술을 빚으니까요. 그리고 모자도 여자들이 다 만들어 주니까 필요 없어요. 알록달록한 것부터 레이스가 달린 것까지 없는 게 없지요."

결국 아무도 군대에 지원하는 사람이 없었다. 그러자 도깨비 두목은 이반에게 이렇게 말했다.

"이 나라의 바보 백성은 자원해서 군사가 되려 하지 않습니다. 그러니 강제로 군사를 모집해야겠습니다."

"그래, 그것도 좋은 생각이오. 그럼 권력을 써서 군사를 모으시오."

도깨비 두목은 포고령을 내렸다.

"이 나라 백성들은 모두 군사가 되어야 한다. 명령을 어기는 자는 사형에 처할 것이다."

그러자 바보들은 장군에게 달려와 이렇게 말했다.

"군대에 지원하지 않으면 왕께서 사형을 한다고 하는데, 만약 우리가 군사가 되면 어떻게 되는 건가요? 군사가 되면 전쟁에 나가 목숨을 잃을 수 있다고 하던데……."

"그래, 그럴 수도 있어."

그 대답을 듣자 바보들은 군사가 되지 않겠다고 더욱 고집을 부렸다.

"그렇다면 군사가 되지 않겠습니다. 어차피 죽을 거 집에서 죽겠어요."

"이 바보들아, 군사가 된다고 다 죽는 건 아니야. 하지만 군사가 되지 않으면 틀림없이 왕이 사형을 내릴 것이다."

그러자 바보들은 곰곰 생각하다가 이반에게 직접 물어보기 위해 달려갔다.

"장군님이 우리에게 모두 군사가 되라고 하는데 군사가 되면 전쟁터에서 죽을 수도 있어요. 하지만 군사가 되지 않으면 왕께서 사형을 내린다고 하던데 그게 정말인가요?"

그러자 이반이 껄껄 웃으며 대답했다.

"어찌 나 혼자 당신들을 다 죽일 수 있겠느냐? 내가 바보가 아니라면 자세히 말해 주겠지만 나 자신도 바보이니 어찌 된 영문인지 모르겠다."

"그럼 우리는 군사가 되지 않겠습니다."

"그렇게 하거라. 군사가 되지 않아도 좋다."

바보들은 장군에게 달려가 군사가 되지 않겠다고 말했다. 일이 생각대로 되지 않자 도깨비 두목은 이웃 나라의 타라칸 왕에게 가서 전쟁을 일으키도록 부추기기 시작했다.

"이번 기회에 전쟁을 일으켜서 이반 왕을 굴복시킵시다. 그 나라에는 돈은 없지만 곡식과 가축은 많답니다."

그 소리를 들은 타라칸 왕은 전쟁을 일으킬 결심을 했다. 먼저 군사를 모으고 총과 대포를 준비해 국경을 넘어 이반의 나라를 쳐들어갔다. 그러자 백성들이 말했다.

"타라칸 왕이 전쟁을 시작했습니다."

하지만 이반은 별로 신경 쓰는 기색이 아니었다.

"뭐 큰일이야 있을라고. 전쟁을 할 테면 하라고 해."

타라칸 왕은 국경을 넘자 이반의 군대를 염탐하기 위해 선발대를 보냈다. 하지만 아무리 돌아다니며 염탐을 해 보아도 이반의 나라엔 군사들이 보이지 않았다. 타라칸 왕은 이반의 군대가 어딘가 함정을 파 놓고 기다리고 있을지 모른다고 생각했다. 그래서 진격을 하지 않은 채 오랫동안 국경 근처에서 기다렸다. 그러나 아무리 기다려도 군대에 대한 소문은 들려오지 않았다. 싸움을 하려 해도 싸울 상대가 없었다.

기다리다 못해 타라칸 왕은 군사를 보내 마을을 점령하도록 했다. 그러자 바보들이 뛰어나와 군사들을 보고 깜짝 놀라는 것 같았다. 군사들은 바보들의 마을에서 가축과 곡식을 약탈했다. 하지만 바보들은 모든 재산을 달라는 대로 다 내어 주고도 아까워하지 않았다. 게다가 재산을 지키려고 반항하기는커녕 오히려 자기들과 함께 평화롭게 살자고 권했다.

다른 마을도 마찬가지였다. 타라칸의 군사들은 나라 전체를 돌아다니며 약탈을 했지만 어느 곳에서도 반항하는 일은 없었다. 있는 것을 다 내어 주면서도 오히려 즐거워했다.

"당신 나라에서 살기 어렵거든 우리나라로 와서 같이 살아요."

모두 그런 식이었다. 게다가 타라칸의 군사들이 전국을 돌며 군대를 찾아보아도 흔적조차 없었다. 이반의 백성은 스스로 일해서 먹고살며 서로 도우며 지냈다. 그러다 보니 자기 것에 대한 욕심이 없고 남을 위해서는 목숨조차 아까워하지 않았다. 그리고 타라칸의 군사들에게 이곳에 와서 같이 살자고 계속 권했다.

군사들은 차츰 지루해지기 시작했다. 전쟁다운 전쟁이 아니었기 때문이다. 결국 군사들은 타라칸 왕을 찾아가 말했다.

"전쟁을 할 수가 없습니다. 우리를 다른 나라로 보내 주십시오. 전쟁을 하고 싶은데 도무지 여기서는 전쟁을 할 수 없습니다. 이 나라와 전쟁을 하는 건 약한 사람들을 괴롭히고 못살게 구는 것 같아 참을 수가 없습니다."

그 소리에 타라칸 왕이 화가 나서 소리를 질렀다.

"온 마을에 불을 지르고 가축들을 죽여라. 만일 명령을 어기는 자가 있으면 무조건 엄한 벌을 내릴 것이다."

그 말에 군사들은 어쩔 수 없이 명령을 수행할 수밖에 없었다. 그들은 마을의 집과 곡식을 태워 버리고 가축들을 죽이기 시작했다. 그러나 바보들은 여전히 방어를 하지 않고 주저앉아 울기만 했다.

"왜 우리를 못살게 구는 거야? 왜 우리 재산을 불태우는 거야? 필요하다면 차라리 가져가면 될 것을…….."

그들은 그렇게 울기만 했다. 그러자 군사들은 마음이 우울해졌다. 바보들의 말이 맞는 데다가 불쌍해 보였기 때문이다. 그래서 군사들은 더 이상 난동을 부리지 않기로 했다. 그리고 결국 군사들은 전쟁을 그만두고 뿔뿔이 흩어졌다.

12

도깨비 두목은 어쩔 수 없이 그곳을 떠나야 했다. 군대의 힘만으로는 이반을 이길 수 없었던 것이다. 그래서 이번에는 멋진 신사로 위장해 이반의 나라에 정착했다. 배불뚝이 타라스에게 썼던 방법을 이반에게 쓰려고 결심한 것이다.

"나는 어떻게 사는 것이 인간답게 사는 것인지 보여 드리겠습니다."

도깨비 두목이 이반에게 아첨하며 말했다.

"좋은 생각이오. 그럼 여기서 살도록 하시오."

이반은 신하를 시켜 신사에게 살 곳을 마련해 주었다. 집을 얻은 신사는 새집에서 지내게 되었다. 다음 날 아침, 신사는 금화가 들어 있는 커다란 자루와 종이를 가지고 마을 광장에 나가서 외쳤다.

"여러분은 마치 돼지처럼 살고 있습니다. 그래서 나는 여러분에게 어떻게 살아야 하는지 알려 주려고 합니다. 먼저 이 설계도에 맞게 집을 짓도록 하십시오. 여러분은 일을 하고 내가 지시를 하겠습니다. 그리고 내 지시대로 따라 주면 여기 있는 금화를 주겠습니다."

말을 마친 신사는 바보들에게 금화를 보여 주었다. 바보들은 놀라지 않을 수 없었다. 왜냐하면 바보들에겐 돈이라는 것이 아예 없었기 때문이다. 필요한 것이 있으면 서로 물물교환을 했고 일은 공동으로 해 왔기 때문이다. 하지만 금화를 보자 바보들은 마음이 흔들리기 시작했다.

"저 금화라는 것 좀 봐. 장난감으로 딱 알맞겠어."

바보들은 금화를 얻기 위해 신사의 지시대로 일을 했다. 도깨비 두목은 타라스의 나라에서 했던 것처럼 누런 금화를 뿌려 가며 온갖 물건을 사들였다. 그러자 바보들은 모든 물건을 금화와 바꾸고 온갖 일을 해서 금화를 벌어들였다. 도깨비 두목은 속으로 신이 나서 이렇게 생각했다.

'이 정도면 성공이야. 이번에야말로 이반을 타라스처럼 만들어 버려야지. 놈이 다시는 일어서지 못하게 말이야.'

바보들은 금화를 얻자 여자들에게 목걸이를 만들어 선물했다. 여자들도 목걸이와 장식으로 금화를 사용했다. 그런데 어느 정도 금화가 생기자 더 이상 금화에 대해 욕심을 내지 않았다. 하지만 신사가 짓고 있는 궁궐 같은 집은 반도 완성되지 못한 상태였고 곡식과 가축은 1년 치도 되지 않았다. 그래서 신사는 바보들에게 더 많은 금화를 주겠다며 일을 하러 오라고 말했고 어떤 물건이건 금화와 바꿔 주겠다고 유혹했다.

그러나 아무도 신사를 위해 일하려 하지 않았고 물건도 가져오지 않았다. 가끔 아이들이 달걀을 금화로 바꿔 가거나 작은 물건을 운반해 주고 금화를 받아 가는 것이 고작이었다. 그 외에는 아무도 신사를 찾아오지 않았다. 마침내 신사는 먹을 것이 궁한 형편이 되었다.

어느 정도 시간이 흐르자 결국 신사는 먹을 것이 없어 마을을 돌아다니며 구걸을 해야 하는 처지가 되었다. 한 집에 찾아가 닭과 금화를 바꾸려고 했지만 주인 여자는 고개를 저으며 말했다.

"우리 집에도 금화는 많아요."

신사는 할 수 없이 어부를 찾아가 생선과 금화를 바꾸려고 했다. 그러나 어부 역시 마찬가지였다.

"그런 건 필요 없어요. 우리 집엔 아이들이 없어서 그런 장난감은 필요 없어요. 아무리 귀한 물건이라고 해도 필요 없어요. 나도 금화는 세 닢이나 갖고 있는걸요."

도깨비 두목은 다시 빵을 사려고 농부의 집에 찾아갔다. 그러나 농부도 금화를 받으려 하지 않았다.

"금화는 필요 없어요. 하지만 하느님을 위해 착한 일을 하라면 하겠어요. 잠깐만 기다려요. 아내에게 빵을 좀 나눠 주라고 할 테니까."

거지 신세가 된 도깨비 두목은 기분이 상해서 농부의 집에 침을 뱉은 후 도망치듯 그 자리를 벗어났다. 하느님의 이름으로 착한 일을 한다는 것이 그의 마음을 상하게 했던 것이다. 하느님이라는 말만 들어도 무서웠던 것이다.

결국 그는 빵도 얻지 못했다. 이반의 나라에 사는 바보들은 모두 금화를 충분히 갖고 있다고 여겼다. 도깨비 두목이 아무리 금화를 들고 사람들을 찾아가도 모두 똑같은 반응을 보였다.

"다른 물건을 가져오면 필요한 것을 주겠어요. 아니면 차라리 그냥 구걸을 하면 먹을 것을 나눠 주겠어요."

하지만 도깨비 두목에겐 금화뿐이었다. 다른 것은 아무것도 갖고 있지 않았다. 더욱이 먹을 것을 위해 일을 하거나 구걸을 하기는 싫었다. 도깨비 두목은 화가 나지 않을 수 없었다.

"도대체 어떻게 된 거야. 돈이란 것은 정말 필요한 것인데, 돈만 있으면 무엇이든 살 수 있고 하인도 부릴 수 있잖아."

그러나 바보들은 그의 말을 들으려 하지 않았다. 그리고 이렇게 말했다.

"그런 건 필요 없어요. 이 나라에는 물건을 사거나 세금을 내는 일이 없으니 그까짓 돈이 무슨 소용 있겠어요?"

도깨비 두목은 하는 수 없이 저녁도 먹지 못한 채 잠자리에 들어야 했다. 이러한 사정이 이반의 귀에도 들어갔다. 백성이 이반을 찾아와 말했다.

"도대체 어쩌면 좋습니까? 우리나라에 훌륭한 신사가 찾아와 살고 있습니다. 그는 맛있는 것을 먹고 좋은 술을 마시며 깨끗한 옷만 입고 일하기를 싫어합니다. 더욱이 구걸은 하기 싫어하면서 금화만 자꾸 내놓습니다. 예전에 금화가 없을 때는 신사에게 무엇이든 갖다주었는데 이젠 아무도 그에게 물건을 주지 않습니다. 그러니 이 신사를 어떻게 하면 좋겠습니까? 저러다 굶어 죽을까 봐 걱정입니다."

그 말을 들은 이반이 이렇게 말했다.

"당연하지. 굶어 죽으면 안 되지. 그 신사에게 양 치는 목자처럼 집집마다 돌아다니며 구걸을 해서 먹고살게 하라."

그렇게 해서 도깨비 두목은 이곳저곳을 떠돌아다니며 구걸을 했다. 며칠이 지나자 이반의 궁궐에 구걸을 하러 갈 차례가 되었다.

도깨비 두목이 점심을 구걸하기 위해 이반을 찾아가자 이반의 벙어리 동생이 식사를 준비하고 있었다. 그때까지 여동생은 많은 사람들에게 식사를 준비해 주었다. 벙어리 여동생은 사람들의 손을 보고 게으름뱅이를 가려낼 줄 알았다. 게으름뱅이들은 일도 하지 않으면서 제일 맛있는 음식을 맨 먼저 먹어 치웠다.

그런 경험에 따라 벙어리 여동생은 나름대로 규칙을 정해 식사를 준비해 주었다. 손에 굳은살이 박인 사람들은 식탁에 앉아 식사를 할 수 있게 했고 그렇지 않은 사람들은 남은 찌꺼기만 주었다.

도깨비 두목이 점심을 얻어먹기 위해 찾아왔을 때도 벙어리 여동생은 슬쩍 그의 손부터 살펴보았다. 그의 손에는 당연히 굳은살이 없었다. 한 번도 일을 하지 않은 손은 곱디고운데다가 손톱은 길게 자라 있었다. 그것을 본 벙어리 여동생은 뭐라고 소리를 지르더니 도깨비 두목을 식탁에서 끌어냈다.

그러자 이반의 아내가 도깨비 두목에게 말했다.

"화내지 마세요. 우리 시누이는 손에 굳은살이 박이지 않은 사람은 식탁에 앉히지 않아요. 그러니 잠깐 기다리세요. 곧 다른 사람들이 다 먹고 나면 남은 것을 줄 테니까."

그 말을 듣고 도깨비 두목은 화를 내며 중얼거렸다.

'이반의 궁궐에서 나한테 돼지죽을 주려고 하는군.'

도깨비 두목은 이반에게 달려가 말했다.

"이 나라에는 모두 손으로만 일을 해야 한다는 바보 같은 법이 있군요. 그런 생각은 어리석기 짝이 없는 것입니다. 영리한 사람은 무엇으로 일하는지 아십니까?"

그러자 이반이 대답했다.

"우리 같은 바보가 어찌 알겠는가? 우리는 대부분 손과 등으로 일을 하지."

"그렇게 일하는 것은 여러분이 어리석기 때문입니다. 그렇다면 내가 무엇으로 일하는지 알려 주지요. 여러분도 곧 깨닫게 될 겁니다. 손보다 머리로 일하는 것이 훨씬 이익이라는 것을."

그 말에 이반은 놀라지 않을 수 없었다.

"과연! 맞는 말이오. 우리가 바보라는 소리를 듣는 것도 무리가 아니군."

도깨비 두목은 계속 설명했다.

"하지만 머리로 일하는 게 쉬운 일은 아닙니다. 내 손에 굳은살이 없다고 해서 먹을 것을 주지 않는 것은 여러분이 어리석기 때문입니다. 머리로 일하는 것이 얼마나 힘든 일인지 여러분은 모릅니다. 때로는 머리가 깨지는 것처럼 아프답니다."

이반은 그 말을 듣고 생각에 잠겼다.

"왜 그대는 자신을 그렇게 혹사하지? 머리가 깨질 지경이라면 쉬운 일은 아니겠군. 그렇다면 차라리 손과 등으로 일하는 게 더 낫지 않을까?"

그러자 도깨비 두목이 대답했다.

"제가 저 자신을 혹사하는 것은 어리석은 여러분을 불쌍하게 여기기 때문입니다. 만일 제가 스스로 혹사하지 않는다면 여러분은 평생 바보로 살아가야 할 것입니다. 다행히 저는 머리로 일해 왔기 때문에 이제 여러분에게 그 방법을 가르쳐 주려고 합니다."

이반은 그 말에 경탄을 하며 말했다.

"그렇다면 어서 알려 주게. 손이 지치면 머리로 대신 일할 수 있는 방법을."

도깨비 두목은 그 방법을 알려 주겠다고 약속했다. 그래서 이반은 온 나라에 방을 붙였다.

'훌륭한 신사가 여러분에게 머리로 일하는 방법을 알려 줄 것이다. 머리는 손보다 더 많은 일을 할 수 있다고 한다. 모두 나와서 배우도록 하라.'

약속한 날이 되자 사람들은 높은 망루를 세우고 그 위에 연단을 만들었다. 이반은 신사를 그 연단으로 안내했다.

연단에 오른 신사는 떠들어대기 시작했다. 어리석고 무식한 백성은 그 연설을 듣기 위해 구름 떼처럼 몰려들었다. 바보들은 신사가 정말로 머리로 일하는 방법을 가르쳐 줄 것이라 믿었다.

하지만 도깨비 두목은 머리로 일하는 방법을 가르쳐 주는 것이 아니라 어떻게 하면 일하지 않고 놀고먹을 수 있는지 떠들어대고 있었다. 바보들은 뭐가 뭔지 알 수 없었다. 결국 시간이 어느 정도 지나자 각자의 일터로 뿔뿔이 흩어졌다.

도깨비 두목은 하루 종일 높은 망루의 연단에서 떠들었다. 그리고 그다음 날도 연설을 계속했다. 그러다 보니 허기가 져서 무엇이든 먹고 싶었다. 하지만 바보들은 신사가 머리로 일을 잘한다면 그까짓 빵쯤은 쉽게 만들어 낼 것이라고 믿었다. 그래서 아무도 신사에게 빵을 주지 않았다.

도깨비 두목은 며칠 동안 계속 연단에서 떠들어댔다. 그러나 사람들은 잠시 연설을 듣다가 곧바로 각자의 일터로 돌아갔다. 이반은 백성에게 계속해서 물었다.

"그래, 어떻던가? 그 신사가 정말 머리로 일하던가?"

"아닙니다. 그는 계속해서 떠들기만 합니다."

한편 도깨비 두목은 며칠 동안 계속 망루에서 떠들어 댄 탓에 지칠 대로 지쳐 비틀거렸다. 그리고 한참을 휘청거리던 도깨비는 결국 기둥에 머리를 부딪치고 말았다. 그때 한 바보가 그 장면을 보고 이반의 아내에게 급히 소식을 전했다. 이반의 아내는 급히 이반에게 달려가 알려 주었다.

"신사가 드디어 머리로 일을 하기 시작했나 봐요. 어서 구경하러 가요."

"그게 정말이오?"

이반은 소식을 듣자마자 말을 타고 망루로 달려갔다. 과연 망루에 도착해 보니 신사가 지칠 대로 지쳐 기둥에 머리를 부딪치고 있었다. 그리고 이반이 망루 아래로 다가서자 신사는 거꾸로 떨어지며 요란한 소리와 함께 기둥들에 차례로 머리를 부딪쳤다.

"오호!"

그 장면을 보니 이반은 감탄사가 절로 나왔다.

"가끔은 머리가 깨지는 경우도 있다고 하더니 정말 그렇군. 이건 손에 박인 굳은살이 문제가 아니야. 저렇게 일을 하다가는 머리에 혹이 많이 생기겠는걸."

이반이 그렇게 생각하는 사이 도깨비 두목은 땅바닥에 머리를 박고 쓰러졌다. 이반은 그 광경을 보고 신사가 얼마나 많은 일을 머리로 했는지 확인하기 위해 가까이 다가섰다. 그러나 그 순간 신사의 머리가 박혀 있는 땅바닥이 갈라지더니 커다란 구멍과 함께 도깨비가 땅속으로 빨려 들어가 버렸다. 그리고 그 자리에는 구멍만 하나 뚫려 있을 뿐이었다.

이반이 그 장면을 보고 머리를 긁적이며 말했다.

"이런 세상에! 또 그놈이었군. 그놈들의 아비가 틀림없어. 아무튼 별 해괴한 놈들이 다 있군."

도깨비들은 모두 사라졌고 이반의 나라는 평화를 지킬 수 있었다. 더 많은 사람들이 이반의 나라로 찾아왔고 두 형도 이반을 찾아왔다. 이반은 그들을 모두 받아들였다. 그 누가 찾아와서 '도와주세요.' 하면 이반은 '좋아요. 이곳에 와서 살도록 하시오. 여기는 무엇이든 다 있으니까.' 하며 흔쾌히 대답했다.

그러나 이 나라에 살려면 꼭 지켜야 할 것이 있었다. 그것은 바로 손에 굳은살이 박인 사람은 식탁에 앉아 식사를 하지만 그렇지 않은 사람은 남은 찌꺼기를 먹어야 한다는 것이었다.

두 노인

- 레프 톨스토이 -

작품 정리

　길을 가다 가난하여 곧 굶어죽을 것 같은 한 가족에게 자신의 시간과 돈을 털어주고 자신은 정작 동전 몇 개로 집으로 돌아오는 예리세이의 모습과, 자신의 계획은 꾸준히 실천해야만 하는 예핌의 모습에서 인생의 목표는 꼭 정해진 대로만 사는 것이 아니며 이 세상에서 죽는 날까지 자기의 의무를 사랑과 선행으로 다하며 살아가는 것이 사람의 도리라고 일러준다.

　둘 다 경건한 그리스도 신도이면서 전혀 다른 성격의 소유자인 두 노인을 대치함으로써 형식적 교회와 진정한 그리스도교를 대립시켜 형식타파의 정신을 관철시키고 있는 작가의 역량이 잘 나타나 있다.

작품 줄거리

　예리세이와 예핌이라는 두 노인이 성지순례를 가게 되었다. 가던 도중에 예리세이는 동네 마을에 들어가서 물을 마시고 간다는 바람에 두 사람은 헤어지게 된다. 예리세이가 물을 마시기 위해 들어간 집은 너무 가난하여 먹을 것도 없고 사람들이 병들어 있는 집이었다. 그곳의 딱한 모습을 보고 자신이 먹을 빵을 가방에서 꺼내주고 물도 직접 길어다 먹여준다. 며칠을 떠나지 못한 채 그들이 걱정이 되어 양식과 밭을 갈 젖소와 밭까지 사준다. 그들의 생활에 희망을 심어주느라 막상 그는 돈이 다 떨어져 성지순례를 못하고 그만 집으로 돌아오게 된다. 그런데 예핌은 계속 여행을 가다가 예리세이가 오지 않자 혼자 배를 타고 예루살렘에 도착하게 된다. 그곳에서 그는 기도하는 예리세이와 똑같이 생긴 사람을 몇 번이나 보게 된다. 그도 1년이란 세월을 여행하고, 둘이 헤어졌던 그곳에 이르러 물을 마시러 동네에 들어갔더니 한 여자아이가 집에 들어가 요기를 하고 가라고 권한다. 그러면서 1년 전에 물을 얻으려던 한 할아버지가 와서 가족들의 생명을 살려주고 보살펴준 이야기를 한다. 그가 바로 예리세이인 것을 알게 된 예핌은 자기보다 친구가 더 먼저 진정한 성지순례를 하여 구원을 받게 된 것임을 알게 된다.

핵심 정리

갈래 : 단편 소설

시점 : 2인칭 전지적 작가 시점

배경 : 성지순례 중간인 마을과 예루살렘

주제 : 사랑과 선행으로 살아가는 인간의 도리

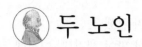 # 두 노인

1

　두 노인이 성지 예루살렘으로 순례를 떠나기로 했다. 한 사람은 예핌 타라스이치 셰베레프라는 부자 농부였고, 또 한 사람은 에리세이 보드로프라는 돈이 많지 않은 사람이었다.

　예핌은 성실한 농부로 보드카도 마시지 않고 담배도 피우지 않으며, 평생 나쁜 말을 하지 않는 엄격하고 착실한 사람이었다. 예핌 타라스이치는 두 번이나 마을의 이장을 맡아 열심히 일했다. 예핌의 집은 아주 컸으며 두 아들과 벌써 장가를 든 손자까지 모두 함께 살고 있었다. 예핌은 성실하고 정직한 농부로 일흔이 넘은 나이에도 등이 꼿꼿하고 텁수룩한 수염에 이제야 흰빛이 보이기 시작한 건강한 사람이었다.

　에리세이는 부자도 아니고 가난하지도 않은 노인으로 전에는 떠돌이 목수를 했는데 나이가 든 뒤부터는 집에서 양봉을 하고 있었다. 아들 하나는 장가를 들었으나 하나는 집에서 일을 했다. 에리세이는 마음이 좋고 쾌활한 사람이었다. 보드카도 마시고 담배도 피우고 노래 부르기도 좋아했다. 그러나 사람은 참으로 온순하여 집안사람이나 이웃 사람과도 사이좋게 지냈다. 그는 중간 키에 얼굴이 검고 턱수염이 곱슬곱슬한 농부였다. 그리고 자기와 같은 이름의 예언자 에리세이와 같이 머리가 훤하게 벗어졌다.

　두 노인은 벌써 오래전부터 함께 길을 떠나기로 약속했지만 타라스이치는 늘 분주하여 일이 끊일 사이가 없었다. 간신히 일 하나가 마무리되었다고 생각하면 또 다른 일이 생겼다. 손자가 장가를 드는가 싶으면 다음에는 막내아들이 군대에서 돌아왔다. 그런가 하면 이번에는 새집을 지어야 하는 형편이었다.

　어느 날, 두 노인은 축일에 만나 통나무 위에 나란히 앉았다.

　"어떤가? 우리는 도대체 언제 성지 순례를 떠나지?"

에리세이가 말하자 예핌이 잠시 이맛살을 찌푸리며 말했다.

"조금만 더 기다려 주게. 올해는 뜻하지 않게 일이 많이 생기네. 이번에 집을 새로 지을 때 말이야, 백 루블 정도면 될 것 같았는데 오늘까지 벌써 삼백 루블이나 써 버렸어. 그래도 아직 별 진척이 없어. 아무래도 여름까지 갈 것 같아. 올여름에 하느님이 기회를 주신다면 꼭 가기로 하지."

에리세이가 말했다.

"더 이상 미룰 수가 없어. 지금 당장 가야 할 것 같아. 봄이니까 지금이 제일 좋은 때야."

"때는 좋지만 일을 벌여 놓은 걸 어쩌겠나? 그렇다고 일을 내팽개치고 갈 수도 없고……."

"그럼 맡기고 갈 사람이 아무도 없나? 아들들이 있잖아."

"아이고, 뭘 할 수 있겠나. 큰아들 녀석은 술이나 마셔대니 통 믿을 수가 있어야지."

"그렇지 않아. 이제 우리는 물러날 때가 됐네. 우리 없이도 아이들은 살아갈 테고. 그러니 애들도 혼자 할 수 있도록 일을 배워야지."

"그야 물론 그렇지만, 나는 아무래도 내 두 눈으로 직접 일이 완성되는 걸 보고 싶네."

"여보게, 어떤 일이든 혼자 모든 걸 할 수는 없는 거야. 얼마 전에도 우리 집 아낙네들이 축일까지 빨랫거리를 다 빨아서 정리하자고 말하더군. 그런데 이것도 하자, 저것도 하자고 하는 거야. 하지만 한꺼번에 무엇이나 다 할 수 있는 건 아니거든. 아주 영리한 우리 큰며느리가 하는 말이 멋지더군. '고맙게도 축일이 우리를 기다리지 않고 하루하루 잘도 다가오네요. 그렇지 않으면 아무리 일을 해도 다 해낼 수가 없어요.'라고 말이야."

예핌은 골똘히 생각했다.

"그런데 난 새집에 돈을 제법 썼거든. 여행을 떠나는데 빈손으로 갈 수도 없고……. 적어도 백 루블은 있어야 할 텐데, 그게 그리 적은 돈은 아니잖은가?"

에리세이는 웃음을 터뜨리고 나서 말했다.

"여보게 그런 소리 하면 벌 받네. 자네 재산은 나보다 열 배는 더 많으면서 만날 돈타령만 하고 있잖은가. 빨리 정하는 게 좋아. 언제 갈까? 난 돈은 없지만 떠난다면 어떻게든 해 보겠네."

예핌도 빙긋이 웃으며 말했다.

"이런, 자네는 상당한 부자로 보이는군. 어디서 그렇게 벌어 오지?"

"그야 온 집안을 뒤지면 어느 정도는 긁어모을 수 있어. 그게 모자라면 여기저기 쳐 놓은 벌통을 열 개쯤 이웃 사람한테 나눠 줘야지. 오래전부터 부탁을 받았으니까."

"팔아 버린 벌통이 잘되면 원통할 텐데."

"원통하다고? 그런 일은 없어. 여보게, 이 세상에서는 죄짓는 일 말고는 원통할 일이 하나도 없어. 정신보다 중요한 건 아무것도 없으니까."

"그건 그래. 하지만 집안이 편안하지 않으면 역시 곤란해."

"그보단 말이야, 우리 정신이 제대로 되어 있지 않으면 더 난처하지. 아무튼 약속한 일이니 떠나자고, 정말 떠나자고."

2

에리세이는 친구를 설득했다. 예핌은 궁리한 끝에 이튿날 아침 에리세이를 찾아갔다.

"이제 집안일은 신경 쓰지 않기로 했어. 자네 말대로 죽고 사는 건 다 하느님의 뜻이니 건강할 때 떠나야겠어."

두 노인은 순례를 떠나기 위해 일주일 동안 준비했다.

예핌은 수중에 늘 돈이 있었다. 그는 노자로 백 루블을 갖고, 이백 루블은 늙은 아내에게 맡겼다.

에리세이도 준비를 했다. 그는 이웃에 사는 남자에게 늘어놓은 벌통 가운데 열 통만 팔고 거기에서 나올 유충도 그에게 넘기기로 했다. 그렇게 해서 그는 간신히 칠십 루블을 마련했다. 모자라는 삼십 루블은 집안사람들에게 조금씩 받았다. 그의 아내도 자신의 장례 비용으로 마련해 두었던 돈을 내놓았고, 며느리도 한 푼 두 푼 모아 둔 돈을 내놓았다.

예핌 타라스이치는 맏아들에게 집안일을 모두 맡겼다. 풀은 어디서 얼마나 베고, 비료는 어디로 나르고, 새집은 어떻게 마무리하고 지붕은 무엇으로 하라는 것까지 하나도 빠뜨리지 않고 모든 일을 세세히 일러두었다.

하지만 에리세이는 아내에게, 이웃 사람에게 판 벌통에서 나오는 유충을 길러 그에게 넘겨주라고 시켰을 뿐 집안일에 대해서는 일체 말하지 않았다. 일이 닥치면 무엇을 어떻게 해야 할지 저절로 알 수 있다고 생각했기 때문이다.

두 노인은 순례 준비에 바빴다. 식구들은 과자를 굽고 자루도 꿰매고, 새 행전이나 양말도 만들었다. 두 노인은 갈아 신을 신발도 마련해 마침내 길을 떠났다. 집안사람들은 동구 밖까지 그들을 배웅했다.

에리세이는 기쁨에 들떠 마을에서 멀어지자 집안일 따위는 깨끗이 잊어버렸다. 그의 머릿속에는 줄곧 어떻게든 친구를 즐겁게 해 주고, 누구에게나 거친 말을 하지 않고, 목적지에 무사히 갔다가 돌아왔으면 하는 생각뿐이었다.

에리세이는 길을 가면서 혼자 기도문을 외우기도 하고, 자기가 아는 성자의 이야기를 마음속으로 떠올리기도 했다. 모르는 사람과 동행할 때도, 여인숙에서 하룻밤을 지낼 때도 어떤 사람에게나 친절하게 대했으며 하느님의 뜻에 따르는 말만 하려고 애썼다. 그는 걸으면서도 마음이 즐거웠다.

그러나 단 한 가지 일만 에리세이 뜻대로 되지 않았다. 이 기회에 담배를 끊으려고 자작나무 껍질로 만든 담배통을 일부러 집에 두고 왔는데, 그것이 자꾸 생각나는 것이다. 도중에 사람들이 그에게 담배를 주었다. 그래서 그는 친구를 죄에 끌어들이지 않으려고 슬쩍 뒤처져서 담배를 피웠다.

예핌 타라스이치도 기분이 좋은 듯 힘차게 걸어갔다. 나쁜 짓도 하지 않고 허튼소리도 하지 않았다. 원래 그는 행동이나 말이 찬찬했다. 다만 집안일을 생각하면 마음이 놓이지 않았다. 그의 머릿속에서는 집안일이 한시도 떠나지 않았다. 아들이 일러두고 온 말을 잊지는 않았는지, 실수 없이 잘하고 있는지 걱정이 되었다.

길을 지나갈 때 사람들이 감자를 심거나 비료 나르는 모습을 보면 '아들이 시킨 대로 잘하고 있을까.' 하고 걱정했다. 그리고 당장에라도 되돌아가서 모든 일을 한 번 더 지시하거나 아니면 직접 해 버리고 싶은 생각이 들기도 했다.

3

두 노인은 5주일이나 계속 걸었다. 집에서 만들어 온 신발은 다 닳아서 새것을 사야 할 무렵에 소러시아(우크라이나의 전 이름) 가까이까지 갔다.

집을 나선 뒤로 두 사람은 자는 데에도, 식사를 하는 데에도 일일이 돈을 냈는데 소 러시아 사람이 사는 곳에 오자 사람들이 앞을 다투어 자기들 집으로 초대했다. 집으로 불러서 먹여 주고도 돈을 받으려 하지 않았고, 게다가 배고프면 먹으라고 자루 속에 빵과 과자를 넣어 주기도 했다.

이렇게 해서 두 사람은 무난히 칠백 베르스타(러시아의 거리 단위)를 걸어 흉년이 든 어느 지방에 다다랐다. 이곳 사람들은 잠을 재워 주고 돈을 받지 않았으나 먹여 주지는 않았다. 빵 한 쪽 주지 않는 곳도 있고 어떤 때는 돈을 주고도 살 수가 없었다.

이곳 사람들 이야기로는 지난해에 아무것도 거둬들이지 못했다고 했다. 어떤 부자는 먹을 것이 없어 무엇 하나 남기지 않고 팔아 버렸고, 중류층 사람들은 무일푼이 되었다. 가난한 사람들은 어딘가로 떠나 버렸거나 걸식을 나서 겨우 연명하는 형편이었다. 겨우내 등겨나 명아주로 끼니를 이었다는 것이다.

어느 날 두 노인은 작은 마을에 들어가 빵을 십오 파운드쯤 사고 하룻밤을 묵은 다음, 덥기 전에 조금이라도 더 서둘러 가려고 동이 트기 전에 길을 나섰다.

십 베르스타쯤 가니 개천이 나왔다. 그들은 거기에 앉아 찻잔으로 물을 떠서 빵을 적셔 먹고 낡은 신발을 갈아 신었다. 그리고 잠시 앉아 쉬었다. 에리세이는 담뱃갑을 꺼냈다.

예핌 타라스이치는 그에게 고개를 저어 보이면서 말했다.

"왜 좋지 않은 걸 그만두지 못하나?"

에리세이는 한 손을 내저으며 말했다.

"결국 나는 죄인이야. 이것만은 도저히 어쩔 수가 없군."

두 사람은 일어나서 다시 걸음을 재촉했다. 십 베르스타쯤 걸어가자 큰 마을이 나왔으나 그냥 지나쳤다. 그때는 볕이 여간 뜨거운 게 아니었다. 에리세이는 지쳐 잠시 쉬면서 물이라도 마시고 싶었으나 예핌은 걸음을 멈추려 하지 않았다. 에리세이는 그 뒤를 따라가기가 무척 힘들었다.

"어때, 물이라도 좀 마시지?"

에리세이는 걸음을 멈추고 예핌에게 말했다.

"그래? 난 생각 없으니 자네나 마시게."

"그럼 먼저 가게. 난 저 농부네 집에 가서 물 한잔 얻어 마시고 금방 뒤쫓아 가겠네."

"그러지 뭐."

예핌 타라스이치는 혼자서 앞서갔고, 에리세이는 오두막이 있는 쪽으로 돌아섰다.

에리세이는 농부네 오두막으로 다가갔다. 그 오두막은 진흙을 바른 집이었다. 아래쪽은 검고 위쪽은 하얀데 오래도록 손보지 않았는지 진흙은 벗겨지고 지붕 한쪽도 구멍이 나 있었다. 오두막의 출입구는 뜰과 붙어 있었다.

에리세이가 뜰에 들어가 보니 토담 곁에 한 남자가 셔츠를 바지에 밀어 넣은 채 드러누워 있었다. 짐작하건대 그 남자는 시원한 곳을 찾아 드러누운 모양인데, 지금은 해가 바로 위에서 내리쬐고 있었다. 남자는 뒹굴고 있을뿐 자고 있는 것은 아니었다.

에리세이는 그에게 물을 한잔 청했으나 아무 대꾸도 하지 않았다. '병이 났거나 무뚝뚝한 사람이겠지.' 라고 생각하며 문에 가까이 다가섰다. 그러자 오두막 안에서 두 아이의 울음소리가 들렸다. 에리세이는 문을 두드렸다.

"실례합니다."

그러나 아무 대답도 없었다.

이번에는 지팡이로 문을 '똑똑' 하고 두드렸다.

"아무도 안 계십니까?"

그래도 아무 소리가 없었다.

"하느님의 종입니다!"

역시 대답이 없었다.

에리세이가 그만 돌아가려고 할 때 문 쪽에서 누가 한숨을 쉬는 소리가 들렸다.

'이 사람들에게 무슨 불행한 일이 일어난 게 아닐까? 좀 살펴봐야겠군.'

4

에리세이는 문고리를 돌려 보았다. 자물쇠는 채워져 있지 않았다. 문을 열고 안으로 들어가자 방문이 열려 있었다. 왼쪽에는 난로가 있고 오른쪽 귀퉁이에는 성상과 테이블이 놓여 있었다. 테이블 맞은편에는 의자가 하나 있고, 그 의자에는 내복만 입은 노파가 테이블 위에 머리를 힘없이 떨어뜨리고 앉아 있었다.

그 곁에는 온몸이 인형처럼 창백하며 여위고 배만 불룩 나온 남자아이가 노파의 소매를 붙들며 무언가를 졸라댔다.

에리세이는 안으로 더 들어갔다. 오두막 안은 악취 때문에 숨이 막힐 지경이었다. 살펴보니 난로 옆 침대에 여자가 누워 있었다. 그녀는 엎드린 채 이쪽을 보려고도 하지 않고 괴로운 듯한 목소리를 내면서 한쪽 발을 폈다 오므렸다 할 뿐이었다. 여자가 다리를 이리저리 움직일 때마다 고약한 악취가 풍겼다. 아무래도 여자는 오줌똥을 가리지 못하는 듯했다. 게다가 뒤치다꺼리해 줄 사람도 없는 모양이었다.

노파는 머리를 들더니 사람이 있는 것을 눈치채고 말했다.

"누구요? 보아하니 무엇을 얻으려고 온 모양인데 여기엔 아무것도 없어요."

에리세이는 그녀의 말을 알아듣고 곁으로 다가가 말했다.

"저는 순례자인데 물을 한잔 얻어먹으려고 왔습니다."

"아무도 가져다줄 사람이 없으니 마시려거든 직접 가서 떠 마셔요."

그때 에리세이가 물었다.

"그런데 무슨 일인가요? 이 집에는 건강한 사람이 없나요? 이 여자분을 돌볼 사람은요?"

"아무도 없소. 뜰에서 죽어가고 있는 아들과 우리뿐이오."

아이는 낯선 사람을 보고 잠시 입을 다물었으나 노파가 말을 하자 다시 소매를 잡아당기며 울기 시작했다.

"빵 줘요, 할머니. 빵 줘요!"

에리세이가 노파한테 무언가를 물어보려고 했을 때 뜰에 있던 농부가 비틀거리며 오두막 안으로 들어왔다. 그는 벽을 따라 의자 쪽으로 가더니 바닥에 그대로 뒹굴었다. 그러고는 일어서려고도 하지 않고 작은 소리로 중얼거렸다. 한 마디 한 마디 할 때마다 숨을 몰아쉬면서 힘겹게 그다음 말을 이어갔다.

"병이 났는데……, 게다가 먹을 게 아무것도 없어요. 저것도 굶어서 죽어가고 있어요."

농부는 머리로 사내아이를 가리키며 눈물을 흘렸다.

에리세이는 어깨에 둘러메고 있던 자루를 의자에 내려놓고 주둥이를 펼쳤다. 그는 빵을 꺼내어 한쪽을 잘라 농부에게 주었다. 농부는 받지 않고 남자아이와 여자아이 쪽을 가리키며 말했다.

"아이들한테 주세요."

에리세이는 남자아이한테 빵을 주었다. 아이는 빵 냄새를 맡더니 몸을 뻗어 작은 두 손으로 빵 한 쪽을 들고는 허겁지겁 먹어 치웠다. 그러자 난로 옆에 서 있던 여자아이가 빵을 물끄러미 보고 있었다.

에리세이는 그 아이에게도 빵을 주었다. 그러고 나서 다시 한쪽을 잘라 노파에게 주었다. 노파는 그것을 재빨리 받아 들더니 우물우물 씹어 먹었다.

"물을 길어다 주었으면 좋겠는데……."

노파가 말했다.

"다들 입이 바싹 말라 있어요. 어제인지 오늘인지 기억이 잘 안 나지만 내가 물을 길으러 갔었어요. 물을 길었는데 들고 올 힘이 없어 나동그라지고 말았죠. 간신히 기어 오긴 왔는데……. 물통을 거기에 버려두고 왔으니 누가 들고 가지만 않았다면 아직 있을 거요."

에리세이는 그들에게 우물이 어디에 있냐고 물었다. 노파가 가르쳐 준 곳에 가 보니 물통은 그대로 있었다. 그는 물을 길어다가 모두에게 먹였다. 아이들과 노파는 물과 함께 빵 한 쪽씩을 더 먹었지만 농부는 먹으려 하지 않았다. 그가 말했다.

"속에서 받지 않아요."

여자는 몸을 일으키려고 하지 않았고, 정신도 차리지 못한 채 침대 위에서 뒤척일 뿐이었다.

에리세이는 마을에 있는 가게에 가서 수수와 소금, 버터를 산 뒤 손도끼를 찾아 장작을 패서 난로에 불을 지폈다. 여자아이가 심부름을 해 주었다. 에리세이는 수프와 보리죽을 쑤어 식구들에게 먹였다.

5

농부도 조금 먹고 노파도 먹었다. 아이들은 허겁지겁 먹어 치우고 한쪽 구석에서 서로 껴안고 잠들었다.

농부와 노파는 어떻게 해서 이 지경이 되었는지 그간의 사정을 말하기 시작했다.

"우리는 가난했지만 그럭저럭 먹고살았습니다. 그런데 이번 기근 때문에 가을부터 지금까지 곡식을 거둬들이는 것은 고사하고 그나마 남아 있던 것까지 다 먹어 버렸답니다. 결국엔 먹을 것이 없어 이웃 사람들한테 신세를 졌는데 그 사람들도 처음에는 도와주었지만 나중에는 도와주지 않았습니다. 그중에는 있으면 기꺼이 주고 싶지만 아무것도 줄 것이 없어 어쩔 수 없다고 말하는 사람도 있었습니다. 우리도 매번 손 벌리기가 여간 부끄럽지 않았습니다. 여기저기서 돈과 밀가루, 빵까지도 다 빌렸으니까요."

농부는 말을 계속했다.

"그래서 일을 찾아 돌아다녔지만 일거리도 없었습니다. 어쩌다 하루 일을 하고 나면 나머지 이틀은 다시 일을 찾아 헤매는 형편이었습니다. 결국 어머니와 딸아이가 멀리까지 가서 구걸을 했습니다. 그러나 얻는 것은 얼마 되지 않았습니다. 모두 살기가 어려웠으니까요. 그래도 가을 수확 때까지 어떻게든 살 수 있으리라고 생각했습니다. 그러나 올봄부터는 아예 도움을 주려는 사람이 딱 끊어진 데다가 병까지 걸려 형편은 더욱 나빠졌습니다. 하루 먹으면 나머지 이틀은 아무것도 먹지 못했어요. 결국 풀까지 먹게 되있는데 그 때문인지 마누라가 병에 걸리고 말았습니다. 마누라는 일어나지도 못하고 나는 기운이 없으니 암담한 형편입니다.

농부의 말을 이어 노파가 입을 열었다.

"나 혼자 여기저기 구걸을 다녔지만 그것도 먹지 못해 차츰 힘이 빠지고 지금은 그것마저도 할 수 없다오. 손자도 약해진 데다가 사람을 꺼리기 시작했어요. 이웃에 심부름을 보내려 해도 가려고 하지 않아요. 구석에 틀어박혀 꼼짝도 안 해요. 그저께 이웃 여인네들이 왔다가 우리가 굶주리고 병에 걸려 쓰러진 걸 보더니 돌아서서 가 버리더군요. 그 여인네들도 모두 남편이 없어 어린애들을 돌봐야 하니까 어쩔 수 없겠죠. 그래서 우리는 이렇게 죽을 날만 기다리고 있었어요."

그들의 이야기를 다 듣고 난 에리세이는 그날 안에 친구를 따라갈 것을 단념하고 그 집에 머무르기로 했다.

이튿날 아침, 에리세이는 자기가 이 집의 주인이라도 된 듯이 집안일을 하기 시작했다. 그는 노파와 함께 빵을 반죽하고 난로에 불을 지폈다. 여자아이와 함께 쓸 만한 물건을 찾아보았으나 아무것도 없었다. 모두 먹을 것과 바꾼 것이었다. 농기구는 물론이고 입을 옷조차 없었다. 그래서 에리세이는 필요한 물건을 마련했다. 직접 만들거나 밖에서 사 오기도 했다.

이렇게 해서 에리세이는 하루를 지내고 이틀을 지내고 사흘을 묵었다. 남자아이도 점점 기운을 차려서 가게에 심부름을 갈 수 있게 되었고, 에리세이를 잘 따랐다. 여자아이는 이제 완전히 힘을 되찾아 무슨 일이나 도왔다. 그 아이는 늘 "할아버지, 할아버지!" 하고 에리세이 뒤를 쫓아다녔다. 노파도 일어나 근처를 나다닐 정도였다. 농부도 벽에 기대어 조금씩 걸었다. 다만 여자만은 아직 누워 있었는데 사흘째 되는 날에는 정신을 차리고 먹을 것을 찾았다.

"이렇게 오래도록 있을 생각은 아니었는데……. 자, 이제 그만 떠나자."

에리세이는 생각했다.

6

나흘째 되는 날은 감사 주일 전날이었다. 에리세이는 농부의 가족과 전야를 축하하고 모두에게 감사절 선물을 사 준 후 저녁때가 되면 떠나리라 마음먹었다. 에리세이는 마을로 나가 우유와 밀가루, 기름 등을 사 와 노파와 함께 음식을 만들었다. 다음 날 아침에는 교회에 갔다 와서 농부의 가족과 같이 맛있는 요리를 먹었다. 이날은 농부의 아내도 일어나 걸었다.

농부는 수염을 깎고 노파가 세탁해 준 깨끗한 셔츠를 입고 마을의 부자 농부에게 갔다. 부자 농부에게 초지와 밭이 저당 잡혀 있었으므로 그것을 다음 수확 전에 넘겨줄 수 있느냐고 부탁하러 간 것이었다. 저녁때 어깨가 축 처져 돌아온 농부는 눈물을 흘렸다. 부자 농부가 매몰차게 돈을 가져오라고 했다는 것이다.

에리세이는 또 생각했다.

'앞으로 이 사람들은 어떻게 살아갈까? 남들은 풀을 베러 가는데 이 사람들만 멀거니 앉아 있을 수는 없지 않은가. 가을이 되면 남들은 수확을 할 텐데 이 사람들은 밭을 저당 잡혀 아무것도 할 수가 없다. 그나마 조금 있던 땅도 부자 농부에게 팔아 버렸다고 한다.'

에리세이는 심란하여 다음 날 아침으로 출발을 미루었다. 그는 마당에 나가 기도를 하고 잠을 청했으나 잠들 수가 없었다. 그동안 시간도 많이 허비하고, 돈도 너무 많이 써 버려 떠나야 했지만 이곳 사람들이 너무 가여웠다.

'그렇다고 모든 걸 나눠 줄 수는 없어. 처음엔 이 사람들에게 물을 길어다 주고 빵 한 쪽씩만 줄 생각이었는데 이렇게까지 되었으니 이젠 초지나 밭을 찾아 주어야 해. 그러고 나면 아이들한테 암소를 사 주어야 하고 집주인에게는 말을 사 줘야 해. 이봐, 에리세이. 자네 아무래도 바보가 된 것 같군. 덫에 걸려 어떻게 해야 좋을지 모르는 꼴이잖아.'

에리세이는 일어나 머리맡에서 긴 저고리를 집어 뿔 담뱃갑을 꺼내어 담배 냄새를 맡았다. 그러나 머리가 상쾌해지지 않았다. 아무리 생각해도 좋은 생각이 떠오르지 않았다. 떠나야 했지만 이곳 사람들이 너무 불쌍했다. 어떻게 하면 좋을지 마음을 정할 수가 없었다.

그는 긴 저고리를 둘둘 말아 머리밑에 베고 드러누웠다가 스르르 잠이 들었다. 별안간 누군가 깨우는 느낌이 들었다. 눈을 떠 보니 나그네 차림을 한 자신이 자루를 어깨에 둘러메고 손에는 지팡이를 짚고 막 일어서려 하고 있었다. 그는 문을 지나가야 했는데, 문은 사람 하나 간신히 스쳐 지나갈 정도밖에 열려 있지 않았다. 그리고 그가 문에 다다르자 자루가 한쪽에 걸렸다. 그것을 빼려고 하자 이번엔 다른 쪽에 행전이 걸렸다. 그가 자루를 내리려 하자 어린 여자아이가 외쳤다.

"할아버지, 할아버지, 빵 주세요!"

발밑을 보니 남자아이가 행전을 붙잡고 있고 창문으로 노파와 농부가 이쪽을 빤히 쳐다보고 있었다.

에리세이는 잠에서 깨어난 후 혼자서 중얼거렸다.

'그래, 내일은 초지와 밭을 찾아 주자. 말도 사 주고 아이들한테 암소도 한 마리 사 주자. 그렇게 하지 않고는 바다를 건너 성지를 찾아가도 내 마음속의 그리스도를 잃어버리게 돼. 무엇보다도 이 사람들을 먼저 도와주어야 해.'

이렇게 결심이 서자 에리세이는 깊은 잠을 잘 수가 있었다. 아침 일찍 일어난 그는 부자 농부를 찾아가 밭을 도로 찾고 초지 대금도 지급했다. 그리고 큰 낫을 사서 집으로 갔다. 농부는 풀을 베러 보내고, 자신은 여기저기 농가를 찾아다니다가 선술집 주인한테서 수레가 딸린 말을 팔려고 내놓았다는 사실을 들었다. 값을 흥정해서 그것을 사기로 하고 이번에는 암소를 사러 다녔다.

에리세이가 마을 거리를 걷고 있는데 여자 두 명이 바로 앞에서 수다를 떨면서 걷고 있었다. 에리세이는 여자들이 이야기하는 것을 듣고 자기에 관한 소문이 퍼졌다는 것을 알았다.

한 여자가 에리세이에 대해 말했다.

"처음에는 아무도 그 사람이 누군지 몰랐다는 거야. 그저 순례자로만 알고 있었지. 물 한 그릇 얻어 마시려고 들어갔다가 그대로 그 집에 머물고 말았다니까. 그리고 그 사람들한테 뭐든지 사 주었다는 거야. 내 눈으로 보았어. 오늘도 그 사람은 선술집 주인한테서 수레가 딸린 말을 샀대. 이 세상에 그런 사람이 흔하겠어? 한번 가 보자."

이 말을 들은 에리세이는 자기가 칭송을 받고 있는 것을 깨닫고 암소를 사러 가는 일을 그만두었다. 그는 선술집으로 되돌아가 말값을 치렀다. 그리고 말에 수레를 걸어 매고는 그것을 타고 오두막으로 돌아갔다. 문 앞까지 타고 가서 말을 멈추고 수레에서 내렸다.

집에 있던 사람들은 에리세이가 말을 산 것이 자기들을 위해서라고는 생각했지만 차마 말하지 못했다.

농부가 문을 열고 뛰어나왔다.

"웬 말입니까?"

"마침 싸게 나온 게 있어서 샀어요. 밤에 먹을 수 있도록 풀을 조금 베어 말구유에 넣어 주세요."

농부는 말을 풀고 풀을 한 아름 베어 말구유에 넣어 주었다. 다들 잠자리에 들었다.

에리세이는 집 밖에서 잤다. 그는 저녁때 자루를 밖에 내놓았다. 모두 잠든 후 에리세이는 일어나서 자루를 둘러메고 짚신을 신고 겉옷을 걸치고 예핌의 뒤를 쫓아 길을 떠났다.

7

에리세이가 5베르스타쯤 갔을 무렵 날이 밝았다. 그는 나무 밑에 앉아 자루를 열고 돈을 세어 보았다. 모두 십칠 루블과 이십 코페이카가 남아 있었다.

'가만있자. 이 돈으로는 바다를 건너갈 수가 없겠군. 하지만 그리스도의 이름을 팔아 구걸하는 죄는 짓고 싶지 않아. 예핌 영감이 혼자서라도 가서 나 대신 양초를 바치고 돌아올 거야. 나는 죽기 전에 성지 순례를 못 하겠지만 주님께서는 사랑이 크시니까 용서해 주실 거야.'

에리세이는 일어서서 몸을 쭉 펴고는 자루를 어깨에 짊어지고 오던 길로 되돌아갔다. 다만 그 마을을 지날 때는 누구에게도 눈에 띄지 않게 멀리 돌아서 갔다. 처음 성지 순례를 떠날 때는 걷기가 힘들어서 예핌을 뒤쫓아가기 바빴으나, 돌아올 때는 마치 하느님이 도와주시기라도 하듯 발걸음이 가볍고 힘든 줄을 몰랐다. 걸으면서도 마치 장난치듯이 지팡이를 휘두르면서 하루에 칠십 베르스타씩이나 걸었다.

에리세이가 집에 돌아왔을 때 식구들이 마침 들에서 돌아올 시간이었다. 집안사람들은 할아버지가 돌아온 것을 기뻐하며 어쩌다가 친구한테 뒤처졌는지, 왜 끝까지 가지 않고 돌아왔는지 등을 물었다. 그러나 에리세이는 그동안 있었던 일을 자세히 이야기하지 않았다.

"도중에 돈을 다 써 버렸지 뭐냐. 그래서 예핌 영감을 놓쳐 가지 못한 것뿐이야. 그리스도를 위해 용서해다오!"

에리세이는 남은 돈을 아내에게 주며 집안일에 대해 물었다. 모든 것이 잘되어 가고 있었다. 농사에 실수도 없었고 가족들은 평화롭게 살고 있었다.

그날, 예핌 영감네 가족들도 에리세이가 돌아왔다는 말을 듣고 예핌의 소식을 들으려고 찾아왔다. 에리세이는 그들에게도 같은 말을 해 주었다.

"예핌은 건강하게 잘 갔단다. 우리는 베드로 축일 사흘 전에 헤어졌는데, 나는 뒤쫓아가려고 했지만 그만 일이 생겼어. 돈을 다 써 버려 여비가 없었지. 그래서 되돌아온 거란다."

사람들은 놀랐다. 현명한 사람이 어떻게 그런 바보 같은 짓을 했는지, 성지 순례를 떠났다가 목적지에 닿기도 전에 돈만 쓰고 오다니 믿을 수 없는 일이었다.

에리세이는 일을 시작했다. 아이들과 함께 겨울 땔감을 준비하거나 여자들과 함께 타작을 했다. 그리고 헛간의 지붕을 이기도 하고 꿀벌을 보살피기도 했으며, 벌의 유충을 벌꿀 열 통과 함께 이웃 사람에게 넘기기도 했다. 아내는 팔아넘긴 벌통에서 얼마나 분봉했는지를 그에게 숨기려고 했으나 에리세이는 자신의 것과 이웃 사람의 것을 정확히 알고 있었다. 그래서 그는 이웃 사람에게 열 통이 아니라 열일곱 통을 건네주었다.

에리세이는 수확이 끝나자 아들은 일하러 내보내고, 자신은 겨울 동안 짚신을 삼거나 벌통을 만들면서 지냈다.

8

에리세이가 물을 얻어 마시러 농가에 간 그날, 예핌은 하루 종일 친구가 뒤쫓아오기를 기다렸다. 그는 조금 더 가서 기다리다가 그만 길가에서 깜박 졸았다. 잠을 깬 후에도 여전히 앉아 기다렸으나 친구는 오지 않았다. 그는 두리번거리며 주변을 둘러보았다. 해는 벌써 동네 저편으로 지고 있는데 에리세이는 끝내 오지 않았다.

"혹시 벌써 지나쳤는지도 몰라. 아니면 마차라도 얻어 타고 지나가서 나를 보지 못한 게 아닐까? 하지만 나를 보지 못했을 리가 없어! 여긴 들판이어서 모든 게 잘 보이는걸. 내가 되돌아가도 되겠지만 만일 그사이 에리세이가 앞서갔다면 도리어 거리가 멀어져서 더 난처해지겠지. 차라리 계속

가서 오늘 밤에 묵을 마을에서 만나는 게 낫겠어."

마을에 도착하자 그는 마을 경찰에게 만일 이러이러한 사람을 보면 자기가 묵는 집으로 보내 달라고 부탁했다. 그런데 에리세이는 그 숙소에도 오지 않았다.

예핌은 다시 여행을 계속하며 만나는 사람마다 머리가 벗어지고 몸집이 작은 노인을 보지 못 했느냐고 물었다. 그러나 아무도 보았다는 사람이 없었다. 예핌은 하는 수 없이 그대로 혼자서 계속 걸어갔다.

'오데사에 가면 어디서든 만나겠지. 그렇지 않으면 배에서 만나든지.'

그리고 나서 더 이상 생각하지 않았다.

도중에 한 수도사와 길동무가 되었다. 수도사는 보통의 수도사 복장을 하고 둥근 모자 밑에 긴 머리를 늘어뜨리고 있었다. 이제까지는 아젠에 있었고, 지금 두 번째 예루살렘 순례를 한다고 했다. 그들은 숙소에서 만나 이야기를 하다가 함께 가기로 한 것이었다.

그들은 무사히 오데사에 당도했다. 거기서 사흘간 배를 기다렸다. 거기에는 여러 나라에서 온 수많은 순례자들이 기다리고 있었다. 그래서 예핌은 또다시 사람들에게 에리세이에 대해 물어보았으나 아무도 본 사람이 없었다.

수도사가 예핌에게 무임으로 승선하는 방법을 가르쳐 주었으나 예핌은 그 말을 따르지 않았다.

"나는 여비를 준비해 왔으니까 돈을 내는 게 낫겠습니다."

그리고는 왕복 뱃삯 사십 루블을 내고, 도중에 먹을 빵과 청어 등을 샀다. 배가 짐을 다 싣자 순례자들은 배에 올라탔다. 예핌도 수도사와 함께 배에 탔다. 닻이 오르고 밧줄이 풀리면서 배는 바다로 떠났다. 낮에는 별탈 없이 항해했으나 저녁때부터 바람이 일고 비가 내리면서 배가 흔들리고 파도가 배를 덮쳤다.

사람들은 바다에 나뒹굴고 여자들은 울부짖었으며, 몇몇 남자들은 배 안을 뛰어다니면서 안전한 자리를 찾아다녔다. 예핌도 공포심에 사로잡혔으나 겉으로 드러내지 않았다. 올라탔을 때 탐보프 노인과 나란히 마루에 앉은 모습 그대로 하룻밤과 이튿날 하루를 꼬박 버텼다. 오직 자루만 꼭 붙든 채 한마디도 하지 않았다. 사흘째 바다는 겨우 조용해졌다.

닷새째 되는 날, 콘스탄티노플에 닿았다. 순례자들 가운데는 배에서 내려 지금은 터키가 점령한 소피아 성당을 구경하러 간 사람도 있었으나, 예핌은 배 위에 남아 있었다. 배는 꼬박 하루를 정박했다가 또다시 바다로 떠났다. 그러고 나서 또 스미르나(터키 서부의 에게해에 있는 항구 도시)와 알렉산드리아(이집트 북부에 있는 무역항)에 들렀다가 이윽고 야파 거리에 도착했다. 순례자들은 모두 야파에서 내려 예루살렘까지 칠십 베르스타를 걸어가야 했다.

그런데 배에서 내릴 때 공포가 또다시 사람들을 사로잡았다. 배가 높기 때문에 사람들은 그 배 밑에 있는 거룻배에 옮겨 타야 했다. 그러나 거룻배가 몹시 흔들려서 자칫하다가는 제대로 옮겨 타지도 못하고 바닷속으로 떨어질 것 같았다. 실제로 두 사람이 옮겨 타다가 바다에 빠져 몸이 흠뻑 젖었으나 어쨌든 다들 무사했다.

배에서 내리자 사람들은 모두 휘청거리며 길을 떠났다. 그리고 사흘째 되는 점심때 예루살렘에 이르렀다. 그들은 시외의 러시아인 숙소에 도착하여 여권 사증을 받은 다음 식사를 끝내고 나서 수도사와 함께 성지 순례를 다녔다. 가장 중요한 그리스도의 묘는 아직 참배가 허용되지 않았다. 그들은 먼저 주교 수도원에서 참배하고 양초를 바쳤다. 예수님의 묘가 있는 부활의 성당은 밖에서 참배했다. 그러나 그 성당 전체는 외부에서 보이지 않았다.

다음 날 아침, 그들은 이집트의 마리아가 그곳으로 피해 자신의 몸을 구한 곳에 들어가 양초를 바치고 기도를 올렸다.

그곳에서 아브라함 수도원으로 돌아가 아브라함이 신을 위해 자신의 아들을 찔러 죽이려고 한 사베크의 정원을 보았다. 그리고 그들은 그리스도가 막달라 마리아에게 모습을 나타내셨다는 성지를 참관하고 주님의 형제 야곱의 교회로 향했다.

수도사는 여러 곳을 안내하며, 가는 곳마다 어디서는 돈을 얼마나 바쳐야 하고 어디서는 양초를 바쳐야 한다고 가르쳐 주었다.

성지 순례를 마치고 숙소에 돌아와 막 잠을 자려고 하는데, 수도사가 갑자기 깜짝 놀라며 자기 옷을 이리저리 뒤지기 시작했다.

"내 지갑을 도둑맞았어. 이십삼 루블이 들어 있었는데……. 십 루블짜리 지폐 두 장하고 잔돈 3루블하고……."

나그네 수도사는 푸념을 늘어놓았지만 어쩔 수 없는 일이었다. 이윽고 사람들은 잠자리에 들었다.

9

예핌도 잠을 자려고 누웠으나 마음속에서 이런 생각이 들었다.

'저 수도사가 돈을 잃었을 리가 없어. 수도사는 처음부터 돈이 없었을 거야. 저 사람은 어디서도 돈을 내지 않았으니까. 늘 내가 내도록 하고 자기는 한 번도 낸 적이 없어. 게다가 나한테 1루블까지 빌렸잖아?'

하지만 예핌은 곧 자신을 나무랐다.

'내가 왜 남을 의심하지? 그건 죄를 짓는 거잖아. 이제 쓸데없는 생각은 하지 말자.'

간신히 마음을 가라앉혔다 싶었는데 또다시 수도사가 정말 돈을 노리고 있다는 것과 그가 지갑을 도둑맞았다고 허풍 떠는 모습이 떠올랐다.

'저 사람은 틀림없이 돈을 가지고 있지 않았어.'

그는 단정했다.

'발뺌하려는 게 분명해.'

이튿날, 그들은 부활 대성당에서 거행되는 기도실에 참배하러 갔다. 수도사는 예핌의 곁을 떠나지 않고 언제나 그와 함께 갔다.

그들은 성당에 도착했다. 거기에 모인 많은 순례자들은 러시아인뿐만 아니라 그리스인, 아르메니아인, 터키인, 시리아인 등 세계 도처에서 온 사람들이었다.

예핌은 사람들과 함께 성문을 빠져나가 터키인 경비원 곁을 지나 옛 그리스도를 십자가에서 내려 향유를 바른, 지금은 아홉 자루의 커다란 촛대가 있는 곳으로 갔다. 예핌은 거기에 양초를 바쳤다.

그리고 나서 수도사가 이끄는 대로 그리스도가 못 박혔던 십자가가 세워져 있던 곳, 골고다로 가려고 오른쪽 계단을 올라갔다. 예핌은 거기서도 기도를 올렸다. 그리고 지면이 지옥까지 갈라졌다는 곳과 그리스도의 손발을 십자가에 못 박았다는 곳을 구경하고, 이어서 그리스도의 피가 아담의 뼈

위에 뿌려졌다는 아담의 관을 보았다. 이윽고 그들은 그리스도가 가시관을 쓸 때 앉았던 돌이 있는 곳을 거쳐 그리스도를 채찍질할 때 그를 결박했다는 기둥이 있는 곳으로 갔다.

마지막으로 예핌은 그리스도의 발자국이라는 두 개의 구멍이 뚫린 돌도 보았다. 아직 볼거리는 많았으나 사람들은 길을 재촉했다. 그리스도의 관이 있는 동굴 쪽으로 서둘러 간 것이었다. 거기서는 마침 다른 파의 성찬식이 끝나고 정교의 성찬식이 시작되려는 참이었다. 예핌은 사람들과 함께 동굴에 들어갔다.

그는 수도사와 헤어지고 싶었다. 마음속에서 쉴 새 없이 수도사에 대해 죄스러운 의심이 들었기 때문이었다. 하지만 수도사가 좀처럼 떨어지지 않아 그리스도 관 성찬식에서도 그와 함께 참여했다. 그들은 앞으로 더 나아가고 싶었으나 생각뿐이었다. 앞으로도 뒤로도 꼼짝달싹할 수 없을 만큼 많은 사람이 모였기 때문이다.

예핌은 선 채로 앞쪽을 보고 기도하면서도 지갑이 호주머니에 무사히 있는지를 끊임없이 생각했다. 그의 마음은 둘로 나뉘었다. 하나는 수도사가 자기를 속이는 것은 아닌가 하는 생각과 또 하나는 실제로 지갑을 도둑맞았다면 자기는 도둑맞지 않아 다행이라는 생각이 든 것이었다.

10

예핌은 서서 기도를 드리면서 그리스도의 관 위에 서른여섯 개의 촛불이 타고 있는 앞쪽의 교회를 물끄러미 바라보았다. 예핌이 선 채로 사람들의 머리 너머로 관을 보고 있는데, 정말 이상한 일이었다. 촛불 바로 아래, 사람들의 정면에 긴 회색 저고리를 입은 몸집이 작은 한 노인이 마치 에리세이 보드로프와 같이 빤질빤질하게 벗어진 머리를 반짝이고 서 있는 모습이 눈에 띄었다.

'아니, 에리세이하고 꼭 닮았잖아. 하지만 에리세이는 아니겠지! 그가 나보다 먼저 왔을 리가 없어. 우리가 탄 배보다 먼저 출발한 배는 우리보다 일주일이나 앞서 왔으니까. 저 사람이 그 배를 탔을 리가 없지. 그렇다고 우리 배에도 타지 않았는데……. 나는 타고 있던 순례자들을 한 사람도 빠

뜨리지 않고 확인했으니까.'

그때, 그 노인은 기도를 시작하고 세 차례 크게 절을 했다. 한 번은 정면의 하느님 쪽에, 다음에는 양쪽의 정교 신자들 쪽에 했다. 노인이 오른쪽으로 머리를 돌렸을 때 예핌은 깜짝 놀랐다. 그는 틀림없는 에리세이였다. 곱슬곱슬한 검은 턱수염, 흰 털이 섞인 구레나룻, 눈썹, 코, 영락없는 그였다. 그 사람은 에리세이 보드로프였다.

예핌은 친구를 발견해 몹시 기뻤으나 어떻게 에리세이가 자기보다 먼저 이곳에 올 수 있었는지 그것이 이상해서 견딜 수가 없었다.

'그건 그렇다 치고 에리세이는 어떻게 저토록 앞으로 나아갔을까!'

그는 의아했다.

'아마 좋은 안내자를 만나 그 사람을 따라온 게 틀림없어. 여기를 나갈 때 수도사를 따돌리고 저 친구를 어떻게든 붙잡아 함께 다녀야 할 텐데……. 그러면 나도 앞에 나아갈 수 있을지 몰라.'

예핌은 에리세이를 놓치지 않으려고 줄곧 그쪽만 주시했다.

이윽고 낮 예배가 끝나자 사람들이 슬슬 움직이기 시작했다. 모두 십자가에 입을 맞추려고 혼잡한 가운데 예핌은 한쪽 귀퉁이로 밀려났다. 그러자 그는 또 지갑을 도둑맞지나 않을까 하는 불안에 사로잡혔다. 예핌은 한 손으로 지갑을 단단히 누르고 조금이라도 넓은 곳으로 나아가기 위해 붐비는 사람들에게서 벗어났다. 간신히 조금 한가한 곳으로 나온 그는 이리저리 돌아다니며 열심히 에리세이를 찾았으나 보이지 않았다. 어느덧 사원 밖에까지 나왔으나 역시 그를 만나지 못했다.

낮 예배가 끝난 뒤에 예핌은 에리세이를 찾으려고 숙소마다 찾아다녔다. 한 집도 빠뜨리지 않고 다녔지만 그를 찾아내지 못했다. 그날 밤은 수도사도 돌아오지 않았다. 그는 한 푼도 내지 않고 어디론가 숨어 버렸다. 예핌은 혼자 남았다.

이튿날 배에서 알게 된 탐보프 노인과 함께 예핌은 또 그리스도의 관을 참배했다. 앞쪽으로 나아가려 했으나 다시 구석으로 밀려들어 가고 기둥 곁에 서서 기도를 드렸다. 앞쪽을 보니 또다시 촛불 바로 아래, 그리스도의 관 옆에 있는 가장 좋은 자리에 에리세이가 서서 사제처럼 두 팔을 벌리고 있었다. 그리고 그의 벗어진 머리 주변이 빛나고 있었다.

'이번엔 놓치지 말아야지.'

예핌은 온 힘을 다해 앞쪽으로 나아갔다. 이윽고 그곳에 다다랐다. 그런데 에리세이의 모습은 이미 보이지 않았다. 벌써 나간 게 틀림없었다.

사흘째에도 예핌은 낮 예배에 참여했다. 그리고 또 앞을 바라보니 가장 거룩한 자리에 서서 두 팔을 벌리고 자기 위에 있는 무언가를 보고 있는 것처럼 위쪽을 가만히 응시하는 에리세이가 맨 먼저 눈에 띄었다. 이번에도 그의 벗어진 머리 주변이 빛나고 있었다.

'이번엔 절대 놓치지 않겠어. 오늘은 출구에 나가 서 있어 보자. 그곳이라면 서로 엇갈리는 일은 없겠지.'

예핌은 미리 나가 서 있었다. 안에 있던 사람이 모두 나올 때까지 서 있었으나 에리세이는 끝내 나오지 않았다.

예핌은 예루살렘에 6주 동안 머물면서 모든 성지를 빠짐없이 둘러보았다. 베들레헴, 베다니, 요단강도 순례하였고, 그리스도의 묘에서는 죽을 때 입을 새 내복에 도장을 받았다.

요단강의 물을 유리병에 담고, 예루살렘의 흙과 양초를 나누어 받는 등 돌아갈 비용만 남기고 가진 돈을 전부 써버렸다.

이렇게 해서 예핌은 귀로에 올랐다. 야파까지 걸어가서 배를 타고 오데사에서 내려 거기서부터는 걸어서 집으로 향했다.

11

예핌은 갔던 길을 혼자서 걸었다. 집이 가까워 오자 그가 집을 비운 사이에 가족들이 어떻게 살았을까 걱정되었다.

'1년은 물 흐르는 것과 같다고 했지만 그래도 꽤 많이 달라졌겠지? 집을 짓는 데엔 평생이 걸리지만 부수는 건 금방이거든. 내가 집을 비운 동안 아들은 집안일을 잘했을까? 봄 농사는 시작했을까? 가축은 어떻게 겨울을 났을까? 새집은 다 지었을까?'

예핌은 지난해에 에리세이와 헤어졌던 마을 근처에 다다랐다. 그 마을 근처 사람들은 몰라볼 만큼 변해 있었다. 지난해에는 하루하루를 겨우 연명하고 있었는데 올해에는 다들 넉넉했다. 농사도 잘돼 사람들은 전보다 더 건강했고, 이전의 슬픔은 잊고 있었다.

예핌은 해가 질 무렵, 지난해에 에리세이가 머물렀던 바로 그 마을에 이르렀다. 그가 마을에 들어서자마자 한 농가에서 새하얀 셔츠를 입은 한 여자아이가 뛰어나왔다.

"할아버지, 할아버지! 우리 집으로 오세요."

예핌은 지나치려 했으나 여자아이가 도무지 놓아주지 않았다. 그 아이는 옷깃을 잡아끌며 그를 오두막집 쪽으로 끌고 가면서 환하게 웃었다.

출입문이 나 있는 층계 위에는 한 여인이 남자아이를 데리고 나와 똑같이 손짓하고 있었다.

"자, 할아버지, 이리 오세요. 저녁 드시고 쉬어 가세요."

예핌은 다가섰다.

'마침 잘됐다. 내친김에 에리세이의 일을 물어보자. 그때 에리세이가 물을 마시러 간 게 틀림없이 이 집이었으니까.'

예핌이 들어서자 여인은 자루를 받아 주고, 씻을 물을 내놓고 나서 식탁으로 모셨다. 그리고 나서 우유와 보리 경단, 보리죽을 식탁 위에 차려 놓았다.

예핌은 인사말을 하고 그들이 순례자에게 친절히 대하는 것을 칭찬했다. 그러자 여인은 고개를 저으며 말했다.

"저희는 길 가는 이들을 친절하게 대하지 않을 수 없습니다. 저희는 길을 가던 나그네 덕택에 정말로 살아갈 힘을 얻었어요. 그동안 저희는 하느님을 잊고 살았습니다. 그래서 하느님에게 벌을 받아 모두 죽을 수밖에 없었습니다. 지난여름에는 모두 병이 들고 먹을 것조차 없었습니다. 만일 그때 하느님이 손님과 같은 할아버지를 저희에게 보내 주지 않으셨다면 저희는 벌써 죽었을 것입니다. 그분은 낮에 물을 마시러 오셨다가 저희를 보고 불쌍하게 여기시고 이곳에 머무르셨습니다. 그리고 저희에게 물을 마시게 해 주시고, 먹여 주셨으며, 일어설 수 있게 해 주셨습니다. 저당 잡혔던 땅을 되찾아 주시고 말이 딸린 수레까지 사 주시고 떠나셨습니다."

그때 오두막 안으로 노파가 들어와 여인의 말을 이어서 계속했다.

"실은 저희도 그분이 사람인지 하느님의 사자인지 잘 모릅니다. 저희 모두를 불쌍히 여기시고 보살펴 주시다가 떠나셨습니다만, 아무 말씀도 하지 않고 떠나셨기 때문에 저희는 누구를 위해 하느님께 기도해야 좋을지 모르는 형편입니다. 그때 일은 지금도 눈에 선합니다. 저희가 여기에 잠들어 죽기만을 기다리고 있는데 몸집이 작고 머리가 벗어진 할아버지가 들어와 물 한잔을 달라고 하셨습니다. 죄 많은 저희는 '왜 어정거리고 있는 거야.' 라고 생각했습니다. 그런데 그분은 저희를 보자마자 어깨에 메고 있던 자루를 이곳에 내려놓더니 끈을 풀고…….."

그러자 여자아이가 참견했다.

"아냐, 할머니, 그 할아버지는 처음에 이곳에, 우리 집 한가운데에 자루를 내려놓으셨다가 의자 위에 올려놓으셨어요."

이렇게 그들은 앞을 다투어 에리세이가 한 말과 한 일들을 이야기했다.

밤이 되자 주인인 농부가 말을 타고 돌아와서는 앉자마자 에리세이가 그들 집에서 머물던 동안의 이야기를 꺼냈다.

"만일 그분이 안 오셨더라면 저희는 많은 죄를 지은 채 죽었을 게 틀림없습니다. 저희는 완전히 정신을 잃고 죽어가면서 하느님과 사람들을 원망했습니다. 그런데 그분이 저희를 일으켜 세워 주셨습니다. 그분 덕택에 저희는 하느님을 알고 좋은 사람들을 믿게 되었습니다. 그리스도여, 부디 그분을 지켜 주십시오! 저희는 원래 짐승처럼 살아왔습니다만, 그분이 저희를 사람으로 만들어 주셨습니다."

그들은 예핌을 배불리 먹고 마시게 해 주고 나서 침상으로 안내하고 자기들도 잠자리에 들었다.

예핌은 자리에 누웠으나 잠이 오지 않았다. 그의 머릿속에서는 예루살렘에서 세 번이나 사람들의 맨 앞에 서 있던 에리세이의 모습이 떠나지 않았다.

'그렇다면 이 친구는 어디선가 나를 앞지른 게 틀림없어. 내 수고가 주님께 받아들여졌는지 어떤지는 모르지만 그 친구의 수고는 틀림없이 받아들여졌구나.'

이튿날 아침, 오두막집 사람들은 예핌과 작별 인사를 하면서 여행 중에 먹으라고 자루 속에 피로그(튀긴 고기만두)를 넣어 주고 일터로 갔다. 예핌은 다시 귀로에 올랐다.

12

예핌은 꼬박 1년을 여행으로 보내고 봄이 되어서야 집에 돌아왔다.

그는 저녁 무렵 집에 도착했지만 아들은 집에 없었다. 술집에 가 있었던 아들은 한잔하고 집에 돌아왔다. 예핌은 집안일에 대해 여러 가지를 묻기 시작했다. 그가 집을 비운 사이에 아들이 방탕한 생활을 한 것을 금방 알 수 있었다. 돈은 모두 나쁜 곳에 써 버리고 일은 모두 내팽개쳤다. 예핌이 그를 나무라자 아들은 난폭한 태도로 대들었다.

"그렇다면 아버지가 하시지 왜 저를 시키셨어요?"

예핌은 화가 나서 아들을 때렸다.

이튿날 아침, 예핌 타라스이치는 이장에게 여권을 돌려주러 가는 도중에 에리세이네 집 근처를 지나갔다.

에리세이의 아내가 출입문 층계에 서 있다가 그에게 인사를 했다.

"안녕하세요, 영감님! 건강하게 돌아오셨군요?"

예핌 타라스이치는 멈춰 서서 말했다.

"덕분에 잘 돌아왔습니다. 댁의 남편을 놓쳤는데 듣자니 무사히 돌아왔다지요?"

그러자 에리세이의 아내가 이야기하기 시작했다.

"네, 벌써 오래전에 돌아왔어요! 성모 승천제가 지난 뒤 바로 돌아왔습니다. 하느님 덕분에 빨리 돌아와서 기뻐하고 있습니다. 그 사람이 없으니까 집안이 쓸쓸했어요. 이제 나이가 나이인지라 할 일은 딱히 없지만 역시 가장이 있어야 집안도 제대로 돌아가고 모두 활력이 넘치지요. 아이들도 얼마나 기뻐하는지 몰라요! 아버지가 없으면 눈에 정열이 사라진 것 같고 정말 쓸쓸해해요. 우린 정말 그분을 사랑하고 의지하고 있어요!"

"그건 그렇고, 지금 집에 있나요?"

"있습니다. 유충들이 보금자리를 떠날 때가 되었다며 하느님이 자신도 전혀 본 일이 없는 힘을 벌한테 주셔서 벌이 아주 잘 되었대요. 죄가 있든 없든 하느님은 힘을 주신다고 했습니다. 가서 만나 보세요. 그이도 무척 기뻐할 테니까요!"

예핌은 출입문을 통해 정원을 지나 양봉장에 있는 에리세이에게 갔다.

에리세이는 그물을 쓰거나 장갑도 끼지 않고 긴 회색 저고리를 입은 채 자작나무 밑에 서서 두 팔을 펴고 하늘을 바라보고 있었다. 그런데 그의 대머리 주변은 그가 예루살렘에서 그리스도의 관 곁에 서 있을 때와 마찬가지로 빛나고 있었다. 그 위에는 예루살렘에 있을 때와 다름없이 자작나무 사이로 태양이 눈 부시도록 아름답게 빛나고 있었다. 그리고 머리둘레에는 금빛을 띤 꿀벌들이 관처럼 원을 그리며 무리 지어 날아다니고 있었지만 그를 쏘는 일은 없었다.

예핌은 멈춰 섰다.

에리세이의 부인이 남편을 불렀다.

"아저씨가 오셨어요."

에리세이는 뒤돌아보고 기뻐하며 턱수염에서 꿀벌을 살살 치우고 친구에게 걸어왔다.

"어서 오게, 오랜만이야……. 무사히 돌아왔군."

"간신히 돌아왔지. 자네한테 주려고 요단강물을 떠 왔네. 아무 때고 와서 가져가게. 그건 그렇고 하느님이 내 정성을 받으셨을까……?"

"아, 하느님께 감사할 일이군. 하느님의 축복이 있기를!"

예핌은 잠시 말이 없었다.

"몸은 다녀왔지만 영혼은 어떤지 모르겠네. 아니면 정작 다른 사람이……."

"무슨 일이든 하느님의 뜻이지. 여보게, 모두 하느님의 뜻이야."

"돌아오는 길에 나도 그 농가에 들렀었지. 자네가 뒤처졌던……."

에리세이는 놀라서 허둥댔다.

"하느님의 뜻이야. 여보게, 모든 것이 하느님의 뜻이라네. 그보다는 안으로 가지. 꿀물을 한잔 대접할 테니까."

에리세이는 말머리를 돌려 집안일을 이야기하기 시작했다.

예핌은 탄식했지만 자기가 농부네 집에서 만난 사람들의 일이나 예루살렘에서 그를 본 일에 대해서는 한마디도 하지 않았다. 그는 비로소 하느님은 모든 사람에게 죽는 날까지 사랑과 선행으로 그 의무를 다하도록 명하셨다는 것을 깨달았다.

유년 시대

- 레프 톨스토이 -

작품 정리

1852년 발표한 톨스토이 자전적 형식의 작품으로 수필로 분류되기도 한다.

자신의 어린 시절을 떠올리면서 다시는 돌아오지 않을 아름다운 유년 시절과 자신을 사랑해 주던 어머니와의 추억을 회상한다. 유년 시절에 가졌던 믿음과 간절했던 어머니에 대한 소망과 사랑에 대한 기도와 사랑의 힘이 사라진 현실을 안타까워한다. 니콜렌카의 어린 시절을 예리하고 뛰어난 감성으로 표현하고, 그러한 것들이 다시 회복될 날을 기대하게 하는 톨스토이의 처녀작이다. 훗날 〈소년 시대〉〈청년 시대〉로 이어지는 첫 작품이다.

작품 줄거리

나는 즐겁고 행복한, 이제 다시는 돌아오지 못할 유년 시절의 시간과 추억에 잠긴다. 어린 시절 자신을 사랑해 주던 어머니와의 추억과 방에서 실컷 뛰놀다가 지칠 때쯤, 안락의자에 앉아서 설탕을 넣은 우유 한 잔을 다 마신 뒤 잠에 쫓긴다. 감미로운 목소리와 살며시 미소 짓는 어머니의 모습을 바라보고 잠이 들자, 부드러운 손길로 내 머리를 쓰다듬으며 만약 자신이 없더라도 잊지 말라고 말씀하신다. 잠들기 전 아버지와 어머니를 구원해 달라고 기도를 올리고 눈물을 흘린다.

핵심 정리

갈래 : 단편 소설

시점 : 1인칭 주인공 시점

배경 : 19세기 러시아

주제 : 유년 시절과 어머니에 대한 그리움

출전 : 유년 시대

🕯️ 유년 시대

　즐겁고 행복한, 이제 다시는 돌아오지 못할 유년 시절이여! 그 시간과 추억을 어찌 사랑하지 않고, 또 그 추억들을 소중하게 간직하지 않을 수 있겠는가. 그 유년 시절의 추억들은 내 영혼을 고취하고 새롭게 하며, 그 추억들은 내게 더할 수 없는 기쁨의 원천이다.

　나는 방에서 실컷 뛰어놀다가 지칠 때쯤, 차 마시는 테이블 옆에 놓은 안락의자에 앉아서 쉬곤 했다. 밤이 깊어가는 시간에, 설탕을 넣은 우유 한 잔을 다 마신 뒤라 눈꺼풀이 감길 정도로 잠이 쏟아졌다. 잠을 쫓기가 힘들었지만 그래도 꼼짝도 하지 않고 앉아서 이야기를 듣고 있었다.

　어머니가 누군가와 이야기를 하고 있었다. 어머니의 감미로운 목소리가 정겹게 들려오고, 졸음 때문에 안개가 낀 듯 흐릿한 눈으로 어머니의 얼굴을 찬찬히 바라보고 있었다. 그러다가 갑자기 어머니가 점점 작게 보이더니, 어머니의 얼굴이 단추만큼이나 작아졌다. 하지만 어머니의 얼굴은 여전히 또렷하게 보였다. 그리고 어머니가 살며시 미소 짓고 나를 바라보고 계셨다. 나는 이처럼 작아진 어머니의 모습을 바라보는 것이 좋았다. 내가 눈을 더욱 가늘게 뜨자, 어머니는 마치 눈동자에 비친 아이보다 더 작게 보인다. 그러나 내가 몸을 움직이면 그 환상은 바로 깨져 버리고 만다. 나는 눈을 가늘게 뜨기도 하고 몸을 움직여보면서 그 모습을 되살리려고 애를 써도 결국엔 아무 소용이 없다. 두 다리를 안락의자에 올리고 편하게 몸을 기댔다.

　"애야, 그러다가 또 잠들겠다. 니콜렌카(니콜라이의 아명), 이 층으로 올라가서 자는 게 좋겠다."라고 어머니가 말했다.

　"엄마 저는 지금 졸리지 않아요." 하고 대답했지만, 몽롱하면서도 달콤한 공상이 머릿속에 가득 휩싸여 다시 눈꺼풀이 감기게 된다. 그리고 잠시 후에 사람들이 깨워도 세상모르게 꿈나라로 빠져든다. 그렇지만 잠결에도 누군가의 부드러운 손길이 내게 와 닿는 것을 느꼈다. 난 한 번의 감촉만으로도 그 손이 어머니의 손이라는 것을 알았고, 아직 깨지 않은 잠에 취한 상태에서 무의식적으로 그 손을 끌어당겨 입술에 비벼댄다.

모두 각자 자기 방으로 들어가고, 거실에는 촛불 하나가 켜져 있었다. 어머니가 손수 나를 깨웠다고 했다. 어머니는 내가 잠들어 있는 안락의자 옆에 앉아 부드러운 손길로 내 머리를 쓰다듬는다. 다정하고 낯익은 어머니의 목소리가 내 귓가에 들린다.

"이제 일어나야지. 우리 애기, 이제 자야 할 시간이다."

그 어떤 시선도 어머니를 주저하게 하지는 못했다. 어머니는 모든 애정과 사랑을 나에게 쏟으셨다. 나는 꼼작도 하지 않고 더욱 세차게 어머니의 손을 내 입에 맞췄다.

"어서 그만 일어나야지. 우리 천사?"

어머니는 다른 손으로 내 목을 잡고, 손가락을 빠르게 움직이며 나의 살을 간질였다. 거실은 어둡고 조용했지만, 어머니의 간지럼과 잠을 깨우려는 행동에 내 신경은 흥분되었었다. 어머니는 바로 옆에 앉아서 나를 계속 쓰다듬고 계셨다. 나는 어머니의 체취와 목소리를 들었다. 그리고 이러한 모든 것들이 내가 벌떡 일어나서 두 팔을 어머니의 목을 끌어안고, 머리를 어머니 가슴에 묻으며 가쁜 숨을 쉬면서 이야기를 하게 만들었다.

"사랑하는 엄마, 나는 엄마를 정말 사랑해요!"

어머니는 서글프면서도 매력적인 미소를 지으며 두 팔로 내 머리를 감싸안아 이마에 키스를 한 다음 자기 무릎 위에 나를 앉힌다.

"너 정말 엄마를 그렇게도 좋아하니?"

어머니는 잠시 말을 끊었다가 다시 말을 이었다.

"엄마를 항상 사랑해야 한다. 그 마음 절대 변하면 안 돼. 만약에 엄마가 없더라도 이 엄마를 잊지 않을 거지, 니콜렌카?"

어머니는 더욱 사랑스럽게 나에게 키스를 했다.

"그만 해요. 사랑하는 엄마. 이젠 그런 말은 하지 마세요. 네? 엄마!"

나는 어머니의 무릎에 입을 맞추며 말하는 내 눈가에는 어머니에 대한 사랑과 감동의 눈물이 줄줄 흐르고 있었다.

그리고 나는 이 층으로 올라가 솜을 누빈 잠옷으로 갈아입고 성상 앞에 서서, 어떤 형언할 수 없는 기분을 느끼면서 이렇게 기도한다.

유년 시대 · 539

"주여, 우리 아버지와 어머니를 구원해 주옵소서."

이런 기도를 반복했는데, 나의 어린 시절에 더듬거리며 처음으로 한 기도가 사랑하는 어머니를 위한 것이었다. 어머니에 대한 사랑과 신에 대한 사랑이 하나의 감정으로 융화된다는 사실은 더욱더 이상했다. 기도를 끝내고 난 뒤 잠자리에 들면 마음은 가볍고 기분은 밝고 즐겁다. 그리고 하나의 공상이 다른 공상으로 계속 이어지는데, 그 공상들은 꼭 붙잡을 수 없는 행복에 대한 기대와 순수한 사랑으로 충만한 것이었다. 나는 카를 이바느이치와 그의 불행한 운명에 대해 생각했다. 그는 내가 알고 있는 사람 중에서 그가 가장 불행한 사람이었기 때문이다. 그래서 나는 그가 불쌍하게 생각되는 만큼 더 그를 사랑하게 되었다. 눈물을 흘리면서도 이런 생각을 하곤 하였다.

"주여, 그 사람에게 행복을 내려 주소서. 제가 그를 도와주고 그의 슬픔을 치유할 힘을 주소서. 저는 그를 위해서 모든 어려움을 참아낼 각오가 돼 있습니다."

그러고 나면 내가 가장 아끼는 도자기로 만든 토끼나 강아지 장난감을 솜으로 속을 채운 베게 밑으로 밀어 놓고, 이 장난감들이 그곳에서 따뜻하고 편안하게 놓여 있는 것을 보면 매우 기분이 좋아진다. 그리고는 세상 사람들이 모두 행복하고 만족을 누릴 수 있고, 그리고 내일은 산책하기에 알맞은 날씨가 되게 해 달라고 기도를 하곤 했다. 그러다 나는 다른 벽 쪽으로 돌아눕게 되면 여러 공상과 생각들이 이리저리 뒤섞이고 여전히 눈물에 젖은 얼굴로 편안하게 잠에 빠져들었다.

언제쯤이면 유년 시절에 내가 가졌던 그러한 믿음의 힘과 사랑의 요구, 그리고 신선함과 근심 없는 마음이 다시 찾아올 수 있을 것인가? 그 당시의 간절했던 기도들은 다 어떻게 된 일일까? 가장 좋은 선물인 사랑과 감동의 눈물은 어디로 간 것일까? 이런 눈물과 감동을 내게서 영원히 떠나게 할 정도로 인생은 내 마음속에서 그리도 몹시 고단한 삶의 조각들을 남겨 놓았단 말인가? 진정 그것들은 추억으로 남아 있단 말인가?

귀여운 여인

- 안톤 체호프 -

작가 소개

안톤 체호프(Anton Pavlovich Chekhov 1860~1904) 러시아 소설가, 극작가

안톤 체호프는 러시아 남부의 항도 타간로크에서 잡화상의 아들로 태어났다. 16세 때 아버지의 파산으로 중학을 고학으로 마쳤다. 모스크바 대학에서 의학을 공부했으며 1880년대에 단막 소극 〈청혼〉과 〈곰〉으로 극작 활동을 시작하였다. 1884년에 대학을 졸업하고 의사가 된다.

1890년에는 단신으로 죄수들의 유형지인 사할린 섬으로 여행을 가면서 제정 러시아의 감옥제도의 실태를 조사한다. 폐결핵 증세가 악화되어 1899년에 결핵 요양을 위하여 크림반도의 얄타 교외로 옮겨간다. 이곳에서 농민들을 치료해 주기도 하고 콜레라에 대한 예방대책을 세우며 사회사업에 힘을 쓴다.

1900년 학술원 명예회원으로 선출된 후 1901년 올리가 크니페르와 결혼한다. 1884년부터 앓게 된 폐결핵이 더 심해져 1904년 6월 15일 마흔네 살의 나이로 독일의 요양지 바덴바덴에서 생을 마감한다.

대표작으로는 장막극 《이비노프》《갈매기》《바냐 아저씨》《세자매》《벚꽃 동산》 5편과 《다락방이 있는 집》《관리의 죽음》《카멜레온》《18등불》《지루한 이야기》《사할린 섬》《유형지에서》《6호실》《귀여운 여인》 외 다수의 작품이 있다.

작품 정리

톨스토이의 격찬을 받은 이 작품은 주인공 올렌카의 사랑 없이는 살아갈 수 없는 사랑스러운 여인의 전형을 창조하는 데 성공한 작품이라고 볼 수 있다.

두 번의 사별과 스미르닌과의 이별 이후 사랑할 대상이 없어지고 난 후 올렌카는 금방 늙어버린다. 그러다 스미르닌의 아들 사샤에게 모성애적인 사랑에 빠져들어 다시 삶의 힘과 기쁨을 얻게 된다.

체호프가 표현한 귀여운 여인은 남성의존적인 여인이라고 평할 수밖에 없을 것이다. 자신은 없고 그저 남성들에게 희생하고 따르는 여인의 삶을 통해 귀여운 여인이란 어떤 모습이라야 할 것인가에 대해 생각해 보도록 하고 있다.

작품 줄거리

올렌카는 남편의 일이나 남편이 곧 자신이라는 생각으로 일과 교회생활을 열심히 하며 평화롭게 살았다. 그러다 어느 해 겨울 남편 바니카예프는 감기로 세상을 떠났다. 사랑을 잃어버린 올렌카는 외출도 하지 않고 수녀처럼 지내다 건넌방에 세 들어 살던 수의관 스미르닌과 가까워진다. 그에게는 자식이 하나 있었으나 바람난 부인과 이혼을 한 남자였다. 이런 그와의 행복도 오래 가지 못하고 스미르닌의 군대가 먼 곳으로 이동하게 되자 다시 외톨이가 된 올렌카는 먹고 마시는 것조차 귀찮아하며 우울한 나날을 보낸다. 그녀는 더 이상 사랑스러운 여자가 아닌 늙고 추한 늙은이가 되어버렸다. 그러던 어느 날 스미르닌이 자신의 자식과 부인을 데리고 세를 찾는 중이라며 찾아왔다. 외로웠던 올렌카는 그 가족을 흔쾌히 받아들였고 스미르닌의 아들 사샤에게 자식과도 같은 애정을 쏟는다. 그 소년으로 인해 또 다른 자기를 갖게 되는 것이다. 그녀의 삶은 온통 소년으로 꽉 차 있었고 지금까지와는 다른 모성을 느끼고 그 어떤 누구보다 큰 애정과 사랑을 기울이지만 소년을 떠나보내야 하는 상황에 또 다시 불안해한다. 그녀에게는 오직 자신의 마음과 이성 전부를 붙들고 자기의 사상과 생활의 방향을 제시해 줄 애정이 필요했던 것이다.

핵심 정리

갈래: 단편 소설

구성: 사실적

시점: 전지적 작가 시점

배경: 19세기 러시아 전원 풍경

주제: 희생과 조건 없는 여인의 순수한 사랑

귀여운 여인

8등관으로 퇴직한 프레마니코프의 딸인 올렌카(올리가의 애칭)는 정원으로 내려가는 좁은 계단에 앉아 골똘히 생각에 잠겨 있었다. 무더운 날씨에 파리까지 성가시게 달려들었지만 이제 곧 선선한 저녁이 다가올 것을 생각하니 마음이 흐뭇했다. 동쪽 하늘에서는 검은 비구름이 몰려오고 가끔씩 습한 바람이 불어왔다.

유원지 '치볼리'의 소유주이며, 별채에 세 들어 살고 있는 쿠킨이라는 남자가 안뜰 한복판에 서서 하늘을 쳐다보고 있었다.

"이런, 또 비야!"

그는 내뱉듯 말했다.

"또 비가 올 모양이군! 하루라도 안 내리곤 못 배기나. 마치 일부러 그러는 것 같아. 정말 목을 매고 죽으라는 것과 다를 게 없잖아. 파산하라는 것과 마찬가지야. 매일 엄청난 손해를 보고 있으니!"

그는 두 손을 마주쳐 손뼉을 치더니 올렌카를 향해 말을 걸었다.

"바로 이런 거예요, 올리가 세묘노브나. 우리가 살아간다는 건 말입니다. 정말 울고 싶어요! 일하고, 정성 들이고, 끙끙대며 밤잠도 안 자고 조금이라도 나은 것을 만들어내기 위해 온갖 생각을 다 하는데, 그런데 결과는 어떤가요? 첫째, 저 구경꾼들은 교육도 못 받은 야만인들이랍니다. 나로서는 온갖 정성을 다해 오페레타니, 몽환극이니, 훌륭한 가요곡의 명가수니 하고 내보내지만, 과연 그들이 원하는 것이 그것일까요? 그들이 원하는 것은 유랑극단의 신파극이라고요! 게다가 이 날씨를 보세요. 밤에는 꼭 비가 오거든요. 5월 10일부터 두 달 동안 비가 계속 내리다니, 정말 어처구니없어요! 구경꾼은 거의 오지 않는데 나는 토지 임대료를 꼬박꼬박 바치고 있고, 배우들한테도 출연료를 지불하고 있잖습니까?"

다음 날 저녁에도 비구름이 몰려오자 쿠킨은 미친 듯이 웃으며 말했다.

"도대체 어떻게 된 거야? 어디 한번 멋대로 쏟아져 보라고! 차라리 유원지 전체를 물바다로 만들어버려라! 차라리 나를 물속에 집어넣어봐. 이 세상의 행복, 아니 저세상의 행복이 어떻게 되든 알 게 뭐야! 배우들도 나를 고소하고 싶으면 고소해보라고 해! 재판소가 뭐야? 시베리아로 유배를 보내도 상관없어! 단두대도 사양하지 않겠어! 하하하!"

그다음 날도 마찬가지였다.

올렌카는 잠자코 쿠킨의 말을 듣고 있었다. 때로는 그녀의 눈에 눈물이 맺힌 적도 있었다. 그리고 마침내 그녀는 쿠킨의 불행에 연민을 느낀 나머지 그를 사랑하게 되었다. 그는 키가 작고 마른 몸집이고, 누런 안색에 구렛나룻을 매끈하게 쓰다듬어 붙인 모습이었다. 목소리는 답답하고 가는 음성이고 말할 때는 입이 비뚤어지는 버릇이 있었다. 그의 얼굴은 늘 절망의 빛을 띠고 있었지만 오히려 그것이 그녀의 가슴에 깊은 감동을 가져다주었다.

그녀는 언제나 누군가를 사랑하고 있었다. 아니, 사랑 없이는 한순간도 견디지 못하는 여인이었다. 예전에는 아버지를 무척 좋아했지만 그는 지금 병들어 어둡고 침침한 방의 안락의자에 앉은 채 괴로운 나날을 보내고 있다. 한때 숙모를 몹시 좋아한 적도 있었다. 그녀는 2년에 한 번 정도 브란크스에서 찾아오곤 했다. 그보다 훨씬 전인 여학생 때에는 프랑스어 선생님을 무척 좋아한 적도 있었다.

그녀는 조용하고 온순하며 정이 많은 아가씨로, 다정하고 부드러운 눈매를 가진 건강한 처녀였다. 그녀의 도톰한 장밋빛 뺨이나 까만 점이 하나 있는 목덜미, 그리고 즐거운 이야기를 들을 때 그녀의 얼굴에 떠오르는 귀여운 미소 등을 바라보며 남자들은 마음속으로 '아주 참하다'고 생각하며 덩달아 미소를 짓곤 했다. 또한 여자들은 그녀의 귀여움에 감탄해서 이야기 도중에 갑자기 손을 잡고 기쁨에 넘쳐 정신없이 이렇게 말하곤 했다.

"정말 귀여운 아가씨야!"

그녀가 태어났고 현재도 살고 있는 이 집은 아버지의 유언장에 적혀 있는 것처럼 그녀의 소유였고 근처에 집시 마을이 있으며, '치볼리' 유원지에서도 그리 멀지 않았다. 매일 초저녁부터 밤늦게까지 유원지에서는 음악과 폭죽 소리가 들려왔는데 그것은 마치 쿠킨이 자신의 운명과 싸우면서 그가 노리는 힘겨운 적(저 냉담한 구경꾼들)을 향해 돌격하고 있는 것처럼 여겨졌다. 이른 새벽녘, 그가 돌아오면 그녀는 침실의 창문을 조용히 두드리며 커튼 사이로 얼굴을 내밀어 정답게 미소를 보내주었다.

결국 그는 청혼을 했고 두 사람은 결혼했다. 그리고 그 역시 그녀의 목덜미와 아담한 어깨를 보며 자기도 모르게 손뼉을 치면서 이렇게 중얼거렸다.

"귀여운 여자야!"

그는 행복하다고 느꼈지만 공교롭게도 결혼식 날에도 비가 왔고 밤이 이슥해서도 비가 그치지 않자 그의 얼굴에서는 내내 우울한 빛이 사라지지 않았다.

그래도 두 사람은 즐거운 나날을 보내고 있었다. 그녀는 남편의 사무실에 앉아 유원지 안을 살펴보거나 장부를 기입하고 급료를 주는 일을 맡아했다. 그녀의 장밋빛 뺨과 사랑스럽고 귀여우면서도 마치 후광과도 같은 미소는 방금 사무실에서 보였는가 하면 어느덧 무대 뒤에서 나타나고, 또 금방 가설극장의 식당에 나타나는 등 언제나 그 부근을 배회하고 있었다.

그녀는 이젠 낯이 익어 친근해진 사람들에게 이 세상에서 가장 훌륭하고 가장 소중하면서도 필요한 것은 바로 연극이라고 말하곤 했다. 그리고 그녀는 진정한 위안을 얻고 교양과 인정이 많은 사람이 되는 길은 오로지 연극에서만 찾을 수 있다고 덧붙였다.

그러나 그녀는 "구경꾼들이 그것을 제대로 알 수 있을까요?" 하고 걱정스러운 표정으로 말했다.

"그 사람들이 원하는 것은 유랑극단의 신파극이랍니다! 어제 〈파우스트〉를 상연했는데 객석이 텅텅 비어 있더군요. 하지만 만약 뭔가 저속한 것을 상연했다면 틀림없이 극장은 대만원이었을 거예요. 내일은 우리 남편 바니치카가 〈지옥의 오르페우스〉를 상연할 거예요. 꼭 와주세요, 네?"

그녀는 이렇게 연극이나 배우에 대해 쿠킨이 말한 것을 그대로 흉내 내곤 했다. 그녀 역시 남편과 마찬가지로 관람객이 예술에 냉담하고 무식하다면서 업신여겼고, 대사를 고치고 악사들의 동작을 간섭하면서 무대 연습에 참견했다. 지방 신문에서 자기들의 연극에 대해 혹평을 하면 그녀는 눈물을 뚝뚝 흘리며 신문사로 달려가 담판을 짓곤 했다.

하지만 배우들은 그녀를 잘 따랐고, '또 하나의 바니치카' 혹은 '귀여운 여인'이라는 애칭을 붙여주었다. 그녀 역시 그들을 잘 보살펴주고 가끔 돈을 빌려주기도 했다. 간혹 속는 경우가 있어도 그녀는 남몰래 혼자서 울 뿐, 남편에게도 하소연을 하지 않았다.

그해 겨울도 두 사람은 즐겁게 지냈다. 한겨울 내내 시내의 극장을 빌려 우크라이나인 극단이나 마술사, 혹은 지방의 아마추어 극단에게 다시 빌려 주었다. 올렌카는 점점 살이 찌고 머리끝에서부터 발끝까지 기쁨과 행복의 빛으로 빛나고 있었다. 그러나 쿠킨은 점점 안색이 누렇게 되어 그해 겨울 에는 사업에 크게 성공했는데도 엄청난 손해를 보았다고 투덜거렸다. 게다 가 그는 밤마다 기침을 심하게 했다. 그래서 올렌카는 그에게 딸기즙이나 보리수꽃 즙을 먹이거나 오드콜로뉴로 찜질해주며 따뜻한 옷으로 감싸주 었다.

"당신은 너무 좋은 분이에요!"

그녀는 쿠킨의 머리카락을 쓰다듬으며 진심으로 그렇게 말했다.

"당신은 정말, 정말 좋은 분이에요!"

그러던 어느 날 그가 사순절에 극단을 모집하려고 모스크바로 떠나느라 집을 비우게 되었다. 남편이 없으면 잠을 잘 자지 못하는 그녀는 줄곧 창가 에 앉아서 별들만 쳐다보며 지냈다. 그 순간 그녀는 자신이 마치 수컷이 없 으면 밤새도록 자지 않고 걱정하는 암탉과 같은 생각이 들었다. 쿠킨은 모 스크바에서의 일정이 늦어져 부활절 무렵에나 돌아온다는 편지를 보내왔 다. 아울러 '치볼리' 유원지에 관한 여러 가지 지시할 것도 써 보냈다.

그런데 수난주(부활절에 앞서는 일주일간) 바로 전날인 월요일 밤늦게 갑자기 문밖에서 불길한 노크 소리가 들려왔다. 누군가가 대문을 마치 물 통이라도 두드리듯 쿵쿵 두드리고 있었다. 잠이 덜 깬 하녀가 맨발로 물웅 덩이를 철벅거리면서 달려 나갔다. 밖에서 거칠고 굵은 목소리가 들렸다.

"죄송하지만 문 좀 열어주시오. 전보가 왔습니다!"

올렌카는 전에도 남편으로부터 전보를 받은 적이 몇 번 있었지만 이번에 는 웬일인지 가슴이 두근거리기 시작했다. 그녀는 부들부들 떨리는 손으로 전보의 봉투를 뜯어 읽었다.

'이반 페트로비치 오늘 급서, 내참 지시 바람, 장례식 화요일.'

그 전보에는 '장례식'이라는 낯선 단어와 무슨 뜻인지 알 수 없는 '내참'

이라는 단어가 적혀 있었다. 서명은 오페라단의 감독 이름으로 되어 있었다.

"아아, 쿠킨!"

올렌카는 그의 이름을 부르며 울기 시작했다.

"사랑하는 나의 쿠킨! 왜 나는 당신을 만났을까요? 왜 당신을 알고 사랑했을까요? 이제 당신은 이 가련한 올렌카를, 이 가련하고 불행한 여자를 버렸으니 난 도대체 누구를 의지해야 하나요?"

쿠킨의 장례식은 화요일에 모스크바의 바가니코프 묘지에서 거행되었다. 수요일에 집으로 돌아온 올렌카는 방에 들어가자마자 침대 위에 엎드려 큰 소리로 울음을 터뜨렸다. 그 울음소리는 거리와 이웃집까지 들릴 정도였다.

"가엾어라!"

이웃 여인들이 성호를 그으면서 말했다.

"귀여운 올리가 세묘노브나가 저렇게 슬퍼하고 있군요!"

그로부터 석 달이 흐른 어느 날, 올렌카는 낮 미사를 마치고 상복을 입은 채 쓸쓸히 집으로 돌아오고 있었다. 그때 우연히 그녀와 나란히 걷게 된 사람은 역시 교회에서 돌아오던 바실리 안드레이치 푸스토발로프라는 이웃집 남자였다. 그는 바바카예프의 큰 원목 도매상의 관리를 맡고 있었는데, 밀짚모자를 쓰고 흰 조끼에 금줄을 늘어뜨리고 있어 장사꾼이 아니라 마치 지주처럼 보였다.

"어떤 일에든 운명이라는 것이 있습니다, 올리가 세묘노브나."

그는 의젓하게 동정 어린 말을 건넸다.

"그러니까 누군가 가까운 사람이 죽었다 하더라도 그것은 하느님의 뜻이므로 우리는 마음을 굳게 먹고 참아내야만 합니다."

그는 올렌카를 집까지 바래다주고 작별 인사를 한 다음 돌아갔다. 그 후 그녀의 귓가에는 그의 의젓한 음성이 맴돌았고, 잠시만 눈을 감아도 당장 그의 새까만 수염이 어른거렸다. 그를 좋아하게 된 것이다. 뿐만 아니라 그녀 역시 상대방의 가슴에 깊은 인상을 남겨준 듯했다.

그로부터 며칠 후 평소에 그다지 친하게 지내지 않던 어느 중년 부인이 커피를 마시러 와서는 식탁에 앉자마자 곧 푸스토발로프의 얘기를 꺼냈다.

그 사람은 진실하고 좋은 사람이다, 그 사람이라면 어떤 여자라도 기꺼이 시집을 갈 것이라고 늘어놓았던 것이다.

그리고 사흘 후에 푸스토발로프가 직접 찾아왔다. 그는 십 분 정도 머물렀을 뿐 몇 마디 말도 하지 않았지만 올렌카는 그를 사랑하게 되었다. 그것은 보통 사랑이 아니어서 그날 밤을 뜬눈으로 새우며 마치 열병에라도 걸린 것처럼 몸과 마음이 활활 타올랐다. 그래서 날이 새기가 무섭게 그 중년 부인을 불러오라며 심부름꾼을 보내는 소동을 벌였다. 그리고 마침내 약혼 예물을 교환하고 두 사람은 결혼식을 올리게 되었다.

푸스토발로프와 올렌카는 행복하게 살았다. 그는 대부분 점심때까지는 원목 도매상에서 일하고 그 후에는 밖으로 일을 보러 나갔다. 그러면 올렌카는 저녁때까지 사무실에 앉아서 계산서를 작성하거나 상품을 보내는 일을 했다.

"요즘은 목재값이 해마다 이십 퍼센트 정도 오르고 있어요."

그녀는 고객들에게 이렇게 말하곤 했다.

"우리는 예전엔 이 지방의 목재를 취급했지만, 요즘엔 목재를 사러 모길료프 현까지 가야 한답니다. 정말 운임이 얼마나 많이 드는지 몰라요!"

이렇게 말하고 그녀는 소름이 끼치는 것처럼 두 손으로 볼을 감쌌다.

그녀는 자기가 이 세상에서 가장 오랫동안 목재상을 해온 듯한 기분이 들어, 이 세상에서 가장 소중하고 필요한 것은 목재라고 여길 정도였다. 도리목, 통나무, 얇은 판자, 각목, 윗가지, 대목, 배판 등과 같은 말들에서 왠지 친근하고 다정함을 느낄 수 있었다. 밤마다 그녀의 꿈에 나타나는 것은 두껍고 얇은 판자 더미가 몇 개나 쌓이고, 끝없이 길게 늘어선 짐마차 행렬이 목재를 멀리 운반해 가는 장면이었다. 또 일곱 치 굵기에 길이가 서른 자 가까이나 되는 통나무가 한 무리를 이루어 깃발과 북소리도 당당하게 원목 도매상으로 들어오는 광경이나 통나무와 도리목, 배판이 서로 부딪쳐 뱃속까지 울릴 듯한 소리를 내며 한꺼번에 쓰러졌다 일어나고 겹쳐 쌓이는 모습도 그려졌다. 올렌카가 꿈을 꾸다 놀라 비명을 지르면 푸스토발로프가 토닥거려주며 다정하게 말을 건넸다.

"올렌카, 왜 그래, 응? 성호를 그어요!"

남편이 생각하고 느끼는 것은 동시에 그녀도 생각하고 느꼈다. 그가 방이 너무 덥다고 생각하거나 요즘은 경기가 나쁘다고 생각하면 그녀 역시 그렇게 생각했다. 남편이 구경하러 다니는 것을 좋아하지 않는 성격이라 쉬는 날이면 그녀도 집에서 지냈다.

"아주머니는 늘 집 아니면 사무실에만 계시는군요. 귀여운 아주머니, 가끔 극장이나 곡마단에도 가고 그러세요."

이웃 사람들이 그렇게 말하곤 했다.

그러면 그녀는 정색을 하며 대답했다.

"우리는 구경 갈 틈이 없어요. 우리같이 장사를 하는 사람한테는 그런 여유가 없어요. 연극이 뭐 그리 좋은가요?"

토요일이 되면 푸스토발로프와 그녀는 반드시 밤 미사에 참석하고, 주일에는 아침 미사에 나갔다. 교회에서 돌아올 때는 언제나 사이좋게 어깨를 나란히 하고 행복한 표정으로 걷곤 했는데, 그럴 때면 그녀의 비단옷이 경쾌하게 바스락거렸다.

집에 돌아오면 차를 마시고 맛있는 빵에 여러 가지 잼을 발라 먹은 뒤 사이좋게 고기만두를 나눠 먹었다. 매일 점심때가 되면 정원은 물론 문밖의 거리까지 야채수프와 함께 양고기와 오리구이 등의 맛있는 냄새가 풍기고, 육식을 금하는 날은 생선 요리 냄새가 그 집 앞을 지나는 사람들을 유혹했다. 사무실에서는 찾아오는 손님에게 언제나 둥근 빵과 차 대접을 했다. 두 사람은 일주일에 한 번씩 목욕탕에 갔는데 돌아오는 길에는 얼굴이 빨갛게 상기되어 행복에 젖었다.

"덕분에 행복한 생활을 하고 있어요."

올렌카는 아는 사람을 만날 때마다 이렇게 말했다.

"고마운 일이죠. 정말 여러분도 우리 남편과 나처럼 지내시기 바래요."

그러던 어느 날, 푸스토발로프가 모길료프 현으로 목재를 사러 떠나자, 그녀는 몹시 쓸쓸해하며 며칠이고 잠도 자지 않고 눈물만 흘렸다. 이따금 저녁 무렵, 그녀의 집 별채를 빌려 쓰고 있는 스미르닌이라는 젊은이가 놀러오곤 했다. 부대에 근무하는 수의사인 그는 여러 가지 이야기를 들려주거나 트럼프 놀이 상대가 돼주어 그녀의 기분도 좋아졌다.

그중에서도 특히 재미있는 것은 그의 가정생활 이야기였다. 그에게는 아내와 아들이 있었지만 아내가 바람을 피우는 바람에 이혼을 했다. 그는 아내를 미워하면서도 매월 아들의 양육비로 사십 루블을 보내주고 있었다. 이런 이야기를 들으며 올렌카는 한숨을 쉬면서 그를 마음속으로 동정했다.

"그럼, 안녕히 주무세요."

시간이 늦자 그녀는 촛불을 들고 계단까지 나와 그를 배웅했다.

"고맙습니다. 당신 덕택에 기분이 한결 좋아졌어요. 안녕히 주무세요."

그녀는 남편의 흉내를 내며 의젓하고 침착하게 말했다. 그리고 수의사의 모습은 벌써 문밖으로 사라졌는데도 그녀는 다시 한번 그의 이름을 부르면서 이렇게 말했다.

"스미르닌, 부인하고 화해하시는 것이 좋겠어요. 아드님을 위해 부인을 용서하세요! 아드님도 이젠 철이 들 나이가 되었으니까요."

푸스토발로프가 돌아오자 그녀는 조용히 수의사와 그의 불행한 가정 생활에 관한 이야기를 들려주었다. 두 사람은 함께 한숨을 짓거나 고개를 저어가며 그의 아들은 아마도 아버지를 그리워하고 있을 거라고 말했다. 그런 다음 성상 앞에 무릎을 꿇고 땅에 이마를 대고는, "하느님, 제발 우리도 아기를 갖게 해주십시오." 하고 기도를 했다.

이런 식으로 푸스토발로프 부부는 서로 사랑하면서 정답게 6년의 세월을 보냈다. 그런데 어느 겨울날, 푸스토발로프는 사무실에서 뜨거운 차를 잔뜩 마신 다음 모자도 쓰지 않은 채 목재를 내주려고 밖에 나갔다가 감기에 걸려 자리에 눕게 되었다. 그리고 용하다는 의사들의 치료에도 불구하고 4개월 동안 앓다가 죽고 말았다. 올렌카는 또다시 혼자 남게 된 것이다.

"이렇게 나만 홀로 두고 가시면 도대체 누구를 의지하고 살라는 말인가요, 여보?"

그녀는 남편의 장례식을 치르고 나서 혼자 흐느껴 울었다.

"당신이 돌아가셨으니 나는 앞으로 어떻게 살아가야 하나요? 이 불쌍하고 불행한 나는 어떻게 살아야 되나요? 이 세상 어느 곳에도 친척 하나 없는데."

그녀는 줄곧 검은 옷에 상장을 달고 다닐 뿐, 이제 모자와 장갑은 사용하지 않기로 했다. 외출하는 것도 가끔 교회와 남편의 묘지에 가는 것이 고작이었고, 마치 수녀처럼 집안에 틀어박혀 지냈다. 그렇게 6개월이 지나자 그녀는 겨우 상장을 떼고 창의 덧문도 열어놓게 되었다. 아침나절에 가끔 하녀를 데리고 식품 가게로 나가는 그녀의 모습이 눈에 띄었으나, 집안 형편과 생활이 어떤지는 짐작으로밖에 알 도리가 없었다. 예를 들면 그녀가 정원에서 수의사와 차를 마시거나 그가 그녀에게 신문을 읽어주는 광경을 누군가 목격했다거나, 또는 우체국에서 그녀가 누군가에게 다음과 같은 말을 했다는 식의 추측과 소문만 무성했다.

"우리 동네에서는 수의사가 가축 검사를 제대로 하지 않기 때문에 여러 가지 전염병이 생기는 거예요. 사람들은 항상 우유를 마시고 병이 생겼다든지, 말이나 소에서 병이 전염되었다는 식으로 말하죠. 정말 가축의 건강이란 사람의 건강 못지않게 조심하지 않으면 안 돼요."

그녀가 말하는 것은 바로 수의사의 생각 그대로였으며, 이제는 무슨 일이든지 그와 똑같은 의견을 가지고 있었다. 그녀는 누군가에게 열중하지 않고는 1년도 살 수 없는 여자였고 이제 자신의 새로운 행복을 자기 집 별채에서 찾아낸 것이 확실했다. 다른 여자였다면 마땅히 세상 사람들의 비난을 받았을 이 사건도 올렌카였기에 어느 누구도 나쁘게 생각하지 않았다. 그녀에 대한 것이라면 무엇이든 당연하게 받아들였던 것이다.

그들 사이에 일어난 변화에 대해서 두 사람은 누구에게도 말하지 않기로 약속했다. 하지만 그 비밀의 약속은 꼭 깨져버리고 말았다. 그 까닭은 올렌카는 비밀이라는 것과 도무지 어울리지 않는 여자였기 때문이다. 부대의 동료가 그를 찾아오면, 그녀는 차와 저녁을 대접하면서 소나 양의 페스트에 관한 이야기며 결핵에 관한 이야기, 그 마을의 도살장에 관한 이야기 등을 거침없이 하곤 했다. 그 때문에 당황한 수의사는 손님이 돌아간 뒤 그녀의 손을 붙들고 화를 냈다.

"자기가 알지 못하는 얘기를 해서는 안 된다고 몇 번이나 부탁하지 않았나요? 우리 수의사들끼리 말할 때는 제발 참견하지 말아요. 쓸데없는 얘기니까 말이오!"

그러면 그녀는 깜짝 놀라 두려운 눈으로 그를 쳐다보며 이렇게 물었다.

"브로지치카(스미르닌의 이름인 블라디미트의 애칭), 그럼 나는 어떤 얘기를 하면 좋겠어요?"

그리고 그녀는 눈물을 글썽거리며 그의 품에 안겨 제발 화내지 말라고 부탁하는 것이었다. 그래도 두 사람은 행복했다.

하지만 그 행복도 잠깐이었다. 수의사가 부대를 따라 가버렸던 것이다. 그것도 영원히. 왜냐하면 그 부대가 어딘가 아주 먼 곳으로 이동했기 때문이다. 그래서 올렌카는 또 홀로 남게 되었다.

이번에야말로 그녀는 정말로 혼자가 되었다. 아버지는 이미 오래전에 세상을 떠났고 생전에 그가 애용하던 팔걸이의자는 다리 하나가 떨어져 나간 채 먼지투성이가 되어 다락방에 처박혀 있었다. 그녀는 많이 야위고 얼굴도 초췌해졌다. 거리에서 마주치는 사람들도 이제는 예전처럼 그녀를 유심히 보거나 미소를 보내주지 않았다. 꽃다운 시절은 지나가고 이젠 추억거리가 되어버린 것이다. 이제는 온통 혼란스러운 생활, 세심하게 생각하지 않는 것이 오히려 나을 것 같은 생활이 시작되려는 듯했다.

올렌카는 저녁마다 정원으로 이어진 계단에 앉아 '치볼리'에서 연주하는 음악과 폭죽 터지는 소리를 들었다. 그녀는 꿈을 꾸듯 멍한 눈길로 텅 빈 자기 집 정원을 바라보았다. 먹는 것도 마시는 것도 마지못해 하는 것이었다.

그중에서도 가장 슬픈 일은 이젠 그녀에게 자기 의견이 전혀 없다는 것이었다. 눈으로는 주위에 있는 사물들이 보이기도 하고 주변에서 일어나는 일들을 이해할 수 있었지만, 어떤 일에 대해서도 자기 의견을 내세울 수가 없었고 어떤 말을 해야 할지 도무지 분간할 수 없었다.

아무런 자기 의견이 없다는 것은 얼마나 무서운 일인가? 이를테면 병이 하나 놓여 있거나, 비가 오거나, 또는 농부가 짐마차를 타고 가는 것을 보아도, 그 병이라든가 비라든가 농부가 무엇 때문에 있는 것이고 무슨 의미가 있는지 말할 수가 없었다. 가령 누군가 1천 루블을 주겠다고 해도 아무 대답을 할 수 없었을 것이다. 쿠킨이나 푸스토발로프와 함께 살았을 때나 수의사와 함께 있었을 때에는, 올렌카가 설명할 수 없는 것은 아무것도 없었다.

그리고 어떤 문제가 생겼을 때 자기 의견을 말하는 데 머뭇거림이 없었는데, 이제는 깊은 고민과 생각을 해도 마음속에는 마치 자기 집의 정원처럼 크고 허망한 공간이 생겼다. 말할 수 없이 기분이 언짢고 입맛이 쓴 느낌은 마치 쑥을 먹을 때와 다를 바 없었다.

이제는 집시 마을에도 거리 이름이 붙었고, '치볼리' 유원지와 목재 하역장이 있던 부근에도 주택과 골목이 가지런히 들어서 있었다.

세월은 빨리도 흘러갔다. 올렌카의 집은 그을음에 찌들고 지붕은 녹슬고 헛간은 기울었다. 정원에는 키가 큰 잡초와 가시가 가득한 쐐기풀이 무성했다.

올렌카도 이젠 늙어서 볼품이 없어졌다. 여름철이 되면 그녀는 변함없이 그 계단에 앉아 있었지만 그녀의 가슴속은 여전히 텅 비어 무료하기가 쓰디쓴 쑥 맛과 같았다. 겨울에는 창가에 앉아 멍청하게 밖을 내다보는 것이 일과였다. 그러다가 봄의 숨소리가 설핏 스치거나 바람결에 교회의 종소리가 전해 오면, 갑자기 과거의 추억이 한꺼번에 밀려와 가슴이 저려오고 눈에서는 하염없이 눈물이 흘러내렸다. 하지만 그것도 순간적인 일일 뿐, 가슴속은 다시 텅 비어버리고 무슨 보람으로 살고 있는지 정말 알 수 없는 지경이 되었다. 재롱을 부리는 검은 고양이 브리스카가 목구멍에서 부드럽게 골골 소리를 내도 고양이 따위의 재롱은 조금도 달갑지 않았다.

그녀가 원하는 것은 사랑이었다. 사랑 중에서도 자기의 온몸과 영혼을 다하는 사랑, 있는 그대로의 영혼과 이성을 송두리째 전해주는 그런 사랑, 자기에게 이상과 생활의 방향을 이끌어주는 그런 사랑, 늙어가는 피를 따뜻하게 해주는 그런 사랑이었다. 그래서 그녀는 옷자락에 매달린 브리스카를 뿌리치며 이렇게 소리쳤다.

"저쪽으로 가, 저쪽으로. 여긴 아무것도 없어!"

이런 식으로 날이 거듭되고 해가 거듭되었다. 아무런 기쁨도, 아무런 의견도 없이 그녀는 하녀 마브라가 하는 대로 내버려 두었다.

그러던 7월의 어느 더운 날 해 질 무렵이었다. 마을의 가축 떼가 거리를 지나가며 정원 가득히 먼지를 날리고 있었다. 그 순간 대문을 두드리는 소리가 들렸다. 문을 열어주러 나간 올렌카는 얼핏 밖을 내다보고는 소스라치게 놀라 멍하니 그 자리에 얼어붙고 말았다. 문밖에 수의사 스미르닌이 서 있었던 것이다. 머리카락은 희끗희끗했고 옷차림은 평범했다. 그녀는 한꺼번에 모든 추억이 되살아나 울음을 터뜨리며 아무 말도 못 하고 그의 가슴에 얼굴을 파묻었다. 너무 흥분한 나머지 어떻게 안으로 들어와서 테이블에 마주 앉게 되었는지 모를 정도였다.

"정말 반가워요!"

그녀는 기쁨으로 몸을 떨면서 중얼거렸다.

"브로지치카! 도대체 어쩐 일로 여기까지 오셨나요?"

"실은 이곳에 아주 정착하려고 왔습니다."

그는 계속해서 말을 했다.

"군대를 그만두고 이렇게 이 마을로 온 것은 자유의 몸이 되어 운을 시험해보고도 싶고, 또 한 군데 뿌리를 박고 살아보려고 마음먹었기 때문입니다. 게다가 아들도 이제 중학교에 갈 나이고요. 많이 컸지요. 그리고 실은 아내와 화해를 했답니다."

"그럼 부인은 지금 어디 계세요?"

올렌카가 물었다.

"아들과 함께 여관에 있어요. 나는 새집을 구하러 다니고 있는 중이죠."

"그러시다면 우리 집으로 오세요! 이래 보여도 얼마든지 살 수 있어요. 정말, 그게 좋겠군요. 그리고 난 집세를 한 푼도 받지 않겠어요."

올렌카는 흥분한 나머지 또다시 눈물을 흘렸다.

"가족과 함께 여기서 살아주세요. 나는 저쪽 별채에서 살아도 좋아요. 아아, 정말 기뻐요!"

그렇게 해서 이튿날 안채 지붕에는 페인트가 칠해졌고 벽도 새롭게 단장됐다. 올렌카는 두 손을 허리에 올려놓고 정원을 이리저리 오가면서 지휘를 했다. 그녀의 얼굴에는 옛날의 미소가 빛나고 있었고 생생하게 활기를 띤 모습은 마치 기나긴 잠에서 깨어난 사람 같았다.

수의사의 아내도 왔다. 그녀는 바짝 마르고 못생긴 데다 짧은 머리에 고집이 있어 보이는 여자였다. 함께 따라온 사샤라는 어린애는 나이에 비해 키는 작았지만(아이는 열 살이었다.) 토실토실한 체격에 아름답고 파란 눈동자와 양쪽 볼에 보조개가 있는 귀여운 아이였다. 소년은 정원으로 들어서자마자 곧 고양이를 뒤쫓아 다니며 놀았다. 그리고 금방 집안에는 소년의 쾌활하고 즐거운 목소리가 울려 퍼졌다.

"아줌마, 이거 아줌마네 고양이예요?"

소년이 올렌카에게 물었다.

"이 고양이가 새끼를 낳으면 우리에게도 한 마리 주세요, 네? 엄마는 쥐를 몹시 싫어하거든요."

올렌카는 소년과 이야기를 하기도 하고 차를 마시면서 심장이 금세 따뜻해지고 달콤하게 저려 오는 것을 느낄 수 있었다. 마치 이 소년이 자기가 낳은 아들이나 되는 것 같았다. 그리고 밤이 되어 소년이 식당에 앉아서 공부를 하기 시작하자, 그녀는 감동과 동정 어린 눈길로 뚫어지게 소년을 바라보면서 이렇게 속삭였다.

"정말 귀엽고 잘생긴 아이야. 어쩜 저렇게 똑똑하고, 살결이 희고 깨끗할까."

"섬이라는 것은."

소년은 큰 소리로 책을 읽었다.

"뭍의 일부로서 사면이 바다로 둘러싸여 있는 것을 말한다."

"섬이라는 것은 뭍의 일부로서……."

그녀도 소년을 따라 중얼거렸는데, 이 말이야말로 그녀가 오랜 세월에 걸친 침묵과 공허를 깨고서 확신을 가지고 말한 최초의 의견이었다.

그렇게 자기의 의견이라는 것이 생기자 그녀는 저녁 식사 때 사샤의 부모를 상대로 요즘 중학교 고전이 꽤 어려워졌지만 역시 고전 교육이 실과 교육보다 훌륭하다고 말할 수 있게 되었다. 그리고 중학교를 나오면 어느 방면이든 자기 희망에 따라 의사도 될 수 있고 기사도 될 수 있기 때문에 중학교 교육이 중요하다고 이야기를 늘어놓았다.

사샤는 중학교에 다니게 되었다. 하지만 그의 어머니는 하르코프에 있는 언니에게로 간 뒤 돌아오지 않았다. 아버지는 매일 같이 어딘가로 가축 검역을 하러 떠나기 일쑤여서 때로는 사흘 동안이나 집을 비우는 일도 있었다. 올렌카는 사샤가 부모로부터 버림받아 집안에서 쓸모없는 인간으로 굶어 죽을 것 같은 생각이 들었다. 그래서 그녀는 소년을 자기가 사는 별채로 데리고 와 작은 방 하나를 마련해주었다.

그리고 사샤가 그녀의 별채에 살게 된 지도 어느덧 반년이 다 되었다. 매일 아침 올렌카가 소년의 방에 들어설 때면 그는 한쪽 팔을 베고 숨소리 하나 내지 않고 깊이 잠들어 있었다. 그 모습을 보며 그녀는 소년을 깨우는 것이 가엾다는 생각이 들었다.

"사센카."

그녀는 슬픈 듯이 소년을 불렀다.

"일어나거라, 애야! 학교 갈 시간이야."

소년은 일어나서 옷을 입고 하느님께 기도한 뒤 자리에 앉아 차를 마셨다. 차를 석 잔 마시고 커다란 비스킷 두 개와 버터 바른 프랑스 빵 반 조각을 먹었다. 그는 아직도 잠이 덜 깨어 기분이 나빠 보였다.

"사센카, 너 아직 동화시를 완전히 외우지 못했지?"

그렇게 말하며 올렌카는 마치 그를 먼 여행이라도 떠나보내는 듯한 눈길로 가만히 지켜보았다.

"말썽꾸러기로구나. 정말 잘해야 해. 공부도 잘하고 선생님 말씀도 잘 들어야 한다."

하지만 사샤는 소리쳤다.

"괜찮아요! 좀 내버려 두세요, 제발!"

그리고 그는 학교를 향해 거리를 걸어갔다. 사샤는 꼬마에게 어울리지 않는 커다란 모자를 쓰고 묵직한 책가방을 둘러메고 있었다. 올렌카는 그 뒤를 소리 없이 따라갔다.

"잠깐 기다려, 사센카!"

그녀가 그를 불러 세웠다.

소년이 뒤를 돌아보면 그녀는 그의 손에 대추나 사탕을 쥐어 주었다. 하지만 학교가 있는 골목길로 접어들면 소년은 키가 큰 뚱뚱보 아주머니가 자기 뒤를 따라오는 것이 부끄러워 획 돌아서서 이렇게 말했다.

"아줌마는 집으로 돌아가세요. 이제 혼자 갈 수 있으니까."

그래도 그녀는 걸음을 멈춘 채 눈도 깜박거리지 않고 소년의 뒷모습이 교문 안으로 사라질 때까지 바라보고 있었다. 아아, 그녀에게 아이가 얼마나 귀엽게 느껴졌을까.

그녀가 지금까지 기억하고 있는 애착 가운데 이보다 깊은 것은 없었다. 날이 갈수록 가슴속에 모성애가 세차게 불타올랐다. 지금만큼 아무 분별도 없이, 욕심과 이해관계를 떠나서 마음속으로 자기의 영혼을 바칠 생각을 한 적은 한 번도 없었다. 그녀에게는 전혀 남남인 이 소년, 양쪽 볼의 보조개, 그의 커다란 모자, 이런 것들을 위해서라면 자기 목숨을 버려도 아깝지 않을 것 같았다. 오히려 기쁨에 넘쳐 감동의 눈물을 흘리면서 목숨을 바칠 것 같았다. 무슨 이유로? 그러나 그 이유를 누가 알겠는가?

사샤를 학교까지 바래다준 그녀는 참으로 만족스럽고 흐뭇해져서 여유 있고 애정이 넘쳐흐르는 기분으로 천천히 집을 향해 걷고 있었다. 그녀의 얼굴도 최근 반년 동안에 다시 젊어져 줄곧 미소를 띠고 있었고 눈동자는 밝게 빛났다. 거리에서 만나는 사람들도 그녀의 얼굴을 유심히 쳐다보고는 자신도 모르게 흐뭇해져서 이런 말을 건넸다.

"안녕하세요, 귀여운 올리가 세묘노브나 아주머니! 기분은 어떠세요?"

그러면 그녀는 이렇게 대답했다.

"요즘엔 중학교 공부도 상당히 어려워졌어요. 정말 보통 일이 아녜요. 어제만 해도 1학년 학생에게 동화시를 암기하고 라틴어 번역과 또 다른 숙제가 나왔었지요. 꼬마들한테 그래도 괜찮은 건가요?"

그리고 그녀는 선생님들에 대한 소문, 수업 이야기, 교과서 이야기와 전부터 사샤에게 들은 이야기를 그대로 늘어놓았다.

방과 후 2시쯤부터 그들은 함께 점심을 먹고 밤에는 함께 예습을 하면서 즐겁게 지냈다. 그리고 사샤를 침대에 뉘어주면서 오랫동안 그를 위해 성호를 긋거나 나지막한 소리로 기도문을 외우곤 했다. 그것을 마치면 자기도 침대에 들어가서 먼 장래에 관한 일(사샤가 대학을 나와 의사나 기사가 되어 셋집 아닌 자기의 커다란 저택을 가지고, 말과 멋진 마차를 갖추어 신부를 맞이하고 아기를 낳는 등등)에 대해 공상을 했다.

자면서도 같은 것만을 생각했다. 문득 그녀의 눈에서 눈물이 흘러나와 양쪽 뺨을 적시고 떨어졌다. 그리고 검은 고양이가 그녀의 겨드랑이에 안겨 자면서 자꾸 목구멍에서 소리를 내고 있었다.

"골골골……."

그때 갑자기 대문을 쾅쾅 두드리는 소리가 났다. 올렌카는 벌떡 일어나 무서움에 벌벌 떨었다. 심장이 터질 듯했다. 삼십 초쯤 후에 또다시 두드리는 소리가 들려왔다.

'하르코프에서 전보가 온 모양이야.'

그녀는 온몸을 덜덜 떨면서 생각했다.

'저 아이의 어머니가 사샤를 하르코프로 불러들이려고 하는 거야. 아아, 어쩌면 좋아.'

그녀는 정신이 나간 기분이었다. 머리와 손발이 싸늘해지고 자기만큼 불행한 사람은 세상에 한 명도 없다는 생각이 들었다. 그 후 1분쯤 지나자 말소리가 들려왔다. 수의사가 클럽에서 돌아온 것이었다.

'아아, 다행이야.'

그러자 심장의 고동이 가라앉으며 다시 편안한 기분이 되었다. 그녀는 다시 누워서 사샤에 대한 생각을 했다. 사샤는 옆방에서 쿨쿨 자면서 이따금 이런 잠꼬대를 했다.

"어디 두고 보자! 저리 가지 않으면 가만두지 않겠어!"

다락방이 있는 집

- 안톤 체호프 -

작품 정리

이 작품은 러시아 지주들의 생활과 전원의 풍경을 묘사하면서 등장인물의 대화를 통해 러시아 민중들의 비참한 생활을 간접적으로 표현하고 있다. 민중들의 삶의 향상을 위해 작은 일이라도 적극적으로 뛰어드는 행동가와 근본적인 개혁을 주장하지만 행동이 미치지 못하는 이론가의 대비를 통해 당시 지식인 사회에서의 대립과 고뇌를 잘 드러내고 있다.

또한 자유스러운 연애 감정을 표현하면서도 전통적인 가족 관계의 틀을 벗어나지 못하고 좌절하는 당시 러시아의 남녀 애정 문제를 애절하고도 아름답게 담아내고 있다.

작품 줄거리

N이라는 화가가 T지방의 베로크로프라는 젊은 지주의 영지에 세 들어 살면서 이웃 영지의 집안 자매들과 친분을 맺는다. 어느 날 지주들의 의무와 봉사는 가까이에 있는 민중들에게 봉사를 하는 것이라고 말하는 그녀의 언니와 생각이 다른 그는, 민중들의 생활 향상은 그런 방식으로는 해결이 되지 않고 근본적인 노동의 해방이 필요하다며 언쟁을 벌인다.

평소 그녀의 동생으로부터 존경과 관심을 받고 있던 그는 그날 밤 집에 돌아가는 길에 동생이 배웅을 나오자 사랑을 고백한다. 하지만 민중과 거리가 먼 풍경화나 그리고 무기력한 이상주의자인 N을 무시하는 언니의 반대를 저버릴 수가 없어 동생은 언니의 뜻을 따라 어머니와 함께 고향을 떠나고 그와 헤어지게 된다.

핵심 정리

갈래 : 단편 소설

배경 : 러시아 T 지방의 젊은 지주의 영지

시점 : 1인칭 전지적 작가 시점

주제 : 러시아 민중의 삶의 향상과 개혁

다락방이 있는 집

어느 화가의 이야기

1

이것은 6, 7년 전 내가 T 지방의 한 군에 있는, 베로크로프라고 하는 젊은 지주의 영지에 머무르고 있을 때의 일이다. 베로크로프는 아침이면 일찍 일어나 반코트를 걸치고는 영지를 산책하고, 밤이면 맥주를 마시면서 도무지 마음이 통하는 사람이 없다고 입버릇처럼 나에게 불평을 늘어놓았다.

그는 정원이 붙어 있는 별채에서 생활했고, 나는 안채의 주랑이 늘어선 넓은 거실에서 생활했다. 이 거실에는 내가 침대 대용으로 쓰고 있는 폭이 넓은 소파와 혼자서 카드 점을 칠 때 쓰는 테이블이 놓여 있을 뿐이고, 그밖에 가구라고 할 만한 것은 하나도 없었다.

낡은 아모소프식 벽난로는 항상, 심지어 갠 날에도 그렁그렁하는 소리를 내고 있었고, 폭우라도 쏟아질 때는 집 전체가 흔들리며 당장에라도 와르르 무너져버릴 것만 같은 느낌이 들었다. 더구나 한밤중에 열 개나 되는 커다란 창문에 번쩍하고 번갯불이 비치기라도 하는 날이면, 그야말로 소름이 끼칠 정도였다.

어쨌든 나는 늘 무사안일한 생활을 이어 나갈 운명을 타고난 인간이다. 그래서 이때도 일다운 일은 아무것도 하고 있지 않았다. 몇 시간씩이나 창문을 통해 하늘과 새, 그리고 가로수 길을 내다보고, 우체국에서 배달된 것들을 하나도 빼놓지 않고 읽고, 낮잠을 자는 생활이 판에 박은 듯 계속되었다. 가끔 훌쩍 밖으로 나가서 밤늦도록 어디고 할 것 없이 쏘다니기도 했다.

하루는 산책에서 돌아오는 길에, 나도 모르게 어떤 낯선 영지에 발을 들여놓게 되었다. 이미 황혼 녘이어서 꽃이 핀 호밀밭 위로 저녁 햇살의 그림자가 길게 꼬리를 늘이고 있었다. 두 줄로 빽빽이 심어 놓은 높다란 전나무들이 짙푸른 가로수 길을 이루며, 두 개의 벽처럼 이어져 있었다.

나는 가볍게 울타리를 넘어 수북이 쌓인 전나무의 낙엽 위를 미끄러지지 않으려 조심스럽게 걸어갔다. 주위는 고요하고 어둠침침했으며, 다만 높은 나뭇가지 사이사이로 선명한 금빛이 흔들리고, 거미줄이 무지갯빛으로 반짝이는 것이 보일 뿐이었다.

숨이 막힐 것 같이 강한 침엽수의 향기가 풍겼다. 이윽고 길이 구부러지자 보리수가 늘어선 오솔길이 나왔는데, 황량하고 쓸쓸한 느낌이 들기는 여기도 마찬가지였다. 해묵은 낙엽이 발밑에서 바삭바삭 소리를 내고, 나무들 사이에도 황혼의 어둑어둑한 그림자가 깃들어 있었다. 오른쪽의 과수원에서는 꾀꼬리 한 마리가 힘없이 울고 있었는데, 아마도 늙은 꾀꼬리인 것 같았다.

보리수 길에서 빠져나오자, 테라스와 다락방이 있는 흰색 집 옆을 지나가게 되었다. 그때 뜻밖에도 눈앞에는 귀족풍의 정원과 수영장이 딸린 널찍한 연못의 풍경이 펼쳐졌다. 연못 가장자리로 푸른 버드나무가 우거졌고 건너편으로는 농가들이 보였으며, 높고 뾰족한 종루 꼭대기에는 십자가가 저녁 햇빛을 받아 횃불처럼 빛이 났다.

나는 왠지 친근한 분위기에 잠시 황홀해졌다. 언젠가 어린 시절 이와 똑같은 풍경을 본 적이 있는 것 같았다.

정원에서 들판으로 나가는 곳에 흰 석조 대문이 보였다. 두 아가씨가 사자 조각상이 새겨져 있는 문 곁에 서 있었다.

그중 나이가 위로 보이는 아가씨는 탐스런 갈색 머리를 늘어뜨리고, 작은 입매에 약간 화사하면서도 창백한 얼굴빛의 매우 아름다운 아가씨였으나 차가운 인상으로, 나를 보고도 아무 주의를 기울이지 않았다.

다른 아가씨는 기껏해야 열일고여덟쯤 되었을까, 역시 화사하고 창백한 얼굴을 하고 있었는데, 다만 입매와 눈은 큰 편이었다. 그녀는 내가 곁을 지나가자 놀란 듯이 쳐다보면서 무어라고 두어 마디 영어로 중얼거리고는 쑥스러워하는 모습이었다.

나는 이 사랑스런 아가씨들과 오래전부터 알고 지낸 것 같다는 느낌이 들었다. 나는 그날 저녁, 마치 즐거운 꿈이라도 꾼 듯한 기분으로 집에 돌아왔다.

며칠 후 정오 무렵 베로크로프와 함께 집 근처를 산책하고 있는데 갑자기 풀밭을 가로지르며 마차 한 대가 정원으로 들어섰다. 며칠 전 본 아가씨들 가운데 나이가 위로 보였던 아가씨가 마차에서 내렸다.

화재로 집을 잃은 사람들을 위해, 자선자 명단을 들고 의연금을 부탁하러 온 것이다. 나와 얼굴을 마주치지 않으려고 하면서, 얌전한 말투로 샤노보 마을에서 불이 나 이재민이 얼마나 많이 발생했는지와 자기가 속해 있는 이재민 구제 위원회가 무엇을 계획하고 있는가 하는 것들을 자세히 설명하고는, 우리에게 서명을 받고 돌아가려고 하였다.

"베로크로프 씨는 저희들을 아주 까맣게 잊어버리셨나 봐요."

베로크로프에게 손을 내밀어 악수를 하면서 그녀가 말했다.

"한번 놀러 오세요. 그리고 만일 N 씨가(내 성을 부르며) 자신의 천재성에 감탄하는 사람들이 어떻게 생활하는지 궁금하시다면 우리 집에 함께 오세요. 어머니도 정말 기뻐하실 거예요."

나는 고개를 숙여 인사를 했다.

그녀가 가고 나서 베로크로프가 그녀의 집안 이야기를 들려주었다. 그녀는 양가 태생으로, 이름을 리자 볼차니노바라 하는데 현재 어머니와 여동생과 함께 살고 있으며 그들이 살고 있는 영지도 연못 건너편에 있는 마을과 마찬가지로 셸코프카라고 불리고 있다고 했다. 그녀의 아버지는 생전에 모스크바에서 관리직에 있었는데, 3등관까지 올랐었다고 한다.

재산이 많이 있지만 볼차니노프 집안사람들은 여름이나 겨울에도 시골 구석에 묻혀 살고 있다는 것이다. 리자는 영지인 셸코프카의 한 초등학교에서 교사로 근무하면서 이십오 루블의 월급을 받고 있는데 자기가 쓰는 돈은 이것으로 충당하고 있으며 자기의 수입으로 생활하고 있는 것을 자랑으로 여긴다고 했다.

"흥미로운 가족이야."

베로크로프가 말했다.

"언제 한번 놀러 가세. 자네가 가면 무척 기뻐할걸."

마침 경축일이던 어느 날 오후, 우리는 생각이 난 김에 셸코프카에 있는 그녀들의 집에 들렀다. 어머니와 두 자매는 마침 집에 있었다.

어머니 예카테리나는 젊었을 때에는 꽤 미인이었으리라 짐작되는데 지금은 나이에 비해 얼굴이 푸석하고, 천식을 앓고 있는 듯 침울하고 어수선한 부인으로, 내가 지루해할까 봐 쉴 새 없이 그림 이야기를 하였다.

내가 셸코프카로 올지도 모른다는 이야기를 딸에게서 듣고서 언젠가 모스크바 전람회에서 본 두세 점의 내 풍경화에 대한 기억을 떠올린 모양인지, 그때 그 그림 속에서 무엇을 표현할 생각이었냐고 자꾸만 내게 묻는 것이었다.

리자(집에서는 리다라고 불렀다.)는 나보다는 베로크로프와 이야기를 많이 했다. 그녀는 얌전한 표정으로 웃지도 않고 베로크로프가 왜 자치회에서 일하지 않는지, 왜 한 번도 자치회의 모임에 나오지 않는지 따져 물었다.

"옳은 일이 아니에요, 베로크로프 씨."

그녀는 비난하는 듯한 투로 말했다.

"부끄러운 일이라고요."

"그래, 리다. 맞는 말이야. 옳은 일이 못 돼."

어머니가 맞장구를 쳤다.

"우리 군은 완전히 바라긴이란 자의 손아귀에 들어갔어요."

리다는 나를 보며 말을 계속했다.

"그는 위원회의 의장인 데다가 군에서의 직위란 직위는 모두 자기 조카들이나 사위들에게 나누어 주고 제멋대로 쥐고 흔들고 있어요. 그러니 우리는 싸워야 해요. 젊은 사람들이 뜻을 함께해서 강력한 조직을 만들어 나가야 해요. 그런데 이곳 젊은이들은 정말 말들이 통하지 않아요. 부끄러운 일이죠. 베로크로프 씨."

동생 제냐는 자치회 이야기가 나오고 있는 동안은 잠자코 듣고만 있었다. 그녀는 심각한 이야기에는 끼어들려고 하지 않는 것이었다. 이 집에서는 아직 어린아이로 여기고 있고, 이름도 어린 계집아이처럼 미슈시라고 부르고 있었다. 이런 이름이 붙은 것은 그녀가 어렸을 때 가정교사인 미스 아무개가 그렇게 불렀기 때문이다.

그녀는 호기심 어린 눈으로 나만 바라보고 있었다. 그리고 내가 앨범의 사진을 들여다보고 있는 동안

"이분은 숙부님, 이분은 대부님이 되어 주셨던 분이에요."

하고 일일이 사진을 손으로 가리키면서 아이들이 하는 것같이 내게 어깨를 기대오는 것이었다. 가냘프고 아직 충분히 발육되지 않은 가슴과 호리호리한 어깨, 땋아 내린 머리, 꼭 죄게 허리띠를 맨 여윈 몸매가 그때마다 선명하게 내 눈에 들어왔다.

우리들은 크로케와 테니스를 치고 정원을 산책하고 차를 마신 뒤, 오랫동안 야외 테이블에 앉아 있었다. 주랑이 있는 횅하니 넓기만 한 거실에 있다가 와서 그런지, 하인들에게도 친절하게 말을 건네는 이 아담하고 편한 집은 별천지 같은 느낌이 들었다.

리다와 미슈시가 있어 집안에는 젊고 상쾌한 기운이 넘쳐흐르고, 고상한 분위기가 구석구석 배어 있었다.

밤참 때, 리다는 또 베로크로프를 상대로 자치회와 바라긴과 학교 도서관 이야기를 했다. 활기차고, 단순하고, 강한 신념을 가진 이 아가씨의 이야기는 듣는 이로 하여금 지루한 느낌을 주는 일이 없었다. 말수가 많고 게다가 목소리가 좀 크긴 했지만 그것은 교실에서 학생을 상대로 이야기할 때의 말투가 몸에 배어 있었기 때문일 것이다.

한편 베로크로프는 어떤 대화든지 논쟁을 벌이지 않고서는 직성이 풀리지 않는 학생 때의 버릇이 아직도 남아 있어 남을 지루하게 하는 이야기를 늘어놓았고, 게다가 자신을 지적이고 진보적인 사람처럼 보이려고 하는 속셈이 드러나 보였다. 이야기를 하는 동안 몸짓에 지나치게 힘을 주어 그때문에 소맷자락으로 소스 병을 넘어뜨려 테이블보에 쏟기도 했지만 나 말고는 아무도 그것을 알아차린 사람이 없는 듯했다.

우리가 집으로 돌아올 때 주위는 깜깜하고 고요했다.

"교양이 있다는 건 소스를 엎지르지 않는 것이 아니라, 다른 사람이 그걸 엎지르더라도 못 본 체하는 거란 말일세."

베로크로프는 이렇게 말하고 크게 숨을 내쉬었다.

"그 집은 아주 훌륭하고 지성적인 집안이야. 그런데 나는 그처럼 훌륭한 사람들에게 완전히 뒤떨어지고 말았어. 뒤떨어져도 너무 뒤떨어졌어. 이렇

게 된 건 모두 일, 그놈의 일 때문이야!"

그는 모범적인 농장주가 되려면 얼마나 많은 일을 해야만 하는지 모른다고 했다. 그러나 나는 속으로 이 친구가 얼마나 사귀기 어렵고 게으른 사람인지 모른다고 생각하고 있었다. 진지한 이야기를 할 때에는 줄곧 '말하자면, 말하자면'을 연발하고, 일하는 태도도 말투와 마찬가지로 느릿느릿하고 시간을 끌기만 해서 제때에 일을 끝낸 적이 한 번도 없었다.

이 친구는 언젠가 내가 우체국에 가서 부쳐달라고 부탁한 편지를 몇 주일 동안이나 호주머니에 넣어 둔 채로 돌아다닌 일도 있었다.

이 일을 당하고 나서 나는 앞으로 그의 사무적인 능력을 믿지 않기로 결심했다.

"뭐니 뭐니 해도 제일 괴로운 건……."

그는 나와 나란히 걸으면서 중얼거렸다.

"제일 괴로운 건 비지땀을 흘려가며 뼈 빠지게 일을 해도 누구 하나 동정해 주지 않는다는 거야. 털끝만큼도 알아주지 않는다는 말일세!"

2

그 후로 나는 볼차니노프 가로 자주 놀러 갔다. 놀러 가면 대개 테라스 아래쪽 계단에 앉아서 내 신세에 대해 이루 말할 수 없는 불만에 시달리곤 하였다. 아무런 변화도 없이 빨리도 흘러가는 세월이 억울하다, 몹시 답답하게 느껴지는 이 심장을 가슴에서 도려내 버린다면 얼마나 시원할까 하는 생각을 줄곧 하고 있었다.

그런 때 테라스 위쪽에서는 사람들의 이야기 소리와 옷 스치는 소리, 책장 넘기는 소리 따위가 들려왔다.

리다는 낮 동안에는 환자를 진찰하거나 팸플릿을 돌리는 일 등을 했다. 읍내로도 자주 나갔는데 양산만 받치고 모자는 쓰지 않고 다녔다. 그리고 밤에는 큰 소리로 자치회와 학교 이야기를 한다. 나는 이러한 일들에 곧 익숙해졌다.

섬세하고 작은 입매에 늘 엄숙한 표정을 하고 있는 이 해맑고 아름다운 아가씨는 사무적인 이야기를 할 때마다 딱딱한 말투로 나에게 말하는 것이었다.

"선생님은 이런 얘기에 관심 없으시죠?"

나는 그녀에게 호감을 얻지 못했다. 그녀가 나를 좋아하지 않는 건 내가 풍경 화가이기 때문에 민중의 고달픈 삶을 작품으로써 표현하지도 않고, 그녀의 신념에 대해서도 무관심한 듯이 보였기 때문이다.

예전에 바이칼호 근처를 마차로 지날 때, 올이 굵은 푸른 무명 셔츠에 바지 차림으로 말을 타고 가던 브리야트 처녀를 본 일이 생각났다. 나는 그녀가 가지고 있는 파이프를 팔지 않겠느냐고 말을 걸어 보았다. 그녀는 마치 경멸하는 듯한 표정으로 유람단과 같은 내 얼굴과 모자를 쳐다보고는 큰 소리로 뭐라고 외치더니 말을 달려 멀리 사라졌다.

그녀처럼 리다도 나를 목표 없는 인생으로 보고 경멸하고 있는 것이었다. 리다가 나를 싫어하는 눈치를 결코 드러내 보이지는 않았지만 나는 마음속으로 느끼고 있었다. 그래서 나는 테라스 아래쪽 계단에 앉아 초조한 기분으로 의사도 아니면서 사람들을 치료하는 것은 그들을 기만하는 것과 같다느니, 2천 헥타르나 되는 땅을 가졌으니 남에게 자선을 베푸는 것은 어렵지 않은 일이라느니 하고 혼자 중얼거리곤 했었다.

동생 미슈시는 아무런 거리낌 없이 나와 같은 무위의 생활을 보내고 있었다. 그녀는 아침에 일어나면 테라스에 내놓은 안락의자에 몸을 깊숙이 파묻고 책을 읽기 시작했다.

때로는 책을 들고 보리수 뒤에 숨기도 하고 들판을 산책하는 일도 있다. 언제나 정신없이 책을 들여다보며 아침부터 밤까지 읽고 있었다. 이따금 몹시 피로하여 얼굴빛이 창백해지고 풀어진 듯한 눈매를 하고 있을 때도 있었다. 그녀가 독서에 얼마나 열중하고 있는가 하는 것은 이와 같은 징후로 간단히 알 수 있었다.

내가 곁을 지나가는 것을 보면 살짝 얼굴을 붉히면서 책 읽기를 멈추고 그 서글서글한 큰 눈으로 내 얼굴을 빤히 쳐다보았다. 그리고는 하인 방에서 검댕에 불이 붙었다든가, 하인이 연못에서 큰 고기를 잡았다든가 하는 등의 이야기를 들려주는 것이다. 평소에 그녀는 대개 밝은 빛깔의 블라우스에 짙은 감색 스커트를 입었다.

우리는 함께 산책도 하고 잼을 만들 버찌를 따기도 하고 보트도 탔다. 그녀가 버찌를 따려고 뛰어오를 때나 보트를 저을 때 그녀의 가냘픈 두 팔이 넓은 소매 속에서 살짝 보였다. 내가 스케치를 하고 있으면 그녀는 곁에 서서 그것을 들여다보곤 했다.

7월의 어느 일요일 오전, 볼차니노프 가의 정원을 거닐다가 유난히 많이 돋아 있는 흰 버섯을 발견하고는 그 곁에 표시를 해 두었다. 나중에 제냐와 함께 와서 딸 생각이었던 것이다.

따뜻한 바람이 불어왔다. 제냐와 어머니가 모두 밝은색의 외출복 차림으로 교회에서 돌아오는 것이 보였다. 제냐는 바람에 날아갈까 봐 자꾸 모자에 손을 갖다 대었다.

고생은 해본 적도 없고 항상 무위도식하는 생활을 어떻게든 변명하려고만 하는 나에게 그곳에서의 여름 휴일 아침은 언제나 더할 나위 없이 매력적이었다.

이슬이 아직 남아 있는 푸른 뜰은 햇빛을 받아서 매우 행복한 듯이 보인다. 집 주위에서는 물푸레나무와 협죽도의 향기가 그윽하고 교회에서 막 돌아온 젊은이들은 정원에서 차를 마시고 있다. 모두들 산뜻한 옷차림에 즐거운 모습이었다. 저 건강하고 싱싱하고 아름다운 사람들은 긴 여름날 하루 손 하나 까딱 않고 지낼 것이다. 그런 때에는 한평생 이랬으면 좋겠다고 바라지 않을 수 없다. 나는 이와 같이 아무 하는 일 없이, 아무런 목적도 없이 한여름 내내 한가로이 지내는 것도 나쁘지 않다고 생각하며 정원을 거닐고 있었다.

제냐가 바구니를 들고나왔다. 마치 정원으로 나오면 내가 있다는 걸 알고 있거나 예상하고 있었던 듯한 표정이었다. 나에게 무엇을 물을 때마다 그녀는 내 얼굴을 자세히 볼 수 있도록 몸을 앞으로 내밀었다.

"어제 읍내에서 기적이 일어났어요."

그녀가 말했다.

"다리를 저는 페라게야가 1년 가까이 계속 몸이 좋지 않았는데, 아무리 의사 선생님에게 보이고 약을 써도 효과가 없었대요. 그런데 어제 어떤 할머니가 한 마디 속삭이자 그대로 깨끗이 나았다는 거예요."

"나는 별로 흥미롭지 않은데요."

내가 말했다.

"환자나 노인 주변에서만 기적을 찾는 것은 우리가 할 일이 아니에요. 건강 역시 하나의 기적이에요. 그리고 인생 자체도 그렇지요. 우리가 이해할 수 없는 것을 사람들은 기적이라고 말하지요."

"하지만 이해할 수 없는 것이 두렵지 않으세요?"

"두렵긴요. 나는 이해할 수 없는 것에는 과감히 맞서서 결코 그것에 지지 않으려 하고 있어요. 나는 그러한 것들보다 한층 높은 곳에 있어요. 인간은 호랑이나 사자나 별보다, 자연 가운데 그 어느 것보다도 고귀하고, 이해되지 않기 때문에 기적으로 보이는 것들보다 더 숭고한 존재라는 자각을 가져야 해요. 그렇지 않으면 인간은 아무것이나 두려워하는 쥐 같은 존재가 되어 버리고 말죠."

제냐는 내가 예술가이기 때문에 아주 많은 것을 알고 있고, 또 알고 있지 못한 것도 정확히 추리해낼 수 있는 사람이라고 생각하고 있었다. 그녀는 이 영원하고 아름다운 세계, 내가 속속들이 통달하고 있을 지고한 세계로 이끌려가고 싶어 했다. 그녀와 나는 하느님과 영생, 그리고 기적에 관한 이야기를 나누었다. 그리고 나는 나 자신과 나의 상상력이 죽음과 더불어 영원히 사라져 버린다는 생각을 받아들일 수 없어서,

"그래요. 인간은 불멸의 존재이지요."
라든가,

"맞아요. 우리에게는 영생이 기다리고 있습니다."
라고 대답하는 것이었다.

그녀는 열심히 내 말에 귀를 기울이며 그대로 순진하게 믿을 뿐이었다.

집으로 돌아가는 도중, 그녀는 갑자기 걸음을 멈추고 이렇게 말했다.

"리다 언니는 정말 멋진 사람이에요. 그렇게 생각하지 않으세요? 저는 언니를 무척 좋아해요. 언니를 위해서라면 언제라도 목숨을 버려도 좋다고 생각해요. 그런데……."

그렇게 말하면서 손가락으로 내 소매를 잡으며

"왜 선생님은 언니와 말다툼만 하시는 거죠? 그리고 늘 흥분하시고."

"그건 언니가 억지 주장을 하기 때문이에요."

제냐는 그렇지 않다는 듯이 머리를 흔들었고 눈에는 눈물이 맺혔다.

"저는 도무지 모르겠어요!"

그녀가 말했다.

리다는 막 외출했다가 돌아온 참이었다. 현관의 계단 어귀에 서서, 날씬하고 아름다운 몸에 햇빛을 받으면서 하인에게 무엇인가 이르고 있었다. 그리고 크고 재빠른 말투로 두세 사람의 환자를 모두 진찰하고 나자, 사무적으로 무엇인가 신경 쓰이는 일이 있는 듯이 이 방 저 방 돌아다니면서 벽장문을 일일이 열어 보고는 다락방으로 올라갔다.

집안사람들이 한참이나 그녀에게 식사를 하라고 불렀지만, 그녀는 우리들이 수프를 다 먹고 난 뒤에야 내려왔다. 나는 왜 이런 하찮은 일들을 기억하고 있는지 모르겠다. 게다가 그리운 느낌까지 든다. 이렇다 할 색다른 일도 일어나지 않았는데 그날의 일은 하나에서 열까지 생생하게 기억에 남아 있는 것이다.

식사가 끝나고 제냐는 안락의자에 앉아 책을 읽고, 나는 역시 테라스 아래쪽 계단에 앉아 있었다. 두 사람 다 아무 말도 없었다. 하늘은 잔뜩 찌푸렸고 곧이어 빗방울이 떨어지기 시작했다. 날씨는 몹시 더웠고 바람 한 점 없었다. 그리고 이날은 결코 끝나지 않을 것같이 지루했다.

제냐의 어머니가 잠에서 덜 깬 얼굴로 손에 부채를 들고 테라스로 나왔다.

"어머, 엄마."

제냐가 어머니의 손에 키스를 하며 말했다.

"낮잠은 몸에 해로워요."

모녀는 서로 깊이 사랑하고 있었다. 둘 중 한 사람이 정원으로 내려갔는가 싶으면 다른 사람이 금방 테라스로 나와 나무숲 쪽을 바라보면서

"제냐!"

라든가,

"엄마, 어디 계세요?"

하고 부르는 것이다. 언제나 같이 기도를 드리고, 똑같이 신앙심이 두텁고, 아무 말 없어도 서로 마음이 잘 통하고 있었다. 다른 사람들에 대한 태도도 같았다.

예카테리나도 곧 내게 친절해지고, 내가 사흘 정도 얼굴을 보이지 않으

면 안부를 물으러 사람을 보내기까지 했다. 내가 그림을 그리고 있으면 감탄하는 듯한 표정으로 바라보고, 무엇이든 숨기는 일 없이 세세하게 이야기해 주는 것도 미슈시와 같았다. 심지어 집안의 비밀까지도 나에게 털어놓곤 했다.

그녀는 두 딸을 진심으로 사랑했지만, 리다는 전혀 어머니에게 다정한 모습을 보이지 않았고 늘 진지한 이야기만 했다. 집안사람들은 개의치 않고 자기만의 생활을 하고 있는 리다는 어머니나 동생에게, 마치 해군들이 생각하는 제독처럼 일종의 신성하고 수수께끼 같은 인물로 여겨졌던 것이다.

"우리 리다는 훌륭한 애예요. 그렇게 생각하지 않으세요?"

어머니는 자주 이런 말을 했다.

그날 비가 내리고 있는 동안 우리들은 리다 이야기를 하고 있었다.

"우리 리다는 훌륭한 애예요."

어머니는 겁먹은 얼굴로 주위를 둘러보고 무슨 음모라도 꾸미려는 사람처럼 작은 목소리로 이야기했다.

"요즘 그런 애는 정말 찾아보기 힘들지요. 그렇지만 선생님, 나는 좀 걱정이 돼요. 학교 일이든 구급상자 일이든 팸플릿 일이든 모두 좋은 일임에는 틀림없어요. 하지만 그렇게까지 나설 필요가 있을까 싶어요. 이미 제 나이도 스물네 살이니 이제는 진지하게 제 일을 생각해야지 툭하면 팸플릿이다, 구급상자다 하고 법석을 피우고 세월만 자꾸 흘러가고 있는 걸 모르고 있다니까요. 그 애도 이젠 시집을 가야 할 텐데."

그러자 독서에 너무 골몰하여 낯빛이 창백해지고 머리 모양이 흐트러진 제냐가 얼굴을 들고 어머니를 쳐다보며 혼잣말처럼 중얼거렸다.

"그렇지만 엄마, 세상일은 모두 하느님 뜻대로 되는 거예요."

그러고는 또다시 책을 읽기 시작했다.

베르크로프가 소매 없는 외투와 수놓은 스모크 차림으로 왔다. 우리들은 크로케와 테니스를 하고, 날이 어두워지자 한참 동안 테이블에 앉아 있었다.

리다는 그날 밤에도 학교 일이라든가 온 군을 장악한 바라긴 이야기를 하였다. 그날 밤 볼차니노프 가에서 돌아온 나의 마음속에는 길고 긴 하루를 아무 일도 하지 않고 지냈다는 허무한 느낌과 아무리 오래 계속되더라도 모든 것에는 끝이 있는데 하는 우울한 의식이 고개를 들었다.

제냐가 문 앞까지 나를 배웅해 주었다. 아침부터 밤까지 하루 종일 그녀와 함께 지낸 탓인지 그녀가 없으면 무척 적적할 것 같았다. 그리고 이 사랑스런 집안사람들 모두가 가까운 사람들처럼 여겨지는 것이었다. 이번 여름철에 들어 창작 의욕이 솟은 것은 이때가 처음이었다.

"여보게, 자네는 어째서 이처럼 따분한 생활을 하고 있나?"

나는 베로크로프와 집으로 돌아오며 말했다.

"하긴 나 역시 시시하고 답답하고 단조로운 생활을 하고 있지만 그건 내가 화가이고 괴팍한 사람이기 때문이야. 나는 어릴 때부터 남들을 부러워하고, 자신에게 만족하지 못하고, 자신감 없이 늘 초조해하며 살아왔어. 나는 언제나 비참한 떠돌이였지. 그렇지만 자네는 건강하고 정상적인 사람이고, 지주에다 팔자 좋은 사람 아닌가? 그런데 어째서 이렇게 무미건조한 생활을 하고 있는 건가? 자네가 즐거운 생활을 누리지 않는 건 무슨 이유인가? 예를 들자면, 어째서 이제까지 리다나 제냐 같은 아가씨와 사랑에 빠지지 않았는가 말일세."

"자네가 잊어버렸나 본데, 내게는 달리 좋아하는 여자가 있지 않나?"

베로크로프가 대답했다.

이 좋아하는 여자란 베로크로프와 함께 별채에서 살고 있는 여자 친구 류보피를 말하는 것이다. 모이를 잔뜩 먹어 살찐 거위를 닮은, 뚱뚱하고 몹시 거드름을 피우는 이 여자가 구슬 장식이 달린 러시아식 옷을 입고 즐겨 쓰는 양산을 들고 뜰을 산책하고 있는 모습이라든가, 하녀가 쉴 새 없이 식사와 차 시간을 알리러 가는 것을 나는 날마다 보아왔다.

3년쯤 전에 그녀는 별채 하나를 여름철 별장으로 얻은 것인데 그대로 베로크로프 집에 눌러앉게 되고 이젠 떠날 마음이 없어진 것이다. 베로크로프는 자기보다 열 살쯤 위인 이 여자에게 완전히 잡혀 지내게 되어 외출할 때마다 그녀의 허락을 받지 않으면 안 될 지경이었다.

그녀는 곧잘 남자 같은 목소리로 울어댔다. 내가 사람을 보내 울기를 그치지 않으면 이 집에서 나가겠다고 말하면 그제야 울음을 그치는 것이었다.

집으로 돌아오자 베로크로프는 소파에 앉아 얼굴을 잔뜩 찌푸리고 생각에 잠겨 있었다.

"리다가 좋아할 수 있는 사람은 자기처럼 병원이나 학교에 열중하고 있는 자치회 사람뿐이야."

하고 나는 말했다.

"하긴 그런 아가씨가 좋아하게만 된다면 자치회에 들어가는 것도 나쁘진 않겠지. 아니, 그뿐만이 아니라 옛날이야기에 나오는 것처럼 쇠 구두가 닳아빠지도록 걸어도 괜찮겠어. 그런데 미슈시는 어때? 참 매력적인 아가씨지, 미슈시 말이야!"

베로크로프는

"그런데, 에, 그런데……."

하고 말을 길게 끌면서 세기병, 즉 염세주의에 대해 지루하게 이야기를 늘어놓았다. 마치 내가 자기와 논쟁이라도 하고 있는 듯이 단호한 말투였다. 인적 없고 단조로우며 펄펄 끓는 듯한 뜨거운 광야를 몇백 킬로미터 걷는다 하더라도 이렇게 달갑지 않은 긴 이야기를 듣고 있어야 하는 것만큼 우울한 기분이 되지는 않을 것이다.

"문제는 염세주의나 낙천주의가 아니라……."

하고 나는 초조감을 느끼며 말했다.

"백 명 가운데 아흔아홉 명은 머리가 모자란다는 사실이네."

베로크로프는 자기를 두고 하는 말이라 여기고 발끈하여 돌아갔다.

3

"말로조모보에 전에 우리 집에 오셨던 공작님이 와 계시는데 어머니께 안부 전해달라고 하시더군요."

리다가 외출했다가 돌아와 장갑을 벗으면서 어머니를 보고 말했다.

"여러 가지 재미있는 얘기들을 들려주셨어요. 그리고 지방 위원회에서 말로조모보의 보건소 설치 문제를 다시 한번 건의해 주시겠다고 약속하셨어요. 하지만 너무 믿지는 말라고 하시더군요."

그리고 내 쪽으로 얼굴을 돌리며 말했다.

"미안해요. 이런 얘기는 선생님이 재미없어한다는 걸 언제나 잊어버리는 군요."

나는 조바심이 났다.

"왜 재미없어한다고 생각하시죠?"

나는 이렇게 묻고 어깨를 으쓱했다.

"제 의견 따위는 듣고 싶지도 않으실지 모르지만 나는 그 문제에 매우 흥미를 가지고 있습니다."

"정말요?"

"정말이고말고요. 나는 말로조모보에 보건소 따위는 전혀 필요 없다고 생각합니다."

"그럼 뭐가 필요한가요? 풍경화인가요?"

"풍경화도 필요 없습니다. 필요한 건 아무것도 없어요."

그녀는 장갑을 벗고 막 배달된 신문을 펼쳤다. 1분 정도 지나자 그녀는 분명히 자제하려고 애쓰면서 낮은 목소리로 말하였다.

"지난주에 안나가 산욕열로 죽었어요. 근처에 보건소가 있었다면 죽지 않았을 거예요. 선생님 같은 분들도 이런 일들에 관해서는 무엇인가 신념을 가지셔야 한다고 생각해요."

"그런 문제에 관해서라면 나도 뚜렷한 신념을 가지고 있습니다."

하고 내가 대답하자 그녀는 내 말을 전혀 듣고 싶지 않다는 듯이 신문으로 몸을 가렸다.

"나는 보건소나 학교, 도서관, 구급상자 이런 것들이 현재의 조건 밑에서는 민중의 노예화에 기여할 뿐이라고 생각합니다. 민중은 엄청난 쇠사슬에 얽매여 있어요. 당신들은 그 쇠사슬을 끊어버리는 대신 새로운 쇠사슬만을 덧붙이고 있어요. 이것이 내 신념입니다."

그녀는 나를 쳐다보면서 경멸하는 듯한 웃음을 띠었다. 그러나 나는 아랑곳하지 않고 내 논리의 요점을 유지하려고 애쓰면서 말을 계속했다.

"중요한 것은 안나가 산욕열로 죽었다는 사실이 아니라, 그런 수많은 안나나 마블라나 페라게야들이 아침 일찍부터 밤늦게까지 등을 구부린 채 일을 하고, 그 때문에 병이 나고, 허기진 채 앓고 있는 자식들을 걱정하고, 죽음이나 질병을 두려워하여 평생토록 의사의 신세를 지고, 젊은 나이에 체력이 고갈되어 빨리 늙어 버리고, 마침내는 고약한 냄새가 풍기는 더러운 곳에서 흙투성이가 되어 죽어간다는 바로 그 점입니다.

아이들은 자라서 그들의 부모와 같은 일을 반복합니다. 이와 같이 몇백 년이 지나도록, 수십억에 이르는 인간이 동물보다도 못한 생활을 하고 있는데 그건 단지 한 조각의 빵 때문입니다. 그런데도 그들이 느끼고 있는 공포감은 결코 사라지지 않습니다.

여기서 가장 두려운 것은 그들이 영혼 같은 것을 생각할 겨를이 없다고 하는, 자기들의 모습이 하느님의 형상을 본떠서 만들어졌다고 하는 것을 생각해 볼 틈도 없다고 하는 것입니다. 굶주림, 추위, 동물적 공포, 끊임없는 노동이 눈사태와 같이 밀어닥쳐서 정신적인 활동을 완전히 막고 만 것입니다. 그런데 정신적인 활동이야말로 인간을 동물과 구별시켜 주는 것이며 인간이 살아가는 데 있어서 가장 가치 있는 유일한 것이 아닙니까.

당신들은 병원이나 학교에서 그들을 구원하려고 하지요. 그렇지만 그것이 그들의 멍에를 벗겨주지는 못하고, 반대로 그들을 더욱더 노예 상태로 몰아넣을 뿐입니다. 왜냐하면 당신들은 그들의 생활 속에 새로운 편견을 가져다줌으로써 그들의 욕구를 더욱 증대시키기 때문입니다.

약품이나 팸플릿 대금을 내지 않으면 안 되고, 따라서 전보다도 더욱 뼈 빠지게 일하지 않으면 안 된다는 것은 굳이 말할 필요도 없고요.”

“저는 선생님과 논쟁을 하고 싶진 않아요.”

리다는 신문을 내려놓으며 말했다.

“지금 말씀하신 의견은 전에도 들은 적이 있어요. 한 가지만 말씀드리자면 우리는 팔짱을 끼고 보고만 있어서는 안 된다는 거예요. 저희들 역시 인류 전체를 구원할 수는 없고 잘못하는 일도 많을 거예요. 그렇지만 저희들은 스스로 할 수 있는 일을 하고 있고 그런 한도에서 저희들은 정당해요.

교양 있는 사람에게 가장 고귀하고 신성한 임무는 이웃 사람을 위해 봉사하는 것이죠. 그리고 저희들은 힘닿는 대로 봉사하고 있어요. 선생님의 마음에는 안 들지 모르지만 모든 사람의 마음에 들 수는 없는 일이잖아요?”

“네 말이 옳다, 리다. 네 말이 옳아.”

어머니가 말했다.

리다가 있는 자리에서는 그녀는 언제나 어려워했다. 얘기하는 도중에도 자기가 부질없이 엉뚱한 말이나 하지 않을까 조심하면서 딸의 눈치를 보는 것이었다. 그리고 그녀는 결코 딸의 말에 반박하는 일 없이 언제나 맞장구를 쳐주었다.

"네 말이 맞다, 리다. 네 말이 맞아."

"농민 교육, 시시한 교훈이나 잔소리가 씌어 있는 팸플릿, 보건소, 그런 것으로 문맹과 사망률을 줄일 수는 없어요. 그것은 마치 이 방 창문으로 새어 나가는 빛이 저 큰 정원을 환하게 비추지 못하는 것과 마찬가지죠."

나는 말을 이었다.

"당신들은 그들에게 한 가지도 주지 못합니다. 다만 그들의 생활에 간섭함으로써 더욱 욕구만을 증대시키고 그래서 더욱더 고되게 일하게 할 뿐입니다."

"하지만 무슨 일이든 하는 것이 역시 필요하지 않을까요?"

리다는 화가 난다는 듯이 말했다. 나의 주장을 허튼소리로 여기고 경멸하고 있다는 것은 그녀의 어조로 잘 알 수 있었다.

"필요한 것은 인간을 괴로운 육체노동에서 해방시키는 일입니다."

나는 말했다.

"그들의 멍에를 벗겨주고, 한숨 돌리게 해주는 일입니다. 한평생을 아궁이 앞이나 구유 옆이나 밭에서 지내는 일이 없도록 하여, 영혼과 하느님에 대해서도 생각할 여유를 가지고 자기의 정신적 능력을 좀 더 넓게 발휘할 수 있게 해 주는 것입니다.

사람은 누구나 다 정신적인 활동에 종사할 사명, 말하자면 진리라든가 인생의 의미를 탐구할 사명이 있죠. 그들을 위해서 동물들이나 할 고된 노동을 불필요한 것으로 만들어야 합니다. 그들이 자유롭다고 느낄 수 있도록 해 주세요. 그러면 팸플릿이나 구급상자 같은 것들이 결국 얼마나 보잘것없는 것인지 알게 될 겁니다.

인간이 자신의 진정한 사명을 깨닫는다면 그들을 만족시킬 수 있는 것은 그런 하찮은 것이 아니라 종교와 과학과 예술뿐입니다."

"노동에서 인간을 해방시키라고요?"

리다는 비웃듯이 말했다.

"도대체 그런 게 가능한가요?"

"물론 가능합니다. 그들이 짊어진 노동의 한 부분을 대신 져주면 됩니다. 만일 우리들이 도시나 농촌에서 한 사람도 예외 없이 협정을 맺고, 육체적인 요구를 충족시키기 위해 들이고 있는 노력을 분담하기로 약속한다면 각자가 하루에 두세 시간만 일해도 충분할 겁니다.

생각해 보세요. 부자든 가난한 사람이든 하루에 세 시간만 일하고 나머지 시간은 자기 마음대로 쓰는 겁니다. 그리고 또 한 가지는 될 수 있는 대로 육체에 의지하지 않도록, 즉 많은 노동을 할 필요가 없도록 기계를 발명하여 일을 기계가 하도록 하는 겁니다. 이렇게 해서 우리들이 가지고 있는 욕구의 양을 극도로 줄이는 데 힘쓰는 것이죠.

자신과 아이들을 단련시켜서 굶주림이나 추위를 무서워하지 않도록 하는 겁니다. 안나나 마블라나 페라게야처럼 늘 아이들의 건강을 걱정하고 두려워하지 않도록 하는 겁니다. 아시겠어요? 그럴 시간이 있으면 힘을 합쳐서 학문이나 예술에 쏟아야 합니다."

"말씀에 모순이 있군요."

리다가 말했다.

"말끝마다 학문, 학문하시면서 읽고 쓰기를 가르치는 것은 부정하시잖아요?"

"읽고 쓰기요? 술집 간판 정도를 읽는다든가 이해하지도 못할 책을 이따금 떠듬떠듬 읽는 정도의 읽고 쓰기라면 우리나라에는 류리크(전설적인 러시아 건국자) 때부터 있었죠.

고골리의 페트루슈카(《죽은 영혼》의 주인공 치치코프의 하인 이름)는 오래 전부터 글자를 읽을 수 있었지만 농촌 사회 자체는 류리크 때부터 지금까지 전혀 달라진 게 없습니다. 진정 필요한 건 읽고 쓰는 능력 따위가 아니라 정신적 능력을 발휘할 수 있는 자유입니다. 초등학교가 아니라 대학이 필요한 거죠."

"의학도 부정하시나요?"

"그렇습니다. 의학이 필요하다면 기껏해야 자연 현상의 하나인 질병 연구를 위해서이지 치료를 위해서가 아닙니다. 정말로 치료를 하려고 한다면 질병이 아니라 질병의 원인을 치료해야죠. 질병의 주요 원인, 즉 육체노동을 없앤다면 질병도 없어집니다. 치료하는 학문, 그런 학문을 저는 학문으로 인정하지 않습니다."

하고 나는 흥분하여 말을 계속했다.

"학문이나 예술은 만약 그것이 진짜라면 일시적이고 개인적인 목적이 아니라 영원하고 사회적인 것을 지향하는 겁니다. 말하자면 진리나 인생의 의미, 그리고 하느님이나 영혼을 탐구하는 것이 진정한 학문과 예술인 것입니다.

구급상자라든가 도서실이라든가 하는 일상적인 요구에 얽매여 있으면 학문과 예술은 인생을 복잡하고 번거롭게 만들 뿐입니다. 우리나라에는 의사나 약제사, 법률가 등 읽고 쓰기를 할 줄 아는 작자들은 넘치지만 생물학자나 철학자, 시인은 도무지 찾아볼 수가 없어요.

모든 지성과 정신적 에너지가 죄다 일시적인 눈앞의 욕구 충족에 쓰이고 있다는 증거죠. 학자나 작가, 또는 예술가들이 밤낮을 가리지 않고 노동을 하는 덕분에 생활은 날이 갈수록 풍부해지고 육체적인 요구는 더욱 증대하기만 하는데, 진리로 가는 길은 까마득히 멀고 인간은 여전히 영악스럽고 악랄하기 이를 데 없는 동물에 머물러 있습니다.

이대로 가면 인류의 대부분은 퇴화하여 모든 생활 능력을 영원히 잃고 말 때가 반드시 올 겁니다. 이런 상태에서 예술가의 인생은 난센스입니다. 재능 있는 예술가일수록 더욱더 이상하고 의미를 알 수 없는 역할을 하지 않으면 안 되니까요. 왜냐하면 조금만 생각해보면 알 수 있는 일이지만, 현재 예술가들은 기존 질서를 유지하면서 영악하고 악랄한 동물을 즐겁게 해주기 위한 일을 하고 있을 뿐이거든요.

따라서 나는 일을 하고 싶지도 않고, 앞으로도 하지 않을 겁니다. ……일을 해 봐야 아무런 소용이 없습니다. 차라리 지구 전체가 지옥으로 떨어져버리는 게 낫죠!"

"미슈시, 자리 좀 비켜 주렴."

리다가 동생에게 말했다. 내 말을 듣게 내버려 두면 그녀와 같이 젊은 아가씨에게 좋지 않은 영향을 줄 것이라 생각한 모양이었다.

제냐는 슬픈 듯한 눈으로 어머니와 언니 쪽을 살짝 쳐다보고는 밖으로 나갔다.

"누구든지 자기의 무관심에 대해 변명하려고 할 때에는 대개 그런 말로 얼버무리죠."

리다가 말했다.

"병원이나 학교를 인정하지 않는다고 말하는 것은 치료나 가르침을 행하는 것보다 쉬운 일이니까요."

"옳은 말이다, 리다. 네 말이 정말 옳아."

어머니가 맞장구를 쳤다.

"더 이상 일을 안 하겠다고 으름장을 놓으시지만……."

하고 리다는 말을 이었다.

"자신의 일에 큰 가치를 부여하시는 건 잘 알겠어요. 그러나 이젠 논쟁은 그만 해요. 우리들은 어차피 의견이 맞지 않아요. 도서실이나 구급상자에 대해서 선생님은 아까부터 코웃음 치시지만, 저는 그중에 제일 하찮은 것이라도 이 세상 어떤 풍경화보다 더 귀중하다고 생각해요."

이렇게 말하고 그녀는 어머니를 향해 지금까지와는 전혀 다른 어조로 이야기하기 시작했다.

"공작님이 많이 여위셨어요. 전에 우리 집에 오셨을 때에 비하면 전혀 다른 사람 같아요. 비시로 요양을 가신다고 하던데요."

리다는 나와 대화하는 것을 피하려는 듯 어머니에게 공작에 대한 이야기를 계속했다.

그녀는 흥분하여 붉게 상기된 얼굴을 감추려고 시력이 좋지 않은 사람처럼 테이블 위로 몸을 구부리고 신문을 읽는 체하였다.

나도 더 이상 머무르고 싶지 않아 인사를 하고 나왔다.

4

바깥은 고요했다. 연못 건너편 마을은 모두 잠들어 버린 듯 작은 불빛 하나 보이지 않고 수면에 비친 푸르스름한 별빛만이 희미하게 반짝이고 있었다. 사자상이 있는 문가에서 제냐가 조용히 서서 나를 배웅하려고 기다리고 있었다.

"마을 사람들은 다들 잠자리에 들었나 보군요."

나는 어둠 속에서 그녀의 얼굴을 살펴보려고 애쓰면서 말했다. 나를 바라보는 어둡고 슬픈 눈동자를 볼 수 있었다.

"술집 주인도 말 도둑도 모두 잠들었는데 우리 교양 있다는 사람들만 서로 논쟁을 벌이고 있었군요."

8월의 밤은 우울했다. 벌써 가을의 기운을 느낄 수 있었다. 붉은 보랏빛 구름에 싸인 달이 오솔길과 그 양쪽의 어두운 보리밭을 희미하게 비추고 있었다. 별똥이 떨어졌다.

제냐는 나와 나란히 걸으면서 하늘을 쳐다보지 않으려 애쓰고 있었다. 왠지 별똥을 보는 게 두려웠던 것이다.

"당신의 말씀이 맞는 것 같아요."

눅눅하고 차가운 밤공기에 몸을 떨며 그녀는 말했다.

"사람들이 모두 함께 정신적인 활동에 전념할 수만 있다면 곧 모든 걸 알 수 있게 될 거예요."

"그럼요. 우리는 고귀한 존재예요. 만일 우리들이 인간의 천재적인 힘을 철저히 인식하고 고귀한 목적을 따라 살아간다면 결국 하느님과 같은 존재가 되겠지요. 하지만 결코 그렇게는 되지 않을 거예요. 인류는 퇴화해가고 있고 천재는 자취 없이 사라져버릴 테니까요."

대문이 보이지 않게 되자 제냐는 놀란 듯이 걸음을 멈추고 나의 손을 잡으며 말했다.

"안녕히 가세요."

그녀의 목소리가 떨렸다. 어깨에 엷은 블라우스 하나만을 걸치고 있어 추위로 몸을 움츠리고 있었다.

"내일 또 오세요."

나는 내 자신이나 남에게 불만을 품은 채로 홀로 남게 된다는 생각에 초조해졌다. 나 역시 아까부터 별똥을 보지 않으려고 애쓰고 있었다.

"1분만 더 함께 있어 주세요."

나는 애처롭게 말했다.

"부탁이에요."

나는 제냐를 사랑하고 있었다. 그것은 제냐가 언제나 나를 반겨 주고 배웅해 주고, 또 다정하고 감탄하는 눈망울로 나를 바라봐주었기 때문일 것이다.

하얀 얼굴, 가느다란 목덜미, 연약한 팔, 게으른 버릇, 독서 취미, 이 모든 것이 너무나도 예쁘게 보였다. 그리고 나는 그녀가 비범한 지성의 소유자라고 생각하고 있었다. 특히 사물을 보는 눈이 넓은 것이 나의 마음을 사로잡았다. 그것은 나를 싫어하고 있는 엄한 표정의 미인인 리다와는 다른 그녀의 사고방식 때문인지도 몰랐다.

그녀는 나의 예술가적 기질을 좋아하고 있었다. 나의 재능이 그녀의 마음을 끌었던 것이다. 나는 간절하게 그녀 한 사람만을 위한 그림을 그리고 싶었다.

그녀는 나의 작은 여왕이며 이 여왕과 함께 나무나 들판, 안개, 저녁노을 같은 매력적인 자연을 즐기는 꿈을 꾸었다. 그러나 그 자연 한가운데에 있으면서 나는 이제껏 자신을 희망이 없고 고독하고 쓸모없는 인간이라 생각하고 있었던 것이다.

"1분만 더 있어 줘요."

나는 애원하다시피 말했다.

"제발 부탁이에요."

그리고 외투를 벗어 추위에 떨고 있는 그녀의 어깨에 걸쳐 주었다. 그녀는 남자의 외투를 입은 모습이 부끄럽게 생각되었는지 외투를 벗어 슬그머니 바닥에 놓았다. 그 순간 나는 그녀를 안고 얼굴과 어깨와 손에 닥치는 대로 키스를 퍼부었다.

"내일 만나요."

그녀는 속삭이듯이 말하고 밤의 고요를 깨뜨리는 것이 두려운 듯 조심스럽게 나를 껴안고 키스를 받았다.

"저희 집에서는 뭐든지 서로 숨기는 일이 없도록 하고 있어요. 그러니 어머니와 언니에게 다 얘기해야만 해요……. 전 어떻게 해야 좋을지 모르겠어요. 어머니는 괜찮아요. 선생님을 좋아하니까요. 하지만 리다 언니가 걱정이에요."

그녀는 대문 쪽으로 달려갔다.

"안녕!"

그녀가 뒤를 돌아보며 소리쳤다.

나는 잠깐 동안 그녀가 달려가는 발소리를 듣고 있었다. 나는 집으로 돌아가고 싶지 않았고 꼭 돌아가야 할 이유도 없었다.

나는 생각에 잠긴 채 그 자리에서 서성거리다가 되돌아서 그녀의 집 쪽으로 천천히 걸어갔다. 그녀가 살고 있는 집을 다시 한번 바라보고 싶었다. 소박하고 낡은 집의 다락방 창문이 마치 두 개의 눈처럼 나를 바라보고 나의 마음을 알아주는 것 같은 느낌이 들었다.

나는 테라스 앞을 지나 테니스 코트 옆의 오래된 느릅나무 그늘 아래 벤치에 앉아 어둠 속에서 그녀의 집을 바라다보았다. 미슈시의 다락방 창문에 갑자기 불빛이 환하게 켜지더니 곧 부드러운 초록빛으로 변했다. 램프에 갓을 씌운 것 같았다. 사람의 그림자가 움직였다.

나는 지극히 부드럽고 고요한 기분에 젖었다. 스스로에 대한 만족감, 나를 잊고 남을 사랑하는 것이 가능하구나 하는 만족감 때문이었다. 그런데 같은 이 시간에 나를 싫어하는, 아니 혐오하고 있을지도 모르는 리다가 저 집 어느 방엔가 있다고 생각하자 왠지 불안한 마음이 고개를 들었다.

나는 벤치에 앉아 제냐가 다시 나오지나 않을까 하고 귀를 기울였다. 다락방에서는 이야기 소리가 나는 것 같았다.

한 시간쯤 지나자 초록색 불빛은 꺼지고 사람 그림자도 보이지 않게 되었다. 달은 집 위로 높이 떠올라 고요 속에 잠긴 정원과 오솔길을 비추고 있었다. 집 앞 화단의 달리아와 장미가 밤인데도 선명하게, 게다가 똑같이 한 가지 색깔로 보였다. 추위가 더욱 심해졌다. 나는 뜰에서 나와 길에 떨어져 있던 외투를 집어 들고 느릿느릿 집으로 돌아왔다.

다음 날 점심을 끝내고 볼차니노프 가로 가 보니, 정원으로 난 유리문이 열린 채로 있었다.

나는 테라스 위에 앉아 조금 있으면 화단 건너편의 테니스 코트나 가로수 길 어딘가에 제냐의 모습이 나타날 것이고 아니면 집 안에서 그녀의 목소리가 날지도 모른다고 생각하면서 얼마 동안 기다리고 있었다. 그러다 집 안으로 들어가 응접실을 지나 식당으로 가 보았다. 아무도 없었다. 식당에서 긴 복도를 지나 현관까지 갔다가 다시 되돌아왔다.

복도에는 방문이 여러 개 있었는데 그중 한 방문 안에서 리다의 목소리가 들려 왔다.

"까마귀에게, 어디선가…… 하느님이……."

그녀는 누구에게 받아쓰기라도 시키고 있는 듯 발음을 길게 빼면서 큰 소리를 내고 있었다.

"하느님이 치즈를 한 조각, 주셨습니다……. 까마귀에게……, 어디선가……, 누구세요?"

내 발소리를 들었는지 그녀가 갑자기 소리쳤다.

"접니다."

"어머, 미안해요. 지금은 좀 바쁜데. 다샤의 공부를 봐주고 있거든요."

"어머니는 정원에 계신가요?"

"아뇨. 엄마는 오늘 아침 동생과 함께 떠나셨어요. 펜자 지방의 숙모님 댁으로요. 그리고 겨울이 되면 둘이서 외국으로 떠날 예정이에요."

잠깐 잠잠하다가 다시 목소리가 들렸다.

"까마귀에게, 어디선가…… 하느님이 치즈를 한 조각 주셨습니다. 썼니?"

나는 현관으로 나가 멍하니 서서 연못과 마을 쪽을 바라보았다.

리다의 목소리가 그곳까지 들려왔다.

"치즈를, 한 조각…… 까마귀에게, 어디선가, 하느님이, 치즈를 한 조각, 주셨습니다……."

나는 맨 처음 이곳에 발길이 닿았을 때와 똑같은 길을 걸어 이 저택을 떠났다. 순서만 그때와 반대였다. 저택에서 나와 다음은 옆에 있는 정원, 그 다음은 보리수 길……. 그때 한 소년이 쫓아와서 쪽지를 건네주었다.

'언니에게 모두 얘기했더니 헤어지라고 하며 제 말을 들어주지 않습니다.'

나는 급히 읽어 내려갔다.

'언니의 말을 듣지 않고 언니를 화나게 할 수는 없습니다. 하느님의 은총 가운데 행복하시기를 빕니다. 정말 무슨 말씀을 드려야 좋을지 모르겠습니다. 어머니와 제가 얼마나 슬피 울고 있는지 알아주시기를!'

어두운 전나무 가로수길, 무너져 내린 울타리……. 그때는 호밀꽃이 한

창 피고, 꾀꼬리가 울고 있었는데 지금은 그 들판을 소와 말들이 거닐고 있다. 언덕 위 여기저기에서 가을 새싹들의 초록빛이 선명하다. 나는 삭막하고 허전한 기분이 들며 볼차니노프 가에서 떠들어댄 말들이 모두 부끄럽게 여겨졌다. 그리고 전과같이 시시하게 살아갈 것이 끔찍하게 생각되었다. 나는 집으로 돌아오자마자 짐을 꾸려 그날 저녁 페테르부르크로 떠났다.

볼차니노프 가의 사람들은 그 뒤 한 번도 보지 못했다. 최근 크림반도로 여행할 때 기차에서 우연히 베로크로프를 만났다. 여전히 소매 없는 외투에 수놓은 스모크 차림이었다. 베로크로프는 전에 살던 영지를 팔고 류보피의 명의로 좀 작은 영지를 새로 마련했다고 한다. 볼차니노프 집안사람들에 대해서는 별로 들은 바가 없었는데 리다는 여전히 셀코프카에서 살면서 학교에서 아이들을 가르치고 있다는 것이다. 그녀는 뜻이 맞는 사람들을 점차 규합하여 마침내 서클을 하나 만들었고, 지난 자치회 선거에서는 그 서클이 힘을 발휘하여 그때까지 군을 장악하고 있던 바라긴을 '몰아냈다'라고 했다. 베로크로프가 알려준 것은 그 정도였고 제냐에 관해서는 집에는 확실히 없으나 어디 있는지는 모르겠다는 것이다.

다락방이 있는 그 집의 기억도 이제는 차츰 희미해졌다. 다만 간혹 글을 쓰거나 읽고 있을 때에, 그날 밤 창문에 비친 초록색 불빛과 한밤중 추위에 언 손을 비비며 사랑의 감정에 취해 들길을 돌아올 때에 듣던 내 자신의 발자국 소리가 문득 떠오르는 것이다.

미슈시, 그대는 어디에 있소?

상자 속에 든 사나이

- 안톤 체호프 -

자신을 확장하고 변화시킬 기회를 맞았지만 사랑과 결혼이라는 중대한 도전을 '의무'와 '필요'
의 논리 속으로 끌어내리고 만다. 필요와 의무로 가득 찬 삶에서 빠져나오지 못하고 삶이 전환할
수 있는 기회를 주어도 제대로 인식할 능력이 없으며 관습에서 벗어나는 상황에 대처할 지혜도 없
어서 베리코프는 허둥대다가 결국 영원히 상자 속으로 들어가는 편을 택하고 말았다. 그의 죽음
으로 사람들은 어른들이 외출한 후 아이들이 느끼는 것과 같은 자유를 느꼈지만 일주일이 지난 후
일상은 하나도 변한 것이 없이 계속되었다. 그들의 일상이 답답했던 것이 반드시 베리코프 때문
은 아니었던 것이다.

이 작품은 일상생활의 둔감함, 천박성, 정체성 그리고 현실의 인간 정신을 파멸시키는 모든 것
을 보여 준다.

베리코프는 중학교의 그리스어 교사로 무척 소심하고 늘 걱정과 불안에 휩싸여 사는 사람이다.
항상 우산을 들고 방한 외투를 입고 외출했으며, 무엇이든 금지하는 것에 안도하고 인가나 허가라
는 말에는 어딘지 모호한 것이 있다고 걱정하곤 했다.

베리코프가 다니던 학교에 코발렌코라는 지리 교사가 새로 부임하면서 그의 누이 바렌카와 결
혼할 뻔한다. 베리코프가 아직 미혼이라는 사실을 새삼 발견해 내고는 사람들이 바렌카와의 결혼
을 부추긴 것이다. 베리코프와는 달리 단순하고 생명력 넘치는 바렌카는 베리코프에게 다정한 호
의를 보인다. 베리코프는 바렌카와 결혼할 '필요'는 있다고 생각하지만 결혼생활의 의무와 장래 일
어날지도 모르는 문제점들을 걱정하느라 청혼을 미룬다.

그러다가 한 학생이 그린 베리코프와 바렌카의 관계를 풍자한 만화와, 자전거를 타는 바렌카의

모습은 베리코프에게 충격과 공포를 준다. 베리코프는 코발렌코에게 만화에 관해 해명하려고 그의 집을 찾아갔다가 그에게 비웃음을 당하고 떠밀려 층계에서 굴러 떨어지고 만다. 마침 들어오다가 이 모습을 본 바렌카는 크게 웃고 '천둥이 한꺼번에 떨어지는 듯한 이 웃음소리는 혼담도, 베리코프의 지상에서의 존재까지도 종말로 이끌고' 만다. 이 사건 이후 침대에 누워 꼼짝도 하지 않았던 베리코프는 한 달 후 죽는다. 베리코프는 비로소 상자 안에 누워 편안해 보였다. 사람들은 그의 장례를 치르는 것이 기쁘고 홀가분했지만 내색하지는 않았다.

핵심 정리

갈래 : 단편 소설
시점 : 3인칭 전지적 작가 시점
배경 : 러시아 미로노시츠코예 마을 이장 집 헛간
주제 : 인간의 정체성과 정신의 파멸

상자 속에 든 사나이

미로노시츠코예 마을 어귀에 살고 있는 이장 프로코피네 헛간에서 집에 돌아가지 못한 사냥꾼들이 하룻밤을 묵게 되었다. 사냥꾼들이라 하지만 그들 일행은 고작 두 사람뿐으로 수의사 이반 이바니치와 중학교 교사 불킨이다.

이반 이바니치는 침샤 기말라이스키라는 괴상한 성을 갖고 있었다. 이 성은 그에게 조금도 어울리지 않았으므로 그 고장 사람들은 어디서나 이름과 부칭만을 불렀다.

마을 변두리의 목장에서 살고 있는 그는 오늘 바람이나 쏘일 겸 사냥하러 나왔던 것이다. 한편 중학교 교사 불킨은 여름철마다 P 백작 댁 손님으로 와 있었기 때문에 이 고장에서는 오래전부터 낯익은 사람이었다.

두 사람은 잠을 이루지 못하였다. 콧수염을 길게 기른 키가 크고 깡마른 노인인 이반 이바니치는 헛간 입구 앞에 앉아서 파이프 담배를 피우고 있었다. 달빛이 그를 비추고 있었다. 불킨은 헛간 안의 건초 더미에 누워 있었는데 어두워서 잘 보이지 않았다.

두 사람은 이런저런 이야기를 나누고 있었다. 그러다가 이장 아내인 마브라가 화제에 올랐다. 그녀는 건강하고 꽤 영리한 여자지만 이제껏 태어난 이후 한 발짝도 마을 밖으로 나가 본 적이 없고 아직 한 번도 도시의 거리나 철도를 본 적이 없을 뿐 아니라 최근 십 년 동안 언제나 난로 옆에 앉아 있을 뿐 외출은 밤에만 한다는 것이었다.

"별반 놀랄 만한 얘기가 아니군요!"

하고 불킨이 말하였다.

"세상에는 꿀벌이나 달팽이처럼 자기 껍질 속으로 들어가려고만 하는 천성이 고독한 사람이 적지 않죠. 어쩌면 그것은 격세 유전의 한 현상으로 인류의 조상이 아직 사회적인 동물이 되지 못하고 각자가 홀로 자기 동굴 속에서 살고 있었던 시대로 되돌아가려는 것인지도 모르겠습니다.

아니면 단지 인간의 여러 가지 성격 중의 하나인지도 모르고…… 그걸 누가 알겠습니까? 나는 과학자가 아니니 잘 모릅니다만 마브라와 같은 사람이 그렇게 드물지는 않다는 겁니다.

　실제로 비근한 예를 들면, 두어 달 전에 우리 읍에서 내 동료인 그리스어 교사 베리코프라는 사나이가 죽었어요. 물론 선생님도 그 사람에 관해서는 들으셨을 겁니다.

　그가 사람들의 눈길을 끈 이유는 날씨가 아주 좋은 때에도 덧신을 신고 우산을 들고 게다가 솜이 든 방한 외투까지 입고 다녔기 때문이죠. 그리고 우산은 자루 주머니 속에 넣고 시계도 회색 사슴 가죽으로 된 주머니 속에 들어 있는가 하면 연필을 깎으려고 칼을 꺼내는데, 글쎄 그 칼까지도 자그마한 주머니 속에 들어 있는 겁니다.

　게다가 그의 얼굴도 주머니 속에 들어 있는 것같이 보였어요. 항상 외투의 깃을 세우고 그 속에 얼굴을 파묻고 있었기 때문이죠. 색안경을 끼고 털 스웨터를 입은 데다 귀를 솜으로 싸고 있었죠. 게다가 승합 마차를 타면 꼭 휘장을 치게 했어요.

　요컨대 그에게서는 자기를 감싸고 보호해 줄 상자, 말하자면 자신을 외부의 영향으로부터 격리시켜 방어하는 상자를 만들려는 강렬하고 끊임없는 마음의 움직임을 엿볼 수 있었던 것이지요.

　현실이 그를 초조하고 두렵게 해서 끊임없는 불안 속에 몰아넣은 것 같아요. 그가 언제나 과거를 찬미하고 아무것도 아닌 것을 찬양한 것도 어쩌면 이러한 자기의 소심증과 현실에 대한 혐오를 정당화하려고 그랬는지도 모르죠. 그리고 보면 그가 가르치고 있던 고대어도 그에게는 현실에서 도피하기 위한 저 덧신이나 우산과 같은 수단에 불과했던 거죠.

　'오오, 그리스어는 얼마나 듣기 좋고 아름다운 말인가!'
하며 그는 황홀한 표정으로 말했고, 또 그 말을 증명이나 하려는 듯이 눈을 지그시 감고 손가락 하나를 치켜들며, '안트로포스(인간)!' 하고 발음하는 것이었죠.

　베리코프는 또 자기의 사상도 상자 속에 감추려고 애썼죠. 그의 관심거리는 어떤 것을 금지하는 공고나 신문의 논설 같은 것뿐이었어요. 이를테면 공고 가운데 학생들이 밤 아홉 시 이후에 거리에 나가는 것을 금지한다

든가 혹은 어떤 논설 가운데 육체적인 연애를 금지한다든가 하면 그는 그
것을 지극히 당연한 것으로 생각했어요. 무엇이든 금지만 하면 만족했죠.

그는 허가라든가, 인가라는 말속에는 언제나 의아하고 모호한 것이 숨어
있는 것으로 여겼죠. 거리에서 연극 단체가 허가되었다든가 독서 클럽이나
찻집이 인가되었다고 하면 언제나 고개를 저으면서 나지막한 소리로 말하
곤 했어요.

'물론 좋아. 반가운 일이지. 하지만 나중에 아무 일도 생기지 말아야 할
텐데.'

이러다 보니 그와는 별반 관계도 없는 규칙 위반이나 탈선이라도 그에게
는 심적 고통의 원인이 되었죠. 누군가가 기도회에 늦었다든가, 학생이 나
쁜 짓을 했다는 소문이 들린다든가, 학급 담임인 여교사가 밤늦게 어떤 장
교와 함께 있는 것을 본 사람이 있다든가 하면 그는 언제나,

'나중에 아무 일도 생기지 말아야 할 텐데……'

하고 언짢아했죠. 교원 회의 석상에서도 그는 예의 신중하고 의심 많고 상
자에 넣는 식의 그 특유의 상상으로 무척 우리들을 짜증 나게 했지요. 남학
생과 여학생들이 난잡한 짓을 하고 교실에서 너무 떠든다느니, 당국의 귀
에 들어가지 말아야 할 텐데, 아무 일도 생기지 않아야 할 텐데 하면서 오
만가지 걱정을 늘어놓았습니다.

어느 날은 2학년 학생 페트로프와 4학년 예고로프를 제적해버리는 게
좋을 텐데 하고 말하는 것입니다. 그러니 어떻게 되었을 거라고 생각하십
니까? 이 사나이의 내쉬는 한숨, 우는 소리, 저 파리한 자그마한 얼굴……
잘 알고 계시죠? 저 족제비 같은 자그마한 얼굴에 끼는 색안경, 이런 것들
이 우리 모두를 눌러버렸죠.

우리는 마지못해 페트로프와 예고로프의 품행 점수를 깎고 둘 다 한방에
가두었다가 결국 퇴학시켜버리고 말았답니다.

그 밖에도 이 사나이는 우리들의 하숙집을 돌아다니는 괴상한 버릇이 있
었어요. 동료 교사의 집에 와서는 그대로 우두커니 앉아 있는 겁니다. 무언
가를 살피는 듯한 눈치로 말입니다. 아무 말도 없이 한두 시간 앉아 있다가
는 그냥 자기 집으로 가버리는 겁니다.

자기 말로는 이런 행동이 동료와 친근한 관계를 맺기 위해서라는 거죠.

사실 우리들 하숙을 찾아와서 우두커니 앉아 있는 것이 그에게는 괴로운 일이었을 거예요. 그래도 그가 일부러 방문하며 돌아다닌 것은 그렇게 하는 것이 동료로서의 의무라고 생각했던 거죠.

교사 모두가 그를 두려워하고 있었어요. 교장까지도 두려워하고 있을 정도였으니까요. 그렇지만 우리 교사들도 투르게네프나 스체드린을 본보기 삼아 교육을 받은 생각이 깊고 똑똑한 사람들이랍니다.

그럼에도 불구하고 언제나 덧신을 신고 우산을 들고 다닌 이 사나이가 꼬박 십오 년 동안 중학교 전체를 자기 손아귀에 넣고 있었던 겁니다! 중학교뿐만 아니라 읍 전체를 그렇게 했죠!

읍내에 사는 부인네들까지 토요일마다 열리는 가정 연극 관람하는 것을 그가 눈치챌까 전전긍긍하고 목사들도 그가 보는 앞에서는 육식을 하거나 카드놀이 하는 걸 꺼렸죠.

베리코프 때문에 최근 십 년에서 십오 년 동안 읍 전체가 모든 일에 겁을 먹고 있었던 거죠. 말하는 것이나 편지를 보내는 것, 친구와 사귀거나 책을 읽는 것, 심지어는 가난한 사람을 돕거나 글을 가르치는 것까지도 조심하게 된 셈이죠."

이반 이바니치는 무슨 말인가를 하려고 헛기침을 하더니 천천히 파이프를 한 모금 빨고 나서 달을 한번 쳐다보더니 천천히 말하기 시작했다.

"어쨌든 스체드린이나 투르게네프나 바클(영국의 역사가)과 같은 생각이 깊고 훌륭한 문호들의 작품을 많이 읽은 사람들까지도 그에게 순종하고 참았단 말이지? 바로 그게 문제로군."

"베리코프는 저와 한집에 살았습니다."

하고 불킨이 말을 이었다.

"더구나 같은 2층의 마주 보는 방에서 살았기 때문에 자주 만나게 되고 자연 그의 생활을 알게 됐죠. 그는 집에서도 마찬가지로 잠옷에다 실내용 모자를 쓰고 덧문에 빗장을 질렀습니다.

이런 금지와 제한을 자신에게 강요하면서 '나중에 무슨 일이 생기지 말아야 할 텐데!' 하는 말만 연이어 해대는 거예요.

채식만 하면 몸에 좋지 않은데 그렇다고 해서 베리코프는 육식을 할 수가 없었어요. 사람들이 채식주의를 안 지킨다고 할까 봐 두려웠기 때문이죠. 그래서 그는 채식도 아니고 육식이라고도 할 수 없는 버터에 튀긴 가시 고기 같은 것을 먹고 지냈답니다.

그는 나쁜 소문이라도 날까 봐 하녀를 두지 않고 대신 주정뱅이에다가 머리가 모자라는 아파나시라는 육십이 넘은 영감을 두고 지냈죠. 젊었을 때에 군대에서 졸병으로 근무했다는 이 영감은 불이나 겨우 땔 수 있는 정도였어요. 아파나시는 문간에서 팔짱을 끼고 꺼질 듯한 한숨을 쉬며 언제나 같은 말만 중얼거렸죠.

'요즘은 저런 게 유행이야.'

베리코프의 침실은 상자처럼 작고 침대에는 커튼이 드리워져 있었습니다. 잠자리에 들면 그는 머리까지 이불을 뒤집어썼습니다. 그러니 덥고 갑갑하고 게다가 꽉 닫힌 문은 바람이 불 때마다 덜컹거리고 난로 속에서는 불길 소리가 요란했죠. 부엌에서는 아파나시 영감의 그 기분 나쁜 한숨 소리가 들려왔습니다.

그는 이불을 뒤집어쓰고 있으면서도 무서워서 어쩔 줄을 몰라 했습니다. 무슨 일이 생기지 않을까, 아파나시가 자기를 죽이지 않을까, 도둑이 들어오지 않을까.

그렇게 밤새도록 불안한 꿈을 꾸고 아침에 함께 출근할 때면 늘 쓸쓸하고 창백한 얼굴이었습니다. 그에게는 사람들로 가득 찬 학교가 무섭고 자기에게 적이라도 되는 듯 생각됐을 겁니다. 나와 나란히 걷는 것조차 그처럼 천성이 고독한 사람에게는 무척 괴로웠던 모양입니다.

'교실에서는 또 야단법석이겠지? 정말 꼴이 말도 아니란 말이야.'
하고 그는 자기의 침울한 기분에 대해 변명이라도 하는 듯한 어조로 말했죠.

그런데 이 그리스어 선생이, 상자에 들어간 이 사나이가 하마터면 결혼할 뻔한 적이 있답니다."

이반 이바니치는 헛간 쪽을 돌아보며 말했다.

"농담이겠지!"

"아니, 이상하게 여기실지 몰라도 정말로 결혼할 뻔했어요. 어느 날 우리 학교에 지리와 역사를 담당할 소 러시아 사람인 미하일 사브비치라는 교사가 부임해 왔어요. 그런데 그는 혼자가 아니라 바렌카라는 누이를 데리고 왔죠.

그는 젊고 키가 크고 피부색이 거무스름하고 손이 큼직한 사나이였죠. 그의 얼굴 생김새만 보아도 굵은 목소리의 소유자처럼 보였습니다. 사실 그의 음성은 나무로 만든 커다란 물통에서 나는 소리 같았어요.

한편 그의 누이는 젊다고는 할 수 없는, 서른을 넘긴 노처녀였습니다. 역시 키가 크고 날씬한데다 눈썹이 짙고 볼이 붉었습니다. 한마디로 말해 말괄량이같았죠. 무척 쾌활하고 수다스러운 성격으로 늘 소 러시아의 노래를 흥얼대거나 큰 소리로 하하하! 하고 웃어 젖히곤 했죠.

아직도 기억하고 있습니다만 코발렌코 남매와 우리가 처음으로 알게 된 것은 교장 댁의 생일 축하 파티에서였습니다. 예의상 마지못해 참석한 무뚝뚝한 표정의 교육자들 틈에 새로운 아프로디테(그리스 신화 중 바다의 거품에서 태어났다는 미녀)가 나타나 허리에 손을 얹은 채 방 안을 돌아다니며 큰 소리로 웃기도 하고 노래도 부르고 춤도 추고 있었죠. 그녀는 감정을 넣어 〈바람이 분다면〉이라는 노래를 부르고 잇달아 다른 노래를 불러 우리 모두를 매혹시켰습니다.

딱딱한 저 베리코프까지 얼이 빠졌죠. 그는 그녀 곁에 앉아서 황홀한 미소를 띠고 이렇게 말했습니다.

'소 러시아 말은 그 우아함과 맑은 음조가 꼭 고대 그리스어를 상기시켜 주는군요.'

이 말이 그녀의 마음에 들었던 모양입니다. 그녀는 어머니가 계시는 가자츠키 군에 작은 농장을 갖고 있다느니, 그곳에는 배와 참외와 호박이 많다느니 하며 그에게 다정하게 말하기 시작했죠.

소 러시아에서는 호박을 카바크(러시아 어로 선술집)라고 한다느니, 러시아 말의 카바크는 시노크라고 한다느니, 그곳에서는 붉은 것과 푸른 것을 넣는 보르스치(수프)를 만드는데 그 맛을 자랑하며,

'정말 혓바닥이 녹을 만큼 맛이 좋아요!'

하고 늘어놓았죠.

아무 생각 없이 그녀와 베리코프의 이야기를 듣고 있는 동안에 갑자기 우리들의 머릿속에 똑같은 생각이 떠올랐습니다.

'저 두 분을 결혼시키는 게 좋겠네요.'
하고 교장 부인이 나직한 목소리로 나에게 말했어요.

웬일인지 베리코프가 독신이었다는 사실이 문득 떠올랐던 것입니다. 그러자 그때까지 우리가 그의 생활의 중대한 부분을 까맣게 잊고 있었던 것이 새삼 이상하게 생각되었습니다.

도대체 그가 여성에 대해 어떤 태도를 취하고 있는지, 어떤 식으로 이 중요한 문제를 해결하고 있는지 우리는 전혀 관심을 갖지 않았던 겁니다. 어쨌든 우리는 아무리 좋은 날씨라도 덧신을 신고 커튼을 치고 잠자는 사나이가 사랑을 할 수 있으리라고는 아무도 생각하지 못했으니까요.

'베리코프 씨는 벌써 마흔이 넘었어요. 그리고 저 아가씨는 서른이 넘었으니까⋯⋯.'
하고 교장 부인이 먼저 자기 생각을 말했죠.

'저 처녀라면 저분에게 시집갈 것 같아요.'

이런 시골에서는 사실 필요하지도 않은 쓸데없는 짓을 심심풀이로 하는 경향이 있죠. 해야 할 일은 하지도 않으면서 말입니다. 도대체 우리는 무엇 때문에 아내를 거느린 모습조차 상상할 수 없었던 저 베리코프를 아닌 밤중에 홍두깨처럼 결혼시킬 생각이 났던 걸까요?

교장 부인과 장학관 부인을 비롯하여 전 교직원 부인들은 갑자기 인생의 목적을 찾아낸 것처럼 활기를 띠고 얼굴까지 아름답게 빛나 보였습니다.

어느 날 교장 부인은 그 두 사람이 극장 특별석에 앉아 있는 걸 보았죠. 교장 부인의 좌석 바로 옆에 부채를 든 바렌카가 밝은 표정으로 행복한 듯이 앉아 있었어요. 그리고 그 옆에 몸집이 작은 베리코프가 꿔다 놓은 보릿자루같이 움츠리고 앉아 있었죠.

또 제가 어느 날 조촐한 만찬을 베풀려고 하는데 부인들은 꼭 베리코프와 바렌카를 초대하자고 졸랐습니다. 한마디로 기계가 작동하기 시작한 겁니다.

바렌카도 그와의 결혼을 별반 싫어하는 눈치가 아니었어요. 그녀는 남동생 집에 얹혀살고 있었는데 그것이 그다지 편치 않았던 모양이었습니다. 그래서인지 남매간에 말다툼이 그칠 날이 없었습니다.

한번은 이런 일이 있었죠. 키가 크고 몸집이 건장한 대장부 코발렌코가 거리를 지나고 있었습니다. 수놓은 셔츠를 입고 차양이 없는 모자 밑에 앞머리가 늘어져 있었습니다. 한 손에 책을 들고 또 한 손에 옹이투성이의 지팡이를 쥐고 있었죠. 그런데 그 뒤에 역시 책을 든 누이가 따라가고 있더군요.

'애, 미하일리크, 너 이 책 아직 안 읽었구나!'
하고 그녀가 커다란 소리로 말합니다.

'틀림없이 읽지 않았어!'

'읽었다는 데도!'
코발렌코가 지팡이로 길바닥을 치면서 소리 지릅니다.

'애도 참, 민치크! 아무것도 아닌 말에 화는 왜 내니?'

'하여튼 읽었다니까!'
하고 코발렌코는 더욱 언성을 높입니다.

집에서도 역시 남남처럼 말싸움이 그칠 사이가 없었죠. 그러니 이런 생활에 지쳐서 자기 몸 둘 곳을 찾게 된 것도 당연할 겁니다. 게다가 무엇보다 나이가 마음에 걸렸겠죠. 새삼스레 좋다 싫다 말할 여유도 없었을 겁니다. 누구라도 좋다. 그리스어 선생이라도 시집가겠다는 심정이었겠죠.

요즈음 아가씨들은 대개 상대방이 누구든 시집만 갈 수 있다면 좋다고 생각하는 모양이에요. 어쨌든 바렌카는 확실히 베리코프에게 호의를 보이기 시작했습니다.

한편 베리코프는 코발렌코 집에도 우리들 집에 들르는 것처럼 찾아갔어요. 그리고 역시 자리에 우두커니 앉아 있는 거예요. 그가 잠자코 있자 바렌카는 〈바람이 분다면〉이란 노래를 들려주거나 검은 눈동자로 무엇을 생각하는 듯이 그를 쳐다보기도 하고 갑자기 웃음을 터뜨리기도 했죠.

무릇 연애 문제, 특히 결혼에 있어서는 남의 말이 꽤 큰 역할을 하는 것 같습니다. 동료도 부인들도 입을 모아 베리코프에게 걸핏하면 결혼해야 한다느니, 결혼 말고는 인생에서 할 일은 없다느니 하면서 설득을 했습니다. 엄숙한 표정으로 결혼이야말로 인생의 진지한 첫걸음이라면서 여러 가지 판에 박은 말을 늘어놓았죠.

게다가 바렌카도 결코 못생긴 것은 아니었어요. 오히려 남자가 좋아할 만한 여자이고 어엿한 5등관의 딸로 작은 농장까지 가지고 있었죠. 게다가 무엇보다 중요한 점은 그녀가 그에게 다정한 태도와 정다움을 보여준 첫 여인이었다는 사실이었습니다.

그는 머리가 어찔어찔해졌습니다. 그리고 정말로 자기는 결혼할 필요가 있다고 생각하게 되었죠."

"그럼 이제야말로 덧신과 우산을 치워버리게 되었군."
하고 이반 이바니치가 말하였다.

"그런데 그걸 버리지 못했어요. 그는 자기 책상 위에 바렌카의 초상을 장식하고 있었는데 한번은 나에게 와서 바렌카에 관한 얘기며 가정생활 혹은 결혼이야말로 인생의 진지한 첫걸음이라는 말을 했어요. 그리고 자주 코발렌코 집을 방문은 했지만 도무지 생활양식은 바꾸려고 하지 않았죠. 뿐만 아니라 결혼에 대한 결단의 요구가 그에게 병적인 영향을 끼친 것처럼 바싹 말라서 낯빛이 창백해지고 더욱더 자기 상자 속에 숨어버리려는 것 같았어요.

'나는 바르바라 사비시나를 좋아하지.'
하고 그는 약하고 이지러진 미소를 띠면서 말했죠.

'누구나 결혼할 필요가 있다는 것도 잘 알고 있지만 이번 일은 너무도 갑작스러운 얘기라 좀 더 생각해 보아야겠어.'

'뭘 생각할 필요가 있나?'
하고 내가 물었습니다.

'그냥 결혼하면 되는 거지.'

'아니, 결혼은 인생의 진지한 첫걸음이니까 먼저 장래의 의무와 책임을 생각해야 해. 나중에 아무 일도 생기지 말아야 할 텐데. 이런 걱정 때문에 나는 요새 매일 밤잠을 이룰 수가 없어. 게다가 솔직히 말해 두려워. 왜냐하면 그 남매는 약간 색다른 사상을 갖고 있거든. 뭐든 남과는 다른 생각을 하고 성격도 과격해. 결혼 후에 어떤 일이 생길지 알 수가 없어.'

이렇게 그는 청혼도 못 하고 하루 이틀 날짜를 끌어 교장 부인과 우리 모두를 몹시 초조하게 했죠. 그는 늘 장래의 의무와 책임을 곰곰이 생각했답니다. 그러면서도 한편으로는 매일 바렌카와 함께 산책을 했지요. 그렇게 하는 것이 자기로서는 의무를 다하는 거라고 생각한 거죠. 그리고 나에게 와서는 결혼생활에 관해 이야기를 묻고는 했습니다.

만약 돌발적인 사건만 일어나지 않았다면 그도 결국은 청혼해서 심심풀이와 시간 보내기를 위해 행해지고 있는 불필요하고 어리석은 결혼이 성립됐을지도 모릅니다.

여기서 한 가지 문제가 있었는데 바렌카의 동생 코발렌코는 베리코프를 만난 첫날부터 지나칠 정도로 그를 미워했습니다.

그는 부임한 지 얼마 안 되어 우리에게 이렇게 말했죠.

'도무지 알 수 없어요. 정말 어떻게 그런 밀고자같이 구역질 나는 상판을 보고도 참고 견딥니까? 정말 이런 곳에서 잘도 지내십니다. 이곳 분위기는 숨이 막힐 지경입니다. 당신들이 교육자입니까? 스승이라고요? 이 학교는 학문의 전당이 아니라 경찰서 같군요. 유치장 같은 냄새를 풍기고 있어요.

나는 여기에 좀 있다가 시골로 가서 새우도 잡고 소 러시아 어린이들을 가르치면서 살아갈 겁니다. 나는 곧 떠날 테니 여러분은 저 유다하고나 함께 지내시지요. 그런 놈은 죽어 없어지는 게 낫지.'

그런가 하면 어떤 때는 나지막한 소리로, 어떤 때는 가늘고 높은 소리로 눈물이 날 만큼 웃어대며 두 팔을 벌리고 나에게 이렇게 물었죠.

'왜 그 녀석은 우리 집에 와서 우두커니 앉아 있는 걸까요? 무슨 볼일이 있어서요? 그저 앉아서 사람만 쳐다보면서 말이죠.'

그는 베리코프에게 '게걸스런 거미'라는 별명을 지었습니다. 그래서 우리는 그의 누이 바렌카가 이 거미와 결혼하려고 한다는 말을 그 앞에서는 입밖에도 내지 않았습니다. 그런데 어느 날 교장 부인이 그에게 그의 누이를 베리코프와 같은 믿음직하고 누구에게나 존경받는 사람과 결혼을 시킨다면 참 좋을 거라고 하자 그는 얼굴을 찌푸리며 이렇게 중얼거리더군요.

'그건 내가 알 바 아닙니다. 살모사와 결혼한다 해도 상관없어요. 나는 남의 일에 간섭하는 걸 싫어합니다.'

그 뒤 무슨 일이 일어났는지 들어 보세요.

어떤 장난꾸러기가 만화를 그렸답니다. 덧신을 신고 바짓가랑이를 걷어올리고 우산을 받친 베리코프가 바렌카와 손을 맞잡고 걸어가는 그림이었지요. 제목은 〈사랑에 빠진 안트로포스〉. 그런데 만화에 그려진 그의 표정이 놀랄 만큼 잘 표현되어 있었습니다. 필경 만화가가 밤마다 정성을 쏟아 그린 것이 틀림없을 겁니다.

중학교의 남자부와 여자부의 모든 선생님을 비롯해서 신학교의 선생님과 관리들까지 모두 한 장씩 이 그림을 받았던 거예요. 베리코프도 받았죠. 이 만화는 그에게 치명적인 상처를 주었어요.

어느 날 나는 그와 함께 집을 나섰어요. 그날은 오월 초하루에다 일요일이어서 모든 교사와 학생들이 학교에 모여 함께 교외 숲으로 소풍을 갈 예정이었죠. 집을 나선 그의 얼굴은 몹시 창백하여 비구름보다 더욱 음울한 표정을 하고 있었어요.

'세상에는 정말 시시껄렁하고 심보 고약한 놈도 다 있더군!'

이렇게 말하면서 그의 입술이 파르르 떨렸습니다.

나는 그가 가엾게 여겨졌어요. 그런데 우리가 걸어가고 있을 때, 코발렌코가 자전거를 타고 지나가고 바로 뒤에 바렌카도 역시 자전거를 타고 따라가고 있었습니다. 그녀의 상기된 얼굴은 지친 듯했어도 쾌활하고 즐거워 보였습니다.

'먼저 가겠어요!'

하고 그녀는 소리쳤어요.

'가슴이 기뻐 뛰놀 만큼 좋은 날씨예요. 정말!'

눈 깜짝할 사이에 두 사람의 모습은 사라져갔지요. 그런데 베리코프는 얼굴이 창백해지고 정신이 나간 것 같았어요. 그가 걸음을 멈추고 나를 쳐다보았습니다.

'저건 도대체 뭐지?'

하고 그가 물었지요.

'혹시 내가 잘못 본 건가? 중학교 교사가, 게다가 여자까지 자전거를 타도 괜찮은 거야?'

'왜 안 된단 말인가? 건강을 위해서도 좋지 않아?'

하고 내가 말했지요.

'그런 엉터리 같은……, 무슨 말을 그렇게 하나?'

하고 그는 내가 대수롭지 않게 여기는 데에 더욱 놀라면서 외쳤습니다.

그는 놀라서 더 걸을 힘도 없어졌는지 집으로 되돌아가 버렸지요.

다음날 그는 종일 신경질적으로 손을 비비며 와들와들 떨고 있었어요. 그의 표정으로 기분이 매우 나쁘다는 것을 여실히 알 수 있었지요. 처음으로 그는 학교를 결근하고 식사도 하지 않았어요.

저녁이 되자 밖은 정말 여름 날씨였는데도 두꺼운 옷을 껴입고 코발렌코의 집으로 터벅터벅 걸어갔지요. 바렌카는 없었고 남동생만이 집에 있었어요.

'앉으시죠.'

코발렌코는 쌀쌀맞게 말하며 이맛살을 찌푸렸죠. 그는 낮잠에서 깨어나 흐리멍덩한 얼굴을 하고 있었어요. 식사 후 한잠 잤던 모양입니다.

베리코프는 십분 가량 잠자코 앉아 있다가 말을 꺼냈지요.

'오늘은 내 마음을 풀어볼까 해서 방문했소. 나는 기분이 몹시 언짢소. 어떤 만화가가 나와 당신 누이를 익살맞은 만화로 그렸더군요. 그러나 나는 그 만화의 내용이 나와는 아무 관계도 없다는 것을 당신에게 말해야 할 것 같소. 나는 이런 비웃음거리가 될 어떤 구실도 준 기억이 없소. 뿐만 아니라 언제나 예의 바르게 행동했다고 생각하오.'

코발렌코는 볼멘 얼굴로 잠자코 앉아 있었어요. 베리코프는 잠시 후 가련한 소리로 조용히 말을 이었죠.

'그리고 또 한 가지 말할 것이 있소. 나는 오랜 동안 교직에 있었고 당신은 최근에 부임했소. 그래서 내가 선배로서 한마디 주의의 말을 해주는 게 나의 의무라고 생각하오. 다름이 아니라 당신은 자전거를 타고 다니는데 그런 취미는 학생을 교육하는 일에 종사하고 있는 사람으로서 삼가야 할 것이오.'

'그건 어떤 이유에서입니까?'

하고 코발렌코가 굵은 음성으로 반문했지요.

'이 이상 더 설명이 필요한가요? 미하일 사브비치, 그 이유를 모르겠단 말입니까? 교사가 자전거를 타면 도대체 학생은 어떻게 합니까? 그들은 물구나무서기라도 하고 걸을 수밖에 없겠군요. 공고로써 아직 허가되어 있지 않은 짓은 안 하는 것이 좋소. 나는 어제 깜짝 놀랐소. 댁의 누님을 알아보고는 눈앞이 캄캄했소. 부인이나 아가씨가 자전거를 타다니 참으로 무서운 일이오!'

'그럼 어떡하란 말씀이오?'

'나는 다만 당신에게 주의해 달라는 것뿐이오. 미하일 사브비치, 당신은 아직 젊고 장래가 있소. 그러니까 행동에 더욱 주의해야 하는 거요. 그런데도 당신은 신중하지 못한 짓을 하고 있소. 얼마나 신중하지 못한지 아시오? 평소에 수놓은 셔츠를 입지를 않나, 책을 들고 거리를 걷지를 않나, 이번에는 자전거까지 타고 다니다니. 당신과 당신 누님이 자전거를 타고 다닌다는 사실은 어차피 교장이 알게 되고 또 장학관의 귀에 들어가겠지.'

'나와 누이가 자전거를 탔다고 해서 그게 다른 사람한테 무슨 상관이 있단 말이오?'

하면서 코발렌코는 불끈 화를 내며 말했지요.

'내 사생활이나 가정생활에 간섭하는 놈은 누구라도 가만두지 않을 거요!'

베리코프는 파랗게 질려서 일어섰습니다.

'그런 투로 말한다면 나는 더 이상 말을 계속할 필요가 없소.'

하고 그는 말했어요.

'제발 앞으로는 내 앞에서 상관에게 그런 식으로 말하지 않도록 부탁하겠소. 댁은 상관에 대해 존경하는 태도를 취해야 하오.'

'그럼 내가 상관에게 어떤 욕이라도 했단 말이오?'

하고 코발렌코는 비웃듯이 상대방을 노려보면서 반문했지요.

'제발 내 일엔 간섭하지 마시오. 나는 결백한 사람이니까. 당신 같은 사람과는 말하고 싶지 않소. 나는 밀고자를 몹시 싫어하니까.'

베리코프는 흥분하여 안절부절못하고 겁먹은 표정으로 서둘러 외투를 입기 시작했지요. 난생처음으로 이런 난폭한 말을 들었던 겁니다.

'뭐라고 말해도 상관없지만……'

하고 그는 현관에서 층계참으로 나가면서 말했지요.

'한마디 더 하겠는데 어쩌면 우리가 한 말을 누가 들었을지도 모르오. 그 사람이 아까 한 말을 과장해서 좋지 못한 일이 생기지 않도록 나는 얘기의 내용을 교장 선생님께 말씀드려야겠소! 요점만이라도 보고해야겠소.'

'보고한다고? 맘대로 실컷 지껄여대란 말이야!'

코발렌코는 뒤에서 그의 목덜미를 잡고 밀어버렸습니다. 그래서 베리코프는 덧신을 철퍽거리면서 계단에서 굴러떨어졌습니다. 계단은 높고 경사가 심했지만 다행히 크게 다치지는 않았어요. 그는 이내 일어서서 안경이 깨지지 않았는지 코에 손을 대보았답니다.

그런데 그가 계단에서 굴러떨어진 바로 그때, 공교롭게도 바렌카가 두 부인을 데리고 함께 들어왔어요. 그녀들은 아래층에 서서 이 광경을 죄다 보고 있었던 겁니다. 베리코프에게는 그 사실이 무엇보다 두려웠지요.

웃음거리가 된 바에야 차라리 목이라도 부러지든지 두 다리가 삐어버릴 일이지. 이젠 읍 전체가 알게 될 것은 물론이고 교장과 장학관의 귀에도 들어갈 것이 뻔한데. 아아, 무슨 일이 생기지 말아야 할 텐데! 그리고 또 만화에 그려지고……, 결국 파면당하는 것은 아닐까?

어지러운 마음으로 그가 일어섰을 때, 바렌카는 그 사람이 자기의 애인임을 알아챘습니다. 그리고 그의 우스꽝스런 얼굴과 잔뜩 구겨진 외투와 덧신을 내려다보면서 그가 실수로 미끄러져 떨어진 것이라고 짐작하고, 결국 참지 못한 채 집안 전체가 울릴 만큼 커다란 목소리로,

'아하하하!'

하고 웃어댔답니다.

수많은 천둥이 한꺼번에 울리는 듯한 이 '아하하하!' 하는 웃음소리 때문에 혼담도, 베리코프의 지상에서의 존재까지도 끝장이 난 겁니다.

그는 이제 바렌카가 건네는 말도 듣지 않았고 아무것도 보려고 하지 않았지요. 집으로 돌아오자마자 먼저 책상 위에 놓인 그녀의 초상을 치우고 침대에 누워 두 번 다시 일어나지 않았답니다.

사흘쯤 있다가 아파나시가 나에게 찾아와서 주인의 용태가 아무래도 이상하다며 의사를 불러야겠다고 말하더군요.

베리코프의 방으로 가보니 그는 커튼을 치고 이불을 덮고 말없이 누워 있었습니다. 무엇을 물어보아도 다만 그렇다든가 아니라든가 할 뿐이고 그 이상은 아무 말도 하지 않았지요.

그가 누워 있는 곁에서 우울한 표정을 한 아파나시가 걱정스레 서성거리며 깊은 한숨만 연방 내쉬고 있었어요. 그의 주위에서는 술집처럼 보드카 냄새가 코를 찌르더군요.

한 달 후에 베리코프는 죽었습니다. 그의 장례식은 중학교의 여자부, 남자부, 그리고 신학교 직원들이 치렀습니다.

관 속에 든 그의 표정은 조용하고 편안하다 못해 밝아 보이기까지 했습니다. 드디어 상자에 들어가 이제 두 번 다시 그곳에서 나오지 않아도 된다는 것을 기뻐하고 있는 듯했어요.

그렇죠. 그는 글자 그대로 자기의 이상에 도달한 셈이지요. 그리고 그에게 경의를 표하려는 듯 장례식 날은 잔뜩 흐려 비가 올 것 같아서 우리들은 모두 덧신을 신고 우산을 들고 있었습니다.

바렌카도 장례식에 참석했어요. 관이 무덤 속으로 내려지자 그녀는 울음을 터뜨리더군요. 소 러시아 여인은 울든가 웃든가 할 뿐이고 중간 기분은 없다는 것을 그때 처음으로 알았지요.

솔직히 말한다면 베리코프 같은 사람의 장례를 치렀다는 것은 후련한 일이었죠. 묘지에서 돌아올 때 우리들은 엄숙한 표정을 지으며 누구 한 사람 이러한 흡족한 감정을 나타내지 않으려 조심했답니다. 그것은 우리가 어릴 때 어른들이 외출을 한 후 아이들끼리만 완전한 자유를 실컷 누리면서 한두 시간 뛰놀 때의 감정과 꼭 같았지요.

아아, 자유라는 것은 단지 암시일 뿐이거나 한 가닥의 희망일지라도 사람의 마음에 날개를 달아주는 거랍니다. 그렇지 않나요?

우리는 홀가분한 기분으로 묘지에서 돌아왔지요. 그렇지만 일주일이 지나기도 전에 생활은 전과 다름없이 되었어요. 똑같이 고지식하고 걱정스럽고 무의미한 생활, 공고로 금지되어 있지는 않지만 그렇다고 완전한 자유가 보장되지도 않은 생활, 말하자면 전보다 조금도 나아지지 않았단 말입니다.

이미 베리코프는 매장되었지만 아직도 베리코프와 같은 상자 속에 든 사나이가 많이 남아 있고 앞으로도 또 나오겠지요!"

"그래. 바로 그 점이 문제야!"

하고 이반 이바니치는 담배를 피우기 시작했다.

"앞으로 더 나타날 겁니다!"

하고 불킨이 되풀이하였다.

중학교 교사는 헛간에서 나왔다. 몸집이 작고 뚱뚱한 사나이로 대머리인

데다 검은 턱수염이 거의 허리께까지 내려왔다. 개 두 마리가 그를 따라 나왔다.

"달이 좋군, 좋아!"

하고 그는 하늘을 쳐다보면서 말하였다.

벌써 한밤중이었다. 오른쪽에는 마을 전체가 보이고 기다란 길이 멀리 5킬로가량 이어져 있었다. 사방이 조용하고 깊은 잠 속에 빠져 있었다. 무엇 하나 움직이는 기색이 없고 아무 소리도 들리지 않아 자연계에 이처럼 깊은 고요가 있으리라고는 믿어지지 않을 정도였다. 달 밝은 밤에 오두막집과 건초 낟가리, 잠든 버드나무가 줄지어 선 마을의 넓은 길을 바라보고 있으니 마음이 차분히 가라앉았다.

여러 가지 고통과 괴로움, 슬픔에서 벗어나 밤의 그늘에 감싸이면 왠지 마음이 부드러워지고 아름다워지며 하늘의 별들도 정다운 눈길로 내려다보는 것 같다. 지상에는 악이 사라지고 모든 것이 원만하게 수습되고 있는 듯한 느낌이 든다.

왼편에는 마을이 끝나는 부근에서 저 멀리 지평선까지 이어진 들판이 보인다. 달빛 가득한 넓은 들판 어디에도 움직이는 그림자 하나 없었고 아무런 소리도 들려오지 않았다.

"그래, 바로 그 점이야."

하고 이반 이바니치가 되뇌었다.

"우리가 숨 막히는 좁은 동네에 살면서 쓸데없는 서류를 쓰거나 카드놀이를 하거나 하는 것, 그것도 역시 상자와 다름없지 않을까? 우리가 게으름뱅이나 궤변가, 주책없는 경박한 여자들과 일생을 보내면서 어리석은 말들을 주고받는 것, 그것도 일종의 상자가 아닐까? 어때? 이번에는 내가 아주 유익한 얘기를 해줄까?"

"아니, 이제 자야겠군요."

하고 불킨이 말하였다.

"그럼 내일 또……."

두 사람은 헛간에 들어가서 건초 위에 누웠다.

그들이 담요를 덮고 잠을 청할 때, 갑자기 가벼운 발자국 소리가 들렸다. 헛간 곁으로 누군가가 지나가는 발소리였다. 발자국 소리는 잠시 들리다가 멈추었고 1분쯤 지나자 다시금 들려왔다. 그리고 개들이 짖기 시작하였다.

"마브라가 다니는 모양이네요."

하고 불킨이 말하였다.

발자국 소리는 점차 멀어져갔다.

"세상 사람들이 거짓말을 하는 거지."

이반 이바니치가 몸을 뒤척이며 말하였다.

"그리고 그 거짓말을 잠자코 듣고 있기 때문에 바보라는 말을 듣는 거야. 그런 것을 보고 듣고 모욕과 굴욕을 참는 것도, 또 자기가 정직하고 자유로운 사람이라는 것을 명백히 밝히지 못하는 것도, 자기 역시 거짓말을 하고 가식적인 미소를 띠는 것도, 이 모두가 한 조각의 빵과 따뜻한 집, 변변치 못한 관직을 위해 하는 짓이지. 아니, 이젠 이런 식으로밖에 살아갈 수 없어!"

"또 얘기가 빗나갔군요. 이반 이바니치. 아무튼 오늘 밤은 이만 자야겠어요."

하고 교사는 말하였다.

십 분쯤 지나자 불킨은 벌써 잠이 들었다. 그러나 이반 이바니치는 이리저리 몸을 뒤척이고 한숨을 쉬더니, 이윽고 벌떡 일어나 헛간 밖으로 나가 문 옆에 앉아 파이프를 빨기 시작했다.

외투

- 니콜라이 고골 -

작가 소개

니콜라이 고골(Nikolai Vasilevich Gogol 1809~1852) 러시아 소설가.

본명 니콜라이 바실리예비치 고골야놉스키. 근대 러시아 문학의 어머니로 추앙받는 고골은 현 우크라이나 벨로키소로친지에서 소귀족의 아들로 태어나 어릴 때부터 문학을 좋아하였으며, 1821년 네진 고등학교에 입학 한 후에 연극과 회람잡지를 발행하기도 한다. 1828년 고등학교를 졸업 후 상트페테르부르크에서 하급관리로 지내면서 신문·잡지에 투고한 단편 〈이반 쿠팔라의 전야〉로 문단으로부터 주목을 받으며, 우크라이나의 농촌의 실상을 담은 〈디칸키 근교 농촌 야화〉로 유명작가들에게 찬사를 받아 문단에 지반을 구축한다. 1834년 상트페테르부르크대학의 세계사 담당 조교수가 된 후《아라베스크》《미르고로드》를 출판한 후 조교수를 그만둔다. 1836년 희극《검찰관》을 발표 후 상연했으나 관료주의의 부패를 비난했다는 이유로 보수파들에게 비판을 받고 로마로 피신한다. 그 뒤 단편인《외투》와 장편《죽은 혼》을 발표한다. 1848년에 팔레스타인을 순례하며《죽은 혼》제2부를 집필하기 시작하였으나, 정신착란 상태로 단식에 들어가 자살로 생을 마감한다. 그는 러시아 사실주의 문학의 창시자로 인정되며, A.S. 푸슈킨과 더불어 러시아 근대 문학의 개척자로서 인정을 받는다.

작품 정리

이 소설을 읽으면 소심하고 불행한 한 사나이에 대해 동정심을 느끼면서도 한편으로는 웃지 않을 수가 없게 된다. 지극히 사소한 사건을 상상할 수도 없는 큰 사건으로 인식하기 때문이다. 그래서 외투의 분실이 한 인간의 죽음을 초래할 정도라는 것은 현실세계의 질서와 균형이 뒤집히고 비정상적인 세계로 빠져든다. 아무런 사회적 보호나 혜택을 받지 못하는 소시민의 비극과 함께 특권과 권력을 누리는 관료계층의 부조리와 타락을 대비시키고 있다. 고골리 특유의 기발한 상상력과 독특함에 사람들은 웃음을 터뜨리지만 그 이면에 잔잔히 흐르는 인간애와 연민은 눈물속의 웃음으로 요약된다. 이것은 고골리 작품 전반에 걸쳐 나타나는 특징으로 19세기 러시아의 부패한 관료사회에 대한 날카로운 풍자와 비판정신이 돋보인다. 추악한 사회를 철저하게 묘사하면서도 그 속에서 인간적인 감정을 찾아내어 인도주의 정신을 바탕으로 한 현실사회의 부패와 결함을 드러내어 그것을 개선하고자 하는 데 목적이 있었던 것이라고 평하기도 한다.

작품 줄거리

페테르부르크의 한 말단 관리인 아카키예비치는 요령이 없고 처세술이 부족한 인물이다. 관청에서 서류를 정서하는 일로 삶의 즐거움을 삼는 그는 외투가 너무 낡아 새로 장만해야 하는 저지가 되자 극도의 내핍 생활 끝에 새 외투를 장만한다. 그런데 관청 부과장의 저녁 식사 대접을 받고 돌아오는 길에 불량배들에게 외투를 강탈 당한다. 외투를 찾아 달라고 경찰서장이나 유력한 인사를 찾아다니지만 오히려 호통만 당하다 결국 절망에 빠진 그는 죽고 만다. 그 후 어두운 밤에 유령이 나타나 행인들의 외투를 빼앗는다는 소문이 나돈다. 유령이 된 그는 자신을 업신여겼던 인간들을 징벌하고, 외투를 찾아달라는 청을 거절한 관리의 외투를 빼앗고나서야 환상적인 이야기는 끝을 맺는다.

핵심 정리

갈래 : 단편 소설
시점 : 전지적 작가 시점
배경 : 러시아 페테르부르크 관청
주제 : 부패한 관료 사회에 대한 비판

외투

어느 관청에서 일어난 일이다. 관청의 이름은 밝히지 않는 편이 나을 것 같다. 어느 부처나 연대, 지청을 막론하고 관청에서 일하는 사람들처럼 화를 잘 내는 부류도 없으니까 말이다.

요즘은 한 개인이 느끼는 모욕을 마치 그가 속한 사회 전체에 대한 모욕으로 간주하는 경향이 없지 않아 있다.

얼마 전에도, 어느 도시인지 이름은 잊었지만 그곳의 경찰서장이 상부에 진정서를 제출한 적이 있었다. 그는 그 진정서에서, 요즘 법질서의 권위가 땅에 떨어지고 있으며 자기의 신성한 직책마저도 번번이 모욕을 당하고 있다는 사실을 명쾌하게 진술했다고 한다.

그는 자기의 주장을 입증하기 위해 꽤 두꺼운 소설책 한 권을 진정서에 첨부했다. 그리고 그 소설에는 거의 십 페이지마다 경찰서장이 등장하고, 그가 술에 만취한 모습으로 묘사된 대목도 몇 군데나 있다는 주장이었다.

그래서 이런 불쾌한 일이 생기는 것을 피하려면 여기서 이야기하고자 하는 관청의 이름도 그저 관청이라고 부르는 게 무난할 것 같다. 아무튼 어떤 관청에 관리 한 사람이 근무하고 있었다.

그는 남보다 나은 점이라곤 눈을 씻고 찾아봐도 찾을 수 없는 그런 사람이었다. 작달막한 키에 얼굴은 약간 얽었고, 붉은 머리털에 눈은 근시였다. 이마는 약간 벗겨졌으며 두 볼은 주름투성이에다 얼굴빛은 마치 고질병 환자처럼 누렇게 떴다. 하지만 어쩔 수 없는 일 아닌가. 그저 페테르부르크의 고르지 못한 날씨를 탓할 수밖에 없는 노릇이다.

그의 직급은 -뭐니 뭐니 해도 러시아에서는 직급부터 밝혀둘 필요가 있다.- 이른바 만년 9등관이었다. 뭐라고 대들 만한 능력도 없는 사람들을 사정없이 짓밟기를 좋아하는 습성의 작가들이 특히 좋아하는 직급이 바로 9등관이다. 작가들이 이들을 조소하고 풍자하기를 즐긴다는 건 널리 알려진 사실이다.

이 9등관의 성은 바쉬마치킨이었다. 이 성이 바쉬마크(단화)에서 유래되었다는 것은 누가 봐도 분명하지만, 어느 시대에 무슨 이유로 하필이면 바쉬마크란 단어에서 성을 만들어냈는지는 아무도 알 길이 없다. 아버지나 할아버지, 심지어 친척들까지 바쉬마치킨네 집안사람들은 모두 장화를 신고 다녔다. 신창을 가는 것은 1년에 두세 번 정도였다.

그의 이름은 아카키 아카키예비치였다. 독자들에게는 이 이름이 무척 기묘하게 들릴지도 모르겠다. 마치 어떤 의도가 있어서 일부러 지어낸 이름이라고 생각할 수도 있다. 그러나 이 이름은 결코 특별한 의도를 갖고 지은 이름은 아니었다. 다만 이 이름 말고는 다른 이름을 붙여줄 수가 없는 사정이 있었는데 그 사정이란 다음과 같은 것이었다.

기억하는 바로는, 아카키 아카키예비치는 3월 23일 밤에 태어났다. 이미 돌아가신 그의 어머니는 더할 나위 없이 마음씨가 고운 여인으로, 관리의 아내였다. 그녀는 관습에 따라 갓난아기에게 세례식을 베풀어주기로 했다.

산모는 아직 방문 맞은편 침대에 누워 있었다. 산모의 오른쪽에는 아기의 대부(代父)가 될 이반 이바노비치 예로쉬킨이 서 있었는데 그는 원로원에서 과장을 지낸 사람이었다. 왼쪽에는 대모(代母)가 될 아료나 세묘노브나 벨로브류쉬코바라는 매우 정숙한 부인이 자리 잡고 있었다. 그녀는 전 경찰서장의 부인이었다.

이들은 산모에게 아기의 이름으로 '모키', '소시', 아니면 순교자 '호즈다자트' 이렇게 세 가지 가운데 마음에 드는 걸 고르라고 했다.

아기의 어머니는 생각했다.

'무슨 이름이 모두 그따위람!'

두 사람은 그녀를 만족시켜주기 위해 달력의 다른 곳을 들춰보았다. 그리고 이번에도 이름 세 개를 골라냈다. '트리필리,' '드우라' 그리고 '바라히시'가 그것이었다.

"하느님 맙소사!"

이미 중년 고개를 넘긴 아기 어머니는 자기도 모르게 이런 말을 입 밖에 내뱉어버렸다.

"어쩌면 그렇게 괴상한 이름만 튀어나올까요? 평생 한 번도 들어본 적이 없는 이름들뿐이군요. '바르다트'나 '바르프'라면 몰라도 '트리필리'니 '바라히시'니 하는 이름을 도대체 어떻게⋯⋯."

그래서 달력을 또 한 장 넘겼더니 이번에는 '파론쉬카'와 '바흐치시'가 나왔다.

"알겠어요⋯⋯."

아기 어머니는 말했다.

"이것도 이 아이의 팔자인 모양이군요. 그따위 이름을 붙이느니 차라리 아이 아버지 이름을 그대로 따서 붙여주는 게 낫겠어요. 아버지 이름이 아카키니까 이 애도 아카키라고 부르죠."

아카키 아카키예비치라는 이름은 그렇게 해서 생겨난 것이다. 아기는 세례를 받을 때 얼굴을 잔뜩 찌푸리면서 울어댔다. 나중에 기껏 9등관이나 되리라는 걸 그때 벌써 예감했었나 보다.

내가 이런 얘기를 하는 것은, 이러한 사정으로 인해 이 사나이에게 달리 다른 이름을 붙일 수 없었다는 것을 독자들이 이해했으면 하는 바람에서인 것이다.

그가 관청에 언제 들어가게 됐는지, 또 누가 그를 그 자리에 임명했는지 기억하는 사람은 아무도 없었다. 그동안 국장이나 과장들은 수없이 많이 바뀌었지만 그는 언제나 같은 자리, 같은 등급인 서기라는 직책을 여전히 맡고 있었다. 그래서 모두들 그가 마치 어머니 뱃속에서부터 머리가 벗겨지고 관리 제복을 입은 채 태어나기라도 한 것처럼 느낄 정도였다.

그가 일하는 관청에서는 어느 누구도 그를 존중하지 않았다. 수위들조차 그가 앞을 지나가도 자리에서 일어서려 하지 않았다. 마치 파리 새끼 한 마리가 날아다니는 것을 보는 듯한 태도로 거들떠보지도 않았다. 상관들은 당연히 그에게 위압적이고 전제적인 태도를 보였다.

부 과장이라는 직책을 가진 자는 최소한의 예의로 하는 말한 마디 없이 그의 코앞에 서류를 불쑥 들이밀곤 했다. "이거 정서 좀 해주세요."라든가, "이거 꽤 재미있는 일거리인 것 같은데⋯⋯." 하는 등의 그런 의례적인 표현조차 아카키 아카키예비치에게는 생략해버리는 것이었다.

아카키 아카키예비치는 누가 일을 맡기든, 그 사람에게 그런 일을 시킬 권리가 있든 없든 신경도 쓰지 않고 자기 코앞에 내민 서류를 힐끔 보고는 그냥 받아서 즉시 그것을 처리하기 시작했다.

젊은 관리들은 이른바 공무원식 위트를 최대한으로 발휘하여 그를 풍자하고 골려 먹기에 바빴다. 그들은 전혀 근거도 없는 얘기를 꾸며내어 그 앞에서 떠들어대곤 했다.

그의 하숙집 주인은 나이가 일흔이 넘은 노파였는데 젊은 관리들은 아카키 아카키예비치가 늘 그 노파에게 얻어맞고 지낸다느니, 결혼식은 언제 올릴 계획이냐느니 하면서 짓궂게 굴곤 했다. 심지어 종잇조각을 잘게 찢어서 눈이 내린다며 그의 머리 위에서 뿌리기도 했다.

그러나 아카키 아카키예비치는 이런 짓궂은 장난에 대해 한마디도 대꾸하지 않았다. 마치 그런 장난들이 자기 눈에는 전혀 보이지 않는다는 듯한 태도였다. 그리고 사실 일을 하는 데 있어서 그러한 장난도 그에게는 별로 방해가 되지 못했다. 사람들이 그렇게 심하게 장난을 걸고 조롱해도 그는 서류에 글자 하나 틀리게 쓰는 법이 없었던 것이다.

다만 장난이 도를 지나쳐 사람들이 그의 팔꿈치를 툭툭 건드리면서 일을 방해할 정도가 되면 그도 더 이상 참지 못하고 이렇게 중얼거렸다.

"나를 좀 내버려 두시오. 왜 이렇게 사람을 못살게 구는 거요?"

이렇게 말하는 그의 음성과 말투에는 뭔가 색다른 느낌이 있었다. 사람의 동정심을 이끌어내는 그 무언가가 말이다.

그래서 어느 땐가 그 관청에 새로 부임해 온 어떤 청년 관리도 다른 친구들과 함께 그를 놀려대다가 갑자기 무엇에 찔리기라도 한 것처럼 마음을 바꿔 장난을 그만둔 일이 있었다. 그리고 그때부터 이 청년의 눈에는 모든 사물이 갑자기 달라 보였다. 초자연적인 힘이라고 말할 수 있는 어떤 것이 그를 지금껏 사귀어왔던 사람들과 완전히 달라지게 만들었다. 그전까지 그는 다른 사람들을 예의 바르고 사교적인 사람들이라고 생각하고 있었다.

그 후 그 청년은 유쾌한 시간을 보내다가도 갑자기, 그 이마가 벗겨지고 키가 작달막한 관리의 모습이 떠오르곤 했다. 그 모습과 함께 "나를 좀 내버려 두시오. 왜 이렇게 사람을 못살게 구는 거요?" 하는, 사람의 폐부를 찌르는 듯한 애처로운 말소리가 들려왔다.

이 애처로운 말속에는

"나도 당신의 형제 아닙니까?"

하는, 또 다른 의미가 숨어 있다는 느낌이었다. 그럴 때면 이 가엾은 청년은 자기도 모르게 손으로 얼굴을 가려버렸다. 그리고 그 후 평생을 통해 이 청년은 인간의 내면에는 얼마나 비인간적인 요소가 많이 숨겨져 있는가 하는 깨달음에 무서운 전율을 느끼지 않을 수 없었다.

교양 있고 세련된 상류 사회의 사람들, 심지어 고결하고 성실한 사람이라는 평가를 받고 있는 사람들도 예외는 아니었다. 그런 사람들의 내면에도 그런 잔인하기 짝이 없는, 무시무시한 야수성이 자리잡고 있는 모습을 그는 지켜보았던 것이다.

어쨌든 과연 아카키 아카키예비치만큼 자기 직무에 충실한 사람이 과연 몇이나 있을까? 자기 직무에 충실하다는 표현만으로는 사실 부족했다. 그는 자기가 맡은 업무에 진정 애착을 갖고 있었던 것이다.

그는 공문서를 정서하는 하찮은 일 속에서도 나름대로 다채롭고 즐거운 세계를 발견할 수 있었다. 그는 언제나 즐거운 표정으로 일을 했다. 그는 글자 가운데 몇몇 글자를 특히 좋아해서 서류에서 그 글자가 나오기만 하면 금방 얼굴에 기쁨이 가득 찼다. 그리곤 눈을 찡긋하며 입술까지 씰룩거렸기 때문에 그 얼굴만 봐도 지금 그의 펜이 무슨 글자를 쓰고 있는지 알아맞힐 수 있을 정도였다.

만약 그의 열성을 기준으로 관청이 포상을 했다면, 틀림없이 지금쯤 5등관은 되었을 것이다. 물론 스스로는 깜짝 놀라 이해할 수 없겠지만 말이다. 그러나 그렇게 오랜 기간 열성적으로 근무한 결과 그가 얻은 것은 주위의 짓궂은 동료들의 말마따나 관리 제복의 단추와 엉덩이의 치질 외에는 아무 것도 없었다.

하기는 그 오랜 세월 동안 그에게 관심을 보인 사람이 전혀 없었다고는 할 수 없다. 어느 마음씨 착한 국장 한 사람이 그에게 평범한 공문서 정서가 아닌, 더욱 중요한 일을 맡기려고 지시한 적이 있었다. 그 국장은 그의 장기간 근속을 표창하려는 의도를 갖고 있었던 것이다.

새로 맡긴 일은, 이미 작성된 서류를 기초로 하여 다른 관청에 보낼 보고서를 만드는 것이었다. 새로운 일이라고 해 봐야 별다른 것은 아니었다. 그저 서류 제목을 새로 붙이고, 몇 군데 동사를 일인칭에서 삼인칭으로 바꾸는 정도에 불과했다. 그러나 아카키 아카키예비치에게는 이것이 여간 어려운 일이 아니었던 모양이다.

그는 새로운 일을 맡아 땀을 뻘뻘 흘리면서 계속 손수건으로 이마를 닦고 있었다. 그러더니 마침내 비명을 지르며 하소연했다.

"이 일은 도저히 안 되겠습니다. 저는 역시 서류 정서를 하는 것이 훨씬 더 편합니다."

그때부터 그는 영원히 정서 업무에 남아 있게 되었다. 그에게는 정서하는 일밖에는 이 세상에 아무것도 존재하지 않는 것처럼 느껴졌다.

그는 옷차림 따위에는 전혀 신경을 쓰지 않았다. 원래 초록색이었던 제복은 이제 붉은 빛이 감도는 누런색으로 변해버리고 말았다.

그는 목이 그다지 긴 편도 아니었는데 옷깃이 워낙 좁고 낮아서 마치 목이 위로 쑥 빠져나와 있는 것처럼 보였다. 마치 러시아에 와 있는 외국인들이 몇십 개씩 머리에 이고 다니며 파는, 석고로 만든 고양이 새끼처럼 목이 유난히 길어 보였던 것이다.

그뿐만이 아니었다. 그의 제복에는 언제나 마른 풀잎이나 실오라기 등이 붙어 있었다. 그는 또 아주 특수한 재능을 하나 갖고 있었다. 길거리를 걸을 때 사람들이 창문으로 쓰레기를 버리는 바로 그 순간에 그 창문 밑을 지나가는 그런 재능 말이다. 그래서 그의 모자에는 늘 수박이며 참외 껍질 따위가 얹혀 있었다.

그는 날마다 길거리에서 벌어지는 일, 사람들이 하는 일에 대해서는 일생 동안 단 한 번도 관심을 가져본 적이 없었다. 알다시피 눈치가 빠르고 머리 회전이 빠른 젊은 관리들은 항상 그런 일에 관심을 기울이는 법이다. 그래서 길 건너편 보도를 걷는 사람의 허리띠가 헐거워 바지가 느슨하게 처진 것까지도 재빨리 발견해서는 연신 킥킥거리며 웃지 않는가.

그러나 아카키 아카키예비치는 설사 눈으로 뭔가 보고 있다 하더라도 진짜로 보는 것이 아니었다. 그저 또박또박 단정하게 쓰인 자신의 필적을 거기에서 발견할 뿐이었다.

가끔 자기의 어깨 너머로 말 대가리 하나가 느닷없이 튀어나와 얼굴에다 콧김을 훅 불어댄다거나 해야 비로소 자기가 지금 관청의 서류 더미 속에 묻혀 있는 것이 아니고 길 한가운데 서 있다는 사실을 깨닫는 것이다.

집에 돌아오면 그는 곧바로 식탁에 덤벼들어 굶주린 사람처럼 수프를 훌홀 마시고 맛 따위는 가리지 않고 고기와 양파를 삼켜댔다. 파리가 붙어 있건 말건 상관없이 식탁에 있는 것이면 무엇이든 목구멍으로 쑤셔 넣는 것이다. 그렇게 해서 배가 부르다는 느낌이 들면 그는 식탁에서 일어나 잉크병을 꺼내 관청에서 가져온 서류를 정서하기 시작한다.

처리해야 할 서류가 없을 때에는 취미 삼아서 자기가 보관해 둘 문서의 사본을 만들었다. 문체가 아름답다거나 해서보다, 어떤 새로운 인물이나 아주 높은 위치에 있는 사람에게 보내는 서류라는 점에서 주목할 가치가 있을 경우 그는 반드시 복사해두는 것을 원칙으로 삼고 있었다.

페테르부르크의 잿빛 하늘이 완전히 어두워지고 나면 관리들은 자기 봉급과 취향에 따라 적당한 저녁 식사를 배불리 먹고 비로소 여가를 즐기게 된다. 사각사각 종이 위를 미끄러져 가는 펜촉 소리와 자기 자신이나 다른 사람의 일, 또는 필요 이상으로 자진해서 떠맡은 온갖 용무에서 벗어나 이제 모두 다리를 쭉 뻗고 쉬게 되는 것이다.

이럴 때 기운이 넘치는 사람은 극장으로 달려가고, 어떤 사람들은 길거리를 지나는 여자들의 모자를 구경하려고 외출하며, 또 어떤 사람은 보잘것없는 관리 사회의 스타라고 할 수 있는 예쁜 처녀에게 알랑대기 위해서 저녁 파티 장소를 찾는다.

그러나 사람들은 대체로 만찬이나 나들이 따위는 단념한다. 대신 아파트 3층이나 4층쯤에 자리 잡은 친구 집에 놀러 간다. 대개 작은 방 두 개와 부엌, 현관이 있을 뿐인 그런 집에서는 대개 돈을 아껴서 간신히 사들인 램프 등 유행에 맞추기 위해 치장한 흔적을 볼 수 있다.

대부분의 관리들은 이런 집의 좁은 방에 흩어져서 트럼프 놀이를 하거나 싸구려 과자 조각에 홍차를 홀짝거리거나 파이프 담배를 피운다. 카드를 돌리는 동안에는 상류 사회의 온갖 소문들을 화제에 올리는데 이런 상류 사회의 소문이야말로 러시아 사람이라면 어느 곳에서든 즐겨 찾는 그런 화제이다.

그런 화제조차 없으면 어느 경비 사령관에게 보고되었다는, 팔코네가 만든 동상의 말 꼬리가 떨어져 나갔다는 따위의 케케묵은 에피소드라도 두세 번씩 우려먹게 된다.

이렇게 페테르부르크에 사는 모든 관리, 모든 사람들이 나름대로 즐거움을 찾아 헤매는 그런 시간에도 아카키 아카키예비치는 어떤 오락에도 결코 끼어들지 않았다. 우연히 어떤 야회석상에서 그를 보았다는 소문조차도 들려오지 않았다.

마음이 흐뭇해지도록 정서를 하고 나면 그는 내일도 하느님께서 또 무슨 일거리를 주시려니 생각하고, 미리부터 내일 일을 머릿속에 그려보면서 웃음을 머금고 잠자리에 든다. 그는 연봉 4백 루블의 초라한 자기 운명에 만족하며 이렇게 평화로운 생활을 보냈다.

만약 인생 항로 여기저기에 덫처럼 자리 잡고 있는 불행만 없었다면 그의 이런 생활은 늙어 죽을 때까지 계속되었을 것이다. 그러나 불행이란 꼭 9등관이 아니더라도 3등관이나 4등관, 7등관을 가리지 않고 모든 인간들에게 빠지지 않고 찾아들기 마련이다. 심지어 누구에게 충고를 하지도 않고, 스스로도 다른 사람에게 충고를 구하지도 않는 그런 인간들에게도 불행은 예외 없이 찾아온다.

페테르부르크에서 기껏 연봉 4백 루블 정도로 생활하는 모든 인간에게 똑같이 무서운 적이 하나 있다. 그 강적은 다름 아닌 북쪽 지방 특유의 지독한 추위다. 물론 이 추위가 건강에 이롭다는 주장도 없는 것은 아니지만…….

아침 여덟 시쯤이면 관청에 출근하는 관리들이 거리를 가득 메우게 된다. 그리고 이 무렵이면 혹독한 추위가 어찌나 매섭게 몰아닥치는지, 가엾은 우리 관리 나리들은 코를 어디다 두어야 할지 모르고 쩔쩔매는 것이다. 지위가 높은 양반들조차 추위에 머리가 띵하고 눈에 눈물이 글썽거리는 판이니 가엾은 9등관 따위는 그야말로 속수무책이다.

그나마 한 가지 방법은, 초라한 외투로나마 몸을 단단히 감싸고 될 수 있는 대로 발걸음을 빨리해서 대여섯 개의 골목을 얼른 지나 관청 경비실로 뛰어드는 것이다. 그리고 나서 발을 동동 구르고 몸을 녹여서 출근길에 추위로 꽁꽁 얼어붙은 사무 능력이나 재주가 제자리로 돌아오도록 노력하는 수밖에 없는 것이다.

아카키 아카키예비치 또한 될 수 있으면 빨리 뛰어서 추운 거리를 지나가려고 애쓰고 있었다. 그러나 언제부터인가 유난히 잔등과 어깨가 뼈에 사무칠 정도로 추워서 견딜 수 없을 지경이었다. 그는 마침내 자신의 외투가 뭔가 잘못되었다는 생각을 하게 되었다.

집에 돌아와서 그는 외투를 찬찬히 살펴보았다. 그리고 자기의 외투 잔등과 어깨 두서너 군데가 마치 모기장처럼 얇아진 것을 발견했다. 옷감이 닳을 대로 닳아 훤히 비칠 지경이었고 안감도 갈기갈기 해진 상태였다.

여기서 아카키 아카키예비치의 외투 역시 동료들의 놀림감이었다는 사실을 지적해둘 필요가 있을 것 같다. 사실 그것은 이미 '외투'라는 고상한 명칭을 상실하고, '싸개'라는 망측한 이름을 얻었다.

말이야 바른말이지, 사실 그 외투는 겉모양부터가 무척 야릇했다. 우선 외투 깃이 해가 갈수록 좁아지고 있었다. 겨울이 오면 외투 깃을 잘라서 다른 해진 곳을 기워 입었기 때문이다. 외투를 깁는 재봉사의 솜씨도 그리 신통하지 못하여 외투는 이제 보릿자루처럼 볼썽사나운 꼬락서니였다.

외투를 살펴보고 나서 사태를 대충 짐작한 아카키 아카키예비치는 외투를 페트로비치에게 가져가야겠다고 생각했다. 페트로비치는 뒷계단으로 오르내리는 어느 4층 집 한쪽에서 살고 있는 재봉사였다.

그는 애꾸눈에다 곰보였다. 그래도 말단 관리나 그 밖의 별 볼 일 없는 사람들의 윗도리와 바지 따위를 고쳐주는 솜씨는 나름대로 쓸모가 있었다.

물론 이것은 그가 술에 취해 있지 않을 때의 이야기였다. 또 그가 다른 돈벌이에 정신이 팔려 있지 않아야 했다. 하긴 이따위 재봉사 이야기를 여기서 이처럼 길게 늘어놓을 필요는 없을 것 같다는 생각도 든다. 하지만 소설에서 어떤 인물이 등장할 경우 그 인물의 성격을 완전히 묘사해야 하는 것이 정설처럼 돼 있어서 부득이하게 페트로비치를 좀 더 자세히 소개하겠다.

원래 그의 이름은 그리고리였다. 그는 어느 지주 귀족의 농노였다. 그러던 그가 페트로비치라고 불리게 된 것은 농노 해방 증서를 받고 자유의 몸이 된 뒤로 축제 때마다 술을 진탕 마시게 되면서부터였다.

처음에는 큰 축제 때에만 술을 마셨지만 얼마 지나지 않아 달력에 십자가 표시가 있는 날이면 하루도 빼놓지 않고 곤드레만드레 취하게 됐다. 이 점에서 그는 자기 조상들의 전통에 무척 충실하다고 할 수 있겠다.

마누라와 다툴 때도 그는 더러운 계집년이라는 둥, 독일 계집년이라는 둥 상스러운 욕을 내뱉곤 했다. 이왕 페트로비치의 마누라 얘기가 나온 김에 이 여자에 대해서도 두세 마디 덧붙일 필요가 있을 것 같다. 그러나 유감스럽게도 이 마누라에 대해서는 거의 알려진 것이 없었다.

그저 페트로비치의 마누라라는 것, 머릿수건 대신 모자를 쓰고 다닌다는 사실이 고작이다. 어쨌든 이 여자의 용모는 그다지 내세울 만한 것이 못 되는 모양이었다. 그 여자의 옆을 지나칠 때 콧수염을 쫑긋거리고 이상한 소리를 내면서 그 모자 아래의 얼굴을 힐끗거리는 것은 기껏해야 말단 근위병 따위였다니 말이다.

페트로비치가 사는 집으로 가는 뒷계단은 온통 구정물투성이었다. ―물론 이것도 나름대로 깨끗하게 한답시고 걸레질을 한 것이다.― 게다가 페테르부르크의 아파트 뒷계단들이 으레 그렇듯이 두 눈이 아릴 정도로 지독한 알코올 냄새를 풍기고 있었다. 뭐 사실 이런 것이야 누구나 다 알고 있는 것이었다.

아카키 아카키예비치는 이 계단을 걸어 올라가며 페트로비치가 외투를 고치는 삯으로 얼마나 달라고 할지 벌써부터 걱정이 됐다. 그는 마음속으로 2루블 이상은 절대 내지 않겠다고 작정했다.

문은 열려 있었다. 그럴 수밖에 없는 것이 페트로비치의 마누라가 무슨 생선을 굽는 모양인지 부엌 안이 문자 그대로 박쥐 새끼조차 날아다니기 힘들 정도로 연기가 가득 차 있었던 것이다.

아카키 아카키예비치는 주인 마누라가 안 보는 틈을 타서 잽싸게 부엌을 통과해 작업실로 들어갔다. 마침 페트로비치는 나무로 만든 커다란 작업대 위에 앉아 있었다. 마치 터키 총독처럼 책상다리를 한 자세였다. 재봉사들이 일을 할 때는 대개 그렇듯이 지금 페트로비치도 맨발이었다.

제일 먼저 아카키 아카키예비치의 눈에 띈 것은 눈에 익은 페트로비치의 엄지발가락이었다. 그 발톱은 모양이 비뚤어진 데다 마치 거북등처럼 두껍고 단단하게 보였다. 페트로비치는 명주실과 무명실 타래를 목에 걸고 헌 옷을 무릎 위에 펼쳐놓고 있었다. 그는 벌써 3분쯤이나 바늘에 실을 꿰려고 하다가 방이 어둡고 실이 말을 듣지 않는다며 잔뜩 골을 내고 투덜거리는 참이었다.

"제기랄, 지독하게도 애를 먹이는군. 못된 계집년처럼 말이야!"

아카키 아카키예비치는 하필 페트로비치의 기분이 언짢을 때 찾아온 것이 마음에 좀 걸렸다. 사실 일을 맡기기에는 페트로비치가 거나하게 취해 있거나 또는 그 마누라의 표현을 빌리자면, '애꾸눈이 싸구려 보드카에 퐁당 빠져 있을 때'가 좋았다. 그럴 때 페트로비치는 수선비를 선선히 양보할 뿐만 아니라 일을 맡겨 줘서 고맙다는 인사를 하는 일도 있었다.

물론 그럴 경우 나중에 페트로비치의 마누라가 찾아와서 자기 남편이 술김에 그런 헐값으로 일을 맡았다고 우는 소리를 하는 것이 일쑤지만, 그럴 경우라도 10코페이카 동전 한 닢이면 수월하게 넘어가곤 했다.

그러나 오늘처럼 페트로비치의 정신이 말똥말똥할 때면 흥정하기가 무척 까다롭다. 도대체 삯을 얼마나 달라고 할지 짐작하기도 어렵다. 아카키 아카키예비치는 이런 상황을 재빨리 눈치채고 얼른 뒤돌아서려고 했다. 그러나 이미 때는 늦었다. 페트로비치가 하나밖에 없는 눈을 가늘게 뜨면서 이쪽을 쳐다보았던 것이다. 그 바람에 아카키 아카키예비치는 자기도 모르게 그에게 인사를 했다.

"요즘 어떤가? 페트로비치."

"어서 오십쇼, 나리!"

페트로비치는 이렇게 대꾸하며 아카키 아카키예비치의 손을 곁눈질로 살폈다. 무슨 일감을 가져왔는지 보는 것이다.

"뭐, 대단한 건 아니고 말이야, 페트로비치. 오늘 온 것은, 그게 말이지……."

참고로 말해두지만 아카키 아카키예비치는 뭔가 설명해야 할 경우 전치사나 부사를 아무 의미도 없이 이것저것 늘어놓는 버릇이 있었다. 그것이 까다로운 일일 경우에는 말끝을 제대로 마무리하지 못하는 일도 많았다.

"그건 정말, 그러니까, 에, 또, 뭐랄까……."

이따위 말로 얘기를 시작해 놓고서는 그다음 말은 전혀 꺼내지도 않는 것이다. 그래 놓고서도 자기 딴에는 해야 할 이야기를 다 한 것으로 생각하는지 그냥 입을 다물어버리는 일이 많았다.

"도대체 무슨 일로 오신 건데요?"

페트로비치는 이렇게 말하면서 하나밖에 없는 눈으로 아카키 아카키예비치의 제복을 옷깃에서부터 소맷자락, 어깨, 단춧구멍에 이르기까지 죽 훑어보았다. 하긴 이 옷은 페트로비치의 손으로 만든 것이어서 너무나 눈에 익었지만 일단 손님을 봤다 하면 그런 식으로 죽 살피는 것이 재봉사들의 몸에 밴 직업적인 습관인 것이다.

"그게, 다름이 아니고, 페트로비치……. 내 외투가 좀, 아니 그러니까, 겉의 옷감은…… 이렇게 다른 데는 다 멀쩡한데 말이지…… 먼지가 좀 앉아서 겉으로는 고물처럼 보이지만, 아직 새 옷이나 마찬가지지. 그저 한두 군데가 좀, 아니 잔등과 어깨 부분이 좀 낡고, 이쪽 어깨가 좀, 알겠나? 그것뿐이야. 다른 데야 뭐 손볼 데가 있겠나?"

페트로비치는 싸개라는 별명이 붙은 그의 외투를 받아서, 우선 작업대 위에 펼쳐놓았다. 그러고 나서 한참 동안 이리저리 살펴보더니, 고개를 절레절레 흔들면서 손을 뻗어 창틀에서 동그란 담배통을 집어 들었다. 그 담배통에는 어떤 장군의 초상화가 그려져 있었는데 얼굴이 있어야 할 자리에 손가락 구멍이 뚫리고 그 자리를 네모난 종이로 때워 놓아 그 초상화의 주인공이 누구인지는 알 수가 없었다.

페트로비치는 코담배를 한 번 들이마시고 나서 다시 두 손으로 싸개를 집어 들고 밝은 빛에 찬찬히 비춰보았다. 그러고는 다시 고개를 저었다. 그리고 또다시 담배통 뚜껑을 열어 담배를 콧구멍에 집어넣고는 담배통 뚜껑을 닫고 통을 치우더니 마침내 입을 열었다.

"이건 고칠 수가 없겠는데요. 외투가 너무 낡았어요."

아카키 아카키예비치는 이 말을 듣자 가슴이 덜컥 내려앉는 것 같았다.

"아니, 도대체 왜 안 된다는 건가? 응, 페트로비치?"

마치 어린애의 애원하는 목소리로 아카키 아카키예비치는 말했다.

"어깨 있는 쪽이 좀 해진 것뿐인데……. 응? 자네한테 괜찮은 옷감이 있을 것 아닌가?"

"뭐 옷감이야 찾으면 나오겠지만."

페트로비치는 말했다.

"옷감이 있으면 뭐 합니까? 대고 기울 수가 있어야죠. 천이 하도 낡아서 바늘로 기워도 금방 찢어지고 말 텐데요."

"찢어져도 상관없다네. 거기에 또 다른 천을 붙이면 되니까 말이야."

"다른 천을 어떻게 붙입니까? 바닥 천이 워낙 형편없어서 바늘을 꽂을래야 꽂을 수가 없어요. 이게 어디 천입니까? 바람만 좀 세게 불어도 갈기갈기 찢어져 버릴 것 같은뎁쇼."

"그러지 말고, 어쨌든 이걸 손을 좀 봐주게나. 이건 그래도……, 거 뭐랄까."

"도저히 안 됩니다!"

페트로비치는 딱 잘라 말했다.

"바닥 천이 워낙 낡아서, 어떻게 해볼 수가 없다고요. 차라리 이걸 잘라서 각반이나 만드는 편이 훨씬 나을 겁니다. 이제 겨울이 되고 날씨가 점점 추워질 것 아닙니까? 양말만으로는 아무래도 발이 시릴 테니까요. 하긴 각반이라는 물건도 독일 놈들이 돈을 긁어모으려고 재주를 부린 것이긴 합니다만…… (페트로비치는 기회 있을 때마다 독일인들을 욕하고 비웃기를 즐겼다) 어쨌든 외투는 새로 하나 장만하셔야 할 겁니다."

'새 외투'라는 말을 듣자 아카키 아카키예비치는 눈앞이 캄캄해지는 것 같았다. 방 안에 있는 물건들이 모두 뒤엉켜 범벅이 되는 느낌이었다. 담배통 뚜껑에 그려진, 얼굴에 종잇조각이 붙은 장군의 모습만이 또렷하게 보였다.

"새로 하나 장만하다니, 도대체 무슨 수로?"

여전히 꿈속을 헤매는 기분으로 그는 말했다.

"내게 그만한 돈이 도대체 어디 있다고?"

"어쨌든 새것을 하나 장만하셔야 합니다."

페트로비치는 잔인하리만치 태연한 말투였다.

"그렇지만, 만일 말일세. 새로 하나 맞춘다고 하면, 도대체 그게 말일세, 그러니까 그게, 뭐랄까……."

"돈 말씀이세요?"

"그렇지."

"글쎄요……. 아무래도 백오십 루블은 있어야 할 거고 거기에 가욋돈도 좀 들어가겠죠."

페트로비치는 이렇게 말하고 나서 의미심장하게 입술을 굳게 다물었다. 그는 극적인 효과를 무척 좋아했다. 갑자기 느닷없는 말을 내뱉어 상대방을 당황하게 만들고 나서 곁눈으로 상대방이 어떤 표정을 짓는지 힐끔힐끔 살피기를 즐기는 것이다.

"뭐, 외투 한 벌에 백오십 루블이라고?"

가엾은 아카키 아카키예비치가 큰 소리로 외쳤다. 아마 그가 태어난 이후로 가장 큰 목소리였을 것이다. 늘 낮은 목소리로 얘기하는 게 그의 특징이었으니 말이다.

"그렇습죠."

페트로비치는 말했다.

"그보다 더 비싼 외투도 얼마든지 있어요. 깃에다가 담비 가죽을 대고 모사 안쪽을 비단으로 대면 석어도 이백 루블은 먹힐걸요."

"페트로비치, 제발 나 좀 봐주게."

아카키 아카키예비치는 페트로비치가 말하는 새 외투의 효능 따위는 귀에 들어오지도 않고 굳이 듣고 싶지도 않다는 듯 애원하는 목소리로 말했다.

"어떻게 이걸 손을 좀 봐주게나. 얼마 동안만이라도 더 입고 다닐 수 있게 말이야."

"아니, 소용없는 일이에요. 공연히 헛수고만 하고 돈만 날릴 뿐이라고요."

페트로비치는 말했다.

아카키 아카키예비치는 이 말을 듣고 완전히 풀이 죽어서 밖으로 나왔다. 그러나 페트로비치는 손님이 돌아간 뒤에도 뭔가 의미심장한 표정으로 입술을 단호하게 다문 채 일감에도 손을 대지 않고 오랫동안 가만히 앉아 있었다. 재봉사의 기술을 값싸게 팔아넘기지도 않고 자신의 권위를 손상시키지 않은 것이 무척 흐뭇하게 느껴졌던 것이다.

아카키 아카키예비치는 큰길로 나와서도 뭔가 나쁜 꿈이라도 꾸고 있는 듯한 느낌이었다.

'큰일 났군!'

그는 혼자 중얼거렸다.

'정말 이런 일이 생길 줄이야 꿈엔들 생각했겠어?'

그리고 조금 있다가 다시 중얼거렸다.

'결국 이렇게 되고야 말았어. 하지만 이건 전혀 생각지도 못한 일이야!'

한동안 침묵을 지키다가 그는 다시 뇌까렸다.

'음, 그래? 사실이 그렇단 말이지? 하지만 이걸 어떻게 해야 하나? 정말이지 이런 변을 당하게 될 줄이야.'

그는 이렇게 중얼거리며 아무 생각 없이 집과는 반대 방향으로 걷기 시작했다.

길을 걷는 도중에 지나가던 굴뚝 청소부와 부딪쳐 그의 어깨가 온통 새까매지고 말았다. 한창 짓고 있는 건물 지붕에서는 그의 머리 위로 석회 가루가 쏟아져 내려 마치 하얀색 모자를 뒤집어쓴 것처럼 되어버렸다. 그러나 그는 전혀 알아차리지 못했다. 얼마를 더 걸어서 어느 경관과 부딪쳤을 때에야 어느 정도 제정신으로 돌아올 수 있었다.

그 경관은 옆에 총을 세워놓고 우락부락한 손으로 쇠뿔 파이프에서 담뱃재를 털어내고 있는 중이었다.

"어쩌자고 사람 코앞에 불쑥 나타나는 거야, 엉? 도대체 눈은 어디다 뒀기에 길로 다니지 않은 거냐고?"

경관은 호통을 쳐서 그의 정신을 되돌려놓았다. 경관의 이 말에 그는 정신을 차리고 주위를 둘러보았다. 그리고 집으로 걸음을 옮겼다.

그때에야 비로소 그는 생각을 가다듬고 자신의 현재 상황을 똑바로 보았다. 그래서 이제는 조각조각 끊기는 단편적인 생각이 아니라, 모든 일을 털어놓고 상의할 수 있는 친구와 얘기하듯이 자신의 상황에 대해 스스로 얘기하기 시작했다. 자기 처지에 대해 훨씬 더 조리 있고 분명한 얘기를 할 수 있었던 것이다.

"아니야……."

아카키 아카키예비치는 스스로 말했다.

"오늘은 페트로비치에게 사정해봐야 소용이 없을 거야. 그 친구는 오늘, 뭐랄까……, 틀림없이 마누라하고 한바탕 한 모양이니까. 차라리 일요일 아침에 다시 찾아가는 게 낫겠어. 토요일 저녁에 한잔 걸쳐서 눈도 게슴츠레해지고 해장술 생각이 간절할 때 말이야. 해장술을 하고 싶어도 마누라가 돈을 줄 리도 만무하고, 그럴 때 십 코페이카쯤 쥐여 주면 훨씬 고분고분해지겠지 그렇게 되면 내 외투도……."

아카키 아카키예비치는 속으로 이렇게 생각하고 스스로 용기를 북돋우며 일요일까지 기다렸다. 그리고 일요일 아침 페트로비치의 마누라가 집을 나와 어디론가 가는 걸 멀리서 확인한 다음 곧장 페트로비치를 찾아갔다.

아카키 아카키예비치가 예상했던 대로 페트로비치는 토요일 저녁에 한 잔 걸치고 나서 아직 잠이 덜 깬 모양이었다. 눈이 게슴츠레하고 목을 길게 늘여 빼고 금방이라도 바닥에 드러누울 자세였다. 그러나 아카키 아카키예비치가 이렇게 일찍 자기를 찾아온 용건을 듣자마자 금세 태도가 돌변했다. 마치 악마란 놈이 느닷없이 그를 흔들어 깨운 것 같았다.

"글쎄 안 된다니까요."

페트로비치는 말했다.

"새로 한 벌 맞추시라고요!"

아카키 아카키예비치는 미리 생각했던 대로 십 코페이카짜리 동전 한 닢을 슬쩍 페트로비치 손에 쥐여주었다.

"나리, 감사합니다요! 이걸로는 나리의 건강을 위해 한잔 들겠습니다."

페트로비치는 말했다.

"하지만 외투에 대해서는 더 이상 말씀하지 마세요. 그 외투는 이제 아무 짝에도 쓸 데가 없어요. 제가 새것으로 한 벌 잘 지어드릴 테니까요. 그럼 외투 얘기는 이걸로 끝내죠."

아카키 아카키예비치는 그래도 여전히 외투를 수선해달라고 고집을 부려보았다. 그러나 페트로비치는 전혀 들으려고 하지 않았다.

"새것으로 기가 막히게 지어드릴 테니까 절 믿으십쇼. 제가 가진 기술을 한껏 발휘하겠습니다. 최신 유행하는 모양으로, 옷깃에도 은도금한 단추를 멋지게 달고요."

이제야 비로소 아카키 아카키예비치는 외투를 새로 맞추는 것 외에는 다른 방법이 전혀 없다는 사실을 분명히 깨닫게 됐다. 그는 완전히 기가 꺾이고 말았다. 사실 돈이 어디 있어서 외투를 새로 맞춘단 말인가? 물론 명절 때가 되면 상여금이 나오긴 하지만 그 돈은 이미 오래전부터 쓸 데가 정해져 있었다.

바지도 새로 사야 하고 전에 구둣방에서 장화에 가죽 밑창을 댔던 외상값도 갚아야 한다. 그 밖에 셔츠 세 벌과 밝히기 쑥스러운 이름의 속옷들도 몇 벌 삯바느질을 맡겨야 할 형편이다. 한마디로 말해서 상여금은 받는 즉시 사라지게끔 되어 있는 것이다.

설혹 국장이 자비를 베풀어 사십 루블의 상여금을 사십오 루블이나 오십 루블로 올려준다 해도 어차피 그 차이는 몇 푼 되지 않으므로 외투를 새로 마련하기에는 턱도 없는 것이다.

하긴 페트로비치는 느닷없이 변덕을 부려 터무니없이 비싼 값을 부르는 버릇이 있기는 하다. 심지어 그 마누라까지 가끔 나서서,

"여보, 당신 미쳤어요. 멍청이 같으니라고! 지난번에는 공짜나 마찬가지로 헐값에 일을 해주더니 이번엔 또 무슨 생각으로 그렇게 말도 안 되는 비싼 값을 부르는 거야? 당신 몸뚱이를 내다 팔아도 그만한 돈은 못 받을걸?"

이렇게 고함을 치는 일도 있다. 그리고 아카키 아카키예비치도 그런 사실을 잘 알고 있었다.

아마 잘만 얘기하면 페트로비치는 팔십 루블 정도로 일을 맡아줄 것이다. 이것도 아카키 아카키예비치는 잘 알고 있다. 하지만 그렇다 해도 도대체 어디서 팔십 루블이라는 거액을 만들어낸단 말인가? 그 절반 정도라면 혹시 모른다. 아니 그보다는 조금 더 만들어낼 수 있을 것이다. 하지만 나머지 절반은 또 어디서 구한담?

그러나 우선 독자들은 최초의 그 절반의 돈이 어디서 나올 것인지 정도는 알아둘 필요가 있다. 아카키 아카키예비치는 1루블을 쓸 때마다 2코페이카씩 저금을 하는 습관이 있었다. 뚜껑에 구멍이 뚫리고 열쇠로 잠그게 되어 있는 조그만 상자에 동전을 집어넣는 것이다. 그리고 반년마다 한 번씩 그동안 모은 동전을 지폐로 바꾸었다. 이런 일을 몇 년 동안이나 꾸준히 계속해왔기 때문에 이렇게 모인 돈이 얼추 사십 루블을 넘어섰던 것이다.

융통할 수 있는 그 절반의 돈이란 바로 이걸 말하는 것이다. 하지만 나머지, 다시 말해서 부족한 사십 루블은 어디서 끌어댄단 말인가?

아카키 아카키예비치는 머리를 싸매고 고민한 끝에 앞으로 적어도 1년 동안은 생활비를 바짝 줄여야겠다고 마음먹었다. 아카키 아카키예비치는 저녁마다 즐겨 마시던 홍차도 끊고 밤에는 촛불도 켜지 않기로 했다. 부득

이하게 뭔가 일을 해야 할 경우에는 하숙집 주인 노파의 방에 가서 일을 하기로 했다. 길을 걸을 때도 돌로 포장한 길은 구두 바닥이 빨리 닳을 것 같아 되도록 조심스럽게 뒤꿈치를 들고 살금살금 걷기로 했다.

세탁소 이용 횟수도 가급적 줄이고 집에 돌아오면 잽싸게 옷을 죄다 벗기로 했다. 옷이 빨리 해지는 것을 막기 위해서다. 그리고 두꺼운 무명 잠옷 하나만 입기로 했다. 이 잠옷으로 말할 것 같으면 이제 노후 연금을 받아도 좋을 만큼 오래된 물건이었다.

솔직히 아카키 아카키예비치도 처음엔 이런 허리띠 졸라매기가 여간 불편하지 않았다. 그러나 시간이 좀 지나자 그럭저럭 습관이 되어 별로 불편을 느끼지 않았다. 나아가 저녁 끼니를 거르고도 지낼 수 있을 정도였다. 그 대신 앞으로 새 외투가 생길 것이라는 희망을 갖게 되었다. 이것으로 충분히 정신적인 양식이 되어 준 셈이다.

이때부터 아카키 아카키예비치는 자기의 존재가 충실해져 마치 결혼이라도 해서 다른 사람이 줄곧 옆에 붙어 있는 느낌까지 받게 되었다. 이제는 혼자가 아니라 인생의 동반자가 생겨서 자기와 마음을 합쳐 인생 항로를 함께 나아가는 것 같은 느낌이었다.

그 동반자는 다름이 아닌 새 외투였다. 두껍게 솜을 대고 절대로 닳아 해지지 않는 질긴 안감을 받친 그런 외투 말이다. 그는 전보다 태도가 훨씬 활발해졌고 인생의 확실한 목적을 가진 사람처럼 성격마저 굳건해진 것 같았다. 망설임과 우유부단 ─다시 말해서 흐리멍덩한 회의적인 태도가 그의 얼굴이나 태도에서 저절로 사라졌다.

때로는 두 눈을 반짝이면서 이왕이면 외투 깃에 담비 가죽을 다는 것이 어떨까 하는, 그로서는 대담하기 짝이 없는 생각까지 하기도 했다. 이런 생각들은 그를 일종의 방심 상태로 이끌어가곤 했다. 한번은 서류를 정서하는 도중에 하마터면 글씨를 틀리게 쓸 뻔해서 "억!" 하는 소리가 목구멍에서 튀어나오는 것을 간신히 참은 일도 있었다. 그래서 그는 부랴부랴 성호를 긋기까지 했다.

달이 바뀔 때마다 그는 페트로비치를 찾아가 어디서 옷감을 살 것인지, 색깔은 어떤 것으로 할 것인지, 감을 얼마나 끊으면 될 것인지 따위 외투와 관련된 것을 상의했다. 아직도 약간 걱정이 되기는 했지만, 머지않아 옷감을 사다가 진짜로 외투를 지어 입게 될 날이 올 것을 생각하고 언제나 흐뭇한 마음이 되어 집으로 돌아왔다.

외투를 새로 장만하는 일은 예상보다 빠르게 진행되었다.

국장이 아카키 아카키예비치에게 사십 루블이 아닌, 무려 육십 루블이나 되는 상여금을 지급했기 때문이다. 아카키 아카키예비치에게 새 외투가 필요하다는 걸 국장이 미리 알아차린 것인지, 아니면 일이 되려다 보니 우연히 그렇게 된 것인지 아무튼 그의 손에는 이십 루블의 돈이 더 들어온 것이다. 사정이 이렇게 되어 일은 더욱 빠르게 진행됐다.

두세 달 정도 더 배를 곯고 난 결과 아카키 아카키예비치는 팔십 루블의 돈을 손에 쥘 수 있었다. 어느 때건 지극히 평온하기만 하던 그의 심장도 이번만은 거세게 뛰었다.

바로 그날 그는 페트로비치와 함께 옷감을 사러 나갔다. 그들은 아주 좋은 옷감을 살 수 있었다. 그럴 수밖에 없는 것이 벌써 반년 동안이나 오직 이 일만을 생각해온 데다, 거의 매달 옷감 가게를 둘러보았으니 말이다.

재봉을 할 페트로비치 역시 이보다 더 좋은 나사 옷감은 찾을 수 없을 거라고 했다. 안감으로는 포플린을 쓰기로 했다. 페트로비치의 말을 빌리자면 포플린은 올이 가는 고급 천이여서 보기에도 좋고 반지르르한 것이 오히려 비단보다 낫다는 것이었다. 담비 털가죽은 너무 비싸서 포기하고 그 대신 가게에 갓 들여온 제일 좋은 고양이 털가죽을 골랐다. 이것 역시 멀리서 보면 영락없이 담비 털가죽으로 보일 만큼 좋은 물건이었다.

페트로비치는 외투를 만드는 데 꼬박 2주일이나 걸렸다. 솜 넣는 데를 그토록 꼼꼼히 누비지만 않았어도 그렇게까지 오래 걸리지는 않았을 것이다. 바느질삯으로 페트로비치는 십이 루블을 받았다. 절대로 그보다 싸게 할 수는 없다고 했다. 하긴 페트로비치는 명주실만을 써서 촘촘하게 이중으로 꿰맸고 게다가 일일이 이빨 자국을 내가며 줄을 세우기까지 했던 것이다.

몇 월 며칠이었는지는 정확히 말할 수 없지만 아무튼 페트로비치가 새로 만든 외투를 갖고 온 날은 분명히 아카키 아카키예비치에게 생애 최고의 날이었다.

페트로비치는 아침 일찍 외투를 들고 왔다. 마침 출근하기 조금 전이었다. 어쩌면 그렇게 시간을 맞춰 외투를 들고 왔는지 모르겠다. 벌써 추위가 만만찮은 날씨였지만 더욱 추워질 것 같았기 때문이다.

페트로비치는 마치 일류 재봉사와 같은 모습으로 외투를 싸 들고 나타났다. 그의 얼굴에는 아직까지 아카키 아카키예비치가 한 번도 본 적이 없는 그런 자부심이 어려 있었다. 마치 자기가 만든 것이 보통 물건이 결코 아니라는 것을 과시하는 표정이었다. 기껏 안감이나 깁고 낡은 옷이나 수선하는 재봉사와 이렇게 새로운 외투를 직접 짓는 재봉사는 엄청난 차이가 있다는 것을 말하고 싶은 그런 표정이었다.

그는 외투를 싸 들고 온 커다란 보자기를 풀었다. 보자기는 세탁소에서 방금 가져온 것이어서 다시 접어 호주머니에 집어넣었다. 그는 끄집어낸 외투를 펼쳐 들고 자못 자랑스러운 얼굴로 다시 한번 살폈다. 그리고 두 손으로 외투를 잡고 익숙한 솜씨로 아카키 아카키예비치의 어깨에 걸쳐주었다.

그러고 나서 등에서부터 밑으로 손으로 가볍게 매만져 옷자락을 반듯하게 당겨주었다. 그리고 앞섶을 약간 열어놓은 채 아카키 아카키예비치의 몸을 감쌌다.

아카키 아카키예비치는 그래도 약간 불안해져서 팔소매 길이를 확인했다. 페트로비치는 소매에 팔을 끼우는 것도 도와주었다. 소매 역시 흠잡을 곳이 없었다. 한마디로 말해서 외투는 완전히 맵시 있게 몸에 착 맞았다.

그러는 동안에도 페트로비치는 자기가 하고 싶은 말을 빼먹지 않았다. 자기가 뒷골목에서 간판도 걸지 않고 일을 하는 처지이고, 더욱이 아카키 아카키예비치와는 오래전부터 잘 아는 사이여서 그렇게 옷을 헐값으로 만들어주었지만, 이걸 만약 네흐스키 거리에서 만들었다면 품삯만 해도 칠십오 루블은 주어야 한다는 얘기였다.

아카키 아카키예비치는 이 점에 대해 더 이상 페트로비치와 얘기를 하고 싶지 않았다. 그뿐만 아니라 페트로비치가 버릇처럼 터무니없이 불러대는 금액에 대해서는 말만 들어도 겁부터 났다. 그는 돈을 치르고 고맙다는 치하를 한 후 새 외투를 입은 채 곧장 출근했다.

페트로비치는 아카키 아카키예비치를 뒤따라 나와 길거리에 서서 한참 동안 외투를 지켜보았다. 그리고 일부러 골목길을 달려 큰 거리로 빠져나와 자기가 만든 외투를 다른 방향에서, 곧 정면에서 다시 한번 바라보았다.

한편 아카키 아카키예비치는 더없이 흐뭇한 기분이었다. 그는 순간마다 어깨에 닿는 새 외투의 감촉을 느끼고 있었다. 마음이 너무 흡족해 몇 번이나 혼자 웃음을 지었다. 사실 두 가지 좋은 점을 느끼고 있었다. 하나는 우선 따뜻하다는 것이고 다른 하나는 멋이 있다는 것이었다. 어디를 어떻게 걸었는지도 모르게 이미 관청에까지 와 있었다.

아카키 아카키예비치는 경비실에서 외투를 벗고 위에서 아래까지 검사해본 뒤 잘 간수해달라고 경비에게 신신당부했다. 어떻게 알았는지 아카키 아카키예비치의 그 '싸개'가 어디론가 사라지고 새 외투가 생겼다는 소문이 관청에 쫙 퍼졌다. 모두들 아카키 아카키예비치의 새 외투를 구경하려고 경비실로 몰려왔다.

사람들이 앞을 다투어 축하와 칭찬의 말을 퍼부었다. 처음에는 아카키 아카키예비치도 흐뭇하게 웃음을 지었을 뿐이었으나 나중에는 낯이 뜨거울 지경이었다. 모두들 그를 둘러싸고 새 외투 장만을 축하하는 의미에서 한잔 사야 한다느니 사무실 동료들을 위해 파티를 열어야 한다느니 하며 떠들어댔다.

아카키 아카키예비치는 정신이 얼떨떨해 뭐라고 대답을 해야 할지, 무슨 구실로 적당히 거절해야 할지 도무지 알 수가 없었다. 거의 5, 6분 동안이나 이렇게 시달린 뒤에야 아카키 아카키예비치는 간신히 이건 그리 좋은 물건이 아니다, 중고품이나 다름없는 그런 물건이라고 어린애 같은 거짓말로 난처한 상황을 모면하려고 했다.

결국 한 사람이 나섰다. 그는 부 과장의 지위에 있는 사람이었다. 그는 자기가 결코 거만한 사람이 아니며 부하들과도 스스럼없이 어울리는 사람이라는 것을 과시하고 싶었는지 그럴싸한 제의를 했다.

"아카키 아카키예비치 대신 내가 오늘 밤 파티를 열 테니 오늘 저녁은 다들 우리 집으로 와서 차라도 한잔하는 게 어떨까? 마침 오늘이 내 세례명 축일이거든."

당연히 사람들은 그 자리에서 부 과장에게 축하 인사를 하고 기꺼이 그의 초대를 받아들였다. 아카키 아카키예비치는 적당한 구실을 붙여 빠지려고 했으나 그건 애초에 불가능한 얘기였다. 다들 나서서 그건 실례라느니,

창피한 줄을 알라느니, 체면이 뭐가 되겠냐느니 하며 떠들어댔기 때문이다.

그러나 한편 아카키 아카키예비치 역시 밤에 새 외투를 입고 외출할 기회가 생겼다는 생각이 들어 오히려 기분이 좋아졌다. 이날 하루는 아카키 아카키예비치에게는 마치 명절이나 다름없는 무척 즐거운 날이었다.

그는 매우 행복한 기분으로 집에 돌아와서 외투를 벗어 조심스럽게 벽에 걸어 놓았다. 그리고 다시 한번 외투의 안팎을 손으로 쓰다듬어 보았다. 그런 다음 일부러 전에 입던 그 낡은 '싸개'를 꺼내 새 옷과 비교해 보았다. 저절로 웃음이 터져 나왔다.

하늘과 땅 차이라는 건 바로 이런 걸 말하는 거야! 식사를 하면서도 그는 그 싸개의 꼬락서니를 생각하면서 연신 입가에 웃음을 짓고 있었다. 그는 유쾌하게 식사를 마치고 평소의 습관인 서류 정서 따위는 까맣게 잊어버리고 어두워질 때까지 그대로 침대에 누워 뒹굴며 시간을 보냈다. 날이 어두워지자 그는 얼른 옷을 갈아입고 외투를 걸친 다음 거리로 나갔다.

아쉽게도 이날 저녁 사람들을 초대한 그 관리가 어디에 살고 있었는지는 확실하지가 않다. 기억이 희미해져서 페테르부르크의 모든 거리와 집들이 머릿속에 한데 뒤엉켜 뒤죽박죽이 되어버린 것이다. 그런 가운데 뭔가 한 가지라도 분명하게 끄집어낸다는 것은 너무 어려운 일이다.

아무튼 그 관리가 시내에서도 손꼽히는 고급 주택가에 살고 있었던 것만은 분명하다. 따라서 아카키 아카키예비치가 살고 있는 집에서는 무척 먼 거리에 있었다. 처음에는 어두컴컴하고 인적이 드문 길을 걸어야 했으나 그 관리의 집이 점점 가까워짐에 따라 거리는 활기가 넘치고 번화해졌으며 불빛도 한층 더 밝아졌다.

길거리를 지나다니는 사람들도 많고 그 가운데에는 화려하게 차린 귀부인들과 담비 깃을 단 신사들의 모습도 눈에 띄었다. 도금한 못을 박고 창살을 붙인 초라한 영업용 마차들의 모습은 줄어들고 대신 빨간 비로드 모자를 쓴 멋진 옷차림의 마부들이 곰 털가죽 무릎 덮개를 두르고 고급 마차를 모는 모습이 자주 눈에 띄었다. 화려하게 장식한 자가용 마차들이 눈 위를 요란스럽게 달려갔다.

아카키 아카키예비치는 이런 모습들을 신기한 듯 바라보았다. 그는 벌써 몇 년 동안이나 이런 밤거리에 나와 본 적이 없었던 것이다. 등불이 휘황찬란한 상점 진열대 앞에 멈춰 서서 눈이 동그래져서 안에 붙여진 포스터를 들여다보았다.

거기에는 날씬한 다리를 허벅지까지 드러낸 모습으로 구두를 벗고 있는 아리따운 미녀의 모습이 그려져 있었고 아가씨의 등 뒤로 스페인식 콧수염을 멋들어지게 기른 사나이가 문으로 목을 빠끔히 들이밀고 쳐다보는 모습이 보였다.

아카키 아카키예비치는 고개를 끄덕이며 히죽 웃고는 다시 걸음을 옮겼다. 그는 어째서 그렇게 히죽 웃었을까? 이런 것들은 그가 그동안 전혀 본 적도 없는 것들이었다. 하지만 그 역시 인간이기에 그런 모습을 보고 자기 내면에서 어떤 감정이 꿈틀대는 것을 느꼈는지도 모른다.

아니면 그 역시 다른 관리들처럼 '프랑스 자식들은 정말 어쩔 수 없는 놈들이라니까! 도대체 마음만 내키면 못 하는 짓거리가 없단 말씀이야!' 이렇게 생각했는지도 모르겠다. 아니, 어쩌면 그런 저런 생각도 하지 않았는지도 모른다. 사람의 마음속에 파고 들어가 그가 생각하는 것을 하나하나 남김없이 들춰본다는 건 불가능한 일이니 말이다.

마침내 그는 부 과장이 살고 있는 아파트에 도착했다. 부 과장은 호화스럽게 살고 있었다. 계단에는 등불이 환하게 밝혀져 있고 침실은 2층에 있었다. 현관 마룻바닥에는 여러 켤레의 고무 덧신이 죽 줄지어 있었다. 그 너머 응접실에서는 사모바르 차가 하얀 김을 내뿜으며 끓고 있었다. 벽에는 외투와 레인코트가 가지런히 걸려 있고, 그중에는 수달피와 비로드 가죽을 댄 것도 있었다.

벽 건너편 방에서는 떠들썩한 소리가 들려왔다. 그때 마침 문이 열리며 하인이 빈 컵이며 크림 접시, 비스킷들이 담긴 쟁반을 들고 밖으로 나오는 바람에 소리가 더욱 크게 들렸다. 동료 관리들이 모인 지가 꽤 된 모양이다. 그래서 벌써 차 한 잔씩은 마신 것 같았다. 아카키 아카키예비치는 자기 손으로 외투를 걸어놓고 방으로 들어갔다.

그 순간 아카키 아카키예비치의 눈에는 여러 개의 촛불과 관리들, 담배 파이프, 트럼프 놀이 탁자들이 한꺼번에 확 들어왔다. 그리고 사방에서 왁자지껄 떠들며 얘기하는 소리와 의자를 잡아당기는 소리가 한꺼번에 귀를 때렸다. 그는 어찌할 바를 모르고 어색한 모습으로 방 한가운데 서 있었다. 그러자 동료들은 곧 그를 발견하고 환성을 올리며 환영했다.

그들은 현관으로 몰려 나가 그 외투를 다시 한번 구경했다. 아카키 아카키예비치는 약간 낯이 간지럽기는 했지만 워낙 순진한 성격이었기 때문에 사람들이 다들 자기 외투를 칭찬하는 얘기를 듣고 기뻐하지 않을 수 없었다. 그러나 얼마 후에는 모두들 아카키 아카키예비치나 그의 외투 따위는 내버려 두고 다시 트럼프 놀이 탁자에 둘러앉았다.

방 안의 떠드는 얘기 소리, 북적거리는 사람들……. 이 모든 것이 아카키 아카키예비치에게는 무척 낯설게 느껴졌다. 무엇을 해야 좋을지, 손발이나 몸 전체를 도대체 어디에 두어야 좋을지 알 수가 없었다. 생각 끝에 그는 놀고 있는 사람들 옆에 가 앉아서 트럼프 패를 들여다보기도 하고 이 사람 저 사람 얼굴을 바라보기도 했다. 하지만 얼마 지나지 않아 하품이 나오기 시작했다. 여느 때 같으면 침대에 들어갈 시간이 훨씬 지났으니 당연한 일이었다.

그는 주인한테 인사를 하고 돌아가려고 했으나 다른 사람들이 그를 붙잡고 새 외투가 생긴 것을 축하하는 의미에서 꼭 샴페인을 마셔야 한다고 우기며 놓아주지 않았다. 한 시간 정도 지나서야 밤참이 나왔다. 채소 샐러드와 쇠고기 요리, 고기만두와 파이, 거기에 샴페인이 곁들여 나왔다.

아카키 아카키예비치도 사람들의 권유를 뿌리치지 못하고 커다란 유리컵으로 두 잔이나 마셨다. 술을 마시고 나니 방 안이 더욱 밝아진 기분이었다. 하지만 벌써 열두 시가 넘었으니 집에 돌아갈 시간이 지났다는 생각을 털어버릴 수가 없었다. 그는 주인이 말릴까 봐 아무도 몰래 살그머니 방을 빠져나왔다.

현관에서 외투를 찾아보니 마룻바닥에 떨어져 있었다. 그는 약간 기분이 언짢았다. 그는 외투를 흔들어 먼지를 잘 털어내고는 어깨에 걸쳐 입고 계단을 내려와 거리로 나갔다.

거리는 여전히 밝았다. 하인들이나 그 밖의 하층민들이 모여드는 구멍가게들은 아직 문을 열어놓고 있었다. 덧문을 닫아건 상점들의 문틈으로 불빛이 아직 길게 새어 나오고 있는 것으로 봐서 그 안의 단골손님들은 아직 돌아갈 생각을 하지 않고 있는 모양이다.

그 안에는 근처의 하녀들과 하인들이 모여들어 자기를 찾고 있을 주인 생각 따위는 까맣게 잊고 온갖 잡담을 나누느라 정신이 팔려 있으리라……

아카키 아카키예비치는 전에 없이 들뜬 기분으로 거리를 걸었다. 까닭 없이 어떤 귀부인의 뒤를 쫓아가 보려는 생각까지 했다. 그 귀부인은 번개처럼 그의 옆을 스쳐 지나갔다. 마치 온몸에 율동이 넘치는 듯한 움직임이었다.

그는 곧 발걸음을 멈추고 자기가 왜 그녀를 쫓아 달려가려고 했는지 스스로 의아하게 생각하고는 다시 천천히 걸음을 옮기기 시작했다. 얼마 걷지 않아 다시 인적이 드문 텅 빈 거리에 이르렀다. 이곳은 낮에도 별로 기분이 좋지 않은 곳인데 밤이면 한층 더 심했다.

게다가 지금은 더욱 적막하고 음산하며 불이 켜 있는 가로등도 점점 줄어들고 있다. 아마 가로등의 기름이 점점 떨어지고 있기 때문이겠지. 목조 건물과 울타리가 앞으로 쭉 이어져 있는데 어디를 보아도 사람의 그림자는 눈에 띄지 않는다.

길 위에 깔린 눈만이 하얗게 반짝일 뿐, 지붕이 납작한 거리의 집들은 모두 문을 걸어 잠그고 거무튀튀하게 서글픈 빛을 띠고 잠들어 있었다. 이윽고 그는 광장에 도착했다. 거리는 여기서 끝나고 저편의 집들은 보일 듯 말 듯 아득하게 멀다. 광장은 마치 무서운 사막처럼 보였다.

경찰 초소의 등불이 멀리서 깜박이고 있었다. 그러나 그곳은 아득히 멀리, 마치 지평선 저 끝에 서 있는 것 같다. 여기까지 오니 아카키 아카키예비치의 흥겨웠던 기분도 갑자기 가라앉았다. 무언가 불길한 예감에 그는 두려움을 느끼며 광장으로 걸어갔다. 그는 뒤를 돌아보고, 다시 좌우를 둘러보았다. 마치 바다 한가운데에서 떠도는 느낌이다.

'아니, 차라리 아무것도 보지 않는 게 낫겠어.'

그는 이렇게 생각하고 눈을 감은 채 걸었다. 이제 거의 광장을 다 지났겠지 하고 눈을 뜬 순간, 바로 코앞에 수염을 기른 사내들이 버티고 서 있었다. 도대체 어떤 녀석들인지 분간할 틈조차 없었다. 눈앞이 캄캄해지고 가슴이 방망이질 치듯 두근거렸다.

"야, 이건 내 외투잖아!"

그 가운데 한 놈이 그의 멱살을 움켜쥐며 마치 장독 깨지는 것 같은 소리를 질렀다. 아카키 아카키예비치가 "사람 살려!"라고 소리치려 하는데 다른 한 놈이 마치 머리통만 한 주먹을 그의 입에 들이대며,

"소리치면 알지?"

하며 을러댔다. 아카키 아카키예비치는 외투가 벗겨지고 무릎을 차인 것까지는 알았으나 그 뒤에는 눈 위에 나동그라진 채 아무것도 느끼지 못했다.

몇 분이 지나서야 그는 정신을 차리고 일어섰다. 그러나 이미 사람의 그림자는 보이지 않았다. 광장이 몹시 춥고 자기의 외투가 사라졌다는 사실을 비로소 알아차리고는 뒤늦게 고함을 지르기 시작했다. 그러나 그 소리는 광장 저 끝까지 미치지 않는 것 같았다. 그는 죽을힘을 다해 미친 듯이 부르짖으며 광장을 가로질러 경찰 초소로 달려갔다.

초소 앞에는 경관 한 명이 장총에 몸을 기대고 서서, 도대체 어떤 놈이 저렇게 소리를 지르며 달려오나 하고 호기심 어린 눈으로 바라보고 있었다. 아카키 아카키예비치는 경관 앞으로 달려가서 숨을 헐떡이며 경찰이 감시는 하지 않고 졸고 있으니까 지금 강도들이 날뛰고 있지 않냐고 고함을 질렀다.

그러나 경찰은 광장 한가운데에서 사내 둘이 그를 불러 세우는 것은 보았지만 그의 친구들일 거라고 생각해서 그다지 눈여겨보지 않았다고 대꾸했다. 그러고는 자기한테 공연히 욕만 퍼붓지 말고 내일 파출소장을 찾아가 사정 얘기를 하면 외투를 찾아줄 것이라고 했다.

아카키 아카키예비치는 실성한 사람처럼 집으로 돌아왔다. 관자놀이와 뒤통수에 조금 남아 있던 머리카락이 이리저리 헝클어져 있었다. 옆구리와 가슴팍, 바지에는 온통 눈투성이였다. 하숙집 노파는 요란하게 문을 두드리는 소리에 화들짝 자리에서 일어나 슬리퍼를 한 짝만 걸치고 문을 열어주러 나왔다. 한 손으로 잠옷 앞섶을 가리고 있었다.

노파는 문을 열고 아카키 아카키예비치의 꼬락서니를 보더니 기겁을 하고 뒤로 한걸음 물러섰다. 그에게 자초지종을 듣고는 몹시 놀라면서 그렇다면 직접 경찰서의 서장을 찾아가야 한다고 했다. 파출소장 따위는 말로만 약속을 할 뿐이지 뒤에서는 딴짓하기 일쑤니 바로 경찰서장을 찾아가는

것이 최고라는 것이다.

다행히 자기는 서장을 잘 안다고 할 수 있는데 그 이유는 전에 자기 집 하녀로 있던 핀란드 여자 안나가 현재 서장 댁의 유모로 있다는 것이었다. 그뿐만 아니라 자기도 서장이 집 앞을 지나가는 걸 여러 번 본 일이 있으며, 그는 일요일마다 어김없이 교회에 나오는데 거기서도 누구에게나 상냥한 표정을 짓는 것을 보면 틀림없이 마음씨 좋은 사람임에 틀림이 없다는 얘기였다.

아카키 아카키예비치는 쓰라린 마음으로 자기 방으로 돌아왔다. 그가 그날 밤을 어떻게 지새웠는지에 대해서는 다소나마 다른 사람의 심정을 헤아릴 수 있는 사람이라면 충분히 상상이 갈 것이다.

이튿날 아침 일찍 그는 서장을 찾아갔다. 서장이 아직 자리에서 일어나지 않았다고 해서 열 시쯤 다시 가보았다. 그러나 이번에도 "주무십니다."라는 대답을 들었다. 그래서 열 한 시에 다시 갔더니 이번에는 "출타하셨습니다." 하는 것이었다. 하는 수 없이 점심시간에 다시 찾아가 보니, 이번에는 서장 비서가 그를 가로막고 들여보내려 하지 않았다.

무슨 일로 왔느냐, 도대체 무슨 사건이냐는 둥 귀찮게 캐묻는 것이다. 아카키 아카키예비치도 이제는 더 이상 참을 수 없었다.

나는 서장을 직접 만나야 할 필요가 있어서 찾아온 것이다, 그러니 너희들이 나서서 나를 못 들어가게 할 수는 없다, 나는 관청에서 공무 때문에 찾아온 사람이다, 그러니 너희들이 나를 막는다면 상부에 보고를 할 수밖에 없다, 알아서 하라고 한바탕 을러댔다.

태어나서 처음으로 자신이 뭔가 만만치 않은 인간이라는 것을 보여준 셈이었다. 그가 이렇게 나오자 비서들도 아무 소리 못 하고 그중 한 명이 서장에게 보고하러 들어갔다. 서장은 외투를 강탈당했다는 얘기를 아주 이상한 의미로 받아들였다.

그는 사건의 요점 따위에는 전혀 관심도 기울이지 않고 오히려 아카키 아카키예비치에게 무엇 때문에 그렇게 늦게야 집으로 돌아갔느냐, 어디 점잖지 못한 곳에 가서 자빠져 있었던 게 아니냐는 둥 엉뚱한 질문만 해댔던 것이다.

아카키 아카키예비치는 그만 헷갈려서 서장을 찾아온 것이 외투를 되찾는 데 도대체 무슨 효과가 있었는지 또는 효과가 전혀 없었는지조차 알지 못한 채 그냥 물러 나오고 말았다.

그날 하루 종일 그는 관청에 나가지 않았다. —이런 일은 그의 일생을 통해서 처음이었다.

이튿날 그는 전보다 훨씬 더 을씨년스러워 보이는 그 헌 '싸개'를 걸치고 핼쑥한 얼굴로 출근했다. 물론 이런 때조차 아카키 아카키예비치를 조롱하려 드는 친구들도 있기는 했지만, 사람들은 대부분 외투를 강탈당했다는 얘기를 듣고 충격을 받았다.

동료들은 그 자리에서 그를 돕기 위한 성금을 모으기로 했다. 그러나 정작 모인 금액은 얼마 되지 않았다. 그러잖아도 관리들은 여기저기 뜯기는 돈이 많았기 때문이다. 국장의 초상화를 사 주기도 하고 과장의 친구라는 사람이 쓴 책을 신청하라는 권유를 받기도 하는 것이다.

동료 가운데 한 사람은 아카키 아카키예비치를 동정하고 그를 돕고 싶어서 친절하게 조언을 해주었다. 조금이나마 힘이 되어주고 싶었던 것이다. 그는 아카키 아카키예비치에게 서장 따위를 찾아가 봤자 아무 소용이 없다고 했다. 가령 서장이 상부에 잘 보이려고 기를 쓰고 외투를 다시 찾아낸다 하더라도 아카키 아카키예비치에게는 별로 도움이 되지 않는다는 것이었다. 그 외투가 자기 것이라는 법적인 증거를 내놓지 못하면 결국 외투는 경찰서에 보관하게 된다는 얘기였다.

즉 이 사건을 해결하기 위해서는 고위 관리에게 부탁하는 게 가장 좋은 방법이라고 했다. 그러면 그가 경찰서의 사건 담당자에게 편지를 보내 사건을 원만하게 처리할 수 있다고 설명하였다.

특별히 더 좋은 방법도 없었으므로 아카키 아카키예비치는 동료가 알려준 그 고관을 찾아가기로 마음먹었다. 그 고관이 누구인지 어떤 지위에 있는 사람인지는 밝혀지지 않았다. 다만 참고로 말하자면 그가 그 지위에 오른 것은 아주 최근의 일이며, 그전까지는 별 볼 일 없는 사람이었다는 점이다. 게다가 지금의 지위라는 것도 다른 중요한 지위에 비하면 하잘것없는 것이라고 말할 수 있다.

그러나 다른 사람들이 보기에 별로 대단치 않은 지위라도 스스로는 아주 대단한 것으로 여기는 인간들이 세상에는 늘 있는 법이다. 게다가 그 고위 관리는 여러 가지 수단을 동원해서 자신의 지위를 더욱 높여 보려고 애를 쓰는 중이었다. 이를테면 자기가 출근할 때 부하 직원들이 모두 현관에까지 마중을 나오게 한 것도 그런 노력 가운데 하나였다.

또한 어떤 사람도 자기 방에 직접 들어오지 못하게 하고, 관련된 업무를 엄격하게 정해진 규칙과 순서에 따라 처리하도록 하는 것과 같은 내부 규칙을 만들기도 했다. 다시 말해서 14등관은 12등관에게, 12등관은 9등관이나 그 밖의 등관에게 보고하는 식으로 모든 안건이 엄격하게 순서를 밟아 자신에게 올라오도록 만들어 놓았던 것이다.

우리의 신성한 나라 러시아는 모든 일이 주로 흉내 내는 것으로 이뤄진다. 그래서 누구나 자기 상관이 하는 것을 그대로 흉내 냈다.

심지어 이런 얘기도 있다. 어떤 9등관이 작은 독립 관청의 책임자로 임명되자 즉시 사무실 한쪽을 막아 자기 방으로 정하고 '집무실'이란 팻말을 내건 다음 붉은 깃에 금테 장식을 단 수위를 문 앞에 세워두고 사람이 올 때마다 일일이 문을 여닫게 했다는 것이다. 그런데 그 집무실이란 것이 책상 하나를 겨우 들여놓을 정도였다는 것이다.

앞서 얘기한 이 고관의 태도나 습관 역시 거만하고 위엄이 가득했다. 그렇다고 아주 복잡했던 것은 아니었지만 일하는 체계는 한마디로 엄격했다. '엄격하게, 더욱 엄격하게, 모든 것을 엄격하게!' 하는 것이 그의 입버릇이었다. 그는 이렇게 뇌까리면서 잔뜩 거드름을 피운 얼굴로 노려보는 것이다.

그러나 그렇게까지 할 필요는 없었던 것이 이 관청에서 일하고 있는 수십 명의 관료들은 그러잖아도 항상 두려움에 사로잡혀 있었기 때문이다. 그 고위 관료가 멀리서 나타나기만 해도 그들은 벌떡 일어나 그가 사무실을 지나갈 때까지 꼼짝도 하지 않고 서 있을 정도였다.

그와 부하들과의 일상적인 대화도 마찬가지였다. 그가 사용하는 말은 단세 가지로 엄격하게 한정되어 있었다. 곧 '자네가 감히 그렇게 할 수 있나?'와 '자네는 지금 누구와 얘기하고 있는지 알고 있나?' 그리고 '지금 자네 앞에 있는 사람이 누구인지 알고 있나, 모르고 있나?' 하는 것이 그것이었다.

하지만 그도 역시 본심은 착한 인간이었다. 친구도 잘 사귀었고 남의 일도 잘 보살펴주는 편이었다. 오직 칙임관(勅任官)이라는 직책이 그를 그렇게 만들었던 것이다. 칙임관에 임명되자 그는 이성을 잃고 흥분했다. 그래서 자기가 어떤 태도를 취해야 할 것인지 헷갈렸던 것뿐이다.

그래도 자기와 대등한 지위의 사람을 상대할 때는 의젓한 태도를 취할수도 있었다. 또 여러 가지 점에서 제법 총명한 구석도 있었다. 그러나 자기보다 단 한 계급이라도 낮은 사람들 앞에서는 당장 굳은 표정으로 입을 다물어버렸다.

그러면서도 속으로는 사람들과 재미있는 시간을 보낼 수도 있을 텐데 하는 생각을 가지고 있었다. 때문에 그의 현재 상태는 더욱 가엾은 것이었다. 그래서인지 그도 가끔 재미있는 대화나 놀이에 끼어들고자 하는 강한 욕구를 눈빛에 드러내기도 했다.

그러나 그럴 때마다 스스로 너무 지나친 행동을 하는 것은 아닌지, 아랫사람에게 너무 허물없이 구는 것은 아닌지, 그래서 결국 자기의 위신이 깎이는 것은 아닌지 하는 두려움이 그를 가로막았다. 이런 생각 때문에 그는 결국 어디서나 침묵을 지켰다. 어쩌다가 가끔 입을 연다 해도 야릇한 외마디 소리를 지를 뿐이어서 주변 사람들 모두가 그를 따분하기 짝이 없는 인간으로 여겼다.

아카키 아카키예비치가 찾아간 고관은 이런 인물이었다. 게다가 하필 가장 좋지 않은 때 그를 찾아갔다. 하지만 이것 역시 아카키 아카키예비치에게 좋지 않았다는 의미일 뿐, 그 고관에게는 오히려 아카키 아카키예비치가 때맞춰 찾아와준 셈이었다.

그 고관은 마침 자기 서재에 앉아 몇 년 만에 찾아온 어릴 적 친구를 맞아 이야기꽃을 피우고 있던 참이었다. 하필이면 바로 이런 때에 바쉬마치킨이라는 작자가 자기를 찾아왔다는 보고를 받은 것이었다.

"도대체 그 작자는 뭐 하는 친구야?"

그는 퉁명스럽게 비서에게 물었다.

"어느 관청에 근무하는 공무원이라고 합니다."

비서는 이렇게 대답했다.

"그래? 지금은 바쁘니 조금 기다리라고 그래."

고관은 말했다. 하지만 고관의 이 말은 완전히 거짓말이라는 것을 분명히 해둘 필요가 있다.

그와 그의 어릴 적 친구는 이미 할 얘기는 거의 다 하고, 이제는 지루한 침묵 가운데서 이따금 서로의 무릎을 두드리면서 "글쎄 말일세, 이반 아브라모비치!"라거나, "그게 그렇게 됐단 말인가, 스테판 바를라모비치!" 하는 식으로 같은 말만 되풀이하고 있었기 때문이다.

그럼에도 불구하고 그 고관이 자기를 찾아온 관리를 일부러 기다리게 한 것은, 이미 오래전에 공직에서 물러나 시골에 틀어박힌 자기 친구에게 뭔가를 보여주고 싶었기 때문이었다. 곧 자기를 찾아온 관리들이 대기실에서 적지 않은 시간을 기다려야 자신을 만날 수 있다는 사실을 보여주고 싶었던 것이다.

마침내 두 사람은 이야기 거리도 다 떨어져 등받이가 달린 푹신한 소파에 푹 기대고 앉아 담배를 피우고 있었다. 방에는 기나긴 침묵이 흘렀다. 이때 고위 관리는 문득 생각이라도 난 것처럼 보고 서류를 들고 문 옆에 서 있는 비서에게 말했다.

"아 참, 무슨 관리인가 하는 친구가 밖에서 기다린다고 했지? 이제 들어와도 좋다고 해주게."

아카키 아카키예비치의 온순한 생김새와 낡아빠진 제복을 보고 고관은 고개를 돌리며 툭툭 끊어지는 냉정한 말투로 대뜸 물었다.

"용건이 뭐요?"

이것은 그 고위 관리가 칙임관이라는 직책을 받고 부임하기 일주일 전부터 자기 방에 틀어박혀 거울 앞에서 연습한 듯한 그런 말투였다. 아카키 아카키예비치는 방에 들어오기 전부터 겁을 집어먹고 있던 터라 이 말에 더욱 당황했다. 그래도 잘 돌아가지 않는 혀를 억지로 움직여 말을 끄집어냈다.

"실은, 저 그게 그러니까……."

이런 말을 연신 섞어가며 그는 자기가 새로 맞춰 입은 외투를 얼마 전에 야만적인 강도들에게 빼앗겼다는 것, 그래서 경찰국장이나 그 밖의 적당한 지위에 있는 사람들에게 몇 자라도 적어 주시면 외투를 찾는 데 무척 힘이 될 것이라는 얘기를 무척 어렵게 끄집어냈다.

그런데 정확한 이유는 모르지만 그 고관은 아카키 아카키예비치의 말하는 투가 무척 예의에 벗어난 것이라고 판단한 모양이었다.

"뭐라고?"

고관은 예의 그 딱딱한 말투로 말했다.

"자네는 일의 순서라는 걸 전혀 모르고 있나? 지금 어딜 찾아온 거야? 관청의 사무라는 게 어떤 순서를 밟아서 진행되는지 알고 있을 것 아닌가? 이런 문제라면 관련 창구를 찾아 탄원서를 제출하는 게 우선이지! 그러면 서류가 계장, 과장을 거쳐 비서한테 넘겨지고 그다음에 비로소 비서관이 내게 그 문제를 가져오게 되어 있단 말이야!"

"하지만, 각하!"

아카키 아카키예비치는 온몸에 진땀을 흘리며 마지막 남은 기력을 쥐어짜서 이렇게 말했다.

"제가 이렇게 감히 외람되게 각하께 직접 부탁을 드리는 것은……, 저 다름이 아니옵고, 실은 저 비서관들이 도무지, 믿을 수가 없는 사람들이어서……."

"뭐, 뭐라고?"

그 고관은 소리쳤다.

"도대체 어디서 그따위 생각을 머릿속에 집어넣은 거야? 어디서 그따위 사상을 배워왔느냐 말이야? 요즘 젊은 사람들 사이에 상관에 대해 지극히 불손한 태도가 만연되어 있어 정말 큰일이라니까!"

아마 그 고관은 아카키 아카키예비치가 이미 쉰 고개를 넘은 사람이라는 사실을 미처 깨닫지 못한 모양이다. 아카키 아카키예비치를 젊은 사람이라고 부른다면 그건 일흔 살 먹은 노인이나 할 수 있는 얘기일 것이다.

"자네는 지금 누구를 상대로 그런 소리를 하는 건지나 알고 있나? 지금 자네 앞에 있는 사람이 누구인지나 알고 있느냐 말이야, 응? 알아, 몰라?"

그는 이제 아주 발까지 구르며 설혹 아카키 아카키예비치 같은 사람이 아니더라도 겁을 집어먹지 않을 수 없을 만큼 목소리를 높여 고함을 쳤다. 아카키 아카키예비치는 거의 넋을 잃고 비틀비틀 두어 걸음 물러섰다.

그는 온몸이 후들거려 더 이상 서 있기조차 힘들었다. 수위가 재빨리 방에 달려 들어와 부축해주지 않았다면 그대로 방바닥에 쓰러지고 말았을 것이다. 그는 거의 인사불성이 되어 밖으로 끌려 나왔다.

고관은 자기의 태도가 기대했던 것 이상의 효과를 거둔 데 만족했다. 그는 자기의 말 한마디가 상대방을 기절까지 시킬 수도 있다는 사실에 도취되었던 것이다.

그는 자기 친구가 이 모습을 어떻게 보고 있는지 알고 싶어서 곁눈으로 힐끔힐끔 친구의 눈치를 살폈다. 친구 역시 얼이 빠진 듯하였고 공포감마저 느끼는 눈치였다. 고관은 친구의 이런 모습을 보고 마음이 무척 흡족했다.

어떻게 계단을 내려오고 큰길로 나왔는지 아카키 아카키예비치는 아무 것도 기억할 수 없었다. 팔이나 다리에도 전혀 감각이 없었다. 여태까지 자기 상급자한테, 그것도 다른 부처의 높은 사람한테 그렇게 호되게 꾸중을 들은 적이 한 번도 없었던 것이다.

그는 입을 딱 벌린 채 자꾸만 인도 밖으로 발걸음이 빗나가면서 거리에서 휘몰아치는 눈보라 속을 걸어갔다.

페테르부르크에서는 원래 그렇지만 이날도 바람은 사방팔방에서 골목골목으로 휘몰아쳤다. 그는 대번에 편도선염에 걸려 집으로 간신히 돌아왔을 때에는 말 한마디 할 수조차 없었다.

그는 곧장 잠자리로 기어들어 갔다. 상관의 별것 아닌 꾸지람 한마디가 이렇게 엄청난 위력을 발휘하기도 하는 것이다!

이튿날 그는 엄청난 고열에 시달렸다. 페테르부르크의 날씨는 그의 병세를 예상보다 훨씬 빠르게 악화시켰다. 의사가 진맥을 하러 와서는 맥을 한 번 짚어보았을 뿐, 이제 어떻게 해볼 도리가 없다고 고개를 저었다. 그저 병자가 아무 치료도 받지 못하고 죽었다는 말을 듣지 않도록 찜질이라도 해주라는 말뿐이었다.

의사는 그가 기껏 하루나 하루 반나절밖에 더 살지 못할 것이라며 하숙집 주인 노파에게 이렇게 말했다.

"할머니, 뭐 더 기다려보고 말고 할 것도 없어요. 지금 곧 소나무 관이라도 하나 주문하세요. 참나무 관은 너무 비쌀 테니까요."

자기 운명에 대한 이런 말들이 아카키 아카키예비치의 귀에도 들렸는지 어쨌는지는 알 수 없다. 설사 들었다 하더라도 그것이 그에게 얼마나 충격을 주었는지, 그가 자기의 비참한 일생을 슬퍼했을지 하는 것은 전혀 알 도리가 없다. 왜냐하면 그는 줄곧 혼수상태에 빠져 헛소리만 하고 있었기 때문이다.

그의 눈앞에는 끊임없이 괴이한 환상이 나타났다. 재봉사 페트로비치가 눈앞에 나타난 것을 보고는 침대 밑에 도둑놈이 숨어 있는 것 같으니 그놈을 잡기 위해 올가미가 달린 외투를 하나 만들어 달라고 부탁하는가 하면, 이불 속에서 도둑놈을 끌어내 달라고 하숙집 노파를 소리쳐 부르기도 했다. 그러다가 새 외투가 있는데 왜 낡아빠진 '싸개'가 저기 걸려 있느냐고 묻기도 했다.

그러다가 자기가 칙임관 앞에서 꾸지람을 듣고 있다고 생각했는지 "죄송합니다, 각하!" 하며 사과를 하기도 했다. 그러다가 입에 담기도 어려운 무서운 욕설을 마구 퍼부어댔다. 그렇게 무서운 욕설을 들어보지 못한 주인 노파는 성호를 긋기까지 했다. 그런 욕설이 '각하'라는 말 뒤에 잇달아 튀어나왔으니 노파로서는 겁을 먹는 것이 당연했다.

나중에는 전혀 의미 없는 말을 중얼거리기 시작했다. 그 말은 아무도 알아들을 수 없었지만 그것이 외투라는 물건을 중심으로 맴돌고 있었다는 것만은 짐작할 수 있었다. 이리하여 결국 가엾은 아카키 아카키예비치는 숨을 거두고 말았다.

그가 죽은 뒤에 그의 방이나 소지품을 봉인하지는 않았다. 우선 유산 상속인이 아무도 없었고 또한 유산이라고 할 만한 것이 아무것도 없었기 때문이다. 거위 깃으로 만든 펜이 한 묶음, 관청에서 쓰는 백지 한 권, 양말 세 켤레, 바지에서 떨어져 나온 단추 세 개, 그리고 독자들도 이미 잘 알고 있는 그 '싸개' 뿐이었다. 이런 물건들이 누구의 손에 들어갔는지는 알 수 없다. 또 솔직히 말해 필자 자신도 그런 데에는 흥미가 없다.

아카키 아카키예비치의 시체는 묘지로 실려 나가 매장됐다. 그리고 아카키 아카키예비치가 사라진 후에도 페테르부르크는 여전히 그 모습 그대로였다. 마치 그런 인간은 처음부터 존재하지도 않았던 것 같았다.

이리하여 그 누구의 도움도 받지 못하고 누구에게도 소중히 여겨지지 않았으며, 누구의 흥미도 끌지 못하고 —매우 흔한 파리도 핀으로 꽂아 현미

경으로 관찰하는 생물학자의 주의조차 끌지 못하고- 관청에서 온갖 비웃음을 순순히 참아내면서 이렇다 할 업적 하나 이루지 못한 채 그의 존재는 이 세상에서 영영 사라져버린 것이다.

그 역시 비록 생애가 끝나기 직전이기는 했지만 외투라는 기쁜 손님이 환한 모습으로 나타나 초라한 인생에 잠시나마 활기를 불어넣기도 했다. 그리고는 곧바로 이 세상의 힘센 존재들도 예외 없이 피하지 못할 불행이 그에게 닥쳐오고야 만 것이다.

그가 죽은 지 3, 4일 지나자 즉각 출근하라는 국장의 명령을 전하러 관청의 경비가 하숙집을 찾아왔다. 경비는 돌아가서 그가 두 번 다시 출근할 수 없게 되었다는 보고를 했다. "어째서?"라는 질문에 수위는 이렇게 대답했다.

"어째서고 뭐고 그 사람은 죽었습니다. 벌써 사흘 전에 장사를 치렀더군요."

이렇게 해서 관청에서도 아카키 아카키예비치가 죽었다는 사실을 알게 되었다.

이튿날 아카키 아카키예비치의 후임이 그 자리에 앉았다. 키도 훨씬 더 크고, 그다지 반듯하지 않게 비스듬히 기울어진 필체로 글씨를 쓰는 사나이였다.

그런데 아카키 아카키예비치에 관한 이야기는 여기서 끝나는 것이 아니었다. 아무에게서도 인정받지 못한 인생에 대한 보상이라도 받으려는 듯, 그는 죽은 뒤 며칠 동안 요란한 소동을 일으켰던 것이다.

그가 죽은 뒤에 이런 이상한 생존을 계속할 운명이었다는 것은 아무도 상상하지 못했다. 하지만 정말 그런 일이 현실에서 일어나 이 서글픈 이야기는 뜻밖에도 환상적인 결말을 맺게 된다.

페테르부르크에는 갑자기 이상한 소문이 쫙 퍼졌다. 즉 칼리긴 다리와 그 근처 여기저기서 관리 옷차림을 한 유령이 매일 밤 나타난다는 것이었다. 그 유령은 자기가 외투를 도둑맞았다며 관등이나 신분을 가리지 않고 지나가는 사람의 외투를 자기 것이라고 우기면서 빼앗아 간다고 했다.

고양이 가죽이나 담비 가죽, 깃이 달린 외투, 솜을 누빈 외투, 여우나 너구리, 곰 가죽으로 만든 외투 등 사람의 몸을 감싸는 물건이라면 가죽이든 털이든 종류를 가리지 않고 모조리 벗겨간다는 소문이었다.

어느 관리는 그 유령을 자기 눈으로 직접 보았다고 했다. 그는 첫눈에 그 유령이 아카키 아카키예비치라는 것을 알아봤지만 소름이 끼치고 겁이 나서 죽을힘을 다해 도망쳤는데 멀리서 유령이 손가락을 치켜세우고 자기를 위협하더라는 것이다.

여기저기서 외투 강도 사건이 빈발하여 9등관은 말할 것도 없고, 7등관들까지도 어깨와 잔등이 추위에 얼어붙을 지경이라는 호소가 잇달아 접수되었다. 이렇게 되니 경찰에서도 더 이상 문제를 두고 볼 수 없게 되었다. 그래서 살아 있는 것이든 또는 유령이든 무슨 일이 있어도 반드시 체포하여 극형에 처하도록 하라는 명령이 떨어졌다.

사실 이 명령은 거의 성공할 뻔했다. 어느 경찰이 키루쉬킨 골목에서 그 유령의 범행 현장을 덮친 것이다. 마침 그 유령은 한때 플루트를 연주하던 전직 악사의 외투를 빼앗는 중이었다.

경찰은 그 유령의 멱살을 틀어쥐고 자기 동료 두 사람을 소리쳐 불러 유령을 붙잡고 있으라고 했다. 그러고 나서 자기는 장화 속에서 자작나무 껍질로 만든 코담배 상자를 꺼내어 그동안 무려 여섯 번이나 동상에 걸렸던 코를 잠시나마 담배 연기로 따뜻하게 하려고 했던 것이다.

그런데 그 담배 냄새가 너무 지독해서 유령조차 견딜 수 없었던 모양이다. 경관이 오른쪽 콧구멍을 손가락으로 누르고 왼쪽 콧구멍으로 담배를 들이마시는 순간 유령이 너무 세게 재채기를 하는 바람에 유령을 잡고 있던 경관 세 사람의 눈에 담뱃가루가 들어가고 말았다. 그들이 눈을 비비는 사이에 유령은 자취도 없이 사라져버렸다. 경관들은 그래서 자기들이 정말 유령을 잡았었는지조차 의심스러워졌다.

그때부터 경관들은 유령을 두려워하게 되어 살아 있는 사람조차 붙잡기가 무서워 그저 멀리서 고함만 질러댈 뿐이었다.

"이봐, 뭘 꾸물거리는 거야? 빨리 갈 길이나 가라고!"

덕분에 그 관리 옷차림을 한 유령은 칼리긴 다리 너머에까지 쏘다니게 되었다. 이제 어지간히 대담한 사람이 아니고는 그 근처를 함부로 다니기를 꺼렸다.

우리는 앞서 얘기했던 그 고관에 대해서는 그동안 까맣게 잊고 있었던 것 같다. 솔직히 말하자면 그 고관이야말로 이 거짓 없는 실화가 환상적인 분위기를 띠게 만든 장본인이라고 할 수 있다. 공정을 기하기 위해 이 고관이 느낀 심정을 먼저 얘기해야 할 것 같다.

　이 고관은 가엾은 아카키 아카키예비치가 자기에게 혼이 나고 물러간 다음 연민 비슷한 심정을 느낀 것이 사실이었다. 그 역시 원래부터 동정심이 없는 인간은 아니었다. 그의 마음은 선량한 감정을 충분히 받아들일 수 있을 만큼 너그러웠다. 다만 자신의 직위 때문에 그런 것을 겉으로 나타내지 못할 따름이었다.

　그때 찾아왔던 친구가 사무실을 나가자마자 그는 곧 불쌍한 아카키 아카키예비치에 대해 생각이 미쳤다. 그리고 그 후 거의 날마다, 그리 대단치 않은 꾸중조차 견뎌내지 못하던 아카키 아카키예비치의 창백한 얼굴이 눈앞에 어른거렸다. 그 불쌍한 관리를 생각하기만 해도 마음이 괴롭고 불안했다.

　그래서 일주일 후 그는 부하 직원을 보내서 그가 어떤 사람이며 그 후 어떻게 지내고 있는지, 그리고 실제적으로 도울 방법이 어떤 것인지 등을 알아보게 했다. 그러나 아카키 아카키예비치가 갑자기 열병으로 죽고 말았다는 보고를 받고 그는 무척 충격을 받았다. 그는 그날 하루 종일 양심의 가책에 시달려야 했다.

　어느 날 밤, 그는 울적한 마음을 조금이라도 풀고, 여러 가지 불쾌한 생각들을 잊어버리려고 친구가 연 파티에 참석했다. 거기에는 점잖은 사람들이 모여 있었다. 특히 다행인 것은 모인 사람들 대부분이 자기와 같은 관등에 있는 사람들이어서 마음에 거리낄 것이 없었다는 점이다. 이것이 그의 정신 상태에 놀랄 만한 효과를 나타냈다.

　그는 완전히 마음이 풀려 친구들과도 유쾌한 기분으로 대화를 할 수 있었다. 그는 그날 밤을 무척 즐겁게 보낸 것이다. 밤참이 나왔을 때는 샴페인도 두 잔이나 마셨다. 알다시피 술은 마음을 흥겹게 하는 데 상당한 효과가 있다.

　샴페인을 마시고 나니 그는 좀 더 과감한 행동을 하고 싶은 생각이 들었다. 다름이 아니라, 곧장 집으로 돌아가지 않고 전부터 가까이 지내던 카롤리나 이바노브나라는 여자에게 들르기로 한 것이다. 독일 출신으로 보이는 이 여성에 대해 그는 매우 친근한 감정을 갖고 있었다.

여기서 말해둘 것은, 이 고관이 이미 젊다고는 할 수 없는 나이였다는 점이다. 가정에서도 충실한 남편인 동시에 훌륭한 아버지의 역할을 잘 해내고 있었다. 두 아들 가운데 하나는 벌써 관청에 근무하고 있었고 좀 들창코이긴 하지만 그래도 꽤 귀여워 보이는 예쁘장한 딸 역시 올해 열여섯 살이었다.

이 자녀들은 날마다 그에게 아빠, 안녕! 하며 프랑스 말로 인사를 했다. 그리고 아직도 생기가 넘치는, 그다지 밉상이 아닌 그의 아내는 남편더러 자기 손에 키스를 하도록 시킨 다음, 그 손을 그대로 뒤집어 자기도 남편의 손에 키스를 했다.

이 고관은 이렇게 행복한 가정을 갖고 있었고, 또 자신도 그 생활에 지극히 만족하고 있으면서도 다른 한편으로는 시내의 다른 지역에 여자 친구를 두고 사귀는 것을 무척 당연하게 생각하고 있었다. 이것이야말로 그저 교제에 불과하다는 것이었다.

여자 친구라고 해도 그의 아내보다 별로 젊거나 아름답지도 않았다. 하지만 이런 일이야 세상에 워낙 매우 흔한 것 아닌가. 그러니 우리가 굳이 이러니저러니 따지고 들 일은 아닌 셈이다.

그는 친구네 집 계단을 내려와 마차에 올라타고는 마부에게 말했다.

"카롤리나 이바노브나 집으로 가게!"

그는 마차 안에서 따뜻한 외투로 몸을 감싸고, 러시아 사람 특유의 즐거운 기분에 빠져들었다. 곧 일부러 무얼 생각하지 않아도 머릿속에 끊임없이 달콤한 상념이 떠올라 기분 좋고 편안한 그런 상태 말이다. 그는 더없이 기분이 흡족했고, 방금 떠나온 파티에서의 즐겁고 재미있었던 일들이 머릿속에 계속 떠올랐다.

그는 자기가 익살을 부려 친구들이 배를 잡고 웃게 만들었던 일을 생각해내고는 그 익살을 혼자 입속으로 되풀이해 보았다. 다시 생각해도 역시 그 익살은 재치 있고 사람을 웃길 수밖에 없었어. 그는 자기 자신도 친구들과 함께 큰 소리로 웃어댄 것은 아주 당연한 일이라고 생각했다.

그러나 이따금 들어오는 찬바람이 그의 달콤한 기분을 방해했다. 바람은 어디서 불어오는지도 알 수 없게 불어닥쳐 차디찬 눈가루를 얼굴에 흩뿌렸다. 그리고 외투 깃을 마치 돛처럼 펄럭이게 만들고 그의 얼굴을 사정없이 후려치는 것이었다.

문득 고관은 누군가 뒤에서 자기의 외투 깃을 무서운 힘으로 움켜잡는 것을 느끼고는 뒤를 돌아보았다. 거기에는 다 떨어진 낡은 제복을 입은 작달막한 사나이가 있었다. 고관은 그가 바로 아카키 아카키예비치라는 것을 알아차리고 가슴이 덜컥 내려앉았다. 그의 얼굴은 눈처럼 창백해서 당장 겉으로 보기에도 죽은 사람, 곧 유령이라는 것을 알 수 있었다.

유령은 입을 일그러뜨리고 송장 냄새를 내뿜으며 말했다.

"음, 이제야 네놈을 만났구나! 드디어 네놈을 잡았어! 난 외투가 필요하다! 나를 도와주기는커녕 나에게 호통을 쳤었지! 자, 이젠 네놈이 외투를 내놓을 차례야!"

고관은 완전히 공포에 사로잡혀 거의 숨이 멎을 것 같았다. 그는 평소 부하들 앞에서는 언제나 늠름하고 위엄이 있는 모습을 보이려고 애를 썼다. 또 그의 그런 모습을 본 사람들은 누구나 "참 위풍당당한 사람이로군!" 하고 감탄하곤 했다. 하지만 지금 이 상황에서는 -호걸다운 풍모를 지닌 사람들이 대부분 그런 경향이 있지만- 극도의 공포에 사로잡혀 당장 발작이라도 일으키지 않을까 싶을 정도였다.

그는 허겁지겁 자기 손으로 외투를 벗어 던지고 겁에 질린 목소리로 마부에게 외쳤다.

"지금 당장 집으로 가자! 빨리!"

마부는 이 소리를 듣고 채찍을 사정없이 휘둘러 쏜살같이 말을 몰았다. 그리고 만일의 경우에 대비해 두 어깨 사이에 목을 잔뜩 웅크린 자세를 취했다. 왜냐하면 주인의 이런 목소리는 뭔가 어떤 긴급한 순간에 나왔으며 대개의 경우 목소리보다 훨씬 격렬한 어떤 행동이 뒤따르는 경우가 태반이었기 때문이다.

기껏 6분 정도 지났을까, 고관은 벌써 자기 집 현관 앞에 도착했다. 외투를 잃고 겁에 질려 얼굴이 창백해진 그는 카롤리나 이바노브나를 찾아가는 대신 자기 집으로 곧장 달려왔던 것이다. 그는 이루 말할 수 없는 불안에 떨며 그날 밤을 꼬박 새웠다.

그래서 이튿날 아침 차를 마실 때 딸로부터 이런 말을 들었다.

"아빠, 오늘은 안색이 좋지 않아요."

그러나 그는 아무 대답도 하지 않았다.

그는 어제저녁에 어디를 갔었는지, 어디를 가려고 했는지, 그리고 자기한테 무슨 일이 일어났는지에 대해서 단 한마디도 입 밖에 꺼내지 않았다. 이 사건은 그에게 엄청난 충격을 주었다.

그는 이제 부하 관리들에게 "자네가 감히 그렇게 할 수 있단 말인가? 지금 자네 앞에 있는 사람이 누군지나 아나?" 하는 말을 전보다 훨씬 덜 사용하게 되었다. 설사 그런 말을 하는 경우라 해도 우선 상대방의 사정부터 들어보고 나서 하게 되었다.

그러나 더욱 중요한 사실은, 그날 밤 이후로 그 관리 옷차림을 한 유령이 두 번 다시 나타나지 않게 되었다는 점이다. 아마 그 고관의 외투가 유령에게 딱 맞았던 모양이다. 하여튼 이제 어디서 누군가가 외투를 빼앗겼다는 소문은 더 이상 들려오지 않았다.

그러나 소심하고 성격이 지나치게 꼼꼼한 친구들은 아무래도 안심이 되지 않았는지, 아직도 변두리에서는 그 유령이 등장한다고 수군대고 있었다.

사실 콜로멘스코에의 어떤 경관은 어느 집 모퉁이에서 그 유령이 나타난 것을 직접 눈으로 본 일도 있다고 했다. 하지만 이 경관은 원래가 형편없는 약골이었다.

언젠가 한 번은 돼지 새끼 한 마리가 민가에서 달려 나오며 그의 다리를 들이받는 바람에 그 자리에 벌렁 나자빠져 근처에 있던 영업 마차 마부들이 배를 움켜쥐고 웃어댄 일도 있었다. 그때 그는 마부들이 자기를 모욕했다며 한 사람에 1코페이카씩 강제로 거둬들이기까지 했다.

이렇게 약골이라 유령을 보고도 차마 불러 세울 용기가 없어 그대로 어둠 속을 뒤따라갔다. 그러나 유령은 얼마쯤 걷다가 우뚝 멈춰 서더니 뒤를 돌아보고는,

"넌 도대체 뭐야?"

하고 물었다. 그러면서 사람의 것이라고는 도저히 믿기 어려울 만큼 커다란 주먹을 경관에게 불쑥 내밀었다. 그 바람에 경관은,

"아니, 아무것도 아닙니다!"
하고 대답하고는 얼른 되돌아왔다. 그러나 그 유령은 키도 훨씬 더 크고 콧수염까지 큼직하게 기르고 있었다. 그 유령은 오브호프 다리 쪽으로 걸어가는 것 같더니 이윽고 밤의 어둠 속으로 완전히 사라져버렸다.

밀회

- 이반 세르게예비치 투르게네프 -

이반 세르게예비치 투르게네프(Ivan Sergeyevich Turgenev 1818~ 1883) 러시아 소설가.

1834년 페테르부르크대학 철학부 언어학과에 입학, 1838년 독일에 유학하여 베를린대학에서 헤겔철학 · 언어학 · 역사학을 공부하였다. 이듬해 귀국하여 철학박사 시험에 합격한다. 1843년 장시 《파라샤》로 등단한다. 1847년 농촌 스케치 《홀리와 카리니치》를 〈현대인〉지에 기고하며, 러시아 농노제도를 사실적으로 그려 문단으로부터 호평을 받는다. 그 후 《사냥꾼 수기》와 첫 장편 소설 《루딘》을 발표한다. 장편 《귀족 소굴》, 농노해방의 청춘남녀를 그린 장편 《그 전야》, 단편 《첫 사랑》, 장편 《아버지와 아들》, 농노해방 후의 반동귀족과 급진주의자를 풍자한 장편 《연기》 등을 발표한다. 1877년 나로드니키운동의 좌절을 그린 장편 《처녀지》가 진보 진영으로부터 비난을 받 자 그 계기로 장편소설의 집필을 단념한 후, 1883년 9월 3일 파리 근교에 있는 비아르도 부인의 별장에서 척추암으로 세상을 떠난다.

그 밖의 작품으로는 《충족》 《황야의 리어왕》 《봄의 물》 《푸닌과 바부린》 희곡 《시골에서의 한 달》과 문학론 《햄릿과 돈키호테》 등이 있다.

두 남녀의 이별을 바라보는 '나'는 남자를 인간미 없는 냉혈한으로, 아쿨리나를 사랑을 구걸하 는 불쌍한 여자로 보고 있다.

두 사람 다 잘못된 사랑을 하고 있다는 비판적 시각으로 자신의 연인을 노리갯감으로 여기는 남자는 물론 아쿨리나 역시 진정한 사랑이 아니라고 보는 것이다.

'나'가 아쿨리나를 안타깝게 보는 것은 이 때문으로 상대의 내면보다는 겉모습을 중시하는 현대의 젊은이들에게도 같은 문제를 제기한다.

작품 줄거리

'나'는 숲속에 들어갔다가 우연히 한 시골 처녀를 보게 되었다. 이 여인은 사랑하는 한 남자를 기다리고 있었는데 남자는 귀족집의 하인으로 주인에게 얻어 입은 옷과 보석으로 어설프게 치장을 하고 도시사람인양 아쿨리나에게 거만을 떤다.

사랑을 구하며 꽃다발을 만들어 바친 여인에게 자신은 주인과 함께 도시로 떠난다며 냉정하고도 아무렇지도 않게 얘기를 하고 안경을 다룰 줄 모른다는 이유로 시골 처녀인 그녀를 무시하고 바보취급을 한다.

아쿨리나는 그런 남자에게 눈물을 흘리며 매달리는 어리석은 여자로서 떠나는 남자에게 따뜻한 한 마디 말을 남겨달라고 애원하지만 남자는 박절하게 뿌리치고 떠난다.

이를 지켜본 '나'는 화가 나지만 그녀마저 숲을 떠나며 그녀가 남자에게 바쳤던 꽃다발만 주워 온다.

핵심 정리

갈래 : 단편 소설
시점 : 1인칭 전지적 작가 시점
배경 : 10월 중순의 어느 자작나무 숲속
주제 : 사랑을 구걸하는 여자와 인간미 없는 남자의 냉철함

 밀회

시월 중순 어느 날, 나는 자작나무 숲속에 앉아 있었다. 아침부터 보슬비가 내리는가 싶더니 때때로 따뜻한 햇살이 비치기도 하는 매우 고르지 못한 날씨였다. 엷은 흰 구름이 온통 하늘을 뒤덮다가 군데군데 구름이 흩어지며 맑게 개어 반가운 파란 하늘이 구름 사이로 간간히 비치기도 했다.

나는 나무 그늘에 앉아 주위를 바라보며 귀를 기울이고 있었다. 머리 위에서 산들거리는 나뭇잎 소리만 들어도 계절을 짐작할 수 있었다. 그것은 즐거운 듯 속삭이는 봄의 웃음소리도 아니고 부드러운 여름의 속삭임도 아니며 불안한 늦가을의 싸늘한 외침도 아니었다. 마치 들릴락 말락 꿈속에서 중얼거리는 소리와 같았다. 산들바람이 살며시 나뭇가지를 스치고 지나갔다.

비에 젖은 숲은 구름 속의 태양이 드러나고 숨는 데에 따라 변화무쌍하였다. 숲속의 나무들은 번갈아 미소 짓듯이 찬란하게 비치고, 드문드문 서 있는 가느다란 자작나무가 흰 명주처럼 반짝이기도 했다. 키가 크고 구불구불한 아름다운 양치 풀 줄기는 뒤엉킨 채 무르익은 포도알처럼 가을 햇빛에 물들어 눈앞에 투명하게 드러나 보였다. 그러다가 푸른빛을 띠었던 숲의 선명한 빛깔이 순식간에 사라지고 하얀 자작나무가 빛을 잃은 채 싸늘하게 비치며 녹지 않은 겨울눈처럼 하얀 모습을 하고 있었다.

이윽고 속삭이듯 보슬비가 소리 없이 내렸다. 자작나무 잎은 눈에 띄게 빛을 잃었지만 아직은 푸른 편이었다. 여기저기 서 있는 어린 자작나무는 비에 씻긴 나뭇가지 사이로 반짝이며 온통 빨갛거나 노랗게 물들어, 나뭇잎 사이로 햇볕이 스며들면 마치 불타오르듯 아름다운 모습을 드러내고 있었다.

사방은 고요했다. 낯선 사람을 비웃는 듯 때때로 박새의 울음소리가 방울처럼 울려 퍼졌다. 나는 이 자작나무 숲으로 오기 전에 개를 데리고 사시나무숲을 지나왔다. 나는 사시나무를 별로 좋아하지 않는다. 연보라빛 줄기의 녹회색 금속성을 띤 나뭇잎이 높이 치솟아 흔들리는 부채처럼 너울너울 공중에 펼쳐져 있는 모습도 싫거니와, 그 기다란 줄기에 둥글고 지저분한 나뭇잎들이 멋없이 건들거리는 모습도 싫었다.

그나마 나은 점이 있다면, 낮은 관목들 사이에서 우뚝 솟아 나와 붉은 석양빛을 듬뿍 받아 뿌리에서 나무순까지 적황색으로 물들며 반짝반짝 빛나는 여름날의 저녁 무렵이라든가, 바람 부는 맑은 날에는 하나하나의 나뭇잎들이 요란스레 너울거리며 푸른 하늘과 이야기를 나누는 것 같은 모습이었다. 그것은 마치 나무에서 떨어져 멀리 날아가고 싶은 열망처럼 보였다.

어쨌든 나는 이 나무를 별로 좋아하지 않으므로 사시나무 숲에서는 걸음을 멈출 생각도 하지 않고 곧장 자작나무 숲으로 찾아왔다. 그중 야트막하게 가지를 벌리고 있어 비를 피할 수 있는 어느 자작나무 그늘에 자리를 잡은 후, 주위의 경치를 감상하다가 사냥꾼만이 맛볼 수 있는 조용하고 부드러운 꿈속에 잦아들어 갔던 것이다.

내가 얼마 동안이나 잠을 잤는지 알 수 없었지만 눈을 떴을 때 숲속은 햇빛이 넘쳐 흘렀고 나무들은 즐거운 듯 속삭이며 나뭇잎 사이로 파란 하늘이 눈부시게 빛나고 있었다. 구름은 기쁨에 날뛰듯 자취를 감추고 하늘은 맑게 개어 있었다. 공기는 오히려 쌀쌀해서 사람의 마음을 약간 설레게 했다. 그곳은 온종일 궂은 날씨가 계속된 다음 맑게 갠 고요한 저녁을 짐작케 해주는 장소인 것이다.

나는 다시 사냥이나 해야겠다고 생각하고 자리에서 일어났다. 그런데 그때 움직이지 않는 사람의 모습이 느닷없이 눈에 띄었다. 시골 처녀인 그녀는 내게서 스무 걸음쯤 떨어진 곳에서 생각에 잠긴 듯이 고개를 숙이고 두 손을 무릎 위에 얹고 다소곳이 앉아 있었다.

그녀의 한쪽 손에 안겨 있던 두툼한 꽃다발은 그녀가 숨을 쉴 때마다 조금씩 미끄러져 바둑무늬 치마 밑으로 흘러내렸다. 목과 손목에 단추를 끼운 새하얀 블라우스는 부드러운 주름을 이루어 그녀의 몸을 감싸고, 가슴에는 금빛 목걸이가 두 줄로 늘어져 있었다.

그녀는 매우 아름다웠다. 숱이 많은 아름다운 은색 머리는 단정히 빗어 넘겨 상아처럼 하얀 이마 뒤로 깊숙이 동여맨 빨간 머리띠 밑에 양쪽으로 갈라져 있었다. 그녀의 피부는 매우 얇아서 황금빛으로 그을려 있었다.

그녀가 고개를 들지 않았으므로 얼굴을 똑바로 볼 수가 없었다. 그러나 가늘고 아름다운 눈썹과 기다란 속눈썹만은 똑똑히 볼 수 있었다. 그녀의 속눈썹은 젖어 있었다. 한쪽 볼에서 한줄기 눈물이 파르스름한 입술까지 흘러내려 햇볕에 반짝이고 있었던 것이다.

그녀의 얼굴은 어느 쪽으로 보나 아름다웠다. 약간 크고 둥그스름한 턱까지도 거슬리지 않았다. 그렇지만 나의 마음을 끈 것은 무엇보다도 그녀의 얼굴 표정이었다. 몹시 서글퍼 보였지만 조금도 구김살이 없었으며 거기에는 갈피를 잡지 못하는 천진난만한 슬픔이 넘쳐흐르고 있었다.

그녀는 고개를 들어 사방을 둘러보았다. 그리고 투명하게 보이는 나무 그늘 아래에서 겁에 질린 사슴처럼 수정 같은 맑은 눈을 반짝이고 있었다. 그녀는 커다란 눈을 두리번거리며 소리가 난 쪽을 바라보고 귀를 기울이다가 한숨을 지으며 고개를 돌리곤 했다.

그녀는 조금 전보다 더 깊숙이 고개를 숙이고 천천히 꽃을 매만지고 있었다. 그녀의 눈꺼풀은 바르르 떨리고 입술은 빨갛게 물들었다. 그녀의 속눈썹 아래로 흘러내리던 눈물방울은 볼에 멎으며 햇빛을 받아 반짝거렸다.

이럭저럭 꽤 많은 시간이 흘러갔다. 그녀는 꼼짝도 하지 않고 앉아서 가끔 괴로운 듯이 손을 움직일 뿐, 여전히 주위에 귀를 기울이고 있었다. 또다시 숲속에서 바스락 소리가 나자 처녀는 안절부절했다. 바스락 소리가 이어지더니 뚜렷하고 믿음직스러운 발걸음 소리로 변했다. 그녀는 몸을 꼿꼿이 세우며 긴장한 빛을 감추지 못했다. 조심스런 눈초리로 주위를 둘러보았다.

숲속에서 한 사내의 모습이 어른거리기 시작했다. 그녀는 뚫어질 듯이 그를 바라보더니 얼굴을 붉히며 즐겁고 행복한 미소를 지어 보였다. 그러다가 몸을 일으키려다 말고 털썩 그 자리에 주저앉으며 당황한 듯이 새파랗게 질리는 것이었다. 사내가 그녀 곁에 다가와 걸음을 멈추었을 때에야 그녀는 비로소 근심스러운 표정으로 고개를 들었다.

나는 나무 밑에 앉아 호기심 가득한 눈빛으로 사내를 바라보았다. 그는 어느 모로 보나 부유한 지주댁의 젊은 바람둥이 머슴으로밖에 보이지 않았다. 옷매무새는 몹시 화려하고 한껏 멋을 부렸다. 마침내 주인에게서 얻었을 짧은 외투를 입고 단추를 단정히 끼웠으며, 끝이 보라색으로 물든 장밋빛 넥타이에 금테가 달린 검정 비로드 모자를 눈썹 밑까지 내려쓰고 있었다. 하얀 루바슈카(러시아 남성용 블라우스)는 두 귀를 받쳐주면서 볼 밑으로 깊숙이 파고들었으며, 풀이 빳빳한 소매는 손가락이 보이지 않을 정도로 손목을 뒤덮고 있었지만 그 손가락에는 물망초 모양의 터키석 반지를 여러 개 끼고 있었다.

벌겋고 탱탱하여 뻔뻔스러워 보이는 그의 얼굴은 사내들의 반감을 사기에 충분했지만 유감스럽게도 여인들에게는 호감을 주는 얼굴이었다.

그는 의젓하게 보이려고 애쓰고 있었다. 원래 자그마한 잿빛 눈을 더 가늘게 뜨면서 찌푸리기도 하고 입술을 실룩거리며 하품을 하기도 했다. 그는 탐탁지 않다는 듯이 거드름을 피우며 멋지게 구부러진 붉은 관자놀이 털을 매만지기도 하고, 두툼한 윗입술 위의 노란 콧수염을 잡아당기기도 하는 등 한마디로 말해서 눈을 뜨고 볼 수 없을 정도로 거드름을 부리는 것이었다.

그는 자신을 기다리고 있는 시골 아가씨를 보자 이와 같이 과장된 몸짓으로 두 손을 외투 주머니에 찌르고서 무심하게 처녀를 바라보더니 옆에 앉았다.

"그래, 잘 있었어?"

그는 딴전을 피우며 한쪽 다리를 흔들거리고 하품을 하면서 말을 이었다.

"오래 기다렸어?"

그녀는 한참 만에야 입을 열었다.

"네, 오래되었어요. 빅토르 알레산드리치."

그녀는 나직한 목소리로 대답했다.

"그래?"

그는 모자를 벗고 눈썹 곁에서 자라기 시작한 곱슬곱슬한 머리칼을 쓰다듬고 나서 거만하게 주위를 둘러본 후 다시 모자를 써서 머리를 감추어 버렸다.

"나는 깜빡 잊었었어. 게다가 비가 그렇게 쏟아지니!"

그는 다시 하품을 했다.

"일이 태산같이 밀려 자칫하면 잔소리를 듣게 돼. 그건 그렇고 우린 내일 떠나게 되었어."

"내일이라뇨?"

처녀는 이렇게 말하며 놀란 눈으로 사내를 바라보았다.

"그래, 내일……. 하지만 이러지마, 제발."

그녀가 몸을 떨며 말없이 고개 숙이는 것을 보자 그는 불쾌한 어조로 다급하게 말했다.

"제발 부탁이야, 아쿨리나. 울지 마. 내가 우는 것을 제일 싫어한다는 것을 너도 잘 알잖아?"

사내는 이렇게 말하며 뭉툭한 콧등에 주름을 모았다.

"그래도 울면 난 가겠어! 툭하면 바보같이 훌쩍훌쩍 울기나 하고!"

"네, 울지 않겠어요."

아쿨리나는 꿀꺽꿀꺽 울음을 삼키며 재빨리 말했다.

"정말 내일 떠나시는 거예요?"

그녀는 잠시 후에 다시 말을 이었다.

"그럼 이젠 언제나 만나게 될까요, 빅토르 알렉산드리치?"

"만나게 될 거야, 내년 아니면 그 후에라도……. 주인은 페테르부르크에서 일하고 싶어 하는 것 같아."

그는 약간 코멘소리로 무뚝뚝하게 말을 계속했다.

"어쩌면 외국에 갈지도 몰라."

"당신은 저를 잊어버릴 테지요."

아쿨리나는 서글픈 표정으로 말했다.

"잊어버리다니, 난 잊지 않을 거야. 그렇지만 너도 좀 철이 들어서 바보 짓은 하지 말아야지. 아버지 말씀도 잘 듣고……. 어쨌든 난 너를 잊지 않을 거야……, 잊지 않고말고."

그는 이렇게 말하며 허리를 펴고 다시 하품을 했다.

"저를 잊지 말아 주세요, 빅토르 알렉산드리치."

그녀는 애원하는 어조로 말을 계속했다.

"전 어쩌다 이렇게 당신을 사랑하게 되었는지 모르겠어요. 세상의 모든 것이 당신을 위해서만 있는 것 같아요. 당신은 아버지 말씀을 들으라고 하지만……, 제가 어떻게 아버지 말씀을 들을 수가 있겠어요?"

"아니, 왜?"

그는 팔베개를 하고 누워 뱃속을 울리는 목소리로 말했다.

"그 이유는 당신도 잘 아시잖아요?"

"아쿨리나, 나도 네가 그렇게 바보는 아닌 줄 아는데."

사내는 말을 이었다.

"그런 바보 같은 소리는 하지도 마. 난 너를 위해 그러는 거야. 너도 아주 시골 촌뜨기는 아니잖아. 네 어머니도 농사꾼만은 아니었으니까. 그렇지만 넌 교육을 받지 못했으니 남이 가르쳐 주면 그 말을 잘 들어야 해."

"어쨌든 무서운걸요."

"글쎄, 실없는 소리 마. 대체 무엇이 무섭단 말이야. 그런데 그건 뭐지?"

처녀 곁으로 다가가며 그가 말했다.

"꽃인가?"

"네, 꽃이에요."

아쿨리나는 힘없이 대답했다.

"들에서 모과 잎을 따 왔어요."

그녀는 약간 생기 있게 말했다.

"이것은 송아지에게 먹이면 좋아요. 그리고 이것은 금잔화예요. 습진에 잘 든는대요. 자, 보세요. 얼마나 예쁜 꽃이에요? 이것은 물망초고요. 이것은 향기 나는 오랑캐꽃, 또 이것은 당신 드리려고 꺾은 거예요. 드릴까요?"

그녀는 노란 모과 잎 밑에서 가는 풀로 묶은 파란 들국화 다발을 꺼내면서 말했다.

빅토르는 천천히 손을 뻗어 이것저것 냄새를 맡은 다음 생각에 잠긴 듯한 거만한 표정으로 하늘을 바라보며 손가락으로 꽃다발을 빙글빙글 돌리기 시작했다.

아쿨리나는 사내를 물끄러미 바라보았다. 그녀의 슬픈 눈길 속에는 몸과 마음을 다 바쳐 신처럼 숭배하고 복종하겠다는 갸륵한 정성이 깃들어 있었다. 그녀는 작별해야 할 사내를 두려워하면서도 슬금슬금 바라보았다. 그러나 사내는 술탄처럼 거드름을 피우며 드러누워서는 내려다보는 그녀의 눈길을 외면한 채 깊은 생각에 잠긴 표정을 하고 있었다.

나는 치밀어 오르는 화를 참으며 그 불그죽죽한 얼굴을 찬찬히 바라보았다. 그 얼굴에는 사람을 멸시하는 듯한 위장된 무표정 속에 자기만족의 자만심이 넘쳐흐르고 있었다.

그녀의 정열에 불타는 표정은 자신의 애절한 사랑을 숨김없이 호소하고 있었다. 그런데 사내는 꽃다발을 풀 위에 던져놓고 외투 주머니에서 청동 테를 두른 둥근 유리알을 꺼내어 한쪽 눈에 끼려고 했다. 그러나 아무리 눈썹을 찌푸리고 볼과 코까지 움직여 가며 끼우려고 애썼지만 안경은 자꾸 빠져나와 손바닥에 떨어지는 것이었다.

"그건 뭐예요?"

아쿨리나가 놀라워하며 입을 열었다.

"외알박이 안경이야."

"뭘 하는 건데요?"

"더 똑똑히 볼 수 있지."

그것은 알만 있는 외짝 안경이었다.

"어디 좀 보여 주세요."

빅토르는 얼굴을 찌푸리면서 아쿨리나에게 안경을 건네었다.

"깨면 안 돼, 조심해."

"걱정 마세요, 깨지 않을 테니."

아쿨리나는 조심스레 안경을 눈으로 가져갔다.

"아무것도 보이지 않네요."

그녀는 천진하게 말했다.

"눈을 가늘게 떠야 하는 거야."

마치 학생을 가르치는 스승과 같은 어투로 그는 말했다. 아쿨리나는 안경을 대고 있는 눈을 가늘게 떴다.

"아니, 그쪽이 아냐. 바보 같으니…… 이쪽이란 말이야."

빅토르는 이렇게 외치면서 아쿨리나가 미처 안경을 고쳐 쥐기도 전에 빼앗아 버렸다.

아쿨리나는 얼굴을 붉히며 수줍은 미소를 띤 채 고개를 돌리고 말았다.

"아무래도 나 같은 사람이 가질 것은 못 되는군요."

아쿨리나가 말했다.

"물론이지!"

가엾은 아가씨는 입을 다물고 깊은 한숨을 쉬었다.

"빅토르 알렉산드리치, 당신이 떠나버리면 전 어떡하죠?"

그녀가 물었다.

빅토르는 옷자락으로 안경을 닦은 후 다시 외투 주머니에 집어넣었다.

"그래, 그래."

마침내 사내는 입을 열었다.

"얼마 동안은 괴롭겠지, 그래, 괴로울 거야."

빅토르는 안됐다는 듯이 그녀의 어깨를 두드렸다. 그러자 그녀는 어깨 위의 그의 손을 살며시 잡고 입을 맞추는 것이었다.

"암, 그래야지. 넌 정말 착한 아가씨야."

그는 만족한 표정을 지으며 말을 이었다.

"그렇지만 어쩔 수 없잖아? 너도 잘 생각해 봐! 주인 나리나 나나 여기 그대로 남아 있을 수는 없어. 너도 알다시피 이제 곧 겨울이 될 거 아냐. 시골의 겨울이란 정말 견딜 수 없거든. 그렇지만 페테르부르크는 달라! 그곳에 가면 모두 신기한 것뿐이지. 아마 너 같은 시골뜨기는 꿈에도 상상하지 못할 거야. 근사한 집이며 멋있는 거리, 교양 있는 상류사회 사람들…… 정말 눈이 돌 지경이거든!"

아쿨리나는 어린애처럼 입을 벌린 채 그의 이야기를 열심히 듣고 있었다. 빅토르는 풀밭에서 몸을 뒤척이며 말을 계속했다.

"네게 이런 말을 한들 무슨 소용이 있겠어. 내 말을 이해하지도 못할 텐데 말이야."

"저도 알아요. 알아들어요."

"그렇다면 다행이군!"

아쿨리나는 눈을 내리떴다.

"예전 같으면 당신도 그렇게 말하지는 않으실 텐데, 빅토르 알렉산드리치."

그녀는 눈을 내리깐 채 계속 말했다.

"예전이라니……, 무슨 소리를 하는 거야? 예전이라니!"

빅토르는 성난 말투로 말했다.

그들은 잠시 말이 없었다.

"이젠 그만 가봐야겠어."

빅토르는 일어서려고 팔꿈치를 세웠다.

"조금만 더 기다려 주세요."

아쿨리나는 애원하듯이 말했다.

"뭘 기다려? 작별 인사도 끝났는데."

"잠깐만 기다려 주세요."

아쿨리나는 같은 말을 되풀이했다.

빅토르는 다시 벌렁 드러누워 휘파람을 불기 시작했다. 아쿨리나는 그에게서 눈을 떼지 않았다. 그녀가 점점 흥분하고 있다는 것이 여실히 드러났다. 입술은 바르르 경련을 일으키고 파리한 두 볼은 홍조를 띠었다.

"빅토르 알렉산드리치."

그녀는 분명한 목소리로 또박또박 말했다.

"당신은 너무해요, 정말 너무 해."

"뭐가 너무 해?"

사내는 미간을 찌푸리고 이렇게 말한 다음 약간 몸을 일으켜 세워 그녀에게로 고개를 돌렸다.

"너무해요, 빅토르 알렉산드리치. 떠나는 마당에 단 한마디라도 좀 따뜻한 말을 해주시면 안 되나요? 단 한마디라도…… 의지할 데 없는 가엾은 제게요."

"아니, 무슨 말을 하라는 거야?"

"몰라요. 그런 건 당신이 더 잘 아실 텐데요. 떠나는 마당에 한마디쯤…… 내가 왜 이런 말을 해야 한담?"

"도대체 무슨 말인지 알 수가 없군. 나더러 무슨 말을 하라는 거야?"

"단 한마디라도 좋으니……."

"같은 말만 되풀이하고!"

그는 이렇게 말하면서 벌떡 일어섰다.

"화낼 건 없잖아요. 빅토르 알렉산드리치."

그녀는 울먹이며 말했다.

"화난 건 아냐. 네가 바보 같은 소리만 하니까⋯⋯. 도대체 어떻게 하란 말이야? 그렇다고 너하고 결혼할 수는 없잖아. 안 그래? 그런데 나더러 무엇을 어떻게 하라는 거야?"

그는 얼굴을 들이대고 손가락질하며 그녀를 윽박질렀다.

"전 아무것도 바라지 않아요."

그녀는 떨리는 두 손을 빅토르에게 내밀며 간신히 입을 열었다.

"그저 작별하는 마당에 한마디만이라도⋯⋯."

아쿨리나의 눈에서는 눈물이 비 오듯 했다.

"또 우는군."

그녀는 두 손으로 얼굴을 가리고 흐느끼면서 말했다.

"이곳에 남을 제 심정을 헤아려 보세요. 저는 어떻게 하죠? 네? 마음에도 없는 사람에게 시집을 가야 하나요? 아아, 난 왜 이렇게 불행하죠?"

"쓸데없는 소리만 하는군!"

빅토르는 걸음을 옮기며 나직한 목소리로 중얼거렸다.

"그렇지만 단 한마디, 한 마디쯤은 말해 줄 수 있을 텐데⋯⋯."

그녀는 설움이 복받쳐 올라 말을 맺지 못했다. 그녀는 풀밭에 얼굴을 파묻고 애절하게 흐느껴 울기 시작했다. 그녀는 물결치듯 온몸을 들먹거렸다. 오랫동안 참고 참아온 슬픔이 드디어 폭포처럼 터지고 만 것이다. 빅토르는 잠깐 아쿨리나를 내려다보았으나 어깨를 으쓱하고는 곧 돌아서서 성큼성큼 발걸음을 옮겨 놓았다.

잠시 후에 아쿨리나는 울음을 멈추고 고개를 들었다. 그녀는 벌떡 일어나 주위를 둘러보더니 깜짝 놀라 소리를 질렀다. 그녀는 그를 뒤따르려고 했지만 다리가 휘청거려 넘어지고 말았다. 나는 보다 못해 그녀 곁으로 다가갔다. 그러자 그녀는 어디서 그런 힘이 솟았는지 벌떡 일어나 가냘픈 비명을 지르며 나무 뒤로 황급히 자취를 감추고 말았다. 풀밭 위에는 꽃잎들이 쓸쓸히 흩어져 있었다.

나는 잠시 멍하니 서 있었다. 이윽고 그 꽃다발을 주워 들고 숲을 지나 벌판으로 나왔다. 푸른 하늘에 나직이 걸려있는 태양의 햇빛마저 파리하고 싸늘한 느낌이 감돌았다. 태양은 이제 빛을 발하고 있는 것이 아니라 푸른 바다에서 헤엄치고 있는 것 같았다. 해가 지려면 약 반 시간가량밖에 남지 않았지만 저녁놀은 서쪽 하늘을 천천히 물들이고 있었다.

거센 바람이 추수를 끝낸 누런 밭두렁을 거쳐 정면으로 휘몰아쳤다. 그 바람에 조그마한 가랑잎 하나가 공중으로 날아오르며 내 곁을 지나 큰길을 건너 숲을 따라 날아갔다. 들판에 병풍처럼 우거진 숲은 수선스럽게 흔들리면서 저녁놀을 받아 반짝이며 물결치고 있었다.

나는 서글픈 생각이 들어 걸음을 멈추었다. 시들어가는 대자연의 슬픈 미소 속에는 우울한 겨울의 두려움이 스며들고 있는 것 같았다. 겁 많은 까마귀 한 마리가 요란스럽게 날갯짓을 하면서 머리 위로 날아 올라갔다. 까마귀는 고개를 돌려 나를 힐끗 바라보더니 날쌔게 하늘 높이 솟아올라 까악까악 우짖으며 숲속으로 사라졌다.

정미소에 수많은 비둘기 떼들이 날아와서는 낮게 무리 지어 맴돌다가 들판으로 산산이 흩어졌다. 이제는 가을빛이 완연했다. 빈 달구지를 끌고 언덕을 지나는 소리가 요란스럽게 들려왔다.

나는 집으로 돌아왔다. 하지만 그 가련한 아쿨리나의 모습은 좀처럼 내 머릿속에서 사라지지 않았다. 그녀의 들국화 꽃다발은 이미 오래전에 말랐지만 나는 그 꽃다발을 아직까지 고이 간직하고 있다.

2인조 도둑

- 막심 고리키 -

막심 고리키(Aleksei Maksimovich Peshkov 1868~1936) 러시아 작가.
본명 알렉세이 막시모비치 페시코프는 현재 고리키시로 불리는 볼가강 연안의 니주니노브고로드에서 태어났다. 일찍이 양친을 여의고 외할머니와 가난하게 살면서 정규교육을 받지 못하고 제화점의 도제와 볼가강 증기선의 접시닦이 등 하층 계급의 생활을 한다. 이에 절망하여 자살을 기도하기도 했다. 작가가 된 후에 그 당시 밑바닥 생활의 경험이 중요한 소재가 된다. 1892년 단편소설 〈마까르 추드라〉로 문단에 데뷔하고, 1895년 〈첼까쉬〉를 발표해 문단의 호평을 받고, 코롤렝코와 체호프 등과 사귀게 된다. 그 후 제정 러시아의 하층민들의 생활을 묘사하여 프롤레타리아 문학의 대가가 된다. 1901년 학사원 회원에 추대된 후에 혁명운동에 참여했다는 이유로 지위를 박탈 당한다. 1905년 혁명으로 투옥된 뒤 외국으로 망명한 후, 그곳에서 〈레토피시〉지를 발간한다. 1912년 《어머니》가 모스크바의 그리보예도프상을 받는다. 1913년 대사령으로 러시아로 귀국한 후 1932년 소비에트 작가동맹 제1차 대회 의장으로 추대된다. 그는 10월 혁명 후에 사회주의 리얼리즘인 소비에트 문학의 기수가 된 후 1936년 6월 8일 폐렴으로 69세로 일생을 마친다.
작품으로는 《유년 시대》《사람들 속에서》《나의 대학》《어머니》와, 서사시 《클림 사므긴의 생애》와, 희곡 《밤 주막》 등이 있다.

우포바유시치와 플라시 노가라는 두 사람의 솔직한 내면과 순수하면서도 프롤레타리아의 아픈 삶을 보여준 작품이었다. 현실적인 플라시 노가와 조금은 이상적이며 마음이 여린 우포바유시치의 모습이 대비되어 나타난다. 현 체제를 지켜나가는 플라시와 현존 사회 제도의 부조리와 부정에 항거하며 인간의 개성을 위해 반항하는 영웅인 우포바유시치의 대립을 그린 것이다.

자신들이 구성하고 있는 사회에 자신을 의탁할 수 없는 신세. 그래서 함께 소외 당한 친구에게 의지할 수밖에 없는 사람들의 현실이 가슴 아프게 다가온다.

인간이란 불쌍한 존재라고 하며 동업자의 죽음 앞에서 그토록 당당하던 플라시가 난 이제 어디로 가야 하나, 어떻게 살아가야 하나 하는 하소연을 하면서 동업자가 죽고 더 이상 의지할 대상이 사라지자 택할 수밖에 없었던 죽음의 길에서 어느 사회에서나 있을 수 있는 소시민에 대해 생각하게 된다.

작품 줄거리

우포바유시치와 플라시 노가는 인근 마을에서 무엇이든 훔쳐내어 살아가는 2인조 도둑들로서 마을 사람들은 모두 그들을 알고 있다.

겨울 내내 굶주림을 참고 따뜻한 봄이 오기를 기다리다 바싹 마른 망아지 한 마리를 훔치게 되었다. 우포바유시치는 망아지 주인의 마음을 짐작하기에 돌려주자고 하고 플라시 노가는 우리가 굶지 않으려면 훔쳐다 팔아야 한다고 갈등을 일으킨다.

결국 우포바유시치는 결핵으로 세상을 떠나고 플라시 노가는 슬픔과 분노로 결국 흙더미와 함께 굴러 떨어지고 만다.

핵심 정리

갈래 : 단편 소설
시점 : 3인칭 전지적 작가 시점
배경 : 읍내를 벗어난 외딴 시골 숲속 오두막
주제 : 현실의 궁핍한 삶과 사회 제도의 부조리

2인조 도둑

한 사람은 플라시 노가(춤추는 발), 또 한 사람은 우포바유시치(희망을 가진 사람)라고 하는 이 둘은 도둑이었다.

그들은 읍내를 벗어나 외딴곳에 살고 있었다. 산골짜기처럼 푹 패어 들어간 언저리에 개흙과 나무토막을 반반씩 섞어 처덕처덕 엮어 놓은 초라한 오두막들이 마치 조개탄 따위를 내동댕이친 것처럼 이리저리 흩어져 있었는데 그 중의 한 채가 두 사람의 거처였다.

그들의 일터는 주로 읍내 밖이었는데, 읍내에서는 도둑질하기 힘들었고 그렇다고 해서 자기네들의 거처 가까운 부락에서는 눈에 띄게 훔칠 만한 것이 없었기 때문이다.

두 사람 다 조심성 있는 인간들이었다. 훔쳐내는 것이라곤 헝겊 나부랭이라든가 낙타털 외투라든가 또는 도끼, 마구(말에 쓰는 기구), 양복저고리가 아니면 닭 따위가 고작인데 뭐든 '집어내기'만 하면 그 부락에는 당분간 나타나지 않기로 되어 있다.

그런데 그토록 원칙을 잘 지키고 있건만 읍내 밖 변두리의 농민들은 그 둘을 잘 알고 있어서 기회만 오면 반 주검으로 만들어 놓겠다고 단단히 벼르고 있었다. 그러나 그와 같은 기회는 끝내 주어지지 않았다. 기실 농민들의 끊임없는 협박을 당하는 것은 어언 여섯 해가 되어 가건만 아직 두 사람의 뼈대가 온전하게 남아 있는 점으로도 알 수가 있다.

플라시 노가는 키가 후리후리하고 굽은 등에 마른 몸매지만 근육과 뼈대가 다부진, 사십 세는 되어 보이는 사내였다. 걸을 때면 고개를 숙이고 긴 팔로 뒷짐을 진 채로 점잖게 뚜벅뚜벅 발을 옮겨 놓지만 언제나 빈틈없이 눈을 불안스레 껌벅이며 사방팔방으로 두리번거리곤 한다. 머리를 짧게 깎았으며 턱수염을 밀어냈다. 입술까지 내리 덮인 희끄무레한 수염은 얼굴에 노기를 띤 것같이 사나워 보이게 한다.

왼쪽 다리는 아마 삐었거나 부러졌거나 했던 것이 어긋난 채로 나아버렸는지 오른쪽 다리보다도 길었다. 그래서 걸어갈 때 왼발을 들어 올리면 그것이 허공에 떠올라 제물에 방향을 바꾼다. 걸을 때의 이런 모습이 바로 '춤추는 발'이란 별명이 생긴 유래였다.

우포바유시치는 짝패보다는 너덧 살이나 더 먹었을까, 키는 짝패보다 작지만 어깨는 훨씬 더 넓었다. 광대뼈가 나오고 보기 좋게 반백의 턱수염이 나 있는 얼굴은 병자처럼 누렇게 떠 있었다. 게다가 자주 힘없이 쿨룩거리곤 한다. 커다랗고 검은 눈동자는 잘못을 사과하는 양 부드럽게 빛난다. 길을 갈 때면 다소 성난 듯이 입술을 깨물며 슬픈 노랫가락을 휘파람으로 부는데 언제나 같은 노래뿐이었다.

어깨에 걸치고 있는 것은 여러 가지 색깔의 누더기 조각을 모아서 만든 짤막한 옷으로 솜을 넣은 양복저고리처럼 보인다. 이와는 반대로 플라시노가의 옷은 허리띠로 졸라맨 기다란 회색의 농사꾼 외투 한 벌로 지냈다.

우포바유시치는 농사꾼이었으며 짝패는 성당지기의 아들로서 심부름꾼이라든가 당구장 사환 따위를 지낸 적이 있었다.

그들은 일 년 열두 달을 꼭 붙어 다녔다. 그래서 농부들은 이들의 모습을 보기만 하면 으레 이렇게 빈정거렸다.

"또 겨리(소 두 마리가 끄는 쟁기) 짝이 나타났군. 저 보라니까, 둘이 꼭 붙어 버렸어!"

이 인간 겨리는 날카로운 눈빛으로 어느 곳을 막론하고 사방을 휘저으며 남과 마주치는 것을 피해 시골길을 오갔다. 우포바유시치는 기침으로 쿨룩거리면서도 습관처럼 그 노래를 휘파람으로 불곤 했다. 짝패의 왼발은 허공에서 춤을 추었는데, 그 발은 마치 자기 주인 나리를 위험한 길목에서 다른데로 이끌어 가려는 길잡이를 하고 있는 것 같았다. 때로는 어느 숲 가나 밀밭이라든가 골짜기 구석 같은 곳에서 두 사람이 나란히 나자빠진 채로, 먹기위해서는 어떻게 도둑질해야 하는가를 조용히 의논하고 있을 때도 있었다.

겨울이 되면 늑대까지도 ─이 두 친구의 경우와는 달리 생존을 위한 싸움에는 훨씬 더 유리한 조건들이 베풀어져 있다─ 그 늑대까지도 굶주림에 허덕였다. 바싹 말라 뼈대가 드러날 정도로 굶주림에 지치고 허기가 져서 눈을 부라리고 냄새를 맡으며 길을 따라 쏘다닌다.

늑대에게는 제 몸을 지키기 위한 발톱과 이빨이 있다. 더구나 늑대의 야성은 아무하고도 타협하지 않는다. 이 아무하고도 타협하지 않는다는 점은 인간에게 있어서도 중요한 것이다. 왜냐하면 생존을 위한 싸움에서 이겨내려면 인간은 많은 지혜를 지니고 있어야 하지만 그것이 없다면 야수의 본성이라도 가져야 하기 때문이다.

겨울이 되자 두 친구의 형편은 더욱 나빠졌다. 해 질 무렵이면 둘이 함께 자주 읍내의 네거리로 가서 경관의 눈에 띄지 않도록 조심스럽게 오가는 사람들의 소맷자락에 매달리곤 했다.

겨울에 도둑으로 지내기란 여간해서는 어렵다. 이 마을 저 마을을 여기저기 쏘다니기란 귀찮기도 하거니와 견딜 수 없이 추운데다가 눈 위에 발자국이 역력히 남게 된다. 그뿐만 아니라 온갖 물건이 모두 눈으로 덮여 버리므로 부락으로 가 보았자 허탕을 칠 것은 뻔한 노릇이다.

그래서 겨울이 되면 이 겨리 짝은 허기와 싸우느라 기운을 잃어가면서 오직 봄이 오기만을 애타게 기다렸다. 아마도 이 두 사람처럼 미칠 듯이 봄을 애타게 기다리는 사람은 또 없을 거라고 여겨질 만큼······.

겨우 봄이 다가왔다. 바싹 여위어서 병자처럼 보이는 그들은 골짜기에 있는 오두막집에서 기어 나와 그야말로 기쁜 듯 들판을 바라보았다. 들판에서는 날이 갈수록 빠른 속도로 눈이 녹으면서 여기저기 검붉은 해토(얼었던 땅이 풀림)가 드러났다. 물웅덩이가 거울처럼 반짝거렸고 개울에서는 졸졸거리는 맑은소리가 들렸다. 태양은 따스한 애무의 손길을 땅 위로 내려보냈다. 햇살은 만물의 힘을 솟아나게 한다. ─녹은 땅이 완전히 마르려면 얼마나 지나야 한다든가, 언제쯤 마을로 '사격' 하러 갈 수 있겠는가 하는 식으로······.

우포바유시치는 때마침 불면증에 걸려 밤을 새웠으므로 날이 밝아올 무렵이면 짝패를 두드려 깨우면서 매우 즐거운 듯이 이렇게 일러 준 일도 한두 번이 아니었다.

"여보게! 어서 일어나게. 그리치(까마귀의 일종)가 날아왔다네!"

"날아왔다니?"

"암! 저것 보게나. 울음소리가 들리지 않나?"

오두막을 나선 그들은 이 봄을 알리는 빛깔이 검은 새가 큰 울음소리로 대기를 뒤흔들면서 바쁜 듯이 새로운 보금자리를 찾거나 묵은 둥지를 고치는 모습을 오랫동안 질리도록 쳐다보고 있었다.

"이번엔 종달새 차례일세."

낡아서 삭아 문드러진 그물을 손질하면서 우포바유시치가 말했다.

종달새가 나타났다. 그들은 들판으로 나가 눈 녹은 땅에다 그물을 쳐 놓는다. 그들은 젖어서 진창이 되어 들판을 뛰어 돌아다니면서, 멀리서 날아와 지치고 허기진 새가 눈 밑에 겨우 드러나기 시작한 질퍽한 들판에서 부지런히 먹이를 찾고 있는 것을 그물 속으로 몰아넣는다. 새를 잡으면 한 마리에 5코페이카, 아니면 십 코페이카씩 받고 시장에 내다 팔았다. 다음에는 봄나물이 돋아났다. 그들은 그것을 뜯어 시장 채소 가게로 가져갔다.

봄은 날마다 이 두 사람에게 새로운 것을 베풀어 주었다. ─비록 보잘 것 없지만 어쨌든 새로운 돈벌이가 생겼다. 그들은 무엇이든 닥치는 대로 써먹을 수 있었다. 버들가지, 승아, 샴피니온(버섯의 일종), 딸기, 버섯 등 그 무엇이든 간에 이 두 사람의 눈길을 벗어날 수는 없었다. 군인들의 사격 연습이 끝나면 둘은 참호 속으로 숨어 들어가서 탄알을 주워 모아 한 푼트에 12코페이카씩 팔아넘겼다.

하지만 이런 일들 정도로는 아사지경의 이 겨리 짝들이 포식의 기쁨을 마음껏 즐기기엔 아직도 부족하다고 하겠다. 포만감이나 먹은 음식을 소화시키려는 활발한 밥통의 움직임, 두 사람이 그런 느낌을 즐길 여유라곤 거의 없었던 것이다.

4월의 어느 날, 나뭇가지에는 바야흐로 새싹이 움트고 숲은 아직 짙은 남색의 희미한 새벽빛으로 감싸였으며, 햇볕을 속속들이 쬔 갈색의 기름진 들판에 곡식의 싹들이 목을 내밀 무렵, 우리의 두 친구는 넓은 길을 걷고 있었다. 길을 걸으면서 손수 만든 하치 담배의 궐련을 풀풀 피우며 줄곧 얘기를 주고받는다.

"자네 기침 소리가 더 거칠어지는 것 같군그래."

플라시 노가가 조용히 건넨 말이다.

"뭐 이 정도야……. 아무것도 아닐세. 이렇게 햇볕을 쬐면 이내 나을 거야."

"음, 하지만 말일세. 병원에 한번 가보는 게 좋지 않겠나?"

"에잇, 여보게. 병원에 간들 뭘 하겠다고? 죽을 팔자라면 결국 죽겠지."

"그야 그렇지만……."

그들은 큰길의 자작나무 사이를 걷고 있었다. 자작나무는 무늬 진 잔가지의 그늘을 두 사람에게 드리우고 있었다. 참새가 길 위로 뛰어다니며 힘 있게 짹짹거린다.

잠시 말을 멈추었다가 플라시 노가가 뒤늦게 깨달은 듯 친구에게 물어보았다.

"걸으면 더 나빠지겠지?"

"그야 숨을 마음대로 쉴 수 없으니까……."

우포바유시치가 설명을 해 주었다.

"요즘엔 공기가 너무 탁한데다가 습기가 많지 않은가……. 그러니까 숨을 들이마시기가 힘겹지."

그는 걸음을 멈추고 쿨룩거린다.

플라시 노가는 나란히 서서 담배를 피우며 걱정스레 짝패를 바라보았다. 우포바유시치는 기침 때문에 몸을 비비 꼬며 가슴을 쥐어뜯었다. 얼굴이 새파랗게 질렸다.

"암만해도 목에 구멍이 나겠군."

연달아 기침을 하면서 그는 이렇게 뇌까렸다.

참새들을 몰면서 앞으로 나아갔다.

"우선 무히나 집 뒤꼍을 뒤져보세. 그리고 나서 시프초비야 숲 곁에 사는 구즈네치하 집을 훑어보고 그다음에 말코프카 집을 둘러보세. 그게 끝나거든 돌아오기로 하지."

"그럼 삼십 베르스타 가량 걷는 셈이 되겠군그래……."

우포바유시치의 대꾸였다.

"하지만 빈손으로 돌아가지는 않겠지."

길 왼쪽으로 숲이 있었다. 거무스레한 숲은 어쩐지 마음이 내키지 않았다. 헐벗은 나무들의 가지에는 눈을 즐겁게 해 줄 만한 푸른 무늬가 하나도 보이지 않았기 때문이다.

숲을 벗어난 언저리에 솜털이 보송보송 돋은 망아지가 서성거리고 있었다. 옆구리가 푹 들어가고 갈비뼈가 그대로 불거져 흡사 나무통에 천을 씌운 것 같은 꼬락서니다. 두 친구는 발길을 멈추고서 망아지를 한동안 바라보고 있었다. 망아지는 땅바닥에 코쭝배기를 짓누르며 느릿느릿 발을 옮겨 가면서 다 자라지 않은 이빨로 샛노란 싹을 입에 물고 잘근잘근 씹고 있었다.

"저놈도 삐쩍 말랐군 그래……."

우포바유시치가 중얼거렸다.

"이리 와! 우어, 워!"

플라시 노가가 손짓을 했다.

망아지는 소리 나는 쪽을 흘끗 보더니 싫다는 듯이 목을 흔들고는 다시 땅으로 목을 축 늘어뜨렸다.

"자네는 싫다네."

망아지의 그런 모습을 보고 우포바유시치가 말했다.

"해치우세! 저놈을 말이야……. 타타르 사람들한테 끌고 가면 7루블쯤 문제없겠네. 어때?"

궁리 끝에 플라시 노가가 제안을 했다.

"그렇게는 안 줄걸. 그만한 값어치가 없으니 말일세!"

"하지만 가죽이 있지 않나?" ·

"가죽? 그래, 가죽값으로 그렇게 준다는 건가? 아마 고작해야 가죽값으로 3루블쯤 주겠지."

"고것밖에 안 될까?"

"생각해 보게나! 도대체 무슨 놈의 망아지 가죽이 저런가? 가죽이라기보다는 꼭 누더기 삼베로 만든 감발(발싸개) 같군."

플라시 노가는 망아지를 바라보더니 걸음을 멈추면서 중얼거린다.

"그럼 어떡한단 말인가?"

"힘들겠는데!"

주저하는 말투로 우포바유시치가 내뱉았다.

"무엇 때문에?"

"역시 발자국이 남지 않겠나? 땅이 아직도 이렇게 질퍽거리니……, 망아지의 행방이 곧 탄로 날걸……."

"저놈의 망아지한테 짚신을 신겨 보면 어떨까?"

"그래? 그렇다면……."

이걸로 결정은 났겠다!

"우선 망아지를 숲속으로 몰아넣고 골짜기에 숨어서 밤까지 기다리기로 하세. 밤이 되거들랑 끌어내서 타타르 사람들 마을로 끌고 가면 되지. 멀지도 않아, 겨우 3베르스타쯤 되니까……."

"잘 될까?"

우포바유시치가 고개를 갸웃거렸다.

"어쨌든 해치우세! 5루블은 들어오겠지. 그저 들키지만 않도록 하세."

플라시 노가가 자신 있게 말했다.

두 사람은 주변을 둘러보고는 길을 가로질러 수풀로 향했다. 망아지는 그들을 보자 콧소리를 내며 꼬리를 쳐들었으나 여전히 성긴 싹을 뜯어먹고 있었다.

숲속의 깊은 골짜기는 공기가 서늘하고 고요하며 어슴푸레하다. 시냇물의 애수를 띤 속삭임 소리가 정적을 꿰뚫으며 들려온다. 가파른 벼랑에서는 호두나무, 카리나, 인동 따위의 마디진 가지들이 늘어져 있다. 흙벽을 힘없이 뚫고 모습을 나타내고 있는 것은 눈이 녹은 물에 씻겨 드러난 나무뿌리인가 보다. 그것보다도 한층 더 괴괴한 것은 숲이다. 황혼의 어슴푸레한 빛이 죽음과도 같은 그 단조로운 색채를 더욱 짙게 하며, 언저리에 서려 있는 침묵은 숲을 마치 묘지처럼 음산하고 엄숙한 적막으로 물들이고 있는 것이다.

골짜기 구석의 커다란 흙더미 옆 괴괴하게 습기 찬 어둠 속 한 무더기의 백양나무 그늘에 두 친구가 자리를 잡은 지는 꽤 되었다. 그들 사이에는 모닥불이 빨갛게 타고 있었다. 이는 모닥불이 끊임없이 활활 타올라 연기가 나지 않도록 하기 위해서였다. 그곳으로부터 아주 가까운 곳에 망아지가 서 있었다. 우포바유시치의 누더기 옷에서 찢어낸 소맷자락을 망아지 머리에 씌워 가리고 나무줄기에 고삐를 매어 놓은 것이다.

우포바유시치는 편안히 자리를 잡고 앉아 감상에 젖은 듯 불꽃을 바라보거나 휘파람을 불고는 한다. '춤추는 발'은 버들가지를 한 다발 베어다가 부지런히 바구니를 짜고 있다. 너무나 바빠서 입도 떼지 않는다.

슬픈 듯한 시냇물의 멜로디와 불행한 사나이의 차분한 휘파람 소리만이 황혼과 숲과의 고요 사이를 하염없이 감돌고 있었다. 때때로 모닥불 속에서 나뭇가지가 소리를 냈다. 톡톡거리며 튀기도 하고 한숨이라도 쉬는 듯 '쉬잇' 소리를 내기도 했다. 흡사 불 속에서 사라져 가는 자기네들보다도 훨씬 더 괴로운 이 두 사람의 삶에 깊은 동정을 베풀기라도 하는 것처럼.

"그만하고 슬슬 움직여 볼까?"

우포바유시치가 물었다.

"아직 이르네. 더 어두워진 다음에 떠나기로 하세."

일손을 멈추지 않고 친구를 거들떠보지도 않으면서 플라시 노가가 대답했다.

우포바유시치는 한숨을 내쉬며 다시금 기침을 시작한다.

"왜 그러나. 추운가? 응?"

한참 후에야 짝패가 물어본 말이었다.

"그렇지는 않아……. 어쩐지 처량해지면서 넋이 빠져버린 것만 같아……."

"아픈 탓이겠지."

"그럴지도 모르겠네만……, 하지만 다른 원인일지도 모르지."

그러자 플라시 노가가 타이른다.

"자네 말일세, 생각을 너무 많이 하지 않는 편이 좋겠네."

"뭘 말인가?"

"뭐라니? 뭐든 말일세."

"그건 아니지."

우포바유시치는 갑자기 기운을 내어 말한다.

"난 생각을 하지 않으면 못 견디는 성미라서 말이야. 이를테면 저런 걸 봐도……."

하며 망아지를 가리켰다.

"곧 이런 생각을 하지. '어쩌자고 저렇듯 궁상맞게 생겼을까. 하지만 살림하는 데는 꽤 쓸모가 있지!' 라고 말일세. 나도 예전엔 버젓한 살림을 꾸려 본 적이 있다네. 그 무렵엔 정말 부지런했었지."

"그럼 무슨 벌이를 했단 말인가?"

냉정하게 플라시 노가가 되묻는다.

"자네한테서 그런 쓸데없는 소리는 듣고 싶지 않네. 휘파람을 불고 한숨을 쉬어 봤댔자 이제 와서 그게 무슨 소용이란 말인가?"

우포바유시치는 그 말에는 대꾸도 하지 않고서 잘게 꺾은 한 움큼의 마른 가지를 모닥불에 던지고는 불꽃이 타올라 습기 찬 대기 속으로 사라져가는 것을 눈여겨보고 있다. 눈을 껌벅이는 얼굴에는 어두운 그림자가 스쳐 간다. 이윽고 그는 망아지가 매여 있는 쪽으로 고개를 돌리고는 유심히 그 모습을 훑어보고 있다. 망아지는 땅에서 솟아나기라도 한 것처럼 꼼짝도 하지 않고 있다.

"무슨 일이든 단순하게 생각하게."

타이르듯 플라시 노가가 거칠게 말했다.

"우리의 생활이란 게 다 이런 거야. 낮이 가고 밤이 오면 하루가 끝나지. 먹을 것이 있으면 다행이고 없으면……, 훌쩍훌쩍 울다가 하루가 끝나면 모든 게 끝이다 이런 말일세. 이런 걸 자넨 괜히 어렵게만 생각을 하니. 자네의 생각은 듣기도 싫단 말일세. 그건 모두 자네 병 탓이지."

"그렇게 말하면 병 탓인지도 모르겠네만……."

우포바유시치는 고개를 끄덕이며 덧붙인다.

"하지만……, 맘이 약한 탓인지도 모르겠네."

"그 맘이 약하다는 것도 병 때문일세."

플라시 노가는 단호하게 말했다.

그는 작은 가지를 이빨로 물어 끊어 그것을 핑핑 휘둘러 대기를 가르며 야무지게 내뱉는다.

"보게나, 난 건강한 몸이라! 그따위 맘 약한 생각은 하지 않는다네."

망아지가 발을 굴려 나뭇가지가 부러지는 듯한 소리가 나더니, 흙덩이가 개울로 떨어지면서 그 고요하던 숲에 새로운 음향을 울렸다.

그러자 어디선가 두 마리의 산새가 날아올라 걱정스레 우짖으며 골짜기를 뒤로하고 날아가 버렸다.

우포바유시치는 산새가 날아가는 곳을 눈으로 뒤쫓으며 낮은 소리로 입을 뗀다.

"저게 무슨 새일까? 뜸부기라면 숲속에 있어 봤댔자 별수 없을 테고……, 그렇다면 저건 스윌리스테리일까?"

"아냐, 때까치일 걸세."

플라시 노가가 대답했다.

"때까치라면 아직 제철이 아니잖나? 더구나 때까치는 소나무 숲에 처박혀 있는 법이니까 이런 데로 올 리가 없네. 그러니 저건 확실히 스윌리스테리에 틀림이 없네."

"그렇다고 해 두지."

"틀림없다니까."

우포바유시치는 크게 고개를 끄덕였으나 웬일인지 한숨을 푹 내쉬었다.

플라시 노가의 두 손이 날쌔게 움직이고 있었다. 이미 바구니 밑바닥은 완성이 되었고 이젠 허리통이 그럴싸하게 되어 가고 있었다. 칼로 알맞게 줄기를 자르고 이빨로 끊어 다듬어서는 손가락을 잽싸게 놀려 굽히거나 얽거나 한다. 콧구멍으로 숨을 내쉴 적마다 콧수염이 하늘거린다.

우포바유시치는 친구의 이런 손놀림을 바라보거나 머리를 떨구고 화석처럼 굳어버린 망아지를 바라보거나 혹은 하늘을 쳐다보았다. 하늘은 거의 어둠에 싸여 있었으나 별은 보이지 않았다.

"농사꾼이 말을 찾으러 와서 말일세."

그는 갑자기 들뜬 목소리로 입을 열기 시작한다.

"없어진 걸 알게 되면……, 이리저리 가 보고 찾아봐도 망아지가 사라져 버린 걸 알게 된다면 어쩐다지?"

우포바유시치는 두 손으로 찾는 시늉을 해 보였다. 어쩐지 멍한 표정이면서도 눈만은 연신 빛을 내며 반짝거리고 있었다.

"재수 없게 왜 그런 말을 끄집어내는가?"

사나운 기세로 플라시 노가가 나무랐다.

"뭐 예전 일이 생각났기 때문일세."

변명이라도 하듯이 우포바유시치가 대답했다.

"어떤 일?"

"무슨 일이냐 하면 바로 말을 도둑맞았다는 얘기네……. 우리 집 미하일라라고 부르던 마부가 말일세. 이렇게 덩치가 크고 얼굴은 곰보딱지였지……. 어느 날은 말을 도둑맞지 않았겠나? 풀을 먹이려고 말을 풀어 놓았더니 그만 없어졌네 그려! 미하일라란 놈은 말이 없어졌다는 걸 알고는 글쎄, 땅바닥에 꽝하고 쓰러지더니 엉엉 울며 한바탕 소란을 피웠지. 응, 여보게. 그때 놈이 얼마나 통곡을 했는지 아나? 쓰러진 채로 발목을 꺾어 놓은 것처럼 그런 꼬락서니로 언제까지나 통곡을 했네만⋯⋯."

"그래서 자넨 그게 어쨌단 말인가?"

우포비유시치는 짝패의 날카로운 질문을 받자 무의식중에 뒤로 물러나면서 더듬거리며 대답을 늘어놓는다.

"그래서 그런 일이 생각났다는 걸세. 말하자면⋯⋯, 말을 잃어버린다는 것은 농사꾼에게 팔을 잘리는 거나 진배없다는 얘기를 말일세."

"난 자네한테 다시 한번 다짐해 두겠네만."

우포바유시치를 쏘아보면서 플라시 노가는 꾸짖듯 뒷말을 잇는다.

"그런 소린 절대로 하지 말게. 아주 내색도 하지 말아 주게! 그런 엉터리 수작이 도움이 되는 일은 절대로 없을 테니⋯⋯. 알겠나! 마부나 미하일라나 떠들어 봤댔자 다 쓸데없는 노릇일세!"

"하지만 불쌍하지 않은가?"

어깨를 으쓱하며 우포바유시치가 대들었다.

"불쌍하다고? 흥, 우리들은 불쌍하지 않단 말인가?"

"아니, 그저 말해 본 것뿐이네."

"그렇다면 이제부터는 쓸데없는 소리는 그만두게! 좀 있다가 곧 떠나야겠으니."

"곧 말인가?"

"그래."

우포바유시치는 모닥불 곁으로 다가앉아 나뭇가지로 불더미를 쑤시면서 다시금 바구니를 엮는 플라시 노가를 곁눈으로 흘끗 쳐다보더니 조용히 부탁한다.

"망아지를 풀어 주는 게 좋을 것 같은데⋯⋯."

"자네가 그토록 비겁한 인간인 줄은 꿈에도 몰랐네!"

생각할수록 분한 듯 플라시 노가는 외쳤다.

"나쁜 짓을 하자는 게 아닐세!"

낮은 목소리였으나 상대를 설득하듯이 우포바유시치는 뒷말을 잇는다.

"생각해 보게나. 여간 위험한 짓이 아니야. 4베르스타나 끌고 가서 애먹은 끝에 타타르 사람들이 안 사겠다고 나오면 어떡할 셈인가? 그때 가서는 어떻게 된다지?"

"그렇게 된다면 내가 책임지기로 하지!"

"그래도……, 풀어 주는 게 좋을 것 같은데……. 저런 더럽고 말라빠진 말을!"

플라시 노가는 아무 대답도 하지 않은 채 손끝만 더욱 재빠르게 놀리고 있었다.

"저따위 것에 누가 목돈을 내놓겠냐고."

낮은 소리로, 그러나 끈질기게 우포바유시치는 늘어놓는다.

"이러고 있을 게 아니라 벌써 적당한 시간이 됐으니까……. 보게나, 곧 어두워질 걸세……. 그러니 우리도 여기를 떠나 두본카 쪽으로 가보지 않겠나? 응, 여보게, 좀 더 적성이 맞는 일에 손을 대 보는 편이 낫겠네."

우포바유시치의 끈질긴 주장이 시냇물 소리에 뒤섞이면서 부지런히 손끝을 놀리고 있는 플라시 노가를 들쑤시기 시작했다. 그는 입술을 짓씹으며 말이 없었다. 잘 걸려들지 않던 가지가 손끝에서 뚝 하고 부러졌다.

"지금쯤은 아낙네들도 마전터로 나갔을 게고……."

망아지가 길게 울더니 머리를 빼내려고 안간힘을 쓴다. 누더기에 싸여서인지 더욱 참혹하고 가련한 모습이었다. 플라시 노가는 망아지가 서 있는 쪽을 흘끗 돌아보고는 불더미에다 퉤, 하고 마른침을 뱉었다.

"망아지도 묶여 있는 게 싫다고 몸부림을 치고 있군."

"자네 넋두린 언제나 끝나겠나?"

"사실대로 말하는 걸세……. 그렇게 화낼 일이 아닐세. 응, 스테판……. 망아지일랑 숲속으로 쫓아버리세. 나쁜 짓을 하자는 게 아니니까."

"자네 오늘은 배가 안 고픈 모양이로군?"

플라시 노가가 소리쳤다.

"그럴 리가 있나……."

친구의 화난 목소리에 질겁한 우포바유시치가 어물어물 대꾸했다.

"그렇다면 잔소리 말게. 그러다간 이쪽이 굶어 죽을 테니까. 난 아무것도 겁날 게 없으니까 말일세."

우포바유시치는 그렇게 말하는 짝패를 말없이 쳐다보았다. 짝패는 버들

가지를 한데 그러모아 동여매어 다발을 만들고 있었다. 숨소리가 거칠다. 불꽃에 비춰 윤곽이 드러난 텁석부리 얼굴이 벌겋게 달아올랐다. 우포바유시치는 옆으로 눈길을 돌리면서 괴로운 듯 한숨짓는다.

"잘 들어 두게. 난 절대 겁내지 않네. 내 마음먹은 대로 할 테니까."

분명히 거친 물소리로 플라시 노가가 말을 꺼낸다.

"다만 경고하지만 자네가 그렇게 꼬리를 사리겠다면 그걸로 벌써 나와는 손을 끊은 셈일세! 그렇게 하는 편이 차라리 나을지도 모르겠네. 나는 자네를 잘 알고 있지. 말하자면……,"

"말하자면……, 변덕쟁이란 말이지……."

"맞아!"

우포바유시치는 몸을 굽히며 쿨룩거리기 시작했다. 기침의 발작이 가라앉자 후, 하고 한숨을 내쉬면서 입을 뗀다.

"그것 때문만이 아닐세. 오늘 밤에는 뭔가 잘못될 것만 같아. 망아지하고 함께 있다가는 어쩐지 당할 것 같은 생각이 들어……."

"그만 해 두게!"

플라시 노가가 버럭 소리쳤다.

그는 버들가지의 다발을 집어 어깨에 메고는 아직 다 엮지 못한 바구니를 겨드랑이에 끼더니 벌떡 일어섰다.

우포바유시치도 따라 일어서며 짝패 쪽을 흘끔 쳐다보고는 조용한 걸음으로 망아지한테 다가갔다.

"워, 워! 괜찮아……, 걱정할 것 없단다."

우포바유시치의 말소리가 음산한 골짜기로 메아리쳐 갔다.

"똑바로 서 보렴. 자, 가자! 음, 그렇지!"

망아지 머리에서 누더기를 벗겨 주면서 오래도록 그 옆에서 꾸물거리는 우포바유시치를 보고 있던 플라시 노가는 윗수염을 씰룩거렸다.

"빨리 서두르지 않고 뭘 하는 거야!"

발걸음을 내디디며 플라시 노가가 소리쳤다.

"곧 다 되네."

우포바유시치의 대답이었다.

이윽고 두 사람은 떨기나무가 우거진 곳을 헤쳐 나아가며 골짜기를 따라

들어찬 어두운 그늘을 뚫고 말없이 걸어갔다.

망아지도 역시 그들의 뒤를 따르고 있었다.

한참 후의 뒤에서 시냇물의 리듬을 깨뜨리고 풍덩 하는 물소리가 들려왔다.

"아뿔싸, 저놈의 망아지 좀 봐! 개울에 빠져버렸군!"

우포바유시치의 말이었다.

플라시 노가는 밉살스럽다는 듯이 코를 벌름거렸다.

골짜기의 어둠 속으로, 내리덮이는 침묵 속으로, 여기에서는 상당히 멀어진 숲 언저리에서 소리 없이 산들거리는 떨기나무들의 바람결이 조용히 흘러온다. 바로 그 옆에는 모닥불의 남은 불꽃이 땅 위에 빨갛게 비치고 있어 마치 성내거나 조롱하는 도깨비의 눈알 같다.

달이 떠올랐다.

투명한 달빛이 연하(煙霞, 안개나 노을)와도 같이 뽀얀 광채를 골짜기에 넘쳐흐르게 해 주어 어디서나 그림자가 드리워졌다. 숲은 더욱더 짙어가고 정적은 점점 더 깊어지면서 한층 음울해져 갔다. 달빛에 은색으로 빛나는 자작나무의 하얀 줄기가 참나무, 느릅나무 그 밖의 잡목들의 검은 그림자를 배경 삼아 촛불처럼 윤곽을 드러내고 있었다.

두 친구는 산골짜기를 묵묵히 걸어갔다. 길이 험해서 발길을 옮겨놓기가 힘들었다. 미끄러지거나 수렁에 깊이 빠지곤 했다. 우포바유시치는 쉴 새 없이 쿨룩거리고 있었다. 가슴 속에서 피리 소리가 울리는가 하면 씩씩거리기도 하고 때로는 비명에 가까운 신음 소리를 내기도 한다. 플라시 노가가 앞서가느라 그의 큰 몸뚱이의 그림자가 우포바유시치 위로 떨어진다.

"정신 차리게, 응, 여보게!"

별안간 플라시 노가가 나무라듯, 화라도 난 듯한 말투로 입을 열었다.

"도대체 어디로……, 가는 거야? 무얼 찾는 거야?"

우포바유시치는 한숨을 몰아쉬면서 겨우 물었다.

"요새는 밤이 참새 주둥이보다도 짧다네. 밝을 녘까지는 마을에 돌아가야겠는데……, 그래 가지고야 어디 가겠나? 그야말로 마님네 행차 같군."

"괴로워서 그래, 여보게!"

나직한 소리로 우포바유시치가 중얼거렸다.

"괴롭다니?"

비꼬는 듯이 플라시 노가가 소리친다.

"왜?"

"숨을 쉬는 게 여간 힘들어야지……."

병든 도둑의 대답이었다.

"숨을 쉬는 게? 왜 숨 쉬는 게 힘들담?"

"병든 탓이겠지……."

"허튼소리 말게! 자네가 넋이 빠진 탓이지."

플라시 노가는 그 자리에서 발걸음을 멈추고 짝패를 향해 돌아서더니 그의 코끝에 손을 대며 이렇게 덧붙인다.

"자네가 넋이 빠져 있으니 숨도 제대로 못 쉬지. 그렇잖은가?"

우포바유시치는 머리를 수그리며 사과라도 하듯이 중얼거렸다.

"알았네……."

그는 좀 더 말을 하고 싶었으나 그때 다시 기침이 나기 시작했다. 우포바유시치는 두 손으로 나무줄기를 부여잡고 그 자리에서 발을 구르며, 머리를 흔들흔들 치올리고 입을 딱 벌린 채로 연달아 쿨룩거렸다.

플라시 노가는 피골이 상접한 짝패의 얼굴을, 달빛에 비쳐 창백하게 보이는 그 얼굴을 아무 말 없이 쳐다보았다.

"그렇게 쿨룩거리면 숲속의 온갖 화상들이 다 잠을 깨겠네그려!"

참다못해 그가 쥐어박듯 내뱉은 말이었다.

그러나 우포바유시치가 기침의 발작을 멈추고 머리를 흔들어대면서 큰 숨을 들이쉬고 내쉬자, 플라시 노가도 어쩔 수 없이 명령조의 말투로나마 짝패한테 권했다.

"자, 좀 쉬었다 가세."

두 사람은 축축한 땅바닥에 주저앉았다.

우거진 떨기나무의 그늘로 가려져 있는 곳이었다. 플라시 노가는 잎담배를 종이에 말아 피우더니 그 불꽃을 눈여겨보며 천천히 말을 건넨다.

"그래도 집에 뭐든 먹을 것이라도 있다면야 우리도 집으로 돌아갈 수 있는데……."

"그야 말할 나위도 없지!"

우포바유시치가 맞장구를 쳤다.

플라시 노가는 흘끗 이마 너머로 짝패를 쳐다보며 말을 잇는다.

"그놈의 집구석에는 낟알 한 톨 없으니 별수 없이 갈 때까지는 가 봐야 하지 않겠나?"

"음……."

우포바유시치의 한숨 소리였다.

"그래 봤자 역시 어쩔 수 없을지도 모르지. 뭐 이렇다고 할만한 좋은 곳이 있는 것도 아니니 말일세……. 따지고 보면 우리 넋이 빠진 탓이지! 얼마나 넋 빠진 놈들인지 어이가 없네만!"

플라시 노가의 흥분한 음성이 공기를 가르는 듯했다. 그 기세에 불안을 느낀 우포바유시치는 몸을 비틀며 큰 숨을 몰아쉬다 연달아 목구멍에서 씩씩거리며 기묘한 소리를 내곤 했다.

"하지만 먹지 않고 살 수가 있어야지……. 오히려 더 먹고 싶고 더 배가 고프단 말이야. 못 견딜 정도로 배가 고파 뱃속에서 쪼르륵 소리가 난단 말일세!"

플라시 노가의 투덜거리는 말소리가 여기서 멈췄다. 우포바유시치는 새롭게 결심을 한 듯 벌떡 일어섰다.

"어딜 가려고?"

플라시 노가가 물었다.

"자, 가세."

"자네 어쩌려고 그러는 건가? 그렇게 갑자기 나서다니……."

"가 보는 거야!"

플라시 노가도 따라 일어섰다.

"갈만한 곳도 없는데."

"상관있나 될 대로 되라지!"

우포바유시치는 절망적으로 손을 내저었다.

"터무니없이 신명이 났군!"

"당연하지 않겠나? 자네한테 마냥 구박을 받은 데다가 된서리까지 맞았으니 말일세……. 제기랄!"

"하지만 갑자기 왜 그런 생각이 들었나?"

"왜냐고?"

"그래, 갑자기 왜 그러냐고."

"아마 불쌍한 생각이 들어서이겠지."

"훼! 누가 말이야?"

"인간이 말일세! 인간이란 게 불쌍해서……."

"인간이?"

플라시 노가가 느릿하게 되물으며 친구에게 말했다.

"헛헛……. 나서시지 손을 잡고서 냄새를 맡고 그러고는 버려 보시지, 하란 말씀이군! 음, 자넨 어쩌자고 그런 도인이 됐단 말인가? 도대체 그 인간이란 놈들이 자네한테 무얼 해 주었나? 인간이란 놈들은 말일세, 자네 목덜미를 움켜잡고서 그야말로 벼룩을 잡듯이……, 손톱으로 깨뜨리는 놈들이라네! 그래도 자넨 그 인간들이 가엾다는 건가? 그렇다면 자네는 그야말로 바보 수작을 일부러 내보이는 거나 다름없지. 이쪽에서 선심을 베풀면 인간이란 놈들이 무엇으로 보답해 주는 줄 아나? 온 집안 식구를 못살게 할 따름이야! 내가 내 손으로 오장육부를 긁어내고 난도질을 해서 뼈에 붙은 살점을 뜯어내는 셈이지. 여보게……, 불쌍한 건 자네야! 그런 생각이라면 신령님께 부탁하는 게 낫지. 새삼스레 자비심은 일없으니까 당장에 죽여주옵소서 하고 말일세. 그것으로 안심입명(安心立命 삶과 죽음을 초월함)이 될 테지! 응, 내 말이 어때? 그렇잖으면 억수 같은 빗물에 녹여 없애 달라고 부탁하든지! 불쌍하다니 무슨 소리야! 제기랄."

플라시 노가는 완전히 흥분해 버렸다. 그의 날카로운 목소리는 짝패에 대한 비난과 멸시로 가득 차 숲속에 메아리쳐 갔다. 그러자 나뭇가지들의 나직한 속삭임으로 부스럭거리는 것이 마치 이 통쾌하고 신념에 넘치는 말에 동감의 뜻을 나타내는 것 같았다.

우포바유시치는 소맷자락에 손을 쑤셔 넣고는 가슴께까지 머리를 푹 숙인 채로 떨리는 다리에 힘을 주어 겨우겨우 발걸음을 옮기고 있었다.

"기다려 주게."

우포바유시치가 입을 열어 친구를 불렀다.

"이젠 틀린 걸까? 마을에라도 도착하면 괜찮아질지도 모르지만……, 거기까지 가서……, 혼자 가서……, 자넨 안 오는 게 좋겠네. 뭐든 닥치는 대로 집어내면……, 집으로 갈 테니까……. 빨리 가서……, 한숨 자야겠네. 난 도저히 못 견디겠어…….”

거기까지 말했는데 벌써 숨이 차서 가슴 속에서는 씩씩거리는 소리가 들끓고 있었다. 플라시 노가는 수상쩍게 짝패를 훑어보더니 −걸음을 멈추고 무슨 말인가 하려 했다.− 그러나 손을 내젓더니 아무 말도 하지 않고 다시금 걷기 시작했다.

그 후로 말없이 꽤 걸어갔다. 어디선가 새 소리가 나고 멀리서는 개 짖는 소리가 들려온다. 얼마 후에는 구슬픈 야경의 종소리가 멀리 마을 성당에서 흘러와서는 숲의 침묵 속으로 파묻혀 버린다. 희뿌연 달빛 속에 어디선가 날아온 커다란 새가 거대한 그림자처럼 공중에 떠 있다가 듣기 싫은 날갯짓 소리를 내며 산골짜기를 날아갔다.

“부어론인가……. 아니면 그라치란 놈일까?”

플라시 노가가 한눈을 팔았다.

“안 되겠어…….”

우포바유시치가 땅바닥에 털썩 쓰러지면서 말했다.

“자네, 난 상관 말고 먼저 가게. 난 여기 남아 있을 테니까……. 이젠 더이상 못 걷겠어. 숨이 탁탁 막히고 눈이 아물거려서…….”

“흥, 또 시작인가?”

플라시 노가가 불만스레 뇌까렸다.

“정말 못 걷겠단 말인가?”

“못 걷겠어.”

“낭패로군! 흥!”

“아주 지쳐버렸네…….”

“조금만 더 가면 되는걸! 우물쭈물하다가는 또 아침부터 밥 한술 못 먹고 싸다녀야 하네.”

“난 안 되겠네. 이걸로 인제……, 난 끝장일세. 이것 보게, 피가 이렇게 나오는걸.”

이렇게 말하는 우포바유시치는 플라시 노가의 얼굴 앞에 거무스레한 것으로 더럽혀진 손바닥을 내밀었다. 짝패는 그 손을 곁눈으로 흘겨보면서 목소리를 낮추며 묻는다.

"그럼 어떡하란 말인가?"

"자네 먼저 가게……. 난 남아 있을 테니까……. 인제 여기서 일어나지 못할 걸세, 아마……."

"나 먼저 가라니, 내가 어디를 간단 말인가? 나 혼자 마을로 가서 마을 놈들한테……, 인간들에게 걸려 봤댔자 신통한 일이 없을 건 뻔하지 않나?"

"그야 눈에 띄기만 하면 맞아 죽을 판이지……."

"도대체 이건……, 어떻게 해야 좋담. 이대로 있다간 마을 놈들한테 들킬 게 뻔하고."

둔한 기침 소리와 함께 입에서 핏덩어리를 토하면서 우포바유시치는 뒤로 나자빠져 버렸다.

"피가 나오나?"

플라시 노가가 물어보기는 하지만 눈은 딴 데 두고 곁에 버티고 서 있을 따름이었다.

"굉장히 많이 나와!"

우포바유시치는 들릴락 말락 속삭이고는 또다시 쿨룩거렸다. 플라시 노가는 면박이라도 주듯 일부러 큰 소리로 말한다.

"의원이라도 부르면 좋겠구먼!"

"의원을?"

가냘픈 소리로 우포바유시치가 입을 열었다.

"하지만 그 전에 자네, 일어나서 좀 걸어 보지 않겠나? 아주 천천히 걸어도 좋으니까."

"도저히 가망이 없네……."

플라시 노가는 짝패의 머리맡에 쭈그리고 앉아 두 손으로 무릎을 감싸고는 근심스레 그의 얼굴을 들여다보았다. 우포바유시치의 가슴은 힘겹게 물결치고 씩씩거리는 둔한 소리에 눈망울이 푹 꺼지고 입술은 괴상하게 늘어나 말라붙은 것처럼 보인다.

피가 뺨으로 실올처럼 흘러내렸다.

"아직도 계속 나오나?"

플라시 노가는 짝패를 걱정하는 말투로 조용히 물어보았다.

우포바유시치의 얼굴은 씰룩거렸다.

"나오는데……."

가냘프고 죄어드는 소리가 들렸다. 플라시 노가는 두 무릎 사이로 머리를 처박은 채 그대로 말이 없다.

두 사람의 머리 위로는 골짜기의 벼랑이 솟아 있다. 벼랑에는 눈이 녹아내려 깊어진 물길이 몇 갈래 나 있었다. 벼랑 위에도 산발한 머리처럼 더부룩한 나무가 달빛을 받아 산골짜기를 기웃거리고 있다. 한층 가파른 다른쪽 벼랑은 온통 떨기나무로 뒤덮였다. 그 시꺼먼 떨기 숲에는 군데군데 흰 나무줄기가 뻗쳐 있고 그 메마른 가지에는 그라치의 둥우리가 또렷하게 드러나 보였다. 비가 내리듯 달빛이 내리덮고 있는 골짜기는 흡사 인생의 색채를 잃은 멋쩍은 꿈결 같다. 더구나 조용히 흘러내리는 시냇물 소리에 그 적막한 분위기가 한결 더 강렬했다.

"이젠 이별일세……."

처음에는 가까스로 알아들을 만한 작은 목소리로 우포바유시치가 말했으나 곧이어 큰 소리로 뚜렷하게 되풀이한다.

"이젠 이별이란 말이야, 스테판!"

플라시 노가의 온몸이 부르르 떨렸다. 그는 뜻밖에 비틀거리고 숨소리마저 거칠어졌다. 그렇지만 무릎 사이에 처박은 머리를 들고는 낮은 목소리로 말을 더듬으며 입을 연다.

"자네, 무슨 쓸데없는 소리를 하나……. 여보게! 걱정할 거 없어."

"예수님!"

우포바유시치가 괴롭게 숨을 몰아쉬었다.

"아무렇지도 않은 걸 가지고 그래."

짝패의 얼굴을 들여다보면서 플라시 노가가 중얼거린다.

"조금만 더 참으면 가라앉을 거야……. 좀 있으면 나아질 걸 가지고 뭘 그러나."

우포바유시치는 다시 쿨룩거리기 시작했다. 가슴 속에서 이상한 소리가 났다. 마치 젖은 헝겊이 갈비뼈에 스치는 듯한 그런 소리였다. 그 소리를 들어 본 플라시 노가는 수염을 씰룩거렸다. 우포바유시치의 기침이 잠시

가라앉자 커다란 소리를 내면서 단속적인 호흡이 시작되었다. 온 힘을 다하여 뛰는 듯한 그런 호흡을 한동안 계속하더니 이윽고 입을 열었다.

"용서해 주게. 응, 스테판. 왜 그렇게 난……, 망아지를 그렇게까지……, 나를 용서해 주게나. 여보게!"

"나야말로……, 자네에게 용서를 바라네!"

플라시 노가는 짝패의 말을 가로막고 잠시 후 이렇게 덧붙였다.

"난……, 대체 난 이제 어디로 가야 하나? 어떻게 살아야 하나?"

"이까짓 건 아무것도 아닐세! 자네가 행복하게 살도록 내가……."

우포바유시치는 가벼운 숨을 몰아쉬더니 말이 채 끝나기도 전에 입을 다물었다.

그 후로 잠시 더 씩씩거리는 소리가 들렸다. 두 발이 뻗쳐지더니 한 발이 다른 쪽으로 기울어졌다.

플라시 노가는 눈도 깜박이지 못한 채 짝패를 지켜보고 있었다. 몇 분간의 침묵이 흘렀을 뿐인데 많은 시간이 지난 게 아닌가 싶을 만큼 꽤 오랜 시간으로 느껴졌다. 그때 별안간 우포바유시치가 고개를 쳐들었다. 그러다 이내 힘없이 뚝 떨어졌다.

"왜 그러나, 여보게?"

플라시 노가가 짝패한테 몸을 기울였다. 그러나 짝패는 아무 말이 없었다. 조용히 그리고 가만히 아무런 움직임이 없었다. 그로부터 한동안 그대로 친구 곁에 앉아 있었다.

이윽고 플라시 노가는 일어나 모자를 벗고 성호를 긋고 나서는 서서히 발걸음을 옮겨 골짜기 쪽으로 걸어갔다. 그는 험상궂은 표정을 짓고 있었으며 눈썹도 수염도 노기를 띠고 있었다. 한 걸음 한 걸음이 발로 땅바닥을 치는 듯한, 땅바닥을 아프게 해 주고야 말겠다는 듯한 억센 발걸음이었다.

벌써 날이 밝아오고 있었다. 하늘은 잿빛으로 흐려져 있었다. 골짜기에는 두려운 정적이 서려 있었다. 다만 시냇물만이 그 단조롭고 알아듣기 어려운 얘기를 계속하고 있었다.

별안간 큰 소리가 울렸다. 흙더미가 골짜기로 굴러떨어지는 소리였는지도 모르겠다. 산골짜기의 찬 습기와 싸늘한 공기에 부딪친 음향도 그리 길지는 못했다. 소리가 났는가 싶더니 이내 조용해졌다……

법 앞에서

- 프란츠 카프카 -

작가 소개

프란츠 카프카(Franz Kafka 1885~1924) 체코 소설가

카프카는 1883년 체코의 수도 프라하에서 오스트리아 헝가리 제국의 유대계 상인의 장남으로 태어났다. 1901년 프라하 대학에 입학하여 독문학과 법학을 공부했으며, 1906년 법학박사 학위를 취득했다. 1907년 프라하의 보험회사에 취업하고 후에 프라하의 형사법원과 민사법원에서 실무를 익혔으며, 1908년에는 노동자산재보험공사에 근무하면서 직장생활과 글쓰기 작업을 병행하다 1917년 결핵 진단을 받고 1922년 보험회사에서 퇴직, 1924년 6월 3일 오스트리아 빈 근교 키얼링의 한 요양원에서 사망했다. 작품으로는《어느 투쟁의 기록》《시골에서의 결혼 준비》《선고》《변신》《유형지에서》등의 단편과《실종자》《소송》《성》등의 미완성 장편, 그리고 작품집《관찰》《시골 의사》《단식 광대》등 다수의 편지글을 남겼다.

작품 정리

법은 누구에게나 개방되어 있다고 생각했던 시골 사람은 법의 문으로 들어가기 위해 모든 걸 다 바치고 오랜 세월을 법의 문 앞에서 기다린다. 하지만 끝내 법의 문으로 들어가지 못하고 죽음이 임박한 순간까지 희망을 버리지 않는다. 법은 모든 사람에게 언제나 접근 가능한 것이어야 한다는 끈질긴 열망을 보여준다. 그리고 불안과 두려움, 부조리한 현실과 고압적인 체제에 굴복하고 허무한 죽음을 맞는 나약한 소시민의 삶을 보여주는 카프카의 독창적이고 기발한 상상력으로 빚어낸 불멸의 단편이다.

　　한 시골 사람이 법의 문 앞에 찾아와 안으로 들어가게 해 달라고 하자, 지금은 들어갈 수 없다고 문지기는 말한다. 그러면 나중에는 들어갈 수 있냐고 묻지만, 지금은 안 된다고 말하며 궁금하면 내 금지를 어기고 들어가 보라고 한다. 하지만 그는 맨 끝에 문지기일 뿐, 또 다른 문을 통과할 때마다 점점 힘이 센 문지기가 서 있다고 말한다. 시골 사람은 닥쳐올 어려움을 예상하지 못했다. 용감하게 문 안으로 들어가기보다 문지기가 입장 허가를 내릴 때까지 기다리기로 하고, 문지기에게 애원하고 비싼 물건을 주기도 한다. 그러나 문지기는 선물을 다 받고도 안으로 들여보내지 않는다. 오랜 시간이 흐른 뒤 시골 사람의 목숨이 얼마 남지 않고 죽음이 임박하자 문지기에게 '왜 자기 말고 아무도 문 안으로 들여보내달라는 사람이 없는지' 이유를 묻는다. 그러자 문지기는 '이 문은 오직 당신을 위한 문'이었다고 말하고 문을 닫고 떠난다.

갈래 : 단편 소설

시점 : 전지적 작가 시점

배경 : 어느 법의 문 앞에서

주제 : 굽히지 않는 의지의 허망함

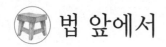# 법 앞에서

　법(法) 앞에 문지기 한 사람이 서 있다. 문지기에게 한 시골 사람이 찾아와 법으로 들어가게 해 달라고 한다. 하지만 문지기는 지금은 들어갈 수 없다고 말한다. 시골 사람은 곰곰이 생각하다 묻는다.

　"그렇다면 나중에는 들어갈 수 있습니까?"

　"그럴 수는 있지만."

하고 문지기는 대답한다. 그러고는

　"하지만 지금은 안 되오."라고 말한다.

　그러나 법으로 가는 문은 언제나 활짝 열려 있고, 문지기가 문 옆으로 물러섰기 때문에 시골 사람은 문을 통해 안을 들여다보려고 몸을 숙였다. 그걸 본 문지기는 사내의 행동을 보고 큰 소리로 껄껄 웃으면서 말한다.

　"그렇게 궁금하면 내 금지를 어기고 들어가 보시오. 하지만 하나 알아두시오. 나는 힘이 세고 막강하다오. 그리고 나는 최하급 문지기일 뿐이고, 문을 통과할 때마다 또 다른 문지기가 서 있는 데 점점 더 힘이 막강한 문지기를 만나게 되고, 세 번째 문지기만 돼도 나 정도는 그 모습을 감히 쳐다보지도 못한다오."

　시골 사람은 그런 어려움을 미처 예상하지 못했다. 그는 법이란 모든 사람에게 누구에게나 언제든지 개방되는 것이 옳다고 생각했지만, 지금 문 앞에 털코트를 입고 있는 문지기의 커다란 매부리코와 길고 가늘고 검은 타타르인 같은 수염을 자세히 살펴보며, 입장을 허락할 때까지 기다리는 것이 더 낫겠다고 마음을 잡는다. 문지기는 그에게 등받이 없는 의자 하나를 주면서 문 옆에 앉아 있게 한다.

　그는 그곳에서 몇 날 며칠, 그리고 몇 년을 의자에 앉아 기다렸다. 그는 안으로 들어가기 위해 여러 가지 방법을 시도하고 자주 부탁을 하면서 문지기를 지치도록 하였다. 문지기는 가끔 그에게 간단한 심문을 하고, 그의 고향이나 그 밖의 여러 가지 다른 것을 물어보기도 한다. 그러나 그것은 지체 높은 사람들이 흔히 물어보는 질문처럼 대수롭지 않은 질문이었다. 그리고 언제나 끝에 가서는 아직은 당신을 안으로 들여보낼 수 없다고 말한다. 이 여행을 위해 많은 물건을 가지고 왔던 시골 사람은 문지기의 마음을 사기 위해 지니고 있던 값비싼 물건을 아낌없이 다 바친다.

문지기는 시골 사람이 주는 대로 물건을 다 받으면서 안으로 들여보내 주지 않았다.

"내가 이 물건을 받는 것은, 그건 다 당신이 모든 노력을 소홀하게 했다는 생각이 들지 않기 위해 받아 주는 것이오."라고 말한다.

여러 해가 지나는 동안 시골 사람은 문지기에게서 눈을 떼지 않고 주시한다. 그는 다른 문지기들이 있다는 것을 잊어버렸다. 그에게는 이 첫 번째 문지기가 법으로 들어가는 것을 방해하는 단 하나의 장애물로 생각한다.

그는 이 불행한 우연을 처음 몇 해 동안은 큰 소리로 저주를 퍼부었다. 그러나 세월이 흘러 나이가 들수록 혼잣말로 투덜거렸다. 그는 어린애처럼 변하고 있었다. 문지기를 수년 동안 살피다 보니 그의 털코트 깃에 붙어 있는 벼룩까지도 알아보게 되었다. 그래서 그는 벼룩들에게까지 자신을 도와 문지기의 마음을 돌리도록 해달라고 부탁한다.

그러다 시력이 나빠진 그는 정말로 주변이 어두워지는 건지, 아니면 자신의 눈이 속이는 건지 분간조차 하지 못했다. 그러나 어둠 속에서도 절대 꺼질 수 없는 한 줄기 찬란한 빛이 법의 문으로부터 비쳐오고 있음을 직감한다. 이제 그는 살날이 얼마 남지 않았다. 죽음을 앞둔 그의 머릿속에는 지난 세월 동안 문 앞에서 겪었던 모든 경험이, 그가 지금껏 문지기에게 물어보지 않은 하나의 질문으로 집약된다.

이제 그는 몸이 점점 굳어져 일어설 수 없어서 문지기에게 자기 곁으로 오라고 눈짓을 한다. 문지기는 몸을 깊숙이 숙일 수밖에 없었다. 그의 몸이 굳고 작아졌기 때문에, 두 사람의 키 차이가 시골 사람에게 몹시 불리했기 때문이었다.

"지금 와서 또 뭘 더 알고 싶은 것이 있소?"
하고 문지기가 사내에게 묻는다.

"당신은 정말 욕심이 많은 사람이군요. 모든 사람이 법을 얻으려고 나아가고 노력하는데."

하고 시골 사람이 말했다.

"그런데 그 많은 세월이 흐르는 동안 나 말고는 아무도 이 문을 들여보내 달라고 하는 사람이 없으니 대체 어떻게 된 일이오?"

문지기는 시골 사람의 죽음이 얼마 남지 않음을 알아차리고, 청력이 약해진 사내의 귀에 들리게끔 큰 소리로 이야기한다.

"여기는 당신 외에는 다른 누구도 입장 허가를 받을 수가 없소. 왜냐하면 이 입구는 오직 당신을 위해 정해진 입구였기 때문이오. 이제 나는 문을 닫고 돌아가겠소."

아Q정전
- 루쉰 -

작가 소개

루쉰(魯迅. Luxun 1881~1936) 중국 작가, 사상가.

루쉰은 필명으로 본명은 저우수런(周樹人)이다. 중국 저장성, 사오싱에서 대지주 집안의 장남으로 태어났으나 조부의 투옥과 아버지의 병사(病死)로 힘든 유년시절을 보낸다. 1898년 난징의 강남수사학당에 입학, 계몽적 신학문의 영향을 받았다. 1902년 일본에 유학, 도쿄 고분학원과 센다이 의학전문학교에서 의학을 공부했다.

1909년 귀국하여 고향에서 교편을 잡다가 1911년 신해혁명이 일어나자 신정부의 교육부원이 된다. 1920년 이후에는 베이징대학, 베이징여자사범대학에서 교편을 잡는다. 1926년 정부의 문화 탄압에 위협을 느껴 베이징을 떠나 광동 중산대학으로 가서 학생들을 가르쳤으며, 국공분열 뒤의 불안한 정세를 피해 상하이에 숨어살면서 제자인 쉬광핑과 동거한다. 1930년 좌익작가연맹이 설립되자 주도적인 활약을 하였다. 1931년 만주사변 뒤 민족주의 문학, 예술지상주의자들에게 날카로운 비판을 하며 이때부터 판화(版畵)운동을 주도하여 중국 신판화의 기틀을 다진다. 중·일 전쟁이 일어나기 전 1936년 10월 상하이에서 병사한 후 만국공동묘지에 묻힌다.

대표 작품으로는 《단오절》《백광》《토화묘》《압적희극》《사극》 등의 소설이 있고, 《광인 일기》《고향》《아Q정전》 외 전작품을 수록한 소설집 《눌함》, 산문시집 《야초》 등 여러 작품이 있다.

작품 정리

《아Q정전》은 신해혁명 시기의 농촌생활을 제재로 하여 이 시기의 중국 농촌 생활상을 심각하게 파헤쳐 아Q라는 날품팔이꾼의 운명을 비극적으로 묘사함과 동시에 중국민족의 나쁜 근성을 지적하여 각성시키려 하고 있다. 이 소설에서 노신은 중국과 중국민족을 절망적으로 그리고 있다. 민족이 나아가야 할 길을 예견하고 희망이 있는 방향을 제시하기보다는, 궁지에 몰려 소외되고 탈락되고 짓눌린 자의 모습을 집요하게 그려낸 것이다. 아Q는 신해혁명을 성공적으로 이끌어

가지 못하는 타성의 사회에서 사명감도 목적의식도 없으면서 혁명의 소용돌이에 휘말려 무기력하고 비겁한 노예근성으로 돌아가 공허하게 최후를 끝마친다. 아Q는 자존심이 강하다. 그가 비록 날품팔이 일꾼에 지나지 않으나 미장의 사람들은 물론이거니와, 심지어는 조 나리를 비롯한 지주들도 존경하지 않는다. 민족의 치욕과 병을 앓으면서도 개선을 기피하고 남을 따라 부화뇌동하며, 약자에겐 잔인하고 강자에겐 아첨하며, 자신의 책임을 남에게 미루고 아편전쟁 이후 상류사회의 기둥이 반봉건성, 반식민지의 중국사회에 문제를 일으키게 되며, 모든 것에 패하였으면서도 정신적인 승리에만 만족하는 국민성을 아Q라는 인물을 내세워 채찍질을 한 것이다. 그 당시 중국 국민을 대표하는 인간상으로 혁명을 두려워하는 권력자의 모습과 혁명의 희생물로 죽어가는 아Q를 그림으로써 썩은 사회를 개선하는 용기를 주고, 중국이 새롭게 태어나려면 어떻게 바뀌어야 할 것인가 등을 주장하였다.

《아Q정전》은 1921년 12월에서 다음해 2월에 걸쳐 주간 〈신보부간(晨報副刊)〉에 파인(巴人)이라는 필명으로 발표된 중편소설로, 각국어로 번역되어 세계적으로 널리 알려졌으며 중국문학뿐만 아니라 세계문학의 걸작으로서도 손색이 없는 작품이다.

작품 줄거리

아Q는 이름도 성도 분명치 않다. 미장이란 마을 사당에서 지내며 날품팔이로 연명하는 사람이다. 마을사람에게 무시당하고 그다지 내세울 만한 것도 없지만 자존심만은 강해서 자신의 패배를 승리로 착각하고 산다. 평소에 경멸하는 왕후에게 싸움을 걸었으나 지고, '가짜 양놈'이라 부르는 전 나리의 아들에게 욕지거리를 했다가 지팡이로 실컷 두들겨 맞고, 마음을 달래려 선술집으로 가는 길에 젊은 여승을 만나 조롱하며 여자의 필요를 느끼자 조 나리의 하녀인 오마에게 치근대다가 크게 혼이 난다. 그 후 동네 여자들은 아Q를 피하고 생계수단이던 날품팔이마저 끊기게 된다. 굶주리다 못해 정수암에서 무를 뽑다가 들켜 아Q는 자취를 감춘다. 반년 뒤 아Q는 돈을 많이 벌어 다시 나타났는데 아Q가 옷을 많이 가지고 있는 것이 수상해 알아보니 도둑패의 것을 도둑질함이 드러난다. 그 즈음 신해혁명이 일어나고 혁명당원이 되려 하였으나 뜻을 이루지 못했다. 그런데 어느 날 밤, 조 나리의 집이 폭도들에게 약탈당하자 아Q는 혁명당원으로 체포되어 억울한 죽음을 당한다.

핵심 정리

갈래 : 장편 소설

배경 : 청조 말 중국 미장의 작은 마을

시점 : 전지적 작가 시점

주제 : 혁명에 휘말려 희생되는 아큐의 비극적인 삶

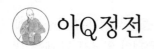

아Q정전

제1장 서문

　내가 아Q의 정전을 쓰려고 생각한 것은 한두 해 된 것이 아니다. 그런데 쓴다 쓴다 하면서도 쓰려고만 하면 그만 망설여지고 마는 것이다. 그것은 내가 '글을 후세에 전할 만한' 위인이 못되기 때문이다.

　예부터 불후의 붓은 불후의 인물을 전한다고 했다. 그리하여 사람은 글에 의해 전해지고 글은 사람에 의해 전해진다. 그렇게 되면 대체 누가 누구에 의해서 전해지는 것인가가 점차 애매해진다. 결국 내가 아Q를 후세에 전하게 되었다는 데에 생각이 미치고 보니 어쩐지 귀신에 홀린 듯하다.

　아무튼 불후의 문필은 못되나 한 편의 글을 쓰기로 작정하고 붓을 들긴 들었는데, 들자마자 곧 여러 가지로 곤란에 부딪치게 되었다.

　첫째로 글의 제목이다. 공자는 '이름이 바르지 못하면 말이 순조롭지 못하다'고 했다. 이 점은 지극히 주의해야 할 필요가 있다.

　전(傳)의 명칭은 많다. 열전, 자전, 내전, 외전, 별전, 가전, 소전 등등. 그렇지만 애석하게도 아Q에게는 이 모두가 적합하지 못하다. 열전이라고 하려 해도 이 한 편은 결코 다수의 훌륭한 사람들과 함께 정사 속에 배열되는 것이 아니고, 자전이라 하려 해도 내가 아Q는 아니다.

　외전이라 하자면 내전은 어디에 있느냐가 문제가 될 것이다. 혹 내전이라 하려 해도 아Q는 결코 신선은 아닌 것이다. 또 별전은 어떤가 하면 아Q는 대총통으로부터 국사관에 본전을 세우라는 명령이 내려져 있지도 않다. 비록 영국의 정사에는 '박도열전'이 없지만 문호 디킨즈는 《박도열전》이란 책을 저술하였다. 하지만 그것은 문호이기에 가능했던 것이지 나 따위로서는 어림도 없는 일이다.

　다음은 가전(家傳)인데, 나는 아Q와 종씨인지 아닌지조차 모르며 또한 그의 자손으로부터 의뢰를 받은 적도 없다. 소전이라고 하려 해도 아Q에게는 따로 대전이 있는 것도 아니다. 요컨대 이 한 편은 역시 본전이라고 해야 하겠으나 문장에 대한 관점에서 볼 때 문체에 품위가 없어서 '수레를 끌고 된장이나 파는 자'의 그것과 같아 감히 본전이라 칭할 수도 없다.

그래서 예전에 인간 취급조차 받지 못했던 소설가들이 했던 말, 즉 '쓸데없는 말은 그만두고 정전(正傳)으로 돌아가라'라는 문구에서 정전의 두 글자를 취해 제목으로 하기로 한다. 비록 옛사람이 편찬한 ≪서법정전(書法正傳)≫의 정전과 비슷하여 혼동되지만 거기까지 마음을 쓸 수는 없다.

둘째로 전기의 통례로서 첫머리에는 대개 '아무개. 자(字)는 무엇이며, 어느 곳 사람이다.'라고 쓰는 것이나 나는 아Q의 성이 무엇인지 전혀 모른다. 한번은 그의 성이 조(趙)가인 것 같았으나 그 이튿날이 되니 이것도 곧 모호해졌다. 그것은 조 나리의 아들이 수재(秀才)에 급제했을 때였다.

징과 꽹과리 소리와 함께 그 소식이 마을에 전해졌을 때, 마침 황주 두어 잔을 들이켰던 아Q는 몹시 좋아 날뛰면서 이것은 자신에게도 퍽 영광이라고 했다. 왜냐하면 그는 원래 조 나리와 친족이며, 계보를 자세히 따지면 수재보다 삼대나 항렬이 위라는 것이었다. 그곳에서 그 이야기를 듣고 있던 사람들은 그의 말에 다소 숙연해졌고 존경심까지 느꼈다.

그런데 이튿날 지보(地保, 토지매매증명서나 관리의 명령을 전달하던 하급 관리)가 오더니 아Q를 조 나리 댁으로 끌고 갔다. 조 나리는 아Q를 보자 얼굴이 붉으락푸르락하여 호령했다.

"아Q, 이 발칙한 놈, 내가 너의 친족이라고 말했다지?"

아Q는 입을 열지 않았다. 조 나리는 점점 화가 치밀어 한 발짝 걸어 나가며 말했다.

"괘씸한 놈, 터무니없는 소리를 지껄이다니! 내게 어찌 네놈 같은 친족이 있을 수 있단 말이냐! 네 성이 조 씨냐?"

아Q는 입을 열지 않은 채 조용히 물러나려 했다. 조 나리는 달려들어 따귀를 한 대 갈겼다.

"네놈의 성이 어떻게 해서 조가란 말이냐? 네놈이 조가라니 당치도 않다!"

아Q는 자기의 성이 확실히 조가라고는 단 한마디도 하지 않았다. 그저 왼뺨을 문지르면서 지보와 함께 물러났다. 밖으로 나와서는 지보에게 한바탕 훈계를 듣고 술값 두 냥을 물어주었다.

이 소식을 들은 사람들은 모두 아Q가 간이 부어 매를 자초하였고 아마도 그가 조가는 아닐 것이며, 설사 정말 조가라 하여도 조 나리가 이곳에 있는 한 그런 허튼소리는 해서는 안 될 것이라고 수군거렸다. 그 일이 있고부터 는 아무도 그의 성씨에 대하여 말하는 사람이 없었고 결국 나도 아Q의 성 이 무엇인지 모르게 되었다.

셋째로 나는 아Q의 이름을 어떻게 쓰는지조차 모른다. 그가 살아 있을 때에 사람들은 모두 그를 아퀘이(Quei)라고 불렀다. 하지만 그가 죽은 뒤 로는 어느 누구도 그 이름을 입에 올리지 않았다.

하물며 '죽백에 기록한다'는 일이 있을 수 있겠는가? '죽백에 기록'하기 로는 이 글이 최초가 될 것이므로 이것이 제일의 난관인 것이다.

나는 곰곰이 생각해 보았다. 아퀘이란 아계(阿桂)일까, 아니면 아귀(阿 貴)일까? 만약에 그의 호가 '월정(月亭)'이었다면 8월에 생일이 있을 가능 성이 많으니 그렇다면 '아계(阿桂)'임에 틀림없을 것이다. 하지만 그는 호 도 없었고 -설사 있었다고 해도 아는 자가 없었다.- 또 생일잔치에 초대장 을 돌린 적도 없으므로 '아계(阿桂)'라고 쓰는 것은 무리가 있다. 또 만약 그에게 아부(阿富)라는 이름을 가진 형이나 아우가 있었다면 그는 틀림없 이 '아귀(阿貴)'이다. 그런데 그에겐 형제가 없으므로 '아귀(阿貴)'라고 부 를 근거도 없다. 이 두 글자 말고는 Quei라는 음을 가진 글자는 거의 없다.

나는 전에 조 나리의 아들인 무재(수재)에게 그의 이름에 대해 물어 본 적이 있으나 박식했던 그도 알 수 없다는 것이었다. 그의 대답에 의하면 요 즘 진독수가 〈신청년〉을 발행하고 서양 문자를 제창하는 바람에 중국 고유 의 문자가 파괴되어 조사할 수가 없게 되었다는 것이다.

나의 최후 수단은 같은 고향의 친구에게 의뢰하여 아Q의 전과 기록을 조 사해 달라는 것이 고작이었다. 8개월 후에야 겨우 회신이 있었으나 기록 중에는 아Quei와 비슷한 음을 가진 사람이 없다는 것이었다. 정말로 없었 는지 아니면 조사도 해보지 않고 없다고 했는지는 모르나 이제는 더 이상 별다른 방법이 없었다.

주음부호가 아직 일반적으로 통용되지 않았던 때라 부득이 서양 문자를 써서 영국식의 철자법으로 아Quei라 하고 생략해서 아Q로 하는 수밖에 없었다. 이것은 〈신청년〉에 추종하는 것 같아 나 자신도 매우 유감이기는 하나 무재도 모르는 것을 나라고 해서 별수 있겠는가?

넷째로는 아Q의 본적이다. 만약 그의 성이 조라면, 현재 본적의 군명을 부르는 관례대로 ≪군명백가성≫의 주석을 참고하여, '농서 천수 사람'이라고 해도 좋을 것이다. 그런데 애석하게도 이 성이 그리 믿을 만한 게 못 되므로 본적 또한 결정하기가 좀 어려운 것이다.

그는 미장에 오래 살고는 있었으나 다른 곳에서도 꽤 오래 거주했던지라 미장 사람이라 말할 수도 없다. 그러므로 미장 사람이라 한다면 이 또한 사법(史法)에 어긋날 것이다.

내가 오로지 자위하는 바는 '아(阿)' 자 하나만은 지극히 정확하여 억지로 끌어다 붙이거나 어디서 따온 것이 아니어서 누구에게 내놓아도 자신할 수 있다는 점이다.

그 밖의 점에 있어서는 천학 비재한 나로서 함부로 단언할 수가 없다. 다만 역사벽과 고증벽이 있는 호적지 선생의 학파에서 장차 더욱 많은 새로운 단서를 찾아내지 않을까 하고 바랄 뿐이지만 그때쯤이면 나의 ≪아Q정전≫은 이미 소멸되어 있을지도 모르겠다. 이상으로써 서문에 대신한다.

제2장 우승의 기록

아Q는 성명과 본적이 분명치 않을 뿐 아니라, 그의 예전의 행적마저도 그러했다. 왜냐하면 미장 사람들의 아Q에 대한 관심은 무엇인가 일을 부탁할 때, 혹은 그를 두고 농담할 때로 한정되어 있었으며 그의 행적에 대해서는 관심을 두지 않았기 때문이다. 게다가 아Q도 스스로 말하지 않았다.

다만 남과 말다툼할 때는 이따금 눈을 부릅뜨고 이렇게 떠들어댔다.

"우리 집도 예전에는……, 네까짓 놈보다는 훨씬 더 잘 살았어! 네 따위가 무어야!"

아Q는 집이 없어 미장의 사당 안에 살고 있었으며 일정한 직업도 없었다.

날품팔이꾼으로서 보리를 베라면 보리 베기, 쌀을 찧으라면 쌀 찧기, 배를 저으라면 배를 저었다. 일이 오래 걸릴 때는 주인집에서 묵었으나 일이 끝나면 곧 돌아갔으므로 사람들은 바쁠 때에는 아Q를 생각해 내나, 그것도 시킬 일에 대한 것이지 그의 행적에는 관심이 없었다.

한가해지면 아Q의 존재마저 잊어버리는 판국이니 행적에 관해서는 두말할 나위도 없다.

한번은 어느 노인이 아Q는 정말 일을 잘한다고 칭찬한 적이 있었다. 이때 아Q는 웃통을 벗은 채 볼품없이 말라빠진 풍채로 노인 앞에 서 있었다. 옆에 있던 사람들은 이 말이 진심인지 비꼬는 것인지 짐작이 안 갔으나 아Q는 대단히 기뻐했다.

아Q는 또 자존심이 강하여 미장의 주민 따위는 그의 안중에도 없었고 심지어 두 사람의 문동(文童, 과거 공부는 익혔지만 급제하지 않은 사람)에 대해서도 우습게 생각했다. 문동이란 장차 수재가 될 아이다. 조(趙) 나리와 전(錢) 나리가 주민들의 존경을 받고 있는 것도 돈이 많을 뿐만 아니라 문동의 부친이기 때문이다. 그런데 아Q만은 이들에 대해 그다지 존경심을 보이지 않았다. 자기 자식이 있었다면 훨씬 더 나았을 거라고 생각하고 있었던 것이다.

또한 성내에 몇 번 들락거렸던 일은 그의 자만심을 더욱 키웠다. 게다가 그는 성내 사람들까지도 무척 경멸하였다. 가령 길이 석 자, 폭 세 치의 널판으로 만든 걸상을 미장에서는 '장등'이라고 부르며 그도 '장등'이라고 불렀으나, 성내 사람들은 '조등'이라고 부르고 있었다. 이것은 틀린 것이며 웃기는 일이라고 그는 생각했다.

미장에서는 도미 튀김에 반 치 길이의 파를 곁들이는데, 성내에서는 채로 썬 파를 곁들인다. 이것도 우스운 일이라고 그는 생각했다. 게다가 미장 사람들이란 세상을 모르는 가소로운 시골뜨기라 성내의 도미 튀김은 본 적도 없을 거라고 보았다.

아Q는 '옛날에는 잘 살았고', '식견도 높고', 게다가 '일을 잘하므로' 그야말로 '완벽한 인물'이라고 칭할 만했으나 애석하게도 그에게는 약간의 신체상의 결점이 있었다.

사람들이 가장 꺼림칙하게 여기는 것은 그의 머리에 언제 생겼는지 모르는 탈모 자국(나창)이 있는 것이다. 이것도 그의 몸의 일부임에는 틀림이 없으나 아Q의 생각에도 이것만은 자랑스러운 것이 못 되는 것 같았다.

왜냐하면 그는 '나' 자 발음은 입 밖에도 꺼내지 않았고, 나중에는 점점 그 범위를 넓혀 '광(光)'도 꺼렸고, '양(亮)'도 꺼렸으며 심지어 '등(燈)'이나 '촉(燭)'과 같이 '빛나는'이란 뜻을 가진 문자들은 모두 꺼렸기 때문이다.

그 금기를 범하는 자가 있으면 그것이 고의로 한 짓이거나 무심코 한 짓이거나를 불문하고 아Q는 대머리 전부가 빨개지도록 성을 내어 말을 더듬는 놈이면 욕설을 해대고, 기운이 약한 놈이면 때렸다.

그런데 어찌 된 일인지 오히려 아Q가 혼나는 때가 더 많았다. 그래서 그는 눈을 흘겨 노려보는 것으로 방법을 바꾸었다. 아Q가 이 방법으로 바꾸고 난 후 미장의 건달들은 더욱 재미있어하며 그를 놀려댔다. 만나기만 하면 그들은 일부러 놀란 시늉을 하면서 말하였다.

"야아, 밝아졌다."

아Q는 으레 성을 내고 눈을 흘겨 노려본다.

"아아, 등불이 여기 있었군!"

그들은 조금도 무서워하지 않았다. 아Q는 어찌할 방법이 없자 따로 보복할 말을 궁리했다.

"네까짓 놈들에게는……."

그는 자신의 머리에 나 있는 것은 일종의 고상하고 영광된 상처이며 보통의 상처와는 다르다는 생각이 떠올랐다. 그렇지만 앞에서도 말한 것처럼 아Q는 식견이 있는 사람이라 이런 말을 하는 것은 금기에 저촉된다는 것을 곧 알고 더 이상 말하지 않았다.

건달들은 그것으로 그치지 않고 도리어 그를 약 올리다 마침내는 구타까지 하였다. 아Q는 형식상으로는 졌다. 변발의 머리채를 끄덩이 잡혀 벽에 네댓 번이나 쾅쾅 부딪쳤다. 그들은 그제야 겨우 만족해서 득의양양한 표정으로 가버렸다.

아Q는 한참 서서 속으로 '자식 같은 놈들이 때리다니, 정말 말세다!' 하고는 자신도 만족한 척 의기양양하게 가버린다.

아Q는 속으로 생각했던 것을 결국 입 밖으로 말해버린다. 그래서 아Q를 놀리는 사람들은 대부분 아Q에게 이러한 정신적인 승리법이 있다는 걸 알게 되었다. 그 후로는 그의 변발의 머리채를 잡아당길 때 으레 이렇게 말하는 것이었다.

"아Q, 이건 자식이 아비를 때리는 것이 아니라 사람이 짐승을 때리는 거야. 네 입으로 말해 봐! 사람이 짐승을 때린다고."

아Q는 양손으로 머리채의 밑동을 꽉 잡고 머리를 기울이면서 말했다.

"버러지를 때리는 거야, 됐지? 나는 버러지야. 이제 그만 놓아줘!"

버러지라고까지 말해도 건달들은 좀처럼 놓아주지 않고 가까운 데로 끌고 가 대여섯 번 쾅쾅 부딪치고 나서야 만족해서 의기양양하게 가버린다. 그리고는 '아Q란 놈, 이번에야말로 혼났겠지!' 하고 생각한다. 그러나 십 초도 안 되어 아Q도 의기양양한 표정으로 돌아갔다.

그는 자기야말로 자기 비하의 제1인자라고 생각했다. '자기 비하'란 말만 빼면 어쨌든 '제1인자'이다. 장원 급제도 '제1인자'가 아닌가? 네놈들 따위가 도대체 뭐란 말이냐?

아Q는 이와 같은 묘법으로써 자신을 달래고 유쾌히 술집으로 달려가 몇 잔 들이켜고 다른 사람들과 한바탕 시시덕거리거나 말다툼을 하고는 또 의기양양하게 유쾌히 사당으로 돌아와 벌렁 드러누워 잠이 든다.

만약 돈이 생기면 그는 도박을 하러 간다. 한 무리의 사람들이 땅바닥에 둘러앉아 있는 가운데 아Q도 얼굴이 온통 땀에 흠뻑 젖어서는 그 속에 끼어 있다. 목소리는 그가 가장 크다.

"청룡에 사백!"

"자……, 연다!"

물주가 상자 뚜껑을 연다. 그 역시 얼굴에 땀을 흠뻑 흘리며 노래한다.

"천문아……, 각회야……, 천당은 죽었어! 아Q의 돈은 내가 먹었어!"

"천당에 백오십!"

아Q의 돈은 점차 이와 같은 노랫소리와 함께 그의 허리춤으로 흘러들어 간다. 마침내 그는 어쩔 수 없이 사람들 틈을 밀어 헤치고 나온다. 그러고는 사람들의 뒷전에 서서 남의 승부에 마음을 설레며 판이 흩어질 때까지 구경한 뒤 미련을 안고 사당으로 돌아온다. 이튿날은 흐릿한 눈을 하고 일하러 나간다.

그런데 참으로 인간 만사는 새옹지마다. 운이 좋게 아Q가 한 번 이긴 적이 있는데 실상 그것도 진 거나 다름없었다.

그것은 미장에서 신에게 제사 지내는 날 밤이었다. 그날 밤은 관례에 따라 연극이 한 막 있었는데, 무대 부근에 그전처럼 많은 노름판이 벌어졌다. 연극에서의 징소리, 북소리는 아Q의 귀에는 십 리 밖처럼 들렸다. 그에게는 다만 물주의 노랫소리만이 들릴 뿐이었다.

그는 이기고 또 이겼다. 동전은 소은화로 바뀌고 소 은화는 대 은화로 바뀌어 쌓였다. 그는 매우 신이 났다.

"천문에 두 냥!"

그러다가 누가 누구와 무엇 때문에 싸우기 시작했는지 그는 알지 못했다. 욕하는 소리, 치는 소리, 어지러운 걸음 소리, 무엇이 무엇인지 분간할 수 없는 혼란이 한참 계속됐다. 그가 간신히 기어 일어났을 때에는 노름판도 안보였고 사람들도 보이지 않았다. 목 여기저기가 아파왔다. 얻어맞고 걷어채인 모양이다.

몇 사람이 이상하다는 듯이 그를 바라보았다. 그는 넋 잃은 사람처럼 사당으로 돌아와 마음을 가라앉히고서야 그의 대 은화 무더기가 없어진 것을 알았다. 신제 때 벌어지는 노름판의 노름꾼은 대부분 그 고장 사람이 아니니 어디 가서 찾는단 말인가?

희고 번쩍번쩍하던 은화 더미! 더욱이 그의 것이었는데……. 이제는 없어져버린 것이다. 자식 놈이 가져간 셈 쳐보아도 역시 개운치 않다. '나는 버러지다.'라고 말해 보아도 역시 신통치 않다. 그도 이번만은 실패의 고통을 맛보았다.

하지만 곧이어 그는 패배를 승리로 돌려버렸다. 그는 오른손을 들어 뺨을 힘껏 두세 차례 연거푸 때렸다. 얼얼한 게 꽤 아프다. 때리고 나자 마음이 후련해졌다.

때린 것은 자기고 맞은 것은 남인 것 같은 기분이 들었다. 확실히 자기가 남을 때린 것 같아 ―아직도 얼얼하기는 했으나― 만족한 마음으로 누워 잠이 들었다.

제3장 속 우승의 기록

이렇듯 아Q 스스로 승리는 항상 하고 있었지만 정말로 유명해지기 시작한 것은 조 나리에게 따귀를 얻어맞고 나고부터였다.

그는 지보에게 두 냥의 술값을 물어주고 투덜대면서 자리에 누워 혼자 중얼거렸다.

'이놈의 세상 말세야, 자식이 애비를 때리다니……'

갑자기 그는 위풍당당한 조 나리의 모습이 떠올랐다. 하지만 이제 그는 자기 자식이 아닌가! 그런 생각을 하자 그는 의기양양해져서 벌떡 일어나 '청상과부의 성묘'를 부르며 술집으로 갔다. 이때 그는 조 나리가 남들보다 한 등급 위의 고상한 인물이라는 생각이 들었다.

기묘하게도 그 후부터는 과연 사람들이 각별히 그를 존경하는 것 같았다. 아Q로서는 그 이유를 그가 조 나리의 아비인 까닭이라고 생각했을지도 모르나 실은 그렇지가 않았다.

미장의 통례로는 아칠이 아팔을 때렸다든가 이사가 장삼을 때렸다 하는 것은 별다른 사건이 되지 않으며, 조 나리 같은 유명한 사람과 관계되어야만 비로소 사람들의 입에 오르내리는 것이다. 한번 입에 오르게 되면 때린 사람뿐만 아니라 맞은 사람도 덩달아 유명해진다.

이번 사건에서 잘못이 아Q에게 있음은 두말할 필요도 없다. 왜냐하면 조 나리 같은 사람이 잘못할 리가 없기 때문이다. 이렇게 아Q에게 잘못이 있는데 어째서 사람들이 그에게 존경심을 표하는가? 이것은 정말 어려운 문제이다. 하지만 곰곰이 생각해 보면 아Q가 조 나리의 친족이라고 하여 두들겨 맞았다고 하더라도 일말의 진실성이 있을지도 모르므로 존경해 두는 게 무난하리라는 생각에서였는지도 모른다.

이는 마치 공자묘에 바쳐진 황소는 돼지나 양과 같은 짐승이지만 성인의 묘소이기 때문에 선유들도 감히 건드리지 못하는 것과 같은 이치였다.

그 뒤 여러 해 동안 아Q는 우쭐했었다.

어느 해 봄 그는 얼큰히 취한 채 거리를 걷고 있었다. 그런데 담장 밑 양지쪽에서 왕후가 웃통을 벗고 이를 잡고 있는 것이 눈에 띄었다. 그것을 보니까 그도 몸이 가려워졌다.

이 왕후란 자는 텁석부리에다가 부스럼까지 있어서 사람들로부터 왕나호라 불리고 있었으나 아Q는 거기에서 나자를 빼고 부르며 그를 몹시 경멸하고 있었다. 아Q의 생각으로는 부스럼 정도야 기이할 것이 없으나 얼굴에 난 수염만은 너무도 꼴불견이라는 것이다.

아Q는 그와 나란히 앉았다. 만약 다른 건달들이었다면 아Q도 감히 마음놓고 앉을 수는 없었겠지만 이 왕 털보라면 무슨 두려움이 있겠는가? 정말이지 자신이 그 옆에 앉았다는 것은 그를 한 축 올려 준 셈이 되는 것이다.

아Q도 누더기 겹옷을 벗고 뒤집어 보았으나 빨아 입은 지가 얼마 안 된 탓인지, 그렇지 않으면 대충 훑어보았기 때문인지 오래 걸려서 겨우 서너 마리 잡았을 뿐이었다. 왕 털보를 보니 연신 이를 잡아 입속에 넣고는 툭! 툭! 소리 내어 깨물고 있었다.

아Q는 처음에 실망하다가 나중에는 약이 올랐다. 보잘것없는 왕 털보는 이가 저렇게 많은데 자기에게는 이렇게 적다니 이래 가지고는 완전히 체면 손상이다!

그는 한두 마리 큰 놈을 발견하려고 기를 썼으나 아무리 찾아도 없다. 간신히 중치를 한 마리 잡아 밉살스러운 듯 두툼한 입술 속에 집어넣고 힘껏 깨물었으나 툭! 하는 소리도 왕 털보의 소리에는 미치지 못하였다.

아Q의 탈모 자국이 하나하나 새빨개졌다. 그는 옷을 땅 위에 내동댕이치며 "칵!" 침을 뱉고 말했다.

"이 털 버러지야!"

"대머리 개새끼! 누구 보고 욕하는 거야!"

왕 털보는 경멸하듯 눈을 치켜뜨며 말했다.

아Q는 근래 비교적 남의 존경을 받아 제법 뻐기고 다녔었으나 그래도 싸움에 익숙한 건달들을 만나면 역시 겁을 집어먹고 만다. 그런데 이번만은 매우 용감했다. 이 텁석부리야! 감히 실례되는 말을 잘도 지껄여대는구나!

"누구냐고? 몰라서 물어?"

아Q는 벌떡 일어나 양손을 허리에 대고 말했다.

"이놈이 몸이 근질거리나?"

왕 털보도 일어나 옷을 걸치면서 말했다.

아Q는 그가 도망하려는 줄로 생각하고 한 발 내디뎌 주먹을 날렸으나 이 주먹이 미처 상대의 몸에 닿기도 전에 왕후의 손에 잡히고 말았다. 왕후가 잡아당기는 힘에 아Q는 비틀비틀 거꾸러져 즉각 왕 털보에게 머리채를 끄덩이 잡혀 담으로 끌려가 그전처럼 머리를 부딪게 되었다.

"군자는 말로 하지, 손을 대지 않는 법이야!"

하고 아Q는 고개를 비틀며 말했다.

왕 털보는 군자가 아닌지 이 말에 상관하지 않고 아Q의 머리를 연거푸 다섯 번을 찧고는 힘껏 밀었다. 아Q가 여섯 자나 멀리 나가자빠지자 그제야 분이 풀리는지 가버렸다.

아Q의 기억으로는 이것이 아마도 생전 처음 당하는 굴욕적인 사건이리라. 왕 털보는 텁석부리라는 결점 때문에 그에게 놀림을 받았으면 받았지 그를 놀린 적은 없었으며, 더욱이 손찌검 따위는 말도 안 되는 소리였다. 그런데 지금 마침내 손찌검을 당했다.

천만뜻밖의 일이다. 설마 세간의 소문처럼 황제가 과거를 폐지해서 수재나 거인도 별 볼 일 없어져 그 때문에 조 씨의 위풍이 땅에 떨어지고, 그래서 그들도 아Q를 얕보게 된 것일까?

아Q는 어찌할 바를 모르고 서 있었다.

그때 저쪽에서 누군가 온다. 그의 적이 또 나타난 것이다. 그것도 아Q가 가장 미워하는 사람, 즉 전(錢) 나리의 큰아들이다.

그는 얼마 전 성내의 서양학교에 들어갔으나 무슨 까닭인지 또 일본으로 갔다. 반년 후 집에 돌아왔을 때는 다리도 곧아졌고 변발도 보이지 않았다. 이 모습을 보고 그의 모친은 대성통곡하며 법석을 떨었고 그의 아내는 세 차례나 우물에 뛰어들었다. 그 후 그의 모친은 어디를 가나 이렇게 말하고 다녔다.

"그 애의 변발은 나쁜 놈들이 술에 취하게 해서 잘라버렸대요."

아Q는 그 말을 믿지 않았다. 악착같이 그를 가짜 양놈이라 부르고 또 양놈의 앞잡이라고도 부르며, 그를 만나면 반드시 속으로 몰래 욕을 해댔다.

아Q가 더욱 극단적으로 미워한 것은 그의 가짜 변발이었다. 변발이 가발이라는 것은 사람으로서의 자격조차 없는 것이고, 그의 아내 또한 우물에 또다시 뛰어들지 않는 것으로 보아 훌륭한 여인이라고는 할 수 없다는 것이다.

그러한 가짜 양놈이 가까이 오고 있는 것이다.

"중대가리, 당나귀……,"

평소 같으면 아Q는 속으로만 욕을 하고 입 밖에 내지는 않았을 테지만, 이번에는 때마침 화가 치민 데다 앙갚음을 하고 싶던 참이라 자기도 모르게 낮은 소리를 내고 말았다.

그 순간 이 중대가리가 니스를 칠한 지팡이, 아Q의 말에 의하면 상장(곡을 할 때 짚는 지팡이)을 들고 성큼성큼 다가왔다. 아Q는 그 찰나 맞을 것을 각오하고 온몸의 근육을 움츠리며 어깨를 솟구쳐 기다리고 있자니까 과연 딱 하는 소리가 났는데 확실히 자기 머리에 맞은 것 같았다.

"이 아이 보고 한 말인뎁쇼!"

아Q는 곁에 있던 아이를 가리키며 변명했다.

"딱! 딱딱!"

아Q의 기억으로는 이것이 아마 평생 두 번째의 굴욕적인 사건이리라. 다행히도 딱딱 소리와 함께 사건이 일단락된 듯하여 도리어 마음이 후련해짐을 느꼈다. 게다가 조상 대대로 물려받은 '망각'이라는 보물이 효과를 냈다. 그가 천천히 걸어 술집 문 앞까지 왔을 때는 어느 정도 유쾌하기까지 했다.

그런데 저쪽에서 정수암의 젊은 비구니가 걸어오고 있었다. 아Q는 평소에도 그녀만 보면 침을 뱉고 싶어지는데 하물며 굴욕을 당한 후임에랴! 그 굴욕의 기억이 되살아나 적개심이 일어났다.

'오늘 어째서 재수가 없나 했더니 역시 너를 만나려고 그랬구나!'

아Q는 비구니의 앞을 막아서고 큰 소리로 침을 뱉었다.

"칵! 툇!"

젊은 비구니는 거들떠보지도 않고 머리를 숙인 채 걸어갔다. 아Q는 비구니 곁으로 바싹 다가가 손을 뻗쳐 그녀의 막 깎은 머리를 쓰다듬으며 히죽거렸다.

"중대가리야! 빨리 돌아가. 중놈이 기다리고 있어."

"어디서 집적거리는 거야!"

비구니는 얼굴을 붉히며 이렇게 말하고는 걸음을 재촉했다.

술집 안에 있던 패들이 껄껄대고 웃었다. 아Q는 자기의 공로를 인정받은 것이 더욱 흥이 나서 의기양양해졌다.

"중은 집적거려도 되고 나는 못 집적거려?"

그는 그녀의 뺨을 꼬집었다.

술집 안에 있던 패들이 또 폭소를 터뜨렸다. 아Q는 더욱 신이 나서 그 구경꾼들을 만족시키기 위하여 다시 한번 힘껏 꼬집고서야 겨우 손을 놓았다.

그는 이 일로 벌써 왕 털보의 일도 잊어버렸고 가짜 양놈 일도 잊어버렸다. 오늘의 굴욕에 대해 완전히 앙갚음한 것 같은 기분이 들었다. 게다가 이상하게도 전신을 딱딱 얻어맞았을 때보다 기분이 더욱 상쾌해져 둥실둥실 날아갈 것만 같았다.

"씨도 못 받을 놈 같으니!"

멀리서 비구니의 울음 섞인 목소리가 들려왔다.

"하하하!"

아Q는 우쭐해지고 신이 나서 웃음을 터뜨렸다.

"하하하!"

술집 안에 있던 패들도 따라 웃었다.

제4장 연애의 비극

어떤 승리자는 적이 호랑이 같고 매 같기를 바라며, 그래야만 비로소 승리의 환희를 느낀다. 만일 양 같고 병아리 같다면 승리하고도 무료함을 느끼는 것이다. 또 어떤 승리자는 일체를 정복한 후 적도 친구도 없고, 오로지 자기만이 윗자리에 있어 외롭고 적막한 상황에서 오히려 승리의 비애를 느낀다고 한다.

그런데 우리의 아Q는 그렇지가 않다. 그는 영원히 우쭐해하는 것이다. 이건 어쩌면 중국의 정신문명이 세계에서 가장 뛰어나다는 확실한 증거일지도 모른다.

보라! 너무도 홀가분하여 훨훨 날아갈 것만 같은 아Q의 모습을!

그런데 이번의 승리는 좀 이상했다. 그는 훌훌 반나절 동안이나 돌아다니다가 사당으로 돌아왔다. 예전 같으면 드러눕자마자 곧 코를 골 텐데, 어찌 된 일인지 이날 밤만은 잠을 쉽게 이룰 수가 없었다.

그는 자기의 엄지손가락과 집게손가락이 보통 때보다 훨씬 매끄럽다는 것을 느꼈다. 젊은 비구니의 얼굴에 무엇인가 매끄러운 것이 있어 그것이 그의 손가락에 묻었는지 그렇지 않으면 그의 손가락이 매끈매끈해질 만큼 그녀의 얼굴을 쓰다듬어 그런 건지…….

"씨도 못 받을 놈 같으니!"

아Q의 귀에 또다시 이 말이 들려온다. 그는 생각했다.

'그래, 여자가 있어야만 해. 자손이 없으면 죽어도 밥 한 사발 얻어먹을 수 없으니……. 여자가 있어야 해. 불효 중에 가장 큰 불효가 자식이 없는 것이라 했고 귀신도 굶고는 견디지 못한다고 하니 자식이 없다는 건 인생의 크나큰 비애다.'

그의 이러한 생각은 기실 모두가 성현의 경전에 합치되는 것인데, 안타깝게도 흔들리는 마음을 가라앉힐 수가 없었다.

그는 곰곰이 생각해 보았다.

'여자, 여자…….'

'중놈은 건드릴 수 있고……. 여자……, 여자! 여자!'

그날 밤 아Q가 언제쯤 코를 골기 시작했는지는 알 수 없다. 하지만 그날부터 그는 손가락의 매끈거림을 느끼며 여자를 생각하여 마음이 들뜨게 되었다.

이러한 것만 보아도 여자란 남자를 망치게 하는 존재임을 알 수 있다.

중국의 남성은 누구나 성인군자가 될 소질을 갖고 있었으나 애석하게도 모두 여자로 인해 망치고 말았던 것이다. 은(殷)은 달기 때문에 망했고, 주(周)는 포사 때문에, 진(秦)도……, 정사엔 나와 있지 않지만 여자 때문에 망쳤다고 해도 거의 틀림없을 것이다. 그리고 한(漢)의 동탁은 확실히 초선에게 살해된 것이다.

아Q도 원래는 바른 사람이다. 그가 어떤 훌륭한 스승의 가르침을 받았는지는 모르지만, '남녀유별'에 대해 지금까지 지극히 엄격했었고, 또 이단자-비구니라든가 가짜 양놈 따위-를 배척하는 데에도 나름대로의 주관이 있었다.

그의 주장에 의하면 어떤 비구니든지 반드시 중과 사통하고 있으며, 여자가 혼자 밖을 쏘다니는 것은 남자를 유인하기 위함이며, 남녀 단둘이서 소곤대고 있으면 틀림없이 수상한 관계가 있다는 것이다.

그는 그와 같은 자들을 응징하기 위해 종종 눈을 흘겨도 보고 큰 소리로 꾸짖기도 하며, 혹은 으슥한 곳에 숨어 뒤에서 돌을 던지기도 하였다.

그러한 그가 나이 서른이 다 되어 젊은 비구니로 인해 마음이 들뜨게 될 줄은 생각지도 못했다. 이것은 예교(禮敎)상 용납될 수 없는 일이다. 그러니 여자란 정말 가증스러운 존재인 것이다. 만약 비구니의 얼굴이 매끈매끈하지 않았다면, 또 얼굴이 수건에라도 가려져 있었다면 아Q가 지금처럼 심란해하지는 않았을 것이다.

5, 6년 전 그는 무대 아래 관중들 속에서 여인의 볼기짝을 꼬집은 적이 있었으나 그때는 바지 위로 꼬집었으므로 그다지 마음이 동하지는 않았다. 그런데 이번의 비구니는 그렇지 않았다. 이것만 보아도 역시 이단자가 얼마나 가증스러운 존재인지를 알 수 있다.

'여자……'

아Q는 또 중얼거렸다.

그는 '남자를 유혹할 만한' 여자들을 항상 유심히 살펴보았지만 추파를 던져오는 여자는 전혀 없었다. 또한 이야기를 나눌 때 여자의 말을 귀 기울여 들어보아도 별 그럴듯한 말도 들을 수 없었다. 아아! 이것 역시 여자들의 가증스러운 일면이다. 여자는 모두가 가면을 뒤집어쓰고 있는 것이다.

어느 날 아Q는 조 나리 댁에서 하루 종일 벼를 찧었다. 그리고 저녁을 먹은 뒤 부엌에 앉아 담배를 한 대 피워 물고 있었다. 다른 집 같으면 저녁을 먹었으면 돌아갔을 텐데 조 나리 댁은 저녁 식사가 이른 탓으로 아직 머물러 있었다.

평소에는 호롱불을 켜는 것이 금지되어 있어서 저녁을 먹고 나면 곧 잠자리에 들어야 했으나 간혹 예외가 있었다. 그 하나의 경우는 조 나리 아들이 아직 수재에 급제하기 전에 호롱불을 켜고 글을 읽는 것이 허락되었다. 또 다른 경우로는 아Q가 품일을 하러 올 때 역시 호롱불을 켜고 쌀을 찧는 것이 허락되었다.

이 예외 규정이 있어 아Q는 일을 다시 시작하기 전에 부엌에 앉아 잠시 담배를 피우고 있었던 것이다.

오마는 이 집의 유일한 하녀였다. 설거지를 마친 그녀는 의자에 걸터앉아 아Q와 한담을 나누고 있었다.

"마나님이 꼬박 이틀이나 진지를 안 드셨어. 나리가 작은댁을 들여앉힌다고 해서……."

'여자……, 오마……, 이 청상과부…….'

아Q는 문득 그런 생각을 했다.

"우리 새아씨는 팔월에 아기를 낳으신대."

'여자…….'

순간 아Q는 담뱃대를 놓고 벌떡 일어섰다.

"우리 새아씨는……."

오마는 계속 지껄이고 있었다.

"너, 나하고 자자. 나하고 자!"

아Q는 별안간 그녀 앞에 달려들어 무릎을 꿇었다.

한순간 조용하다가,

"에구머니나!"

오마는 질겁하고 몸을 떨기 시작하더니 고함을 지르면서 밖으로 뛰쳐나갔다. 그녀는 뛰어다니며 떠들어댔다. 나중에는 울음소리까지 들리는 듯했다.

아Q는 벽을 향해 꿇어앉은 채 멍하니 있다가 두 손으로 의자를 짚고 천천히 일어섰다. 좀 서툴렀다고 느끼는 것 같았다.

그는 더럭 겁이 났다. 허둥대며 담뱃대를 허리띠에 꽂고는 벼를 찧으러 나갔다. 그 순간 '딱' 소리와 함께 머리에 무언가 굵직한 것이 떨어졌다. 엉겁결에 돌아다보니 수재가 굵은 대나무 몽둥이를 가지고 그의 앞에 우뚝 서 있었다.

"엉뚱한 짓을 했겠다. 네 이놈!"

굵은 대나무 몽둥이가 다시 아Q의 머리로 떨어졌다. 아Q는 재빨리 두 손으로 머리를 감쌌다. '딱' 하더니 하필 손가락에 맞았다. 이번에는 정말 아팠다. 그는 부엌문을 박차고 튀어 나갔다. 등에 또 한 대 얻어맞은 것 같았다.

"파렴치한!"

수재는 등 뒤에서 표준어로 욕을 퍼부었다. 아Q는 곧장 방앗간으로 뛰어 들어가 혼자 우두커니 서 있었다. 손가락은 아직도 아팠다. '파렴치한'이라는 말이 아직도 귀에 쟁쟁했다. 이런 말은 본래 미장의 시골뜨기들은 쓰지 않는다. 관청의 훌륭한 분들만이 쓰는 말이므로 훨씬 무섭고 강한 인상을 받았다.

그 바람에 그의 '여자……' 하는 생각은 순식간에 사라져버렸다. 더구나 매를 맞고 욕을 먹고 나니 사건이 그것으로 결말이 난 것 같아 도리어 마음이 후련해져서 곧 벼를 찧기 시작했다. 한창 찧고 있으려니까 몸이 더워져 일손을 놓고 웃옷을 벗었다.

웃옷을 벗고 있을 때 밖에서 와자지껄하는 소리가 들렸다. 천성적으로 구경을 좋아하는 아Q는 곧 소리 나는 곳으로 나가 보았다. 소리를 따라가다 보니 결국 조 나리 댁 안마당까지 오고 말았다.

어둑어둑할 무렵이기는 했으나 그래도 사람들을 분간할 수는 있었다. 조 나리 댁 사람들이 모두 모여 있었는데, 그중에는 이틀 동안 밥을 먹지 않은 마나님도 끼어 있었다.

그 밖에 이웃의 추(鄒)씨 댁도 있고, 진짜 조 나리의 본가 사람인 조백안, 조사신도 있었다. 마침 새아씨가 오마의 손을 끌고 하녀 방을 나오면서 말했다.

"이리로 나와. 방 안에 숨어 그러지 말고……."

"네 행실이 바르다는 걸 누가 모르니? 절대로 스스로 목숨을 끊는 짓을 한다거나 해서는 안 돼!"

추 씨 댁도 곁에서 말참견을 했다.

오마는 그저 울기만 하면서 뭔가 지껄이기는 하나 분명히 알아들을 수가 없었다.

'흥, 재미있는걸. 이 청상과부가 대체 무슨 장난을 쳤길래?'

아Q는 좀 더 자세히 들어보려고 조사신의 곁으로 가까이 갔다. 이때 그는 조 나리가 갑자기 자기 쪽으로 달려오는 것을 보았다. 더구나 손에는 굵은 대나무 몽둥이를 들고 있다. 그는 이 몽둥이를 보자 그제야 조금 전에 자기가 맞은 것과 지금의 소동이 관련이 있다는 것을 깨달았다.

아Q는 몸을 돌려 달아났다. 방앗간으로 도망치려고 했으나 어느새 몽둥이가 앞길을 가로막았다. 그는 다시 몸을 돌려 정신없이 뒷문으로 빠져 나와 잠시 후에는 벌써 사당 안으로 도망쳐 와 있었다.

한참을 앉아 있으려니 피부에 소름이 끼치며 한기가 났다. 봄이라고는 하나 밤이 되면 아직 추웠다. 벌거벗고 있기에는 무리였다. 그는 웃옷을 조 나리 댁에 두고 온 생각이 났으나 가지러 가려니 수재의 대나무 몽둥이가 무서웠다. 그러고 있는데 지보가 들이닥쳤다.

"아Q, 이 바보 녀석! 너, 조 나리 댁 하녀에게까지 손을 댔다지? 역적 같은 놈아! 덕분에 나까지 밤잠을 못 잔다. 야, 이 개새끼!"

이러쿵저러쿵 한바탕 설교를 들었으나 아Q는 물론 한마디도 못 했다. 결국은 밤중이라는 이유로 지보에게 두 배의 술값 넉 냥을 주어야 했지만 마침 현금이 없었으므로 털모자를 잡히고 게다가 다섯 조항의 서약까지 했다.

1. 내일 무게 한 근짜리 홍초 두 개와 향 한 봉을 가지고 조 나리 댁에 가서 사죄할 것
2. 조 나리 댁에서 도사를 불러 악귀를 쫓는 굿을 하는데 그 비용은 아Q가 부담할 것
3. 아Q는 앞으로 조 나리 댁 출입을 금할 것
4. 오마에게 만약 이상이 생기면 모두 아Q의 책임으로 함
5. 아Q는 품삯과 웃옷을 달라는 요구를 하지 말 것

아Q는 물론 전부 승낙했으나 유감스럽게도 돈이 없었다. 다행히 이제는 봄이 되어 솜이불은 없어도 된다. 그래서 그는 이불을 이십 냥에 잡혀 가지고 서약을 이행할 수 있었다.

속죄를 하고 나서 그래도 몇 푼인가 돈이 남았다. 그는 지보에게 저당 잡

힌 털모자를 찾을 생각도 하지 않고 남은 돈으로 몽땅 술을 마셔버렸다.

그런데 조 나리 댁에서는 향을 피우거나 초를 켜지도 않았다. 마나님이 불공드릴 때 쓸 셈으로 남겨 둔 것이다. 누더기 웃옷은 대부분이 새아씨가 8월에 낳을 아기의 기저귀가 되었고, 나머지 누더기 조각은 오마의 발싸개로 쓰였다.

제5장 생계 문제

속죄 서약을 이행하고 아Q는 사당으로 돌아왔다. 해가 지면서 세상이 점점 이상스레 느껴졌다. 곰곰이 생각해 보니 원인은 자신의 벌거벗은 상체 때문이었다. 그는 누더기 겹옷이 또 있음을 생각해 내고 그걸 덮고는 드러누웠다.

다시 눈을 떴을 때는 해가 벌써 서쪽 담 위에 비치고 있었다. 그는 몸을 일으키면서 "제기랄" 하고 중얼거렸다. 그는 일어나자 평소처럼 거리를 쏘다녔다. 벗고 있을 때처럼 살갗을 에는 추위는 느끼지 않았으나 어쩐지 세상이 점점 이상하게 느껴졌다.

이날부터 미장의 여인들은 갑자기 부끄럼을 타는 모양인지 아Q를 보면 다들 대문 안으로 몸을 숨겼다. 심지어 나이 쉰이 가까운 추 씨 댁까지도 남들을 따라 숨어 버렸으며, 한술 더 떠 열한 살 난 계집애까지 불러들이는 것이었다. 아Q는 무슨 영문인지 알 수가 없었다.

'이것들이 갑자기 규중처녀 흉내를 내기 시작했나? 화냥년들……'

세상이 더욱 이상해진 것을 느낀 것은 그로부터 여러 날이 지난 뒤였다. 첫째, 술집에서 외상을 거절하고, 둘째, 사당을 관리하는 늙은이가 이러쿵저러쿵 여러 말을 하는 품이 그를 내쫓으려는 것 같았으며, 셋째, 며칠이나 되었는지 기억할 수 없으나 아무튼 꽤 여러 날 동안 아무도 그에게 날품을 얻으러 오지 않는 것이었다.

술집에서 외상을 안 주면 술 좀 참으면 그만이고, 늙은이가 내쫓으려 해 보았자 잔소리 몇 번 들으면 그뿐이지만, 일거리가 없는 것은 아Q가 배를 곯아야 하는 것이니 이것만은 정말 아주 '지랄' 같은 사건이다.

아Q는 참고 있을 수가 없어서 단골집들을 찾아다니며 물어볼 수밖에 없었다. ─조 나리 댁의 출입은 금지되어 있었지만─ 그런데 사태는 전과 완전히 달라졌다. 어느 집이나 남자가 나와서 귀찮다는 얼굴로 거지를 쫓듯 손을 내저으며 말하는 것이었다.

"없어, 없어! 나가!"

아Q는 더욱 이상한 기분이 들었다. 여태껏 일이 있던 집에서 지금이라고 갑자기 일이 없어질 리가 없다. 무언가 곡절이 있음에 틀림이 없다고 그는 생각했다. 그래서 유심히 살펴본 결과 그들은 일이 있으면 모두 소(小)D에게 부탁하는 것이었다.

이 소D는 몸집도 작고 힘도 없는 말라깽이이므로 아Q의 눈에는 왕 털보보다도 못한 놈이었다. 그런데 뜻밖에도 이 애송이에게 그의 밥그릇을 가로채인 것이다. 아Q의 이번 분노는 평소와는 완전히 달랐다. 너무나 성이 나서 길을 걸어가다가 별안간 손을 휘두르며 노래를 다 불렀다.

"쇠사슬로 너를 치리……."

며칠 뒤 그는 전 나리 댁 담 밑에서 소D와 마주쳤다.

"원수는 외나무다리에서 만난다더니."

하고 아Q가 다짜고짜 다가서니 소D도 멈춰 섰다.

"개새끼!"

아Q는 눈을 부릅뜨고 말했다. 입에서 침이 튀었다.

"그래, 난 버러지야. 이젠 됐지?"

소D가 말했다.

이 겸손이 도리어 아Q의 비위를 건드렸다. 그의 손에는 쇠사슬이 없었으므로, 그냥 덤벼들어 손을 뻗쳐 소D의 머리채를 움켜잡았다. 소D는 한 손으로 자기 머리채를 누르면서 다른 한 손으로는 아Q의 머리채를 움켜잡았다. 아Q도 놀고 있는 한쪽 손으로 자기의 머리채 밑을 눌렀다.

그전의 아Q 같았으면 소D쯤은 상대도 안 되는 것이지만 요즘 며칠 굶주린 터라 소D 못지않게 말라 있어 힘이 엇비슷한 상태가 되었다. 네 개의 손이 두 개의 머리를 서로 움켜잡고 허리를 구부려 뻗대고 있는 모습이 전 나리 집의 흰 담벼락에 푸른 무지개가 걸린 듯했다. 그 상태로 한참이 지났다.

"이젠 됐다, 됐어!"

어느새 몰려든 구경꾼들이 말했다. 아마 싸움을 말릴 셈이었을 것이다.

"됐어, 됐어!"

구경꾼들이 다시 말했다. 싸움을 말리는 건지 부추기는 건지 알 수 없었다. 둘 다 들은 척도 않는다.

아Q가 세 발짝 나서면 소D는 세 발짝 물러나고 소D가 나서면 아Q가 또 물러섰다. 거의 반 시간, 미장에서는 시계가 흔하지 않아 정확히는 모르지만 이십 분쯤 되었을 것이다. 그들의 머리에선 김이 나고 이마에서는 땀이 흘러내렸다. 아Q의 손이 늦춰졌다. 동시에 소D의 손도 늦춰졌다.

두 사람은 약속이나 한 듯 동시에 허리를 펴고 물러나 구경꾼들 속을 비집고 나갔다.

"어디 두고 보자, 개새끼……."

아Q가 돌아보며 말하였다.

"두고 보자, 개새끼……."

소D도 돌아보며 말하였다.

이 '용호상박'은 무승부로 끝난 것 같았다. 구경꾼들은 만족했는지 모르나 거기에 대해 말하는 사람은 아무도 없었다. 그리고 여전히 아Q에게는 품일이 걸리지 않았다.

어느 따뜻한 날이었다. 산들바람이 불어 제법 여름다운 날씨였으나 아Q는 으스스 한기를 느꼈다. 하지만 그것은 견딜 수 있다고 해도 배가 고파 큰일이었다.

솜이불, 털모자, 홑옷은 벌써 없어졌고 그다음에는 솜옷도 팔아먹었다. 아직 바지가 남아 있으나 이것만은 벗을 수도 없었다. 누더기 겹옷도 있기는 하나 남에게 주어 발싸개나 하라고 하면 모를까 팔아서 돈이 될 것도 못 된다.

그는 길에서 돈이라도 주웠으면 하고 바랐지만 지금까지 한 푼도 줍지 못했다. 그는 자신의 허름한 방 안에 혹시 돈이 떨어져 있지나 않을까 하고 황망히 사방을 두리번거려 보았으나 방 안은 텅 빈 채 아무것도 없었다.

하는 수 없이 그는 밖으로 나가 구걸을 하기로 결심했다. 그는 길을 걸으면서 구걸할 작정이었다. 낯익은 술집이 눈에 띄었다. 만둣집도 눈에 띄었다. 하지만 그는 모두 지나쳐 버리고 말았다. 발걸음도 멈추지 않았을 뿐 아니라 구걸하려고도 하지 않았다. 그가 구하려는 것은 이런 것이 아니었다.

그가 구하려 하는 것은 무엇인가? 그것은 그 자신도 잘 알지 못했다.

미장은 그다지 큰 마을이 아니어서 얼마 지나지 않아 마을 밖으로 나왔다. 마을을 나서면 모두 논인데, 눈에 보이느니 모두가 파릇파릇한 못자리며 그사이에 점점이 둥글게 움직이고 있는 검은 점은 논을 매고 있는 농부다.

아Q는 이러한 전원 풍경을 거들떠보지도 않고 걷기만 했다. 직감적으로 먹을 것을 구하는 일과는 전혀 상관없는 것임을 알고 있었기 때문이다.

결국 그는 정수암의 담 밖에까지 오고 말았다. 암자의 주위도 논이었다. 신록 사이로 흰 담이 돋보였는데 뒤쪽의 낮은 담 안쪽에는 채마밭이 있었다.

아Q는 한참 망설였다. 주위를 둘러보니 아무도 없다. 그는 그 낮은 담을 기어올라 등나무 가지를 붙잡았다. 그런데 담 흙이 부석부석 떨어져서 아Q의 발도 후들후들 떨렸으나 마침내 담 옆의 뽕나무에 올라 안으로 뛰어내렸다. 안은 푸릇푸릇 무성한 초목이 있었으나 황주나 만두 등의 먹을 만한 것은 하나도 없었다.

서쪽 담을 따라 대밭이 있는데, 그 밑에 많은 죽순이 나 있었지만 유감스럽게도 삶아 익힌 것이 아니라서 이마저도 먹을 수가 없었다. 유채도 있었으나 벌써 씨가 들었고, 갓은 이미 꽃이 피어 있었고, 봄배추도 장다리가 돋아 있었다.

아Q는 마치 문동(文童)이 과거에 떨어진 것처럼 기대에 어긋나 실망했다. 그는 채마밭 쪽으로 천천히 걸어갔다. 그러다 갑자기 가슴이 뛰었다. 분명히 무밭이다. 그는 주저앉아 무를 뽑기 시작했다.

그때 문 안에서 동그란 머리가 힐끔 내다보더니 바로 들어가 버렸다. 틀림없이 젊은 비구니이다. 젊은 비구니 따위는 아Q의 눈에 먼지나 쓰레기 같은 존재였다.

하지만 세상일이란 한 발짝 물러서서 생각해야 하는 법, 그는 급히 무 네 개를 뽑아 푸른 잎사귀를 뜯어 버리곤 옷섶 안에 쑤셔 넣었다. 그러나 늙은 비구니가 벌써 앞을 가로막고 있었다.

"나무아미타불, 아Q! 어떻게 여기까지 와서 무를 훔치는 거야! 아이고, 벌을 받아 싸지. 나무아미타불!"

"내가 언제 무를 훔쳤어?"

아Q는 뒷걸음치면서 말했다.

"지금 그건 뭔데?"

늙은 비구니가 그의 품속을 가리켰다.

"이게 당신 거라고? 당신, 무에게 대답을 시킬 수 있어? 다, 당신……."

아Q는 말도 채 끝내지 못하고 뛰어 도망쳤다. 커다란 검정 개가 쫓아왔기 때문이다. 이놈은 원래 앞문 쪽에 있었는데 어찌 된 일인지 이곳까지 온 것이다.

검정 개가 으르렁대며 쫓아와 아Q의 발을 막 물려는 참이었는데 요행히 품에서 무 한 개가 굴러떨어졌다. 개는 깜짝 놀라 주춤 멈춰 섰다. 그 틈에 아Q는 뽕나무로 기어올라 토담을 넘어 담 밖으로 뛰어내렸다.

사람과 무가 함께 떨어졌다. 뒤에서는 아직도 검정 개가 뽕나무를 향해 짖어 대고, 늙은 비구니는 염불을 외고 있었다.

아Q는 늙은 비구니가 검정 개를 풀어 놓을까 겁이 나서 무를 급히 주워 들고 뛰었다. 뛰어가면서 돌을 몇 개 주웠으나 검정 개는 다시 나타나지 않았다.

그제야 아Q는 돌을 버리고 걸어가면서 무를 먹기 시작했다. 그러면서 생각했다.

'여기서는 먹을 게 아무것도 없어. 역시 성안이 낫지 않을까……'

무 세 개를 다 먹었을 무렵, 그는 이미 성안으로 갈 결심을 했다.

제6장 중흥에서 말로까지

미장에 아Q의 모습이 다시 나타난 것은 중추절이 갓 지난 뒤였다. 사람들은 아Q가 돌아온 것에 대해 놀라면서 그가 어디에 가 있었을까 하고 수군거렸다.

아Q는 전에도 몇 번 성내에 갔다 오면 신이 나서 사람들에게 떠들어대곤 했다. 그런데 이번에는 그러지 않아서 아무도 신경 쓰지 않았다.

그가 혹 사당을 관리하는 노인에게만은 말했을지도 모르나 미장의 관례로 조 나리, 전 나리, 혹은 수재 나리가 성내에 들어갔다면 얘깃거리가 되겠지만, '가짜 양놈'도 아직 그 축에 끼지 못할 터인데 하물며 아Q에 대해서야 말할 나위도 없었다. 그러므로 노인이 그를 위해서 선전을 할 리도 없기에 미장 마을에서도 알 리가 없었던 것이다.

아Q가 이번에 돌아온 것은 전과는 판이하게 확실히 놀랄 만한 일이었다. 날이 저물 무렵 그는 몽롱한 눈으로 술집 문전에 나타났다. 그는 술청으로 다가가서 한 움큼 잔뜩 은전과 동전을 허리춤에서 꺼내 술청 위에 내던지며 말했다.

"현금이요! 술 좀 주쇼!"

새 겹옷을 입고 허리에는 커다란 주머니를 차고 있었는데 묵직해서 바지 허리띠가 축 늘어졌다. 미장의 관례로는 좀 그럴듯한 인물을 보면 으레 존경심을 표하는 것이다. 그가 확실히 아Q라는 것은 알지만 누더기 옷을 입은 아Q와는 좀 달라 보였다.

옛사람들도 말하기를 '선비란 사흘만 못 보아도 괄목상대해야 한다.'라고 했다. 그래서 점원이나 주인, 손님이나 통행인도 자연 한 가닥 의심을 품으면서도 존경하는 태도를 보였다. 주인은 우선 머리를 꾸벅하고는 아Q에게 말을 걸었다.

"오! 아Q. 돌아왔군!"

"돌아왔지!"

"돈 많이 번 것 같네, 자네 어디에……."

"성내에 갔었지!"

이 소식은 이튿날 벌써 온 미장에 퍼졌다. 모두 아Q가 어디서 돈을 많이 벌었는지, 어떻게 다시 일어설 수 있었는지 알고 싶어 했다. 그래서 술집이나 찻집, 절간의 처마 밑이나 할 것 없이 사람들이 모여 있는 곳에서는 모두 그의 이야기뿐이었다. 아Q는 새로운 존경의 대상이 되었다.

아Q의 말에 의하면 자기는 거인(擧人, 향시에 합격한 사람) 나리 댁에서 일을 거들어 주고 있었다는 것이다. 이 한마디에 듣는 사람이 모두 숙연해졌다.

이 나리는 본래 백씨지만, 성내에서는 오직 하나뿐인 거인이므로 성을 붙이지 않아도 그저 거인이라 하면 곧 그를 가리키는 것이었다. 이것은 비단 미장뿐 아니라 백 리 사방 안에서는 모두 그렇게 통했다. 그래서 사람들은 거의 대부분 그의 이름이 '거인'인 줄 알고 있었다.

아Q가 이 댁의 일을 거들어 주고 있었다는 것만으로도 당연히 존경받을 만했다. 그렇지만 아Q의 말로는, 그는 다시 그 집의 일을 거들어 줄 생각은 없다고 했다. 왜냐하면 이 거인 나리는 정말 너무 '개새끼' 같았기 때문이라는 것이다.

이 말을 듣는 이들은 모두 쾌재와 함께 탄식을 하였다. 아Q 따위는 거인 나리 댁에서 일을 거들 만한 위인도 못되지만, 막상 일을 그만두게 된 것은 아까운 일이었기 때문이다.

또 아Q의 말로 보아 그가 돌아온 것은 성내 사람들에 대한 불만에도 연유한 것 같았다. 그것은 성내 사람들이 '장등'을 '조등'이라고 부르고, 생선튀김에 채로 썬 파를 곁들인다는 것 따위인데, 게다가 최근에 관찰한 바로는 여자들의 걸음걸이도 실룩거리는 것이 보기 좋지 않았다는 것이다.

하지만 더러는 부러운 점도 있었다고 했다. 즉 미장 사람들은 고작해야 서른두 장의 죽패밖에 할 줄 모르며 오직 '가짜 양놈'만이 마작을 칠 줄 아는데, 그도 성내의 여남은 살짜리 조무래기 속에 놓아두면 금방 '염라대왕 앞에 나간 어린 귀신'처럼 돼버린다는 것이다. 이 말에 듣는 이들은 얼굴이 붉어졌다.

"너희들, 목 자르는 거 본 일 있어?"

하고 아Q가 말했다.

"거참, 볼 만하지. 혁명당을 처형하는 거야. 볼 만하지, 볼 만해……."

그는 머리를 흔들며 바로 앞에 있는 조사신의 얼굴에 침을 튀겼다. 이 말은 사람들을 모두 섬뜩하게 했다. 아Q는 사방을 한 바퀴 둘러보더니 갑자기 오른손을 들어, 목을 길게 빼고 정신없이 듣고 있던 왕 털보의 뒷덜미를 향해 곧장 내리치며 소리쳤다.

"싹둑!"

왕 털보는 소스라치게 놀라 재빨리 목을 움츠렸다. 듣고 있던 사람들도 모두 깜짝 놀랐으나 재미있기도 했다. 그 후 왕 털보는 여러 날 동안 머리가 멍했다. 다시는 감히 아Q 곁에 가까이 가지 않았고 다른 사람들도 마찬가지였다.

이때 미장 사람들의 눈에 비친 아Q의 지위는 조 나리 이상이라고까지는 말할 수 없지만, 거의 대등하다고 해도 과언이 아닐 정도였다.

그리고 오래되지 않아 아Q의 명성은 온 미장의 규방에까지 퍼졌다. 미장에서는 대가라고 해야 전 나리와 조 나리 댁 두 집뿐이었고 나머지는 대부분 보잘것없는 얕은 규방이었지만 어쨌든 규방은 규방이니 이 또한 기이한 사건이라 할 수 있다. 여자들은 만나기만 하면 아Q의 이야기를 했다.

추 씨 댁이 아Q에게서 남색 비단 치마를 샀는데 입던 것이기는 해도 단돈 구십 전밖에 들지 않았다느니 조백안의 모친(일설에는 조사신의 모친이라고도 함)도 아이들에게 입히는 빨간 모슬린 홑옷을 샀는데 새것인데도 아주 헐값으로 샀다는 등의 이야기였다.

여자들은 눈이 휘둥그레져서 아Q를 만나고 싶어 했다. 비단 치마가 없는 사람이나 모슬린 홑옷이 필요한 사람은 그에게 사고는 했다.

이제는 아Q를 보면 피하기는커녕 그가 가고 난 뒤에도 뒤쫓아가서 그를 불러 세우고 묻는 것이었다.

"아Q, 비단 치마 아직도 있어? 없다고? 모슬린 홑옷도 필요한데, 있겠지?"

이러다 보니 그에 관한 이야기는 얕은 규방에서 깊숙한 규방까지 퍼지게 되었다. 그렇게 된 까닭은 추 씨 댁이 너무 기쁜 나머지 자기가 산 비단 치마를 조 부인에게 보여주며 자랑하였고, 조 부인은 또 그것을 조 나리에게 말하여 조르기까지 한 때문이다.

조 나리는 저녁을 먹는 자리에서 수재 나리와 이야기하면서 아무래도 아Q에게 수상한 점이 있으니 문단속을 잘해야 할 것 같다고 했다. 그러면서도 아Q에게서 아직 살 만한 물건이 있을지 궁금해했다. 게다가 조 부인이 마침 값싸고 질 좋은 모피 덧옷을 사고 싶어 하던 참이었다. 그래서 집안의 결정으로 추 씨 댁에게 부탁하여 즉시 아Q를 찾으러 보내면서, 또 이 때문에 세 번째 예외 규정을 두어 이날 밤만은 특별히 등불을 켜놓도록 했다.

등잔 기름이 제법 줄어들었는데도 아Q는 좀처럼 나타나지 않았다. 조 나리 댁의 가족들은 조바심이 났다. 하품을 하는 사람, 아Q가 너무 뻐긴다고 미워하는 사람, 그리고 추 씨 댁이 약삭빠르지 못하다고 탓하는 사람도 있었다.

부인은 아Q가 전에 맺은 서약 때문에 오지 못하는 것이 아닌가 하고 염려했다. 조 나리는 자기가 직접 부르러 보낸 것이니 걱정할 게 없다고 말했다. 과연 조 나리의 식견은 높았다. 아Q가 드디어 추 씨 댁의 뒤를 따라 들어왔다.

"제가 가자고 하는데도 그저 물건이 없다고만 하는군요. 그러면 네가 직접 가서 말하라고 해도 자꾸만 없다고 그러기에, 제가……."

추 씨 댁은 숨을 헐떡이며 말했다.

"나리!"

아Q는 웃는 듯한 표정으로 한마디 하고는 처마 밑에 멈춰 섰다.

"아Q, 외지에 가서 좀 벌었다지?"

조 나리는 천천히 그의 전신을 훑어보며 말했다.

"잘됐어. 그거참 잘됐어. 그런데 뭐 중고품이 있다고……. 전부 가져와서 보여 주지 않으려나? 다름이 아니고 나도 좀 필요해서……."

"이미 추 씨 댁에게 말했지요, 이젠 없다고."

"없어?"

조 나리는 자기도 모르게 소리를 질렀다.

"설마 그렇게 빨리 처분했을라고?"

"그건……, 친구 것이라 본래 많지 않았던 데다 사람들이 죄다 사 갔으니까요."

"그래도 아직 조금은 남아 있겠지?"

"지금은 문발 하나가 남아 있을 뿐인뎁쇼."

"그럼 문발이라도 갖다 보여 주게."

조 부인이 황망히 말했다.

"그렇다면, 내일 가져오게."

조 나리는 그다지 마음이 내키지 않았다.

"아Q, 자네 이제부터는 무슨 물건이 생기거든 제일 먼저 우리에게 가져다 보여주게……."

"값은 결코 다른 집보다 헐하게는 안 할 테니까."
하고 수재가 말했다. 수재의 부인은 아Q의 얼굴을 힐끔 쳐다보고 그의 눈치를 살피며 말했다.

"나는 모피 덧옷이 필요한데."

아Q가 비록 대답은 했지만 마지못한 표정으로 문을 나섰다. 그가 정말 마음에 새겨뒀는지 어떤지는 알 수가 없었다. 그의 이 같은 태도는 조 나리를 매우 실망케 했으며 화를 돋우고 근심까지 되어 하품하는 것도 잊어버릴 정도였다. 수재도 아Q의 태도에 대해서 대단히 불만이었다.

"이런 은혜도 모르는 놈은 조심해야 합니다. 지보에게 시켜서 그놈을 미장에서 살지 못하게 하는 것이 좋을 것 같습니다!"
하고 말했으나 조 나리는,

"그렇지 않다. 그런 짓을 하면 원한을 사게 돼. 게다가 이런 장사를 하는 놈이란 대개 매와 같이 자기 둥지 밑의 먹이는 먹지 않는다 했으니, 이 마을은 근심할 필요 없이 다만 각자 밤에만 좀 조심하면 돼!"
하고 말했다. 수재는 이 교훈 섞인 말을 듣고 그럴듯하게 생각되어 아Q를 쫓아내자는 제의를 즉시 거두었다. 그리고 추 씨 댁에게 이 이야기만은 절대로 남에게 지껄이지 말라고 간곡히 일렀다.

그런데 이튿날 추 씨 댁은 남색 치마를 검게 물들이러 나갔다가 사람들에게 아Q가 수상하다는 이야기를 퍼뜨렸다. 그렇지만 수재가 아Q를 쫓아내려 했던 대목만은 확실히 말하지 않았다. 하지만 이것만으로도 아Q에게는 퍽 불리했다.

제일 먼저 지보가 찾아와 그의 문발을 가져갔다. 아Q는 조 부인이 보겠다고 한 거라고 말했으나 그래도 돌려주지 않았을 뿐 아니라, 다달이 상납금까지 내라고 위협했다.

아Q에 대한 마을 사람의 태도도 갑자기 변하였다. 아직 함부로 하지는 못하나 그를 피하려는 눈치였다. 이것은 전에 왕 털보의 목을 내리치는 시늉을 할 때에 보였던 경계심과는 또 다른, 경원하는 눈치가 많이 섞여 있었다.

다만 몇 명 건달들만이 더욱 자세히 아Q의 내막을 알려고 꼬치꼬치 캐물었다. 아Q는 별로 숨기려 하지 않고 으쓱거리며 그의 경험담을 이야기했다. 그제야 그들은 비로소 알게 되었다. 아Q는 일개 단역에 지나지 않아 담도 넘어가지 못할 뿐 아니라, 안에도 들어가지 못하고 다만 문 밖에 섰다가 물건을 받기만 했던 것이다.

어느 날 밤, 그가 보퉁이 하나를 막 받아 들고 왕초가 다시 안으로 들어간 지 오래되지 않아 안에서 왁자지껄하는 소리가 들리자 황망히 도망하여 밤중에 성을 기어 나와 도망쳐 미장으로 돌아왔는데, 다시는 갈 마음이 없어졌다는 것이다. 그렇지만 이 이야기는 아Q에게 더욱더 불리할 뿐이었다.

마을 사람들이 아Q를 경원한 것도 실은 그에게 원한을 살까 두려워했기 때문이었는데, 알고 보니 더 이상 훔칠 수도 없는 좀도둑에 불과했던 것이다. 이야말로 두려워할 것도 못 되는 존재가 아닌가?

제7장 혁명

선통 3년 9월 14일, 그러니까 아Q가 지갑을 조백안에게 팔아 버린 날이다. 한밤중에 커다란 검은 배 한 척이 조 나리 댁 부두에 닿았다.

이 배는 캄캄한 어둠을 타고 저어온 데다 마을 사람들은 깊이 잠들어 아무도 낌새를 눈치채지 못하였다. 하지만 나갈 때는 이미 새벽녘이었기 때문에 그걸 본 사람이 몇 있었다. 여기저기 알아본 결과 그것은 거인 나리의 배로 판명되었다.

그 배는 미장에 일대 불안감을 실어다 주었다. 정오도 되기 전에 온 마을의 인심이 흉흉해지기 시작했다. 배가 이곳에 온 까닭에 대하여 조 나리 댁에서는 물론 극비에 부치고 있었으나, 찻집이나 술집에서 수군대는 말로는 혁명당이 입성할 기미이므로 거인 나리가 우리 마을로 피난해 왔다는 것이다.

추 씨 댁만이 그렇지 않다 했다. 그건 거인 나리가 헌 옷 상자를 몇 개 맡기려 했지만 조 나리에게 거절당하여 도로 가져갔다는 것이었다. 사실 거인 나리와 조 수재와는 평소부터 사이가 좋지 않았고, 이치로 따져도 환난을 함께 할 만큼 정이 두텁지도 않았었다.

게다가 추 씨 댁은 조 나리 댁의 이웃에 살고 있는 만큼 아무래도 더 믿을 만했으므로 다들 그런 줄로만 알고 있었다. 소문은 자꾸만 퍼져나갔다. 거인 나리가 직접 오지는 않은 모양이나 장문의 서신을 보내어 조 나리 댁과 사돈을 맺기로 했으며, 조 나리도 나쁘지는 않을 것 같아 상자를 받아 놓았다가 그것을 마누라의 침대 밑에 처박아 놓았다는 이야기였다.

어떤 사람은 말하기를, 오늘 밤 성내에 진격할 혁명당은 저마다 흰 투구에다 흰 갑옷을 입고 있는데 그것은 명조의 숭정 황제를 기리는 뜻에서 소복을 입은 것이라고 했다.

아Q도 혁명당이란 말은 진작부터 듣고 있었고 올해에는 자기 눈으로 혁명당이 처형당하는 것을 목격했다. 어디다 근거를 둔 것인지는 모르나 그는 혁명당은 반란군이며, 반란은 그를 곤란케 하는 것이라는 확신을 갖고 있었다. 그래서 지금까지 혁명당을 심히 증오해 왔었다.

그런데 뜻밖에도 백 리 사방에 이름이 알려진 거인 나리마저 혁명당을 이렇게 두려워하는 것을 보니 그도 어쩐지 마음이 끌리지 않을 수 없었다. 게다가 미장 사람들이 허둥대는 꼴은 아Q를 더욱 유쾌하게 했다.

'혁명도 괜찮은 거로구나'

하고 아Q는 생각했다.

'이런 개새끼들은 죽여 버려야 해, 더러운 개새끼들! 나도 항복해서 혁명당이 되어야지.'

아Q는 근래 궁했던 참이라 불만이 많았다. 게다가 대낮부터 빈속에 마신 술 두 사발로 취기가 올라 있었다. 생각하면서 걷는 동안에 또 마음이 들뜨기 시작했다. 어찌 된 일인지 갑자기 자신이 혁명당이고 미장 사람들은 모두 자기의 포로가 된 것 같은 기분이 들었다. 그는 너무나 기쁜 나머지 부지중에 큰 소리로 떠들어댔다.

"모반이다! 모반!"

미장 사람들은 모두 공포의 눈초리로 그를 바라보았다. 그 가련한 눈초리란 아Q가 지금까지 보지 못했던 것이었다. 그걸 보자 그는 한여름에 빙수를 마신 것처럼 속이 후련했다. 그는 점점 신이 나 걸으면서 고함을 질렀다.

"자! 탐나는 것은 모두가 내 것.

마음에 드는 계집도 모두가 내 것.

둥둥, 쟝쟝!

후회해도 소용없다.

술에 취해 잘못 베어 죽인 정현제를 후회해도 소용없다.

둥둥, 쟝쟝 둥, 쟈리쟝!

철편을 들고, 네놈을 치리……."

조 나리 댁의 두 나리와 그의 친척이 때마침 대문 앞에 서서 혁명 이야기를 하고 있었다. 아Q는 거들떠보지도 않은 채 머리를 쳐들고 곧장 노래 부르며 지나갔다.

"둥둥……."

"아Q 씨."

조 나리가 겁먹은 표정으로 나지막이 불렀다.

"쟝쟝……."

아Q는 자기 이름에 '씨' 자가 붙으리라고는 생각지 않았으므로 자기와는 관계없는 다른 사람을 부르는 거로 생각하고 그저 노래만 불렀다.

"둥, 쟝, 쟈리 쟝, 쟝!"

"아Q 씨."

"후회해도 소용없으니……."

"아Q!"

수재는 할 수 없이 '씨' 자를 빼고 이름을 불렀다.

아Q는 그제야 서서 고개를 돌리며 물었다.

"뭐요?"

"아Q 씨……, 요즘……."

조 나리는 막상 할 말이 없었다.

"요즘 돈 잘 벌지?"

"벌어요? 아무렴. 필요한 것은 모두가 내 것……."

"아……Q형, 우리 같은 가난뱅이 동지는 상관없겠지?"

조백안은 마치 혁명당원의 말투를 흉내 내듯이 조심조심 말했다.

"가난뱅이 동지라고? 당신은 아무래도 나보다는 부자지."

아Q는 그렇게 말하고는 가버렸다.

그러자 다들 맥이 풀려 아무 말도 없었다. 조 나리 부자는 집에 돌아와 저녁나절이 될 때까지 불을 켜고 상의했다. 조백안은 집에 돌아오자 허리춤에서 지갑을 끌러 주며 아내에게 잘 감추어두게 하였다.

아Q는 마음이 들떠 돌아다니다가 사당에 돌아오자 술도 깼다. 이날 밤은 사당지기 노인도 의외로 친절하게 차까지 권해주었다.

아Q는 그에게 떡 두 개를 얻어먹고, 쓰다 남은 사십 돈쭝 양초와 촛대를 빌려 불을 밝힌 뒤 자리에 드러누웠다. 말할 수 없는 감흥이 솟아났다. 촛불은 너울너울 춤을 추었고 이에 따라 아Q의 꿈도 춤을 추기 시작했다.

'모반? 재미있겠다! 흰 갑옷에 흰 투구의 혁명당이 쳐들어온다. 저마다 청룡도와 철편, 폭탄과 총을 들고서 사당 앞을 지나가며, "아Q! 함께 가세!" 하고 부르겠지. 그러면 그들과 함께 떠난다.

미장의 어중이떠중이들은 볼 만할 거다. 무릎을 꿇고, "아Q, 목숨만은 살려 주게!" 하면 흥, 내가 들어줄 줄 알고? 맨 먼저 죽일 놈은 소D와 조가 놈이다. 그리고 수재, 이어 가짜 양놈…… 몇 놈이나 남겨 둘까? 왕 털보는 남겨 둬도 상관없지만, 아냐, 그놈도 없애 버려.

그리고 물건들은? 곧 뛰어 들어가 상자를 연다. 마제은, 은화, 모슬린 홑옷……. 수재 마누라의 영파 침대를 우선 사당으로 운반해 온다. 그리고 전가 놈의 탁자와 의자도. 그러지 말고 조가의 것을 쓸까? 나야 손댈 필요 없이 소D에게 운반시키면 되지. 빨리 옮기지 않으면 따귀를 갈겨줄 테다.

조사신의 누이동생은 정말 추물이지. 추 씨 댁의 딸은 아직 젖비린내나고, 가짜 양놈의 마누라는 변발도 없는 놈과 동침하였으니 흥, 좋은 물건은 못돼! 수재의 마누라는 눈퉁이 위에 흉터가 있고, 오마는 오래 못 만나서 어디 있는지도 모르고……. 그런데 아깝게도 발이 너무 커.'

아Q는 공상이 끝나기도 전에 벌써 코를 골았다. 사십 돈쭝 양초는 아직도 반 치밖에 타지 않았고 흔들흔들하는 불빛이 헤벌어진 그의 입을 비추고 있었다.

"하하!"

아Q는 별안간 큰 소리를 지르면서 머리를 들고 사방을 두리번거리더니 사십 돈쭝 양초가 눈에 띄자 또다시 쓰러져 잠들어 버렸다.

이튿날 그는 매우 늦게 일어났다. 거리에 나가 보니 모두가 그대로였다. 여전히 그는 배가 고팠다. 뭔가 떠올려보려 했지만 아무것도 생각이 나지 않았다. 그러다 갑자기 무슨 생각이 떠올랐는지 느릿느릿 걷기 시작했다. 그의 발길은 어느덧 정수암에 이르렀다.

정수암은 지난봄과 마찬가지로 조용했다. 흰 담벼락과 칠흑같이 검은 대문. 그는 한참 생각하다가 문을 두드렸다. 개 한 마리가 안에서 짖어댔다. 그는 급히 벽돌 조각을 몇 개 집어 들고 다시 가서 돌로 세게 두드렸다. 검은 문에 많은 흠집이 났을 무렵에야 비로소 누군가 문을 열기 위해 나오는 소리가 들렸다.

아Q는 급히 벽돌 조각을 꼬나 잡고 다리를 딱 벌리고 검정 개와 싸울 준비를 했다. 그런데 암자의 문이 빠끔히 열렸을 뿐 검정 개는 튀어나오지 않았다. 들여다보니 늙은 비구니뿐이었다.

"너 또 뭐 하러 왔어?"

그녀가 깜짝 놀라며 물었다.

"혁명이야. 알고 있어?"

아Q가 얼버무리듯 말했다.

"혁명, 혁명이라고? 혁명은 벌써 끝났어! 그래서 우리를 어떻게 한다는 거야?"

늙은 비구니는 눈에 핏발을 세우면서 말했다.

"뭐라고?"

아Q는 이해가 안 갔다.

"넌 아직도 모르고 있었냐? 그들은 벌써 혁명해 버렸는데!"

"누가?"

아Q는 더욱 이해가 안 갔다.

"저 수재와 가짜 양놈이!"

아Q는 너무도 뜻밖이라 부지중에 얼떨떨해졌다. 늙은 비구니는 그의 기세가 꺾인 것을 보고 재빨리 문을 닫아 버렸다. 아Q가 재차 밀었을 때는 문은 꼼짝도 하지 않았다. 다시 두드려 보았으나 아무런 대답이 없었다.

그것은 아직 오전 중의 일이었다. 조수재는 소식이 빨라 밤새 혁명당이 성내에 들어와 있는 것을 알고서는 금방 변발을 머리 꼭대기로 말아 올리고, 일어나자마자 이제껏 사이가 안 좋았던 전가 가짜 양놈을 찾아갔다. 바야흐로 '유신'의 때였으므로 그들은 척척 장단이 맞아 당장에 의기투합한 동지가 되어 혁명을 함께 할 것을 약속했다.

그들은 곰곰이 생각한 끝에 정수암에 '황제 만세! 만만세!'라는 용패가 있는 것을 알고는 그것부터 파기해야겠다고 생각했다. 그들은 즉시 정수암으로 가서 혁명을 하기로 했다. 그렇지만 늙은 비구니가 나와 방해하므로 두서너 마디 억지 심문을 한 끝에 비구니를 만청(滿淸) 분자로 몰아 단장과 주먹으로 실컷 두들겨 팼다.

그들이 돌아가고 나서야 늙은 비구니는 정신을 차리고 주위를 둘러보니 용패는 벌써 땅 위에 산산조각이 나 있었고, 관음상의 앞에 놓여 있던 선덕 향로마저 보이지 않았다.

나중에야 이 일을 알게 된 아Q는 자기가 늦잠 잔 것을 몹시 후회하고 또한 그들이 자기를 부르러 오지 않은 것에 대해 의아하게 생각했다. 그는 한 발짝 물러나 생각해 보았다.

'그놈들은 내가 혁명당에 투항한 것을 아직 모르고 있는 모양이지?'

제8장 혁명 불허

미장의 인심은 점차 안정을 찾아갔다. 전하는 소식에 의하면 혁명당은 성내에 들어오긴 했으나 별다른 변화는 없었다는 것이었다.

지사 나리도 관직 이름만 바뀐 채 그 자리에 있었고 거인 나리도 무슨 관직을 −미장 사람들은 이러한 관직 이름을 들어도 잘 모른다.− 갖고 있었으며, 이번에 혁명당을 이끌고 왔던 자도 전의 하급 무관이었다고 한다.

다만 한 가지 무서운 것은 몇몇 못된 혁명당원이 마을에서 난동을 일으키고 그 이튿날부터 변발을 자르고 다니기 시작한 것이었다. 소문에 의하면 이웃 마을의 나룻배 사공 칠근이가 변발을 잘려 사람 꼴이 말이 아니라고 했다.

하지만 이것은 그다지 큰 공포는 아니었다. 왜냐하면 미장 사람들은 본래 성내에 들어가는 일이 드물었고, 더러 성내에 갈 일이 있었던 사람도 즉각 계획을 취소했기 때문에 그런 봉변을 당한 사람이 없었던 것이다.

아Q도 성내에 들어가 옛 친구나 찾아볼까 했지만 이 소문을 듣고는 그만두고 말았다.

그렇지만 미장에도 개혁이 없었다고는 말할 수 없었다.

며칠 뒤에는 변발을 머리 꼭대기로 감아올리는 사람이 점점 늘어났다. 앞서 말한 대로 제일 먼저 그렇게 한 사람은 물론 조가의 수재 나리였지만, 그다음은 조사신과 조백안이었으며 그 뒤가 아Q였다.

여름이라면 사람들이 변발을 머리 꼭대기로 감아올리거나 혹은 묶어도 그리 이상할 게 없다. 그렇지만 지금은 벌써 늦가을이므로 변발을 감아올리는 사람들에게는 보통 용단이 아니었다. 그러니 미장에서도 개혁에 무관하였다고는 말할 수 없었다.

조사신이 뒤통수를 횅하니 비워 갖고 걸어오는 것을 본 사람들이 와글와글 떠들어댔다.

"어이구, 혁명당이 오시는군."

하지만 아Q는 그가 부럽기까지 했다. 수재가 변발을 감아올렸다는 소식은 벌써 들어서 알고 있었으나 자기도 그렇게 해보겠다는 생각은 미처 못했다. 그런데 조사신도 이처럼 한 것을 보고 비로소 실행할 결심을 굳혔다. 그는 한 개의 대젓가락을 이용하여 변발을 머리 꼭대기에 감아 붙인 다음, 한참 망설이다가 용단을 내어 밖으로 나갔다.

그는 거리를 걸어갔다. 사람들은 그를 쳐다보았으나 아무 말도 하지 않았다. 아Q는 처음에는 불쾌하다가 나중에는 대단히 불만스러웠다. 그는 요즈음 툭하면 화를 잘 냈다. 사실 그의 생활은 모반 전에 비해서 조금도 못하지 않았다. 사람들은 공손해졌고 주점에서도 현금을 요구하지는 않았다. 그런데도 아Q는 왠지 모르게 자신이 너무 하찮게 느껴졌다. 혁명을 한 이상 이래서는 안 된다는 생각이 들었다.

더구나 소D를 보고 나서는 더욱 배알이 뒤틀렸다. 소D 역시 변발을 머리 꼭대기에다 감아 붙이고 대젓가락까지 꽂고 있었다. 아Q는 설마 그놈이 감히 자기처럼 하리라고는 생각지도 못했고 가만 놔둘 수도 없었다. 소D

따위가 뭐기에?

그는 당장 놈을 붙잡아 대젓가락을 두 동강으로 꺾고 변발을 풀어헤치고 싶었다. 그리고 뺨을 몇 대 갈겨, 그가 제 분수를 잊고 감히 혁명당이 되려고 한 죄를 징벌하려고 생각했다. 그렇지만 결국 용서해 주고 말았다. 다만 노한 눈으로 흘겨보며 "퉤!" 하고 침을 한 입 뱉었을 뿐이었다.

요 며칠 새에 성내에 들어간 사람은 가짜 양놈 하나뿐이었다. 조 수재는 상자를 맡아준 인연을 믿고 친히 거인 나리를 방문할 작정이었지만, 변발을 잘릴 위험이 있어서 포기하고 말았다. 그는 황산격의 편지를 한 통 써서 가짜 양놈에게 부탁했는데 내용은 자신이 자유당에 들어갈 수 있도록 잘 소개해달라는 것이었다.

가짜 양놈은 성내에 다녀오더니 수재에게 사례로 은화 4원을 청구했다. 수재는 그때부터 은제 복숭아를 옷섶 위에 달고 다녔다. 미장 사람들은 모두 놀라워했다. 그것은 자유당의 휘장으로서 한림과 맞먹는 것이었기 때문이다.

조 나리는 이 때문에 또 거드름을 피우기 시작했는데, 아들이 수재에 급제했을 때보다도 훨씬 더했다. 그래서 눈에 뵈는 것이 없고, 아Q를 만나도 거들떠보지도 않는 것 같았다.

불만과 열등감을 느끼고 있던 아Q는 이 은제 복숭아에 대한 이야기를 듣는 순간 원인을 깨달았다. 혁명을 하려면 그냥 투항하기만 해서는 안 된다. 변발을 말아 올리는 것만으로도 안 된다. 그러자면 우선 혁명당과 교제를 맺어 놓아야 한다.

그가 평소에 알고 있는 혁명당은 두 사람뿐인데, 성내의 한 사람은 벌써 싹둑 하고 목이 잘리었으니 현재는 가짜 양놈 하나뿐인 셈이다. 그로서는 얼른 가서 가짜 양놈과 상의하는 수밖에 다른 길이 없었다.

전 나리 댁 대문은 마침 열려 있었다. 아Q는 겁이 나서 살금살금 들어갔다. 안으로 들어가자마자 그는 깜짝 놀랐다.

가짜 양놈은 안마당 한가운데 서 있었다. 전신이 새까맣게 보이는 건 아마 양복 탓이겠지만, 옷에는 은제 복숭아를 하나 달고 손에는 아Q가 이미 맛을 본 바 있는 지팡이를 들고 있었다. 이미 한 자 넘게 자란 변발을 풀어 어깨 뒤로 늘어뜨려 봉두난발한 꼴은 마치 그림에서 본 유해선인 같았다.

조백안과 세 명의 건달이 직립 부동의 자세로 맞은편에 서서 공손히 연설을 듣고 있는 참이었다.

아Q는 가만가만히 걸어 들어가 조백안의 뒤에 서서 인사를 하려고 했으나 어떻게 불러야 좋을지를 몰랐다. 가짜 양놈으로는 물론 안 되고, 외국인이라 해도 타당치 않다. 혁명당이라 하기도 부적당하고 양 선생이면 무난하지 않을까?

양 선생은 좀처럼 그를 보지 않았다. 눈을 허옇게 뜨고 한창 강연에 열중해 있었기 때문이다.

"나는 성질이 급해서 만나기만 하면 늘 말했지. 홍형! 이제 착수합시다. 그런데 그는 늘 '노우' —이것은 영어라 너희들은 모르겠지만— 였어. 그렇지 않았다면 벌써 성공했을 텐데. 이게 바로 그의 소심했던 일면이지. 그는 몇 번이나 나에게 호북으로 가달라고 부탁했지만, 나는 아직 승낙을 안 했어. 누가 그런 작은 고을에서 일하기를 원하겠나?"

"에에, 저……."

아Q는 그가 잠시 말을 멈추기를 기다려 마침내 용기를 내어 입을 열었으나 어찌 된 셈인지 그를 양 선생이라고 부르지는 못했다.

연설을 듣고 있던 네 사람은 모두 놀라 뒤를 돌아보았다. 양 선생도 그제야 그를 볼 수 있었다.

"뭐야?"

"저어……."

"꺼져!"

"저도 투항하려고……."

"꺼져!"

양 선생은 지팡이를 쳐들었다.

조백안과 건달들도 소리쳤다.

"선생님이 꺼지라고 하시잖아? 못 들었어?"

아Q는 손으로 머리를 감싸고는 자기도 모르는 사이에 문밖까지 뛰쳐나왔다. 양 선생이 쫓아오지는 않았다. 그는 오륙십 보쯤 내달리고 나서야 걸음을 늦췄다. 그의 마음엔 깊은 울분이 끓어올랐다.

양 선생이 그에게 혁명을 허락하지 않는다면 그에게는 다른 길이 없다. 이제는 흰 투구 흰 갑옷을 입은 사람들이 그를 부르러 올 리가 없다. 그의 포부와 꿈, 희망, 앞길마저 모두 물거품이 되어 버렸다. 건달들이 소문을 퍼뜨려 소D나 왕 털보 따위에게까지 웃음거리가 되는 것은 둘째 문제였다.

그는 이제까지 이렇게 답답했던 적이 없는 것 같았다. 아Q는 변발을 말아 올린 것조차도 무의미해진 것 같아 모욕감을 느끼기까지 했다. 앙갚음하기 위하여 당장이라도 변발을 풀어 내리려고 생각하였으나 결국 풀지도 못했다. 그는 밤까지 서성대다가 외상술을 두어 사발 마셨다. 술이 뱃속에 들어가자 점점 기분이 좋아져서 마음속에 또 흰 투구 흰 갑옷 조각들이 떠올랐다.

어느 날 그는 그전처럼 하릴없이 밤중까지 쏘다니다가 술집이 문을 닫을 때쯤 돼서야 터덜터덜 사당으로 돌아왔다.

"딱, 펑!"

갑자기 꿍음이 들렸으나 폭죽 소리는 아니었다. 아Q는 원래 구경을 즐기고 쓸데없는 일에 참견하기 좋아하므로 곧 어둠 속을 달려 나갔다. 앞에서 사람 발자국 소리가 들려오더니 갑자기 한 사람이 맞은편으로부터 도망해 왔다.

아Q는 그를 보고 자기도 재빨리 몸을 돌려 뒤따라 도망쳤다. 그자가 방향을 바꾸면 아Q도 따라 방향을 바꿨다. 방향을 바꾸던 그가 멈춰 서므로 아Q도 멈춰 섰다. 아Q는 뒤를 돌아다보았으나 아무도 없었다. 그제야 그 사람을 보니 바로 소D였다.

"뭐야?"

아Q는 약이 올랐다.

"조, 조 나리 댁이 약탈당했어!"

소D는 숨을 헐떡이며 말했다.

아Q의 가슴은 두근두근했다. 소D는 그렇게 말하고는 다시 도망치기 시작했다. 아Q는 도망가다가는 쉬고, 또 도망가다가는 쉬곤 했다. 그는 도망치는 데는 이골이 나서 의외로 대담했다.

아Q는 길모퉁이에 멈춰 서서 귀를 기울였다. 웅성거리는 소리가 들리는 것 같았다. 자세히 보았더니 흰 투구에 흰 갑옷을 입은 사람들이 연달아서 상자와 가구들을 들어내 오고, 수재 마누라의 침대까지 메고 나오는 모양이었으나 확실히는 알 수 없었다. 그는 더 다가가 보려 했으나 두 발이 움직여지지 않았다.

이날 밤은 달이 없었다. 미장은 어둠 속에 매우 고요했다. 너무 고요해서 복희씨 시대처럼 태평스럽기까지 했다. 아Q는 사시나무처럼 떨고 있는 자신을 발견했다. 그들은 여전히 왔다 갔다 하면서 상자를 들어내 오고 있었다. 너무나 많이 꺼내오는 바람에 아Q는 자신의 눈을 믿을 수가 없었다. 하지만 도저히 다가갈 수가 없어 자기 거처로 돌아오고 말았다.

사당 안은 더욱 깜깜했다. 그는 문을 닫고 자기 방으로 더듬어 들어갔다. 한참 누워 있으려니까 그제야 기분이 가라앉아 자기 일을 생각할 수 있게 되었다.

흰 투구에 흰 갑옷을 입은 사람들은 분명히 왔으나 그를 부르러 오지는 않았다. 좋은 물건을 많이 날랐으나 자기의 몫은 없다.

이 모든 것은 가짜 양놈이 나에게 모반을 허락하지 않았기 때문이다. 그렇지 않았다면 이번에 내 몫이 없을 수 없다. 아Q는 생각하면 할수록 더욱 화가 치밀었고 나중에는 통분을 참을 수 없어 세차게 머리를 흔들며 지껄였다.

"나에게는 허락하지 않고 네놈만 모반할 셈이지? 개돼지 같은 양놈······. 어디 두고 보자, 네놈이 모반을 했겠다! 모반은 목이 잘리는 죄야. 내 어떡하든지 고발해서 네놈이 관청으로 잡혀 들어가 목이 댕강 잘리는 꼴을 보고 말 테다! 일가 모두를······. 댕강, 댕강!"

제9장 대단원

조 나리 댁이 약탈을 당한 후 미장 사람들은 내심 통쾌해하면서도 한편으로는 두려워했다. 아Q 역시 마찬가지였다. 그런데 나흘 후에 갑자기 아Q가 밤중에 붙잡혀 현성으로 연행되었다.

그날도 마침 캄캄한 밤이었다. 일단의 군대와 장정, 경찰, 그리고 다섯 명의 수사관이 몰래 미장에 들어와 야음을 틈타 사당을 포위하고 대문을 향해 기관총을 조준하였다. 하지만 아Q는 뛰어나오지 않았다.

한참 동안 아무런 동정도 없었다. 대장이 조바심이 나서 이십 냥의 상금을 걸었더니 장정 둘이 위험을 무릅쓰고 담을 넘어 들어갔다.

안팎이 합세하여 일거에 쳐들어가 아Q를 잡아냈다. 사당 밖에 걸어 놓은 기관총 옆까지 끌려 나와서야 그는 겨우 정신이 좀 들었다.

성내에 도착하였을 때는 이미 정오가 되었다. 아Q는 허름한 관청으로 끌려 들어가 모퉁이를 대여섯 번 돌고 나서 조그만 방에 처박혀졌다. 그가 비틀비틀하는 사이에 통나무로 만든 문이 그의 발꿈치를 따라오듯 닫혔다. 목책 이외의 삼면은 모두 벽이었으며 방 귀퉁이를 자세히 보니 다른 두 사람이 더 있었다.

아Q는 좀 불안했으나 그렇게 괴롭지는 않았다. 왜냐하면 그의 사당 방이라야 이 방보다 더 편안하지는 않았기 때문이다.

그 두 사람도 시골뜨기인 모양인데 나중에는 그와 어울리게 되었다. 한 사람은 그의 조부가 갚지 못한 묵은 소작료 때문에 거인 나리에게 고소당했다는 것이며, 또 한 사람은 무슨 일 때문인지도 모른다고 했다. 그들도 아Q에게 물었다.

"모반을 꾀했기 때문이오!"

하고 아Q는 분명하게 대답했다.

그는 오후에 목책 문밖으로 끌려 나갔다. 대청에 가보니 상좌에는 머리를 빡빡 깎은 노인이 한 사람 앉아 있었다.

아Q는 그가 중인지 의심했으나 아래쪽을 보니 일단의 병사들이 서 있고, 그들 양쪽에는 긴 두루마기를 입은 사람들이 십여 명 서 있는데, 노인처럼 머리를 빡빡 깎은 사람도 있고 한 자 남짓한 긴 머리를 가짜 양놈처럼 뒤로 늘어뜨린 사람도 있었다.

모두 무서운 얼굴에 성난 눈으로 그를 노려보고 있다. 아Q는 그들이 심상치 않은 자들임을 직감할 수 있었다. 별안간 무릎의 힘이 저절로 빠져 자기도 모르게 꿇어앉고 말았다.

"서서 말씀드려라! 무릎 꿇지 말고!"

긴 두루마기를 입은 사람들이 소리쳤다.

아Q는 그 말을 알아듣기는 했으나 도저히 서 있을 수가 없었다. 몸이 저절로 움츠러들어 그만 꿇어 엎드리고 말았다.

"노예 같은 놈!"

경멸하듯 말했으나 일어서라고는 말하지 않았다.

"사실대로 불어라, 경치지 않게. 이미 다 알고 있으니까 순순히 불면 널 석방시켜 줄 것이다!"

까까머리 노인이 아Q의 얼굴을 뚫어지게 쳐다보며 묵직하면서도 똑똑한 목소리로 말했다.

"불어라!"

긴 두루마기를 입은 자들도 소리쳤다.

"사실 전 여기 와서 투항하려고……."

아Q는 멍하니 생각하다가 더듬거리며 말했다.

"그런데 왜 투항해 오지 않았는가?"

노인은 부드럽게 물었다.

"가짜 양놈이 허락하지를 않았습죠!"

"허튼소리 마! 이제 와서 말해 봐야 늦었다. 지금 너희 패거리는 어디 있느냐?"

"무슨 말씀인지?"

"그날 밤 조 씨 가를 약탈했던 놈들 말이다."

"그놈들은 저를 부르러 오지 않았습죠. 저희끼리만 멋대로 가져갔는뎁쇼."

아Q는 툴툴거리며 말했다.

"어디로 달아났지? 순순히 불면 너는 석방해 준다."

노인은 더욱 부드럽게 말했다.

"전 모르는뎁쇼? 그놈들은 저를 부르러 오지 않았으니까요……."

노인이 눈짓을 한 번 하자 아Q는 또다시 목책 문 안에 갇혔다. 그가 두 번째로 끌려 나온 것은 이튿날 오전이었다.

대청의 광경은 어제 그대로였다. 상좌에는 여전히 까까머리 노인이 앉아 있었다. 아Q도 무릎을 꿇고 앉았다.

노인은 부드럽게 물었다.

"무슨 할 말은 없는가?"

아Q는 생각해 보았으나 별로 할 말도 없었다.

"없습니다."

그러자 긴 두루마기를 입은 사람이 종이와 붓을 가지고 와서는, 아Q 앞에 놓고 붓을 그의 손에 쥐여 주려고 했다.

아Q는 거의 혼비백산할 만큼 깜짝 놀랐다. 그도 그럴 것이 그의 손이 붓과 접하기는 난생처음이기 때문이었다. 그는 붓을 어떻게 쥐는 것인지 몰라 머뭇거리고 있는데 붓을 쥐여준 자가 한 군데를 가리키며 서명을 하라고 했다.

"저, 저는……, 글을 쓸 줄 모르는뎁쇼."

아Q는 붓을 덥석 움켜잡고는 두려움과 부끄러움이 뒤섞인 표정으로 말했다.

"그러면 너 좋은 대로 동그라미를 하나 그려라!"

아Q는 동그라미를 그리려고 했으나 붓을 잡고 있는 손이 떨리기만 했다. 그러자 그자가 종이를 땅 위에 펴주었다. 아Q는 엎드려 있는 힘을 다해 원을 그렸다.

그는 남들에게 웃음거리가 될까 두려워 둥글게 그리려고 애를 썼으나 이 밉살스러운 붓이 지나치게 무거운데다 마음대로 움직여지지 않았다. 떨면서 간신히 그려 거의 이어 붙이려고 하는데 붓이 위로 튕겨 종이 위의 원은 수박씨 모양이 되고 말았다.

아Q는 동그랗게 그리지 못한 것을 부끄럽게 생각했으나 그들은 문제 삼지도 않고 종이와 붓을 가지고 재빨리 가버렸다. 여러 사람이 몰려들어 그를 다시 목책 문 안에 처넣었다.

또다시 목책 문 안에 들어갔어도 아Q는 그리 괴로워하지 않았다. 사람이 살다 보면 때로는 감옥에 들어가는 일도 있고 때로는 종이 위에 동그라미를 그려야 할 때도 있을 것이다. 다만 동그라미가 바르게 그려지지 않은 것만은 그의 행적 중 하나의 오점이라고 생각했지만 얼마 지나지 않아 그것마저 담담해졌다. 동그라미는 아이들이나 잘 그리는 거라고 생각하며 잠이 들었다.

　이날 밤 거인 나리는 대장과 시시비비를 가리느라 잠을 잘 수 없었다. 거인 나리는 장물의 반환이 급선무라고 주장했고, 대장은 본보기로 징계하는 일이 더 급하다고 주장했다.

　대장은 요사이 거인 나리를 안중에도 두지 않고 있었다. 그는 책상을 치면서 말했다.

　"일벌백계입니다. 보십시오! 내가 혁명당이 된 지 이십 일도 안 되는데 약탈 사건은 십여 건이나 발생했소. 게다가 아직 아무것도 해결을 못 하고 있으니 내 체면은 무엇이 된단 말이오? 기껏 잡아 놓았더니 당신은 엉뚱한 소리나 하고. 안 돼! 이건 내 권한이니까!"

　거인 나리는 난처했으나 물러서지 않았다. 만약 자기주장대로 하지 않았다가 장물을 못 찾게 되면 민정관의 직책을 즉각 사임하겠다고 위협했다.

　"마음대로 하시오!"

　대장이 대꾸했다. 거인 나리는 그날 밤 한잠도 잘 수가 없었던 것이다. 그렇지만 다행히도 이튿날 거인 나리는 사임하지 않았다.

　아Q가 세 번째로 목책 문에서 끌려 나온 것은 거인 나리가 뜬눈으로 밤을 지새우고 난 이튿날 오전이었다. 대청의 상좌에는 역시 예의 까까머리 노인이 앉아 있었다. 아Q도 전처럼 꿇어앉았다.

　노인은 아주 부드럽게 물었다.

　"무슨 할 말이라도 없느냐?"

　아Q는 또다시 생각해 보았지만 별로 할 말이 떠오르지 않았다.

　"없습니다."

　긴 두루마기를 입은 사람들이 별안간 우르르 달려들어 그에게 무명으로 된 흰 등거리를 입혔다. 거기에는 검은 글자가 씌어 있었다. 아Q는 대단히 기분이 나빴다. 마치 상복을 입는 것 같았기 때문이다. 상복을 입는다는 것은 불행한 일이 아닌가? 동시에 그의 양손은 뒤로 묶여 곧장 관청 밖으로 끌려 나왔다. 아Q는 포장 없는 수레에 들어 올려졌다. 반소매를 걸친 몇 사람이 함께 수레에 올랐다. 수레는 곧 움직이기 시작했다. 앞에는 총을 멘 군인과 자경단원이 있고, 양쪽에는 수많은 군중이 입을 떡 벌린 채 아Q를 지켜보고 있었다. 뒤는 어떤지 아Q는 돌아보지 않았다.

그는 그때야 갑자기 깨달았다. 이것은 목 잘리러 가는 것이 아닌가? 그렇게 생각하니 그는 갑자기 눈앞이 캄캄해지고 귓속이 멍해져 정신을 잃을 것 같았다. 그렇지만 완전히 정신을 잃지는 않았다. 당황하면서도 한편으로는 태연해지기도 했기 때문이다. 사람이 살다 보면 때에 따라서는 목을 잘리는 일도 있을 수 있다고 생각했다.

그는 아직 길은 파악할 수 있었다. 그래서 좀 이상했다. 어째서 형장 쪽으로 가지 않는 것일까? 그는 이것이 조리돌림임은 알지 못했다. 그렇지만 알았다 해도 마찬가지였을 것이다. 사람이 살다 보면 때로는 조리돌림을 당할 수도 있다고 그는 생각했을 것이니까.

그는 깨달았다. 이것은 멀리 돌아서 형장으로 가는 길이다. 필연코 댕강하고 목을 잘릴 것이다. 그가 경황없이 좌우를 둘러보니까 인파가 개미처럼 따르고 있었다. 뜻밖에도 길가의 군중들 틈에서 오마의 모습을 발견했다. 정말 오래간만이었다. 그녀는 성내에서 일하고 있었던 것이다.

아Q는 갑자기 자기가 배짱이 없어 창 한 수도 못 한 것이 몹시 부끄러웠다. 여러 노래들이 그의 뇌리를 맴돌았다.

'청상과부의 성묘'는 너무 맥이 빠진 것 같고, '용호의 싸움' 중의 '후회해도 소용없다.'는 무미건조하지. 역시 '손에 철편을 들고 네 놈을 치리'가 낫겠다. 하면서 손을 쳐들려고 하다가 양손이 결박된 사실을 기억해냈다. 그래서 '손에 철편을 들고'도 부르지 않았다.

"이십 년만 지나면 다시 태어나……."

아Q는 이것저것 생각하다가 이제까지 한 번도 입에 담아 본 적이 없는 틀에 박힌 사형수의 노래 구절이 저절로 입에서 튀어나왔다.

"잘한다!"

군중 속에서 이리의 울부짖음 같은 소리가 들려왔다.

수레는 쉬지 않고 나아갔다. 아Q는 갈채 소리 가운데서도 눈알을 굴려 오마를 찾았으나 그녀는 그에게는 조금도 신경을 쓰지 않는 듯 그저 군인들이 매고 있는 총만을 정신없이 바라보고 있었다.

이번에는 손뼉 치는 사람들을 죽 휘둘러보았다. 이 순간 또다시 그의 공상이 뇌리를 선회했다.

4년 전, 그는 산기슭에서 굶주린 이리 한 마리를 만났었다. 이리는 가까이 오지도 않고 멀리 떨어지지도 않은 채 끈질기게 그의 뒤를 따라와서 그를 잡아먹으려 했다. 그때 그는 무서워서 거의 죽는 줄 알았었다. 다행히 손에 든 도끼 한 자루를 믿고 담이 세어져 간신히 미장에 다다랐다.

하지만 그 이리의 눈알은 여태까지 기억에 남았다. 그것은 흉악하고도 무서웠다. 도깨비불처럼 번쩍번쩍 빛나는 이리의 두 눈은 멀리서도 그의 육체를 꿰뚫을 것 같았다.

하지만 이번에는 그보다 더 무서운 눈빛을 본 것이다. 그것은 둔하면서도 날카로워 벌써 그의 말을 삼켜버렸을 뿐 아니라 육신 이외의 것마저 씹어 먹으려는 듯 언제까지고 그의 뒤를 쫓아오는 것이었다. 이런 눈알들이 하나로 합쳐져 그의 영혼을 물어뜯고 있었다.

"사람 살려……."

그렇지만 아Q는 입 밖에 내서 말하지 못했다. 그는 이미 두 눈이 캄캄해지고 귓속은 멍해져 마치 전신이 작은 티끌같이 날아서 흩어지는 듯했다.

이 사건으로 가장 큰 피해를 본 사람은 오히려 거인 나리였다. 끝내 도난 당한 물건을 찾지 못해 온 집안이 모두 울부짖었다. 그다음은 조 나리 댁이었다. 수재가 성내로 신고하러 갔다가 악질 혁명당에게 변발을 잘렸을 뿐 아니라 또 이십 냥의 현상금마저 뜯겼기 때문에 온 집안이 역시 울부짖었다. 이날부터 점차 몰락한 관리들이 나타나기 시작했다.

여론으로 말하자면 미장에서는 별로 다른 의견이 없었다. 모두들 아Q가 나쁘다고 말했고 총살당한 것이 그 증거라고 했다. 하지만 성내의 여론은 매우 좋지 않았다. 그들 대부분은 불만으로 가득 찼다.

총살은 참수만큼 볼 만하지 않더군. 더구나 그렇게 변변찮은 사형수가 어디 있어? 그렇게 오래도록 거리를 끌려 돌아다니면서 기어이 창 한 수 부르지 않다니, 괜히 헛걸음만 했어! 하는 것이 그들의 푸념이었다.

(1921년 12월)

고향

- 루쉰 -

작품 정리

고향은 1921년 5월 〈新靑年〉에 발표되었다. 주인공이 이십여 년 만에 고향에 돌아와 옛날 친구를 만나서 과거와 현재를 대비하는 일인칭 소설로 현실에 대한 비애 속에서도 결코 포기할 수 없는 미래에 대한 희망을 담아내고 있다. 새로운 길은 용납지 않는 낡은 사회를 비난하고 새로운 사회로 이행해 가는 과도기에 볼 수 있는 가치관의 혼란 상태와 이데올로기의 문제를 잘 그려 내고 있다. 그 당시 사회가 안고 있었던 문제를 다른 작품들에 비해 묘사 기법이 섬세하게 그려진 작품이다.

작품 줄거리

이십여 년 만에 이천여 리나 멀리 떨어진 곳에서 매서운 추위를 무릅쓰고 고향에 돌아온 작가는 그동안 생각하고 그리워했던 것과 전혀 다르게, 활기라고는 조금도 없이 초라하게 변한 고향의 모습에 슬픔을 느낀다. 그곳은 어렸을 때의 아름다운 추억이 살아 있는 곳이 아니었다. 집에 도착한 작가는 어머니와 조카 꽝아(宏兒)를 만나고 어머니로부터 윤토 얘기를 듣는다. 오랫만에 만난 그는 몹시 변해 있었다. 옛날처럼 정겨운 모습은 보이지 않고 가난에 찌들어 있었으며 존댓말을 하였다. 시간이 흘러 두 사람은 나이를 먹었고 신분의 격차 때문에 더 이상 예전처럼 서로를 편하게 대하지 못하였으며 마음속에 담아두었던 말을 상대방에게 하지 못한다. 다만 조카와 윤토의 아들인 후세대에서 희망을 바랄 뿐이다.

핵심 정리

갈래 : 단편 소설　　　　　　　　시점 : 전지적 작가 시점

배경 : 1900년대 중국　　　　　　주제 : 가난한 계층 간의 갈등

고향

나는 혹독한 추위를 무릅쓰고 2천여 리나 떨어진 곳에서 이십여 년 만에 고향에 돌아가기 위해 길을 떠났다.

때는 엄동설한이었다. 고향에 가까워짐에 따라 날씨는 점점 음산하게 흐려지고 찬바람이 윙윙 소리를 내며 선실 안에까지 불어 들어왔다. 선창으로 밖을 내다보니 흐릿한 하늘 밑에 쓸쓸하고 초라한 마을이 활기라고는 조금도 없이 여기저기 가로누워 있었다. 나도 모르게 마음속에 슬픔이 치밀어 올랐다.

아아! 이것이 내가 이십 년 동안 못내 그리워하던 고향이었던가?

내가 그리던 고향은 전혀 이렇지 않았다. 나의 고향은 이보다 훨씬 좋았었다. 하지만 고향의 아름다움을 생각해 내어 그 좋은 점을 말하려 하니 또렷한 모습이 떠오르지 않고 알맞은 말도 나오지 않는다.

그러고 보니 예전에도 이랬었던 것 같다. 그래서 나는 스스로 위안했다. 고향은 본래 이랬었다. 전보다 나아진 것도 없지만 내가 느낀 것처럼 처량하지도 않다. 그렇게 느낀 것은 다만 나의 심경이 변했기 때문이다 라고. 사실 이번에 고향에 돌아오면서 그다지 즐거운 마음으로 온 것은 아니었다.

이번에 나는 고향과 이별을 하러 온 것이다. 우리 일가들이 오랜 세월 함께 살아온 묵은 집도 이미 팔아버렸다.

집을 비워 주어야 할 기한도 올해 말까지라 정월 초하루가 되기 전에 낯익은 고향 집과도 영원히 이별하고, 또 정든 고향을 멀리 떠나 내가 밥벌이하고 있는 타향으로 이사를 하지 않으면 안 되는 것이다.

이튿날 이른 아침에 나는 우리 집 문 앞에 다다랐다. 기와 틈으로 마른 풀 줄기들이 늘어져 바람에 떨고 있는 품이 이 묵은 집의 주인이 바뀌지 않으면 안 될 이유를 설명해 주는 것 같았다.

한집에 살던 일가들은 벌써 이사를 갔는지 몹시 쓸쓸했다. 내가 쓰던 방 밖에까지 이르렀을 때 어머니는 벌써 맞으러 나오셨고, 뒤따라 여덟 살 먹은 조카 굉아도 뛰어나왔다.

어머니는 대단히 반가와 하셨으나 어쩐지 처량한 심정을 숨기지 못하는 기색이었다. 나를 앉혀 놓고 차를 따라 주면서도 이사하는 이야기는 입 밖에 내지 않으셨다. 굉아는 전에 나를 본 일이 없어서 그런지 멀찍이 한쪽 구석에 서서 쳐다보고 있었다. 결국 우리는 이사에 대한 이야기를 끄집어내고 말았다.

나는 이사 갈 곳에 벌써 셋집을 얻어 두고 세간도 조금 장만했으나 그 밖의 것은 이 집에 있는 가구를 전부 팔아서 장만하자고 말했다. 어머니도 좋다고 하셨다. 그리고 짐도 대강 싸 놓았고, 운반하기 어려운 가구들은 조금 팔아 버렸으나 돈은 얼마 되지 않는다고 했다.

"이삼일 푹 쉬어라. 그리고 일가친척에게 인사나 한 다음에 떠나기로 하자."

"네!"

"그리고 윤토 말이다. 우리 집에 올 때마다 네 이야기를 묻더라. 네가 매우 보고 싶은 모양이야. 내가 벌써 네가 올 날짜를 기별했으니까 아마 곧 올 게다."

이때 나의 머릿속에 갑자기 한 폭의 이상한 그림이 떠올랐다.

새파란 하늘에는 황금빛 둥근 달이 걸려 있고, 그 아래 해변 모래땅에는 온통 끝도 보이지 않을 만큼 파란 수박이 덩굴져 있다. 그 사이에 열한두어 살 된 소년이 목에는 은목걸이를 걸고 손에 쇠 작살을 들어 한 마리의 오소리를 향해 힘껏 던졌으나 그 오소리는 몸을 홱 돌리더니 그 아이의 가랑이 밑으로 빠져 달아나버린다.

이 소년이 바로 윤토이다. 내가 그를 알게 된 것은 불과 열두서너 살 때였으니 지금으로부터 근 삼십 년 전 일이다.

그땐 아버지도 아직 살아 계셨고 집안 형세도 넉넉해서 나는 어엿한 도련님이었다. 그해는 우리 집이 큰제사를 지낼 차례였다.

이 제사로 말하면 삼십여 년 만에 한 번 돌아오는 것이기 때문에 대단히 정중한 것이었다. 정월에 조상의 상에 제사를 지내는데 제물도 퍽 많고 제기도 잘 갖추며 제관도 무척 많아서 제기를 도둑맞지 않도록 경계할 필요가 있었다.

우리 집에는 달머슴 —우리 고장에서는 일꾼을 세 가지로 구분하였다. 일년 내내 일해 주는 사람을 머슴꾼이라 하고, 하루하루 품팔이를 하는 사람을 날품팔이꾼이라 하고, 자기 밭도 부치면서 명절 때나 소작료를 거둘 때에만 와서 일손을 돕는 사람을 달머슴이라 하였다.— 이 한 사람뿐이었으므로 일손이 달렸다.

그는 너무나도 바쁜 탓으로 그의 아들 윤토에게 제기를 건사하게 하는 것이 좋겠다고 아버지에게 말했다.

우리 아버지는 그것을 허락하셨고 나도 무척 기뻐했다. 나는 벌써부터 윤토라는 이름을 들었고 또 그는 나와 같은 또래라는 걸 알았기 때문이다. 그는 윤달에 나서 오행 중의 토가 빠졌기 때문에 그의 아버지가 윤토라고 불렀다. 그는 덫을 놓아 참새를 잘 잡았다.

그래서 나는 설날이 오기를 손꼽아 기다렸다. 설날이 되면 윤토가 오기 때문이다. 드디어 연말이 되었다. 어느 날 어머니께서 윤토가 왔다고 일러주셔서 나는 바로 뛰어나가 보았다. 그는 때마침 부엌에 있었다. 붉고 둥근 얼굴에 머리에는 조그마한 털모자를 쓰고 목엔 번쩍번쩍하는 은목걸이를 하고 있었다.

이것으로 보더라도 그의 아버지가 아들을 무척 사랑하고 있다는 것을 알수 있었다. 그가 죽을까 봐 신령과 부처님 앞에 기도하고 목걸이를 걸어 주어 그를 보호하려 한 것이다. 그는 사람을 보면 퍽 수줍어했으나 나만은 어려워하지 않고 곁에 사람이 없을 때 말을 걸어왔다. 한나절도 못 되어서 우리는 곧 친해졌다.

우리가 그때 무슨 이야기를 했는지는 모르겠으나 다만 윤토가 매우 기뻐했으며, 성내에 와서 여러 가지 못 보던 것을 보았다고 말한 것만은 똑똑히 기억하고 있다.

그 이튿날 내가 새를 잡아 달랬더니 그는 이렇게 말했다.

"그건 안 돼. 눈이 많이 와야지. 우리 동네에선 모래밭에 눈이 오면 한 군데를 쓸고 커다란 삼태기를 짧은 막대기로 받쳐 놓고 쌀겨를 뿌려 놓는단

다. 그랬다가 새들이 와서 먹을 때쯤 먼발치에서 작대기에 비끄러맨 새끼
를 잡아채면 새들은 그만 삼태기에 갇히고 말지. 어떤 새든지 다 있어. 참
새, 비둘기, 파랑새……"

나는 그래서 눈 오기를 기다렸다.

윤토는 또 나에게 말했다.

"지금은 너무 춥지만, 여름에 우리 동네에 와봐라. 낮에는 바닷가로 조개
껍데기를 주우러 간단다. 빨간 것, 파란 것, 도깨비 조개, 관음손 조개, 별
개 다 있어. 밤이면 아버지하고 수박밭을 지키러 가는데, 너도 가자."

"도둑을 지키니?"

"아니야. 길 가는 사람이 목이 말라 수박을 따 먹어도 우리 동네서는 도
둑으로 치지 않아. 지켜야 할 것은 너구리나 고슴도치, 오소리 같은 것이
야. 달밤에 바스락바스락 소리가 나면 그건 오소리가 수박을 갉아 먹는 거
지. 그러면 바로 작살을 들고 살금살금 걸어가서……"

나는 그때 오소리라는 것이 어떤 것인지 몰랐다. ―지금도 모르지만― 다
만 어렴풋하게 늑대같이 생긴, 아주 흉악하고 사나운 것으로 여겨졌다.

"그놈이 사람을 물지는 않니?"

"작살이 있는데 뭐! 살금살금 다가가서 그놈을 보기만 하면 찌르는 거야.
그런데 그놈은 아주 약아서 도리어 사람한테 달려와서는 가랑이 밑으로 싹
빠져나가 버리는 거야. 그놈의 털은 기름처럼 매끄럽지."

나는 세상에 이처럼 신기한 일이 많이 있는 줄은 그때까지 몰랐었다. 바
닷가에는 오색의 조개껍데기가 있고, 수박에도 이런 위험한 내력이 있을
줄이야! 나는 그때까지 수박은 과물전에서 파는 것으로만 알았을 뿐이다.

"우리 동네 모래밭에 조수가 밀려올 때면 수많은 날치가 펄펄 뛴단다. 모
두 청개구리처럼 다리가 두 개씩 달렸지."

아아! 윤토의 가슴속에는 신기한 이야기가 가득 차 있다. 모두가 내 주위
의 친구들은 모르는 일이다. 윤토가 바닷가에서 놀고 있을 때 그들은 나처
럼 안마당에서 높은 담으로 둘러싸인 네모진 하늘만 쳐다봤을 뿐이다.

섭섭하게도 설은 지나갔다. 윤토는 집으로 돌아가지 않으면 안 되었다.
나는 응석을 부려 큰 소리로 엉엉 울었다. 그도 부엌에 숨어 울면서 나오려
고 하지 않았다. 그러나 기어코 그의 아버지에게 이끌려 가버렸다.

그는 후에 그의 아버지에게 부탁해서 조개껍데기 한 꾸러미와 매우 예쁜 새 깃털 몇 개를 나한테 보냈다. 나도 두어 번 그에게 물건을 보내 주었다. 그러나 그 후로는 다시 만나지 못했다.

지금 어머니가 그의 이야기를 꺼내자 나는 이런 어릴 적의 기억이 별안간 되살아나 아름다운 내 고향을 눈앞에 보는 것 같았다.

"거참 반가운 일이군요. 그는……, 지금 어떻게 지낸답니까?"

"그 사람? 그 사람 형편도 말이 아닌가 보더라."

어머니는 말씀하시면서 밖을 내다보셨다.

"누가 또 온 모양이다. 가구를 산다는 핑계로 와서는 우물쭈물하다가 제 멋대로 집어 가 버리니까 내가 나가봐야겠다."

어머니는 일어나 밖으로 나가셨다. 문밖에서 몇 사람의 여자 목소리가 들렸다. 나는 꿩아를 불러 가까이 오라 하여 심심풀이로 이야기를 나눴다.

"글씨를 쓸 줄 아니? 이사 가는 게 좋니?"

"우리는 기차 타고 가지."

"배는요?"

"처음에는 배를 타고……."

갑자기 날카로운 소리가 들려왔다.

"어머나! 이렇게 변했구려! 수염도 이렇게 자라고!"

나는 깜짝 놀라서 얼른 고개를 들어 보니 광대뼈가 쑥 나오고 입술이 얄팍한 오십 전후의 여인네가 내 앞에 서 있다. 양손을 허리에 짚고 치마도 안 입은 채 두 다리를 벌리고 선 모양이 꼭 제도 기구 중에 다리가 가느다란 컴퍼스 같았다. 나는 깜짝 놀랐다.

"나를 몰라보겠소? 내가 그래도 곧잘 안아 주었었는데!"

나는 더욱 놀랐다. 다행히 어머니가 들어오셔서 곁에서 말씀하셨다.

"그 애가 오랫동안 객지로 돌아다니느라 모두 잊었나 보우. 너 생각 안 나니?"

하고 나를 향해 말씀하셨다.

"이이는 길 건너 쪽의 양 씨네 아주머니다. 두붓집을 하던……."

아아, 나도 생각이 난다. 내가 어렸을 때 분명히 길 건너 두붓집에 양 씨

아주머니라는 여인이 하루 종일 앉아 있었다. 사람들은 그녀를 두부 미인이라고 불렀었다. 게다가 그때는 분을 하얗게 발랐고 광대뼈도 이처럼 쑥 나오지 않았었고 입술도 이렇게 얇지 않았으며 또 온종일 앉아 있어서 이러한 컴퍼스 같은 모습은 볼 수 없었다.

그때 사람들이 말하기를 그 여자 때문에 이 두붓집의 장사가 잘된다고 했다. 그때 내 나이가 어려서 그랬겠지만 전혀 인상에 남지 못해 마침내 까맣게 잊어버렸던 것이다.

컴퍼스는 대단히 불만스러운 기색을 나타내며 프랑스 사람으로서 나폴레옹을 모르고 미국 사람으로서 워싱턴을 모르는 것을 비웃는 듯 코웃음치며 말했다.

"잊었나? 귀인은 눈이 높으시니까……."

"그럴 리가……, 저는……."

나는 당황하여 일어서며 말했다.

"그러면 내 좀 말하겠소. 신 도련님, 도련님처럼 잘사는 분이야 나르기도 불편할 텐데 이런 다 부서진 가구를 가져가 무엇에 쓰려우? 나나 주구려. 우리 가난한 사람들은 쓸 수 있으니."

"잘사는 게 뭡니까? 이런 것이라도 팔아가지고 가야 다시……."

"아이고, 세상에! 지사가 되었다면서 못산다니? 지금도 첩을 셋이나 두고 출입할 때는 팔인교를 타고 다니면서도 못산다구요? 흥, 무슨 소리로도 나는 못 속이우."

나는 더 말할 것도 없겠기에 입을 다물고 잠자코 서 있었다.

"하기는 부자가 되면 될수록 인색해진다더니. 인색하니 더 부자가 될 수밖에……."

컴퍼스는 성이 나 돌아서서 중얼거리다가 어슬렁어슬렁 밖을 향해 걸어나가면서 어머니의 장갑을 바지춤에 쑤셔 넣고 가버렸다. 그 후에도 또 집 근처의 일가친척들이 나를 찾아왔다. 나는 그들을 접대하면서 틈틈이 짐을 꾸렸다. 이렇게 삼사일이 지나갔다.

어느 날 날씨가 몹시 추운 오후 나는 점심을 먹고 앉아서 차를 마시고 있었다. 밖에 누군가 들어오는 기척이 있어 돌아다보았다. 그 순간 나도 모르게 깜짝 놀라서 일어나 맞으러 나갔다.

윤토가 온 것이다. 나는 첫눈에 바로 윤토인 것을 알았으나 내 기억 속의 윤토는 아니었다. 그는 키가 갑절이나 더 자랐고, 그전의 붉고 둥글던 얼굴은 이미 누렇게 변했으며, 그 위에 매우 깊숙이 주름살이 있었다. 눈도 그의 아버지와 비슷하였으나 언저리가 모두 부어서 불그레했다. 바닷가에서 농사짓는 사람들은 온종일 바닷바람을 쏘여 대개가 이렇게 되는 줄은 나도 알고 있었다.

그는 머리에는 낡은 털모자를 쓰고 몸에는 아주 얇은 솜옷을 입었을 뿐이라 전신을 웅크리고 있고 손에는 종이봉투와 긴 담뱃대를 들었는데, 그 손도 내가 기억하고 있던 붉고 통통하게 살찐 손은 아니었다. 굵다랗고 거칠고 험하고 갈라진 게 마치 소나무 껍질 같았다.

나는 매우 흥분했으나 무어라고 말해야 좋을지 몰라 그저 나오는 대로 외쳤다.

"아아! 윤토 형……, 왔구려!"

연달아 많은 말들이 염주처럼 이어져 나오려 했다. 잣새, 날치, 조가비, 오소리……. 하지만 웬일인지 무언가에 꽉 막힌 것처럼 그 말들은 머릿속에서만 뱅뱅 돌 뿐 입 밖으로 튀어나오지는 않았다.

그는 우뚝 서 있었으나 표정에는 기쁨과 쓸쓸함이 나타나 있었다. 입술이 움직이고 있었으나 말은 되지 않았다. 그의 태도가 공손해지더니 이윽고는 이렇게 또렷하게 말했다.

"나리!"

나는 소름이 끼치는 것 같았다. 우리 사이에는 이미 서글프고 두터운 장벽이 가로막혀 있음을 나는 깨달았다. 그리하여 나도 말을 못 했다.

그는 머리를 돌려,

"수생! 나리한테 절해라."

하고 뒤에 숨어 있던 애를 끌어냈다. 이 애야말로 이십 년 전의 윤토와 꼭 같았다. 다만 얼굴빛이 누르고 파리하며 목에 은목걸이가 없을 뿐이다.

"이놈이 다섯째 아이올시다. 집 밖을 모르는 아이라 수줍어하지요……."

어머니와 굉아가 2층에서 내려왔다. 아마 우리 말소리를 들으셨던 모양이다.

"마님! 편지는 벌써 받았습니다. 저는 어찌나 기뻤던지, 나리가 돌아오신다고 해서……."

윤토가 말했다.

"아니, 왜 그렇게 서먹해하나. 자네들, 전에는 형이니 아우니 부르지 않았었나? 그전처럼 신이라고 부르게."

어머니는 기분이 좋아서 말씀하셨다.

"원, 마님도 참……, 그런 법이 어디 있습니까? 그때는 철부지라 아무것도 몰라서……'."

윤토는 이렇게 말하면서 수생에게 절을 시키려고 하였으나 아이는 더욱 부끄러워하며 윤토의 등 뒤에 찰싹 달라붙었다.

"걔가 수생인가? 다섯째지? 모두 낯선 사람들이니까 서먹해하는 것도 무리가 아니지. 굉아, 너 쟤하고 나가 놀아라!"

하고 어머니가 말씀하셨다.

굉아가 이 말을 듣고 바로 수생한테 손짓을 하자 수생도 선뜻 따라나섰다. 어머니가 윤토에게 앉으라고 권했다. 그는 한참 망설이다가 겨우 앉으며 긴 담뱃대를 탁자에 기대 세우고는 종이봉투를 꺼내 놓으며 말했다.

"겨울이라 아무것도 없습니다. 얼마 안 됩니다만 이 푸른 콩은 제집에서 농사지은 거라 나리께……."

나는 그에게 사는 형편을 물었다. 그는 머리를 흔들며 말했다.

"아주 엉망입니다. 여섯째 놈까지 거들기는 하지만 먹기도 부족합니다. 또 세상도 시끄럽고……, 오나가나 돈은 뜯기죠, 법도 없고……, 농사도 시원치 않습니다. 농사를 지어서 팔려고 해도 몇 번씩 세금을 물어야 하니 본전도 건지지 못하고, 그렇다고 안 팔자니 또 썩기만 하고……."

그는 그저 머리만 흔들었다. 얼굴에는 많은 주름살이 새겨져 있었으나 조금도 움직이질 않아 마치 석상 같았다. 그는 아마 쓰라림을 느끼기는 해도 표현하질 못하겠는지 잠깐 말이 없다가 담뱃대를 들고 묵묵히 담배를 피웠다.

어머니가 물은즉 그는 집의 일이 바빠서 내일 곧 가봐야 한다는 것이었다. 또 아직 점심도 안 먹었다고 하면서 자신이 부엌에 가서 밥을 볶아 먹겠다고 하였다.

그가 나가자 어머니와 나는 그의 형편을 안타까워했다. 애들은 많고 흉년에다 가혹한 세금, 군대, 도둑, 관리, 양반……, 이 모든 것이 그를 괴롭혀 멍텅구리 같은 사람으로 만들었다. 어머니는 나에게 가지고 갈 만한 물건이 못 되는 건 그냥 그를 주어 마음대로 고르게 하자고 말씀하셨다.

오후에 그는 몇 가지 물건을 골라냈다. 긴 탁자가 두 개, 의자가 네 개, 향로와 촛대가 한 쌍, 큰 저울 하나. 그리고 볏짚 재도 모두 달라고 했다. 우리가 떠나갈 때 그는 배를 가지고 와서 실어 가겠다고 하였다.

밤에 우리는 또 세상 이야기를 했으나 모두가 밑도 끝도 없는 이야기뿐이었다. 다음 날 아침 그는 수생을 데리고 돌아갔다.

그로부터 아흐레가 지나 우리가 떠나는 날이 되었다. 윤토는 아침에 왔다. 수생은 데리고 오지 않고 다섯 살 먹은 계집애를 데리고 와서 배를 지키게 하였다. 우리는 하루 종일 바빠서 이야기할 틈도 없었다.

손님도 적지 않았다. 전송하러 온 사람도 있었고, 물건을 가져가려고 온 사람도 있었으며, 전송 겸 물건을 가지러 온 사람도 있었다. 저녁나절 우리가 배에 오를 무렵에는 이 묵은 집에 있던 깨지고 낡은 크고 작은 물건들이 이미 하나도 남지 않고 깨끗이 치워졌다.

우리를 태운 배가 앞으로 나아갔다. 양쪽 언덕의 푸른 산들은 황혼 속에서 모두 검푸른 빛으로 변하여 연달아 고물 쪽으로 밀려 사라졌다.

굉아는 나와 함께 선창에 기대서서 밖의 어슴푸레한 풍경을 바라보고 있다가 갑자기 물었다.

"큰아버지, 우린 언제 다시 돌아오나요?"

"돌아오냐고? 너는 왜 떠나기도 전에 돌아올 생각부터 하니?"

"그렇지만 수생이 나한테 자기 집에 놀러 오라고 그랬는데 뭐……"

굉아는 크고 새까만 눈동자로 멍하니 생각에 잠겼다. 어머니도 나도 마음이 어수선해져서 또 윤토 이야기를 꺼냈다.

어머니 말씀은 그 두부 미인이라는 양 씨네 아주머니가 짐을 꾸리기 시작할 때부터 날마다 오더니, 그저께는 잿더미 속에서 대접이니 접시를 십여 개나 들춰내고는 이러쿵저러쿵 따지면서 이것은 윤토가 감춰둔 것으로 그가 볏짚 재를 실어 갈 때 함께 가지고 가려던 것이 틀림없다고 했다는 것이다.

그리곤 이것을 발견한 것은 자기의 공이라며 '개잡이'-이것은 우리 고장에서 닭을 치는 데 사용하던 기구였다. 나무판 위에 난간이 세워져 있고 그 난간에다 모이를 담아두면 닭은 목을 내밀어 모이를 쪼아 먹을 수 있으나 개는 보면서도 닭을 잡지 못하여 애를 태운다.- 를 가지고 나는 듯 달아났는데, 그 작은 발에 굽 높은 신을 신고도 잽싸게 내빼더라는 것이다.

옛집은 나와 점점 멀어져간다. 고향의 산과 물도 점점 내게서 멀어져간다. 그렇지만 나는 아무런 미련도 갖지 않았다.

나는 다만 내 주위를 눈에 보이지 않는 담이 둘러싸서 나를 고독하게 만드는 것을 느끼고 몹시 마음이 답답했다. 저 수박밭에서 은목걸이를 걸고 있던 작은 영웅의 그림자가 전에는 아주 또렷하더니 지금은 갑자기 어슴푸레해져 이것이 또 나를 몹시 슬프게 했다. ·

어머니와 꿍아는 잠이 들었다.

나는 드러누워 뱃전에 철썩철썩 부딪히는 물소리를 들으면서 이제 나의 갈 길을 가고 있음을 깨달았다. 나는 생각하였다.

나와 윤토는 결국 이처럼 거리가 멀어져 버렸으나 우리의 후손들은 같은 기분이리라. 꿍아는 지금 수생을 그리워하고 있지 않은가? 나는 그들이 나같이 되지 말고, 또 모든 사람이 서로 사이가 멀어지지 않기를 바란다. 그리고 나는 또 그들이 나처럼 괴로움에 쫓기는 생활을 하는 것도, 또 윤토처럼 괴로움에 마비된 생활을 하는 것도 원하지 않는다.

그들에게는 우리가 아직 경험해 보지 못한 새로운 생활이 있어야만 한다.

희망이라는 것에 생각이 미쳤을 때 나는 갑자기 두려워졌다. 윤토가 향로와 촛대를 달라고 했을 때 난 그가 우상을 숭배하여 언제까지고 잊어버리지 못하는구나 하고 마음속으로 비웃었다.

하지만 내가 지금 말하는 희망이란 것도 나 자신이 만든 우상이 아닐까? 다만 그의 소원은 가장 가까운 데 있고, 나의 소원은 아득하고 먼 데 있을 뿐이다.

나는 몽롱해져 있었다. 눈앞에는 강가의 푸른 밭들이 펼쳐졌고, 그 위의 진한 쪽빛 하늘에는 황금빛 둥근 달이 걸려 있었다.

　나는 생각한다. 희망이라는 것은 원래 있는 것이라 할 수도 없고 없는 것이라 할 수도 없다. 그것은 마치 땅 위의 길과 같은 것이다. 사실 땅 위에 본래부터 길이 있었던 것은 아니다. 다니는 사람이 많아지면 곧 길이 되는 것이다.

(1921년 1월)

광인 일기

- 루쉰 -

작품 정리

〈광인 일기〉는 당시 봉건 사회에 대한 신문화운동을 주도하는 최초의 작품이다. 피해망상광의 일기 형식을 빌려 흘인(吃人, 먹는 사람). 피흘인(먹히는 사람), 박해자, 피박해자가 선명하게 대조를 이루며 사람을 잡아먹는다는 피해망상자의 형상을 통해 유교적 가족제도와 예교의 폐단과 피해를 폭로하고 있다. 광인의 눈에 비친 사회는 모든 인간들이 자신은 남을 잡아먹으려고 하면서 남에게는 잡아먹히지 않으려고 상대방을 감시하고 있다. 사람을 잡아먹는 것은 물론 하나의 비유이지만, 광인의 눈을 통해 본 중국사회는 구조적 병폐에 갇혀진 암흑의 세계였다. 그리고 자신도 그 사회의 일원임을 실감하고 아이들을 구하라는 호소를 하는 작품이다.

작품 줄거리

세상 사람들이 자기를 잡아먹으려고 한다는 피해망상증을 앓던 친구의 형에게서 동생이 병을 앓고 있었을 때 쓴 일기를 전해 받았다. 광인은 작가의 친구인데 주위 사람들이 자기를 잡아먹기 위해 노리고 있다는 망상에 빠져 있었다. 처음에는 어떤 노인의 눈초리가 무섭다고 자기를 헤칠 것 같다는 생각을 가진다. 그리고 아이들과 자신의 형에게까지 두려움을 느낀다.

자기를 잡아먹으려는 사람들 중에 한 명이 바로 자기 형이고, 그 형은 이미 자기 누이까지도 잡아먹었다고 생각하였으며 이제는 자기 차례가 된 것이라며 피해망상 증세가 점점 심해진다. 마지막에는 아직 사람을 먹어보지 못한 아이들을 구해내자고 외친다.

핵심 정리

갈래 : 단편 소설   시점 : 3인칭 전지적 작가 시점

배경 : 19세기 초 중국   주제 : 유교적 가족제도의 폐단과 피해

🖼 광인 일기

지금 그 이름을 밝힐 수는 없지만, 모 형제는 내 중학 시절의 친구들이었다. 헤어진 지 여러 해 되고 보니, 자연 소식도 끊어지게 되었다. 얼마 전 우연히 그 형제 중 한 사람이 중병을 앓고 있다는 소식을 들었다. 마침 고향으로 가던 참이라 길을 좀 돌아 그들 집을 찾아갔는데 형만을 만날 수 있었다. 병을 앓은 이는 동생이었다고 했다. 먼 길을 오느라고 수고했으나 동생은 병이 다 나아 어느 지방에 관리 후보로 부임했다고 하며 크게 웃으면서 일기 두 권을 꺼내 전해 주었다. 그는 그 일기를 보면 당시 동생의 병이 어떠했는지 알 수 있을 거라며 옛 친구니까 보아도 괜찮겠다고 했다.

일기를 가지고 돌아와 읽어 보니, 그 병은 일종의 피해망상증이었다. 내용이 뒤죽박죽이어서 줄거리와 순서가 없었으며 황당한 소리도 많았다. 날짜는 적히지 않았으나 먹 색깔과 글자 모양이 일정하지 않은 것으로 보아 한 번에 쓴 것이 아님은 분명했다.

이따금 문맥이 통하는 곳도 있기에 어느 정도 추려내고 정리하여 의학도의 연구 자료로 제공하려 한다. 일기 가운데 말이 틀린 것이 있어도 한 글자도 정정하지 않았다. 다만 사람들 이름만은 세상에 알려진 사람들은 아니지만 혹시나 하여 모두 바꾸었다. 제목은 그가 병이 다 나아서 본인이 붙인 것이므로 손대지 않았다.

민국 7년 4월 2일

1

오늘 밤은 달빛이 유난히 밝다.

달을 보지 못한 지가 삼십 년도 더 된 것 같다. 오늘 달을 보니 기분이 정말 상쾌하다. 그리고 보니 지금까지 삼십 년 이상이나 정신없이 살아온 것이다. 하지만 지금도 조심하지 않으면 안 된다. 조심해야 하고말고. 그런데 저 조(趙)가네 집 개가 왜 나를 노려보는 것일까?

내가 겁을 내는 건 당연한 일이다.

2

오늘은 전혀 달이 없다. 나는 기분이 좋지 않았다. 아침에 조심스럽게 집을 나서는데 조귀 노인의 눈초리가 이상했다. 나를 무서워하는 것도 같고, 나를 해하려는 것도 같았다. 게다가 길에서는 일고여덟 놈들이 소곤소곤 귀엣말로 내 험담을 하고 있었다. 그러고는 내게 들킬까 보아 눈치를 본다. 거리에서 만나는 놈들이 다 그러했다. 그중에서도 제일 험상궂게 생긴 놈이 아가리를 헤 벌리고 날 보며 웃어댔다.

나는 정수리에서 발끝까지 소름이 끼쳤다. 놈들이 흉계를 다 꾸며놓았다는 걸 알 수 있었다. 그렇지만 나는 겁내지 않고 태연히 걸어갔다.

한쪽에는 아이들이 모여 있었는데, 이놈들도 내 흉을 보고 있었다. 눈초리도 조귀 노인과 같았고, 얼굴빛도 시퍼렇게 살기를 띠고 있었다. 내게 무슨 원한이 있어 아이놈들까지 저러는가 생각하니 참을 수가 없어서,

"뭐가 어떻다고?"

하고 버럭 소리를 질렀다. 놈들은 이내 달아나 버렸다.

나는 곰곰이 생각했다.

도대체 조귀 노인은 내게 무슨 원한이 있는 것일까? 있다고 한다면 이십 년 전에 고구 선생의 헌 장부를 짓밟아서 그의 얼굴을 찌푸리게 한 것뿐인데.

조귀 노인이 고구 선생의 친구는 아니지만, 틀림없이 그 소문을 듣고 내가 한 짓에 분개하고 있는 것이리라. 그리고 다른 사람들을 부추겨 나를 미워하게끔 만들고 있는 것이리라.

그런데 아이놈들이야 그땐 태어나지도 않았잖은가. 그런데 어째서 나를 무서워하고, 나를 해치려는 듯이 이상한 눈초리로 노려보는가. 정말이지 무서운 일이다. 까닭도 알 수 없고, 억울함에 슬픔이 복받친다.

그래, 맞다. 놈들의 애비 에미가 가르친 것이야.

3

아무리 애를 써도 밤새 잠이 오지 않았다. 무슨 일이든 연구해보지 않으면 모른다.

그들 중에는 현령에게 걸려서 칼을 쓰고 감옥에 갇혔던 놈도 있고 지주에게 두들겨 맞은 놈도 있다. 관리에게 계집을 빼앗긴 놈도 있고 애비 에미를 빚쟁이에게 시달려 죽게 만든 놈도 있다. 그러나 그럴 때의 얼굴 표정도 어제처럼 무섭고 흉측하지는 않았다.

더욱 괴상한 것은 어제 거리에서 본 그 여자다. 자기 아들을 때리면서,

"빌어먹을 놈의 자식! 네놈을 물어뜯어야 속이 풀리겠다."

하며 소리 지르는 것이었다. 그러면서도 눈은 나를 노려보고 있었다. 나는 깜짝 놀라 어쩔 줄을 몰랐다. 그러자 그 검푸른 얼굴에 이빨을 드러낸 녀석들이 와아 웃어대는 것이다. 진노오가 급히 달려와서 억지로 나를 끌고 집으로 데리고 갔다.

끌려서 집으로 돌아온 나를 보고 집안사람들은 모두 모르는 체하였다. 그들의 눈초리도 남들과 마찬가지다. 내가 서재로 들어가자 마치 닭이나 오리를 가두듯 밖에서 자물쇠를 채워 버렸다. 도대체 왜들 그러는지 영문을 알 수 없다.

이삼일 전에 낭자 촌에서 소작인이 와서 흉년이라고 불평을 늘어놓다가 형에게 이런 얘기를 했다. 그들 마을에 아주 못된 놈이 있어서 사람들에게 맞아 죽었는데, 그놈의 내장을 꺼내서 기름에 튀겨 먹은 놈이 있다는 것으로, 그렇게 하면 담이 커진다는 이야기였다.

내가 옆에서 좀 말참견을 했더니 소작인과 형이 나를 노려보았다. 오늘에야 비로소 알았다. 그들의 눈초리는 마을에 있는 녀석들의 눈초리와 똑같았다.

생각만 해도 머리 꼭대기에서 발끝까지 오싹해진다. 놈들은 사람을 잡아먹는다. 그리고 보면 나를 잡아먹지 않는다는 보장도 없다.

그렇다, 그 여자가 "네놈을 물어뜯겠다."라고 말한 것이나 검푸른 얼굴에 이빨을 드러낸 녀석들이 웃는 것, 그리고 얼마 전 그 소작인이 지껄인 것은 틀림없이 암호인 것이다. 그들이 하는 말속엔 독이 가득 차 있고 웃음

속에는 칼이 있다. 이빨은 모두 희고 날카롭다. 그것이 사람을 잡아먹는 연장인 것이다.

나는 나 자신을 못된 놈이라고 생각진 않지만 고구 선생네 장부를 짓밟고 난 뒤로는 이것도 장담할 수 없게 되었다.

그들은 뭔가 꿍꿍이가 있는 모양이지만 나로서는 알 수가 없다. 더구나 그들은 사이가 나빠지면 금세 서로를 못된 놈이라고 욕하곤 하는 것이다.

나는 아직도 기억하고 있다. 언젠가 형이 내게 작문하는 법을 가르칠 때, 내가 아무리 훌륭한 사람이라도 조금 헐뜯어주면 형은 동그라미를 몇 개나 쳐주었고, 악한 사람을 변호해 주는 부분에서는 '기상천외'라든가 '독창적'이라든가 하면서 칭찬했다. 그러니 그들이 무엇을 생각하고 있는지 내가 알 턱이 없다. 하물며 사람을 잡아먹으려고 할 때의 생각이야 말할 나위도 없지 않은가.

어떤 일이든 연구해 보지 않으면 모른다. 옛날부터 줄곧 사람이 사람을 잡아먹었다는 걸 들어보았지만 그리 확실히 알지는 못했다. 그래서 나는 역사를 들추어 조사해 보았으나 역사에는 연대도 기록되어 있지 않고, 어느 페이지에나 '인의 도덕' 같은 글자들만 꾸불꾸불 적혀 있을 뿐이었다. 잠도 오지 않기에 밤새 열심히 살펴보니 그제야 글자와 글자 사이에 온통 '식인'이란 글자가 가득 적혀 있는 것을 알 수 있었다.

책에도 이 말이 그토록 많이 적혀 있고 소작인도 이런 말을 많이 지껄였던 것이다. 그러면서 사람들은 히죽히죽 웃으면서 이상한 눈으로 나를 흘겨보지 않았는가.

나도 사람이다. 그들은 나를 잡아먹고 싶은 것이다.

4

아침에 한참을 가만히 앉아 있었다. 진노오가 식사할 것을 들고 왔다. 나물 한 접시, 생선조림 한 접시. 그런데 생선의 눈이 희고 뻣뻣하며 입을 쩍 벌리고 있는 것이 사람을 먹고 싶어 하는 저 인간들과 똑같았다. 젓가락을 조금 대 보았으나 미끈미끈한 것이 생선인지 사람인지 분간할 수가 없었다. 나는 뱃속의 것을 모조리 토해내고 말았다.

"노오, 형한테 말해 줘. 갑갑해서 견딜 수가 없어 뜰을 거닐고 싶다고."

그러자 노오는 대답도 하지 않고 가더니 얼마쯤 있다가 와서 문을 열어 주었다.

나는 꼼짝도 하지 않고 앉아서 그들이 나를 어떻게 할는지 두고 보리라 생각했다. 아무튼 나를 이대로 내버려 둘 생각이 없는 것은 알고 있다.

그러면 그렇지! 형이 어떤 노인을 데리고 천천히 들어오고 있는 것이다. 기분 나쁜 눈빛을 한 영감이다. 그 눈빛을 내가 눈치채지 못하도록 아래만 보고 있지 않은가. 그리고 안경 너머로 흘금흘금 내 태도를 살핀다. 형이 말했다.

"오늘은 아주 몸이 좋은 것 같구나."

"네."

하고 대답했다. 형이,

"오늘은 하 선생에게 진찰을 받기로 했다."

라고 하기에

"그래요?"

라고 대답은 하였지만, 이 노인이 인간 백정이란 것쯤은 다 알고 있다. 맥을 본다는 구실로 살집이 어떤가를 보려는 것이다. 그 대가로 고기 한 점쯤 얻어먹을 심산이겠지.

나는 조금도 무섭지 않다. 사람은 먹지 않았어도 담은 너희들보다 크다. 나는 두 주먹을 내밀고 영감이 무엇을 하는지 지켜보았다.

영감은 걸상에 앉아 눈을 감고, 한참이나 꿈지럭거리더니 한동안 멍하니 있었다. 그러고 나서 그 기분 나쁜 눈을 뜨고,

"너무 걱정할 것 없네. 쓸데없는 생각 하지 말고 몸조리만 잘하면 곧 좋아질 걸세."

하고 말했다.

쓸데없는 생각 말고 몸조리나 잘하라고? 그래서 살이 찌면 너희들은 그만큼 더 먹게 되겠지. 하지만 내게 무슨 좋은 일이 있어? 뭐가 좋아진다는 거야? 사람을 잡아먹으려고 하는 놈들이 괜히 주저주저하며 남의 눈을 속이려고 과감하게 해치우지 못하고 있는 것이 우습기 짝이 없었다.

견딜 수가 없어 한바탕 큰 소리로 웃어 주었더니 기분이 썩 좋아졌다. 이

웃음에는 용기와 정의가 넘치고 있음을 느낄 수 있었다. 노인과 형은 얼굴 빛이 변하며 내 용기와 정의에 압도되고 말았다.

내게 이런 용기가 있으니까 그들은 더욱 나를 먹고 싶어 한다. 그 용기를 얻어 갖고 싶은 것이다. 노인은 방을 나가자 이내 작은 소리로 형에게 속삭였다. "빨리 먹어야지."

형은 고개를 끄덕였다. 아니, 형도 그랬단 말이지 하고 나는 생각했다. 의외인 듯이 생각했지만 실은 전부터 낌새는 차렸었다. 그들과 한패가 되어 나를 잡아먹으려는 사람은 바로 내 형인 것이다.

사람을 잡아먹는 자는 내 형이다. 나는 사람을 잡아먹는 자의 동생이다. 나 자신이 잡아먹히더라도 여전히 사람을 잡아먹는 자의 동생이다.

5

나는 한 걸음 물러나서 생각해 보았다. 설령 그 노인이 인간 백정이 아니고 올바른 의사라 하더라도 사람을 잡아먹는 사람임에는 변함이 없다. 그들의 스승인 이시진이 지은 '본초' 뭔지 하는 책에도 사람의 고기도 삶아서 먹을 수 있다고 분명히 씌어져 있지 않은가. 그래도 그가 사람을 먹지 않는다고 말할 수 있을 것인가.

형도 마찬가지다. 뚜렷한 증거가 있다. 형이 내게 글을 가르칠 때 분명히 '자식을 바꿔서 잡아먹는' 일이 있다고 자기 입으로 말했던 것이다. 그리고 또 한번은 우연히 어느 악한 사람에 대해 얘기할 때 그놈은 죽여 마땅할 뿐만 아니라, '살을 먹고 가죽을 깔고 자야 한다.'라고 말한 일이 있었다.

어린 나는 형의 그 말을 듣고 종일토록 심장이 두근거렸다. 이것으로 보더라도 옛날과 마찬가지로 사람의 마음은 잔인한 것을 알 수 있다. '자식을 바꿔 잡아먹는' 일이 있을 수 있다면 누구든 바꿀 수 있을 것이며 누구라도 잡아먹을 수 있을 것이다.

전날 낭자 촌의 소작인이 와서 간을 먹었다는 말했을 때도 형은 기괴하게 여기지 않고 연방 옳다고 고개를 끄덕였다.

옛날에는 형의 설교를 아무 생각 없이 흘려들었는데, 지금 생각해 보니 형이 설교할 때는 분명히 입가에 사람의 기름이 묻어 있었고, 가슴속에는 온통 사람을 먹고 싶은 욕망이 가득 차 있었던 것이다.

6

캄캄하다. 낮인지 밤인지 알 수 없다. 조가네 집 개가 또 짖기 시작했다. 사자같이 흉악하면서도 토끼처럼 겁이 많고, 또 여우같이 교활한……

7

나는 그들의 수법을 알아냈다. 직접 죽이긴 싫고, 또 할 수도 없는 것이다. 뒤탈이 무섭기 때문이다. 서로 연락을 취하면서 교묘하게 그물을 쳐 두고 나를 자살하게끔 만들려는 것이다. 그렇다. 며칠 전 마을에서 본 연놈들의 태도나 얼마 전 형의 거동만 보더라도 거의 틀림이 없다.

내가 스스로 허리띠를 풀어서는 대들보에 목을 매 죽어버리기를 바라겠지. 그렇게 되면 살인이란 죄명을 쓰지 않고도 소원을 성취할 수 있다는 계산이 나오니까. 기뻐서 날뛰며 낄낄거리고 웃게 되겠지.

이렇게 되진 않더라도 어쨌든 나는 괴로워하고 고민하다 죽게 될 것이다. 그러면 고기는 좀 줄어들겠지만 그런대로 그들은 만족하겠지. 그들은 죽은 사람의 고기밖에는 먹을 수가 없는 것이다.

그렇다, 어떤 책에선가 읽은 적이 있다. 하이에나라는 동물이 있다는데 몸 생김새와 눈이 추악하기 짝이 없다고 한다. 그리고 언제나 죽은 고기만을 먹고 아무리 굵은 뼈라도 아작아작 씹어 삼켜버린다고 한다. 생각만 해도 끔찍하다.

하이에나는 늑대 족속이고, 늑대는 개의 조상이다. 며칠 전 조가네 집 개가 뚫어져라 나를 노려본 것도 그놈 역시 한패로 연락이 닿고 있어서 그러는 것이다.

의원이라는 영감도 눈을 내리뜨고 내 시선을 피했지만 그렇다고 내가 속을 것 같은가? 가장 딱한 것은 형이다. 그도 사람인데 어째서 무서워하지 않는 것인가. 더구나 놈들과 한패가 되어 날 잡아먹으려 하다니. 아주 습관이 되어 나쁘다는 생각도 못 하는 걸까. 양심을 잃어버려 나쁜 줄 알면서도 그러는 걸까.

나는 사람 잡아먹는 자들을 저주해도 형부터 저주하고, 회개시키더라도 우선 형부터 회개시킬 것이다.

8

사실 이런 이치는 지금쯤은 그들도 벌써 깨닫고 있어야 할 일인데……. 느닷없이 한 녀석이 찾아왔다. 나이는 기껏 스무 살 안팎으로 보이는데 얼굴 모습은 분명히 기억나지 않지만 싱글싱글하면서 나를 보고 고개를 숙였다. 그렇지만 그 웃음도 진짜 웃음은 아니었다. 나는 그에게 물었다.

"사람을 먹는 것이 옳은가?"

그는 여전히 웃는 낯으로 대답했다.

"흉년도 아닌데 어떻게 사람을 잡아먹습니까?"

나는 금방 눈치챘다. 이놈도 한패여서 사람을 먹고 싶어 하는구나. 나는 용기를 내어 끝까지 물고 늘어졌다.

"옳은가?"

"그런 걸 왜 묻습니까? 참……, 우스운 소리도 잘하십니다. 오늘은 날씨가 참 좋군요."

그래. 날씨도 좋고 달도 밝다. 하지만 내가 묻고 있지 않나.

"옳은가?"

그는 그렇다고는 말하지 않았다. 애매한 말투로,

"아니……."

라고 말했다.

"옳지 않지. 그럼 사람들은 왜 사람을 잡아먹지?"

"아니, 왜 그런 터무니없는?"

"그런 터무니없는? 낭자 촌에서는 실제로 잡아먹고 있어. 게다가 책에도 씌어 있지. 온통 붉은 피로 시뻘겋게."

그의 얼굴빛이 새파랗게 질렸다.

"그야 있을지도……, 옛날부터 그랬으니까……."

"옛날부터 그랬으면 옳단 말이냐?"

"그런 얘긴 하고 싶지 않습니다. 아무튼 그런 말 하지 마세요. 잘못 생각하신 겁니다."

나는 벌떡 일어났다. 눈을 뜨고 자세히 보니 그자의 모습은 없었다. 온몸에 흠뻑 땀이 배어 있었다. 그놈은 형보다 나이가 훨씬 아래지만 역시 한 패거리다. 아마 애비 에미가 가르쳐 준 것이 틀림없다. 벌써 제 자식들에게도 가르쳐 줬을 것이다. 그러니까 아이놈들까지 나를 그런 눈으로 보는 것이다.

9

자기도 남을 잡아먹으려고 하면서, 남에게는 먹히려 하지 않기 때문에 의심 가득한 눈초리로 서로 상대를 훔쳐보고 있다……

이런 사악한 생각을 버리고서 마음 놓고 일을 하고, 거리를 걷고, 밥을 먹고, 잠을 자면 얼마나 기분이 좋을까. 그것은 겨우 하나의 문턱만 넘어서면 되는 것이다. 그런데 놈들은 부자, 형제, 부부, 친구, 사제, 원수, 그리고 낯모를 사람들까지 한패가 되어 서로 부추기고 견제하면서, 죽어도 이 한 발을 딛고 넘어서려 하지 않는 것이다.

10

아침 일찍 형을 찾았다. 형은 방문 밖에 서서 하늘을 바라보고 있었다. 나는 형 뒤쪽으로 문을 가로막고 서서 아주 조용하고 부드럽게 말을 건넸다.

"형님, 드릴 말씀이 있습니다."

"말해 봐."

하고 형은 뒤돌아보며 고개를 끄덕였다.

"별것도 아닌데, 그게 쉽사리 말이 안 나옵니다. 형님, 아주 옛날의 야만 인들은 모두 사람을 잡아먹었겠지요. 나중에 생각이 달라져서 어떤 자는 사람을 먹으려 하지 않고 착하게 살려 했기 때문에 참다운 사람이 된 거죠.

그런데 어떤 자는 계속 사람을 잡아먹어서……, 벌레도 마찬가지죠. 어떤 것은 물고기가 되고, 새가 되고, 원숭이가 되고, 마침내는 사람이 되었죠. 어떤 것은 착해지려고 하지 않았기 때문에 지금까지도 벌레로 남아 있는 겁니다. 사람을 잡아먹는 인간은 잡아먹지 않는 인간에 비해 몹시 부끄럽겠지요. 벌레가 원숭이 앞에서 부끄러운 것보다 훨씬 더 부끄러울 겁니다.

역아가 자기의 아들을 삶아서 걸주에게 먹인 이야기는 먼 옛날 일이지요. 하지만 반고가 천지를 개벽한 이래로 사람을 잡아먹는 일이 계속되어 오다가 역아의 아들에 이르고, 역아의 아들로부터 서석림에 이르고, 계속해서 낭자 촌에서 잡아먹힌 사나이까지 이르게 된 것 아니겠습니까.

지난해 성안에서 죄수가 처형되었을 때는 어떤 폐병 환자가 만두에 그 피를 적셔 먹은 일도 있었지요. 그런 놈들이 나를 먹으려 하는데 형님 혼자서는 어떻게 해볼 수 없더라도 한패에 끼어들 건 없지 않습니까?

사람을 먹는 자들이 무슨 짓을 못 하겠습니까? 나를 잡아먹은 다음엔 형님도 잡아먹을 겁니다. 그리고 같은 패끼리 서로 잡아먹을 겁니다. 다만 한 발만 돌아서서 지금의 마음을 고치기만 하면 모두가 편안하게 됩니다.

옛날부터 그랬는지는 모르지만 우리는 오늘부터라도 마음을 고쳐먹고 사람 잡아먹는 일은 안 된다고 말해야 합니다. 형님, 형님은 말할 수 있을 겁니다. 전에 소작인이 도조를 감해 달라고 할 때 안 된다고 단호하게 말하지 않았습니까?"

처음에 형은 냉소를 띠고 있을 뿐이었다. 그러다 이내 눈길이 험해지더니 그들의 내막을 들추어내자 얼굴이 새파래졌다.

바깥문 밖에는 많은 사람이 몰려 서 있었는데 조귀 영감과 그의 개도 끼어 있었다. 그 패들이 조심조심 대문 안으로 들어왔다. 어떤 놈은 천으로 감싸고 있는지 얼굴을 알아볼 수가 없다. 어떤 놈은 예의 검푸른 얼굴에 이빨을 드러내고 히죽히죽 웃고 있다. 본 기억이 있는 놈들이다.

어느 놈이든 사람을 잡아먹는 인간들이다. 놈들 사이에 의견이 맞지 않는 것도 알고 있다. 옛날부터 그랬었으니까 잡아먹는 것이 당연하다고 생각하는 놈들이 있고 잡아먹어서는 안 된다고 생각하면서도 여전히 잡아먹으려는 놈들이 있다.

이놈들은 속마음이 드러날까 두려워하고 있는데 내가 하는 말을 듣자 분이 치밀었지만, 겉으론 히죽히죽 비웃고 있는 것이다.

그때 형이 갑자기 무서운 얼굴로 고함을 쳤다.

"나가! 미치광이가 무슨 구경거리라고!"

이제야 나는 또 그들의 묘한 꾀를 알아차렸다. 그들은 회개하기는커녕 벌써 함정을 만들어 놓고 있는 것이다.

미치광이라는 허울을 준비해 두었다가 내게 뒤집어씌울 작정이다. 이렇게 하면 나를 잡아먹어도 말썽이 없을 뿐만 아니라, 더러는 놈들을 동정해 줄 사람도 있을 테니까.

소작인의 이야기 중에 여럿이 달려들어 한 못된 놈을 잡아먹었다는 것도 바로 이 수법이다. 이것이 놈들의 상투적인 수단이다.

진노오가 성이 나서 달려왔다. 하지만 어떻게 내 입을 막을 수 있겠는가. 나는 기어이 말을 하고 말았다.

"너희들 마음을 고쳐야 한다. 진심으로 회개해야 한다. 이제 사람을 잡아먹는 인간은 이 세상에서 용납되지 않는다. 살아갈 수가 없게 되는 거다. 끝내 회개하지 않으면 너희도 잡아먹히고 만다. 아무리 자손을 많이 낳아 보았자 모두 참다운 사람에게 멸망하고 만다. 사냥꾼이 늑대를 잡아 없애 듯이! 벌레를 잡아 없애듯이!"

그들은 모두 진노오에게 쫓겨 나갔다. 형도 어디론가 가버렸다. 진노오가 나를 달래서 방으로 데리고 돌아갔다. 방안은 캄캄했다. 들보와 서까래가 머리 위에서 흔들리더니 갑자기 내 위를 덮쳐 눌렀다. 무겁다. 꼼짝도 할 수 없다. 나를 죽이려 하는 것인가. 하지만 나는 놈의 무게가 속임수라는 것을 알아차렸기 때문에 발버둥 치며 빠져나왔다. 땀으로 흠뻑 젖은 채 나는 호통을 쳐 주었다.

"이놈들, 지금 당장에 회개하여라. 진심으로 회개하라. 이제 사람을 잡아먹는 인간은 이 세상에서 살 수 없다는 것을 똑바로 알아라!"

11

햇빛도 비치지 않고 문도 열리지 않는다. 매일 두 끼의 밥만 들어왔다. 나는 젓가락을 집어 들자 형을 생각했다.

누이동생이 죽은 까닭도 형에게 있음을 알아차렸다. 그때 내 누이는 겨우 다섯 살이었다. 귀엽고 애처로운 모습이 지금도 눈에 아른거린다. 어머니는 한없이 울며 날을 보냈다. 그러자 형은 어머니에게 울지 말라고 했다.

자기가 잡아먹었으니까 다소나마 양심의 가책이 되는 모양이었다. 만약 지금도 가책을 느낀다면……

누이동생은 형에게 잡아먹혔다. 어머니는 알고 있었을까. 나로서는 알 수 없다. 어머니도 아마 알고 있었으리라. 하지만 울면서도 아무런 말도 하지 않았었다. 아마도 당연한 일이라고 생각하고 있었겠지.

분명 내가 너덧 살 때였다고 생각되는데, 방 밖에서 바람을 쐬고 있으려니까 형이 이런 말을 했다. 부모가 병이 들면 자식 된 사람은 마땅히 자기 살을 한 점 베어 내어 푹 고아서 부모에게 드리는 것이 도리라고. 그때 어머니도 이 말을 듣고 있었는데 나쁘다고는 말하지 않았다.

살 한 점을 먹을 수 있다면 통째로 먹을 수도 있을 것이다. 하지만 그때 어머니가 울던 모습은 지금 생각해도 가슴이 아프다. 정말 이상한 일이다.

12

더는 생각할 수 없게 되었다.

4천 년 동안 계속 사람을 잡아먹어 온 고장에서 내가 오랫동안 살아왔다는 것을 오늘에야 알게 되었다.

형이 집안 살림을 맡자 누이는 죽었다. 형이 몰래 누이동생의 살을 음식에 넣어 우리에게도 먹였을지 모른다. 나도 모르는 사이에 누이동생의 고기를 먹지 않았다고는 말할 수 없다. 이제 내가 먹힐 차례가 되었다……

4천 년이나 사람을 잡아먹어 온 역사를 가진 우리. 처음엔 몰랐으나 이제는 알았다. 참다운 인간은 보기 어렵다는 것을.

13

사람을 먹은 일이 없는 아이들이 아직도 남아 있을는지 모르겠다.

아이들을 구해라……

(1918년 4월)

라쇼몬

- 아쿠타가와 류노스케 -

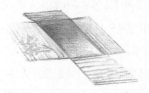

작가 소개

아쿠타가와 류노스케(芥川龍之介 1892~1927) 일본 근대 소설가

1892년 일본 도쿄에서 태어나 가정 사정 때문에 외숙부의 양자로 자랐다. 다이쇼 시대에 일본 근대문학을 대표하는 작가로, 제일고등학교를 거쳐 도쿄대학 영문과를 수학했다. 도쿄대 재학시절 창간한 잡지 〈신사조〉에 《코》를 발표해 나쓰메 소세키의 극찬을 받고 그의 문하생으로 들어가 작가로 등단하게 된다. 그 후 10여 년의 짧은 기간에 인간의 모순된 심리, 예술을 향한 열망 등을 그린 140여 편의 작품을 남기고 1927년 35세 되던 해에 자살로 생을 마감한다. 작품으로는 《노년》《라쇼몬》《마죽》《지옥변》《희작삼매》《어느 바보의 일생》《톱니바퀴》《갓파》《암중문답》《점귀부》 등 그 외 여러 작품을 남겼다.

작품 정리

라쇼몬은 헤이안 시대(794년~1185년)의 교토 외각에 있는 성문을 배경으로 한 작품이다. 교토 시내 외곽에 있는 인적이 드문 라쇼몬에서 만난 한 노파가 시체의 머리카락을 뽑는 광경을 보고 남자는 분노하고 증오한다. 노파가 자신도 살기 위해 한 행동이기 때문에 나쁜 짓이 아니라고 한다. 남자는 자신도 살기 위해 어쩔 수 없는 일이라며 노파의 입고 있던 옷을 빼앗아 달아난다. 대기근 시대에 추악한 짓도 서슴지 않고 인간이 살아가면서 악을 행할 수밖에 없는 이기적인 행동과, 그럴 수밖에 없는 인간 내면의 모순된 심리를 잘 표현한 아쿠타가와 류노스케의 대표작이다.

　　어느 날 비가 내리는 저녁, 비에 쫓긴 한 남자가 사람들 왕래가 뜸한 라쇼몬 아래에서 비를 피하고 있었다. 근래 이삼 년 동안 교토는 지진과 화재 때문에 매우 황폐해졌다. 이때 교토는 전염병과 대기근이 닥쳐 사람들이 죽어나고 연고자가 없는 시체들을 도시 외곽인 라쇼몬 누각 위로 시체들을 내다 버리게 되었다. 이 남자도 며칠 전 형편이 어려워진 주인에게 해고를 당해 당장 생계 걱정을 하다 비를 피하고 하룻밤을 보낼 요량으로 라쇼몬 누각으로 올라가게 된다. 누각 위에는 한 노파가 불을 지피고 여자 시체에서 머리카락을 뽑고 있었다. 남자는 노파에 대한 호기심과 분노로 칼을 들이대고 머리카락을 뽑는 연유를 캐물었다. 그러자 노파는 뽑은 머리카락으로 가발을 만들어 팔아서 생계를 꾸린다고 말하고, 지금 자신이 머리카락을 뽑고 있던 여자는 뱀을 토막 내서 말린 물고기라 속여 팔던 여자라고 말했다. 노파는 그녀의 거짓말이 굶어 죽지 않으려고 한 것이므로 나쁘게 생각하지 않는다고 했다. 그래서 죽은 여자도 자기가 머리카락을 뽑는 일을 이해하리라고 말한다. 그 말을 듣던 남자는 자신도 굶어 죽을 지경이라 어쩔 수 없이 강탈하는 것이니 원망하지 말라 하고 노파의 옷을 벗겨 빼앗아 어둠 속으로 달아난다.

갈래 : 단편 소설

시점 : 전지적 작가 시점

배경 : 1900년대 일본 교토 지방

주제 : 추악하고 궁핍한 인간 내면의 모순된 심리

라쇼몬

어느 날 해 질 무렵의 일이다. 한 사내가 라쇼몬(羅城門, 일본 교토 남쪽. 헤이안 시대의 수도) 아래에서 비가 그치기를 기다리고 있었다. 널찍한 문 아래에는 이 사내 말고는 아무도 없었다. 다만 군데군데 붉은 칠[丹靑]이 벗겨진 커다란 둥근 기둥에 귀뚜라미 한 마리가 달라붙어 있었다. 라쇼몬이 스자쿠(朱雀) 대로 한복판에 자리 잡고 있어서 이 사내 말고도 이치메가사(여자들이 쓰는 대나무 삿갓)나 모미에보시(남자가 머리에 두르는 두건)가 두서너 명이 비가 그치기를 기다리고 있을 법도 했지만, 그러나 지금은 이 사내 말고는 아무도 없었다.

왜냐하면 지난 이삼 년간 교토에는 지진과 회오리바람, 또한 화재와 기근(飢饉) 같은 재난이 연이어 발생했기 때문이다. 그래서 도성 안에는 황폐함이 이루 말할 수 없었다. 옛 기록에 따르면 불상이나 불구(사찰의 기구)를 부수어 붉은 칠이나 금·은박이 입혀진 나무를 길가에 쌓아두고 땔감으로 팔았다고 한다. 장안의 형편이 이러다 보니 애초부터 라쇼몬을 누구 하나 수리할 엄두를 내지 못하고 돌보는 사람조차 없었다. 그래서 황폐함이 더해지자 여우와 너구리가 드나들고 도둑들의 소굴이 되었다. 그러다가 급기야는 거둬줄 사람이 없는 시체들을 여기 라쇼몬으로 떠메고 와서 내버리는 풍습이 생겼다. 그래서 사람들은 해가 지면 꺼림칙해서 라쇼몬 근처로는 발걸음을 하지 않았다.

그 대신 많은 까마귀가 어디선가 떼로 몰려왔다. 낮에 보면 수많은 까마귀 떼들이 원을 그리며 처마 끝 높은 지붕을 맴돌고 울면서 날아다니고 있었다. 특히 라쇼몬 위의 하늘이 저녁놀로 붉게 물들 때면 검은깨를 뿌린 것 같이 또렷하게 보였다. 물론 까마귀들은 라쇼몬 위에 버려진 죽은 사람의 살을 쪼아 먹으려고 오는 것이다.

그런데 오늘은 시간이 늦은 탓인지 한 마리의 까마귀도 보이지 않는다. 다만 여기저기 허물어진 틈새로 무성하게 자란 긴 풀이 돌계단 제일 윗단에 까마귀 똥이 점점이 하얗게 들러붙어 있는 것만 보인다. 사내는 일곱 계단인 돌계단 맨 꼭대기에 물 빠진 남색 옷자락을 깔고 앉아 오른쪽 뺨에 난 커다란 뾰루지를 만지작거리며 멍하니 비가 내리는 것을 바라보고 있었다.

작자(作者)는 앞에서 '사내가 비가 멎기를 기다리고 있었다'라고 썼다. 그러나 사내는 비가 그쳐도 딱히 무얼 하겠다는 목적이 없었다. 평소라면 당연히 주인집으로 돌아가야 할 참이었다. 하지만 그는 며칠 전에 주인집에서 쫓겨났다. 앞에서 말했듯이 당시 교토는 황폐함이 여간 심한 것이 아니었다. 지금 이 사내가 오랫동안 자신이 모셔 온 주인으로부터 쫓겨난 것도 이러한 황폐한 상황의 여파 때문이었던 것이었다. 그래서 '사내가 비가 멎기를 기다리고 있었다'라고 하기보다는 '비에 갇힌 사내가 어찌할 바를 모르고 갈 곳이 없어 방황하고 있었다'라고 하는 편이 적당한 거 같다. 게다가 오늘 날씨도 헤이안(平安) 시대를 사는 사내의 센티멘탈리즘(感傷主義)에 적잖은 영향을 끼쳤다. 신시(申時, 오후 세 시에서 다섯 시) 무렵부터 내리기 시작한 비는 아직도 그칠 기미가 보이지 않았다. 그래서 사내는 다른 일은 제쳐 두고 당장 내일 생계를 어떻게 마련해야 할지를 궁리하고 있었다. 말하자면 어떻게 해 볼 도리가 없는 일을 어떻게든 하려고 종잡을 수 없는 생각을 더듬거리며 아까부터 스자쿠 대로에 내리는 빗소리를 하릴없이 그저 듣고만 있었다.

비는 라쇼몬을 에워싸며 멀리서부터 세찬 빗줄기가 쏴아 하며 휘몰아쳤다. 저녁 어스름에 하늘은 점점 내려앉고, 문득 그때 고개를 들어보니 라쇼몬의 지붕이 비스듬히 튀어나온 기와 끝에서 묵직하고 어둑어둑한 구름을 떠받치고 있었다.

어떻게 해 볼 수가 없는 일을 어떻게든 하려면 수단을 가릴 형편이 아니다. 그러다가는 남의 집 토담 밑이나 길바닥에서 굶어 죽기 십상이기 때문이다. 그리고 이 라쇼몬으로 실려 와 개처럼 버려질 것이다. '이것저것을 가리지 않는다면……' 사내의 생각은 몇 번이나 같은 길을 배회하다가 가까스로 이 지점에 다다랐다. 그러나 이 '……않는다면'은 아무리 시간이 흘러도 결국엔 '……않는다면'이었다. 사내는 수단을 가리지 않는 현실을 인정하면서도 이 '……않는다면'을 결말짓기 위해 당연히 따라오는 '도둑이 될 수밖에 없다'라는 것을 적극적으로 긍정할 만큼의 용기가 나지 않았을 것이다.

사내는 크게 재채기를 하고 힘겨운 듯 몸을 일으켰다. 날이 저물고 어둠이 깔린 교토의 저녁은 한기가 돌고 화로가 그리울 만큼 쌀쌀했다. 바람이 라쇼몬 기둥과 기둥 사이로 어둠을 뚫고 사정없이 빠져나간다. 붉은 칠한 기둥에 붙어 있던 귀뚜라미도 이미 어딘가로 사라졌다.

사내는 목을 움츠리면서 누런 여름옷 위에 걸친 남색 덧옷의 깃을 치켜세우며 주위를 둘러보았다. 비바람 걱정 없고 남의 눈에 띌 염려 없이 하룻밤 편히 잘만 한 장소가 있다면 당장 그곳에서 오늘 밤을 보내려고 생각했다. 그러자 다행히 그때 라쇼몬 위 누각으로 올라가는 붉은 칠의 폭이 넓은 사다리가 눈에 들어왔다. 설령 누각 위에 사람이 있다 해도 어차피 죽은 사람일 뿐이다. 사내는 허리에 찬 칼이 빠지지 않도록 조심하면서 짚신을 신은 발을 사다리 맨 아랫단을 디디고 올라섰다.

그리고 몇 분이 지났다. 라쇼몬의 누각으로 올라가는 널찍한 사다리 중간에 한 사내가 고양이처럼 몸을 웅크리고 숨을 죽인 채 누각 위의 동태를 살피고 있었다. 누각에서 비치는 불빛이 희미하게 사내의 오른쪽 뺨을 적셨다. 그의 얼굴은 짧은 수염 속에 불그레한 고름이 찬 여드름이 난 얼굴이었다. 사내는 애초에 누각 위에는 모두 죽은 사람뿐일 거라고 마음 놓고 있었다. 그런데 사다리를 두세 단 올라가 보니 위에서 누군가 불을 밝히고 그 불을 이리저리 옮기고 있는 것 같았다. 희미한 노란 불빛이 거미줄이 쳐진 천장 구석구석을 비추며 흔들리는 것을 보고 금세 알 수 있었다. 이 비 내리는 밤에 라쇼몬 위에서 불을 밝히는 것을 보니 아무래도 예사 사람이 아니라고 생각했다.

사내는 도마뱀처럼 발소리를 죽이고 가파른 사다리 맨 윗단까지 기듯이 올라갔다. 그러고는 몸을 납작하게 바닥에 붙이고 목을 최대한 앞으로 내밀어 조심스레 누각 안을 살펴보았다.

누각 안에는 소문으로 듣던 것처럼 몇 구의 시체가 아무렇게나 버려져 있었다. 그리고 불빛이 비치는 범위가 생각보다 좁아서 시체가 몇 구나 있는지는 알 수 없었다. 다만 그 속에 벌거벗은 시체와 옷을 입은 시체가 있다는 것이 어렴풋이 눈에 들어왔다. 더구나 그중에는 여자나 남자의 구별 없이 마구 섞여 있는 듯했다. 그리고 주검들은 모두 한때는 살아있는 인간이었다는 사실조차 의심스러울 정도로 영락없이 흙으로 빚어 만든 인형처럼 입을 벌리거나 팔을 뻗은 자세로 마룻바닥 여기저기를 나뒹굴고 있었다. 게다가 어깨나 가슴과 같이 볼록 솟은 부분이 희미한 불빛을 받아 움푹 들어간 낮은 부분의 그림자를 한층 더 어둡게 하면서 벙어리처럼 침묵하고 있었다.

사내는 주검이 썩어 풍기는 악취에 자신도 모르게 코를 감싸 쥐었다. 그러나 곧 그의 손은 코를 막는 것을 잊어버렸다. 어떤 강렬한 느낌이 이 사내의 후각을 송두리째 빼앗아버렸기 때문이다.

사내의 눈은 그때 주검들 사이에 웅크리고 있는 인간을 보았다. 노송나무 껍질 색의 옷을 걸치고, 키가 작고 몸이 마른 백발의 원숭이 같은 노파였다. 그 노파는 오른손에 불붙은 솔가지를 들고 어떤 주검의 얼굴을 세세히 들여다보고 있었다. 머리카락이 긴 것으로 보아 아마도 여자 시체인 것 같았다.

사내는 열에 여섯은 공포와 네 가지 호기심에 휩싸여 잠시 숨 쉬는 것조차 잊고 있었다. 옛 기록자의 말처럼 '머리털이 곤두서는' 것 같은 느낌이었다. 그리고 노파는 관솔불을 마루 틈새에 꽂고 나서 지금까지 들여다보던 시체의 머리를 양손으로 잡고 마치 어미 원숭이가 새끼 원숭이의 이를 잡듯이 그 긴 머리카락을 한 올씩 뽑기 시작했다. 머리카락은 손이 움직이는 대로 쉽게 뽑혀 나오는 것 같았다. 머리카락이 한 번씩 뽑힐 때마다 사내의 마음속에는 공포심이 조금씩 사라져 갔다. 그와 동시에 노파에 대한 강한 증오심이 조금씩 일어났다. 아니, 이 노파에 대한 증오심은 어폐가 있을지도 모르겠다. 그보다는 오히려 모든 악에 대한 반감이 점점 더 강도가 세졌다는 것이 타당한 것 같다. 지금 누군가가 이 사내에게 조금 전 라쇼몬 아래에서 생각했던, 굶어 죽을 것인가 도둑놈이 될 것인가 하는 문제를 다시 끄집어낸다면 아마도 사내는 아무 미련 없이 굶어 죽는 쪽을 선택했을 것이다. 그만큼 이 사내가 악을 증오하는 마음은 노파가 마루 틈에 꽂아 놓은 관솔불처럼 세차게 타오르고 있었다.

물론 사내는 왜 노파가 죽은 사람의 머리카락을 뽑고 있는지는 알지 못했다. 그래서 합리적으로는 그것을 선악 중에서 어느 쪽으로 생각해야 할지 알 수 없었다. 그러나 이 사내에게는 이 비 오는 밤에 라쇼몬 위에서 죽은 사람의 머리카락을 뽑는다는 것은 용서할 수 없는 악이었다. 물론 사내는 조금 전까지 자신이 도둑이 될 마음을 품고 있었다는 사실을 까맣게 잊고 있었다.

사내는 두 다리에 힘을 주고 사다리를 박차고 위로 뛰어 올라갔다. 그러고는 허리에 찬 칼자루를 쥐고 성큼성큼 노파 앞으로 다가갔다. 노파가 화들짝 놀란 것은 두말할 것도 없었다.

노파는 사내를 보고는 마치 새총에 맞기라도 한 것처럼 뒤로 확 나자빠졌다.

"이봐, 어딜 가려고!"

사내는 도망치려다가 시체에 걸려 넘어지며 허둥대는 노파의 앞을 막아서며 이렇게 소리쳤다. 그러나 노파는 사내를 밀치고 달아나려고 했다. 사내는 다시 노파를 놓치지 않으려고 밀어젖혔다. 그렇게 두 사람은 시체들 사이에서 잠시 말없이 붙잡고 있었다. 하지만 승패는 애초부터 뻔했다. 사내는 마침내 노파의 팔을 붙잡고 비틀어 바닥에 넘어뜨렸다. 마치 새 다리 같이 뼈와 가죽만 남은 팔이었다.

"뭘 하고 있었던 거야? 말해라 말을 하지 않으면 이거다."

노파를 밀쳐 넘어뜨린 사내는 칼집에서 칼을 뽑아 들고 허연 칼날을 노파의 눈앞에 들이댔다. 그래도 노파는 입을 꾹 다물고 말이 없었다. 양손을 덜덜 떨고 거칠게 숨을 몰아쉬며 눈알이 튀어나올 정도로 눈을 부릅뜨고는 벙어리처럼 고집스레 입을 꽉 다물고 있었다. 그 모습을 본 사내는 비로소 노파의 생사가 자신이 마음먹기에 달렸다는 사실을 분명하게 의식했다. 그리고 지금까지 맹렬하게 타오르던 증오의 마음은 어느샌가 차갑게 식어버렸다. 뒤에 남은 것은 다만 뭔가를 해서 이루었을 때 얻는 느긋한 성취감과 만족감뿐이었다. 사내는 노파를 내려다보면서 조금은 누그러진 목소리로 부드럽게 말했다.

"나는 게비이시청(헤이안 시대의 관청)의 관리가 아니오. 방금 이문 아래를 지나가던 사람이오. 그러니 할멈을 오랏줄로 묶고 잡아가고 어쩌려는 게 아니오. 하지만 이 밤중에 여기서 무엇을 하고 있었는지 그걸 내게 말해주시오."

그러자 노파는 부릅뜬 눈을 더 크게 뜨고 뚫어지게 사내의 얼굴을 바라보았다. 붉어진 눈꺼풀에 날카로운 매의 눈이었다. 그리고 주름 때문에 코와 달라붙은 것같이 보이는 입술로 뭔가를 씹듯이 오물거렸다. 가느다란 목에 불거진 목젖이 위아래로 움직이는 게 보였다. 그때 그 목구멍에서 까마귀가 헐떡이며 우는 듯한 소리가 사내의 귀에 들려왔다.

"이 머리카락을 뽑아서, 이 머리카락을 뽑다가 말이지, 가발을 만들려고 그랬지."

사내는 노파의 대답이 생각밖에 평범해서 실망했다. 그리고 실망과 동시에 조금 전에 품은 증오의 마음은 차가운 모멸감으로 마음속에서 치밀어 오른다. 아마 그런 기색이 노파에게 전달됐는지, 여전히 노파는 한쪽 손에 아직 시체에서 뽑은 머리카락을 움켜쥔 채 두꺼비가 우는 소리로 웅얼웅얼 말을 한다.

"그야, 죽은 사람의 머리카락을 뽑는 건 나쁜 짓이겠지. 하지만 여기 죽어 있는 사람들은 전부 그런 일 정도는 당해도 괜찮은 것들이야. 지금 내가 머리카락을 뽑은 이 계집도, 뱀을 잡아 네 토막으로 잘라서 말린 생선이라고 하면서 궁성 호위대 무사들에게 팔러 다녔단 말이야. 역병에 걸려 죽지 않았으면 지금도 팔러 다니고 있었겠지. 그것도 말이야, 이 계집이 파는 건 어물이 맛이 좋다고 소문나서 호위대 무사들이 너나없이 찬거리로 많이 사갔다지 뭐야. 그래도 나는 이 계집이 한 짓이 나쁘다고는 생각하지 않아. 그렇게라도 하지 않으면 굶어 죽을 판이니 어쩔 도리가 없었겠지. 그리고 지금 내가 한 짓도 나쁜 짓이라고는 생각 안 해. 이렇게 하지 않으면 당장 내가 굶어 죽으니 어쩌겠어. 이렇게밖에 할 수 없는 사정을 이 계집도 잘 알 터이니 내가 하는 짓을 너그럽게 이해해 줄 거야."

노파가 말한 것은 대충 이런 이야기였다.

사내는 칼을 칼집에 집어넣고 왼손으로 칼자루를 누르고 차가운 표정으로 노파의 말을 듣는다. 그리고 오른손으로는 벌겋게 곪은 뾰루지를 만지작거리며 듣고 있었다. 하지만 이 말을 듣고 있던 사내의 마음에는 순간 어떤 용기가 솟구쳤다. 그것은 조금 전 라쇼몬 아래에서 망설이고 있던 때에는 없었던 용기였다. 그리고 또 아까 누각 위로 올라와 노파를 붙잡았을 때의 용기와는 전혀 다른 방향의 용기였다. 사내는 굶어 죽을지 도둑놈이 되는지에 대한 망설임의 이유가 사라져버렸다. 지금의 이 사내의 심중에는 굶어 죽는 일 따위는 한 번도 생각해본 적이 없는 것처럼, 그런 의식은 생각 밖으로 멀리 밀려나 있었다.

"그래? 그렇겠지."

노파의 말이 끝나자 사내는 비웃는 목소리로 다짐을 한다. 그러고는 한 걸음 앞으로 썩 나서 여드름을 만지던 오른손으로 갑자기 노파의 멱살을 움켜쥐고는 물어뜯을 기세로 말을 한다.

"그렇다면, 내가 노파의 옷을 다 벗겨 가도 날 원망하지 마쇼. 이렇게 하지 않으면 내가 영락없이 굶어 죽을 처지니까 말이요."

사내는 황급히 노파의 옷을 벗겼다. 그러고는 발목을 붙잡고 늘어지는 노파를 거칠게 시체들 위로 걷어찬다. 사다리까지는 겨우 대여섯 걸음이면 되는 거리다. 사내는 벗겨낸 노송나무 껍질 색 옷가지를 옆구리에 끼고 순식간에 가파른 사다리를 타고 깜깜한 어둠의 밑바닥 속으로 내달렸다.

한참 동안 시체들 속에서 죽은 듯이 쓰러져 있던 노파가 벌거벗은 채로 몸을 일으킨 것은 얼마 지나지 않은 일이었다. 노파는 아직 타고 있는 불빛에 의지하여 신음하는 소리를 내고 중얼거리며 사다리가 있는 입구까지 기어갔다. 그리고 노파는 짧은 백발의 머리카락을 늘어뜨리고 누각 아래를 내려다보았다. 하지만 밖은 깊고 깜깜한 동굴처럼 칠흑 같은 밤이 있을 뿐이었다.

그 후로 사내의 행방은 아무도 알지 못했다.

국어과 선생님이 뽑은 **세계 단편 소설**

초판 1쇄 | 2023년 1월 15일 발행
초판 2쇄 | 2023년 12월 15일 발행

지은이 | 어니스트 헤밍웨이 외
옮긴이 | 김현수 외
엮은이 | dskimp2000

펴낸이 | 이경자
펴낸곳 | 북앤북

편 집 | 김대석
교 정 | 이정민
디자인 | 인지숙
일러스트 | 이혜인

주소 | 경기도 고양시 일산동구 산두로 128 909동 202호
전화 | 031-902-9948   팩스 | 031-903-4315
이메일 dskimp2000@naver.com

출판등록 | 제 2016-000182 호 (2008. 1. 22)

ISBN 979-11-86649-70-1 45810